Fjodor M. Dostojewski
Rodion Raskolnikoff
Schuld und Sühne

Serie Piper
Band 401

Zu diesem Buch

»Rodion Raskolnikoff. Schuld und Sühne«, der erste der fünf großen philosophischen Romane des russischen Dichters, ist ein Kriminalroman von atemberaubender Spannung und gleichzeitig vollendeter künstlerischer Ausdruck wesentlicher Probleme der Weltanschauung des späten Dostojewski. Ein Mensch übertritt ein ethisches und bürgerliches Gesetz, indem er einen Mord begeht. Zurechtgewiesen wird er durch das sühnende Moment der Strafe, dann durch die heilende Kraft der Liebe.

Der Student Raskolnikoff, aus verarmter bürgerlicher Familie stammend, beschließt, eine alte Frau, eine Wucherin, umzubringen, um mit dem geraubten Geld sein Studium zu finanzieren. Dahinter steht der Gedanke, »großen Menschen« sei es erlaubt, »lebensunwertes« zugunsten von »lebenswertem Leben« zu beseitigen. Nach der Tat zeigt sich jedoch, daß der Verstand, der sie erdacht und ihre Ausführung gelenkt hat, nicht der einzige und nicht der allein bestimmende Teil der menschlichen Persönlichkeit ist: Raskolnikoff verfällt in ein tagelanges Delirium und sieht sich danach, allein mit seinem Gewissen, grenzenlos einsam. Erst sein freiwilliges Geständnis und die Strafe – die der Verbrecher als Sühne braucht – führen ihn aus dieser Verlassenheit heraus. Gerettet, »auferweckt« wird er schließlich durch die erlösende Liebe einer Frau: Die »Krankheit zum Tode« ist überwunden, Raskolnikoffs neues Leben beginnt.

Fjodor M. Dostojewski

Rodion Raskolnikoff

Schuld und Sühne

Roman

Piper
München Zürich

Aus dem Russischen übertragen von E. K. Rahsin

Originaltitel »Prestuplenie i nakazanie«
Mit einem Nachwort von Horst Bienek, Namenverzeichnis, Anmerkungen, biographischen Daten und Auswahlbibliographie

Die Werke Dostojewskis erschienen in der Übertragung von E. K. Rahsin im R. Piper & Co. Verlag erstmals in den Jahren 1906–1919.
Der Text dieser Ausgabe folgt – mit Ausnahme des Anhangs – seitengleich der 1953 von E. K. Rahsin neu durchgesehenen Ausgabe.

ISBN 3-492-00701-5
Neuausgabe 1984
14., im Anhang veränderte Auflage, 91.–95. Tausend Dezember 1984
(1. Auflage. 1.–5. Tausend dieser Ausgabe)

Umschlag: Federico Luci
Satz: Jos. C. Huber, Dießen
Druck und Bindung: Clausen & Bosse, Leck
Printed in Germany

Erster Teil

I

Anfang Juli, an einem außergewöhnlich heißen Tage, verließ ein junger Mann gegen Abend seine Dachstube, die er in einem Hause der S.schen Querstraße als Untermieter bewohnte, trat auf die Straße hinaus und ging langsam, wie unentschlossen, in der Richtung zur Kukúschkin-Brücke.

Eine Begegnung mit seiner Wirtin auf der Treppe war ihm glücklicherweise erspart geblieben. Sein Stübchen lag unmittelbar unter dem Dach des hohen fünfstöckigen Hauses und glich eher einer Handkammer oder einer Art Schrank als einem Wohnraum. Seine Wirtin aber, von der er diese Kammer mit Mittagessen und Bedienung gemietet hatte, wohnte eine Treppe tiefer in einer separaten Wohnung, und jedesmal, wenn er auf die Straße hinausging, mußte er unvermeidlicherweise an der Küche der Wirtin vorbeigehen, deren Tür fast immer sperrangelweit offenstand. Und jedesmal hatte der junge Mann im Vorbeigehen eine gleichsam schmerzhafte und feige Empfindung, deren er sich schämte und zu der er die Stirn runzelte. Er war bei der Wirtin stark verschuldet und fürchtete sich, ihr zu begegnen.

Nicht deshalb, weil er von Natur feige oder schüchtern gewesen wäre, nein, eher war sogar das Gegenteil der Fall; aber seit einiger Zeit befand er sich in einem überaus reizbaren und gespannten Zustand, der fast schon an Hypochondrie grenzte. Er hatte sich dermaßen in sich selbst verbohrt und sich so vollständig von allen Menschen zurückgezogen, daß er sich bereits vor jeder Begegnung fürchtete, nicht bloß vor einer Begegnung mit der Wirtin. Er war arm wie eine Kirchenmaus; aber selbst diese bedrängte Lage hatte in letzter Zeit aufgehört, ihn zu bedrücken. Er hatte es vollkommen aufgegeben, sich mit seinen Studien zu befassen, und hatte auch gar keine Lust mehr dazu. Im Grunde fürchtete er sich nicht einmal vor der Wirtin, was auch immer diese gegen ihn im Schilde führen mochte. Aber auf der Treppe stehenbleiben, jeden Unsinn über diesen Alltagskram, der ihn gar nicht interessierte, anhören zu müssen, all diese ewigen Mahnungen, seine Schulden zu bezahlen, die Drohungen, die Klagen anhören und sich den Kopf nach Ausreden zerbrechen, sich entschuldigen und lügen zu müssen – nein, da war es schon besser, wie eine Katze die Treppe hinunterzuschleichen und sich davonzumachen, ohne von einem Menschen gesehen zu werden.

Übrigens setzte ihn diesmal, als er auf die Straße hinaustrat, die soeben wieder empfundene Furcht vor einer Begegnung mit seiner Gläubigerin sogar selbst in Erstaunen.

»Ein solches Wagnis habe ich vor, und gleichzeitig fürchte ich mich vor solchen Kleinigkeiten!« dachte er bei sich und lächelte etwas bitter.

»Hm ... ja ... alles liegt in der Reichweite des Menschen, und er läßt alles an seiner Nase vorbeigehen, einzig und allein aus Feigheit ... das ist ja schon ein Axiom ... Ich möchte bloß wissen, was die Menschen am meisten fürchten? Einen neuen Schritt, ein neues eigenes Wort, das ist es, was sie am meisten fürchten ... Ich schwatze übrigens viel zuviel. Eben darum handle ich nicht, weil ich schwatze. Oder vielleicht ist es auch so: ich schwatze darum, weil ich nicht handle. Und das Schwatzen habe ich mir im Laufe dieses Monats angewöhnt, in dem ich tage- und nächtelang in meinem Winkel lag und spintisierte ... über Unmögliches. Wozu gehe ich denn jetzt dorthin? Werde ich denn imstande sein, *das* wirklich zu tun? Soll es denn damit Ernst werden? Natürlich nicht. Also nur um des Phantasierens willen amüsiere ich mich damit: nichts als Spielerei! Ja, schließlich doch nur eine Spielerei!«

Die Hitze auf der Straße war fürchterlich, dazu die schwüle Luft, das Gedränge, überall lagen Kalk, Ziegelsteine, standen Baugerüste, überall war Staub und machte sich jener besondere Sommergestank bemerkbar, der jedem Petersburger wohlbekannt ist, der es sich nicht leisten kann, für die heiße Zeit in ein Landhaus überzusiedeln – dies alles beeindruckte jetzt gleichzeitig und reizte unangenehm die ohnedies schon angegriffenen Nerven des jungen Mannes. Der unerträgliche Geruch aber aus den Schenken, die in diesem Stadtviertel besonders zahlreich sind, und der Anblick Betrunkener, denen man, trotz des Werktages, alle Augenblicke begegnete, vollendeten noch die widerwärtige und traurige Stimmung des Bildes. Ein Ausdruck des tiefsten Ekels huschte einen Augenblick über die feinen Züge des jungen Mannes. Beiläufig gesagt, er war außergewöhnlich schön, hatte schöne dunkle Augen, dunkelblondes Haar, war fein und schlank gebaut und von Wuchs übermittelgroß. Bald aber versank er gleichsam in ein tiefes Sinnen, oder gar, richtiger gesagt, in eine Art Selbstvergessenheit, und ging weiter, ohne seine Umgebung zu beachten, ja ohne sie bemerken zu wollen, und wieder murmelte er etwas vor sich hin, nach seiner Gewohnheit Monologe haltend, »schwatzend«, wie er sich soeben selbst eingestanden hatte. Dabei kam es ihm plötzlich zum Bewußtsein, daß seine Gedanken sich zuweilen verwirrten und daß er sehr schwach war: es war schon der zweite Tag, daß er fast nichts gegessen hatte.

Er war so schlecht gekleidet, daß manch einer, selbst ein an schlechte Kleidung gewöhnter Mensch, sich geschämt hätte, in solchen Lumpen am Tage auf die Straße zu gehen. Freilich war dieses Viertel derart, daß man hier schwerlich jemand durch seine Kleidung in Erstaunen setzen konnte. Die Nähe des Heumarktes, die Unzahl gewisser Häuser und eine Bevölkerung, die vorwiegend aus zünftigen Handwerkern besteht und in diesen kurzen Querstraßen und Gassen zusammengepfercht haust, belebten das allgemeine Bild manchmal mit ähnlichen Erscheinungen, so daß es eigentlich sonderbar gewesen wäre, wenn man eine solche Gestalt auffallend gefunden hätte. Doch in der Seele des jungen Mannes hatte sich so viel grimmige Verachtung angesammelt, daß er sich seiner Lumpen, trotz seiner großen, zuweilen noch sehr jugendlichen Empfindlichkeit, auf der Straße am wenigsten schämte. Anders freilich verhielt es sich, wenn er zufällig Bekannten oder früheren Kameraden begegnete, denen er naturgemäß gern aus dem Wege ging ... Indessen, als ein Betrunkener, den man in diesem Augenblick, Gott weiß weshalb und wohin, in einem leeren Wagen, mit einem großen Lastpferd davor, durch die Straße fuhr, plötzlich im Vorbeifahren ihm zugrölte: »He, du da mit dem deutschen Hut!« und mit der Hand auf ihn wies, da blieb der junge Mann bestürzt stehen und faßte hastig nach seinem Hut. Der Hut war hoch und rund, in einem guten Laden gekauft, ausländischer Herkunft, aber schon völlig abgetragen und verschossen, voller Löcher und Flecken, fast ohne Rand und auf der einen Seite häßlich eingedrückt. Jedoch nicht Scham, sondern ein ganz anderes Gefühl, das eher Schrecken war, erfaßte ihn.

»Ich hab's ja gewußt!« murmelte er verwirrt. »Das habe ich mir immer schon gedacht! Das ist das Allerschlimmste! Gerade so eine Dummheit, irgend so eine blöde Kleinigkeit kann das ganze Vorhaben verderben! Ja, der Hut ist zu auffallend ... Er ist lächerlich, darum fällt er auf ... Zu meinen Lumpen brauche ich unbedingt eine Mütze, und wenn es auch nur eine alte Kappe ist, aber nicht dieses Ungetüm. Niemand trägt so einen Hut, von ferne schon fällt er auf, behält man den Eindruck ... und die Hauptsache, man wird sich nachher an ihn erinnern, und so ist dann ein Indizium schon da. Unauffällig muß man sein ... Die Kleinigkeiten, die Kleinigkeiten sind die Hauptsache! Gerade solche Kleinigkeiten verderben immer alles ...«

Er hatte nicht weit zu gehen, er wußte sogar, wieviel Schritte es von seiner Haustür waren: genau siebenhundertunddreißig. Er hatte sie einmal gezählt, als die Phantasie mit ihm durchging. Damals hatte er an diese Hirngespinste selbst noch nicht geglaubt und sich nur von ihrer unanständigen, aber verführerischen Verwegenheit erregen lassen. Jetzt aber, nach einem Monat, begann er es bereits anders anzusehen, und ungeachtet aller Selbstverspottung in aufreizenden Monologen über seine eigene Kraftlosigkeit und Unentschlossenheit, hatte er sich unwillkürlich schon irgendwie daran gewöhnt, dieses »unanständige« Gedankenspiel bereits für ein wirkliches Vorhaben zu halten, obschon er sich selbst ein solches Vorhaben immer noch nicht zutraute. Jetzt ging er sogar absichtlich hin, um *eine Probe* auf sein Vorhaben zu machen, und mit jedem Schritt nahm seine Aufregung zu, wurde sie stärker und stärker.

Mit beklommenem Herzen und nervösem Zittern näherte er sich einem riesigen Miethause, das mit der einen Seite auf den Kanal hinausging, mit der anderen an der ... schen Straße lag. Dieses Haus hatte lauter kleine Wohnungen und wurde von allerhand Gewerbetreibenden bewohnt – von Schneidern, Schlossern, Köchinnen, verschiedenen Deutschen, von Mädchen, die ihre eigene Wohnung besaßen, kleinen Beamten und dergleichen. Durch die beiden Torwege und die beiden Höfe des Hauses huschten in einem fort aus- und eingehende Menschen. Hier waren drei oder vier Hausmeister angestellt. Der junge Mann war sehr zufrieden, daß er keinem von ihnen begegnete, und schlüpfte unbemerkt gleich rechts vom Tor die Treppe hinauf. Die Treppe war dunkel und schmal, eine Hintertreppe, aber er kannte das alles schon, hatte es genau studiert, und die ganze Umgebung sagte ihm zu: in solcher Dunkelheit war selbst ein neugieriger Blick ungefährlich.

»Wenn ich mich jetzt schon so fürchte, wie wird es erst dann sein, wenn es wirklich einmal *zur Tat selbst* kommen sollte!« dachte er unwillkürlich, während er zum vierten Stockwerk hinaufstieg. Hier versperrten ihm Packträger, verabschiedete Soldaten, die aus einer Wohnung Möbel heraustrugen, den Weg. Er wußte von früher, daß in dieser Wohnung ein Deutscher, ein Beamter, mit seiner Familie lebte.

»Dieser Deutsche zieht also jetzt aus, dann bleibt ja im vierten Stock für einige Zeit nur die Wohnung der Alten bewohnt. Das ist gut ... für alle Fälle ...«, dachte er und klingelte an der Tür der Alten. Die Glocke schlug schwach an, als wäre sie aus Blech und nicht aus Messing. In solchen kleinen Wohnungen findet man fast immer solche Glocken. Er hatte den Ton dieser Glocke vergessen, und jetzt erinnerte ihn dieser eigenartige Klang plötzlich an etwas und gab ihm gleichsam eine klare Vorstellung davon ... Er zuckte heftig zusammen, seine Nerven waren jetzt schon gar zu schwach geworden. Kurz darauf öffnete sich die Tür auf einen winzigen Spalt: die Bewohnerin spähte hindurch, aber mit offenbarem Mißtrauen, und man sah von ihr in der Dunkelheit bloß das Glänzen zweier Äuglein. Als sie aber auf dem Flur mehrere Menschen gewahrte, faßte sie sich ein Herz und öffnete die Tür ganz. Der junge Mann trat über die Schwelle in ein dunkles Vorzimmer, von dem durch eine Scheidewand ein Teil abgesondert war für eine kleine Küche. Die Alte stand schweigend vor ihm und blickte ihn fragend an. Es war eine sehr kleine, dürre alte Frau von etwa sechzig Jahren, mit stechenden und bösen kleinen Augen, einer kleinen, spitzen Nase und ohne Kopfbedeckung. Ihr hellblondes, leicht ergrautes Haar war mit Öl eingefettet. Um den dünnen langen Hals, der einem Hühnerbein glich, war ein Flanellappen gewickelt, und über die Schultern hing, trotz der Hitze, ein abgetragenes und gelb gewordenes Pelzjäckchen. Die Alte hüstelte und räusperte sich fortwährend. Wahrscheinlich sah der junge Mann sie mit einem sonderbaren Blick an, denn plötzlich tauchte in ihren Augen wieder das frühere Mißtrauen auf.

»Ich heiße Raskólnikoff, bin Student, war bei Ihnen vor etwa einem Monat«, beeilte sich der junge Mann mit einer leichten Verbeugung zu sagen, sich erinnernd, daß man liebenswürdiger sein mußte.

»Ich erinnere mich, Väterchen, ich erinnere mich recht gut, daß Sie da waren«, sagte die Alte deutlich, immer noch ohne ihren forschenden Blick von seinem Gesicht abzuwenden.

»Ja, also ... ich komme wieder in einer ähnlichen Angelegenheit ...«, fuhr Raskólnikoff fort, ein wenig verwirrt und sich über das Mißtrauen der Alten wundernd.

(»Vielleicht ist sie immer so, und ich habe es damals bloß nicht bemerkt«, dachte er mit einer unangenehmen Empfindung.)

Die Alte schwieg eine Weile, als dächte sie nach, trat dann zur Seite, wies auf die Tür zum Wohnzimmer und sagte, indem sie den Besucher vorbeiließ:

»Treten Sie näher, Väterchen!«

Das kleine Zimmer, in das der junge Mann eintrat, mit gelber Tapete, Geranien und Musselingardinen vor den Fenstern, wurde von der untergehenden Sonne hell erleuchtet.

»Auch *dann* wird die Sonne ebenso hereinscheinen ...«, durchzuckte es mit einmal unversehens Raskolnikoffs Gedanken, und mit einem schnellen Blick überflog er alles im Zimmer, um sich nach Möglichkeit über die Lage zu orientieren und sich alles zu merken. Aber das Zimmer enthielt nichts Besonderes. Die Möbel aus hellem Holz, alle sehr alt, bestanden aus einem Sofa mit ungeheuerlicher, gebogener hölzerner Rückenlehne, einem ovalen Tisch vor dem Sofa, einem Tischchen mit einem kleinen Spiegel an der Wand zwischen den Fenstern, aus Stühlen an den Wänden und einigen billigen Bildern in gelben Rahmen, die deutsche Damen mit Vögeln in den Händen darstellten – das war die ganze Ausstattung. In der Ecke brannte vor einem kleinen Heiligenbild ein Lämpchen. Alles war sehr sauber; die Möbel und der Fußboden waren wie frisch poliert; alles glänzte. »Das ist Lisawétas Arbeit«, dachte der junge Mann. Kein Stäubchen war in der ganzen Wohnung zu finden. »Bei bösen und alten Witwen gibt es so eine Sauberkeit«, dachte Raskolnikoff weiter und warf einen neugierigen Seitenblick auf den baumwollenen Vorhang vor der Tür zu dem zweiten kleinen Zimmer, in dem das Bett und die Kommode der Alten standen und in das er noch nie hineingeschaut hatte.

Die ganze Wohnung bestand nur aus diesen zwei Zimmern.

»Was wünschen Sie?« fragte die kleine Alte streng, als sie ihm in das Zimmer gefolgt war, und stellte sich wieder vor ihn hin, um ihm gerade ins Gesicht zu sehen.

»Ich habe etwas zu verpfänden, hier ist es.« Und er zog eine alte, flache silberne Uhr aus der Tasche. Auf der Rückseite war ein Globus eingraviert. Die Kette war aus Stahl.

»Aber die Frist für das früher Versetzte ist auch schon um. Vorgestern ist der Monat abgelaufen.«

»Ich will Ihnen auch die Zinsen für noch einen Monat bezahlen; warten Sie noch ein wenig!«

»Das hängt nur von meinem guten Willen ab, Väterchen, zu warten oder Ihr Pfand sofort zu verkaufen.«

»Wieviel geben Sie für die Uhr, Aljóna Iwánowna?«

»Immer kommen Sie mit solchen Kleinigkeiten, Väterchen; diese Uhr ist ja fast nichts wert. Für den Ring habe ich Ihnen voriges Mal zwei Rubel gegeben, und bei jedem Juwelier kann man ihn neu für anderthalb Rubel kaufen.«

»Geben Sie mir für die Uhr vier Rubel, ich werde sie bestimmt einlösen. Sie hat meinem Vater gehört. Ich erhalte bald Geld.«

»Anderthalb Rubel und die Zinsen im voraus abgezogen, wenn Sie damit einverstanden sind.«

»Anderthalb Rubel!« rief der junge Mann aus.

»Es steht bei Ihnen.«

Und die Alte reichte ihm die Uhr zurück. Der junge Mann nahm sie; er war dermaßen verärgert, daß er schon fortgehen wollte, aber er besann sich, daß er ja sonst nirgends hingehen konnte und daß er auch noch aus einem anderen Grunde gekommen war.

»Geben Sie das Geld!« sagte er barsch.

Die Alte fuhr in die Tasche nach den Schlüsseln und ging hinter den Vorhang in das andere Zimmer. Als der junge Mann allein zurückblieb, lauschte er voll Neugier und überlegte. Man hörte, wie die Alte die Kommode aufschloß. »Wahrscheinlich ist es die obere Schublade«, dachte er. »Die

Schlüssel trägt sie also bei sich in der rechten Tasche ... Alle sind sie in einem Bund an einem Stahlring ... Und da ist ein Schlüssel, größer als die anderen, dreimal so groß, mit zackigem Bart, der ist selbstverständlich nicht von der Kommode ... Also muß es noch einen Kasten geben oder vielleicht eine Truhe ... Das ist zu beachten. Truhen haben immer solche Schlüssel ... Ach, wie gemein das alles ist ...«

Die Alte kam zurück.

»Hier haben Sie das Geld, Väterchen. Den Zins zu zehn Kopeken pro Rubel und Monat gerechnet, bekomme ich von Ihnen für anderthalb Rubel und einen Monat fünfzehn Kopeken im voraus. Außerdem erhalte ich von Ihnen für die zwei früheren Rubel nach derselben Berechnung weitere zwanzig Kopeken im voraus. Zusammen also fünfunddreißig Kopeken. So erhalten Sie für Ihre Uhr einen Rubel und fünfzehn Kopeken. Hier, bitte!«

»Wie? Jetzt bloß noch einen Rubel und fünfzehn Kopeken?«

»Ganz recht.«

Der junge Mann stritt nicht weiter und nahm das Geld. Er blickte die Alte an und zögerte zu gehen, als wolle er noch etwas sagen oder tun, doch anscheinend ohne selber zu wissen, was er wollte.

»Ich werde Ihnen in diesen Tagen vielleicht noch eine Sache bringen, Aljóna Iwánowna, ... etwas Silbernes ... Wertvolles ... ein Zigarettenetui ... sobald ich es von einem Freund zurückerhalte ...« Verwirrt hielt er inne und verstummte.

»Gut, dann wollen wir darüber reden, Väterchen.«

»Leben Sie wohl ... Und Sie sitzen immer allein zu Hause, ohne Ihre Schwester? Ist die nicht hier?« fragte er möglichst ungezwungen, während er in das Vorzimmer ging.

»Was wollen Sie denn von meiner Schwester, Väterchen?«

»Oh, nichts Besonderes. Ich fragte bloß so. Sie denken schon gleich ... Leben Sie wohl, Aljona Iwanowna!«

Raskolnikoff schritt völlig verwirrt hinaus. Und diese

Verwirrung wurde immer größer und größer. Während er die Treppe hinabstieg, blieb er sogar einigemal stehen, als hätte ihn plötzlich etwas übermannt. Schließlich, schon auf der Straße, rief er aus:

»O Gott, wie widerlich ist das alles! Und werde ich es denn wirklich, wirklich ... nein, das ist ja Unsinn, ein unmöglicher Gedanke!« fügte er entschlossen hinzu. »Wie konnte mir bloß etwas so Entsetzliches in den Sinn kommen! Da sieht man, zu welchem Schmutz mein Herz fähig ist! Vor allem ist es schmutzig, gemein, ekelhaft, ekelhaft! ... Und ich ... ich habe einen ganzen Monat ...«

Er konnte aber weder durch Worte noch durch Ausrufe seine Erregung ausdrücken. Das Gefühl eines grenzenlosen Ekels, der sein Herz schon auf dem Hinweg zur Alten bedrückt und verwirrt hatte, erreichte nun einen solchen Umfang und äußerte sich in einer Stärke, daß er nicht wußte, wohin flüchten vor seiner Qual. Er ging auf dem Trottoir wie ein Betrunkener, ohne die Vorübergehenden zu bemerken, stieß mit ihnen zusammen und kam erst in der nächsten Straße zu einiger Besinnung. Er schaute um sich und ward gewahr, daß er vor einer Schenke stand, zu der von der Straße aus eine Treppe in das Kellergeschoß führte. Soeben kamen zwei Betrunkene heraus, stützten sich gegenseitig und stiegen schimpfend die Treppe herauf. Ohne lange nachzudenken, stieg Raskolnikoff sofort die Stufen hinab. Bisher hatte er noch nie Schenken betreten, jetzt aber schwindelte ihn vor Schwäche und quälte ihn ein brennender Durst. Er wollte kaltes Bier trinken, um so mehr, als er seine plötzliche Schwäche dem Umstand zuschrieb, daß er nichts im Magen hatte. Er ließ sich in einer dunklen und schmutzigen Ecke an einem schmierigen Tisch nieder, verlangte Bier und trank gierig das erste Glas aus. Sofort wurde ihm leichter zumute, und seine Gedanken wurden klarer. »Das ist alles Unsinn«, sagte er sich voll Hoffnung, »und da ist nichts, was mich aus der Fassung zu bringen brauchte. Es ist bloß physische Erschöpfung. Ein Glas Bier, ein Stück Zwieback – und im Nu ist der Verstand wieder da, sind die Gedanken klar und die Absichten im Lot! Pfui, wie ist das alles erbärmlich! . . .«

Aber trotz des verächtlichen Ausspeiens sah er schon heiter aus, als hätte er sich plötzlich einer schrecklichen Last entledigt, und blickte die Anwesenden freundschaftlich an. Aber selbst in diesem Augenblick war da schon eine ferne Vorahnung in ihm, daß diese ganze Bereitschaft zur Besserung gleichfalls krankhaft war.

In der Schenke befanden sich jetzt nur noch wenige Menschen. Außer den zwei Betrunkenen, denen er auf der Treppe begegnet war, hatte gleich darauf eine ganze Gesellschaft, etwa fünf Männer und ein Mädel, mit einer Ziehharmonika die Schenke verlassen. Darauf war es still und freier geworden. Geblieben waren: ein Angetrunkener, noch nicht recht beschwipst, der hinter einer Flasche Bier saß, dem Aussehen nach ein Kleinbürger; sein Freund, ein dicker, übergroßer Mann, in einem dicken Mantel, mit grauem Bart, stark berauscht, duselte neben ihm auf einer Bank; ab und zu begann er plötzlich, wie halbwegs aufwachend, mit den Fingern zu schnippen, dazu mit dem Oberkörper und den ausbalancierenden Armen gleichsam zu tanzen, ohne sich von der Bank zu erheben, wozu er irgendeinen Unsinn sang, Verse, auf die sich zu besinnen er sich abmühte, wie etwa:

„Ein Jahr lang liebte ich mein Weib . . .
. . . Ein Ja—ahr lang li—iebte ich mein Weib . . .“

oder plötzlich, wieder aufwachend, geradezu selig:

„Da traf ich in der Schreibergasse
Meine Verflossene von einst . . .“

Aber niemand nahm Anteil an seinem Glück; sein schweigsamer Freund sah sogar sichtlich feindselig und mißtrauisch diesen Ausbrüchen zu. Es war auch noch ein Mann da, dem Aussehen nach ein verabschiedeter Beamter. Er saß allein vor seiner Flasche, trank hin und wieder einen Schluck und blickte um sich. Auch er schien innerlich erregt zu sein.

II

Raskolnikoff war an Menschenmengen nicht gewöhnt, und wie schon gesagt, hatte er besonders in der letzten Zeit jegliche Gesellschaft gemieden. Jetzt aber zog ihn plötzlich etwas zu den Menschen hin. Es ging etwas in ihm vor, anscheinend etwas Neues, und gleichzeitig überkam ihn eine Art Dürsten nach Menschen. Er war so müde von dieser einen Monat schon währenden konzentrierten Qual und düsteren Erregung, daß er wenigstens für einen Augenblick in einer anderen Welt, ganz gleich in was für einer, aufatmen wollte, und so blieb er jetzt trotz des Schmutzes dieser Umgebung mit Vergnügen in der Schenke sitzen.

Der Besitzer des Lokals hielt sich in einem anderen Zimmer auf, kam aber öfters in das Schankzimmer, wozu er ein paar Stufen herabsteigen mußte, und so zeigten sich zuerst immer seine stutzerhaften Schmierstiefel mit breitem roten Rande an den Schäften. Er stak in einem faltigen Mantel und in einer fürchterlich verschmierten schwarzen Atlasweste, war ohne Halstuch, und sein ganzes Gesicht schien, gleich einem eisernen Schlosse, mit Öl eingefettet zu sein. Hinter dem Schanktisch stand ein Junge von etwa vierzehn Jahren, und es war auch noch ein anderer, ein jüngerer, da, der die Gäste bediente, wenn etwas verlangt wurde. Auf dem Schanktisch standen Teller mit sauren Gurken, die in Scheiben geschnitten waren, mit schwarzen Zwiebacken und aufgeschnittenem Fisch; dies alles roch sehr schlecht. In dem Raum war es so dumpf, daß es eigentlich unerträglich war, hier zu sitzen, und alles war von Branntweingeruch so durchtränkt, daß man vielleicht schon von dieser Luft allein in fünf Minuten betrunken werden konnte.

Es kommt vor, daß man sich manchmal ganz plötzlich, schon auf den ersten Blick und noch ehe wir ein Wort mit ihnen gesprochen haben, für Menschen zu interessieren beginnt, die uns völlig unbekannt sind. Ebensolchen Eindruck hatte auf Raskolnikoff der Gast gemacht, der wie ein verabschiedeter Beamter aussah und abseits an einem Tische saß. Raskolnikoff erinnerte sich später mehrmals dieses ersten Eindruckes und schrieb ihn sogar einer Vorahnung zu. Er blickte immer wieder den Beamten an, sicher auch darum, weil der ebenso hartnäckig zu ihm herüberschaute und man ihm anmerkte, daß er sehr gern ein Gespräch angeknüpft hätte. Die übrigen Gäste, den Besitzer nicht ausgenommen, übersah der Beamte gleichsam gewohnheitsmäßig und gelangweilt und zugleich mit einer Nuance von hochmütiger Geringschätzung, als Menschen von niedrigerem Stande und geringer Bildung, mit denen er nichts gemein habe. Er war ein Mann von über fünfzig Jahren, von mittlerem Wuchs und kräftigem Bau, mit ergrautem Haar und einer großen Glatze, mit einem vom Trinken gedunsenen, gelben, ja nahezu grünlichen Gesicht und geschwollenen Augenlidern, so daß die geröteten, doch geistig wachen Äuglein wie durch Schlitzchen blickten. Aber irgend etwas an ihm war doch sehr sonderbar: sein Blick verriet manchmal gleichsam eine gewisse Ekstase – wohl auch Einsicht und Klugheit –, aber gleichzeitig flackerte es in ihm mitunter auch wie Irrsinn. Er trug einen alten, vollständig abgewetzten schwarzen Frack mit baumelnden Knöpfen. Nur ein einziger Knopf saß noch einigermaßen fest, und mit diesem hatte er ihn zugeknöpft, da er offenbar die gesellschaftlichen Formen nicht vernachlässigen wollte. Unter der Nankingweste zeigte sich ein ganz zerknülltes, beschmutztes und vertropftes Vorhemd. Das Gesicht war nach Beamtenart rasiert, aber wohl schon vor längerer Zeit, da bläuliche Stoppeln bereits dicht hervorsprossen. Selbst in seinen Bewegungen lag etwas Solides, Beamtenhaftes. Aber er war in ständiger Unruhe, bald fuhr er sich durch die Haare, bald stemmte er die durchgescheuerten Ellenbogen auf den begossenen und klebrigen Tisch und stützte, wie in schwerem Gram, mit beiden Händen den Kopf. Schließlich faßte er Raskolnikoff fest ins Auge und sagte laut und mit fester Stimme: »Darf ich es wagen, mein verehrter Herr, mich mit einem anständigen Gespräch an Sie zu wenden? Denn obgleich Ihr Äußeres keinen bedeutenden Rang verrät, unterscheidet meine Erfahrung in Ihnen doch einen gebildeten und ans Trinken nicht gewöhnten Menschen. Ich habe stets Bildung geachtet, die mit Herz und Gefühl verbunden ist, und außerdem stehe ich im Range eines Titularrates. Marmeládoff – so ist mein Name; Titularrat. Darf ich erfahren, ob Sie im Staatsdienst gestanden sind?«

»Nein, ich studiere . . .«, antwortete der junge Mann einigermaßen erstaunt sowohl über den sonderbaren, verschnörkelten Stil der Anrede wie auch darüber, daß man sich so direkt an ihn wandte. Obgleich er noch vor kurzem einen Augenblick lang den Wunsch gehabt hatte, in irgendeine Fühlung mit Menschen zu kommen, empfand er jetzt plötzlich bei dem ersten tatsächlich an ihn gerichteten Wort seinen gewohnten peinlichen und gereizten Abscheu vor jedem fremden Menschen, der sich ihm zu nähern suchte.

»Demnach sind Sie Student oder vielmehr gewesener Student[1]!« fuhr der Beamte fort. »Ich dachte es mir gleich! Das macht die Erfahrung, mein Herr, die lange Erfahrung!«, und stolz auf sich tippte er mit dem Finger an seine Stirn. »Sie waren Student, haben gelehrten Studien obgelegen! Aber gestatten Sie . . .«

Er erhob sich, schwankte, nahm seine Flasche und sein Gläschen und setzte sich dem jungen Manne schräg gegenüber. Er war berauscht, sprach aber rasch und geläufig, nur ab und zu blieb er ein wenig stecken und zog die Silben in die Länge. Mit einer gewissen Gier wandte er sich jetzt an Raskolnikoff, als hätte auch er einen ganzen Monat mit keinem Menschen gesprochen.

»Verehrter Herr!« begann er fast feierlich, »Armut ist kein Laster, das ist wahr. Ich weiß, daß Trunksucht auch keine Tugend ist, und das ist noch wahrer. Aber Bettelarmut, mein Herr, bettelarm zu sein, das *ist* ein Laster, jawohl. In der Armut bewahrt man noch die Anständigkeit der angeborenen Gefühle, wenn man aber bettelarm ist – nie und nimmer. Wenn man bettelarm ist, so wird man nicht einmal mit einem Stock hinausgejagt, sondern mit einem Besen aus der menschlichen Gesellschaft hinausgefegt, damit es beleidigender sei; und das ist gerecht, denn wenn ich bettelarm bin, bin ich selbst als erster bereit, mich zu kränken. Und daher kommt dann das Trinken! Mein Herr, vor einem Monat hat Herr Lebesjätnikoff meine Gattin verprügelt, meine Gattin aber ist etwas anderes als ich! Verstehen Sie? Gestatten Sie mir eine Frage, so, aus reiner Neugier: haben Sie schon mal in den Heubarken auf der Newa zu übernachten Anlaß gehabt?«

»Nein, noch nie«, antwortete Raskolnikoff. »Wieso kommen Sie darauf?«

»Nun, ich komme von dort, schlafe schon die fünfte Nacht auf den Barken ...«

Er schenkte sich ein, trank das Gläschen leer und versank in Gedanken. Man sah tatsächlich an seinen Kleidern und in den Haaren hie und da Spuren von Heu. Es war leicht möglich, daß er sich fünf Tage weder ausgekleidet noch gewaschen hatte. Am schmutzigsten waren seine fetten, roten Hände mit den schwarzen Fingernägeln.

Sein Gespräch schien allgemeine, wenn auch etwas faule Aufmerksamkeit erregt zu haben. Die beiden Bengel hinter dem Schanktisch begannen zu kichern. Der Wirt war wohl absichtlich aus dem oberen Zimmer gekommen, um den „Spaßvogel“ zu hören; er setzte sich abseits und gähnte faul, aber würdevoll. Marmeládoff war hier offenbar längst bekannt. Auch die Neigung zu gesuchten Ausdrücken hatte er wahrscheinlich durch die Gewohnheit, Wirtshausunterhaltungen mit allerhand Unbekannten anzuknüpfen, ausgebildet. Diese Gewohnheit wird bei manchen Trinkern schließlich zu einem Bedürfnis, und zwar besonders bei solchen, die zu Hause streng behandelt werden und mit denen man sonst nicht viel Wesens macht. Darum versuchen sie in Gesellschaft von Trinkern sich gleichsam zu rechtfertigen und sich wenn möglich sogar die Achtung der anderen zu verschaffen.

»So 'n Spaßvogel!« sagte der Wirt laut. »Warum arbeitest du denn nicht, warum bist du nicht im Dienst, wenn du Beamter bist?«

»Warum ich nicht im Dienst bin, mein Herr?« wiederholte Marmeladoff die Worte, sich aber ausschließlich an Raskolnikoff wendend, als hätte dieser ihm die Frage vorgelegt. »Warum ich nicht im Dienst bin? Tut mir denn das Herz nicht weh, daß ich unnütz herumlungere? Als Herr Lebesjätnikoff vor einem Monat eigenhändig meine Gattin verprügelte und ich berauscht dalag, habe ich da nicht gelitten? Erlauben Sie, junger Mann, ist es Ihnen nie passiert, ... hm ... nun, daß Sie hoffnungslos jemanden haben bitten müssen, Ihnen Geld zu leihen?«

»Ja ... das heißt, wie meinen Sie das, inwiefern hoffnungslos?«

»Das heißt vollkommen hoffnungslos, wenn man schon im voraus weiß, daß nichts daraus wird. Sagen wir, Sie wissen zum Beispiel im voraus und zweifellos, daß dieser Mensch, dieser wohlgesinnte und äußerst nützliche Bürger Ihnen um keinen Preis Geld geben wird, denn – ich frage Sie – warum sollte er es tun? Er weiß doch, daß ich es nicht zurückgeben werde. Etwa aus Mitleid? Aber Herr Lebesjätnikoff hat doch noch vor kurzem erklärt – und er ist ein Mann, der die neuen Gedanken und Ideen mit Interesse verfolgt –, daß in unserer Zeit Mitleid sogar von der Wissenschaft verboten werde und daß man in England, wo es die politische Ökonomie gibt, auch schon danach handle. Warum also – frage ich Sie – sollte er geben? Nun, sehen Sie, und obwohl Sie im voraus wissen, daß er nichts geben wird, machen Sie sich doch auf den Weg und ...«

»Wozu denn das noch?« warf Raskolnikoff ein.

»Ja, weil es doch sonst niemanden mehr gibt, weil man nirgendwo anders hingehen kann! Es müßte doch so sein, daß jeder Mensch irgendwo hingehen könnte. Denn es kommen Zeiten, wo man sich unbedingt an irgend jemand wenden muß! Als meine einzige Tochter zum erstenmal mit dem gelben Schein[2] ging, da ging ich auch ... (meine Tochter lebt nämlich auf den gelben Schein) ...«, fügte er wie in Klammern hinzu und blickte mit einiger Unruhe den jungen Mann an. »Hat nichts zu sagen, mein Herr, hat nichts zu sagen!« beeilte er sich, sofort und scheinbar ruhig zu erklären, als die beiden Jungen hinter dem Schanktisch prusteten und kicherten und auch der Wirt dazu lächelte. »Hat nichts zu sagen! Durch dieses Tuscheln lasse ich mich nicht stören, denn allen ist alles längst bekannt, und alles Verborgene wird offenbar, und nicht mit Verachtung, sondern mit Demut ertrage ich es. Mögen sie! Mögen sie! „Ecce homo!" Erlauben Sie, junger Mann, könnten Sie vielleicht ... Aber nein, man muß sich stärker und deutlicher ausdrücken: nicht *könnten* Sie, sondern *würden Sie es wagen,* indem Sie mich dabei ansehen, zu behaupten, daß ich kein Schwein bin?«

Der junge Mann antwortete mit keinem Wort.

»Nun ja«, fuhr der Redner gesetzter und diesmal sogar besonders würdevoll fort, nachdem er abgewartet hatte, bis das Gekicher im Zimmer aufhörte. »Nun gut, mag ich ein Schwein sein, sie aber ist eine Dame! Ich bin eines Tieres Ebenbild, Katerína Iwánowna aber, meine Gattin, ist ein gebildeter Mensch und die Tochter eines Stabsoffiziers. Mag ich, mag ich ein Schuft sein, sie aber ist hochherzig und gefühlvoll und dazu noch veredelt durch eine gute Erziehung. Indessen aber ... oh, wenn sie mit mir Mitleid hätte! Mein Herr, verehrter Herr, es müßte doch so sein, daß jeder Mensch wenigstens eine Stelle hätte, wo man auch mit ihm Mitleid hat! Katerína Iwánowna ist wohl eine großmütige Dame, aber sie ist ungerecht ... Und obwohl ich verstehe, daß sie mich aus keinem anderen Grunde als aus Mitleid des Herzens an den Haaren zerrt (denn, ich wiederhole es, ohne mich zu schämen, sie zerrt mich an den Haaren, junger Mann«, bestätigte er mit verstärkter Würde, als er wieder Gekicher vernahm), »aber mein Gott, wenn sie doch wenigstens ein einziges Mal ... Aber nein! Nein! Alles ist umsonst, und es lohnt sich nicht, davon zu sprechen! Lohnt sich nicht ... Denn mehr als einmal ist das Gewünschte schon dagewesen, und mehr als einmal hat man mit mir schon Mitleid gehabt, aber ... meine Natur ist eben so, ich bin ein geborenes Vieh!«

»Da haben wir's!« bemerkte der Wirt gähnend.

Marmeladoff schlug entschlossen mit der Faust auf den Tisch.

»So ist nun einmal meine Natur! Wissen Sie, wissen Sie, mein Herr, ich habe sogar ihre Strümpfe vertrunken! Nicht die Stiefel, denn das würde noch in der Ordnung der Dinge liegen, sondern auch die Strümpfe, ihre Strümpfe habe ich vertrunken! Auch ihr Tuch aus Ziegenwolle habe ich vertrunken, ein Geschenk von früher her, ihr Eigentum, nicht meines; wir leben aber in einem kalten Zimmer, und sie hat sich in diesem Winter erkältet und begann zu husten, sogar Blut speit sie schon manchmal. Wir haben noch drei kleine Kinder, und Katerina Iwanowna ist vom frühen Morgen bis in die Nacht bei der Arbeit; sie scheuert und wäscht, auch die Kinder wäscht sie, denn sie ist von Kindheit auf an Reinlichkeit gewöhnt, aber sie hat eine schwache Brust und neigt zur Schwindsucht, und ich fühle das. Fühle ich es denn nicht? Und je mehr ich trinke, um so stärker fühle ich. Darum trinke ich doch, weil ich in diesem Trank hier Mitleid und Gefühl suche ... Ich trinke, weil ich doppelt leiden will!«

Und er ließ wie in Verzweiflung den Kopf tief herabsinken.

»Junger Mann«, fuhr er fort, den Kopf wieder erhebend, »in Ihrem Gesicht lese ich etwas wie Kummer. Als Sie hereintraten, sah ich es gleich, und darum habe ich mich auch sofort an Sie gewandt. Denn indem ich Ihnen die Geschichte meines Lebens erzähle, will ich mich nicht vor diesen Müßiggängern an den Schandpfahl stellen, denen übrigens alles ohnehin schon bekannt ist, sondern ich suche einen fühlenden und gebildeten Menschen. So sollen denn auch Sie wissen, daß meine Gattin in einem adligen Gouvernementspensionat erzogen worden ist und bei der Schlußprüfung vor dem Gouverneur und anderen Persönlichkeiten mit einem Schal getanzt hat, wofür sie eine goldene Medaille und ein Ehrenzeugnis erhielt. Die Medaille... nun, die Medaille haben wir verkauft... schon längst... hm... das Ehrenzeugnis liegt noch in ihrem Kasten, und sie hat es vor kurzem unserer Hausfrau, der Wohnungswirtin, gezeigt. Obwohl sie mit dieser ständig, ja nahezu ununterbrochen Streitigkeiten hat, wollte sie doch vor jemandem einmal ein wenig stolz sein können und von vergangenen glücklichen Tagen erzählen. Und ich verurteile das nicht, ich verurteile das nicht, denn nur das allein ist in ihrer Erinnerung verblieben, alles übrige ist wie Staub verweht! Ja, ja; sie ist eine hitzige, stolze und unbeugsame Dame. Sie scheuert selbst den Fußboden, ißt trockenes Schwarzbrot, aber Mißachtung duldet sie nicht. Darum wollte sie auch nicht die Grobheit des Herrn Lebesjätnikoff dulden, und als Herr Lebesjätnikoff sie dafür schlug, mußte sie sich weniger der Schläge als des verletzten Gefühls wegen zu Bett legen. Ich habe sie als Witwe geheiratet, mit drei Kindern, klein, kleiner, am kleinsten. Ihren ersten Mann, einen Infanterieoffizier, hatte sie aus Liebe geheiratet und war seinetwegen aus dem Elternhause geflohen. Sie liebte ihren Mann grenzenlos; er aber verfiel dem Kartenspiel, kam vors Gericht und starb darüber. Er hat sie in den letzten Jahren oft geschlagen, und obwohl sie sich nichts von ihm gefallen ließ, wie ich es bestimmt und aus Schriftstücken weiß, erinnert sie sich seiner heute noch mit Tränen und hält ihn mir als Muster vor, und ich freue mich, ich freue mich, weil sie sich so wenigstens in der Phantasie als einmal glücklich gewesen sieht... Nach seinem Tode blieb sie mit den drei kleinen Kindern zurück in einer abgelegenen und weltvergessenen Provinz, wo auch ich mich damals befand, und in so hoffnungsloser Armut, daß ich sie nicht beschreiben kann, obwohl ich vieles und allerhand gesehen habe. Ihre Verwandten hatten sich alle von ihr losgesagt. Und sie war stolz, gar zu stolz ... Und da bot denn ich, mein Herr, auch ein Witwer mit einer vierzehnjährigen Tochter von meiner ersten Frau, ihr meine Hand an, denn ich konnte eine solche Qual nicht mit ansehen. Sie können danach beurteilen, wie groß ihre Not war, da sie, gebildet, gut erzogen und aus angesehener Familie, bereit war, mich zu heiraten! Sie heiratete mich! Zwar weinend, schluchzend und händeringend – aber sie heiratete mich! Denn sie konnte ja sonst nirgendwo hin. Verstehen Sie, verstehen Sie, mein Herr, was das heißt, wenn man nirgendwo mehr hin kann? Nein! Das verstehen Sie noch nicht ... Ein ganzes Jahr lang erfüllte ich meine Pflicht treu und redlich und rührte das da nicht an« (er wies auf die Branntweinflasche), »denn ich habe Gefühl. Aber auch damit konnte ich es ihr nicht zu Dank machen; und dann geschah es, daß ich meine Stelle verlor, aber nicht eines Vergehens wegen, sondern infolge einer Änderung im Etat, und dann wandte ich mich dem da zu! ... Nun ist es schon anderthalb Jahre her, daß wir nach langen Irrfahrten und vielfach großer Not endlich in dieser prächtigen und mit unzähligen Denkmälern geschmückten Residenz eintrafen. Ich fand hier eine Stelle ... Ich fand sie und verlor sie wieder. Verstehen Sie? Diesmal verlor ich die Stelle aus eigener Schuld, denn meine Neigung brach durch ... Jetzt wohnen wir in einem Winkel bei Amália Fjódorowna Lippewechsel, der die Wohnung gehört, wovon wir aber leben und womit wir bezahlen – das weiß ich nicht. Außer uns leben noch viele dort ... Ein entsetzliches Durcheinander ... hm ... ja ... Inzwischen war mein Töchterchen aus der ersten Ehe herangewachsen, und was sie, mein Töchterchen, von ihrer Stiefmutter zu erdulden hatte, während sie heranwuchs, darüber schweige ich. Denn wenn Katerina Iwanowna auch von großen Gefühlen ganz erfüllt ist, so ist sie doch eine hitzige und gereizte Dame und versteht es, einen herunterzumachen ... Tja! Doch wozu daran denken! Schulunterricht hat Ssónja, wie Sie sich denken können, nicht erhalten. Ich habe versucht, etwa vor vier Jahren, Geographie und Weltgeschichte mit ihr durchzunehmen, aber da ich selbst nicht ganz sattelfest war und keine entsprechenden Bücher besaß, denn die Bücher, die wir hatten ... hm ... nun ja, diese Bücher sind nicht mehr da ... so endete damit auch der ganze Unterricht. Wir blieben bei Cyrus von Persien stehen. Später, als sie reifer und älter wurde, las sie einige Bücher romanhaften Inhalts, ja, und vor kurzem erhielt sie von Herrn Lebesjätnikoff ein Buch, Physiologie von Lewis – kennen Sie es vielleicht? –, das las sie mit großem Interesse und las uns auch einige Abschnitte daraus vor; das ist nun ihr ganzes Wissen. Jetzt wende ich mich an Sie, mein Herr, mit einer privaten Frage, so von mir aus: Wieviel kann, nach Ihrer Meinung, ein armes, ehrliches junges Mädchen durch ehrliche Arbeit verdienen? ... Sie wird kaum fünfzehn Kopeken pro Tag verdienen, mein Herr, wenn sie ehrlich ist und keine besonderen Talente hat, und dafür muß sie, ohne einen Augenblick zu ruhen, ununterbrochen arbeiten! Und dabei hat zum Beispiel der Staatsrat Iwán Iwánowitsch Klopstock – haben Sie vielleicht von ihm gehört? – bis heute nicht bloß das Geld für das Nähen von einem halben Dutzend Hemden aus holländischem Leinen nicht bezahlt, sondern hat sie noch unter Kränkungen hinausgejagt, hat mit den Füßen getrampelt und sie in unanständiger Weise beschimpft, unter dem Vorwand, daß der Hemdkragen nicht nach Maß und dazu schief genäht sei. Und die Kinder sitzen hungrig zu Hause ... Katerina Iwanowna geht händeringend im Zimmer umher, und auf ihren Wangen zeigen sich rote Flecke – was bei dieser Krankheit immer der Fall ist. ‚Du lebst bei uns, Müßiggängerin', sagt sie, ‚ißt, trinkst und genießt die Wärme!' Aber was gibt es denn zu essen und zu trinken, wenn die Kinder drei Tage lang nicht mal eine Brotrinde zu sehen bekommen haben! Ich lag damals berauscht da ... nun, was ist da viel zu sagen, ich lag berauscht da und hörte, wie meine Ssónja sagt (sie ist so still und ihr Stimmchen so sanft ... hellblond ist sie, das Gesichtchen ist immer bleich und mager), und so sagt sie: ‚Ja, wie denn, Katerina Iwanowna, soll ich denn wirklich auf so etwas eingehen?‘ Dárja Fránzowna aber, ein böses und der Polizei gut bekanntes Weib, hatte sich schon dreimal durch unsere Wirtin erkundigt. ‚Warum denn nicht?‘ versetzt Katerina Iwanowna spöttisch. ‚Wozu es hüten? Als ob's Wunder was für ein Kleinod wär'!‘ Klagen Sie sie aber nicht an, mein Herr, klagen Sie nicht an, verurteilen Sie nicht! Das war nicht bei gesundem Verstand gesagt, sondern in erregter Stimmung, in der Gereiztheit einer Kranken und beim Weinen der hungrigen Kinder, und es war auch eher nur um zu kränken gesagt, als im genauen Sinne des Wortes gemeint ... Denn Katerina Iwanowna hat nun einmal so einen Charakter, und wenn die Kinder anfangen zu weinen, und sei es vor Hunger, schlägt sie sie sofort. Und da sah ich – es war gegen sechs Uhr – wie Ssónjetschka aufstand, das Tüchlein umnahm, ihr Kapuzchen drüberzog und die Wohnung verließ, in der neunten Stunde aber kam sie zurück. Sie kam, ging direkt zu Katerina Iwanowna und legte schweigend auf den Tisch dreißig Rubel vor sie hin. Kein einziges Wörtchen hat sie gesagt, nicht mal hingeblickt; sie nahm nur unser großes grünes Umlegetuch (wir besitzen so ein gemeinsames Umlegetuch aus Drap-de-Dame), nahm es um die Schultern, auch über den Kopf und das Gesicht und legte sich auf das Bett mit dem Gesicht zur Wand; bloß die schmalen Schultern und der ganze Körper bebten ... Ich aber lag, wie vorher, in demselben Zustand ... Und da sah ich, junger Mann, da sah ich, wie Katerina Iwanowna, gleichfalls ohne ein Wort zu sagen, an das Bettchen von Ssonjetschka herantrat und den ganzen Abend auf den Knien zu ihren Füßen lag, ihr die Füße küßte, nicht aufstehen wollte, und wie sie beide schließlich umschlungen einschliefen ... beide ... beide zusammen ... jawohl ... ich aber ... lag berauscht da.«

Marmeladoff schwieg, als versage ihm die Stimme. Dann schenkte er sich plötzlich ein, trank schnell aus und räusperte sich.

»Seit der Zeit, mein Herr«, fuhr er nach kurzem Schweigen fort, »seit der Zeit ist meine Tochter Ssófja Ssemjónowna gezwungen, dank einem ungünstigen Zufall und der Anzeige übelwollender Menschen – wobei Dárja Fránzowna sich besonders hervorgetan hat, weil man ihr angeblich die ihr gebührende Achtung versagt habe –, den gelben Schein als Ausweis bei sich zu tragen, und infolgedessen hat sie bei uns nicht länger bleiben können. Denn unsere Wirtin, Amália Fjódorowna Lippewechsel, wollte es nicht zulassen (vorher aber hat sie noch selbst der Darja Franzowna dabei geholfen), und auch Herr Lebesjätnikoff ... hm ... Ja, sehen Sie, eben wegen Ssonja kam es zu der Geschichte zwischen ihm und Katerina Iwanowna. Zuerst stellte er selber Ssónjetschka nach, mit einemmal aber wurde er empfindlich. ,Wie kann ich, ein so gebildeter Mann', sagte er, ,mit so einer in der gleichen Wohnung leben?' Katerina Iwanowna nahm das nicht stillschweigend hin, trat für Ssonja ein ... nun, und da passierte es denn ... Ssonjetschka besucht uns nun meist in der Dämmerung und hilft Katerina Iwanowna und gibt nach Möglichkeit Geld ... Wohnen aber tut sie bei dem Schneider Kapernaúmoff; sie hat bei ihm eine Stube gemietet. Kapernaúmoff ist lahm und stottert, und seine sehr zahlreiche Familie stottert gleichfalls. Auch seine Frau stottert ... Sie leben alle in einem Zimmer. Ssonja aber hat ihr eigenes Zimmer hinter einer Scherwand ... Hm ... ja ... Es sind furchtbar arme Leute, und dazu stottern sie noch ... ja ... Ich stand also am Morgen auf, zog meine Fetzen an, erhob die Hände zum Himmel und ging zu Seiner Exzellenz Iwán Afanássjewitsch. Darf ich fragen, ob Sie Seine Exzellenz Iwán Afanássjewitsch vielleicht kennen? ... Nein? ... Nun, dann kennen Sie nicht einen Gottesmenschen! Er ist wie Wachs ... Wachs vor dem Angesicht Gottes; er wird weich wie Wachs ... Ihm traten sogar Tränen in die Augen, nachdem er geruht hatte, alles anzuhören. ,Nun höre, Marmeladoff', sagte er, ,einmal hast du meine Erwartung enttäuscht ... Ich gebe dir noch einmal eine Stelle – auf meine persönliche Verantwortung hin', so sprach er, ,denk daran', sagte er, ‚und geh jetzt!‘ Ich küßte den Staub von seinen Füßen – in Gedanken nur, denn in Wirklichkeit hätte er es nicht gestattet, als Würdenträger und als ein Mann der neuen Staats- und Bildungsideen. Ich kehrte nach Hause zurück, und als ich mitteilte, daß ich in den Staatsdienst aufgenommen war und Gehalt erhalten würde! – Herrgott, was da geschah! . . .«

Marmeladoff hielt von neuem in großer Erregung inne. In diesem Augenblick drang von der Straße eine Schar von Trunkenbolden herein, die schon bezecht waren, und am Eingang ertönten die Klänge eines Leierkastens und das heisere Stimmchen eines siebenjährigen Kindes, das ein Gassenlied sang. Es wurde lärmend. Der Wirt und die Jungen bedienten die Neuangekommenen. Marmeladoff setzte seine Erzählung fort, ohne die Eingetretenen zu beachten. Er schien sehr schwach geworden zu sein, aber je stärker der Branntwein auf ihn wirkte, um so redseliger wurde er. Die Erinnerung an den kürzlichen Erfolg und die Wiederaufnahme in den Dienst schien ihn zu beleben und spiegelte sich sogar auf seinem Gesicht in einem gewissen Strahlen wider. Raskolnikoff hörte aufmerksam zu.

»Das geschah vor fünf Wochen, mein Herr. Ja . . . Kaum hatten sie es erfahren, beide, Katerina Iwanowna und Ssonjetschka, da begann für mich ein Leben – o Gott! – als wäre ich ins Himmelreich geraten. Früher lag ich da wie ein Vieh und hörte bloß Schmähungen! Jetzt aber, auf den Fußspitzen gehen sie, die Kinder werden angehalten, ruhig zu sein. ‚Ssemjón Sachárytsch ist müde vom Dienst, ruht sich aus . . .!‘ Ehe ich in den Dienst gehe, bekomme ich Kaffee; Sahne wird gekocht. Sie hatten wirkliche Sahne beschafft, hören Sie nur! Und woher sie elf Rubel und fünfzig Kopeken zu einer anständigen Equipierung zusammengekratzt haben, begreife ich bis jetzt noch nicht! Stiefel, ein prachtvolles Kalikovorhemd, einen Uniformrock – alles in ausgezeichnetem Zustand haben sie für elf Rubel und fünfzig Kopeken beschafft. Den ersten Tag kam ich heim aus dem Dienst, und was sehe ich? Katerina Iwanowna wartet mit zwei Speisen auf: Suppe und Pökelfleisch mit Meerrettich, woran vorher nicht einmal zu denken gewesen wäre. Sie hat eigentlich keine Kleider ... das heißt, tatsächlich keine, jetzt aber war sie angezogen, als wollte sie einen Besuch machen; sie hatte sich hergerichtet, wenn auch mit nichts Besonderem, aber sie verstehen es, aus nichts etwas zu machen: man frisiert sich, irgendein sauberes Krägelchen, Manschettchen dazu, und vor dir steht ein ganz anderer Mensch, sowohl verjüngt wie verschönt. Ssonjetschka, mein Täubchen, hatte diesmal nur mit Geld geholfen, denn, sagte sie, es gehe jetzt nicht mehr an, daß sie uns oft besuche, höchstens in der Dämmerung, damit niemand es sehe. Hören Sie? Nach dem Essen legte ich mich ein wenig hin, aber was meinen Sie, was da geschah? Katerina Iwanowna konnte es doch nicht lassen und lud unsere Wirtin, Amalia Fjodorowna, mit der sie sich noch vor einer Woche fürchterlich gezankt hatte, nun zu einer Tasse Kaffee ein. Zwei Stunden saßen sie und flüsterten die ganze Zeit. ‚Ssemjón Sachárytsch', erzählte Katerina Iwanowna, ‚ist jetzt im Staatsdienst mit festem Gehalt; er erschien bei Seiner Exzellenz, und Seine Exzellenz kam selbst heraus, ließ alle anderen warten, faßte Ssemjon Sacharytsch an der Hand und führte ihn in sein Zimmer.' Hören Sie, hören Sie! ‚Ich erinnere mich selbstverständlich Ihrer Verdienste, Ssemjon Sacharytsch', sagte er, ‚obschon Sie diese leichtsinnige Schwäche haben, aber da Sie mir Ihr Wort geben und es bei uns außerdem ohne Sie nicht gut gegangen ist' (Hören Sie, hören Sie!), ‚so verlasse ich mich denn jetzt auf Ihr Ehrenwort', sagte er. Das heißt, sie hatte sich das alles einfach selbst ausgedacht, wissen Sie, aber nicht aus Geschwätzigkeit und auch nicht, um damit zu prahlen! Nein, sie glaubt ja selbst daran, ergötzt sich an ihrer eigenen Phantasie, bei Gott! Und ich verurteile es nicht, nein, das verurteile ich nicht! ... Als ich nun, vor sechs Tagen, mein erstes Gehalt, dreiundzwanzig Rubel vierzig Kopeken, ihr vollzählig übergab, nannte sie mich sogar ‚Liebling‘! ‚So ein Liebling bist du!‘ sagte sie. Und unter vier Augen hat sie es gesagt, verstehen Sie? Nun, was ist denn liebenswert an mir, fragt es sich, und was bin ich denn für ein Gatte? Nein, in die Wange kniff sie mich, und ‚so ein Liebling!‘ sagte sie.«

Marmeladoff hielt inne, wollte beinahe lächeln, plötzlich aber erzitterte sein Kinn. Er beherrschte sich jedoch. Diese Schenke, das verkommene Aussehen des Mannes nach fünf Nächten auf den Heubarken, dazu die Branntweintrinkerei und gleichzeitig diese krankhafte Liebe zu Frau und Familie machten seinen Zuhörer völlig irre. Raskolnikoff hörte ihm gespannt zu, jedoch mit einem peinvollen Empfinden. Er ärgerte sich, daß er hierher gekommen war.

»Mein Herr, verehrter Herr!« rief Marmeladoff aus, als er sich wieder völlig in der Gewalt hatte, »oh, mein Herr, vielleicht erscheint auch Ihnen das alles ebenso lächerlich wie den anderen, und ich belästige Sie bloß mit der Dummheit all dieser erbärmlichen Einzelheiten meines häuslichen Lebens, nun, für mich aber ist es nicht lächerlich! Denn ich kann ja das alles fühlen ... Und jenen paradiesischen Tag meines Lebens wie auch den ganzen Abend verbrachte ich in beschwingten endlosen Träumereien, und zwar: wie ich nun alles einrichten, den Kindern Kleidung kaufen, ihr ein geruhsames Leben verschaffen und meine einzige Tochter aus der Schande in den Schoß der Familie zurückbringen würde ... Und vielerlei, noch vielerlei ... Das ist statthaft, mein Herr, ist erlaubt. Nun aber, jawohl, mein verehrter Herr« (Marmeladoff fuhr dabei plötzlich auf, wie durchzuckt, erhob den Kopf und blickte seinem Zuhörer unverwandt ins Gesicht), »nun aber, schon am nächsten Tage nach all diesen Träumereien – heute sind es genau fünf Tage her – stibitzte ich gegen Abend durch einen listigen Betrug, wie ein Dieb in der Nacht, den Schlüssel zu Katerina Iwanownas Kasten, nahm den Rest von dem heimgebrachten Gehalt – wieviel es war, weiß ich nicht mehr –, und nun schauen Sie mich an, ja, seht mich an, alle! Den fünften

Tag bin ich von Hause weg, man sucht mich, und der Dienst ist zu Ende, der Uniformrock liegt in einer Schenke bei der Ägyptischen Brücke, und für ihn habe ich diese Bekleidung erhalten ... und alles ist zu Ende!«

Marmeladoff schlug sich mit der Faust vor die Stirn, preßte die Zähne zusammen, schloß die Augen und stützte sich schwer mit dem Ellbogen auf den Tisch. Nach einer Weile aber veränderte sich plötzlich sein Gesicht, er blickte mit gleichsam geheuchelter Verschmitztheit und gespielter Frechheit Raskolnikoff an, lachte und sagte:

»Und heute war ich bei Ssonja, um mir Geld für einen Schnaps auf den Kater zu erbetteln! Hehehe!«

»Hat sie dir wirklich was gegeben?« rief jemand von den Neuangekommenen, rief es und lachte aus vollem Halse.

»Hier, eben diese halbe Flasche ist für ihr Geld gekauft«, sagte Marmeladoff, sich ausschließlich an Raskolnikoff wendend. »Dreißig Kopeken gab sie mir, eigenhändig, die letzten, alles, was sie hatte ... Ich habe es selbst gesehen ... Sie sagte nichts, sah mich bloß schweigend an ... So pflegt man nicht auf Erden, sondern dort ... sich um die Menschen zu grämen, zu härmen ... und keinen Vorwurf, keinen Vorwurf zu machen! Das aber ist schmerzhafter, jawohl, schmerzhafter, wenn kein Vorwurf gemacht wird ... Dreißig Kopeken, tja. Und sie braucht sie doch jetzt selbst, nicht wahr? Was meinen Sie, mein lieber Herr? Sie muß doch jetzt auf Sauberkeit achten. Diese Sauberkeit aber, diese besondere Sauberkeit kostet Geld, verstehen Sie? Verstehen Sie? Nun, und dann muß sie auch allerhand Pomaden kaufen, es geht ja nicht ohne dem; dazu gesteifte Unterröcke, raffinierte Stiefelchen, wissen Sie, Stiefelchen, um das Füßchen zur Geltung zu bringen, wenn sie über eine Pfütze tritt. Verstehen Sie, verstehen Sie, mein Herr, was diese Sauberkeit bedeutet? Ich aber, der leibliche Vater, habe ihr diese dreißig Kopeken zu einem Schnaps abgeluchst! Und trinke hier! Und habe sie schon vertrunken! ... Nun, wer soll denn mit so einem wie ich Mitleid haben? Wie?

Tue ich Ihnen denn jetzt leid, mein Herr, oder nicht? Sagen Sie, mein Herr, tue ich Ihnen leid oder nicht? Hehehe!«

Er wollte sich wieder einschenken, aber es war nichts mehr drin. Die Flasche war leer.

»Warum soll man denn mit dir Mitleid haben?« rief der Wirt, der sich in ihrer Nähe befand.

Lachen erscholl, und sogar Schimpfworte wurden laut. Es lachten und schimpften sowohl die Zuhörer wie die, die nicht zugehört hatten, ohne Grund, allein schon über das Aussehen dieses verabschiedeten Beamten.

»Mitleid haben! Wozu Mitleid haben!« rief Marmeladoff plötzlich laut und erhob sich mit vorgestreckter Hand, in unverkennbarer Ekstase, als hätte er bloß auf diese Worte gewartet. »Warum soll man denn Mitleid mit mir haben, sagst du? Ja! Da ist nichts, weswegen man mich bemitleiden sollte. Kreuzigen sollte man mich, ans Kreuz nageln und nicht Mitleid haben! Ja, kreuzige, Richter, kreuzige ihn, aber nachdem du ihn gekreuzigt hast, habe Mitleid mit ihm! Und dann will ich selbst zur Kreuzigung zu dir kommen, denn mich dürstet nicht nach Fröhlichkeit, sondern nach Kummer und Tränen! ... Meinst du denn, du Krämer, daß diese deine Flasche mir zur Freude gereichte? Kummer, Kummer suchte ich auf ihrem Grunde, Kummer und Tränen, und die habe ich auch gefunden und habe sie verkostet. Mitleid aber mit uns wird der haben, der mit allen Mitleid hat, und der alles und alle verstanden hat, Er, der Einzige, er ist auch der Richter. Er wird an jenem Tage kommen und fragen: ‚Wo ist die Tochter, die sich für die böse und schwindsüchtige Stiefmutter und für die fremden kleinen Kinder geopfert hat? Wo ist die Tochter, die mit ihrem irdischen Vater, dem unnützen Trunkenbold, Mitleid hatte, ohne vor seiner Tierheit zu erschrecken?‘ Und er wird sagen: ‚Komm! Ich habe dir schon einmal vergeben ... Habe dir schon einmal vergeben ... vergeben sind dir auch jetzt deine vielfachen Sünden, weil du viel geliebt hast ...‘ Und er wird meiner Ssonja vergeben, wird ihr vergeben, ich weiß es, daß er ihr vergeben wird ... Das habe ich jetzt, als ich bei ihr war, in meinem Herzen gefühlt! ... Und er wird der Richter sein allen und wird vergeben, wie den Guten so auch den Bösen, wie den Weisen so auch den Einfältigen ... Und wenn er mit allen schon fertig sein wird, dann wird er auch zu uns sprechen: ‚Kommet auch ihr!‘ wird er sagen. ‚Kommt, ihr Betrunkenen, kommt, ihr Schwächlinge, kommt, ihr Schandkerle!‘ Und wir alle werden vortreten, ohne uns zu schämen, und werden dastehen. Er aber wird sagen: ‚Ihr Schweine! Ihr Ebenbilder des Tieres und vom Tiere Gestempelten; aber kommet auch ihr!‘ Und die Weisen und die Klugen werden ausrufen: ‚Herr! Warum nimmst du denn diese auf?‘ Und er wird sagen: ‚Ich nehme sie auf, ihr Weisen, ich nehme sie auf, ihr Klugen, weil kein einziger von ihnen sich dessen für würdig gehalten hat ...‘ Und er wird seine Hände uns entgegenstrecken, und wir werden niedersinken ... und werden weinen ... und alles verstehen! Dann werden wir alles verstehen! ... Und alle werden verstehen ... auch Katerina Iwanowna ... auch sie wird verstehen ... Herr, dein Reich komme!«

Und er ließ sich auf die Bank zurücksinken, erschöpft und entkräftet, ohne jemand anzusehen, als hätte er die Umgebung vergessen, und wie in tiefes Sinnen versunken. Seine Worte hatten einen gewissen Eindruck gemacht; für einen Augenblick trat Schweigen ein, bald darauf hörte man wieder das alte Lachen und den gleichen Hohn.

»Er hat es bedacht!«

»Geschwätz!«

»Ein Beamter!«

und ähnliches hörte man.

»Wollen wir gehen, mein Herr!« sagte Marmeladoff plötzlich, den Kopf erhebend und sich an Raskolnikoff wendend. »Begleiten Sie mich ... Haus Kosel, im Hof. Es ist Zeit ... für mich ... zu Katerina Iwanowna ...«

Raskolnikoff hatte längst schon weggehen wollen und auch selbst daran gedacht, ihm behilflich zu sein. Marmeladoff zeigte sich viel schwächer in den Beinen als im Reden und stützte sich stark auf den jungen Mann. Sie hatten nur zwei- bis dreihundert Schritte zu gehen. Je näher sie dem Hause kamen, um so stärker bemächtigten sich des Säufers Verwirrung und Angst.

»Ich fürchte mich jetzt nicht vor Katerina Iwanowna«, murmelte er erregt, »auch nicht davor, daß sie mich an den Haaren zerren wird. Was sind Haare! ... Haare sind Unsinn. Das sage ich! Es ist sogar besser, wenn sie mich zerrt, aber nicht davor fürchte ich mich ... ich ... fürchte ihre Augen ... ja ... ihre Augen ... Auch die roten Flecke auf den Wangen fürchte ich ... und dann noch: ihren Atem fürchte ich ... Hast du gesehen, wie die Menschen bei dieser Krankheit atmen, wenn sie erregt sind? Auch das Weinen der Kinder fürchte ich ... Denn wenn Ssonja ihnen nichts zu essen gegeben hat, dann weiß ich nicht, wie ... Ich weiß nicht! Schläge fürchte ich nicht ... Du sollst wissen, mein Herr, daß solche Schläge mir keinen Schmerz, sondern Genuß bereiten ... Denn ohne die kann ich selbst nicht auskommen. Es ist besser so. Mag sie mich schlagen, mag sie ihrem Herzen Luft machen ... es ist besser so ... Da ist ja schon das Haus. Es gehört Kosel. Einem Schlosser, einem reichen Deutschen ... führe mich!«

Sie traten vom Hof aus ins Haus. Je höher sie die Treppe bis zum vierten Stockwerk hinaufstiegen, um so dunkler wurde es. Es war fast elf Uhr, und obwohl es um diese Jahreszeit in Petersburg keine richtige Nacht gibt, war es oben auf der Treppe doch recht dunkel.

Eine kleine verräucherte Tür am Ende der Treppe war geöffnet. Ein Lichtstumpf beleuchtete ein sehr ärmliches, etwa zehn Schritte langes Zimmer; vom Flur aus konnte man es vollständig überblicken. Vieles lag verstreut und in Unordnung umher, hauptsächlich verschiedene ärmliche Kinderkleidungsstücke. Vor den hintersten Winkel war ein löcheriges Bettuch gezogen. Dort stand wahrscheinlich das Bett. Im Zimmer waren im ganzen zwei Stühle und ein sehr abgerissenes, mit Wachstuch bezogenes Sofa, vor dem ohne Tischdecke ein alter, ungestrichener Küchentisch aus Fichtenholz stand. Auf einer Ecke des Tisches brannte in einem eisernen Leuchter der Lichtstumpf. Wie sich später herausstellte, schlief Marmeladoff nicht in dem Winkel hinter dem Bettuch, sondern in einem Zimmerchen für sich, aber dieses Zimmer hier war ein Durchgangszimmer. Die Tür zu den andern Räumen oder vielmehr Käfigen, aus denen Amalie Lippewechsels Wohnung bestand, war offen. Dort ging es geräuschvoll und laut zu. Man hörte lachen. Dort spielte man offenbar Karten und trank Tee. Hin und wieder vernahm man äußerst ungenierte Ausrufe.

Raskolnikoff erkannte Katerina Iwanowna sofort. Sie war eine furchtbar abgemagerte Frau von ziemlich hohem Wuchs, schlank, mit noch sehr schönem, dunkelblondem Haar, und auf den Wangen waren die roten Flecke zu sehen. Sie wanderte in dem nicht großen Zimmer auf und ab, die Hände an die Brust gepreßt, mit trockenen Lippen und atmete stoßweise und unregelmäßig. Ihre Augen glänzten wie im Fieber, der Blick aber war hart und unbeweglich, und dieses schwindsüchtige und erregte Gesicht machte bei der flackernden Beleuchtung des zu Ende brennenden Lichtstumpfes einen unbedingt kranken Eindruck auf Raskolnikoff. Sie schien etwa dreißig Jahre alt zu sein und in der Tat zu Marmeladoff nicht zu passen ... Sie hatte die Eintretenden nicht gehört und nicht bemerkt; ihre Gedanken schienen abwesend zu sein, sie hörte und sah wohl überhaupt nichts. Im Zimmer war es dumpf, das Fenster aber hatte sie nicht geöffnet; von der Treppe her kam ein übler Geruch, und die Tür zur Treppe stand offen. Aus den inneren Räumen drangen durch die gleichfalls offene Durchgangstür Wolken von Tabakrauch; sie hustete, schloß aber nicht die Tür. Das kleinste Mädchen, im Alter von sechs Jahren etwa, schlief irgendwie halbsitzend zusammengekauert auf dem Fußboden, mit dem Gesichtchen ans Sofa gekuschelt. Der Knabe, vielleicht ein Jahr älter, stand zitternd in einem

Winkel und weinte. Er hatte wahrscheinlich soeben Schläge bekommen. Das älteste Mädchen, von ungefähr neun Jahren, hoch aufgeschossen und dünn wie ein Streichhölzchen, stand in einem zerrissenen Hemdchen und in einem alten, wattierten Mäntelchen, das um die nackten Schultern geworfen und wahrscheinlich vor zwei Jahren gemacht war, da es ihr jetzt kaum bis zu den Knien reichte, im Winkel neben dem kleinen Bruder und hielt seinen Hals mit ihrem langen, dünnen Ärmchen umschlungen. Sie schien ihn zu trösten, flüsterte ihm etwas zu und hielt ihn in jeder Weise zurück, damit er ja nicht weine, und gleichzeitig beobachtete sie mit ihren übergroßen, dunklen Augen, die in dem abgemagerten und erschrockenen Gesichtchen noch größer wirkten, angstvoll die ruhelos wandernde Mutter. Marmeladoff kniete, ohne das Zimmer zu betreten, an der Tür nieder und schob Raskolnikoff vor sich hinein. Als die Frau den Fremden erblickte, blieb sie zerstreut vor ihm stehen, kam auf einen Augenblick wie zu sich und schien nachzudenken, warum er eingetreten sei. Aber sie meinte wohl, daß er in die anderen Räume wollte, da der ihrige ja nur ein Durchgangszimmer war. Nachdem sie sich's so überlegt hatte, ging sie, ohne ihn weiter zu beachten, zur Flurtür, um sie zu schließen. Da schrie sie plötzlich auf, als sie auf der Schwelle ihren knienden Mann erblickte.

»Ach!« rief sie in blinder Wut. »Du bist zurückgekehrt! Du Zuchthäusler! Du Unmensch ... Und wo ist das Geld? Was hast du in der Tasche, zeig's her! Und die Kleider sind nicht dieselben! Wo ist deine Uniform? Wo ist das Geld? Sprich! ...«

Und sie stürzte sich auf ihn, um ihn zu durchsuchen. Marmeladoff hob gehorsam und unterwürfig die Arme beiderseits hoch, um ihr die Durchsuchung der Taschen zu erleichtern. Vom Geld war keine Kopeke mehr da.

»Wo ist das Geld?« schrie sie wieder. »O Gott, er wird doch nicht alles vertrunken haben! Es waren doch noch zwölf Rubel im Kasten! ...«

Und in rasender Wut packte sie ihn plötzlich an den Haaren und zerrte ihn ins Zimmer herein. Marmeladoff erleichterte ihr die Mühe, indem er auf den Knien demütig hinter ihr her kroch.

»Auch das ist mir ein Genuß! Auch das ist für mich kein Schmerz, sondern ein Ge–nuß, mein ver–ehr–ter Herr!« rief er aus, während er an den Haaren gezerrt und geschüttelt wurde und einmal sogar mit der Stirn gegen den Boden schlug. Das Kind, das am Sofa schlief, wachte auf und begann zu weinen. Der Knabe im Winkel fuhr zusammen, erschauerte, schrie auf und stürzte in furchtbarem Schreck, wie in einem Anfall, zum Schwesterchen hin. Das älteste Mädchen bebte an allen Gliedern wie ein Blatt unter einem Windstoß.

»Vertrunken! Alles, alles vertrunken!« schrie die arme Frau in Verzweiflung. »Und die Kleider sind nicht dieselben! Und die da sind hungrig, hungrig!« (und händeringend wies sie auf die Kinder). »Oh, dreimal verfluchtes Leben! Und Sie... Sie schämen sich nicht!« Mit diesen Worten stürzte sie sich unversehens auf Raskolnikoff. »Sie da aus der Schenke! Du hast mit ihm getrunken? Hast mit ihm getrunken! Hinaus!«

Der junge Mann beeilte sich, ohne ein Wort zu sagen, wieder hinauszukommen. Die Tür zu den anderen Zimmern war schon sperrangelweit geöffnet worden, und einige Neugierige schauten herein: dreiste, lachende Gesichter mit Zigaretten, mit Pfeifen im Munde, mit Mützen auf dem Kopf, dazu Gestalten in Schlafröcken und mit völlig nackter Brust, in leichter Bekleidung, die schon an Unanständigkeit grenzte, manche mit Karten in der Hand. Sie amüsierten sich vortrefflich und lachten, als Marmeladoff, an den Haaren gezerrt, ausrief, daß dies ihm ein Genuß sei. Man trat sogar schon ins Zimmer herein; plötzlich erscholl ein wütendes Gekreische: Amalie Lippewechsel war persönlich herbeigeeilt und drängte sich durch, um selbst auf ihre Weise Ordnung zu schaffen und schimpfend zum hundertsten Mal die arme Frau durch den Befehl, morgen schon die Wohnung zu räumen, zu erschrecken. Beim Fortgehen gelang es Raskolnikoff, die Hand in die Tasche zu stecken, soviel von dem Kupfergeld, das man ihm in der Schenke auf den Rubel herausgegeben hatte, hervorzuholen, als er erfassen konnte, und es unbemerkt auf das Fensterbrett zu legen. Auf der Treppe besann er sich und wollte schon umkehren.

»Was habe ich für eine Dummheit gemacht!« dachte er. »Sie haben ja Ssonja, und ich brauche es doch selbst.«

Nachdem er aber überlegt hatte, daß es jetzt bereits unmöglich war, das Geld zurückzunehmen, und daß er es ja auch sowieso nicht zurückgenommen hätte, gab er es auf und ging nach Hause.

»Ssonja braucht Pomade«, fuhr er fort, während er auf der Straße ging, und lächelte bitter. »Diese Sauberkeit kostet Geld ... Hm! Ssonjetschka kann heute vielleicht Fiasko machen, denn es ist immerhin ein Risiko, die Jagd auf dieses Wild ... wie die Goldgräberei ... Da würden sie denn ohne mein Geld morgen alle auf dem trockenen sitzen ... Ja, die Ssonja! Was für einen Brunnen sie doch zu finden verstanden haben! Und sie benutzen ihn! Sie benutzen ihn trotz allem! Und haben sich daran gewöhnt! Sie haben ein Weilchen geweint, und danach haben sie sich daran gewöhnt. An alles gewöhnt sich der Schuft Mensch!«

Er verfiel in Nachdenken.

»Aber wie, wenn das nur leeres Geschwätz ist?«, rief er plötzlich unwillkürlich aus. »Wenn nun der Mensch tatsächlich durchaus *kein Schuft* ist, im allgemeinen und überhaupt, das heißt, das ganze Menschengeschlecht es nicht ist, so bedeutet das doch, daß alles übrige nur Vorurteile sind, nichts als suggerierte Schreckbilder, und daß es überhaupt keine Hemmungen gibt, und daß es ja gerade so sein muß! ...«

III

Er erwachte am anderen Tage spät nach einem unruhigen Schlaf, aber der Schlaf hatte ihn nicht gestärkt. Er erwachte verdrossen, gereizt und böse und blickte voll Haß seine Kammer an. Es war ein winziger Raum, etwa sechs Schritte lang, und machte mit seiner gelblichen, staubigen und überall von der Wand gelösten Tapete einen kläglichen Eindruck. Das Zimmer war auch so niedrig, daß es auf einen größeren Mann bedrückend wirkte, da er immer befürchten mußte, mit dem Kopf an die Decke zu stoßen. Die Möbel entsprachen dem Raum: es waren drei alte Stühle da, in nicht ganz unversehrtem Zustand, in einer Ecke stand ein gestrichener Tisch, auf dem ein paar Hefte und Bücher lagen; schon aus dem Umstand, wie verstaubt sie waren, konnte man schließen, daß schon lange keine Hand sie berührt hatte. Außerdem stand in dem Zimmer noch ein plumper großer Diwan, der fast die ganze Längswand und die Hälfte der Breite des Raumes einnahm, einst mit Kattun bezogen, jetzt zerfetzt; er diente Raskolnikoff als Bett. Er schlief auf ihm oftmals so, wie er ging und stand, ohne sich auszuziehen, ohne Laken, bedeckt mit einem alten, abgerissenen Studentenmantel, unter dem Kopf ein kleines Kissen, worunter er alles stopfte, was er an Wäsche, reiner und getragener, besaß, um die Kopfstelle höher zu machen. Vor dem Sofa stand ein kleiner Tisch.

Schwerlich hätte man noch heruntergekommener und verwahrloster sein können, Raskolnikoff aber war dieser Zustand in seiner jetzigen Gemütsverfassung sogar angenehm. Er hatte sich von allen völlig zurückgezogen, wie eine Schildkröte in ihre Schalen; und selbst das Gesicht des Mädchens, das ihn bedienen sollte und das zuweilen einen Blick in seine Kammer warf, reizte schon seine Galle und verursachte ihm seelische Krämpfe. Das kommt bei manchen Leuten vor, die von einer Manie befallen sind und sich auf etwas Bestimmtes gar zu stark konzentriert haben. Seine Wirtin hatte schon seit zwei Wochen aufgehört, ihm das Essen hinaufzuschicken, und er hatte noch nicht daran gedacht, zu ihr zu gehen, um sich mit ihr auseinanderzusetzen, obwohl er nun ohne Mittagessen dasaß. Nastássja, die Köchin und das einzige Mädchen der Wirtin, war zum Teil froh über diese Stimmung des Mieters und hatte ihrerseits aufgehört, sein Zimmer aufzuräumen und auszukehren; ab und zu jedoch, vielleicht einmal in der Woche, kam sie gelegentlich mit dem Besen. Sie war es, die ihn jetzt weckte.

»Steh auf, was schläfst Du!« rief sie ihm zu. »Es ist schon zehn Uhr. Ich habe dir Tee gebracht. Willst du Tee? Bist wohl schon ganz abgemagert?« Der junge Mann öffnete die Augen, zuckte zusammen und erkannte Nastássja.

»Ist der Tee von der Hausfrau?« fragte er und erhob sich langsam und mit schmerzlicher Miene vom Diwan.

»Was dir einfällt – von der Hausfrau!«

Sie stellte ihre eigene gesprungene Teekanne mit altem aufgebrühtem Tee vor ihn hin und legte zwei Stücke gelben Zucker daneben.

»Hier, Nastássja, nimm das, bitte!« sagte er, indem er in der Tasche suchte (er hatte angekleidet geschlafen) und eine Handvoll Kupfermünzen hervorholte. »Geh und kaufe mir Weißbrot! Und hole auch ein wenig Wurst aus dem Laden, aber billigere ...«

»Weißbrot werde ich dir sofort bringen, aber willst du nicht anstatt Wurst etwas Kohlsuppe haben? Die Kohlsuppe ist gut, sie ist von gestern. Ich hatte schon gestern etwas für dich aufbewahrt, aber du kamst erst so spät. Es ist eine gute Kohlsuppe.«

Nachdem sie die Kohlsuppe gebracht hatte, setzte sich Nastassja neben ihm auf den Diwan und begann, während er aß, zu plaudern. Sie war vom Lande und ein sehr geschwätziges Frauenzimmer.

»Praskówja Páwlowna will dich bei der Polizei verklagen«, sagte sie.

Er runzelte die Stirn. »Bei der Polizei? Was will sie denn?«

»Du zahlst nicht und räumst das Zimmer nicht. Es ist doch klar, was sie will.«

(»Zum Teufel, das fehlte noch«, dachte er knirschend.) »Nein, das käme mir jetzt... sehr ungelegen... Sie ist dumm«, fügte er laut hinzu. »Ich will heute noch zu ihr gehen und mit ihr sprechen.«

»Mag sie dumm sein, ebenso wie ich; aber du, du Kluger, was liegst du denn da wie ein Sack, wobei nichts herauskommt? Früher hast du Kinder unterrichtet, sagtest du, warum aber tust du denn jetzt nichts mehr?«

»Ich...«, antwortete Raskolnikoff unwillig und finster.

»Was tust du denn jetzt?«

»Ich arbeite...«

»Was arbeitest du denn?«

»Ich denke«, antwortete er ernst nach einem kurzen Schweigen.

Nastassja bog sich vor Lachen. Sie gehörte zu den Lachlustigen, und wenn man sie zum Lachen reizte, lachte sie lautlos, aber mit dem ganzen Körper und so lange, bis sie es selbst satt hatte.

»Und hast du auch viel Geld mit dem Denken verdient?« brachte sie endlich hervor.

»Ohne Stiefel kann man doch nicht unterrichten. Und übrigens spucke ich darauf.«

»Spucke nicht in den Brunnen!«

»Privatstunden werden mit Kupfermünzen bezahlt. Was kann man mit ein paar Kopeken anfangen?« fuhr er ungern fort, als antworte er gleichsam den eigenen Gedanken.

»Du möchtest wohl ein ganzes Kapital auf einmal haben?«

Er blickte sie sonderbar an.

»Ja, ein ganzes Kapital«, antwortete er hart nach kurzem Schweigen.

»Nein, fang lieber mit kleinem an, sonst erschreckst du einen ja; das ist zu unheimlich. Soll ich dir nun noch Weißbrot holen oder nicht?«

»Wie du willst!«

»Ach, ich vergaß! Gestern ist für dich ein Brief gekommen.«

»Ein Brief! Für mich! Von wem?«

»Von wem er ist, das weiß ich nicht. Ich habe dem Briefträger drei Kopeken aus meiner eigenen Tasche gegeben. Wirst du sie mir auch wiedergeben?«

»Aber so bring mir doch den Brief, um Gottes willen, bring ihn gleich!« rief Raskolnikoff ganz erregt. »O Gott!«

Nach einer Minute kam der Brief. Ja, tatsächlich: von der Mutter, aus dem R.schen Gouvernement. Er erbleichte sogar, als er ihn empfing. Lange schon hatte er keine Briefe erhalten; jetzt aber preßte plötzlich noch etwas anderes sein Herz zusammen.

»Nastassja, geh fort, um Gottes willen; hier hast du deine drei Kopeken, nur geh um Gottes willen schneller fort!«

Der Brief zitterte in seinen Händen; er wollte ihn nicht in Nastassjas Gegenwart öffnen: er wollte *allein* sein mit diesem Brief! Als Nastassja gegangen war, führte er schnell den Brief an die Lippen und küßte ihn; dann blickte er lange die Schrift auf dem Umschlag an, die ihm wohlbekannte und liebe, feine und schräge Schrift seiner Mutter, die ihn einst lesen und schreiben gelehrt hatte. Er zögerte, den Brief zu öffnen; ja er schien sich sogar vor etwas zu fürchten. Endlich öffnete er den Umschlag: es war ein langer, gewichtiger Brief; zwei große Briefbogen waren eng beschrieben.

»Mein lieber Ródja«, schrieb die Mutter, »nun ist es schon über zwei Monate her, daß ich brieflich mit Dir geplaudert habe; darunter habe ich selbst gelitten, und manche Nacht haben mich die Gedanken nicht schlafen lassen. Aber Du wirst mich sicher nicht verurteilen wegen meines ungewollten Schweigens. Du weißt, wie ich Dich liebe; Du bist unser ein und alles, für mich sowohl wie für Dúnja, Du bist unsere ganze Hoffnung, unser einziger Trost. Ach, wenn Du wüßtest, wie mir war, als ich erfuhr, daß Du die Universität schon seit einigen Monaten verlassen hast, weil es Dir an

Mitteln fehlt, und daß das Stundengeben und Deine sonstigen Einnahmen ein Ende genommen haben. Aber wie hätte ich Dir mit meiner Jahrespension von hundertzwanzig Rubel helfen können? Die fünfzehn Rubel, die ich Dir vor vier Monaten schickte, hatte ich, wie Du ja weißt, von unserem hiesigen Kaufmann Wassílij Iwánowitsch Wachrúschin auf die Pension hin geliehen. Er ist ein guter Mensch und war ein Freund Deines Vaters. Aber da ich ihm schriftlich das Recht gegeben hatte, die Pension für mich zu empfangen, mußte ich warten, bis die Schuld abgetragen war, und das ist soeben erst geschehen; daher habe ich Dir die ganze Zeit nichts schicken können. Jetzt aber, Gott sei Dank, denke ich, Dir wieder etwas schicken zu können, und überhaupt dürfen wir jetzt sogar von einem Glücksfall sprechen, und ich beeile mich, Dir das mitzuteilen.

Zuerst also wird es Dich wohl überraschen, lieber Ródja, daß Deine Schwester bereits anderthalb Monate bei mir lebt und daß wir uns auch in Zukunft nicht mehr trennen werden. Gott sei Dank, ihre Qualen haben ein Ende gefunden, aber ich will Dir alles der Reihe nach erzählen, damit Du erfährst, wie alles war und was wir Dir bis jetzt verheimlicht haben. Als Du mir vor zwei Monaten schriebst, Du hättest von irgend jemand gehört, daß Dúnja stark unter Taktlosigkeiten im Hause der Herrschaften Sswidrigáiloff zu leiden habe, und von mir genaue Aufklärung verlangtest – was hätte ich Dir damals antworten können? Wenn ich Dir die ganze Wahrheit mitgeteilt hätte, so hättest Du wahrscheinlich alles liegen lassen, wärest, und sei es zu Fuß, zu uns gekommen, denn ich kenne Deinen Charakter und Deine Gefühle, Du hättest nicht geduldet, daß Deine Schwester beleidigt wird. Ich war ja selbst ganz verzweifelt, aber was sollte ich tun? Und auch ich wußte damals noch nicht die ganze Wahrheit. Die Hauptschwierigkeit bestand darin, daß Dúnetschka bei ihrem Eintritt in das Haus als Gouvernante im vorigen Jahre volle hundert Rubel voraus erhalten hatte unter der Bedingung, die Summe monatlich von ihrem Gehalt abzuzahlen, und so konnte sie die Stelle nicht eher aufgeben, als die Schuld getilgt war. Diese Summe aber (jetzt kann ich Dir alles erklären, teurer Rodja) hatte sie eigentlich deshalb genommen, um Dir die sechzig Rubel zu schicken, die Du damals so nötig brauchtest und die Du auch im vorigen Jahre von uns erhalten hast. Wir haben Dich damals getäuscht, wir schrieben Dir, es sei von dem Gelde, das Dúnetschka sich früher erspart habe, aber es verhielt sich nicht so. Jetzt erst teile ich Dir die volle Wahrheit mit, weil sich jetzt plötzlich alles nach Gottes Ratschluß zum besten gewendet hat und damit Du weißt, wie sehr Dunja Dich liebt und welch ein unschätzbares Herz sie hat. Es ist wahr, Herr Sswidrigáiloff behandelte sie zuerst sehr schroff und erlaubte sich ihr gegenüber allerhand Unhöflichkeiten und Spötteleien bei Tisch ... Aber ich will all diese trüben Einzelheiten nicht aufzählen und Dich nicht unnütz aufregen, da nun alles überstanden ist. Kurz, trotz der guten und anständigen Behandlung seitens Márfa Petrównas, der Gemahlin des Herrn Sswidrigailoff, und aller Hausgenossen, hatte Dunetschka es sehr schwer, besonders wenn Herr Sswidrigailoff nach alter Regimentsgewohnheit unter dem Einfluß des Bacchus stand. Aber was stellte sich später heraus? Stelle Dir vor, dieser Wahnwitzige hatte schon seit langem eine Leidenschaft für Dunja gefaßt, aber er verbarg sie immer unter dem Schein eines schroffen und hochfahrenden Wesens ihr gegenüber. Vielleicht schämte er sich auch und war unwillig über sich selbst, daß er, als älterer Mann und Familienvater, sich solchen leichtfertigen Wünschen hingab, und war darum auf Dunja unwillkürlich böse. Vielleicht wollte er auch durch seine Schroffheit und durch seinen Spott die Wahrheit vor anderen verbergen. Schließlich aber konnte er sich nicht mehr beherrschen und wagte es, Dunja offen einen schändlichen Antrag zu machen, und versprach ihr hohe Entschädigung, ja, er wollte sogar alles im Stich lassen und mit ihr auf ein anderes Gut oder gar ins Ausland reisen.

Du kannst Dir vorstellen, was sie auszustehen hatte! Sofort ihre Stellung aufgeben konnte sie nicht – nicht bloß wegen des geschuldeten Geldes, sondern auch um Márfa Petrówna zu schonen, die dadurch hätte Verdacht schöpfen können, und damit wäre der Zwist in die Ehe gekommen. Aber auch für Dúnetschka hätte es einen großen Skandal gegeben; so ganz ohne Aufsehen wäre die Sache nicht abzutun gewesen. Es gab auch noch manche andere Gründe, so daß Dunja noch vor sechs Wochen in keinem Falle hoffen konnte, sich aus diesem schrecklichen Hause herausreißen zu können. Du kennst ja Dunja, weißt, wie klug sie ist und was für einen festen Charakter sie hat. Dunetschka kann vieles ertragen, und in alleräußersten Fällen findet sie immer noch so viel Hochherzigkeit in sich, daß sie ihre Festigkeit bewahrt. Sie hat nicht einmal mir über alles berichtet, um mich nicht aufzuregen, und wir haben einander doch oft geschrieben. Die Lösung aber kam ganz unerwartet. Marfa Petrowna hörte zufällig, wie ihr Mann Dunetschka im Garten anflehte, und da sie alles falsch auffaßte, gab sie Dunetschka die Schuld, in der Meinung, Dunja habe es darauf abgesehen gehabt. Es spielte sich im Garten zwischen ihnen eine fürchterliche Szene ab: Marfa Petrowna hat Dunetschka sogar geschlagen, sie wollte nichts hören, schrie aber selbst stundenlang fort und befahl schließlich, Dunja sofort zu mir in die Stadt zurückzuschaffen, auf einem gewöhnlichen Bauernwagen, in den man alle ihre Sachen, Wäsche, Kleider, alles, wie man es vorfand, ohne es zusammenzulegen und ohne einzupacken, hineinwarf. Da begann es noch in Strömen zu regnen, und mit Schande und Schmach bedeckt mußte Dunja siebzehn Werst weit im offenen Bauernwagen fahren.

Nun überlege, was hätte ich Dir vor zwei Monaten als Antwort auf Deinen Brief schreiben sollen? Ich war verzweifelt; die Wahrheit durfte ich Dir nicht mitteilen, denn Du wärest nur sehr unglücklich, zornig und empört gewesen, ja und was hättest Du tun können? Vielleicht hättest Du

Dich ins Verderben gestürzt, und außerdem hatte Dunetschka es mir verboten; einen Brief aber über Lappalien und sonst irgend etwas zu schreiben, während in der Seele ein solcher Kummer quält, habe ich nicht gekonnt. Einen Monat lang gingen in der ganzen Stadt allerhand Klatschereien über diese Geschichte herum, und es kam schon so weit, daß wir uns aus Scheu vor verächtlichen Blicken und hämischem Getuschel nicht einmal in die Kirche zu gehen getrauten, denn selbst in unserer Gegenwart wurde laut darüber gesprochen. Alle Bekannten hatten sich von uns abgewandt, alle hatten aufgehört, uns zu grüßen, und ich erfuhr mit Bestimmtheit, daß einige Kommis und junge Schreiber die Absicht hatten, uns eine niederträchtige Beleidigung anzutun, indem sie unsere Haustür mit Teer beschmieren wollten[3], so daß unsere Wirtsleute schon verlangten, wir sollten die Wohnung räumen. Das alles war das Werk von Marfa Petrowna; es war ihr gelungen, Dunja bei allen Bekannten zu beschuldigen und schlecht zu machen. Sie ist ja hier mit allen bekannt, und in diesem Monat kam sie fortwährend in die Stadt, und da sie etwas zu schwatzhaft ist und über ihre Familienangelegenheiten zu erzählen liebt, besonders aber bei allen und jedem über ihren Mann zu klagen, was doch sehr häßlich ist, so hatte sich die ganze Geschichte in kurzer Zeit nicht bloß in der Stadt, sondern auch im ganzen Umkreis verbreitet.

Ich erkrankte, Dunetschka aber war stärker als ich, und wenn Du nur gesehen hättest, wie sie alles ertrug, wie sie mich tröstete und mir Mut zusprach! Sie ist ein Engel!

Aber dank der Barmherzigkeit Gottes nahmen unsere Qualen ein Ende: Herr Sswidrigailoff kam zur Besinnung, bereute das Geschehene und legte Marfa Petrowna wahrscheinlich aus Mitleid mit Dunja volle und klare Beweise der völligen Unschuld von Dunetschka vor, und zwar: einen Brief, den Dunja noch vor jener Begegnung im Garten ihm zu schreiben und zu übersenden sich gezwungen gesehen hatte, um persönliche Erklärungen und das Verlangen geheimer Zusammenkünfte, auf denen er bestand, ein für allemal abzulehnen; dieser Brief war nach der Abreise von Dunetschka in den Händen des Herrn Sswidrigailoff verblieben. In diesem Brief hatte sie ihn in schärfster Weise und mit tiefer Entrüstung gerade wegen seines unedlen Benehmens Marfa Petrowna gegenüber getadelt, ihm vorgehalten, daß er Vater und Gatte sei, und ihm schließlich zu verstehen gegeben, wie erbärmlich es von ihm sei, ein schutzloses und ohnehin schon unglückliches Mädchen zu quälen und noch unglücklicher zu machen. Mit einem Wort, lieber Rodja, dieser Brief ist so edel und ergreifend geschrieben, daß ich schluchzte, als ich ihn las, und auch jetzt noch kann ich ihn nicht ohne Tränen lesen.

Außerdem kamen zur Rechtfertigung Dunjas die Aussagen der Dienstboten hinzu, die wie gewöhnlich viel mehr gesehen und gehört hatten, als selbst Herr Sswidrigailoff ahnte. Marfa Petrowna war schrecklich bestürzt und ‚von neuem erschlagen', wie sie uns selbst gestand, aber dafür von der Schuldlosigkeit Dunetschkas nun vollkommen überzeugt; und schon am nächsten Tage, einem Sonntag, fuhr sie zunächst in die Kirche und flehte zur Mutter Gottes kniefällig und unter Tränen, ihr die Kraft zu geben, diese neue Prüfung zu überstehen und ihre Pflicht zu erfüllen. Aus der Kirche kam sie, ohne jemand anderen zu besuchen, geradeswegs zu uns, erzählte uns alles, weinte bitterlich, umarmte Dunja voller Reue und bat inständig um ihre Verzeihung. Am selben Vormittag noch ging sie gleich von uns zu ihren Bekannten in der Stadt, und überall erzählte sie unter Tränen und in schmeichelhaftesten Ausdrucken für Dunetschka von deren Unschuld und edlem Gemüt und Benehmen. Und nicht genug damit, sie zeigte allen auch noch den eigenhändigen Brief Dunetschkas an Sswidrigailoff, las ihn laut vor und erlaubte sogar, Abschriften von dem Brief zu nehmen (was meiner Meinung nach schon zuviel war). So mußte sie denn mehrere Tage nacheinander alle ihre Bekannten in der Stadt besuchen, weil manche es schon übelnahmen, daß anderen der Vorzug erwiesen worden war; daher wurde eine Reihenfolge bestimmt, so daß man sie in jedem Hause zu einer festgesetzten Zeit erwartete, und alle wußten, daß an dem und dem Tage Marfa Petrowna dort und dort den Brief vorlesen werde, und zu jedem Vorlesen kamen noch Gäste, auch solche, die den Brief schon ein paarmal, sowohl in ihrem eigenen Hause als auch bei Bekannten, gehört hatten. Meiner Meinung nach war hierbei vieles, sehr vieles überflüssig, aber Marfa Petrowna hat nun mal so einen Charakter. Jedenfalls hat sie Dunetschkas Ehre vollkommen wiederhergestellt und die ganze Garstigkeit dieser Sache fiel wie eine untilgbare Schande ihrem Mann als dem allein Schuldigen zur Last, so daß er mir zuletzt doch leid tat; man ist fast schon zu streng mit diesem Wahnwitzigen umgegangen. Dunja wurde sofort aufgefordert, in einigen Häusern Unterricht zu geben, allein sie schlug es ab. Überhaupt begannen alle mit einem Male ihr eine besondere Achtung zu bezeigen. Dies alles half hauptsächlich ein Ereignis herbeizuführen, durch das sich, man kann wohl sagen, jetzt unser ganzes Schicksal ändert. Du sollst wissen, lieber Rodja, daß Dunja einen Heiratsantrag von einem Herrn erhalten und daß sie ihr Jawort bereits gegeben hat, was ich Dir eilends hierdurch mitteile. Obwohl die Sache sich auch ohne Deinen Ratschlag entschieden hat, wirst Du wahrscheinlich weder über mich noch über Deine Schwester ungehalten sein; Du wirst selbst aus dem Verlauf der Angelegenheit ersehen, daß wir unmöglich warten und das Jawort nicht bis zum Empfang Deiner Antwort hinausschieben konnten. Und außerdem hättest Du doch nur hier an Ort und Stelle alles genau beurteilen können.

Es ging also folgendermaßen vor sich: Er ist schon Hofrat, heißt Pjotr Petrówitsch Lúshin und ist ein weitläufiger Verwandter von Marfa Petrowna, die diese Angelegenheit sehr gefördert hat. Er begann damit, daß er durch Marfa Petrowna den Wunsch äußern ließ, mit uns bekannt zu werden; er wurde, wie es sich ziemt, empfangen, trank bei uns Kaffee, und am nächsten Tage schickte er einen Brief, in dem er sehr höflich seinen Antrag machte und um eine baldige und bestimmte Antwort bat. Er ist ein arbeitsamer und vielbeschäftigter Mann und will jetzt unverzüglich nach Petersburg reisen, so daß für ihn jeder Augenblick kostbar ist. Selbstverständlich waren wir zuerst sehr überrascht, da dies alles gar zu schnell und unerwartet kam. Wir erwogen und überlegten den ganzen Tag miteinander. Er ist ein zuverlässiger Mann in gesicherten Verhältnissen, nimmt zwei Stellungen ein und besitzt bereits eigenes Vermögen. Gewiß, er ist schon fünfundvierzig Jahre alt, hat aber ein ganz angenehmes Äußere und kann Frauen noch gefallen; ja, er ist überhaupt ein sehr solider und anständiger Mann, bloß ein wenig griesgrämig und anscheinend hochmütig. Aber vielleicht scheint es bloß so beim ersten Anblick. Ja, und ich gebe Dir den guten Rat, lieber Rodja, wenn Du ihn in Petersburg sehen wirst, was sehr bald geschehen kann, urteile nicht zu schnell und zu hitzig, wie es Dir eigen ist, wenn bei der ersten Begegnung Dir etwas an ihm nicht so gut gefallen will. Ich sage das bloß für alle Fälle, denn ich bin überzeugt, daß er einen angenehmen Eindruck auf Dich machen wird. Zudem, um einen fremden Menschen einzuschätzen, muß man sich ihm allmählich und vorsichtig nähern, damit man keinen Fehler begeht und keine Voreingenommenheiten faßt, die später sehr schwer zu berichtigen und zu beseitigen sind.

Pjotr Petrówitsch ist, wenigstens nach vielen Anzeichen, ein sehr ehrenwerter Mann. Bei seinem ersten Besuch schon erklärte er, daß er ein resoluter Mann sei, aber daß er in vielem ‚die Überzeugungen unserer jüngsten Generation', wie er sich ausdrückte, teile und ein Feind von allen Vorurteilen sei. Er sprach noch über vieles, denn er scheint ein wenig eitel zu sein und es sehr zu lieben, daß man ihm zuhöre, aber das ist ja beinahe kein Fehler. Ich habe natürlich wenig davon begriffen, aber Dunja versicherte mir, daß er keine sehr große Bildung besitze, aber ein kluger und wahrscheinlich auch ein guter Mensch sei. Du kennst den Charakter Deiner Schwester, Rodja. Sie ist ein starkes, vernünftiges, geduldiges und großmütiges Mädchen, freilich auch mit einem feurigen Herzen, das ich an ihr gut kenne. Gewiß ist weder auf ihrer noch auf seiner Seite eine besondere Liebe vorhanden, aber Dunja ist nicht allein ein kluges Mädchen, sondern gleichzeitig auch ein edles Wesen, ein Engel, und wird es sich zur Aufgabe stellen, das Glück des Mannes auszumachen, der seinerseits für ihr Glück Sorge tragen wird; daran aber zu zweifeln haben wir vorläufig keine Ursache, obwohl – offengestanden – die Sache mir ein wenig zu schnell zustande kam. Außerdem ist er ein sehr kluger und berechnender Mann, der sicher einsehen wird, daß sein eigenes Glück als Ehemann um so fester begründet sein wird, je glücklicher Dunetschka mit ihm ist. Was aber gewisse Unebenheiten des Charakters, gewisse alte Gewohnheiten und sogar ein gewisses Auseinandergehen in den Anschauungen betrifft (und das ist auch in den glücklichsten Ehen nicht zu vermeiden), so sagte mir Dunetschka selbst, daß sie in dieser Hinsicht auf sich vertraue, daß es keinen Grund gäbe, darüber beunruhigt zu sein, und daß sie vieles ertragen könne, wenn nur die übrigen Beziehungen auf Ehrlichkeit und Gerechtigkeit beruhten. Das Äußere eines Menschen kann aber leicht irreführen. Mir erschien er zum Beispiel zuerst ein wenig rigoros, aber das kann doch auch von seiner Offenherzigkeit kommen, und so wird es wohl auch sein. Bei seinem zweiten Besuch, als er das Jawort schon hatte, äußerte er im Gespräch, daß er schon früher, ehe er Dunja kannte, beschlossen habe, ein ehrbares, aber unbemitteltes Mädchen zu heiraten, unbedingt eines, das die Armut schon gekostet hat, denn, so erklärte er, ein Mann solle seiner Frau durch nichts verpflichtet sein, dagegen sei es weit besser, wenn die Frau den Mann als ihren Wohltäter betrachtet. Ich will hinzufügen, daß er sich ein wenig weicher und freundlicher ausdrückte, als ich es schreibe, denn ich habe den richtigen Wortlaut vergessen, erinnere mich bloß an den Sinn; und zudem hat er das keineswegs mit Absicht gesagt, sondern hat sich offenbar im Eifer des Gesprächs verschnappt, so daß er es später abzuschwächen und zu mildern versuchte. Dennoch erschien es mir, wie gesagt, gleichsam ein wenig rigoros und ich sprach darüber nachher mit Dunja. Sie aber antwortete mir sogar ärgerlich, Worte seien noch keine Taten, und das ist natürlich auch wahr. Aber ehe Dunja sich zu diesem Schritt entschloß, verbrachte sie eine schlaflose Nacht; in der Meinung, ich schliefe, stand sie auf und ging die ganze Nacht im Zimmer auf und ab; schließlich kniete sie nieder und betete lange und inbrünstig vor der Mutter Gottes, und am andern Morgen erklärte sie mir, sie hätte sich entschlossen.

Ich habe schon erwähnt, daß Pjotr Petrowitsch sich jetzt nach Petersburg begibt. Er hat dort große Geschäfte vor, will in Petersburg ein großes öffentliches Büro als Advokat eröffnen. Er beschäftigt sich seit langem schon mit Vertretung von allerhand Zivilklagen und Prozessen und hat vor kurzem einen bedeutenden Prozeß gewonnen. Nach Petersburg muß er auch deswegen reisen, weil er dort im Senat eine bedeutende Sache zu vertreten hat. So kann er auch Dir, lieber Rodja, sehr nützlich sein, sogar in jeder Hinsicht, und wir, das heißt Dunja und ich, meinen nun, daß Du schon mit dem heutigen Tag Deine künftige Karriere beginnen und Deinen Weg als klar vorgezeichnet betrachten kannst. Oh, wenn sich das doch verwirklichte! Das wäre ein solcher Gewinn, daß man es nicht anders denn als eine unmittelbare Gnadenspende des Allmächtigen an uns betrachten müßte. Dunja phantasiert überhaupt nur noch davon. Wir haben schon gewagt, Pjotr Petrowitsch ein paar Worte in dieser Hinsicht zu sagen. Er äußerte sich vorsichtig und meinte, daß er gewiß ohne Sekretär nicht auskommen könne, und da sei es selbstverständlich besser, das Gehalt einem Verwandten als einem Fremden zu zahlen, vorausgesetzt, daß jener sich für den Posten eigne (Du solltest dich dazu nicht eignen!), gleichzeitig aber zweifelte er, ob das Universitätsstudium Dir Zeit für die Arbeiten in seinem Büro übriglassen werde. Diesmal blieb die Angelegenheit dabei stehen, aber Dunja denkt an nichts anderes mehr als an diese Aussicht. Sie ist seit einigen Tagen fieberhaft erregt und hat sich einen ganzen Plan ausgedacht, daß Du nämlich späterhin Mitarbeiter und sogar Kompagnon von Pjotr Petrowitsch in seinen Rechtssachen werden könntest, um so mehr als Du doch schon in der juristischen Fakultät bist. Ich bin mit ihr ganz einer Meinung, lieber Rodja, teile alle ihre Pläne und Hoffnungen und halte deren Verwirklichung für absolut möglich. Und obgleich Pjotr Petrowitsch sich jetzt zurückhaltend verhält, was ja sehr erklärlich ist, da er Dich doch noch nicht kennt, so ist Dunja doch fest überzeugt, daß sie alles durch ihren guten Einfluß auf ihren künftigen Mann erreichen wird. Wir haben uns natürlich in acht genommen, Pjotr Petrowitsch etwas von unseren Zukunftsträumen und hauptsächlich davon, daß Du sein Kompagnon werden sollst, merken zu lassen. Er ist ein nüchterner Mann und hätte es vielleicht sehr kalt aufgenommen, weil er alles nur für Phantasterei angesehen hätte. Desgleichen haben wir zu ihm noch mit keiner Silbe, weder ich noch Dunja, von unserer festen Hoffnung gesprochen, daß er uns helfen werde, Dich mit Geld zu unterstützen, solange Du auf der Universität bist; wir haben das vor allem deswegen unterlassen, weil es sich späterhin jedenfalls von selbst ergeben und weil er es uns bestimmt ohne viele Worte von sich aus anbieten wird (er wird das doch Dunetschka nicht abschlagen können!), um so mehr, als Du seine rechte Hand im Büro werden kannst und diese Hilfe nicht als eine Wohltat, sondern als verdientes Gehalt empfangen sollst. Dunetschka will das so einrichten, und ich bin mit ihr vollkommen einer Meinung. Und außerdem unterließen wir es, darüber zu sprechen, weil ich im besonderen bei Eurer bevorstehenden Begegnung Dich auf gleicher Stufe mit ihm stehen sehen wollte. Wenn Dunja ihm mit Begeisterung von Dir erzählte, antwortete er, daß man jeden Menschen zuerst selbst sehen, und zwar sehr nah sehen müsse, um über ihn urteilen zu können, und daß er sich das Recht vorbehalte, sich seine eigene Meinung über Dich zu bilden, erst nachdem er Dich kennengelernt habe. Weißt Du was, mein teurer Rodja, es scheint mir aus gewissen Gründen (die übrigens gar nichts mit Pjotr Petrowitsch zu tun haben, sondern wohl nur so meine eigenen, persönlichen, vielleicht altweibischen Launen sind), also mir scheint es, daß ich vielleicht besser tue, wenn ich nach ihrer Verheiratung allein lebe, so wie jetzt, und nicht mit ihnen zusammen. Ich bin völlig überzeugt, daß er so nobel und zartfühlend sein wird, selber mir das Angebot zu machen, mich nicht mehr von meiner Tochter zu trennen, und wenn er darüber bis jetzt nicht gesprochen hat, so kommt das selbstverständlich daher, weil es auch ohne Worte vorausgesetzt wird; aber ich werde es ablehnen. Ich habe in meinem Leben mehr als einmal erfahren, daß Schwiegermütter den Männern nicht besonders genehm sind, und ich möchte nicht nur niemandem auch nur im geringsten zur Last fallen, sondern möchte auch selbst vollkommen frei sein, solange ich noch einen eigenen Bissen und solche Kinder wie Dich und Dunetschka habe. Wenn es mir möglich ist, will ich mich in der Nähe von Euch beiden niederlassen, denn das Angenehmste habe ich für den Schluß des Briefes aufgehoben, Rodja. Erfahre nun, mein lieber Freund, daß wir alle vielleicht sehr bald schon wieder zusammensein und alle drei uns nach fast dreijähriger Trennung umarmen werden! Es ist schon *bestimmt* beschlossen, daß ich und Dunja nach Petersburg kommen, wann aber – das weiß ich noch nicht, in jedem Falle sehr, sehr bald, vielleicht schon in einer Woche. Alles hängt von den Anordnungen Pjotr Petrowitschs ab, der uns sofort, wenn er sich in Petersburg umgesehen hat, Nachricht geben will. Er will die Vorbereitungen zur Heirat aus verschiedenen Erwägungen möglichst beschleunigen und, wenn möglich, die Hochzeit noch vor den zwei Fastenwochen zu Mariä Himmelfahrt feiern; sollte das aber infolge der kurzen Frist nicht ausführbar sein, dann gleich nach dem fünfzehnten August. Oh, mit welchem Glück werde ich Dich an mein Herz pressen! Dunja ist vor Freude, Dich wiederzusehen, ganz aufgeregt und sagte einmal im Scherz, daß sie schon deswegen allein Pjotr Petrowitsch heiraten würde. Sie ist ein Engel. Sie fügt meinem Brief an Dich jetzt keine Zeile hinzu, hat mich aber gebeten, Dir zu schreiben, daß sie über so vieles mit Dir sprechen müsse, über so vieles, daß ihre Hand sich jetzt gegen die Feder sträube, denn mit ein paar Zeilen könne man nichts sagen, sondern nur sich selbst verstimmen; sie bittet mich aber, Dich innig, innig zu umarmen und Dir unzählige Küsse zu senden. Obgleich wir uns vielleicht sehr bald sehen werden, will ich Dir doch noch in diesen Tagen Geld senden, soviel ich vermag. Jetzt, wo alle wissen, daß Dunetschka Pjotr Petrowitsch heiratet, hat sich auch mein Kredit plötzlich gebessert, und ich weiß bestimmt, daß Afanássij Iwánowitsch mir jetzt auf Konto der Pension sogar bis zu 75 Rubel zu leihen bereit ist, so daß ich Dir vielleicht 25 oder gar 30 Rubel schicken kann. Ich würde noch mehr schicken, aber ich fürchte unsere Reisekosten; und wenn Pjotr Petrowitsch auch so gut war, einen Teil der Ausgaben für unsere Reise nach der Residenz zu übernehmen – er hat sich nämlich erboten, unser Gepäck und einen großen Koffer für seine Rechnung hinzuschicken (er arrangiert es in irgendeiner Weise durch Bekannte) –, so müssen wir doch noch bedenken, daß man in Petersburg nicht ohne eine Kopeke ankommen kann und wenigstens für die ersten paar Tage das Nötige haben muß. Wir haben übrigens schon alles genau überschlagen, und es zeigte sich, daß uns die Reise nicht zu teuer zu stehen kommen wird. Von uns bis zur Eisenbahn sind es nur 90 Werst, und wir haben für jeden Fall mit einem bekannten Bauern und Fuhrwerksbesitzer schon abgeschlossen. Die weitere Reise aber mit der Eisenbahn werden wir, ich und Dunetschka, glücklich und zufrieden in der dritten Klasse machen. Dann bringe ich es vielleicht fertig, Dir nicht fünfundzwanzig, sondern dreißig Rubel zu schicken.

Nun aber genug! Zwei Bogen habe ich vollgeschrieben, und es ist kein Platz mehr da. Unsere ganze Geschichte habe ich Dir erzählt – aber es hatte sich ja auch ein Haufen Ereignisse angesammelt! Jetzt aber, mein teurer Rodja, umarme ich Dich bis zu unserem nahen Wiedersehen und sende Dir meinen mütterlichen Segen. Rodja, liebe Deine Schwester Dunja; liebe sie so, wie sie Dich liebt und vergiß nicht, daß sie Dich unermeßlich, mehr als sich selbst liebt! Sie ist ein Engel, und Du, Rodja, bist unser Alles, unsere ganze Hoffnung und unser Trost. Wenn Du nur glücklich bist, dann werden auch wir glücklich sein. Betest Du auch zu Gott, Rodja, wie früher, und glaubst Du auch an die Güte des Schöpfers und unseres Erlösers? Ich fürchte schon in meinem Herzen, ob nicht der neueste moderne Unglaube auch Dich berührt hat? Wenn es so ist, dann bete ich für Dich. Erinnere Dich, Liebling, wie Du als Kind, als Dein Vater noch lebte, auf meinem Schoß Deine Gebete stammeltest, und wie glücklich wir damals alle waren! Lebe wohl, oder besser, auf *Wiedersehen!* Ich umarme Dich innig, innig, und küsse Dich unzählige Male.

Bis in den Tod Deine

Pulchéria Raskólnikowa.«

Während Raskolnikoff den Brief las, war sein Gesicht, fast schon von den ersten Zeilen an, naß von Tränen; als er aber geendet hatte, war sein Gesicht bleich und verkrampft, und ein schweres, galliges, böses Lächeln krümmte seine Lippen. Er legte sich mit dem Kopf wieder auf sein dünnes und abgenutztes Kissen und dachte lange nach. Sein Herz schlug stark, und seine Gedanken brandeten in starken Wogen an. Schließlich wurde es ihm zu dumpf und eng in dieser gelben Kammer, die einem Käfig oder einem Kasten glich. Die Augen und die Gedanken verlangten nach einer freien Weite. Er nahm seinen Hut und ging hinaus, diesmal ohne Angst, jemand auf der Treppe zu begegnen; das hatte er vergessen. Er schlug die Richtung zur Wassíljeff-Insel ein, über den Wosnessénskij-Prospekt, als eile er dorthin in einer bestimmten Angelegenheit, dabei ging er aber, wie es seine Gewohnheit war, ohne den Weg zu beachten, flüsterte vor sich hin und sprach hin und wieder laut mit sich selbst, so daß er den Vorübergehenden auffiel. Viele hielten ihn für betrunken.

IV

Der Brief der Mutter hatte ihn erschüttert. Doch über die Hauptsache, den springenden Punkt, um den sich alles drehte, war er auch nicht einen Augenblick, nicht einmal während des Lesens, im Zweifel gewesen. Das Wesentliche der Sache war für ihn schon entschieden, und zwar endgültig: »Zu dieser Heirat darf es nicht kommen, so lange ich lebe, und der Teufel hole diesen Herrn Lushin!«

»Die ganze Geschichte ist doch vollkommen klar«, murmelte er, höhnisch lachend und im voraus triumphierend über den Sieg seines Entschlusses. »Nein, Mama, nein, Dunja, mich könnt ihr nicht täuschen! ... Und sie entschuldigen sich noch, daß sie mich nicht um Rat gefragt und ohne mich die Sache beschlossen haben! Das fehlte noch' Sie meinen wohl, daß man es jetzt nicht mehr zerreißen könne; wir wollen mal sehen, ob man's kann oder nicht kann! Sie haben auch eine glänzende Ausrede gefunden: Pjotr Petrowitsch sei so beschäftigt, dermaßen beschäftigt, daß er nicht anders als per Eilpost, ja, fast per Eisenbahn, heiraten kann. Nein, Dunetschka, ich durchschaue alles und weiß, worüber du mit mir *soviel* zu sprechen hättest. Ich weiß auch, worüber du die ganze Nacht im Zimmer auf und ab gehend nachgedacht hast, und was du vor dem Bilde der Gottesmutter, das in Mamas Schlafzimmer hängt, gebetet hast. Es ist schwer, Golgatha auf sich zu nehmen ... Hm ... Also endgültig beschlossen soll es sein, Awdótja

Románowna, daß Sie einen tüchtigen und vernünftigen Mann zu heiraten geruhen, der eigenes Vermögen besitzt (der ‚*bereits*' eigenes Vermögen besitzt, das ist noch solider und ehrfurchtgebietender), der zwei Stellungen einnimmt und der ‚die Überzeugungen unserer jüngsten Generation teilt' (wie Mamachen schreibt) und der wahrscheinlich gut ist, wie Dunetschka selbst sagt. Dieses ‚*Wahrscheinlich*' ist das Großartigste dabei! Und dieses ‚*Wahrscheinlich*' ist Dunetschka zu heiraten bereit? ... Großartig! Großartig!«

»Es wäre aber doch wissenswert, wozu Mamachen mir jenes über ‚die jüngste Generation' geschrieben hat? Bloß um den Menschen zu charakterisieren oder mit einer weiter zielenden Absicht: um mich für Herrn Lushin günstig zu stimmen? Oh, ihr Schlauen! Es wäre auch interessant, noch einen Umstand aufzuklären: Wie weit ging an jenem Tage und in jener Nacht und auch in der folgenden Zeit ihre beiderseitige Offenherzigkeit? Wurde *alles* unter ihnen Wort für Wort besprochen, oder haben beide nur gefühlt, daß sie, die eine wie die andere, ein und dasselbe auf dem Herzen haben, so daß es überflüssig war, alles laut werden zu lassen und womöglich zuviel zu sagen? Sicher wird es größtenteils so gewesen sein; das ist schon aus dem Brief zu ersehen: Mama erschien er *ein wenig* rigoros, und die naive Mama wandte sich sofort an Dunja mit ihren Bemerkungen. Das mußte Dunja selbstverständlich ärgern und sie antwortete verstimmt. Das ist begreiflich! Wen würde es nicht wütend machen, wenn eine Sache auch ohne naive Fragen klar genug ist und wenn man schon beschlossen hat, daß daran nicht mehr zu rütteln sei. Und warum schreibt sie mir: ‚Rodja, liebe Dunja! Sie liebt Dich mehr als sich selbst.' Wird sie etwa im geheimen von Gewissensbissen gequält, daß sie eingewilligt hat, die Tochter für den Sohn zu opfern? ‚Du bist unser Trost, Du bist unser Alles!' O Mama! ...« Der Zorn kochte in ihm, wurde immer noch stärker, und wäre Herr Lushin ihm jetzt begegnet, hätte er ihn wahrscheinlich auf der Stelle umgebracht!

»Hm ... das ist wahr«, spann er die Gedanken weiter, die sich wie ein Wirbelwind in seinem Kopfe drehten. »Das ist wahr, daß man sich ‚einem Menschen allmählich und vorsichtig nähern muß, um ihn kennenzulernen', aber Herr Lushin ist einem auch so verständlich. Die Hauptsache: ein tüchtiger und ‚*wahrscheinlich*' guter Mensch; es hat ja was zu sagen, daß er das Gepäck übernommen hat und für seine Rechnung den großen Koffer transportiert. Wie sollte er da nicht ein ‚guter' Mensch sein? Die beiden aber, *die Braut* und die Mutter, akkordieren mit einem Bauern und reisen in einem mit Strohmatten bedeckten Wagen (ich bin ja dort selbst so gereist!). Aber das hat ja nichts zu sagen! Es sind ja bloß neunzig Werst, ‚weiter aber fahren wir glücklich und zufrieden dritter Klasse' – an die tausend Werst! Und das ist auch sehr vernünftig, denn man muß sich nach der Decke strecken; aber Sie, Herr Lushin, was denken Sie sich dabei? Es ist doch Ihre Braut ... sollten Sie etwa nicht wissen, daß Mutter sich das Geld zur Reise auf ihre Pension hin leihen muß? Freilich, für Sie handelt es sich hierbei um ein gemeinsames kaufmännisches Geschäft, um ein Unternehmen zu gegenseitigem Vorteil und mit gleichlautenden Anteilen, folglich fallen die Ausgaben auch in gleiche Teile; wie nach dem Sprichwort: Salz und Brot gemeinsam, Tabak aber nicht. Ja, aber auch hier hat der geschäftstüchtige Mann die beiden ein wenig übers Ohr gehauen: das Gepäck kommt ihn billiger als ihre Reise zu stehen, und vielleicht kostet das Gepäck ihn gar nichts. Sehen denn die beiden das nicht, oder wollen sie es nicht sehen? Sie sind ja zufrieden, sind beide zufrieden! Wenn man aber bedenkt, daß dies erst der Anfang ist und daß das dicke Ende später nachkommt! Worauf es hier ankommt, ist nicht der Geiz, nicht die schmutzige Rechnerei, sondern der *Ton* des Ganzen. Das ist ja der künftige Ton nach der Verheiratung, die warnende Prophezeiung ... Ja, und die Mama, warum ist sie plötzlich so leichtsinnig? Mit was kommt sie nach Petersburg? Mit drei Rubeln oder mit zwei ‚Scheinchen', wie jene ... zu sagen pflegt, die Alte ... Hm! Wovon will sie denn in Petersburg leben? Sie hat doch schon aus irgendwelchen Anzeichen herausgefunden, daß sie mit Dunja nach der Verheiratung nicht wird zusammenleben *können,* nicht einmal in der ersten Zeit. Der liebe Mensch hat sich auch hierüber sicher irgendwie *verschnappt,* hat es zu verstehen gegeben, obwohl Mama sich mit beiden Händen dagegen sträubt: ‚ich will es selbst ablehnen' sagt sie. Ja, auf was hofft sie denn noch – mit ihrer Jahrespension von hundertzwanzig Rubeln, von der noch die Schuld an Afanassij Iwanowitsch abgezogen wird? Sie strickt dann zu Hause dreieckige warme Tücher, stickt Manschetten und verdirbt sich die alten Augen, und das bringt ihr zwanzig Rubel im Jahr ein zu der Pension, das weiß ich doch. Also hofft man doch und baut auf die Freigebigkeit und die Großmut des Herrn Lushin. ‚Er wird es mir selbst anbieten', meint sie, ‚wird mich darum bitten'. Darauf kann sie lange warten. So ist es immer bei diesen Schillerschen schönen Seelen: bis zum letzten Augenblick schmücken sie einen Menschen mit Pfauenfedern, bis zum letzten Augenblick glauben sie an das Gute und nicht an das Böse im Menschen; obwohl sie die Kehrseite der Medaille ahnen, belügen sie sich lieber selbst, weil ihnen schon vor dem Gedanken graust. Mit beiden Händen wehren sie sich gegen die Wahrheit, bis ihnen schließlich der ausgeschmückte Mensch eigenhändig eins auf die Nase haut. Es wäre auch wissenswert, ob Herr Lushin Orden besitzt? Ich wette, daß er den Annenorden im Knopfloch stecken hat und daß er ihn zu Diners bei allerhand Kaufleuten und Lieferanten trägt. Vielleicht wird er ihn auch zur Feier seiner Hochzeit anlegen! Übrigens, hol ihn der Teufel! ...«

»Ja also, das wäre Mama, die ist nun mal so, da ist nichts mehr zu wollen, Gott schütze sie, aber was ist mit Dunja los? Dunetschka, Liebe, ich kenne Sie doch, mein Fräulein! Sie waren bereits zwanzig Jahre alt, als wir uns zum letzten

Male sahen. Ihren Charakter, verehrtes Fräulein, habe ich schon damals verstanden. Die Mama schreibt: ‚Dunetschka kann vieles ertragen.' Das habe ich schon längst gewußt. Das wußte ich bereits vor zweieinhalb Jahren, und seit jener Zeit habe ich nachgedacht, zweiundeinhalb Jahre habe ich gerade darüber nachgedacht, wie vieles Dunetschka ertragen kann! Denn Herrn Sswidrigailoff mit all dem, was darauf gefolgt ist, ertragen können, heißt viel ertragen können. Jetzt aber meinen sie beide, auch Mama, daß man den Herrn Lushin auch als zukünftigen Ehemann werde ertragen können, der die Theorie über die Vorzüge solcher Frauen vertritt, die von Hause aus bettelarm und vom Gatten bewohltatet sind, und der ihnen dies fast bei der ersten Zusammenkunft auseinandersetzt. Nun gut, wollen wir annehmen, er habe ‚sich verschnappt', obwohl er doch ein verständiger Mann ist (so daß er sich vielleicht durchaus nicht verschnappt hat, sondern sofort ihre zukünftige Stellung klargestellt sehen wollte), aber Dunja, Dunja, was ist denn mit ihr geschehen? Sie durchschaut doch den Menschen klar und deutlich und soll nun mit ihm leben! Sie würde doch lieber schwarzes Brot essen und Wasser trinken, als ihre Seele verkaufen, ihre sittliche Freiheit, nein, für keinen Komfort, auch nicht für ganz Schleswig-Holstein würde sie sie hergeben, geschweige denn für einen Herrn Lushin! Nein, Dunja war nicht so, soweit ich sie kannte, und ... hat sich sicher nicht verändert! ... Was soll man dazu sagen? Die Sswidrigailoffs sind bitter! Bitter ist es auch, sein ganzes Leben als Gouvernante für jährliche zweihundert Rubel in der Provinz herumzuwandern, aber ich weiß, daß meine Schwester sich lieber als Neger einem Plantagenbesitzer oder unter Letten einem Ostseedeutschen verdingen würde, als ihren Geist und ihr sittliches Empfinden durch die Verbindung mit einem Manne besudeln, den sie nicht achtet und mit dem sie nichts gemein hat –, durch eine Verbindung nur um des persönlichen Vorteils willen! Und wäre Herr Lushin selbst aus reinstem Golde oder aus einem einzigen Brillanten, auch dann würde sie nie einwilligen, die gesetzliche Konkubine des Herrn Lushin zu werden! Warum also willigt sie denn ein? Wo ist der Schlüssel? Wo ist die Lösung des Rätsels? Die Sache ist klar: für sich, um eigener Annehmlichkeiten willen, sei es auch, um sich vor dem Tode zu retten, wird sie sich nicht verkaufen, für einen anderen aber verkauft sie sich! Für einen geliebten, für einen vergötterten Menschen verkauft sie sich! Da haben wir das ganze Rätsel –; für den Bruder, für die Mutter verkauft sie sich! Verkauft sie alles! Oh, hier wird man im Notfall auch das sittliche Empfinden unterdrücken; man wird Freiheit, Ruhe, sogar das Gewissen, alles, alles – auf den Trödelmarkt bringen. Fahre dahin, Leben! Wenn nur diese geliebten Wesen glücklich sind! Nicht genug damit, man denkt sich noch eine eigene Kasuistik aus, geht bei den Jesuiten in die Lehre und beruhigt sich selbst vielleicht für einige Zeit, überzeugt sich selbst, daß es so gut sei, tatsächlich für einen guten Zweck nötig sei. Man ist nun einmal so, und alles ist so klar wie der Tag. Es ist ja klar, daß hier niemand anders als Rodión Románowitsch Raskólnikoff mitspricht und im Vordergrund steht. Nun, warum denn auch nicht? Man kann sein Glück begründen, ihn auf der Universität unterstützen, ihn zum Teilhaber machen, sein ganzes Leben sichern. Vielleicht wird er später ein reicher Mann, wird als angesehener, geachteter, vielleicht auch als berühmter Mann sein Leben beenden! Und die Mutter? Aber es handelt sich doch um Rodja, den teuren Rodja, den Erstgeborenen! Aber wie soll man denn für einen *solchen* Erstgeborenen nicht selbst eine *solche* Tochter opfern! Oh, ihr liebenden und ungerechten Herzen! Aber was sage ich: in diesem Falle würden wir ja womöglich auch vor Ssonjetschkas Los nicht zurückschrecken! Ssónjetschka, Ssónjetschka Marmeládowa, die ewige Ssonjetschka, solange die Welt besteht! Und das Opfer, dieses Opfer, habt Ihr beide denn auch dieses Opfer richtig bedacht? Könnt Ihr es überhaupt ermessen? Wird die Kraft dazu ausreichen? Und wäre denn damit wirklich geholfen? Was wäre denn dadurch gebessert? Ist denn das vernünftig? Wissen Sie auch, mein Fräulein Dunetschka, daß Ssonjetschkas Los in keiner Hinsicht abscheulicher ist als das Los mit Herrn Lushin? Liebe sei hier ‚gewiß nicht vorhanden', schreibt Mama. Was aber dann, wenn, abgesehen von der Liebe, auch Achtung nicht in Frage kommt, ja, wenn sich statt dessen gar schon Widerwille, Verachtung, Ekel eingestellt haben, was dann? Dann kommt es ja auf eins heraus, daß man auch hier ‚auf Sauberkeit achtgeben muß'. Ist es etwa nicht so? Versteht Ihr auch, versteht Ihr auch, was mit dieser Sauberkeit gemeint ist? Versteht Ihr auch, daß diese Lushinsche Sauberkeit dasselbe ist wie Ssonjetschkas Sauberkeit, ja vielleicht sogar noch schlimmer, ekelhafter, gemeiner ist, denn bei Ihnen, Fräulein Dunetschka, dreht es sich doch nur um ein zusätzliches Bessergehen, dort aber handelt es sich höchst einfach und ohne alle Umstände ums buchstäbliche Verhungern! Teuer, teuer, Dunetschka, kommt diese Sauberkeit zu stehen! Nun, und wenn es dann doch über die Kraft geht, wird dann das Bereuen angehen, mein Fräulein? Und wieviel Kummer wird es dann geben, wieviel Trauer Schmerz, Verwünschungen, und gar erst wieviel Tränen, die vor allen verborgen werden müssen, da Sie ja doch keine Marfa Petrowna sind? Und wie wird der Mutter dann zumute sein? Sie ist ja jetzt schon unruhig und quält sich heimlich; dann aber, wenn sie alles klar und unmißverständlich vor Augen sehen wird, was dann? Und ich? ... Ja, was habt Ihr Euch eigentlich von mir gedacht? Ich *will* Euer Opfer nicht, Dunetschka, ich will's nicht, Mama! Es darf nicht geschehen, solange ich lebe, es darf nicht, darf nicht! Ich nehme es nicht an!«

Er kam plötzlich zu sich und blieb stehen.

»Es darf nicht geschehen? Was willst du denn tun, damit es nicht geschieht? Willst du es verbieten? Was für ein Recht hast du denn dazu? Was kannst du ihnen denn deinerseits versprechen, um dir ein solches Recht zu verschaffen? Dein ganzes Leben, deine ganze Zukunft ihnen widmen, *sobald du die Universität absolviert und eine Stellung erhalten hast?* Das kennt man doch, das ist Zukunftsmusik, jetzt aber, was jetzt? Hier muß doch jetzt sofort etwas getan werden, verstehst du das denn nicht? Was aber tust du jetzt? Du plünderst sie ja selbst noch aus. Dieses Geld erhalten sie ja doch nur gegen Verpfändung der Jahrespension von hundert Rubel und unter Garantie der Herrschaften Sswidrigailoff! Wie willst du sie vor den Sswidrigailoffs, den Afanássij Iwánowitsch Wachrúschins bewahren, du zukünftiger Millionär, du Zeus, der du über ihr Schicksal verfügst? In zehn Jahren wird die Mutter Zeit genug haben, zu erblinden vom Strikken der Halstücher und wohl auch vom Weinen; und vom Fasten an Auszehrung hinzusiechen. Und die Schwester? So denk doch nur nach und stelle es dir einmal vor, was aus der Schwester nach zehn Jahren geworden sein wird oder schon im Laufe dieser Zeit? Hast du dir das nun klargemacht?!«

So quälte er sich und reizte er sich geflissentlich mit diesen Fragen und tat es sogar mit einem gewissen Genuß. Übrigens waren ihm alle diese Fragen nicht neu, und sie kamen ihm auch nicht überraschend, sondern waren altbekannte Fragen, die ihn innerlich schon längst wundgescheuert hatten. Schon vor Jahren hatten sie ihn zu quälen begonnen und das Herz zermartert. Schon vor langer, sehr langer Zeit hatte der Keim dieses ganzen jetzt so beklemmenden Grams zu wachsen angefangen, hatte zugenommen, mehr und mehr, und erst in letzter Zeit hatte er sich gleichsam reifend konzentriert, indem er die Form dieser schrecklichen, tollen und phantastischen Frage annahm, die nun sein Herz und seinen Verstand totquälte, da sie, nach einer Lösung schreiend, unabweisbar eine Entscheidung forderte. Jetzt aber hatte ihn der Brief der Mutter plötzlich wie mit einem Donnerschlag getroffen und erschüttert. Es war klar, daß jetzt keine Zeit mehr war, schwermütig zu sein, passiv zu leiden unter Erwägungen, daß die Fragen unlösbar seien, sondern daß etwas getan werden mußte, und zwar sofort, so schnell wie möglich. Man mußte sich unbedingt entscheiden, gleichviel wozu, oder ...

»Oder aufs Leben überhaupt verzichten!« rief er plötzlich in rasender Wut aus, »gehorsam sein Los hinnehmen, wie es ist, ein für allemal, und alles in sich ersticken, indem man auf jegliches Recht verzichtet, zu wirken, zu leben und zu lieben!«

»Begreifen Sie, begreifen Sie auch, mein Herr, was das heißt, wenn man schon nirgendwo hingehen kann«, fiel ihm auf einmal die gestrige Frage Marmeladoffs ein, »denn es müßte doch so sein, daß jeder Mensch irgendwohin gehen könnte ...«

Plötzlich fuhr er zusammen: ein Gedanke, wiederum ein Gedanke von gestern, ging ihm erneut durch den Kopf. Doch nicht deshalb erschrak er, weil dieser Gedanke ihm kam. Er wußte doch schon, er hatte es ja *vorausgefühlt*, daß dieser Gedanke ihm unbedingt »kommen« werde, und er hatte schon darauf gewartet; und außerdem kannte er diesen Gedanken keineswegs erst seit gestern. Aber der Unterschied bestand darin, daß dieser Gedanke vor einem Monat und selbst gestern noch bloß ein Phantasiespiel gewesen war, jetzt aber ... jetzt erschien er plötzlich nicht als Phantasiespiel, sondern in einer gewissen neuen, drohend strengen und ihm völlig unbekannten Gestalt, und er wurde sich dessen bewußt ... es traf ihn wie ein Schlag auf den Kopf, und vor seinen Augen wurde es dunkel.

Er sah sich schnell um, er suchte etwas. Er wollte sich hinsetzen und suchte eine Bank; er befand sich in diesem Augenblick auf dem K.schen Boulevard. Eine Bank war geradeaus, nicht allzu fern, zu sehen, vielleicht hundert Schritte weit. Er ging so schnell er konnte auf sie zu, aber auf dem Wege dorthin ereignete sich ein kleiner Zwischenfall, der für eine kurze Zeit seine ganze Aufmerksamkeit in Anspruch nahm.

Während seiner Umschau nach einer Bank hatte er etwa

zwanzig Schritte vor sich ein gehendes Frauenzimmer zwar bemerkt, jedoch zunächst überhaupt nicht beachtet, ebenso wenig wie alle übrigen von seinem Blick gestreiften Gegenstände der gegenwärtigen Umgebung. Es war ihm schon mehrmals passiert, zum Beispiel nach Hause zu kommen und sich nicht mehr erinnern zu können, auf welchem Wege er heimgekehrt war, und er hatte sich schon daran gewöhnt, so achtlos dahinzuwandern. Dieses vor ihm gehende Frauenzimmer aber hatte etwas so Sonderbares und Auffallendes an sich, daß seine Aufmerksamkeit allmählich an ihr haften blieb – zuerst gegen seinen Willen und zu seinem Verdruß, dann aber mit zunehmendem Interesse. Er wollte sich klarmachen, was an dieser Frauensperson Sonderbares war. Sie war offenbar ein noch sehr junges Mädchen, ging in dieser Hitze mit unbedecktem Kopf, ohne Sonnenschirm und ohne Handschuhe und eigentümlich mit den Armen schlenkernd. Sie hatte ein leichtes seidenes Kleid an, das sehr bedenklich angezogen und kaum zugeknöpft war und hinten an der Taille, unmittelbar am Ansatz des Rockes, war es eingerissen. Ein ganzes Stück hing lose herunter. Um den entblößten Hals war ein kleines Tuch geworfen und fiel auf der einen Seite schief herab. Außerdem fiel es ihm auf, daß das Mädchen unsicher ging, stolperte und sogar schwankte. Eben dieser Umstand erregte schließlich die ganze Aufmerksamkeit Raskolnikoffs. Er holte das Mädchen bei der Bank ein; sie aber ließ sich, als sie die Bank erreichte, gleich auf das nächste Ende fallen, lehnte den Kopf an die Rückenlehne und schloß die Augen, anscheinend vor äußerster Ermattung. Als Raskolnikoff sie näher ansah, begriff er sofort, daß sie völlig betrunken war. Es war ein so sonderbarer und widernatürlicher Anblick, daß er sich schon fragte, ob er sich nicht täusche. Er sah vor sich ein junges Gesichtchen von sechzehn oder gar erst fünfzehn Jahren, mit hellblonden Haaren, sehr hübsch, aber unnatürlich gerötet und gleichsam ein wenig gedunsen. Das junge Mädchen schien nicht ganz bei Bewußtsein zu sein; das eine

Bein hatte sie über das andere geschlagen und weiter vorgestreckt, als anständig war; offensichtlich war sie sich dessen nicht bewußt, daß sie sich auf der Straße befand.

Raskolnikoff setzte sich nicht hin, wollte aber auch nicht weggehen; er blieb unschlüssig vor ihr stehen. Dieser Boulevard ist ja immer ziemlich menschenleer, jetzt aber in der zweiten Nachmittagsstunde und bei dieser Hitze war fast niemand zu sehen. Nur etwa fünfzehn Schritte weiter, am Ende des Boulevards war auf der anderen Seite ein Herr stehengeblieben, der allem Anschein nach die größte Lust hatte, an das junge Mädchen mit gewissen Absichten heranzutreten. Er hatte sie wahrscheinlich von weitem erblickt und war ihr nachgeeilt, Raskolnikoff aber hatte ihn gestört. Er warf ihm feindliche Blicke zu, die wohl unbemerkt bleiben sollten, und wartete voll Ungeduld, bis der so schäbig gekleidete Störenfried fortgegangen wäre und er zu seinem Rechte käme. Die Sache war klar. Der Herr war etwa dreißig Jahre alt, kräftig, wohlgenährt, mit roten Lippen und kleinem Schnurrbart und sehr elegant gekleidet. Raskolnikoff geriet in schreckliche Wut; er bekam plötzlich Lust, diesen feisten Stutzer in irgendeiner Weise zu beleidigen. So verließ er das junge Mädchen und ging auf den Herrn zu.

»He, Sie Sswidrigailoff! Was suchen Sie hier?« rief er ihm zu, ballte die Fäuste und lachte mit vor Wut trockenen Lippen.

»Was soll das heißen?« fragte der Herr streng, zog die Augenbrauen zusammen und maß ihn mit einem hochmütigen Blick.

»Das soll heißen, daß Sie sich packen sollen!«

»Wie wagst du, Kanaille! ...«

Und er erhob sein Stöckchen. Raskolnikoff stürzte sich mit geballten Fäusten auf ihn, ohne zu überlegen, daß der kräftige Herr mit ein *paar* solchen wie er fertig würde. In diesem Augenblick aber packte ihn jemand von hinten, und zwischen beide trat ein Schutzmann.

»Ich bitte, meine Herren, sich nicht auf öffentlichen Plätzen zu prügeln. Was wünschen Sie? Wer bist du?« wandte er sich streng an Raskolnikoff, nachdem er dessen schäbige Kleidung bemerkt hatte.

Raskolnikoff sah ihn aufmerksam an. Es war ein braves Soldatengesicht mit braunem Schnauz- und Backenbart und einem verständigen Blick.

„Gerade Sie brauche ich jetzt!“ rief er aus und faßte ihn am Arm. »Ich bin ehemaliger Student, Raskolnikoff ... das können auch Sie erfahren!« wandte er sich an den Herrn. »Kommen Sie bitte mit, ich will Ihnen etwas zeigen ...«

Er hielt den Schutzmann am Arm und führte ihn zu der Bank.

»Sehen Sie, sie ist ganz betrunken; sie ging hier vor mir auf dem Boulevard. Wer weiß, wer sie ist, aber sie sieht nicht aus wie eine Gewerbsmäßige. Es ist wahrscheinlicher, daß man sie irgendwo betrunken gemacht und verführt hat ... Zum erstenmal ... Verstehen Sie? ... Und hat sie dann auf die Straße gesetzt. Sehen Sie, wie das Kleid zerrissen ist, sehen Sie, wie es angezogen ist: man hat sie angekleidet, nicht sie sich selber, und ungeschickte Hände, Männerhände, haben sie angekleidet. Das sieht man doch. Jetzt aber schauen Sie bitte dorthin: jenen Stutzer dort, mit dem ich mich soeben beinahe geprügelt hätte, kenne ich nicht, ich sehe ihn zum erstenmal. Er hat sie auch auf der Straße bemerkt, hat gesehen, daß sie betrunken, besinnungslos betrunken ist, und nun möchte er furchtbar gern an sie herankommen und sie abfangen und sie in diesem Zustand irgendwohin mitnehmen ... es ist sicher so, glauben Sie mir, ich irre mich nicht. Ich habe gesehen, wie er sie beobachtet und verfolgt hat, ich habe ihn bloß daran gehindert, und er wartet nur, bis ich weggehe. Sehen Sie, er ist jetzt ein paar Schritte weitergegangen und bleibt stehen, als drehe er sich eine Zigarette ... wie könnten wir sie ihm entreißen? Wie könnten wir sie nach Hause schaffen – was meinen Sie?«

Der Schutzmann hatte im Nu alles verstanden und

begriffen. Die Absichten des kräftigen Herrn waren ihm natürlich klar, aber was sollte mit dem jungen Mädchen geschehen? Der Veteran beugte sich über sie, um sie näher zu betrachten, und aufrichtiges Mitleid drückte sich in seinen Zügen aus.

»Ach, wie schade!« sagte er und schüttelte den Kopf. »Sie ist fast noch ein Kind. Man hat sie verführt, das ist sicher. ... Hören Sie, mein Fräulein«, begann er sie zu rufen. »Wo wohnen Sie denn, wenn ich fragen darf?« Das junge Mädchen öffnete die müden und trüben Augen, blickte stumpf auf den Fragenden und machte nur eine lässige Handbewegung.

»Hören Sie«, sagte Raskolnikoff, »hier haben Sie«, er suchte in der Tasche und zog zwanzig Kopeken hervor, die er noch fand, »hier haben Sie zu einer Droschke, und lassen Sie sie vom Kutscher nach Hause bringen. Wenn wir bloß ihre Wohnung erfahren könnten!«

»Fräulein, hören Sie, Fräulein!« begann der Schutzmann von neuem, nachdem er das Geldstück in Empfang genommen hatte. »Ich will Ihnen sofort eine Droschke besorgen und will Sie selbst heimbegleiten. Wohin befehlen Sie zu fahren? Wie? Wo wohnen Sie denn eigentlich?«

»Geht fort! ... Laßt mich in Ruh! ...« murmelte das Mädchen und winkte von neuem mit der Hand ab.

»Ach, wie jammerschade! Ach, welch eine Schande, Fräulein, welch eine Schande!« sagte der Schutzmann scheltend, mitleidig und ungehalten und wieder den Kopf schüttelnd. »Das ist nun eine Aufgabe!« wandte er sich an Raskolnikoff und sah ihn wieder flüchtig vom Kopf bis zu den Füßen an. Wahrscheinlich erschien er ihm merkwürdig: ein Mensch in solchen Lumpen, der Geld hergibt!

»Haben Sie sie weit von hier gefunden?« fragte er ihn.

»Wie ich Ihnen sagte: sie ging torkelnd vor mir, hier, auf dem Boulevard. Als sie zur Bank kam, sank sie sofort hin.«

»Ach, welch eine Schande jetzt in der Welt herrscht, Herrgott! So blutjung und schon betrunken! Man hat sie verführt, das ist sicher. Auch das Kleidchen ist zerrissen ... Ach, wie stark die Unsittlichkeit jetzt um sich greift ... Aber wer weiß, vielleicht ist sie doch aus guter Familie, aus einer verarmten ... Jetzt gibt es viele solche. Dem Aussehen nach ist sie eher von der zarten Sorte, ganz wie ein Herrschaftsfräulein ...«, und er beugte sich wieder über sie.

Vielleicht wuchsen auch bei ihm zu Hause solche Töchter heran, »ganz wie Herrschaftsfräuleins« und »von der zarten Sorte«, mit Angewohnheiten der Feinerzogenen und mit allerhand übernommenen Modetorheiten ...

»Die Hauptsache ist«, sagte Raskolnikoff, »daß dieser Schuft sie nicht bekommt! Warum soll er sie noch schänden! Man sieht ja, was er will! Sehen Sie, der Schuft, er geht nicht weg!« Raskolnikoff sprach laut und wies unmißverständlich mit der Hand auf den Stutzer. Jener hörte es und wollte wieder böse werden, aber er besann sich und begnügte sich mit einem verächtlichen Blick. Dann ging er langsam zehn Schritt weiter und blieb wieder stehen.

»Das kann man verhindern, daß er sie bekommt«, meinte der Schutzmann nachdenklich. »Wenn sie bloß sagen würde, wohin man sie bringen soll, so aber ... Fräulein, hören Sie, Fräulein!« Er beugte sich wieder zu ihr nieder.

Sie öffnete plötzlich die Augen, blickte aufmerksam die beiden an, als hätte sie etwas verstanden, stand von der Bank auf und ging in dieselbe Richtung zurück, woher sie gekommen war.

»Pfui, schämt euch, könnt ihr mich nicht in Ruhe lassen!« sagte sie, wieder mit einer lässig abweisenden Handbewegung. Sie ging ziemlich schnell, aber wieder, wie vorher, torkelnd.

Der feine Herr ging ihr nach, aber in der Allee der anderen Straßenseite, und ließ sie nicht aus den Augen.

»Haben Sie keine Sorge, ich will schon aufpassen!« sagte der schnauzbärtige Schutzmann entschlossen und folgte dem Mädchen. »Ach, wie stark die Unsittlichkeit jetzt um sich greift!« wiederholte er noch und seufzte.

Raskolnikoff war mit einem Schlage wie verwandelt.

»Hören Sie mal! He, Sie da!« rief er dem Schutzmann nach. Der wandte sich um.

»Lassen Sie es doch lieber! Was geht es Sie an? Lassen Sie es. Möge er sich amüsieren!« (Er zeigte auf den Stutzer.) »Was geht es uns an!«

Der Schutzmann begriff ihn nicht und starrte ihn an. Raskolnikoff lachte auf.

»Nein, so was!« sagte der Schutzmann, schlug mit der Hand durch die Luft und ging dem Stutzer und dem jungen Mädchen nach; wahrscheinlich hielt er Raskolnikoff entweder für einen Verrückten oder für irgend etwas Schlimmeres.

»Meine zwanzig Kopeken aber hat er mitgenommen!« sagte sich Raskolnikoff wütend, als er allein zurückgeblieben war. »Nun, mag er auch noch von jenem, dem andern, nehmen und das Mädchen mit ihm gehen lassen, damit wird es ja wohl enden ... Und wozu habe ich mich hineingemischt? Um zu helfen? Habe ich denn ein Recht dazu? Mögen sie doch einander lebendig auffressen – was geht es mich an? Und wie durfte ich diese zwanzig Kopeken fortgeben? Gehören sie denn mir?«

Trotz dieser sonderbaren Worte wurde es ihm doch sehr schwer zumut. Er setzte sich auf die nun leere Bank. Seine Gedanken waren zerstreut ... Ja, es war ihm kaum möglich, in diesem Augenblick überhaupt etwas zu denken. Er wollte sich vollkommen vergessen, alles vergessen, dann erwachen und ganz von neuem beginnen ...

»Armes Mädchen!« sagte er, auf das leere Ende der Bank blickend. »Sie wird zu sich kommen, wird weinen, und dann erfährt es die Mutter ... Zuerst wird sie sie schlagen, ihr die Rute geben, schmerzhaft und schmachvoll, vielleicht wird sie sie auch aus dem Hause jagen ... Und wenn sie sie nicht verjagt, werden doch allerhand Darja Franzownas Wind davon bekommen, und mein Mädel wird aus einer Hand in die andere gehen ... Dann folgt prompt das Krankenhaus, denn das passiert stets gerade mit denen, die bei sehr ehrenwerten Müttern leben und nur im geheimen über die Schnur schlagen, nun, und dann ... dann folgt bald wieder das Krankenhaus ... Wein ... Kneipen ... und dann nochmals das Krankenhaus ... und in zwei oder drei Jahren ist sie ein Krüppel, und im ganzen hat sie ein Alter von neunzehn oder auch bloß achtzehn Jahren erreicht ... Habe ich denn solche nicht schon gesehen? Wie sind sie aber so geworden? So und nicht anders sind sie es geworden ... Pfui! Aber mögen sie doch! Man sagt, es müsse so sein. Jedes Jahr, sagt man, muß ein gewisser Prozentsatz draufgehen ... irgendwohin ... wahrscheinlich zum Teufel, um die übrigen zu erfrischen und ihnen nicht hinderlich zu sein. Prozentsatz! Die Menschen haben wahrlich herrliche Wörtchen erfunden, die sind so beruhigend und wissenschaftlich noch dazu. Es wird gesagt: ein unvermeidlicher Prozentsatz, also kein Anlaß, sich zu beunruhigen. Ja, hätte man ein anderes Wort dafür, nun dann ... würde es vielleicht beunruhigender sein ... Was aber, wenn auch Dunetschka auf irgendeine Weise in diesen Prozentsatz hineingerät! ... Und wenn nicht in diesen, dann in einen anderen? Aber wohin gehe ich denn?« dachte er plötzlich. »Sonderbar. Ich ging doch aus irgendeinem Grunde von Hause weg. Als ich den Brief gelesen hatte, ging ich fort ... Ich ging zu Rasumíchin, der auf der Wassíljeff-Insel wohnt ... Jetzt erinnere ich mich! Aber wozu denn eigentlich? Und warum kam mir gerade jetzt der Gedanke, zu Rasumíchin zu gehen? Das ist doch merkwürdig.«

Er wunderte sich über sich selbst. Rasumíchin war einer von seinen früheren Kommilitonen. Raskolnikoffs Eigentümlichkeit auf der Universität war es gewesen, daß er fast keine Bekannten hatte, sich von allen zurückzog, zu niemandem hinging und ungern jemand bei sich empfing. Übrigens hatte man sich bald auch von ihm abgewandt. Er nahm gleichsam an nichts teil, weder an gemeinsamen Zusammenkünften, noch an Gesprächen, noch an den Zerstreuungen der Studenten. Er arbeitete sehr eifrig, ohne auf sich Rücksicht zu nehmen; man achtete ihn deswegen, aber niemand liebte ihn. Er war sehr arm, dabei anmaßend, stolz und nicht mitteilsam, als hätte er etwas zu verheimlichen. Manchem seiner Kommilitonen schien es, als sehe er auf sie alle wie auf Kinder hochmütig herab, als hätte er sie alle sowohl in der Entwicklung wie im Wissen und in der Lebensauffassung überholt und als betrachte er ihre Anschauungen und ihre Interessen wie etwas Untergeordnetes.

Diesem Rasumichin aber war er aus irgendeinem Grunde nähergekommen, das heißt, eigentlich nicht nähergekommen, aber er war ihm gegenüber mitteilsamer und offener geworden. Zu Rasumichin konnte man eben in keinem anderen Verhältnis stehen. Er war ein ungemein lustiger und mitteilsamer Bursche und gütig bis zur Einfalt. Unter dieser Einfalt verbargen sich jedoch sowohl Tiefe wie auch Würde. Die besten seiner Kameraden wußten das, und alle liebten ihn. Er war sehr klug, konnte aber zuweilen wirklich täppisch sein. Sein Äußeres war ausdrucksvoll – hochgewachsen, hager, schwarzhaarig und immer schlecht rasiert. Zuweilen suchte er Händel und genoß den Ruf eines bärenstarken Menschen. Eines Nachts hatte er in einer lustigen Gesellschaft mit einem einzigen Hieb einen baumlangen Hüter der Ordnung niedergeschlagen. Trinken konnte er endlos, aber er konnte auch wieder gar nicht trinken; manchmal verübte er Streiche, die ans Unerlaubte grenzten, aber er konnte auch Ruhe halten. Rasumichin war es auch eigen, daß ihn kein Mißerfolg verwirrte, und selbst die schlimmsten Verhältnisse schienen ihn nicht umwerfen zu können. Er vermochte es, gegebenenfalls womöglich auf einem Dachboden zu hausen, höllischen Hunger und ungewöhnliche Kälte zu ertragen. Er war sehr arm und verschaffte sich ganz allein seinen Unterhalt durch alle möglichen Arbeiten, für die er eine Unmenge Quellen hatte. Einmal verbrachte er einen ganzen Winter in ungeheiztem Zimmer und begründete es damit, daß man in der Kälte besser schlafe. Gegenwärtig war er gleichfalls gezwungen, die Universität aufzugeben, aber nicht auf lange Zeit, und er mühte sich aus allen Kräften, seine Verhältnisse zu verbessern, um das Studium wieder fortsetzen zu können. Raskolnikoff war seit vier Monaten nicht bei ihm gewesen, Rasumichin aber wußte nicht einmal, wo Raskolnikoff wohnte. Vor zwei Monaten war er ihm einmal zufällig auf der Straße begegnet. Raskolnikoff hatte sich jedoch abgewandt und war auf die andere Seite hinübergegangen, damit Rasumichin ihn nicht sehe. Rasumichin hatte ihn wohl erkannt, ging aber ebenso vorbei, weil er den *Freund* nicht belästigen wollte.

V

»Ich hatte doch noch vor kurzem wirklich die Absicht, Rasumichin um Arbeit zu bitten, daß er mir Stunden oder etwas anderes verschaffe ...«, dachte Raskolnikoff weiter. »Aber womit kann er mir denn jetzt helfen? Gesetzt den Fall, er verschafft mir Stunden, ja, gesetzt den Fall, er teilt mit mir sein letztes Geldstück, wenn er eines hat, so daß ich mir Stiefel kaufen und meine Kleidung instand setzen könnte, um Stunden zu geben ... hm ... Aber was weiter? Was kann ich mit den paar Groschen anfangen? Ist es denn das, was ich jetzt brauche? Es ist lächerlich, daß ich zu Rasumichin gehen wollte ...«

Die Frage, warum er jetzt zu Rasumichin gehen wollte, beunruhigte ihn mehr, als er sich selbst eingestehen mochte, und voll Unruhe suchte er nach irgendeinem für sich unheilverkündenden Sinn in dieser anscheinend ganz gewöhnlichen Handlung.

»Wie konnte ich nur die ganze Angelegenheit durch Rasumichin in Ordnung bringen wollen, habe ich denn als letzten Ausweg nur Rasumichin gefunden?« fragte er verwundert sich selbst.

Er dachte nach und rieb sich die Stirn, und seltsam: plötzlich, ganz unerwartet, überraschte ihn nach sehr langem Sinnen ein sonderbarer Gedanke.

»Hm ... zu Rasumichin ...«, sagte er sich auf einmal völlig ruhig und wie fest überzeugt, »... zu Rasumichin werde ich bestimmt gehen ... aber – nicht jetzt ... Ich werde zu ihm hingehen ... am andern Tage *nach dem* ... wenn *das* schon geschehen sein wird, und wenn alles neu anfängt ...«

Da kam er zu sich.

»Nach *dem*«, rief er aus und sprang jäh von der Bank auf, »ja, wird *das* denn überhaupt geschehen? Wird es denn tatsächlich geschehen?«

Er ging fort, ja er rannte beinahe fort; er wollte nach Hause zurückkehren, doch das war ihm plötzlich schrecklich widerlich: eben dort in diesem Winkel, in diesem schrecklichen Kasten war *das* gereift, nun schon seit mehr als einem Monat – und er ging achtlos weiter, wohin die Füße ihn trugen.

Sein nervöses Zittern ging in ein fieberhaftes über; er empfand Schüttelfrost, Frost in dieser Hitze! Fast unbewußt begann er mit großer Anstrengung alles, was ihm begegnete, zu betrachten, als suche er gewaltsam Ablenkung, aber das gelang ihm schlecht, er versank immer wieder ins Sinnen. Wenn er aber auffahrend wieder den Kopf erhob und sich rings umblickte, vergaß er sofort, worüber er soeben nachgedacht hatte und wo er war. In dieser Weise durchwanderte er die ganze Wassiljeff-Insel, kam an die Kleine Newa, den nächsten Mündungsarm, überschritt die Brücke und wandte sich den weiteren Deltainseln zu. Das frische Grün und die erquickende Luft taten seinen müden Augen wohl, die an Stadtstaub, Kalk und an beengende und bedrückende Häuser gewöhnt waren. Hier gab es weder dumpfe Luft noch Gestank noch Schenken. Doch es währte nicht lange, und auch diese neuen, angenehmen Empfindungen gingen in krankhafte und aufregende über. Ab und zu blieb er vor einer der aus üppigem Grün lugenden Villen stehen, blickte durch den Zaun hindurch und sah in der Ferne auf den Balkonen und Terrassen elegante Frauen und in den Gärten spielende Kinder. Besondere Aufmerksamkeit schenkte er den Blumen, die schaute er am längsten an. Er begegnete auch schönen Wagen, Reitern und Reiterinnen auf den Wegen dieser Anlagen, verfolgte sie voll Neugier mit den Blicken und vergaß sie, noch bevor sie seinen Augen entschwunden waren. Einmal blieb er auch stehen und zählte sein Geld nach – es waren etwa dreißig Kopeken.

»Zwanzig gab ich dem Schutzmann, drei für den Brief an Nastassja, also habe ich gestern den Marmeladoffs siebenundvierzig oder fünfzig Kopeken hinterlassen«, dachte er, indem er aus irgendeinem Grunde nachrechnete; bald aber hatte er vergessen, warum er das Geld aus der Tasche hervorgeholt hatte. Er erinnerte sich wieder daran, als er an einem kleinen Restaurant, einer Art Garküche, vorbeiging und fühlte, daß er Hunger hatte. Er trat ein, trank ein Gläschen Branntwein und nahm eine Pastete, die er auf dem Wege zu Ende aß. Er hatte schon sehr lange keinen Branntwein mehr getrunken, der tat denn auch im Nu seine Wirkung, obschon es nur ein einziges Gläschen war. Seine Füße wurden schwer, und er fühlte einen starken Drang zu schlafen. Er wollte nun doch nach Hause gehen, als er aber die Petrówskij-Insel schon erreicht hatte, blieb er in völliger Erschöpfung stehen, ging abseits des Weges in ein Gebüsch, fiel aufs Gras hin und schlief im selben Augenblick ein.

In krankhaften Zuständen zeichnen sich Träume oft durch ungewöhnliche Deutlichkeit, Klarheit und außerordentliche Ähnlichkeit mit der Wirklichkeit aus. Es erscheint zuweilen ein seltsames Bild, die Umgebung aber und der ganze Verlauf der Vorstellung sind so glaubhaft und mit so feinen, unerwarteten und dem Gesamtbilde künstlerisch entsprechenden Einzelheiten verbunden, daß derselbe Träumer im wachen Zustand sie sich niemals so ausdenken könnte, mag er auch sonst ein Künstler wie

Puschkin oder Turgenjeff sein. Solche krankhaften Träume bleiben stets lange in der Erinnerung haften und üben einen starken Eindruck auf den in seinem Gleichgewicht bereits erschütterten und erregten Organismus aus.

Raskolnikoff hatte einen schrecklichen Traum. Er sah sich als Kind in seiner kleinen Provinzstadt. Er ist sieben Jahre alt und geht an einem Feiertage gegen Abend mit seinem Vater außerhalb der Stadt spazieren. Es ist schon leicht dämmerig, der Tag drückend, die Gegend genau so, wie sie in seiner Erinnerung lebt; in seiner Erinnerung steht sie ihm aber nicht so klar vor Augen wie sie ihm jetzt im Traum erscheint. Das Städtchen liegt vor ihm wie ein aufgeschlagenes Buch; ringsum kein Weidenstrauch; sehr weit weg, fast am Horizont, hebt sich dunkel ein Wäldchen ab. Einige Schritte von dem äußersten städtischen Gemüsegarten steht eine Schenke, eine große Schenke, die auf ihn stets einen höchst unangenehmen Eindruck gemacht, ja, ihm Furcht eingeflößt hatte, wenn es geschah, daß er auf dem Spaziergang mit dem Vater vorbeiging. Dort traf man immer eine Menge Menschen an; sie brüllten, lachten, schimpften, sangen scheußlich und heiser und prügelten sich oft; rings um die Schenke lungerten stets betrunkene und schreckliche Gestalten herum ... Wenn er ihnen begegnete, drückte er sich fester an den Vater und zitterte am ganzen Körper. An der Schenke führte ein Weg vorbei, ein mit schwärzlichem Staube bedeckter Landweg. Der Weg zog sich schlängelnd weiter und nach etwa dreihundert Schritten bog er nach rechts um den städtischen Friedhof. Mitten auf dem Friedhof erhob sich eine steinerne Kirche mit grüner Kuppel, in die er ein- oder zweimal im Jahre mit Vater und Mutter zum Gottesdienst ging, wenn für seine längst verstorbene Großmutter, die er nie gesehen hatte, eine Seelenmesse abgehalten wurde. Dann nahmen sie stets „Kutjá“[4] in einer Porzellanschüssel und in einer weißen Serviette mit, und die „Kutjá“ war aus Reis, Zucker und Rosinen zubereitet, und Rosinen wurden außerdem in Form eines

Kreuzes auf den Reis getan. Er liebte diese Kirche und die alten Heiligenbilder, die meist ohne Einfassung waren, und den alten Priester mit dem zitternden Kopf. Neben dem Grabhügel der Großmutter, den eine Steinplatte deckte, lag auch das kleine Grab seines jüngeren Bruders, der mit sechs Monaten gestorben war und an dessen Dasein er sich nicht erinnern konnte. Man hatte ihm aber erzählt, daß er einen kleinen Bruder gehabt habe, und jedesmal, wenn er den Friedhof besuchte, bekreuzte er sich voll Andacht an dem kleinen Grabhügel, verneigte sich und küßte die Erde. Und nun träumte ihm: er gehe mit dem Vater zum Friedhof, und sie kommen an der Schenke vorbei; er hält die Hand des Vaters und blickt ängstlich zur Schenke hin. Ein besonderer Umstand fesselt seine Aufmerksamkeit: diesmal scheint hier ein Volksfest zu sein, eine Gruppe geputzter Kleinbürgersfrauen, Weiber, Männer und allerhand Gesindel steht da herum. Alle sind betrunken, alle singen, und vor der Treppe der Schenke hält ein Wagen, aber ein seltsamer Wagen. Es ist ein großer Wagen, vor den sonst große Lastpferde gespannt werden und auf dem man Waren und Weinfässer befördert. Er liebt es, diesen ungeschlachten Gäulen mit den langen Mähnen und den dicken Beinen zuzusehen, wie sie langsam in gleichmäßigem Schritt daherkommen, einen ganzen Berg ohne die geringste Anstrengung hinter sich herziehen, als wäre es ihnen leichter, mit dem Wagen als ohne ihn zu gehen. Jetzt aber war seltsamerweise vor solch einen großen Wagen ein kleines, mageres, braunes Bauernpferdchen gespannt, eines von jenen, die – wie er's oft gesehen hatte – sich mit hochbeladenem Wagen voll Holz oder Heu abquälen mußten, zumal wenn der Wagen im Schmutz oder in alten Wagenspuren stecken blieb. Dann hauten die Bauern drauflos, peitschten sie schmerzhaft, oft auf das Maul und über die Augen. Das tat ihm so weh, so weh anzusehen, daß ihm die Tränen kamen; die Mutter führte ihn dann immer vom Fenster weg. Plötzlich erhebt sich ein Lärm: aus der Schenke kommen mit Geschrei und Gesang zu Balalaikenmusik betrunkene, richtig besoffene, seltsam große Bauern heraus, in blauen und roten Hemden, mit übergeworfenen Mänteln.

»Setzt euch, setzt euch alle drauf!« ruft ein noch junger Bursche mit dickem Hals und fleischigem dunkelrotem Gesicht. »Ich fahre euch alle hin, setzt euch drauf!« Mit lautem Lachen erschollen sofort die Ausrufe:

»So eine Schindmähre, und die soll uns ziehen!«

»Ja, bist du denn verrückt, Mikólka, daß du so'n Stutchen vor so 'nen Wagen spannst!«

»Das Pferdchen ist doch todsicher schon seine zwanzig Jahre alt, Brüder!«

»Setzt euch, ich fahre euch alle zusammen hin!« ruft von neuem Mikolka, springt als erster auf den Wagen, ergreift die Zügel und pflanzt sich in seiner ganzen Größe vorne auf. »Mit dem Braunen ist Matwei vorhin losgezogen«, schreit er vom Wagen herab, »aber die Schindmähre hier treibt mir bloß die Galle ins Blut, ich könnt' sie totschlagen, frißt umsonst das Futter! Ich sage euch: setzt euch alle! Ich lasse sie im Galopp laufen! Galoppieren soll sie!« und er nimmt die Peitsche in die Hand und bereitet sich voll Wonne vor, das rehbraune Stutchen zu peitschen.

»Setzt euch doch!« ruft man lachend in der Menge. »Hört doch, sie wird im Galopp laufen!«

»Die ist wohl schon zehn Jahre nicht mehr im Galopp gelaufen!«

»Die wird schon springen!«

»Keine Angst, Brüder, nehmt jeder eine Peitsche, und drauflos!«

»Was ist da zu schonen! Schlagt zu!«

Alle springen mit Gelächter und Witzen in den Wagen. An die sechs Mann sind schon hinaufgeklettert, und noch ist Platz da. Sie ziehen noch ein dickes und rotbäckiges Weib hinauf, ein Weib in einem roten Kattunkleid mit einem Kopfputz aus Glasperlen und ledernen Bauernschuhen an den Füßen; sie knackt Nüsse und lacht. Ringsum in der

Menge lacht man auch, und in der Tat, warum soll man auch nicht lachen: so eine abgemagerte Mähre soll solch eine Last im Galopp ziehen! Zwei Burschen im Wagen nehmen je eine Peitsche, um Mikólka zu helfen. »Los!« ruft er, die Mähre zieht aus Leibeskräften an, aber von Galoppieren kann nicht die Rede sein, sie kann nicht mal im Schritt losgehen, sie tänzelt bloß auf einem Fleck, schnauft und knickt nieder unter den Hieben der drei Peitschen, die wie Hagel auf sie niederprasseln. Das Gelächter auf dem Wagen und in der Menge wird stärker, Mikolka aber wird wütend und peitscht immer heftiger, als glaube er wirklich, sie zum Galoppieren bringen zu können.

»Nehmt auch mich mit, Brüder!« ruft ein Bursche aus der Menge, der Lust bekommen hat, mitzufahren.

»Setz dich! Setzt euch alle hinein!« schreit Mikolka. »Sie wird alle ziehen! Ich peitsche sie zu Tode!« Und er schlägt los, schlägt das Pferd in einem fort und weiß vor Raserei nicht, womit er es noch schlagen soll.

»Papa, Papa!« ruft der Knabe dem Vater zu. »Papa, was tun sie? Papa, sie schlagen das arme Pferdchen!«

»Komm, komm, laß uns gehen!« sagt der Vater. »Betrunkene Dummköpfe treiben ihren Unfug; laß uns gehen, sieh nicht hin!« und er will ihn fortführen, der Knabe aber reißt sich los und läuft zum Pferdchen hin. Dem aber geht es schon schlecht. Es schnappt nach Luft, steht still, zieht von neuem an und fällt beinahe hin.

»Peitscht es zu Tode!« schreit Mikolka. »Mag es draufgehen! Ich peitsche es zu Tode!«

»Bist du denn kein Christ, du Waldteufel!« ruft ein alter Mann aus der Menge.

»Hat man es je erlebt, daß so ein Pferdchen solch eine Last ziehen soll?« fügt ein anderer hinzu.

»Du quälst es zuschanden!« schreit ein dritter.

»Schweigt. Es ist mein Eigentum. Ich kann damit tun, was ich will. Setzt euch noch dazu in den Wagen! Setzt euch alle hinein! Ich will, daß es im Galopp läuft ...«

Eine Lachsalve übertönt plötzlich alles: die Mähre, die sich gegen die niederprasselnden Schläge nicht wehren kann, hat in ihrer Bedrängnis angefangen, mit den Hinterbeinen auszuschlagen. Sogar der alte Mann muß lächeln. Es ist auch ein zu komisches Bild: so ein untaugliches Stutchen und schlägt noch aus! Zwei Burschen aus der Menge verschaffen sich noch je eine Peitsche und springen herzu, um das Pferdchen auch noch von beiden Seiten zu schlagen.

»Schlagt sie auf das Maul, peitscht sie über die Augen, über die Augen!« schreit Mikolka.

»Brüder, wir wollen ein Lied singen!« ruft jemand vom Wagen, und alle darinnen folgen sogleich der Aufforderung. Ein ausgelassenes Lied erschallt, ein Tamburin rasselt, der Kehrreim wird gepfiffen. Das Weibchen knackt Nüsse und lacht dazu ... Er aber läuft zum Pferdchen, er eilt nach vorne, er sieht, wie man es über die Augen schlägt, gerade über die Augen! Er weint. Sein Herz krampft sich zusammen, Tränen fließen. Einer von den Peitschenden trifft auch ihn ins Gesicht; er fühlt es nicht. Er ringt die Hände, schreit auf, stürzt zu dem alten Mann mit dem grauen Bart hin, der seinen Kopf schüttelt und das mißbilligt. Ein Weib packt ihn an der Hand und will ihn fortführen; aber er reißt sich los und läuft wieder zum Pferdchen hin. Es hat keine Kraft mehr, aber noch einmal schlägt es aus.

»Daß dich der Teufel hole!« brüllt der rasende Mikolka. Er wirft die Peitsche weg, bückt sich und zieht vom Boden des Wagens eine lange und dicke Deichselstange hervor, ergreift sie mit beiden Händen und schwingt sie mit gewaltiger Anstrengung.

»Er schlägt es tot!« schreit man ringsum.

»Er zerschmettert es!«

»Es ist mein Eigentum!« brüllt Mikolka und läßt die Stange mit voller Wucht auf das rehbraune Pferdchen niedersausen. Ein dumpfer Schlag ertönt.

»Haut es mit der Peitsche! Wozu steht ihr denn da!« rufen andere aus der Menge.

Mikolka aber holt zum zweiten Male aus, und ein neuer Schlag saust auf den Rücken der unglücklichen Mähre nieder. Sie fällt auf die Hinterbacken, springt aber auf und ruckt und ruckt aus letzter Kraft hin und her, um den Wagen von der Stelle zu bringen; doch von allen Seiten wird sie von sechs Peitschen bearbeitet, und die Deichselstange erhebt sich von neuem und saust zum dritten und vierten Male nieder. Mikolka rast, da er das Pferd nicht mit einem Schlage töten kann.

»Es ist zäh!« ruft jemand.

»Es fällt gleich hin, Brüder, nun geht es mit ihm zu Ende!« schreit aus der Menge einer, dem das zu gefallen scheint.

»Ist es nicht besser, es mit einem Beil totzuschlagen? Macht doch schneller ein Ende!« ruft ein anderer.

»Zum Teufel mit dir! Geht alle aus dem Wege!« brüllt Mikolka, wirft die Deichsel fort, bückt sich von neuem und holt eine Eisenstange hervor. »Nehmt euch in acht!« ruft er und läßt sie mit voller Kraft auf das arme Pferdchen niedersausen. Dieser Schlag kracht; das Pferdchen taumelt, krümmt sich und will wieder anziehen, aber die Eisenstange saust wieder auf seinen Rücken herab, und es stürzt zu Boden, als wären ihm mit einemmal alle vier Beine abgeschlagen.

»Schlagt zu!« schreit Mikolka und springt wie toll vom Wagen herab. Einige Burschen, ebenso rot im Gesicht wie er und betrunken, ergreifen, was ihnen in die Hände kommt – mit Peitschen, Stöcken, der Deichselstange laufen sie zu dem verendenden Stutchen. Mikolka stellt sich auf der einen Seite hin und fängt an, sinnlos mit der Eisenstange auf den Rücken zu schlagen. Die Mähre streckt den Kopf vor, holt schwer Atem und verendet.

»Nun hast du's geschafft!« schreit man aus der Menge.

»Warum lief es nicht im Galopp!«

»Es ist mein Eigentum!« schreit Mikolka mit blutunterlaufenen Augen und hält die Eisenstange in den Händen.

Er steht da, als täte es ihm leid, daß er niemanden mehr hat, den er weiterschlagen könnte.

»Du bist wirklich kein Christ!« rufen jetzt schon mehrere Stimmen aus der Menge. Der arme Knabe aber ist außer sich. Mit einem Schrei durchbricht er die Menge, läuft auf das Pferdchen zu, umarmt den blutüberströmten toten Kopf und küßt ihn, küßt die Augen, die Lefzen... dann springt er auf und stürzt sich voller Wut mit seinen kleinen Fäustchen auf Mikolka. In diesem Augenblick ergreift ihn der Vater, der ihm nachgelaufen ist, und trägt ihn fort.

»Komm! Komm!« sagt der Vater zu ihm. »Wir gehen nach Hause!«

»Papa, lieber Papa! Warum haben sie... das arme Pferdchen... erschlagen?« schluchzt er, sein Atem stockt, und die Worte kommen wie Schmerzensschreie aus seiner gepreßten Brust.

»Sie sind betrunken... versündigen sich, uns geht es nichts an... komm!« sagt der Vater. Er aber umfaßt den Vater mit beiden Armen, es schnürt ihm die Kehle zu. Er will Atem holen, schreien und – er erwacht. Er erwachte ganz in Schweiß gebadet, mit feuchten Haaren, schwer atmend und fuhr auf, zitternd vor Entsetzen.

»Gottlob, es war nur ein Traum!« sagte er, setzte sich auf unter dem Baum und holte tief Atem. »Aber was ist mit mir? Fange ich an zu fiebern? Was für ein gräßlicher Traum!«

Sein ganzer Körper war wie zerschlagen; in seiner Seele war es wirr und dunkel. Er stützte die Ellenbogen auf die Knie und hielt sich mit beiden Händen den Kopf.

»Mein Gott!« rief er aus. »Werde ich denn, werde ich denn wirklich ein Beil nehmen, ihr damit auf den Kopf schlagen, den Schädel zerschmettern... in klebrigem, warmem Blute tasten, das Schloß aufbrechen, stehlen und zittern, mich verstecken, ganz mit Blut bedeckt... mit einem Beil... Gott, werde ich es denn wirklich tun?«

Es durchschauerte seinen ganzen Körper, als er das aussprach.

»Aber was ist denn mit mir!« fuhr er fort, sich aufraffend und mit tiefem Staunen. »Ich weiß doch, daß ich das nicht werde aushalten können, warum habe ich mich dann bis jetzt damit gequält? Gestern, gestern schon, als ich hinging, diese *Probe* zu machen, gestern begriff ich doch vollkommen, daß ich es nicht kann ... was will ich denn jetzt noch? Warum konnte ich bis jetzt noch zweifeln? Ich sagte mir doch schon gestern, als ich die Treppe hinunterging, daß es gemein, niedrig, schuftig wäre ... Mir wurde je schon beim bloßen Gedanken übel, und ein kalter Schauer ging mir durch alle Glieder ... nein, ich werde es nicht aushalten, werde es nicht aushalten! Mag es auch keinen einzigen Fehler in diesen Berechnungen geben, mag all das, was in diesem Monat beschlossen wurde, klar wie der Tag und richtig wie eine mathematische Formel sein. Herrgott! Ich werde mich ja doch nicht dazu entschließen können! Ich werde es ja nicht aushalten, nicht aushalten! Was ist denn mit mir, was denn immer noch?« Er stand auf, sah sich verwirrt um, als sei er erstaunt, daß er hierhergekommen war, und ging zu der T-skij-Brücke. Er war bleich, die Augen brannten, in seinen Gliedern lag tiefste Ermattung, plötzlich aber war es ihm, als könne er leichter atmen. Er glaubte zu fühlen, daß er diese furchtbare Last, die ihn so lange bedrückt hatte, abgeworfen habe, und in seiner Seele wurde es mit einem Male leicht und frei.

»O Gott!« betete er. »Zeig mir meinen Weg, und ich sage mich los von dieser meiner ... verfluchten Idee!«

Als er über die Brücke ging, blickte er still und ruhig auf die Newa und auf die untergehende grellrote Sonne. Trotz seiner Schwäche empfand er keine Müdigkeit. Es war, als sei das Geschwür an seinem Herzen, das den ganzen Monat herangereift war, plötzlich aufgegangen. Freiheit! Freiheit! Er war jetzt befreit von dieser Verzauberung, dieser Behextheit, diesem Wahn, von dieser Versuchung! Später, als er an diese Zeit und an all das zurückdachte, was mit ihm in diesen Tagen, Minute für Minute, Punkt für

Punkt, Strich für Strich vorgegangen war, setzte ihn fast bis zum Aberglauben ein Umstand stets in Erstaunen, der im Grunde genommen nicht besonders ungewöhnlich war, der ihm aber später wie die Fügung seines Schicksals erschien.

Und das war folgendes: er konnte es absolut nicht verstehen und sich erklären, warum er, ermüdet und abgespannt, statt auf dem kürzesten und geradesten Wege nach Hause zu gehen, plötzlich über den Heumarkt, den zu durchqueren ganz überflüssig war, nach Hause zurückkehrte. Es war kein bedeutender Umweg, aber doch ein offensichtlicher und völlig überflüssiger Umweg. Gewiß, er war dutzendemale nach Hause zurückgekehrt, ohne sich der Straßen zu erinnern, durch die er gegangen war. Warum aber, fragte er sich immer wieder, warum passierte eine so wichtige, eine so entscheidende und gleichzeitig eine so höchst zufällige Begegnung auf dem Heumarkt (über den zu gehen er gar keine Veranlassung hatte) gerade zu der Stunde, in dem Augenblick seines Lebens, in solch einer Seelenstimmung und unter solchen Umständen, unter denen diese Begegnung die entscheidendste und endgültigste Wirkung auf sein ganzes Schicksal ausüben mußte? Als hätte sie hier absichtlich auf ihn gelauert!

Es war gegen neun Uhr, als er über den Heumarkt ging. Alle Verkäufer an den Tischen, in den Läden und Buden schlossen ihre Geschäfte oder kramten ihre Waren zusammen, packten sie ein und waren ebenso wie ihre Käufer auf dem Wege nach Hause. Bei den Garküchen, in den Kellern, in den schmutzigen und stinkenden Höfen der Häuser am Heumarkt, besonders aber bei den Schenken, drängte sich eine Menge von Händlern und allerhand verlumpten Gestalten. Raskolnikoff bevorzugte diese Gegend, ebenso auch die umliegenden Gassen, besonders wenn er ohne ein bestimmtes Ziel hinausging. Hier erregten seine Lumpen keine hochmütige Aufmerksamkeit, hier konnte man gekleidet gehen, wie man wollte, ohne Anstoß zu erregen. An der Ecke der

K.schen Gasse handelte ein Kleinbürger mit seiner Frau an zwei Tischen mit allerhand Waren, mit Zwirn, Bändern, Kattuntüchern und dergleichen mehr. Sie waren auch schon im Aufbruch, wurden aber durch ein Gespräch mit einer Bekannten noch aufgehalten. Diese Bekannte war Lisawéta Iwánowna, oder einfach Lisaweta, wie sie allgemein genannt wurde, die jüngere Schwester jener Alten, der Aljóna Iwánowna, der Witwe eines Kollegienregistrators und Wucherin, bei der Raskolnikoff gestern gewesen war, um seine Uhr zu versetzen und seine *Probe* zu machen ... er wußte längst alles über diese Lisaweta, und sie kannte ihn auch ein wenig. Sie war eine hochgewachsene, plumpe, zaghafte und stille Person, fast eine Idiotin, fünfunddreißig Jahre alt, die bei ihrer Schwester lediglich die Dienstmagd war, für sie Tag und Nacht arbeitete, vor ihr zitterte und von ihr sogar Schläge bekam. Sie stand nachdenklich mit einem Bündel vor dem Händler und seiner Frau und hörte ihnen aufmerksam zu. Die redeten mit besonderem Eifer auf sie ein. Als Raskolnikoff sie unvermutet erblickte, überkam ihn eine eigentümliche Empfindung, die einer sehr starken Verwunderung glich, obwohl diese Begegnung nichts Verwunderliches an sich hatte.

»Sie sollen einmal selbst entscheiden, Lisaweta Iwanowna«, sagte der Händler laut. »Kommen Sie morgen so gegen sieben Uhr, und die werden auch herkommen.«

»Mor–gen?« fragte Lisaweta gedehnt und nachdenklich, als ob sie sich nicht entschließen könne.

»Aljona Iwanowna hat Ihnen viel zuviel Furcht eingejagt!« sagte die Frau des Händlers, ein flinkes Weib. »Sie sind wie ein Kind. Sie ist ja nicht mal Ihre leibliche, sondern nur Ihre Stiefschwester und hat dabei doch eine so große Macht über Sie!«

»Sie sollten Aljona Iwanowna besser nichts davon erzählen«, unterbrach der Mann, »ich gebe Ihnen den Rat: Sie kommen zu uns ohne Erlaubnis, es ist ein vorteilhaftes Geschäft. Ihre Schwester wird es später selbst einsehen.«

»Soll ich wirklich kommen?«

»Morgen um sieben Uhr, auch von denen kommt jemand her. Dann können Sie selbst entscheiden.«

»Wir stellen den Ssamowar auf und machen Tee«, fügte die Frau hinzu.

»Gut, ich werde kommen«, antwortete Lisaweta, immer noch in Nachdenken versunken, und ging langsam weiter.

Raskolnikoff war schon vorübergegangen und hörte nichts mehr. Er war langsam gegangen, unbemerkt und bestrebt, kein Wort von dem Gespräch zu verlieren. Seine Verwunderung verwandelte sich allmählich in Schrecken, als wäre ihm etwas Kaltes über den Rücken gelaufen. Er hatte erfahren, vollkommen unerwartet hatte er erfahren, daß morgen abend Punkt sieben Uhr Lisaweta, die Schwester der Alten und ihre einzige Mitbewohnerin, nicht zu Hause sein werde und daß folglich die Alte Punkt sieben Uhr *ganz allein zu Hause sein werde*.

Bis zu seiner Wohnung waren es noch einige Schritte. Er ging wie ein zum Tode Verurteilter. Er dachte an nichts und konnte auch an gar nichts denken, aber mit seinem ganzen Wesen fühlte er plötzlich, daß er weder Entschlußfreiheit noch einen eigenen Willen mehr besaß und daß alles mit einem Male endgültig entschieden war.

Es war ihm klar, daß er, selbst bei jahrelangem Warten auf solch einen günstigen Zufall, sicher nicht auf einen deutlicheren Wink, eine bessere Beihilfe zum Erfolg eines solchen Vorhabens rechnen konnte, als es die war, die sich ihm jetzt plötzlich so unverhofft bot. In jedem Falle würde es schwer sein, am Abend vorher mit größter Genauigkeit und geringstem Risiko, ohne gefährliches Ausfragen und Spionieren, so sicher zu erfahren, daß am anderen Tage um die und die Stunde die Alte, auf die man einen Anschlag vorbereitete, ganz allein zu Hause sein werde.

VI

Später erfuhr Raskolnikoff dann zufällig, warum der Händler und dessen Frau diese Lisaweta zu sich eingeladen hatten. Es handelte sich um eine ganz alltägliche Sache, an der gar nichts Besonderes war. Eine zugereiste, verarmte Familie wollte verschiedene Sachen verkaufen, Frauenkleider und ähnliches Zeug. Da es unvorteilhaft war, solche Frauensachen auf dem Markt zu verkaufen, suchte man unter der Hand eine Vermittlerin; Lisaweta aber befaßte sich mit dergleichen: sie übernahm Aufträge, Besorgungen, allerhand Gänge und hatte eine recht ansehnliche Kundschaft, da sie sehr ehrlich war und immer den äußersten Preis bot, und bei dem Preis, den sie nannte, blieb es dann auch. Sie redete ja überhaupt wenig und war, wie schon gesagt, bescheiden und verschüchtert ...

Raskolnikoff aber war in der letzten Zeit abergläubisch geworden. Die Spuren der Neigung zum Aberglauben verblieben in ihm auch nachher noch jahrelang, ja, schienen in ihm fast unausrottbar zu sein. Und gerade in dieser ganzen Angelegenheit war er später stets geneigt, eine gewisse seltsame Vorbestimmung, eine geheimnisvolle Fügung, wie die Existenz besonderer Einflüsse und Übereinstimmungen zu sehen. Noch im Winter hatte ihm ein Bekannter, ein Student, Pókoreff, bei seiner Abreise nach Charkoff beiläufig die Adresse der alten Pfandleiherin, dieser Aljona Iwanowna, mitgeteilt, für den Fall, daß er einmal etwas versetzen wollte. Er war aber lange gar nicht hingegangen, da er Stunden zu geben hatte und sich damit einigermaßen durchschlagen konnte. Erst vor anderthalb Monaten hatte er sich an die Adresse erinnert. Er besaß zwei Sachen, die zum Versetzen geeignet waren: eine alte silberne Uhr von seinem Vater und einen kleinen goldenen Ring mit drei roten Steinchen, den ihm seine Schwester beim Abschied als Andenken geschenkt hatte. Er beschloß, den Ring hinzubringen; als er die Alte endlich ausfindig gemacht, hatte er vom ersten Augenblick an, ohne von ihr etwas Näheres zu wissen, einen unüberwindlichen Widerwillen gegen sie empfunden. Er bekam von ihr zwei »Scheinchen«, wie sie sagte, das heißt zwei Rubelscheine, und ging auf dem Heimweg in ein kleines billiges Wirtshaus. Dort bestellte er Tee, setzte sich hin und verfiel in tiefes Nachdenken. Ein sonderbarer Gedanke begann sich in seinem Kopf durchzupicken, wie ein Küken, das aus der Eierschale will, und fesselte ihn sehr, fesselte ihn immer mehr.

An einem anderen Tischchen, fast neben ihm, saßen ein Student, den er nicht kannte und nie gesehen hatte, und ein junger Offizier. Sie hatten Billard gespielt und tranken nun Tee. Da hörte Raskolnikoff, wie der Student dem Offizier von einer Wucherin Aljona Iwanowna, der Witwe eines Kollegienregistrators, erzählte und ihm ihre Adresse angab. Das berührte Raskolnikoff seltsam: er kam soeben von dort, und hier unterhielt man sich über sie. Gewiß, ein Zufall, aber er konnte sich doch nicht von einem überaus ungewöhnlichen Eindruck befreien, und da war ihm nun, als wollte ihm jemand behilflich sein: der Student begann plötzlich, seinem Freunde allerhand Einzelheiten von dieser Aljona Iwanowna zu berichten.

»Sie ist großartig«, sagte er, »von ihr kann man jederzeit Geld erhalten. Sie ist reich wie ein Jude, kann einem fünftausend sofort auszahlen, geniert sich aber auch nicht, ein Pfand von einem Rubel anzunehmen. Viele von meinen Bekannten waren schon bei ihr. Aber sie ist ein Luder ...«

Und er erzählte weiter, wie böse, wie launisch sie sei, und wenn man den Termin bloß um einen Tag versäume, sei das Pfand verfallen. Sie gebe den vierten Teil des Wertes, nehme fünf und sogar sieben Prozent pro Monat, und so weiter, und so weiter. Der Student kam richtig ins Schwätzen und erzählte unter anderem auch noch, daß die Alte eine Schwester Lisaweta habe, die sie, so klein und unansehnlich sie selbst sei, alle Augenblicke schlage und unter völliger Bevormundung wie ein kleines Kind halte, obwohl Lisaweta mindestens dreimal größer und stärker sei ...

»Ja, eigentlich ist diese Lisaweta auch ein Phänomen!« rief der Student auflachend aus. Und nun begann er, sich über Lisaweta zu verbreiten. Der Student erzählte mit augenscheinlichem Genuß und lachte dabei fortwährend; der Offizier hörte mit großem Interesse zu und bat den Studenten, die Lisaweta zu ihm zu schicken, damit sie seine Wäsche ausbessere. Raskolnikoff verlor kein einziges Wort von der Unterhaltung und erfuhr somit in kürzester Zeit alles Wissenswerte. Lisaweta sei die jüngere Stiefschwester der Alten (von anderer Mutter) und sei schon fünfunddreißig Jahre alt. Sie arbeite Tag und Nacht für die Schwester, sei deren Köchin und Wäscherin und nähe außerdem um Lohn, ginge außerhalb des Hauses Dielen scheuern und gebe jeden Verdienst der Schwester ab. Und ohne die Erlaubnis der Alten wage sie keine Bestellung und keine Arbeit anzunehmen. Diese hätte nun bereits ihr Testament gemacht, was Lisaweta bekannt war, hätte ihr aber keinen Groschen Geld vermacht, sondern nur die bewegliche Habe, wie Stühle und andere Möbelstücke; das ganze bare Geld sei für ein Kloster im N.schen Gouvernement zu ewigen Seelenmessen bestimmt. Lisaweta sei Kleinbürgerin, nicht aus dem Beamtenstand, unverheiratet, ungewöhnlich plump gebaut, übergroß, mit großen Füßen, gehe ewig in schiefgetretenen Schuhen, sei aber immer reinlich gekleidet. Was jedoch den Studenten am meisten belustigte, war, daß Lisaweta alle Augenblicke schwanger wurde ...

»Aber du sagst doch, sie sei häßlich?« bemerkte der Offizier.

»Ja, sie hat eine wettergebräunte Gesichtsfarbe, sieht aus wie ein verkleideter Soldat, ist aber sonst, weißt du, nicht häßlich. Sie hat so ein gutes Gesicht und gute Augen. Sehr gute Augen. Du siehst ja, daß sie vielen gefällt. Sie ist still, sanft und anspruchslos, zu allem bereit. Ihr Lächeln aber ist sogar einnehmend.«

„Dir scheint sie ja auch zu gefallen?« fragte der Offizier lachend.

»Ja, ihrer Seltsamkeit wegen. Doch was ich dir sagen wollte: eben diese verfluchte Alte könnte ich, weißt du, glatt ermorden und berauben, und ich versichere dich, ich täte es ohne die geringsten Gewissensbisse!« fügte der Student mit Schwung hinzu.

Der Offizier lachte wieder auf. Raskolnikoff aber fuhr zusammen. Wie seltsam dies alles war!

»Erlaube mal, ich will dir eine ernste Frage vorlegen!« ereiferte sich der Student. »Ich habe soeben natürlich nur gescherzt, aber schau: einerseits ist da ein dummes, bedeutungsloses, minderwertiges, böses, krankes altes Weib, das kein Mensch braucht, das im Gegenteil allen schadet, das selbst nicht weiß, wozu es lebt, und das morgen von selbst sterben wird. Verstehst du? Verstehst du?«

»Nun ja, ich verstehe«, antwortete der Offizier und sah aufmerksam seinen in Eifer geratenen Freund an.

»Höre nun weiter! Anderseits gibt es viele junge, frische Kräfte, die unnütz zugrunde gehen, ohne Hilfe, und das zu Tausenden und allerorten! Hundert, tausend gute Taten und Hilfeleistungen könnte man für das Geld der Alten tun, das einem Kloster zufallen soll. Hundert, vielleicht tausend Existenzen könnten damit auf den richtigen Weg gebracht werden; Dutzende von Familien könnten vor Bettelarmut, Verfall, Untergang, Lastern und venerischen Hospitälern bewahrt werden – und all das für ihr Geld. Schlag sie tot und nimm ihr Geld, um dich später mit seiner Hilfe der ganzen Menschheit und der gemeinnützigen Sache zu widmen: was meinst du, wird nicht ein einziges unbedeutendes, winziges Verbrechen durch Tausende guter Taten wettgemacht? Für ein Leben – Tausende von Leben, gerettet vor Fäulnis und Verfall. Ein einziger Tod und Hunderte von Leben an seiner Statt, das ist doch ein einfaches Rechenexempel! Ja, und was bedeutet auf der allgemeinen Waage das Leben dieser schwindsüchtigen, dummen und bösen

Alten? Nicht mehr als das Leben einer Laus, einer Schabe, ja nicht einmal soviel, weil die Alte schädlich ist. Sie untergräbt das Leben anderer: sie ist ja ausgesprochen böse; noch vor ein paar Tagen hat sie Lisaweta aus Wut in den Finger gebissen, und gleich so, daß man schon glaubte, ihn amputieren zu müssen!«

»Freilich ist sie das Leben nicht wert«, bemerkte der Offizier. »Aber das ist nun einmal so in der Natur.«

»Ach, Bruder, die Natur wird doch auch korrigiert und dirigiert, wir müßten ja sonst in Vorurteilen ersticken! Ohne das hätte es keinen einzigen großen Mann gegeben. Da sagt man nun: ‚Pflicht, Gewissen' – ich will nichts gegen Pflicht und Gewissen sagen, aber was verstehen wir eigentlich darunter? Aber ich will dir noch eine Frage vorlegen. Gib acht!«

»Nein, wart einmal, jetzt will ich dir eine Frage vorlegen. Höre zu!«

»Nun!«

»Sieh, da redest du nun und ereiferst dich, aber sage mir: würdest *du selbst* es übernehmen, die Alte zu ermorden, oder nicht?«

»Selbstverständlich nicht! Ich rede ja nur von der Gerechtigkeit ... Nicht auf mich kommt es hierbei an ...«

»Meiner Meinung nach aber kann hierbei, wenn du dich nicht selbst dazu entschließt, auch von Gerechtigkeit keine Rede sein! Komm, laß uns noch eine Partie Billard spielen!«

Raskolnikoff war außergewöhnlich erregt. Gewiß, das Gespräch war eines von den gewöhnlichsten Gesprächen mit Gedanken, die er mehr als einmal unter jungen Leuten gehört hatte, nur in anderer Form und über andere Gegenstände. Warum aber kam er gerade jetzt dazu, dieses Gespräch und diese Gedanken zu hören, wo in seinem eigenen Kopf ... *genau die gleichen Gedanken* aufgetaucht waren? Und warum stieß er gerade jetzt, da in ihm der Keim seines Gedankens über die Alte durchbrach, hier auf ein Gespräch über dieselbe Alte? ... Dieses Zusammentreffen erschien ihm stets merkwürdig. Eben diese nichtssagende Unterhaltung damals im Wirtshause hatte einen außergewöhnlichen Einfluß auf die weitere Entwicklung der Sache gehabt: als wäre hier tatsächlich eine Vorausbestimmung, ein Fingerzeig im Spiel gewesen ...

*

Vom Heumarkt nach Hause zurückgekehrt, sank er auf seinen Schlafdiwan und blieb eine volle Stunde so sitzen, ohne sich zu rühren. Es war inzwischen dunkel geworden; ein Licht besaß er nicht, aber es kam ihm auch gar nicht der Gedanke, ein Licht anzuzünden. Er konnte sich später niemals erinnern, ob er in dieser Stunde an etwas gedacht hatte. Er spürte noch immer das Fieber von vorhin und den Schüttelfrost, und mit Wonne fiel es ihm schließlich ein, daß er sich hier auch hinlegen konnte. Bald senkte sich ein fester, bleierner Schlaf auf ihn wie ein schwerer Druck.

Er schlief ungewöhnlich lange und traumlos. Nastassja, die am nächsten Morgen um zehn Uhr ins Zimmer kam, konnte ihn nur mit Mühe aufwecken. Sie brachte ihm Tee und Brot, den Tee wie immer alt aufgegossen in ihrer eigenen Teekanne.

»Da sieh, wie er schläft«, rief sie mißbilligend aus. »Tut nichts wie schlafen!«

Er erhob sich mühsam. Der Kopf tat ihm weh; er versuchte aufzustehen, doch kaum stand er, da fiel er wieder auf den Diwan zurück.

»Willst du weiterschlafen?« rief Nastassja. »Bist du gar krank?«

Er antwortete nicht.

»Willst du Tee trinken?«

»Nachher«, sagte er mit Anstrengung, schloß die Augen und drehte sich zur Wand.

Nastassja blieb eine Weile vor ihm stehen.

»Vielleicht ist er wirklich krank«, sagte sie, kehrte um und ging hinaus.

Um zwei Uhr kam sie wieder herein mit einem Teller Suppe. Er lag noch wie früher, der Tee war unberührt. Nun fühlte Nastassja sich gekränkt und begann ihn ärgerlich zu rütteln.

»Was, schnarchst du noch immer?« rief sie und betrachtete ihn mit Unwillen.

Er stand auf und setzte sich, sagte aber nichts und blickte zu Boden.

»Bist du krank oder bist du nicht krank?« fragte Nastassja, und wieder erhielt sie keine Antwort.

»Du solltest an die Luft gehen«, sagte sie nach einer Weile, »die Luft würde dir guttun. Willst du nicht essen?«

»Nachher«, antwortete er mit schwacher Stimme. »Geh weg!« Und er winkte mit der Hand ab.

Sie blieb noch eine Weile stehen, blickte ihn voll Mitleid an und ging hinaus.

Nach einigen Minuten hob er den Blick und sah lange den Tee und die Suppe an. Dann nahm er ein wenig Brot, griff nach dem Löffel und begann zu essen.

Er aß nicht viel, ohne Appetit, nur drei oder vier Löffel Suppe, gleichsam mechanisch. Der Kopf tat ihm nicht mehr so weh. Nachdem er gegessen hatte, streckte er sich wieder auf dem Diwan aus, konnte aber nicht einschlafen und lag still da, das Gesicht ins Kopfkissen gewühlt. Er träumte noch halb wachend in einem fort, und alle Träume waren seltsam: zumeist schien es ihm, als wäre er irgendwo in Afrika, in Ägypten, in einer Oase. Die Karawane ruht aus, die Kamele liegen friedlich da; ringsum wachsen Palmen im ganzen Umkreis; alles hält Mittagsrast. Er aber trinkt immerzu Wasser, unmittelbar aus einem Bach, der hier neben ihm murmelnd dahinfließt. Und es ist so kühl, und das hellblaue Wasser ist so wundervoll, so wundervoll und kalt, es fließt über bunte Steine und über reinen, hier und da golden glitzernden Sand ... Plötzlich hörte er deutlich eine Uhr schlagen. Er fuhr auf, kam zu sich, erhob den Kopf, sah zum Fenster hin, überlegte, wieviel es an der

Zeit sein könnte, und sprang plötzlich auf, als hätte ihn jemand von seiner Schlafstätte emporgerissen. Er ging auf den Fußspitzen zur Tür, öffnete sie leise und lauschte auf die Treppe hinaus. Sein Herz klopfte gewaltig. Auf der Treppe war es so still, als ob alles schliefe ... Toll und sonderbar erschien es ihm, daß er von gestern auf heute in solcher Selbstvergessenheit hatte durchschlafen können, wo er doch noch nichts getan, nichts vorbereitet hatte ... Dabei hatte die Uhr vielleicht gar sechs geschlagen ... Und eine ungewöhnliche, fieberhafte und kopflose Hast überfiel ihn nun nach dem Schlafe und dem dumpfen Brüten. Es waren übrigens keine großen Vorbereitungen nötig. Er strengte alle Kräfte an, um alles zu bedenken und nichts zu vergessen; das Herz aber klopfte jetzt heftig und schlug so stark, daß ihm das Atmen schwer wurde. Zuerst mußte er eine Schlinge machen und an seinen Mantel annähen – das war Sache einer Minute. Er fuhr mit der Hand unter das Kopfkissen und fand unter der Wäsche, die dort lag, ein altes, ungewaschenes Hemd, das schon völlig zerrissen war. Von diesem riß er einen Streifen ab, etwa fünf Zentimeter breit und an die fünfunddreißig Zentimeter lang. Diesen Streifen legte er zusammen, zog seinen weiten Sommermantel aus festem, baumwollenem Stoff (sein einziges Oberkleid) aus und begann die beiden Enden des Streifens innen unter der linken Achselhöhle anzunähen. Seine Hände zitterten beim Halten der Nadel, er überwand sich aber und hatte den Streifen bald so angenäht, daß man von außen nichts bemerken konnte, wenn er den Mantel anzog. Er hatte sich schon vor langer Zeit Nadel und Zwirn besorgt, und sie hatten, in ein Papier eingewickelt, im Tischchen gelegen. Die Schlinge war seine eigene sehr schlaue Erfindung, sie war für das Beil bestimmt. Das Beil konnte man auf der Straße doch nicht in der Hand tragen. Und wenn man es unter dem Mantel versteckt trug, mußte man es doch mit der Hand festhalten, was wiederum auffallen konnte. So aber brauchte man das Beil bloß in die Schlinge zu stecken, und es würde den ganzen Weg unter der Achsel ruhig hängen. Und wenn er die Hand in die Seitentasche des Mantels steckte, konnte er auch das Ende des Beilschaftes festhalten, damit es nicht baumelte, und da der Mantel sehr weit war, ein richtiger Sack, so konnte niemand wahrnehmen, daß er mit dieser Hand in der Tasche etwas festhielt. Diese Schlinge hatte er sich gleichfalls schon vor etwa zwei Wochen erdacht.

Als er mit dem Annähen der Schlinge fertig war, fuhr er mit den Fingern unter seinen „türkischen" Diwan, suchte am linken Hinterfuß des Diwans in dem kleinen Zwischenraum nach und zog das *Versatzobjekt* hervor, das er schon vor langer Zeit hergestellt und dort versteckt hatte. Es war aber gar kein Wertgegenstand, sondern nur ein einfaches, glattgehobeltes Stück Holz, ungefähr von der Größe und Dicke eines silbernen Zigarettenetuis. Dieses Holzbrettchen hatte er zufällig bei einem seiner Spaziergänge auf einem Hof gefunden, wo in einem Nebengebäude eine Werkstatt war. Später hatte er zu dem Holzstück ein glattes und dünnes Stück Eisen – wahrscheinlich irgendein Bruchstück – hinzugefügt, das er gleichfalls auf der Straße gefunden hatte. Beides, das Eisenstück war etwas kleiner als das Holzstück, hatte er zusammengelegt und mit einem Bindfaden kreuzweise fest zusammengebunden; dann hatte er das Ganze peinlich und mit einer gewissen Sorgfalt in ein reines weißes Papier eingewickelt und mit einem Bindfaden so fest verschnürt, daß das Päckchen nicht gleich zu öffnen war – um wenigstens für eine kurze Zeit die Aufmerksamkeit der Alten abzulenken, wenn sie sich mit dem Lösen des Knotens abmühte, und so den Augenblick zum Herausholen des Beiles zu gewinnen. Das Eisenstück war des Gewichtes wegen hinzugefügt, damit die Alte wenigstens nicht sofort erriet, daß das »Versatzobjekt« nur aus Holz sei. Dies alles war von ihm bis zur gegebenen Zeit unter dem Diwan verwahrt worden. Kaum aber hatte er das Päckchen hervorgeholt, als er plötzlich jemand auf dem Hofe rufen hörte:

»Die Uhr geht schon gleich auf sieben!«

»Schon gleich auf sieben! Mein Gott!«

Er stürzte zur Tür, lauschte einen Augenblick, nahm seinen Hut und begann die dreizehn Stufen vorsichtig, leise wie eine Katze hinabzuschleichen. Das Wichtigste stand ihm noch bevor: das Beil aus der Küche zu holen. Daß das Werk mit einem Beil vollbracht werden sollte, hatte er schon vor langer Zeit beschlossen. Er besaß wohl noch ein zusammenlegbares Taschenmesser, aber er mochte sich nicht auf das Messer und am wenigsten auf seine Kraft verlassen, darum hatte er sich endgültig für das Beil entschieden. Bei dieser Gelegenheit wollen wir noch eine Eigentümlichkeit von ihm bei besagten endgültigen Entscheidungen, die er in dieser Sache schon getroffen hatte, erwähnen. Sie hatten alle eine besondere Eigenschaft; je endgültiger sie wurden, desto abscheulicher und dümmer erschienen sie ihm selbst. Trotz des qualvollen inneren Kampfes, den er führte, konnte er doch die ganze Zeit über keinen Augenblick an die Durchführbarkeit seiner Pläne glauben.

Und wenn es so gekommen wäre, daß er wirklich alles bis zum letzten Punkt durchdacht, alles endgültig festgelegt hätte und nichts mehr ungewiß verblieben wäre, dann hätte er sich wahrscheinlich sofort vom ganzen Plan losgesagt als einer Sinnlosigkeit, Ungeheuerlichkeit, Unmöglichkeit. Jetzt aber stand es so, daß es noch eine ungeheure Menge von ungelösten Fragen und Zweifeln gab. Was nun zum Beispiel die Frage betraf, woher er sich ein Beil verschaffen sollte, so beunruhigte ihn diese Kleinigkeit überhaupt nicht, denn nichts war leichter als das. Die Sache war nämlich die, daß Nastassja öfters, besonders aber gegen Abend, nicht zu Hause war: entweder lief sie zu den Nachbarn oder in einen Laden, die Küchentür aber ließ sie immer offenstehen. Und eben deshalb wurde sie von der Wirtin immer wieder gescholten. Also mußte man nur leise zur rechten Zeit in die Küche gehen und das Beil herausholen, um es nach einer Stunde, wenn alles vorüber war, wieder an seinen Platz zu legen. Aber auch hier tauchten Zweifel auf. Angenommen, er kam nach einer Stunde zurück, um das Beil wieder an seinen Platz zu legen, Nastassja jedoch war gerade heimgekehrt – gewiß, dann mußte man vorbeigehen und abwarten, bis sie wieder fortging. Wenn sie aber nun in dieser Zeit das Beil vermißte, es zu suchen begann und laut danach jammerte – so wäre doch schon der Verdacht geweckt oder wenigstens der Anlaß zu einem Verdacht gegeben.

Aber das waren doch nur Kleinigkeiten, an die zu denken er keine Lust und keine Zeit mehr hatte. Er dachte an die Hauptsache und schob die Kleinigkeiten für den Moment auf, wo er sich selber *von allem werde zu überzeugen haben*. Eben das aber erschien ihm entschieden unvorstellbar. So meinte er wenigstens. Er konnte sich zum Beispiel in keiner Weise vorstellen, daß er jemals aufhören werde, an dieses Vorhaben bloß zu denken, daß er wirklich aufstehen und einfach dorthin gehen werde ... Sogar seine kürzlich unternommene *Probe* (das heißt, der Besuch in der Absicht, sich endgültig den Tatort anzusehen) hatte er nur *versucht* auszuführen, nicht etwa in vollem Ernst, sondern eben bloß in dem Gedanken: »Ich will doch mal hingehen und es probieren, anstatt hier nur davon zu träumen!« und natürlich hatte er es nicht ausgehalten, hatte gleich die Absicht fallen lassen und war in unsagbarem Grimm über sich selbst davongelaufen. Indessen war, wie man meinen sollte, die ganze Analyse im Sinne der moralischen Lösung der Frage von ihm doch schon ins reine gebracht; seine Kasuistik war schon so geschärft wie ein Rasiermesser, und er fand in sich selbst keine klaren Entgegnungen mehr. Zu guter Letzt glaubte er sich einfach selbst nicht und suchte eigensinnig, sklavisch immer abseits tastend, nach Entgegnungen, als ob ihn jemand dazu zwänge und hinter sich herzöge. Der letzte Tag aber, der so unerwartet eintrat und der alles mit einem Male zur Entscheidung brachte, wirkte auf ihn fast rein mechanisch: wie wenn ihn jemand an der Hand genommen und unwiderstehlich, blindlings, mit einer übernatürlichen

Kraft nach sich gezogen hätte, ohne Widerrede, ganz als wäre er mit einem Zipfel seines Rockes in das Rad einer Maschine geraten und mitgerissen worden.

Anfangs – übrigens schon lange vorher – hatte ihn unter anderem die Frage beschäftigt: warum fast alle Verbrecher so leicht aufgespürt und entdeckt werden, und warum die Spuren fast aller Verbrecher so deutlich wahrzunehmen sind. Er kam allmählich zu vielseitigen und interessanten Schlüssen, und seiner Meinung nach lag die Hauptursache nicht so sehr in der materiellen Unmöglichkeit, ein Verbrechen zu verbergen, als in dem Verbrecher selbst. Der Verbrecher, und zwar fast jeder Verbrecher, erleidet im Augenblick des Handelns eine Einbuße an Willen und Verstand, an deren Stelle ein kindischer, phänomenaler Leichtsinn tritt, und dies geschieht immer gerade in dem Augenblick, wo Verstand und Vorsicht am nötigsten sind. Nach seiner Überzeugung ergab es sich, daß diese Verdunkelung des Verstandes und der Zusammenbruch des Willens den Menschen gleich einer Krankheit befallen, sich allmählich entwickeln und kurz vor der Vollbringung des Verbrechens ihren Höhepunkt erreichen, bei der Ausführung, oder noch etwas länger, je nach Veranlagung, auf demselben Höhepunkt anhalten und dann vergehen wie jede andere Krankheit. Die Frage aber, ob eine Krankheit das Verbrechen erzeugt oder ob das Verbrechen selbst irgendwie infolge seiner eigentümlichen Natur stets von etwas einer Krankheit Ähnlichem begleitet wird, – diese Frage zu lösen, fühlte er sich noch nicht imstande.

Nachdem er das alles erwogen hatte, meinte er, daß in ihm persönlich bei seiner Tat ähnlich krankhafte Umschwünge nicht stattfinden könnten, daß sein Verstand und sein Wille während der ganzen Zeit der Ausführung des Vorhabens völlig intakt sein würden, einzig aus dem Grunde, weil sein Unternehmen – »kein Verbrechen« sei ... Doch lassen wir jetzt den ganzen Denkprozeß beiseite, durch den er zu diesem letzten Schlusse gekommen war; wir haben schon ohnehin viel zu weit vorgegriffen ... Wir wollen bloß hinzufügen, daß die tatsächlichen, rein materiellen Hindernisse der Tat in seinem Verstand eine ganz untergeordnete Rolle spielten. »Man muß nur den ganzen Willen und den ganzen Verstand bewahren, und die Hindernisse werden alle zu ihrer Zeit besiegt werden, eins nach dem anderen, wenn es gilt, sich mit allen Einzelheiten der Tat bis zur kleinsten Winzigkeit zu befassen ...« Aber die Tat war ja noch gar nicht in Angriff genommen. An die endgültige Ausführung glaubte er eben immer noch selber am allerwenigsten, und als die Stunde schlug, kam alles gar nicht so, sondern irgendwie zufällig, ja fast sogar wie völlig unerwartet.

So kam es denn, daß ein ganz geringfügiger Umstand ihn, noch ehe er die Treppe hinabgestiegen war, geradezu vor den Kopf stieß. Als er an der Küchentür vorbeiging, die wie immer weit offenstand, warf er zunächst nur einen vorsichtigen Blick hinein, um sich zu vergewissern, ob nicht während der Abwesenheit von Nastassja die Wirtin selbst in der Küche sei, und wenn nicht, ob die Tür zu ihrem Zimmer auch richtig geschlossen sei, damit sie von dort aus nicht herausschauen könne, wenn er das Beil holte. Aber wie groß war seine Betroffenheit, als er diesmal plötzlich Nastassja nicht nur in der Küche, sondern dazu noch mit einer Arbeit beschäftigt sah: sie nahm aus einem Korbe Wäsche und hing sie auf eine Schnur auf! Als sie ihn erblickte, hielt sie inne, wandte sich ihm zu und schaute ihn die ganze Zeit an, während er vorbeiging. Er wandte die Augen ab und ging weiter, als ob er sie nicht gesehen hätte. Die Sache war also zu Ende: er hatte kein Beil! Er war furchtbar verblüfft.

»Und wie kam ich darauf«, fragte er sich, indem er die Treppe weiter hinabstieg, »wie kam ich darauf, daß sie in diesem Augenblick bestimmt nicht zu Hause sein werde? Warum, warum habe ich das so einfach vorausgesetzt?«

Er war verstört, kam sich geradezu erniedrigt vor. Er wollte über sich selbst lachen vor Ärger ... Eine dumpfe, tierische Wut bemächtigte sich seiner.

Er blieb in Gedanken versunken im Torweg stehen. Auf die Straße zu gehen, nur so zum Schein spazieren zu gehen, war ihm widerlich; nach oben in sein Stübchen zurückzukehren, war aber noch widerlicher. »Welch eine Gelegenheit habe ich für immer verloren!« murmelte er, indem er unschlüssig immer noch im Torweg stehenblieb, gerade gegenüber der dunklen Kammer des Hausmeisters, deren Tür auch offen war. Plötzlich zuckte er zusammen. In der Kammer des Hausknechts, zwei Schritte von ihm entfernt, glänzte unter der Bank rechts etwas Blankes ... Er sah sich um – niemand war in der Nähe. Auf den Fußspitzen ging er zur Kammer hin, stieg zwei Stufen hinab und rief mit leiser Stimme nach dem Hausknecht.

»Es stimmt, er ist nicht da! Wahrscheinlich ist er irgendwo in der Nähe auf dem Hof, da die Tür weit offensteht.«

Er stürzte sich in aller Hast auf das Beil (es war ein Beil) und zog es unter der Bank, wo es zwischen zwei Holzscheiten lag, hervor, steckte es gleich in die Schlinge unterm Arm, schob beide Hände in die Taschen und verließ die Kammer; niemand hatte ihn gesehen!

»Wenn der Verstand nicht hilft, dann tut es der Teufel!« dachte er mit einem sonderbaren Lächeln. Dieser Zufall ermutigte ihn außerordentlich.

Er ging nun langsam und *bedächtig* seines Weges, ohne sich zu beeilen, um nur ja keinen Verdacht zu erwecken. Er sah die Vorübergehenden wenig an, bemühte sich sogar, ihnen nicht ins Gesicht zu sehen und selber möglichst unauffällig zu sein. Plötzlich fiel ihm sein Hut ein. »Mein Gott! Geld habe ich vorgestern noch gehabt und bin nicht auf den Gedanken gekommen, mir eine Mütze zu kaufen!« Ein Fluch stieg in ihm hoch.

Als er zufällig mit einem Auge in einen Laden hineinblickte, sah er, daß die Wanduhr dort schon zehn Minuten nach sieben zeigte. Nun mußte er sich beeilen und gleichzeitig einen Umweg machen – er wollte das Haus von der anderen Seite her erreichen ...

Früher, wenn er sich ab und zu dies alles in der Phantasie vorstellte, hatte er manchmal gemeint, daß er große Angst haben werde. Jetzt aber fürchtete er sich nicht besonders, ja eigentlich gar nicht. In diesem Augenblick beschäftigten ihn sogar ganz nebensächliche Gedanken, doch immer nur kurze Zeit. Als er am Garten des Jussúpoff-Palais vorbeiging, vertiefte er sich ziemlich stark in die Idee, hohe Springbrunnen anzulegen, und er malte sich aus, wie sehr sie die Luft auf allen Plätzen erfrischen würden. Von diesen Gedankengängen kam er zu der Überzeugung, daß die Stadt dadurch sehr gewinnen würde, wenn man den Sommergarten um den ganzen Exerzierplatz erweitern und womöglich mit dem angrenzenden Micháiloffschen Schloßpark vereinigen würde. Hier nun interessierte ihn plötzlich die Frage, warum in allen großen Städten der Mensch nicht bloß aus reiner Notwendigkeit, sondern anscheinend noch aus anderen Gründen geneigt ist, sich gerade in solchen Stadtteilen niederzulassen und zu leben, wo es keine Gärten, keine Springbrunnen gibt, wo Schmutz und Gestank und allerhand Abscheuliches herrschen. Ihm fielen seine eigenen Spaziergänge über den Heumarkt ein, und auf einen Augenblick kam er zu sich, wachte er gleichsam auf.

»Was für ein Unsinn!« dachte er. »Nein, es ist besser, ich denke an gar nichts.«

»Wahrscheinlich heften sich die Gedanken derer, die man zur Hinrichtung führt, in ähnlicher Weise an alle Gegenstände, die sie auf ihrem Wege treffen«, fuhr es blitzartig durch seinen Kopf. Er verjagte aber selbst schnell diesen Gedanken. Aber da ist schon das Haus, er sieht das Tor. Irgendwo schlug plötzlich eine Uhr einmal. »Was, ist es schon halb acht? Das kann nicht sein, sie geht wahrscheinlich vor!«

Zu seinem Glück ging unter dem Tor alles wieder gut ab. Wie für ihn bestellt, fuhr in diesem Augenblick eine große Fuhre Heu in den Torweg hinein, so daß sie ihn die ganze Zeit, während er den Torweg passierte, verdeckte, und als der Wagen in den Hof hinausfuhr, huschte er in einem Nu nach rechts. Auf der anderen Seite des Wagens hörte man einige Stimmen schreien und streiten, ihn aber hatte niemand bemerkt, und er begegnete auch niemandem. Viele Fenster, die auf den großen viereckigen Hof hinausgingen, standen offen, aber er hob nicht den Kopf – er hatte keine Kraft dazu. Die Treppe zur Wohnung der Alten lag in der Nähe, gleich rechts vom Torweg. Er war schon auf der Treppe.

Er holte Atem, hielt die Hand auf das klopfende Herz, fühlte dabei nach dem Beil, rückte es zurecht und begann vorsichtig und leise die Treppe hinaufzusteigen, alle Augenblicke horchend. Auch die Treppe war um diese Zeit vollkommen leer; alle Türen waren geschlossen; er begegnete niemandem. Im zweiten Stockwerk stand wohl eine leere Wohnung weit offen, und in ihr arbeiteten Maler, aber auch die sahen nicht zu ihm her. Er stand einen Augenblick still, dachte nach und ging weiter. – »Natürlich wäre es noch besser, wenn sie nicht da wären, aber ... über ihnen liegen noch zwei Stockwerke.«

Aber da ist nun der vierte Stock, da ist die Tür; dort die Wohnung gegenüber – die ist unbewohnt. Im dritten Stock steht die Wohnung, die unter der Wohnung der Alten liegt, allen Anzeichen nach auch leer: die Visitenkarte, die an der Tür mit Nägeln befestigt war, ist abgenommen – also sind sie ausgezogen! ... Sein Atem stockte. Einen Augenblick durchzuckte ihn der Gedanke: »Soll ich nicht umkehren?« Er gab sich aber keine Antwort und begann an der Tür zur Wohnung der Alten zu horchen: es war totenstill. Dann lauschte er nochmals die Treppe hinab, horchte lange und aufmerksam ... Dann sah er sich zum letzten Male um, nahm sich zusammen, faßte sich und tastete noch einmal nach dem Beil in der Schlinge.

»Bin ich nicht ... sehr blaß?« dachte er. »Bin ich nicht zu erregt? Sie ist mißtrauisch ... Soll ich nicht lieber noch ein wenig warten ... bis das Herz sich beruhigt? ...«

Das Herz aber beruhigte sich nicht. Im Gegenteil, es

klopfte, wie absichtlich, immer stärker, stärker ... Er hielt es nicht aus, langsam streckte er die Hand aus nach der Klingel und schellte. Nach einer halben Minute schellte er noch einmal, jetzt etwas lauter.

Keine Antwort. Unnütz zu klingeln ging nicht an und schickte sich außerdem nicht für ihn. Die Alte ist selbstverständlich zu Hause, aber sie ist mißtrauisch und allein. Er kannte teilweise ihre Gewohnheiten ... und er legte noch einmal sein Ohr fest an die Tür. Waren nun seine Sinne so geschärft (was jedoch kaum anzunehmen ist) oder war es tatsächlich deutlich zu hören, jedenfalls glaubte er das vorsichtige Tasten einer Hand an der Türklinke und das Rascheln eines Kleides hinter der Tür zu unterscheiden. Jemand stand offenbar innen, die Hand am Schlosse selbst, und lauschte ebenso, wie er hier von außen, mit verhaltenem Atem und, wie es schien, ebenso mit dem Ohr an der Tür... Er machte absichtlich eine Bewegung und murmelte laut etwas vor sich hin, um zu zeigen, daß er sich nicht verstecke. Dann schellte er zum dritten Male, aber leise, mit Anstand und ohne Ungeduld. Wenn er später daran zurückdachte und sich deutlich und klar all dessen erinnerte – dieser Augenblick hatte sich ihm auf ewig eingeprägt –, konnte er nicht begreifen, woher er soviel Schlauheit aufgebracht hatte, besonders da doch sein Verstand sich zeitweise verdunkelte und er seinen Körper fast gar nicht fühlte ... Einen Augenblick nachher hörte man, daß der Sicherheitshaken von innen abgenommen wurde.

VII

Die Tür wurde, wie auch damals, nur bis zu einem winzigen Spalt geöffnet, und wieder hefteten sich auf ihn zwei scharfe und mißtrauische Augen aus der Dunkelheit. Da verlor Raskolnikoff den Kopf und machte beinahe einen großen Fehler.

In der Befürchtung, daß die Alte erschrecken könnte, weil sie allein war, und da er nicht glauben konnte, daß sein Anblick sie beruhigen würde, griff er nach der Tür und zog sie zu sich, damit die Alte nicht auf den Gedanken komme, sich wieder einzuschließen. Als die Alte das sah, zog sie die Tür zwar nicht zurück, ließ aber auch nicht die Türklinke los, so daß er sie beinahe mitsamt der Tür auf die Treppe herauszog. Da sie aber in der Tür stehenblieb und ihn nicht durchlassen wollte, ging er direkt auf sie los. Die Alte wich erschrocken zurück, wollte etwas sagen, schien aber nichts herausbringen zu können und sah ihn nur mit aufgerissenen Augen an.

»Guten Tag, Aljona Iwanowna!« begann er möglichst ungezwungen, aber die Stimme gehorchte nicht, sie bebte und brach ab. »Ich habe Ihnen ... ein Pfand gebracht ... aber vielleicht gehen wir besser hierher ... wo es hell ist ...« Er ließ sie stehen und ging ohne Aufforderung weiter ins Zimmer. Die Alte lief ihm nach; ihre Zunge löste sich.

»Herrgott! Was wollen Sie? Wer sind Sie? Was wollen Sie?«

»Erlauben Sie, Aljona Iwanowna ... ich bin Ihnen doch bekannt ... Raskolnikoff ... da haben Sie, ich habe ein Pfand gebracht, wie ich vor ein paar Tagen versprach ...« Und er hielt ihr das Päckchen hin.

Die Alte warf einen schnellen Blick auf das Pfand, richtete aber sofort ihre Augen direkt ins Gesicht des ungebetenen Gastes. Sie sah ihn aufmerksam, böse und mißtrauisch an. Es verging eine Minute; ihm schien sogar, in ihren Augen liege etwas wie Spott, als ob sie schon alles erraten hätte. Er fühlte, daß er die Fassung verlor und daß ihn Furcht packte, eine so starke Furcht, daß er, wenn sie ihn noch eine halbe Minute weiter so ansehen werde, vielleicht ohne ein Wort zu sagen weglaufen würde.

»Warum sehen Sie mich so an, als ob Sie mich nicht wiedererkennten?« sagte er plötzlich ebenfalls böse. »Wenn Sie wollen, nehmen Sie es zum Pfand, wenn nicht – gehe ich zu anderen, ich habe keine Zeit.«

Er wußte selbst nicht, wie er zu diesen Worten kam.

Die Alte faßte sich, und der entschlossene Ton des Besuchers beruhigte sie anscheinend.

»Warum sind Sie hergekommen, Väterchen? Was ist das?« fragte sie und blickte auf das von ihm hingehaltene Pfand.

»Ein silbernes Zigarettenetui; ich sprach voriges Mal davon!«

Sie streckte die Hand aus.

»Warum sind Sie so blaß? Ihre Hände zittern ja! ...«

»Fieber habe ich«, antwortete er kurz. »Unwillkürlich wird man blaß, ... wenn man nichts zu essen hat«, fügte er, die Worte kaum aussprechend, hinzu. Die Kräfte verließen ihn wieder. Die Antwort aber schien wahr zu klingen, denn die Alte nahm das Pfand.

»Was ist es?« fragte sie, indem sie Raskolnikoff noch einmal prüfend ansah und das Pfand in der Hand wog.

»Ein Ding ... ein Zigarettenetui ... aus Silber ... Sehen Sie nach!«

»Hm, mir scheint es nicht aus Silber ... Wie er es zugeschnürt hat ...« Indem sie versuchte, den Bindfaden zu lösen, und sich zum Fenster, zum Licht hin wandte (alle Fenster waren trotz der schwülen Hitze geschlossen), ließ sie ihn auf ein paar Sekunden aus dem Auge und stand fast mit dem Rücken zu ihm. Er knöpfte seinen Mantel auf und zog das Beil aus der Schlinge, aber er holte es noch nicht hervor, sondern hielt es mit der rechten Hand unter dem Mantel. Seine Hände waren furchtbar schwach; er fühlte selbst, wie sie mit jedem Augenblick immer mehr erlahmten und erstarrten. Er fürchtete, daß er das Beil fallen lassen werde ... plötzlich schwindelte ihm der Kopf.

»Was hat er denn da umgewickelt!« rief die Alte ärgerlich aus und machte eine Bewegung, als wolle sie sich wieder zu ihm wenden. Jetzt durfte kein Moment mehr verlorengehen. Er riß das Beil hervor, hob es, kaum daß er sich dessen bewußt war, mit beiden Händen empor und ließ es fast ohne Anstrengung, fast mechanisch mit der Rückseite auf den Kopf der Alten niederfallen. Er hatte, wie es schien, dabei keine Kraft angewandt. Aber kaum hatte er das Beil zum ersten Male fallen lassen, da stellte sich auch die Kraft ein.

Die Alte war wie immer barhäuptig. Ihre hellen, leicht ergrauten dünnen Haare, wie gewöhnlich fett geölt, waren in rattenschwanzartige kleine Flechten geflochten und wurden von einem Rest eines abgebrochenen Hornkämmchens, das auf ihrem Hinterkopf häßlich abstand, zusammengehalten. Der Schlag hatte sie bei ihrer Kleinheit direkt auf den Scheitel getroffen. Sie schrie auf, aber sehr leise, ihre beiden Hände gegen den Kopf erhebend. In der einen Hand hielt sie immer noch das »Versatzstück« fest. Da schlug er aus aller Kraft ein zweites und drittes Mal zu, immer mit der breiten Rückseite des Beiles und immer auf den Scheitel. Das Blut strömte hervor wie aus einem zersprungenen Glas, und der Körper fiel zu Boden mit dem Gesicht nach oben. Er trat einen Schritt zurück, ließ den Körper liegen und beugte sich über ihr Gesicht; sie war schon tot. Die Augen waren weit aufgerissen, als ob sie herausspringen wollten, und die Stirn und das ganze Gesicht waren verzogen und krampfhaft verzerrt.

Er legte das Beil auf die Diele neben die Tote, langte eilends in ihre Tasche, in dieselbe rechte Tasche, aus der sie das vorige Mal die Schlüssel hervorgeholt hatte, und suchte zu verhindern, daß er sich mit dem fließenden Blut beschmiere. Er war bei klarem Verstand, Verdunkelungen vor den Augen und Schwindel fühlte er nicht mehr, aber die Hände zitterten immer noch. Er erinnerte sich später, daß er sogar sehr aufmerksam und vorsichtig war und immer versuchte, sich nicht zu beschmutzen ... Die Schlüssel zog er sofort heraus; sie hingen wie damals alle zusammen in einem Schlüsselbund an einem stählernen Ring. Er lief mit ihm sofort in das Schlafzimmer. Das war ein sehr kleines Zimmer mit einem großen Heiligenbilderschrein an der einen Wand. An der anderen Wand stand ein großes Bett, sehr reinlich, mit einer wattierten Decke, deren Bezug aus bunten Seidenflicken zusammengesetzt war. An der dritten Wand stand eine Kommode. Doch seltsam, kaum begann er die Schlüssel an der Kommode zu probieren, kaum hörte er ihr Rasseln, da durchfuhr ihn gleichsam ein Krampf. Er bekam wieder Lust, alles liegenzulassen und wegzugehen. Aber das dauerte nur einen Augenblick; es war zu spät, wegzugehen. Er vermochte sogar über sich selbst zu lächeln, als ihm plötzlich ein anderer beunruhigender Gedanke durch den Kopf fuhr. Ihn deuchte plötzlich, daß die Alte womöglich noch lebe und zu sich kommen könne. Er ließ die Schlüssel fallen, lief zurück zur Toten, ergiff das Beil und erhob es noch einmal über die Alte, ließ es aber nicht niedersausen. Es gab keinen Zweifel, sie war tot. Als er sich über sie beugte, um sie wieder in der Nähe zu betrachten, sah er deutlich, daß der Schädel zerschmettert und sogar ein wenig nach der Seite verschoben war. Er wollte ihn mit dem Finger befühlen, aber dann riß er die Hand doch zurück; es war ja ohnedies zu sehen. Indessen war schon eine ganze Pfütze Blut zusammengelaufen. Plötzlich bemerkte er an ihrem Hals eine Schnur, er riß daran, aber die Schnur war stark und ließ sich nicht zerreißen, außerdem war sie mit Blut durchtränkt. Er versuchte, die Schnur aus dem Kleide hervorzuziehen, aber etwas hielt sie fest. Ungeduldig wollte er wieder das Beil heben, um die Schnur oben über dem Körper durchzuschlagen, aber er wagte es nicht, und mit großer Mühe zerschnitt er nach einer Arbeit von zwei Minuten die Schnur, ohne mit dem Beil den Körper zu berühren, wobei er aber seine Hände und das Beil mit Blut besudelte; er hatte sich nicht geirrt – an der Schnur hing ein Beutel. Außerdem befanden sich daran zwei Kreuze, eins aus Zypressenholz und das andere von Kupfer, und ein Heiligenbildchen aus Emaille; es war ein kleiner beschmutzter Beutel aus Sämischleder mit einer stählernen Spange und einem kleinen Ring. Der Beutel war sehr voll gepackt. Raskolnikoff steckte ihn, ohne ihn näher zu betrachten, in die Tasche, die Kreuze warf er der Alten auf die Brust, nahm diesmal das Beil auch mit und stürzte ins Schlafzimmer zurück.

Er war in schrecklicher Hast, nahm die Schlüssel und versuchte sie von neuem. Aber es gelang ihm noch immer nicht, sie paßten nicht für die Schlösser. Nicht, daß seine Hände gar so sehr gezittert hätten, aber er irrte sich immer; er sah zum Beispiel, daß es nicht der richtige Schlüssel war, daß er nicht paßte – trotzdem probierte er ihn immer wieder. Plötzlich dachte er daran, und es leuchtete ihm ein, daß dieser große Schlüssel mit dem zackigen Bart, der an dem Ring mit den anderen kleinen zusammenhing, gar nicht zu der Kommode gehörte (wie es ihm schon das vorige Mal in den Sinn gekommen war), sondern unbedingt zu einer Truhe gehören mußte, und daß in dieser Truhe vielleicht alles aufbewahrt war. Er verließ die Kommode und schaute sofort unter das Bett, da er wußte, daß die Truhen bei alten Frauen gewöhnlich unter dem Bett stehen. Es stimmte auch, unter dem Bett befand sich eine ziemlich große Truhe, ungefähr einen Meter lang, mit einem flach gewölbten, mit rotem Saffian beschlagenen Deckel. Der zackige Schlüssel paßte und schloß die Truhe auf. Oben, unter einem weißen Laken, lag ein mit rotem Stoff bezogener Pelz aus Hasenfellen; unter ihm ein seidenes Kleid, ein Schal, und auch in der Tiefe lagen, wie es schien, allerhand Kleidungsstücke. Zuerst begann er seine mit Blut besudelten Hände an dem roten Stoff abzuwischen. »Der Stoff ist rot, und bei Rot ist Blut nicht so auffallend«, dachte er, und plötzlich kam er zu sich. »Mein Gott! Verliere ich denn ganz den Verstand?« dachte er erschrocken.

Kaum aber hatte er den Kleiderkram angerührt, als plötzlich unter dem Pelz eine goldene Uhr hervorglitt. Er machte sich daran, alles in der Truhe zu durchwühlen. Zwischen den Kleidungsstücken waren in der Tat goldene Sachen untergebracht – wahrscheinlich lauter versetzte Pfänder, gekaufte oder nicht ausgelöste Armbänder, Ketten, Ohrringe, Krawattennadeln und dergleichen mehr. Manche Pfänder waren in Futteralen, andere wieder einfach in Zeitungspapier eingeschlagen, aber peinlich und sorgfältig in doppelte Bogen und mit Bindfaden zugeschnürt. Ohne einen Moment zu zögern, begann er die Taschen seiner Hose und des Mantels mit den Sachen zu füllen; er untersuchte nichts und öffnete nicht die Pakete und die Futterale; aber er kam nicht dazu, viel einzustecken ...

Plötzlich hörte er in dem Zimmer, wo die Alte lag, Schritte. Er hielt inne und verhielt sich still wie ein Toter. Alles blieb jedoch still; also hatte es ihm nur so geschienen. Aber da vernahm er deutlich einen leisen Schrei, als wenn jemand leise und verhalten aufgestöhnt hätte und darauf verstummte. Wieder trat Totenstille ein, eine Minute oder gar zwei Minuten lang. Er horchte neben der Truhe und wartete mit verhaltenem Atem; plötzlich aber sprang er auf, ergriff das Beil und stürzte aus dem Schlafzimmer.

Mitten im Zimmer stand Lisaweta mit einem großen Bündel im Arm und sah erstarrt die ermordete Schwester an; sie war weiß wie Linnen und schien außerstande zu schreien. Als sie ihn hereinstürzen sah, erzitterte sie wie ein Blatt, und ihr ganzes Gesicht geriet ins Zucken. Sie hob die eine Hand, öffnete den Mund, schrie aber trotzdem nicht, und begann langsam rückwärts vor ihm in eine Ecke zurückzuweichen, dabei unverwandt ihm ins Gesicht sehend, aber immer noch nicht schreiend, als ob es ihr an Luft zum Schreien mangelte. Er stürzte mit dem Beil auf sie los. Ihre Lippen verzogen sich so kläglich, wie bei ganz kleinen Kindern, wenn sie sich vor etwas fürchten, den Gegenstand ihrer Furcht unverwandt ansehen und sich erst anschicken zu schreien. Diese unglückliche Lisaweta war von Hause aus so wehrlos, so einfältig und so völlig verschüchtert, daß sie nicht einmal ihre Hände hob, um das Gesicht zu schützen, obwohl das doch die unwillkürlich-natürlichste Bewegung in diesem Augenblick gewesen wäre, während das Beil schon über ihrem Kopfe schwebte. Sie hob nur ein wenig ihre freie linke Hand, aber bei weitem nicht bis zum Gesicht, und streckte sie ihm langsam entgegen, als ob sie ihn nur zur Seite schieben wollte. Der Schlag traf direkt den Schädel, mit der scharfen Seite des Beiles, und durchschnitt mit einem Hieb den ganzen oberen Teil der Stirn fast bis zum Scheitel. Sie stürzte sofort hin. Raskolnikoff verlor beinahe die Fassung, er ergriff ihr Bündel, warf es wieder hin und lief ins Vorzimmer.

Die Angst packte ihn nach diesem zweiten, vollkommen unerwarteten Mord mehr und mehr. Er wollte schnell von hier fort. Und wenn er in diesem Augenblick imstande gewesen wäre, klarer zu sehen und zu denken, wenn er sich alle Schwierigkeiten seiner Lage, die ganze Verzweiflung, den ganzen Ekel und den ganzen Wahnsinn der Situation hätte vorstellen können und dabei begriffen hätte, wieviel Hindernisse, vielleicht auch Verbrechen er noch zu überwinden und zu vollbringen haben werde, um von hier loszukommen und nach Hause zu gelangen, dann hätte er sehr wahrscheinlich alles im Stich gelassen und wäre sofort hingegangen und hätte sich selbst gestellt; nicht aus Furcht für seine Person, sondern einzig aus Entsetzen und Ekel vor dem, was er getan hatte. Besonders der Ekel stieg und wuchs in ihm mit jedem Augenblick. Um nichts in der Welt würde er jetzt zur Truhe oder auch nur in die Zimmer zurückgegangen sein.

Aber eine merkwürdige Zerstreutheit, ja beinahe Nachdenklichkeit kam allmählich über ihn; einige Minuten blieb er wie verloren stehen oder besser, er vergaß die Hauptsache und heftete sich an Kleinigkeiten. Als er dann einen Blick in die Küche warf und auf einer Bank einen Eimer sah, der zur Hälfte mit Wasser gefüllt war, kam er auf den Gedanken, seine Hände und das Beil abzuwaschen. Seine Hände waren blutig und klebrig. Das Beil steckte er mit der Schneide einfach ins Wasser, ergriff ein Stück Seife, das auf dem Fensterbrett auf einer zerschlagenen Untertasse lag, und begann im

Eimer selbst seine Hände zu waschen. Nachdem er die Hände gereinigt hatte, zog er auch das Beil heraus, wusch das Eisen ab und wusch lange, gegen drei Minuten lang, die Blutflecken vom Holz ab und versuchte sogar das Blut mit Seife abzuwaschen. Dann trocknete er alles mit Wäschestücken ab, die hier auf einer Schnur zum Trocknen hingen, und besah darauf am Fenster lange und aufmerksam das Beil. Blutspuren waren nicht mehr zu sehen, nur das Holz war noch feucht. Er steckte das Beil sorgfältig in die Schlinge unter dem Mantel. Darauf besah er prüfend den Mantel, die Hosen und die Stiefel, soweit ihm das in der halbdunklen Küche möglich war. Auf den ersten Blick war von außen nichts zu sehen; nur auf den Stiefeln waren Flecken. Er machte einen Lappen naß und wischte die Stiefel ab. Er wußte übrigens, daß er nicht gut sehen konnte, daß es vielleicht etwas in die Augen Fallendes gab, was er nicht bemerkte. In Nachdenken versunken, stand er mitten in der Küche.

Ein quälender, dunkler Gedanke stieg in ihm auf – der Gedanke, daß er den Verstand verliere und daß er in diesem Augenblick weder denken noch sich verteidigen könne, daß es vielleicht gar nicht zweckmäßig sei, was er jetzt vorhatte ...

»Mein Gott! Ich muß fort, fort!« murmelte er und stürzte in das Vorzimmer. Aber hier erwartete ihn ein Schrecken, wie er ihn bestimmt noch nie erlebt hatte.

Er stand, sah hin und traute seinen Augen nicht: die Tür, die Wohnungstür, die aus dem Vorzimmer auf die Treppe ging, dieselbe, an der er vor kurzem geschellt und durch die er hereingekommen war, stand offen, eine ganze Handbreit offen; weder das Schloß war zu noch der Riegel vor – die ganze, die ganze, ganze Zeit! Die Alte hatte hinter ihm nicht abgeschlossen, vielleicht aus Vorsicht. Aber, mein Gott! Er hatte doch später Lisaweta gesehen! Und wie war es möglich, gar nicht auf den Gedanken zu kommen, daß sie doch irgendwie hereingekommen war! Sie war doch nicht durch die Wand gekommen!

Er stürzte zur Tür, schloß sie und schob den Riegel vor.

»Aber nein, das ist wieder nicht das richtige! Ich muß fort, fort! ...«

Dann zog er den Riegel zurück, öffnete die Tür und begann zur Treppe hin zu lauschen.

So stand er lange und horchte. Irgendwo weit unten, wahrscheinlich unten im Torweg, schrien laut und kreischend zwei Stimmen, stritten sich und schimpften.

»Was haben die nur?« ...

Er wartete geduldig. Endlich wurde mit einem Male alles still, wie abgeschnitten; sie waren offenbar fortgegangen.

Er wollte schon hinaustreten, aber plötzlich öffnete sich geräuschvoll ein Stockwerk tiefer eine Wohnungstür, jemand begann die Treppe hinabzusteigen und summte irgend etwas vor sich hin.

»Wie laut sie alle sind!« ging es durch seinen Kopf.

Er zog die Tür wieder zu und wartete. Endlich war alles still, keine Seele zu hören. Schon war er zur Wohnungstür herausgetreten, als er plötzlich wieder neue Schritte vernahm.

Diese Schritte kamen von weit her, von der untersten Treppe, aber er erinnerte sich später noch sehr gut und deutlich, daß er schon beim ersten Schritt damals aus irgendeinem Grunde den Verdacht hatte, daß man unbedingt *hierher*, in den vierten Stock zu der Alten komme. Warum? Klangen die Schritte etwa so sonderbar, so bedeutungsvoll?

Es war der schwere, gleichmäßige Schritt eines Menschen, der keine Eile hat. Den ersten Stock hat er schon erreicht, nun steigt er weiter die Treppe herauf; deutlicher und deutlicher hört man es! Er vernahm das schwere Atmen des Kommenden. Nun ist er schon im dritten Stock. Er kommt hierher! Und plötzlich war es Raskolnikoff, als sei er versteinert, wie im Traum, wenn man verfolgt wird und die Mörder schon ganz nahe hinter einem sind, daß man aber wie angewachsen dasteht und kein Glied rühren kann.

Als der Besucher schon zum vierten Stock heraufstieg, fuhr er plötzlich zusammen, und es gelang ihm noch schnell und gewandt, vom Treppenabsatz in die Wohnung hineinzuschlüpfen und die Tür hinter sich zuzumachen. Dann nahm er den Haken und legte ihn leise, unhörbar vor. Der Instinkt half ihm. Als er das in Ordnung gebracht hatte, stellte er sich mit verhaltenem Atem unmittelbar neben die Tür. Der unbekannte Besucher war schon da. Sie standen jetzt einander gegenüber, wie er vor kurzem der Alten gegenübergestanden hatte, als nur die Tür sie voneinander trennte und er gespannt lauschte.

Der Besucher schöpfte ein paarmal tief Atem.

»Er ist wahrscheinlich dick und groß«, dachte Raskolnikoff und nahm das Beil fester in die Hand. Es war in der Tat, als träume er das alles. Der Besucher faßte die Klingel und läutete stark.

Als die Glocke blechern schepperte, war es ihm, als ob im Zimmer sich jemand rühre. Einige Sekunden lauschte er. Der Unbekannte schellte noch einmal, wartete ein wenig und begann dann plötzlich ungeduldig und stark mit der Türklinke zu klappern. Mit Schrecken blickte Raskolnikoff auf den hüpfenden Haken und wartete in stumpfer Angst, ob der Haken nicht herausspringen werde. Das schien in der Tat möglich zu sein – so stark riß jener an der Tür. Er wollte schon den Haken mit der Hand niederhalten, aber der *andere* hätte das merken können. Es begann ihm wieder schwindlig zu werden.

»Ich breche noch zusammen!« durchzuckte es ihn, aber als der Unbekannte zu sprechen begann, kam er sofort zu sich.

»Ja, schlafen sie denn da, oder sind sie tot? Verflucht noch einmal!« wetterte er. »He, Aljona Iwanowna, alte Hexe! Lisaweta Iwanowna, du unbeschreibliche Schönheit! Öffnet! Ach, verflucht, schlafen sie wirklich?«

Und er riß von neuem gereizt mit aller Kraft gegen zehnmal nacheinander an der Klingel. Es war sicher ein eigenmächtiger Mann, der hier gut bekannt sein mußte.

In diesem Augenblick vernahm man unweit auf der Treppe leichte, eilige Schritte. Es kam noch jemand. Raskolnikoff hatte es vorher nicht gehört.

»Ist wirklich niemand da?« rief laut und heiter der Angekommene, sich an den ersten Besucher wendend, der noch immer an der Klingel riß. »Guten Abend, Koch!«

»Nach der Stimme zu urteilen, muß es ein sehr junger Mann sein«, dachte Raskolnikoff.

»Das weiß der Teufel, ich habe fast das Schloß abgerissen«, antwortete Koch. »Aber woher kennen Sie mich denn?«

»Wieso, woher? Vorgestern habe ich Ihnen doch drei Partien Billard im „Gambrinus" abgewonnen!«

»Ah . . .«

»Also, sie sind nicht zu Hause. Merkwürdig! Das ist aber dumm! Wo mag die Alte nur hingegangen sein? Ich habe Geschäftliches mit ihr zu erledigen.«

»Ich auch, mein Bester.«

»Was soll man da tun? Wohl oder übel müssen wir wieder gehen. Zu dumm! Und ich hoffte doch, Geld zu bekommen!« rief der junge Mann aus.

»Selbstredend müssen wir gehen, aber wozu gibt man denn eine Zeit an? Die alte Hexe hat mir selbst die Stunde bestimmt. Für mich bedeutet das doch einen Umweg. Zum Teufel, ich verstehe nicht, wo sie sich herumtreiben kann. Das ganze Jahr sitzt sie im Hause, die Hexe, rührt sich nicht vom Fleck, die Füße tun ihr weh, und nun plötzlich macht sie Ausflüge!«

»Sollen wir nicht den Hausmeister fragen?«

»Wonach denn?«

»Wohin sie gegangen ist und wann sie wiederkommt?«

»Hm . . . zum Teufel . . . ihn fragen . . . Ja, aber sie geht doch sonst nie aus . . .«, und er riß noch einmal an der Türklinke. »Zum Teufel, es ist nichts zu wollen, wir können wieder fortgehen.«

»Warten Sie!« rief plötzlich der junge Mann. »Schauen Sie her: sehen Sie, wie die Türe nachgibt, wenn man daran reißt?«

»Nun, und?«

»Also ist sie nicht abgeschlossen, sondern nur eingehakt, auf den Haken! Hören Sie, wie der Haken klappert?«

»Nun?«

»Verstehen Sie denn nicht? Also ist jemand von ihnen zu Hause. Wenn alle fortgegangen wären, hätten sie die Türe mit dem Schlüssel abgeschlossen und nicht nur von innen mit dem Haken gesichert. Hören Sie nun, wie der Haken klappert? Um aber von innen die Türe mit dem Haken zu schließen, muß man zu Hause sein, verstehen Sie? Also sitzen sie zu Hause und öffnen nicht!«

»Hm! Ja, das ist wahr!« rief Koch erstaunt. »Was ist denn da los?« Und er begann mit Macht an der Tür zu rütteln.

»Warten Sie!« rief von neuem der junge Mann. »Halten Sie ein! Hier ist etwas nicht in Ordnung ... Sie haben doch geklingelt, an der Türe gerüttelt – und sie öffnen nicht, also liegen sie entweder in Ohnmacht oder ...«

»Was?«

»Hören Sie mal, wir wollen den Hausmeister holen, mag der sie aufwecken.«

»Gut.«

Sie gingen beide zur Treppe.

»Warten Sie! Bleiben Sie mal hier, ich aber laufe nach dem Hausmeister.«

»Warum soll ich hier bleiben?«

»Es ist besser so ...«

»Meinetwegen ...«

»Ich bereite mich nämlich zum Untersuchungsrichter vor! Hier stimmt offenbar, of–fen–sicht–lich etwas nicht!« rief der junge Mann voll Eifer und lief eilig die Treppe hinab.

Koch blieb, zog noch einmal leise die Klingel, und die Glocke schlug nur einmal an; dann begann er sachte, als ob er dabei überlege und nachprüfe, die Türklinke zu bewegen, er zog sie empor und drückte sie nieder, wie um sich noch einmal zu vergewissern, daß die Tür bloß mit dem Haken geschlossen sei. Darauf bückte er sich schwer atmend und blickte durch das Schlüsselloch, aber darin stak von innen der Schlüssel, und er konnte nichts sehen.

Raskolnikoff stand und hielt krampfhaft das Beil fest. Er war wie in einem Fiebertraum. Er war bereit zu kämpfen, wenn sie hereinkommen sollten. Schon als sie an der Tür rüttelten und sich besprachen, kam ihm einigemal der Gedanke, allem ein Ende zu machen und ihnen durch die Tür zuzurufen. Es wandelte ihn die Lust an, sie zu beschimpfen, sie zu reizen, solange sie die Tür nicht aufmachen konnten. »Wenn es nur schneller ein Ende nähme!« zuckte es ihm durch den Kopf.

»Zum Teufel, wenn er nun ...«

Die Zeit verrann, eine Minute, noch eine, niemand kam. Koch begann unruhig zu werden.

»Ach, hol' sie der Teufel! ...« rief er plötzlich aus, und voll Ungeduld verließ er seinen Posten, ging die Treppe eilig hinab und stapfte fest auf.

»Mein Gott, was jetzt tun?« Raskolnikoff hob den Haken ab, öffnete ein wenig die Tür, es war nichts zu hören, und plötzlich, schon ganz ohne zu denken, trat er hinaus, zog die Tür hinter sich möglichst fest zu und schlich hinab. Er war schon anderthalb Treppen hinabgestiegen, als plötzlich unten ein starker Lärm hörbar wurde – wohin sich wenden? Er konnte sich nirgends verstecken und wollte schon zurück in die Wohnung.

»He, verfluchter Satan! Halt ihn fest!«

Mit diesem Geschrei stürzte jemand unten aus einer Wohnung heraus und sauste so schnell hinunter, daß er die Treppe förmlich hinunterzukollern schien, dazu aus vollem Halse schreiend: »Mitjka, Mitjka! Mitjka! Mitjka! Hol' dich der Henker!« Das Geschrei endete mit Gekreisch; die letzten Töne hörte man schon vom Hofe her; alles wurde still. Aber im selben Augenblick begannen ein paar Menschen, die laut und schnell sprachen, geräuschvoll die Treppe heraufzusteigen. Es waren vielleicht drei oder vier. Raskolnikoff unterschied dabei die helle Stimme des jungen Mannes.

»Das sind sie!« dachte er.

In vollkommener Verzweiflung ging er ihnen direkt entgegen, mochte nun kommen, was wollte. Wenn sie ihn anhielten, war alles verloren, ließen sie ihn vorbei, war auch alles verloren, denn sie würden ihn wiedererkennen. Sie kamen bedenklich näher; zwischen ihnen war nur noch die Treppe eines einzigen Stockwerks – da kam plötzlich die Rettung! Einige Stufen rechts vor ihm stand weit offen eine leere Wohnung, dieselbe Wohnung im zweiten Stock, in der vorhin die Anstreicher gearbeitet hatten, jetzt aber wie auf Befehl fortgegangen waren. Das waren sicher die Leute gewesen, die soeben beim Hinablaufen ein solches Geschrei gemacht hatten. Die Dielen waren frisch gestrichen, mitten im Zimmer stand noch ein kleiner Eimer und eine Scherbe von einem Topf mit Farbe und Pinsel. Im Nu schlüpfte er durch die offene Tür und verbarg sich hinter der Wand, es war hohe Zeit: sie hatten bereits den letzten Treppenabsatz erreicht. Dann wandten sie sich nach oben und gingen laut sprechend vorüber nach dem vierten Stock. Er wartete eine Zeitlang, schlich dann auf den Fußspitzen hinaus und lief schleunigst nach unten.

Auf der Treppe war niemand! Auch unten nicht. Er ging schnell durch den Torweg und wandte sich nach links die Straße hinunter. Er wußte nur zu gut, daß sie in diesem Augenblick schon in der Wohnung waren, daß sie erstaunt waren, die Türe offen zu finden, die eben noch verschlossen gewesen war, daß sie schon die Leichen erblickten und daß sie in weniger als einer Minute erraten würden, daß der Mörder soeben noch dagewesen sein mußte, aber nun Zeit gefunden hatte, sich irgendwo zu verbergen, an ihnen vorbeizuhuschen und zu fliehen; sie würden vielleicht auch schon auf den Gedanken gekommen sein, daß er in der leeren Wohnung stak, als sie nach oben gingen. Indessen aber durfte er um keinen Preis seinen Gang zu sehr beschleunigen, obgleich bis zur ersten Seitenstraße noch gegen hundert Schritte waren.

»Soll ich nicht in ein Tor hineinschlüpfen und irgendwo auf einer unbekannten Treppe abwarten? Nein, das ist gefährlich! Soll ich nicht das Beil fortwerfen? Soll ich nicht eine Droschke nehmen? Zu gefährlich! Zu gefährlich!«

Seine Gedanken verwirrten sich. Endlich kam die Seitenstraße; er bog halbtot in sie ein. Hier war er zur Hälfte schon gerettet und ward sich dessen auch sogleich bewußt – hier erregte er kaum Verdacht, zudem war diese Straße stark belebt, und er verlor sich hier wie ein Sandkorn in der Menge. Aber alle diese Qualen hatten ihn so erschöpft, daß er sich kaum mehr fortbewegen konnte. Der Schweiß rann ihm in Tropfen herunter, sein Hals war ganz naß.

»Sieh mal, wie der voll ist!« rief ihm jemand nach, als er auf den Kanal hinauskam.

Er war kaum noch bei Besinnung; je weiter er ging, um so schlimmer wurde es. Plötzlich erschrak er, als er an den Kanal hinauskam; denn dort gab es nur wenig Menschen, da konnte er leichter auffallen, und so wollte er wieder in die Seitengasse zurückgehen. Obgleich er am Umfallen war, machte er doch einen Umweg und kam von einer anderen Seite nach Hause.

Noch fast besinnungslos schritt er durch den Torweg seines Hauses; er war schon die Treppe hinaufgestiegen, da erst entsann er sich des Beiles. Eine überaus wichtige Aufgabe stand ihm noch bevor, das Beil zurückzulegen und es unbemerkt zu tun. Er hatte nicht mehr die Kraft zu überlegen, ob es nicht vielleicht viel besser wäre, das Beil gar nicht mehr auf seinen früheren Platz zurückzubringen, sondern es irgendwo auf einen fremden Hof, wenn auch nicht sofort, zu werfen.

Doch alles ging gut ab. Die Tür zur Wohnung des Hausknechtes war nur angelehnt, nicht abgeschlossen, also konnte man annehmen, daß der Hausknecht zu Hause war. Aber er hatte die Fähigkeit zu überlegen schon soweit verloren, daß er einfach auf die Wohnung losging und die Tür öffnete. Hätte der Hausknecht ihn in diesem Augenblick gefragt, was er wolle, er hätte ihm einfach das Beil in die Hand gegeben. Der Mann war aber auch diesmal nicht da, und so konnte er das Beil wieder auf seinen Platz unter die Bank legen und es sogar wieder mit einem Holzscheit bedecken. Keine Seele begegnete ihm bis zu seinem Zimmer; die Tür zur Wohnung der Wirtin war geschlossen. Nachdem er in sein Zimmer eingetreten war, warf er sich auf den Diwan, so wie er war. Er schlief nicht ein, verfiel aber in einen Halbschlummer. Wenn jemand jetzt in sein Zimmer getreten wäre, wäre er aufgesprungen und hätte geschrien. Bruchteile irgendwelcher Gedanken wirbelten in seinem Kopf durcheinander, aber er konnte keinen einzigen erfassen, bei keinem stehenbleiben, nicht einmal bei aller Anstrengung ...

Zweiter Teil

I

So lag er sehr lange da. Manchmal wachte er halbwegs auf, und dann bemerkte er, daß es längst Nacht war. Endlich nahm er wahr, daß es schon zu tagen begann. Er lag rücklings auf dem Diwan ausgestreckt, noch gelähmt von der kaum überwundenen Bewußtlosigkeit. Bald danach ertönte fürchterliches Geschimpfe und tolles Gebrüll von der Straße herauf, das er jede Nacht in der dritten Morgenstunde unter seinem Fenster hörte. Das weckte ihn auch jetzt wieder auf.

»Ah! Die Betrunkenen kommen schon aus den Kneipen«, dachte er, »es ist also drei Uhr!« und er sprang auf, als hätte ihn jemand vom Diwan emporgerissen.

»Was! Es ist schon drei!«

Er setzte sich auf den Diwan – und da fiel ihm alles wieder ein! Plötzlich, in einer Sekunde, fiel ihm alles ein!

Im ersten Augenblick dachte er, er verliere den Verstand. Eine furchtbare Kälte erfaßte ihn; aber die Kälte kam vom Fieber, das sich schon längst, schon während des Traumzustandes eingestellt hatte. Ein Schüttelfrost packte ihn, daß die Zähne zusammenschlugen und alles an ihm zitterte. Er öffnete die Tür und begann zu lauschen: im ganzen Hause schlief man noch. Erschreckt betrachtete er sich selbst und alles ringsum im Zimmer und begriff nicht: wie hatte er nur gestern die Tür nicht zuhaken und sich nicht nur angekleidet, sondern sogar mit dem Hut auf den Diwan werfen können; der Hut war heruntergefallen und lag dort auf der Diele in der Nähe des Kopfendes seiner Schlafstatt.

»Wenn jemand gekommen wäre, was hätte er denken müssen? Daß ich betrunken sei, aber ...«

Er stürzte zum Fenster. Es war hell genug und er betrachtete sich schnell vom Kopf bis zu den Füßen und alle seine Kleidungsstücke: ob nicht Spuren daran waren? Aber man konnte so nichts sehen; zitternd vor Frost zog er alles aus und betrachtete es wieder von allen Seiten. Er drehte alles um und um bis zum letzten Faden und Fetzen, und da er sich selber nicht traute, wiederholte er dreimal die Besichtigung. Aber er fand nichts, anscheinend nicht die geringste Spur; nur an einer Stelle, wo die Hosen unten schon fransig waren, sah man an diesen Fransen dicke Spuren eingetrockneten Blutes. Er nahm ein großes Taschenmesser und schnitt die Fransen ab. Mehr schien es nicht zu sein. Plötzlich fiel ihm ein, daß der Beutel und die Sachen, die er aus der Truhe der Alten herausgenommen hatte, sich noch immer in seinen Taschen befanden. Er hatte nicht mehr daran gedacht, sie herauszunehmen und zu verstecken. Und nicht einmal jetzt hatte er sich ihrer gleich erinnert, als er seine Kleider besah. War denn das möglich? Hastig nahm er die Sachen heraus und warf sie auf den Tisch. Nachdem er alles herausgenommen und die Taschen umgekehrt hatte, um sich zu vergewissern, daß nichts übriggeblieben war, brachte er den ganzen Haufen in eine Ecke. Dort in der Ecke war unten an einer Stelle die von der schadhaften Wand losgelöste Tapete zerrissen; sofort begann er alles in dieses Loch unter dem Papier hineinzustopfen.

»Es ist hineingegangen! Alles ist fort, auch der Beutel!« dachte er voller Freude, indem er aufstand und stumpf in die Ecke sah, auf das Loch, wo die Tapete jetzt nur noch weiter abstand. Da schrak er wieder zusammen.

»Mein Gott«, flüsterte er verzweifelt, »was ist mit mir los? Ist denn das versteckt? Versteckt man denn so?«

Natürlich hatte er mit solchen Gegenständen gar nicht gerechnet; er hatte gedacht, daß es nur Geld bei ihr geben würde, und darum hatte er keinen Platz vorher ausgesucht.

»Aber jetzt, jetzt, worüber habe ich mich denn nur gefreut«, dachte er. »Versteckt man denn so? Tatsächlich, ich fange schon an, den Verstand zu verlieren!«

Erschöpft setzte er sich auf den Diwan, und von neuem überfiel ihn ein unerträglicher Schüttelfrost. Mechanisch zog er vom nächsten Stuhl seinen früheren Studentenmantel heran, einen gefütterten, aber schon recht schäbigen Winterüberzieher, deckte sich mit ihm zu, und wieder überfiel ihn sofort der Schlaf, gemischt mit Fieberträumen.

Doch schon nach fünf Minuten sprang er wieder auf und stürzte außer sich von neuem zu seinen Kleidern. »Wie konnte ich nur wieder einschlafen, wo noch nichts getan ist? Da haben wir es, da haben wir es, die Schlinge unter der Achsel habe ich noch nicht einmal abgetrennt! Ich habe es vergessen, habe solch eine Sache vergessen! Solch ein Verdachtsmoment!«

Er riß die Schlinge ab und begann sie schnell in Stücke zu zerreißen; dann versteckte er diese unter dem Kissen in der Wäsche.

»Stücke von zerrissener Leinwand können in keinem Fall Verdacht erregen; wenigstens meiner Meinung nach!« wiederholte er, mitten im Zimmer stehend, und begann von neuem, mit schmerzhaft angespannter Aufmerksamkeit ringsum auf der Diele und überall, herumzuspähen, ob er nicht noch etwas vergessen habe. Die Vorstellung, daß alles, auch das Gedächtnis, ja sogar das einfache Denken ihn verließ – begann ihn unerträglich zu quälen. »Was! Fängt es jetzt schon an, kommt schon jetzt die Strafe? Da, sieh da, es stimmt!«

Die Fransen, die er von den Hosen abgeschnitten hatte, lagen in der Tat noch auf dem Fußboden, mitten im Zimmer, damit der erste, der eintrat, sie nur ja gleich sehe.

»Was ist nur mit mir!« rief er wieder aus, wie verloren.

Da kam ihm ein seltsamer Gedanke: vielleicht war auch seine ganze Kleidung blutig, vielleicht hatte sie viele Flekken, aber er sieht sie bloß nicht, bemerkt sie nicht, weil sein Denken geschwächt, verworren ... der Verstand getrübt ist ... Plötzlich erinnerte er sich, daß an dem Beutel auch Blut war.

»Ha, also muß in der Tasche auch Blut sein, da ich den feuchten Beutel hineinsteckte!«

Schnell drehte er die Hosentasche um, und – tatsächlich – auf dem Futter der Tasche waren Blutspuren, Flecken!

»Also hat mich der Verstand doch noch nicht ganz verlassen, also besitze ich noch Urteilsfähigkeit und Gedächtnis, wenn ich mich hierauf besinnen konnte«, dachte er triumphierend und atmete aus voller Brust tief und freudig auf. »Es ist einfach fieberhafte Schwäche, nur eine vorübergehende Anwandlung.«

Und er riß den ganzen Futterstoff der linken Hosentasche heraus. In diesem Augenblick beleuchtete ein Sonnenstrahl seinen linken Stiefel. Auf dem Strumpfe, der aus dem Stiefel hervorlugte, schienen Flecken zu sein. Er zog den Stiefel aus: »Ja, es sind wirklich Spuren! Die ganze Fußspitze ist mit Blut durchtränkt.« Wahrscheinlich war er unvorsichtigerweise in die Pfütze getreten ... »Aber was nun damit tun? Wohin diesen Strumpf tun? Wohin diesen Strumpf, die Fransen, die Hosentasche verstecken?« Er knüllte alles in der Hand zusammen und blieb mitten im Zimmer stehen. »In den Ofen? Aber im Ofen wird man doch zuerst nachstöbern. Verbrennen? Ja, aber womit anbrennen? Ich habe ja nicht einmal Streichhölzer. Nein, besser, irgendwohin gehen und alles fortwerfen. Ja! Das beste ist fortwerfen!« wiederholte er und setzte sich von neuem auf den Diwan. »Und sofort muß ich es tun, in diesem Augenblick noch, ohne Zeit zu verlieren! ...«

Indessen fiel sein Kopf von neuem auf das Kissen; wieder durchfuhr ihn eisig der unerträgliche Schüttelfrost; wieder zog er den Wintermantel über sich, und noch ein paar Stunden lang sagte er sich ab und zu wie im Traum: »Ich muß sofort ohne Zögern irgendwohin gehen und alles fortwerfen, damit es schnell aus den Augen kommt!« Einige Male erhob er sich vom Diwan, wollte aufstehen, konnte es aber nicht mehr. Endlich weckte ihn ein starkes Klopfen an der Tür.

»So öffne doch! Lebst du noch oder bist du tot? Und immer schläft er!« rief Nastassja und pochte mit der Faust an die Tür. »Den ganzen geschlagenen Tag schläft er wie ein Hund! Wie ein Hund! Öffne doch! Es ist schon elf Uhr!«

»Vielleicht ist er nicht zu Hause«, sagte eine männliche Stimme.

(»Ha, das ist die Stimme des Hausknechtes, was will er? ...«)

Er fuhr auf und setzte sich. Sein Herz klopfte so stark, daß es ihn schmerzte.

»Wer hat denn die Tür von innen zugehakt?« erwiderte Nastassja. »Sieh mal an, er beginnt sich einzuschließen! Fürchtet er, daß man ihn stehlen könnte? Öffne, du Denker, wach auf!«

(»Was wollen sie? Warum ist der Hausknecht da? Alles ist schon bekannt! Soll ich Widerstand leisten oder öffnen? Ach, Schluß! Geh unter! ...«)

Er erhob sich ein wenig mehr, beugte sich vor und nahm den Haken ab. Sein ganzes Zimmer war von solchen Ausmaßen, daß man den Türhaken abnehmen konnte, ohne vom Bett aufzustehen.

Er hatte richtig geraten: vor ihm standen Nastassja und der Hausknecht. Nastassja blickte ihn irgendwie sonderbar an. Er warf dem Hausknecht einen herausfordernden und verzweifelten Blick zu. Der reichte ihm schweigend ein graues, zusammengelegtes Stück Papier, das mit gewöhnlichem Siegellack zugesiegelt war.

»Vorladung aus dem Büro«, sagte er, indem er das Papier überreichte.

»Aus welchem Büro? ...«

»Dem Polizeibüro. Was für einem denn sonst?«

»Von der Polizei! ... Warum?«

»Woher soll ich denn das wissen? Man verlangt es, und da müssen Sie halt hingehen.« Er sah ihn aufmerksam an, warf einen Blick ins Zimmer und wandte sich, um fortzugehen.

»Bist du krank geworden?« fragte Nastassja, die ihre Augen nicht von ihm abwandte. Der Hausknecht drehte auch den Kopf einen Augenblick nach ihm um und sah ihn an. »Seit gestern hat er Fieber«, fügte sie hinzu.

Raskolnikoff antwortete nichts und hielt das Schriftstück in den Händen, ohne es zu öffnen.

»Bleib liegen«, fuhr Nastassja fort, da er ihr nun doch leid tat, als sie sah, daß er die Füße vom Diwan herabließ. »Da du krank bist, so gehst du einfach nicht hin: es brennt doch nicht. Was hast du da in der Hand?«

Er blickte hin: in der rechten Hand hielt er die abgeschnittenen Fransen von der Hose, den Strumpf und die Fetzen der herausgerissenen Tasche. So hatte er mit ihnen geschlafen. Als er später darüber nachsann, erinnerte er sich, daß er, im Fieber halb aufwachend, dies alles nur fester in seiner Hand zusammengepreßt hatte und wieder eingeschlafen war.

»Sieh da, was für Lumpen er gesammelt hat, und schläft mit ihnen, wie mit Gott weiß was für einem Schatz ...« Und Nastassja brach in ihr krankhaftes Dauerlachen aus.

Im Nu steckte er alles unter den Mantel und heftete seinen angstvoll forschenden Blick auf Nastassja. Obwohl er sich in diesem Augenblick die Sache kaum mit Verstand überlegen konnte, fühlte er doch, daß man einen Menschen nicht in dieser Weise behandeln würde, wenn man ihn verhaften wollte ...

»Aber ... die Polizei?«

»Du solltest etwas Tee trinken. Willst du? Ich bringe ihn dir; es ist noch welcher übriggeblieben ...«

»Nein ... ich will hingehen; ich will sofort hingehen«, murmelte er aufstehend.

»Du kannst ja nicht mal die Treppe hinuntergehen.«

»Ich will hingehen ...«

»Wie du willst.«

Sie folgte dem Hausmeister.

Sofort stürzte er zum Licht, um den Strumpf und die

Hosenfransen zu besehen. »Flecken sind da, aber kaum sichtbar. Alles ist beschmutzt, abgerieben und verblichen. Wer es nicht weiß, wird nichts bemerken. Nastassja konnte wahrscheinlich von weitem nichts sehen. Gott sei Dank!« Dann öffnete er mit Bangen die Vorladung und begann zu lesen; er las lange und schließlich begriff er. Es war eine gewöhnliche Vorladung vom Polizeirevier, heute um halb zehn im Büro des Revieraufsehers zu erscheinen.

»Das ist mir noch nie passiert. Ich habe nichts mit der Polizei zu tun. Und warum gerade heute!« Er wollte sich schon auf die Knie werfen, um zu beten, lachte aber dann selbst darüber – nicht über das Beten, sondern über sich. Er begann sich eilig anzuziehen. »Soll ich zugrunde gehen, dann gehe ich eben zugrunde! Egal! Soll ich den Strumpf anziehen?« dachte er plötzlich. »Er wird vom Staub noch mehr beschmutzt, und die Spuren werden unsichtbarer.«

Kaum aber hatte er ihn angezogen, als er ihn voll Ekel und Schrecken herunterriß. Er hatte ihn vom Fuß heruntergerissen, aber nachdem er überlegt hatte, daß er keinen anderen besaß, zog er ihn wieder an – und lachte wieder. »All das ist bedingt, alles ist relativ, all das sind nur Formeln«, dachte er flüchtig, sozusagen nur am Rande des Denkens, zitterte aber dabei am ganzen Körper. »Ich habe ihn nun doch angezogen! Hab' es fertiggebracht, ihn anzuziehen!« Aber das Lachen verwandelte sich sogleich in Verzweiflung. »Nein, das geht über meine Kraft ...«, dachte er. Seine Füße zitterten. »Aus Angst«, murmelte er vor sich hin, der Kopf schwindelte ihm und schmerzte vor Fieber. »Eine List ist es! Sie wollen mich mit List hinlocken und mich plötzlich aus der Fassung bringen«, fuhr er fort, vor sich hinzumurmeln, als er auf die Treppe hinaustrat. »Das ist schlimm, daß ich fiebere ... ich kann irgendeine Dummheit sagen ...«

Auf der Treppe besann er sich, daß er alle Sachen in dem Loch hinter der Tapete einfach liegengelassen hatte. »Und gerade jetzt könnte in meiner Abwesenheit womöglich eine Haussuchung vorgenommen werden«, fiel ihm ein, und er blieb stehen. Aber da packte ihn eine solche Verzweiflung und, wenn man sich so ausdrücken darf, ein solcher Zynismus über seinen Untergang, daß er nur mit der Achsel zuckte und weiterging.

»Wenn nur erst alles schneller vorbei wäre! ...«

Auf der Straße war es wieder unerträglich heiß; kein Regentropfen in all diesen Tagen. Wieder gab es Staub von Ziegeln und Kalk, wieder den Gestank aus den Läden und Wirtshäusern, wieder tauchten Betrunkene, finnische Straßenhändler und klapperige Droschken auf. Die Sonne stach ihm grell in die Augen, so daß es ihm wehtat, und der Kopf schwindelte ihm –, das gewöhnliche Gefühl eines Fieberkranken, der an einem heißen, sonnigen Tage plötzlich auf die Straße hinaustritt.

Als er um die Ecke in die Straße von gestern einbog, blickte er voll qualvoller Unruhe dorthin auf *jenes* Haus ... und schaute sogleich wieder weg. »Wenn man mich fragt, werde ich es vielleicht doch sagen«, dachte er, als er sich dem Polizeibüro näherte.

Das Büro war ein paar hundert Schritte von seinem Hause entfernt. Es war kürzlich in neuen Räumen, im vierten Stock eines neuen Hauses, untergebracht worden. Im alten Büro war er einmal gewesen, aber schon vor längerer Zeit. Als er in den Torweg eintrat, erblickte er zur rechten Hand eine Treppe, von der ein Mann mit einem Paß in der Hand herunterkam. »Ein Hausmeister, also muß hier das Büro sein«, und er begann aufs Geratewohl die Treppe hinaufzusteigen. Er wollte niemanden nach etwas fragen.

»Ich trete ein, werfe mich auf die Knie und erzähle alles ...«, dachte er, als er die letzte Treppe zum vierten Stock hinaufstieg.

Die Treppe war sehr schmal, steil und voll Unrat. Die Küchen aller Wohnungen in den vier Stockwerken mündeten auf diese Treppe und standen jetzt der Hitze wegen fast die ganze Zeit offen. Daher war dort eine furchtbar stickige Luft. Es kamen und gingen Hausmeister mit Pässen unter dem Arm, Schutzleute und allerhand Volk beiderlei Geschlechts, das dort zu tun hatte. Die Tür zum Polizeibüro stand auch sperrangelweit auf. Er trat ein und blieb im Vorzimmer stehen. Überall standen, überall warteten Bauern. Auch hier war die Luft schrecklich dumpf, und außerdem roch es zum Übelwerden nach frischer, noch nicht eingetrockneter Farbe mit ranzigem Öl von den neugestrichenen Räumen. Er wartete ein wenig und beschloß, in das nächste Zimmer weiterzugehen. Alle Zimmer waren klein und niedrig. Eine quälende Ungeduld zog ihn immer weiter und weiter. Niemand beachtete ihn. Im zweiten Zimmer saßen und schrieben einige Schreiber, die vielleicht nur ein wenig besser gekleidet waren als er, dem Äußeren nach komische Menschen. Er wandte sich an einen von ihnen.

»Was willst du?«

Er zeigte die Vorladung.

»Sie sind Student?« fragte der Schreiber, nachdem er einen Blick auf die Vorladung geworfen hatte.

»Ja, ich bin gewesener Student.«

Der Schreiber blickte ihn ohne jegliche Neugier an. Er war ein besonders zerzauster Mensch mit einem unbeweglichen Ausdruck im Blick.

»Von diesem erfahre ich nichts, denn ihm ist alles gleichgültig«, dachte Raskolnikoff.

»Gehen Sie dorthin, zum Schriftführer«, sagte der Schreiber und wies mit dem Finger auf das allerletzte Zimmer.

Er trat in dieses Zimmer, das vierte in der Reihe. Das war eng und vollgestopft mit Menschen, die ein wenig besser gekleidet waren als die in den ersten Zimmern. Unter den Besuchern waren auch zwei Damen. Die eine in Trauer, ärmlich gekleidet, saß an einem Tisch dem Schriftführer gegenüber und schrieb etwas nach dessen Diktat. Die andere Dame, eine sehr dicke, purpurrote, stattliche Frau mit Flecken im Gesicht, sehr auffallend gekleidet, mit einer

Brosche von der Größe einer kleinen Untertasse, stand seitwärts und schien auf etwas zu warten.

Raskolnikoff schob dem Schriftführer seine Vorladung zu. Dieser besah sie flüchtig, sagte: »Warten Sie!« und fuhr fort, sich mit der Dame in Trauer zu beschäftigen.

Raskolnikoff atmete erleichtert auf. »Es ist sicher nicht das!« sagte er sich. Allmählich begann er Mut zu fassen, er sprach sich auch selbst mit aller Kraft zu, sich zusammenzunehmen und besonnen zu sein.

»Irgendeine Dummheit, irgendeine geringfügige Unvorsichtigkeit, und ich kann mich verraten! Hm ... schade, daß hier keine frische Luft ist!« dachte er weiter. »Diese Schwüle ... der Kopf dreht sich ... und der Verstand auch ...«

Er fühlte in seinem ganzen Körper ein furchtbares Durcheinander und fürchtete auch, sich nicht beherrschen zu können. Nun versuchte er, sich an etwas anzuklammern und an irgend etwas vollkommen Nebensächliches zu denken, aber das wollte ihm absolut nicht gelingen. Der Schriftführer interessierte ihn übrigens sehr stark: er hätte gern aus seinem Gesicht etwas erraten und ihn durchschaut. Er war ein sehr junger Mann von etwa zweiundzwanzig Jahren, mit einem beweglichen Gesicht von dunkler Farbe, die ihn älter erscheinen ließ; er war nach der Mode und stutzerhaft gekleidet, hatte einen Scheitel am Hinterkopf, war frisiert und pomadisiert und trug eine Menge Ringe an den weißen, peinlich sauberen Händen, und eine goldene Kette auf der Weste. Mit einem anwesenden Ausländer wechselte er ein paar Worte französisch und sogar in ziemlich gutem Französisch.

»Louisa Iwánowna, setzen Sie sich doch«, sagte er flüchtig zu der aufgeputzten purpurroten Dame, die die ganze Zeit dastand, als wage sie nicht, sich hinzusetzen, obwohl ein Stuhl neben ihr stand.

»Ich danke«, sagte sie auf deutsch und setzte sich seiderauschend auf den Stuhl. Ihr hellblaues, mit weißen Spitzen besetztes Kleid umgab gleich einem Luftballon ihren Stuhl und nahm beinahe das halbe Zimmer ein. Ein Duft von Parfüm verbreitete sich. Aber der Dame schien es peinlich zu sein, daß sie das halbe Zimmer einnahm und daß sie so stark nach Parfüm duftete, obgleich sie halb ängstlich, halb frech, jedoch voll deutlicher Unruhe lächelte.

Die Dame in Trauer war endlich fertig und erhob sich von ihrem Platz. Plötzlich trat mit einigem Geräusch, sehr forsch und bei jedem Schritt eigentümlich die Schultern zuckend, ein Offizier ein, warf die mit der Kokarde versehene Mütze auf den Tisch und setzte sich in den Sessel. Bei seinem Anblick sprang die geputzte Dame von ihrem Platz auf und begann mit besonderem Entzücken zu knicksen; der Offizier aber schenkte ihr nicht die geringste Beachtung, und sie wagte nicht mehr, sich in seiner Gegenwart hinzusetzen. Es war der Vertreter des Revierinspektors, mit einem horizontal nach beiden Seiten abstehenden rötlichen Schnurrbart und unbedeutenden Gesichtszügen, die außer einer gewissen Frechheit nichts ausdrückten. Er blickte von der Seite und unmutig auf Raskolnikoff: dessen Anzug war zwar schlecht, dennoch entsprach seine Haltung nicht der Ärmlichkeit seiner Kleidung. Raskolnikoff sah ihm unvorsichtigerweise zu offen und zu lange ins Gesicht, so daß jener sich sogar beleidigt fühlte.

»Was willst du?« fuhr er ihn an, wahrscheinlich entrüstet darüber, daß solch ein zerlumpter Mensch nicht daran dachte, sich vor seinem blitzeschleudernden Blick zu verziehen.

»Man hat mich herbestellt ... laut Vorladung ...«, antwortete Raskolnikoff irgendwie.

»Es handelt sich um eine Geldforderung an ihn, *er ist Student*«, beeilte sich der Schriftführer zu bemerken, indem er von seiner Arbeit aufschaute. »Da ist es!« und er schob Raskolnikoff ein Schriftstück zu und zeigte ihm die Stelle. »Lesen Sie es durch!«

»Geld? Was für Geld?« dachte Raskolnikoff, »aber ...

es ist also gar nicht das!« Und er erbebte vor Freude. Es wurde ihm urplötzlich unendlich, unbeschreiblich leicht. Alles war von den Schultern geglitten.

»Um welche Stunde aber sind Sie hierherbestellt, mein Herr!« schreit der Leutnant, der sich aus unbekannten Gründen immer mehr erboste. »Man hat Sie um neun bestellt, und jetzt geht es schon auf zwölf!«

»Man hat mir die Vorladung erst vor einer Viertelstunde zugestellt«, antwortete laut und über die Schulter hinweg Raskolnikoff, der auch plötzlich und unerwartet ärgerlich wurde und daran ein gewisses Vergnügen fand. »Es ist schon genug, daß ich trotz meines Fiebers hergekommen bin.«

»Bitte schreien Sie nicht so!«

»Ich schreie durchaus nicht, sondern spreche sehr ruhig, aber Sie schreien mich an; ich bin Student und erlaube nicht, daß man mich anschreit.«

Der Vertreter des Inspektors geriet so in Harnisch, daß er im ersten Augenblick kein Wort hervorbringen konnte; er zischte nur und sprang von seinem Platz auf.

»Schwei–gen Sie gefälligst! Sie sind auf einer Behörde! Sie haben hier nicht grob zu werden, mein Herr!«

»Auch Sie sind auf einer Behörde«, rief Raskolnikoff, »und Sie schreien nicht nur, sondern rauchen auch noch, verhalten sich hier also uns gegenüber in keiner Weise, wie es sich gehört.«

Als Raskolnikoff dies gesagt hatte, empfand er einen unbeschreiblichen Genuß. Der Schriftführer blickte sie lächelnd an. Der hitzige Leutnant war sichtlich verblüfft.

»Das geht Sie nichts an!« schrie er endlich unnatürlich laut. »Sie haben hier nur eine Erklärung abzugeben auf die Forderung hin. Zeigen Sie sie ihm, Alexander Grigórjewitsch. Klagen laufen gegen Sie ein! Schaut nur den noblen Herrn an!«

Raskolnikoff aber hörte nicht mehr zu, nahm aufgeregt das Schriftstück vor und suchte schnell die Lösung. Er las es einmal, ein zweites Mal, begriff aber nichts.

»Was ist es denn?« fragte er den Schriftführer.

»Man verlangt von Ihnen Geld laut Schuldschein, es ist eine Geldforderung an Sie. Sie müssen entweder die Summe mit allen Unkosten, Strafgeldern und so weiter bezahlen oder eine schriftliche Erklärung abgeben, wann Sie imstande sein werden zu bezahlen, gleichzeitig aber auch sich verpflichten, die Hauptstadt bis zur Tilgung der Schuld nicht zu verlassen und Ihr Eigentum weder zu veräußern noch zu verheimlichen. Der Gläubiger aber hat das Recht, Ihr Eigentum zu verkaufen und mit Ihnen nach dem Gesetz zu verfahren.«

»Aber ich schulde doch niemand etwas!«

»Das geht uns nichts an. Wir haben zur Einkassierung einen verfallenen und gesetzlich protestierten Schuldschein auf hundertundfünfzehn Rubel erhalten, den Sie der Witwe des Kollegienassessors Sarnítzyn vor neun Monaten ausgestellt haben und der von der Witwe Sarnítzyn an den Hofrat Tschebároff durch Kauf übergegangen ist, und darum fordern wir von Ihnen eine Erklärung.«

»Aber das ist ja meine Zimmerwirtin!«

»Das tut doch nichts, daß sie Ihre Zimmerwirtin ist!«

Der Schriftführer blickte ihn mit nachsichtigem, mitleidigem Lächeln an, gleichzeitig aber ein wenig triumphierend, wie über einen Neuling auf dem Schlachtfeld bei der Feuertaufe, als wollte er sagen: »Nun, wie fühlst du dich jetzt?«

Aber was kümmerte ihn jetzt ein Schuldschein, eine Forderung! Wozu sich darüber auch nur im geringsten aufregen, so etwas auch nur beachten! Er stand da, las, hörte, antwortete, fragte sogar selbst, aber alles nur mechanisch. Der Triumph der Selbsterhaltung, die Rettung aus der drohenden Gefahr – das allein erfüllte in diesem Augenblick sein ganzes Wesen, unvorhergesehen, ohne Analyse, ohne Deutung und Enträtselung der Zukunft, ohne Zweifel und ohne Fragen. Es war ein Augenblick unmittelbarer, rein tierischer Freude. Aber schon im nächsten Augenblick ereignete sich im Büro etwas wie die Entladung eines Gewitters. Der Leutnant, der wegen der Unehrerbietigkeit immer noch aus dem Gleichgewicht, ganz aufgebracht und wahrscheinlich von dem Wunsche erfüllt war, die gekränkte Ehre wieder herzustellen, stürzte sich nun mit seinem ganzen Zorn auf die unglückliche »pompöse Dame«, die ihn schon seit seinem Eintritt mit einem überaus dummen Lächeln anblickte.

»Ach du, du Pflanze!« schrie er sie plötzlich aus vollem Halse an (die Dame in Trauer war schon fortgegangen). »Was ist bei dir in der vorigen Nacht schon wieder passiert? Was? Wieder gibt es bei dir Krawall und Skandal bis auf die Straße hinaus! Wieder Schlägerei und Sauferei! Du hast wohl Sehnsucht nach dem Arbeitshause? Ich habe dir doch schon gesagt, habe dich schon zehnmal gewarnt, daß ich dir das elfte Mal nichts schenken werde! Und du tust es wieder, du, du ...«

Das Papier entfiel den Händen Raskolnikoffs, und er blickte entsetzt die pompöse Dame an, mit der man so ungeniert umsprang; aber bald begriff er, was los war, und sofort begann ihm diese Sache sogar sehr zu gefallen. Er hörte mit Vergnügen zu, ja, er bekam sogar Lust, laut zu lachen, zu lachen, zu lachen ... Alle seine Nerven zuckten nur so.

»Iljá Petrówitsch!« versuchte der Schriftführer zu besänftigen, aber er hielt inne, um die rechte Zeit abzuwarten, denn den in Aufregung geratenen Leutnant konnte man nicht anders beruhigen als durch Festhalten der Arme, was er schon aus Erfahrung wußte.

Die pompöse Dame jedoch begann zuerst bei diesem Donner und Blitz zu beben; doch sonderbar, je zahlreicher und kräftiger die Schimpfworte fielen, um so liebenswürdiger wurde ihr Aussehen, um so bezaubernder wurde ihr Lächeln dem zornigen Leutnant gegenüber. Sie trippelte auf einem Fleck, knickste immer wieder und wartete voll Ungeduld, daß sie endlich auch zu Wort käme, was ihr schließlich auch gelang.

»Gar keinen Lärm und keine Schlägerei gab's bei mir, Herr Hauptmann«, plapperte sie plötzlich los, so schnell, als schüttete man Erbsen aus, mit einem starken deutschen Akzent, aber doch fließend russisch, »und gar keinen Skandal, gar keinen! Er kam schon betrunken hin, und ich will alles erzählen, Herr Hauptmann, und ich bin nicht schuld ... Ich habe ein anständiges Haus, Herr Hauptmann, und ein anständiger Ton ist bei mir, Herr Hauptmann, und ich mag selbst nie einen Skandal haben. Er aber kam ganz betrunken hin und hat dann drei Flaschen verlangt, und dann hob er seine Füße und begann mit den Füßen auf dem Klavier zu spielen, und das paßt sich doch gar nicht in einem anständigen Hause, und er hat das ganze Klavier zerschlagen, und das sind doch keine Manieren, und da habe ich es ihm gesagt. Er aber nahm eine Flasche und begann alle von hinten mit der Flasche zu stoßen. Und da habe ich den Hausmeister gerufen, und als Karl kam, hat er Karl das Auge blaugeschlagen, und Henriette hat er auch ein Auge blaugeschlagen, und mich hat er fünfmal auf die Backe geschlagen. Und das ist nicht fein in einem anständigen Hause, Herr Hauptmann, und ich habe geschrien. Und er hat das Fenster nach dem Kanal zu geöffnet und hat wie ein kleines Schwein aus dem Fenster gequiekt; das ist doch eine Schande! Wie kann man auch wie ein kleines Schwein aus dem Fenster quieken? Pfui, pfui, pfui! Und Karl hat ihn an seinem Frack vom Fenster weggezogen, und das ist wahr, Herr Hauptmann, daß er ihm da seinen Rock zerrissen hat. Und da begann er zu schreien, daß man ihm fünfzehn Rubel Strafe zahlen müsse. Und ich selbst habe ihm fünf Rubel für seinen Rock bezahlt, Herr Hauptmann. Und das ist kein vornehmer Gast, Herr Hauptmann, und er allein hat allen Skandal gemacht. Ich werde, hat er gesagt, eine große Satire über Sie schreiben und drucken lassen, denn ich kann in allen Zeitungen über Sie berichten!«

»Also ein Zeitungsschreiber?«

»Ja, Herr Hauptmann, und welch ein unanständiger Gast,

Herr Hauptmann, wenn er in einem anständigen Hause . . .«

»Nun, nun, genug! Ich habe dir doch gesagt, habe dir doch gesagt . . .«

»Ilja Petrowitsch!« sagte von neuem der Schriftführer bedeutungsvoll.

Der Leutnant blickte ihn schnell an, und der andere nickte leicht mit dem Kopf.

». . . . Also es ist mein letztes Wort, verehrteste Louisa Iwanowna, und auch zum letztenmal«, fuhr der Leutnant fort: »Wenn in deinem anständigen Hause nur noch ein einziges Mal ein Skandal vorkommt, so werde ich dich selbst beim Wickel nehmen, wie man das poetisch ausdrückt. Hast du gehört? Also ein Literat, ein Schriftsteller war es, der in deinem anständigen Hause fünf Rubel für einen Rockschoß genommen hat? So sind sie, diese Schriftsteller!« und er warf einen verächtlichen Blick auf Raskolnikoff. »Vorgestern passierte in einem Restaurant dieselbe Geschichte. Da hat einer zu Mittag gegessen, wollte aber nicht bezahlen. ‚Ich werde Sie', sagte er, ‚in einer Satire schildern'. Ein anderer wieder beschimpfte in der vorigen Woche auf einem Dampfschiff mit den gemeinsten Worten die achtbare Familie eines Staatsrates, Frau und Tochter. Vor ein paar Tagen hat man einen dritten aus einer Konditorei hinausbefördert. So sind sie alle, die Schriftsteller, Literaten, Studenten, Großmäuler . . . pfui! Und du kannst dich jetzt packen! Ich will dich mal selber aufsuchen . . . dann nimm dich in acht! Hast du gehört?«

Louisa Iwanowna begann mit eiliger Liebenswürdigkeit nach allen Seiten hin zu knicksen und trippelte knicksend rückwärts bis zur Tür; hier aber stieß sie mit der Rückseite gegen einen stattlichen Offizier mit einem offenen, frischen Gesicht und schönem, dichtem, blondem Backenbart. Es war Nikodím Fomítsch selbst, der Revierinspektor. Louisa Iwanowna beeilte sich, einen tiefen Knicks zu machen und flog mit eiligen kleinen Schritten beinahe hüpfend aus dem Büro hinaus.

»Wieder Gepolter, wieder Donner und Blitz, Wirbelwind und Orkan!« wandte sich Nikodím Fomítsch liebenswürdig und freundschaftlich an Iljá Petrówitsch. »Hat man Ihr Herz wieder in Aufruhr gebracht, hat man Sie wieder aufgeregt! Ich hab' es schon auf der Treppe gehört.«

»Ach was!« sagte Ilja Petrowitsch mit nobler Gleichgültigkeit und ging mit einigen Papieren zu einem anderen Tisch, wobei er die Schultern bei jedem Schritt affektiert mitbewegte. »Da, bitte sehen Sie es sich mal an – der Herr Schriftsteller, pardon, Student, ein gewesener, wollte ich sagen, zahlt nicht, stellt Wechsel aus, räumt die Wohnung nicht, fortwährend laufen Klagen ein – er war aber noch gekränkt, daß ich in seiner Gegenwart mir eine Zigarette ansteckte. Selbst aber lumpt diese Sorte herum – bitte, sehen Sie sich ihn doch an –, so steht er da in seiner reizendsten Aufmachung!«

»Armut ist kein Laster, alter Freund, na, aber wozu reden. Es ist ja bekannt, du bist wie Pulver, kannst keine Kränkung ertragen. – Sie fühlten sich wohl durch irgend etwas von ihm gekränkt und konnten sich nicht beherrschen«, fuhr Nikodim Fomitsch fort, sich liebenswürdig an Raskolnikoff wendend, »aber das war überflüssig, er ist der an–stän–dig–ste Mensch, sage ich Ihnen, aber wie Pulver, wie Pulver! Flammt auf, kocht über, brennt ab – und Schluß. Und alles ist vorbei! Und zu guter Letzt bleibt nur das goldene Herz! Man hat ihn schon im Regiment „Leutnant Pulver“ genannt!«

»Und was für ein Regiment das war!« rief Ilja Petrowitsch aus, sehr zufrieden, daß man ihm so angenehm geschmeichelt hatte, aber immer noch schmollend. Raskolnikoff bekam plötzlich Lust, ihnen allen etwas äußerst Angenehmes zu sagen.

»Aber bitte, Herr Hauptmann«, begann er ziemlich ungezwungen, sich plötzlich an Nikodim Fomitsch wendend, »berücksichtigen Sie auch meine Lage ... Ich bin sogar bereit, um Entschuldigung zu bitten, wenn ich gegen etwas verstoßen habe. Ich bin ein armer und kranker Student, erdrückt« (er sagte tatsächlich »erdrückt«) »von Armut. Ich bin ehemaliger Student, da ich jetzt meinen Unterhalt nicht verdienen kann, aber ich werde Geld erhalten ... Ich habe Mutter und Schwester im –schen Gouvernement. Sie werden mir Geld schicken, und ich werde ... bezahlen. Meine Wirtin ist eine gute Frau, aber sie ist so böse geworden, weil ich meine Stunden verloren habe und ihr schon seit vier Monaten nicht zahle, daß sie mir sogar das Mittagessen nicht mehr schickt ... Doch ich begreife gar nicht, was das für ein Wechsel ist, den ich jetzt einlösen soll, aber wie kann ich denn das, urteilen Sie doch selbst!«

»Aber das geht uns ja nichts an ...«, versuchte der Schriftführer wieder einzuwenden.

»Erlauben Sie, erlauben Sie, ich stimme mit Ihnen vollkommen überein, aber erlauben Sie, Ihnen zu erklären«, unterbrach ihn Raskolnikoff, indem er sich nicht an den Schriftführer, sondern, wie schon vorher, an Nikodim Fomitsch wandte und dabei aus aller Kraft versuchte, auch Ilja Petrowitsch heranzuziehen, obgleich dieser sich hartnäckig den Anschein gab, als wühle er in den Papieren und beachte ihn nicht; »erlauben Sie mir, auch meinerseits Ihnen den Sachverhalt zu erklären, daß ich schon drei Jahre bei ihr wohne, seit meiner Ankunft aus der Provinz; und früher ... früher ... Übrigens, warum soll ich es nicht gestehen, gleich im Anfang gab ich ihr das Versprechen, ihre Tochter zu heiraten, es war ein mündliches, vollkommen freiwilliges Versprechen ... Sie war ein junges Mädchen ... übrigens gefiel sie mir sogar ... obgleich ich nicht in sie verliebt war ... mit einem Wort, unbedachte Jugend, das heißt, ich will sagen, daß meine Wirtin mir damals viel Kredit einräumte und ich führte teilweise ein solches Leben ... ich war sehr leichtsinnig ...«

»Man verlangt von Ihnen gar nicht solche intimen Geständnisse, mein Herr, außerdem haben wir keine Zeit dazu«, unterbrach ihn grob und triumphierend Ilja Petrowitsch, aber Raskolnikoff beeilte sich, voll Eifer weiter zu sprechen, obwohl es ihm plötzlich äußerst schwerfiel.

»Aber erlauben Sie, erlauben Sie mir darzulegen ... wie die Sache vor sich gegangen ist und ... wiederum ... obgleich es eigentlich überflüssig ist zu erzählen, darin bin ich mit Ihnen einer Meinung. Vor einem Jahr starb dieses junge Mädchen am Typhus, ich aber blieb in Miete, wie vorher, und meine Wirtin sagte mir, als sie in ihre jetzige Wohnung einzog, und ... sagte es mir freundschaftlich ... daß sie mir vollkommen vertraue und daß alles ... Aber ob ich ihr nicht einen Schuldschein über hundertundfünfzehn Rubel ausstellen möchte, das war die Summe, die ich ihr schuldete. Erlauben Sie: sie sagte mir nämlich, daß, wenn ich ihr das Papier ausgestellt habe, sie mir von neuem kreditieren würde, soviel ich nur wünschte, und daß sie niemals, niemals – das sind ihre eigenen Worte – von diesem Papier Gebrauch machen würde, bis ich selbst bezahlen wollte. Und jetzt, wo ich meine Stunden verloren und nichts zu essen habe, verklagt sie mich ... Was soll ich dazu sagen?«

»Alle diese rührenden Einzelheiten gehen uns gar nichts an, mein Herr«, versetzte Ilja Petrowitsch unverschämt. »Sie müssen eine Erklärung abgeben und eine Verpflichtung ausstellen, ob Sie aber verliebt waren und all diese tragischen Sachen gehen uns ganz und gar nichts an.«

»Nun, du bist aber ... etwas grausam ...«, murmelte Nikodim Fomitsch, indem er sich an seinen Tisch setzte und Papiere zu unterschreiben begann.

Er schien sich zu schämen.

»Schreiben Sie also«, sagte der Schriftführer zu Raskolnikoff.

»Was soll ich denn schreiben?« fragte dieser besonders barsch.

»Ich werde Ihnen diktieren.«

Raskolnikoff schien es, als wäre der Schriftführer nachlässiger und geringschätziger ihm gegenüber geworden nach seiner Beichte. Aber merkwürdig: ihm war plötzlich die

Meinung eines anderen so vollkommen gleichgültig, und dieser Umschwung hatte sich in einem Augenblick, in einem Nu vollzogen. Wenn er nur ein wenig nachgedacht hätte, so wäre er sicher verwundert gewesen, daß er so mit ihnen vor einer Minute noch hatte sprechen und sich ihnen sogar mit seinen Gefühlen hatte aufdrängen können! Und woher kam dieser Umschwung? Wenn in dem Zimmer jetzt nicht Revierinspektoren, sondern seine besten Freunde gewesen wären, hätte er doch kein einziges menschliches Wort für sie gefunden, so leer war plötzlich sein Herz. Das düstere Empfinden einer qualvollen, unendlichen Einsamkeit und Entfremdung teilte sich plötzlich bewußt seiner Seele mit. Nicht die Erniedrigung vor Ilja Petrowitsch durch seine Herzensergießung, auch nicht die Erniedrigung durch den Triumph des Leutnants hatten sein Herz plötzlich so umgewandelt. Oh, was ging ihn jetzt die eigene Schuftigkeit an, all der Ehrgeiz, was gingen ihn alle Leutnants, deutsche Frauen, Geldforderungen, Büros an und so weiter und so weiter! Hätte man ihn in diesem Augenblick zum Tode auf dem Scheiterhaufen verurteilt, er hätte sich auch dann nicht gerührt, hätte kaum das Urteil aufmerksam angehört. In ihm vollzog sich etwas ihm völlig Unbekanntes, Neues, Unerwartetes und Nie-dagewesenes. Er konnte es nicht begreifen, fühlte es aber ganz klar mit der vollen Kraft des Empfindens, daß er von jetzt ab weder mit gefühlvollen Erlebnissen, wie vorhin, noch mit anderen Dingen sich an diese Menschen im Polizeibüro würde wenden können; und selbst dann schien es ihm überflüssig zu sein, sich jemals im Leben an sie zu wenden, wenn es auch seine leiblichen Brüder und Schwestern gewesen wären und nicht Polizeioffiziere. Er hatte bis zu diesem Augenblick noch nie eine ähnlich seltsame und fürchterliche Empfindung erlebt. Und das Quälendste dabei war, daß es ein Empfinden war, kein bewußtes Begreifen, sondern eine unmittelbare Empfindung, die qualvollste von allen, die er im Leben je erlebt.

Der Sekretär begann, ihm die in diesem Falle gebräuchliche Erklärung zu diktieren, das heißt: ich kann nicht zahlen, verspreche es in der und der Frist (irgendwann) zu tun, werde die Stadt nicht verlassen und mein Eigentum weder verkaufen noch verschenken und dergleichen mehr.

»Sie können ja gar nicht schreiben, die Feder fällt Ihnen aus der Hand«, bemerkte der Schriftführer und blickte Raskolnikoff teilnehmend an. »Sind Sie krank?«

»Ja ... der Kopf schwindelt mir ... diktieren Sie weiter.«

»Das ist alles. Unterschreiben Sie es.«

Der Schriftführer nahm das Papier und wendete sich anderen Besuchern zu. Raskolnikoff gab die Feder zurück, aber anstatt aufzustehen und wegzugehen, stützte er die Ellbogen auf den Tisch und preßte mit den Händen den Kopf zusammen. Es war, als ob man ihm einen Nagel in die Schläfe hineinschlüge. Ein wunderlicher Gedanke kam ihm plötzlich: sofort aufzustehen, zu Nikodim Fomitsch zu gehen und ihm das Gestrige zu erzählen, alles, bis in die letzte Einzelheit, dann mit ihm in seine Wohnung zu gehen und ihm die Sachen im Loch des Winkels zu zeigen. Der Drang war so stark, daß er sich schon erhob, um es auszuführen.

»Soll ich nicht erst noch einen Augenblick nachdenken?« fuhr es ihm durch den Kopf. »Nein, besser nicht nachdenken, und die Sache ist abgetan!« Aber plötzlich blieb er wie angewurzelt stehen: Nikodim Fomitsch sprach voll Eifer mit Ilja Petrowitsch, und er vernahm folgende Worte:

»Es ist unmöglich, man wird beide freilassen. Erstens widerspricht alles einer solchen Annahme. Urteilen Sie selbst: warum holten Sie den Hausmeister, wenn sie es getan hatten? Etwa um sich selbst anzuzeigen? Oder aus Schlauheit? Nein, das wäre schon gar zu schlau! Und schließlich, den Studenten Pestrjakóff haben beide Hausmeister und eine Frau am Tor im selben Moment gesehen, als er hineinging – er ging mit drei Bekannten zusammen und verabschiedete sich von ihnen am Tor, dann fragte er die Hausmeister nach der Wohnung in Gegenwart seiner Bekannten.

Nun, wird jemand nach der Wohnung fragen, wenn er so eine Absicht hat? Und Koch? – Der hat, bevor er zu der Alten ging, eine halbe Stunde unten bei dem Silberarbeiter gesessen, und er ist genau ein Viertel vor acht zu der Alten hinaufgegangen. Jetzt erwägen Sie ...«

»Aber erlauben Sie, woher denn der Widerspruch: sie behaupten selbst, daß sie geklopft haben und daß die Tür verschlossen war, und nach drei Minuten, als sie mit dem Hausmeister hinaufkamen, erwies sich, daß die Tür offen war?«

»Das ist ja der Haken! Der Mörder saß eben drinnen und hatte sich eingeschlossen, und man hätte ihn sicher gefaßt, wenn Koch nicht die Dummheit begangen hätte, selbst nach dem Hausmeister zu gehen. *Jenem* aber gelang es währenddessen, die Treppe hinunterzugehen und irgendwie an ihnen vorbeizuschlüpfen. Koch bekreuzt sich mit beiden Händen: ‚Wenn ich geblieben wäre', sagte er, ‚wäre er herausgekommen und hätte mich erschlagen.' Er will ein russisches Dankgebet abhalten lassen ... ha–ha!"

»Und den Mörder hat niemand gesehen?«

»Wie denn? Das Haus ist eine Arche Noah«, bemerkte der Schriftführer, der von seinem Platz aus zuhörte.

»Es ist ganz klar, es ist ganz klar!« wiederholte Nikodim Fomitsch eifrig.

»Nein, die Sache ist sehr unklar«, blieb Ilja Petrowitsch bei seiner Ansicht.

Raskolnikoff nahm seinen Hut und ging zur Tür, aber er kam nicht so weit ... Wie er zu sich kommt, sieht er, daß er auf einem Stuhl sitzt; daß rechts ihn jemand stützt, links ein anderer steht mit einem gelben Glase, gefüllt mit gelbem Wasser, und daß Nikodim Fomitsch vor ihm steht und ihn unverwandt anblickt ... Er stand vom Stuhl auf.

»Was ist Ihnen, sind Sie krank?« fragte Nikodim Fomitsch ziemlich scharf.

»Schon als er unterschrieb, konnte er kaum die Feder führen«, bemerkte der Schriftführer, indem er wieder seinen Platz einnahm und in seinen Papieren blätterte.

»Sind Sie schon lange krank?« rief Ilja Petrowitsch von seinem Platz aus, indem er auch in Papieren blätterte.

Er hatte selbstverständlich auch den Kranken betrachtet, als er ohnmächtig war, war aber sofort auf die Seite getreten, als jener zu sich kam.

»Seit gestern . . .«, murmelte Raskolnikoff zur Antwort.

»Und sind Sie gestern ausgegangen?«

»Ja.«

»Trotz Ihres Krankseins?«

»Ja.«

»Um wieviel Uhr?«

»In der achten Stunde abends.«

»Und wohin, wenn man fragen darf?«

»Auf die Straße.«

»Kurz und einleuchtend.«

Raskolnikoff antwortete scharf, kurz, bleich wie ein Taschentuch, ohne seine dunklen fieberkranken Augen vor dem Blick Ilja Petrowitschs zu senken.

»Er kann kaum auf den Füßen stehen, und du . . .«, versuchte Nikodim Fomitsch zu bemerken.

»Macht nichts!« sagte Ilja Petrowitsch sehr eigentümlich.

Nikodim Fomitsch wollte noch etwas hinzufügen, schwieg aber, als er den Schriftführer anblickte, der ihn aufmerksam ansah. Plötzlich schwiegen alle. Es war merkwürdig.

»Nun gut!« schloß Ilja Petrowitsch. »Wir halten Sie nicht auf.« Raskolnikoff ging hinaus. Er konnte noch hören, wie nach seinem Fortgang plötzlich ein lebhaftes Gespräch begann, in dem am lautesten die fragende Stimme von Nikodim Fomitsch hervortrat . . . Auf der Straße kam er ganz zu sich.

»Eine Haussuchung, Haussuchung, sie werden sofort eine Haussuchung bei mir vornehmen!« wiederholte er vor sich hin, indem er sich beeilte, nach Hause zu kommen. »Die Räuber! Sie haben Verdacht geschöpft!«

Wieder erfaßte ihn vom Kopf bis zu den Füßen die Angst von vorhin.

II

»Wie, wenn die Haussuchung schon vorgenommen ist? Wie, wenn ich sie schon jetzt bei mir antreffe?«

Aber da ist er schon in seinem Zimmer. Nichts und niemand; niemand war dagewesen. Sogar Nastassja hat nichts angerührt. Aber, mein Gott! Wie konnte er nur vorhin alle diese Sachen in dem Loch liegen lassen?

Er stürzte zu dem Winkel, steckte die Hand unter die Tapete und begann die Sachen hervorzuholen und in die Taschen zu stecken. Im ganzen waren es acht Stück: zwei kleine Schachteln mit Ohrgehängen oder etwas Ähnlichem – er sah nicht genau nach; dann vier kleine Etuis aus Saffian. Eine Kette war nur in Zeitungspapier eingewickelt. Und es war da noch etwas in Zeitungspapier, anscheinend ein Orden ...

Er steckte alles in die verschiedenen Taschen, in die Manteltaschen und in die übriggebliebene rechte Hosentasche, und gab sich Mühe, die Sachen so zu verteilen, daß von außen nichts zu merken war. Den Beutel nahm er gleichfalls mit. Dann verließ er das Zimmer und ließ diesmal die Tür weit offenstehen.

Er ging schnell und mit festen Schritten, und obgleich er sich vollkommen zerschlagen fühlte, war sein Bewußtsein doch klar. Er fürchtete eine Verfolgung, fürchtete, daß in einer halben Stunde, in einer Viertelstunde vielleicht schon der Befehl gegeben wurde, ihn zu beobachten, also mußte er um jeden Preis, ehe es zu spät war, alles beiseiteschaffen. Er mußte damit fertig werden, solange ihm noch ein letzter Rest an Kraft und noch einigermaßen klarer Verstand verblieben ... Wohin aber damit gehen?

Das war längst entschieden: »Alles in den Kanal werfen, die Spuren verwischen, und damit ist die Sache dann abgetan.« So hatte er noch in der Nacht, im Fieber, beschlossen, in den Augenblicken, wo er (er entsann sich dessen genau) ein paarmal versucht hatte, aufzustehen und fortzugehen: »Schnell, schnell, und alles wegwerfen!« Aber das Wegwerfen erwies sich als eine sehr schwierige Aufgabe.

Schon über eine halbe Stunde oder vielleicht auch länger wanderte er den Jekaterinenkanal entlang und schaute nach den Treppen, die zum Wasser hinabführten. Aber es war nicht einmal daran zu denken, das Vorhaben auszuführen: entweder lagen an den Treppen Prahme, und Wäscherinnen wuschen dort, oder Kähne hatten angelegt, und überall wimmelte es von Menschen; außerdem aber konnte man von allen Seiten hersehen, und es wäre schon verdächtig gewesen, wenn ein Mensch hinabging, stehenblieb und etwas ins Wasser warf. Und gar wenn die Etuis nicht untergingen, sondern obenauf schwammen? Und das würde doch bestimmt geschehen. Jeder würde es sehen. Schon jetzt sehen alle ihn an, als ob sie sich nur um ihn kümmerten.

»Woher kommt das, oder scheint es mir nur so?« dachte er.

Endlich kam ihm der Gedanke, ob es nicht besser wäre, irgendwohin an die Newa zu gehen? Dort waren weniger Menschen, und es würde minder auffallend und in jedem Falle bequemer sein, hauptsächlich aber wäre es weit weg von hier. Und er wunderte sich plötzlich, wie er eine volle halbe Stunde an so gefährlicher Stelle in Trübsal und Unruhe umhergewandert war, ohne früher auf diesen Gedanken zu kommen! Nur darum hatte er eine halbe Stunde nutzlos vertan, weil er im Fiebertraum diesen Ausweg beschlossen hatte! Er war sehr zerstreut und vergeßlich geworden und wußte das. Entschieden mußte er sich beeilen!

Er schlug den Weg zur Newa über den W.schen Prospekt ein; aber unterwegs kam ihm plötzlich der Gedanke: »Warum denn zur Newa? Warum ins Wasser werfen? Ist es nicht besser, irgendwohin ganz weit wegzugehen, vielleicht wieder auf die Inseln, und dort irgendwo an einsamer Stelle, im Walde, unter einem Strauch alles zu verscharren und vielleicht sich den nächsten Baum zu merken?«

Und obgleich er fühlte, daß er in diesem Augenblick nicht imstande war, alles klar und vernünftig zu überlegen, schien ihm dieser Gedanke doch einwandfrei zu sein.

Aber auch das war ihm nicht bestimmt auszuführen; vielmehr geschah etwas ganz anderes: als er nämlich vom W.schen Prospekt auf den Platz kam, erblickte er plötzlich links in einer steinernen Hofmauer den Eingang zu einem von vollkommen fensterlosen Mauern umgebenen Hof. Rechts vom Eingang zog sich tief in den Hof hinein die fensterlose, unverputzte Brandmauer des vierstöckigen Nachbarhauses. Links vom Eingang, parallel der kahlen Mauer, lief ein hölzerner Zaun, der weiterhin, etwa zwanzig Schritte vom Eingang, eine Biegung nach links machte. In diesem umzäunten Winkel des Hofes lagen allerhand Materialien. Aus der Tiefe des Hofes blickte hinter der Zaunecke ein niedriger, verräucherter Schuppen aus Backstein hervor, wahrscheinlich der Teil einer Werkstatt. Hier war sicher eine Werkstatt für Wagenbauer oder eine Schlosserei oder etwas Ähnliches, denn überall lag viel schwarzer Kohlenstaub. »Hier könnte man es wegwerfen und fortgehen!« durchzuckte es ihn plötzlich. Da er keinen Menschen auf dem Hof bemerkte, durchschritt er das Tor und erblickte sofort am Eingang eine am Zaun angebrachte Rinne (wie man sie oft auf solchen Höfen antrifft, wo viele Arbeiter, Handwerker, Lastwagenkutscher und so weiter aus und ein gehen), und über der Rinne war am Zaun mit Kreide die übliche witzige Bemerkung geschrieben: »Stehenbleiben verboten!« Dieser Umstand war ausgezeichnet, es konnte somit keinen Verdacht erregen, daß er hier hineingegangen und stehengeblieben war. »Hier alles einfach wegwerfen und fortgehen!«

Er blickte sich noch einmal um und wollte schon die Hand in die Tasche stecken, als er plötzlich an der äußeren Mauer, zwischen dem Eingangstor und der Rinne, wo der freie Raum höchstens einen Meter breit war, einen großen unbehauenen Stein bemerkte, der gut einen halben Zentner schwer sein mochte und an die Straßenmauer angelehnt war. Hinter dieser Mauer war die Straße, der Fußsteig. Man hörte die Schritte und das Schlurfen der Vorbeigehenden, aber hinter dem Tor konnte ihn niemand sehen, wenn nicht jemand von der Straße eintrat, was allerdings sehr leicht geschehen konnte, und darum mußte er sich beeilen. Er beugte sich über den Stein, packte ihn oben mit beiden Händen fest an, nahm alle seine Kräfte zusammen und drehte ihn zur Seite. Unter dem Stein hatte sich eine kleine Vertiefung gebildet; er begann sofort alles aus den Taschen in diese Vertiefung hineinzuwerfen. Der Beutel kam obenauf zu liegen, und trotzdem war noch Platz da. Dann packte er den Stein von neuem an, drehte ihn mit einem Ruck zurück und er kam genau auf die frühere Stelle zu liegen, nur schien der Stein jetzt ein wenig höher zu stehen. Er scharrte mit dem Fuß ringsum Erde zusammen und trat sie fest. So war nichts zu bemerken. Dann ging er hinaus und weiter über den Platz. Wieder überkam ihn einen Augenblick lang eine überwältigende Freude wie vorhin im Polizeibüro.

»Alle Spuren sind verwischt! Und wem, wem könnte es in den Sinn kommen, unter diesem Stein nachzusehen? Er liegt hier vielleicht schon seit dem Bau des Hauses, und wird vielleicht noch ebenso lange liegen. Und selbst wenn man es finden sollte, wer könnte mich verdächtigen? Alles ist abgetan! Es gibt keine Beweise!« und er lachte. Ja, er entsann sich später, daß ihn ein nervöses, vibrierendes, lautloses, andauerndes kleines Lachen überfallen, und daß er die ganze Zeit, solange er über den Platz ging, so gelacht hatte. Als er aber den K.schen Boulevard erreichte, wo er vorgestern dem jungen Mädchen begegnet war, verging ihm das Lachen. Andere Gedanken kamen ihm in den Kopf. Ein Abscheu ergriff ihn, an jener Bank vorüberzugehen, auf der er damals nach dem Fortgehen des Mädchens gesessen und nachgedacht hatte, und er fürchtete sich, dem Polizisten wieder zu begegnen, dem er die zwanzig Kopeken gegeben hatte ... »Hol ihn der Teufel!«

Er ging und blickte sich zerstreut und ärgerlich um. Alle seine Gedanken drehten sich jetzt um irgend so einen Hauptpunkt. Er fühlte gleichsam auch, daß es wirklich so einen Hauptpunkt gab und daß er jetzt, gerade jetzt mit diesem Hauptpunkt ganz allein fertig zu werden hatte – und daß dies jetzt zum erstenmal in diesen zwei Monaten geschah.

»Ah, hol der Teufel das alles!« dachte er plötzlich in einem Anfall rasender Wut. »Nun, wenn es begonnen hat, mag es begonnen haben. Hol der Teufel das neue Leben! O Gott, wie dumm ist das! ... Wieviel habe ich heute zusammengelogen, und wie gemein war ich! Wie gemein habe ich vorhin geschwänzelt und dem erbärmlichen Ilja Petrowitsch geschmeichelt! Doch auch das ist Unsinn! Ich pfeife auf sie alle und auch darauf, daß ich geschwänzelt und geschmeichelt habe! Das ist es ja gar nicht, das ist es ja nicht! ...«

Mit einem Male blieb er stehen; eine neue, völlig unerwartete und außerordentlich einfache Frage brachte ihn von diesem Gedanken ab und ließ ihn bitter erstaunen:

»Wenn diese ganze Tat wirklich bewußt und nicht vollkommen blödsinnig vollführt worden ist, wenn du tatsächlich ein bestimmtes und festes Ziel hattest, wie kommt es dann, daß du bis jetzt noch nicht einmal in den Beutel hineingeblickt hast und nicht einmal weißt, was dir zugefallen ist, wofür du alle Qualen auf dich genommen und solch eine gemeine, häßliche, niedrige Tat bewußt unternommen hast? Du wolltest ihn doch soeben noch ins Wasser werfen, den Beutel und all die anderen Sachen, die du auch noch nicht angeschaut hast ... Wie ist denn das ...?«

Ja, so ist es; es ist alles so. Übrigens hatte er das schon vorher gewußt, und es war gar keine neue Frage für ihn. Auch als es in der Nacht beschlossen wurde, alles ins Wasser zu werfen, ohne jedes Schwanken und ohne jeden Widerspruch, sondern so, als gehörte es sich so, als wäre es anders unmöglich ... Ja, er wußte dies alles und erinnerte sich daran; ja, schon gestern war es vielleicht so beschlossen, in demselben Moment, als er noch über die Truhe gebückt hockte und die Etuis hervorholte ... Es war nun einmal so! ...

»Das kommt daher, daß ich sehr krank bin«, entschied er schließlich verdrossen. »Ich habe mich gemartert und abgequält und weiß selbst nicht mehr, was ich tue ... Auch gestern und vorgestern und die ganze Zeit habe ich mich gemartert ... Aber ich werde wieder gesund werden ... und will mich dann nicht mehr quälen ... Doch wenn ich nun überhaupt nicht mehr gesund werde? Herrgott! Wie ich all dessen überdrüssig bin! ...« Er ging weiter ohne stehenzubleiben. Er wollte sich schrecklich gern irgendwie zerstreuen, aber er wußte nicht, was er tun und was er unternehmen sollte. Eine neue unbezwingbare Empfindung bemächtigte sich seiner mit jedem Augenblick stärker und stärker; es war ein grenzenloser, fast physischer Widerwille gegen alles, was ihm begegnete und was ihn umgab, ein hartnäckiger, böser und quälender Ekel. Alle ihm Begegnenden waren ihm widerlich – selbst ihre Gesichter, ihr Gang, ihre Bewegungen waren ihm widerlich. Er hätte am liebsten jemanden angespien, ja, vielleicht gar gebissen, wenn ihn einer angeredet hätte.

Er blieb plötzlich stehen, als er auf der anderen Seite der Wassiljeff-Insel an das Ufer der Kleinen Newa unweit der Brücke hinauskam.

»Da wohnt er ja, in diesem Hause«, dachte er. »Was ist denn das, ich hatte doch gar nicht die Absicht, zu Rasumichin zu gehen? Es ist dieselbe Geschichte wie damals ... Aber das ist nun doch sehr interessant: bin ich mit Absicht hierhergekommen oder hat das Schicksal meine Schritte gelenkt? Gleichviel, ich sagte mir ... vorgestern ... daß ich zu ihm *nachher* gehen werde, am Tage danach, nun, und so ist es jetzt geschehen, was ist denn dabei? Als ob ich jetzt nicht zu ihm gehen könnte ...«

Er ging hinauf zu Rasumichin ins fünfte Stockwerk.

Rasumichin war in seinem Zimmerchen und arbeitete, er schrieb etwas; er öffnete ihm selbst. Seit vier Monaten etwa hatten sie sich nicht gesehen. Rasumichin stak in einem nahezu zerfetzten Schlafrock, hatte Pantoffeln an den bloßen Füßen und saß noch ungekämmt, unrasiert und ungewaschen über der Arbeit. Sein Gesicht drückte Erstaunen aus.

»Was ist mit dir?« rief er aus und betrachtete den eingetretenen Freund vom Kopf bis zu den Füßen. Dann schwieg er und tat einen leisen Pfiff.

»Steht es mit dir wirklich so schlecht? Du hast ja, Bruder, sogar unsereinen übertrumpft«, fügte er hinzu und blickte auf Raskolnikoffs zerlumpte Kleidung. »Aber so setz dich doch, du bist wahrscheinlich müde!« Als dieser auf das mit Wachstuch bezogene türkische Sofa hinsank, sah Rasumichin plötzlich, daß sein Besucher krank war.

»Aber du bist ja ernstlich krank, weißt du das auch?« Und er versuchte, seinen Puls zu fühlen; Raskolnikoff aber riß die Hand weg.

»Ist nicht nötig«, sagte er. »Ich bin gekommen ... die Sache ist die: ich habe keine Stunden mehr zu geben ... ich wollte deshalb ... übrigens, ich brauche gar keine Stunden.«

»Weißt du was? Du phantasierst ja!« bemerkte Rasumichin, der ihn aufmerksam beobachtete.

»Nein, ich phantasiere nicht ...«

Raskolnikoff erhob sich vom Sofa. Beim Hinaufsteigen zu Rasumichin hatte er nicht daran gedacht, daß er ihm Auge in Auge werde gegenüberstehen müssen. Nun aber wurde es ihm in einem Augenblick klar, eben durch diese Erfahrung, daß er jetzt am allerwenigsten in der Verfassung war, irgend jemandem auf der ganzen Welt Auge in Auge gegenüberzutreten. Die Galle stieg in ihm hoch. Er verlor fast den Atem vor Wut über sich selbst, darüber, daß er diese Schwelle überschritten hatte.

»Leb wohl!« sagte er plötzlich und ging zur Tür.

»Aber warte doch, warte, du komischer Kauz!«

»Nicht nötig!...« wiederholte der und riß seinen Arm frei.

»Weshalb bist du denn gekommen, zum Teufel noch eins! Bist du verrückt? Das ist doch ... fast beleidigend. Ich lasse dich nicht so fortgehen.«

»So höre denn: ich bin zu dir gekommen, weil ich niemanden außer dir kenne, der mir helfen würde... anzufangen... weil du besser, das heißt, klüger als alle anderen bist und beurteilen kannst... Jetzt aber sehe ich, daß ich nichts brauche, hörst du, gar nichts brauche ... keinen Dienst und keine Teilnahme ... Ich kann selbst ... allein ... Ach, genug davon! Laßt mich alle in Ruhe!«

»Aber warte doch einen Augenblick, du Schornsteinfeger! Bist ja total verrückt! Meinetwegen tue, was du willst! ... Siehst du, Stunden habe ich nicht mal selber und pfeife auch darauf, aber auf dem Trödelmarkt gibt es einen Buchhändler Cheruwímoff, der ist mir lieber als Stunden. Ich möchte ihn nicht gegen fünf Stunden bei Kaufleuten eintauschen. Er verlegt allerhand kleine Sachen und gibt naturwissenschaftliche Broschürchen heraus – und wie die gehen! Die Titel allein sind schon was wert! Siehst du, du hast immer behauptet, ich wäre dumm; aber bei Gott, es gibt Dümmere als ich, Bruderherz! Jetzt macht er sogar in moderner Literatur; verstehen tut er selber rein gar nichts davon, ich aber sporne ihn selbstverständlich an. Hier, siehst du, das sind etwas mehr als zwei Bogen deutscher Text – meiner Ansicht nach der allerdümmste Schwindel; es wird hier, kurz gesagt, erörtert, ob die Frau ein Mensch ist oder nicht. Selbstredend wird mit Glanz bewiesen, daß sie doch ein Mensch sei. Cheruwímoff bringt es heraus als zur Frauenfrage gehörend. Ich übersetze es. Er wird diese zwei und einen halben Bogen auf sechs ausdehnen, wir erfinden dann einen prachtvollen Titel, eine halbe Seite lang, und schlagen es zu fünfzig Kopeken los. Es wird bestimmt gehen! Für die Übersetzung bekomme ich sechs Rubel pro Bogen, also für das Ganze fünfzehn, und sechs Rubel habe ich Vorschuß. Wenn wir damit fertig sind, fangen wir an, eine

Sache über Walfische zu übersetzen, dann folgen einige fadeste Klatschgeschichten aus dem zweiten Teil der „CONFESSIONS“, die schon vorgemerkt sind und übersetzt werden sollen. Jemand hat Cheruwimoff gesagt, Rousseau wäre eine Art Radíschtscheff[5]. Ich widerspreche selbstverständlich nicht, hol ihn der Teufel! Willst du nun den zweiten Bogen von »Ist die Frau ein Mensch?« übersetzen? Wenn du willst, nimm sofort den Text, Federn und Papier – dies alles wird gratis geliefert – und nimm drei Rubel. Da ich für die ganze Übersetzung, für den ersten und zweiten Bogen, Vorschuß bekommen habe, so kommen auf diesen Teil drei Rubel Vorschuß. Und wenn du mit dem Bogen fertig bist, erhältst du noch drei Rubel. Ja, noch eins! Bitte, sieh es nicht etwa als eine Gefälligkeit meinerseits an. Im Gegenteil, als du eintratest, dachte ich gleich, wie nützlich du mir sein könntest. Erstens bin ich in der Orthographie öfters unsicher, und zweitens bin ich im Deutschen schwach, so daß ich das meiste selbst hinzudichte und mich bloß damit tröste, daß es dadurch besser wird. Aber wer weiß, vielleicht wird es nicht besser, sondern schlechter ... Tust du nun mit oder nicht?«

Raskolnikoff nahm schweigend die Blätter des deutschen Artikels, steckte die drei Rubel ein und ging ohne ein Wort zu sagen hinaus. Rasumichin blickte ihm erstaunt nach. Als Raskolnikoff aber schon ein Stück gegangen war, kehrte er plötzlich um, ging wieder zu Rasumichin hinauf, legte die Blätter und die drei Rubel zurück auf den Tisch und ging wieder schweigend von dannen.

»Bist du etwa fiebertoll?« schrie ihn Rasumichin, der schließlich wütend wurde, an. »Warum führst du hier eine Komödie auf? Hast sogar mich konfus gemacht ... Weshalb bist du denn hergekommen, zum Teufel?«

»Ich brauche keine ... Übersetzungen ...« murmelte Raskolnikoff, schon die Treppe hinabsteigend.

»Ja, was brauchst du denn sonst, zum Teufel?« rief ihm von oben Rasumichin noch nach.

Jener ging jedoch schweigend weiter die Treppe hinab.

»He, du! Wo wohnst du jetzt?«

Es erfolgte keine Antwort.

»Na, so hol dich doch der Teu–fel! . . .«

Raskolnikoff war schon auf der Straße angelangt.

Auf der Nikolaibrücke passierte es ihm, daß er infolge eines für ihn sehr unangenehmen Zwischenfalles wieder zu voller Besinnung kam. Der Kutscher einer Privatequipage hatte ihm einen starken Peitschenhieb über den Rücken versetzt, weil er beinahe unter die Pferde geraten war, obwohl jener ihn einige Male angerufen hatte. Der Peitschenhieb rief einen solchen Jähzorn in ihm hervor, daß er, der vom Schlage bis ans Geländer taumelte (es war unklar, warum er in der Mitte der Brücke, auf dem Fahrweg, ging), mit den Zähnen knirschte vor Wut. Ringsum wurde natürlich gelacht.

»Geschieht ihm ganz recht!«

»Ist wohl irgend so ein Strolch . . .«

»Selbstverständlich; stellt sich betrunken, kriecht absichtlich unter die Räder, und unsereiner muß es dann verantworten.«

»Davon leben sie ja, diese Strolche, damit verdienen sie. . .«

Während er noch am Geländer stand und, sich den Rücken reibend, sinnlos und wütend der davonfahrenden Equipage nachschaute, fühlt er, daß ihm jemand Geld in die Hand drückte. Er blickte auf: es war eine ältliche Kaufmannsfrau mit einem Kopftuch und neben ihr ein junges Mädchen im Hut, mit einem grünen Sonnenschirm, wahrscheinlich die Tochter. »Nimm, mein Lieber, um Christi willen!« Er nahm das Geld, und sie gingen weiter. Es waren zwanzig Kopeken. Seiner Kleidung und dem Aussehen nach konnten sie ihn für einen Bettler, für einen echten Groschensammler von der Straße halten; daß sie ihm aber ganze zwanzig Kopeken gaben, hatte er sicher dem Peitschenhieb zu danken, der wohl ihr Mitleid erregt hatte.

Er drückte die Münze fest in die Hand, ging etwa zehn

Schritte weiter und wandte sich mit dem Gesicht zur Newa, in der Richtung zum Winterpalais. Der Himmel war ohne die geringste Wolke und das Wasser fast blau, was bei der Newa so selten vorkommt. Die goldene Kuppel der Kathedrale, die sich von nirgendwoher schöner ausnimmt, als von der Brücke gesehen, leuchtete förmlich, und durch die reine Luft konnte man sogar jede Verzierung an ihr deutlich erkennen. Der Schmerz vom Peitschenhieb hatte nachgelassen, und Raskolnikoff hatte den Hieb schon vergessen; ein beunruhigender und nicht ganz klarer Gedanke beschäftigte ihn jetzt ausschließlich. Er stand und schaute lange unverwandt über den Fluß in die Ferne. Diese Stelle kannte er nämlich besonders gut. Als er noch zur Universität ging, geschah es gewöhnlich – meistens auf dem Heimweg –, daß er gerade an dieser Stelle, etwa zwanzig Schritte vor der Kapelle, auf der Brücke stehen blieb, um unverwandt dieses prachtvolle Panorama zu betrachten, und jedesmal mußte er von neuem über den Eindruck staunen, den er sich nicht zu deuten vermochte. Eine unerklärliche Kälte wehte ihm stets von diesem großartigen Rundblick entgegen; für ihn war dieses prachtvolle Bild wie von einem stummen und tauben Geiste erfüllt... Er wunderte sich jedesmal von neuem über diesen düsteren und rätselhaften Eindruck und schob die Erklärung für diese Tatsache, da er sich selbst mißtraute, für eine ferne Zukunft auf. Jetzt erinnerte er sich auf einmal deutlich seiner früheren Fragen und Zweifel, und es schien ihm, als hätte er sich nicht rein zufällig ihrer erinnert. Schon der Umstand erschien ihm merkwürdig und wunderlich, daß er auf derselben Stelle wie früher stehengeblieben war, als bilde er sich wirklich ein, daß er jetzt über dasselbe wie ehedem nachsinnen und sich für ebensolche Themen und Bilder interessieren könnte, wie er es früher... ja, wie er es noch unlängst getan. Es erschien ihm beinahe lächerlich, und gleichzeitig schnürte es ihm schmerzhaft die Brust zusammen. Wie in bodenloser Tiefe, wie tief, tief unter seinen Füßen erschien ihm jetzt seine ganze Vergangenheit, erschienen ihm sein früheres Denken, die alten Ziele und Probleme, die damaligen Eindrücke und dieses ganze Panorama, und er selbst und alles ... Ihm schien, als fliege er irgendwohin, und alles Frühere verschwinde aus seinen Augen ... Als er dabei eine unwillkürliche Bewegung mit der Hand machte, fühlte er in seiner geballten Faust wieder das Zwanzigkopekenstück. Er öffnete die Hand, blickte aufmerksam das Geldstück an und schleuderte es ins Wasser; dann wandte er sich um und ging nach Hause. Ihm war, als hätte er sich selbst in diesem Augenblick von allen und allem wie mit einer Schere abgeschnitten.

Es war fast schon Abend, als er nach Hause kam, also mußte er an die sechs Stunden lang herumgeirrt sein. Welchen Weg und wie er zurückgekommen war, erinnerte er sich nicht. Er kleidete sich aus, und am ganzen Körper zitternd wie ein abgehetztes Pferd, legte er sich auf den Schlafdiwan, zog seinen Mantel über sich und verlor sofort das Bewußtsein ...

Als es vollkommen dämmerig war, wurde er von einem furchtbaren Geschrei aufgestört. O Gott, was war das nur für ein Geschrei! Solche unnatürlichen Töne, solch ein Geheul, ein Stöhnen, Knirschen, Weinen, Schlagen und Schimpfen hatte er noch nie vernommen. Er konnte sich solche Greuel, solche Raserei nicht einmal vorstellen. Voll Schrecken erhob er sich und setzte sich auf; sein Atem ging schwer und verursachte ihm Qualen. Die Schläge, das Geschrei und die Schimpfwörter wurden immer stärker und ärger. Er vernahm zu seiner größten Verwunderung die Stimme seiner Wirtin. Sie heulte, kreischte und klagte, sie sprach die Worte so hastig, daß man nicht verstehen konnte, um was sie flehte – gewiß, daß man aufhören sollte, sie zu schlagen, denn man prügelte sie auf der Treppe unbarmherzig. Die Stimme des Schlagenden klang so schauerlich vor Wut und Raserei, daß man bloß ein Keuchen vernahm, und er sprach ebenso unverständlich und hastig und verschluckte sich immer dabei. Plötzlich erbebte Raskolnikoff am ganzen Körper: er hatte die Stimme von Ilja Petrowitsch erkannt. Er ist hier und schlägt die Wirtin! Er schlägt sie mit Fäusten, stößt ihren Kopf auf die Stufen – das ist klar, man hörte es an den Lauten, am Geheul, an den Schlägen! Was ist denn geschehen? Hat sich die Welt verwandelt? Man hörte, wie aus allen Stockwerken Menschen sich auf der Treppe ansammeln; Stimmen, Ausrufe erschallen, man läuft, trampelt, schlägt die Türen zu, rennt zusammen. »Aber weshalb denn, weshalb, und wie ist es denn möglich?« wiederholte er und glaubte in allem Ernst, er hätte den Verstand verloren. Aber nein, er hört es doch zu deutlich! ... Also wird man auch gleich zu ihm kommen, »denn ... das ist sicher wegen desselben ... wegen des gestrigen... O Gott!« Er wollte die Tür zuhaken, konnte aber die Hand nicht erheben ... und es wäre ja auch nutzlos gewesen. Die Angst lag auf seiner Seele wie Eis, hatte ihn zermalmt, gelähmt ... Aber nach und nach hörte dieser Radau, der sicher etwa zehn Minuten gedauert hatte, auf. Die Wirtin stöhnte und ächzte, Ilja Petrowitsch drohte und schimpfte zwar noch immer ... Endlich schien auch er ruhiger zu werden; jetzt hörte man ihn nicht mehr. »Ist er fortgegangen? Herrgott!« Ja, nun geht auch die Wirtin fort, sie stöhnt und weint noch ... nun schlägt auch sie ihre Türe zu ... Jetzt gehen die Menschen die Treppe hinunter in ihre Wohnungen; sie bedauern, streiten, rufen einander allerhand zu, bald erhebt sich ihr Gerede bis zum Geschrei, bald sinkt es zum Geflüster hinab. Wahrscheinlich waren es viele Menschen, fast das ganze Haus war zusammengelaufen. »Aber, mein Gott, ist denn das alles möglich?! Und warum, warum kam er hierher?!«

Raskolnikoff fiel kraftlos auf das Lager zurück, aber er konnte kein Auge schließen; etwa eine halbe Stunde lag er in solcher Qual, in dem unerträglichen Gefühl eines grenzenlosen Schreckens, wie er ihn noch nie empfunden hatte. Plötzlich erhellte ein greller Schein sein Zimmer – Nastassja kam mit einem Licht und einem Teller Suppe herein. Sie sah ihn aufmerksam an, und als sie merkte, daß er nicht schlief, stellte sie das Licht auf den Tisch und begann das Mitgebrachte aufzustellen: Brot, Salz, einen Teller und Löffel ...

»Hast seit gestern wahrscheinlich nichts gegessen? Hast dich den ganzen Tag umhergetrieben – im Fieber, wie du bist!«

»Nastassja ... warum hat man die Wirtin geschlagen?«

Sie sah ihn aufmerksam an.

»Wer hat die Wirtin geschlagen?«

»Soeben ... vor einer halben Stunde. Ilja Petrowitsch, der Stellvertreter des Revierinspektors, auf der Treppe ... Warum hat er sie so geschlagen? Und ... warum ist er hergekommen?«

Nastassja betrachtete ihn schweigend und mit zusammengezogenen Augenbrauen und sah ihn lange so an. Ihm wurde dieses Anstarren sehr unangenehm, beinahe beängstigend.

»Nastassja, warum schweigst du?« sagte er schließlich zaghaft mit schwacher Stimme.

»Das ist das Blut«, antwortete sie leise, als rede sie mit sich selbst.

»Blut! ... Was für ein Blut? ...« murmelte er erbleichend und wich zurück zur Wand.

Nastassja betrachtete ihn schweigend weiter.

»Niemand hat die Wirtin geschlagen«, sagte sie schließlich in strengem und entschiedenem Ton.

Er sah sie an und atmete kaum.

»Ich habe es selbst gehört ... ich habe nicht etwa geschlafen ... ich saß aufrecht«, sagte er dann noch zaghafter. »Ich habe lange zugehört ... Der Stellvertreter des Revierinspektors war da ... Alle waren auf der Treppe zusammengelaufen, aus allen Stockwerken ...«

»Niemand ist dagewesen. Es ist das Blut, das in dir schreit. Wenn es keinen Ausweg hat und sich in Klümpchen zusammenballt, dann erscheinen einem allerhand Dinge ... Wirst du essen?«

Er antwortete nicht. Nastassja stand immer noch bei ihm, blickte ihn aufmerksam an und ging nicht weg.

»Gib mir zu trinken, ... liebe Nastassja!«

Sie ging hinunter, und nach ein paar Minuten kehrte sie mit Wasser in einem weißen Tonkrug zurück; weiter erinnerte er sich an nichts mehr, nur noch, wie er einen Schluck kalten Wassers genommen und einen Teil des Wassers aus dem Krug auf die Brust verschüttet hatte. Dann hatte er wieder das Bewußtsein verloren.

III

Er war jedoch während seiner Krankheit nicht die ganze Zeit bewußtlos; es war ein fieberhafter Zustand mit Traumgesichten und halbem Bewußtsein. An vieles konnte er sich später erinnern. Bald schien es ihm, als versammle sich eine Menge Menschen um ihn, die ihn irgendwohin forttragen wollten und sich seinetwegen immer wieder stritten und zankten. Bald war er wieder allein im Zimmer, alle waren weggegangen und fürchteten sich vor ihm; nur zuweilen öffnete man die Tür, um ihn zu betrachten; man drohte ihm, verabredete unter sich etwas, lachte und reizte ihn. Nastassja sah er oft um sich, auch unterschied er noch einen Menschen, der ihm sehr bekannt vorkam, aber wer es war, konnte er nicht herausbekommen, das peinigte ihn, ja, er weinte sogar. Manchmal schien es ihm, als liege er schon einen Monat, ein anderes Mal aber, als wäre es noch derselbe Tag. *Jenes* aber, *jenes* hatte er vollkommen vergessen; dafür aber dachte er immerfort, daß er etwas vergessen habe, was er nicht hätte vergessen dürfen; er quälte sich, marterte sich, um darauf zu kommen, stöhnte, es überfiel ihn eine rasende Wut oder eine schreckliche, unerträgliche Angst. Dann versuchte er aufzustehen, wollte fliehen, aber stets hielt ihn jemand mit Gewalt zurück, und er verfiel wieder in Schwäche und Bewußtlosigkeit. Endlich kam er ganz zu sich.

Das geschah an einem Morgen gegen zehn Uhr. Um diese Stunde warf die Sonne an heiteren Tagen immer einen langen Lichtstreifen über die rechte Wand des Zimmers und beleuchtete die Ecke an der Tür. An seinem Bett stand Nastassja und noch ein Mann, der ihn mit großem Interesse betrachtete und der ihm völlig unbekannt war. Das war ein junger Bursche in langem Rock, mit einem Bärtchen, der seinem Aussehen nach ein Kontordiener sein mochte. Durch die halbgeöffnete Tür blickte die Wirtin ins Zimmer. Raskolnikoff erhob sich. »Wer ist das, Nastassja?« fragte er und wies auf den Burschen.

»Sieh mal, er ist zu sich gekommen!« sagte sie.

»Zu sich gekommen«, wiederholte der Kontordiener.

Als die Wirtin hörte, daß er zu sich gekommen sei, schloß sie sofort die Tür und verschwand. Sie war immer schon schüchtern gewesen und liebte weder Gespräche noch Auseinandersetzungen; sie war gegen vierzig Jahre alt, dick und fett, hatte schwarze Augenbrauen und braune Augen, war gutmütig aus Wohlgenährtheit und Trägheit; an sich war sie sogar recht hübsch, genierte sich aber immer über alle Maßen.

»Wer sind ... Sie?« wandte sich Raskolnikoff fragend an den Kontordiener. In diesem Augenblick wurde die Tür von neuem geöffnet, und gebückt, da er viel zu groß war, trat Rasumichin ein.

»Das ist ja die reinste Schiffskajüte«, rief er beim Eintreten, »immer stoße ich mit der Stirn an. Und das nennt sich ein Wohnraum? Und du bist zu dir gekommen, Bruder! Die liebe Praskówja sagte es mir.«

»Er ist soeben zu sich gekommen«, sagte Nastassja.

»Soeben zu sich gekommen«, bestätigte wieder der Kontordiener mit einem Lächeln.

»Wer aber sind Sie, mein Herr?« fragte plötzlich Rasumichin, sich an ihn wendend. »Ich bin, sehen Sie, Rasumichin, Student, Sohn eines Edelmannes, und er ist mein Freund. Nun, und wer sind Sie?«

»Ich bin in unserm Kontor Diener, beim Kaufmann Schelopájeff, und komme in Geschäften.«

»Nehmen Sie bitte Platz auf diesem Stuhl!« Rasumichin setzte sich auf einen andern, an der andern Seite des Tischchens.

»Das hast du gut gemacht, Bruder, daß du zu dir gekommen bist«, fuhr er fort, sich an Raskolnikoff wendend. »Den vierten Tag schon hast du kaum etwas gegessen oder getrunken. Löffelweise hat man dir ein wenig Tee eingeflößt. Ich brachte ein paarmal Sossímoff mit. Erinnerst du dich seiner? Er hat dich genau untersucht und sagte sofort, es sei nichts von Bedeutung – es hat sich in den Kopf gezogen. Irgendein Unsinn mit den Nerven, sagt er, schlechte Ernährung; zu wenig Bier und Meerrettich habe man dir gegeben, daher auch die Krankheit; aber es habe nichts auf sich, wird bald vergehen und gut werden. Sossímoff ist ein tüchtiger Kerl! Fängt glänzend damit an, daß er dich kuriert. Na, ich will Sie nicht aufhalten«, wandte er sich wieder an den Kontordiener, »wollen Sie bitte Ihre Wünsche vortragen? Merke dir, Rodja, das ist schon der zweite Bote aus dem Kontor, aber ein anderer, mit dem ersten habe ich schon gesprochen. Wer war es, der vor Ihnen hier war?«

»Ich glaube, das war vorgestern; ja, es stimmt. Das war Alexéi Ssemjónowitsch, er ist auch in unserem Kontor.«

»Er ist wohl gescheiter als Sie, oder finden Sie das nicht?«

»Ja, Sie haben recht, er ist solider.«

»Das lobe ich mir; nun, fahren Sie fort!«

»Also, Afanássij Iwánowitsch Wachrúschin, von dem, wie ich annehme, Sie öfter gehört haben, sendet Ihnen auf Wunsch Ihrer Frau Mama durch unser Kontor eine Anweisung«, begann der Diener, sich direkt an Raskolnikoff wendend. »Falls Sie wieder bei Bewußtsein sind, soll ich Ihnen fünfunddreißig Rubel einhändigen, die an Ssemjón Ssemjónowitsch von Afanassij Iwanowitsch auf Wunsch Ihrer Frau Mama, wie in früheren Fällen, überwiesen worden sind. Sie kennen ihn doch?«

»Ja ... ich erinnere mich ... Wachruschin ...«, sagte Raskolnikoff sinnend.

»Hören Sie: er kennt den Kaufmann Wachruschin!« rief Rasumichin aus. »Ist er nun nicht bei Bewußtsein? Übrigens, ich merke jetzt, daß Sie ebenfalls ein gescheiter Mann sind. Nun ja! Kluge Reden hört man gern.«

»Ja, er ist es, Wachruschin, Afanassij Iwanowitsch, und zufolge des Wunsches Ihrer Frau Mama, die schon einmal auf diesem Wege Ihnen Geld gesandt hat, hat er es auch diesmal nicht abgelehnt und hat Ssemjon Ssemjonowitsch in diesen Tagen Order erteilt, Ihnen fünfunddreißig Rubel bis auf weiteres auszuzahlen.«

»Das ist gut: ‚bis auf weiteres'; nicht übel war auch das ‚von Ihrer Frau Mama'. Nun, also wie ist Ihre Ansicht – ist er bei vollem Bewußtsein oder nicht, he?«

»Von mir aus ja. Mir ist es nur um die Unterschrift zu tun, die müßte ich haben.«

»Die wird er schon hinkritzeln. Was haben Sie da, ein Buch etwa?«

»Das Quittungsbuch, hier, bitte.«

»Geben Sie es her! Nun, Rodja, erhebe dich! Ich will dich stützen; unterschreibe mal, nimm die Feder, denn Geld brauchen wir jetzt mehr als Sirup, Bruder.«

»Ist nicht nötig«, sagte Raskolnikoff und stieß die Feder von sich.

»Was ist nicht nötig?«

»Ich werde nicht unterschreiben.«

»Zum Teufel, wie denn ohne Quittung?«

»Ich brauche nicht ... das Geld ...«

»Das Geld brauchst du nicht? Nun, das lügst du, Bruder, ich kann es bezeugen! ... Bitte, beachten Sie es nicht, er tut bloß so ... phantasiert wieder. Das passiert ihm übrigens auch in wachem Zustand ... Sie sind ein verständiger Mann, und wir wollen ihn leiten, das heißt, einfach seine Hand führen, er wird dann unterschreiben. Helfen Sie ...!«

»Ich kann ja auch ein andres Mal kommen.«

»Nein, nein, warum wollen Sie sich bemühen? Sie sind ein verständiger Mann ... Nun, Rodja, halte den Besuch nicht auf ... du siehst, er wartet«, und er schickte sich allen Ernstes an, Raskolnikoffs Hand zu führen.

»Laß, ich werde selbst ...«, sagte jener, nahm die Feder und quittierte im Buch.

Der Kontordiener zählte das Geld auf und ging.

»Bravo! Willst du nun essen, Bruder?«

»Ich will essen«, antwortete Raskolnikoff.

»Habt ihr Suppe?«

»Ja, von gestern«, antwortete Nastassja, die die ganze Zeit dabeigestanden hatte.

»Mit Kartoffeln und Reis?«

»Ja, mit Kartoffeln und Reis.«

»Ich kenne das auswendig. Bringe die Suppe und bring auch den Tee!«

»Gleich.«

Raskolnikoff blickte auf alles mit großem Erstaunen und einer dumpfen, sinnlosen Angst. Er beschloß zu schweigen und abzuwarten, was weiter kommen würde. »Ich träume nicht, wie es scheint«, dachte er, »es scheint Wirklichkeit zu sein ...«

Nach ein paar Minuten kam Nastassja mit der Suppe zurück und erklärte, daß sofort auch der Tee da sein werde. Mit der Suppe erschienen auch zwei Löffel, zwei Teller und das ganze Zubehör; ein Salzfaß, Pfeffer, Senf für das Fleisch und alles übrige, in einer Ordnung, wie sie schon lange nicht mehr geherrscht hatte. Sogar das Tischtuch war sauber.

»Es wäre nicht übel, liebe Nastassja, wenn Praskowja Pawlowna ein paar Flaschen Bier beordern würde. Wir würden sie gerne trinken.«

»Auch das noch!« murmelte Nastassja, ging aber, den Befehl auszuführen.

Raskolnikoff begann starr und angestrengt zu beobachten. Unterdessen hatte sich Rasumichin zu ihm auf den Diwan gesetzt; ungeschickt wie ein Bär, umfaßte er mit der linken

Hand Raskolnikoffs Kopf, obwohl dieser sich selber erheben konnte, und brachte ihm mit der rechten Hand den Suppenlöffel an den Mund, nachdem er ein paarmal vorher darauf geblasen hatte, damit er sich nicht verbrenne. Die Suppe war kaum warm. Raskolnikoff verschlang voll Gier einen Löffel, dann einen zweiten und einen dritten. Nachdem er ihm aber noch einige Löffel gereicht, hielt Rasumichin plötzlich inne und erklärte, daß man wegen des weiteren Essens Sossimoff fragen müsse.

Nastassja kam mit zwei Flaschen Bier herein.

»Willst du Tee?«

»Ja, gern.«

»Bring mal schnell den Tee, Nastassja, denn was Tee anbelangt, so kann man wohl auch ohne Konsultation auskommen. Na, und hier ist Bier!«

Er setzte sich auf seinen Stuhl, rückte die Suppe und das Fleisch zu sich und begann mit solch einem Appetit zu essen, als hätte er drei Tage nichts genossen.

»Ich esse jetzt jeden Tag bei euch zu Mittag, lieber Rodja«, brummte er, soweit es ihm der vollgestopfte Mund erlaubte, »und zwar bewirtet mich so die liebe Praskowja, deine Wirtin, und ehrt mich von ganzer Seele. Ich bestehe selbstverständlich nicht darauf, aber protestiere auch nicht dagegen. Da ist Nastassja mit dem Tee. Wie flink du bist! Nastassja, willst du Bier?«

»Nee, du Spaßvogel.«

»Und wie steht es mit Tee?«

»Tee möchte ich schon!«

»Gieß ein! Warte, ich will dir selbst eingießen; setz dich an den Tisch!«

Er machte sich sofort daran, goß eine Tasse Tee ein, dann eine zweite, ließ sein Essen stehen und setzte sich wieder auf den Diwan hin. Wie früher umfaßte er mit der linken Hand den Kopf des Kranken, richtete ihn auf und begann ihm den Tee löffelweise einzuflößen, wobei er wieder ununterbrochen und sehr eifrig auf den Löffel blies, als bestände in diesem Blasen das wesentlichste und heilsamste Moment für die Genesung. Raskolnikoff schwieg und sträubte sich nicht, obschon er sich kräftig genug fühlte, sich zu erheben und ohne fremde Hilfe nicht bloß zu sitzen und den Löffel oder die Tasse zu halten, sondern vielleicht auch herumzugehen. Aber aus einer eigentümlichen, fast tierischen Schlauheit kam es ihm plötzlich in den Sinn, vorläufig seine Kräfte zu verheimlichen, sich zu verstellen und sich auch nötigenfalls den Anschein zu geben, als verstünde er noch nicht alles, indessen aber zuzuhören und zu erfahren, was hier vorging. Übrigens konnte er seinen Widerwillen doch nicht überwinden. Nachdem er etwa zehn Löffel Tee geschlürft hatte, befreite er plötzlich seinen Kopf von der Umarmung, stieß den Löffel von sich und sank wieder auf die Kissen zurück. Unter seinem Kopf lagen jetzt wirklich richtige Kissen, gefüllt mit weichem Flaum und mit sauberen Überzügen bezogen; das hatte er auch schon bemerkt und darüber nachgedacht.

»Die liebe Praskowja muß uns heute noch Himbeersaft schicken, damit wir für ihn ein Getränk brauen können«, sagte Rasumichin, indem er seinen Platz wieder einnahm und sich wieder an die Suppe und das Bier machte.

»Wo soll sie den Himbeersaft für dich hernehmen?« fragte Nastassja, die die Untertasse auf ihren ausgespreizten fünf Fingern hielt und den Tee durch ein Stück Zucker sog.

»Den Himbeersaft wird sie im Laden erhalten, mein Freund. Siehst du, Rodja, während du krank warst, ist hier eine ganze Geschichte passiert. Als du in solcher spitzbübischen Weise von mir davongingst und mir deine Wohnung nicht sagtest, packte mich plötzlich eine Wut, daß ich beschloß, dich aufzusuchen und zu strafen. Noch am selben Tage begann ich damit. Ich wanderte und wanderte umher, fragte hier und fragte dort! Deine jetzige Wohnung hatte ich vergessen, erinnerte mich ihrer auch nicht, weil ich sie ja gar nicht kannte. Nun, und von der früheren Wohnung wußte ich bloß, daß sie an den Fünf Ecken lag, im

Hause Charlámoff – und später stellte sich heraus, daß dieses Haus gar nicht Charlámoff, sondern Buch gehört. Wie man sich zuweilen im Klange irren kann! Na, ich ärgerte mich und begab mich auf gut Glück am anderen Tag zum Adreßbüro, und stell dir vor, in zwei Minuten hatte man dich dort herausgefunden! Du bist dort eingetragen!«

»Ich bin dort eingetragen?«

»Jawohl, aber den General Kóbeleff, siehst du, konnte man dort nicht finden. Na, darüber ließe sich vieles sagen. Kaum war ich hier eingebrochen, als ich sofort mit allen deinen Angelegenheiten bekannt wurde; mit allen, mit allen, Bruder, ich weiß alles. Den Nikodím Fomítsch lernte ich kennen, Iljá Petrówitsch zeigte man mir, auch mit dem Hausmeister wurde ich bekannt, ebenso mit Herrn Alexander Grigorjéwitsch Samjótoff, dem Sekretär im Polizeibüro, und zu guter Letzt mit der lieben Praskowja – das war die Krone des Ganzen! Sie, Nastassja, weiß es auch ...«

»Er hat sich eingeschmeichelt«, murmelte Nastassja mit einem schelmischen Lächeln.

»Versüßen Sie doch Ihren Tee, Nastássja Nikíforowna!«

»Zum Kuckuck mit dir!« rief plötzlich Nastassja und prustete vor Lachen. »Ich heiße Nastassja Petrówna und nicht Nikiforowna«, fügte sie hinzu, als sie aufgehört hatte zu lachen.

»Das will ich mir merken. Nun ja, also, Bruder, um nicht viel Worte zu verlieren, ich wollte, siehst du, zuerst hier einen elektrischen Strom durchlassen, um alle Vorurteile in hiesiger Gegend mit einem Schlag auszurotten, aber die liebe Praskowja siegte. Ich hatte gar nicht erwartet, Bruder, daß sie so ... lieb sein würde ... Wie? Was meinst du?«

Raskolnikoff schwieg, obwohl er keinen Augenblick seinen erregten Blick von ihm abgewandt hatte und jetzt noch fortfuhr, ihn unablässig anzublicken.

»Sogar sehr lieb«, fuhr Rasumichin fort, ohne sich durch Raskolnikoffs Schweigen stören zu lassen, und als bekräftige er dessen Antwort, »und in bester Ordnung in jeder Hinsicht.«

»Das ist einer!« rief Nastassja wieder aus, der dieses Gespräch unbeschreiblich zu gefallen schien.

»Schlimm ist nur, Bruder, daß du von Anfang an nicht verstanden hast, die Sache richtig anzufassen. Mit ihr muß man anders verfahren. Sie ist sozusagen ein überraschender Charakter! Doch vom Charakter später ... Eins nur, zum Beispiel, wie konntest du es so weit kommen lassen, daß sie es wagte, dir kein Mittagessen zu schicken? Oder zum Beispiel dieser Wechsel? Bist du etwa verrückt geworden, daß du Wechsel unterzeichnest? Oder wiederum diese in Aussicht genommene Heirat, als die Tochter, Natálja Jegórowna, noch lebte ... Ich weiß alles! Übrigens, ich sehe, daß das eine zarte Angelegenheit ist und ich ein Esel bin; entschuldige bitte. Apropos: Dummheit; diese Praskowja Pawlowna ist doch gar nicht so dumm, wie man auf den ersten Blick meinen könnte, oder wie denkst du darüber?«

»Ja ...«, sagte Raskolnikoff gedehnt, indem er zur Seite blickte, aber er begriff, daß es vorteilhafter war, vom Thema nicht abzulenken.

»Nicht wahr?« rief Rasumichin aus, sichtlich erfreut, daß er Antwort bekommen hatte. »Aber auch nicht klug, wie? Ein ganz, ganz überraschender Charakter! Zum Teil bin ich mir selber nicht klar, sage ich dir, Bruder ... Sie wird sicher ihre vierzig sein. Sie sagt zwar, sie sei sechsunddreißig, und das ist auch ihr gutes Recht. Übrigens, ich schwöre dir, daß ich über sie mehr nach meinem Verstand, rein metaphysisch urteile; denn hier haben sich, weißt du, Verwicklungen eingestellt, schlimmer als in der Algebra! Begreifen tue ich nichts davon! ... Na, aber das ist ja lauter Unsinn. Als sie sah, daß du nicht mehr Student warst, weder Stunden noch Kleidung hattest, bekam sie es mit der Angst, und da sie es nicht nötig hat, nach dem Tode ihrer Tochter dich verwandtschaftlich zu behandeln, und da du deinerseits dich in diesen Winkel verkrochst und den früheren

Verkehr nicht mehr unterhieltest, faßte sie den Entschluß, dich aus der Wohnung hinauszuwerfen. Diese Absicht hatte sie schon seit längerer Zeit, aber der Wechsel tat ihr leid. Außerdem hast du ja selbst versichert, daß deine Mutter bezahlen würde ...«

»Das habe ich aus Schuftigkeit gesagt ... Meine Mutter muß beinahe betteln gehen ... und ich log, damit man mich wohnen ließe und ... mir zu essen gebe«, sagte Raskolnikoff laut und deutlich.

»Ja, das war sehr vernünftig von dir. Nur war die Sache die, daß sich ein Herr Tschebároff einfand, Hofrat und Geschäftsmann. Die liebe Praskowja hätte ohne ihn nichts unternommen, denn dazu ist sie doch zu schüchtern. Na, ein Geschäftsmann aber ist nicht schüchtern, und das erste, was er selbstverständlich tat, war, ihr die Frage vorzulegen, ob Aussicht da sei, daß der Wechsel eingelöst werde? Die Antwort lautete: ja, denn es gibt so eine Mutter, die mit ihrer Jahrespension von hundertundfünfundzwanzig Rubeln dem Ródjenka helfen würde, wenn sie auch selbst hungern müßte, und es gibt noch eine Schwester, die für ihren lieben Bruder auch in die Sklaverei ginge. Darauf baute der Geschäftsmann ... Pst! Halte dich nur ruhig, wozu willst du auffahren? Ich habe jetzt alle deine Geheimnisse erfahren, Bruder, du warst nicht umsonst offen gegen die liebe Praskowja, als du noch auf verwandtschaftlichem Fuß mit ihr standest, und ich sage dir dies ja nur in aller Liebe ... Das ist es eben: ein ehrlicher und gefühlvoller Mensch ist offen, spricht sich aus, ein Geschäftsmann aber hört zu und kaut dazu und verspeist zu guter Letzt. Sie überließ also diesen Wechsel, als hätte sie dafür Zahlung erhalten, jenem Tschebároff, und der genierte sich nicht und forderte die Summe auf gesetzlichem Wege ein. Ich wollte, als ich dies alles erfuhr, ihm zur Beruhigung meines Gewissens mit einem kalten Strahl kommen, aber da begann zwischen mir und der lieben Praskowja die Harmonie, und ich ordnete an, daß die Sache sozusagen im Keim erstickt werden solle, indem ich mich verbürgte, daß du bezahlen wirst. Ich habe mich für dich verbürgt, Bruder, hörst du? Tschebaroff wurde hergerufen, man warf ihm zehn Rubel in den Rachen, nahm ihm den Wechsel ab, und nun habe ich die Ehre, ihn dir zu übergeben – man glaubt dir nun aufs Wort – nimm ihn! Er ist von mir, wie es sich gehört, eingerissen.«

Rasumichin legte den Wechsel auf den Tisch; Raskolnikoff blickte ihn an und wandte sich, ohne ein Wort zu sagen, zur Wand. Rasumichin berührte das peinlich.

»Ich sehe, Bruder«, sagte er nach einer Weile, »daß ich wieder eine Dummheit gemacht habe. Ich dachte dich zu zerstreuen und mit Geplauder zu erheitern, habe aber, wie es scheint, nur deine Galle aufgerührt.«

»Warst du es, den ich im Fieber nicht erkannte?« fragte Raskolnikoff nach einigem Schweigen, ohne den Kopf umzuwenden.

»Ja, ich war es, und du gerietest darob sogar in Wut, besonders, als ich einmal Samjótoff mitbrachte.«

»Samjotoff? ... Den Schriftführer? ... Warum?« Raskolnikoff wandte sich blitzschnell um und starrte Rasumichin an.

»Ja, was ist dir ... Warum regst du dich auf? Er wollte mit dir bekannt werden; hatte selbst den Wunsch geäußert, weil ich viel mit ihm über dich gesprochen habe ... Von wem hätte ich denn sonst soviel über dich erfahren? Er ist ein prächtiger Bursche, Bruder, prächtig ... selbstverständlich in seiner Art. Jetzt sind wir Freunde, sehen uns fast täglich. Ich bin in dieses Revier übergesiedelt. Du weißt es noch nicht? Ich bin soeben umgezogen. Bei der Louisa waren wir zweimal. Erinnerst du dich an Louisa Iwanowna?«

»Habe ich phantasiert?«

»Und ob!! Du warst ja überhaupt nicht bei Besinnung.«

»Worüber habe ich phantasiert?«

»Nanu! Worüber du phantasiert hast? Es ist doch bekannt, worüber man phantasiert ... Nun, Bruder, wir wollen jetzt keine Zeit mehr verlieren, jetzt an die Arbeit!«

Er stand vom Stuhl auf und nahm seine Mütze.

»Worüber habe ich phantasiert?«

»Er läßt nicht davon ab! Hast du Angst vor einem Geheimnis? Sei ruhig: von einer Gräfin hast du nichts ausgeplaudert. Aber von einer Bulldogge, von Ohrgehängen und von allerhand Ketten, von der Krestowskij-Insel und von einem Hausmeister, von Nikodim Fomitsch und von Ilja Petrowitsch, seinem Stellvertreter, hast du viel gesprochen. Ja, und außerdem geruhtest du dich sogar sehr für deinen Strumpf zu interessieren. Jammertest: ‚Gebt ihn mir!‘, sagtest: ‚Bitte, bitte!‘ Samjotoff suchte in eigener Person aus allen Winkeln deine Strümpfe zusammen und überreichte dir den Schund mit seinen parfümierten ringbesetzten Händen. Dann erst beruhigtest du dich und hieltest diesen Schund Tag und Nacht in Händen, man konnte ihn dir nicht entwinden. Wahrscheinlich liegt er jetzt noch irgendwo unter deiner Decke. Und dann batest du um Fransen von den Hosen, du batest mit Tränen darum. Wir versuchten zu erfahren, was für Fransen du wünschtest? Aber man konnte nichts verstehen ... Nun, an die Arbeit! Hier sind fünfunddreißig Rubel, ich nehme zehn davon, und nach ein paar Stunden werde ich Rechenschaft darüber ablegen. Unterdessen will ich Sossimoff benachrichtigen, obwohl er ohnedem längst hier sein müßte, denn es geht auf zwölf. Sie aber, Nastassja, sehen öfters nach, während ich fort bin, und sorgen für ein Getränk oder etwas anderes, was er wünschen sollte ... Und der lieben Praskowja werde ich selbst gleich sagen, was nötig ist. Auf Wiedersehen!«

»‚Liebe Praskowja‘ nennt er sie! Ach, du schlauer Kerl!« sagte Nastassja hinter ihm drein; dann öffnete sie die Tür und begann hinabzuhorchen, hielt es aber doch nicht aus und lief hinunter. Es interessierte sie doch gar zu sehr, was er mit der Wirtin sprach; und überhaupt war aus allem zu ersehen, daß sie von Rasumichin ganz bezaubert war.

Kaum schloß sich die Tür hinter ihr, als der Kranke die Decke von sich warf und wie wahnsinnig aus dem Bett sprang. Mit brennender, krampfhafter Ungeduld hatte er nur darauf gewartet, daß sie schneller fortgingen, um dann sofort etwas zu tun. Aber was denn, was wollte er tun? Es war, als müßte es so sein, daß er das jetzt vergessen hatte.

»Herrgott! Sag du mir nur eins: wissen sie alles, oder wissen sie noch nichts? Aber wenn sie schon alles wissen und sich bloß so anstellen, mich irreführen, solange ich krank bin, um dann plötzlich einzutreten und zu sagen, daß alles schon längst bekannt ist und daß sie bloß so ... Was wollte ich jetzt tun? Ich habe es vergessen, vergessen, plötzlich ist es mir entfallen, und vorhin wußte ich es doch noch! ...«

Er stand mitten im Zimmer und blickte in qualvoller Unentschlossenheit umher; er ging zur Tür, öffnete sie und lauschte, aber das war es nicht. Plötzlich, als hätte er sich erinnert, stürzte er zu jener Ecke, wo hinter der Tapete das Loch war, sah dort nach, steckte die Hand ins Loch und scharrte umher, aber auch das war es nicht. Er ging zum Ofen, öffnete die Tür, um in der Asche zu suchen, aber die Fransen von der Hose und die Fetzen der zerrissenen Tasche lagen dort noch so, wie er sie hineingeworfen hatte, also hatte hier niemand nachgesehen! Da fiel ihm plötzlich der Strumpf ein, von dem Rasumichin soeben erzählt hatte. In der Tat, der lag auf dem Diwan unter der Decke, aber er war so abgewetzt und beschmutzt, daß Samjotoff sicher nichts hatte bemerken können.

»Bah, Samjotoff ... das Polizeibüro! ... Warum zitiert man mich aufs Polizeibüro? Wo ist die Vorladung? Bah ... ich verwechsle ... das war damals! Ich habe schon damals den Strumpf besehen und jetzt ... jetzt war ich krank. Warum ist aber Samjotoff hergekommen? Warum hat Rasumichin ihn mitgebracht?« murmelte er ganz schwach und setzte sich auf den Diwan. »Was ist denn? Phantasiere ich weiter oder ist es Wirklichkeit? Es scheint Wirklichkeit zu sein ... Ah, ich erinnere mich, ich muß fliehen! Schnell fliehen, unbedingt, unbedingt fliehen! Ja ... aber wohin?

Und wo sind meine Kleider? Die Stiefel sind nicht da! Man hat sie weggeschafft! Hat sie versteckt! Ich verstehe! Ah, da ist der Mantel – den haben sie übersehen! Hier auf dem Tisch liegt auch Geld, Gott sei Dank! Da ist auch der Wechsel ... Ich nehme das Geld und gehe fort, werde mir eine andere Wohnung mieten, sie werden mich nicht finden! ... Ja, aber das Adreßbüro? Sie werden mich doch finden! Rasumichin wird mich finden. Es ist besser, ganz weit weg zu fliehen ... nach Amerika ... und ich pfeif' auf sie! Ich muß auch den Wechsel mitnehmen ... dort könnte er von Nutzen sein ... Was soll ich noch mitnehmen? Sie denken, ich sei krank. Sie wissen es nicht, daß ich gehen kann, hehehe! ... Ich habe es an ihren Augen erraten, daß sie alles wissen! Wenn ich nur die Treppe hinunterkäme! Aber wenn sie dort Wächter aufgestellt haben ... Polizeibeamte? Was ist das? Tee? Ah, und Bier ist auch noch übriggeblieben, eine halbe Flasche, es ist kalt!«

Er nahm die Flasche, in der noch ein ganzes Glas übrig war, und trank sie in einem Zug mit Genuß aus, als lösche er ein Feuer in seiner Brust. Aber es verging kaum eine Minute, da stieg ihm das Bier zu Kopf, und den Rücken überlief ein leichtes, doch angenehmes Frösteln. Er legte sich hin und zog die Decke über sich. Seine Gedanken, die ohnehin krankhaft und ohne Zusammenhang waren, verwirrten sich immer mehr, und bald überfiel ihn ein leichter und angenehmer Schlaf. Mit Wonne suchte er mit dem Kopf eine Stelle in den Kissen aus, wickelte sich fester in die weiche, wattierte Decke ein, die jetzt an Stelle des zerrissenen Mantels auf ihm lag, seufzte leise und fiel in einen tiefen, festen, heilsamen Schlaf.

Er erwachte, als er jemand in das Zimmer treten hörte, schlug die Augen auf und erblickte Rasumichin, der die Tür weit geöffnet hatte und auf der Schwelle stand, unentschlossen, ob er eintreten solle oder nicht. Raskolnikoff erhob sich schnell und blickte ihn an, als gäbe er sich Mühe, sich auf etwas zu besinnen.

»Ah, du schläfst nicht?! Nun, da bin ich wieder. Nastassja, schlepp das Bündel her!« rief Rasumichin hinunter. »Du erhältst sofort Abrechnung ...«

»Wieviel Uhr ist es?« fragte Raskolnikoff und blickte erregt um sich.

»Du hast tüchtig geschlafen, Bruder; es ist Abend, etwa sechs Uhr. Du hast über sechs Stunden geschlafen ...«

»Herrgott! Was fällt mir ein! ...«

»Ja, was soll dir denn einfallen? Zur Gesundheit ist's! Wohin treibt's dich denn? Zu einem Stelldichein etwa? Die ganze Zeit gehört jetzt uns. Ich warte schon drei Stunden, war ein paarmal hier, als du schliefst. Bei Sossimoff war ich auch schon zweimal, er ist nicht zu Hause und wieder nicht zu Hause! Aber das tut nichts, er wird schon kommen! ... ... Und in eigenen Angelegenheiten bin ich auch fort gewesen. Ich bin ja heute umgezogen, fix und fertig umgezogen, mitsamt meinem Onkel. Ich habe nämlich jetzt einen Onkel. ... Nun aber zum Teufel damit, jetzt zur Sache! Gib mal das Bündel her, Nastassja. Wir wollen das gleich besorgen. Und wie fühlst du dich?«

»Ich bin gesund, bin nicht krank ... Rasumichin, bist du schon lange hier?«

»Ich sagte dir doch, ich warte schon seit drei Stunden.«

»Nein, ich meine vorher?«

»Was vorher?«

»Seit wann kommst du hierher?«

»Ich habe es dir doch erzählt, oder erinnerst du dich nicht?«

Raskolnikoff sann nach. Wie im Traume schwebte ihm das vorhin Gehörte vor. Allein er konnte sich nicht entsinnen und blickte fragend Rasumichin an.

»Hm!« sagte dieser. »Du hast es vergessen. Mir schien es schon damals, daß du noch nicht ganz ... Jetzt nach dem Schlafe hast du dich erholt ... Tatsächlich, du siehst besser aus. Braver Junge! Nun aber zur Sache! Du wirst dich gleich erinnern. Schau mal her, mein Lieber!«

Er begann das Bündel aufzuknoten, dessen Inhalt ihn augenscheinlich außerordentlich interessierte. »Das, glaube mir, lag mir besonders auf dem Herzen. Denn man muß doch aus dir wieder einen Menschen machen. Fangen wir an; zuerst von oben. Siehst du dieses Kaskett?« sagte er, indem er aus dem Bündel eine ganz hübsche, aber auch ganz gewöhnliche und billige Mütze hervorholte. »Laß es dir mal anprobieren.«

»Nachher . . . , später«, sagte Raskolnikoff, gereizt abwehrend.

»Nein, Rodja, sträube dich nicht, sonst wird es zu spät, und auch ich werde die ganze Nacht nicht schlafen können, weil ich es ohne Maß aufs Geratewohl gekauft habe. Es paßt genau!« rief er triumphierend aus, nachdem er die Mütze ihm aufgesetzt hatte, »paßt wie angemessen! Die Kopfbedeckung, Bruder, ist der wichtigste Teil des Anzuges, ist gleichsam eine wortlose Empfehlung. Mein Freund Tolstjakóff muß jedesmal seine Kopfbedeckung abnehmen, wenn er irgendwo hinkommt, wo alle anderen in Hüten und Mützen herumstehen. Alle glauben, er tue es aus sklavischer Höflichkeit, nein, er schämt sich einfach seines Vogelnestes; er ist nun mal so schüchtern. Nun, Nástenka, hier haben Sie zwei Kopfbedeckungen –« (er holte aus einer Ecke den zerdrückten runden Hut von Raskolnikoff hinzu, den er, Gott weiß warum, Palmerston nannte), »hier diesen Palmerston und hier dieses Kleinod! Taxiere mal! Rodja, was meinst du, was ich dafür bezahlt habe? Nastássjuschka?« wandte er sich an diese, als er sah, daß Raskolnikoff schwieg.

»Zwanzig Kopeken wirst du wahrscheinlich gegeben haben«, antwortete Nastassja.

»Zwanzig Kopeken?! Dumme Gans!« rief er beleidigt aus, »heutzutage kauft man auch dich nicht mal für zwanzig Kopeken. Achtzig Kopeken habe ich bezahlt! Und auch deshalb nur, weil sie schon getragen ist. Jedoch mit der Bedingung, daß du im nächsten Jahr eine andere umsonst bekommst, wenn diese abgetragen ist, bei Gott! Nun wollen wir zu den Vereinigten Staaten von Amerika, wie man bei uns im Gymnasium sagte, übergehen. Ich sage im voraus, daß ich auf die Hosen stolz bin!« – und er breitete vor Raskolnikoff ein paar graue Beinkleider aus leichtem, wollenem Sommerstoff aus. »Weder ein Löchlein noch ein Fleckchen, dafür aber sehr anständig, obwohl sie getragen sind; dazu eine ebensolche Weste in derselben Farbe, wie es die Mode verlangt. Und daß sie getragen sind, ist offengestanden auch besser, sie sind weicher, schmiegen sich zärtlicher an ... Siehst du, Rodja, um in der Welt Karriere zu machen, genügte es, meiner Meinung nach, sich stets nach der Saison zu richten; wenn man im Monat Januar keinen Spargel ißt, behält man ein paar Rubel mehr im Beutel; ebenso ist es mit diesem Kauf. Wir haben jetzt die Sommersaison, und da habe ich auch danach den Einkauf gemacht, denn zur Herbstsaison wird sowieso ein wärmerer Stoff vonnöten sein, also wird man dies ablegen müssen ... um so mehr, als dies alles bis dahin von selbst erledigt sein wird, wenn nicht aus stärker gewordenem Luxusbedürfnis, so doch infolge innerer Zerrüttungen. Nun taxiere sie mal! Wieviel meinst du? – Zwei Rubel fünfundzwanzig Kopeken! Und vergiß nicht: mit derselben Bedingung! Haben sie ausgedient, erhältst du im nächsten Jahr ein anderes Paar umsonst! In Fedjájeffs Laden wird nicht anders gekauft: man bezahlt nur einmal und hat dann fürs ganze Leben genug, denn ein zweites Mal geht man von selbst nicht mehr hin. Jetzt zu den Stiefeln! Wie gefallen sie dir? Man sieht es wohl, daß sie getragen sind, aber ein paar Monate halten sie noch aus, denn es ist ausländische Arbeit und ausländische Ware; der Sekretär der englischen Botschaft hat sie vorige Woche auf dem Trödelmarkt losgeschlagen, hat sie nur sechs Tage getragen, brauchte aber dringend Geld. Der Preis ist ein Rubel fünfzig Kopeken. Ist das nicht ein glücklicher Einkauf?«

»Aber vielleicht passen sie nicht?« bemerkte Nastassja.

»Nicht passen! Und was ist das?« Er zog aus der Tasche

den alten, zerrissenen, mit eingetrocknetem Schmutz bedeckten Stiefel Raskolnikoffs hervor. „Ich bin mit dem in Reserve hingegangen; nach diesem Scheusal hat man das richtige Maß festgestellt. Alles war sorgfältig bedacht. Und wegen der Wäsche habe ich mich mit deiner Hausfrau zuvor beraten. Da sind zunächst drei leinene Hemden mit modernen Kragen ... Also nun die Rechnung: achtzig Kopeken die Mütze, zwei Rubel fünfundzwanzig die übrigen Kleider, im ganzen drei Rubel und fünf; ein Rubel und fünfzig die Stiefel – weil sie gar so gut sind –, macht vier Rubel fünfundfünfzig, und die ganze Wäsche fünf Rubel – wir haben einen Engrospreis gemacht –, ist in Summa neun Rubel fünfundfünfzig Kopeken. Den Rest – fünfundvierzig Kopeken in Kupfer – bitte ich, hiermit in Empfang zu nehmen, da lege ich sie hin. Und nun, Rodja, bist du in deiner ganzen Kleidung wiederhergestellt, denn dein Mantel kann, meiner Meinung nach, nicht bloß weiterdienen, sondern er macht sogar noch einen besonders anständigen Eindruck; das pflegt zu geschehen, wenn man bei einem guten Schneider arbeiten läßt. Was Strümpfe und das übrige anbelangt, das überlasse ich dir selbst; wir haben an Geld noch fünfundzwanzig Rubel; wegen der lieben Praskowja und der Miete kannst du ruhig sein. Ich sage dir, du hast von nun an unbegrenzten Kredit. Jetzt aber erlaube mal, dir die Wäsche zu wechseln, Bruder, vielleicht steckt die Krankheit jetzt bloß noch im Hemde ...«

»Laß! Ich will nicht!« wehrte sich Raskolnikoff, der dem gewollt neckischen Bericht Rasumichins über den Einkauf der Sachen mit Widerwillen zugehört hatte.

»Das geht nicht an, Bruder. Warum habe ich mich denn abgeschunden!« bestand Rasumichin auf seinem Verlangen. »Nastássjuschka, genieren Sie sich nicht, sondern helfen Sie! – So, so!«

Und ungeachtet des Widerstandes Raskolnikoffs wechselte er ihm doch die Wäsche. Der aber fiel auf die Kissen zurück, und ein paar Minuten redete er kein Wort.

»Die werde ich noch lange nicht los!« dachte er.

»Von welchem Geld ist denn dies alles gekauft?« fragte er endlich, indem er nach der Wand blickte.

»Von welchem Gelde? Das ist mal eine Frage! Doch von deinem eigenen. Vorhin war doch der Bürodiener von Wachruschin hier. Deine Mutter hat es dir gesandt, oder hast du auch das vergessen?«

»Jetzt erinnere ich mich ...« sagte Raskolnikoff nach langem und düsterem Nachdenken. Rasumichin sah ihn hin und wieder voll Unruhe mit zusammengezogenen Brauen an. Da öffnete sich die Tür, und ein großer kräftiger Mann trat ein, der dem Aussehen nach Raskolnikoff schon ein wenig bekannt vorkam.

»Sossímoff! Endlich!« rief Rasumichin erfreut aus.

IV

Sossimoff war ein großer und dicker Mensch, mit einem gedunsenen und farblos-blassen, glattrasierten Gesicht, hatte helles, glattes Haar, trug eine Brille, und an einem seiner fettgepolsterten Finger stak ein großer goldner Siegelring. Er war etwa siebenundzwanzig Jahre alt. Unter einem weiten, eleganten, leichten Überzieher sahen helle Sommerbeinkleider hervor; alles war an ihm weit, elegant und nagelneu, die Wäsche war tadellos und die Uhrkette massiv. Seine Art und Weise war langsam, gleichsam schlaff, und dabei doch von einer gesuchten Ungezwungenheit; eine Überheblichkeit, die er übrigens sehr zu verbergen suchte, brach immer wieder durch. Alle, die ihn kannten, fanden ihn schwerfällig, gaben jedoch zu, daß er seine Sache verstehe.

»Ich bin zweimal bei dir gewesen, Bruder ... Siehst du, er ist zu sich gekommen!« rief Rasumichin aus.

»Ja, ich sehe es. Nun, wie fühlen wir uns jetzt?« wandte sich Sossimoff an Raskolnikoff, indem er ihn aufmerksam betrachtete und sich zu ihm auf den Diwan setzte, am Fußende, wobei er es sich sofort nach Möglichkeit bequem machte.

»Er ist immer schlechter Laune«, fuhr Rasumichin fort, »wir haben ihm soeben die Wäsche gewechselt, da fing er fast zu weinen an.«

»Das ist begreiflich; die Wäsche hätte man auch später wechseln können; wenn er es nicht selber wünschte ... Der Puls ist prächtig. Der Kopf aber tut immer noch ein wenig weh, wie?«

»Ich bin gesund, bin vollkommen gesund!« sagte Raskolnikoff nachdrücklich und gereizt, indem er sich gleichzeitig mit blitzenden Augen aufsetzte, aber er fiel sofort auf das Kissen zurück und wandte sich der Wand zu.

Sossimoff beobachtete ihn aufmerksam.

»Sehr gut ... alles, wie es sich gehört«, sagte er träge. »Hat er etwas gegessen?«

Man sagte es ihm und fragte, was man ihm zu essen geben könne.

»Ja, alles kann man ihm geben ... Suppe, Tee ... Pilze und Gurken selbstverständlich nicht, nun, Rindfleisch ist auch nicht nötig und ... doch wozu weiter davon reden ...«

Er wechselte einen Blick mit Rasumichin.

»Die Arznei weg und alles weg; morgen will ich wieder nachsehen ... Es wäre heute ... nun ja ...«

»Morgen abend führe ich ihn spazieren!« beschloß Rasumichin. »In den Jussúpoff-Garten, und nachher gehen wir in den Kristallpalast.«

»Morgen würde ich ihm noch nicht dazu raten, sich Bewegung zu machen, übrigens aber ... ein wenig ... na, wir wollen sehen.«

»Ach, das ist schade, heute weihe ich gerade meine Wohnung ein, es sind ja nur zwei Schritte von hier; wenn er auch dabei sein könnte! Er könnte ja auf dem Sofa bei uns liegen. Du wirst doch kommen?« wandte sich Rasumichin plötzlich an Sossimoff. »Vergiß es nicht, du hast es versprochen.«

»Vielleicht komme ich, aber ein wenig später. Was hast du denn arrangiert?«

»Ach, nichts Besonderes! Tee, Schnaps, Hering. Eine Pastete gibt es; nur die nächsten Bekannten kommen.«

»Wer denn?«

»Ja, alle aus der nächsten Nachbarschaft und fast lauter neue, ausgenommen der alte Onkel, aber der ist ja auch neu. Er ist gestern in eigenen Angelegenheiten nach Petersburg gekommen; alle fünf Jahre sehen wir uns mal.«

»Was ist er?«

»Er hat sein Leben lang in einer Kreisstadt als Postmeister vegetiert ... erhält eine kleine Pension, ist fünfundsechzig Jahre alt, sonst nichts Besonderes ... Ich habe ihn übrigens gern. Porphyrij Petrówitsch wird auch kommen, der hier amtierende Untersuchungsbeamte ... Jurist. Ja, du kennst ihn doch ...«

»Ist er auch ein Verwandter von dir?«

»Ja, aber nur ein ganz weitläufiger; warum siehst du so verdrießlich aus? Weil ihr euch einmal gezankt habt, wirst vielleicht deshalb nicht kommen?«

»Ach, was geht der mich an ...«

»Natürlich. Nun und außerdem: Studenten, ein Lehrer, ein Beamter, ein Musiker, ein Offizier, Samjotoff ...«

»Sag mir doch bitte, was kann es zwischen dir oder dem da«, Sossimoff wies auf Raskolnikoff, »und irgend so einem Samjotoff Gemeinsames geben?«

»Ach, ihr ewigen Nörgler! Prinzipienreiter! ... Du bist ja ganz auf Prinzipien aufgebaut, wie eine Sprungfedermatratze, wagst dich überhaupt nicht mehr ohne ein Prinzip nach eigener Lust umzuschauen! Meine Meinung aber ist, wenn ein Mensch gut ist – so ist er mir angenehm, und das genügt mir als Prinzip! Und Samjotoff ist ein ganz prächtiger Bursche.«

»Und läßt sich schmieren.«

»Nun, und wenn schon, ich pfeife darauf! Was ist denn dabei, wenn er sich schmieren läßt!« rief plötzlich Rasumichin unnatürlich gereizt aus, »hab ich es denn gelobt, daß er sich schmieren läßt? Ich sagte doch nur, daß er in seiner Art gut sei. Wenn man aber alle so genau von jeder Seite besehen würde, dann würden nicht viel gute Menschen übrigbleiben. Ich bin überzeugt, daß man dann für mich, mit allen Eingeweiden zusammen, nur eine gebackene Zwiebel geben würde, und auch das nur mit dir als Zugabe! ...«

»Das ist wenig; ich würde für dich zwei geben ...«

»Und ich für dich nur eine! Mach mir keine weiteren Witze! Samjotoff ist noch ein dummer Junge, ich werde ihm noch oft den Kopf waschen, denn man muß ihn an sich ziehen und nicht von sich stoßen. Wenn man einen Menschen abstößt, verbessert man ihn nicht, erst recht nicht, wenn er erst ein unreifer Junge ist. Mit einem Jungen soll man doppelt vorsichtig sein. Ihr, ihr progressiven Sturköpfe, seid diejenigen, die nichts verstehen! Ihr achtet nicht den Menschen und schadet euch selbst ... Aber wenn du es wissen willst, wir haben jetzt doch ein gemeinsames Interesse!«

»Und das wäre?«

»Ja, das ist die Sache mit dem Maler, das heißt, dem Anstreicher ... Wir werden ihn schon freikriegen! Übrigens besteht jetzt auch keine Gefahr mehr. Die Sache ist jetzt klipp und klar! Wir wollen sie bloß beschleunigen.«

»Was ist denn da noch für ein Anstreicher?«

»Wie, habe ich dir denn davon nicht schon erzählt? Ja, richtig, ich habe dir nur den Anfang erzählt ... von der Ermordung der alten Pfandleiherin, der Beamtenwitwe ... nun und in diese Geschichte ist jetzt noch ein Anstreicher verwickelt ...«

»Von diesem Morde hatte ich schon früher gehört, bevor du mir davon erzähltest, und ich interessiere mich sogar für diese Sache ... zum Teil aus einem besonderen Grunde ... ich habe auch in den Zeitungen darüber gelesen. Aber siehst du ...«

»Und die Lisaweta hat man auch ermordet!« platzte plötzlich Nastassja heraus, indem sie sich an Raskolnikoff wandte.

Sie hatte die ganze Zeit an die Tür gelehnt zugehört.

»Lisaweta?« murmelte Raskolnikoff mit kaum hörbarer Stimme.

»Lisaweta, die Händlerin, weißt du es nicht? Sie kam öfters hierher zu uns, hat dir auch ein Hemd ausgebessert.«

Raskolnikoff wandte sich zur Wand, wählte auf der schmutzigen gelben Tapete mit weißen Blümchen eine plumpe weiße Blume mit braunen Strichen aus und begann sie zu betrachten: wieviel Blätter sie hatte, was für Zacken an den Blättern und wieviel Striche als Staubfäden. Er fühlte, daß seine Hände und Füße erstarrten, als wären sie gelähmt, aber er versuchte nicht einmal, sich zu rühren, und blickte unverwandt die Blume an.

»Und was ist es mit dem Anstreicher?« unterbrach Sossimoff mit einem gleichsam besonderen Unwillen Nastassjas Geschwätz. Die seufzte und verstummte.

»Ja, der soll nun der Mörder sein!« fuhr Rasumichin eifrig fort.

»Hat man denn Beweise?«

»Gar keine, zum Teufel! Übrigens hat man doch einen, aber eben dieser Beweis ist kein Beweis, und siehst du, das gilt es nun erst zu beweisen. Es ist genau dasselbe, wie sie zuerst diese ... wie heißen sie doch? ... ja, Koch und Pestrjakóff verdächtigt und eingesperrt haben! Pfui! Wie dumm das alles gehandhabt wird, daß es selbst einen Unbeteiligten anekelt! Pestrjakoff, der eine von ihnen, wird heute abend vielleicht auch bei mir sein ... Apropos, Rodja, du kennst ja diese Geschichte, sie passierte noch vor deiner Erkrankung, gerade am Abend vorher, bevor du im Polizeibüro ohnmächtig wurdest, als man dort darüber zu sprechen anfing ...«

Sossimoff blickte Raskolnikoff neugierig an; der rührte sich nicht.

»Weißt du was, Rasumichin? Ich muß mich doch wundern über dich: daß du dich überall mit solchem Eifer hineinmischst«, bemerkte Sossimoff.

»Mag sein, aber wir wollen ihn doch freikriegen!« rief

Rasumichin aus und schlug mit der Faust auf den Tisch. »Was einen aber am meisten dabei ärgert, ist nicht, daß sie soviel Unsinn schwätzen. Das kann man immer noch entschuldigen, und es hat sogar sein Gutes, denn es kann zur Wahrheit führen. Aber hier ist das ärgerlich, daß sie Unsinn schwatzen und dabei schon von vornherein unerschütterlich an ihr eigenes Geschwätz glauben! Ich achte Porphýrij, aber ... Was hat sie zum Beispiel ganz am Anfang aus dem Konzept gebracht? Die Tür war verschlossen, und als sie später mit dem Hausmeister kamen, war sie offen, also haben Koch und Pestrjakoff gemordet! Siehst du, das ist ihre Logik!«

»Rege dich doch nicht auf; man hat sie einfach eine kurze Zeit in Haft behalten, man kann doch nicht ... Nebenbei gesagt, ich habe diesen Koch irgendwo kennengelernt. Es hat sich herausgestellt, daß er von der Alten verfallene Pfandobjekte ankaufte.«

»Ja, er ist ein Gauner! Er kauft auch Wechsel auf. Ein dunkler Ehrenmann. Aber hol ihn der Teufel! Versteh doch, worüber ich mich am meisten ärgere! Über ihre senile, zopfige, dämliche Routine ärgere ich mich ... Hier aber, schon in dieser einen Sache, wäre eine völlig neue Methode einzuführen. Einzig an Hand der psychologischen Tatsachen wäre hier die richtige Spur zu finden. Wir haben Indizien, sagen sie! Ja, aber Indizien sind doch nicht alles; wenigstens die Hälfte der Sache besteht darin, wie man mit den Indizien umzugehen versteht!«

»Und verstehst du mit den Indizien umzugehen?«

»Man kann aber doch nicht schweigen, wenn man fühlt, handgreiflich fühlt, daß man der Sache nützen könnte, wenn ... Ach! ... Kennst du die Sache ausführlich?«

»Ich warte ja noch darauf, von dir Näheres über den Anstreicher zu hören.«

»Ach so, ja! Also höre die Geschichte: Genau am dritten Tage nach dem Mord, am Morgen, als sie sich noch mit Koch und Pestrjakoff abgaben – obwohl die jeden ihrer Schritte nachgewiesen hatten, alles war schreiend klar –, wird plötzlich ein ganz unerwartetes Faktum bekannt. Ein gewisser Dúschkin, ein Bauer, Besitzer einer Kneipe gerade gegenüber jenem Hause, erscheint auf dem Polizeibüro, bringt ein Etui mit goldenen Ohrringen und erzählt eine ganze Geschichte. ‚Vorgestern abend', sagt er, ‚kurz nach acht Uhr', – merk du dir Tag und Stunde! – ‚kommt zu mir ein Arbeiter, ein Anstreicher, Nikolai, der auch schon vorher am selbigen Tage dagewesen war, und bringt mir dies Kästchen, in dem, sehen Sie, goldene, mit Steinchen besetzte Ohrringe drin sind, und bittet, ihm zwei Rubel drauf zu leihen. Auf meine Frage, woher er denn das hat, sagt er, er hab' es auf dem Trottoir gefunden. Weiter hab' ich ihn nicht ausgefragt', das alles sagt Duschkin, ‚sondern gab ihm einen Schein', das heißt also einen Rubel, ‚denn ich dachte, wenn *ich* sie nicht nehme, versetzt er sie bei einem andern und wird das Geld egal versaufen. Also mögen die Sachen doch besser bei mir liegen; sollte aber etwas herauskommen oder sollten Gerüchte auftauchen, bring ich es auf die Polizei.' Selbstverständlich schwindelt er, lügt wie ein Gaul, denn ich kenne diesen Duschkin, er ist selbst Pfandleiher, schafft Gestohlenes beiseite und hat dem Nikolái das Ding, das seine dreißig Rubel wert ist, nicht abgeluchst, um es auf die Polizei zu bringen! Er hat nur nachher einfach Angst bekommen. Doch zum Teufel mit Duschkin! Höre weiter!« fuhr Rasumichin fort. »‚Ich kenn' ihn, den Nikolái Deméntjeff, von klein auf', erzählt Duschkin weiter, ‚er stammt aus demselben Rjasánschen Gouvernement wie wir, und aus demselben Kirchspiel von Ssarái. Nikolái ist ansonsten kein Säufer, aber ab und zu gerät er ins Bummeln und ist dann meist etwas blau, und ich wußte, daß er in jenem Hause mit Dmítrij arbeitete, denn Dmítrij stammt auch aus derselben Gegend. Als er von mir den Schein erhalten hatte, wechselte er ihn gleich in Kleingeld um, trank nacheinander zwei Gläschen, nahm den Rest des Geldes und ging seiner Wege. Dmítrij war aber damals nicht mit ihm. Am anderen Tage hörte ich, daß Aljona Iwanowna und ihre Schwester Lisaweta mit einem Beil erschlagen worden sind – ich habe sie gekannt –, und da kamen mir denn Zweifel wegen der Ohrringe, denn ich wußte doch, daß die Verstorbene Geld gegen Pfänder auslieh. Ich ging also hinüber und begann nun vorsichtig und sachte so auf eigene Faust herumzuhorchen, und zuallererst frug ich, ob Nikolai da ist? Dmitrij aber erzählte mir, daß Nikolai zu bummeln angefangen hat, er ist bei Tagesanbruch betrunken nach Haus gekommen, vielleicht so zehn Minuten dageblieben und dann wieder fortgegangen; Dmitrij hatte ihn danach nicht mehr gesehn und beendete die Arbeit allein. Sie arbeiteten aber im zweiten Stock desselben Hauses, in dem die Ermordeten wohnten, am gleichen Stiegenhaus. Als ich dies gehört hatte, sagte ich zu keinem Menschen etwas davon', berichtete Duschkin, ‚ich versuchte aber, alles über die Ermordeten in Erfahrung zu bringen, und ich bin mit denselben Zweifeln nach Haus zurückgekehrt. Heute morgen nun gegen acht Uhr' – das heißt, am dritten Tage, verstehst du? – ‚sehe ich Nikolai hereinkommen, nicht nüchtern, aber auch nicht ganz betrunken, so daß er ganz gut ausgehorcht werden konnte. Er setzt sich auf eine Bank und schweigt. Außer ihm war in der Kneipe zu der Zeit noch ein fremder Mensch da, auf einer Bank schlief ein anderer, ein Bekannter von mir, auch die zwei Laufjungens waren zur Stelle. ‚Hast du Dmitrij gesehen?' fragte ich ihn. ‚Nein', sagt' er, ‚ich hab' ihn nicht gesehn.' – ‚Und warst du auch nicht bei ihm?' – ‚Nein', sagt' er, ‚seit vorgestern war ich nicht bei ihm.' – ‚Und wo hast du die Nacht geschlafen?' – ‚Bei Landsleuten im Pesskí-Viertel.' – ‚Und woher', frug ich ihn, ‚hast du die Ohrringe gekriegt?' – ‚Ich hab' sie auf dem Trottoir gefunden.' Und er sagt es so, wie wenn es nicht wahr ist und ohne mich anzublicken. ‚Hast du auch gehört', frug ich ihn, ‚daß dies und dies', und erzählte ihm nun die Geschichte, ‚was am selben Abend und zur selben Stunde an jener Treppe geschehen ist?' – ‚Nein', sagt' er, ‚ich hab' nichts davon gehört.' Er hörte aber mit weit aufgerissenen Augen auf das, was ich ihm erzählte, und wurde auf einmal weiß wie Kalk. Ich erzählte weiter, aber siehe da, er nimmt seine Mütze und will aufstehn. Da wollte ich ihn festhalten und sagte: ‚Wart noch ein wenig, Nikolai, willst du nicht eins trinken?‘ Ich gab aber einem der Jungens ein Zeichen, daß er die Tür zuhalten soll, und kam selber hinter dem Ladentisch hervor, er aber springt auf, stürzt auf die Straße und läuft um die Ecke – weg war er! Da gab ich denn meine Zweifel auf, weil es doch klar ist, es ist sein Werk, sein Verbrechen . . .'«

»Das ist wohl anzunehmen! . . .« sagte Sossimoff.

»Warte! Höre zu Ende! Selbstverständlich beeilte man sich sofort, Nikolai zu finden; Duschkin wurde verhaftet und Haussuchung bei ihm gehalten, den Dmitrij sperrte man auch ein; die Bekannten von Nikolai, bei denen er die letzte Nacht geschlafen hatte, wurden gleichfalls hergenommen; und vorgestern brachte man Nikolai selber; man hatte ihn in der Nähe des N.schen Schlagbaumes in einer Spelunke ergriffen. Er war dothin gekommen, hatte sein silbernes Kreuz vom Halse genommen und ein Glas Schnaps dafür verlangt. Man hatte es ihm auch gegeben. Nach einer Weile ging die Frau in den Kuhstall und sah durch eine Ritze, daß Nikolai in der Scheune nebenan seinen Gürtel um einen Querbalken gebunden und eine Schlinge gemacht hatte; dann stieg er auf einen Klotz und wollte sich die Schlinge um den Hals legen; die Frau schrie nun aus vollem Halse, und man lief zusammen. – ‚Also so einer bist du!‘ – ‚Führt mich‘, sagte er, ‚auf die Polizei, ich will alles bekennen.‘ Nun, man schaffte ihn mit den gehörigen Ehrenbezeigungen ins Polizeibüro, das heißt hierher. Allerhand Fragen wurden ihm dort gestellt, wer, woher, wie alt – ‚zweiundzwanzig‘ und dergleichen. Frage: ‚Als du mit Dmitrij dort arbeitetest, habt ihr da nicht zu der und der Stunde jemanden auf der Treppe gesehen?‘ Antwort: ‚Ja, es sind wohl Menschen vorbeigegangen, aber wir haben sie nicht beachtet.‘ – ‚Habt ihr nicht Lärm oder ähnliches gehört?‘ – ‚Wir haben nichts Besonderes gehört.‘ – ‚Wußtest du aber, Nikolai, daß im selben Hause die Witwe soundso an diesem Tage und zu der und der Stunde mit ihrer Schwester ermordet und beraubt wurde?' – ,Ich hab' gar nichts gewußt, zum ersten Male hörte ich davon am dritten Tage in der Kneipe von Afanássij Páwlowitsch.' – ,Und woher hattest du die Ohrringe?' – ,Ich hab' sie auf dem Trottoir gefunden.' ,Warum bist du am anderen Tage nicht mit Dmitrij zur Arbeit gekommen?' – ,Weil ich angefangen hatte zu bummeln.' – ,Und wo hast du gebummelt?' – ,Ja, dort und dort.' – ,Warum liefst du von Duschkin weg?' – ,Weil ich große Angst bekam.' – ,Warum bekamst du Angst?' – ,Daß man mich verurteilen wird.' – ,Wie konntest du denn davor Angst bekommen, wenn du dich vollkommen unschuldig fühltest?' ... Nun, glaub mir oder glaub mir nicht, Sossimoff, diese Frage wurde tatsächlich gestellt, buchstäblich mit diesen Worten, ich weiß es bestimmt, man hat es mir wörtlich wiedergegeben! Wie findest du das? Wie findest du das?«

»Aber es sind doch Beweise vorhanden.«

»Ich spreche jetzt nicht von den Beweisen, sondern von der Fragestellung, darüber, wie sie ihre Aufgabe anfassen! Aber zum Teufel damit! ... Also sie haben so lange gepreßt und gequetscht, bis er bekannte. ,Ich habe sie', sagte er, ,nicht auf dem Trottoir, sondern in der Wohnung gefunden, wo ich mit Dmitrij arbeitete.' – ,Wie kam denn das?' – ,Wir arbeiteten den ganzen Tag bis acht Uhr und wollten schon nach Hause gehen, da nahm Dmitrij einen Pinsel, klatschte mir Farbe in die Fratze, lief davon und ich ihm nach. Und ich lief hinter ihm her und schrie, daß er stehen bleiben soll. Wie ich aber von der Treppe in den Torweg rannte, stieß ich im vollen Lauf mit dem Hausmeister und einigen Herren zusammen – wieviel Herren es waren, weiß ich nicht mehr. Der Hausmeister schimpfte mich aus, auch der andere Hausmeister schimpfte mich, und auch die Frau des Hausmeisters kam heraus und schimpfte; ein Herr, der mit einer Dame durch den Torweg kam, schimpfte dann auch noch, weil ich und Dmitrij ihm gerade quer im Wege lagen; ich aber hatte

Dmitrij an den Haaren gepackt, ihn hingeworfen und versetzte ihm Püffe. Dmitrij aber, der unter mir lag, hatte mich auch an den Haaren gepackt und puffte mich, wir meinten es aber nicht böse, sondern taten es in aller Freundschaft, nur so als Spielerei. Dmitrij machte sich dann von mir los und rannte auf die Straße, und ich rannte ihm nach, konnte ihn aber nicht einholen; und ich ging allein zurück in die Wohnung – es mußte noch aufgeräumt werden. Ich begann das Werkzeug zusammenzutragen und wartete auf Dmitrij, vielleicht kam er noch. Und dort bei der Türe im Vorzimmer, an der Wand, in einem Winkel, trat ich auf ein Kästchen. Ich sehe, es liegt da was, eingewickelt in Papier. Das Papier nahm ich ab und sah solch ein ganz winziges Häkchen, ich machte es auf, und im Kästchen lagen die Ohrringe' ...«

»Hinter der Tür? Hinter der Tür lag es? Hinter der Tür?« rief plötzlich Raskolnikoff, sah Rasumichin mit einem trüben, erschreckten Blick an und erhob sich langsam, sich mit der Hand stützend, vom Diwan.

»Ja ... was ist denn los? Was ist mit dir? Was hast du?« Rasumichin erhob sich auch von seinem Platz.

»Nichts! ...« antwortete Raskolnikoff kaum hörbar, sank wieder auf das Kissen zurück und wandte sich von neuem der Wand zu.

Alle schwiegen eine Weile.

»Er war wahrscheinlich eingeschlummert, noch halb im Schlaf«, sagte endlich Rasumichin und blickte Sossimoff fragend an; jener machte eine leichte verneinende Bewegung mit dem Kopf.

»Nun, fahre fort«, sagte Sossimoff, »was weiter?«

»Ja, was weiter? Als er die Ohrringe erblickte, vergaß er sofort die Wohnung und Dmitrij, nahm seine Mütze und lief zu Duschkin hin und erhielt von ihm, wie ich schon erzählte, einen Rubel. Jenem aber log er vor, daß er sie auf dem Trottoir gefunden habe, und fing sofort an zu bummeln. Von dem Mord aber bestätigte er das früher Gesagte: ‚Ich weiß von gar nichts, hab' davon erst am dritten Tag gehört!' – ‚Und warum bist du nachher nicht gekommen?' – ‚Aus Angst.' – ‚Und warum wolltest du dich erhängen?' – ‚Vor lauter Gedanken.' – ‚Was für Gedanken?' – ‚Daß man mich verurteilen wird.' Nun, das ist die ganze Geschichte. Aber jetzt, was meinst du, daß sie daraus gefolgert haben?«

»Ja, was ist da zu meinen, es ist jedenfalls eine Spur; wenn sie auch unbedeutend ist, so ist es doch eine Spur. Eine Tatsache. Soll man deinen Anstreicher etwa in Freiheit setzen?«

»Aber sie halten ihn ja jetzt einfach für den Mörder! Sie haben keinen Zweifel mehr ...«

»Das geht zu weit; aber du bist auch zu hitzig. Und die Ohrringe? Du mußt doch zugeben: wenn am selben Tage und zur selben Stunde die Ohrringe aus dem Kasten der Alten in die Hände von Nikolai geraten, daß sie auf irgendeine Weise doch in seinen Besitz gekommen sein müssen? Das hat nicht wenig zu bedeuten bei solch einer Untersuchung?«

»Wieso gekommen? Wie sie in seinen Besitz gekommen sind?« fuhr Rasumichin auf. »Und du als Arzt, der du vor allen anderen verpflichtet bist, den Menschen zu studieren, und der Gelegenheit hat, mehr als jeder andere, die menschliche Natur kennenzulernen – kannst du denn nicht aus all diesen gegebenen Anzeichen ersehen, was für eine Natur dieser Nikolai ist? Kannst du denn nicht auf den ersten Blick sehen, daß alles, was er bei den Verhören ausgesagt hat, die heiligste Wahrheit ist? Sie sind genau so in seine Hände geraten, wie er ausgesagt hat! Er ist auf ein Kästchen getreten und hat es aufgehoben!«

»Heiligste Wahrheit? Er hat aber doch selbst eingestanden, daß er das erstemal gelogen hat?«

»Höre mich an, höre aufmerksam zu! Der Hausmeister, Koch und Pestrjakoff, auch der andere Hausmeister, die Frau des ersten Hausmeisters und eine Bekannte von ihr, die zur selben Zeit in der Wohnung des Hausmeisters saß, und der Hofrat Krjúkoff, der in demselben Augenblick aus einer Droschke stieg und mit einer Dame am Arm durch den Torweg ging – alle, also acht oder zehn Zeugen, sagen übereinstimmend aus, daß Nikolai den Dmitrij zu Boden gedrückt hatte, auf ihm lag und auf ihn einschlug, und daß jener ihn an den Haaren gepackt hatte und ebenso auf ihn einschlug. Sie liegen beide quer im Wege und versperren den Durchgang; sie werden von allen beschimpft, und sie liegen da, ‚wie kleine Kinder katzbalgend' (buchstäblicher Ausdruck des einen Zeugen), kreischen, prügeln sich und lachen, lachen beide um die Wette, mit der komischsten Fratzenschneiderei, und laufen auf die Straße hinaus, gleich Kindern, um einander zu fangen. Hast du gehört? Nun merke dir jetzt: oben liegen die Körper noch warm, hörst du, noch warm, so fand man sie! Wenn sie beide, oder auch Nikolai nur allein, gemordet und dabei den Kasten aufgebrochen und geraubt hätten oder auch nur irgendwie an dem Raube beteiligt gewesen wären, so erlaube mir nur, die eine Frage dir vorzulegen: ist solch eine Aufführung, solch eine Gemütsverfassung, das heißt, Kreischen, Lachen, kindisches Katzbalgen im Torweg – mit Beilen, Blut, verbrecherischer Schlauheit, Vorsicht, Raub vereinbar? Sie haben soeben noch, zeitlich vor fünf oder zehn Minuten, gemordet – denn es muß übereinstimmen, die Körper waren ja noch warm –, und plötzlich lassen sie die Leichen liegen und die Wohnung offen, wobei sie wissen, daß soeben Menschen dorthin gegangen sind, kümmern sich nicht um die Beute und wälzen sich wie kleine Kinder auf dem Wege, lachen und lenken die allgemeine Aufmerksamkeit auf sich – und dies alles bezeugen übereinstimmend zehn Zeugen!«

»Natürlich ist das sonderbar! Selbstverständlich ist das unmöglich, aber ...«

»Nein, Bruder, hier gibt es kein Aber! Sondern – höre zu! – wenn die Ohrringe, die sich noch am selben Tage und zur selben Stunde in Nikolais Händen befinden, wirklich einen ihn belastenden wichtigen Beweis ausmachen – der jedoch durch seine Aussage einfach genug erklärt wird, also doch nur ein *strittiger Beweis* sind –, dann muß man doch auch die entlastenden Tatsachen in Erwägung ziehen, zumal wenn diese *unbestreitbar* sind. Aber glaubst du, angesichts der ganzen Sinnesart unserer Juristerei, daß sie Tatsachen, welche sich lediglich auf die psychologische Unmöglichkeit, also nur auf Seelenkenntnis stützen, als gleichwertige, wirklich unanfechtbare Gegenbeweise gelten lassen werden? Daß sie überhaupt fähig wären, solche Fakta gegenüber den belastenden *sachlichen* Momenten – gleichviel welcher Art – als deren Widerlegung anzuerkennen? Nein, das werden sie nie und nimmer tun, um keinen Preis, denn, siehst du wohl, die Ohrringe befanden sich in seiner Hand, und der Mensch wollte sich erhängen, ‚was nicht geschehen wäre, wenn er sich nicht schuldig gefühlt hätte!' Das ist für sie die Haupt- und Staatsaktion, und nur deshalb ereifere ich mich! Versteh mich doch!«

»Das sehe ich, daß du dich ereiferst. Aber warte, ich vergaß zu fragen: woher weiß man denn, daß dieses Kästchen oder Etui mit den Ohrringen gerade aus der Truhe der Alten stammt?«

»Das ist nachgewiesen«, antwortete Rasumichin mit gerunzelten Augenbrauen und anscheinend ungern. »Koch hat das Ding erkannt und den Pfandgeber genannt, und dieser hat nachweisen können, daß die Ohrringe ihm gehören.«

»Das ist schlimm. Jetzt noch eins: hat jemand Nikolai in der unteren Wohnung gesehen, als Koch und Pestrjakoff zuerst allein hinaufgingen, und kann man nicht damit etwas beweisen?«

»Das ist es ja, daß niemand ihn dort gesehen hat«, antwortete Rasumichin ärgerlich, »das ist ja das Fatale! Sogar Koch und Pestrjakoff haben Nikolai und Dmitrij nicht bemerkt, als sie hinaufgingen, obgleich ihr Zeugnis jetzt nicht viel bedeuten würde. ‚Wir haben gesehen', sagen sie, ‚daß die Wohnung offen war, daß man darin wahrscheinlich arbeitete, aber wir haben im Vorübergehen nicht darauf geachtet und erinnern uns nicht genau, ob in dem Augenblick Arbeiter dort waren oder nicht'.«

»Hm. Also bleibt doch nur dieser einzige Gegenbeweis übrig, daß sie miteinander gekatzbalgt und gelacht haben. Angenommen, dies ist ein starker Beweis, aber ... Erlaube mal, wie erklärst *du* dir denn den ganzen Vorgang? Wie willst du den Fund der Ohrringe gerade dort erklären, wenn er sie wirklich so gefunden hätte, wie er angibt?«

»Wie ich es erkläre? Ja, was ist da zu erklären, die Sache ist doch klar! Wenigstens ist der Weg, den man bei dieser Sache einschlagen muß, klar vorgezeichnet, und gerade das Kästchen weist ihn uns. Der wirkliche Mörder hat die Ohrringe verloren. Der Mörder war noch oben, als Koch und Pestrjakoff klopften, er stak dort in der Wohnung; eingeschlossen. Koch machte die Dummheit und ging nach unten, da sprang der Mörder heraus und lief ebenfalls nach unten, denn er hatte keinen anderen Ausweg. Auf der Treppe versteckte er sich vor Koch, Pestrjakoff und dem Hausmeister in der leeren Wohnung im zweiten Stock, und zwar in dem Augenblick, als Dmitrij und Nikolai gerade hinausgelaufen waren; er stand dort hinter der Tür, als der Hausmeister und die anderen beiden nach oben gingen, wartete, bis die Schritte verhallten, und ging dann in aller Seelenruhe hinunter, eben in dem Moment, als Dmitrij und Nikolai auf die Straße gerannt waren, alles fort und niemand im Torweg war. Vielleicht hat man ihn auch gesehen, aber nicht beachtet; es gehen ja nicht wenige Menschen dort aus und ein. Und das Kästchen ist dem Mörder aus der Tasche gefallen, als er im zweiten Stock hinter der Tür stand, und er hat es nicht gemerkt, denn er hatte an anderes zu denken. Das Kästchen aber beweist klar, daß er dort gestanden hat. So ist die ganze Sache!«

»Raffiniert! Nein, mein Bester, das ist gar zu schlau kombiniert. Das ist zu unwahrscheinlich!«

»Aber warum denn, warum?«

»Ja, weil dann alles viel zu glücklich zusammengetroffen wäre ... und sich verflochten hätte ... wie in einem Theaterstück.«

»Ach!« rief Rasumichin und wollte fortfahren, aber in diesem Augenblick öffnete sich die Tür, und es trat eine neue, von keinem der Anwesenden gekannte Person herein.

V

Es war ein Herr, nicht mehr jung, würdevoll, pedantisch, mit einer Vorsicht verratenden und griesgrämigen Physiognomie. Er begann damit, daß er an der Tür stehenblieb und sich mit beleidigend unverhohlenem Erstaunen umblickte, als ob er fragen wolle: »Wohin bin ich geraten?« Mißtrauisch, mit dem affektierten Ausdruck eines peinlichen Überraschtseins, fast eines Schreckens, sah er sich in Raskolnikoffs enger und niedriger »Schiffskajüte« um. Mit gleichem Erstaunen richtete er seine Blicke auf Raskolnikoff selbst, der entkleidet, ungekämmt und ungewaschen auf seinem unansehnlichen alten Diwan lag und ihn ebenso unverwandt betrachtete. Dann begann er mit gleicher Bedächtigkeit die abgerissene, unrasierte und ungekämmte Erscheinung Rasumichins zu betrachten, der seinerseits ihm dreist und fragend geradeaus in die Augen blickte, ohne sich von seinem Platz zu rühren. Das gespannte Schweigen dauerte etwa eine Minute, und endlich trat, wie zu erwarten war, ein kleiner Stimmungswechsel ein. Nachdem der eingetretene Herr wahrscheinlich gewissen, übrigens sehr deutlichen Anzeichen entnommen hatte, daß mit einer herrischen Miene hier in dieser »Schiffskajüte« nichts zu wollen sei, wurde er etwas freundlicher und sagte höflich, obgleich nicht ohne eine gewisse Strenge, indem er sich an Sossimoff wandte und jede Silbe seiner Frage betonte: »Rodion Romanytsch Raskolnikoff, Herr Student oder ehemaliger Student?«

Sossimoff rührte sich ein wenig und hätte vielleicht auch geantwortet, wenn Rasumichin, an den die Worte gar nicht gerichtet waren, ihm nicht zuvorgekommen wäre.

»Da liegt er auf dem Diwan! Und was wollen Sie?« Dieses familiäre »Und was wollen Sie?« traf den gezierten Herrn wie ein Hieb, und fast hätte er sich zu Rasumichin umgewandt, aber er hielt sich noch rechtzeitig zurück und wandte sich schnell wieder an Sossimoff.

»Dort ist Raskolnikoff!« brummte Sossimoff und wies auf den Kranken hin, dann gähnte er, wobei er seinen Mund ungewöhnlich weit aufsperrte und ihn ungewöhnlich lange in dieser Lage beibehielt. Dann bewegte er die Hand langsam zur Westentasche, zog eine große, dicke goldene Uhr hervor, öffnete den Deckel, sah nach und steckte sie ebenso langsam und träge wieder ein.

Raskolnikoff selbst lag die ganze Zeit schweigend auf dem Rücken und blickte unverwandt, wenn auch gedankenlos, den Eingetretenen an. Sein Gesicht, das er jetzt von der interessanten Blume in der Tapete abgewandt hatte, war außergewöhnlich bleich und drückte unsagbare Pein aus, als hätte er soeben eine qualvolle Operation überstanden oder als hätte man ihn gerade aus der Folter entlassen. Der eingetretene Herr aber erregte mehr und mehr seine Aufmerksamkeit, es tauchten in ihm anscheinend Zweifel, Mißtrauen und sogar Furcht auf. Als aber Sossimoff auf ihn hinwies und »dort ist Raskolnikoff« sagte, erhob er sich schnell, wie auffahrend, setzte sich auf und sagte mit fast herausfordernder, aber stockender und schwacher Stimme:

»Ja! Ich bin Raskolnikoff! Was wollen Sie?«

Der Besucher blickte ihn aufmerksam an und sagte mit Betonung:

»Pjotr Petrówitsch Lúshin. Ich hege die sichere Hoffnung, daß mein Name Ihnen nicht ganz unbekannt ist.«

Raskolnikoff aber, der etwas ganz anderes erwartet hatte, blickte ihn stumpf und nachdenklich an und antwortete nichts, als ob er Pjotr Petrówitschs Namen wirklich zum erstenmal höre.

»Wie? Haben Sie bis jetzt noch keine Nachrichten über mich erhalten?« fragte Pjotr Petrowitsch einigermaßen frostig.

Anstatt zu antworten, ließ sich Raskolnikoff langsam auf das Kissen zurücksinken, schob die Hände unter den Kopf und begann die Zimmerdecke zu betrachten. Lushins Gesicht verriet eine gewisse Ratlosigkeit. Sossimoff und Rasumichin fingen an, ihn mit noch größerer Ungeniertheit zu mustern, bis er doch sichtlich verlegen wurde.

»Ich nahm an und rechnete bestimmt darauf«, murmelte er, »daß der Brief, der schon vor mehr als zehn Tagen, vielleicht sogar vor vierzehn Tagen abgesandt worden ist ...«

»Hören Sie mal, was wollen Sie denn die ganze Zeit an der Türe stehen?« unterbrach ihn Rasumichin, »wenn Sie etwas mitzuteilen haben, setzen Sie sich doch, für Sie und Nastassja ist es dort zu eng. Nastássjuschka, mach mal Platz, laß ihn durchgehen! Kommen Sie hierher, da haben Sie einen Stuhl! Quetschen Sie sich hier durch!«

Er rückte seinen Stuhl vom Tisch ab, machte zwischen dem Tisch und seinen Knien einen Durchgang frei und wartete in dieser unbequemen Stellung, bis der Gast sich durch diesen Spalt »durchquetschen« würde. Der Moment war so gewählt, daß man nicht gut ablehnen konnte, und der Besucher schob sich eilig stolpernd durch den engen Durchgang. Als er den Stuhl erreicht hatte, setzte er sich und blickte Rasumichin argwöhnisch an.

»Sie brauchen übrigens nicht weiter verlegen zu sein«, platzte dieser hervor. »Rodja ist schon den fünften Tag krank und hat drei Tage lang phantasiert, jetzt aber ist er zu sich gekommen und hat sogar mit Appetit gegessen. Dort sitzt sein Arzt, er hat ihn soeben untersucht, und ich bin Rodjas Kamerad, auch ein ehemaliger Student, und pflege ihn nun; also, achten Sie nicht auf uns, und genieren Sie sich nicht, fahren Sie nur fort und sagen Sie, was Sie zu sagen haben!«

»Ich danke Ihnen. Aber werde ich den Kranken durch meine Anwesenheit und das Gespräch nicht aufregen?« wandte sich Pjotr Petrowitsch an Sossimoff.

»N–nein«, sagte Sossimoff langsam, »Sie können ihn vielleicht sogar zerstreuen.« Und er gähnte wieder.

»Oh, er ist schon lange bei Besinnung, seit heute morgen!« fuhr Rasumichin fort, dessen Familiarität den Stempel einer so unverfälschten Treuherzigkeit trug, daß Pjotr Petrowitsch allmählich sein Gleichgewicht wiedergewann, zum Teil wohl auch darum, weil dieser abgerissene und freche Mensch sich als Student vorgestellt hatte.

»Ihre Frau Mutter ...«, begann Lushin.

»Hm!« äußerte sich Rasumichin vernehmlich.

Lushin blickte ihn fragend an.

»Das hat nichts zu bedeuten, ich tat es nur so; fahren Sie nur fort ...«

Lushin zuckte die Achseln.

» ... Ihre Frau Mutter hat noch während meiner Anwesenheit dort einen Brief an Sie geschrieben. Nachdem ich hier eingetroffen war, ließ ich absichtlich einige Tage vergehen und kam nicht gleich zu Ihnen, um ganz sicher zu sein, daß Sie von allem unterrichtet sind; jetzt sehe ich aber zu meinem Erstaunen ...«

»Ich weiß, ich weiß!« sagte plötzlich Raskolnikoff mit dem Ausdruck des ungeduldigsten Ärgers. »Sie sind es also? Der Bräutigam? Nun, ich weiß ... und damit genug! ...«

Pjotr Petrowitsch fühlte sich entschieden beleidigt, aber er schwieg. Er dachte eifrig nach, was dieses alles zu bedeuten habe. Das Schweigen dauerte fast eine Minute an.

Indessen begann Raskolnikoff, der sich bei seiner Antwort nur ein wenig ihm zugekehrt hatte, ihn von neuem aufmerksam und mit einer gewissen Neugier anzusehen, als hätte er vorhin nicht Zeit gefunden, ihn zu betrachten, oder als wäre ihm etwas Neues an ihm aufgefallen; er erhob sich zu diesem Zweck sogar absichtlich vom Kissen. In der Tat, im Aussehen Pjotr Petrowitschs lag wirklich etwas Besonderes, und zwar etwas, das die Bezeichnung »Bräutigam«, die ihm soeben so ungeniert zugeteilt wurde, zu rechtfertigen schien. Man konnte sehen, und zwar ziemlich deutlich, daß Pjotr Petrowitsch sich sehr beeilt hatte, die paar Tage seines Aufenthaltes in der Residenz auszunützen, um sich in Erwartung der Braut neu auszustaffieren und zu verschönern, was gewiß sehr unschuldig und durchaus statthaft war. Sogar die eigentümliche, vielleicht ein wenig zu ausgeprägte Selbstzufriedenheit über seine angenehme Veränderung konnte in diesem

Fall verzeihlich erscheinen, denn Pjotr Petrowitsch war ja nun im Stande eines Bräutigams. Seine ganze Kleidung war soeben vom Schneider gekommen, und alles war soweit gut, nur daß eben alles zu neu war und zu sehr den bestimmten Zweck verriet. Auch der elegante, nagelneue runde Hut deutete auf diesen Zweck hin – Pjotr Petrowitsch behandelte ihn nur gar zu ehrerbietig und hielt ihn mit gar zu großer Vorsicht in den Händen. Auch das herrliche Paar heller lilafarbener Handschuhe bezeugte das, wenn auch nur damit, daß sie nicht angezogen waren, sondern in der Hand gehalten wurden. In Pjotr Petrowitschs ganzer Kleidung herrschten helle und jugendliche Farben vor. Er hatte ein sehr hübsches Sommerjackett von hellbrauner Farbe an, helle leichte Beinkleider, eine ebensolche Weste, neugekaufte feine Wäsche, eine leichte Krawatte aus Batist mit rosa Streifen, und das Allerbeste war dabei, daß alles Pjotr Petrowitsch sehr gut kleidete. Sein Gesicht, sehr frisch und sogar hübsch, schien auch ohnedem jünger als fünfundvierzig Jahre. Ein dunkler Backenbart umrahmte es zu beiden Seiten und verdichtete sich sehr hübsch am hellen, vorzüglich rasierten Kinn. Auch die Haare, übrigens nur stellenweise und kaum merklich angegraut, waren von einem Friseur gekämmt und gekräuselt, erhielten aber dadurch nichts Lächerliches oder gar ein dummes Aussehen, was doch sonst bei gekräuselten Haaren gewöhnlich der Fall ist, da sie dem Gesicht eine unvermeidliche Ähnlichkeit mit einem zum Altare schreitenden Deutschen verleihen. Wenn in diesem recht hübschen und soliden Gesicht doch etwas tatsächlich Unangenehmes und Abstoßendes war, so hatte dies einen anderen Grund. Nachdem Raskolnikoff Herrn Lushin betrachtet hatte, lächelte er sarkastisch, ließ sich wieder auf das Kissen nieder und begann, wie vorher, zur Zimmerdecke hinaufzuschauen.

Herr Lushin aber nahm sich zusammen und schien sich zu entschließen, diese Sonderbarkeiten vorläufig nicht zu beachten.

»Ich bedauere sehr, ja, sehr, Sie in einer solchen Lage anzutreffen«, begann er von neuem, mit Mühe das Schweigen brechend. »Wenn ich von Ihrem Unwohlsein gewußt hätte, wäre ich früher gekommen. Aber, wissen Sie, die Plackereien ... Ich habe außerdem sehr wichtige Angelegenheiten im Senat zu erledigen in meiner Eigenschaft als Advokat. Ich erwähne nicht die Sorgen, die auch Sie erraten können. Die Ihrigen, das heißt Ihre Frau Mutter und Ihre Schwester, erwarte ich stündlich ...«

Raskolnikoff machte eine Bewegung und wollte etwas sagen; sein Gesicht drückte eine gewisse Erregung aus. Pjotr Petrowitsch hielt in Erwartung inne, aber da nichts erfolgte, fuhr er fort: » ... Stündlich. Ich habe fürs erste eine Wohnung für sie ausfindig gemacht ...«

»Wo?« fragte Raskolnikoff leise.

»Gar nicht weit von hier, im Hause von Bakaléjeff.«

»Das ist auf dem Wosnessénskij-Prospekt«, unterbrach ihn Rasumichin, »in diesem Hause sind zwei Stockwerke als möblierte Zimmer eingerichtet: der Kaufmann Júshin ist der Inhaber; ich bin schon ein paarmal dort gewesen.«

»Ja, es sind möblierte Zimmer ...«

»Es ist fürchterlich dort; Schmutz, Gestank und dazu ein zweideutiger Betrieb; mancherlei ist da schon vorgefallen. Ja, und der Teufel weiß, was da alles wohnt! ... Auch ich bin aus einem skandalösen Grunde mal hingegangen. Aber die Zimmer sind allerdings billig.«

»Ich habe selbstverständlich nicht soviel erfahren können, da ich erst vor kurzem angekommen bin«, versetzte Pjotr Petrowitsch empfindlich. »Es sind übrigens zwei sehr, sehr saubere kleine Zimmer, und da es nur auf eine sehr kurze Zeit ist ... Ich habe auch schon eine richtige, das heißt, unsere künftige Wohnung gefunden«, wandte er sich an Raskolnikoff, »aber die wird erst instandgesetzt; unterdessen behelfe ich mich auch selbst mit einem möblierten Zimmer, gleichfalls hier in der Nähe, bei Frau Lippewechsel, in der Wohnung eines jungen Freundes, Andréi Ssemjónytsch Lebesjätnikoff; er hat mir auch das Haus von Bakaléjeff empfohlen ...«

»Lebesjätnikoff?« sagte Raskolnikoff langsam, als ob er sich auf etwas besinne.

»Ja, Andréi Ssemjónytsch Lebesjätnikoff, er ist im Ministerium angestellt. Kennen Sie ihn?«

»Ja ... nein ...« antwortete Raskolnikoff.

»Entschuldigen Sie, es schien mir so nach Ihrer Frage. Ich war einmal sein Vormund... Ein sehr lieber junger Mann... der an allem teilnimmt ... Und ich bin froh, mit der Jugend zusammenzukommen; durch sie erfährt man, was es Neues gibt ...« Pjotr Petrowitsch blickte erwartungsvoll alle Anwesenden an.

»Wie meinen Sie das?« fragte Rasumichin.

»Nun, im besten Sinne des Wortes«, sagte Pjotr Petrowitsch, anscheinend erfreut über die Frage. »Ich war, sehen Sie, seit zehn Jahren nicht mehr in Petersburg. Alle unsere Neuerungen, Reformen und Ideen, dies alles ist auch bis zu uns in die Provinz gedrungen, aber um klarer zu sehen und um alles zu sehen, muß man in Petersburg sein. Nun, und meine Meinung ist, daß man am meisten bemerkt und erfährt, wenn man unsere jüngere Generation beobachtet. Und offen gestanden, ich bin erfreut ...«

»Worüber denn eigentlich?«

»Ihre Frage ist weit umfassend. Ich kann mich ja irren, aber es scheint mir, ich finde einen klareren Blick, sozusagen mehr Kritik, mehr Tüchtigkeit ...«

»Das ist wahr«, brummte Sossimoff.

»Das faselst du! Gerade Tüchtigkeit ist nicht vorhanden«, krallte sich Rasumichin ein. »Tüchtigkeit ist schwer zu erwerben, die fällt einem nicht umsonst vom Himmel in den Schoß. Wir sind aber fast seit zweihundert Jahren von jeder Arbeit entwöhnt ... Ich gebe zu, Ideen gehen um«, wandte er sich an Pjotr Petrowitsch, »auch der Wunsch nach Gutem ist vorhanden, wenn auch in kindlicher Form; sogar Ehrlichkeit kann man finden, ungeachtet dessen, daß neuerdings eine Menge Spitzbuben aufgetaucht sind, aber Tüchtigkeit gibt es deshalb noch lange nicht! Nur in Ausnahmefällen!«

»Da kann ich Ihnen nicht beipflichten«, widersprach Pjotr Petrowitsch mit sichtlichem Genuß, »sicher gibt es Übertreibungen, Ungehöriges, aber man muß auch nachsichtig sein; Übertreibungen zeugen von Eifer für die Sache und von der unrichtigen äußeren Umgebung, in der die Sache sich befindet. Wenn bisher noch wenig getan ist, so war doch auch die Zeit noch zu kurz. Von den fehlenden Mitteln will ich nicht weiter reden. Doch meiner persönlichen Auffassung nach ist sogar, wenn Sie wollen, einiges schon getan; es sind neue, nützliche Gedanken, einige neue, nützliche literarische Werke an Stelle der früheren schwärmerischen und romantischen verbreitet worden; die Literatur zeigt ein reiferes Gepräge; viele schädliche Vorurteile sind ausgerottet und werden verspottet ... Kurz gesagt: wir haben uns unwiderruflich von der Vergangenheit losgesagt, und das ist meiner Meinung nach schon eine Tat ...«

»Hat's gut auswendig gelernt! Empfiehlt sich damit!« sagte plötzlich Raskolnikoff.

»Was?« fragte Pjotr Petrowitsch, da er nicht recht verstanden hatte, aber er erhielt keine Antwort.

»Das ist alles richtig«, beeilte sich Sossimoff zu bemerken.

»Ja, nicht wahr?« fuhr Pjotr Petrowitsch fort und blickte angenehm berührt Sossimoff an. »Geben Sie zu«, wandte er sich an Rasumichin, jetzt aber schon mit einer Nuance des Triumphes und der Überlegenheit, und beinahe hätte er „junger Mann" hinzugefügt, »daß es doch einen Fortschritt oder, wie man sich jetzt ausdrückt, einen Progreß gibt, und wäre es auch nur in der Wissenschaft und in den ökonomischen Erkenntnissen ...«

»Das ist ein Gemeinplatz!«

»Nein, das ist kein Gemeinplatz! Wenn man mir zum Beispiel bis jetzt sagte: ‚Liebe deinen Nächsten', und ich tat es – was kam dabei heraus?« fuhr Pjotr Petrowitsch vielleicht etwas zu voreilig fort. »Es kam das heraus, daß ich meinen Rock in zwei Hälften zerriß, ihn mit dem Nächsten teilte, und wir blieben beide halbnackt, wie nach dem russischen Sprichwort: ‚Wer mehreren Hasen zugleich nachjagt, fängt keinen einzigen.' Die Wissenschaft aber sagt: ‚Liebe vor allem zuerst dich selbst, denn alles in der Welt ist auf persönlichem Interesse aufgebaut.' Wenn man sich selbst liebt, wird man vor allem seine eigenen Angelegenheiten, wie es sich gehört, in Ordnung bringen, und der Rock bleibt einem ganz und heil. Die Erkenntnisse der wirtschaftlichen Gesetze fügen noch hinzu, daß, je mehr es in der Gesellschaft geordnete Privatverhältnisse und sozusagen ganze und heile Röcke gibt, um so mehr solide Grundlagen dann vorhanden sein werden, wodurch das Allgemeinwohl um so mehr gefördert wird. Also, indem ich einzig und ausschließlich für mich allein erwerbe, erwerbe ich dadurch auch für alle und trage dazu bei, daß mein Nächster etwas mehr als einen halben Rock erhält, und nicht bloß als Wohltat von einzelnen Privatpersonen, sondern infolge des allgemeinen Fortschritts. Der Gedanke ist einfach, aber zum Unglück konnte er sich so lange nicht durchsetzen, da Überschwenglichkeit und Schwärmerei ihn verdrängten, und doch sollte man meinen, daß nicht viel Witz vonnöten ist, um darauf zu kommen ...«

»Entschuldigen Sie, auch ich habe nicht viel Witz«, unterbrach ihn Rasumichin schroff, »also hören wir lieber auf davon. Ich bin ja nur zu einem bestimmten Zweck darauf eingegangen, sonst ist mir dieses ganze Geschwätz, dieses Sichselbst-Trösten, diese endlosen, unaufhörlichen Gemeinplätze, dies ewige Einerlei in drei Jahren so zuwider geworden, daß ich bei Gott erröte, wenn auch andere, ältere als ich, in meiner Gegenwart damit anfangen. Sie haben sich selbstverständlich beeilt, uns mit Ihren Kenntnissen bekannt zu machen, was sehr verzeihlich ist, ich verurteile es nicht einmal. Ich aber wollte bloß erfahren, wer Sie sind. Denn sehen Sie, in der letzten Zeit haben sich so vielerlei Industrieritter an die allgemeine Sache angehängt oder angeklebt und haben alles, womit sie in Berührung kamen, so zu ihrem Vorteil zugerichtet und entstellt, daß sie entschieden die ganze Sache beschmutzt haben. Nun, genug davon!«

»Mein Herr«, begann Lushin, sich mit der größten Würde aufrichtend, »wollen Sie damit etwa sagen, daß auch ich ...«

»Oh, bewahre, bewahre ... Wie sollte ich ... Nun aber genug davon!« schnitt Rasumichin ab und wandte sich unmittelbar an Sossimoff, um das frühere Gespräch fortzusetzen.

Pjotr Petrowitsch war, wie sich zeigte, klug genug, sich mit dieser Erklärung ohne weiteres zu begnügen, beschloß aber, nach ein paar Minuten wegzugehen. »Ich hoffe, daß unsere jetzt geschlossene Bekanntschaft«, wandte er sich an Raskolnikoff, »nach Ihrer Genesung und infolge der Ihnen bekannten Umstände sich noch mehr befestigen wird ... Besonders wünsche ich Ihnen gute Besserung ...«

Raskolnikoff wandte nicht einmal den Kopf zu ihm hin. Pjotr Petrowitsch schickte sich an aufzustehen.

»Der Mörder war demnach sicher ein Pfandgeber!« stimmte Sossimoff zu.

»Unbedingt ein Pfandgeber!« wiederholte Rasumichin.

»Porphyrij verrät zwar seine Gedanken nicht, aber er verhört jetzt doch die Pfandgeber ...«

»Verhört die Pfandgeber?« fragte Raskolnikoff laut.

»Ja, was ist denn?«

»Nichts.«

»Wie macht er sie denn ausfindig?« fragte Sossimoff.

»Einige hatte Koch angeben können; von anderen waren die Namen auf den Umschlägen der Sachen vermerkt, und manche kamen von selbst, als sie davon hörten ...«

»Das muß doch eine gewandte und erfahrene Kanaille gewesen sein! Welche Kühnheit! Welche Entschlossenheit!«

»Nein! Das ist es ja gerade, daß eben dies nicht der Fall ist!« fiel ihm Rasumichin ins Wort. »Das bringt auch alle von der Spur ab. Ich aber behaupte: er war ungeschickt und unerfahren und sicher erst ein Anfänger! Setze Berechnung und eine gewandte Kanaille voraus, und alles wird unglaubhaft. Setzt du aber einen Unerfahrenen voraus, so zeigt es sich, daß nur der Zufall ihn unterstützt und gerettet hat, und was tut nicht alles der Zufall? Ich bitte dich, er hat vielleicht nicht einmal Hindernisse vorausgesehen! Und wie führt er die Tat aus? Er nimmt Sachen im Werte von zehn und zwanzig Rubel, stopft sich damit die Taschen voll, wühlt in der Truhe herum, in allerhand Weiberlappen –, und in der Kommode, in der oberen Schublade, fand man nachher in einer Schatulle an barem Geld gegen anderthalbtausend, außer den Wertpapieren! Er hat nicht einmal zu rauben verstanden, er hat bloß zu erschlagen verstanden! Ich sage dir, es ist sein erster Fall, sein allererster; er hat die Fassung verloren. Und nicht durch Berechnung, sondern durch Zufall ist er entkommen.«

»Mir scheint, Sie sprechen von der kürzlichen Ermordung der alten Beamtenwitwe«, mischte sich Pjotr Petrowitsch ein, sich an Sossimoff wendend. Er war schon mit dem Hut und den Handschuhen in der Hand aufgestanden, aber vor dem Fortgehen wollte er noch einige geistreiche Worte fallen lassen. Er mühte sich sichtlich, einen guten Eindruck zu hinterlassen, und die Eitelkeit überwand die Vernunft.

»Ja. Haben Sie davon gehört?«

»Selbstverständlich, es ist ja hier in der Nachbarschaft . . .«

»Kennen Sie auch die Einzelheiten?«

»Das kann ich nicht behaupten; aber mich interessiert hierbei etwas anderes, sozusagen die Frage im ganzen. Ich spreche nicht davon, daß in den letzten fünf Jahren die Verbrechen in der unteren Klasse zugenommen haben; ich spreche auch nicht von den fortwährenden Raubüberfällen und Feuersbrünsten, die jetzt überall vorkommen; am auffallendsten erscheint mir vielmehr, daß die Verbrechen sich in den höheren Klassen ebenso mehren und sozusagen parallel zu den anderen. Dort, hört man, hat ein ehemaliger Student auf offener Straße die Post beraubt; dort wieder fabrizieren Menschen, die nach ihrer gesellschaftlichen Stellung zur Avantgarde gehören, falsches Papiergeld; in Moskau ertappt man eine ganze Gesellschaft beim Fälschen von Scheinen der letzten Prämienanleihe – und einer der Hauptbeteiligten ist ein Professor der Weltgeschichte; dort, im Ausland, ermordet man einen von unsern Botschaftssekretären aus Geld- und anderen rätselhaften Gründen ... Und wenn jetzt diese alte Pfandleiherin von jemandem aus der besseren Gesellschaft erschlagen worden ist, denn einfache Leute versetzen keine Goldsachen, wie kann man dann diese Verdorbenheit des gebildeten Teiles unserer Gesellschaft erklären?«

»Es gibt jetzt viele ökonomische Verschiebungen ...«, bemerkte Sossimoff.

»Wie erklären?« griff Rasumichin das Wort auf. »Eben durch die bei uns eingewurzelte Untüchtigkeit könnte man sie erklären!«

»Wieso? Wie meinen Sie das?«

»Was antwortete dieser Ihr Professor in Moskau auf die Frage, warum er die Scheine gefälscht habe? ‚Alle werden durch allerhand Mittel reich, da wollte ich auch schnell reich werden' – das war seine Antwort! Des Wortlautes entsinne ich mich nicht genau, aber der Sinn war, daß er auf fremde Kosten reich werden wollte, schnell und ohne zu arbeiten! Wir haben uns daran gewöhnt, als Erben zu leben, am Tragband zu gehen, Vorgekautes zu essen ... Schlägt aber die große Stunde, dann zeigt es sich erst, was ein jeder wert ist, was er kann ...«

»Aber schließlich, wo bleibt denn die Moral? Und es gibt doch sozusagen Grundsätze ...«

»Ja, was wollen Sie denn?« mischte sich Raskolnikoff plötzlich ins Gespräch. »Das entspricht doch vollkommen Ihrer Theorie!«

»Wieso meiner Theorie?«

»Ziehen Sie doch die Konsequenzen dessen, was Sie vorhin predigten, und es ergibt sich, daß man Menschen umbringen darf ...«

»Aber ich bitte!« rief Lushin aus.

»Nein, so ist das nicht!« bemerkte Sossimoff.

Raskolnikoff lag bleich da, mit zuckenden Lippen, und atmete schwer.

»Alles hat seine Grenzen«, fuhr Lushin hochmütig fort, »eine ökonomische Idee ist noch keine Aufforderung zum Mord, und wenn man nur annimmt . . .«

»Ist es denn nicht wahr, daß Sie«, unterbrach ihn von neuem Raskolnikoff mit vor Wut bebender Stimme, aus der man die Freude am Beleidigen heraushörte, »ist es wahr, daß Sie Ihrer Braut gesagt haben . . . in derselben Stunde, als Sie ihr Jawort erhielten, Sie freuten sich am meisten darüber . . . daß sie bettelarm sei . . . weil es vorteilhafter sei, eine bettelarme Frau zu heiraten, um später über sie herrschen . . . und ihr vorhalten zu können, daß Sie ihr Wohltäter seien? . . .«

»Mein Herr!« rief Lushin böse und gereizt aus, wurde aber puterrot und konfus. »Mein Herr . . . so meine Worte zu entstellen . . . Entschuldigen Sie, aber ich muß Ihnen sagen, daß die Gerüchte, die zu Ihnen gedrungen sind, oder besser gesagt, die Ihnen zugetragen worden sind, auch nicht den Schatten eines vernünftigen Grundes haben, und ich . . . vermute, wer . . . mit einem Wort . . . dieser . . . Pfeil . . . mit einem Wort, Ihre Frau Mutter . . . Sie erschien mir auch ohnedem, bei allen ihren übrigen ausgezeichneten Eigenschaften, in ihrer Auffassung ein wenig schwärmerisch und romantisch angehaucht . . . Aber es lag doch tausend Meilen fern von mir, vorauszusetzen, daß sie die Sache in solch einer von der Phantasie verunstalteten Weise auffassen und auslegen würde . . . Und schließlich . . . schließlich . . .«

»Wissen Sie was?« rief Raskolnikoff, erhob den Kopf vom Kissen, setzte sich auf und sah ihn mit durchdringendem, sprühendem Blick an. »Wissen Sie was?«

»Was denn?« Lushin hielt inne und wartete mit gekränkter und herausfordernder Miene.

Das Schweigen dauerte einige Sekunden.

»Daß, wenn Sie es noch einmal . . . wagen, auch nur mit einem Wort . . . meine Mutter zu erwähnen, ich Sie so hinauswerfen werde, daß Sie die Treppe hinabkollern!«

»Was hast du?« rief Rasumichin aus.

»Ah, so ist die Sache!« Lushin erbleichte und biß sich auf die Lippen. »Hören Sie, mein Herr«, begann er stockend und mit aller Kraft an sich haltend, aber dennoch schnaufend, »ich habe schon vorhin beim ersten Schritt Ihre Feindseligkeit erraten, aber ich blieb absichtlich hier, um noch mehr zu erfahren. Vieles konnte ich einem Kranken und Verwandten zugute halten, jetzt aber ... Ihnen ... niemals ...«

»Ich bin nicht krank!« schrie ihn Raskolnikoff an.

»Um so schlimmer ...«

»Scheren Sie sich zum Teufel!«

Lushin ging schon von selbst, ohne seine Rede zu beenden, indem er sich wieder zwischen dem Tisch und dem Stuhl hindurchquetschte; Rasumichin stand diesmal auf, um ihn durchzulassen. Ohne jemand anzusehen und selbst ohne Sossimoff mit einem Kopfnicken zu grüßen, der ihm längst schon Zeichen gegeben hatte, den Kranken in Ruhe zu lassen, ging Lushin hinaus, und als er durch die Tür gebückt hinaustrat, hielt er vorsichtshalber seinen Hut in Schulterhöhe. Sogar die Krümmung seines Rückens schien dabei auszudrücken, daß er furchtbar beleidigt davongehe.

»Aber wie kann man denn, wie kann man denn so ...«, sagte der verblüffte Rasumichin kopfschüttelnd.

»Laßt mich, laßt mich alle in Ruh!« schrie Raskolnikoff sie außer sich an. »Wollt Ihr mich denn nicht endlich in Ruhe lassen, ihr Quälgeister! Ich fürchte euch nicht! Ich fürchte jetzt niemand, niemand! Geht fort! Ich will allein sein, allein, allein, allein!«

»Gehen wir!« sagte Sossimoff und winkte Rasumichin.

»Ich bitte dich, kann man ihn denn so verlassen?«

»Gehen wir!« wiederholte Sossimoff sehr bestimmt und ging hinaus.

Rasumichin sann nach und beeilte sich, ihn einzuholen.

»Es könnte schlimmer werden, wenn wir ihm nicht gehorchten«, sagte Sossimoff, schon auf der Treppe. »Man darf ihn nicht reizen ...«

»Was ist denn mit ihm los?«

»Wenn ihm bloß etwas Glückliches widerfahren wollte, ein freudiger Schock, das wäre gut. Vorhin war er bei Kräften ... Weißt du, er hat etwas auf dem Herzen. Etwas Unbewegliches, Bedrückendes ... Das fürchte ich sehr; so ist es unbedingt!«

»Vielleicht ist das dieser Herr Pjotr Petrowitsch! Ihrem Gespräch konnte man ja entnehmen, daß er seine Schwester heiraten will und daß Rodja darüber kurz vor der Erkrankung einen Brief erhalten hat ...«

»Ja; der Teufel hat ihn jetzt hergeführt; vielleicht hat er die ganze Sache verdorben. Hast du aber gemerkt, daß er gegen alles gleichgültig ist, über alles schweigt, außer über den einen Punkt, bei dem er aufbraust; dieser Mord ...«

»Ja, ja!« bestätigte Rasumichin. »Das ist mir auch aufgefallen! Er interessiert sich dafür, es regt ihn auf. Man hat ihn am Tage seiner Erkrankung auf dem Polizeibüro damit erschreckt; er fiel in Ohnmacht.«

»Darüber mußt du mir heute abend ausführlicher erzählen, ich will dir dann nachher auch etwas sagen. Er interessiert mich sehr! In einer halben Stunde will ich nochmals nach ihm sehen ... Eine Entzündung dürfte übrigens nicht zu befürchten sein.«

»Ich danke dir! Ich will unterdessen bei der lieben Praskowja warten und werde ihn durch Nastassja beobachten lassen.«

Raskolnikoff blickte, als jene ihn verlassen hatten, voll Ungeduld und Kummer Nastassja an; sie aber zögerte wegzugehen.

»Willst du jetzt Tee trinken?« fragte sie ihn.

»Nachher! Jetzt will ich schlafen! Laß mich ...« Er drehte sich hastig der Wand zu. Nastassja ging hinaus.

VI

Kaum aber war sie hinausgegangen, als er aufstand, die Tür zuhakte, das Bündel mit den Kleidern, das Rasumichin vorhin gebracht und wieder zugebunden hatte, aufmachte und sich anzukleiden begann. Merkwürdig: plötzlich schien er völlig ruhig geworden zu sein; weder das halbwahnsinnige Phantasieren, wie vorhin, noch die panische Angst, wie in der ganzen letzten Zeit, waren vorhanden. Es war der erste Augenblick einer seltsamen plötzlichen Ruhe. Seine Bewegungen waren bestimmt und klar, eine feste Absicht lag in ihnen. »Heute noch, heute noch! . . .« murmelte er vor sich hin. Er begriff jedoch, daß er noch schwach war, aber eine starke seelische Spannung, die sich bis zur Ruhe, bis zu einer unbeweglichen Idee gesteigert hatte, verlieh ihm Kraft und Selbstbewußtsein; er hoffte auch, daß er auf der Straße nicht hinfallen werde. Nachdem er sich vollkommen neu angezogen hatte, erblickte er das Geld, das auf dem Tische lag, dachte nach und steckte es in die Tasche. Es waren fünfundzwanzig Rubel. Er nahm auch das Kupfergeld, den Rest von den zehn Rubeln, die Rasumichin für die Kleidung ausgegeben hatte. Dann hob er leise den Haken ab, trat aus dem Zimmer, stieg leise die Treppe hinab und warf einen Blick durch die weit geöffnete Küchentür. Nastassja stand gebückt mit dem Rücken zur Tür und blies die Holzkohlen im Ssamowar an. Sie hatte nichts gehört. Wer konnte auch annehmen, daß er fortgehen würde? Nach einer Minute war er schon auf der Straße.

Es war gegen acht Uhr, die Sonne ging unter. Es herrschte die frühere Schwüle, aber er atmete gierig diese stinkende, staubige, durch die Stadt verpestete Luft ein. Der Kopf begann ihm ein wenig zu schwindeln; eine wilde Energie blitzte in seinen fiebrigen Augen auf und sprach aus seinem abgemagerten, gelblich-bleichen Gesicht. Er wußte nicht und dachte auch nicht nach, wohin er wollte; er wußte bloß eins, »daß *all das* heute noch, mit einem Schlag, sofort beendet werden muß!«, daß er anders nicht nach Hause zurückkehren werde, weil er *»so nicht weiterleben will!«* Wie aber beenden? Womit beenden? Davon hatte er keine Vorstellung und wollte auch nicht daran denken. Er verscheuchte den Gedanken, der ihn quälte. Bloß eins fühlte und wußte er, daß alles sich ändern müsse, so oder so, »gleichviel wie« wiederholte er mit einer verzweifelten starren Selbstgewißheit und Entschlossenheit.

Nach seiner Gewohnheit ging er wieder dem Heumarkt zu. Kurz vor dem Heumarkt stand auf der Straße vor einem kleinen Laden ein junger schwarzhaariger Mann mit einem Leierkasten und spielte ein rührseliges Stück. Er begleitete ein fünfzehnjähriges Mädchen, das vor ihm auf dem Fußsteig stand und wie ein Fräulein gekleidet war, in einer Krinoline, dazu Mantille, Handschuhe und ein Strohhut mit einer modefarbenen Feder; alles war alt und abgetragen. Sie sang in Erwartung einer Kupfermünze eine Romanze mit tremolierender, aber nicht unangenehmer und kräftiger Straßenstimme. Raskolnikoff blieb neben ein paar anderen Zuhörern stehen, hörte zu, nahm ein Fünfkopekenstück und legte es in die Hand des jungen Mädchens. Sie brach bei der höchsten und rührseligsten Note ab, rief dem Leiermann scharf »Schluß!« zu, und beide wanderten weiter zum nächsten Laden.

»Haben Sie Straßengesang gern?« wandte sich Raskolnikoff plötzlich an einen nicht mehr jungen Herrn, der neben ihm stand und das Aussehen eines müßigen Spaziergängers hatte. Dieser blickte ihn erschrocken und verwundert an.

»Ich höre ihn gern«, fuhr Raskolnikoff fort, mit einem Ausdruck, als rede er gar nicht über Straßengesang. »Ich liebe es, wenn zu einer Leierkastenmelodie gesungen wird an einem kalten, dunklen und feuchten Herbstabend, unbedingt an einem feuchten, wenn alle Vorübergehenden blaßgrüne und kranke Gesichter haben; oder noch besser, wenn ein nasser Schnee kerzengerade, ohne Wind, niederfällt, wissen Sie, und die Gaslaternen hindurchschimmern . . .«

»Ich weiß nicht... Entschuldigen Sie...«, murmelte der Herr, betroffen über die Worte und das sonderbare Aussehen Raskolnikoffs, und ging auf die andere Seite der Straße hinüber.

Raskolnikoff schritt weiter und kam zu jener Ecke des Heumarktes, wo der Kleinbürger und seine Frau, die sich damals mit Lisaweta unterhalten hatten, ihren Handel trieben. Aber sie waren jetzt nicht da. Als er die Stelle erkannt hatte, blieb er stehen, sah sich um und wandte sich an einen jungen Burschen in rotem Hemd, der am Eingang eines Mehlladens gähnte.

»Hier an der Ecke handelt doch ein Kleinbürger und seine Frau, nicht wahr?«

»Es handeln hier viele Leute«, antwortete der Bursche und blickte Raskolnikoff von oben herab an.

»Wie heißt er?«

»Wie man ihn getauft hat, so heißt er auch.«

»Bist du nicht aus dem Rjasánschen Gouvernement? Aus welcher Gegend bist du denn?«

Der Bursche sah Raskolnikoff wieder an.

»Wie soll ich es denn wissen, Eure Durchlaucht, bin zu dumm, um es zu wissen ... Entschuldigen Sie gütigst, Durchlaucht.«

»Ist das dort eine Schenke, dort drüben?«

»Das ist ein Restaurant, hat auch ein Billard, und auch schöne Damen findet man dort... Hühühü!« pfiff er.

Raskolnikoff ging quer über den Platz. Dort an der anderen Ecke stand eine dichte Volksmenge, lauter Bauern. Er zwängte sich durch den dicksten Knäuel und sah sich die Gesichter an. Aus irgendeinem Grunde drängte es ihn, alle anzureden. Aber die Bauern schenkten ihm keine Beachtung und redeten, stritten, lamentierten alle unter sich. Er blieb stehen, dachte nach und ging nach rechts auf den Fußsteig, in der Richtung zum W.schen Prospekt. Als er den Platz verlassen hatte, geriet er in die N.-Gasse.

Er war auch früher oft durch diese sehr kurze Gasse gegangen, die eine Biegung machte und vom Platz aus auf die Ssadówaja führte. In der letzten Zeit hatte es sogar etwas Anziehendes für ihn, wenn ihm schwer zumute war, in dieser Gegend umherzuirren, »damit es noch schwerer werde«. Jetzt aber war er hierhergekommen, ohne etwas zu wollen. Hier gab es ein großes Haus, in dem lauter Schenken und andere Speise- und Trinkanstalten waren; alle Augenblicke kamen von dort Frauenzimmer herausgelaufen, leicht gekleidet, wie man »in der Nachbarschaft« herumzugehen pflegt – ohne Kopfbedeckung und Überwurf. Sie sammelten sich auf dem Fußsteig an, ein paar standen in Gruppen, besonders bei den Eingängen in das Erdgeschoß, wo man zwei Stufen tiefer in allerhand sehr lustige Lokale gelangen konnte. In einer dieser Gaststätten herrschte in diesem Augenblick starker Lärm und Geschrei, so daß man es in der ganzen Straße hören konnte: auf einer Gitarre wurde geklimpert, es wurde gesungen, es ging sehr bunt zu. Eine große Gruppe von Frauen drängte sich am Eingang; einige saßen auf den Stufen, andere auf dem Fußsteig, andere wieder standen und unterhielten sich. Auf dem Fahrdamm daneben schlenderte ein betrunkener Soldat mit einer Zigarette im Mundwinkel, schimpfte laut, und wie es schien, wollte er irgendwo hineingehen, aber wahrscheinlich hatte er vergessen, wohin er wollte. Ein zerlumpter Kerl beschimpfte einen andern, und ein total Betrunkener lag mitten auf dem Gehsteig. Raskolnikoff blieb bei der großen Gruppe von Weibern stehen. Sie sprachen mit heiseren Stimmen, alle hatten sie Kattunkleider an und billige Stiefel und waren barhaupt. Einige waren über vierzig Jahre alt, es waren aber auch siebzehnjährige dabei, fast alle hatten sie zerbläute Gesichter.

Aus irgendeinem Grunde fesselte ihn der Gesang und dieser ganze Lärm und Tumult dort unten im Lokal. Man konnte hören, wie unter Lachen und Kreischen jemand mit einer hohen Fistelstimme burschikos zu einer Gitarre sang und wie ein anderer toll dazu tanzte und mit den Absätzen den Takt schlug. Er hörte aufmerksam, düster und nachdenklich zu, indem er, am Eingang stehend und sich vorbeugend, neugierig in das Vorzimmer hineinblickte.

„O du mein schöner Schutzmann,
Schlag mich doch nicht ohne Grund! ..."

ertönte die schüttere Stimme des Sängers. Raskolnikoff hatte schreckliche Lust zu hören, was man sang, als wäre das jetzt die Hauptsache.

»Soll ich nicht hineingehen?« dachte er. »Sie lachen dort! Aus Betrunkenheit. Sollte ich mich nicht auch betrinken?«

»Wollen Sie nicht hineingehen, lieber Herr!« sagte eine der Frauen mit ziemlich heller und nicht ganz heiserer Stimme. Sie war jung und gar nicht abstoßend – die einzige in der ganzen Gruppe.

»Sieh mal, wie hübsch du bist!« antwortete er, sich aufrichtend und sie anblickend.

Sie lächelte; das Kompliment gefiel ihr sehr.

»Sie sind auch selbst sehr hübsch«, sagte sie.

»Wie mager er ist!« bemerkte eine andere mit einer Baßstimme. »Kommen wohl grad aus dem Krankenhaus?«

»Ihr seid mir alle wie aus feiner Familie, bloß die Nasen sind zu platt!« unterbrach sie plötzlich ein herantretender Kerl, ein wenig angeheitert, mit einem listig lächelnden Gesicht. »Das ist ja lustig hier.«

»Geh hinein, wenn du schon hergekommen bist!«

»Ich werde auch hineingehen, du Süße!«

Und er torkelte hinunter.

Raskolnikoff ging weiter.

»Hören Sie, mein Herr!« rief ihm das Mädchen nach.

»Was?«

Sie wurde verlegen.

»Ich würde mich immer freuen, mein Herr, mit Ihnen die Zeit zu verbringen, aber jetzt genier ich mich vor Ihnen und wage nicht recht ... Schenken Sie mir doch, mein schöner Kavalier, sechs Kopeken zu einem Trunk!«

Raskolnikoff nahm heraus, was er erfaßte – es waren fünfzehn Kopeken.

»Ach, was für ein nobler Herr!«

»Wie heißt du?«

»Fragen Sie nur nach Duklída.«

»Nein, das gehört sich nicht!« sagte plötzlich eine aus der Gruppe und schüttelte den Kopf über Duklida. »Ich versteh' nicht, wie man so betteln kann! Ich würde, glaub' ich, vor lauter Scham in die Erde versinken ...«

Raskolnikoff blickte neugierig die Sprechende an. Es war ein pockennarbiges Mädchen, etwa dreißig Jahre alt, voll blauer Flecken im Gesicht und mit geschwollener Lippe. Sie sprach und tadelte ruhig und ernst.

»Wo habe ich«, dachte Raskolnikoff, während er weiterging, »wo habe ich gelesen, wie ein zum Tode Verurteilter eine Stunde vor seinem Ende spricht oder denkt, daß er, wenn er nur irgendwo auf einer steilen Höhe, auf einem Felsen und dort auf einer winzigen Fläche, wo er gerade nur seine zwei Füße hinsetzen könnte, leben dürfte, umgeben von Abgründen, vom Ozean, von ewiger Finsternis, ewiger Einsamkeit und ewigem Sturm, und so, auf diesem bloß ellenbreiten Raum stehend, sein ganzes Leben, tausend Jahre, eine Ewigkeit verbringen müßte –, daß es dennoch besser wäre, so zu leben, als sofort zu sterben! Nur leben, leben, leben! Wie, das ist ganz gleich! – Bloß leben! ... Wie wahr! Herrgott, wie wahr! Der Mensch ist gemein! ... Und gemein ist der, der ihn deswegen gemein nennt«, fügte er nach einer Weile hinzu.

Er kam auf eine andere Straße hinaus.

»Ah! Das ist ja der Kristallpalast! Rasumichin sprach vorhin vom Kristallpalast! Ja, was wollte ich aber? Ach ja, ich wollte lesen! ... Sossimoff sagte, daß er in den Zeitungen gelesen hätte ...«

»Haben Sie Zeitungen?« fragte er, indem er in ein größeres und sogar sauberes Restaurant mit mehreren jetzt ziemlich leeren Räumen eintrat. Zwei, drei Gäste tranken Tee, und in einem der Hinterzimmer saßen etwa vier Menschen und tranken Champagner. Raskolnikoff glaubte unter ihnen

Samjotoff zu erblicken, den Schriftführer. Von weitem konnte er ihn aber nicht so genau erkennen.

»Und wenn auch!« dachte er.

»Befehlen Sie Branntwein?« fragte der Kellner.

»Bringe mir Tee. Und bringe mir Zeitungen, alte Zeitungen, so von den letzten fünf Tagen, ich gebe dir ein Trinkgeld dafür.«

»Jawohl. Hier sind die heutigen. Befehlen Sie auch Branntwein?«

Alte Zeitungen und der Tee erschienen. Raskolnikoff setzte sich hin und begann zu suchen: – »Isler ... Isler ... Azteken ... Azteken ... Isler ... Bartola ... Massimo ... Azteken ... Isler ... pfui, zum Teufel! Ah, da ist die Lokalchronik ... von der Treppe herabgestürzt ... ein Kleinbürger gestorben an Alkoholvergiftung ... Feuersbrunst ... Feuersbrunst ... noch eine Feuersbrunst ... und noch eine Feuersbrunst ... Isler ... Massimo ... Isler ... Isler ... Massimo ... Ah, da ist es ...«

Er hatte endlich gefunden, was er suchte, und begann zu lesen; die Zeilen hüpften vor seinen Augen, trotzdem las er die ganze »Nachricht« zu Ende und begann voll Gier in den weiteren Nummern die Fortsetzung zu suchen. Seine Hände zitterten vor starker Ungeduld, während er in den Zeitungen blätterte. Plötzlich setzte sich jemand neben ihn, an seinen Tisch. Er schaute hin – es war Samjotoff, derselbe Samjotoff mit demselben Äußern, mit Ringen und Uhrkette, mit einem Scheitel in seinen schwarzen gekräuselten und pomadisierten Haaren, in einer eleganten Weste, aber in einem etwas abgetragenen Rock und in nicht frischer Wäsche. Er war lustig gestimmt, wenigstens lachte er sehr vergnügt und gutmütig. Sein gebräuntes Gesicht war vom genossenen Champagner ein wenig erhitzt.

»Wie! Sie hier?« begann er mit Staunen und in einem Tone, als wäre er ein ewigalter Bekannter. »Mir erzählte gestern noch Rasumichin, daß Sie immer noch bewußtlos daliegen. Das ist merkwürdig! Wissen Sie, ich war bei Ihnen ...«

Raskolnikoff hatte es sich gedacht, daß er zu ihm kommen würde. Er legte die Zeitungen beiseite und wandte sich Samjotoff zu. Um seine Lippen spielte ein Spottlächeln, und in diesem Lächeln zuckte eine gleichsam neuartige, reizbare Ungeduld.

»Ich weiß, daß Sie da waren«, antwortete er, »ich habe es gehört. Sie haben meinen Strumpf gesucht... Wissen Sie, Rasumichin ist ganz entzückt von Ihnen. Er erzählte, daß Sie mit ihm bei Louisa Iwanowna waren, wegen der Sie damals so angelegentlich dem Leutnant ‚Pulver' zuzwinkerten und der immer nicht begriff, erinnern Sie sich noch? Und da war doch nicht viel zu verstehen – es war ja eine klare Sache... nicht?«

»Was für ein Schwätzer er ist!«

»Wer? ... Pulver?«

»Nein, Ihr Freund Rasumichin...«

»Sie haben es gut, Herr Samjotoff! Zu den angenehmsten Orten zollfreien Eintritt! Wer hat Ihnen denn soeben Champagner spendiert?«

»Wir haben... ein wenig getrunken... Und Sie sagen – spendiert?!«

»Ein wenig Honorar! Sie ziehen eben aus allem Nutzen!« Raskolnikoff lachte. »Hat nichts zu sagen, mein guter junger Mann, hat nichts zu sagen!« fügte er hinzu und schlug Samjotoff auf die Schulter. »Ich meine es aber nicht böse, sondern ‚in aller Freundschaft, nur so als Spielerei', wie der Anstreicher Nikolai sagte, als er Dmitrij schlug, wissen Sie, in der Sache der Alten...«

»Woher wissen Sie das?«

»Ich weiß vielleicht mehr als Sie...«

»Wie sonderbar Sie sind... Wahrscheinlich sind Sie noch sehr krank. Es war unvorsichtig von Ihnen auszugehen.«

»Erscheine ich Ihnen sonderbar?«

»Ja. Was lesen Sie da, Zeitungen?«

»Ich lese Zeitungen.«

»Es wird von vielen Feuersbrünsten berichtet.«

»Nein, ich lese nicht über Feuersbrünste.« Hier blickte er Samjotoff rätselhaft an; ein spöttisches Lächeln spielte wieder um seine Lippen. »Nein, ich las nicht über Feuersbrünste«, fuhr er fort und zwinkerte Samjotoff zu. »Gestehen Sie nur, lieber junger Mann, daß Sie furchtbar gern wissen möchten, was ich gelesen habe?«

»Ich will es gar nicht wissen; ich habe bloß so gefragt. Darf man denn nicht fragen? Was haben Sie nur immer ...«

»Hören Sie, Sie sind doch ein gebildeter, belesener Mensch?«

»Ich habe die Sekunda eines Gymnasiums«, antwortete Samjotoff mit einiger Würde.

»Die Sekunda! Ach, du mein kleiner Spatz![6] Mit einem Scheitel, mit Ringen – ein reicher Mann! Nein, welch ein lieber Junge!« Hier brach Raskolnikoff in ein nervöses Lachen aus und lachte Samjotoff direkt ins Gesicht. Der fuhr zurück und war, wie es schien, nicht gerade gekränkt, aber doch sehr verwundert.

»Nein, wie sonderbar Sie sind!« wiederholte Samjotoff sehr ernst. »Ich vermute, Sie phantasieren immer noch.«

»Ich phantasiere? Das faselst du, mein Spätzchen! ... Also, ich sei sonderbar? Nun, aber ich errege doch Ihre Neugier? Nicht wahr?«

»Ja, Sie erregen meine Neugier.«

»Soll ich Ihnen also sagen, was ich gelesen, was ich gesucht habe? Sehen Sie doch, wieviel Nummern ich mir bringen ließ! Erscheint das nicht verdächtig?«

»Also sagen Sie es mir.«

»Sind Ihre Ohren gespitzt?«

»Warum sollen sie gespitzt sein?«

»Ich will es Ihnen nachher sagen, jetzt aber erkläre ich Ihnen, mein Lieber ... nein, besser, ‚ich gestehe' ... Nein, das ist auch nicht das Richtige, ‚ich gebe es Ihnen zu Protokoll, und Sie nehmen es auf', so lautet's doch? Also, ich gebe zu Protokoll, daß ich nachgeforscht, mich interessiert, gesucht, gefunden und gelesen habe« – Raskolnikoff kniff die Augen zusammen und wartete eine Weile –, »gelesen habe, und deswegen auch hergekommen bin ... über die Ermordung der Alten, der Beamtenwitwe«, sagte er endlich, fast flüsternd, wobei er mit seinem Gesicht dem Gesicht Samjotoffs absonderlich nahe kam. Samjotoff sah ihn unverwandt an, ohne sich zu bewegen und ohne sein Gesicht zurückzuziehen. Am merkwürdigsten erschien es Samjotoff nachher, daß das Schweigen wohl eine volle Minute angedauert und daß sie solange einander angeblickt hatten.

»Was ist denn dabei, daß Sie darüber gelesen haben?« rief er plötzlich ungehalten und ungeduldig aus. »Was geht das mich an! Was ist denn dabei?«

»Das ist dieselbe Alte«, fuhr Raskolnikoff ebenso flüsternd fort und ohne sich bei dem Ausruf Samjotoffs zu rühren, »es ist dieselbe, von der man, erinnern Sie sich, im Polizeibüro zu sprechen begann, bevor ich in Ohnmacht fiel. Wie, verstehen Sie jetzt?«

»Ja, was denn? Was soll ich ... ‚verstehen'?« fragte Samjotoff beinahe aufgeregt.

Das unbewegliche und ernste Gesicht Raskolnikoffs veränderte sich blitzschnell, und wieder brach er in das nervöse Lachen von vorhin aus, als wäre er überhaupt nicht imstande, sich zu bezwingen. Und in einem Augenblick erinnerte er sich bis zur äußersten Klarheit der Empfindung jener Sekunden, als er mit dem Beil hinter der Tür stand und den Haken hüpfen sah, und wie die vor der Tür schimpften und an der Klinke rissen, er aber plötzlich Lust bekam, ihnen etwas zuzurufen, sie zu beschimpfen, ihnen die Zunge zu zeigen, sie zu verhöhnen, zu lachen, laut zu lachen, lachen, lachen!

»Sie sind entweder verrückt oder ...«, sagte Samjotoff – und hielt inne, als hätte er über einem plötzlichen Gedanken die Sprache verloren.

»Oder? Was – ‚oder'? Was ist's? Sprechen Sie's doch aus!«

»Nichts!« versetzte Samjotoff ärgerlich. »Es ist ja alles Unsinn!«

Beide verstummten. Nach dem plötzlichen Lachanfall wurde Raskolnikoff gleich wieder nachdenklich und traurig. Er legte die Ellenbogen auf den Tisch und stützte den Kopf mit der einen Hand. Anscheinend hatte er die Gegenwart Samjotoffs völlig vergessen. Das Schweigen währte ziemlich lange.

»Warum trinken Sie Ihren Tee nicht? Er wird kalt«, sagte Samjotoff.

»Wie? Was? Tee? ... Meinetwegen ...« Raskolnikoff nahm einen Schluck aus dem Glas, steckte ein kleines Stück Brot in den Mund, blickte Samjotoff an und schien sich auf einmal an alles zu erinnern. Sein Gesicht nahm im selben Augenblick den früheren höhnischen Ausdruck an. Er fuhr fort, Tee zu trinken.

»Neuerdings vermehren sich die Spitzbuben ganz gewaltig«, sagte Samjotoff. »Ich las vor kurzem in den „Moskauer Nachrichten“, daß man in Moskau eine Bande Falschmünzer festgenommen hat. Es war eine ganze Gesellschaft ... sie fälschten Papiergeld.«

»Oh, das ist schon lange her! Ich habe es vor einem Monat gelesen«, antwortete Raskolnikoff ruhig. »So, das sind Ihrer Meinung nach Spitzbuben?« fügte er ironisch lächelnd hinzu.

»Wieso denn nicht?«

»Die? Das sind Kinder, Grünschnäbel, aber keine Spitzbuben! Ganze fünfzig Menschen vereinigen sich zu diesem Zweck! Geht denn das an? Bei so einer Sache sind schon drei zuviel, da müßte jeder dem andern mehr als sich selbst vertrauen! Es braucht bloß einer in der Betrunkenheit etwas auszuplaudern, und alles ist verloren! Grünschnäbel waren es! Sie mieteten sich unzuverlässige Menschen, um das Geld in allerhand Banken umwechseln zu lassen — so eine Sache dem ersten besten anzuvertrauen! Nun gut, nehmen wir an, daß es ihnen auch mit solchen geglückt wäre, jeder hätte eine Million eingewechselt, aber was weiter? Das ganze Leben lang? Jeder ist dann vom anderen sein lebelang abhängig! Da ist es ja besser, sich gleich zu erhängen! Und sie verstanden nicht einmal einzuwechseln: der eine geht in eine Bank zum Wechseln, empfängt fünftausend, und die Hände beginnen zu zittern. Viertausend zählt er nach, das fünfte Tausend aber nimmt er ohne nachzuzählen, auf guten Glauben, um es schneller in die Tasche stecken zu können und fortzulaufen. Das erregte Verdacht, und die ganze Sache ging in die Brüche, bloß wegen eines einzigen Dummkopfes! Ja, ist das denkbar?«

»Daß die Hände zu zittern anfangen?« fragte Samjotoff. »Das ist denkbar. Ich bin vollkommen überzeugt, daß es möglich ist. Manchmal kann man gegen so etwas nicht ankämpfen.«

»Gegen so etwas?«

»Glauben Sie denn, daß Sie standhalten könnten? Ich hielte es nicht aus! Für eine Bezahlung von hundert Rubel diese Angst auf sich nehmen! Nein! Mit einem gefälschten Papier hingehen – und wohin noch: in ein Bankhaus, wo sie in der Beziehung so gewitzt sind –, nein, ich hätte die Nerven verloren. Und Sie hätten nicht die Nerven verloren?«

Raskolnikoff hatte plötzlich wieder große Lust, »die Zunge zu zeigen«. Ein Schüttelfrost überlief wieder seinen Rücken.

»Ich würde nicht so gehandelt haben«, begann er, weit ausholend. »Ich hätte so gewechselt: ich hätte das erste Tausend so gegen viermal nachgezählt, von vorn und von rückwärts, jeden Schein betrachtet und hätte mich dann an das zweite Tausend gemacht; ich hätte angefangen zu zählen, wäre bis zur Hälfte gekommen, hätte dann irgendeinen Schein von fünfzig Rubel hervorgeholt und ihn gegen das Licht gehalten, dann ihn umgedreht und wieder gegen das Licht gehalten – ob er nicht gefälscht ist? Ich bin ängstlich, hätte ich gesagt, eine Verwandte von mir hat auf diese Weise vor kurzem fündundzwanzig Rubel eingebüßt – und hätte nun eine Geschichte zum besten gegeben. Und wenn ich das dritte Tausend zu zählen angefangen hätte, würde ich plötzlich sagen: Erlauben Sie, ich habe, scheint mir, im zweiten Tausend das siebente Hundert nicht richtig nachgezählt, ich bin im Zweifel! und ich hätte das dritte Tausend zur Seite gelegt und wieder das zweite Tausend nachgezählt, und in dieser Weise hätte ich es mit allen fünfen gemacht. Und wenn ich damit fertig gewesen wäre, hätte ich aus dem zweiten und aus dem fünften Tausend je einen Schein herausgenommen, gegen das Licht gehalten und voll Zweifel gebeten, ihn umzutauschen. Und ich hätte den Angestellten zum Schwitzen gebracht, so daß er alles getan hätte, um mich endlich loszuwerden. Und nach dem allen wäre ich schließlich zur Tür gegangen, hätte sie geöffnet – und wäre wieder zurückgegangen, um unter Entschuldigung noch irgend etwas zu fragen oder mich über etwas zu erkundigen – sehen Sie, so hätte ich es gemacht!«

»Oh, was für Schauergeschichten Sie da erzählen!« sagte Samjotoff lachend. »Ja, da redet man so, bei der Ausführung aber würden Sie schon stolpern. Bei so einer Sache, sage ich Ihnen, kann nicht einmal ein geriebener, tollkühner Mensch für sich einstehen, geschweige denn wir beide. Wozu so weit suchen? Da haben Sie gleich hier ein Beispiel: In unserem Revier hat man eine alte Frau ermordet. Allem Anschein nach ein verwegener Bursche, am hellen lichten Tage hat er's gewagt, aber nur durch ein Wunder hat er sich retten können. Die Hände haben dann doch versagt; er hat nicht verstanden zu stehlen, hat nicht standgehalten; man sieht es aus dem Tatbestand ...«

Raskolnikoff schien sich gekränkt zu fühlen.

»Man sieht es! So nehmen Sie ihn doch fest!« warf er hin, schadenfroh Samjotoff reizend.

»Man wird ihn schon kriegen.«

»Wer? Sie? Sie wollen ihn kriegen? Das wird lange dauern! Sehen Sie, was ist denn bei Ihnen die Hauptsache? Ob ein Mensch viel Geld ausgibt oder nicht? Hatte er vor kurzem keins, gibt jetzt plötzlich Geld aus, also muß er es gewesen sein! In dieser Weise kann Sie jedes Kind irreführen, wenn es will!«

»Das ist es ja, daß sie alle so handeln«, antwortete Samjotoff. »Erst morden sie mit Bedacht, riskieren ihr Leben, und gehen dann sofort in die Schenke und werden dort festgenommen. Gerade beim Geldausgeben werden sie erwischt. Nicht alle sind so schlau wie Sie. Sie würden selbstverständlich in keine Schenke gehen!«

Raskolnikoff zog die Augenbrauen zusammen und blickte Samjotoff scharf an. »Sie haben, wie es scheint, Appetit bekommen und möchten wissen, wie ich auch in diesem Falle gehandelt hätte?« fragte er mißvergnügt.

»Ja, sehr gern«, antwortete jener fest und ernst. Seine Stimme und sein Blick waren auf einmal fast zu ernst geworden.

»Sehr gern?«

»Sehr gern.«

»Gut. Ich hätte folgendermaßen gehandelt«, begann Raskolnikoff, indem er plötzlich sein Gesicht wieder dem Samjotoffs näherte, ihn unverwandt anblickte und wieder im Flüsterton sprach, so daß jener diesmal sogar zusammenzuckte. »Ich hätte folgendermaßen gehandelt: ich hätte das Geld und die Sachen an mich genommen, und kaum entkommen, wäre ich sofort ohne Aufenthalt zu einem abgelegenen Platz gegangen, wo es nur Zäune gibt und wo es fast menschenleer ist – zu einem Gemüsegarten oder etwas ähnlichem. Ich hätte mir dort auf diesem Hof schon früher irgendeinen Stein, ungefähr im Gewicht von zwanzig Kilo oder mehr ausgesucht, irgendwo in einer Ecke am Zaun einen Stein also, der, seitdem das Haus gebaut ist, dort liegt; ich hätte diesen Stein aufgehoben – unter ihm muß es eine Vertiefung geben –, und in diese Vertiefung hätte ich alle Sachen und das Geld hineingelegt. Dann hätte ich den Stein auf seinen alten Platz gerückt, die Erde ringsum mit dem Fuß festgetreten und wäre fortgegangen. Ja, und ich würde ein Jahr, zwei oder auch drei Jahre nichts angerührt haben:

nun sucht mal! Es war da, und nun ist es nicht mehr da.«

»Sie sind verrückt!« sagte Samjotoff auch fast flüsternd und rückte plötzlich von Raskolnikoff weg.

Raskolnikoffs Augen funkelten; er wurde furchtbar bleich, seine Oberlippe zuckte und zitterte. Er beugte sich zu Samjotoff noch näher hin und bewegte die Lippen, ohne etwas zu sagen; das währte eine halbe Minute; er wußte, was er tat, aber er konnte sich nicht mehr halten. Ein fürchterliches Wort hüpfte gleichsam, wie damals der Haken an der Tür, auf seinen Lippen – jeden Augenblick konnte es sich lösen, er brauchte es nur entschlüpfen zu lassen, nur auszusprechen!

»Wie, wenn ich es wäre, der die Alte und Lisaweta ermordet hat?« sagte er plötzlich und – kam zu sich.

Samjotoff blickte ihn wild an und wurde so weiß wie das Tischtuch. Sein Gesicht verzog sich zu einem Lächeln.

»Wie wäre das möglich?« sagte er kaum hörbar.

Raskolnikoff blickte ihn böse an.

»Gestehen Sie, daß Sie es glaubten? – Ja? Nicht wahr?«

»Nein, nicht! Jetzt weniger als je!« sagte Samjotoff hastig.

»Nun haben Sie sich verraten! Das Spätzlein ist erwischt! Also haben Sie es früher geglaubt, wenn Sie es jetzt ‚weniger als je' glauben?«

»Aber gar nicht!« rief Samjotoff sichtlich verwirrt. »Sie haben mich also nur deshalb erschreckt, um mich dahin zu bringen?«

»Also glauben Sie es nicht? Worüber aber sprachen Sie denn damals, als ich aus dem Büro fortging? Und warum verhörte mich der Leutnant Pulver nach meiner Ohnmacht? – Hör mal, du!« rief er dem Kellner zu, stand auf und nahm seine Mütze. »Was habe ich zu zahlen?«

»Dreißig Kopeken im ganzen!« antwortete der Kellner.

»Da hast du noch zwanzig Kopeken als Trinkgeld. Sehen Sie, wieviel Geld ich habe«, er streckte Samjotoff seine zitternde Hand mit Papiergeld hin, »rote und blaue Scheine, fünfundzwanzig Rubel sind es. Woher habe ich die? Und woher stammt die neue Kleidung? Sie wissen doch, daß keine Kopeke da war! Sie haben doch sicher schon meine Wirtin ausgefragt ... Nun, genug! Assez causé! Auf Wiedersehen ... auf angenehmstes Wiedersehen! ...«

Er ging hinaus, am ganzen Körper von einer wilden, hysterischen Empfindung zitternd, die indes zu einem Teil unerträglichen Genuß enthielt – sonst aber düster und todmüde. Sein Gesicht war verzerrt, wie nach irgendeinem Anfall oder Krampf. Und seine Ermattung nahm rasch überhand. Seine Kräfte ließen sich jetzt wohl plötzlich anspannen und zeigten sich beim ersten Anlaß, beim ersten Empfinden des Reizes, aber sie erschlafften ebenso schnell und in dem Maße, wie der Reiz nachließ.

Nachdem Samjotoff allein geblieben war, saß er noch lange sinnend auf demselben Platz. Raskolnikoff hatte seine Gedanken in diesem Punkt zum Umschlagen gebracht, und eine neue Auffassung hatte sich in ihm endgültig befestigt.

»Ilja Petrowitsch ist ein Dummkopf!« sagte er sich schließlich.

Kaum hatte Raskolnikoff die Tür zur Straße geöffnet, als er plötzlich auf der Außentreppe mit dem eintretenden Rasumichin zusammenprallte. Sie hatten beide einander nicht kommen sehen, so daß sie fast mit den Köpfen zusammenstießen. Eine Weile maßen sie sich mit den Blicken. Rasumichin war höchst erstaunt, aber plötzlich flammte Zorn, ein wirklicher Zorn, fast drohend in seinen Augen auf.

»Also hier bist du!« schrie er aus vollem Halse. »Du bist aus dem Bett davongelaufen! Und ich habe dich sogar unter dem Diwan gesucht! Wir haben auf dem Boden nachgesehen! Ich habe Nastassja deinetwegen beinahe verprügelt ... Und nun bist du hier! Rodja! Was soll das bedeuten? Sag die Wahrheit! Gestehe! Hörst du?«

»Es bedeutet, daß ich euch alle ernstlich satt habe und daß ich allein sein will«, antwortete Raskolnikoff ruhig.

»Allein sein? Wo du nicht mal gehen kannst, wo deine Fratze noch bleich wie Leinwand ist und wo du kaum atmen kannst! Dummkopf! ... Was hast du im Kristallpalast zu suchen? Gestehe es sofort!«

»Laß mich!« sagte Raskolnikoff und wollte an ihm vorbeigehen.

Das brachte Rasumichin in Harnisch, er packte ihn fest an der Schulter.

»Laß mich? Du wagst zu sagen ‚Laß mich'? Weißt du auch, was ich mit dir gleich tun werde? Ich packe dich zu einem Bündel zusammen und bringe dich unterm Arm nach Hause und sperre dich ein!«

»Höre, Rasumichin«, begann Raskolnikoff leise und scheinbar völlig ruhig, »siehst du denn nicht, daß ich deine Wohltaten nicht wünsche? Und was ist es für ein Vergnügen, denen Wohltaten zu erweisen, die ... darauf spucken? Denen, schließlich, die sie in allem Ernste am wenigsten vertragen? Sage mir nur, warum hast du mich beim Beginn meiner Krankheit aufgesucht? Ich wäre vielleicht glücklich gewesen zu sterben! Habe ich dir heute nicht zur Genüge gezeigt, daß du mich quälst, daß ich deiner ... überdrüssig bin? Was für ein Vergnügen hast du daran, Menschen zu quälen! Ich versichere dir, daß dies alles meine Genesung ernstlich hindert, weil es mich ununterbrochen reizt. Sossimoff ging doch vorhin fort, um mich nicht zu reizen. Laß auch du mich um Gottes willen in Ruhe! Und was für ein Recht hast du schließlich, mich mit Gewalt zurückzuhalten? Ja, siehst du denn nicht, daß ich jetzt bei vollem Verstand bin? Wie, wie – sage mir – soll ich dich noch darum bitten, daß du mich in Ruhe läßt und mir keine Wohltaten mehr erweisest? Mag ich undankbar sein, mag ich gemein sein, aber um Gottes willen laßt mich, laßt mich alle in Ruhe! Laßt mich in Ruhe!«

Er hatte ruhig begonnen und freute sich im voraus über das ganze Gift, das er sich anschickte auszuschütten; er schloß aber in Raserei und fast erstickend, wie vorhin bei Lushin.

Rasumichin stand eine Weile da, dachte nach und ließ seinen Arm los.

»Scher dich zum Teufel!« sagte er leise und fast nachdenklich.

»Halt!« brüllte er plötzlich, als Raskolnikoff fortgehen wollte. »Höre mich an! Ich erkläre dir, daß ihr alle ohne Ausnahme Großmäuler und aufgeblasene Kerle seid! Stellt sich bei euch auch nur ein kleines Leid ein, lauft ihr gleich wie ein Huhn mit einem Ei herum! Auch in diesem Falle pflegt ihr von anderen zu stehlen. Keine Spur von Selbständigkeit steckt in euch! Ihr seid aus Spermacetsalbe gemacht, und anstatt Blut habt ihr Quark in den Adern! Keinem von euch glaube ich! Das erste, die Hauptsache bei euch ist in allen Dingen: nur nicht einem Menschen ähnlich sein! War–te!« rief er mit verstärkter Wut, als er merkte, daß Raskolnikoff sich anschickte wegzugehen. »Höre mich zu Ende! Du weißt, heute kommen Leute zu mir, um die neue Wohnung einzuweihen, vielleicht sind sie schon da, ich habe den Onkel dort gelassen – ich war soeben zu Hause –, die Gäste zu empfangen. Also, wenn du kein Dummkopf, kein flacher Dummkopf, kein Esel wärest, keine ausländische Imitation – siehst du, Rodja, ich gebe zu, du bist ein kluger Bursche, aber trotzdem ein Dummkopf! – also, wenn du kein Dummkopf wärest, würdest du heute besser den Abend bei mir verbringen, als unnütz die Stiefel abzulaufen. Du bist nun einmal ausgegangen, da ist weiter nichts mehr daran zu ändern! Ich würde dir einen weichen Sessel hereinbringen, meine Wirtsleute haben einen ... Tee würde es geben, Gesellschaft ... Und wenn du den Sessel nicht magst, lege ich dich auf die Chaiselongue hin. Aber du würdest dann doch unter uns liegen ... Auch Sossimoff kommt. Kommst du?«

»Nein!«

»Du lügst!« rief Rasumichin ungeduldig aus. »Und weißt du warum? Du kannst für dich nicht garantieren! Und im übrigen: du verstehst nichts davon. Ich habe mich tausendmal ebenso mit Menschen verkracht und bin wieder zurückgegangen ... man schämt sich – und kehrt zu den Menschen zurück. Also merke dir, Haus Potschínkoff, dritter Stock ...«

»Auf diese Weise werden Sie, Herr Rasumichin, möglicherweise sich schlagen lassen, nur dem zu Gefallen, der Sie schlägt?«

»Was? Mich schlagen lassen! Schon für den Gedanken drehte ich dem die Nase ab. Haus Potschínkoff, Nr. 47, in der Wohnung des Beamten Bábuschkin ...«

»Ich komme nicht, Rasumichin!« Raskolnikoff wandte sich um und ging fort.

»Ich wette, daß du kommst!« rief ihm Rasumichin nach. »Sonst bist du ... sonst bist du ... sonst will ich nichts mehr von dir wissen! Warte! He! Ist Samjotoff hier?«

»Ja, er ist hier.«

»Hast du ihn gesehen?«

»Ich habe ihn gesehen.«

»Hast du mit ihm gesprochen?«

»Ich habe mit ihm gesprochen.«

»Worüber? Nun, hol dich der Teufel, meinetwegen brauchst du es nicht zu sagen. Haus Potschinkoff, 47, Bábuschkins Wohnung, vergiß nicht!«

Raskolnikoff ging bis zur Ssadówaja und bog um die Ecke. Rasumichin blickte ihm sinnend nach. Endlich schlug er mit der Hand durch die Luft und ging in das Haus hinein, aber auf der Mitte der Treppe blieb er stehen.

»Teufel noch eins!« fuhr er fast laut fort. »Er spricht vernünftig, und doch scheint's ... Ich bin auch ein Dummkopf. Sprechen denn Verrückte nicht vernünftig? Und Sossimoff scheint gerade das zu befürchten, glaube ich!« Er tippte sich mit dem Finger an die Stirn. »Wenn aber ... wie kann man ihn jetzt allein lassen? Er kann sich ertränken ... Ach, daran habe ich nicht gedacht! Man darf ihn nicht allein lassen!« und er lief zurück, um Raskolnikoff einzuholen, aber der war verschwunden. Er spie aus und eilte wieder in den Kristallpalast, um etwas von Samjotoff zu erfahren.

Raskolnikoff ging geradewegs zur N.schen Brücke, blieb in der Mitte stehen, stützte beide Ellbogen auf das Geländer und begann in die Ferne zu schauen. Nachdem er von Rasumichin Abschied genommen hatte, war er so schwach geworden, daß er nur mit Mühe bis hierher gekommen war. Er wollte sich irgendwo hinsetzen oder hinlegen, und sei's auf die Fahrstraße. Über das Wasser gebeugt, blickte er mechanisch auf den letzten, rosigen Schein des Sonnenuntergangs, auf die Reihe Häuser, die in der hereinbrechenden Dämmerung dunkel hervortraten, auf ein weit entferntes kleines Fenster in irgendeiner Mansarde auf dem linken Quai, das, vom letzten Sonnenstrahl getroffen, wie ein Feuer glühte; er blickte auf das dunkle Wasser des Kanals und schien dieses Wasser aufmerksam zu betrachten. Auf einmal sah er vor seinen Augen rote Kreise, die Häuser drehten sich, die Vorübergehenden, die Ufer, Equipagen – alles drehte sich und tanzte. Plötzlich fuhr er auf und wurde durch ein schauerliches, verrücktes und widerwärtiges Ereignis vielleicht vor einem neuen Ohnmachtsanfall bewahrt. Er fühlte, wie jemand an seine rechte Seite trat, sah hin und bemerkte ein Weib, hochgewachsen, mit einem Tuche um den Kopf, mit einem gelben, länglichen, abgemagerten Gesicht und mit geröteten, eingefallenen Augen. Sie schaute ihn an, aber offenbar sah sie ihn nicht und unterschied niemanden. Plötzlich stützte sie sich mit der rechten Hand auf das Geländer, hob das rechte Bein über das Geländer, dann das linke, und stürzte sich in den Kanal. Das schmutzige Wasser spritzte hoch auf, verschlang einen Moment sein Opfer, aber nach einer Minute tauchte die Selbstmörderin wieder auf, und die Strömung trug sie fort. Ihr Kopf und ihre Beine waren unter Wasser, mit dem Rücken lag sie nach oben, und ihr Rock war wie ein Kissen aufgebläht.

»Sie hat sich ertränkt! Sie hat sich ertränkt!« riefen ein Dutzend Stimmen; Menschen liefen zusammen, die beiden Ufer bedeckten sich mit Zuschauern, auf der Brücke, rings um Raskolnikoff, drängte sich das Volk, stieß ihn und preßte ihn von hinten ans Geländer.

»Um's Himmels willen, das ist ja unsere Afrossínja!« schrie irgendwo unweit eine klagende Weiberstimme. »Leute, rettet sie! Gute, liebe Leute, zieht sie heraus!«

»Ein Boot! Ein Boot!« rief man in der Menge. Ein Boot war aber nicht mehr nötig; ein Schutzmann war die Stufen zum Kanal hinuntergelaufen, hatte seinen Mantel und seine Stiefel von sich geworfen und stürzte sich ins Wasser. Es war keine große Arbeit. Die Unglückliche trieb nur ein paar Schritte weit von der Treppe, er erfaßte mit der rechten Hand ihr Kleid, und mit der linken gelang es ihm, die Stange, die ihm ein Kamerad entgegenhielt, zu ergreifen, und die Selbstmörderin wurde alsbald herausgezogen. Man legte sie auf die Granitfließen der Treppe. Sie kam rasch zu sich, erhob sich, setzte sich hin, begann zu niesen und zu prusten und wischte mit den Händen mechanisch ihr nasses Kleid ab. Sie sprach nichts.

»Sie hat sich bis zur Bewußtlosigkeit vollgesoffen, Leute«, heulte dieselbe Frauenstimme, jetzt schon neben der Afrossínja. »Vor kurzem wollte sie sich erhängen, wir haben sie aus der Schlinge gezogen. Ich ging eben in einen Laden, hatte ein kleines Mädchen dagelassen, damit sie aufpasse – und da ist das Unglück geschehen! Sie ist eine Kleinbürgerin, wohnt hier nebenan, im zweiten Hause von hier, dort . . .«

Das Volk ging auseinander, die Schutzleute gaben sich noch mit der Lebensmüden ab, jemand rief etwas vom »Polizeibüro« . . . Raskolnikoff sah allem mit einem seltsamen Gefühl von Gleichgültigkeit und Teilnahmlosigkeit zu. Ihm wurde übel.

»Nein, es ist abscheulich . . . das Wasser . . . es lohnt sich nicht, hier zu bleiben«, murmelte er vor sich hin. »Nichts wird hier geschehen«, fügte er hinzu. »Es lohnt sich nicht, zu warten. Wie wär's mit dem Polizeibüro? Warum aber ist Samjotoff nicht im Büro? Das Büro ist doch bis zehn Uhr offen . . .«

Er wandte dem Geländer den Rücken und blickte sich um. »Nun, was! also meinetwegen!« sagte er entschlossen, ging über die Brücke und schlug die Richtung nach dem Polizeibüro ein. Sein Herz war leer und öde. Denken wollte er nicht. Auch seine schwermütige Stimmung war verschwunden. Von der früheren Energie, mit der er seine Wohnung verlassen hatte, um allem ein Ende zu machen, war keine Spur mehr vorhanden. Völlige Apathie war an ihre Stelle getreten.

»Nun ja, auch das ist ein Ausweg!« dachte er, indem er langsam und träge längs des Kanalufers ging. »Ich werde ein Ende machen, weil ich will ... Ist es aber eine Lösung? Ach, einerlei! Eine Elle im Quadrat zum Stehen wird es doch noch geben ... ha! Aber was ist das nun für ein Ende! Und soll das wirklich das Ende sein? Werde ich es ihnen sagen oder nicht? Ah ... zum Teufel! Ich bin auch müde, könnte ich mich doch irgendwo bald hinlegen oder hinsetzen! Am meisten schäme ich mich, daß es gar so dumm ist. Aber auch darauf pfeife ich! Pfui, was für Dummheiten einem in den Sinn kommen ...«

Um in das Polizeibüro zu gelangen, mußte man geradeaus gehen und bei der zweiten Biegung links einschwenken, es war nur wenige Schritte entfernt. Als er die erste Biegung erreicht hatte, blieb er stehen, dachte nach, bog in eine Seitengasse ein und ging durch zwei Straßen auf einem Umweg dorthin – vielleicht ohne jedes Ziel, vielleicht aber, um es noch eine Minute hinzuziehen und Zeit zu gewinnen. Er ging und sah zur Erde. Plötzlich schien ihm jemand etwas ins Ohr geflüstert zu haben. Er hob den Kopf und sah, daß er an *dem* Hause, direkt am Toreingang, stand. Seit *jenem* Abend war er hier nicht mehr gewesen und auch nicht vorübergegangen.

Ein unbezähmbares und unerklärliches Verlangen zog ihn hin. Er ging in das Haus hinein, durchschritt das Tor, bog in den ersten Eingang rechts ein und begann, die bekannte Treppe ins vierte Stockwerk hinaufzusteigen. Es war sehr dunkel auf der engen und steilen Treppe. Er blieb auf jedem Absatz stehen und sah sich neugierig um. Auf dem Absatz des ersten Stockes war ein Fensterflügel herausgenommen. »Das war damals nicht so«, dachte er. Da war auch die Wohnung im zweiten Stock, wo Nikolai und Dmitrij arbeiteten. »Sie ist verschlossen; und die Tür ist neu gestrichen; also wird sie zu vermieten sein.« Und da war auch der dritte Stock ... und der vierte ... »Dort!« Aber er wunderte sich: die Tür zu dieser Wohnung war sperrangelweit geöffnet, es waren Menschen drin, man hörte Stimmen. Das hatte er keineswegs erwartet. Nachdem er eine Weile unschlüssig dagestanden hatte, stieg er die letzten Stufen hinauf und trat in die Wohnung ein.

Sie wurde auch neu hergerichtet; es waren Arbeiter da; das schien ihn zu überraschen. Er hatte aus irgendeinem Grunde geglaubt, daß er alles ebenso antreffen werde, wie er es damals verlassen hatte, vielleicht sogar die Leichen an denselben Stellen liegend. Jetzt aber fand er: kahle Wände, keine Möbel; es war irgendwie sonderbar! Er ging zum Fenster und setzte sich auf das Fensterbrett.

Es waren nur zwei Arbeiter da, beide junge Burschen, der eine älter, der andere bedeutend jünger. Sie beklebten die Wände mit neuen Tapeten, weiß mit lila Blümchen, an Stelle der früheren gelben, die abgenutzt und verwohnt gewesen waren. Aus irgendeinem Grunde mißfiel ihm dies sehr; er blickte diese neuen Tapeten feindselig an, als täte es ihm leid, daß man alles so verändert hatte.

Die Arbeiter schienen sich verspätet zu haben; sie beeilten sich jetzt, ihre Papiere zusammenzurollen, und schickten sich an, nach Hause zu gehen. Raskolnikoffs Erscheinen hatten sie fast nicht beachtet. Sie unterhielten sich, und Raskolnikoff kreuzte die Arme und begann zuzuhören.

»Sie kam also am Morgen zu mir«, sagte der ältere, »ganz früh schon, schön geputzt. ‚Warum hast du dich denn so fein gemacht', sagte ich, ‚warum hast du dich denn so geputzt?' – ‚Ich will', sagt sie, ‚nun völlig zu Ihren Diensten stehn!‘ Siehst du, so war es! Und wie fein geputzt sie war, wie ein Schurnal, akkurat wie ein Schurnal!«

»Was ist das, ein Schurnal, Onkelchen?« fragte der Jüngere. Er schien »Onkelchens« Lehrling zu sein.

»Ein Schurnal ist, ja weißt du, solche bemalte Bilder, und die kommen jeden Sonnabend per Post aus dem Ausland herein, zu den hiesigen Schneidern, damit man weiß, wie sich jeder – ob Mann, ob Frau – kleiden soll. So eine Zeichnerei also. Die Männer werden meistens in langen Röcken gemalt, und für die Frauen gibt es feine Sachen, feine Sachen, daß man nur Mund und Augen aufsperren kann!«

»Was es in diesem Petersburg nicht alles gibt!« rief der Jüngere begeistert aus. »Außer Vater und Mutter kann man hier doch alles haben!«

»Ja, außer diesen gibt es hier alles«, sagte in belehrendem Ton der Ältere.

Raskolnikoff stand auf und ging in das andere Zimmer, wo früher die Truhe, das Bett und die Kommode der Alten gestanden hatten; das Zimmer erschien ihm ohne Möbel furchtbar klein. Die Tapeten waren noch dieselben; in der Ecke konnte man an der Tapete deutlich sehen, wo der Heiligenschrein mit den Bildern gehangen hatte. Er blickte sich um und kehrte zu seinem früheren Platz am Fenster zurück. Der ältere Arbeiter begann ihn von der Seite zu mustern.

»Was wollen Sie hier?« fragte er plötzlich, sich an ihn wendend.

Anstatt zu antworten, stand Raskolnikoff auf, ging in das Vorzimmer zur Tür, ergriff die Klingel und zog daran. Dieselbe Glocke, derselbe blecherne Ton! Er zog zum zweiten und zum dritten Mal; er lauschte und entsann sich. Das frühere, qualvoll schreckliche, abscheuliche Gefühl begann immer deutlicher und lebendiger in seiner Erinnerung aufzuwachen, es durchfuhr ihn jedesmal von neuem, und ihm wurde dabei wohler und wohler.

»Was willst du denn hier? Wer bist du?« rief der Arbeiter, indem er zu ihm ins Vorzimmer hinausging. Raskolnikoff kam durch die Tür wieder zurück in die Wohnung.

»Ich will die Wohnung mieten«, sagte er, »und sehe sie mir an.«

»In der Nacht mietet man keine Wohnung, und außerdem müssen Sie mit dem Hausmeister kommen.«

»Der Fußboden ist schon gescheuert; wird man ihn anstreichen?« fuhr Raskolnikoff fort. »Blut ist nicht mehr da?«

»Was für Blut?«

»Man hat doch die Alte und ihre Schwester ermordet. Hier war eine ganze Pfütze.«

»Ja, was bist denn du für ein Mensch?« rief der Arbeiter beunruhigt.

»Ich?«

»Ja.«

»Möchtest du es wissen? ... Komm mit aufs Polizeibüro, dort werde ich es dir sagen.«

Die Arbeiter sahen ihn verwundert an.

»Wir müssen fortgehen, haben uns verspätet. Komm, Aljóschka! Wir müssen nun abschließen«, sagte der ältere Arbeiter.

»So wollen wir gehen!« antwortete Raskolnikoff gleichmütig, ging zuerst hinaus und stieg langsam die Treppe hinab. »He, Hausmeister!« rief er, als er in den Torweg trat. Einige Menschen standen am Eingang vor der Straße und sahen sich die Vorübergehenden an; es waren die beiden Hausknechte, ein Weib, ein Kleinbürger in einem langen Kittel und noch jemand. Raskolnikoff ging auf sie zu.

»Was wünschen Sie?« sagte der eine Hausmeister.

»Bist du auf dem Polizeibüro gewesen?«

»Ich war soeben dort. Was wünschen Sie?«

»Sind die Beamten dort?«

»Ja, sie sind noch da.«

»Ist auch der Stellvertreter des Inspektors da?«

»Eine Zeitlang war er da. Was wollen Sie?«

Raskolnikoff antwortete nicht und blieb neben ihm, in Nachdenken versunken, stehen.

»Er kam sich die Wohnung ansehen«, sagte der herantretende ältere Arbeiter.

»Welche Wohnung?«

»Wo wir arbeiten. ‚Warum ist das Blut abgewaschen?' fragte er. ‚Hier ist doch ein Mord geschehen, und ich möchte die Wohnung mieten.' Und an der Klingel hat er gerissen, beinahe hätte er sie abgerissen. ‚Wir wollen', sagte er, ‚auf das Polizeibüro gehen, dort will ich alles klären.' Wir konnten ihn garnicht loswerden.«

Der Hausmeister betrachtete Raskolnikoff mißtrauisch und finster.

»Wer sind Sie denn eigentlich?« rief er etwas barscher.

»Ich heiße Rodion Romanytsch Raskolnikoff, bin ehemaliger Student und wohne im Hause Schill, hier gleich in der Querstraße, nicht weit von hier. Nr. 14. Frage den Hausmeister ... er kennt mich.« Raskolnikoff sagte dies alles gleichsam träge und nachdenklich, ohne sich ihm zuzuwenden, und blickte dabei stier auf die dunkel gewordene Straße.

»Ja, warum sind Sie in die Wohnung gegangen?«

»Um sie zu sehen.«

»Was ist dort zu sehen?«

»Nehmt ihn doch und führt ihn auf das Polizeibüro!« warf der Kleinbürger ein und verstummte wieder.

Raskolnikoff blickte ihn über die Schulter aufmerksam an und sagte ebenso leise und träge:

»Wollen wir hingehen.«

»Führt ihn doch hin!« wiederholte der Kleinbürger, der wieder Mut gefaßt hatte. »Warum hat er *danach* gefragt? Er hat doch was im Sinn ... oder?«

»Betrunken scheint er nicht zu sein, weiß Gott, was er ist«, brummte der Arbeiter.

»Ja, was wollen Sie denn?« rief von neuem der Hausmeister, der ernstlich böse wurde. »Was suchst du hier?«

»Dir ist wohl angst, auf die Polizei mitzugehen?« fragte Raskolnikoff spöttisch.

»Mir angst? Was suchst du hier?«

»Spitzbube!« rief das Weib.

»Was ist da viel zu reden«, rief der andere Hausknecht, ein großer Kerl, mit einem offen über die Schulter geworfenen langen Mantel und mit den Schlüsseln im Gürtel. »Pack dich! ... Ist wahrhaftig ein Spitzbube ... Pack dich!«

Und er faßte Raskolnikoff an der Schulter und stieß ihn auf die Straße hinaus.

Dieser wäre beinahe gefallen, fing sich jedoch noch, richtete sich auf, sah schweigend alle Zuschauer an und ging weiter.

»Verdrehter Mensch«, sagte der Arbeiter.

»Verdreht sind heutzutage viele«, meinte das Weib.

»Besser wäre es doch gewesen, ihn aufs Polizeibüro zu bringen«, meinte der Kleinbürger.

»Es lohnt sich nicht, mit so einem anzubinden«, sagte der große Hausmeister. »Man sieht doch, daß er ein Spitzbube ist! Er fordert einen ja selbst heraus, und wenn man ihm den Willen tut, wird man ihn nicht los ... Wir kennen das!«

»Soll ich nun hingehen oder nicht?« dachte Raskolnikoff, indem er mitten auf der Straße an einer Kreuzung stehenblieb und sich umsah, als erwarte er irgendwoher das entscheidende Wort. Aber von keiner Seite kam es; alles war still und tot, wie die Steine, über die er ging, für ihn war alles tot, für ihn allein ... Da, zweihundert Schritt vor ihm, unterschied er am Ende der Straße in der Dunkelheit eine Menschenmenge, hörte Stimmen, Geschrei ... Mitten im Gewühl stand eine Equipage ... ein Licht bewegte sich dicht über dem Straßenpflaster. »Was ist da geschehen?« Raskolnikoff wandte sich nach rechts und ging auf die Menge zu. Er schien sich an alles anzuklammern und lächelte kalt, als er es inneward, denn er war schon fest entschlossen, auf das Polizeibüro zu gehen, und glaubte sicher, daß alles sogleich ein Ende haben werde.

VII

Mitten auf der Straße stand eine elegante, hochherrschaftliche Equipage, mit zwei feurigen Schimmeln bespannt. In der Equipage saß niemand, der Kutscher war vom Bock gestiegen und stand daneben; die Pferde wurden am Zaum gehalten. Ringsherum drängten sich die Menschen, ganz vorne standen Polizisten. Einer von ihnen hielt eine kleine brennende Laterne in der Hand, mit der er, sich bückend, etwas auf der Straße dicht bei den Rädern der Equipage beleuchtete. Alle redeten, schrien durcheinander, riefen »Ach!« und »O Gott!« Der Kutscher schien bestürzt zu sein und rief mehrmals:

»Solch ein Unglück! Herrgott, solch ein Unglück!«

Raskolnikoff drängte sich nach Möglichkeit näher und erblickte endlich die Ursache dieses Zusammenlaufs und der Neugierde. Auf dem Pflaster lag ein überfahrener Mann, ohne Besinnung, anscheinend schlecht gekleidet, ganz mit Blut bedeckt. Gesicht und Kopf waren blutüberströmt, das Gesicht schrecklich zugerichtet. Man sah, daß er schwer verwundet war.

»Liebe Leute!« klagte der Kutscher. »Ist's denn meine Schuld? Ja, wenn ich die Pferde gejagt oder ihm nicht zugerufen hätte, ich fuhr aber langsam, gleichmäßig! Alle haben es gesehen und können es bestätigen ... Ich sah ihn, wie er über die Straße ging, hin und her wankte, beinahe hinfiel – ich rief ihm einmal zu, noch einmal und zum drittenmal, hielt die Pferde zurück, aber er fiel direkt unter ihre Hufe! Hat er es absichtlich getan, oder war er zu stark betrunken ... Die Pferde sind jung und scheuen leicht – als er aufschrie, zogen sie an und wurden wild ... und das Unglück war geschehen.«

»Ja, es war so, wie er sagt!« rief ein Augenzeuge.

»Er hat ihm zugerufen, das ist wahr, dreimal hat er gerufen«, sagte eine andere Stimme.

»Genau dreimal hat er gerufen, alle haben es gehört«, rief ein dritter. Der Kutscher war übrigens nicht allzu niedergeschlagen oder erschrocken. Man sah sofort, daß die Equipage einem reichen und angesehenen Herrn gehörte, der irgendwo abgeholt werden sollte; die Polizisten gaben sich deshalb Mühe, diesen letzten Umstand zu berücksichtigen und die Equipage nicht zu lange aufzuhalten. Den Überfahrenen wollte man auf das Polizeibüro und ins Krankenhaus schaffen. Niemand kannte seinen Namen.

Unterdessen hatte Raskolnikoff sich durchgedrängt und sah den Liegenden. Plötzlich beleuchtete die Laterne hell das Gesicht des Unglücklichen: da erkannte er ihn.

»Ich kenne ihn, ich kenne ihn!« rief er aus und drängte sich ganz nach vorne. »Es ist ein verabschiedeter Beamter, Titularrat Marmeladoff! Er wohnt hier in der Nähe, im Hause Kosel ... Holt schnell einen Arzt! Ich will es bezahlen, hier ist Geld!«

Er zog aus der Tasche sein Geld hervor und zeigte es einem Schutzmann. Er war in merkwürdiger Aufregung. Die Polizeileute waren sehr zufrieden, daß sie nun erfuhren, wer der Überfahrene war. Raskolnikoff nannte auch seinen Namen, gab seine Wohnung an und bat inständig, als handle es sich um seinen leiblichen Vater, den besinnungslosen Marmeladoff schnell in dessen Wohnung zu schaffen.

»Er wohnt hier, drei Häuser weit«, sagte er, »im Hause Kosel, eines reichen Deutschen ... Er ist wahrscheinlich betrunken nach Hause gegangen. Ich kenne ihn ... Er ist ein Trinker ... Er hat dort seine Familie, Frau und Kinder und noch eine Tochter. Ihn ins Krankenhaus zu schaffen, dauert zu lange, hier im Hause aber ist sicher ein Arzt. Ich bezahle, bezahle alles! ... Er wird doch Pflege bei den Seinigen finden, man wird ihm dort helfen, auf dem Wege zum Krankenhaus aber kann er sterben ...« Er hatte sogar Zeit gefunden, etwas dem Schutzmann unbemerkt in die Hand zu drücken; übrigens war die Sachlage gesetzlich klar, und jedenfalls war Hilfe hier näher. Man hob den

Verunglückten auf und trug ihn; es fanden sich bereitwillige Hände. Das Haus Kosel war nur dreißig Schritte entfernt. Raskolnikoff ging hinterher, stützte vorsichtig den Kopf des Verletzten und wies den Weg. »Hierher, hierher! Die Treppe hinauf muß man ihn mit dem Kopf voran tragen; dreht euch um ... so ist's recht! Ich will's bezahlen, ich will's euch danken!« murmelte er.

Katerina Iwanowna ging, wie immer, wenn sie einen freien Augenblick hatte, in ihrem Zimmer auf und ab, vom Fenster bis zum Ofen und zurück, wobei sie die Hände über der kranken Brust gekreuzt hielt und mit sich selbst redete. In der letzten Zeit hatte sie angefangen, öfter und mehr mit ihrer älteren Tochter, der zehnjährigen Pólenka, zu sprechen, die vieles noch nicht verstand, dafür aber sehr gut begriff, daß die Mutter sie brauchte, und die ihr stets mit den Augen folgte, mit ihren großen, klugen Kinderaugen, und sich krampfhaft den Anschein gab, als verstehe sie alles. Jetzt zog Polenka gerade ihren kleinen Bruder aus, der sich den ganzen Tag nicht wohl gefühlt hatte, um ihn schlafen zu legen. Der Knabe wartete darauf, daß man ihm das Hemdchen wechselte, das in der Nacht noch gewaschen werden mußte, und saß auf einem Stuhl, schweigend, mit ernstem Gesicht, kerzengerade und unbeweglich, mit nach vorn gestreckten Beinchen, die Fersen aneinandergepreßt, die Fußspitzen auseinanderstehend. Er horchte mit vorgeschobenen Lippen und runden Äuglein auf das, was die Mutter mit der Schwester sprach, und rührte sich nicht, genau so, wie alle braven Kinder dasitzen müssen, wenn sie abends ausgekleidet werden. Das jüngste Mädchen stand in zerfetztem Hemdchen bei dem Bettschirm und wartete, bis es an die Reihe kam. Die Tür zur Treppe war offen, wohl wegen der Tabakswolken, die aus den anderen Zimmern hereindrangen und die arme Schwindsüchtige zwangen, lange und qualvoll zu husten. Katerina Iwanowna schien in diesen acht Tagen noch magerer geworden zu sein, und die roten Flecken auf ihren Wangen brannten noch greller als früher.

»Du glaubst nicht, du kannst es dir nicht vorstellen, Polenka«, sagte sie, indem sie auf und ab ging, »wie lustig und prachtvoll wir im Hause meines Vaters lebten und wie dieser Trinker mich zugrunde gerichtet hat und euch alle zugrunde richten wird! Mein Vater war Oberst im Zivildienst und beinahe schon Gouverneur; er war ganz nahe daran, so daß alle zu ihm kamen und sagten: ‚Wir betrachten Sie, Iwán Micháilytsch, schon jetzt als unseren Gouverneur!' Als ich ... köch ... als ich ... köch ... köch–köch ... oh, verfluchtes Leben!« rief sie aus, als sie ausgehustet hatte, und preßte die Hände auf die Brust. »Als ich ... ach, auf dem letzten Ball ... beim Adelsmarschall ... als mich die Fürstin Bessemélnaja erblickte – die mir späterhin den Segen gab, als ich deinen Papa heiratete, Polja –, frug sie mich sofort: ‚Sind Sie nicht das liebe Mädchen, das mit dem Schal beim Schlußexamen tanzte?' ... (Diesen Riß muß man gleich zunähen, nimm eine Nadel und tue es sofort, sonst ... köch ... köch ... reißt er ... köch–köch–köch ... mor–gen noch weiter!« rief sie, nach Atem ringend, aus.) » ... Damals war aus Petersburg der Kammerjunker Fürst Schtschegolskói gerade angekommen ... er tanzte mit mir die Mazurka und wollte am andern Tag um meine Hand anhalten, aber ich dankte ihm mit freundlichsten Worten und sagte, daß mein Herz längst einem anderen gehöre. Dieser andere war dein Vater, Polja. Mein Vater war furchtbar böse ... Ist das Wasser fertig? Nun, gib das Hemd her ... wo sind die Strümpfe? ... Lida«, wandte sie sich an die jüngste Tochter, »schlaf diese Nacht einmal ohne Hemdchen ... und lege die Strümpfe daneben hin ... Ich will sie gleich mitwaschen ... Warum kommt der Lump nicht, der Trunkenbold! Er trägt sein Hemd schon lange, es ist wie ein schmutziger Lappen, hat es auch zerrissen ... Ich würde es jetzt auch mitwaschen, um mich nicht zwei Nächte nacheinander zu quälen! Herr Gott! Köch–köch–köch–köch! Schon wieder! Was ist das?« rief sie aus, als sie die Menge auf der Treppe erblickte und die

Männer, die etwas in ihr Zimmer hereintrugen. »Was ist das? Was bringen Sie da? O Gott!«

»Wo soll man ihn hinlegen?« fragte ein Schutzmann und sah sich um, nachdem man den blutüberströmten und bewußtlosen Marmeladoff ins Zimmer hereingetragen hatte.

»Auf das Sofa! Legen Sie ihn auf das Sofa, mit dem Kopfe hierher!« wies Raskolnikoff an.

»Er ist überfahren worden auf der Straße! Er war betrunken!« rief jemand von der Treppe her.

Katerina Iwanowna stand bleich da und atmete schwer. Die Kinder erschraken. Die kleine Lida schrie auf, stürzte zu Pólenka, umfaßte sie und zitterte am ganzen Körper.

Marmeladoff wurde aufs Sofa gebettet, und Raskolnikoff trat schnell zu Katerina Iwanowna hin.

»Beruhigen Sie sich, um Gottes willen, erschrecken Sie nicht!« sagte er hastig. »Er ging über die Straße, eine Equipage hat ihn überfahren, beruhigen Sie sich, er wird zu sich kommen, ich habe angeordnet, daß man ihn hierherbringe ... Ich war schon bei Ihnen, erinnern Sie sich? ... Er wird zu sich kommen ... ich werde bezahlen!«

»So weit hat er's gebracht!« schrie Katerina Iwanowna verzweifelt auf und stürzte zu ihrem Mann.

Raskolnikoff aber merkte bald, daß diese Frau nicht zu denen gehörte, die sofort in Ohnmacht fallen. Im Nu ward unter den Kopf des Unglücklichen ein Kissen geschoben, an das niemand gedacht hatte; Katerina Iwanowna begann ihn zu entkleiden, besah ihn, war die ganze Zeit um ihn und verlor nicht die Fassung; sie hatte ihr eigenes Leid vergessen, biß die zitternden Lippen zusammen und unterdrückte den Schrei, der sich ihrer Brust entringen wollte.

Raskolnikoff hatte inzwischen jemand veranlaßt, einen Arzt zu holen. Wie es sich herausstellte, wohnte ein Arzt im Nebenhause.

»Ich habe nach einem Arzt geschickt«, sagte er zu Katerina Iwanowna, »beunruhigen Sie sich nicht, ich will es bezahlen. Haben Sie Wasser? ... Geben Sie mir auch eine

Serviette oder ein Handtuch, irgend etwas, schnell; man kann noch nicht sehen, wie stark er verletzt ist ... Er ist nur verletzt und nicht tot, seien Sie überzeugt! Wir wollen sehen, was der Arzt sagt!«

Katerina Iwanowna rannte zum Fenster; dort stand in der Ecke auf einem durchgesessenen Stuhl eine große tönerne Schüssel mit Wasser zum Waschen der Kinderwäsche und der Wäsche des Mannes. Diese nächtliche Wäscherei vollzog Katerina Iwanowna eigenhändig wenigstens zweimal in der Woche, zuweilen auch öfter, denn sie waren so heruntergekommen, daß sie fast gar keine Wäsche zum Wechseln besaßen und daß jedes Mitglied der Familie nur noch das hatte, was es auf dem Leibe trug; Katerina Iwanowna aber konnte Unreinlichkeit nicht ertragen, und lieber quälte sie sich in der Nacht und über ihre Kraft, um bis zum Morgen die nasse Wäsche trocknen und ihnen reine Wäsche geben zu können, als Schmutz im Hause zu dulden. Sie ergriff die Schüssel, um sie Raskolnikoff hinzubringen, wäre aber fast damit hingefallen. Raskolnikoff hatte schon ein Handtuch gefunden, angefeuchtet und begann das mit Blut bedeckte Gesicht Marmeladoffs abzuwaschen. Katerina Iwanowna stand neben ihm, atmete schwer und hielt die Hände auf die Brust gepreßt. Sie brauchte selbst Hilfe. Raskolnikoff fing an zu begreifen, daß er vielleicht töricht daran getan hatte, den Überfahrenen hierherschaffen zu lassen. Der Schutzmann stand noch unschlüssig da.

»Polja!« rief Katerina Iwanowna. »Laufe zu Ssonja, schnell! Wenn du sie nicht zu Hause triffst, sag, sag dort jedenfalls, daß Vater überfahren sei und daß sie sofort herkommen soll ... wenn sie nach Hause kommt. Schnell, Polja! Da hast du ein Tuch, nimm es um!«

»Lauf, lauf, so snell du kannst!« rief plötzlich der Kleine eifrig von seinem Stuhl aus, dann fiel er wieder in sein früheres Schweigen zurück und saß auf dem Stuhl kerzengerade, mit großen Augen und vorgestreckten Beinchen.

Indessen füllte sich das Zimmer so mit Menschen an, daß

man sich kaum noch rühren konnte. Die Polizeibeamten waren alle bis auf einen fortgegangen, dieser blieb noch eine Weile da und bemühte sich, die Zuschauer, die von der Treppe hereingedrungen waren, wieder hinauszudrängen. Aus den anderen Zimmern waren auch fast alle Mieter der Frau Lippewechsel erschienen, zuerst drängten sie sich nur an der Tür, dann aber überfluteten sie in einem Haufen das ganze Zimmer. Katerina Iwanowna geriet in Zorn.

»Laßt ihn doch wenigstens ruhig sterben!« schrie sie die Menge an. »Meint ihr, hier wird eine Vorstellung gegeben? Mit Zigaretten im Munde kommen sie her! Köch–köch–köch! Setzt doch noch die Hüte auf den Kopf! ... Da ist ja auch einer im Hut! ... Hinaus mit euch! Habt doch wenigstens vor einem Sterbenden Achtung!«

Der Husten erstickte sie fast, aber ihr Appell half. Man hatte offenbar vor Katerina Iwanowna Respekt; die Mieter zogen sich, einer nach dem anderen, zur Tür zurück, mit dem eigentümlichen Gefühl der Befriedigung, das sich stets, sogar bei den Allernächsten, bemerkbar macht, wenn einen ihrer Mitmenschen ein Unglück trifft. Von diesem Gefühl ist kein Mensch frei, kein einziger, ohne jede Ausnahme, mag er auch noch so aufrichtiges Mitleid und aufrichtige Teilnahme empfinden.

Hinter der Tür wurden Stimmen laut, die vom Krankenhaus sprachen und meinten, es gehöre sich nicht, hier unnütze Aufregung hervorzurufen.

»Es gehört sich wohl nicht, zu sterben?« rief Katerina Iwanowna und stürzte zur Tür hin, um sie zu öffnen und ihrem Zorne Luft zu machen, aber an der Tür stieß sie mit Frau Lippewechsel zusammen, die soeben von dem Unglück vernommen hatte und gelaufen kam, um Ordnung zu schaffen. Sie war eine außergewöhnlich alberne und fahrige Deutsche.

»Ach, mein Gott!« jammerte sie und schlug die Hände zusammen. »Ihr Mann ist betrunken unter die Pferde geraten! Er muß ins Krankenhaus! Ich bin die Wirtin!«

»Amalia Ludwígowna! Ich bitte Sie, sich zu überlegen, was Sie sagen«, begann Katerina Iwanowna hochmütig (mit der Wirtin sprach sie stets in hochmütigem Ton, damit die »ihre Stellung nicht vergesse«, und sie konnte sich auch jetzt dieses Vergnügen nicht versagen), »Amalia Ludwígowna ...«

»Ich habe Ihnen schon einmal gesagt, daß Sie mich nicht Amalia Ludwígowna nennen sollen; ich heiße Amalia Iwánowna.«

»Sie heißen nicht Amalia Iwánowna, sondern Amalia Ludwigowna, und da ich nicht zu den gemeinen Schmeichlern gehöre wie Herr Lebesjätnikoff, der jetzt hinter der Tür lacht« (hinter der Tür hörte man wirklich Lachen und den Ruf: »Sie sind schon aneinandergeraten!«), »so werde ich Sie stets Amalia Ludwigowna nennen, obgleich ich gar nicht verstehen kann, warum Ihnen dieser Name nicht gefällt? Sie sehen selbst, wie es mit Ssemjon Sacharowitsch steht: er liegt im Sterben. Ich bitte Sie, diese Tür sofort abzuschließen und niemanden hereinzulassen. Lassen Sie ihn wenigstens ruhig sterben! Sonst, versichere ich Sie, wird über Ihre Handlungsweise noch morgen der Generalgouverneur unterrichtet werden. Der Fürst kannte mich, als ich noch ein junges Mädchen war, und erinnert sich sehr gut Ssemjón Sachárowitschs, dem er viele Male geholfen hat. Es ist allen bekannt, daß Ssemjon Sacharowitsch viele Freunde und Gönner hatte, von denen er sich selbst in edlem Stolz zurückgezogen hat, weil er sich seiner unglücklichen Schwäche bewußt war, jetzt aber (sie zeigte auf Raskolnikoff) hilft uns ein großmütiger junger Mann, der Mittel und Verbindungen besitzt und den Ssemjon Sacharowitsch noch als Kind gekannt hat, und seien Sie versichert, Amalia Ludwigowna ...«

Dies alles wurde mit außergewöhnlicher Schnelligkeit hervorgestoßen, und je weiter, desto schneller; aber der Husten unterbrach plötzlich den Redefluß. In diesem Augenblick kam der Sterbende zu sich und stöhnte auf, und sie lief zu ihm hin. Er öffnete die Augen, und ohne jemand zu erkennen und etwas zu verstehen, begann er den über ihn gebeugten Raskolnikoff zu betrachten. Er atmete schwer, tief und mit großen Pausen; auf den Lippen zeigte sich Blut; Schweiß perlte auf seiner Stirn. Da er Raskolnikoff nicht erkannte, begann er unruhig die Augen hin und her zu wenden. Katerina Iwanowna blickte ihn voll Traurigkeit, aber doch streng an; aus ihren Augen quollen Tränen.

»Mein Gott! Seine ganze Brust ist zerquetscht! Sehen Sie, wieviel Blut!« sagte sie voll Verzweiflung. »Man muß ihn ausziehen! Dreh dich ein wenig, Ssemjon Sacharowitsch, wenn du kannst!« rief sie ihm zu.

Marmeladoff erkannte sie.

»Einen Priester!« flüsterte er mit heiserer Stimme. Katerina Iwanowna ging zum Fenster, lehnte die Stirn an den Fensterrahmen und stöhnte verzweifelt:

»Oh, dreimal verfluchtes Leben!«

»Priester!« sagte nach einer Weile von neuem der Sterbende.

»Man holt ihn schon!« rief ihm Katerina Iwanowna laut zu; da schwieg er.

Mit schüchternem, traurigem Blick suchte er sie; sie kehrte wieder zu ihm zurück und blieb am Kopfende stehen. Er wurde unruhig, aber das dauerte nicht lange. Seine Augen blieben bald an der kleinen Lidotschka (seinem Liebling) in der Ecke haften, die wie im Fieber zitterte und ihn mit erstaunten, weit aufgerissenen Augen ansah.

»Ach ... ach ...«, voll Unruhe wies er auf sie. Er wollte etwas sagen.

»Was ist denn?« fragte Katerina Iwanowna.

»Barfuß! Barfuß!« murmelte er und wies mit einem irren Blick auf die nackten Füßchen des Kindes.

»Schweig!« rief Katerina Iwanowna gereizt. »Du weißt selbst, warum sie barfuß ist.«

»Gott sei Dank, da ist der Arzt!« Raskolnikoff atmete erleichtert auf.

Der Arzt, ein sorgfältig gekleideter alter Mann, ein Deutscher, trat ein und blickte mißtrauisch um sich; er trat zum Verunglückten, fühlte seinen Puls, betastete aufmerksam den Kopf, öffnete das mit Blut völlig durchtränkte Hemd und machte die Brust frei. Die Brust war ganz zerquetscht, eingedrückt und aufgerissen, einige Rippen auf der rechten Seite waren gebrochen. Auf der linken Seite, gerade über dem Herzen, war ein schrecklicher, großer, gelblichschwarzer Fleck, wohl von einem furchtbaren Hufschlag. Der Blick des Arztes wurde ernst. Der Schutzmann erzählte ihm, daß der Verunglückte von einem Rade erfaßt und etwa dreißig Schritte auf der Straße geschleift worden sei.

»Merkwürdig, daß er noch zu sich gekommen ist«, raunte der Arzt Raskolnikoff zu.

»Was meinen Sie?« fragte der.

»Er wird gleich sterben.«

»Gibt es gar keine Hoffnung?«

»Nicht die geringste. Er liegt in den letzten Zügen ... Außerdem ist der Kopf sehr gefährlich verletzt ... Hm. Vielleicht könnte man ihn noch zur Ader lassen ... aber ... es ist zwecklos. In fünf oder zehn Minuten stirbt er bestimmt.«

»Lassen Sie ihn doch zur Ader!«

»Gut ... Ich sage aber im voraus, es ist völlig zwecklos.«

In diesem Augenblick ertönten Schritte, die Menge auf der Treppe machte Platz, und auf der Schwelle erschien der Priester, ein alter Mann, mit den Sakramenten. Ihn hatte ein Schutzmann sofort nach dem Unglück geholt. Der Arzt trat ihm sofort seinen Platz ab und wechselte mit ihm einen bedeutungsvollen Blick. Raskolnikoff bat den Arzt, noch eine Weile zu bleiben. Der zuckte die Achseln und blieb.

Alle traten zurück. Die Beichte dauerte nicht lange. Der Sterbende schien kaum etwas zu verstehen; er konnte bloß abgerissene, unklare Laute hervorbringen. Katerina Iwanowna hatte Lídotschka an die Hand genommen, den Knaben vom Stuhl heruntergeholt, war mit ihnen in eine Ecke am Ofen gegangen und auf die Knie gesunken, die Kinder vor sich. Das kleine Mädchen zitterte; der Knabe aber kauerte auf seinen nackten Knien ernst da, erhob sein Händchen, schlug ein großes Kreuz und beugte sich zum Boden nieder, wobei er mit der Stirne anstieß, was ihm anscheinend Vergnügen machte. Katerina Iwanowna biß sich auf die Lippen und hielt die Tränen zurück; sie betete auch; dazwischen zog sie dem Knaben das Hemdchen zurecht und warf über die nackten Schultern des Mädchens ein Tuch, das sie von der Kommode nahm, ohne sich zu erheben und weiter betend. Die Tür zu den anderen Zimmern wurde wieder von Neugierigen geöffnet. Im Treppenflur drängten sich immer mehr und mehr Zuschauer, Mieter aus dem ganzen Hause, aber sie überschritten nicht die Schwelle des Zimmers. Ein Lichtstümpfchen beleuchtete die ganze Szene.

In diesem Augenblick drängte sich durch die Menge auf dem Flur Polenka, die gelaufen war, die Schwester zu holen. Sie kam atemlos vom schnellen Laufen, nahm ihr Tuch ab, suchte mit den Augen die Mutter, trat zu ihr und sagte: »Sie kommt! Ich habe sie auf der Straße getroffen!« Die Mutter zog sie neben sich auf die Knie. Durch die Menge drängte sich leise und schüchtern ein junges Mädchen. Ihre Erscheinung in diesem Zimmer, mitten in dieser Armut und Verzweiflung war grotesk. Ihre Kleidung war von billigster Sorte, aber für die Straße aufgeputzt und hergerichtet nach dem Geschmack und den Regeln, die sich in ihrer besonderen Welt zu einem bestimmten Zweck eingebürgert haben, und diesen Zweck in peinlich aufdringlicher Weise unterstreichend. Ssonja blieb auf dem Flur vor der Schwelle stehen, trat nicht ins Zimmer und blickte nur wie verloren vor sich hin; sie schien noch ganz benommen zu sein, schien vergessen zu haben, daß sie ein seidenes, farbiges, aus vierter Hand gekauftes und hier unpassendes Kleid anhatte, mit einer langen und lächerlichen Schleppe und einer ungeheuren Krinoline, die die ganze

Tür ausfüllte, auch daß sie helle Stiefel und einen Sonnenschirm trug, den sie doch in der Nacht nicht brauchte, und einen lächerlichen runden Strohhut mit einer grellroten Feder. Unter diesem knabenhaft flott etwas schief aufgesetzten Hütchen blickte ein mageres, bleiches und erschrockenes Gesichtchen hervor, mit geöffnetem Munde und vor Schreck unbeweglichen Augen. Ssonja war von kleinem Wuchs, etwa achtzehn Jahre alt, mager, aber eine ganz nette Blondine mit schönen blauen Augen. Sie blickte starr auf das Sofa und auf den Priester und atmete schwer vom schnellen Gehen. Wahrscheinlich hatte sie das Flüstern und einige Worte unter der Menge vernommen. Sie senkte den Kopf, tat einen Schritt über die Schwelle ins Zimmer und blieb stehen, wieder aber dicht an der Tür.

Die Beichte und das Abendmahl waren beendet. Katerina Iwanowna ging wieder an das Lager ihres Mannes. Der Priester trat zurück und wandte sich beim Weggehen an Katerina Iwanowna, um ihr ein paar Worte zum Trost und als Beileid zu sagen.

»Wo soll ich denn mit diesen hin?« unterbrach sie ihn scharf und gereizt und zeigte auf die Kleinen.

»Gott ist barmherzig. Vertrauen Sie auf die Hilfe des Allmächtigen!« begann der Priester.

»A–ach! Barmherzig, aber nicht mit uns!«

»So etwas zu sagen ist eine Sünde, meine Dame«, bemerkte der Priester und schüttelte den Kopf.

»Und ist das keine Sünde?« rief Katerina Iwanowna, auf den Sterbenden weisend.

»Vielleicht werden die, welche die ungewollte Ursache waren, bereit sein, Sie zu entschädigen, wenigstens hinsichtlich des verlorenen Verdienstes ...«

»Sie verstehen mich nicht!« unterbrach ihn Katerina Iwanowna gereizt und winkte mit der Hand ab. »Ja, wofür sollen sie mich entschädigen? Er ist ja selbst betrunken vor die Pferde gefallen! Was für einen Verdienst gab es denn? Doch nur Qual! Er vertrank doch alles! Er bestahl uns und schleppte es in die Schenke, das Leben der Kinder und meines hat er in der Schenke vertrunken. Und Gott sei gedankt, daß er stirbt! Weniger Ausgaben bedeutet es!«

»In der Sterbestunde sollten Sie lieber verzeihen. Solche Gefühle zu haben, ist eine große Sünde!« Katerina Iwanowna war um den Sterbenden bemüht, sie reichte ihm zu trinken, trocknete den Schweiß und das Blut von seinem Kopf, rückte die Kissen zurecht, und während dieser Arbeit sprach sie mit dem Priester, wobei sie sich jedoch nur selten zu ihm wandte. Jetzt aber stürzte sie sich fast rasend auf ihn.

»Ach, Väterchen! Das sind doch nur Worte und weiter nichts! Verzeihen! Wenn er nicht überfahren worden wäre, dann wäre er heute betrunken nach Hause gekommen – er hat nur ein Hemd, ein schon wieder schmutziges und zerrissenes –, er hätte sich schlafen gelegt, ich aber hätte bis zum frühen Morgen im Wasser geplanscht, seine Lumpen und die Kinderwäsche gewaschen, hätte sie vor dem Fenster getrocknet, und wenn der Morgen graut, hätte ich mich hingesetzt und die Sachen ausgebessert – sehen Sie, das wäre meine Nachtruhe gewesen! ... Was da noch von Verzeihen reden! Ich habe auch so verziehen!«

Ein hohler, schrecklicher Husten unterbrach sie. Sie hustete, spie in ein Taschentuch, preßte die eine Hand vor Schmerz auf die Brust und zeigte mit der andern dem Priester das Taschentuch. Das Taschentuch war voll Blut ...

Der Priester senkte den Kopf und schwieg.

Marmeladoff lag in den letzten Zügen; er wandte aber seine Augen von Katerina Iwanowna, die sich wieder über ihn beugte, nicht mehr ab. Er wollte ihr immer etwas sagen, er begann auch, bewegte voll Anstrengung die Zunge und sprach die Worte unklar aus; aber Katerina Iwanowna, die verstanden hatte, daß er sie um Verzeihung bitten wollte, rief ihm sofort in befehlendem Ton zu:

»Schweig ... schweig! Ist nicht nötig! ... Ich weiß, was du sagen willst! ...«

Und der Sterbende verstummte. Aber in diesem Augenblick fiel sein irrender Blick auf die Türe, und er erblickte Ssonja.

Vorher hatte er sie nicht bemerkt – sie stand im Schatten in der Ecke.

»Wer ist das? Wer ist das?« sagte er plötzlich mit heiserer, erstickender Stimme, ganz aufgeregt, und zeigte voll Schrekken mit den Augen auf die Tür, wo seine Tochter stand, und versuchte sich zu erheben.

»Bleib liegen!« rief Katerina Iwanowna. Ihm war es mit gewaltsamer Anstrengung gelungen, sich auf den Arm zu stützen. Er sah wild und unbeweglich eine Weile die Tochter an, als ob er sie nicht erkenne. Er hatte sie auch noch nie in diesem Aufzug gesehen. Plötzlich erkannte er sie, die Gedemütigte, völlig Niedergeschlagene, Geputzte und sich Schämende, die demütig wartete, bis sie an die Reihe kam, vom sterbenden Vater Abschied zu nehmen. Ein grenzenloses Leid zeigte sich auf seinem Gesicht.

»Ssonja! Tochter! Vergib!« rief er und wollte die Hand nach ihr ausstrecken, aber er verlor das Gleichgewicht und stürzte vom Sofa mit dem Gesicht zu Boden. Man lief herbei, ihn aufzuheben, und hob ihn wieder auf das Sofa, aber er war schon im Sterben. Ssonja schrie schwach auf, lief zu ihm, umarmte ihn und verharrte regungslos. Er starb in ihren Armen.

»Nun hat er's geschafft!« sagte Katerina Iwanowna, als sie ihren Mann tot sah. »Aber was soll ich jetzt tun! Womit soll ich ihn beerdigen? Und womit soll ich diese hier füttern?«

Raskolnikoff trat zu Katerina Iwanowna.

»Katerina Iwanowna«, begann er, »Ihr verstorbener Gatte erzählte mir in der vorigen Woche sein ganzes Leben und alle seine Verhältnisse ... Seien Sie versichert, daß er von Ihnen mit größter Wärme und Achtung sprach. Seit diesem Abend, als ich erfuhr, wie er an Ihnen hing und wie er Sie, Katerina Iwanowna, besonders hochschätzte und liebte, trotz seiner unglücklichen Schwäche, seit diesem Abend also waren wir Freunde ... Erlauben Sie mir jetzt also ... Ihnen behilflich zu sein ... meinem verstorbenen Freunde die letzte Ehre erweisen zu dürfen. Sehen Sie, hier habe ich ... zwanzig Rubel, glaube ich ... und wenn dies Ihnen eine Hilfe sein kann, so ... ich will ... mit einem Wort ... wiederkommen, ich komme unbedingt ... unbedingt ... ich werde vielleicht schon morgen zu Ihnen kommen ... Leben Sie wohl.«

Und er ging schnell aus dem Zimmer und drängte sich durch die Menge, da aber stieß er plötzlich mit Nikodim Fomitsch, dem Polizeikommissar, zusammen, der von dem Unglück gehört hatte und persönlich Anordnungen treffen wollte. Seit dem Auftritt im Polizeibüro hatten sie einander nicht gesehen, aber Nikodim Fomitsch erkannte ihn sofort.

»Ah, Sie sind hier?« fragte er.

»Er ist gestorben«, antwortete Raskolnikoff. »Ein Arzt war da, auch ein Priester war da, alles ist in Ordnung. Regen Sie die arme Frau nicht auf, sie ist ohnehin schwindsüchtig. Flößen Sie ihr Mut ein, so gut Sie können ... Sie sind doch ein guter Mensch, ich weiß es ...«, fügte er mit einem schiefen Lächeln hinzu und blickte ihm in die Augen.

»Wie Sie sich mit Blut befleckt haben«, bemerkte Nikodim Fomitsch, als er beim Licht der Laterne einige frische Blutflecken auf der Weste Raskolnikoffs erblickte.

»Ja, ich habe mich befleckt ... ich bin ganz mit Blut befleckt!« sagte Raskolnikoff mit einem eigentümlichen Ausdruck, lächelte, nickte ihm zu und ging die Treppe hinab. Er stieg langsam hinab, ohne sich zu beeilen, tief ergriffen, voll von einem einzigen, neuen, unermeßlichen Gefühl, das als volle und mächtige Lebenswelle über ihn gekommen war; ein Gefühl, das dem eines zum Tode Verurteilten gleichen mochte, dem man unerwartet die Begnadigung mitgeteilt hat. Auf der Treppe überholte ihn der Priester, der nach Hause ging; Raskolnikoff ließ ihn schweigend an sich vorübergehen und wechselte mit ihm einen stummen Gruß.

Als er aber die letzten Stufen hinabschritt, hörte er eilige Schritte hinter sich. Jemand wollte ihn einholen. Es war Polenka, sie lief ihm nach und rief: »Hören Sie, hören Sie doch!«

Sie kam die letzte Treppe herab und blieb eine Stufe über ihm stehen. Ein schwaches Licht drang vom Hof herein. Raskolnikoff schaute in das magere, aber liebe Gesichtchen des kleinen Mädchens, das ihm zulächelte und ihn strahlend, nach Kinderart, ansah. Sie war mit einem Auftrag gekommen, der ihr selbst sehr zu gefallen schien.

»Sagen Sie, wie heißen Sie denn? . . . Und noch: wo wohnen Sie denn?« fragte sie ihn eilig mit atemlosem Stimmchen.

Er legte beide Hände auf ihre Schultern und blickte sie glücklich an. Es tat ihm wohl, sie anzusehen –, er wußte selbst nicht warum.

»Wer hat dich mir nachgeschickt?«

»Schwesterchen Ssonja hat mich geschickt«, antwortete das kleine Mädchen und lächelte noch freundlicher.

»Das wußte ich schon, daß Schwesterchen Ssonja dich geschickt hat.«

»Mama hat mich auch geschickt. Als Schwesterchen Ssonja mich schickte, kam Mama auch und sagte: Ja, lauf schnell, Polenka!«

»Liebst du Schwesterchen Ssonja?«

»Ich liebe sie mehr als alle anderen!« sagte Polenka mit einer ganz besonderen Festigkeit, und ihr lächelndes Gesichtchen wurde plötzlich ernst.

»Würdest du mich auch lieben können?«

Anstatt einer Antwort näherte sich ihm das Gesichtchen des Kindes und die kleinen Lippen streckten sich ihm zum Kuß entgegen. Ihre Ärmchen, streichhölzchendünn, umschlangen ihn kräftig, ihr Kopf senkte sich auf seine Schulter, und das kleine Mädchen fing leise zu weinen an und preßte sich mit dem Gesichtchen immer fester und fester an ihn.

»Papa tut mir so leid!« sagte sie nach einer Weile, hob ihr verweintes Gesichtchen in die Höhe und wischte sich mit den Händen die Tränen ab. »Wir haben jetzt immer Unglück«, fügte sie unerwartet hinzu, mit jener gesetzten Miene, die Kinder übertrieben nachzuahmen suchen, wenn sie wie »die Großen« sprechen wollen.

»Der Papa hat dich doch auch lieb gehabt?«

»Er hat von uns allen Lídotschka am meisten liebgehabt«, fuhr sie mit dem gleichen Ernst und ohne zu lächeln fort, jetzt bereits ganz wie eine Erwachsene, »er liebte sie, weil sie klein und krank ist, und er brachte ihr immer etwas mit, uns aber lehrte er das Lesen und mich Grammatik und Religion«, fügte sie mit Stolz hinzu. »Mama sagte nichts dazu, aber wir wußten doch, daß sie das gern hatte, und Papa wußte das auch. Mama will mich jetzt französisch lehren, es ist doch Zeit, daß ich eine Bildung erhalte.«

»Kannst du auch beten?«

»Oh, gewiß kann ich das! Schon lange! Ich bete, seitdem ich groß bin, allein, aber Kolja und Lidotschka beten laut mit Mama; zuerst sprechen sie das Gebet an die Gottesmutter und dann noch ein Gebet, ‚Lieber Gott, vergib und segne Schwesterchen Ssonja‘, und dann: ‚Lieber Gott, vergib und segne unsern andern Papa‘, denn unser älterer Papa ist schon gestorben, dieser war unser zweiter Papa, aber wir beten auch für ihn.«

»Poletschka, ich heiße Rodion; bete manchmal auch für mich, füge nur hinzu, ‚und deinen Knecht Rodion‘, weiter nichts.«

»Ich werde in Zukunft mein ganzes Leben lang für Sie beten«, sagte das kleine Mädchen heiß, lachte plötzlich wieder und umarmte ihn von neuem fest mit seinen Ärmchen.

Raskolnikoff nannte ihr seinen Namen, gab ihr seine Adresse und versprach, morgen unbedingt wiederzukommen. Das kleine Mädchen lief zurück, ganz entzückt von ihm. Es war die elfte Stunde, als er auf die Straße hinaustrat. Nach fünf Minuten stand er auf der Brücke, genau an derselben Stelle, wo vorhin die Frau sich ins Wasser gestürzt hatte.

»Genug!« sagte er entschlossen und feierlich. »Fort mit den Trugbildern, fort mit den eingebildeten Schrecken, fort mit den Gespenstern! ... Es gibt noch ein Leben! Habe ich soeben nicht gelebt? Mein Leben ist doch noch nicht zugleich mit der Alten gestorben! Möge ihr das Himmelreich beschieden sein und – und genug, Mütterchen, es ist Zeit für dich, zu ruhen! Jetzt beginnt die Herrschaft der Vernunft und des Lichtes! Und ... des Willens und der Kraft ... und nun wollen wir sehen! Jetzt wollen wir uns messen!« fügte er hochmütig hinzu, als wende er sich an eine dunkle Macht und fordere sie heraus. »Und ich war schon bereit, mich mit einem Leben auf dem ellenbreiten Quadrat für die Fußsohlen zu begnügen!«

»... Sehr schwach fühle ich mich jetzt, im Augenblick, aber ... es scheint, die Krankheit ist vergangen. Ich wußte, daß sie vergehen wird, als ich vorhin hinausging. Übrigens, ist nicht das Haus Potschínkoff kaum zwei Schritte von hier? Jetzt gehe ich unbedingt zu Rasumichin, wenn es auch nicht nur zwei Schritte wären ... mag er die Wette gewinnen! ... Mag er auch sein Vergnügen haben –, tut nichts, mag er es haben! Kraft, Kraft ist nötig: ohne Kraft kann man nichts erringen; Kraft aber muß wieder durch Kraft erworben werden, eben das aber wissen sie nicht«, fügte er stolz und selbstbewußt hinzu und er verließ die Brücke, physisch kaum noch imstande, die Füße zu heben. Der Stolz aber und das Selbstvertrauen wuchsen mit jeder Minute in ihm; im nächsten Augenblick war er schon ein anderer Mensch als im vorhergegangenen. Was war denn mit ihm Besonderes geschehen, das ihn so verwandelt hatte? Er wußte es selbst nicht; ihm schien plötzlich, wie einem Menschen, der nach einem Strohhalm greift, daß es noch Leben gab für ihn, daß »sein Leben doch noch nicht zugleich mit der Alten gestorben« sei. Vielleicht war er zu eilig mit der Schlußfolgerung, aber daran dachte er nicht.

»Aber des Knechtes Rodion im Gebet zu gedenken, habe ich doch gebeten«, durchzuckte es seine Gedanken, »nun ja, das ist ... ‚für alle Fälle'!« fügte er hinzu und mußte sogleich selber über diesen Bengelwitz lachen. Er befand sich in ausgezeichneter Stimmung.

Rasumichin fand er mit Leichtigkeit; im Hause Potschinkoff kannte man schon den neuen Mieter, und der Hausmeister zeigte ihm sofort den Weg. Schon auf der Treppe konnte man den Lärm und die lebhaften Stimmen einer großen Gesellschaft vernehmen. Die Tür zur Treppe stand sperrangelweit auf; man hörte, wie geschrien und gestritten wurde. Rasumichins Zimmer war ziemlich groß, es waren aber etwa fünfzehn Menschen bei ihm. Raskolnikoff blieb im Flur stehen. Hier, hinter einer Scheidewand, waren zwei Mädchen der Wirtsleute mit zwei großen Ssamowaren beschäftigt, neben Flaschen, Tellern und Schüsseln mit Pasteten und Imbiß, die aus der Küche der Wirtsleute hierher geschafft worden waren. Raskolnikoff ließ Rasumichin herausrufen. Der kam freudig überrascht herausgelaufen. Man merkte beim ersten Blick, daß er schon viel getrunken hatte, und obwohl Rasumichin nie richtig betrunken wurde, konnte man ihm diesmal doch etwas anmerken.

»Höre«, beeilte sich Raskolnikoff zu sagen, »ich bin nur hergekommen, um dir zu sagen, daß du die Wette gewonnen hast und daß tatsächlich niemand wissen kann, was alles mit ihm geschieht. Hineingehen kann ich nicht: ich fühle mich so schwach, daß ich fürchte, gleich hinzufallen. Und darum sage ich dir gleich Guten Abend und Lebewohl! Aber morgen komm du zu mir ...«

»Weißt du was, ich begleite dich nach Hause! Wenn du schon selbst sagst, daß du dich schwach fühlst, da ...«

»Und deine Gäste? Wer ist dieser mit dem lockigen Haar, der soeben zu uns herausschaute?«

»Der? Weiß der Teufel, wer der ist! Wahrscheinlich ein Bekannter meines Onkels, aber vielleicht ist er auch uneingeladen gekommen ... Ich lasse den Onkel bei den Gästen;

er ist ein prächtiger Mensch. Schade, daß du ihn jetzt nicht kennenlernen kannst. Im übrigen, hol sie alle der Teufel! Jetzt haben sie keine Zeit, an mich zu denken, und ich muß frische Luft schnappen; du bist mir sehr gelegen gekommen. Noch zwei Minuten, und ich hätte mit ihnen gerauft, bei Gott! Sie lügen gutgläubig so'n Zeug zusammen ... Du kannst dir nicht vorstellen, wie weit der Mensch sich im Lügen[7] verrennen kann! Übrigens, warum sollst du dir das nicht vorstellen können? Wir tun's doch selbst! Also mögen sie jetzt lügen, dafür werden sie's später nicht mehr tun ... Wart, setz dich einen Augenblick, ich rufe nur Sossimoff heraus ...«

Sossimoff trat gespannt auf Raskolnikoff zu; man merkte ihm eine besondere Neugier an, aber sein Gesicht hellte sich bald auf.

»Gleich ins Bett und schlafen«, sagte er, nachdem er nach Möglichkeit den Kranken untersucht hatte, »und zur Nacht wäre noch etwas einzunehmen. Werden Sie es tun? Ich habe schon vorhin etwas für Sie vorbereitet ... ein Pülverchen.«

»Meinetwegen auch zwei«, antwortete Raskolnikoff.

Und das Pulver wurde sofort eingenommen.

»Es ist sehr gut, daß du ihn begleitest«, sagte Sossimoff zu Rasumichin. »Wie es morgen sein wird, werden wir sehen, heute ist es nicht übel mit ihm – eine bedeutende Besserung gegen vorhin. Man lernt doch sein lebelang nicht aus ...«

»Weißt du, was Sossimoff mir soeben noch zuflüsterte, bevor wir fortgingen?« platzte Rasumichin heraus, als sie auf die Straße traten. »Ich will dir, Bruder, nicht alles so direkt sagen, denn sie sind Dummköpfe. Sossimoff bat mich, den ganzen Weg mit dir zu schwatzen und dich selbst zum Schwatzen zu veranlassen und ihm nachher alles zu erzählen, denn er hat die Idee: nämlich ... daß du ... verrückt seist oder nahe daran! Stell dir das bloß vor! Erstens bist du dreimal klüger als er, zweitens, wenn du nicht verrückt bist, pfeifst du drauf, daß er so dummes Zeug im Kopf hat, und drittens, dieser Fleischklumpen ist, trotz seiner Spezialität für Chirurgie, neuerdings auf Geisteskrankheiten versessen, und in bezug auf dich hat ihn dein heutiges Gespräch mit Samjotoff endgültig nach der Richtung gedreht.«

»Hat dir Samjotoff alles erzählt?«

»Ja, alles, und es ist sehr gut, daß er es erzählt hat. Jetzt habe ich alles begriffen, und Samjotoff hat's auch begriffen ... Nun ja, mit einem Wort, Rodja ... die Sache ist die ... Ich bin jetzt ein bißchen betrunken ... Aber das tut nichts ... die Sache ist die, daß dieser Gedanke ... verstehst du? ... in der Tat ihnen hin und wieder kam ... verstehst du? Das heißt, niemand wagte, es laut auszusprechen, denn es ist das dümmste Zeug, und besonders als sie diesen Anstreicher erwischten, zerfiel alles in nichts und verschwand auf immer! Aber warum sind sie auch solche Dummköpfe? Ich habe damals Samjotoff ein wenig verprügelt – das soll aber unter uns bleiben, Bruder; bitte laß dir auch nichts anmerken, daß du es weißt, denn ich habe bemerkt, daß er empfindlich ist; es geschah bei der Louise – heute aber, heute wurde alles klar! Hauptsächlich dieser Ilja Petrowitsch! Er benutzte damals deine Ohnmacht im Polizeibüro, später schämte er sich selber dessen, ich weiß es ...«

Raskolnikoff hörte gierig zu. Rasumichin plauderte in seiner Trunkenheit alles aus. »Ich fiel damals in Ohnmacht, weil die Luft dort so schlecht war und weil die Ölfarbe so widerlich roch«, sagte Raskolnikoff.

»Du willst noch erklären! Nicht die Ölfarbe war es allein, die Krankheit bereitete sich schon einen ganzen Monat vor –, Sossimoff ist doch Zeuge! Aber wie niedergeschlagen der Junge jetzt ist – Samjotoff –, das kannst du dir gar nicht vorstellen! ‚Ich bin nicht mal den kleinen Finger dieses Menschen wert!' sagt er. Das heißt, *deinen* Finger! Er hat zuweilen schöne Gefühle, Bruder. Aber die Lehre, die heutige Lehre im Kristallpalast – das ist der Hauptcoup! Du hast ihn zuerst erschreckt und fast verrückt gemacht! Du hast ihn fast gezwungen, wieder an diesen ganzen scheußlichen Unsinn zu glauben, und dann plötzlich zeigtest du ihm die Zunge, als wolltest du sagen: da hast du es jetzt, glaubst du nun? Köstlich! Jetzt ist er zermalmt, vernichtet! Du bist ein Meister, bei Gott, so muß man mit ihnen umspringen! Schade, daß ich nicht dabei war! Er erwartete dich jetzt sehnlichst bei mir. Porphýrij will dich auch kennenlernen ...«

»Ah! ... Auch der bereits ... Und warum halten sie mich denn für verrückt?«

»Das heißt, nicht gerade für verrückt! Ich habe, scheint mir, da zu viel gesagt ... Siehst du, es setzte ihn in Erstaunen, daß dich nur diese eine Sache interessierte ... Jetzt ist es ja klar, warum dich das interessierte; wenn man den Zusammenhang kennt ... und wie es dich damals gereizt haben muß und mit deiner Krankheit zusammenfiel ... Ich bin ein wenig betrunken, Bruder, aber weiß der Teufel, Porphyrij hat so seine eigene Idee ... Ich sage dir: auch er ist jetzt auf Geisteskrankheiten versessen. Aber du pfeife drauf ...!«

Beide schwiegen eine Weile.

»Höre, Rasumichin«, begann Raskolnikoff, »ich will dir etwas sagen; ich war soeben bei einem Sterbenden, einem ehemaligen Beamten. Dort habe ich mein ganzes Geld hingegeben ... Außerdem hat mich soeben ein Wesen geküßt, das auch, wenn ich wirklich jemand ermordet hätte, ebenso ... mit einem Wort, ich habe dort noch ein anderes Wesen gesehen ... mit einer feuerroten Feder ... übrigens, ich phantasiere; ich bin sehr schwach, stütze mich ... gleich sind wir bei der Treppe ...«

»Was ist mit dir? Was ist mit dir los?« fragte Rasumichin besorgt.

»Mir schwindelt ein wenig im Kopf, aber das ist es nicht. Mir ist so traurig, so traurig zumute! ... Wie einer Frau ... wirklich! Sieh, was ist das? Sieh! Sieh!«

»Was denn?«

»Siehst du denn nicht? In meinem Zimmer ist Licht! Siehst du nicht durch die Ritze ...«

Sie standen schon auf dem vorletzten Treppenabsatz, neben der Tür zur Wohnung der Wirtin; man konnte wirklich von dort aus sehen, daß Raskolnikoffs Kammer erleuchtet war.

„Sonderbar! Es ist vielleicht Nastassja« bemerkte Rasumichin.

»Um diese Zeit ist sie niemals bei mir, und außerdem schläft sie schon längst, aber ... nun, einerlei! Lebe wohl!«

»Was hast du? Ich begleite dich doch, wir gehen beide hinein!«

»Ich weiß, daß wir zusammen hineingehen werden, aber ich will hier deine Hand drücken und hier von dir Abschied nehmen. Da, gib mir die Hand, leb wohl!«

»Was hast du nur, Rodja?«

»Nichts ... komm, wir gehen ... Du wirst Zeuge sein ...«

Sie begannen die letzte Treppe hinaufzusteigen, und Rasumichin durchzuckte der Gedanke, daß Sossimoff doch vielleicht recht habe. »Ach! Ich habe ihn mit meinem Geschwätz verwirrt!« dachte er bei sich. Als sie an die Tür kamen, hörten sie Stimmen im Zimmer.

»Was ist denn da los?« rief Rasumichin.

Raskolnikoff ergriff zuerst die Türklinke, stieß die Tür auf, öffnete sie weit und blieb wie versteinert auf der Schwelle stehen.

Seine Mutter und Schwester saßen auf dem Diwan und warteten auf ihn schon seit anderthalb Stunden. Die hatte er am allerwenigsten erwartet und noch weniger an sie gedacht, obgleich ihm heute noch einmal die Mitteilung geworden war, daß sie abgereist, unterwegs wären und jeden Augenblick ankommen könnten. Sie hatten in diesen anderthalb Stunden, einander ins Wort fallend, immer wieder Nastassja ausgefragt, die auch jetzt noch vor ihnen stand und ihnen schon alles mehrmals erzählt hatte, und waren vor Schreck fast wie betäubt, als sie hörten, daß er »heute weggelaufen ist«, krank, wie er war, und sicher nicht bei vollem Bewußtsein, wie man der Erzählung entnehmen konnte! »Mein Gott, was wird mit ihm geschehen sein!« Sie weinten beide, und beide hatten in diesen anderthalb Stunden des Wartens Folterqualen ausgestanden.

Ein freudiger, entzückter Ausruf begrüßte Raskolnikoffs Erscheinen. Beide stürzten auf ihn zu. Er aber stand wie leblos da; eine unerträgliche Empfindung hatte ihn wie ein Blitz getroffen. Seine Hände erhoben sich nicht, um sie zu umarmen, er konnte sie nicht erheben. Mutter und Schwester erdrückten ihn schier mit ihren Umarmungen, küßten ihn, lachten und weinten ... Er tat einen Schritt, schwankte und stürzte ohnmächtig zu Boden.

Schreck, Aufregung, angstvolle Ausrufe, Gestöhn ... Rasumichin, der auf der Schwelle stand, flog ins Zimmer herein, hob den Kranken mit seinen kräftigen Armen auf und bettete ihn im Nu auf den Diwan.

»Hat nichts zu sagen! Gar nichts!« rief er Mutter und Schwester zu. »Das ist nur eine Ohnmacht, nichts weiter! Soeben hat noch der Arzt gesagt, daß es ihm bedeutend besser gehe, daß er vollkommen gesund sei! Wasser her! Sehen Sie, er kommt schon zu sich, er ist schon bei Bewußtsein!«

Er ergriff die Hand Dúnetschkas und zog sie näher, aber so stark, daß er beinahe das Handgelenk verrenkte, nur damit sie sich schneller überzeuge, daß »er schon bei Bewußtsein« sei. Mutter und Schwester blickten Rasumichin mit Rührung und Dankbarkeit wie die leibhaftige Vorsehung an; sie hatten schon von Nastassja gehört, was »dieser gewandte junge Mann«, wie ihn noch am selben Abend Pulchéria Alexándrowna in einem intimen Gespräch mit Dunetschka nannte, für ihren Rodja während seiner ganzen Krankheit gewesen war.

Dritter Teil

I

Raskolnikoff erhob sich und setzte sich auf den Diwan. Er winkte mit der Hand schwach Rasumichin ab, um dem Strom seiner eifrigen, aber verworrenen Beruhigungen an Mutter und Schwester ein Ende zu machen, nahm beider Hände und blickte eindringlich etwa zwei Minuten lang schweigend bald die eine, bald die andere an. Die Mutter erschrak vor seinem Blick. Aus diesem Blick sprach unter anderem ein bis zur Qual gesteigertes Gefühl, aber gleichzeitig etwas Starres, ja nahezu Irrsinniges. Pulcheria Alexandrowna begann zu weinen.

Awdótja Románowna war bleich; ihre Hand zitterte in der Hand des Bruders.

»Geht nach Hause ... mit ihm«, sagte er mit stockender Stimme und wies auf Rasumichin, »bis morgen; morgen wird alles ... Seid ihr schon lange angekommen?«

»Heute abend, Rodja«, antwortete Pulcheria Alexandrowna. »Der Zug hat sich schrecklich verspätet. Aber Rodja, ich will dich jetzt um keinen Preis verlassen! Ich übernachte hier bei dir ...«

»Quält mich nicht!« sagte er mit einer gereizten Bewegung.

»Ich werde bei ihm bleiben!« rief Rasumichin. »Ich werde ihn keinen Augenblick verlassen! – Der Teufel hole alle meine Gäste, mögen sie außer sich geraten, soviel sie wollen! Mein Onkel kann dort präsidieren!«

»Wie, wie soll ich Ihnen danken!« begann Pulcheria Alexandrowna und drückte von neuem Rasumichin die Hand, aber Raskolnikoff unterbrach sie.

»Ich kann nicht, kann nicht«, wiederholte er gereizt,

»quält mich nicht! Genug, geht jetzt ... Ich kann nicht! ...«

»Gehen wir, Mama, gehen wir wenigstens auf einen Augenblick aus dem Zimmer«, flüsterte die erschrockene Dunja, »wir martern ihn, man sieht's doch!«

»Soll ich denn gar nicht bei ihm sein, nach dreijähriger Trennung!« weinte Pulcheria Alexandrowna.

»Wartet!« hielt Raskolnikoff sie wieder zurück. »Ihr unterbrecht mich immer, und meine Gedanken verwirren sich ... Habt ihr Lushin schon gesehen?«

»Nein, Rodja, noch nicht, aber er weiß schon, daß wir angekommen sind. Wir haben gehört, Rodja, daß Pjotr Petrowitsch so gut war und dich heute besucht hat«, fügte Pulcheria Alexandrowna ein wenig schüchtern hinzu.

»Ja ... er war so gut ... Dunja, ich habe Lushin gesagt, daß ich ihn die Treppe hinunterwerfen werde, und habe ihn zum Teufel gejagt ...«

»Rodja, was fällt dir ein! Du hast sicher ... du willst doch nicht sagen«, begann Pulcheria Alexandrowna erschrokken, hielt aber vor einem Blick Dunjas inne.

Awdótja Románowna sah den Bruder aufmerksam an und wartete ab, was er weiter sagen würde. Beide waren schon von dem Streit durch Nastassja unterrichtet, soweit diese ihn selber begriffen hatte und mitteilen konnte, und hatten unter der Ungewißheit und Spannung sehr gelitten.

»Dunja«, fuhr Raskolnikoff mit Mühe fort, »ich wünsche diese Heirat nicht, und darum mußt du morgen noch Lushin absagen, damit er ein für allemal verschwinde.«

»Mein Gott!« rief Pulcheria Alexandrowna aus.

»Bruder, überlege, was du sprichst!« begann Awdotja Romanowna erregt, hielt aber sofort an sich. »Du bist jetzt vielleicht nicht dazu imstande, du bist müde«, fügte sie sanft hinzu.

»Gar im Fieberwahn? Nein ... Du willst Lushin um *meinetwillen* heiraten. Ich aber nehme das Opfer nicht an. Und darum schreibe gleich morgen den Brief ... mit der Absage ... Gib ihn mir morgen zu lesen, und damit Schluß!«

»Das kann ich nicht tun!« lehnte sie gekränkt ab. »Mit welchem Recht ...«

»Dunetschka, du bist zu hitzig, hör auf, morgen ... Siehst du denn nicht ...«, suchte die erschrockene Mutter zu beruhigen. »Ach, gehen wir dann schon lieber fort!«

»Er redet im Fieber«, rief polternd der beschwipste Rasumichin, »sonst würde er das nicht wagen! Morgen wird dieser ganze Eigensinn vergessen sein ... Heute hat er ihn zwar hinausgejagt, das ist wahr. Nun, und jener wurde böse ... Er hat hier schöne Reden gehalten, seine Kenntnisse ausgekramt und ging dann begossen weg ...«

»Dann ist es also doch wahr?« fragte Pulcheria Alexandrowna ängstlich.

»Bis auf morgen, Bruder!« sagte Dunja mitfühlend. »Gehen wir, Mama ... Leb wohl, Rodja!«

»Hörst du, Schwester«, rief er ihnen nach, seine letzten Kräfte zusammennehmend, »ich phantasiere nicht; diese Heirat wäre – eine Gemeinheit! Mag ich gemein sein, du aber darfst es nicht sein ... Einer von beiden ... und wenn ich auch ein Schuft bin, aber so eine Schwester will ich nicht zur Schwester haben. Entweder ich oder Lushin! Geht ...!«

»Aber du bist ja verrückt geworden! Du Despot!« donnerte ihn Rasumichin an; aber Raskolnikoff antwortete nicht mehr, vielleicht hatte er auch nicht mehr die Kraft zu antworten. Er legte sich auf den Diwan hin und drehte sich in völliger Ermattung der Wand zu. Awdotja Romanowna blickte Rasumichin interessiert an; ihre dunklen Augen blitzten; Rasumichin zuckte sogar zusammen unter diesem Blick. Pulcheria Alexandrowna stand da wie vom Donner gerührt.

»Ich kann nicht weggehen!« flüsterte sie fast verzweifelt Rasumichin zu. »Ich bleibe hier, irgendwo ... begleiten Sie Dunja!«

»Und Sie werden die ganze Sache verderben!« flüsterte Rasumichin, gleichfalls aufgebracht, ihr heimlich zu. »Gehen wir wenigstens auf die Treppe hinaus. Nastassja, leuchte uns! ... Ich schwöre Ihnen«, fuhr er flüsternd fort, als sie schon auf der Treppe waren, »daß er vorhin beinahe mich und den Arzt verprügelt hätte! Verstehen Sie! Selbst den Arzt! Und der gab nach, um ihn nicht zu reizen, und ging fort, ich aber blieb unten, um auf ihn aufzupassen! Er aber kleidete sich inzwischen an und entschlüpfte mir! Er wird uns auch jetzt entschlüpfen, wenn Sie ihn reizen werden, und jetzt ist es Nacht, und er könnte sich etwas antun ...«

»Ach, was Sie sagen?!«

»Und Awdotja Romanowna kann auch nicht ohne Sie allein in diesen möblierten Zimmern bleiben! Denken Sie nach, wo Sie abgestiegen sind! Dieser Schuft Pjotr Petrowitsch hätte Ihnen doch eine bessere Wohnung ... Übrigens wissen Sie, ich bin ein wenig beschwipst und habe darum ... auf ihn geschimpft; beachten Sie es nicht ...«

»Ich gehe zu seiner Wirtin!« bestand Pulcheria Alexandrowna auf ihrer Absicht. »Ich werde sie bitten, anflehen, mir und Dunja einen Winkel für diese Nacht zu überlassen. Ich kann ihn nicht so verlassen, ich kann nicht!«

Während sie so sprachen, standen sie auf dem Treppenabsatz vor der Wohnungstür der Wirtin. Nastassja leuchtete ihnen von den oberen Stufen. Rasumichin war ungewöhnlich erregt. Vor einer halben Stunde noch, als er Raskolnikoff nach Hause begleitete, war er wohl übermäßig geschwätzig gewesen und hatte das auch selbst gewußt, war aber sonst völlig munter und ganz frisch, ungeachtet des fürchterlichen Quantums, das er an diesem Abend schon getrunken hatte. Jetzt aber glich sein Zustand fast einer Art Ekstase, und der ganze Wein schien ihm auf einmal und mit verdoppelter Macht zu Kopf gestiegen zu sein. Er stand vor den beiden Damen, hatte sie beide an den Händen gefaßt, redete auf sie ein, machte ihnen mit erstaunlicher Offenheit Vorhaltungen und preßte, wahrscheinlich, um sie besser zu überzeugen, bei jedem Wort wie mit Schraubstöcken ihre Hände, so daß ihnen fast die Tränen kamen. Awdotja Romanowna schien er mit den Augen verschlingen zu wollen, ohne sich dabei groß zu genieren. Vor Schmerz suchten sie ihre Hände immer wieder aus seinen starken Riesenfäusten zu befreien, aber er merkte den Grund nicht und hielt beide nur noch stärker fest. Wenn sie ihm in diesem Augenblick befohlen hätten, sich ihnen zuliebe von der Treppe kopfüber hinabzustürzen, er hätte es getan, ohne sich zu besinnen und ohne zu zögern. Pulcheria Alexandrowna fühlte zwar trotz aller Angst um ihren Rodja, daß der junge Mann sehr exzentrisch war und schon gar zu schmerzhaft ihre Hand drückte, aber da sie in ihm doch ein Stück Vorsehung sah, so wollte sie alle diese exzentrischen Einzelheiten nicht weiter beachten. Dagegen bemerkte Awdotja Romanowna trotz ihrer Aufregung und Sorge um den Bruder und obwohl sie nicht ängstlicher Natur war, doch verwundert und fast mit Schrecken die in wildem Feuer brennenden Augen dieses Freundes ihres Bruders, und nur das grenzenlose Vertrauen, das ihr die Erzählung Nastassjas über diesen unheimlichen Menschen eingeflößt hatte, hielt sie davon ab, fortzulaufen und die Mutter von ihm wegzuziehen. Sie begriff aber auch, daß sie nirgendwohin weglaufen konnte. Nach etwa zehn Minuten aber wurde sie doch schon bedeutend ruhiger: Rasumichins Art war es, sich im Nu restlos zu offenbaren, in welcher Stimmung er auch immer sein mochte, so daß alle sehr bald wußten, mit wem sie es zu tun hatten.

»Bei der Wirtin ist es unmöglich, und ein greulicher Unsinn ist das!« fiel er Pulcheria Alexandrowna in die Rede. »Mögen Sie auch tausendmal seine Mutter sein, wenn Sie aber hierbleiben, versetzen Sie ihn in Raserei, und dann weiß der Teufel, was draus wird! Hören Sie, ich will es so machen: jetzt bleibt bei ihm Nastassja sitzen, ich aber begleite Sie beide zu Ihrer Wohnung, denn Sie können jetzt nicht allein auf die Straße gehen: bei uns hier in Petersburg ist es in dieser Hinsicht ... Aber lassen wir das! ... Ich laufe dann sofort hierher zurück und berichte Ihnen nach einer Viertelstunde, mein heiliges Ehrenwort darauf, wie es mit ihm steht, ob er schläft oder nicht und dergleichen. Dann, hören Sie weiter, dann laufe ich von Ihnen auf einen Sprung zu mir – ich habe Gäste, alle sind betrunken –, nehme Sossimoff – das ist der Arzt, der ihn behandelt, er sitzt jetzt auch bei mir, ist nicht betrunken, der ist nie betrunken! –, schleppe ihn her zu Rodja und bin danach sofort wieder bei Ihnen! Also im Laufe von einer Stunde haben Sie zwei Berichte über ihn – und vom Arzt, verstehen Sie, vom Arzt selber, das ist mehr wert als von mir! Sollte es schlimmer werden, so bringe ich Sie selbst hierher, ich schwöre es Ihnen, steht aber alles gut, so gehen Sie schlafen. Ich aber werde diese Nacht hier schlafen, im Flur, er wird nichts hören, und Sossimoff werde ich sagen, er soll bei der Wirtin schlafen, damit er da ist, wenn man ihn braucht. Nun, was ist für ihn jetzt wichtiger, Sie oder der Arzt? Der Arzt ist doch nützlicher, nützlicher! Nun, gehen Sie also nach Hause! Bei der Wirtin ist es unmöglich! Mir ist es möglich, Ihnen aber nicht – sie wird Sie nicht einmal hereinlassen, weil ... weil sie eine Närrin ist! Sie wird auf Awdotja Romanowna bestimmt eifersüchtig sein, wenn Sie es wissen wollen, und auch auf Sie selbst ... Auf Awdotja Romanowna aber unbedingt! Sie ist ein vollkommen, vollkommen unberechenbarer Charakter! Übrigens, ich bin ein Esel ... aber das ist egal! Gehen wir! Glauben Sie mir nun? Ja, glauben Sie mir nun oder nicht? ...«

»Gehen wir, Mama!« sagte Awdotja Romanowna. »Er wird bestimmt so tun, wie er es verspricht! Er hat schon einmal den Bruder am Leben erhalten, und wenn der Arzt wirklich damit einverstanden ist, hier zu schlafen, dann ist es am besten so!«

»Sehen Sie ... Sie ... Sie verstehen mich, weil Sie – ein Engel sind!« rief Rasumichin ganz verzückt aus. »Gehen wir! Nastassja, schnell hinauf, und setze dich mit dem Licht zu ihm; ich komme in einer Viertelstunde ...«

Obwohl Pulcheria Alexandrowna nicht ganz überzeugt war, widersetzte sie sich doch nicht mehr. Rasumichin bot ihnen beiden je einen Arm und zog sie die Treppe hinab. Es beunruhigte sie übrigens nur eines an ihm: »Mag er auch gewandt und gut sein, aber kann er auch halten, was er verspricht? Er ist doch in einem solchen Zustand! ...«

»Ha, ich verstehe, Sie haben Angst, weil Sie glauben, daß ich vom Wein nicht ganz klar im Kopf bin!« unterbrach Rasumichin ihren Gedankengang, als ob er ihn erraten hätte, während er mit Riesenschritten weiterging, ohne zu bemerken, daß die beiden Damen ihm kaum folgen konnten. »Unsinn! das heißt ... ich bin betrunken wie ein Tölpel, aber das hat nichts zu sagen; denn ich bin betrunken nicht vom Wein. Sondern als ich Sie erblickte, da stieg mir das Blut zu Kopf ... Aber achten Sie nicht auf mich! Achten Sie nicht darauf, daß ich fasele; ich bin Ihrer unwürdig ... ich bin Ihrer im höchsten Grade unwürdig! ... Wenn ich Sie nach Hause gebracht habe, gieße ich mir schleunigst hier aus diesem Kanal zwei Eimer Wasser über den Kopf, damit ich wieder zur Besinnung komme ... Wenn Sie nur wüßten, wie ich Sie beide liebe! ... Lachen Sie nicht und seien Sie mir nicht böse! ... Seien Sie auf alle Welt böse, aber auf mich sollen Sie nicht böse sein! Ich bin sein Freund, also bin ich auch Ihr Freund. Ich will es so ... Ich habe es geahnt, ... im vorigen Jahr, da gab es mal so einen Augenblick ... Übrigens, ich habe gar nichts geahnt, denn Sie sind wie vom Himmel gefallen! Ich werde vielleicht auch die ganze Nacht nicht schlafen ... Dieser Sossimoff fürchtete vorhin, daß er den Verstand verlieren könnte ... Darum muß man ihn nicht reizen ...«

»Was sagen Sie?« rief die Mutter entsetzt.

»Hat das der Arzt gesagt?« fragte erschrocken auch Awdotja Romanowna.

»Er hat's gesagt, aber das ist es nicht, sondern ganz was anderes! Er hat ihm auch eine Arznei gegeben, ein Pulver, ich habe es gesehen, und da kamen Sie ... Ach! ... Es wäre besser, Sie wären morgen angekommen! Insofern ist es gut, daß wir weggingen. Nach einer Stunde wird Ihnen Sossimoff selbst über alles Bericht erstatten. Sehen Sie, der ist nicht betrunken! Auch ich werde nicht mehr betrunken sein ... Warum aber habe ich mich so besoffen? Weil sie mich in eine Diskussion hineinrissen, die Verfluchten! Ich hatte mir doch geschworen, mich nicht auf einen Disput mit ihnen einzulassen! ... Nun faselten sie aber so einen Blödsinn zusammen! Ich bin beinahe schon handgemein geworden mit ihnen! Dann habe ich meinen Onkel als Präsidenten zurückgelassen ... Werden Sie es glauben: sie verlangen völlige Unpersönlichkeit des Einzelnen und finden eben darin den Sinn des Lebens! Bloß nicht man selbst sein, bloß möglichst wenig sich selber gleichen! Und das halten sie für den allergrößten Fortschritt! Und wenn sie wenigstens auf eigene Art lügen würden, so aber ...«

»Hören Sie«, unterbrach ihn schüchtern Pulcheria Alexandrowna, aber das brachte ihn noch mehr in Eifer.

»Ja, was meinen Sie?« rief Rasumichin und erhob seine Stimme noch mehr. »Meinen Sie, ich ärgere mich, weil sie aus Gutgläubigkeit soviel dummes Zeug zusammenlügen? Unsinn! Ich liebe es sogar, wenn man so vor lauter Eifer lügt! So ein Lügen ist das einzige menschliche Privilegium vor allen anderen Organismen. Wenn du so lügst, wirst du dich schon zur Wahrheit durchkrabbeln. Ich bin ja darum Mensch, weil ich lüge, das heißt phantasiere! Keine einzige Wahrheit ist erreicht worden, ohne daß man vorher vierzigmal, vielleicht auch hundertvierzigmal gelogen hat, und das ist in seiner Art höchst ehrenvoll. Wir aber verstehen nicht einmal, aus eigener Phantasie zu lügen! Lüge mir vor, soviel du willst, aber lüge in deiner Weise, und ich gebe dir dafür einen Kuß! In seiner eigenen Weise zu lügen, ist doch fast besser noch als Wahrheit nur aus fremder Quelle nachschwätzen; im ersten Falle bist du ein Mensch, im letzteren bist du bloß ein Papagei! Die Wahrheit wird nicht fortlaufen, mit fremder Wahrheit aber kann man dabei nur das eigene Leben ersticken, wie mit Brettern zunageln; wir haben Beispiele dafür. Nun, was sind wir jetzt? Wir alle,

alle ohne Ausnahme, sitzen in bezug auf Wissenschaft, Entwicklung, Denken, Erfindungen, Ideale, Wünsche, Liberalismus, Vernunft, Erfahrung und alles, alles, alles, alles, alles noch in der alleruntersten Klasse des Gymnasiums! Uns hat es bisher vollkommen genügt, mit fremder Weisheit auszukommen – wir haben Geschmack daran gefunden! Ist es nicht so? Habe ich nicht recht?« schimpfte Rasumichin, die Hände der Damen pressend und schüttelnd, »habe ich nicht recht?«

»Oh, mein Gott, ich weiß es nicht!« sagte die arme Pulcheria Alexandrowna.

»Es ist so, ja ... obwohl ich mit Ihnen nicht in allem einverstanden bin«, fügte Awdotja Romanowna ernst hinzu, aber gleich darauf schrie sie auf, weil er ihr diesmal doch fast die Hand zerdrückte.

»So? Sie sagen, es sei so? Ach, dann sind Sie ... Sie ...«, rief er voll Entzücken aus, »sind Sie die Quelle der Güte, Reinheit, Vernunft und ... der Vollkommenheit! ... Geben Sie mir Ihre Hand, geben Sie ... geben auch Sie Ihre Hand, ich will Ihnen beiden die Hände küssen, hier, sofort, auf den Knien!«

Und er warf sich mitten auf dem Trottoir, das zum Glück menschenleer war, auf die Knie nieder.

»Hören Sie auf, ich bitte Sie, was tun Sie?« rief die äußerst betroffene Pulcheria Alexandrowna.

»Stehen Sie doch auf, stehen Sie doch auf!« lachte Dunja, aber doch mit einer gewissen Unruhe.

»Um keinen Preis, bevor Sie mich nicht Ihre Hände küssen lassen! ... So! So ist es gut, nun genug, ich bin aufgestanden, und nun wollen wir weitergehen! Ich bin ein unglückseliger Tolpatsch, ich bin Ihrer unwürdig und bin betrunken und schäme mich ... Ich bin nicht wert, Sie zu lieben, aber vor Ihnen niederzuknien ist die Pflicht eines jeden, wenn er nicht ein vollkommenes Rindvieh ist! Deshalb bin ich vor Ihnen niedergekniet ... Da sind auch Ihre möblierten Zimmer, und schon allein wegen dieser Unterkunft war Rodion im Recht, als er vorhin Ihren Pjotr Petrowitsch hinauswarf! Wie durfte er es wagen, Sie in solchen Zimmern unterzubringen? Das ist ein Skandal! Wissen Sie, wer hier absteigt? Und Sie sind doch seine Braut! Ja, sind Sie seine Braut? Und nun sage ich Ihnen, daß Ihr Bräutigam nach diesem ein Schuft ist!«

»Hören Sie, Herr Rasumichin, Sie vergessen ...«, begann Pulcheria Alexandrowna.

»Ja, ja, Sie haben recht, ich habe mich vergessen, ich schäme mich!« rief Rasumichin erschrocken. »Aber ... aber ... aber ... Sie können mir nicht böse sein, daß ich so rede! Denn ich sage es aufrichtig und nicht weil ... hm! das wäre gemein; mit einem Wort, nicht weil ich Sie ... hm! ... nun, also, es ist nicht nötig, ich will nicht sagen, warum, ich darf es nicht! ... Wir haben alle gleich begriffen, als er hereinkam, daß dieser Mensch nicht in unsere Gesellschaft paßt. Nicht, weil er mit gebrannten Locken vom Friseur kam, nicht, weil er sich beeilte, seinen Verstand zu zeigen, sondern weil er ein Berechner und Spekulant ist, weil er ein Geldmensch und Gauner ist, und das sieht man sofort! Sie denken, er sei klug? Nein, er ist ein Dummkopf! Nun, paßt er denn zu Ihnen? Oh, mein Gott! Sehen Sie, meine Damen«, er blieb plötzlich auf der Treppe stehen, »wenn die alle dort bei mir auch betrunken sind, dafür aber sind sie doch ehrlich und anständig, und wenn wir auch faseln und lügen, denn ich lüge ja auch, aber wir werden uns schließlich schon bis zur Wahrheit durchlügen, weil wir auf einem anständigen Wege gehen. Pjotr Petrowitsch jedoch ... geht nicht auf einem anständigen Wege. Ich habe wohl soeben auf sie alle tüchtig geschimpft, aber ich achte sie doch alle; sogar Samjotoff, oder wenn ich ihn auch nicht achte, so liebe ich ihn doch, denn er ist noch wie ein junger Hund! Selbst dieses Rind Sossimoff, weil er auch anständig ist und seine Sache versteht ... Aber genug, nun ist alles gesagt und wird verziehen! Ist es verziehen? Ist es wirklich verziehen? ... Nun, gehen wir! Ich kenne diesen Korridor, bin hier ein paarmal gewesen; sehen Sie, hier, in Nummer drei, war einmal ein Skandal... Nun, wo wohnen Sie? Welche Nummer? Acht? Aber schließen Sie sich für die Nacht ein, lassen Sie niemand herein! In einer Viertelstunde kehre ich mit einer Nachricht zurück und dann noch einmal nach einer halben Stunde mit Sossimoff, Sie werden sehen! Leben Sie wohl, ich laufe!«

»Mein Gott, Dunetschka, was wird nun geschehen?« fragte Pulcheria Alexandrowna voll Unruhe und Angst die Tochter.

»Beruhigen Sie sich, Mama!« antwortete Dunja, indem sie Hut und Mantille ablegte. »Uns hat Gott selbst diesen Mann gesandt, wenn er auch direkt von einer Kneiperei kommt. Man kann sich auf ihn verlassen, ich versichere Sie. Was hat er für den Bruder schon alles getan ...«

»Ach, Dunetschka, Gott weiß, ob er wiederkommen wird? Wie konnte ich mich nur dazu entschließen, Rodja allein zu lassen! ... Und ich habe es mir doch nicht, durchaus nicht gedacht, ihn so zu finden! Wie ernst er war, als wäre er um uns nicht froh ...«

Tränen zeigten sich in ihren Augen.

»Nein, das ist nicht wahr, Mama! Sie haben ihn nicht gut sehen können, weil Sie fortwährend weinten. Er ist von einer schweren Krankheit sehr mitgenommen – das ist der ganze Grund.«

»Ach, diese Krankheit! Was soll noch werden, was soll daraus werden! Und wie er mit dir sprach, Dunja!« sagte die Mutter und blickte schüchtern der Tochter in die Augen, um ihre Gedanken zu erraten, und teilweise schon dadurch getröstet, weil Dunja ihren Bruder in Schutz nahm, somit ihm verziehen hatte. »Ich bin überzeugt, daß er morgen seinen Sinn ändern wird«, fügte sie hinzu, um die Tochter weiter auszuforschen.

»Und ich dagegen bin überzeugt, daß er auch morgen dasselbe sagen wird ...«, schnitt Awdotja Romanowna kurz ab, und dann sprach man nicht mehr darüber, denn es berührte einen Punkt, über den jetzt zu sprechen Pulcheria Alexandrowna sich zu sehr fürchtete.

Dunja trat an die Mutter heran und küßte sie. Diese umarmte sie schweigend und innig. Dann setzte sie sich in unruhiger Erwartung Rasumichins hin, begann scheu die Tochter zu beobachten, die mit gekreuzten Armen und selbst voll Erwartung in Gedanken versunken im Zimmer auf und ab ging. Das Aufundabgehen in Gedanken war eine Angewohnheit Awdotja Romanownas, und die Mutter hütete sich immer, ihr Nachdenken zu stören.

Rasumichin war selbstverständlich komisch mit seiner plötzlichen, in der Trunkenheit entflammten Leidenschaft zu Awdotja Romanowna. Aber wenn man Awdotja Romanowna ansah, besonders jetzt, wo sie mit gekreuzten Armen traurig und nachdenklich auf und ab ging, würden vielleicht viele ihn entschuldigt haben, ganz abgesehen von seinem augenblicklich außergewöhnlichen Zustand. Awdotja Romanowna war sehr schön: hochgewachsen, wundervoll schlank, kräftig und selbstbewußt – das äußerte sich auch in jeder ihrer Gesten, tat aber der Weichheit und Grazie ihrer Bewegungen in keiner Weise Abbruch. Ihr Gesicht ähnelte dem des Bruders, aber man konnte sie mit Recht sogar eine Schönheit nennen. Ihr Haar war dunkelblond, ein wenig heller als das des Bruders; die Augen waren dunkelbraun, ihr Blick stolz und doch wieder zuweilen von ungewöhnlicher Güte. Sie war blaß, aber nicht krankhaft blaß; ihr Gesicht hatte vielmehr die Frische der Gesundheit. Ihr Mund war klein, die Unterlippe, frisch und rosig, stand kaum merklich vor; ebenso das Kinn, das war aber auch die einzige Unregelmäßigkeit in diesem schönen Antlitz und verlieh ihm dafür eine besondere Eigenart und vielleicht auch etwas wie Hochmut. Der Ausdruck ihres Gesichtes war in der Regel mehr ernst und sinnend als fröhlich; wie stand aber dafür diesem Gesicht ein Lächeln, wie kleidete es ein lustiges, junges und sorgloses Lachen! Es war begreiflich, daß der temperamentvolle, offene, schlichte und ehrliche, reckenhaft starke und jetzt obendrein betrunkene Rasumichin, der noch nie etwas Ähnliches gesehen hatte, beim ersten Blick den Kopf verlor. Außerdem zeigte ihm der Zufall dieses junge Mädchen, wie absichtlich, gleich in der schönen Liebe zum Bruder und in der Freude des Wiedersehens. Er sah dann, wie ihr Mund vor Entrüstung über die ungestümen und undankbar grausamen Befehle des Bruders zuckte – und er konnte nicht standhalten.

Er hatte übrigens die Wahrheit gesagt, als er vorhin in seiner Trunkenheit auf der Treppe damit herausplatzte, daß die unberechenbare Wirtin Raskolnikoffs, Praskowja Pawlowna, nicht bloß auf Awdotja Romanowna, sondern vielleicht auch auf Pulcheria Alexandrowna eifersüchtig werden würde. Obgleich Pulcheria Alexandrowna schon dreiundvierzig Jahre alt war, verriet ihr Gesicht immer noch die frühere Schönheit, und außerdem erschien sie bedeutend jünger, als sie war, was so oft der Fall ist bei Frauen, die die Klarheit des Geistes, die frische Empfänglichkeit für alle Eindrücke und das ehrliche, reine Feuer des Herzens bis ins Alter bewahren. Wir wollen in Klammern hinzufügen, daß dies zu bewahren das einzige Mittel ist, auch noch im Alter schön zu bleiben. Ihr Haar zwar begann grau und dünn zu werden, kleine, strahlenförmige Runzeln hatten sich schon lange an den äußeren Augenwinkeln gebildet, die Wangen waren hohl und vor Kummer und Sorgen hager geworden, und dennoch war dieses Gesicht schön. Es war Dunetschkas Abbild, nur zwanzig Jahre älter und ohne den besonderen Ausdruck der Unterlippe, die bei ihr nicht vorstand. Pulcheria Alexandrowna war empfindsam, aber nicht bis zur Süßlichkeit, sie war schüchtern und nachgiebig, aber nur bis zu einer gewissen Grenze. Sie konnte in vielem nachgeben, konnte mit vielem sich abfinden, selbst wenn es ihrer Überzeugung widersprach, aber zur Verleugnung der Ehrlichkeit und ihrer tiefsten Überzeugungen hätten keine Umstände sie je zu bringen vermocht.

Genau zwanzig Minuten nachdem Rasumichin sie verlassen hatte, wurde zweimal nicht laut, aber schnell an die Tür geklopft; er war zurückgekehrt.

»Ich komme nicht herein, habe keine Zeit!« sagte er hastig, als die Tür geöffnet wurde. »Er schläft wunderbar, tief, ruhig, und geb's Gott, daß er zehn Stunden so weiterschläft. Nastassja sitzt bei ihm; ich habe ihr befohlen, nicht wegzugehen, bis ich zurückgekommen bin. Jetzt werde ich Sossimoff herschleppen, er wird Ihnen Bericht erstatten, und dann legen Sie sich schlafen. Ich sehe, Sie sind abgespannt bis zum äußersten ...« Und er lief schon wieder den Korridor hinunter.

»Welch ein flinker und ... zuverlässiger junger Mann!« rief Pulcheria Alexandrowna außerordentlich erfreut aus.

»Er scheint ein prächtiger Mensch zu sein!« antwortete Awdotja Romanowna mit einem gewissen Eifer und begann von neuem im Zimmer hin und her zu wandern.

Nach kaum einer Stunde vernahm man wieder Schritte auf dem Korridor und bald darauf wieder ein Klopfen an der Tür. Beide Frauen hatten diesmal in vollkommenem Vertrauen auf Rasumichins Versprechen gewartet; und er hatte auch tatsächlich Sossimoff mitgeschleppt. Sossimoff hatte sich sofort bereit erklärt, das Fest zu verlassen und Raskolnikoff zu besuchen, aber zu den Damen ging er unwillig und mißtrauisch, da er dem betrunkenen Rasumichin nicht recht glauben wollte. Seine Eigenliebe war aber sofort beruhigt, und er fühlte sich sogar geschmeichelt: er sah, daß man wirklich auf ihn, wie auf einen Propheten, gewartet hatte. Er blieb genau zehn Minuten und verstand es, Pulcheria Alexandrowna vollkommen zu beruhigen. Er sprach mit ungewöhnlicher Teilnahme, aber zurückhaltend und sehr ernst, ganz wie ein siebenundzwanzigjähriger Arzt bei einer wichtigen Konsultation, mit keinem Wort schweifte er vom Gegenstand ab und zeigte nicht den geringsten Wunsch, mit den Damen in ein persönlicheres und privates Verhältnis zu kommen. Als er beim Eintritt gesehen hatte, wie auffallend schön Awdotja Romanowna war, vermied er, sie anzusehen, und wandte sich während des ganzen Besuches ausschließlich an Pulcheria Alexandrowna. Dies alles gewährte ihm eine außerordentliche innere Zufriedenheit. Über den Kranken äußerte er, daß er ihn gegenwärtig in durchaus befriedigendem Zustand gefunden habe. Seinen Beobachtungen nach habe die Krankheit des Patienten, außer der schlechten materiellen Lage in den letzten Monaten, noch einige seelische Ursachen. »Sie ist sozusagen das Resultat vieler komplizierter moralischer und materieller Einflüsse, Aufregungen, Sorgen, gewisser Ideen ... und dergleichen.« Als er zufällig bemerkte, daß Awdotja Romanowna hierauf besonders aufmerkte, ging er auf dieses Thema näher ein. Auf die angstvolle und schüchterne Frage Pulcheria Alexandrownas wegen seines »gewissen Verdachts von möglicher Geistesstörung« antwortete er mit ruhigem und offenem Lächeln, daß man seine Worte übertrieben habe, daß man bei dem Kranken wohl eine fixe Idee, etwas, das auf Monomanie deute, konstatieren könne – er, Sossimoff, verfolge jetzt besonders diesen äußerst interessanten Zweig der Medizin –, aber man dürfe auch nicht vergessen, daß der Kranke bis heute in fieberhaften Phantasien befangen war, und ... selbstverständlich werde die Ankunft der Verwandten auf ihn kräftigend, zerstreuend und wohltuend wirken, »vorausgesetzt, daß neue, besondere Erschütterungen vermieden werden können«, fügte er bedeutungsvoll hinzu. Dann erhob er sich, verabschiedete sich einfach und freundlich, begleitet von Segnungen, heißer Dankbarkeit und Bitten; auch die Hand Awdotja Romanownas streckte sich ihm sogar, ohne daß er sie suchte, zum Abschied entgegen, und er ging fort, außerordentlich zufrieden mit seinem Besuch und noch mehr mit sich selbst.

»Und morgen wollen wir weitersehen; jetzt legen Sie sich unbedingt nieder, unbedingt und sofort!« schärfte Rasumichin ihnen eifrig ein, bevor er mit Sossimoff fortging. »Morgen bin ich möglichst früh mit einem Bericht bei Ihnen.«

»Was für ein entzückendes Mädchen diese Awdotja Romanowna ist!« bemerkte Sossimoff und schnalzte mit der Zunge, als sie beide auf die Straße hinaustraten.

»Entzückend? Du hast entzückend gesagt!« brüllte Rasumichin, stürzte sich plötzlich auf Sossimoff und packte ihn an der Kehle. »Wenn du es noch einmal wagst ... Verstehst du? Verstehst du?« schrie er, schüttelte ihn am Kragen und drückte ihn an die Wand. »Hast du gehört?«

»Laß mich los, betrunkener Teufel!« wehrte sich Sossimoff, blickte ihn dann, nachdem Rasumichin ihn losgelassen hatte, aufmerksam an und brach plötzlich in Lachen aus.

Rasumichin stand mit gesenkten Armen und in düster ernstem Nachdenken vor ihm.

»Selbstverständlich bin ich ein Esel«, sagte er, finster wie eine Gewitterwolke, »aber auch du ... bist einer.«

»Nein, Bruder, nein, ich bin keiner. Ich träume nicht von Dummheiten.«

Sie gingen schweigend weiter, und erst, als sie sich der Wohnung Raskolnikoffs näherten, unterbrach Rasumichin mit sorgenvollem Gesicht das Schweigen.

»Höre«, sagte er zu Sossimoff, »du bist ein prächtiger Bursche, aber du bist, abgesehen von all deinen sonstigen üblen Eigenschaften, auch noch ein Schürzenjäger, das weiß ich, und überdies noch einer, der den Sumpf bevorzugt. Du bist ein nervöser, schwacher Lappen, hast verrückte Launen, hast Fett angesetzt und kannst dir nichts versagen: und das nenne ich schon Sumpf, denn es führt zur Versumpfung. Du hast dich so verwöhnt, daß ich – offen gesagt – am allerwenigsten verstehe, wie du dabei ein guter und sogar aufopfernder Arzt sein kannst. Du – ein Arzt – schläfst auf einem Pfühle und stehst doch noch für einen Kranken in der Nacht auf! Nach drei Jahren wirst du nicht mehr wegen eines Kranken aufstehen ... Nun, zum Teufel damit, das ist es nicht, sondern folgendes: Du schläfst heute nacht in der Wohnung der Wirtin – ich habe sie mit Mühe dazu überredet – und ich in der Küche. Da habt ihr Gelegenheit, einander näher kennenzulernen! Nicht, was du denkst! Davon kann hier gar keine Rede sein, auch nicht von ferne ...«

»Aber ich denke ja gar nichts!«

»Hier findest du, Bruder, Schamhaftigkeit, Schweigsamkeit, Schüchternheit, eine fanatische Keuschheit und bei alledem – Seufzer, und sie schmilzt wie Wachs! Befreie mich von ihr, im Namen aller Teufel der Welt! Sie ist sehr ansprechend! ... Ich vergelte es dir, tausendfach vergelte ich es dir!«

Sossimoff lachte noch mehr als vorher.

»Da schau einer, wie du aus dem Häuschen bist! Was soll ich denn mit ihr?«

»Ich versichere dich, du brauchst dich wenig mit ihr abzugeben, rede bloß irgendeinen Unsinn, sprich, was du willst, setze dich aber neben sie, und rede frisch drauflos. Du bist ja außerdem Arzt, also fange an, sie zu behandeln. Ich schwöre dir, du wirst es nicht bereuen. Sie hat ein Klavier; du weißt, ich klimpere ein bißchen; ich habe bei ihr ein kleines Lied, ein echtes russisches Lied liegen, „Ich vergieße bittre Tränen ..." Sie liebt echte Volkslieder – nun, mit einem Lied fing es auch an; und du spielst doch Klavier wie ein Virtuose, wie ein Meister, wie Rubinstein! ... Ich versichere dich, du wirst es nicht bereuen! ...«

»Hast du ihr denn etwas versprochen? Hast du ihr etwas Schriftliches gegeben? Womöglich ein Heiratsversprechen. . .«

»Nein, nichts, rein gar nichts! Und sie ist auch gar nicht so; Tschebároff wollte sie zwar ...«

»Nun, so laß sie doch laufen!«

»Man kann sie nicht so ohne weiteres laufen lassen!«

»Warum denn nicht?«

»Man kann das nicht, und basta! Es ist da etwas Anziehendes bei ...«

»Warum hast du sie denn verleitet?«

»Ich habe sie ja gar nicht verleitet! Ich bin vielleicht selbst verleitet worden, infolge meiner Dummheit! Ihr aber wird es gleichgültig sein, ob du oder ich, nur, daß jemand neben ihr sitzt und seufzt. Es ist, Bruder ... Ich kann es dir nicht erklären, es ist ... Nun, du kannst doch gut Mathematik und beschäftigst dich noch jetzt damit, soviel ich weiß. Fang an, mit ihr die Integralrechnung durchzunehmen, bei Gott, ich scherze nicht, ich spreche im Ernst, ihr wird es vollkommen gleich sein! Sie wird dich ansehen und seufzen, und so wird es ein Jahr lang weitergehen. Ich habe ihr unter anderem sehr lange, zwei Tage nacheinander, vom Preußischen Herrenhaus erzählt – denn was soll man mit ihr reden? –, sie seufzte bloß und schwitzte! Nur über Liebe sprich nicht – sie wird furchtbar verlegen –, aber zeige doch, daß du nicht weggehen kannst, das genügt. Es ist unheimlich komfortabel dort; man ist ganz wie zu Hause, kann lesen, sitzen, liegen oder schreiben ... Man kann sogar einen Kuß riskieren, mit Vorsicht jedoch ...«

»Aber was soll ich denn mit ihr?«

»Ach, ich kann es dir nicht erklären! Siehst du: ihr paßt ausgezeichnet zueinander! Ich habe schon früher an dich gedacht ... Du wirst doch damit enden! Ist es dir nun nicht einerlei, ob früher oder später? Hier ist, Bruder, so etwas wie das Prinzip des weichen Pfühls – ach! und nicht nur das allein! Hier lockt und zieht es einen an, hier ist das Ende der Welt, hier wirft man Anker, hat einen stillen Hafen, sozusagen den Nabel der Erde, die Essenz von Pfannkuchen, fetten Pasteten, Abendssamowaren, stillen Seufzern und warmen gestrickten Jacken und geheizten Ofenbänken – kurz, es ist, als ob du gestorben wärest und gleichzeitig doch lebtest, von beidem die Vorteile zugleich! Nun, Bruder, zum Teufel, ich bin ins Faseln geraten, es ist Zeit, schlafen zu gehen! Höre: ich wache in der Nacht zuweilen auf, dann werde ich nach ihm sehen. Es wird aber nichts sein, Unsinn, alles ist gut. Beunruhige dich nicht besonders, doch wenn du willst, sieh auch mal nach. Wenn du aber etwas merken solltest, Fieber zum Beispiel oder Phantasieren oder sonst etwas, dann weck mich sofort auf! Übrigens, es wird bestimmt nichts sein ...«

II

Ernst und sorgenvoll erwachte Rasumichin am andern Morgen gegen acht Uhr. Eine Menge neuer und unvorhergesehener Fragen, Zweifel und Bedenken überfiel ihn jetzt mit einemmal. Er hätte sich's früher nicht träumen lassen, daß er jemals so aufwachen würde. Er erinnerte sich bis in die letzten Einzelheiten alles gestern Vorgefallenen und begriff, daß ihm etwas nicht Alltägliches widerfahren war, daß er einen ihm bis jetzt völlig neuen Eindruck, der keinem einzigen früheren glich, in sich aufgenommen hatte. Gleichzeitig war er sich vollkommen klar, daß die in seinem Kopf aufgeloderte Illusion im höchsten Grade unerfüllbar sei – so unerfüllbar, daß er sich ihrer schämte und sich schleunigst anderen, vordringlicheren Sorgen und Bedenken, die ihm dieser »dreimal vermaledeite gestrige Tag« hinterlassen hatte, zuwandte.

Die allerschrecklichste Erinnerung war für ihn, wie »niedrig und gemein« er sich gestern benommen hatte, nicht allein weil er betrunken gewesen war, sondern weil er vor dem jungen Mädchen aus dummer, übereilter Eifersucht, die besondere Situation ausnutzend, den Bräutigam herabgesetzt hatte, ohne ihr gegenseitiges Verhältnis und ihre Verpflichtungen, geschweige denn den Mann selbst, ordentlich zu kennen. Und welches Recht hatte er, so übereilt und blindlings über ihn zu urteilen? Und wer hatte ihn um sein Urteil gebeten? Und kann denn überhaupt ein Wesen wie Awdotja Romanowna sich einem unwürdigen Menschen, etwa um des Geldes willen, angeloben? Also muß er doch auch Vorzüge haben. Die möblierten Zimmer? Woher, in der Tat, hätte Lushin denn wissen sollen, was für möblierte Zimmer er gemietet hatte? Er läßt doch gleichzeitig eine Wohnung instand setzen ... Pfui, wie schändlich das alles war! Und ist das etwa eine Entschuldigung, in der Betrunkenheit so geredet zu haben? Eine dumme Ausrede, die ihn noch mehr bloßstellte! Im Wein liegt Wahrheit und da hat sich nun auch die ganze Wahrheit, »das heißt, der ganze Schmutz eines neidischen, rohen Herzens«, offenbart! Und ist denn ihm, Rasumichin, eine solche Träumerei überhaupt erlaubt? Wer ist denn er im Vergleich mit einem solchen jungen Mädchen – er, der betrunkene Skandalmacher und gestrige Prahlhans? »Ist denn so eine zynische und lächerliche Zusammenstellung überhaupt denkbar?« Rasumichin wurde bei diesem Gedanken rot vor Verzweiflung, dazu erinnerte er sich noch obendrein und gerade jetzt, daß er ihnen gestern auf der Treppe gesagt hatte, die Wirtin werde auf Awdotja Romanowna eifersüchtig werden ... nein, das war denn doch schon unerträglich! Wütend hieb er mit der Faust auf den Küchenherd, verletzte sich dabei die Hand und schlug eine Kachel locker.

»Natürlich«, murmelte er nach einer Weile vor sich hin, im Zuge einer gewissen Selbsterniedrigung, »natürlich lassen sich alle diese Scheußlichkeiten nie mehr beschönigen oder verwischen ... Also nicht mehr daran denken, sondern schweigend erscheinen und ... seine Pflicht erfüllen ... gleichfalls schweigend und ... nicht um Verzeihung bitten, überhaupt nichts sagen, und ... und selbstverständlich ist jetzt alles zu Ende!«

Trotzdem besah er beim Ankleiden seinen Anzug sorgfältiger als sonst. Einen anderen Anzug besaß er nicht, aber selbst wenn er einen anderen besessen hätte, hätte er ihn vielleicht doch nicht angezogen – »jetzt gerade nicht!« Auf keinen Fall aber durfte man ein Zyniker und Schmutzfink bleiben; er hatte kein Recht, die Gefühle anderer zu beleidigen, um so weniger als sie, die anderen, ihn brauchten und ihn selbst zu sich riefen. Also bürstete er aufs peinlichste seine Kleider aus. Seine Wäsche war immer erträglich, denn darauf und auf körperliche Sauberkeit war er stets bedacht.

Er wusch sich an diesem Morgen mit größter Gründlichkeit – bei Nastassja fand sich Seife –, er wusch auch sein Haar, den Hals und immer wieder die Hände. Als aber die

Frage an ihn herantrat, ob er seine Borsten rasieren sollte oder nicht (Praskowja Pawlowna hatte noch von ihrem verstorbenen Manne, Herrn Sarnítzyn, ausgezeichnete Rasiermesser), da wurde sie unbarmherzig verneint. »Mag es so bleiben! Sonst könnten sie denken, ich hätte mich rasiert, um ... und sie würden es denken! Also um keinen Preis der Welt!«

Und ... und die Hauptsache, er ist doch so grob, schmutzig und hat Manieren wie aus der Kneipe; und ... und er weiß zwar, daß er doch eigentlich und im Grunde ein immerhin anständiger Mensch ist ... »aber was ist denn da großartig stolz darauf zu sein, daß man ein anständiger Mensch ist? Jeder hat ein anständiger Mensch zu sein und noch mehr als das!« ... Er aber hat (das weiß er) manches auf dem Kerbholz ... nichts Unehrenhaftes zwar, aber doch so, hm, allerlei! ... Und was er mitunter so in Gedanken alles hatte denken können! Hm ... »und dies alles neben eine Awdotja Romanowna stellen! Nein! Aber zum Teufel damit! Mag es so bleiben! Ich will absichtlich so schmutzig, schmierig, wie aus der Kneipe sein! Nun erst recht! Und mache mir gar nichts draus! ...«

Bei solchen Selbstgesprächen traf ihn Sossimoff an, der in Praskówja Páwlownas Wohnzimmer geschlafen hatte. Er wollte nach Hause gehen und sich vorher noch einmal den Kranken ansehen. Rasumichin teilte ihm mit, daß der wie ein Murmeltier schlafe. Sossimoff ordnete an, ihn nicht zu wecken, bis er von selbst aufwache, und versprach, zwischen zehn und elf wiederzukommen.

»Wenn er nur zu Hause bleiben wird«, meinte er bedenklich. »Das ist doch des Teufels! Man hat noch nicht einmal Macht über seinen Patienten und soll ihn nun kurieren! Weißt du, ob *er* zu denen gehen wird, oder kommen *die* hierher?«

»Ich glaube, die kommen her«, antwortete Rasumichin, der den Zweck der Frage verstanden hatte, »und sie werden sicher über ihre Familienangelegenheiten sprechen. Ich gehe fort. Du als Arzt hast selbstverständlich mehr Rechte als ich.«

»Ich bin doch kein Beichtvater! Ich werde kommen und wieder weggehen. Ich habe auch noch anderes zu tun.«

»Mich beunruhigt eins«, unterbrach ihn Rasumichin mit verdüstertem Gesicht, »ich habe ihm gestern in der Trunkenheit unterwegs allerhand Dummheiten erzählt –, allerhand ... unter anderem auch, daß du fürchtetest, er könnte ... zum Irrsinn neigen ...«

»Du hast das gestern auch vor den Damen ausgeplaudert.«

»Ich weiß, daß es dumm war! Wenn du willst, kannst du mich dafür verhauen! Aber sag, hast du wirklich an etwas Bestimmtes in der Richtung gedacht?«

»Ach, Unsinn; was soll ich Bestimmtes gedacht haben? Du hast ihn mir doch selber als einen Monomanen geschildert, als du mich zu ihm brachtest ... Nun, und gestern haben wir dort oben bei ihm noch mehr geschürt, das heißt, eigentlich nur du, mit deinen Erzählungen ... von jenem Anstreicher; ein schönes Gespräch, wenn vielleicht gerade damit seine Verwirrung zusammenhängt! Hm ... wenn ich alles genau gewußt hätte, was damals im Polizeibüro vorgefallen war, und daß ihn dort irgendeine Kanaille mit diesem Verdacht ... gekränkt hatte, dann hätte ich gestern ein solches Gespräch nie und nimmer zugelassen! Diese Monomanen machen doch aus einem Tropfen einen Ozean und glauben in wachem Zustand die unsinnigsten Dinge zu sehen ... Wie ich mich erinnere, ist mir gestern aus der Erzählung von Samjotoff die Sache zur Hälfte schon klar geworden. Aber das ist ja noch gar nichts! Ich kenne einen Fall, wo ein Hypochonder, ein vierzigjähriger Mann, nicht imstande war, den tagtäglichen Spott eines achtjährigen Bengels bei Tisch zu ertragen und ihn deshalb ermordete! Und hier nun: er, der Zerlumpte, vor einem geschniegelten unverschämten Polizeikommissar, dazu die beginnende Krankheit, und – so ein Verdacht! Einem schon gereizten Hypochonder gegenüber! Mit einer rabiaten, exklusiven Eigenliebe! Vielleicht sitzt gerade hier der ganze Ausgangspunkt der Krankheit! Nun ja, aber zum Teufel! ... Apropos, dieser Samjotoff ist wirklich ein netter Junge, bloß, hm ... es war doch überflüssig, daß er gestern dies alles erzählte. Ein furchtbarer Schwätzer!«

»Wem hat er denn alles erzählt? Mir und dir!«

»Und Porphyrij.«

»Was ist denn dabei, daß auch Porphyrij es hörte?«

»Hm! Sag mal, hast du irgendeinen Einfluß auf die Mutter und die Schwester? Man müßte heute ihm gegenüber vorsichtiger sein ...«

»Sie werden sich schon verstehen!« antwortete Rasumichin unwillig.

»Und warum ist er so gegen den Lushin? Ein Mensch mit Geld, wie es scheint, nicht unangenehm ... und sie haben doch keinen blanken Heller! – oder?«

»Was forschest du mich aus?« fauchte Rasumichin gereizt. »Woher soll ich es wissen, ob sie einen Heller haben oder nicht? Frage sie doch selbst, vielleicht sagen sie es dir ...«

»Pfui, wie dumm du zuweilen bist! Der gestrige Rausch sitzt dir wohl noch im Schädel ... Auf Wiedersehen! Danke in meinem Namen deiner Praskowja Pawlowna für das Nachtlager. Sie hat sich eingeschlossen, auf mein ‚Guten Morgen' durch die Tür hat sie nicht geantwortet. Sie ist aber um sieben aufgestanden, man brachte ihr aus der Küche durch den Korridor den Ssamowar ... Ich hatte nicht die Ehre, sie zu Gesicht zu bekommen.«

Punkt neun Uhr erschien Rasumichin in Bakaléjeffs „Möblierten Zimmern". Beide Damen hatten schon lange mit größter Ungeduld auf ihn gewartet. Sie waren bereits vor sieben Uhr aufgestanden. Er trat finster wie die Nacht ein, machte eine linkische Verbeugung, worüber er sich sofort schrecklich ärgerte – selbstverständlich nur über sich selbst. Er hatte die Rechnung jedoch ohne den Wirt gemacht: Pulcheria Alexandrowna eilte ihm so herzlich erfreut entgegen, erfaßte ihn an beiden Händen und hätte sie ihm beinahe geküßt. Er warf einen schüchternen Blick auf Awdotja Romanowna, aber auch in diesem stolzen Gesicht lag in diesem Augenblick ein Ausdruck von solcher Dankbarkeit und freundlicher Gesinnung, von so vollkommener und unerwarteter Hochachtung (an Stelle der erwarteten spöttischen Blicke und unwillkürlicher, schlecht verhehlter Verachtung!), daß es ihm, weiß Gott, tatsächlich angenehmer gewesen wäre, wenn man ihn mit Scheltworten begrüßt hätte, denn so war es schon gar zu verwirrend. Zum Glück gab es ein Thema zur Unterhaltung, und er klammerte sich schleunigst an diese Rettungsmöglichkeit.

Als Pulcheria Alexandrowna vernahm, daß Rodja zwar noch nicht aufgewacht sei, aber »alles ausgezeichnet« stehe, erklärte sie, das wäre sehr gut, weil sie noch vorher mit ihm, Rasumichin, sehr, sehr vieles besprechen müsse. Er wurde gefragt, ob er schon Tee getrunken habe und dann eingeladen, mit ihnen den Tee zu trinken; sie hatten in Erwartung Rasumichins noch nicht gefrühstückt. Awdotja Romanowna klingelte; darauf erschien ein schmutziger, zerlumpter Diener, und bei ihm ward der Tee bestellt, der auch endlich kam, aber so unappetitlich und unanständig serviert wurde, daß die Damen sich schämten. Rasumichin begann energisch über diese möblierten Zimmer zu schimpfen, aber da fiel ihm Lushin ein, und er verstummte, wurde verlegen und war sehr froh, als Pulcheria Alexandrowna ihn mit ihren Fragen weiter bestürmte.

Er beantwortete sie alle, sprach drei Viertelstunden lang, wurde beständig unterbrochen und von neuem gefragt, aber er konnte wenigstens alles Hauptsächliche und Notwendige, das er aus dem letzten Jahre wußte, mitteilen und mit einem genauen Bericht über die Krankheit Rodion Romanowitschs schließen. Er ließ übrigens vieles aus, was verschwiegen werden mußte, unter anderem den Auftritt im Polizeibüro mit allen seinen Folgen. Man lauschte gespannt seiner Erzählung; als er aber glaubte, daß er zu Ende sei und seine Zuhörerinnen befriedigt habe, zeigte es sich, daß er für sie kaum begonnen zu haben schien.

»Sagen Sie, sagen Sie bitte, was meinen Sie ... Ach, entschuldigen Sie, ich kenne ja noch nicht einmal Ihren und Ihres

Vaters Namen!« unterbrach sich Pulcheria Alexandrowna.

»Dmítrij Prokófjitsch.«

»Also, Dmítrij Prokófjitsch, ich möchte sehr gern erfahren ... wie er überhaupt ... wie er jetzt die Dinge betrachtet, das heißt, verstehen Sie mich ... wie soll ich es Ihnen erklären, das heißt, besser gesagt: was liebt er, zum Beispiel, und was liebt er nicht? Ist er immer so gereizt? Was hat er für Wünsche und Ideale, wenn man so sagen kann? Was hat auf ihn jetzt einen besonderen Einfluß? Mit einem Wort, ich möchte ...«

»Ach, Mama, wie soll man denn das alles auf einmal beantworten!« wandte Dunja ein.

»Ach ja, aber, mein Gott, ich habe doch nicht gewußt, ich war ja gar nicht darauf vorbereitet, ihn so zu finden, Dmitrij Prokofjitsch!«

»Das ist sehr verständlich«, antwortete Rasumichin. »Ich habe zwar keine Mutter mehr, aber mein Onkel kommt jedes Jahr hergereist und erkennt mich jedesmal beinahe nicht, selbst dem Äußeren nach nicht, und ist doch sonst ein kluger Mann. Nun, und in den drei Jahren Ihrer Trennung ist viel Wasser den Berg hinuntergeflossen. Ja, aber was soll ich Ihnen sagen? Anderthalb Jahre kenne ich Rodion: er ist verschlossen, düster, selbstbewußt und stolz; in der letzten Zeit (oder vielleicht auch schon viel früher) wurde er argwöhnisch und hypochondrisch. Aber er ist großmütig und gütig. Er liebt es nicht, seine Gefühle zu zeigen, und würde lieber hart erscheinen, als sein Herz in Worten aufdecken. Zuweilen erscheint er übrigens gar nicht hypochondrisch, sondern einfach kalt und gefühllos bis zur Unmenschlichkeit, als ob in ihm zwei entgegengesetzte Charaktere abwechselten. Zuweilen ist er schrecklich einsilbig! Er hat nie Zeit, immer stört man ihn nur, dabei liegt er still da und tut nichts. Er ist nicht spottlustig, nicht weil es ihm an Witz mangelte, sondern weil er keine Zeit für solche Nichtigkeiten übrig hat. Er hört einen nicht bis zu Ende an, wenn man ihm etwas erzählt. Er interessiert sich nie für die Dinge, für die sich alle im gegebenen Augenblick interessieren. Er schätzt sich sehr hoch ein, und ich glaube, nicht ohne ein gewisses Recht dazu. Nun, und was noch? ... Mir scheint, Ihre Ankunft wird auf ihn einen sehr heilsamen Einfluß ausüben.«

»Ach, möge Gott es geben!« seufzte Pulcheria Alexandrowna auf, die durch die Ansicht Rasumichins über ihren Rodja ganz niedergedrückt war.

Rasumichin aber blickte endlich Awdotja Romanowna mit etwas mehr Mut an. Er hatte sie während des Gesprächs öfters mit einem Blick gestreift, aber nur zaghaft und immer wieder seine Augen gleich abgewandt. Awdotja Romanowna hatte sich bald an den Tisch gesetzt und aufmerksam zugehört, bald war sie wieder aufgestanden und nach ihrer Gewohnheit mit gekreuzten Armen und zusammengepreßten Lippen im Zimmer auf und ab gegangen, nur zuweilen Fragen stellend, ohne ihre Wanderung zu unterbrechen, und wie in Gedanken versunken. Auch sie hatte die Gewohnheit, nicht bis zu Ende zuzuhören. Sie trug ein dunkles Kleid aus leichtem Stoff, um den Hals aber war ein weißes, durchsichtiges Tüchlein geschlungen. Aus vielen Anzeichen hatte Rasumichin bald ersehen, daß die beiden Frauen sich in den dürftigsten Verhältnissen befanden. Wenn Awdotja Romanowna wie eine Königin gekleidet gewesen wäre, hätte er sich vor ihr vielleicht gar nicht gefürchtet; jetzt aber hatte sich vielleicht gerade aus dem Grunde, weil sie so ärmlich gekleidet war und weil er die ganze Armut ihrer Verhältnisse erriet, in sein Herz eine gewisse Angst eingeschlichen, und er begann sich vor jedem seiner Worte und vor jeder Bewegung in acht zu nehmen, was für einen Menschen, der ohnedies sich nicht traute, natürlich sehr beengend war.

»Sie haben viel Interessantes über den Charakter meines Bruders gesagt und ... haben es unparteiisch gesagt. Das ist gut; ich dachte, Sie schwärmten für ihn«, bemerkte Awdotja Romanowna mit einem Lächeln. »Wahrscheinlich ist auch das richtig, daß eine Frau um ihn sein müßte«, fügte sie nachdenklich hinzu.

»Das habe ich nicht gesagt, aber Sie haben vielleicht auch darin recht, nur ...«

»Was?«

»Er liebt doch keine; vielleicht wird er auch nie eine lieben«, schnitt Rasumichin kurz ab.

»Soll das heißen, daß er dazu unfähig sei?«

»Wissen Sie, Awdotja Romanowna, daß Sie Ihrem Bruder auffallend ähnlich sind, sogar in allem!« platzte er plötzlich heraus, zu seiner eigenen größten Überraschung, aber da fiel ihm ein, was er ihr soeben über den Bruder gesagt hatte, und er wurde rot wie ein Krebs und fürchterlich verlegen. Awdotja Romanowna mußte bei seinem Anblick hell auflachen.

»In bezug auf Rodja könntet ihr euch beide irren«, meinte Pulcheria Alexandrowna etwas verletzt. »Ich rede nicht von dem, was jetzt ist, Dunetschka. Das, was Pjotr Petrowitsch in diesem Brief schreibt ... und was wir beide annahmen, kann unwahr sein, aber Sie können sich nicht vorstellen, Dmitrij Prokofjitsch, wie phantastisch er ist und – wie soll ich es sagen – wie ... wie launenhaft! Ich habe mich nie auf seinen Charakter verlassen können, selbst als er erst fünfzehn Jahre alt war. Ich bin überzeugt, daß er auch jetzt plötzlich irgend etwas tun könnte, woran keiner je gedacht hat ... Wir brauchen nicht weit zurückzugreifen: ist es Ihnen bekannt, wie er mich vor anderthalb Jahren überraschte, erschütterte, ja fast zu Tode erschreckte, als er diese, wie hieß sie doch? – die Tochter der Hausfrau, dieser Sarnitzyn, heiraten wollte?«

»Wissen Sie etwas Näheres über diese Geschichte?« fragte ihn Awdotja Romanowna.

»Glauben Sie«, fuhr Pulcheria Alexandrowna voll Eifer fort, »ihn hätten damals meine Tränen, meine Bitten, meine Krankheit, mein Tod vielleicht aus Gram, unsere große Armut zurückgehalten? Er wäre über alle Hindernisse in größter Ruhe hinweggeschritten. Aber wäre es möglich, wäre es möglich, daß er uns nicht liebt?«

»Er hat mir nie selbst etwas über diese Geschichte gesagt«, antwortete Rasumichin vorsichtig, »aber ich habe einiges von Frau Sarnitzyn gehört, die in ihrer Art auch nicht von den Mitteilsamen ist, und was ich gehört habe, ist vielleicht ein wenig seltsam.«

»Und was, was haben Sie gehört?« fragten fast gleichzeitig beide Damen.

»Es ist nichts gar so Besonderes. Ich erfuhr nur, daß diese Heirat, die schon eine beschlossene Sache war und bloß nicht zustande kam, weil die Braut starb, Frau Sarnitzyn selbst sehr mißfiel... Außerdem sagt man, daß die Braut gar nicht hübsch gewesen sei, das heißt, man sagt, sie sei sogar häßlich gewesen ... und sehr kränklich und ... und eigentümlich ... Sie hatte aber, wie es scheint, auch einige Vorzüge. Es müssen doch unbedingt irgendwelche Vorzüge dagewesen sein, sonst könnte man so etwas nicht verstehen ... Eine Mitgift hatte sie nicht zu erwarten, aber auf eine Mitgift hätte er auch nie gerechnet ... Es ist überhaupt schwer, in einer solchen Sache zu urteilen.«

»Ich bin überzeugt, daß sie ein wertvolles Mädchen war«, bemerkte Awdotja Romanowna kurz.

»Gott wird es mir verzeihen, aber ich habe mich damals doch über ihren Tod gefreut, obwohl ich nicht weiß, wer von ihnen den andern zugrunde gerichtet hätte: er sie oder sie ihn«, beendete Pulcheria Alexandrowna dieses Gespräch; danach aber begann sie vorsichtig, mit Unterbrechungen, wobei sie ständig zu Dunja hinüberblickte, was jener offenbar unangenehm war, wieder nach dem gestrigen Auftritt zwischen Rodja und Lushin zu fragen. Dieser Vorfall beunruhigte sie, wie man merken konnte, am meisten, bis zu Angst und Zittern. Rasumichin erzählte von neuem alles möglichst eingehend, fügte aber diesmal noch seine Ansicht hinzu: er beschuldigte Raskolnikoff, Pjotr Petrowitsch vorsätzlich gekränkt zu haben, und entschuldigte ihn diesmal kaum durch seine Krankheit. »Er hat sich das wohl schon vor der Erkrankung ausgedacht«, fügte er hinzu.

»Das denke ich auch«, sagte Pulcheria Alexandrowna niedergeschlagen.

Sie war aber sehr überrascht, daß Rasumichin sich heute so vorsichtig und fast mit Achtung über Pjotr Petrowitsch äußerte. Auch Awdotja Romanowna fiel das auf.

»Ist das also Ihre Meinung über Pjotr Petrowitsch?« konnte sich Pulcheria Alexandrowna nicht enthalten zu fragen.

»Über den künftigen Gemahl Ihres Fräulein Tochter kann ich keine andere Meinung haben«, antwortete Rasumichin fest und eifrig. »Und ich sage das nicht aus fader Höflichkeit, sondern weil ... weil ... nun, sagen wir, aus dem Grunde allein, weil Awdotja Romanowna selbst freiwillig diesen Menschen mit ihrer Wahl beehrt hat. Wenn ich aber gestern so auf ihn geschimpft habe, so geschah es, weil ich gestern schmählich betrunken war und außerdem ... ohne Verstand war, ja, ohne Verstand, ich hatte den Verstand verloren, vollkommen ... und heute schäme ich mich dessen! ...« Er errötete und verstummte. Auch Awdotja Romanowna wurde rot, aber sie unterbrach nicht das Schweigen. Sie hatte kein einziges Wort seit dem Augenblick gesagt, als man über Lushin zu sprechen begann. Und Pulcheria Alexandrowna war ohne ihre Unterstützung offenbar unschlüssig. Schließlich sagte sie, stockend und wieder fortwährend zur Tochter hinüberblickend, daß ein Umstand sie jetzt außerordentlich beunruhige.

»Sehen Sie, Dmitrij Prokofjitsch ...«, begann sie. »Ich will gegenüber Dmitrij Prokofjitsch vollkommen offen sein, Dunetschka.«

»Selbstverständlich, Mama«, pflichtete ihr Awdotja Romanowna bereitwillig bei.

»Sehen Sie, die Sache ist die«, beeilte sie sich nun, ihren Kummer mitzuteilen, als hätte man ihr durch die Erlaubnis eine schwere Bürde abgenommen. »Heute, in aller Frühe, erhielten wir von Pjotr Petrowitsch einen Brief, als Antwort auf unsere gestrige Mitteilung von unserer Ankunft. Sehen

Sie, er sollte uns gestern auf dem Bahnhof persönlich, wie er auch versprochen hatte, empfangen. Statt dessen hatte er einen Diener zu unserem Empfang auf den Bahnhof geschickt, mit der Adresse von diesen möblierten Zimmern, und um den Weg zu zeigen. Pjotr Petrowitsch aber ließ uns mitteilen, daß er heute morgen hier bei uns erscheinen werde. Statt dessen kam heute früh dieser Brief von ihm ... Es ist besser, Sie lesen ihn selbst; in ihm ist ein Punkt, der mich sehr beunruhigt ... Sie werden selbst sofort sehen, welchen Punkt ich meine, und ... sagen Sie mir dann Ihre aufrichtige Meinung, Dmitrij Prokofjitsch! Sie kennen besser als alle anderen Rodjas Charakter und können uns am besten beraten. Ich sage Ihnen im voraus, daß Dunetschka schon alles vom ersten Schritt an beschlossen hat, ich aber, ich weiß noch nicht, wie ich handeln soll und ... und ich wartete die ganze Zeit auf Sie.«

Rasumichin entfaltete den Brief, der mit dem gestrigen Datum versehen war, und las folgendes:

»Sehr verehrte Pulcheria Alexandrowna!

Ich habe die Ehre, Ihnen mitzuteilen, daß ich infolge plötzlich eingetretener Hindernisse Sie auf dem Bahnsteig nicht empfangen konnte. Ich sandte darum einen gewandten Menschen zu Ihrem Empfang und Geleit. Ebenso werde ich auch morgen früh nicht die Ehre einer Zusammenkunft mit Ihnen haben können infolge unaufschiebbarer Angelegenheiten im Senat, und um Ihr verwandtschaftliches Wiedersehen und Zusammensein mit Ihrem Sohn und Awdotja Romanownas mit ihrem Bruder nicht zu stören. Ich will mir aber die Ehre geben, Sie spätestens morgen Punkt acht Uhr abends aufzusuchen, um Ihnen meine Aufwartung in Ihrer Wohnung zu machen, wobei ich mir erlaube, eine inständige und – ich betone es – dringende Bitte auszusprechen: daß bei unserer bevorstehenden Zusammenkunft Rodion Romanowitsch nicht anwesend sei, da er mich bei meinem gestrigen Besuch während seiner Krankheit beispiellos und schwer gekränkt hat, und weil ich außerdem von Ihnen persönlich eine notwendige und ausführliche Erklärung über einen Punkt benötige, über den ich Ihre eigene Deutung zu erfahren wünsche. Ich habe die Ehre, im voraus mitzuteilen, daß ich, falls ich, entgegen meiner Bitte, Rodion Romanowitsch antreffen sollte, gezwungen sein würde, mich zu entfernen, woran Sie dann die Schuld sich allein zuzuschreiben hätten.

Ich schreibe dies in der Voraussetzung, daß Rodion Romanowitsch, der bei meinem Besuch so schwer krank zu sein schien, nach zwei Stunden plötzlich genas und ausging, folglich auch zu Ihnen kommen könnte. Ich habe mich davon mit eigenen Augen überzeugt, als er gestern in der Wohnung eines von Pferden überfahrenen Trunkenboldes, der an den Verletzungen gestorben ist, dessen Tochter, einem Mädchen von verrufenem Lebenswandel, etwa fünfundzwanzig Rubel aushändigte, unter dem Vorwand, die Kosten der Beerdigung tragen zu wollen, was mich sehr überraschte, da ich weiß, mit welcher Mühe Sie diese Summe erhalten haben. Womit ich meine besondere Achtung der geehrten Awdotja Romanowna übermittele und Sie bitte, den Ausdruck meiner Hochachtung entgegenzunehmen.

Ihr ergebenster Diener

P. Lushin.«

»Was soll ich jetzt tun, Dmitrij Prokofjitsch?« fragte Pulcheria Alexandrowna, dem Weinen nahe. »Wie kann ich Rodja zumuten, nicht zu kommen? Er verlangte gestern so nachdrücklich die Absage an Pjotr Petrowitsch, und nun verlangt man, ihn selber abzuweisen! Ja, wenn er das erfährt, wird er ja absichtlich kommen, und ... was geschieht dann?«

»Handeln Sie so, wie Awdotja Romanowna beschlossen hat«, antwortete Rasumichin ruhig und ohne zu zögern.

»Ach, mein Gott! Sie sagt ... sie sagt – Gott weiß was, und erklärt mir nicht einmal den Zweck! Sie sagt, es würde am besten sein, das heißt, nicht am besten sein, sondern es sei aus einem Grunde unbedingt nötig, daß auch Rodja heute um acht Uhr abends hergebeten werde und daß sie unbedingt hier einander treffen ... Und ich wollte ihm nicht einmal den Brief zeigen und es irgendwie durch Ihre Vermittelung einrichten, daß er nicht herkäme ... denn er ist so gereizt ... Ja, und ich verstehe gar nicht, was für ein Trunkenbold dort gestorben ist und was das für eine Tochter ist, und wie hat er denn dieser Tochter das letzte Geld geben können ... das ...«

»Das Ihnen so teuer zu stehen gekommen ist, Mama«, sprach Awdotja Romanowna für sie den Satz zu Ende.

»Er war gestern unzurechnungsfähig«, sagte Rasumichin nachdenklich. »Wenn Sie erst wüßten, was er gestern in einem Restaurant angerichtet hat, wenn es auch klug war ... hm! Von einem Verstorbenen und von einem Mädchen sprach er gestern auch zu mir, als ich ihn nach Hause begleitete, aber ich habe kein Wort verstanden ... Übrigens war auch ich gestern ...«

»Mama, am besten ist es, wir gehen zu ihm hin, und dort, ich versichere Sie, werden wir sofort sehen, was zu tun ist. Und außerdem ist es Zeit – Herrgott! Es ist schon über zehn Uhr!« rief sie aus, indem sie einen Blick auf ihre kostbare, mit Emaille verzierte goldene Uhr warf, die an einer sehr feinen venezianischen Kette hing und mit der übrigen Kleidung gar nicht übereinstimmte.

(»Ein Geschenk des Bräutigams«, dachte Rasumichin.)

»Ach ja, es ist Zeit ... es ist Zeit, Dunetschka, es ist Zeit!« regte sich Pulcheria Alexandrowna auf. »Er wird denken, daß wir ihm noch von gestern her böse sind, weil wir so lange nicht kommen. Ach, mein Gott!«

Indem sie das sagte, warf sie eilig ihre Mantille um und setzte den Hut auf; auch Dunetschka zog sich an. Ihre Handschuhe waren nicht bloß abgetragen, sondern sogar durchgewetzt, wie Rasumichin bemerkte, indessen verlieh diese augenscheinliche Armut der Kleidung den Damen eine Art Würde, was immer bei denen der Fall ist, die ein ärmliches Kleid zu tragen verstehen. Rasumichin blickte voll Ehrfurcht Dunetschka an und war stolz, daß er sie begleiten durfte.

»Jene Königin«, dachte er im stillen, »die ihre Strümpfe im Gefängnis stopfte, sah sicher in dem Augenblick wie eine echte Königin aus und königlicher als zur Zeit der prachtvollsten Feste und Empfänge!«

»Mein Gott!« rief Pulcheria Alexandrowna aus, »hätte ich je gedacht, daß ich ein Wiedersehen mit meinem Sohn, mit meinem lieben, lieben Rodja fürchten werde, wie ich es jetzt tue! ... Ich fürchte mich, Dmitrij Prokofjitsch!« gestand sie ihm und blickte ihn schüchtern an.

»Fürchten Sie sich nicht, Mama«, sagte Dunja und küßte sie. »Glauben Sie an ihn. Ich tue es.«

»Ach mein Gott! Ich glaube ja gleichfalls, ich habe aber die ganze Nacht nicht schlafen können!« entschuldigte sich die arme Frau.

Sie traten auf die Straße hinaus.

»Weißt du, Dunetschka, als ich erst gegen Morgen ein wenig einschlief, träumte ich plötzlich von der verstorbenen Márfa Petrówna ... Sie war ganz in Weiß ... Sie kam auf mich zu, nahm mich an der Hand, schüttelte den Kopf über mich, und so streng, so streng sah sie mich an, als ob sie mich verdamme ... Ist das auch ein gutes Zeichen? Ach, mein Gott, Dmitrij Prokofjitsch, Sie wissen es wohl noch nicht: Marfa Petrowna ist doch gestorben!«

»Nein, ich wußte es nicht. Was für eine Marfa Petrowna?«

»Nachher, Mama«, mischte sich Dunja ein, »er weiß ja noch gar nicht, wer Marfa Petrowna war.«

»Ach, Sie wissen es nicht? Und ich dachte, Sie wissen schon alles! Entschuldigen Sie mich, Dmitrij Prokofjitsch, ich verliere in diesen Tagen noch völlig den Verstand. Ich sehe Sie wirklich als unsere Vorsehung an, und darum war ich auch so überzeugt, daß Sie alles schon wüßten! Ich betrachte Sie wie einen Verwandten ... Seien Sie mir nicht böse, daß ich so spreche. Ach, mein Gott, was ist mit Ihrer rechten Hand? Haben Sie sie verletzt?«

»Ja, ich habe sie ein wenig verletzt«, murmelte der beglückte Rasumichin verwirrt.

»Ich spreche zuweilen so offenherzig, daß Dunja mich zur Besinnung rufen muß ... Aber, mein Gott, in was für einer Kammer er lebt! Ist er wohl schon aufgewacht? Und diese Frau, seine Wirtin, rechnet dies für ein Zimmer? Hören Sie, Sie sagen, er liebe es nicht, Gefühle zu äußern, sein Herz zu zeigen, so daß ich ihm vielleicht auch lästig werden könnte ... mit meinen Schwächen? ... Können Sie mir nicht sagen, Dmitrij Prokofjitsch, wie ich mich ihm gegenüber verhalten soll? Wissen Sie, ich gehe ganz wie verloren umher ...«

»Fragen Sie ihn nicht zu sehr aus, wenn Sie merken, daß er das Gesicht verzieht; besonders über seine Gesundheit fragen Sie ihn nicht zuviel, er liebt das nicht.«

»Ach, Dmitrij Prokofjitsch, wie schwer ist es, Mutter zu sein!«

»Hier ist die Treppe ... Eine schreckliche Treppe ...«

»Mama, Sie sind so bleich, beruhigen Sie sich, Liebe«, sagte Dunja und schmiegte sich an sie. »Er muß glücklich sein, Sie überhaupt nur zu sehen, und Sie quälen sich so!« sagte sie und ihre Augen blitzten.

»Warten Sie, ich sehe zuerst nach, ob er aufgewacht ist.«

Die Damen folgten langsam Rasumichin, der vor ihnen die Treppe hinauf eilte, und als sie im vierten Stock an der Tür der Wirtin vorbeigingen, bemerkten sie, daß die Tür zu deren Wohnung ein wenig geöffnet war und daß zwei schwarze Augen sie beide aus der Dunkelheit betrachteten. Als ihre Blicke sich kreuzten, wurde die Tür plötzlich zugeschlagen, und zwar mit einem solchen Knall, daß Pulcheria Alexandrowna vor Schreck beinahe aufgeschrien hätte.

III

»Er ist gesund, gesund!« rief den Eintretenden Sossimoff fröhlich entgegen.

Sossimoff war schon vor zehn Minuten gekommen und saß in seiner gestrigen Ecke auf dem Diwan. Raskolnikoff saß in der anderen Ecke ihm gegenüber, vollkommen angekleidet und sogar sorgfältig gewaschen und gekämmt, was schon lange nicht mehr vorgekommen war. Das Zimmer war mit einem Mal voll von Menschen, aber Nastassja konnte doch noch mit dem Besuch hineinschlüpfen, um zuzuhören.

In der Tat, Raskolnikoff war fast gesund, besonders im Vergleich zu gestern, er war nur sehr blaß, zerstreut und düster. Dem Aussehen nach glich er einem Verwundeten oder einem, der einen starken physischen Schmerz zu ertragen hat: seine Augenbrauen waren zusammengezogen, die Lippen aufeinandergepreßt und der Blick fieberhaft. Er sprach wenig und ungern, wie mit großer Selbstüberwindung oder als erfülle er eine Pflicht, und in seinen Bewegungen verriet sich zuweilen eine gewisse Unruhe.

Es fehlte bloß die Binde um den Arm oder ein Verband um einen Finger mit einem Überzug aus schwarzem Taft, um die Ähnlichkeit mit einem Verletzten zu vollenden, dessen Finger schmerzhaft schwärt, oder dessen Hand verletzt ist oder etwas ähnliches.

Aber dieses bleiche und düstere Gesicht erhellte sich auf einen Augenblick, wie durch ein Licht, als Mutter und Schwester eintraten, nahm jedoch bald statt des früheren Ausdrucks düsterer Zerstreutheit den einer konzentrierten Pein an. Sossimoff, der seinen Patienten mit dem ganzen jugendlichen Eifer eines seine Praxis erst beginnenden Arztes beobachtete und studierte, bemerkte voll Verwunderung in diesem Gesicht, statt der Freude über die Ankunft der Angehörigen, so etwas wie eine schwere heimliche Entschlossenheit, eine mehrstündige Folterqual zu ertragen, die nicht zu umgehen war. Er sah später, wie fast jedes Wort der folgenden Unterhaltung eine Wunde seines Patienten zu berühren und den Schmerz zu reizen schien; gleichzeitig aber war er zum Teil wieder erstaunt, wie dieser es heute verstand, sich zu bemeistern und seine Gefühle zu verbergen – derselbe Monomane, der gestern noch wegen des geringsten Wortes fast in Raserei geraten war.

»Ja, ich sehe jetzt selbst, daß ich fast gesund bin«, sagte Raskolnikoff und küßte freundlich Mutter und Schwester, worüber Pulcheria Alexandrowna strahlte, »und ich spreche nicht mehr wie *gestern*«, fügte er hinzu, sich an Rasumichin wendend, und drückte ihm freundschaftlich die Hand.

»Und ich habe mich heute schon nicht wenig über ihn gewundert«, begann Sossimoff, der über den Besuch sehr erfreut war, da ihm in den zehn Minuten mit seinem Kranken der Stoff zu einem Gespräch schon ausgegangen war. »In drei oder vier Tagen wird alles, wenn es so weitergeht, wieder beim alten sein, das heißt, wie es vor einem oder zwei Monaten ... vielleicht auch vor drei Monaten war. Es hat sich doch seit langem vorbereitet und entwickelt ... nicht wahr? Wollen Sie jetzt eingestehen, daß Sie selbst vielleicht mit daran schuld waren?« fügte er mit einem vorsichtigen Lächeln hinzu, als fürchte er, ihn schon dadurch zu reizen.

»Es ist sehr möglich«, antwortete Raskolnikoff kalt.

»Ich sage es nur aus dem Grunde«, fuhr Sossimoff fort, »weil Ihre völlige Genesung jetzt hauptsächlich von Ihrem eigenen Willen abhängt. Jetzt, wo man mit Ihnen reden kann, möchte ich Ihnen vorhalten, daß es notwendig ist, die ursprünglichen, sozusagen die Grundursachen zu beseitigen, die Ihren Krankheitszustand hervorgerufen haben – dann werden Sie auch genesen, sonst könnte es wieder schlimmer werden. Diese ersten Ursachen kenne ich nicht, aber Ihnen müssen sie bekannt sein. Sie sind doch ein kluger Mensch und haben sicher sich selbst beobachtet. Mir scheint, der Anfang Ihrer Krankheit fällt teilweise mit Ihrem Austritt aus der Universität zusammen. Sie dürfen nicht ohne Beschäftigung sein, und darum können für Sie Arbeit und ein fest vorgenommenes Ziel, wie mir scheint, eine sehr große Hilfe sein.«

»Ja, ja, Sie haben vollkommen recht ... Ich werde sofort wieder die Universität besuchen, und dann wird alles ... wie geschmiert gehen ...«

Sossimoff, der seine klugen Ratschläge teilweise wegen der Wirkung auf die Damen erteilt hatte, war natürlich verblüfft, als er diese Antwort erhielt und auf dem Gesicht seines Zuhörers einen entschieden spöttischen Ausdruck bemerkte. Das währte übrigens nur einen Augenblick. Pulcheria Alexandrowna begann sofort, Sossimoff zu danken, besonders für seinen gestrigen Nachtbesuch in ihrem Absteigequartier.

»Wie, er ist in der Nacht noch bei euch gewesen?« fragte Raskolnikoff anscheinend beunruhigt. »Dann habt ihr auch nach der Reise nicht geschlafen?«

»Ach, Rodja, das war doch vor zwei Uhr! Wir sind auch zu Hause nie früher als um zwei Uhr zu Bett gegangen.«

»Ich weiß auch nicht, wie ich ihm danken soll«, fuhr Raskolnikoff finster fort und senkte den Blick. »Da Sie die Geldfrage ablehnen – entschuldigen Sie, daß ich das erwähne« (er wandte sich an Sossimoff), »weiß ich gar nicht, wodurch ich eine so besondere Aufmerksamkeit Ihrerseits verdient habe? Ich verstehe es einfach nicht . . . und . . . und es bedrückt mich sogar, weil es mir unverständlich ist –, ich sage es Ihnen ganz offen.«

»Regen Sie sich nur nicht auf«, lachte Sossimoff ein wenig gezwungen. »Nehmen Sie an, Sie seien mein erster Patient, nun, und wenn unsereiner zu praktizieren anfängt, liebt er doch seine ersten Patienten wie seine eigenen Kinder, ja, manche verlieben sich förmlich in sie! Und ich bin doch an Patienten nicht reich.«

»Ich rede schon gar nicht von dem dort«, fuhr Raskolnikoff fort und deutete auf Rasumichin. »Auch er hat außer Kränkungen und Mühe nichts von mir erfahren.«

»Was er faselt! Bist du heute etwa in einer gefühlvollen Stimmung?« versuchte Rasumichin zu scherzen. Wenn er etwas scharfsichtiger gewesen wäre, hätte er gemerkt, daß hier von einer gefühlvollen Stimmung keine Spur vorhanden war, eher vom Gegenteil. Awdotja Romanowna aber merkte es. Sie beobachtete aufmerksam und voll Unruhe den Bruder.

»Von Ihnen, Mama, wage ich gar nicht zu sprechen«, fuhr er fort, als sagte er etwas seit dem Morgen auswendig Gelerntes auf. »Heute erst konnte ich einigermaßen begreifen, wie Sie sich gestern hier in Erwartung meiner Rückkehr gequält haben müssen.«

Dann reichte er plötzlich stumm und mit einem Lächeln der Schwester die Hand. In diesem Lächeln aber brach diesmal plötzlich wahres, unverfälschtes Gefühl durch. Dunja erfaßte sofort, erfreut und dankbar, die ausgestreckte Hand und erwiderte warm den Händedruck. Zum erstenmal hatte er sich nach dem gestrigen Zerwürfnis an sie gewandt. Das Gesicht der Mutter leuchtete auf vor Freude und Glück beim Anblick dieser endgültigen und wortlosen Aussöhnung zwischen Bruder und Schwester.

»Eben deshalb liebe ich ihn!« brummte der immer überschwengliche Rasumichin in sich hinein, mit einer energischen Wendung auf dem Stuhl. »Er hat diese Gesten! ...«

(»Und wie sich alles bei ihm gut macht«, dachte die Mutter bei sich, »was für edle Regungen er hat, und wie schlicht und zart er das gestrige Mißverständnis mit der Schwester beseitigt hat – nur dadurch, daß er ihr die Hand im richtigen Augenblick reichte und sie lieb anblickte ... Und was für schöne Augen er hat, und wie schön ist das ganze Gesicht ... Er ist sogar schöner noch als Dunetschka ... Aber, mein Gott, was für einen Anzug hat er an, wie schrecklich ist er gekleidet! Der Laufbursche Wassja im Laden von Afanassij Iwanowitsch ist ja besser gekleidet! ... Und ich möchte mich so gern, doch so gern ihm an den Hals werfen und ihn umarmen und ... weinen, aber ich fürchte mich, fürchte ... er ist irgendwie so ... ich weiß nicht, o Gott! Er spricht wohl freundlich, aber ich fürchte mich! Aber was fürchte ich denn? ...«)

»Ach, Rodja, du wirst es nicht glauben«, beeilte sie sich plötzlich, seine Bemerkung zu beantworten, »wie wir gestern, ich und Dunetschka, ... unglücklich waren! Jetzt, wo alles vorüber und beendet ist, und wir alle wieder glücklich sind, kann man es ja sagen. Stell dir vor, wir eilen hierher, um dich in die Arme zu schließen, fast direkt von der Eisenbahn, und dieses Mädchen ... ach, da ist sie ja! Guten Tag, Nastassja! ... Sie sagt uns plötzlich, daß du hohes Fieber habest und daß du soeben ohne Wissen des Arztes im Fieber weggelaufen seist und daß man dich suchen gegangen sei! Du glaubst nicht, wie uns das traf! Ich mußte sofort daran denken, wie der Leutnant Potántschikoff, unser Bekannter, ein Freund deines Vaters – du kannst dich seiner nicht erinnern, Rodja –, tragisch endete. Er hatte auch hohes Fieber und war in derselben Weise weggelaufen und auf dem Hof in den Brunnen gefallen, erst am anderen Tage konnte man ihn herausziehen. Und wir haben es uns selbstverständlich noch schwärzer ausgemalt! Wir wollten hinausstürzen und Pjotr Petrowitsch suchen, um mit seiner Hilfe wenigstens ... denn wir waren allein, vollkommen allein«, sagte sie mit kläglicher Stimme, stockte aber plötzlich und verstummte, da sie sich darauf besann, daß es doch noch ziemlich gefährlich sein könnte, über Pjotr Petrowitsch zu sprechen, ungeachtet dessen, daß »jetzt alles vorüber und alle wieder glücklich« waren.

»Ja, ja ... das alles ist natürlich ... ärgerlich ...«, murmelte Raskolnikoff, aber mit einem so zerstreuten und fast unaufmerksamen Ausdruck, daß Dunetschka ihn erstaunt ansah.

»Was wollte ich doch sagen«, fuhr er fort und versuchte sich mit Anstrengung zu besinnen, »ja, bitte, Mama, und du, Dunetschka, denkt nicht, daß ich nicht als erster heute zu euch kommen wollte und etwa auf euren Besuch bei mir gewartet hätte.«

»Aber was fällt dir ein, Rodja!« wehrte die jetzt auch erstaunte Pulcheria Alexandrowna ab.

(»Weshalb spricht er nur so konventionell?« dachte Dunetschka. »Er söhnt sich aus und bittet um Verzeihung, als erledige er etwas Dienstliches oder sage Auswendiggelerntes auf!«)

»Ich bin vorhin erst aufgewacht und wollte gleich zu euch gehen, aber mich hielten meine Kleider auf; ich hatte vergessen, ihr ... Nastassja, zu sagen ... dieses Blut auszuwaschen ... Jetzt, soeben erst habe ich mich angezogen.«

»Blut! Was für Blut?« sagte Pulcheria Alexandrowna erschrocken.

»Es ist nichts ..., regen Sie sich nicht auf. Die Blutspuren rührten daher, daß ich gestern, als ich besinnungslos umherirrte, auf einen überfahrenen Menschen stieß ... auf einen Beamten ...«

»Besinnungslos? Aber du erinnerst dich doch an alles!« unterbrach ihn Rasumichin.

»Das ist richtig«, antwortete ihm Raskolnikoff mit Bedacht, »ich erinnere mich an alles, auch an die geringste Kleinigkeit, aber dennoch, denk dir: warum ich das getan und dort gewesen bin und jenes gesagt habe, das kann ich nicht recht erklären.«

»Das ist ein sehr bekanntes Phänomen«, mischte sich Sossimoff ein, »zuweilen ist die Ausführung einer Sache meisterhaft, glänzend, die Direktion der Handlung aber, der Ursprung der Handlungen ist dunkel und hängt von allerhand krankhaften Empfindungen oder Eindrücken ab. Es ist ähnlich wie im Traum.«

(»Es ist vielleicht ganz gut, daß er mich für einen beinahe Irrsinnigen hält«, dachte Raskolnikoff.)

»Aber das kann man vielleicht auch von Gesunden sagen«, bemerkte Dunetschka und sah Sossimoff besorgt an.

»Eine ganz richtige Bemerkung«, versetzte jener. »In diesem Sinne gleichen wir fast alle tatsächlich und sehr oft Verrückten, nur mit dem kleinen Unterschied, daß die ‚Kranken' doch noch ein bißchen verrückter sind als wir, man muß hier eine Grenze festhalten. Einen vollkommen harmonischen Menschen aber – das ist wahr – gibt es fast überhaupt nicht; unter Zehntausenden, vielleicht aber auch unter vielen Hunderttausenden findet man je einen, und selbst die noch in ziemlich schwachen Exemplaren ...«

Das Wort »Verrückte«, das Sossimoff unvorsichtigerweise entschlüpfte, als er auf sein Lieblingsthema zu sprechen kam, wirkte auf alle unangenehm, und in jedem Gesicht zuckte etwas. Nur Raskolnikoff saß in Gedanken und mit einem seltsamen Lächeln auf den blassen Lippen da, als schenke er dem keine Beachtung. Er dachte weiter nach.

»Und was ist mit dem Überfahrenen? Ich habe dich unterbrochen!« beeilte sich Rasumichin zu fragen.

»Was?« Er schien zu erwachen. »Ja ... und da habe ich mich eben mit Blut beschmutzt, als ich half, ihn in seine Wohnung zu tragen ... Ja, übrigens, Mama, ich habe gestern etwas Unverzeihliches getan – ich war wirklich nicht bei klarem Verstand. Ich habe gestern alles Geld, das Sie mir geschickt haben, weggegeben ... seiner Frau ... zur Beerdigung. Sie ist jetzt Witwe, eine schwindsüchtige, beklagenswerte Frau ... drei kleine Kinder, Waisen, hungrig ... im Hause nichts vorhanden ... und es ist noch eine Tochter da ... Vielleicht hätten auch Sie ihr das Geld gegeben, wenn Sie es gesehen hätten ... Ich hatte übrigens gar kein Recht dazu, ich sehe es ein, zumal ich ja weiß, wie Sie sich dieses Geld verschafft haben. Um zu helfen, muß man erst ein Recht dazu haben, sonst: „Crevez, chiens, si vous n'êtes pas contents!" Er lachte. »Ist das nicht richtig, Dunja?« fragte er die Schwester.

»Nein, das ist nicht richtig«, antwortete Dunja fest.

»Bah! Auch du hast ... Ansichten! ...« brummte er, indem er sie fast mit Haß anblickte und spöttisch lächelte. »Ich hätte das in Betracht ziehen müssen ... Nun, was ist denn dabei, es ist sogar lobenswert und für dich besser ... und wenn du bis zu so einer Grenze kommst, die du nicht übertreten kannst – wirst du unglücklich sein, und wenn du sie übertrittst – wirst du vielleicht noch unglücklicher sein ... Aber das ist ja alles Unsinn!« brach er gereizt ab, ärgerlich darüber, daß er unwillkürlich mehr sagte als er wollte. »Ich wollte bloß sagen, daß ich Sie, Mama, um Verzeihung bitte«, schloß er schroff und kurz.

»Aber Rodja, ich bin überzeugt, daß alles, was du tust, gut ist!« sagte die Mutter erfreut.

»Seien Sie nicht davon überzeugt«, versetzte er, den Mund zu einem Lächeln verziehend. Es folgte ein Schweigen. Etwas Gespanntes lag sowohl in diesem ganzen Gespräch wie in diesem Schweigen, wie auch in der Versöhnung und Verzeihung, und alle fühlten es.

(»Als ob sie sich vor mir fürchteten«, dachte Raskolnikoff bei sich und blickte unter der gesenkten Stirn hervor Mutter und Schwester an.) Pulcheria Alexandrowna wurde in der Tat immer ängstlicher, je länger sie schwieg.

(»Aus der Ferne habe ich sie doch so geliebt, glaube ich«, durchzuckte es ihn.)

»Ja, denk dir doch, Rodja, Marfa Petrowna ist gestorben!« brach plötzlich Pulcheria Alexandrowna das Schweigen.

»Was für eine Marfa Petrowna?«

»Ach, mein Gott, Márfa Petrówna Sswidrigáilowa! Ich habe dir doch so viel über sie geschrieben!«

»Ach so, ja, ich erinnere mich ... So ist sie gestorben? In der Tat?« wachte er plötzlich auf, als sei er woanders gewesen. »Ist sie wirklich gestorben? Woran denn?«

»Stell dir vor, ganz plötzlich!« beeilte sich Pulcheria Alexandrowna ihm zu antworten, ermutigt durch sein Interesse, »und gerade um die Zeit, als ich dir den Brief schrieb, an demselben Tage! Denk dir, dieser schreckliche Mensch scheint auch die Ursache ihres Todes gewesen zu sein. Man erzählt sich, er habe sie furchtbar verprügelt!«

»Lebten sie denn in dieser Weise?« fragte er, sich an die Schwester wendend.

»Nein, im Gegenteil. Er war ihr gegenüber stets sehr geduldig, sogar höflich. In vielen Fällen sogar zu duldsam ihrer Art gegenüber, ganze sieben Jahre lang ... Mit einem Mal aber scheint er die Geduld verloren zu haben.«

»Also ist er wohl gar nicht so schrecklich, wenn er sieben Jahre lang ausgehalten hat? Du scheinst ihn, Dunetschka, zu entschuldigen?«

»Nein, nein, er ist ein schrecklicher Mensch! Ich kann mir nichts Schrecklicheres vorstellen«, antwortete Dunja fast erbebend, zog die Augenbrauen zusammen und wurde nachdenklich.

»Es soll am Morgen geschehen sein«, fuhr Pulcheria Alexandrowna eilig fort. »Dann befahl sie, anzuspannen, um gleich nach dem Mittagessen in die Stadt zu fahren, weil sie stets in solchen Fällen in die Stadt fuhr; zu Mittag aß sie noch, sagt man, mit großem Appetit ...«

»Trotz der erhaltenen Prügel?«

»... Sie hatte übrigens immer diese ... Angewohnheit. Und kaum daß sie gegessen hatte, ging sie, um nicht zu spät abzufahren, sofort in die Badestube ... Weißt du, sie nahm aus Gesundheitsgründen Bäder; sie haben dort eine kalte Quelle, und sie badete dort jeden Tag, und als sie ins Wasser stieg, traf sie plötzlich der Schlag!«

»Kein Wunder«, sagte Sossimoff.

»Und hat er sie schmerzhaft verprügelt?«

»Das ist doch gleichgültig«, meinte Dunja.

»Hm! Übrigens, was haben Sie für ein Vergnügen, Mama, solch einen Unsinn zu erzählen«, kam es plötzlich gereizt von den Lippen Raskolnikoffs.

»Ach, mein Freund, ich wußte wirklich nicht mehr, worüber ich sprechen sollte«, entschlüpfte es Pulcheria Alexandrowna.

»Ja, was ist denn das, fürchtet ihr mich etwa?« fragte er mit einem gezwungenen Lächeln.

»So ist es allerdings«, antwortete Dunja und sah den Bruder offen und streng an. »Als Mama die Treppe heraufstieg, schlug sie sogar ein Kreuz vor Angst.«

Sein Gesicht verzog sich wie im Krampf.

»Ach, Dunja, was fällt dir ein! Sei nicht böse, Rodja, ich bitte dich ... Warum hast du das gesagt, Dunja?« Pulcheria Alexandrowna war ganz verlegen. »Es ist wahr, als ich hierher reiste, träumte ich den ganzen Weg, wie wir uns wiedersehen, wie wir einander alles erzählen würden ...

und ich war so glücklich, daß ich die Reise nicht einmal ermüdend fand. Ja, was sage ich! Ich bin auch jetzt glücklich ... Du hast unrecht, Dunja ... Ich bin schon allein dadurch glücklich, daß ich dich sehe, Rodja ...«

»Lassen Sie es, Mama«, murmelte er betreten und drückte ihr die Hand, ohne sie anzublicken. »Wir werden schon noch Zeit haben, uns auszusprechen.«

Nachdem er das gesagt hatte, verstummte er verwirrt und erbleichte – wieder durchzog eine kurze, schreckliche Empfindung von toter Kälte seine Seele, wieder wurde es ihm plötzlich vollkommen klar, daß er soeben eine furchtbare Lüge gesagt hatte, daß er sich nie mehr werde aussprechen können, daß er nie mehr, niemals und mit niemandem überhaupt werde *sprechen* dürfen. Der Eindruck dieses qualvollen Gedankens war so stark, daß er auf einen Moment sich fast vergaß, von seinem Platz aufstand und ohne jemand anzublicken, aus dem Zimmer zu gehen im Begriff war.

»Was ist dir?« rief Rasumichin und faßte ihn am Arm.

Da setzte er sich wieder hin und begann sich schweigend umzusehen; alle blickten ihn befremdet an.

»Ja, warum seid ihr alle so langweilig!« rief er plötzlich, ganz unerwartet. »Sagt doch etwas! Warum sitzen wir so herum! Nun, so redet doch! Wollen wir uns doch unterhalten ... Sind zusammengekommen und schweigen ... Redet doch etwas!«

»Gott sei Dank! Und ich dachte schon, mit ihm geschieht irgend etwas wie gestern«, sagte Pulcheria Alexandrowna und bekreuzte sich.

»Was hast du nur, Rodja?« fragte Awdotja Romanowna mißtrauisch.

»Nichts, ich denke gerade an etwas Komisches«, antwortete er und lachte plötzlich.

»Nun, wenn es etwas Komisches ist, dann ist es gut! Ich dachte beinahe selbst ...«, sagte Sossimoff und erhob sich. »Ich muß jetzt gehen; ich komme noch einmal her, vielleicht ... wenn ich Sie antreffe ...« Er verabschiedete sich und ging hinaus.

»Was für ein prächtiger Mensch!« bemerkte Pulcheria Alexandrowna.

»Ja, er ist prächtig, ausgezeichnet, gebildet, klug ...«, sagte plötzlich Raskolnikoff schnell und mit einer an ihm nicht gewohnten Lebhaftigkeit, »ich erinnere mich nicht, daß ich ihn vor meiner Krankheit getroffen hätte ... und doch ist mir, als hätte ich ihn irgendwo schon getroffen ... Dieser da ist auch ein guter Mensch!« Er wies mit dem Kopf auf Rasumichin. »Gefällt er dir, Dunja?« fragte er sie und lachte plötzlich, ohne daß man wußte, warum.

»Sehr«, antwortete Dunja.

»Pfui, wie ... wie gemein du bist!« sagte Rasumichin furchtbar verlegen und errötend und stand vom Stuhl auf. Pulcheria Alexandrowna lächelte ein wenig, und Raskolnikoff lachte auf.

»Wohin willst du denn?«

»Ich muß auch ... gehen.«

»Du mußt gar nicht, du bleibst hier! Sossimoff ist fortgegangen, und da glaubst du, du müßtest auch gehen. Nein, bleib. Wieviel Uhr ist es? Schon zwölf? Was für eine hübsche Uhr du hast, Dunja! Ja, warum schweigt ihr wieder? Bloß ich, ich allein rede die ganze Zeit! ...«

»Die Uhr ist ein Geschenk von Marfa Petrowna«, antwortete Dunja.

»Und eine sehr, sehr teure Uhr«, fügte Pulcheria Alexandrowna hinzu.

»So? Wie groß sie ist, fast keine Damenuhr mehr.«

»Ich habe solche gern«, sagte Dunja.

(»Also kein Geschenk des Bräutigams«, dachte Rasumichin und wurde froh, ohne nachzudenken, weshalb.)

»Ich dachte, sie wäre ein Geschenk von Lushin«, bemerkte Raskolnikoff.

»Nein, er hat Dunetschka noch nichts geschenkt.«

»So–o? Erinnern Sie sich noch, Mama, wie ich mal verliebt war und heiraten wollte«, sagte er plötzlich und sah die Mutter an, die von der unerwarteten Bemerkung und dem Ton, in dem er sprach, betroffen war.

»Ach, mein Freund, ja, ich erinnere mich!« Pulcheria Alexandrowna wechselte mit Dunetschka und Rasumichin einen Blick.

»Hm! Ja! Was soll ich Ihnen davon erzählen? Ich erinnere mich selbst kaum noch ... Sie war ein krankes Mädchen«, fuhr er fort, anscheinend wieder in Gedanken versunken und den Blick zu Boden gesenkt, »von jeher kränklich; sie liebte es, den Bettlern Almosen zu geben und träumte immer vom Kloster, und einmal brach sie in Tränen aus, als sie mir davon erzählte. Ja, ja ... ich erinnere mich ... ich erinnere mich noch sehr gut. Sie war eigentlich häßlich. Ich weiß wirklich nicht, warum ich damals eine Neigung zu ihr faßte ... vielleicht weil sie immer krank war ... Wäre sie dazu noch lahm oder bucklig gewesen, ich hätte sie, glaube ich, noch mehr geliebt ...« (Er lächelte nachdenklich.) »Es war wohl ... irgend so ein Frühlingsrausch ...«

„Nein, dies war nicht nur irgend so ein Frühlingsrausch«, sagte Dunetschka warm.

Er blickte aufmerksam und wie mit Anstrengung die Schwester an, doch ohne ihre Worte recht gehört oder gar verstanden zu haben. Dann stand er in tiefem Nachdenken auf, trat an die Mutter heran, küßte sie, kehrte zu seinem Platz zurück und setzte sich wieder.

»Du liebst sie auch jetzt noch!« sagte Pulcheria Alexandrowna gerührt.

»Wen? Jetzt? Ach so ... Sie meinen die! Nein. All das ist jetzt wie im Jenseits ... und so lange her. Ja, und alles, was hier rings um mich geschieht, ist, als geschähe es nicht hier ...«

Er blickte sie alle aufmerksam an.

»Auch euch, zum Beispiel ... sehe ich wie aus einer tausend Werst weiten Entfernung von hier ... Aber der

Teufel weiß, wozu wir überhaupt darüber sprechen! Und warum fragt ihr mich aus?« brach er ärgerlich ab und verstummte, nervös an den Nägeln beißend und von neuem in Nachsinnen versinkend.

»Wie schlecht dein Zimmer ist, Rodja, es ist wie ein Sarg«, sagte plötzlich Pulcheria Alexandrowna, um das peinliche Schweigen zu unterbrechen, »ich bin überzeugt, daß dich zur Hälfte diese Wohnung zu einem Melancholiker gemacht hat.«

»Die Wohnung? ...« antwortete er zerstreut. »Ja, diese Wohnung hat viel dazu beigetragen ... ich habe es auch gedacht ... Wenn Sie wüßten, Mamachen, welchen merkwürdigen Gedanken Sie soeben ausgesprochen haben«, fügte er plötzlich hinzu und lächelte eigentümlich.

Noch ein weniges, und diese Gesellschaft, seine nächsten Angehörigen, die er nach dreijähriger Trennung wiedersah, und dieser verwandtschaftliche Ton der Unterhaltung bei absoluter Unmöglichkeit, auch nur über irgend etwas zu reden, wären ihm schließlich ganz unerträglich geworden. Es gab jedoch noch eine unaufschiebbare Angelegenheit, die heute noch, so oder so, aber unbedingt heute noch entschieden werden mußte – so hatte er vorhin schon, als er erwachte, beschlossen. Jetzt war er froh über diese *Aufgabe* als Ausweg.

»Höre, Dunja«, begann er ernst und trocken, »ich bitte dich wegen des Gestrigen selbstverständlich um Verzeihung, aber ich halte es für meine Pflicht, dich noch einmal daran zu erinnern, daß ich von meiner Hauptbedingung nicht zurücktrete. Entweder ich oder Lushin. Mag ich gemein sein, du aber darfst es nicht werden. Einer genügt. Wenn du Lushin heiratest, höre ich sofort auf, dich als meine Schwester zu betrachten.«

»Rodja, Rodja! Das ist doch wieder dasselbe wie gestern!« rief Pulcheria Alexandrowna kummervoll aus. »Und warum nennst du dich immer gemein, ich kann das nicht ertragen! Auch gestern war es so ...«

»Bruder«, antwortete Dunja fest und ebenso trocken, »in alledem liegt ein Irrtum deinerseits. Ich habe heute nacht darüber nachgedacht und den Irrtum gefunden. Die Hauptsache ist wohl, daß du, wie mir scheint, denkst, ich wolle mich um jemandes willen opfern. So ist es nicht. Ich heirate nur um meinetwillen, weil mir selbst dieses Leben schwer fällt; danach aber will ich gewiß auch froh sein, wenn es mir möglich werden sollte, meinen Angehörigen nützlich zu sein; zu meinem Entschluß aber ist dies nicht der hauptsächliche Beweggrund ...«

(»Sie lügt!« dachte er und biß vor Wut wieder an den Nägeln. »Sie ist stolz! Will nicht zugeben, daß sie nur helfen möchte! Oh, diese niedrigen Charaktere! Selbst lieben tun sie, als haßten sie ... Oh, wie ich ... sie alle hasse!«)

»Mit einem Wort, ich heirate Pjotr Petrowitsch«, fuhr Dunetschka fort, »weil ich von zwei Übeln das kleinere wähle. Ich habe die Absicht, alles ehrlich zu erfüllen, was er von mir erwartet, also betrüge ich ihn nicht ... Warum lächelst du jetzt so?«

Sie errötete, und flüchtig sprach Zorn aus ihren Augen.

»Alles erfüllen?« fragte er mit boshaftem Spott die Schwester betrachtend.

»Bis zu einer gewissen Grenze. Die Art und die Form des Antrags von Pjotr Petrowitsch haben mir sofort gezeigt, was er braucht. Er schätzt sich selbst, ich weiß es; ja vielleicht schätzt er sich sogar zu hoch ein, aber ich hoffe, daß er auch mich schätzt ... Warum lachst du wieder?«

»Und warum errötest du wieder? Du lügst, Schwester, du lügst bewußt, aus weiblichem Eigensinn, nur um auf deinem Willen vor mir zu bestehen ... du kannst Lushin nicht achten; ich habe ihn gesehen und mit ihm gesprochen. Folglich verkaufst du dich für Geld, und folglich handelst du in jedem Falle niedrig, und ich freue mich, daß du wenigstens noch erröten kannst!«

»Das ist nicht wahr, ich lüge nicht! ...« rief Dunetschka, ihre ganze Kaltblütigkeit verlierend, »ich würde ihn nicht heiraten, wenn ich nicht überzeugt wäre, daß er mich schätzt und etwas auf mich hält; ich würde ihn nicht heiraten, wenn ich nicht fest überzeugt wäre, daß auch ich ihn achten kann. Zum Glück kann ich mich davon heute noch und sicher überzeugen. Eine solche Heirat aber ist keine Gemeinheit, wie du sagst! Und wenn du auch recht hättest, wenn ich mich tatsächlich zu einer Gemeinheit entschlossen hätte – ist es dann nicht grausam von dir, so mit mir zu sprechen? Warum verlangst du von mir ein Heldentum, das du vielleicht selbst nicht aufbrächtest? Das ist Despotismus, das ist Gewalttätigkeit! Wenn ich jemanden zugrunde richte, dann doch höchstens mich ... Ich habe aber noch niemanden umgebracht ... Warum schaust du mich so an? Warum bist du so bleich geworden? Rodja, was ist dir? Rodja, lieber ...«

»Um Gottes willen! Sie hat ihn bis zur Ohnmacht gebracht!« rief Pulcheria Alexandrowna erschrocken aus.

»Nein, nein ... Unsinn ... es ist nichts! ... Der Kopf schwindelte mir nur ein wenig. Es ist durchaus keine Ohnmacht ... Ewig redet ihr von Ohnmacht! ... Hm! Ja ... was wollte ich sagen? Ja: wie willst du dich heute noch überzeugen, daß du ihn achten kannst, und daß er dich ... schätzt etwa, wie du sagtest? Du sagtest doch, schien mir, *heute* noch könntest du das? Oder habe ich mich verhört?«

»Mama, zeigen Sie ihm den Brief von Pjotr Petrowitsch«, sagte Dunetschka.

Pulcheria Alexandrowna reichte ihm mit zitternder Hand den Brief. Er nahm ihn sichtlich sehr interessiert entgegen. Ehe er ihn aber öffnete, blickte er plötzlich verwundert Dunetschka an.

»Sonderbar«, sagte er langsam, als wäre er durch einen neuen Gedanken überrascht, »warum rege ich mich so auf? Warum dieses ganze Geschrei? Heirate doch, wen du willst!«

Er sagte es wie nur zu sich selbst, sprach es aber laut aus und blickte eine Weile die Schwester gleichsam verwundert an.

Er öffnete endlich den Brief, wobei er immer noch den

Ausdruck einer seltsamen Verwunderung beibehielt; dann begann er langsam und aufmerksam zu lesen und las den Brief zweimal. Pulcheria Alexandrowna war in großer Unruhe, auch die anderen erwarteten etwas Besonderes.

»Das wundert mich«, begann er nach einigem Nachdenken und gab den Brief der Mutter zurück, wandte sich aber zu keinem einzelnen. »Er führt doch Prozesse, ist Advokat, und seine Weise zu sprechen hat auch so einen ... Anstrich; aber wie ungebildet er schreibt!«

Alle rührten sich; sie hatten etwas ganz anderes erwartet.

»Die schreiben doch alle so«, bemerkte Rasumichin kurz.

»Hast du den Brief denn gelesen?«

»Ja.«

»Wir haben ihm den Brief gezeigt, Rodja, wir ... haben vorhin gemeinsam beratschlagt ...«, begann Pulcheria Alexandrowna verlegen.

»Es ist eigentlich der übliche Gerichtsstil«, unterbrach Rasumichin. »Gerichtspapiere werden heute noch so geschrieben.«

»Gerichtsstil? Ja, wirklich, Gerichtsstil, Geschäftsstil ... nicht gerade ungebildet, aber auch nicht gerade kultiviert; eben ein Geschäftsbrief!«

»Pjotr Petrowitsch verheimlicht auch nicht, daß er nur für geringes Schulgeld gelernt hat, und ist sogar stolz darauf, daß er seinen Weg selbst gemacht hat«, bemerkte Awdotja Romanowna, ein wenig verletzt durch den neuen Ton des Bruders.

»Nun, wenn er stolz darauf ist, hat er auch ein Recht dazu, ich widerspreche ja nicht. Du, Schwester, scheinst gekränkt zu sein, daß ich aus dem ganzen Brief nur so eine frivole Schlußfolgerung gezogen habe, und meinst wohl, daß ich absichtlich solche Kleinigkeiten erwähne, um aus Ärger über dich nun die Nase zu rümpfen über seinen Stil. Im Gegenteil, mir kam gerade wegen des Stils ein in diesem Fall nicht ganz überflüssiger Gedanke. In dem Brief ist ein Ausdruck – ‚woran Sie dann die Schuld sich allein zuzuschreiben hätten' –, der sehr bedeutungsvoll und klar hingesetzt ist, und außerdem enthält der Brief die Drohung, daß er sofort weggehen werde, wenn ich hinkäme. Diese Drohung ist gleichbedeutend mit der Drohung, euch beide zu verlassen, wenn ihr unfolgsam seid, und das jetzt noch, wo er euch nach Petersburg hat kommen lassen. Nun, was meinst du: kann einen solch ein Ausdruck von Lushin ebenso kränken, wie wenn er es geschrieben hätte« (er wies auf Rasumichin) »oder Sossimoff oder einer von uns?«

»N–nein«, antwortete Dunetschka, lebhafter werdend. »Ich habe sehr gut verstanden, daß es gar zu naiv ausgedrückt ist, und daß er vielleicht bloß kein Meister im Schreiben ist ... Das hast du sehr richtig beurteilt, Bruder. Ich habe das nicht einmal erwartet ...«

»Das ist in der Gerichtssprache ausgedrückt, und im Gerichtsstil kann man es anders nicht schreiben, und es ist gröber herausgekommen, als er vielleicht wollte. Übrigens, ich muß dich noch ein wenig enttäuschen: in diesem Brief gibt es noch eine Äußerung, eine Verleumdung in bezug auf mich, und eine ziemlich erbärmliche. Ich habe das Geld gestern der Witwe, einer schwindsüchtigen und erschütterten Frau, gegeben, und nicht unter dem Vorwand, die Beerdigungskosten zu tragen, sondern buchstäblich für die Beerdigung, und nicht der Tochter – einem Mädchen, wie er schreibt, ‚von verrufenem Lebenswandel' (die ich gestern zum ersten Mal in meinem Leben gesehen habe), – sondern tatsächlich der Witwe. In diesem allen sehe ich den gar zu eiligen Wunsch, mich mit Schmutz zu bewerfen und mit euch zu entzweien. Es ist wiederum in der Gerichtssprache ausgedrückt, das heißt, mit einer gar zu deutlichen Klarlegung des Zweckes und mit einer sehr naiven Eile. Er ist ein kluger Mann, aber um klug zu handeln, genügt es nicht, nur Verstand zu haben. Dies alles zeigt den Menschen, und ... ich glaube nicht, daß er dich hochschätzt. Ich teile es dir nur zur Belehrung mit, denn ich wünsche dir aufrichtig nur Gutes ...«

Dunetschka antwortete nicht; ihr Entschluß war schon längst gefaßt, sie wollte nur noch den Abend abwarten.

»Wie entscheidest du dich denn nun, Rodja?« fragte Pulcheria Alexandrowna, noch mehr beunruhigt als vorhin durch den überraschend neuen, *geschäftlichen* Ton seiner Rede.

»Was meinen Sie mit ‚entscheidest du dich'?«

»Pjotr Petrowitsch schreibt doch, daß du heute abend nicht bei uns sein sollst, und daß er fortgehen werde ... wenn du doch kommen solltest. Also, wie ... wirst du kommen?«

»Die Entscheidung hierüber steht doch selbstverständlich nicht mir, sondern erstens Ihnen zu, wenn dieses Ansinnen von Pjotr Petrowitsch Sie nicht kränkt, und zweitens Dunja, wenn sie sich auch nicht gekränkt fühlt. Ich aber werde so handeln, wie es euch genehm ist«, schloß er trocken.

»Dunetschka hat schon alles beschlossen, und ich bin mit ihr vollkommen einer Meinung«, beeilte sich Pulcheria Alexandrowna zu bemerken.

»Ich habe beschlossen, Rodja, dich zu bitten, dringend zu bitten, bei dieser Zusammenkunft unbedingt zugegen zu sein«, sagte Dunja. »Wirst du kommen?«

»Ich werde kommen.«

»Und auch Sie möchte ich bitten, um acht Uhr zu uns zu kommen«, wandte sie sich an Rasumichin. »Mama, ich habe ihn gleichfalls eingeladen.«

»Sehr gut, Dunetschka. Nun, wie ihr es beschlossen habt, so soll es bleiben«, sagte Pulcheria Alexandrowna abschließend. »Und für mich ist es auch leichter so; ich liebe es nicht, mich zu verstellen und zu lügen; wollen wir lieber die ganze Wahrheit sagen ... Mag Pjotr Petrowitsch dann böse sein oder nicht!«

IV

In diesem Augenblick wurde die Tür leise geöffnet und ins Zimmer trat, sich schüchtern umblickend, ein junges Mädchen. Alle wandten sich mit Erstaunen und Neugier ihr zu. Raskolnikoff erkannte sie nicht gleich auf den ersten Blick. Es war Ssófja Ssemjónowna Marmeládowa. Gestern hatte er sie zum ersten Mal gesehen, aber in einem Augenblick, in einer Umgebung und in einem Aufzug, daß in seiner Erinnerung das Bild einer ganz anderen Person haften geblieben war. Jetzt war es ein einfach und sogar ärmlich gekleidetes Mädchen, noch sehr jung, ja nahezu kindlich, mit bescheidenem und anständigem Wesen, und mit einem klaren, aber anscheinend verängstigten Gesicht. Sie hatte ein sehr einfaches Alltagskleidchen an und auf dem Kopf einen alten Hut von früherer Mode; nur in der Hand trug sie den Sonnenschirm von gestern. Als sie nun plötzlich ein Zimmer voll von Menschen erblickte, wurde sie nicht bloß verlegen, sondern verlor gleichsam den Kopf, ward verzagt wie ein kleines Kind, und machte sogar eine Bewegung, als wollte sie wieder weggehen.

»Ach ... Sie sind es? ...« sagte Raskolnikoff überaus verwundert, und plötzlich wurde er selbst verlegen. Er dachte sofort daran, daß die Mutter und die Schwester aus dem Brief Lushins schon etwas von einem gewissen Mädchen »von verrufenem Lebenswandel« wußten. Soeben hatte er noch gegen die Verleumdung Lushins protestiert und erwähnt, daß er dieses Mädchen gestern zum ersten Mal gesehen habe, und plötzlich trat sie herein. Er erinnerte sich auch, daß er gar nicht gegen den Ausdruck »von verrufenem Lebenswandel« protestiert hatte. Dies alles fuhr ihm unklar und in einem Nu durch den Kopf. Als er sie aber aufmerksamer anblickte, sah er auf einmal, daß dieses erniedrigte Wesen sich ohnehin schon so bedrückt fühlte, daß sie ihm plötzlich leid tat. Als sie aber zurückwich und schon weglaufen wollte vor Furcht, drehte sich etwas in ihm gleichsam um.

»Ich habe Sie nicht erwartet«, beeilte er sich zu sagen, sie mit dem Blick zurückhaltend. »Setzen Sie sich, bitte, Sie kommen sicher im Auftrag von Katerina Iwanowna. Erlauben Sie, setzen Sie sich nicht hierhin, sondern dorthin . . .«

Bei Ssonjas Eintritt war Rasumichin, der auf einem der drei Stühle Raskolnikoffs gerade neben der Tür gesessen hatte, aufgestanden, um ihr zum Hereintreten Platz zu machen. Zuerst wollte Raskolnikoff ihr den Platz in der Ecke des Diwans anbieten, wo Sossimoff gesessen hatte, aber da fiel ihm ein, daß dieses Schlafsofa ein zu *familiärer* Platz war und ihm als Bett diente, und er beeilte sich, ihr den Stuhl Rasumichins anzubieten.

»Und du setzt dich hierher«, sagte er zu Rasumichin und wies ihn in die Ecke, wo Sossimoff gesessen hatte.

Ssonja setzte sich, fast zitternd vor Furcht, und blickte schüchtern auf die beiden Damen. Man sah, daß sie selbst nicht begriff, wie sie sich getraute, sich neben sie hinzusetzen. Als es ihr bewußt wurde, erschrak sie so, daß sie wieder aufstand und sich in völliger Verwirrung an Raskolnikoff wandte.

»Ich . . . ich . . . bin nur auf einen Augenblick gekommen, verzeihen Sie, daß ich Sie gestört habe«, sagte sie stockend. »Ich komme im Auftrag von Katerina Iwanowna; sie hatte sonst niemanden, den sie hätte schicken können . . . Und Katerina Iwanowna läßt Sie sehr bitten, zur Totenmesse morgen früh . . . zu kommen . . . nach dem Gottesdienst . . . auf dem Mitrofánjeffschen Friedhof, und nachher bei uns . . . bei ihr . . . zum Essen . . . Ihr die Ehre zu erweisen . . . läßt sie Sie bitten.«

Sie stockte und verstummte.

»Ich will es unbedingt zu ermöglichen versuchen . . . unbedingt«, antwortete Raskolnikoff, der sich gleichfalls erhoben hatte, ebenso stockte und nicht weiter wußte.

»Bitte, tun Sie mir den Gefallen, setzen Sie sich«, sagte er plötzlich, »ich möchte Sie noch einiges fragen. Bitte, Sie haben es vielleicht eilig, tun Sie mir aber den Gefallen und schenken Sie mir noch zwei Minuten ...«, und er schob ihr den Stuhl hin. Ssonja setzte sich abermals, und wieder warf sie schüchtern und verstört einen schnellen Blick auf die beiden Damen und wieder senkte sie sogleich die Augen.

Das bleiche Gesicht Raskolnikoffs errötete; er schien wie umgewandelt; seine Augen blitzten.

»Mama«, sagte er fest und nachdrücklich, »das ist Ssófja Ssemjónowna Marmeládowa, die Tochter des verunglückten Herrn Marmeladoff, der gestern vor meinen Augen überfahren wurde, wie ich Ihnen schon erzählt habe ...«

Pulcheria Alexandrowna blickte Ssonja an und kniff ein wenig die Augen zusammen. Trotz ihrer Verlegenheit vor dem festen und herausfordernden Blick Rodjas konnte sie sich dieses Vergnügen doch nicht versagen. Dunetschka sah ernst und unverwandt dem armen Mädchen gerade ins Gesicht und betrachtete sie verwundert. Als Ssonja diese Vorstellung hörte, wollte sie beinahe wieder aufblicken, wurde aber noch verlegener als zuvor.

»Ich wollte Sie fragen«, wandte sich Raskolnikoff schnell ihr zu, »wie hat sich heute alles bei Ihnen geordnet? Hat man Sie nicht weiter belästigt? ... ich meine, von seiten der Polizei?«

»Nein, alles ging gut ... Es war doch deutlich zu sehen, woran er gestorben ist; man hat uns nicht weiter belästigt; nur die Mieter ärgern sich.«

»Warum?«

»Weil die Leiche noch dort ist ... jetzt ist es doch heiß ... des Geruchs wegen ... so daß man die Leiche heute zur Abendmesse auf den Friedhof schaffen wird, und dort wird sie bis morgen in der Kapelle bleiben. Katerina Iwanowna wollte es zuerst nicht, jetzt aber sieht sie selbst ein, daß es so besser ist ...«

»Also heute?«

»Sie läßt Sie bitten, uns die Ehre zu erweisen, morgen zur Totenmesse in die Kirche ... und dann zu ihr zur Gedächtnisfeier ...«

»Sie gibt zu seinem Andenken ein Essen?«

»Ja, einen Imbiß; sie läßt Ihnen sehr danken, daß Sie gestern geholfen haben ... ohne Sie wäre gar nichts dagewesen, womit man ihn hätte beerdigen können.« Ihre Lippen und ihr Kinn erbebten plötzlich, aber sie nahm sich zusammen, hielt an sich und senkte wieder die Augen zu Boden.

Während des Gespräches hatte Raskolnikoff sie unverwandt angesehen. Sie hatte ein zartes, ganz mageres und blasses Gesichtchen, eigentlich unregelmäßige Züge, mit einer spitzen kleinen Nase und ebensolchem Kinn. Man konnte sie nicht einmal hübsch nennen, aber dafür waren ihre blauen Augen so klar, und wenn sie sich belebten, wurde der Ausdruck ihres Gesichtes so gut und schlicht, daß sie einen unwillkürlich anzog. Außerdem war ihrem Gesicht und auch ihrer ganzen Gestalt etwas besonders Charakteristisches eigen: trotz ihrer achtzehn Jahre sah sie viel jünger aus, sie wirkte fast noch wie ein Kind, und bei einigen ihrer Bewegungen zeigte sich dies zuweilen sogar bis zur Drolligkeit.

»Aber hat denn Katerina Iwanowna mit so geringen Mitteln auskommen können, und nun hat sie noch dazu die Absicht, einen Leichenschmaus zu geben? ...« fragte Raskolnikoff, bestrebt, das Gespräch fortzuführen.

»Der Sarg ist ja ganz einfach ... und alles ist einfach, so daß es nicht teuer kommt ... Wir haben vorhin, Katerina Iwanowna und ich, alles zusammengerechnet, es bleibt noch so viel übrig, um sein Andenken zu ehren ... und Katerina Iwanowna möchte das so gern. Man kann nichts dagegen sagen ... für sie ist es ein Trost ... sie ist nun mal so, Sie wissen doch ...«

»Ich verstehe, verstehe ... Selbstverständlich ... Warum betrachten Sie so mein Zimmer? Meine Mutter sagt auch, daß es einem Sarg ähnelt.«

»Sie haben uns gestern alles gegeben!« sagte Ssonjetschka plötzlich in seltsam heftigem und schnellem Geflüster, und schlug wieder die Augen nieder. Ihre Lippen und ihr Kinn bebten von neuem. Die ärmliche Umgebung Raskolnikoffs hatte sie schon von Anfang an betroffen gemacht, und jetzt waren ihr diese Worte plötzlich wie von selbst entschlüpft. Alle schwiegen. Dunetschkas Augen leuchteten auf, und Pulcheria Alexandrowna blickte Ssonja freundlich an.

»Rodja«, sagte sie, sich erhebend, »wir essen selbstverständlich zusammen. Dunetschka, komm ... Rodja, du solltest jetzt ein wenig spazieren gehen, dann dich ausruhen, hinlegen, und dann kommst du zu uns ... Ich fürchte, wir haben dich ermüdet ...«

»Ja, ja, ich werde kommen«, antwortete er eilig im Aufstehen, »... ich habe übrigens noch allerhand vor ...«

»Ja, werdet ihr denn nicht einmal zusammen essen?« fragte Rasumichin Raskolnikoff und sah ihn erstaunt an. »Was hast du? ...«

»Ja, ja, ich komme selbstverständlich ... Du aber bleibe noch einen Augenblick. Sie brauchen ihn doch jetzt nicht, Mama? Oder nehme ich ihn euch vielleicht weg?«

»Ach, nein, nein! Und Sie, Dmitrij Prokofjitsch, Sie kommen doch auch zum Essen, nicht wahr?«

»Bitte, kommen Sie«, bat auch Dunetschka.

Rasumichin verbeugte sich und strahlte förmlich. Auf einen Augenblick wurden alle plötzlich sonderbar verlegen.

»Leb wohl, Rodja, das heißt, auf Wiedersehen! Ich liebe nicht „Leb wohl" zu sagen. Leb wohl, Nastassja ... ach, wieder hab ich „Leb wohl" gesagt! ...«[8]

Pulcheria Alexandrowna wollte sich auch von Ssonjetschka verabschieden, aber irgendwie kam es nicht dazu, und sie ging eilig aus dem Zimmer.

Awdotja Romanowna wartete, bis die Reihe an sie kam, und als sie hinter der Mutter an Ssonja vorbeiging, verabschiedete sie sich von ihr mit einem aufmerksamen, höflichen und achtungsvollen Gruß. Ssonjetschka wurde verlegen, grüßte hastig und erschrocken, und ein schmerzliches Empfinden drückte sich in ihrem Gesicht aus, als ob die Höflichkeit und Aufmerksamkeit Awdotja Romanownas sie bedrücke und qualvoll für sie sei.

»Dunja, leb wohl!« rief Raskolnikoff ihr auf den Treppenflur noch nach, »gib mir doch die Hand!«

»Ich habe sie dir doch schon gegeben, hast du es vergessen?« antwortete Dunja, sich freundlich und verlegen zu ihm zurückwendend.

»Nun, tut nichts, gib sie mir noch einmal!«

Und er drückte ihre Finger zusammen. Dunetschka lächelte ihm zu, errötete, entzog ihm schnell ihre Hand und ging der Mutter nach, gleichfalls ganz beglückt durch irgend etwas.

»Nun, das ist prächtig!« sagte er zu Ssonja, in sein Zimmer zurückgehend und sie klar anblickend. »Gott gebe den Toten Ruhe und lasse die Lebenden noch leben! Nicht wahr? Nicht wahr? So ist es doch?«

Ssonja sah verwundert in sein plötzlich erhelltes Gesicht; er schaute sie einige Augenblicke schweigend und unverwandt an, was ihr verstorbener Vater von ihr erzählt hatte, lebte in dieser Minute in seiner Erinnerung auf ...

»Herrgott, Dunetschka!« sagte Pulcheria Alexandrowna, als sie kaum auf der Straße waren, »ich freue mich, daß wir weggegangen sind; es wird mir leichter zumute. Wie hätte ich mir gestern im Eisenbahnwagen denken können, daß ich darüber froh sein könnte!«

»Ich sage Ihnen noch einmal, Mama, daß er noch sehr krank ist. Sehen Sie es ihm denn nicht an? Vielleicht ist er so krank geworden, weil er unseretwegen zu viel gelitten hat? Man muß nachsichtig sein, und vieles, vieles kann man dann verzeihen.«

»Du aber warst nicht nachsichtig!« unterbrach Pulcheria Alexandrowna sie sofort eifrig und eifersüchtig. »Weißt du, Dunja, ich sah euch beide an, du bist ja wie sein Ebenbild, und nicht so sehr äußerlich als seelisch: beide seid ihr schwerblütig, beide seid ihr düster und heftig, beide hochmütig und beide großmütig ... Es kann doch nicht sein, daß er ein Egoist ist, Dunetschka? Was meinst du? ... Aber wenn ich daran denke, was uns heute abend bevorsteht, so steht mir das Herz still!«

»Regen Sie sich nicht auf, Mama, es wird geschehen, was geschehen muß.«

»Dunetschka! Aber bedenke doch nur, in welcher Lage wir jetzt sind! Was soll geschehen, wenn Pjotr Petrowitsch sich zurückzieht?« sagte unvorsichtigerweise die arme Pulcheria Alexandrowna.

»Was ist er dann noch wert?« antwortete Dunetschka scharf und verächtlich.

»Wir haben gut getan, daß wir jetzt weggingen«, beeilte sich Pulcheria Alexandrowna fortzufahren, »er hatte etwas Unaufschiebbares vor; mag er nur ausgehen, frische Luft schöpfen ... es ist furchtbar dumpf bei ihm ... aber wo kann man denn hier frische Luft schöpfen? Auch auf den Straßen ist es hier wie in einem Zimmer ohne Fenster zum Lüften. Herrgott, was ist das für eine Stadt! ... Warte doch, geh aus dem Wege, man wird dich noch umstoßen, sie tragen da etwas! Ein Klavier tragen sie, wirklich ... wie sie stoßen ... Dieses Mädchen fürchte ich auch sehr ...«

»Was für ein Mädchen, Mama?«

»Ja, diese dort, Ssofja Ssemjonowna, die soeben da war...«

»Warum denn?«

»Ich habe so eine Vorahnung, Dunja. Glaube mir oder glaube mir nicht, aber als sie hereinkam, dachte ich im selben Augenblick, daß hier die Hauptursache steckt ...«

»Nichts steckt da!« rief Dunja ärgerlich aus. »Was reden Sie immer von Vorahnungen, Mama! Er kennt sie erst seit gestern, und als sie hereintrat, erkannte er sie nicht einmal gleich!«

»Nun, du wirst schon sehen! ... Sie beunruhigt mich, du wirst sehen, wirst sehen! Und ich bin so erschrocken: sie blickt mich an und blickt mich an, hat solche Augen, ich konnte kaum auf dem Stuhl sitzen bleiben, erinnerst du dich, als er sie vorstellte? Und sonderbar erscheint es mir: Pjotr Petrowitsch schreibt über sie in solcher Weise, und er stellt sie uns vor, noch dazu dir! Also muß sie ihm doch teuer sein!«

»Ach, was der da schreibt! Über uns hat man auch gesprochen und geschrieben, haben Sie es vergessen? Und ich bin überzeugt, daß sie ... gut ist, und daß alles andere Unsinn ist!«

»Gebe Gott, daß es so sei mit ihr!«

»Pjotr Petrowitsch aber ist ein schändlicher Klatschverbreiter«, versetzte Dunjetschka plötzlich scharf abschließend.

Pulcheria Alexandrowna fuhr zusammen, sagte aber nichts. Das Gespräch war damit abgebrochen.

»Also höre mal, was ich von dir will«, sagte Raskolnikoff und führte Rasumichin zum Fenster hin.

»Dann werde ich Katerina Iwanowna ausrichten, daß Sie kommen ...« beeilte sich Ssonjetschka, um sich zu verabschieden und wegzugehen.

»Sofort, Ssofja Ssemjonowna, wir haben keine Geheimnisse, Sie stören nicht ... Ich möchte Ihnen noch ein paar Worte sagen ... Höre mal«, wandte er sich wieder an Rasumichin. »Du kennst doch diesen ... wie heißt er doch gleich? ... Porphýrij Petrówitsch?«

»Und ob! Er ist doch verwandt mit mir. Wieso? Weshalb?« fragte jener wie in plötzlichem Aufhorchen sichtlich gespannt.

»Er führt doch jetzt die Sache ... nun, da, diese Mordgeschichte, du weißt schon ... worüber hier gestern noch von euch gesprochen wurde ...«

»Ja ... und?« Rasumichin sperrte die Augen auf.

» ... daß er die Pfandgeber befrage, ... auch ich habe dort einiges versetzt, Kleinigkeiten, einen Ring von der Schwester, den sie mir zum Andenken schenkte, als ich abreiste, und die silberne Uhr meines Vaters. Alles in allem nur für fünf oder sechs Rubel, mir aber sind sie teuer als Andenken. Was soll ich jetzt tun? Ich will nicht, daß die Sachen verlorengehen, besonders die Uhr. Ich zitterte vorhin schon davor, daß die Mutter danach fragen würde, als wir über Dunetschkas Uhr sprachen. Diese Uhr ist das Einzige, was vom Vater verblieb. Sie wird krank werden, wenn die Uhr verlorengeht! Frauen sind nun mal so! Also, was soll ich tun, sage es mir! Ich weiß, daß ich es im Polizeibüro anmelden muß. Ist es aber nicht besser, sich an Porphyrij selbst zu wenden, wie? Was meinst du? Man müßte es schnell erledigen. Du wirst sehen, daß die Mutter mich noch vor dem Essen danach fragt!«

»Keinesfalls im Polizeibüro, unbedingt sich an Porphyrij wenden!« rief Rasumichin in ungewöhnlicher Aufregung. »Bin ich froh! Ja, was ist da viel nachzudenken, gehen wir sofort hin, es sind bloß zwei Schritte, wir treffen ihn bestimmt an!«

»Meinetwegen ... gehen wir jetzt gleich ...«

»Und er wird sehr, sehr, sehr, sehr erfreut sein, dich kennenzulernen! Ich habe ihm viel von dir erzählt, zu verschiedenen Malen ... Auch gestern wieder. Gehen wir! ... Also du hast die Alte gekannt? Soso! ... Aus–ge–zeich–net trifft sich das! ... Ach, ja ... Ssofja Iwanowna ...«

»Ssofja Ssemjonowna«, korrigierte ihn Raskolnikoff. »Ssofja Ssemjonowna, das ist mein Freund Rasumichin, und er ist ein guter Mensch ...«

»Wenn Sie jetzt gehen müssen ...« begann Ssonja, wobei sie Rasumichin gar nicht ansah, was sie aber noch mehr verwirrte.

»Ja, gehen wir!« beschloß Raskolnikoff. »Ich komme heute noch zu Ihnen, Ssofja Ssemjonowna, sagen Sie mir nur, wo Sie wohnen.«

Er war nicht gerade verwirrt, aber irgendwie so ... er schien es eilig zu haben und wich jetzt ihrem Blick aus. Ssonja gab ihre Adresse an und errötete dabei. Sie gingen alle zusammen fort.

»Schließt du denn das Zimmer nicht ab?« fragte Rasumichin, hinter ihnen die Treppe hinabsteigend.

»Nie! ... Übrigens will ich schon seit zwei Jahren immer ein Schloß kaufen«, fügte er nachlässig hinzu. »Glücklich die Menschen, die nichts abzuschließen haben, nicht wahr?« wandte er sich lachend an Ssonja.

Auf der Straße blieben sie am Hauseingang stehen.

»Sie müssen nach rechts, Ssofja Ssemjonowna! Wie haben Sie mich denn gefunden?« fragte er sie, schien ihr aber etwas ganz anderes sagen zu wollen. Er suchte die ganze Zeit ihren Blick, um in ihre stillen, klaren Augen zu schauen, aber das wollte ihm immer nicht recht gelingen ...

»Sie haben doch gestern Póletschka Ihre Adresse gesagt.«

»Polja? Ach ja ... Poletschka! Das ist ... die Kleine ... das ist Ihre Schwester? So, habe ich ihr meine Adresse gegeben?«

»Haben Sie denn das vergessen?«

»Nein ... ich erinnere mich ...«

»Und ich habe von Ihnen noch durch den Verstorbenen gehört ... Ich kannte damals nur Ihren Namen noch nicht, und auch er wußte ihn nicht ... Jetzt aber kam ich ... und da ich gestern Ihren Namen gehört hatte ... so fragte ich heute: wo wohnt hier Herr Raskolnikoff? ... Und ich wußte nicht, daß Sie auch als Untermieter wohnen ... Leben Sie wohl ... Ich werde es Katerina Iwanowna ...«

Sie war sehr, sehr froh, daß sie endlich weggehen durfte; sie ging mit gesenktem Blick eilig weiter, um nur schneller aus ihren Augen zu verschwinden, nur schneller diese zwanzig Schritte bis zur Biegung nach rechts in die Querstraße zu durcheilen und endlich allein zu sein, und dann, schnell weiter gehend, ohne jemanden anzublicken oder etwas zu beachten, nachdenken, sich erinnern und jedes Wort und jeden Umstand sich zurückrufen zu können. Nie, nie hatte sie ähnliches empfunden. Eine ganze neue Welt war unbekannt und wirr in ihre Seele eingedrungen. Sie erinnerte sich plötzlich, daß Raskolnikoff heute noch selbst zu ihr kommen wollte, vielleicht noch vor Tisch, vielleicht gleich!

»Wenn nur nicht heute, bitte, nicht heute!« murmelte sie

mit ersterbendem Herzen, als flehe sie jemanden an, wie ein erschrecktes Kind. »Herrgott! Zu mir ... in dieses Zimmer ... dann wird er sehen ... o Gott!«

In diesem Augenblick konnte sie selbstverständlich nicht den fremden Herrn bemerken, der sie eifrig beobachtete und ihr auf dem Fuße folgte. Er begleitete sie schon, seit sie aus dem Hause getreten war. In jenem Augenblick, als alle drei, Rasumichin, Raskolnikoff und sie, auf dem Fußsteig stehengeblieben waren, um noch die letzten paar Worte zu wechseln, war dieser Vorübergehende plötzlich zusammengezuckt, als er im Vorbeigehen an ihnen zufällig die Worte Ssonjas auffing: »So fragte ich ... wo wohnt hier Herr Raskolnikoff?« Er blickte blitzschnell und aufmerksam alle drei an, besonders aber Raskolnikoff, an den Ssonja sich wandte, überflog dann das Haus mit einem Blick und merkte es sich. Dies alles war in einem kurzen Augenblick, im Vorbeigehen, und ganz unauffällig geschehen; nun verlangsamte er seine Schritte, als warte er ab. Er wartete auf Ssonja, denn er hatte gesehen, daß sie sich verabschiedete und wohl sofort nach Hause gehen werde.

»Aber wohin nach Hause? Ich habe dieses Gesicht irgendwo schon gesehen«, dachte er und forschte in seiner Erinnerung nach dem Gesicht Ssonjas, »... ich muß es feststellen...«

Als er die Straßenkreuzung erreichte, ging er auf die andere Seite der Straße hinüber, wandte sich um und sah, daß Ssonja denselben Weg wie er eingeschlagen hatte und ihn nicht beachtete. Sie bog in die erste Querstraße ein. Er verlor sie nicht aus den Augen und ging nach etwa fünfzig Schritten wieder auf dieselbe Seite hinüber, auf der Ssonja ging, holte sie ein und folgte ihr in einem Abstand von etwa fünf Schritten.

Das war ein Mann von ungefähr fünfzig Jahren, etwas mehr als mittelgroß, stattlich, mit breiten und steilen Schultern, was ihm ein etwas gedrungenes Aussehen verlieh. Er war elegant und bequem gekleidet und sah wie ein vornehmer Herr aus. In der Hand trug er einen hübschen Spazierstock, mit dem er im Gehen auf das Trottoir aufstieß, und seine Hände staken in frischen Handschuhen. Sein breites knochiges Gesicht war nicht unangenehm, und seine Gesichtsfarbe frisch, nicht von der Petersburger Art. Sein noch sehr dichtes Haar war ganz hellblond und kaum leicht ergraut, und der breite, dichte Bart, dem Schnitt nach von der Form eines Spatens, war noch heller als das Kopfhaar. Seine blauen Augen blickten kalt, beobachtend und nachdenklich; die Lippen waren rot. Überhaupt war er ein ausgezeichnet konservierter Mann und sah bedeutend jünger aus, als er den Jahren nach sein mochte.

Als Ssonja auf den Kanal hinauskam, waren sie beide allein auf dem Fußsteig. Während er sie beobachtete, hatte er schon ihre Nachdenklichkeit und Zerstreutheit bemerkt. Als Ssonja ihr Haus erreichte, verschwand sie im Torweg; er folgte ihr und schien ein wenig überrascht zu sein. Im Hof bog sie rechts um die Ecke, zum Eingang der Treppe, die zu ihrer Wohnung führte. »Ah!« murmelte der Unbekannte und begann hinter ihr her die Stufen hinaufzusteigen. Hier erst bemerkte ihn Ssonja. Sie ging bis ins dritte Stockwerk, bog in den Korridor ein und klingelte an der Tür Nummer 9, wo mit Kreide „KAPERNAUMOFF, SCHNEIDER" angeschrieben war. »Ah!« wiederholte der Unbekannte, verwundert über dieses seltsame Zusammentreffen, und klingelte an der Tür Nr. 8. Beide Türen waren kaum sechs Schritte voneinander entfernt.

»Sie wohnen bei Kapernaumoff!« bemerkte er, indem er Ssonja lachend ansah. »Er hat mir gestern an einer Weste einiges geändert. Und ich wohne hier neben Ihnen bei Madame Gertruda Kárlowna Rösslich. Wie sich das trifft!« Ssonja blickte ihn aufmerksam an.

»Wir sind also Nachbarn«, fuhr er besonders freundlich fort. »Ich bin erst seit drei Tagen in der Stadt. Nun, einstweilen auf Wiedersehen.«

Ssonja antwortete nicht; die Tür wurde geöffnet, und sie schlüpfte hinein. Sie schämte sich plötzlich, ohne recht zu wissen, wessen sie sich schämte, und es war, als würde ihr bange ...

*

Rasumichin war auf dem Wege zu Porphyrij in besonders angeregtem Zustand.

»Das ist prächtig, Bruder«, wiederholte er ein paarmal, »und ich freue mich! Ich freue mich!«

(»Ja, worüber freut er sich denn?« dachte Raskolnikoff bei sich.)

»Ich wußte ja gar nicht, daß auch du bei der Alten versetzt hast. Und ... und ... ist es lange her? Das heißt, warst du vor längerer Zeit bei ihr?«

(»Was für ein naiver Dummkopf!«)

»Wann? ...« Raskolnikoff blieb stehen und besann sich: »Ja, drei Tage vielleicht vor ihrem Tode war ich dort. Übrigens gehe ich jetzt nicht hin, um die Sachen auszulösen«, sagte er hastig und wie besorgt um seine Sachen, »ich habe doch wieder nur einen einzigen Rubel in Silber ... infolge der gestrigen verfluchten Fieberphantasie ...«

Das Wort »Fieberphantasie« betonte er besonders.

»Nun ja ... ja, ja«, pflichtete Rasumichin eilig und wie verstehend bei, »also darum hat's dich auch ... damals so beschäftigt ... und weißt du, du hast auch im Fieber immer von allerhand Ringen und Ketten phantasiert! ... Nun ja, ja ... Das ist klar, jetzt ist alles klar!«

(»Also doch! Wie dieser Gedanke sich bei ihnen verbreitet hat! Dieser da, dieser Mensch ließe sich für mich ans Kreuz schlagen, und doch ist er froh, daß es sich *aufgeklärt* hat, warum ich im Fieber von Ringen redete! Wie tief es bei ihnen allen festsitzt! ...«)

»Werden wir ihn auch antreffen?« fragte er laut.

»Wir treffen ihn bestimmt an«, beeilte sich Rasumichin zu versichern. »Er ist ein prächtiger Bursche, du wirst sehen! Ein wenig plump, das heißt, er ist zwar Weltmann, aber ich meine in anderem Sinne plump. Ein kluger, kluger

Bursche, sogar verdammt klug, nur hat er so eine eigentümliche Denkweise ... Mißtrauisch, skeptisch, ein Zyniker ... liebt zu betrügen, das heißt, nicht zu betrügen, sondern einen anzuführen ... Dazu noch die alte Methode des materiellen Vorgehens, Indizien und so weiter ... versteht aber seine Sache, versteht sie gut ... Im vorigen Jahr hat er einen Mord aufgeklärt, wo fast alle Spuren schon verloren waren! Er wünscht sehr, sehr, sehr, dich kennenzulernen!«

»Ja, warum denn so sehr?«

»Das heißt, nicht etwa so ... siehst du, in der letzten Zeit, als du krank warst, hatte ich doch oft Gelegenheit, dich zu erwähnen ... Nun, er hörte zu ... und als er erfuhr, daß du Jura studiert hast und Umstände halber den Kursus nicht beenden konntest, sagte er: wie schade! Ich folgerte daraus ... das heißt, dies alles zusammen, nicht nur dies eine; gestern aber hat Samjotoff ... Siehst du, Rodja, ich habe dir gestern in meiner Betrunkenheit, als wir zu dir gingen, etwas erzählt ... und ich fürchte nun, Bruder, daß du es übertreiben könntest, siehst du ...«

»Was denn? Daß man mich für verrückt hält? Ja, vielleicht ist es auch wahr.«

Er lächelte gezwungen.

»Ja, ja ... das heißt, pfui, nein! ... Nun, alles, was ich sagte ... (und auch noch über anderes) ist Unsinn und natürlich nur so in der Betrunkenheit gesagt ...«

»Aber wozu entschuldigst du dich! Wie mir das alles zum Ekel ist!« rief Raskolnikoff mit übertriebener Gereiztheit. Übrigens war das zum Teil gespielte Gereiztheit.

»Ich weiß, ich weiß, verstehe es! Sei überzeugt, daß ich es verstehe. Ich sollte mich schämen, davon überhaupt zu sprechen ...«

»Wenn du dich schämst, dann sprich doch nicht!«

Beide verstummten. Rasumichin war mehr als entzückt, und Raskolnikoff fühlte das mit Widerwillen. Ihn beunruhigte auch das, was Rasumichin soeben über Porphyrij erzählt hatte.

(»Vor dem wird man auch noch ein Klagelied anstimmen müssen«, dachte er erbleichend und mit Herzklopfen, »und wird es möglichst natürlich machen müssen. Am besten wäre vielleicht, nichts vorzuklagen. Konsequent nicht klagen! Nein, konsequent wäre wieder nicht natürlich ... Nun, wie es sich macht ... wir werden ja sehen ... bald genug ... aber ist es gut oder nicht gut, daß ich hingehe? Der Schmetterling fliegt von selbst ins brennende Licht. Mein Herz klopft, das ist nicht gut! ...«)

»In jenem grauen Hause dort wohnt er«, sagte Rasumichin.

(»Das Wichtigste ist jetzt, ob Porphyrij es weiß oder nicht weiß, daß ich gestern in der Wohnung dieser Hexe war ... und nach dem Blut gefragt habe? Das muß ich sofort feststellen, als erstes; wenn ich hineinkomme, muß ich es ihm am Gesicht anmerken; sonst ... und wenn ich zugrunde gehe, ich muß es erfahren!«)

»Weißt du auch ...?« wandte er sich plötzlich an Rasumichin mit einem schelmischen Lächeln, »ich habe bemerkt, Bruder, daß du dich seit heute früh in einer ungewöhnlichen Erregung befindest? Ist es nicht so?«

»In was für einer Erregung? In gar keiner Erregung!« fuhr Rasumichin auf.

»Nein, Bruder, es ist dir tatsächlich anzumerken. Auf dem Stuhl saßest du vorhin, wie du sonst nie sitzest, nur so auf der Kante, und die ganze Zeit durchzuckte es dich, wie wenn du Krämpfe hättest. Du sprangst mir nichts dir nichts auf. Bald sahst du böse aus, bald war dein Gesicht süßestes Bonbonlächeln! Sogar rot wurdest du, besonders als man dich zum Essen einlud.«

»Aber gar nicht! Du lügst! ... Wovon redest du?«

»Und jetzt verstellst du dich wie ein Schulbube! Pfui Teufel! Da ist er schon wieder rot geworden!«

»Was du doch für ein Schwein bist!«

»Aber warum wirst du denn so verlegen? Du Romeo! Warte, ich will es heute noch irgendwo erzählen, haha-

hahaha! Ich werde Mama zum Lachen bringen ... und noch jemanden ...«

»Höre mal, höre, aber im Ernst, das ist doch ... Was soll das bedeuten, zum Teufel!« Rasumichin wurde ganz wirr und es überlief ihn kalt vor Schrecken. »Was willst du ihnen erzählen? Ich bin doch ... Pfui, was für ein Schwein du bist!«

»Du glühst ja wie eine Frühlingsrose! Und wie es dir steht, wenn du's nur wüßtest! Ein Romeo von deiner Größe! Und wie du dich heute gewaschen hast, und auch die Nägel geputzt, wie? Wann war dies zuletzt der Fall? Und du hast dich ja, weiß Gott, auch noch mit Pomade eingeschmiert! Beuge dich mal!«

»Du Schwein! ! !«

Raskolnikoff lachte so, daß er sich anscheinend nicht mehr halten konnte, und mit Lachen traten sie auch in die Wohnung von Porphyrij Petrowitsch ein. Eben darauf kam es Raskolnikoff an: drinnen in den Zimmern konnte man es hören, daß sie lachend ins Vorzimmer eintraten und dort immer noch lachten.

»Kein Wort hier, hörst du, oder ich ... schlage dich platt!« flüsterte Rasumichin wütend Raskolnikoff zu, ihn heftig an der Schulter packend, bevor sie eintraten.

V

Sie gingen hinein. Raskolnikoff sah aus, als hielte er mit Mühe an sich, um nicht loszuplatzen. Ihm folgte mit gänzlich verändertem Gesicht Rasumichin, vor Scham und Wut rot wie eine Päonie, und dabei maßlos verlegen. Sein Gesicht und die ganze Erscheinung wirkten in diesem Augenblick tatsächlich äußerst komisch und rechtfertigten Raskolnikoffs Heiterkeit. Raskolnikoff, der mit dem Hausherrn noch nicht bekannt war, verbeugte sich vor diesem, der mitten im Zimmer stand und sie fragend anblickte, reichte ihm die Hand und drückte die seinige, immer noch mit sichtlich großer Mühe seine Lachlust bekämpfend, um wenigstens ein paar Worte sagen und sich vorstellen zu können. Aber kaum war es ihm gelungen, eine ernste Miene anzunehmen und etwas hinzumurmeln, als er plötzlich, gleichsam unwillkürlich, wieder Rasumichin anblickte, und da hielt er es nun doch nicht mehr aus: sein unterdrücktes Lachen brach um so ungestümer hervor, als er es bis jetzt gewaltsam zurückgehalten hatte. Die ungewöhnliche Wut, mit der Rasumichin dieses »herzliche« Lachen auffaßte, verlieh diesem ganzen Auftritt den Anschein aufrichtigster Heiterkeit und, was die Hauptsache war, Natürlichkeit. Rasumichin trug ahnungslos noch viel dazu bei.

»Pfui Teufel!« brüllte er, schlug wütend mit der Faust durch die Luft und traf dabei zufällig einen kleinen runden Tisch, auf dem ein leeres Teeglas stand. Alles fiel hin und zerbrach.

»Ja, warum müssen denn gleich Möbel kurz und kleingeschlagen werden, meine Herren, das ist doch ein Verlust für den Staat!« rief Porphyrij Petrowitsch lachend aus.

Die Szene stellte sich wie folgt dar: Raskolnikoff lachte weiter, seine Hand in der Hand des Hausherrn vergessend, aber er kannte das Maß und wartete nur auf den Augenblick, um den Händedruck schnell und natürlich zu beenden. Rasumichin, der durch den Fall des Tisches und das zerschlagene Glas völlig verwirrt war, blickte düster auf die Scherben, spie dann plötzlich aus und drehte sich schroff zum Fenster, wo er sich mit dem Rücken gegen die übrigen hinstellte und mit fürchterlich finsterem Gesicht hinausschaute, aber nichts sah. Porphyrij Petrowitsch lachte und lachte gern, aber man merkte doch, daß er auf eine Erklärung wartete. In der Ecke auf einem Stuhl hatte Samjotoff gesessen, der sich beim Eintritt der Besucher erhob und in Erwartung dastand, den Mund von einem Lächeln in die Breite gezogen. Aber er schaute doch verständnislos und sogar wie mißtrauisch dem ganzen Auftritt zu; Raskolnikoffs Erscheinen aber schien ihn irgendwie zu verwirren. Die unerwartete Anwesenheit Samjotoffs überraschte Raskolnikoff unangenehm.

(»Das muß man sich noch überlegen!« dachte er.)

»Entschuldigen Sie, bitte«, begann er möglichst verlegen, »Raskolnikoff ...«

»Aber ich bitte Sie, sehr angenehm, und Sie kamen so angenehm herein ... Was, will er nicht mal „Guten Tag" sagen?« Porphyrij Petrowitsch wies auf Rasumichin.

»Bei Gott, ich weiß nicht, warum er auf mich wütend ist! Ich sagte ihm auf dem Wege hierher bloß, daß er Romeo ähnlich sei und ... und warum er es sei, und das war, glaube ich, alles.«

»Du bist ein Schwein!« rief Rasumichin vom Fenster her, ohne sich umzuwenden.

»Also muß er sehr ernste Gründe haben, um wegen dieses einzigen Wortes so böse zu werden«, lachte Porphyrij Petrowitsch.

»Ach, du! Inquirent! ... Ach, zum Teufel mit euch allen!« schnitt Rasumichin ab, plötzlich aber lachte er auf und ging mit heiterem Gesicht, als wäre nichts vorgefallen, auf Porphyrij Petrowitsch zu.

»Schluß damit! Alle sind wir Dummköpfe! Jetzt zur Sache: hier ist mein Freund, Rodion Romanytsch Raskolnikoff, von dem du, erstens, schon gehört hast und der auch mit dir bekannt werden wollte, und der, zweitens, ein kleines Anliegen an dich hat! Ah! Samjotoff! Wie kommst du hierher? Kennt ihr denn einander? Seid ihr schon lange bekannt?«

(»Was hat das nun wieder zu bedeuten?« dachte Raskolnikoff beunruhigt.)

Samjotoff schien verlegen zu werden, aber nicht sehr.

»Wir haben uns doch gestern bei dir kennengelernt«, sagte er ungezwungen.

»Also hat mich Gott vor dieser Schererei bewahrt: in der vorigen Woche hat er mich geplagt, ihn mit dir, Porphyrij, irgendwie bekannt zu machen, und nun habt ihr euch ohne meine Hilfe gefunden ... Wo hebst du deinen Tabak auf?«

Porphyrij Petrowitsch war in Hauskleidung, in einem Schlafrock, sehr sauberer Wäsche und in abgetragenen Pantoffeln. Er war ein Mann von etwa fünfunddreißig Jahren, unter Mittelgröße, dick, mit einem Bäuchlein, völlig glattrasiert, ohne Backenbart und Schnurrbart, mit kurz geschnittenem Haar auf dem großen runden Kopf, der hinten besonders rund gewölbt war. Sein volles, rundes und ein wenig stumpfnäsiges Gesicht hatte eine kränkliche, dunkelgelbe Farbe, war aber munter und sogar spöttisch. Es wäre gutmütig zu nennen gewesen, wenn nicht der Ausdruck der wässerig glänzenden Augen unter den fast weiß bewimperten, ewig blinzelnden, einem gleichsam zuzwinkernden Lidern störend gewirkt hätte. Der Blick dieser Augen paßte auf eine seltsame Weise gar nicht zu der ganzen Gestalt, die entschieden etwas Weibisches an sich hatte, und verlieh ihr etwas viel Ernsteres, als man beim ersten Anblick hätte erwarten können.

Als Porphyrij Petrowitsch vernahm, daß der Besuch ein kleines Anliegen an ihn habe, bat er ihn sofort, auf dem Sofa Platz zu nehmen. Er setzte sich selbst in die andere Sofaecke und sah den Besucher voll Erwartung mit jener übertriebenen und viel zu ernsten Aufmerksamkeit an, die zu bedrücken und vollends beim ersten Zusammensein zu verwirren pflegt, um so mehr, wenn das, was man vorzubringen hat, der eigenen Überzeugung nach in gar keinem Verhältnis zu einer so ungewöhnlichen Aufmerksamkeit steht. Raskolnikoff legte jedoch seine Angelegenheit in kurzen und bündigen Worten dar, deutlich und klar, und war mit sich so zufrieden, daß er noch Gelegenheit fand, Porphyrij genau zu betrachten. Auch Porphyrij Petrowitsch wandte keinen Augenblick seine Augen von ihm ab. Rasumichin hatte an demselben Tisch ihnen gegenüber Platz genommen und verfolgte eifrig und ungeduldig die Darlegung der Sache, wobei er alle Augenblicke seine Augen vom einen zum andern und wieder zurück wandern ließ, was schon ziemlich auffällig war.

(»Dummkopf!« schimpfte Raskolnikoff bei sich.)

»Sie müssen eine Eingabe an das Polizeibüro machen«, antwortete mit Amtsmiene Porphyrij, »daß Sie über diesen Vorfall, das heißt, von diesem Mord erfahren hätten, und nun bäten, den Untersuchungsführer, dem diese Sache überwiesen ist, zu benachrichtigen, daß die und die Sachen Ihnen gehören, und daß Sie sie einlösen möchten ... oder so ungefähr ... man wird Ihnen das übrigens sagen.«

»Ja, aber das ist es ja, daß ich in diesem Augenblick«, Raskolnikoff bemühte sich, möglichst verlegen zu werden, »nicht recht bei Kasse bin ... und sogar so eine Kleinigkeit nicht begleichen kann ... Sehen Sie, ich möchte jetzt nur erklären, daß es meine Sachen sind, und daß ich, sobald ich Geld bekomme ...«

»Das ist einerlei«, versetzte Porphyrij Petrowitsch, die Erklärung über die Finanzlage kalt aufnehmend, »übrigens können Sie auch, wenn Sie wollen, direkt an mich in diesem Sinne schreiben, daß Sie das und das in Erfahrung gebracht haben und die und die Sachen als Ihr Eigentum angeben möchten und bitten ...«

»Und das kann man auf gewöhnlichem Papier schreiben?« beeilte sich Raskolnikoff, ihn zu unterbrechen, wieder ein Interesse für die Geldfrage zeigend.

»Oh, auf dem allereinfachsten Papier!« Und plötzlich blickte ihn Porphyrij Petrowitsch offensichtlich spöttisch an, die Augen zusammenkneifend und gleichsam ihm zuzwinkernd. Vielleicht aber hatte es Raskolnikoff bloß so geschienen, denn es dauerte nur einen Augenblick. Etwas wenigstens war da gewesen. Raskolnikoff hätte darauf schwören mögen, daß jener ihm zugezwinkert habe, der Teufel weiß warum.

(»Er weiß alles!« durchzuckte es ihn wie ein Blitz.)

»Entschuldigen Sie, daß ich Sie mit solchen Kleinigkeiten belästigt habe«, fuhr er etwas verwirrt fort, »meine Sachen sind im ganzen höchstens fünf Rubel wert, aber sie sind mir besonders teuer, als ein Andenken an die, von denen ich sie erhalten habe und, offengestanden, als ich es hörte, erschrak ich sehr ...«

»Darum fuhrst du auch gestern so auf, als ich Sossimoff erzählte, daß Porphyrij die Pfandgeber ausfrage!« bemerkte Rasumichin mit deutlicher Absicht.

Das war schon unerträglich. Raskolnikoff konnte sich nicht beherrschen, ihn wütend mit seinen zornfunkelnden Augen anzublitzen. Er besann sich aber sofort.

»Du scheinst dich ja über mich lustig machen zu wollen, Bruder?« wandte er sich an ihn mit geschickt gespielter Gereiztheit. »Ich gebe zu, daß ich vielleicht meine Sorge um diesen ... Schund, der er doch in deinen Augen ist, übertreibe, aber man darf mich darum weder für einen Egoisten noch für einen habgierigen Menschen halten, und für mich brauchen diese zwei geringen Gegenstände gar kein Schund zu sein. Ich sagte dir schon vorhin, daß diese silberne Uhr, die einen Spottwert hat, das einzige ist, was mir von meinem Vater verblieben ist. Du kannst dich über mich amüsieren, wenn du willst, aber ... soeben ist meine Mutter angekommen«, wandte er sich plötzlich wieder an Porphyrij, »und wenn sie erführe«, er wandte sich schnell wieder zu Rasumichin und gab sich besondere Mühe, die Stimme beben zu lassen, »daß diese Uhr verloren sei, so würde sie – ich schwöre es dir! – schier verzweifeln! Frauen sind nun mal so!«

»Aber nein! Ich habe es ja gar nicht in dem Sinne gesagt! Ganz im Gegenteil!« rief Rasumichin richtig betrübt aus.

(»War es auch gut? War es natürlich? Habe ich nicht übertrieben?« fragte sich Raskolnikoff heimlich bebend. »Warum sagte ich, ‚Frauen sind nun mal so!'?«)

»Ihre Frau Mutter ist zu Ihnen gekommen?« erkundigte sich aus irgendeinem Grunde Porphyrij Petrowitsch.

»Ja.«

»Wann denn das?«

»Gestern abend.«

Porphyrij Petrowitsch schwieg, als überlege er etwas.

»Ihre Sachen hätten in keinem Fall verlorengehen können«, fuhr er ruhig und kalt fort. »Ich erwartete Sie schon seit langem.«

Und als wäre nichts vorgefallen, schob er sorgsam einen Aschenbecher Rasumichin zu, der unbarmherzig die Asche seiner Zigarette auf den Teppich fallen ließ. Raskolnikoff zuckte zusammen. Aber Porphyrij Petrowitsch schien ihn wie gar nicht anzublicken, noch immer um Rasumichins Zigarette besorgt.

»Wa–as? Du hast ihn erwartet? Ja, wußtest du denn, daß auch er dort versetzt hatte?« fragte Rasumichin verblüfft.

Porphyrij Petrowitsch wandte sich direkt an Raskolnikoff.

»Ihre beiden Sachen, der Ring und die Uhr, waren *bei ihr* in ein und dasselbe Stück Papier eingewickelt, und auf dem Papier war mit Bleistift deutlich Ihr Name vermerkt, ebenso das Datum, wann sie sie von Ihnen erhalten hatte...«

»Wie achtsam Sie sich alles merken!« versetzte Raskolnikoff ungeschickt mit halbem Lachen und versuchte, ihm in die Augen zu sehen; aber er konnte sich nicht enthalten, hinzuzufügen:

»Ich sage das nur deshalb, weil es wahrscheinlich sehr viele Pfandgeber gegeben hat ... so daß es Ihnen doch schwer fallen müßte, sich aller zu erinnern ... Sie aber erinnern sich im Gegenteil an alles so deutlich, und ... und ...«

(»Dumm! Schwach! Warum habe ich das hinzugefügt?«)

»Fast alle Pfandgeber sind jetzt schon bekannt, so daß Sie der einzige waren, der sich nicht meldete«, antwortete Porphyrij Petrowitsch mit einem kaum merklichen Anflug von Spott.

»Ich war nicht ganz gesund.«

»Auch davon habe ich gehört. Habe sogar gehört, daß Sie von etwas sehr mitgenommen waren. Sie sind auch jetzt noch anscheinend etwas blaß?«

»Ich bin durchaus nicht blaß ... im Gegenteil, ich bin ganz gesund!« versetzte barsch und böse Raskolnikoff, plötzlich seinen Ton ändernd. Die Wut kochte in ihm, und er konnte sie nicht unterdrücken. (»Und in der Wut werde ich mich verraten!« durchzuckte es ihn von neuem. »Aber warum quälen sie mich! ...«)

»Ganz gesund!« griff Rasumichin sogleich das Wort auf. »Wie er aufschneidet! Bis gestern noch phantasierte er bewußtlos ... Du kannst es mir glauben, Porphyrij, er konnte kaum auf den Füßen stehen und trotzdem ist er uns gestern heimlich durchgebrannt, als wir, Sossimoff und ich, nur auf einen Augenblick weggingen; hat sich allein angekleidet und ist dann irgendwo fast bis Mitternacht herumgebummelt, und das bei vollkommener Bewußtlosigkeit, sag' ich dir, kannst du dir so etwas vorstellen! Ein ganz merkwürdiger Fall!«

»Und wirklich in *vollkommener Bewußtlosigkeit?* Was du nicht sagst!« Und Porphyrij schüttelte dazu ganz nach Weiberart den Kopf.

»Ach, Unsinn! Glauben Sie ihm nicht! Übrigens, Sie glauben es ja sowieso nicht!« entschlüpfte es dem schon gar zu erbosten Raskolnikoff unvorsichtigerweise. Doch Porphyrij Petrowitsch schien diese seltsamen Worte zu überhören.

»Wie konntest du denn weggehen, wenn nicht im Fieberdelirium?« ereiferte sich Rasumichin. »Warum bist du weggegangen? Wozu? ... Und warum gerade heimlich? Sag doch selbst, warst du denn in dem Augenblick bei gesundem Verstand? Jetzt, wo die ganze Gefahr vorüber ist, sage ich es dir offen, wie's war!«

»Ich war ihrer gestern schon gar zu überdrüssig geworden«, wandte sich Raskolnikoff an Porphyrij Petrowitsch mit einem dreist herausfordernden Lächeln, »und ich lief ihnen einfach davon, um mir eine andere Wohnung zu mieten, damit sie mich nicht wiederfänden, und ich nahm dazu noch einen Haufen Geld mit. Herr Samjotoff hat ja das Geld, das ich bei mir hatte, gesehen. Aber was sagen

Sie, Herr Samjotoff, war ich gestern vernünftig oder im Fieber, entscheiden Sie unseren Streit!«

Er hätte in diesem Augenblick Samjotoff erwürgen mögen, so sehr mißfielen ihm dessen Blick und Schweigen.

»Meiner Ansicht nach redeten Sie sehr vernünftig und sogar schlau, Sie waren bloß sehr reizbar«, erklärte Samjotoff trocken.

»Und heute sagte mir Nikodím Fomítsch«, bemerkte Porphyrij Petrowitsch, »er hätte Sie gestern noch sehr spät in der Wohnung eines überfahrenen Beamten getroffen ...«

»Ja, zum Beispiel schon dieser eine Zwischenfall!« fiel ihm Rasumichin ins Wort, »warst du denn nicht verrückt bei diesem Beamten? Das letzte Geld hat er der Witwe für die Beerdigung gegeben! Nun gut, wenn du helfen wolltest, hättest du ihr fünfzehn oder zwanzig Rubel geben und wenigstens drei Rubel für dich zurückbehalten können, du aber schenktest ihnen alle fünfundzwanzig!«

»Vielleicht hatte ich irgendwo einen Schatz gefunden, und du weißt das bloß noch nicht? Darum war ich gestern auch so freigebig ... Herr Samjotoff aber weiß, daß ich einen Schatz gefunden habe! ... Entschuldigen Sie, bitte«, wandte er sich mit zuckenden Lippen an Porphyrij Petrowitsch, »daß wir Sie schon eine halbe Stunde lang mit kleinlichem Geschwätz langweilen. Sie werden uns sicher schon lästig finden, nicht wahr?«

»Aber ich bitte Sie, im Gegenteil, im Ge–gen–teil! Wenn Sie wüßten, wie Sie mich interessieren! Es ist amüsant, zuzusehen und zuzuhören ... und ich bin, offen gesagt, so froh, daß Sie endlich zu kommen beliebten ...«

»Aber dann gib doch wenigstens Tee her! Die Kehle trocknet einem ja ein!« rief Rasumichin.

»Eine ausgezeichnete Idee! Vielleicht beteiligen sich alle? Aber willst du nicht vor dem Tee etwas ... Substantielleres?«

»Nein, pack dich!«

Porphyrij Petrowitsch ging hinaus, den Tee zu bestellen.

Wie ein Wirbelwind drehten sich die Gedanken im Kopf Raskolnikoffs. Er war entsetzlich gereizt.

(»Das Schönste ist, daß sie sich gar nicht mehr verbergen wollen und schon gar keine Umstände mehr machen! Aus welchem Anlaß aber hat er, der mich doch noch gar nicht kannte, mit Nikodim Fomitsch über mich gesprochen? Also wollen sie nicht einmal verbergen, daß sie hinter mir her sind wie eine ganze Meute! Sie speien mir ja ganz offen ins Gesicht!« Er zitterte vor Wut. »So schlagt doch offen zu und spielt nicht wie die Katze mit der Maus! Wo bleibt da die Höflichkeit, Porphyrij Petrowitsch? Noch könnte es geschehen, daß ich das einfach nicht erlaube! Daß ich aufstehe und euch allen die ganze Wahrheit ins Gesicht schleudere, damit ihr seht, wie ich euch verachte!« Er holte mit Mühe Atem. »Aber wenn mir nun dies alles nur so vorkommt? Wenn es bloß ein Spiel meiner Phantasie ist und ich mich irre, aus Unerfahrenheit mich ärgere und meine gemeine Rolle nicht durchhalte? Vielleicht war das alles ohne jede Absicht gesagt? Ihre Worte sind ja alle ganz gewöhnlich, die üblichen, aber etwas liegt doch in ihnen ... All dies kann stets gesagt werden, aber etwas ist doch dabei. Warum sagte er einfach ‚bei ihr‘? Warum fügte Samjotoff hinzu, daß ich *schlau* gesprochen habe? Warum reden sie in einem solchen Ton? Ja ... der Ton ... Aber Rasumichin saß doch auch hier, warum ist ihm nichts aufgefallen? Diesem naiven Tölpel fällt eben nie etwas auf! Ich habe wieder Fieber! ... Zwinkerte mir Porphyrij Petrowitsch vorhin zu oder nicht? Es war sicher nichts; warum sollte er mir zuzwinkern? Wollen sie meine Nerven reizen oder führen sie mich an der Nase herum? Entweder ist alles nur mein Phantasiespiel, oder *sie wissen es!* Sogar Samjotoff ist frech ... Ist Samjotoff wirklich frech? Samjotoff hat sich's über Nacht überlegt. Ich ahnte es doch, daß er es sich überlegen wird! Er benimmt sich hier wie zu Hause, ist aber zum ersten Mal hier. Porphyrij betrachtet ihn nicht als seinen Gast, sitzt mit dem Rücken zu ihm. Sie stecken unter einer Decke! Sie stecken unbedingt *meinetwegen* unter einer Decke! Sie haben sicher vor unserem Kommen über mich gesprochen! ... Wissen sie etwas von der Wohnung gestern? Wenn's doch nur *schneller* herauskäme! ... Als ich sagte, daß ich gestern weggelaufen wäre, um mir eine andere Wohnung zu mieten, überging er das, erfaßte nicht die Gelegenheit ... Diese Wohnungssuche habe ich geschickt eingeflochten: das wird mir später zustatten kommen. Im Fieberdelirium ... sozusagen ... Hahaha! Über den gestrigen Abend weiß er alles! Von der Ankunft der Mutter wußte er nicht! ... Und die Hexe hat auch das Datum mit Bleistift vermerkt! ... Ihr täuscht euch, ich ergebe mich nicht! Das sind doch noch keine Beweise, bloß Phantasiekombinationen! Nein, rückt mal mit Beweisen heraus! Auch der Besuch der Wohnung ist kein Beweis, sondern ein Fieberanfall; ich weiß, was ich ihnen sagen muß ... Wissen sie, daß ich in der Wohnung war? Ich gehe nicht fort, bevor ich das nicht festgestellt habe! Warum bin ich hergekommen? Daß ich mich jetzt ärgere, das ist vielleicht ein Beweis, wie reizbar ich bin! Vielleicht aber ist es auch gut; es ist die Rolle eines Kranken ... Er betastet mich. Er wird mich verwirren wollen. Warum bin ich überhaupt hergekommen?«

Dies alles fuhr ihm blitzartig durch den Kopf.)

Porphyrij Petrowitsch kehrte im Nu zurück. Er war plötzlich irgendwie vergnügter geworden.

»Mir brummt heute noch der Schädel vom gestrigen Abend bei dir, Bruder ... ich fühle mich noch ganz zerschlagen«, begann er, sich lachend an Rasumichin wendend, in einem völlig anderen Ton.

»War es interessant? Ich verließ euch doch gestern gerade im interessantesten Augenblick. Wer hat denn gesiegt?«

»Niemand, selbstverständlich. Wir kamen später auf die ewig alten Fragen, schwebten in höheren Regionen!«

»Stell dir vor, Rodja, worauf sie gestern zu sprechen kamen! Die Frage lautete: ‚Gibt es überhaupt Verbrechen?'

Ich sag' dir, sie philosophierten das Blaue vom Himmel herunter!«

»Was ist da Merkwürdiges dran? Die übliche soziale Frage«, antwortete Raskolnikoff zerstreut.

»Die Frage wurde nicht so formuliert«, bemerkte Porphyrij Petrowitsch.

»Nein, nicht ganz so, das ist wahr«, pflichtete Rasumichin wie gewöhnlich eilig und sich ereifernd bei. »Sieh, Rodion, höre mich an und sage dann deine Meinung! Ich will sie hören. Gestern war es für mich mit denen da zum Ausderhautfahren, und ich wartete immer auf dich; ich hatte ihnen gesagt, daß du kommen würdest ... Die Debatte begann mit dem Streit um die Anschauung der Sozialisten. Die Ansicht ist ja bekannt: das Verbrechen sei der Protest gegen die Anomalie der gesellschaftlichen Struktur – und damit basta, nichts weiter! Andere Ursachen werden überhaupt nicht in Erwägung gezogen, überhaupt nicht zugelassen! ...«

»Da schwindelst du schon!« rief Porphyrij Petrowitsch dazwischen. Er wurde sichtlich lebhafter und lachte alle Augenblicke, wobei er nur Rasumichin ansah, den er dadurch noch mehr in Hitze brachte.

»Ü–überhaupt nicht zugelassen!« wiederholte Rasumichin voll Eifer. »Ich schwindle nicht! ... Ich kann dir ja ihre Bücher zeigen: alles kommt daher, daß die Umgebung den Menschen verdirbt, sonst nichts! Kurz: ‚Das Milieu ist schuld'! Das ist ihre Lieblingsphrase! Und daraus folgt ihrer Meinung nach schnurstracks, daß, wenn die Gesellschaft erst einmal normal eingerichtet sein wird, dann mit einem Schlag auch alle Verbrechen verschwinden werden, weil es nichts mehr geben wird, wogegen zu protestieren wäre, und alle Menschen werden sich dann im Handumdrehen in lauter Gerechte verwandeln. Die menschliche Natur wird von ihnen überhaupt nicht in Betracht gezogen, die wird hinausgejagt, die wird ignoriert! Ihrer Anschauung nach wird die Menschheit nicht von selbst, indem sie ihren historisch bedingten, *lebendigen* Entwicklungsgang fortsetzt, ihre gesellschaftliche Struktur schließlich entsprechend ändern und verwandeln, sondern umgekehrt: jenes soziale System, das irgendein mathematischer Kopf ausgeheckt hat, soll unverzüglich die ganze Menschheit anders einrichten und sie im Nu gerecht und sündlos machen *vor* jedem lebendigen Prozeß, *ohne* jeden historischen und lebendigen Entwicklungsgang! Darum hassen sie auch so instinktiv die Geschichte: ‚Die besteht ja doch nur aus Abscheulichkeiten und Dummheiten', heißt es bei ihnen, und alles wird einzig mit der menschlichen Dummheit erklärt! Darum mögen sie auch nicht den *lebendigen* Lebensprozeß: sie brauchen ja nicht die *lebendige Seele!* Die lebendige Seele bedarf aber des Lebens, die lebendige Seele gehorcht nicht der Mechanik, die lebendige Seele ist mißtrauisch, die lebendige Seele ist reaktionär! Hier aber, was tut's, wenn's auch nach Aas riecht, aus Kautschuk kann man ja so was wohl herstellen – dafür ist's dann keine lebendige Seele mehr, dafür ist sie ohne eigenen Willen, dafür ist's eine Sklavenseele, die wird nicht rebellieren! Und das Ergebnis ist, daß es sich bei ihnen nur noch um das Aufeinandersetzen von Ziegelsteinchen dreht und um die Anordnung der Korridore und Zimmer in den zukünftigen Phalansterien![9] Diese Gemeinschaftswohnungen sind ja in ihren Projekten schon fix und fertig, bloß die menschliche Natur ist bei euch für die Phalansterien noch nicht fix und fertig. Denn die bedarf des Lebens, die hat ihren Lebensprozeß noch nicht abgeschlossen, für die ist's noch zu früh für den Friedhof! Mit der Logik allein ist die menschliche Natur nicht zu überspringen! Die Logik sieht drei Möglichkeiten voraus, dabei gibt es ihrer eine Million! Diesen ganzen Reichtum kassieren und alles bloß auf die eine Frage des Komforts reduzieren – freilich ist das die leichteste Lösung der Aufgabe! Verführerisch einfach, und man braucht nicht zu denken! Die Hauptsache: man braucht dann nicht mehr zu denken! Das ganze Geheimnis des Lebens findet auf zwei Druckbogen Platz!«

»Du gehst ja schon wieder aus Rand und Band! Trommelst los, daß man dich an den Armen festhalten müßte«, lachte Porphyrij. »Stellen Sie sich vor«, wandte er sich an Raskolnikoff, »so ging es auch gestern abend zu, sechsstimmig in einem Zimmer, und dazu hatte er sie vorher noch mit Punsch bewirtet – können Sie sich das ungefähr vorstellen? ... Nein, Bruder, du verhaust dich: das Milieu bedeutet viel bei einem Verbrechen; das kann ich dir bezeugen.«

»Das weiß ich selbst, daß es viel bedeutet, aber du sage mir folgendes: wenn ein Vierzigjähriger ein Mädchen von zehn Jahren entehrt, hat ihn dann auch das Milieu dazu gezwungen?«

»Nun, wenn man will und in strengem Sinne deduziert, ließe sich das am Ende auch auf das Milieu zurückführen«, antwortete Porphyrij mit erstaunlicher Wichtigtuerei; »gerade ein solches Verbrechen an einem minderjährigen Mädchen könnte man sogar sehr, sehr wohl mit dem ‚Milieu' erklären.«

Rasumichin wurde nun doch beinahe wütend.

»So! Na, dann werde ich dir, wenn du willst, sofort *deduzieren«*, brüllte er, »daß du einzig und allein deshalb weiße Wimpern hast, weil der höchste Turm im Kreml, der Iwán Welíkij, fünfundsiebzig Meter hoch ist und ich werde es dir klar, ausführlich, fortschrittlich und sogar mit einem Anflug von Liberalismus nachweisen! Ich übernehme es! Willst du wetten?«

»Ich nehme die Wette an! Bitte, lassen Sie uns zuhören, wie er es nachweisen wird!«

»Ja, du stellst dich doch immer nur so an, zum Teufel!« rief Rasumichin aufspringend aus, schlug aber dann nur mit der Hand durch die Luft und gab es auf. »Ach, lohnt es sich denn, ernsthaft mit dir zu sprechen? Er tut das ja immer absichtlich, verstellt sich bloß, du kennst ihn noch nicht, Rodion! Auch gestern war er auf ihrer Seite, nur um sie alle zum besten zu haben. Und was er da alles vorbrachte, gestern, Herrgott! Und die waren noch froh um ihn! ... Ja, wochenlang kann er's in dieser Weise durchhalten! Im vorigen Jahr versicherte er uns, ich weiß nicht warum, daß er ins Kloster gehe, Mönch werde: zwei Monate lang blieb er dabei! Vor kurzem hatte er den Einfall, uns zu berichten, daß er heiraten werde, alles sei schon bereit zur Hochzeit. Sogar einen neuen Anzug hatte er sich schon bestellt. Wir gratulierten ihm bereits. Dabei gab's weder eine Braut noch sonst was: nichts als Verstellung und Vorspiegelung!«

»Da haust du schon wieder daneben! Den Anzug hatte ich vorher bestellt. Erst der neue Anzug brachte mich auf die Idee, euch alle ein wenig anzuführen.«

»Tatsächlich, verstellen Sie sich so gern?« fragte Raskolnikoff nachlässig.

»Sie wollen es wohl nicht glauben? Warten Sie nur, ich werde auch Sie anführen – hahaha! Nein, sehen Sie mal, ich werde Ihnen die ganze Wahrheit sagen. Bei der Erörterung all dieser Fragen, wie Verbrechen, Milieu, kleine Mädchen, erinnere ich mich jetzt – übrigens habe ich mich schon immer dafür interessiert –, erinnere ich mich an einen kleinen Aufsatz, den Sie mal geschrieben haben: „Über Verbrechen ..." oder so ähnlich, ich habe den Titel vergessen, weiß nicht mehr genau, wie die Überschrift lautete. Vor zwei Monaten hatte ich das Vergnügen, ihn in den „Periodischen Berichten" zu lesen.«

»Meinen Aufsatz? In den „Periodischen Berichten"?« fragte Raskolnikoff verwundert. »Ich habe allerdings, vor etwa einem halben Jahr, als ich die Universität verließ, einen Artikel geschrieben, zu dem mich ein Buch angeregt hatte, aber ich habe ihn damals der Redaktion der Zeitschrift „Wöchentliche Berichte" übergeben, und nicht den „Periodischen Berichten".«

»Er ist aber in den „Periodischen" erschienen.«

»Aber die „Wöchentlichen Berichte" hörten doch auf zu erscheinen, deshalb wurde er damals auch nicht gedruckt ...«

»Das ist richtig; aber die „Wöchentlichen Berichte“ verschmolzen mit den „Periodischen“, und darum ist Ihr Aufsatz vor zwei Monaten in den „Periodischen Berichten“ erschienen. Und Sie haben das nicht gewußt?«

Raskolnikoff wußte tatsächlich nichts davon.

»Erlauben Sie, Sie können doch Geld für den Aufsatz verlangen! Was Sie für einen sonderbaren Charakter haben! Sie leben so einsam, daß Sie selbst von solchen Dingen, die Sie doch direkt angehen, nichts ahnen. Dies hier ist ja der beste Beweis dafür!«

»Bravo, Rodja! Auch *ich* habe nichts gewußt!«, rief Rasumichin herzlich erfreut. »Heute noch gehe ich in den Lesesaal und verlange die Nummer! Vor zwei Monaten, sagst du? Welches Datum? Na, einerlei, ich werde ihn schon finden! Das ist mal eine Sache! Und er hat nie was davon gesagt!«

„Woher haben Sie es erfahren, daß der Aufsatz von mir ist? Er war nur mit einem Buchstaben unterzeichnet.«

»Ach, ganz zufällig, und auch erst in diesen Tagen. Durch den Redakteur; ich kenne ihn ... Er war sehr interessiert.«

»Ich untersuchte, soweit ich mich erinnere, den psychologischen Zustand eines Verbrechers während des Verlaufs der Tat.«

»Jawohl, und Sie behaupten, daß die Ausführung eines Verbrechens stets von einer Krankheit begleitet wird. Sehr, sehr originell, aber ... mich interessiert eigentlich nicht dieser Teil Ihres Aufsatzes, sondern ein gewisser Gedanke, der zum Schluß vorkommt, den Sie aber leider nur andeutungsweise aussprechen, nicht klar und deutlich ... Wenn Sie sich entsinnen, ist da angedeutet, daß es in der Welt angeblich einige solche Persönlichkeiten gibt, die tun können ... das heißt nicht bloß können, sondern volles Recht dazu haben, allerhand Unfug zu treiben und Verbrechen zu begehen, und daß angeblich für sie das Gesetz nicht geschrieben sei.«

Raskolnikoff lächelte zurückhaltend über die starke und absichtliche Verdrehung seiner Idee.

»Wie? Was? Ein Recht auf Verbrechen? Aber doch nicht aus dem Grunde, weil das Milieu schuld ist?« erkundigte sich Rasumichin nahezu erschrocken.

»Nein, nein, nicht ganz aus dem Grunde«, antwortete Porphyrij Petrowitsch. »Die Sache dreht sich darum, daß in seinem Aufsatz die Menschen in „gewöhnliche“ und „ungewöhnliche“ eingeteilt werden. Die Gewöhnlichen müssen in Gehorsam leben und haben kein Recht, das Gesetz zu übertreten, weil sie – eben Gewöhnliche sind. Die Ungewöhnlichen aber haben das Recht, allerhand Verbrechen zu begehen und in jeder Weise das Gesetz zu verletzen, und das einzig deshalb, weil sie Ungewöhnliche sind. So war es doch, glaube ich, in Ihrem Aufsatz, wenn ich mich nicht irre?«

»Aber wie denn das? Es ist doch nicht möglich, daß es wirklich so gemeint ist!« zweifelte Rasumichin verwundert.

Raskolnikoff lächelte wieder zurückhaltend. Er hatte sofort verstanden, um was es sich handelte und worauf man ihn bringen wollte; von seinem Aufsatz hatte er nichts vergessen. Er entschloß sich, die Herausforderung anzunehmen.

»Es steht wohl nicht ganz so in meinem Aufsatz«, begann er einfach und bescheiden. »Übrigens, ich muß doch zugeben, daß Sie ihn nahezu richtig wiedergegeben haben, oder sogar, wenn Sie wollen, vollkommen richtig ...« (Es klang, als wäre es ihm angenehm, zuzugeben, daß der Gedanke vollkommen richtig wiedergegeben worden war.) »Der Unterschied besteht einzig darin, daß ich durchaus nicht behaupte, die ungewöhnlichen Menschen hätten unbedingt allerhand Unfug, wie Sie sagen, treiben oder vollbringen müssen und seien dazu quasi verpflichtet gewesen. Nebenbei bemerkt, glaube ich, daß man einen solchen Aufsatz in der Presse gar nicht zugelassen hätte. Deshalb habe ich denn auch nur angedeutet, daß ein „außergewöhnlicher“ Mensch das Recht habe ... das heißt, kein offizielles Recht, sondern von sich aus das Recht habe, seinem Gewissen zu gestatten ... gewisse Hindernisse zu übertreten, dies jedoch einzig in dem Fall, wenn die Ausführung seiner Idee (einer manchmal vielleicht für die ganze Menschheit heilbringenden Idee) das verlangt. Sie beliebten zu bemerken, mein Aufsatz sei nicht ganz klar gewesen; ich bin bereit, Ihnen die Hauptsache nach Möglichkeit zu erläutern. Ich irre mich wohl nicht, wenn ich annehme, daß Sie das wünschen; also gut. Meiner Ansicht nach verhält es sich so, daß, wenn zum Beispiel Keplers und Newtons Entdeckungen, infolge irgendwelcher Umstände, der Menschheit in keiner Weise anders bekanntwerden könnten als durch das Opfer des Lebens von einem, zehn, hundert oder noch mehr Menschen, die die Bekanntmachung hintertrieben oder ihr als ein Hindernis im Wege stünden, Newton dann das Recht hätte und sogar verpflichtet wäre, diese zehn oder hundert Menschen zu ... *beseitigen*, um seine Entdeckungen der ganzen Menschheit bekanntmachen zu können. Daraus folgt jedoch keinesfalls, daß Newton das Recht hätte, jeden beliebigen oder den ersten besten zu ermorden oder jeden Tag auf dem Markt zu stehlen. Weiter entwickele ich in meinem Aufsatz, nach meiner Erinnerung, daß alle ... nun, beispielsweise alle Gesetzgeber und Ordner der Menschheit, angefangen von den allerältesten, fortfahrend mit den Lykurgs, Solons, Mohammeds, Buonapartes und so weiter, daß sie alle ohne Ausnahme Übertreter, somit Verbrecher waren, schon dadurch allein, daß sie, indem sie ein neues Gesetz gaben, eben damit das alte, von der Gesellschaft als heilig verehrte und von den Vätern überkommene Gesetz übertraten, aufhoben, zerstörten, und schon ganz selbstverständlich schraken sie auch nicht vor dem Blutvergießen zurück, wenn nur das Blut (und es war mitunter völlig unschuldiges und tapfer für das alte Gesetz dargebrachtes Blut) ihnen helfen konnte. Es ist sogar auffallend, daß der größte Teil dieser Wohltäter und Ordner der Menschheit besonders große Blutvergießer waren. Kurz, ich komme zu dem Folgeschluß, daß sogar alle, nicht etwa bloß die ganz Großen, sondern auch schon die kaum ein bißchen aus dem Geleise heraustretenden Menschen, das heißt, die, die auch nur minimal befähigt sind, irgend etwas minimal Neues zu sagen, ihrer Natur nach unbedingt Übertreter, das heißt Verbrecher, sein müssen – mehr oder weniger, selbstverständlich.[10] Anders würde es ihnen ja auch schwerfallen, aus dem Geleise herauszukommen, im Geleise aber zu verbleiben, können sie nicht einwilligen, wiederum ihrer Natur nach, und meiner Ansicht nach ist es sogar ihre Pflicht, sich zu weigern. Kurz, hiermit ist, wie Sie sehen, soweit nichts besonders Neues gesagt. Das hat man schon tausendmal gedruckt und gelesen. Was aber meine Teilung in Gewöhnliche und Außergewöhnliche anbetrifft, so gebe ich zu, daß die Grenze ein wenig unbestimmt bleibt, nach Belieben, aber es ist mir ja auch nicht um genaue Zahlen zu tun. Ich glaube nur an meinen Grundgedanken. Der besteht darin, daß die Menschen im *allgemeinen* nach einem Naturgesetz in zwei Klassen oder Gattungen eingeteilt sind: in eine niedrigere (die gewöhnlichen), das heißt sozusagen in Material, das einzig zur Weitererzeugung von seinesgleichen dient, und in eigentliche Menschen, das heißt in solche, die die Gabe oder das Talent haben, in ihrer Umgebung ein *neues Wort* zu sagen. Unterabteilungen gibt es hierbei selbstverständlich in endloser Menge, aber die kennzeichnenden Merkmale beider Gattungen unterscheiden sich doch recht scharf: Die erste Gattung, das heißt das Material, besteht, im allgemeinen gesprochen, aus Menschen, die ihrer Natur nach konservativ sind, sittsam, in Gehorsam leben und gern gehorchen. Meiner Ansicht nach ist das auch ihre Pflicht, gehorsam zu sein, denn das ist ihre Bestimmung, und hierin liegt entschieden nichts Erniedrigendes für sie. Die zweite Gattung dagegen, von der übertreten alle das Gesetz, die sind Zerstörer oder zum mindesten neigen sie dazu, je nach ihren Fähigkeiten. Die Verbrechen dieser Menschen sind selbstverständlich relativ und mannigfaltig; größtenteils verlangen sie – in den verschiedenartigsten Kundgebungen – die Zerstörung des Gegenwärtigen im Namen eines Besseren. Wenn nun so einer für seine Idee über, sagen wir meinetwegen, eine Leiche hinwegschreiten muß, über vergossenes Blut, so kann er sich innerlich, vor seinem Gewissen, meiner Meinung nach die Erlaubnis geben, über dieses Blut hinwegzuschreiten – übrigens immer je nach der Idee und ihrem Ausmaß, wohlgemerkt. Nur in diesem Sinne spreche ich denn auch in meinem Aufsatz von ihrem Recht, Verbrechen zu begehen. (Sie erinnern sich doch, daß wir von der juristischen Frage ausgingen.) Übrigens, wozu sich darüber groß aufregen: die Menge erkennt ja dieses Recht der Außergewöhnlichen fast nie an, läßt sie hinrichten und hängen (mehr oder weniger) und erfüllt dadurch vollkommen richtig ihre konservative Bestimmung, allerdings mit dem Vorbehalt, daß dieselbe Menge in den folgenden Generationen die Hingerichteten auf einen Sockel stellen und anbeten wird (mehr oder weniger). Die erste Gattung ist immer Herr der Gegenwart, die zweite Herr der Zukunft. Die ersten sorgen für die Erhaltung der Welt und vermehren sie der Zahl nach; die zweiten bewegen die Welt und führen sie zum Ziel. Sowohl die einen wie die anderen haben das vollkommen gleiche Recht auf ihr Dasein. Mit einem Wort, in meinem Aufsatz haben alle die unbedingt gleiche Existenzberechtigung und damit ... vive la guerre éternelle ... bis zum Neuen Jerusalem, versteht sich.«

»So glauben Sie doch immerhin an ein Neues Jerusalem?«

»Ich glaube daran«, antwortete Raskolnikoff fest; indem er dies sagte, blickte er zu Boden, wie er auch während seiner langen Rede zu Boden, auf einen von ihm erwählten Punkt des Teppichs geblickt hatte.

»U–und ... und glauben Sie auch an Gott? Entschuldigen Sie, daß ich so neugierig bin!«

»Ich glaube an ihn«, wiederholte Raskolnikoff aufblickend und sah Porphyrij an.

»Und ... und glauben Sie auch an die Auferstehung des Lazarus?«

»J ... ja. Wozu wollen Sie das alles wissen?«

»Glauben Sie daran buchstäblich?«

»Buchstäblich.«

»So ... hm; ich fragte nur so aus Neugier. Entschuldigen Sie! Aber erlauben Sie – ich kehre zu dem Gesagten zurück – jene werden doch nicht immer hingerichtet; manche dagegen ...«

»Triumphieren noch zu Lebzeiten. O ja, manche erreichen es auch noch zu ihren Lebzeiten, und dann ...«

»Beginnen sie selbst hinzurichten?«

»Falls nötig, ja, und wissen Sie, das ist sogar meist der Fall. Ihre Bemerkung ist treffend.«

»Danke. Aber nun sagen Sie bitte: wie soll man eigentlich diese Außergewöhnlichen von den Gewöhnlichen unterscheiden? Gibt es da etwa bei der Geburt bestimmte Merkmale? Ich meine damit nur, daß hierbei mehr Klarheit oder Genauigkeit, sozusagen mehr äußere Kennzeichnung nötig wäre. Entschuldigen Sie schon diese meine natürliche Besorgnis eines praktischen und wohlmeinenden Menschen, aber könnte man hier nicht zum Beispiel eine besondere Kleidung einführen, irgend etwas tragen lassen oder sie mit einer Art Stempel versehen? ... Denn, Sie müssen doch zugeben, wenn nun eine Verwechslung stattfindet und einer aus der einen Gattung sich einbildet, zu der anderen Gattung oder Klasse zu gehören, und daraufhin anfängt, alle Hindernisse zu beseitigen, wie Sie sich sehr gelungen ausdrückten, so kann doch ...«

»Oh, das kommt doch sehr oft vor! Diese Ihre Bemerkung ist sogar noch treffender als die vorige ...«

»Danke schön ...«

»Keine Ursache; aber bedenken Sie, daß ein Irrtum doch nur seitens der ersten Gattung, das heißt, von seiten der „gewöhnlichen“ Menschen (wie ich sie vielleicht sehr ungeschickt benannt habe) möglich ist. Denn ungeachtet ihrer angeborenen Neigung zum Gehorchen lieben es sehr viele von ihnen, aus einem gewissen lebhafteren Naturell, das ja mitunter selbst einer Kuh nicht versagt ist, sich einzubilden,

Avantgarde, „Zerstörer“ zu sein und sich mit einem angeblich „neuen Wort“ vorzudrängen, und das noch dazu in aller Aufrichtigkeit. Die tatsächlich *Neuen* aber werden von ihnen dabei sehr oft nicht einmal bemerkt, ja, sie verachten sie womöglich noch als zurückgebliebene und unwürdig denkende Menschen. Doch meiner Meinung nach kann hier von keiner wesentlichen Gefahr die Rede sein, und Sie brauchen sich deshalb wirklich nicht zu beunruhigen, denn die kommen nicht weit. Für ihren Vorwitz könnte man ihnen freilich ab und zu ein wenig die Rute geben, um sie an ihren Platz zu erinnern, aber auch nicht mehr; und dazu braucht man nicht einmal einen Vollstrecker: sie verdreschen sich selber, denn sie sind ja im Grunde sehr brav; manche erweisen sich gegenseitig diesen Dienst, manche dreschen sich eigenhändig ... Sie legen sich dabei allerhand öffentliche Bußen auf – das macht sich ganz nett und wirkt erbaulich, kurzum, Sie brauchen sich nicht zu beunruhigen ... Es gibt ein Gesetz für solche.«

»Nun schön, dann haben Sie mich wenigstens in dieser Hinsicht etwas beruhigt; aber da erhebt sich gleich eine andere böse Frage: Sagen Sie bitte, gibt es viele solche Menschen, die das Recht haben, andere umzubringen, eben diese „Außergewöhnlichen“? Ich bin ja selbstverständlich gern bereit zu jeder Art von Verehrung, aber Sie müssen doch zugeben, daß es für unsereinen etwas unbehaglich wäre, wenn es schon gar zu viele von dieser Sorte gäbe, nicht?«

»Oh, auch in der Hinsicht können Sie völlig unbesorgt sein«, fuhr Raskolnikoff in demselben Tone fort. »Menschen mit einem neuen Gedanken, ja, selbst solche, die auch nur etwas minimal *Neues* anzudeuten fähig sind, werden überhaupt außergewöhnlich selten geboren, tatsächlich bloß sehr wenige, sogar erstaunlich wenige. Klar ist nur eines, daß die Anordnung des Entstehens der Menschen aller dieser verschiedenen Abteilungen und Unterabteilungen offenbar durch ein Naturgesetz sehr richtig und genau festgesetzt ist. Dieses Naturgesetz ist jetzt selbstverständlich unbekannt, aber ich glaube daran, daß es existiert und späterhin auch wird bekannt werden können. Die ungeheure Menschenmasse, das Material, gibt es ja überhaupt nur deshalb auf der Welt, um schließlich durch eine Art Anstrengung, durch einen bis jetzt noch geheimnisvollen Vorgang, mittels irgendwelcher Kreuzungen der Generationen und Rassen, sich zu straffen und schließlich aus, sagen wir, tausend Menschen *einen* wenigstens etwas selbständigeren Menschen zu gebären. Aus vielleicht zehntausend Menschen (um es beispielhalber anschaulich zu sagen) wird ein Mensch mit einer etwas umfassenderen Selbständigkeit geboren. Mit einer noch umfassenderen Selbständigkeit einer von hunderttausend. Geniale Menschen aus Millionen, die ganz großen Genies aber, die Vollender der Menschheit, vielleicht erst nach Ablauf von vielen tausend Millionen Menschen auf der Welt. Kurz, in die Retorte, in der dies alles geschieht, habe ich keinen Blick geworfen. Aber ein bestimmtes Gesetz existiert diesbezüglich unbedingt und muß existieren; hierbei kann es keinen Zufall geben.«

»Ja, sagt einmal, scherzt ihr etwa beide?« kam Rasumichin endlich zu Wort. »Streut ihr einander Sand in die Augen oder was? Da sitzen sie nun und foppen sich gegenseitig! Meinst du das im Ernst, Rodja?«

Raskolnikoff erhob stumm sein bleiches und fast trauriges Gesicht zu ihm und antwortete nichts. Und sonderbar erschien Rasumichin neben diesem stillen und traurigen Antlitz der unverhohlene, aufdringliche, aufreizende und *unhöfliche* Hohn Porphyrijs.

»Nun, Bruder, wenn das wirklich ernst gemeint ist, so ... Du hast natürlich recht, wenn du sagst, dies sei nicht neu und gleiche allem, was wir schon tausendmal gelesen und gehört haben; was aber tatsächlich neu und *originell* in alledem ist und in der Tat dir allein gehört, zu meinem Entsetzen, das ist das, daß du bei alledem Blutvergießen *vor dem Gewissen* gestattest, und dies noch dazu, entschuldige mich, mit so einem Fanatismus tust ... Hierin also liegt demnach auch der Hauptgedanke deines Aufsatzes. Denn diese Erlaubnis, Blut zu vergießen *dem Gewissen nach*, das ... das ist doch meiner Meinung nach schrecklicher, als es eine offizielle Erlaubnis zum Blutvergießen wäre, dem Gesetze nach ...«

»Sehr richtig – es ist schrecklicher«, pflichtete Porphyrij bei.

»Nein, du hast dich doch wohl irgendwie hinreißen lassen! Hier stimmt was nicht. Ich will es lesen ... Du hast dich sicher hinreißen lassen! Du kannst nicht so denken ... Ich werde es lesen.«

»Im Aufsatz steht das alles nicht, dort ist das nur angedeutet«, sagte Raskolnikoff.

»Jawohl, jawohl« – Porphyrij rückte hin und her, konnte nicht stillsitzen –; »mir ist es auch erst jetzt annähernd klargeworden, wie Sie Verbrechen aufzufassen belieben, aber ... entschuldigen Sie meine Zudringlichkeit (ich belästige Sie schon gar zu sehr, schäme mich selber!) ... aber sehen Sie mal: Sie haben mich vorhin zwar sehr beruhigt bezüglich der Möglichkeit irrtümlicher Verwechslung der beiden Kategorien, aber ... mich beunruhigen hier nun wieder allerhand praktische Fälle! Wie nun, wenn sich ein beliebiger Mann oder Jüngling einbildet, er sei ein Lykurg oder Mohammed ... – ein zukünftiger, versteht sich – und nun frisch drauflos alle Hindernisse auf seinem Weg zu beseitigen beginnt ... Es stehe ihm sozusagen ein weiter Marsch bevor, zu einem solchen Feldzug aber braucht man doch vor allem Geld ... nun, und so beginnt er denn, sich für den Feldzug ... Sie verstehen?«

Samjotoff prustete plötzlich in seiner Ecke vor Lachen. Raskolnikoff blickte nicht einmal nach ihm hin.

»Ich muß zugeben«, antwortete er ruhig, »daß mit solchen Fällen in der Tat zu rechnen ist. Dümmere und eitle Menschen fallen besonders leicht darauf herein; vor allem die Jugend.«

»Sehen Sie! Nun und... was soll man denn dagegen tun?«

»Ja, wozu denn«, meinte Raskolnikoff mit leichtem Spottlächeln, »ich bin nicht schuld daran. So ist es nun einmal, und so wird es immer bleiben. Er sagte soeben« (Raskolnikoff deutete mit einer Kopfbewegung auf Rasumichin), »daß ich Blutvergießen gestatte. Was ist denn dabei? Die Gesellschaft ist doch mit Verbannungen, Gefängnissen, Gerichtsinquirenten, Zuchthäusern zur Genüge gesichert – wozu sich da beunruhigen? So sucht doch den Dieb!...«

»Nun, und wenn wir ihn finden?«

»Dann geschieht ihm ganz recht.«

»Sie denken immerhin logisch. Aber wie steht es nun mit seinem Gewissen?«

»Was geht das Sie an?«

»Ja, schon so, aus Humanität.«

»Wer eines hat, der hat dann eben zu leiden, wenn er seinen Fehler einsieht. Das ist dann seine Strafe – außer dem Zuchthaus.«

»Nun, und die tatsächlich Genialen«, fragte Rasumichin stirnrunzelnd, »diejenigen, denen das Recht zu morden gegeben ist, die brauchen demnach überhaupt nicht zu leiden, auch nicht des vergossenen Blutes wegen?«

»Wozu hier das Wort ‚brauchen' einführen? Hier gibt es weder eine Erlaubnis noch ein Verbot. Mag er doch leiden, wenn ihm das Opfer leid tut... Leiden und Schmerz sind immer die Voraussetzung umfassender Erkenntnis und eines tiefen Herzens. Mir scheint, wahrhaft große Menschen müssen auf Erden eine große Trauer empfinden«, fügte er plötzlich nachdenklich hinzu, gar nicht im Tone des Gesprächs.

Er blickte auf, schaute sinnend alle an, lächelte und nahm seine Mütze. Er war viel zu ruhig im Vergleich zu dem, wie er hier eingetreten war, und er fühlte das auch. Alle erhoben sich.

»Nun, schelten Sie mich oder schelten Sie mich nicht, ärgern Sie sich über mich oder ärgern Sie sich nicht, aber ich kann's nicht unterlassen«, hielt sie Porphyrij Petrowitsch wieder auf, »erlauben Sie mir nur noch eine einzige kleine Frage (ich belästige Sie schon viel zu sehr!), aber ich möchte doch dieses eine Ideechen noch dazwischenschieben, sei es auch nur, um es nicht zu vergessen ...«

»Gut, sagen Sie Ihre kleine Idee!« Ernst und bleich stand Raskolnikoff in Erwartung vor ihm.

»Ja, sehen Sie ... ich weiß wirklich nicht, wie ich mich möglichst glücklich ausdrücken soll ... Das Ideechen ist schon reichlich spaßig ... rein psychologisch ... Sehen Sie, als Sie Ihren Aufsatz verfaßten, da wäre es doch nicht gut möglich, hehe! ... daß Sie nicht sich selbst – nun, sagen wir meinetwegen, ein bißchen – gleichfalls für einen „außergewöhnlichen" Menschen gehalten haben, der ein *neues Wort* zu sagen hat – das heißt, ein in Ihrem Sinne neues ... War es nicht so?«

»Sehr möglich«, antwortete Raskolnikoff verächtlich. Rasumichin machte eine Bewegung.

»Und wenn es so ist, hätten Sie sich dann womöglich auch selbst entschließen können – nun, so, sagen wir, infolge irgendwelcher Fehlschläge und beschränkter Verhältnisse oder irgendwie zur Förderung der ganzen Menschheit –, über so ein Hindernis hinwegzuschreiten? ... Nun, so zum Beispiel, zu erschlagen und zu rauben? ...«

Und irgendwie zwinkerte er ihm plötzlich mit dem linken Auge wieder zu und begann unhörbar zu lachen, genau wie vorhin.

»Selbst wenn ich hinwegschritte, würde ich es Ihnen doch sicher nicht sagen«, antwortete Raskolnikoff mit herausfordernder, hochmütiger Verachtung.

»Nein, bitte, ich interessiere mich doch nur so, eigentlich nur um Ihren Aufsatz besser zu verstehen, nur in rein literarischer Hinsicht ...«

(»Pfui, wie deutlich und unverschämt!« dachte Raskolnikoff angeekelt.)

»Gestatten Sie mir, Ihnen zu bemerken«, antwortete er

trocken, »daß ich mich weder für einen Mohammed noch für einen Napoleon halte ... noch für sonst eine der ähnlichen Persönlichkeiten, und folglich kann ich Ihnen, da ich keiner von jenen bin, auch keine befriedigende Auskunft geben, wie ich handeln würde.«

»Ach, gehen Sie, wer hält sich denn bei uns in Rußland jetzt nicht für einen Napoleon?« sagte Porphyrij auf einmal schrecklich familiär. Selbst im Tonfall seiner Stimme lag diesmal etwas schon besonders Deutliches.

»Sollte nicht auch so ein künftiger Napoleon unsere Aljona Iwanowna in der vorigen Woche mit dem Beil erledigt haben?« platzte plötzlich laut, plump mit der Tür ins Haus fallend, Samjotoff aus seiner Ecke dazwischen.

Raskolnikoff schwieg und blickte unverwandt und fest Porphyrij an. Rasumichins Gesicht verfinsterte sich. Ihm hatte auch vorher schon etwas gleichsam zu schwanen angefangen. Er blickte zornig um sich. Eine Weile düsteren Schweigens verging. Raskolnikoff wandte sich, um wegzugehen.

»Sie gehen schon!« sagte Porphyrij freundlich und streckte äußerst liebenswürdig die Hand hin. »Ich freue mich überaus, Sie kennengelernt zu haben! Und was Ihre Bitte anbetrifft, seien Sie ganz ohne Sorge! Schreiben Sie nur so, wie ich Ihnen sagte! Oder am besten wäre es, Sie kämen selber dorthin zu mir ... vielleicht in diesen Tagen ... meinethalben morgen. Ich werde so gegen elf Uhr bestimmt dort sein. Dann können wir alles gleich besorgen ... und uns auch ein wenig unterhalten ... Sie könnten ja, als einer der zuletzt *dort* Gewesenen, uns vielleicht noch etwas mitzuteilen haben ...« fügte er noch mit gutmütigster Miene hinzu.

»Sie wollen mich offiziell verhören, mit allem Zubehör?« fragte Raskolnikoff scharf.

»Wozu denn? Vorläufig ist das ja gar nicht nötig. Sie haben das falsch verstanden. Ich, sehen Sie, ich will mir nur keine Gelegenheit entgehen lassen und ... und habe mich schon mit allen Pfandgebern unterhalten ... manche Aussagen habe ich zu Protokoll genommen ... Sie aber, als der letzte ... Ja, halt! Apropos!« unterbrach er sich hastig, plötzlich sehr erfreut über etwas, »da fällt mir soeben noch zur rechten Zeit ein, wie konnte ich das nur vergessen! ...« wandte er sich an Rasumichin, »da hast du mir nun wegen dieses Nikoláschka damals die Ohren bis zu Schwielen vollgeredet ... aber ich weiß es ja schon selbst, weiß es selbst«, wandte er sich wieder an Raskolnikoff, »daß der Bursche unschuldig ist, aber was ist da zu machen, ich mußte nach dem Nikoláschka auch noch den Mítjka festsetzen ... Ja, die Sache ist nun die, das Wesentliche, worauf es ankommt: als Sie damals die Treppe hinaufstiegen ... erlauben Sie: Sie waren doch gegen acht Uhr dort?«

»Ja, gegen acht«, antwortete Raskolnikoff, in derselben Sekunde unangenehm fühlend, daß er dies auch nicht zu sagen gebraucht hätte.

»Ja, und als Sie nun gegen acht Uhr die Treppe hinaufgingen, haben nicht wenigstens Sie dann im zweiten Stock, in der offenstehenden Wohnung – erinnern Sie sich? – zwei Arbeiter oder auch nur einen von ihnen gesehen? Die strichen dort an, haben Sie sie nicht bemerkt? Das wäre sehr, sehr wichtig für die beiden! ...«

»Anstreicher? Nein, die habe ich nicht gesehen ...« antwortete Raskolnikoff langsam und wie in seiner Erinnerung suchend, im Nu sein ganzes Wesen anspannend und vergehend vor Qual, so schnell wie möglich zu erraten, worin die Falle bestand, und wie nur ja nichts zu übersehen. »Nein, die beiden habe ich nicht gesehen, und auch eine offenstehende Wohnung habe ich, glaube ich, nicht bemerkt ... aber im vierten Stock« (nun hatte er die Falle schon entdeckt und triumphierte), »entsinne ich mich, daß dort ein Beamter aus einer Wohnung auszog ... gerade gegenüber der Wohnung der Aljona Iwanowna ... ja, ich erinnere mich ... dessen erinnere ich mich deutlich ... Soldaten trugen ein Sofa heraus und drückten mich dabei an die Wand... aber Anstreicher, nein, daran kann ich mich nicht erinnern, daß ich Anstreicher gesehen hätte... und auch eine offenstehende Wohnung war dort, glaube ich, sonst nirgendwo zu sehen. Ja, bestimmt nicht...«

»Aber was fällt dir denn ein!« rief plötzlich Rasumichin, als sei er zur Besinnung gekommen und hätte es sich blitzschnell überlegt, »die Arbeiter arbeiteten doch an dem Tage dort, als der Mord geschah, er aber war dort drei Tage vorher! Wie kommst du zu dieser Frage?«

»Ach, pfui! Hab's verwechselt!« Porphyrij schlug sich vor die Stirn. »Hol's der Teufel, mir kommt bald noch der Verstand abhanden über diesem Fall!« wandte er sich, fast sogar wie sich entschuldigend, an Raskolnikoff; »es ist für uns so wichtig, zu erfahren, ob jemand die beiden gesehen hat, gerade so gegen acht Uhr, dort in der Wohnung, daß mir im Augenblick der Gedanke kam, auch Sie könnten vielleicht etwas aussagen... ich habe das ganz durcheinandergebracht!«

»Man muß eben achtsamer sein«, bemerkte Rasumichin unwirsch.

Die letzten Worte wurden schon im Vorzimmer gesagt. Porphyrij Petrowitsch begleitete sie äußerst liebenswürdig bis zur Wohnungstür. Beide traten finster und verstimmt auf die Straße hinaus, und eine Strecke weit sprachen sie kein Wort. Raskolnikoff tat einen tiefen Atemzug.

VI

»Ich glaube es nicht! Ich kann es nicht glauben!« wiederholte der bestürzte Rasumichin unterwegs immer wieder und bemühte sich aus allen Kräften, Raskolnikoffs Folgerungen zu widerlegen. Sie näherten sich bereits den „Möblierten Zimmern“ von Bakaléjeff, wo Pulcheria Alexandrowna und Dunja schon lange auf sie warteten. Im Eifer des Gesprächs blieb Rasumichin alle Augenblicke stehen, verwirrt, wie er war, und schon dadurch aufgeregt, daß sie jetzt zum erstenmal *darüber* klar zu sprechen begonnen hatten.

»Dann glaube es nicht!« antwortete Raskolnikoff schließlich mit einem kalten und nachlässigen Spottlächeln. »Du hast nach deiner Gewohnheit wieder einmal nichts gemerkt, ich aber habe jedes Wort genau gewogen.«

»Du bist argwöhnisch, darum legst du auch jedes Wort auf die Waage ... Hm ... in der Tat, ich gebe zu, der Ton von Porphyrij war ziemlich merkwürdig; besonders aber dieser Schuft Samjotoff! ... Du hast recht, etwas war an ihm – aber warum? Warum?«

»Er hat sich's über Nacht überlegt.«

»Aber im Gegenteil, im Gegenteil! Wenn sie diesen hirnlosen Gedanken wirklich hätten, so würden sie mit allen Kräften ihn zu verbergen suchen und ihre Karten verdeckt halten, um dich später plötzlich zu fangen ... Jetzt aber ist es unverschämt und unvorsichtig!«

»Wenn sie Beweise, das heißt, wirkliche Beweise oder einen einigermaßen begründeten Verdacht hätten, dann würden sie allerdings versuchen, ihr Spiel zu verbergen – in der Hoffnung, noch mehr zu gewinnen und ... (hätten übrigens auch längst eine Haussuchung vorgenommen!). Aber sie haben keinen Beweis, keinen einzigen! Alles ist Phantasie, alles hat zwei Seiten, sie haben nur im allgemeinen eine vage Idee; so versuchen sie durch Unverschämtheit zu verwirren. Vielleicht aber ist er auch wütend darüber, daß er keine Beweise hat, und aus Ärger läßt er sich gehen. Vielleicht aber hat er damit auch einen Zweck verfolgt ... Er scheint ein kluger Kerl zu sein ... Er wollte mich vielleicht erschrecken damit, daß er etwas weiß ... Hier, Bruder, ist eine eigene Psychologie im Spiel! ... Übrigens ist es widerlich, alles zu erklären. Laß doch! ...«

»Und beleidigend ist es, beleidigend! Ich verstehe dich! Aber ... da wir schon einmal deutlich darüber reden (und es ist gut, daß wir endlich klar darüber sprechen können, das freut mich!), so will ich dir jetzt offen gestehen, daß ich das lange schon bei ihnen gemerkt habe, diesen Gedanken, selbstverständlich in einer kaum spürbaren, in einer sozusagen schleichenden Form. Warum aber? Wie können sie es wagen? Wo liegen bei ihnen die Gründe hierfür? Wenn du wüßtest, wie wütend ich war! Wie, bloß aus dem Grunde, weil da ein armer Student umfällt, physisch heruntergekommen durch große Armut und Hypochondrie, am Vorabend einer schrecklichen Krankheit, verbunden mit Fieberdelirien, die vielleicht schon lange in ihm saß (merk dir das!), ein argwöhnischer, ehrgeiziger Mensch, der seinen Wert kennt und der sechs Monate in einem Winkel gesessen und niemand gesehen hat – nun in Lumpen und in Stiefeln ohne Sohlen vor allerhand Polizeihengsten steht und unter ihren Schikanen leidet; dazu kommt plötzlich noch eine unerwartete Schuld, ein nicht eingelöster Wechsel von Hofrat Tschebároff, widerlicher Farbengeruch, dreißig Grad Réaumur, stickige Luft, eine Menge Menschen, die Erzählung von der Ermordung einer Person, bei der er noch unlängst war, und dies alles – auf leeren Magen! Ja, wie soll man dabei nicht ohnmächtig werden! Und darauf, darauf wird alles aufgebaut! Zum Teufel! Ich verstehe, daß es einen ärgert, aber an deiner Stelle, Rodja, würde ich ihnen allen ins Gesicht lachen, oder noch besser, ihnen allen ordentlich in die Fratze spucken, und dann noch so ein paar Dutzend Ohrfeigen verteilen, selbstverständlich in kluger Weise, wie man sie stets geben muß, und würde damit die Sache abschließen. Pfeif darauf! Ermuntere dich! Es ist eine Schande!«

(»Das hat er eigentlich ganz gut dargestellt«, dachte Raskolnikoff bei sich.)

»Pfeif darauf? Und morgen ist wieder ein Verhör!« sagte er bitter. »Soll ich mich etwa in Verhandlungen mit ihnen einlassen? Ich ärgere mich schon, daß ich mich gestern in jenem Restaurant bis zu Samjotoff erniedrigt habe.«

»Zum Teufel! Ich gehe selbst zu Porphyrij! Und ich

werde ihn schon vorkriegen, weißt du, richtiggehend *verwandtschaftlich!* Und haarklein soll er mir alles darlegen! Und den Samjotoff gar ...«

(»Endlich kommt er darauf!« dachte Raskolnikoff.)

»Halt!« rief Rasumichin und packte ihn plötzlich an der Schulter. »Halt! Du hast geschwindelt! Ich habe es mir überlegt: du hast geschwindelt! Wieso war das eine Falle? Du sagst, daß die Frage wegen der Anstreicher eine Falle war? Denk doch nach: wenn du *jenes* getan hättest, hättest du dann zugegeben, daß du gesehen hast, wie die Wohnung angestrichen wurde ... und die Arbeiter? Im Gegenteil, du hättest gesagt, ich habe nichts gesehen, wenn du es auch gesehen hättest! Wer sagt denn gegen sich selbst aus?«

»Wenn ich *jenes* getan hätte, so würde ich unbedingt gesagt haben, daß ich sowohl die Anstreicher wie auch die offene Wohnung gesehen habe«, antwortete Raskolnikoff unwillig und mit sichtlichem Widerwillen.

»Aber warum gegen sich selbst aussagen?«

»Weil nur Bauern oder ganz unerfahrene Neulinge beim Verhör gradaus und alles der Reihe nach leugnen. Ein einigermaßen gebildeter und findiger Mann dagegen versucht unbedingt und nach Möglichkeit alle äußeren, unverfänglichen Tatsachen zu bestätigen; er sucht bloß andere Gründe anzuführen, bringt seine eigene besondere und unerwartete Erklärung hinein, die der Tatsache eine vollkommen andere Bedeutung gibt und alles in einem anderen Licht erscheinen läßt. Porphyrij konnte gerade damit rechnen, daß ich unbedingt in dieser Weise antworten und sicher sagen würde, daß ich sie gesehen habe, nur der Glaubwürdigkeit halber, und dabei irgend etwas ganz anderes zur Erklärung einflechten würde.«

»Aber dann hätte er dir doch sofort gesagt, daß zwei Tage vorher gar keine Arbeiter dort gesehen werden konnten und daß du folglich gerade am Tage des Mordes, um acht Uhr, dort gewesen bist. Er hätte dich mit dieser Kleinigkeit gefangen!«

»Er rechnete auch damit, daß ich keine Zeit haben werde, es mir zu überlegen, und mich beeilen würde, möglichst glaubwürdig zu antworten, und dabei vergessen würde, daß zwei Tage vorher keine Arbeiter dort gesehen werden konnten.«

»Wie kann man denn so etwas vergessen!«

»Sehr leicht sogar! Auf solche geringfügigen Dinge fallen am ehesten schlaue Menschen herein. Je schlauer ein Mensch ist, um so weniger befürchtet er, daß man ihn bei etwas Einfachem ertappen würde. Den schlauesten Menschen muß man gerade mit dem Einfachsten verwirren. Porphyrij ist gar nicht so dumm, wie du denkst ...«

»Dann ist er aber nach alledem doch ein Schuft!«

Raskolnikoff konnte nicht anders als auflachen. Aber im selben Augenblick erschien ihm überaus sonderbar sein Eifer und die Lust, mit der er seine letzte Erklärung abgegeben hatte, während er doch das ganze vorangehende Gespräch mit einem düsteren Widerwillen, nur unter dem Zwang der Situation, geführt hatte.

(»Ich komme noch in Geschmack an manchem!« dachte er bei sich.)

Jedoch gleich darauf wurde er unruhig, als hätte ihn ein unerwarteter und beunruhigender Gedanke überrascht. Seine Unruhe wuchs. Sie waren schon am Eingang zu den „Möblierten Zimmern“ von Bakalejeff.

»Geh allein zu ihnen«, sagte Raskolnikoff plötzlich, »ich komme sofort wieder.«

»Wohin willst du? Wir sind ja schon da!«

»Ich muß, ich muß; ich habe etwas zu tun ... ich komme in einer halben Stunde wieder ... Sage es ihnen!«

»Wie du willst, aber ich begleite dich!«

»Was, willst auch du mich totquälen!« rief er mit so bitterer Gereiztheit, mit solcher Verzweiflung im Blick, daß Rasumichin fassungslos stehenblieb. So stand er eine ganze Weile mit herabhängenden Armen und sah finster zu, wie jener schnell in der Richtung nach seiner Querstraße davonschritt. Schließlich biß er die Zähne zusammen, ballte die Fäuste, schwur sich selbst, daß er heute noch den ganzen Porphyrij wie eine Zitrone ausquetschen werde, und ging die Treppe hinauf, um Pulcheria Alexandrowna zu beruhigen, die sich über ihr langes Ausbleiben schon aufregte.

Als Raskolnikoff bei seinem Hause anlangte, waren seine Schläfen mit Schweiß bedeckt, und er atmete schwer. Er eilte die Treppe hinauf, trat in sein nicht abgeschlossenes Zimmer und hakte von innen sofort die Tür zu. Dann stürzte er angstvoll und wie wahnsinnig zu der Ecke, wo er damals die Sachen in dem Loch hinter der Tapete verborgen hatte, steckte die Hand hinein und scharrte mehrere Minuten aufs höchste erregt in dem Loch umher und untersuchte alle Ecken und Spalten des Verstecks. Als er nichts fand, stand er auf und holte tief Atem. Als er sich vorhin dem Hause von Bakalejeff genähert hatte, war es ihm plötzlich in den Sinn gekommen, daß irgendeine Sache, eine Kette oder ein Manschettenknopf etwa, oder auch ein Stück Papier, in das sie eingewickelt waren, mit einem Vermerk von der Hand der Alten in irgendeiner Spalte liegengeblieben sein konnte und dann plötzlich als ein unerwarteter und unwiderlegbarer Beweis gegen ihn zeugen könnte.

Er stand wie in Nachdenken versunken da, und ein sonderbares, halb widersinniges Lächeln, das Lächeln eines Gedemütigten, umspielte seine Lippen. Er nahm seine Mütze und ging langsam hinaus. Seine Gedanken irrten durcheinander. In Grübelei versunken trat er in den Torweg.

»Da ist er ja selber!« rief eine laute Stimme; er hob den Kopf.

Der Hausmeister stand an der Tür seines Stübchens am Torweg und zeigte gerade auf ihn, einem nicht sonderlich großen Mann zugewandt, der wie ein Kleinbürger aussah und mit einem schlafrockartigen Mantel und einer Weste bekleidet war und von weitem eine große Ähnlichkeit mit einem Weibe hatte. Sein Kopf, den eine fettige Mütze bedeckte, hing nach vorn, aber auch die ganze Gestalt wirkte wie bucklig. Sein welkes, runzeliges Gesicht deutete auf ein Alter über fünfzig; die kleinen, verquollenen Augen blickten finster, streng und mit Mißvergnügen.

»Was soll's?« fragte Raskolnikoff und trat zu dem Hausmeister.

Der Kleinbürger wandte sich ihm zu und blickte ihn unter der Stirn hervor unverwandt, aufmerksam und sich Zeit lassend an; dann wandte er sich um und ging, ohne ein Wort gesagt zu haben, durch den Torweg wieder auf die Straße hinaus.

»Ja, was ist denn das?« rief Raskolnikoff.

»Dieser da fragte, ob hier ein Student wohnt, nannte Ihren Namen, und bei wem Sie wohnen. Sie kamen gerade, ich zeigte Sie ihm, und nun ist er fortgegangen. Da sieh einer an!«

Der Hausmeister war auch ein wenig verwundert, dachte eine kleine Weile nach, drehte sich aber um und ging in sein Stübchen zurück.

Raskolnikoff stürzte dem Kleinbürger nach und erblickte ihn sofort, wie er auf der anderen Seite der Straße gleichmäßig und nicht eilig, mit zu Boden gerichteten Augen und anscheinend nachdenklich dahinschritt. Er holte ihn bald ein, ging eine Weile hinter ihm; schließlich trat er neben ihn und blickte ihm von der Seite ins Gesicht. Der Kleinbürger bemerkte ihn sofort und schaute ihn schnell von oben bis unten an, ließ aber wieder die Augen sinken, und in dieser Weise gingen sie eine Strecke nebeneinander her, ohne ein Wort zu sagen.

»Sie haben nach mir gefragt ... beim Hausmeister?« sagte Raskolnikoff schließlich, aber irgendwie sehr wenig laut. Der Kleinbürger gab keine Antwort und blickte ihn nicht einmal an. Wieder gingen sie schweigend dahin.

»Ja, warum ... kommen Sie und fragen ... und schweigen jetzt ... ja, was soll denn das?« Raskolnikoffs Stimme brach immer wieder ab, und die Worte wollten sich gleichsam nicht deutlich aussprechen lassen.

Der Kleinbürger erhob diesmal die Augen und sah mit einem unheilverkündenden, finsteren Blick Raskolnikoff an.

»Mörder!« sagte er plötzlich mit leiser, aber klarer und deutlicher Stimme ...

Raskolnikoff ging neben ihm weiter. Seine Beine wurden plötzlich schrecklich schwach, im Rücken fühlte er Kälte, und sein Herz schien auf einen Augenblick stillzustehen, als hätte es sich ausgeklinkt. So gingen sie etwa hundert Schritte nebeneinander und wieder vollkommen stumm.

Der Kleinbürger blickte ihn nicht an.

»Was fällt Ihnen ein ... was ... wer ist ein Mörder?« murmelte Raskolnikoff kaum hörbar.

»*Du* bist der Mörder«, sagte jener, noch deutlicher und eindringlicher und wie mit dem Lächeln eines haßerfüllten Triumphes, und wieder blickte er gerade in das bleiche Gesicht Raskolnikoffs und in seine erloschenen Augen. So kamen sie beide zu einer Straßenkreuzung. Der Kleinbürger bog links in eine Straße ein und ging weiter, ohne sich umzusehen. Raskolnikoff blieb stehen und sah ihm lange nach. Er sah, wie jener nach ungefähr fünfzig Schritten sich umwandte und ihn, der immer noch unbeweglich auf derselben Stelle stand, anschaute. Man konnte es zwar nicht sehen, aber Raskolnikoff kam es so vor, als schaue jener ihn auch diesmal mit seinem kalten, haßvollen und triumphierenden Lächeln an.

Mit langsamen, kraftlosen Schritten, mit zitternden Knien und gleichsam schrecklich durchfroren kehrte Raskolnikoff zurück und ging in sein Zimmer hinauf. Er nahm die Mütze ab, legte sie auf den Tisch und blieb an die zehn Minuten so stehen am Tisch, unbeweglich. Dann legte er sich entkräftet auf seinen Schlafdiwan und streckte sich krank, mit einem schwachen Stöhnen, auf ihm aus; seine Augen waren geschlossen. So lag er etwa eine halbe Stunde.

Er dachte an nichts. Es waren wohl Gedanken oder Fetzen von Gedanken da, Vorstellungen ohne Ordnung und ohne Zusammenhang – Gesichter von Menschen, die er noch als Kind gesehen hatte oder denen er irgendwo nur ein einziges Mal begegnet war, und an die er nie mehr gedacht hätte; der Glockenturm der W.schen Kirche; ein Billard in einem Restaurant und ein Offizier am Billard, Zigarrengeruch in einem Tabakladen im Kellergeschoß, eine Kneipe, eine Hintertreppe, eine ganz dunkle, mit Waschwasser begossene und voll Unrat und Eierschalen, aber irgendwoher ertönte das Sonntagsgeläute der Glocken ... die Gegenstände wechselten und drehten sich wie im Wirbelwind. Manche gefielen ihm sogar und er wollte sich an sie anklammern, aber sie erloschen wieder, und überhaupt bedrückte ihn etwas innerlich, aber doch nicht sehr. Zuweilen war ihm sogar wohl ... Ein leichtes Frösteln blieb und selbst das war fast angenehm zu empfinden.

Da hörte er die eiligen Schritte Rasumichins und seine Stimme; er schloß die Augen und stellte sich schlafend. Rasumichin öffnete die Tür und blieb eine Weile auf der Schwelle, wie unschlüssig, stehen. Dann trat er leise ins Zimmer und ging vorsichtig zum Schlafenden. Man hörte Nastassja flüstern:

»Laß ihn; mag er schlafen; er kann nachher essen.«

»Das ist wahr«, antwortete Rasumichin.

Beide gingen leise hinaus und machten die Tür zu. Noch eine halbe Stunde verging. Raskolnikoff öffnete die Augen, drehte sich wieder auf den Rücken und schob die Hände unter den Kopf ...

»Wer ist er? Wer ist dieser wie aus dem Erdboden aufgetauchte Mensch? Wo war er, und was hat er gesehen? Er hat alles gesehen. Zweifellos. Aber wo war er damals und von wo aus hat er denn zugesehen? Warum erscheint er erst jetzt, wie aus dem Erdboden gestiegen? Und wie konnte er es sehen – ist denn das möglich? ... Hm ...« fuhr Raskolnikoff fort, erstarrend und wieder zusammenfahrend. »Aber das Etui, das Nikolai hinter der Tür gefunden hat: war denn das nicht auch möglich? Beweisstücke? Ein Hunderttausendstel übersieht man – und ein

Beweisstück ist da von der Größe einer ägyptischen Pyramide! Eine Fliege ist vorbeigeflogen, sie hat es gesehen! Aber ist denn so etwas denkbar?«

Und er fühlte plötzlich mit Ekel, wie er schwach, physisch schwach wurde.

»Ich hätte es wissen müssen«, dachte er mit bitterem Hohn, »und wie durfte ich, da ich mich ja kannte und schon *vorausfühlte*, wie ich sein würde, ein Beil nehmen und mich mit Blut besudeln? Es wäre meine Pflicht gewesen, im voraus zu wissen ... Ach! Ich habe es doch schon im voraus gewußt!« ... flüsterte er in Verzweiflung.

Zuweilen hielt er regungslos vor irgendeinem Gedanken inne:

»Nein, jene Menschen sind nicht so beschaffen: der geborene *Machthaber*, dem alles erlaubt ist, der bombardiert Toulon, veranlaßt ein Blutbad in Paris, *vergißt* eine Armee in Ägypten, verschwendet eine halbe Million Menschen im russischen Feldzug und macht sich in Wilna mit einem Wortspiel davon los; und gerade ihm errichtet man, nach seinem Tode, Standbilder – also folgt daraus, daß doch *alles* erlaubt ist. Nein, solche Menschen sind offenbar nicht Körper aus Fleisch und Blut, sondern aus Bronze!«

Ein plötzlicher Nebengedanke brachte ihn auf einmal fast zum Lachen:

»Napoleon, die Pyramiden, Waterloo – und eine dürre, garstige Registratorswitwe, ein altes Weib, eine Wucherin, mit einer roten Truhe unter dem Bett – nun, wie soll das selbst ein Porphyrij Petrowitsch verdauen! ... Wie sollten sie es auch verdauen können! ... Die Ästhetik steht ihnen doch im Wege: ‚wird denn', werden sie sagen, ‚ein Napoleon unter das Bett eines alten Weibsbildes kriechen!' ... Ach, Geschwätz! ...«

Ab und zu fühlte er, daß er gleichsam im Fieber phantasierte; er verfiel dann einer fieberhaft verzückten Stimmung.

»Die Alte ist dummes Zeug! Narrenpossen!« dachte er glühend und stoßweise weiter. »Das mit der Alten war meinethalben ein Fehler, nicht auf die Alte kommt es an! Die Alte war nur ein Krankheitseinfall ... ich wollte nur möglichst bald hinübertreten ... nicht einen Menschen habe ich erschlagen, ich, ich habe ein Prinzip erschlagen! Ja, das Prinzip habe ich zwar erschlagen, aber hinübergetreten bin ich doch nicht ganz, bin diesseits geblieben ... Eben nur zu erschlagen habe ich verstanden. Nein, auch nicht einmal das habe ich verstanden, wie sich erweist ... Das Prinzip? Weshalb hat vorhin der Tölpel Rasumichin auf die Sozialisten geschimpft? Arbeitsame Leutchen und geschäftsbeflissen; befassen sich mit dem ‚allgemeinen Glück' ... Nein, mir ist das Leben nur einmal gegeben, und das wird nie wieder geschehen: ich will nicht warten bis zum ‚allgemeinen Glück'. Ich will auch selbst leben, sonst lieber gar nicht. Was denn? Ich wollte nur nicht an einer hungernden Mutter vorübergehen und in der Erwartung des ‚allgemeinen Glücks' meinen Rubel in der Tasche festhalten, mit der Ausrede: ‚Ich trage einen Ziegelstein zum Bau des zukünftigen allgemeinen Glücks, und so kann denn mein Herz vollkommen beruhigt sein.' Haha! Warum habt ihr denn mich übersehen? Ich lebe doch im ganzen bloß einmal, ich möchte doch auch ... Ach, eine ästhetische Laus bin ich und nichts weiter«, schloß er plötzlich, auflachend wie ein Irrsinniger. »Ja, ich bin tatsächlich eine Laus«, fuhr er fort, sich mit Schadenfreude an den Gedanken klammernd, sich in ihn hineinwühlend, mit ihm spielend und sich mit ihm belustigend, »und das schon aus dem einen Grunde, weil ich, erstens, jetzt überhaupt darüber räsoniere, daß ich eine Laus bin; weil ich, zweitens, einen ganzen Monat die allgütige Vorsehung damit belästigt habe, sie als Zeuge dafür anzurufen, daß ich es nicht um meines Fleisches und meiner Lust willen unternehme, sondern ein großartiges und angenehmes Ziel im Auge habe – haha! Weil ich, drittens, mir vorgenommen hatte, möglichste Rechtlichkeit bei der Ausführung zu beobachten, Gewicht, Maß und Arithmetik; von allen Läusen wählte ich die allernutzloseste, und das dazu noch mit dem Beschluß, nachdem ich sie erschlagen haben würde, genau nur so viel zu nehmen, wie ich zum ersten Schritt brauche – nicht mehr und nicht weniger – (und das übrige würde dann laut Testament eben jenem Kloster zugefallen sein, haha!) ... Deshalb, deshalb bin ich unwiderruflich eine Laus«, folgerte er zähneknirschend, »weil ich ja selbst vielleicht noch gemeiner und ekelhafter bin als die erschlagene, und weil ich schon vorher *vorausfühlte*, daß ich mir dies erst *nachher*, nachdem ich erschlagen, sagen werde! Ja, ist denn mit diesem Entsetzen überhaupt etwas vergleichbar! Oh, Unanständigkeit! Oh, Gemeinheit! ... Oh, wie gut ich den ‚Propheten' zu Pferde mit dem Säbel in der Faust verstehe: Allah befiehlt und die ‚zitternde Kreatur' hat zu gehorchen! Recht, recht hat der ‚Prophet', wenn er irgendwo mitten auf der Straße eine def–ti–ge Batterie auffahren läßt und hineinfeuert auf Unschuldige und Schuldige, ohne sie auch nur einer Erklärung zu würdigen. Gehorche, zitternde Kreatur, und – *wage nicht zu wollen*, denn: dir steht das nicht zu! ... Oh, um nichts in der Welt, um keinen Preis werde ich der Alten Gnade widerfahren lassen!«

Sein Haar war naß von Schweiß, seine zuckenden Lippen waren trocken, der unbewegliche Blick haftete an der Zimmerdecke.

»Die Mutter, die Schwester, wie habe ich sie geliebt! Warum hasse ich sie jetzt? Ja, ich hasse sie, hasse sie physisch, ich kann sie nicht mehr ertragen, neben mir ... Vorhin ging ich zur Mutter und küßte sie, ich erinnere mich ... Sie zu umarmen und dabei zu denken, wenn sie es erführe, dann ... hätte ich es ihr da schon sagen sollen? Das wäre mir wohl zuzutrauen ... Hm! *Sie* muß doch ebenso sein wie ich bin ...« dachte er weiter, mühsam sein Denken fortsetzend, als müsse er ankämpfen gegen die ihn schon umfangenden Fieberphantasien. »Oh, wie ich jetzt die Alte hasse! Ich glaube, ich würde sie noch einmal totschlagen, wenn sie wieder zu sich käme! Arme Lisaweta! Warum kam sie dazwischen? ... Sonderbar, warum ich an sie fast gar nicht denke, als hätte ich sie gar nicht erschlagen! ... Lisaweta! Ssonja! Ihr armen sanften Geschöpfe mit euren sanften Augen ... Ihr Lieben! Warum weinen sie nicht? Warum stöhnen sie nicht? ... Sie geben alles hin ... blicken sanft und still ... Ssonja, Ssonja! Stille Ssonja! ...«

Er verlor das Bewußtsein; merkwürdig erschien es ihm, daß er sich nicht entsann, wie er auf die Straße gekommen war. Es war schon später Abend. Die Dämmerung nahm zu, der Vollmond leuchtete immer heller und heller; aber die Luft war besonders drückend. Menschen gingen scharenweise in den Straßen; Handwerker und Geschäftsleute gingen heim, andere gingen spazieren; es roch nach Kalk, Staub und stehendem Wasser. Raskolnikoff schritt traurig und sorgenvoll dahin: er erinnerte sich sehr gut, daß er mit einer bestimmten Absicht aus dem Hause gegangen war und daß er etwas tun sollte und sich dabei beeilen mußte, was es aber war, das hatte er vergessen. Plötzlich blieb er stehen und sah, daß auf der anderen Seite der Straße, auf dem Bürgersteig, ein Mann stand und ihm mit der Hand winkte. Er ging über die Straße zu ihm hin, aber da wandte sich dieser um und ging weiter, als wäre nichts geschehen. mit gesenktem Kopf, ohne sich umzuwenden und ohne merken zu lassen, daß er ihn gerufen habe. »Ja, hat er mich auch gerufen?« dachte Raskolnikoff und ging ihm nach. Als er nur noch zehn Schritte von ihm entfernt war, erkannte er ihn plötzlich – und erschrak: es war der Kleinbürger von vorhin, im selben schlafrockartigen Mantel und ebenso krumm. Raskolnikoff folgte ihm von weitem; sein Herz klopfte; sie bogen in eine Querstraße ein, aber der Kleinbürger wandte sich noch immer nicht um. »Weiß er, daß ich ihm folge?« dachte Raskolnikoff. Der Kleinbürger bog in den Torweg eines großen Hauses ein. Raskolnikoff ging schnell zum Tor hin, um hineinzusehen, ob er sich nicht umschauen und ihn rufen werde. Und in der Tat, als der Kleinbürger durch den ganzen Torweg geschritten war und schon in den Hof trat, wandte er sich wieder um und schien ihm wieder zu winken. Raskolnikoff durchschritt sofort den Torweg, aber der Kleinbürger war nicht mehr auf dem Hof. Also mußte er hier die erste Treppe hinaufgegangen sein. Raskolnikoff stürzte ihm nach. In der Tat, ein paar Treppen höher vernahm man gleichmäßige, nicht eilige Schritte. Sonderbar, die Treppe kam ihm bekannt vor! Hier im ersten Stock ist auch ein Fenster; traurig und geheimnisvoll schimmert der Mondschein von draußen durch die Scheiben; da ist auch der zweite Stock. Ach! Das ist ja dieselbe Wohnung, in der die Arbeiter anstrichen ... Wie hat er das Haus nicht sofort wiedererkannt? Die Schritte des vorangehenden Menschen waren nicht mehr zu hören: »Er ist also stehen geblieben oder hat sich irgendwo versteckt.« Da ist der dritte Stock; soll er weitergehen? Und welch eine Stille dort herrscht, fast unheimlich ... Aber er stieg doch weiter hinauf. Das Geräusch seiner eigenen Schritte erschreckte und beunruhigte ihn. Mein Gott, wie dunkel es ist! Der Kleinbürger hat sich sicher hier irgendwo in einer Ecke versteckt! Ah! Die Wohnung ist weit offen; er dachte nach und trat ein. Im Vorzimmer war es sehr dunkel und leer, keine Menschenseele, als hätte man alles hinausgetragen; leise, auf den Fußspitzen ging er ins Wohnzimmer hinein: das ganze Zimmer war hell vom Mondlicht; alles war hier wie früher: die Stühle, der Spiegel, das gelbe Sofa und die eingerahmten Bilder. Der große, runde, kupferrote Mond blickte voll durch die Fenster herein. »Diese Stille kommt vom Monde«, dachte Raskolnikoff, »er gibt sich jetzt ein Rätsel auf.« Er stand und wartete, wartete lange, und je stiller der Mond war, um so stärker klopfte sein Herz, es tat ihm sogar weh. Und immer noch diese Stille. Plötzlich ertönte ein kurzes, trockenes Knacken, als hätte man ein Holzspänchen zerbrochen, und wieder war alles still. Eine aufgewachte Fliege stieß im Fluge an die Fensterscheibe und summte kläglich. Im selben Augenblick entdeckte er in der Ecke zwischen einem Schränkchen und dem Fenster einen, wie ihm schien, an der Wand hängenden Pelzmantel. »Warum hängt dort ein Pelzmantel?« dachte er, »er war doch früher nicht da ...« Er trat sehr leise heran und erriet, daß hinter dem Pelzmantel sich jemand versteckt hielt. Er schob vorsichtig mit der Hand den Mantel zur Seite und entdeckte einen Stuhl, und auf dem Stuhl in der Ecke saß die Alte, ganz zusammengekauert und mit gesenktem Kopf, so daß er das Gesicht gar nicht sehen konnte, aber sie war es. Er stand eine Weile vor ihr: »Sie fürchtet sich!« dachte er; zog dann leise das Beil aus der Schlinge und versetzte der Alten einen Schlag auf den Kopf und noch einen zweiten. Aber merkwürdig: sie rührte sich nicht bei den Schlägen, als wäre sie aus Holz. Er erschrak, beugte sich über sie und begann sie zu betrachten; aber auch sie beugte den Kopf noch tiefer. Da beugte er sich fast zu Boden und blickte ihr von unten ins Gesicht, sah sie an und erstarrte: Die Alte saß und lachte – sie schüttelte sich förmlich vor Lachen, einem leisen, unhörbaren Lachen, aus Leibeskräften an sich haltend, damit er es nicht höre. Da schien es ihm, als würde die Tür zum Schlafzimmer ein wenig geöffnet, und auch dort schien man zu lachen und zu flüstern. Die Wut übermannte ihn, er begann aus aller Kraft der Alten auf den Kopf zu schlagen, aber mit jedem Schlage wurde das Lachen und Flüstern im Schlafzimmer immer stärker und hörbarer, und die Alte schüttelte sich nur so vor Lachen. Er stürzte hinaus, – aber das ganze Vorzimmer ist schon voll von Menschen, die Tür zur Treppe ist weit geöffnet, und auf dem Flur, auf der Treppe und weiter bis nach unten stehen Menschen, Kopf an Kopf, und alle blicken auf ihn, alle sind still, scheinen auf etwas zu warten und schweigen! ... Sein Herz krampfte sich zusammen, die Füße ließen sich nicht mehr bewegen, waren wie angewachsen ... Er wollte schreien und – erwachte.

Er holte schwer Atem – aber merkwürdig, der Traum schien sich immer noch fortzusetzen: seine Tür war ganz weit geöffnet, und auf der Schwelle stand ein ihm völlig unbekannter Mensch und betrachtete ihn sehr aufmerksam.

Raskolnikoff hatte die Augen noch nicht ganz geöffnet und schloß sie auch sofort wieder. Er lag auf dem Rücken und rührte sich nicht. »Ist das noch der Traum oder nicht?« dachte er und hob kaum merklich die Wimpern, um zu sehen: der Unbekannte stand auf derselben Stelle und fuhr fort, ihn zu betrachten. Auf einmal trat er vorsichtig über die Schwelle, schloß leise die Tür hinter sich, ging an den Tisch und wartete eine Weile – während dieser Zeit wandte er keinen Blick von Raskolnikoff – und setzte sich leise auf einen Stuhl neben das Schlafsofa hin; seinen Hut stellte er auf den Boden neben sich, stützte sich mit beiden Händen auf einen Stock und legte das Kinn auf die Hände. Man konnte sehen, daß er sich anschickte, lange zu warten. Soweit Raskolnikoff durch die blinzelnden Wimpern sehen konnte, war dieser Mann nicht mehr jung, stämmig, und hatte einen dichten, hellblonden, fast weißen Bart.

Es vergingen etwa zehn Minuten. Es war noch hell, aber der Abend nahte schon. Im Zimmer herrschte vollkommene Stille. Selbst von der Treppe war kein Laut zu hören. Nur eine große Fliege summte und stieß im Fluge immer wieder an die Fensterscheibe. Schließlich wurde das unerträglich: Raskolnikoff erhob sich plötzlich und setzte sich auf den Diwan.

»Nun sagen Sie, was wünschen Sie?«

»Sehen Sie, ich wußte es doch, daß Sie nicht schliefen, sondern sich bloß den Anschein gaben«, antwortete der Unbekannte eigentümlich und lachte ruhig. »Erlauben Sie, mich Ihnen vorzustellen: Arkádij Iwánowitsch Sswidrigáiloff ...«

Vierter Teil

I

»Sollte das wirklich eine Fortsetzung des Traumes sein?« dachte Raskolnikoff noch einmal.

Vorsichtig und mißtrauisch betrachtete er den unerwarteten Besuch.

»Sswidrigáiloff? Welch ein Unsinn! Das ist doch nicht möglich!« sagte er schließlich laut und zweifelnd.

Der Besuch schien über diesen Ausruf gar nicht erstaunt zu sein.

»Ich bin aus zwei Gründen zu Ihnen gekommen, erstens weil ich Sie persönlich kennenlernen wollte, da ich schon lange sehr viel Interessantes und Gutes über Sie gehört habe; zweitens aber wage ich zu hoffen, daß Sie sich vielleicht nicht weigern werden, mir bei einem Vorhaben zu helfen, das unmittelbar die Interessen Ihrer Schwester Awdotja Romanowna betrifft. Mich allein, ohne Empfehlung, wird sie jetzt vielleicht nicht einmal ins Haus lassen, infolge eines Vorurteils; mit Ihrer Hilfe dagegen rechne ich auf...«

»Dann rechnen Sie falsch«, unterbrach ihn Raskolnikoff.

»Ihre Angehörigen sind doch erst gestern angekommen, erlauben Sie mir diese Frage?«

Raskolnikoff antwortete nicht.

»Ja, gestern, ich weiß es. Ich bin selbst erst seit vorgestern hier. Doch, was soll ich Ihnen weiter sagen, Rodion Romanowitsch; ich halte es für überflüssig, mich zu rechtfertigen, nur eins lassen Sie mich bemerken: ich sehe nicht ein, was in alldem so besonders Verbrecherisches meinerseits liegen soll, das heißt, wenn man alles ohne Vorurteile, mit ruhiger Vernunft betrachtet?«

Raskolnikoff fuhr fort, ihn schweigend zu beobachten.

»Der Umstand, daß ich in meinem Hause ein wehrloses junges Mädchen verfolgt und ‚sie mit meinen widerlichen Anträgen beleidigt habe', soll ein Verbrechen sein? Ich komme Ihnen zuvor. Denken Sie doch daran, daß ich auch nur ein Mensch bin, „et nihil humanum ..." mit einem Wort, daß auch ich fähig bin, zu begehren und mich zu verlieben (was doch ganz gewiß nicht von unserem Wollen abhängt), dann läßt sich alles auf die allernatürlichste Weise erklären. Die Frage ist nur die: bin ich ein Unmensch oder selbst ein Opfer? Und wenn ich nun das Opfer bin? Indem ich dem Gegenstand meiner Liebe anbot, mit mir nach Amerika oder in die Schweiz zu fliehen, empfand ich dabei die allerehrerbietigsten Gefühle und glaubte überdies, uns zu einem gemeinsamen Glück zu verhelfen! ... Der Verstand dient doch immer der Leidenschaft; und was ich dabei selbst aufs Spiel setzte, spricht doch keineswegs für Berechnung, ich bitte Sie! ...«

»Darum handelt es sich ja gar nicht«, unterbrach ihn Raskolnikoff mit Widerwillen. »Sie sind ihr ganz einfach widerlich, ob Sie schuldig sind oder nicht, und man will mit Ihnen nichts zu tun haben, man jagt Sie fort, und so gehen Sie doch Ihrer Wege! ...«

Sswidrigailoff lachte laut auf.

»Aber Sie sind ja ... Sie sind nicht irrezumachen!« sagte er mit offenherzigstem Lachen. »Ich wollte es eigentlich mit einer kleinen List versuchen, aber das ist mir mißlungen. Sie stellen sich gleich auf den einzig richtigen Standpunkt.«

»Aber Sie versuchen es ja auch jetzt noch mit einer List.«

»Was ist denn dabei? Was ist denn dabei?« wiederholte Sswidrigailoff, offen weiterlachend. »Das ist doch bonne guerre, wie man es nennt, und eine höchst erlaubte Kriegslist! ... Aber Sie haben mich unterbrochen; ich wiederhole noch einmal, ob es so oder anders gekommen wäre, es wären keine Unannehmlichkeiten vorgefallen, wenn nicht noch der Auftritt im Garten hinzugekommen wäre. Marfa Petrowna ...«

»Marfa Petrowna, sagt man, haben Sie auch ins Grab gebracht?« unterbrach ihn Raskolnikoff grob.

»Sie haben auch davon gehört? Wie sollten Sie es übrigens nicht gehört haben ... Hierauf weiß ich wirklich nicht, was ich Ihnen sagen soll, obwohl mein eigenes Gewissen in dieser Beziehung in höchstem Maße ruhig ist. Glauben Sie ja nicht, daß ich irgend etwas dabei fürchte; dies alles ist völlig in Ordnung und ist mit Genauigkeit geprüft worden: die ärztliche Untersuchung hat einen Herzschlag festgestellt, der infolge sofortigen Badens nach einem opulenten Mittagessen, wobei fast eine ganze Flasche Wein geleert wurde, erfolgt ist, und anderes hätte auch gar nicht festgestellt werden können ... Nein, sehen Sie, ich habe eine Zeitlang, besonders in der Eisenbahn auf dem Wege hierher, nachgedacht, ob ich zu diesem ... Unglück nicht irgendwie, moralisch, durch Reizung oder etwas ähnliches, beigetragen habe. Allein, ich bin zu dem Resultat gekommen, daß dies positiv nicht der Fall sein konnte.«

Raskolnikoff begann zu lachen.

»Welch ein Pläsier, sich dann noch so zu beunruhigen!«

»Worüber lachen Sie denn? Bedenken Sie: ich hatte ihr mit der Reitgerte nur zwei Hiebe versetzt, ohne daß davon Spuren zu sehen waren ... Halten Sie mich, bitte, nicht für einen Zyniker; ich weiß sehr wohl, daß das schändlich von mir war ... und so weiter; aber ich weiß auch genau, daß Marfa Petrowna vielleicht froh war über meinen, sagen wir, Mangel an Beherrschung. Die Geschichte mit Ihrer Schwester war bis zum letzten Tropfen erschöpft. Marfa Petrowna sah sich gezwungen, schon den dritten Tag zu Hause zu sitzen; sie hatte nichts, womit sie sich im Städtchen wichtig machen konnte, und außerdem war sie allen mit diesem Brief schon lästig geworden (über das Vorlesen dieses Briefes haben Sie doch schon gehört). Da kamen ihr diese zwei Schläge mit der Reitgerte wie vom Himmel geschickt! Ihr erstes war, sofort den Wagen vorfahren zu lassen! ... Ich spreche nicht einmal davon, daß es bei Frauen

Fälle gibt, wo es ihnen sehr, sehr angenehm ist, beleidigt worden zu sein, trotz der zur Schau getragenen Entrüstung! Solche Fälle kommen bei allen vor. Der Mensch liebt es im allgemeinen sehr, wirklich sehr, beleidigt zu sein; haben Sie das noch nicht bemerkt? Bei Frauen aber ist dies noch ganz besonders der Fall. Man kann sogar so weit gehen zu sagen, daß sie sich damit gern die Zeit vertreiben.«

Einen Augenblick dachte Raskolnikoff daran, aufzustehen und wegzugehen, um dadurch diesem Besuch ein Ende zu machen. Eine gewisse Neugier aber und vielleicht auch etwas wie Berechnung hielten ihn noch eine Weile zurück.

»Sie prügeln wohl gern?« fragte er zerstreut.

»Nein, nicht besonders gern«, antwortete Sswidrigailoff ruhig. »Und Marfa Petrowna habe ich so gut wie nie geschlagen. Wir lebten in großer Eintracht, und sie war stets mit mir zufrieden. Die Gerte habe ich in den sieben Jahren unserer Ehe nur zweimal gebraucht (wenn man ein drittes Mal, das übrigens sehr zweideutig war, nicht mitzählt); das erstemal geschah es zwei Monate nach unserer Heirat, gleich nach der Ankunft auf dem Gut, und nun der jetzige, letzte Fall. Sie dachten wohl schon, ich sei so ein Wüterich, Reaktionär und Anhänger der Leibeigenschaft? Hehehe ... Apropos: erinnern Sie sich nicht, Rodion Romanowitsch, wie man vor einigen Jahren, noch zur Zeit der hochlöblichen Pressefreiheit[11], einen Edelmann – ich habe seinen Namen vergessen –, der einem deutschen Dämchen im Eisenbahnwagen mit der Reitgerte eins übergezogen hatte, öffentlich an den Pranger stellte, erinnern Sie sich noch? Es war im selben Jahr, glaube ich, als Puschkins „Ägyptische Nächte" vorgetragen wurden und einen Skandal verursachten, erinnern Sie sich jetzt? (Das da von den schwarzen Augen! Oh, wie bist du hin, goldene Zeit unserer Jugend!) ... Ja, also, hier haben Sie nun meine Meinung über den Fall: für den Herrn, der das Dämchen verdrosch, habe ich keinerlei Sympathie übrig, denn warum soll man in der Tat ... mit dem sympathisieren! Nur kann ich hierbei nicht umhin zu bemerken, daß sich zuweilen so aufreizende Frauenzimmer unter diesen Dämchen finden, daß kein einziger Fortschrittler, wie mir scheint, für sich vollkommen garantieren könnte. Von diesem Standpunkt aus hat damals niemand die Sache betrachtet, indessen ist er der einzige wirklich humane Standpunkt, glauben Sie es mir!«

Nachdem er das gesagt hatte, lachte Sswidrigailoff plötzlich von neuem. Raskolnikoff war es klar, daß dieser Mensch sich etwas fest vorgenommen und seinen Kopf für sich hatte.

»Sie haben wohl mehrere Tage lang mit niemandem gesprochen?« fragte er.

»Das könnte stimmen. Warum? Sie wundern sich wohl, daß ich ein so vernünftiger Mensch bin?«

»Nein, ich wundere mich, weil Sie schon gar zu vernünftig sind.«

»Wohl deshalb, weil ich mich durch die Grobheit Ihrer Zwischenfragen nicht gekränkt fühlte? Ist es so? Ja ... warum sollte ich mich gekränkt fühlen? Wie man mich fragte, so antwortete ich auch«, fügte er mit einem erstaunlichen Ausdruck von Gutmütigkeit hinzu. »Ich interessiere mich doch für fast so gut wie nichts, bei Gott«, fuhr er wie sinnend fort. »Besonders jetzt; ich bin ja auch mit nichts beschäftigt ... Übrigens ist es begreiflich, daß Sie denken, ich wollte mich bei Ihnen einschmeicheln, um so mehr, als ich, wie ich Ihnen selbst erklärte, ein Anliegen an Ihre Schwester habe. Aber ich will Ihnen offen sagen: es ist sehr langweilig, so zu leben! Besonders diese letzten drei Tage... so daß ich mich auf Ihre Gesellschaft schon richtig freute ... Nehmen Sie es mir nicht übel, Rodion Romanowitsch, aber Sie selbst kommen mir überaus merkwürdig vor, ich weiß nicht warum. Fassen Sie es auf, wie Sie wollen, aber es ist etwas an Ihnen, und zwar gerade jetzt, nicht nur in diesem Augenblick, sondern jetzt überhaupt ... Schon gut, schon gut, ich will nicht mehr davon reden, runzeln Sie nur nicht gleich die Stirn! Ich bin doch nicht solch ein Bär, wie Sie glauben.«

Raskolnikoff blickte ihn finster an.

»Sie sind vielleicht durchaus kein Bär«, sagte er. »Mir scheint sogar, Sie gehören zur sehr guten Gesellschaft oder Sie verstehen wenigstens, bei Gelegenheit auch ein anständiger Mensch zu sein.«

»Aber ich interessiere mich doch kaum für irgend jemandes Meinung«, antwortete Sswidrigailoff trocken und sogar wie mit einem Anflug von Hochmut, »und warum soll man nicht trivial sein, wenn dieses Kleid in unserem Klima so bequem zu tragen ist und ... und namentlich, wenn man selber noch eine natürliche Neigung dazu hat«, fügte er lachend hinzu.

»Ich habe gehört, daß Sie hier viele Bekannte hätten. Sie sind doch nicht ohne das, was man ‚Beziehungen' nennt. Wozu brauchen Sie dann noch mich, wenn nicht zu einem bestimmten Zweck?«

»Ganz richtig, ich habe Bekannte hier«, fuhr Sswidrigailoff fort, ohne die Hauptfrage zu beantworten, »ich habe auch einige getroffen; ich wandere schon den dritten Tag umher, erkenne manche wieder, und auch mich scheint man wiederzuerkennen. Freilich, ich bin anständig gekleidet und werde nicht zu den armen Menschen gezählt; uns hat die Aufhebung der Leibeigenschaft nicht weiter geschädigt, uns sind Wälder und Wiesen ungeschmälert verblieben, wegen der Überschwemmungsgefahr am Fluß, das Einkommen ist demnach nicht vermindert worden. Aber ... ich will meine Beziehungen nicht erneuern, auch damals waren sie mir schon langweilig geworden. Ich gehe nun den dritten Tag umher und gebe mich nicht zu erkennen ... Dazu kommt noch diese Stadt! Sagen Sie mir bitte, wie ist sie hier bei uns überhaupt entstanden! Eine Stadt von Beamten und allen möglichen Seminaristen! Ich habe wirklich früher vieles nicht bemerkt, als ich vor acht Jahren mich hier herumtrieb ... Ich setze alle meine Hoffnungen nur noch auf die Anatomie, bei Gott!«

»Was für eine Anatomie?«

»Ja, ich hoffe auf alle diese Klubs und verschiedenen Zirkel und diese ihre Treffpunkte hier, oder auch vielleicht noch auf den Fortschritt – aber der soll lieber nach unserem Tode kommen«, fuhr er fort, ohne wieder die Frage zu beachten. »Und was ist denn das für ein Vergnügen, Falschspieler zu sein?«

»Waren Sie denn auch Falschspieler?«

»Wie wär's denn anders möglich gewesen? Wir waren eine ganze Gesellschaft, eine höchst anständige, vor acht Jahren; wir vertrieben uns die Zeit; und wissen Sie, es waren lauter Menschen mit guten Umgangsformen, auch Dichter, auch reiche Leute darunter. Ja, und überhaupt trifft man bei uns in der russischen Gesellschaft die allerbesten Umgangsformen bei denen, die sich die Finger schon verbrannt haben – haben Sie das noch nicht bemerkt? Ich bin auf dem Lande ein wenig verbauert. Doch ungeachtet aller guten Manieren wollte mich damals ein Griechlein aus Njéshin wegen Schulden ins Gefängnis bringen. Da tauchte Marfa Petrowna auf, handelte mit ihm und löste mich für dreißigtausend Silberlinge aus – im ganzen schuldete ich siebzigtausend. Wir traten in den gesetzlichen Ehestand, und sie brachte mich sofort auf ihr Gut, als habe sie einen Schatz gehoben. Sie war um fünf Jahre älter als ich. Liebte mich sehr. Sieben Jahre habe ich dort auf dem Lande gelebt. Und stellen Sie sich vor, die ganze Zeit hatte sie jenes Dokument in Händen, es war auf einen fremden Namen über diese Tausende von mir ausgestellt, so daß, wenn ich beabsichtigt hätte, mich gegen sie zu empören, ich sofort ins Loch gekommen wäre! Und sie hätte es getan! Bei Frauen ist ja das alles miteinander vereinbar!«

»Und wäre das Dokument nicht vorhanden gewesen, so wären Sie wohl durchgebrannt?«

»Ich weiß nicht, was ich Ihnen da sagen soll. Dieses Dokument genierte mich fast gar nicht. Ich hatte keine Lust, irgendwohin zu reisen, und Marfa Petrowna schlug mir selbst ein und das andere Mal eine Reise ins Ausland vor, als sie merkte, daß ich mich langweilte. Wozu aber? Im Ausland war ich schon vorher gewesen, und immer fand ich es dort unerträglich. Nicht gerade wortwörtlich, aber da sieht man die Dämmerung anbrechen, den Golf von Neapel, das Meer, man schaut, und es wird einem irgendwie traurig zumute. Am widerlichsten ist es, daß man doch tatsächlich Sehnsucht nach Hause bekommt! Nein, in der Heimat ist es besser: hier schiebst du in jedem Fall die Schuld an allem den andern zu und nimmst dich selbst in Schutz. Vielleicht würde ich mich jetzt an einer Expedition nach dem Nordpol beteiligen, denn – j'ai le vin mauvais – es widert mich an, zu trinken, und außer dem Wein bleibt einem ja nichts übrig. Hab's versucht. Da sagt man nun, Berg werde am Sonntag im Jussúpoffschen Garten in einem großen Ballon aufsteigen und sucht Mitreisende gegen eine bestimmte Bezahlung, ist das wahr?«

»Und Sie wollen wohl mitfliegen?«

»Ich? Nein ... ich frage nur so«, murmelte Sswidrigailoff und wurde anscheinend wirklich nachdenklich.

(»Was ist mit dem nur los?« dachte Raskolnikoff.)

»Nein, das Dokument genierte mich nicht«, fuhr Sswidrigailoff sinnend fort. »Ich blieb freiwillig dort. Ja, und es wird bald ein Jahr, seit Marfa Petrowna mir zu meinem Namenstag dieses Dokument zurückgab und außerdem mir noch eine nennenswerte Summe schenkte. Sie besaß doch ein Vermögen. ‚Sehen Sie, wie ich Ihnen vertraue, Arkádij Iwánowitsch' – wahrhaftig, so sagte sie. Sie glauben nicht, daß sie es so gesagt hat? Wissen Sie, ich bin auf dem Lande ein guter Landwirt geworden; man kennt mich im ganzen Umkreis. Ich ließ mir auch Bücher kommen. Marfa Petrowna fand es zuerst gut, später aber fürchtete sie immer, ich könnte durch zu vieles Lesen verdummen.«

»Sie scheinen Marfa Petrowna sehr zu vermissen?«

»Ich? Vielleicht. Wahrhaftig, vielleicht. Ja, nebenbei, glauben Sie an Gespenster?«

»An was für Gespenster?«

»An gewöhnliche Gespenster, was denn sonst für welche!«

»Und Sie glauben daran?«

»Vielleicht auch nicht, pour vous plaire ... Das heißt, nicht gerade, daß ich nicht ...«

»Erscheinen sie Ihnen etwa?«

Sswidrigailoff blickte ihn eigentümlich an.

»Marfa Petrowna geruht mich zu besuchen«, sagte er schließlich und verzog den Mund zu einem merkwürdigen Lächeln.

»Wieso geruht sie, Sie zu besuchen?«

»Ja, sie ist schon dreimal dagewesen. Zum ersten Mal sah ich sie am Tage der Beerdigung, eine Stunde nach der Rückkehr von ihrem Begräbnis. Das war am Tag vor meiner Abreise. Das zweite Mal war es vorgestern auf der Reise, am frühen Morgen auf der Station Málaja Wischéra, und zum dritten Mal heute, vor zwei Stunden, in der Wohnung, wo ich abgestiegen bin; ich war allein.«

»In welchem Zustand?«

»Vollkommen wach. Alle dreimal in wachem Zustand. Sie tritt herein, spricht einen Augenblick und geht durch die Tür hinaus, stets durch die Tür. Es ist sogar, als könnte man es hören.«

»Warum habe ich es mir doch gleich gedacht, daß mit Ihnen unbedingt irgend etwas von dieser Art los sein muß!« sagte plötzlich Raskolnikoff und staunte im selben Augenblick, daß er das gesagt hatte. Er war in großer Aufregung.

»So–o? Sie haben es sich gedacht?« fragte Sswidrigailoff verwundert. »Ist es möglich? Nun, habe ich es nicht gleich gesagt, daß es zwischen uns einen gemeinsamen Punkt geben muß, wie?«

»Das haben Sie nie gesagt!« antwortete scharf und jähzornig Raskolnikoff.

»Habe ich es nicht gesagt?«

»Nein!«

»Mir war, als hätte ich es gesagt. Als ich vorhin eintrat und sah, daß Sie mit geschlossenen Augen lagen und sich bloß schlafend stellten, da sagte ich mir sofort: ‚Er ist genau dasselbe!'«

»Was heißt das: genau dasselbe? Was meinen Sie damit?« fuhr Raskolnikoff auf.

»Was ich meine? Wirklich, ich weiß es nicht . . .«, brummte Sswidrigailoff aufrichtig und wie selbst konfus geworden vor sich hin.

Sie schwiegen etwa eine Minute und starrten einander an.

»Das ist alles Unsinn!« rief Raskolnikoff ärgerlich. »Was sagt sie Ihnen denn, wenn sie erscheint?«

»Was sie sagt? Stellen Sie sich vor, sie spricht nur über die nichtigsten Kleinigkeiten, und, wundern Sie sich über mich, gerade das ärgert mich. Das erste Mal, als sie erschien (wissen Sie, ich war müde nach der Totenmesse und dem Begräbnis und dem Essen und war in meinem Schreibzimmer allein geblieben, hatte mir eine Zigarre angesteckt und war in Gedanken versunken), da kam sie durch die Tür herein und sagte: ‚Arkadij Iwanowitsch, Sie haben heute bei all dem Trubel vergessen, die Uhr im Speisezimmer aufzuziehen.' Diese Uhr habe ich tatsächlich all die sieben Jahre jede Woche selbst aufgezogen, und wenn ich es vergaß, erinnerte sie mich stets daran. Am anderen Tage war ich schon auf der Reise hierher. Ich komme am frühen Morgen auf einer Station an – hatte in der Nacht kaum geschlafen, fühlte mich zerschlagen, die Augen waren müde –, und wie ich mir eine Tasse Kaffee nehme, sehe ich plötzlich, wie Marfa Petrowna sich neben mich mit einem Kartenspiel in der Hand hinsetzt. ‚Soll ich Ihnen nicht die Karten legen, Arkadij Iwanowitsch, für die Weiterreise?' fragte sie mich. Sie war eine Meisterin im Kartenlegen. Nein, ich werde es mir nie verzeihen, daß ich mir die Karten nicht legen ließ! Ich stürzte im Schrecken davon, aber es war auch höchste Zeit, denn es wurde schon zur Abfahrt geläutet. Heute sitze ich nun nach einem miserablen Essen in einem Gasthaus mit schwerem Magen da und rauche – da erscheint Marfa Petrowna wieder, sehr geputzt, in einem neuen grünen

Seidenkleid mit einer sehr langen Schleppe. ‚Guten Tag, Arkadij Iwanowitsch!' sagt sie. ‚Wie gefällt Ihnen mein Kleid? Aniska würde so etwas doch nicht fertigbringen.' (Aniska ist unsere Schneiderin auf dem Lande, eine frühere Leibeigene, hat ihr Handwerk in Moskau erlernt – ein hübsches Mädel.) Und Marfa Petrowna steht vor mir, zeigt sich von allen Seiten. Ich besah mir das Kleid und blickte ihr dann aufmerksam ins Gesicht. ‚Ich begreife nicht, was Sie davon haben, Marfa Petrowna, wegen solcher Kleinigkeiten zu mir zu kommen, sich herzubemühen.' – ‚Ach, mein Gott, man darf Sie auch nicht mal fragen!' Und da sagte ich ihr, um sie zu ärgern: ‚Ich will wieder heiraten, Marfa Petrowna.' – ‚Das sieht Ihnen gleich, Arkadij Iwanowitsch; Sie legen sich damit nicht viel Ehre ein, da Sie kaum Ihre Frau beerdigt haben und schon wieder heiraten wollen. Und wenn Sie noch so gut gewählt hätten, so aber, ich weiß es, werden weder Sie selbst noch Ihre Auserwählte etwas davon haben, abgesehen vom Spott der guten Leute.' Und damit ging sie hinaus, und es war, als rausche ihre Schleppe. So ein Unsinn, nicht wahr?«

»Möglicherweise sind das alles nur Lügen?« meinte Raskolnikoff.

»Ich lüge selten«, antwortete Sswidrigailoff sinnend und als hätte er die Grobheit der Frage gar nicht bemerkt.

»Und früher, vor dem, haben Sie da nie Gespenster gesehen?«

»N ... nein, das heißt ja, einmal, nur ein einziges Mal im Leben, vor etwa sechs Jahren. Ich hatte einen leibeigenen Diener Filka; als man ihn beerdigt hatte, rief ich in der Zerstreutheit: ‚Filka, die Pfeife!', und er kam herein und ging zu dem Pfeifenständer. Ich saß und dachte, ‚er wird sich wohl rächen wollen', denn vor seinem Tode hatten wir uns gründlich entzweit. ‚Wie wagst du', sagte ich zu ihm, ‚mit einem zerrissenen Ellenbogen zu mir hereinzukommen – hinaus, Taugenichts!' Er machte kehrt, ging hinaus und erschien nie mehr. Ich habe es Marfa Petrowna nicht erzählt. Ich wollte für ihn eine Totenmesse abhalten lassen, genierte mich aber.«

»Gehen Sie zu einem Arzt!«

»Das sage ich mir auch ohne Sie, daß ich nicht gesund bin, obwohl ich wahrhaftig nicht weiß, wo es mir fehlt; meiner Ansicht nach bin ich sicher fünfmal gesünder als Sie. Ich habe Sie jedoch nicht gefragt, ob Sie glauben, daß man Gespenster sieht, sondern ob Sie glauben, daß es Gespenster gibt.«

»Nein, um nichts in der Welt werde ich daran glauben!« rief Raskolnikoff geradezu wütend aus.

»Wie spricht man doch von solchem Fall gewöhnlich?« brummte Sswidrigailoff wie nur zu sich selbst vor sich hin, sah dabei zur Seite und hatte ein wenig den Kopf gesenkt. »Die einen sagen: ‚Du bist krank, und das, was du zu sehen wähnst, ist ein nicht existierendes Trugbild.' Das ist aber doch unlogisch. Ich gebe zu, daß Gespenster nur Kranken erscheinen; aber das beweist doch bloß, daß Gespenster von niemand anderem als von Kranken gesehen werden können, jedoch nicht, daß es sie an und für sich nicht gibt.«

»Natürlich gibt es sie nicht!« bestand Raskolnikoff gereizt auf seiner Ansicht.

»Nicht? Sie sind der Meinung?« fuhr Sswidrigailoff fort, ihn langsam betrachtend. »Nun, aber wenn man es sich so überlegt (Sie müssen mir dabei helfen): ‚Gespenster sind sozusagen Bruchstückchen und Fetzchen aus anderen Welten, ihr Anfang. Ein gesunder Mensch braucht sie selbstverständlich nicht zu sehen, denn ein Gesunder ist der vorzugsweise irdische Mensch, also muß er der Ordnung und Vollständigkeit halber nur das gegenwärtige oder irdische Leben leben. Nun, sobald er aber erkrankt und die normale irdische Ordnung im Organismus ein wenig ins Wanken geraten ist, beginnt sich sofort die Möglichkeit einer anderen Welt zu zeigen, und je stärker er erkrankt, um so mehr gibt es für ihn Berührungspunkte mit jener Welt, so daß er, wenn er schließlich stirbt, unmittelbar in die andere Welt eingeht.‘ Ich habe darüber seit langem nachgedacht. Wenn man an ein zukünftiges Leben glaubt, so könnte man auch an diese Auslegung glauben.«

»Ich glaube nicht an ein zukünftiges Leben«, sagte Raskolnikoff.

Sswidrigailoff saß in Nachdenken versunken da.

»Wenn es aber dort drüben nur Spinnen oder dergleichen gibt«, sagte er plötzlich.

(»Das ist ja ein Verrückter«, dachte Raskolnikoff.)

»Uns erscheint die Ewigkeit immer als eine Idee, die man nicht fassen kann, als etwas ungeheuer Großes, Endloses! Aber warum soll sie denn unbedingt ungeheuer groß sein? Und plötzlich wird es dort statt dessen, stellen Sie sich das vor, nur ein kleines Zimmer geben, ähnlich einer Badestube auf dem Lande, verräuchert, in allen Ecken Spinnen, und das ist dann die ganze Ewigkeit. Mir, wissen Sie, schwant manchmal etwas von dieser Art.«

»Können Sie sich denn wirklich, wirklich nichts Tröstlicheres und Gerechteres vorstellen als so etwas!« rief Raskolnikoff mit schmerzhaftem Gefühl aus.

»Gerechteres? Wer weiß, vielleicht *ist* dies auch gerecht; und wissen Sie, *ich* würde es unbedingt absichtlich so einrichten!« antwortete Sswidrigailoff mit unbestimmtem Lächeln.

Es überlief Raskolnikoff kalt bei dieser abscheulichen Antwort. Sswidrigailoff erhob den Kopf, blickte ihn aufmerksam an und lachte plötzlich laut auf.

»Nein, bedenken Sie bloß«, rief er aus, »vor einer halben Stunde hatten wir einander noch nicht gesehen, hielten uns dann für Feinde, hatten eine Angelegenheit auszutragen, ließen aber die Sache fallen, und nun schaue einer, in was für eine Literatur wir geraten sind! Nun, habe ich nicht die Wahrheit gesagt, daß wir Früchte des gleichen Feldes sind?«

»Tun Sie mir den Gefallen«, fuhr ihn Raskolnikoff gereizt an, »erklären Sie sich schneller und teilen Sie mir mit, warum Sie mir die Ehre erwiesen haben, mich zu besuchen ... und ... und ich habe Eile, habe keine Zeit, ich will fortgehen ...«

»Bitte! Bitte schön! Wird Ihre Schwester Awdotja Romanowna Herrn Pjotr Petrowitsch Lushin heiraten?«

»Können Sie nicht jede Frage über meine Schwester vermeiden und ihren Namen unerwähnt lassen? Ich begreife nicht, wie Sie es wagen, in meiner Gegenwart ihren Namen auszusprechen, wenn Sie tatsächlich Sswidrigailoff sind?«

»Ich bin doch gekommen, um über sie zu sprechen, wie soll ich ihren Namen nicht erwähnen?«

»Gut. Reden Sie, aber schneller, bitte!«

»Ich bin überzeugt, daß Sie sich Ihre Meinung über diesen Herrn Lushin, einen Verwandten meiner Frau, schon gebildet haben werden, wenn Sie ihn auch nur eine halbe Stunde gesehen oder irgend etwas Sicheres und Genaues über ihn gehört haben sollten. Er paßt nicht zu Awdotja Romanowna. Meiner Ansicht nach will sich Awdotja Romanowna hier sehr großmütig und uneigennützig opfern für ... für ihre Familie. Ich nahm nun an, auf Grund alles dessen, was ich über Sie gehört habe, daß Sie Ihrerseits sehr zufrieden wären, wenn diese Heirat – ohne Verletzung der Interessen – nicht zustande käme. Jetzt aber, nachdem ich Sie persönlich kennengelernt habe, bin ich davon sogar überzeugt.«

»Dies alles ist Ihrerseits wirklich sehr naiv; entschuldigen Sie, ich wollte sagen: unverschämt zudringlich«, erwiderte Raskolnikoff.

»Das heißt, Sie wollen damit sagen, daß ich hierbei an meinen eigenen Vorteil denke. Beruhigen Sie sich, Rodion Romanowitsch, wenn ich meine eigenen Vorteile im Auge haben würde, so hätte ich mich nicht so offen ausgesprochen, ich bin doch nicht vollkommen dumm. In dieser Beziehung will ich Ihnen eine psychologische Merkwürdigkeit offenbaren. Vorhin sagte ich, als ich meine Liebe zu Awdotja Romanowna rechtfertigte, daß ich selbst ein Opfer dieser Liebe sei. Nun mögen Sie wissen, daß ich jetzt gar keine

Liebe mehr, absolut gar keine empfinde, so daß ich mich über mich selbst wundere, denn ich habe doch tatsächlich etwas empfunden...«

»Aus Müßiggang und Ausschweifung«, unterbrach ihn Raskolnikoff.

»Ich bin allerdings ein ausschweifender und müßiger Mensch. Aber Ihre Schwester hat so viele Vorzüge, daß ich nicht umhin konnte, einem gewissen Eindruck zu unterliegen. Doch das ist alles Unsinn, wie ich es jetzt auch selbst einsehe.«

»Seit wann haben Sie das eingesehen?«

»Ich habe es schon früher gemerkt, aber erst vorgestern im Augenblick meiner Ankunft in Petersburg mich endgültig davon überzeugt. Übrigens, noch in Moskau bildete ich mir ein, daß ich nur reise, um mit Herrn Lushin in Konkurrenz zu treten und um Awdotja Romanownas Hand anzuhalten.«

»Entschuldigen Sie, daß ich Sie unterbreche, aber können Sie mir nicht den Gefallen tun, sich kürzer zu fassen und direkt auf den Zweck Ihres Besuches überzugehen. Ich habe Eile, ich muß fortgehen...«

»Mit dem größten Vergnügen. Nachdem ich hier angekommen bin und mich jetzt entschlossen habe, eine... gewisse Reise anzutreten, mon voyage, wollte ich vorher noch einige notwendige Anordnungen treffen. Meine Kinder sind bei der Tante geblieben; sie sind reich, und mich persönlich brauchen sie nicht. Was bin ich denn auch für ein Vater! Ich habe mir selbst nur das genommen, was mir Marfa Petrowna vor einem Jahr geschenkt hat. Für mich reicht es. Entschuldigen Sie, ich komme sofort zur Sache. Vor Antritt meiner... Reise, die vielleicht bald verwirklicht werden wird, will ich auch mit Herrn Lushin Schluß machen. Nicht etwa, weil ich ihn nicht ausstehen kann, aber um seinetwillen entstand jener Streit mit Marfa Petrowna, als ich erfuhr, daß sie diese Heiratsgeschichte eingefädelt hatte. Jetzt möchte ich durch Ihre Vermittlung Awdotja Romanowna sehen und ihr erklären, meinethalben in Ihrer Gegenwart, daß sie von seiten des Herrn Lushin nicht nur nicht den geringsten Vorteil, sondern sicher unbedingte Enttäuschung erfahren würde. Sodann würde ich, nachdem ich sie wegen aller Unannehmlichkeiten um Verzeihung gebeten hätte, mir die Erlaubnis einholen, ihr zehntausend Rubel überweisen zu dürfen, um ihr in dieser Weise den Bruch mit Herrn Lushin zu erleichtern; ich bin überzeugt, daß sie sich gegen einen Bruch mit ihm nicht sträuben würde, wenn sich nur eine Möglichkeit böte.«

»Sie sind ja wahrhaftig, wahrhaftig verrückt!« fuhr Raskolnikoff ihn an, wenn auch sein Zorn von seiner Verblüffung übertönt wurde. »Wie können Sie sich unterstehen, so zu sprechen!«

»Ich wußte es, daß Sie mich anschreien werden. Aber obgleich ich nicht reich bin, kann ich über diese zehntausend Rubel frei verfügen, ich brauche sie absolut nicht. Wenn Awdotja Romanowna sie nicht annehmen will, werde ich sie vielleicht in der dümmsten Art verwenden. Dies erstens. Zweitens: mein Gewissen ist vollkommen ruhig, ich biete sie ohne jeglichen Hintergedanken an. Glauben Sie, oder glauben Sie es nicht, später werden Sie und Awdotja Romanowna es erfahren. Die ganze Sache dreht sich doch darum, daß ich Ihrer verehrten Schwester tatsächlich Scherereien und Unannehmlichkeiten verursacht habe; und da ich eine aufrichtige Reue empfinde, wünsche ich von Herzen – mich nicht etwa loszukaufen und die Unannehmlichkeiten zu bezahlen, sondern einfach ihr etwas Vorteilhaftes aus dem Grunde zu erweisen, weil ich mir doch schließlich kein Privilegium angeeignet habe, nur Böses zu tun. Wenn sich in meinem Anerbieten auch nur eine winzige Spur von Berechnung fände, so würde ich ihr doch nicht bloß zehntausend anbieten, da ich ihr vor fünf Wochen viel mehr angeboten habe. Außerdem werde ich vielleicht sehr, sehr bald ein anderes junges Mädchen heiraten, folglich muß dadurch der ganze Verdacht, daß ich gegen Awdotja Romanowna etwas im Schilde führe, fortfallen. Zum Schluß möchte ich noch sagen, daß Awdotja Romanowna, wenn sie Herrn Lushin heiratete, dasselbe Geld nähme, nur von anderer Seite... Ärgern Sie sich bitte nicht, Rodion Romanowitsch, überlegen Sie es sich ruhig und kaltblütig...«

Sswidrigailoff war, während er dies sagte, selbst außergewöhnlich kühl und ruhig.

»Ich bitte Sie, zu Ende zu kommen«, sagte Raskolnikoff. »Jedenfalls ist es unverzeihlich beleidigend.«

»Keineswegs. Demnach könnte ein Mensch einem anderen in dieser Welt nur Böses zufügen und hätte dagegen kein Recht, ihm ein bißchen Gutes zu erweisen, und das nur wegen leerer, konventioneller Formalitäten. Das ist unsinnig. Wenn ich zum Beispiel sterben würde und diese Summe Ihrer Schwester testamentarisch hinterließe, würde sie sich auch dann weigern, sie anzunehmen?«

»Sehr möglich.«

»Nein, das glaube ich nicht. Übrigens, wenn sie nein sagt, mag es dabei bleiben, zehntausend aber sind unter allen Umständen eine angenehme Sache. In jedem Falle bitte ich Sie, Awdotja Romanowna das Gesagte mitzuteilen.«

»Nein, ich werde es ihr nicht mitteilen.«

»In diesem Falle, Rodion Romanowitsch, werde ich gezwungen sein, eine persönliche Zusammenkunft herbeizuführen, also sie doch zu belästigen.«

»Und wenn ich es ihr mitteile, werden Sie dann von einer persönlichen Zusammenkunft absehen?«

»Ich weiß wirklich nicht, was ich Ihnen darauf antworten soll. Einmal möchte ich sie doch noch sehr gerne sehen.«

»Hoffen Sie nicht darauf!«

»Schade. Sie kennen mich noch nicht. Vielleicht werden wir uns näherkommen.«

»Sie meinen, daß wir einander näherkommen könnten?«

»Warum denn nicht?« sagte Sswidrigailoff lächelnd, stand auf und nahm seinen Hut. »Nicht weil es mir gar so großen Spaß machte, Sie zu belästigen; als ich hierherging, rechnete ich nicht mit dieser Möglichkeit, obwohl mir Ihr Gesicht schon heute früh aufgefallen war ...«

»Wo haben Sie mich heute früh gesehen?« fragte Raskolnikoff beunruhigt.

»Zufällig ... Es kommt mir immer so vor, als wäre etwas in Ihnen, was meinem Fall entspricht ... Regen Sie sich nicht auf, ich bin nicht aufdringlich. Ich bin mit Falschspielern gut ausgekommen, bin dem Fürsten Sswirbei, einem entfernten Verwandten und Würdenträger, nicht lästig geworden, habe es verstanden, Frau Prilúkoff ein Gedicht über Raffaels Sixtinische Madonna ins Album zu schreiben, habe mit Marfa Petrowna sieben Jahre auf einem Fleck verlebt, habe in früheren Zeiten mitunter auch im Nachtasyl am Heumarkt geschlafen und werde nun vielleicht mit Berg im Luftballon aufsteigen.«

»Nun, schon gut. Erlauben Sie mir die Frage, wollen Sie bald Ihre Reise antreten?«

»Welch eine Reise?«

»Von der Sie sprachen ... Sie sagten doch selbst ...«

»Ach ja! ... In der Tat, ich sprach von ‚mon voyage' ... Nun, das ist eine se–ehr große Frage ... Wenn Sie aber wüßten, wonach Sie mich soeben gefragt haben!« fügte er hinzu und lachte auf. »Vielleicht aber werde ich, statt mon voyage anzutreten, heiraten? Man freit mir eine Braut.«

»Hier?«

»Ja.«

»Wann haben Sie denn dazu Zeit gefunden?«

»Aber mit Awdotja Romanowna möchte ich doch sehr gern noch einmal zusammentreffen. Ich bitte Sie in allem Ernst. Nun, auf Wiedersehen! ... Ach ja! Da hätte ich es bald vergessen! Bitte, Rodion Romanowitsch, teilen Sie Ihrer Schwester mit, daß sie im Testament Marfa Petrownas mit dreitausend Rubel bedacht ist. Das ist absolut gültig. Marfa Petrowna hat es eine Woche vor ihrem Tode so bestimmt, und zwar in meiner Gegenwart. In zwei bis drei Wochen wird Awdotja Romanowna das Geld erhalten.«

»Sagen Sie die Wahrheit?«

»Die volle Wahrheit. Teilen Sie es ihr bitte mit! Nun, Ihr Diener. Ich wohne nicht sehr weit von Ihnen.«

Beim Weggehen stieß Sswidrigailoff in der Tür mit Rasumichin zusammen.

II

Es war schon fast acht Uhr; beide eilten zu Bakalejeff, um früher als Lushin dort zu sein.

»Wer war denn das?« fragte Rasumichin, als sie auf die Straße hinaustraten.

»Das war Sswidrigailoff, jener Gutsbesitzer, in dessen Hause meine Schwester als Gouvernante Kränkungen ausgesetzt war. Weil er ihr nachstellte, mußte sie das Haus verlassen, von seiner Frau Marfa Petrowna hinausgejagt. Dieselbe Marfa Petrowna hat nachher Dunja um Verzeihung gebeten und ist jetzt plötzlich gestorben. Vorhin sprachen wir von ihr. Ich weiß nicht warum, aber ich fürchte diesen Menschen sehr. Er ist sofort nach der Beerdigung seiner Frau hierhergereist, ist sehr sonderbar und hat sich zu etwas entschlossen ... Er scheint etwas zu wissen ... Man muß Dunja vor ihm schützen ... und das wollte ich gerade dir gesagt haben, hörst du?«

»Schützen! Was kann er denn gegen Awdotja Romanowna vorhaben? Nun, ich danke dir, Rodja, daß du so zu mir sprichst ... Wir werden, werden sie schon beschützen! ... Wo wohnt er?«

»Ich weiß es nicht.«

»Warum hast du ihn nicht gefragt? Ach, schade! Aber ich werde es schon herauskriegen!«

»Hast du ihn gesehen?« fragte Raskolnikoff nach einigem Schweigen.

»Nun ja, ich habe ihn mir gemerkt; gut gemerkt!«

»Hast du ihn wirklich gesehen? Deutlich gesehen?« wiederholte Raskolnikoff.

»Freilich, ich erinnere mich seiner deutlich. Unter tausend erkenne ich ihn wieder, ich habe ein gutes Gedächtnis für Gesichter.«

Sie schwiegen wieder.

»Hm . . . das ist gut . . .«, murmelte Raskolnikoff. »Sonst, weißt du . . . ich dachte schon . . . mir scheint jetzt . . . daß es auch nur eine Halluzination hätte sein können.«

»Wovon redest du? Ich verstehe dich nicht ganz.«

»Ihr sprecht doch alle davon«, fuhr Raskolnikoff fort und verzog den Mund zu einem Lächeln, »daß ich verrückt sei; denn jetzt schien es mir, als ob ich tatsächlich verrückt sei und bloß ein Gespenst gesehen habe.«

»Was fällt dir ein!«

»Wer kann es denn wissen! Vielleicht bin ich wirklich verrückt, und vielleicht ist alles, was in diesen Tagen vorgefallen ist, nur in meiner Einbildung geschehen . . .«

»Ach, Rodja! Man hat dich wieder aufgeregt! . . . Aber was hat er denn gesagt, warum kam er?«

Raskolnikoff antwortete nicht. Rasumichin sann eine Weile nach.

»Nun, höre zu!« begann er. »Ich war schon bei dir, aber da schliefst du. Dann aßen wir zu Mittag, und ich ging nachher zu Porphyrij. Samjotoff war noch immer da. Ich wollte mit ihm sprechen, aber es kam nichts dabei heraus. Ich konnte nie in der richtigen Weise beginnen. Sie schienen auch nicht zu begreifen oder konnten nichts begreifen und waren gar nicht verlegen. Ich führte Porphyrij zum Fenster hin und begann zu sprechen, aber es kam wieder nichts dabei heraus – er blickte zur Seite, und ich blickte zur Seite. Schließlich hielt ich ihm die Faust vor die Fratze und sagte, daß ich ihn windelweich verbläuen werde, verwandt–schaftlich, weißt du! Er sah mich bloß an und sagte nichts. Ich ließ die Sache fallen und ging weg, das ist alles. Sehr dumm, nicht wahr? Mit Samjotoff sprach ich kein Wort. Nun sieh: ich dachte anfangs, ich hätte die Sache verschlimmert, aber wie ich die Treppe hinunterstieg, kam mir, nein besser, erleuchtete mich der Gedanke: warum beunruhigen wir uns eigentlich? Wenn dir wenigstens eine Gefahr drohen würde oder etwas ähnliches in Aussicht wäre, nun, dann wäre es verständlich! So aber, was geht es dich an? Du hast mit der Sache nichts zu tun, also pfeife darauf; wir werden später noch über sie lachen, und ich würde an deiner Stelle sie noch mystifizieren. Wie sie sich nachher schämen werden! Pfeif darauf; wir können sie auch nachher verprügeln, jetzt aber wollen wir über sie lachen!«

»Du hast recht, selbstverständlich!« anwortete Raskolnikoff. (»Aber was wirst du morgen sagen?« dachte er sofort.)

Sonderbar, bis jetzt war ihm noch nie der Gedanke gekommen: »Was wird Rasumichin denken, wenn er es erfährt?« Und bei diesem Gedanken blickte Raskolnikoff ihn gespannt an. An dem jetzigen Bericht Rasumichins über seinen Besuch bei Porphyrij hatte er weniger Interesse – seit der Zeit war so vieles verschwunden und anderes hinzugekommen! ...

Im Korridor stießen sie mit Lushin zusammen. Er war Punkt acht Uhr erschienen und suchte das Zimmer, so daß alle drei zugleich eintraten, ohne aber einander anzublicken und ohne zu grüßen. Die jungen Leute gingen sofort ins Zimmer hinein, Pjotr Petrowitsch verblieb aus Anstand noch eine Weile im Vorzimmer und legte den Mantel ab. Pulcheria Alexandrowna ging ihm sofort entgegen, um ihn an der Schwelle zu empfangen. Dunja begrüßte den Bruder.

Pjotr Petrowitsch verneigte sich beim Eintreten ziemlich liebenswürdig vor den Damen, wenn auch mit betonter Würde. Er sah aus, als wäre er ein wenig verwirrt und als ob er sich nicht ganz zurechtgefunden hätte. Pulcheria Alexandrowna, die auch ein wenig betreten war, beeilte sich sofort, alle um einen runden Tisch, auf dem der Ssamowar summte, zu placieren. Dunja und Lushin setzten sich einander gegenüber. Rasumichin und Raskolnikoff kamen Pulcheria Alexandrowna gegenüber zu sitzen, Rasumichin näher zu Lushin, Raskolnikoff neben der Schwester.

Es trat Schweigen ein. Pjotr Petrowitsch zog langsam ein Batisttaschentuch hervor, das nach Parfüm duftete, und schneuzte sich mit der Miene eines tugendhaften, in seiner Würde gekränkten Menschen, der fest entschlossen ist, Erklärungen zu verlangen. Im Vorzimmer war ihm der Gedanke gekommen, den Mantel nicht abzulegen und fortzugehen und dadurch die Damen streng und nachdrücklich zu bestrafen, um sie mit einem Schlag alles fühlen zu lassen. Aber er konnte sich nicht dazu entschließen. Außerdem liebte er keine Ungewißheit. Hier galt es festzustellen, aus welchem Grunde sein Befehl so offensichtlich nicht befolgt wurde. Es mußte irgend etwas Besonderes sein, und so war es besser, abzuwarten; zu strafen blieb ihm ja immer noch Zeit genug, es lag ja in seinen Händen.

»Ich hoffe, die Reise ist glücklich verlaufen?« wandte er sich in offiziellem Ton an Pulcheria Alexandrowna.

»Gottlob ja, Pjotr Petrowitsch.«

»Sehr angenehm zu hören. Und Awdotja Romanowna ist auch nicht ermüdet?«

»Ach, ich bin jung und kräftig und werde nicht so leicht müde; aber für Mama war es doch sehr anstrengend«, antwortete Dunetschka.

»Tja, das läßt sich leider nicht ändern; die Entfernungen in unserem Lande sind groß. Groß ist das sogenannte »Mütterchen Rußland« ... Ich aber konnte Sie gestern beim besten Willen nicht auf dem Bahnhof empfangen. Ich hoffe jedoch, daß alles ohne Aufregung gut verlaufen ist?«

»Ach nein, Pjotr Petrowitsch, wir waren doch sehr mutlos«, beeilte sich Pulcheria Alexandrowna mit besonderer Betonung zu bemerken, »und wenn uns nicht Gott selbst Dmítrij Prokófjitsch gestern gesandt hätte, so wären wir sehr verlassen gewesen. Das ist er, Dmitrij Prokofjitsch Rasumichin«, fügte sie hinzu, ihn Lushin vorstellend.

»Ich hatte schon das Vergnügen ... gestern«, murmelte Lushin und streifte Rasumichin mit einem feindseligen Seitenblick; sein Gesicht verfinsterte sich, und er schwieg.

Pjotr Petrowitsch gehörte zu jenen Leuten, die in Gesellschaft überaus liebenswürdig sein können und auf den Ruf der Liebenswürdigkeit besonderen Anspruch erheben, die aber sofort, wenn auch nur das geringste nicht nach ihrem Geschmack ist, alle ihre guten Eigenschaften verlieren und eher Mehlsäcken als gewandten und die Gesellschaft belebenden Kavalieren gleichen. Alle verstummten wieder für eine Weile. Raskolnikoff schwieg hartnäckig, und Awdotja Romanowna wollte das Schweigen nicht vorzeitig unterbrechen. Rasumichin hatte nichts zu sagen, so daß Pulcheria Alexandrowna wieder unruhig wurde.

»Daß Marfa Petrowna gestorben ist, haben Sie wohl schon gehört?« begann sie, zu einem ihrer Hauptaushilfsmittel greifend.

»Ich habe es gehört. Ich wurde sofort benachrichtigt und bin sogar jetzt gekommen, Ihnen mitzuteilen, daß Arkádij Iwánowitsch Sswidrigáiloff unverzüglich nach der Beerdigung seiner Gattin nach Petersburg abgereist ist. So lauten wenigstens die sichersten Nachrichten, die ich empfangen habe.«

»Nach Petersburg? Hierher?« fragte Dunja voll Unruhe und wechselte mit der Mutter einen Blick.

»Ja, es ist ganz sicher, und selbstverständlich wird er nicht ohne Absichten herkommen, wenn man die Eile der Abreise und überhaupt die vorangegangenen Umstände in Betracht zieht.«

»Mein Gott! Will er etwa auch hier Dunetschka nicht in Ruhe lassen?« Pulcheria Alexandrowna sah ganz ratlos aus.

»Ich glaube, daß weder Sie noch Awdotja Romanowna sich besonders aufzuregen brauchen, natürlich wenn Sie nicht selbst mit ihm in Verbindung treten wollen. Was mich anbetrifft, so passe ich auf und suche jetzt festzustellen, wo er abgestiegen ist . . .«

»Ach, Pjotr Petrowitsch, Sie glauben nicht, wie Sie mich jetzt erschreckt haben!« fuhr Pulcheria Alexandrowna fort. »Ich habe ihn bloß zweimal gesehen, er erschien mir schrecklich, furchterregend! Ich bin überzeugt, daß er die Ursache von Marfa Petrownas Tod ist.«

»Darüber läßt sich vorerst noch nichts Abschließendes sagen. Ich habe genaue Nachrichten erhalten. Ich bestreite nicht, daß er vielleicht den Gang der Dinge sozusagen durch den moralischen Einfluß von Kränkungen beschleunigt hat; denn im Urteil über sein Benehmen und überhaupt über seinen sittlichen Charakter bin ich mit Ihnen völlig einig. Ich weiß nicht, ob er jetzt reich ist und was Marfa Petrowna ihm hinterlassen hat. Das werde ich in kürzester Zeit erfahren. Aber hier, in Petersburg, wird er selbstverständlich, wenn er nur einigermaßen mit Mitteln versehen ist, sofort wieder seinen alten Gewohnheiten nachgehen. Er ist der ausschweifendste und in Lastern verdorbenste Mensch von allen seiner Art! Ich habe einen triftigen Grund anzunehmen, daß Marfa Petrowna, die das Unglück hatte, sich in ihn zu verlieben, und die ihn vor acht Jahren von seinen Gläubigern freikaufte, ihm auch in anderer Hinsicht geholfen hat. Einzig und allein dank ihren Bemühungen und Opfern wurde eine kriminelle Sache mit einem Beigeschmack von tierischem und sozusagen phantastischem Seelenmord vertuscht, für die er mit größter Wahrscheinlichkeit nach Sibirien verschickt worden wäre. Sehen Sie, so ist dieser Mensch, wenn Sie es wissen wollen.«

»Ach, mein Gott!« rief Pulcheria Alexandrowna aus.

Raskolnikoff hörte aufmerksam zu.

»Ist es wahr, was Sie da sagen, daß Sie darüber genaue Nachrichten besitzen?« fragte Dunja streng und eindringlich.

»Ich erzähle bloß das, was ich selbst von der verstorbenen Marfa Petrowna, als Geheimnis anvertraut, gehört habe. Ich muß bemerken, daß diese Sache vom juristischen Standpunkt aus sehr dunkel ist. Hier lebte und scheint auch jetzt noch eine gewisse Rösslich zu leben, eine Ausländerin, eine kleine Wucherin, die sich aber auch mit anderen Geschäften befaßt. Zu dieser Rösslich stand Herr Sswidrigailoff seit langem in einem gewissen sehr nahen und geheimnisvollen Verhältnis. Bei der Rösslich wohnte eine entfernte Verwandte, eine Nichte, glaube ich, ein taubstummes Mädchen von fünfzehn oder vierzehn Jahren, die von dieser Rösslich grenzenlos gehaßt wurde. Jedes Stück Brot soll sie ihr vorgeworfen und sie sogar unmenschlich geschlagen haben. Eines Tages wurde dieses Mädchen auf dem Boden erhängt aufgefunden. Es wurde festgestellt, daß sie Selbstmord verübt hatte. Nach den gewöhnlichen Formalitäten wurde die Sache abgeschlossen, später aber lief eine Denunziation ein, daß das Kind von Herrn Sswidrigailoff ... grausam mißbraucht worden sei. Es ist wahr, die Sache war sehr dunkel, die Denunziation stammte von einer anderen Deutschen, einem verwerflichen Frauenzimmer, das kein Vertrauen verdiente; schließlich ergab es sich dank den Bemühungen und dem Gelde Marfa Petrownas, daß gar keine Denunziation eingelaufen sei; alles beschränkte sich auf ein Gerücht. Aber dieses Gerücht war bedeutsam genug. Sie, Awdotja Romanowna, haben sicher auch von der Geschichte mit dem Diener Filka gehört, der vor sechs Jahren, noch zur Zeit der Leibeigenschaft, an Mißhandlungen gestorben ist.«

»Ich habe im Gegenteil gehört, daß dieser Filka sich selbst erhängt habe.«

»Das stimmt, aber die ununterbrochenen Verfolgungen und Strafen des Herrn Sswidrigailoff haben ihn dazu gezwungen oder, besser gesagt, zum Selbstmord getrieben.«

»Davon weiß ich nichts«, antwortete Dunja trocken. »Ich habe nur eine andere, sehr sonderbare Geschichte gehört, nach der dieser Filka ein Hypochonder gewesen sei, ein Autodidakt und Philosoph; die Leute sagten von ihm, er habe zuviel gelesen und habe sich eher wegen der Spötteleien des Herrn Sswidrigailoff erhängt, nicht wegen irgendwelcher Schläge. Als ich dort im Hause war, behandelte er die Leute gut, und die Leute liebten ihn sogar, obwohl sie ihm an dem Tode Filkas die Schuld gaben.«

»Ich sehe, Awdotja Romanowna, daß Sie auf einmal geneigt sind, ihn zu entschuldigen«, bemerkte Lushin, den Mund zu einem zweideutigen Lächeln verziehend. »Er ist in der

Tat ein schlauer Mensch und für Damen verführerisch, wofür Marfa Petrowna ein trauriges Beispiel ist; und die ist nun eines so eigentümlichen Todes gestorben. Ich wollte bloß Ihnen und Ihrer Frau Mutter mit meinem Ratschlag einen Dienst erweisen, in Anbetracht seiner neuen und zweifellos bevorstehenden Annäherungsversuche. Was mich betrifft, so bin ich fest überzeugt, daß dieser Mensch selbstverständlich wieder im Schuldgefängnis verschwinden wird. Marfa Petrowna hat nie und nimmer die Absicht gehabt, irgend etwas auf seinen Namen zu übertragen, weil sie die Kinder im Auge hatte, und wenn sie ihm etwas hinterlassen hat, so ist es höchstens das Notwendigste, kaum nennenswert, und reicht für einen Menschen von seinen Gewohnheiten nicht einmal für ein Jahr aus.«

»Pjotr Petrowitsch, ich bitte Sie«, sagte Dunja, »hören wir auf, von Herrn Sswidrigailoff zu sprechen. Es langweilt mich.«

»Er war soeben bei mir«, sagte plötzlich Raskolnikoff, zum ersten Mal sein Schweigen brechend.

Von allen Seiten ertönten Ausrufe, und alle wandten sich ihm zu. Selbst Pjotr Petrowitsch geriet in Aufwallung.

»Vor anderthalb Stunden, als ich schlief, kam er herein, wovon ich aufwachte, und er stellte sich vor«, fuhr Raskolnikoff fort. »Er war ziemlich ungezwungen und heiter und hofft sicher, daß ich mit ihm in nähere Beziehungen treten werde. Unter anderem bittet er sehr um eine Zusammenkunft mit dir, Dunja, und er bat mich, der Vermittler dieser Zusammenkunft zu sein. Er will dir ein Anerbieten machen; worin dies besteht, hat er mir mitgeteilt. Außerdem teilte er mir die Tatsache mit, daß Marfa Petrowna Zeit gefunden hat, eine Woche vor ihrem Tode, dir, Dunja, dreitausend Rubel zu vermachen, und daß du dieses Geld in sehr kurzer Zeit erhalten wirst.«

»Gott sei gedankt!« murmelte Pulcheria Alexandrowna ganz erschüttert und schlug ein Kreuz. »Bete für sie, Dunja, bekreuze dich!«

»Das ist tatsächlich wahr«, entschlüpfte es Lushin.

»Nun und weiter?« drängte Dunja.

»Dann sagte er, daß er selbst nicht reich sei und das ganze Vermögen seinen Kindern, die jetzt bei der Tante sind, zufällt. Er sagte auch, daß er irgendwo nicht weit von mir abgestiegen sei, wo aber – das weiß ich nicht, ich habe ihn nicht gefragt ...«

»Aber was will er denn Dunetschka anbieten?« fragte die von der Überraschung ganz verwirrte Pulcheria Alexandrowna. »Hat er es dir gesagt?«

»Ja, er hat es mir gesagt.«

»Was ist es denn?«

»Ich werde es nachher sagen.« Raskolnikoff verstummte und wandte sich seinem Glase Tee zu.

Pjotr Petrowitsch zog seine Uhr hervor und sah nach der Zeit.

»Ich muß in einer notwendigen Angelegenheit weggehen und so werde ich denn nicht stören«, fügte er mit merklich gekränkter Miene hinzu und erhob sich schon halb vom Stuhl.

»Bleiben Sie, Pjotr Petrowitsch«, sagte Dunja. »Sie hatten doch die Absicht, den ganzen Abend hier zu verbringen. Außerdem schrieben Sie selbst, daß Sie wünschten, sich über etwas mit Mama auszusprechen.«

»Das ist richtig, Awdotja Romanowna«, sagte Pjotr Petrowitsch mit Nachdruck, setzte sich wieder hin, behielt aber den Hut in der Hand. »Ich wollte tatsächlich mit Ihnen und mit Ihrer verehrten Frau Mutter sprechen, und sogar über sehr wichtige Punkte. Aber, da Ihr Bruder in meiner Gegenwart sich über einige Angebote Herrn Sswidrigailoffs nicht näher erklären kann, so wünsche auch ich nicht und kann auch ich nicht ... in Gegenwart von anderen ... über einige äußerst wichtige Punkte sprechen. Außerdem ist meine Haupt- und nachdrücklichste Bitte nicht erfüllt worden ...« Lushin nahm eine bittre Miene an und schwieg würdevoll.

»Ihre Bitte, daß mein Bruder bei unserer Zusammenkunft

nicht zugegen sein solle, ist einzig auf mein Verlangen hin nicht erfüllt worden«, sagte Dunja. »Sie schrieben, daß Sie von meinem Bruder beleidigt worden seien; ich denke, daß dies sofort geklärt werden muß, und Sie beide sich versöhnen müssen. Und wenn Rodja Sie tatsächlich beleidigt hat, so *muß* und *wird* er Sie um Entschuldigung bitten.«

Pjotr Petrowitsch wurde sofort mutiger.

»Es gibt gewisse Beleidigungen, Awdotja Romanowna, die man beim besten Willen nicht vergessen kann. In allem gibt es eine Grenze, die zu überschreiten gefährlich ist; denn *ist* sie einmal überschritten, so ist es unmöglich zurückzukehren.«

»Ich sprach eigentlich nicht davon, Pjotr Petrowitsch«, unterbrach ihn Dunja ein wenig ungeduldig. »Verstehen Sie doch, daß unsere Zukunft jetzt davon abhängt, ob dieses alles sich möglichst schnell aufklären und erledigen läßt oder nicht? Ich sage offen, daß ich es anders nicht ansehen kann, und wenn Sie mich nur ein wenig schätzen, so muß die ganze Geschichte, wie schwer es auch fallen mag, heute noch beigelegt werden. Ich wiederhole Ihnen, wenn mein Bruder die Schuld trägt, wird er um Verzeihung bitten.«

»Ich bin erstaunt, daß Sie die Frage so stellen, Awdotja Romanowna!« Lushin wurde immer gereizter. »Wenn ich Sie schätze und sozusagen verehre, brauche ich doch nicht gleichzeitig jeden aus Ihrer Familie besonders gern zu haben. Wenn ich auf den glücklichen Besitz Ihrer Hand Anspruch erhebe, brauche ich doch nicht gleichzeitig Verpflichtungen zu übernehmen, die unvereinbar ...«

»Ach, lassen Sie doch diese ganze Empfindlichkeit, Pjotr Petrowitsch«, unterbrach ihn Dunja mit Wärme, »und seien Sie der kluge und edle Mensch, für den ich Sie stets gehalten habe und halten will. Ich habe Ihnen ein großes Versprechen gegeben, ich bin Ihre Braut; vertrauen Sie mir doch in dieser Sache, und glauben Sie mir, ich werde die Kraft haben, unparteiisch zu urteilen. Der Umstand, daß ich die Rolle eines Richters übernehme, ist für meinen Bruder ebenso eine Überraschung wie für Sie. Als ich ihn heute nach dem Empfang Ihres Briefes aufforderte, unbedingt zu unserer Zusammenkunft zu kommen, habe ich ihm nichts von meinen Absichten mitgeteilt. Verstehen Sie doch, daß, wenn Sie sich nicht versöhnen, ich zwischen Ihnen beiden wählen muß: entweder Sie oder ihn. So lautet die Frage sowohl von seiner wie auch von Ihrer Seite. Ich will und darf mich nicht irren in der Wahl. Ihretwegen soll ich mit meinem Bruder brechen; meines Bruders wegen soll ich mit Ihnen brechen. Ich will und kann jetzt sicher erfahren: ist er mir wirklich ein Bruder? Und von Ihnen: ob ich Ihnen teuer bin, ob Sie mich schätzen: ob Sie mir ein Gatte sein können?«

»Awdotja Romanowna«, sagte Lushin verletzt, »Ihre Worte sind für mich zu bedeutungsvoll, ich muß sogar sagen, kränkend, in Anbetracht der Stellung, die ich die Ehre habe, Ihnen gegenüber einzunehmen. Ich spreche schon gar nicht von der kränkenden und sonderbaren Gleichstellung, wie auf die gleiche Stufe, meiner Person mit einem ... aufgeblasenen Jüngling, aber mit Ihren Worten deuten Sie die Möglichkeit an, das mir gegebene Versprechen zu brechen. Sie sagen: ‚entweder Sie oder er', also zeigen Sie damit, wie wenig ich für Sie bedeute ... ich kann dies bei dem Verhältnis und ... den Verpflichtungen, die zwischen uns bestehen, nicht zulassen.«

»Wie!« flammte Dunja auf. »Ich stelle Ihre Interessen auf eine Stufe mit allem, was mir im Leben bis jetzt teuer war, was bis jetzt mein *ganzes* Leben ausmachte, und Sie sind gekränkt, daß ich Sie *zu wenig* schätze!«

Raskolnikoff lächelte schweigend und höhnisch, Rasumichin hielt mit Mühe an sich; Pjotr Petrowitsch aber ließ die Erwiderung nicht gelten, im Gegenteil, er wurde mit jedem Worte anmaßender und gereizter, als käme er in Geschmack.

»Die Liebe zum künftigen Lebensgefährten, zum Gatten, muß die Liebe zum Bruder weit überragen«, sagte er sentenziös. »In jedem Falle aber kann ich nicht auf ein und derselben Stufe stehen ... Aber wenn ich auch vorhin mit allem Nachdruck sagte, daß ich nicht wünschte, in Gegenwart Ihres Bruders alles zu erklären, und nicht sagen könne, weswegen ich hierhergekommen bin, so habe ich jetzt nichtsdestoweniger die Absicht, mich an Ihre verehrte Frau Mutter zu wenden, um eine notwendige Aufklärung über einen sehr wichtigen und mich beleidigenden Punkt zu erhalten. Ihr Sohn«, wandte er sich an Pulcheria Alexandrowna, »hat mich gestern in Gegenwart des Herrn Rassúdkin[12] (oder ... der Name ist doch richtig? Entschuldigen Sie, ich habe mir Ihren Namen sehr wohl gemerkt«, sagte er, sich liebenswürdig vor Rasumichin verbeugend) »durch die Verdrehung eines Gedankens von mir, den ich Ihnen einmal in einem Privatgespräch bei einer Tasse Kaffee mitteilte, beleidigt. Mein Gedanke war, daß die Heirat mit einem armen Mädchen, das schon die Sorgen des Lebens kennengelernt hat, meiner Ansicht nach vom Standpunkt der Ehe aus vorteilhafter sei als mit einem, das im Überfluß lebt, weil es für die Moral nützlicher ist. Ihr Sohn hat absichtlich den Sinn meiner Worte bis zum Unsinn entstellt und mich böswilliger Absichten beschuldigt, wobei er sich meiner Ansicht nach nur auf Ihren Brief berufen kann. Ich würde mich glücklich schätzen, wenn es Ihnen, Pulcheria Alexandrowna, möglich wäre, mich vom Gegenteil zu überzeugen und mich dadurch sehr zu beruhigen. Also teilen Sie mir doch bitte mit, in welchen Ausdrücken Sie meine Worte in Ihrem Brief an Rodion Romanowitsch wiedergegeben haben?«

»Ich entsinne mich nicht«, sagte Pulcheria Alexandrowna verwirrt, »ich habe sie so wiedergegeben, wie ich sie selbst verstanden hatte. Ich weiß nicht, wie Rodja sich Ihnen gegenüber ausgedrückt hat... Vielleicht hat er auch einiges übertrieben?«

»Ohne Ihren Anlaß hätte er nicht übertreiben können.«

»Pjotr Petrowitsch«, erwiderte Pulcheria Alexandrowna mit Würde, »der Beweis, daß ich und Dunja Ihre damaligen Worte nicht in sehr schlechtem Sinne aufgefaßt haben, ist, daß wir *hier* sind.«

»Sehr gut, Mama!« sagte Dunja beifällig.

»Also demnach bin ich der Schuldige!« bemerkte Lushin gekränkt.

»Sehen Sie, Pjotr Petrowitsch, Sie beschuldigen immer Rodion; Sie selbst aber haben vorhin in dem Brief über ihn die Unwahrheit geschrieben«, fuhr nun Pulcheria Alexandrowna fort.

»Ich erinnere mich nicht, daß ich je irgendeine Unwahrheit geschrieben hätte.«

»Sie haben geschrieben«, sagte Raskolnikoff scharf, ohne sich an Lushin zu wenden, »daß ich gestern das Geld nicht der Witwe des Überfahrenen gegeben habe, wie es in der Tat der Fall war, sondern seiner Tochter, die ich, nebenbei gesagt, vor dem gestrigen Tage noch nie gesehen hatte. Sie haben dies geschrieben, um mich mit meinen Angehörigen zu entzweien, und haben sich auch aus demselben Grunde in häßlichen Ausdrücken über den Lebenswandel des jungen Mädchens geäußert, das Sie nicht einmal kennen. Das ist Klatsch und niedrige Verleumdung.«

»Entschuldigen Sie, mein Herr«, antwortete Lushin zitternd vor Wut, »in meinem Brief habe ich mich über Ihre Eigenschaften und Handlungen einzig aus dem Grunde geäußert, um die Bitte Ihrer Schwester und Mutter zu erfüllen und ihnen zu beschreiben, wie ich Sie gefunden und welch einen Eindruck Sie auf mich gemacht haben. Was das in meinem Brief Erwähnte anbetrifft, so zeigen Sie mir wenigstens eine unwahre Zeile, das heißt, daß Sie das Geld nicht ausgegeben haben und daß zu jener Familie, mag sie sonst auch nur unglücklich sein, keine unwürdigen Personen gehören?«

»Meiner Ansicht nach sind Sie mit allen Ihren Vorzügen nicht den kleinen Finger dieses unglücklichen Mädchens wert, auf das Sie einen Stein werfen.«

»Dann würden Sie sich wohl auch entschließen, sie in die Gesellschaft Ihrer Mutter und Schwester einzuführen?«

»Das habe ich bereits getan, wenn Sie es wissen wollen.

Ich habe sie heute neben meine Mutter und Dunja gesetzt.«

»Rodja!« rief Pulcheria Alexandrowna dazwischen.

Dunetschka errötete; Rasumichin zog die Augenbrauen zusammen. Lushin lächelte höhnisch und hochmütig.

»Sie belieben nun selbst zu sehen, Awdotja Romanowna«, sagte er, »daß hier keine Verständigung möglich ist. Ich hoffe, daß diese Sache jetzt abgetan und aufgeklärt ist. Nun werde ich mich jedoch entfernen, um das weitere angenehme Zusammensein der Verwandten und die Mitteilung von Geheimnissen nicht zu stören.« Er erhob sich vom Stuhl und nahm seinen Hut. »Beim Weggehen erlaube ich mir nur noch zu bemerken, daß ich hoffe, künftig von ähnlichen Begegnungen und sozusagen Kompromissen verschont zu bleiben. Sie, verehrte Pulcheria Alexandrowna, möchte ich noch besonders darum gebeten haben, umso mehr, als auch mein Brief an Sie und nicht an andere adressiert war.«

Pulcheria Alexandrowna fühlte sich einigermaßen gekränkt.

»Sie scheinen uns ja bereits als vollkommen in Ihrer Macht stehend zu betrachten, Pjotr Petrowitsch. Dunja hat uns den Grund gesagt, warum Ihr Wunsch nicht erfüllt worden ist: sie hat die besten Absichten damit verfolgt. Und Sie schreiben mir ja auch, als ob Sie mir zu befehlen hätten. Sollen wir denn jeden Ihrer Wünsche als Befehl ansehen? Ich will Ihnen dagegen sagen, daß Sie uns gegenüber jetzt erst recht nachgiebig und taktvoll sein müßten, da wir doch alles im Stich gelassen haben und im Vertrauen zu Ihnen hierher gereist sind, uns also auch sowieso fast in Ihrer Gewalt befinden.«

»Das ist nicht ganz richtig, Pulcheria Alexandrowna, und besonders nicht im gegenwärtigen Augenblick, wo Ihnen über die von Marfa Petrowna vermachten dreitausend Rubel Mitteilung zugekommen ist. Das scheint Ihnen sehr willkommen zu sein, wie man nach dem neuen Ton, in dem Sie mit mir sprechen, annehmen kann«, fügte er höhnisch hinzu.

»Nach dieser Bemerkung zu urteilen, haben Sie tatsächlich mit unserer Hilflosigkeit gerechnet«, sagte Dunja gereizt.

»Jetzt wenigstens kann ich nicht mehr darauf rechnen, und ich möchte besonders nicht die Mitteilung der geheimnisvollen Angebote von Arkadij Iwanowitsch Sswidrigailoff stören, mit denen er Ihr Brüderlein betraut hat, und die für Sie, wie ich sehe, von wertvoller und vielleicht auch sehr angenehmer Bedeutung sind.«

»Ach, mein Gott!« stieß Pulcheria Alexandrowna hervor.

Rasumichin konnte kaum noch auf dem Stuhl sitzen bleiben.

»Und du schämst dich jetzt nicht, Schwester?« fragte Raskolnikoff.

»Ich schäme mich, Rodja«, sagte Dunja. »Pjotr Petrowitsch, verlassen Sie uns!« wandte sie sich zu ihm, bleich vor Zorn.

Mit einem solchen Ende hatte Pjotr Petrowitsch anscheinend überhaupt nicht gerechnet. Er hatte viel zu sehr auf sich selbst, auf seine Macht und auf die Hilflosigkeit seiner Opfer gebaut. So konnte er es denn zunächst noch gar nicht verstehen. Er erbleichte, und seine Lippen bebten.

»Awdotja Romanowna, wenn ich jetzt zu dieser Tür hinausgehe, mit einem solchen Abschied, so – bedenken Sie das – werde ich nie mehr zurückkehren. Überlegen Sie es sich gut! Mein Wort ist unwiderruflich.«

»Welch eine Frechheit!« rief Dunja und erhob sich schnell von ihrem Platz. »Ich will ja gar nicht, daß Sie zurückkehren!«

»Was? Ach so ... Also, so steht es!« rief Lushin aus, der bis zum letzten Augenblick an einen solchen Ausgang nicht geglaubt hatte und nun vollkommen den Faden verlor, »also, so ist es gemeint! Aber wissen Sie auch, Awdotja Romanowna, daß ich dagegen protestieren könnte?«

»Welch ein Recht haben Sie, in solcher Weise mit ihr zu sprechen!« trat Pulcheria Alexandrowna heiß für ihre Tochter ein. »Inwiefern könnten Sie protestieren? Was für Rechte haben Sie denn? Und Ihnen, solch einem, soll ich meine Dunja geben? Gehen Sie, verlassen Sie uns! Wir sind selbst schuld, daß wir auf solch eine ungerechte Sache eingegangen sind, und am meisten ich ...«

»Sie haben mich doch, Pulcheria Alexandrowna«, ereiferte sich Lushin in seiner Wut, »durch Ihr gegebenes Wort gebunden, von dem Sie sich jetzt lossagen ... und schließlich ... haben Sie mich dadurch sozusagen in Unkosten gestürzt ...«

Diese letzte Anmaßung war so charakteristisch für Pjotr Petrowitsch, daß Raskolnikoff, bleich vor Zorn und von der Anstrengung, sich zu beherrschen, plötzlich nicht anders konnte und – laut auflachte. Pulcheria Alexandrowna aber war empört.

»In Unkosten? In was für Unkosten? Meinen Sie damit etwa unseren Koffer? Den hat doch ein Schaffner Ihnen umsonst hergeschafft. Mein Gott, wir sollen Sie gebunden haben? Besinnen Sie sich doch, Pjotr Petrowitsch, Sie haben uns an Händen und Füßen gebunden und nicht wir Sie!«

»Genug, Mama, bitte, genug!« bat Awdotja Romanowna. »Pjotr Petrowitsch, tun Sie mir den Gefallen und gehen Sie!«

»Ich gehe sofort, aber noch ein letztes Wort!« sagte er, fast schon völlig außer sich. »Ihre Mutter scheint vollkommen vergessen zu haben, daß ich mich entschlossen hatte, trotz den Gerüchten, die in der Stadt und im ganzen Umkreis über Ihren Ruf verbreitet waren, Sie zu heiraten. Indem ich Ihretwegen die öffentliche Meinung nicht beachtete und Ihren Ruf wiederherstellte, konnte ich doch wohl auf eine Entschädigung, einen Lohn hoffen und sogar Dankbarkeit von Ihnen erwarten ... Und jetzt erst sind mir die Augen geöffnet worden! Ich sehe selbst, daß ich sehr übereilt gehandelt habe, indem ich der öffentlichen Stimme keine Beachtung schenkte ...«

»Ja, hat denn der Kerl zwei Köpfe!« rief Rasumichin aufspringend aus, und schickte sich schon an, kurzen Prozeß zu machen.

»Sie sind ein niedriger, bösartiger Mensch!« sagte Dunja.

»Kein Wort mehr! Keine Bewegung!« rief Raskolnikoff und hielt Rasumichin zurück; dann trat er dicht an Lushin heran.

»Sie gehen jetzt sofort hinaus!« sagte er leise und deutlich, »und kein Wort mehr, sonst ...«

Pjotr Petrowitsch blickte ihn einige Sekunden mit bleichem, wutverzerrtem Gesicht an, wandte sich um und ging hinaus. Sicher hat selten jemand soviel Haß auf einen andern in seinem Herzen davongetragen wie dieser Mann jetzt gegen Raskolnikoff. Ihn und nur ihn allein machte er für alles verantwortlich. Merkwürdig war, daß er sich immer noch einbildete, auch als er schon die Treppe hinabstieg, daß die Sache vielleicht noch gar nicht ganz verloren und wenigstens bei den Damen sogar »sehr leicht« wieder ins Geleise zu bringen sei.

III

Die Hauptsache war wohl, daß er bis zum letzten Augenblick einen derartigen Ausgang überhaupt nicht für möglich gehalten hatte. Er hielt sich unentwegt für den Überlegenen und ließ sich nicht träumen, daß zwei arme und schutzlose Frauen sich seiner Macht entziehen könnten. Zu dieser Überzeugung trugen viel bei seine Eitelkeit und jenes übermäßige Selbstbewußtsein, das man besser Selbstverliebtheit nennen sollte. Pjotr Petrowitsch, der sich aus kleinen Verhältnissen emporgearbeitet hatte, besaß die krankhafte Angewohnheit, sich selbst mit Wohlgefallen zu betrachten, und schätzte seinen Verstand und seine Fähigkeiten sehr hoch ein; ja, er besah sogar sein Gesicht zuweilen, wenn er allein war, mit Liebe im Spiegel. Am meisten in der Welt aber liebte und schätzte er sein durch Arbeit und allerhand Machenschaften erworbenes Geld; dieses stellte ihn nach seinem Dafürhalten auf die gleiche Stufe mit allem, was von Hause aus über ihm stand.

Indem er Dunja voll Bitterkeit daran erinnerte, daß er sich entschlossen hatte, sie, trotz der schlechten Gerüchte über ihren Ruf, zu heiraten, sprach Pjotr Petrowitsch vollkommen aufrichtig aus, was er dachte. Er empfand sogar eine tiefe Entrüstung über solch einen »schwarzen Undank«. Als er aber damals um Dunja angehalten hatte, war er von der Sinnlosigkeit aller dieser Klatschgeschichten schon überzeugt gewesen, die zudem von Marfa Petrowna selbst öffentlich widerrufen und vom ganzen Städtchen, das Dunja warm in Schutz nahm, ohnehin längst als unwahr erkannt und abgetan worden waren. Er würde es jetzt auch nicht geleugnet haben, daß er damals schon dies alles gewußt hatte. Aber trotzdem rechnete er sich seinen Entschluß, Dunja zu sich zu erheben, hoch an und hielt ihn für eine große Tat. Indem er dies nun gegen Dunja ausspielte, sprach er nur einen im geheimen bereits lange gehegten Gedanken aus, an dem er sich mehr als einmal selber erbaut hatte, und er konnte nun einfach nicht begreifen, daß die anderen seine Großtat nicht mit gleicher Bewunderung betrachteten. So war er denn auch zu seinem ersten Besuch bei Raskolnikoff mit den Gefühlen eines Wohltäters gegangen, der sich anschickt, die süßen Früchte seiner Heldentat zu ernten und schmeichelhafte Komplimente in Empfang zu nehmen. Und auch jetzt noch hielt er sich, als er die Treppe hinabstieg, selbstverständlich nur für im höchsten Grade gekränkt und verkannt.

Dunja war ihm bereits unentbehrlich geworden; vorerst war es für ihn noch ganz undenkbar, auf sie verzichten zu müssen. Schon seit Jahren hatte er mit Behagen von einer Heirat geträumt, einstweilen aber immer noch mehr Geld zusammengescharrt und gewartet. In seinen geheimen Träumen dachte er mit Begeisterung an ein sittsames und armes (unbedingt armes) Mädchen, das blutjung, hübsch, aus guter Familie, gebildet, sehr eingeschüchtert sein und entsetzlich viel Unglück erlitten haben mußte und das sich vor ihm vollkommen beugen würde, an ein Mädchen, das lebenslänglich ihn als den Retter ansehen, verehren, sich ihm unterordnen und ihn, nur ihn allein bewundern würde. Wieviel Szenen, wieviel wonnige Episoden hatte er sich in der Phantasie über dieses verführerische und reizende Thema ausgemalt, wenn er in aller Stille von der Arbeit ausruhte! Und siehe da, der Traum so vieler Jahre war eines Tages fast schon zur Wirklichkeit geworden: die Schönheit und die Bildung Awdotja Romanownas hatten ihn überrascht; ihre hilflose Lage feuerte sein Begehren heftig an. Hier war mehr noch vorhanden, als er geträumt hatte: ein stolzes, charakterfestes, tugendhaftes Mädchen, das an Erziehung und Bildung weit höher stand als er selber (das fühlte er), und solch ein Wesen würde ihm ihr ganzes Leben wegen seiner großen Tat sklavisch dankbar sein und in Verehrung sich vor ihm in den Staub werfen, er aber würde grenzenlos und in allem über sie herrschen ! ... Als hätte es so sein müssen, hatte er sich kurz vorher nach langem Wägen und Warten entschlossen, seine Laufbahn zu ändern und in einen größeren Wirkungskreis überzugehen, um gleichzeitig allmählich in die höhere Gesellschaft, an die er lange schon mit Wollust gedacht hatte, hineinzukommen ... mit einem Wort, er hatte sich entschlossen, es mit Petersburg zu versuchen. Er wußte, daß man durch Frauen sehr, sehr viel gewinnen konnte. Der Zauber einer schönen, tugendhaften und gebildeten Frau konnte wunderbar seinen Weg ebnen, Leute an ihn heranziehen, ihm einen Glorienschein verleihen ... und nun war alles zerstört! Dieser plötzliche abscheuliche Bruch traf ihn wie ein Donnerschlag. Aber es war ja nur ein schlechter Spaß, war sicher nur Unsinn! Er hatte doch nur ein bißchen übertrieben; er hatte nicht einmal Zeit gehabt, sich auszusprechen! Er hatte bloß gescherzt, hatte sich doch nur ein wenig gehen lassen, und da hat es nun gleich so ein ernstes Ende genommen! Und schließlich, in seiner Weise liebte er sogar schon diese Dunja, in seinen Träumen herrschte er schon über sie, – und nun plötzlich dieses! ... Nein! Morgen, morgen schon mußte alles wieder ausgeglichen, aufgeklärt und gutgemacht werden, und die Hauptsache war jetzt, diesen aufgeblasenen Milchbart, der an allem schuld war, zu vernichten. Mit Unbehagen dachte er plötzlich an Rasumichin ... aber er beruhigte sich gleich wieder, denn »das fehlte gerade noch, daß auch der auf eine

Stufe mit ihm gestellt würde!« Wen er aber tatsächlich allen Ernstes fürchtete, war – Sswidrigailoff ... Mit einem Wort, es standen viel Mühe und viele Sorgen bevor ...

*

»Nein, ich, ich bin am meisten schuld!« sagte Dunja, die Mutter umarmend und küssend. »Ich habe mich von seinem Geld verlocken lassen, aber ich schwöre dir, Bruder, ich habe ja gar nicht geahnt, daß er ein so unwürdiger Mensch ist! Hätte ich ihn vorher durchschaut, so hätte ich mich um alles in der Welt nicht verlocken lassen! Klage mich nicht an, Bruder!«

»Gott hat uns gerettet! Gott hat uns gerettet!« murmelte Pulcheria Alexandrowna, aber mehr gefühlsmäßig als bewußt, als hätte sie noch nicht ganz begriffen, was vorgefallen war.

Alle freuten sich, ja, nach fünf Minuten lachten sie sogar. Zuweilen erblaßte Dunetschka ein wenig und zog die Augenbrauen zusammen bei der Erinnerung an das Vorgefallene. Pulcheria Alexandrowna konnte es auch noch nicht begreifen, daß sie sich gleichfalls freute; der Bruch mit Lushin war ihr doch heute früh noch als ein schreckliches Unglück erschienen. Rasumichin aber war begeistert! Er wagte bloß noch nicht, sein Entzücken zu äußern, aber er bebte am ganzen Körper wie im Fieber, als hätte sich eine zentnerschwere Last von seinem Herzen gewälzt. Jetzt hatte er das Recht, ihnen sein ganzes Leben hinzugeben, ihnen zu dienen ... Ach, und überhaupt, was war jetzt nicht möglich! Aber sofort jagte er noch schreckhafter alle weiteren Gedanken fort und fürchtete sich vor seiner Phantasie. Nur Raskolnikoff allein saß noch auf demselben Platz, düster und sogar zerstreut. Er, der am hartnäckigsten den Bruch mit Lushin gefordert hatte, schien sich jetzt am allerwenigsten für das Vorgefallene zu interessieren. Dunja dachte unwillkürlich, daß er immer noch sehr böse auf sie sei, und Pulcheria Alexandrowna betrachtete ihn ängstlich.

»Was hat dir denn Sswidrigailoff eigentlich gesagt?« fragte Dunja an ihn herantretend.

»Ach ja, ja!« Pulcheria Alexandrowna wollte es nun auch erfahren.

Raskolnikoff erhob den Kopf.

»Er will dir unbedingt zehntausend Rubel schenken und äußerte dazu den Wunsch, dich noch einmal zu sehen ... in meiner Gegenwart!«

»Sie zu sehen! Um keinen Preis der Welt!« rief Pulcheria Alexandrowna. »Und wie wagt er es, ihr Geld anzubieten!«

Darauf teilte Raskolnikoff ziemlich trocken sein Gespräch mit Sswidrigailoff mit, wobei er von dem Erscheinen Marfa Petrownas als Gespenst nichts erwähnte, um nicht zu weit zu gehen, und weil er einen Widerwillen empfand, irgendeine Unterhaltung, außer der notwendigsten, zu führen.

»Was hast du ihm geantwortet?« fragte Dunja.

»Ich sagte zuerst, daß ich dir keine Mitteilung davon machen wolle. Darauf erklärte er mir, daß er dann selbst mit allen Mitteln versuchen werde, dich zu sehen. Er beteuerte, daß seine Leidenschaft zu dir eine Torheit gewesen sei und daß er jetzt für dich nichts mehr empfinde ... Er will nicht, daß du Lushin heiratest ... Er sprach überhaupt verworren.«

»Wie erklärst du ihn dir, Rodja? Wie findest du ihn?«

»Ich muß gestehen, daß ich mir nicht ganz so klar über ihn bin. Er bietet zehntausend an, sagt aber selbst, er sei nicht reich. Er erklärt, daß er irgendwohin verreisen wolle, und nach zehn Minuten vergißt er, daß er darüber gesprochen hat. Plötzlich sagt er auch, daß er heiraten werde und daß man für ihn schon eine Braut freie ... Sicher hat er Absichten und am wahrscheinlichsten – schlimme ... Aber andererseits wäre das doch nicht anzunehmen, daß er so dumm die Sache anfassen würde, wenn er dir gegenüber schlimme Absichten hätte ... Ich habe selbstverständlich dieses Geld in deinem Namen ein für allemal ausgeschlagen. Überhaupt erschien er mir sehr eigentümlich und ... sogar ... wie mit Anzeichen von Geistesstörung. Ich kann mich jedoch auch irren; er kann einfach in seiner Art geschwindelt haben. Der Tod von Marfa Petrowna scheint ihm irgendwie nahezugehen ...«

»Gott schenke ihrer Seele Ruhe!« sagte Pulcheria Alexandrowna aus aufrichtigem Herzen. »Ich will ewig, ewig für sie beten! Wie würde es mit uns jetzt stehen, Dunja, ohne diese dreitausend Rubel! Mein Gott, sie sind wie vom Himmel geschickt! Ach, Rodja, wir hatten ja am Morgen nur noch drei Rubel, und ich überlegte mit Dunjetschka die ganze Zeit, wie wir am schnellsten irgendwo die Uhr versetzen könnten, um bloß nicht diesen anzugehen, so lange er nicht von selbst darauf verfiel.«

Dunja hatte das Anerbieten Sswidrigailoffs zu stark überrascht. Sie stand die ganze Zeit da wie in Gedanken versunken.

»Er hat irgend etwas Schreckliches im Sinn!« sagte sie fast flüsternd zu sich selbst und beinahe schaudernd.

Raskolnikoff bemerkte diese maßlose Furcht.

»Ich glaube, ich werde ihn noch mehr als einmal sehen müssen«, sagte er zu Dunja.

»Wir wollen ihn beobachten! Ich werde ihn schon finden!« rief Rasumichin energisch. »Ich will mein Auge nicht von ihm lassen! Rodja hat es mir erlaubt. Er hat mir selbst vorhin gesagt: Beschütze die Schwester. Und wollen Sie es mir auch erlauben, Awdotja Romanowna?«

Dunja lächelte und reichte ihm die Hand, aber die Sorge verließ nicht ihr Gesicht. Pulcheria Alexandrowna blickte sie schüchtern an; die dreitausend Rubel hatten ihr sichtlich das Herz erleichtert.

Nach einer Viertelstunde waren alle in lebhaftester Unterhaltung. Sogar Raskolnikoff hörte einige Zeit aufmerksam zu, obwohl er sich nicht am Gespräch beteiligte.

Rasumichin redete in einem fort.

»Und warum, warum wollen Sie abreisen!« ergoß er sich mit Wonne in einer begeisterten Rede. »Und was wollen Sie dort in dem Städtchen anfangen? Und die Hauptsache, hier leben Sie alle zusammen und können sich gegenseitig helfen – und wie not das tut, das sehen Sie doch selbst ein! So versuchen Sie es doch wenigstens eine Weile ... Mich aber nehmen Sie als Ihren Freund zu Ihrem Teilhaber, zum Kompagnon, und ich versichere Sie, wir könnten ein ausgezeichnetes Unternehmen gründen! Hören Sie, ich will Ihnen alles genau erklären – das ganze Projekt mit allen Details! Schon heute morgen, als noch nichts vorgefallen war, kam es mir in den Sinn ... Sehen Sie, die Sache verhält sich folgendermaßen: Ich habe einen Onkel – ich werde Sie mit ihm bekanntmachen, ein ausgezeichneter und verehrungswürdiger alter Herr –, und dieser Onkel hat ein Vermögen von tausend Rubel auf der Bank liegen; er selbst lebt von seiner Pension und leidet keine Not. Fast zwei Jahre quält er mich schon, daß ich diese tausend Rubel für ihn anlegen und ihm sechs Prozent dafür zahlen soll. Ich weiß ja, wie der Hase läuft – er will mir einfach helfen. Im vorigen Jahr aber brauchte ich es nicht, in diesem Jahr jedoch wartete ich bloß auf seine Ankunft und habe mich entschlossen, es anzunehmen. Sie geben dann die anderen tausend Rubel von Ihren drei, und sehen Sie, das genügt für den Anfang, und wir verbünden uns. Was machen wir aber damit?«

Und nun begann Rasumichin sein Projekt zu entwickeln und redete viel darüber, wie wenig fast alle unsere Buchhändler und Verleger von ihrer Sache verstehen, darum seien sie auch gewöhnlich schlechte Verleger, während anständige Buchausgaben sich sicher bezahlt machten und einen zuweilen bedeutenden Gewinn abwürfen. Von der Tätigkeit eines Verlegers träumte also Rasumichin; er hatte schon zwei Jahre für andere gearbeitet und beherrschte drei europäische Sprachen recht gut, wenn er auch vor sechs Tagen Raskolnikoff erklärt hatte, daß er im Deutschen »schwach« sei; aber das hatte er nur getan, um ihn zu bewegen, die Hälfte der Übersetzungsarbeit und die drei Rubel Vorschuß anzunehmen. Er log damals, und Raskolnikoff wußte, daß er log.

»Warum sollen wir denn unsere Chance versäumen, wenn

wir plötzlich eines der Hauptmittel in der Hand haben – eigenes Geld?« ereiferte sich Rasumichin. „Gewiß, es kostet viel Mühe, aber wir wollen ja alle arbeiten, Sie, Awdotja Romanowna, ich, Rodion ... Manche Buchausgaben rentieren sich jetzt prächtig! Und die Hauptunterlage des Unternehmens besteht darin, daß wir wissen, was gerade jetzt übersetzt werden muß. Wir wollen übersetzen und verlegen und lernen, alles zugleich! Jetzt kann ich nützlich sein, denn ich habe darin Erfahrung. Es sind bald zwei Jahre, daß ich bei den Verlegern herumlaufe, und ich kenne alle ihre Schliche. Es ist keine Hexerei, glauben Sie mir! Und warum soll man nicht nach dem Bissen greifen! Ich kenne selbst zwei oder drei solcher Werke, aber die bewahre ich als mein Geheimnis; für den Gedanken allein, sie zu übersetzen und zu verlegen, könnte man hundert Rubel für jedes Buch nehmen, und das eine Werk, allein schon die Idee, es jetzt herauszubringen, gäbe ich nicht um fünfhundert Rubel her! Aber wissen Sie, wenn ich es so einem Verleger vorschlagen würde, so täte so ein Holzklotz vielleicht noch daran zweifeln! Und was die geschäftlichen Dinge – Druckerei, Papier, Verkauf – anbetrifft, so überlassen Sie dies mir. Ich kenne alle Schliche! Wir wollen klein anfangen und es zu Großem bringen, jedenfalls aber werden wir davon leben können, und allermindestens springt dabei unser hineingestecktes Geld wieder heraus!«

Dunjas Augen leuchteten. »Was Sie vorbringen, gefällt mir sehr, Dmitrij Prokofjitsch«, sagte sie.

»Ich verstehe hiervon freilich gar nichts«, äußerte sich Pulcheria Alexandrowna, »vielleicht ist es auch gut, aber Gott weiß ... Es ist mir neu, ich kenne mich da nicht aus. Gewiß müssen wir hierbleiben, wenigstens eine Zeitlang ...«

Sie blickte Rodja an.

»Was meinst du, Bruder?« fragte Dunja.

»Ich meine, daß er einen sehr guten Gedanken hat«, antwortete er. »Selbstverständlich braucht man nicht gleich von der Gründung eines Verlags zu träumen, aber fünf oder sechs Bücher kann man tatsächlich mit zweifellosem Erfolg verlegen. Ich kenne auch selbst ein Werk, das unbedingt gehen würde. Und daß er die Sache leiten könnte, unterliegt keinem Zweifel: er versteht was davon ... Übrigens habt ihr ja noch Zeit, euch zu besprechen ...«

»Hurra!« rief Rasumichin. »Jetzt, warten Sie! Hier im selben Haus und bei denselben Wirtsleuten ist eine Wohnung frei. Sie ist ganz abgeschlossen, hat mit diesen Räumen keine Verbindung und besteht aus drei möblierten Zimmern, der Preis ist mäßig. Die können Sie fürs erste nehmen. Die Uhr will ich morgen für Sie versetzen und Ihnen das Geld bringen, und das Weitere wird sich finden. Die Hauptsache aber ist, daß Sie alle drei zusammen leben können, auch Rodja mit Ihnen. Wohin willst du denn, Rodja?«

»Wie, Rodja, gehst du schon fort?« fragte Pulcheria Alexandrowna richtig erschrocken.

»In solch einem Augenblick!« rief Rasumichin.

Dunja blickte den Bruder mit mißtrauischer Verwunderung an. Er hielt die Mütze in der Hand und schickte sich an, wegzugehen.

»Ihr tut ja, als ob ihr mich beerdigen oder auf ewig Abschied nehmen müßtet«, sagte er eigentümlich.

Es war, als wollte er lächeln, aber dieses Lächeln gelang ihm schlecht.

»Wer weiß, vielleicht sehen wir uns auch wirklich zum letztenmal«, fügte er unvermutet hinzu.

Er wollte es bloß denken, doch die Worte sprachen sich von selbst aus.

»Um Gottes willen, was ist mit dir?« fragte die Mutter angstvoll.

»Wohin gehst du, Rodja?« Dunjas Frage klang irgendwie sonderbar.

»Ja, nur so, ich muß unbedingt«, antwortete er unklar, als sei er im Zweifel, was er sagen wollte. Aber in seinem bleichen Gesicht drückte sich eine gewisse herbe Entschlossenheit aus.

»Ich wollte sagen ... als ich hierher kam ... ich wollte Ihnen, Mama ... und dir, Dunja, sagen, daß es besser ist, wenn wir uns für eine Zeitlang trennen. Ich fühle mich nicht wohl, ich bin unruhig ... ich werde später wiederkommen, ich werde von selbst kommen, wenn ... es möglich sein wird. Ich vergesse euch nicht und liebe euch ... Doch laßt mich! Laßt mich allein! Ich habe es so beschlossen, schon früher ... Ich habe es fest beschlossen ... Was mit mir auch geschehe, ob ich zugrunde gehe oder nicht, ich will allein sein. Vergeßt mich ganz und gar. Es ist so am besten. Erkundigt euch auch nicht nach mir. Wenn es nötig sein wird, komme ich von selbst oder ... ich rufe euch. Vielleicht wird alles auferstehen! ... Jetzt aber, wenn ihr mich liebt, verzichtet auf mich ... Sonst müßte ich euch hassen, ich fühle es ... Lebt wohl!«

»Mein Gott!« stammelte Pulcheria Alexandrowna.

Die Mutter und die Schwester waren furchtbar erschrocken; Rasumichin ebenfalls.

»Rodja, Rodja! Versöhne dich mit uns, laß uns wieder wie früher sein!« rief die arme Mutter ihm nach.

Er wandte sich langsam der Tür zu und ging zögernd hinaus. Dunja holte ihn ein.

»Bruder! Was tust du der Mutter an!« flüsterte sie schnell, und der Unwille brannte in ihren Augen.

Er schaute sie mit schwerem Blick an. »Tut nichts, ich komme wieder, ich werde kommen!« murmelte er halblaut, als ob er sich nicht völlig bewußt sei, was er sagen wollte, und ging aus dem Zimmer.

»Gefühlloser, böser Egoist!« rief Dunja ihm nach.

»Er ist ver–rückt und nicht gefühllos! Er ist geistesgestört! Sehen Sie es denn nicht? Sonst sind Sie gefühllos! ...« flüsterte Rasumichin ihr heiß ins Ohr und preßte fest ihre Hand.

»Ich komme sofort!« wandte er sich an die erstarrte Pulcheria Alexandrowna und lief aus dem Zimmer.

Raskolnikoff erwartete ihn am Ende des Korridors.

»Ich wußte, daß du mir nachkommen wirst«, sagte er. »Gehe zu ihnen zurück und bleibe bei ihnen ... Sei auch morgen bei ihnen ... und immer. Ich werde ... vielleicht kommen ... wenn ich kann. Leb wohl!«

Und ohne ihm die Hand zu reichen, ging er fort von ihm.

»Ja, wohin gehst du? Was ist mit dir? Was ist geschehen? Kann man denn so! ...« murmelte Rasumichin fassungslos.

Raskolnikoff blieb noch einmal stehen.

»Ein für allemal: frage mich nach nichts und niemals. Ich habe dir nichts zu antworten ... Komme nicht zu mir. Vielleicht werde ich selbst herkommen ... Verlaß mich, sie aber ... *verlasse nicht*. Verstehst du?«

Es war ziemlich dunkel auf dem Korridor. Sie standen unter einer spärlich brennenden Lampe. Eine Weile blickten sie einander an, schweigend. Rasumichin erinnerte sich später sein Leben lang dieser Minute. Der brennende und unverwandte Blick Raskolnikoffs schien sich mit jeder Sekunde zu verstärken, drang in seine Seele ein, in sein Bewußtsein. Plötzlich zuckte Rasumichin zusammen. Etwas Sonderbares ging gleichsam spürbar zwischen ihnen vor ... Eine Art Idee sprang über, wie ein Wink; etwas Schauerliches, Gräßliches, plötzlich von beiden gedacht, von beiden verstanden ... Rasumichin wurde bleich wie ein Toter.

»Verstehst du jetzt?« sagte Raskolnikoff plötzlich mit schmerzverzogenem Gesicht. »Kehre zurück, geh zu ihnen«, fügte er hastig hinzu, drehte sich schnell um und verließ das Haus ...

Ich will nicht beschreiben, was an diesem Abend bei Pulcheria Alexandrowna geschah, wie Rasumichin zu ihnen zurückkehrte, wie er sie zu beruhigen suchte, wie er schwur, daß manRodja von seiner Kranheit sich erholen lassen müsse, wie er schwur, daß Rodja unbedingt wiederkommen werde, jeden Tag herkommen werde, daß er nervlich sehr zerrüttet sei, daß man ihn nicht reizen dürfe; wie er, Rasumichin, auf ihn aufpassen werde, ihm einen guten Arzt, den besten, verschaffen, ein ganzes Konsilium zusammenrufen werde ...

Mit einem Wort, seit diesem Abend wurde Rasumichin für sie zum Sohn und zum Bruder.

IV

Raskolnikoff aber ging geradenwegs zu jenem Haus am Kanal, wo Ssonja wohnte. Es war ein dreistöckiges altes Haus und grün angestrichen. Er suchte den Hausmeister, fand ihn schließlich und erhielt von ihm die ungefähre Auskunft, wo der Schneider Kapernaúmoff wohnte. In einer Ecke auf dem Hof fand er dann einen Eingang zu einer schmalen, dunklen Treppe. Er stieg zum dritten Stock hinauf und kam auf eine Galerie, die das Haus auf der Hofseite umgab. Während er in der Dunkelheit und voll Ungewißheit, wo der Eingang zu Kapernaumoff sein könne, herumirrte, öffnete sich plötzlich kaum drei Schritte weit von ihm eine Tür; er griff mechanisch nach ihr.

»Wer ist da?« fragte eine weibliche Stimme ängstlich.

»Ich bin es ... komme zu Ihnen«, antwortete Raskolnikoff und betrat ein winziges Vorzimmer. Hier brannte auf einem durchgesessenen Stuhl ein Licht in einem kupfernen Leuchter.

»Sie sind es! O Gott!« rief Ssonja mit schwacher Stimme und blieb wie versteinert stehen.

»Wo geht es in Ihr Zimmer? Hier?«

Und Raskolnikoff ging, bemüht, sie nicht anzusehen, schnell an ihr vorüber in ihr Zimmer.

Nach einer Weile kam auch Ssonja mit dem Licht, stellte es hin und blieb vor ihm stehen, vollkommen verwirrt, in unsagbarer Erregung und sichtlich erschrocken durch seinen unerwarteten Besuch. Plötzlich schoß das Blut in ihr bleiches Gesicht, und sogar Tränen traten in ihre Augen ... Es war ihr sowohl übel als schamvoll und zugleich süß zumute ... Raskolnikoff wandte sich schnell von ihr ab und setzte sich auf einen Stuhl neben dem Tisch. Er fand Zeit, einen flüchtigen Blick auf das Zimmer zu werfen.

Es war ein großes Zimmer, aber sehr niedrig, das einzige

Zimmer, das Kapernaumoffs vermieteten; in der Wand links war eine verriegelte Tür, die zu ihnen führte. Auf der entgegengesetzten Seite, in der Wand rechts, befand sich noch eine Tür, die immer verschlossen war. Hinter ihr war eine andere Wohnung unter einer anderen Nummer. Ssonjas Zimmer glich beinahe einer Scheune, es hatte die Form eines äußerst unregelmäßigen Vierecks, und das verlieh ihm eine gewisse Mißgestalt. Die eine Wand mit drei Fenstern, die auf den Kanal hinausgingen, durchschnitt das Zimmer schräg, fast diagonal, wodurch die eine Ecke sehr spitz war und irgendwohin in die Tiefe verlief, so daß man sie bei schwacher Beleuchtung nicht einmal richtig erkennen konnte; dafür war die andere Ecke wieder gar zu unförmig stumpf. In diesem ganzen Zimmer befanden sich kaum ein paar Möbel. In der Ecke rechts war ein Bett; neben ihm, näher zur Tür, ein Stuhl. An derselben Wand, wo das Bett war, standen an der Tür zur fremden Wohnung ein einfacher Tisch, bedeckt mit einem blauen Tischtuch und daneben zwei geflochtene Stühle. An der entgegengesetzten Wand, in der Nähe der spitzen Ecke, befand sich eine kleine Kommode aus einfachem Holz, die in dieser Leerheit wie verloren wirkte. Das war das ganze Mobiliar. Die gelblichen, abgenutzten und beschmutzten Tapeten waren in allen Ecken ganz schwarz geworden; im Winter mußte es hier offenbar feucht und muffig sein. Die Armut war überall zu sehen; nicht einmal am Bett waren Gardinen angebracht.

Ssonja blickte schweigend ihren Besucher an, der so aufmerksam und ungeniert ihr Zimmer betrachtete, und begann schließlich sogar zu zittern vor Angst, als stände sie vor einem Richter, der über ihr Schicksal entscheiden sollte.

»Ich komme spät ... Es ist wohl schon elf Uhr?« fragte er sie und erhob noch immer nicht die Augen zu ihr.

»Ja«, murmelte Ssonja, »ach ja, es ist soviel!« beeilte sie sich plötzlich zu sagen, als wäre das der einzige Ausweg für sie. »Vorhin hat bei dem Hauswirt die Uhr geschlagen ... und ich habe es selbst gehört ... Es ist soviel.«

»Ich bin zum letztenmal zu Ihnen gekommen«, fuhr Raskolnikoff düster fort, obwohl er doch erst zum erstenmal gekommen war, »ich werde Sie vielleicht nicht mehr sehen ...«

»Sie verreisen ...?«

»Ich weiß nicht ... alles hängt von morgen ab ...«

»Dann werden Sie morgen nicht bei Katerina Iwanowna sein?« Ssonjas Stimme bebte.

»Ich weiß es nicht. Alles hängt von morgen früh ab ... Aber darum handelt es sich nicht: ich bin nur gekommen, Ihnen ein paar Worte zu sagen ...«

Er erhob seinen nachdenklichen Blick zu ihr und bemerkte erst jetzt, daß er saß, während sie noch immer vor ihm stand.

»Warum stehen Sie denn? Setzen Sie sich doch!« sagte er mit plötzlich veränderter leiser und freundlicher Stimme.

Sie setzte sich. Er blickte sie gütig und fast mitleidig eine Weile an.

»Wie mager Sie sind! Sehen Sie nur Ihre Hand an! Ganz durchsichtig. Diese Finger, wie bei einer Leiche.«

Er nahm ihre Hand. Ssonja lächelte schwach.

»Ich war schon immer so«, sagte sie.

»Auch als Sie zu Hause lebten?«

»Ja.«

»Ach, selbstverständlich, ja!« sagte er abgerissen, und sein Gesichtsausdruck und der Ton seiner Stimme veränderten sich plötzlich wieder.

Er schaute sich noch einmal um im Zimmer.

»Sie haben das Zimmer von Kapernaumoff gemietet?«

»Ja ...«

»Die wohnen wohl dort hinter der Tür?«

»Ja ... Sie haben auch ein solches Zimmer.«

»Und sie leben alle in einem Zimmer?«

»Ja, in einem Zimmer.«

»Ich würde mich nachts in Ihrem Zimmer fürchten«, bemerkte er düster.

»Die Wirtsleute sind sehr gut, sehr freundlich«, antwortete

Ssonja, die immer noch nicht zur Besinnung gekommen schien und wohl auch nicht zu kombinieren verstand, »und alle Möbel und alles ... alles gehört den Wirtsleuten. Sie sind sehr gut, und die Kinder kommen auch oft zu mir ...«

»Die stotternden?«

»Ja ... Er stottert auch und ist dazu noch lahm. Und die Frau auch ... Das heißt, sie stottert eigentlich nicht, aber sie spricht bloß nicht alles aus. Sie ist sehr gut. Er ist früher Leibeigener gewesen. Und sie haben sieben Kinder ... aber nur der Älteste stottert, die anderen sind nur immer krank ... und stottern nicht ... Aber woher wissen Sie denn das?« fragte sie ein wenig verwundert.

»Ihr Vater hat es mir damals erzählt. Er hat mir auch über Sie alles erzählt ... auch das, wie Sie um sechs Uhr fortgingen und um neun zurückkamen, und auch das, wie Katerina Iwanowna an Ihrem Bett die ganze Nacht gekniet hat.«

Ssonja schwieg betreten.

»Ich habe ihn heute zu sehen geglaubt«, flüsterte sie unsicher.

»Wen?«

»Den Vater. Ich ging auf der Straße, dort in der Nähe, gegen zehn Uhr, und an der Ecke schien er vor mir zu gehen, als wäre er es wirklich. Ich wollte gerade schon zu Katerina Iwanowna hinaufgehen ...«

»Sie kamen wohl vom Flanieren?«

»Ja«, flüsterte Ssonja abgerissen, wurde wieder verlegen und senkte die Augen.

»Katerina Iwanowna hat Sie doch wohl geschlagen, als Sie beim Vater lebten?«

»Ach nein, wie kommen Sie darauf? Nein!« Ssonja sah ihn geradezu erschrocken an.

»Also lieben Sie sie?«

»Ich sie? Ja, wi–ie denn nicht!« stieß Ssonja wie klagend hervor und faltete wie vor Schmerz die Hände. »Ach! Sie ... Wenn Sie nur wüßten. Sie ist ja ganz wie ein Kind ...

Ihr Verstand ist ja wie gestört ... Vor Kummer. Und wie klug sie war ... wie großmütig ... wie gut! Sie wissen nichts, nichts ... ach!«

Ssonja sagte dies wie in Verzweiflung, erregt und leidend und die Hände ringend. Ihre bleichen Wangen röteten sich wieder, und in ihren Augen drückte sich eine tiefe Qual aus. Man sah, daß in ihr schrecklich viel berührt worden war und daß sie unbedingt etwas äußern und sagen und für Katerina Iwanowna eintreten wollte. Ein *unstillbares* Mitleid, wenn man sich so ausdrücken darf, sprach plötzlich aus jedem Zug ihres Gesichts.

»Sie soll mich geschlagen haben! Ja, wie kommen Sie darauf! O Gott, sie und mich schlagen! Und wenn sie mich auch geschlagen hätte, was wäre denn dabei! Was wäre denn dabei! Sie wissen nichts, gar nichts ... Sie ist so unglücklich, ach, wie unglücklich! Und sie ist krank ... Sie sucht Gerechtigkeit ... Sie ist rein. Sie glaubt so fest daran, daß in allem Gerechtigkeit herrschen müsse, und sie verlangt das ... Und selbst wenn man sie quält, wird sie doch nichts Unrechtes tun. Sie merkt es nicht von selbst, wie unmöglich das alles ist, daß es unter den Menschen gerecht zugehe, und dann ist sie aufgebracht und reizbar ... wie ein Kind, wie ein Kind! Aber sie ist gerecht, gerecht!«

»Und was wird aus Ihnen?«

Ssonja blickte ihn fragend an.

»Die sind doch jetzt auf Sie allein angewiesen. Freilich lag auch schon vorher alles auf Ihren Schultern, und auch der Verstorbene kam ja zu Ihnen mit der Bitte um ein Gläschen gegen den Kater. Aber wie soll das jetzt weitergehen?«

»Ich weiß es nicht«, sagte Ssonja traurig.

»Werden sie dort wohnen bleiben?«

»Ich weiß nicht, sie sind der Wirtin die Miete schuldig; und die Wirtin soll heute gesagt haben, wie ich hörte, daß sie ihr kündigen werde; Katerina Iwanowna aber sagt, daß sie auch selbst keinen Augenblick länger dort zu bleiben gedenke.«

»Woher nimmt sie diesen Mut? Sie hofft wohl auf Sie?«

»Ach, nein, reden Sie nicht so! ... Wir sind eins, leben gemeinschaftlich«, regte sich Ssonja plötzlich wieder auf und war jetzt sogar selbst gereizt, und das nahm sich genau so aus, wie wenn ein Kanarienvögelchen oder ein anderer kleiner Vogel böse würde. »Ja, was soll sie denn tun? Was denn, was soll sie denn tun?« fragte sie, sich ereifernd und erregt. »Und wieviel, wieviel sie heute geweint hat! Ihr Verstand verwirrt sich, haben Sie das nicht gemerkt? Sie wird irrsinnig; bald regt sie sich wie ein Kind darüber auf, ob morgen auch alles anständig sein werde, der kalte Imbiß und alles übrige ... bald ringt sie die Hände, speit Blut, weint, und auf einmal fängt sie an, mit dem Kopf an die Wand zu schlagen, wie in Verzweiflung. Dann beruhigt sie sich wieder, und immer hofft sie auf Sie: sie sagt, daß Sie jetzt ihr Helfer sein werden und daß sie irgendwo etwas Geld aufnehmen und nach ihrer Heimatstadt zurückkehren werde, mit mir, und dort will sie ein Pensionat für junge adlige Mädchen eröffnen und mich als Inspektrice anstellen, und dann werde ein ganz neues, wunderschönes Leben für uns beginnen, und sie küßt mich, umarmt und tröstet mich und glaubt so, glaubt so an diese ... diese Phantasien! Wie kann man ihr denn da widersprechen? Und dabei hat sie heute den ganzen Tag gewaschen, geputzt, geflickt, hat selbst ganz allein mit ihrer schwachen Kraft eine Wanne ins Zimmer hereingeschleppt, daß sie dann ganz außer Atem nur so hinfiel aufs Bett; und heute früh waren wir auch schon in den Schuhläden, um für Poletschka und Lena Schuhe zu kaufen, deren Schuhzeug schon ganz und gar hin ist; nur reichte unser Geld bei weitem nicht für den Preis, sie aber hatte so reizende Schuhchen ausgesucht, denn sie hat Geschmack, Sie wissen das nicht ... Und dort im Laden brach sie in Tränen aus, vor all den Verkäufern, weil das Geld nicht ausreichte ... Ach, wie leid sie einem tat, wenn man sie so sah!«

»Dann ist es allerdings begreiflich, daß Sie ... so leben«, sagte Raskolnikoff mit bitterem Hohn.

»Ja, tut sie Ihnen denn nicht leid? Nicht leid?« fuhr Ssonja wieder erregt auf. »Sie haben doch, ich weiß es, selbst Ihr Letztes hingegeben, noch ohne etwas gesehen zu haben. Wenn Sie erst alles gesehen hätten, o Gott! Und wie oft, wie oft habe ich selbst sie zum Weinen gebracht! Noch in der vorigen Woche zuletzt! Ach, ich! ... Kaum eine Woche vor seinem Tode. Es war grausam von mir! Und wie oft, wie oft war ich so! Ach, und wie das heute den ganzen Tag schmerzhaft war, sich daran zu erinnern!«

Ssonja rang sogar die Hände vor Schmerz bei der Erinnerung, während sie sprach.

»Wie, *Sie* wollen grausam gewesen sein?«

»Ja, ich, ich! Ich war damals gerade zu ihnen gekommen«, fuhr sie weinend fort, »als der Verstorbene zu mir sagte: ‚Lies mir vor, Ssonja', sagte er, ‚ich weiß nicht, warum mir der Kopf weh tut, lies mir vor ... hier ist das Buch.' Er hatte irgendein Buch von Andrei Ssemjonowitsch erhalten, von Herrn Lebesjätnikoff, der wohnt auch dort, gleich nebenan, und weiß sich immer so spaßige Bücher zu verschaffen. Ich aber sagte: ‚Es ist Zeit für mich, und ich muß gehen', und wollte nicht vorlesen. Ich war aber hauptsächlich nur deshalb zu ihnen gekommen, um Katerina Iwanowna das Krägelchen und die Manschetten zu zeigen, die mir Lisaweta, eine Händlerin, billig besorgt hatte, hübsche, neue, mit nettem gesticktem Muster. Katerina Iwanowna aber gefielen sie sehr, sie legte sich gleich alles an und betrachtete sich im Spiegel, und sie fand sie sehr, sehr hübsch. ‚Schenk sie mir, Ssonja, bitte!' sagte sie. Sie hat ‚*bitte*' gesagt, und sie wollte sie so gern haben. Aber zu welchem Kleid hätte sie sie denn tragen sollen? Daran dachte sie nicht: es war nur die Erinnerung an die frühere, glückliche Zeit! Und sie steht vor dem Spiegel und betrachtet sich mit Wohlgefallen, und hat doch überhaupt, überhaupt keine Kleider, noch sonst etwas, schon seit wieviel Jahren nicht mehr! Und sie pflegt doch niemals jemanden um etwas zu bitten; sie ist stolz, eher gibt sie selbst noch das Letzte weg, jetzt aber bat sie plötzlich um etwas –

so sehr gefielen ihr die Sachen! Und da wollte ich sie ihr nicht geben: ‚Aber wozu brauchen Sie sie denn, Katerina Iwanowna?' fragte ich, geradeaus so: ‚Wozu?' fragte ich. Das hätte ich nicht tun sollen! Sie sah mich so an, und so schwer, so schwer wurde ihr zumute, weil ich abgelehnt hatte, und da konnte sie einem so leid tun. Und nicht wegen des Krägelchens, sondern weil ich mich weigerte, ihre Bitte zu erfüllen, das sah ich wohl. Ach, wie gern würde ich das jetzt alles ungeschehen machen, alles zurücknehmen, alles anders sagen, alle diese früheren Worte ... Ach, ich ... aber was! ... Ihnen ist das doch gleichgültig!«

»Diese Lisaweta, die Händlerin, haben Sie gekannt?«

»Ja ... Sie auch?« fragte Ssonja mit einigem Erstaunen.

»Katerina Iwanowna hat die Schwindsucht; sie wird bald sterben«, sagte Raskolnikoff nach einigem Schweigen, ohne auf ihre Frage zu antworten.

»Ach nein, nein, nein!« Und Ssonja ergriff unbewußt, in einer spontanen Bewegung, seine beiden Hände, als ob es an ihm läge, dies zu verhindern, und als könnte sie das von ihm erflehen.

»Es ist doch besser, wenn sie stirbt.«

»Nein, nicht besser, nicht besser, gar nicht besser!« wiederholte sie erschrocken und ohne Überlegung.

»Und die Kinder? Wo wollen Sie die dann unterbringen, wenn nicht hier bei sich?«

»Ach, ich weiß es nicht!“ rief Ssonja fast in Verzweiflung aus und faßte sich an den Kopf. Man sah, daß dieser Gedanke schon viele Male in ihr selbst aufgetaucht war und daß er ihn jetzt nur von neuem aufgeschreckt hatte.

»Und wenn Sie noch bei Katerina Iwanownas Lebzeiten krank werden und man Sie ins Krankenhaus schafft, was dann?« drang er erbarmungslos weiter in sie.

»Ach, was fällt Ihnen ein, was fällt Ihnen ein? Das ist doch ganz unmöglich!« und Ssonjas Gesicht erstarrte in furchtbarem Schrecken.

»Wieso unmöglich?« fuhr Raskolnikoff mit hartem Spott

fort. »Sie sind doch nicht dagegen versichert? Was wird dann mit jenen geschehen? Sie werden alle zusammen auf die Straße gehen, Katerina Iwanowna wird husten und betteln und mit dem Kopf an die Wand stoßen, wie heute, und die Kinder werden weinen ... Dann wird sie hinfallen, man wird sie auf die Wache bringen, dann ins Krankenhaus, dann wird sie sterben, und die Kinder ...«

»Ach nein! ... Gott wird das nicht zulassen!« entrang es sich schließlich der beengten Brust Ssonjas. Sie blickte ihn flehend an und faltete in stummer Bitte die Hände, als hinge alles von ihm ab.

Raskolnikoff stand auf und begann im Zimmer auf und ab zu gehen. Es vergingen Minuten, Ssonja stand mit gesenktem Kopf und herabhängenden Händen da in unsäglichem Leid.

»Und Ersparnisse zu machen, ist nicht möglich? Einen Notgroschen sammeln?« fragte er, plötzlich vor ihr stehenbleibend.

»Nein«, flüsterte Ssonja.

»Versteht sich, nein! Haben Sie es auch schon versucht?« fragte er beinahe spöttisch.

»Ich habe es versucht.«

»Und es ist nicht gegangen! Nun, das ist ja selbstverständlich! Wozu da noch fragen!«

Und er wanderte wieder im Zimmer auf und ab. Es verstrich wieder eine Weile.

»Sie erhalten wohl nicht jeden Tag Geld?«

Ssonja schwieg, noch mehr betreten, und wieder schoß ihr das Blut ins Gesicht.

»Nein«, flüsterte sie mit qualvoller Anstrengung.

»Mit Poletschka wird sicher dasselbe geschehen«, sagte er plötzlich.

»Nein, nein! Das ist nicht möglich, nein!« rief sie laut, vollkommen verzweifelt, als hätte man sie plötzlich mit einem Messer verletzt. »Gott, Gott wird so was Schreckliches nicht zulassen! ...«

»Bei anderen läßt er es doch zu.«

»Nein, nein! Gott wird sie schützen, Gott selbst! . . .« wiederholte sie ganz außer sich.

»Aber vielleicht gibt es gar keinen Gott«, antwortete Raskolnikoff mit einem Anflug von Schadenfreude, lachte und blickte sie an.

Ssonjas Gesicht veränderte sich plötzlich erschreckend: ein krampfartiges Zucken überlief es. Mit unsagbarem Vorwurf sah sie ihn an, wollte etwas sagen, konnte aber nichts hervorbringen und brach nur plötzlich in bitter-bitterstes Schluchzen aus, das Gesicht in die Hände gepreßt.

»Sie sagen, Katerina Iwanownas Verstand verwirre sich. Ihr eigener tut es ja auch«, sagte er nach einigem Schweigen.

Es vergingen wieder etwa fünf Minuten, während er schweigend auf und ab ging, ohne sie anzublicken. Schließlich trat er an sie heran; seine Augen brannten. Er faßte sie mit beiden Händen an den Schultern und sah in ihr weinendes Gesicht. Sein Blick war trocken, heiß, scharf, seine Lippen bebten stark . . . Plötzlich bückte er sich schnell, kniete nieder und küßte ihren Fuß. Ssonja fuhr entsetzt vor ihm zurück, wie vor einem Irrsinnigen. Und wirklich sah er ganz wie ein Irrsinniger aus.

»Was tun Sie, was tun Sie da? Vor mir!« murmelte sie erbleichend und ihr Herz krampfte sich schmerzhaft zusammen.

Er stand sofort auf.

»Ich habe mich nicht vor dir verneigt, sondern vor dem ganzen Menschenleid«, sagte er wie wild und ging weg zum Fenster. »Höre«, setzte er hinzu, als er nach einer Weile zu ihr zurückkam, „ich habe vorhin zu einem bösen Menschen gesagt, daß er deinen kleinen Finger nicht wert sei . . . und daß ich meiner Schwester heute eine Ehre damit erwiesen, daß ich dich neben sie gesetzt habe . . .«

»Ach, was haben Sie gesagt! Und in ihrer Gegenwart?« rief Ssonja erschrocken aus. »Neben mir zu sitzen! Eine Ehre! Aber ich bin doch . . . ehrlos . . . Ach, wozu . . . haben Sie das gesagt?«

»Nicht wegen der Ehrlosigkeit und Sünde habe ich das von dir gesagt, sondern um deines großen Leides willen. Denn daß du eine große Sünderin bist, das stimmt«, fuhr er fast wie in Ekstase fort, »und am meisten hast du dich dadurch versündigt, daß du dich *vergeblich* umgebracht und verraten hast. Und das sollte nicht grauenhaft sein! Nicht grauenhaft, daß du in diesem Schmutz lebst, den du selbst so hassest, und zu gleicher Zeit doch weißt (du brauchst ja nur die Augen zu öffnen), daß du damit niemandem hilfst und niemanden dadurch rettest. Ja, so sage mir doch endlich«, fuhr er sie fast außer sich an, »wie ist eine solche Schande und eine solche Niederträchtigkeit Seite an Seite mit anderen, entgegengesetzten und heiligen Gefühlen vereinbar in dir? Da wäre es doch richtiger, tausendmal richtiger und vernünftiger, sich mit dem Kopf voran ins Wasser zu stürzen und damit allem mit eins ein Ende zu machen!«

»Und was wird aus denen zu Hause?« fragte Ssonja matt nach einem leidvollen Blick auf ihn, zeigte aber dabei gar kein Erstaunen über seinen Vorschlag. Raskolnikoff schaute sie eigentümlich an.

Er hatte in diesem einen Blick alles gelesen. Also hatte sie tatsächlich schon selbst diesen Gedanken gehabt. Vielleicht hatte sie sich in der Verzweiflung schon oft und ernstlich überlegt, all dem mit eins ein Ende zu machen, und zwar so ernsthaft überlegt, daß sie sich jetzt über seinen Vorschlag gar nicht mehr wunderte. Selbst die Grausamkeit seiner Worte wurde von ihr gar nicht bemerkt (auch den Sinn seiner Vorwürfe und seine besondere Ansicht über ihre Schande hatte sie natürlich ebensowenig erfaßt, und das konnte er ihr ansehen). Aber er begriff vollkommen, bis zu welch einem ungeheuerlichen Schmerz der Gedanke an ihre ehrlose und schmachvolle Lage sie marterte, und das schon seit langem. Was war es nun, was konnte es sein, fragte er sich, das ihren Entschluß, ein Ende zu machen, bisher hatte aufhalten können? Und jetzt erst begriff er völlig, was diese armen, kleinen verwaisten Kinder und diese bemitleidenswerte halbirre Katerina Iwanowna mit ihrer Schwindsucht und dem Stoßen des Kopfes an die Wand für sie bedeuteten.

Nichtsdestoweniger war es ihm wiederum ebenso klar, daß Ssonja mit ihrem Charakter und der trotz allem ihr zuteil gewordenen geistigen Entwicklung in keinem Fall hierbei nun stehenbleiben konnte. Dennoch blieb es für ihn eine Frage: wieso hatte sie es so lange, zu lange schon, in dieser Lage aushalten können, ohne den Verstand zu verlieren, wenn sie schon nicht die Kraft aufgebracht hatte, sich ins Wasser zu stürzen? Gewiß, er begriff, daß Ssonjas Lage eine zufällige Erscheinung in der Gesellschaft war, wenn auch leider bei weitem kein einmaliger Fall und keine Ausnahme. Aber eben diese Zufälligkeit der Umstände, dazu ihre in gewissem Sinne geistige Entwicklung und ihr ganzes vorheriges Leben hätten sie doch, so sollte man meinen, schon beim ersten Schritt auf diesem widerlichen Wege auf der Stelle töten können. Was also hatte sie gestützt, sie aufrecht gehalten? Doch nicht die Unzucht? Diese ganze Schmach hatte sie doch augenscheinlich nur mechanisch berührt; die wirkliche Unzucht war noch mit keinem Tropfen in ihr Herz eingedrungen: das sah er; sie stand so deutlich wie durchsichtig vor ihm ...

»Sie hat drei Wege vor sich«, dachte er: »entweder sich in den Kanal zu stürzen, ins Irrenhaus zu kommen, oder ... oder, zu guter Letzt, sich der Ausschweifung zu ergeben, die den Verstand betäubt und das Herz versteinert.« Der letzte Gedanke war ihm der widerlichste; aber er war schon Skeptiker, er war jung, dachte abstrakt und somit grausam, und darum konnte er auch nicht umhin zu glauben, daß der letzte Ausweg, das heißt, das Laster, am wahrscheinlichsten sei.

»Aber ist denn das auch wahr«, rief er innerlich aus, »wird sich denn wirklich auch dieses Geschöpf, das sich die Reinheit des Geistes noch bewahrt hat, schließlich bewußt in diese abscheuliche stinkende Grube hinabziehen lassen? Ist es möglich, daß dieses Hinabgleiten schon begonnen hat, und ist's möglich, daß sie es nur deshalb bis jetzt hat aushalten können, weil das Laster ihr schon nicht mehr so widerlich erscheint? Nein, nein, das ist nicht möglich!« rief er bei sich aus, wie es vorhin Ssonja getan hatte; »nein, vom Wasser hat sie bis jetzt der Gedanke an die Sünde zurückgehalten und an *jene zu Hause* ... Wenn sie aber den Verstand bis jetzt nicht verloren hat ... Aber wer sagt denn, daß sie den Verstand noch nicht verloren hat? Ist sie denn bei gesunder Vernunft? Kann man denn bei gesunder Vernunft so denken wie sie? Kann man denn über dem Abgrund so dasitzen, unmittelbar über der stinkenden Grube, in die es sie schon hineinzieht, und mit den Händen abwinken und sich die Ohren zuhalten, wenn man ihr von der Gefahr spricht? Was denkt sie sich denn, oder ... erwartet sie gar ein Wunder? Ja, sicher, das wird es sein. Sind denn das alles nicht Anzeichen von Geistesstörung?«

Er blieb hartnäckig bei diesem Gedanken stehen. Diese Deutung gefiel ihm sogar besser als jede andere. Er begann sie noch forschender zu betrachten. »So betest du denn wohl sehr zu Gott, Ssonja?« fragte er sie.

Ssonja schwieg, er stand neben ihr und wartete auf die Antwort.

»Was wäre ich denn ohne Gott?« flüsterte sie dann schnell, energisch, nachdem sie ihn flüchtig mit plötzlich aufblitzendem Blick gestreift hatte, und ihre Hand griff nach seiner Hand zu einem starken kurzen Druck.

(»Da haben wir's!« dachte er bei sich.)

»Und was tut Gott dafür für dich?« fragte er, um sie weiter auszuforschen.

Ssonja schwieg lange, als könnte sie nicht antworten. Ihr zartes Brüstchen hob und senkte sich in heftiger Aufregung.

»Schweigen Sie! Fragen Sie nicht! Sie sind es nicht wert ...«, stieß sie plötzlich hervor und sah ihn streng und zornig an.

(»Das ist es! Das ist es!« wiederholte er für sich beharrlich.)

»Alles tut er!« flüsterte sie schnell und schlug wieder die Augen nieder.

(»Das ist ihr Ausweg! Das ist die Erklärung ihrer Möglichkeit!« entschied er bei sich und betrachtete sie mit wißbegieriger Spannung.)

Mit einem neuen, sonderbaren, fast krankhaften Gefühl schaute er in dieses bleiche, magere, unregelmäßige, eckige Gesichtchen, in diese sanften blauen Augen, die mit einem solchen Feuer, mit einem so strengen, energischen Blick leuchten konnten, auf diesen kleinen Körper, der vor Empörung und Zorn noch bebte, und dies alles erschien ihm noch sonderbarer, erschien ihm fast unmöglich. (»Gottesnärrin! Gottesnärrin!« wiederholte er für sich.)

Auf der Kommode lag ein Buch. Jedesmal hatte er es beim Aufundabgehen bemerkt; jetzt nahm er es und sah es sich an. Es war das Neue Testament in russischer Übersetzung. Das Buch, in Leder gebunden, war alt und abgegriffen.

»Woher hast du das?« rief er ihr die Frage durch das Zimmer zu. Sie stand immer noch auf derselben Stelle, drei Schritte vom Tisch entfernt.

»Man hat es mir gebracht«, antwortete sie gleichsam ungern und ohne ihn anzublicken.

»Wer hat es dir gebracht?«

»Lisawéta hat es gebracht, ich hatte sie darum gebeten.«

»Lisaweta! Wie sonderbar!« dachte er.

Alles wurde für ihn bei Ssonja mit jeder Minute irgendwie sonderbarer und immer wunderbarer. Er holte das Buch zum Licht und begann darin zu blättern.

»Wo steht hier die Geschichte vom Lazarus«, fragte er plötzlich.

Ssonja blickte hartnäckig zu Boden und antwortete nicht. Sie stand ein wenig abgewandt vom Tisch.

»Von der Auferstehung des Lazarus, wo steht das? Suche es mir auf, Ssonja.«

Sie sah ihn von der Seite an.

»Nicht dort ... im vierten Evangelium steht es ...«, flüsterte sie streng, ohne sich ihm zu nähern.

»Suche es, und lies es mir vor«, sagte er, setzte sich, stützte die Ellbogen auf den Tisch und den Kopf mit der Hand, blickte düster zur Seite und bereitete sich vor zuzuhören.

(»In drei Wochen ist sie im städtischen Irrenhaus! Und auch ich werde wahrscheinlich dort landen, wenn es nicht noch schlimmer enden wird«, murmelte er in sich hinein.)

Ssonja trat unschlüssig an den Tisch, nachdem sie das sonderbare Verlangen Raskolnikoffs mißtrauisch angehört hatte. Sie nahm das Buch.

»Haben Sie es denn nicht gelesen?« fragte sie und blickte ihn unter der Stirn hervor über den Tisch hin an. Ihre Stimme wurde immer strenger und strenger.

»Vor langer Zeit ... als ich noch zur Schule ging. Lies!«

»Und in der Kirche haben Sie es auch nicht gehört?«

»Ich bin nicht in die Kirche gegangen. Gehst du oft hin?«

»N–nein« flüsterte Ssonja.

Raskolnikoff lächelte höhnisch.

»Ich verstehe ... Und auch zur Beerdigung des Vaters wirst du morgen demnach nicht hingehen?«

»Doch. Ich war auch in der vorigen Woche in der Kirche ... habe eine Totenmesse halten lassen.«

»Für wen?«

»Für Lisaweta. Man hat sie mit einem Beil erschlagen.«

Seine Nerven wurden immer reizbarer. Der Kopf begann ihm zu schwindeln.

»Warst du mit Lisaweta befreundet?«

»Ja ... Sie war gerecht ... sie kam ... manchmal ... sie hatte nur selten Zeit. Wir lasen zusammen und ... sprachen darüber. Sie wird Gott schauen.«

Eigentümlich klang für ihn diese Schriftsprache und wieder erfuhr er eine Neuigkeit: sie hatte mit Lisaweta geheimnisvolle Zusammenkünfte gehabt, und beide waren – anscheinend Gottesnärrinnen.

(»Hier kann man noch selber geisteskrank werden! Es steckt an!« dachte er.)

»Lies!« rief er plötzlich befehlend und gereizt.

Ssonja war noch immer unentschlossen. Ihr Herz klopfte. Sie wagte irgendwie nicht recht, ihm vorzulesen. Er sah nahezu gepeinigt die »unglückliche Geisteskranke« an.

»Wozu brauchen Sie denn das? Sie glauben doch nicht daran? ...« flüsterte sie leise und mit stockendem Atem.

»Lies! Ich will es so!« bestand er darauf. »Du hast doch auch Lisaweta vorgelesen.«

Ssonja schlug das Buch auf und suchte die Stelle. Ihre Hände zitterten, die Stimme versagte. Zweimal begann sie und konnte über das erste Wort nicht hinwegkommen.

»Es lag aber einer krank mit Namen Lazarus, von Bethanien ...«, brachte sie endlich mit Mühe hervor, aber bei dem letzten Wort erzitterte plötzlich ihre Stimme und brach ab wie eine zu straff gespannte Saite. Es verschlug ihr den Atem und in der Brust schnürte sich etwas zusammen.

Raskolnikoff begriff zum Teil, warum Ssonja sich nicht entschließen konnte, ihm vorzulesen, und je mehr er es begriff, um so roher und gereizter bestand er darauf. Er verstand zu gut, wie schwer es ihr jetzt fiel, alles *Eigenste* preiszugeben und zu enthüllen. Er hatte begriffen, daß diese Gefühle tatsächlich ihr einzigstes und vielleicht seit langer Zeit gehegtes *Geheimnis* bildeten, vielleicht schon seit dem Beginn der Entwicklungsjahre noch in der Familie, neben dem unglücklichen Vater und der vor Kummer irre werdenden Stiefmutter, mitten unter den hungrigen Kindern, dem häßlichen Geschrei und den fortwährenden Vorwürfen. Aber gleichzeitig erkannte er jetzt, und zwar mit Sicherheit, daß sie, indem sie jetzt vorzulesen begann, trotz ihres Grams und ihrer schrecklichen Furcht vor irgend etwas, es doch gern, sehr gern tat, und zwar gerade vor *ihm*, damit er es höre, und unbedingt *jetzt* – mochte kommen, was da wolle! ... Er las das in ihren Augen und erriet es aus ihrer verzückten Erregung ... Sie überwand sich, überwand auch den

Krampf im Halse, der ihr die Stimme am Anfang benommen hatte, und fuhr fort, aus dem elften Kapitel des Evangeliums St. Johannis vorzulesen. So kam sie bis zum 19. Vers:

»...„*Und viele Juden waren zu Martha und Maria gekommen, sie zu trösten über ihren Bruder. Als Martha nun hörete, daß Jesus kommt, gehet sie ihm entgegen; Maria aber blieb daheim sitzen. Da sprach Martha zu Jesu: Herr, wärest du hier gewesen, mein Bruder wäre nicht gestorben; aber ich weiß auch noch, daß, was du bittest von Gott, das wird dir Gott geben*“....«

Hier blieb sie wieder stecken, in schamhafter Vorahnung, daß ihre Stimme abermals zittern und versagen werde...

»... „*Jesus spricht zu ihr: Dein Bruder soll auferstehen. Martha spricht zu ihm: Ich weiß wohl, daß er auferstehen wird in der Auferstehung am Jüngsten Tage. Jesus spricht zu ihr: Ich bin die Auferstehung und das Leben. Wer an mich glaubt, der wird leben, ob er gleich stürbe. Und wer da lebet und glaubet an mich, der wird nimmermehr sterben. Glaubst du das? Sie spricht zu ihm*“ ...« (und wie mit Schmerz atemholend, las Ssonja deutlich und voller Kraft, als lege sie selbst öffentlich ein Glaubensbekenntnis ab):

» „*Herr, ja, ich glaube, daß du bist Christus, der Sohn Gottes, der in die Welt gekommen ist.*“ «

Sie hielt einen Moment inne, erhob schnell zu *ihm* die Augen, überwand sich aber rasch und las weiter. Raskolnikoff saß und hörte unbeweglich zu, ohne sich umzuwenden, die Ellbogen auf den Tisch gestützt und zur Seite blickend. Sie las bis zum 32. Vers:

»... „*Als nun Maria kam, da Jesus war, und sah ihn, fiel sie zu seinen Füßen und sprach zu ihm: Herr, wärest du hier gewesen, mein Bruder wäre nicht gestorben. Als Jesus sie sahe weinen und die Juden auch weinen, die mit ihr kamen, ergrimmte er im Geist und betrübte sich selbst. Und sprach: Wo habt ihr ihn hingelegt? Sie sprachen zu ihm: Herr, komm und siehe es. Und Jesu gingen die Augen über. Da sprachen die Juden: Siehe, wie hat er ihn so lieb gehabt! Etliche aber unter ihnen sprachen: Konnte, der dem Blinden die Augen aufgetan hat, nicht verschaffen, daß auch dieser nicht stürbe?"*...«

Raskolnikoff wandte sich ihr zu und sah sie erregt vor Spannung an: Ja, es war so! Sie zitterte bereits am ganzen Körper in wahrem, wirklichem Fieber. Er hatte das erwartet. Sie näherte sich den Worten über das größte und unerhörte Wunder, und das Gefühl eines großen Triumphes erfaßte sie. Ihre Stimme wurde klingend wie Metall; Triumph und Freude klangen darin und stärkten sie. Die Zeilen verwischten sich, weil es vor ihren Augen dunkel wurde, aber sie kannte auswendig, was sie las. Bei dem letzten Vers: *„Konnte, der dem Blinden die Augen aufgetan hat* ..." ließ sie die Stimme sinken und gab heiß und leidenschaftlich den Zweifel, den Vorwurf und Tadel der ungläubigen, blinden Juden wieder, die gleich darauf, im nächsten Augenblick, wie vom Donner getroffen, niederfallen, schluchzen und glauben werden ... »Auch er, *er* – der gleichfalls Verblendete und Ungläubige – wird es gleich hören, und auch er wird glauben, ja, ja, gleich, jetzt gleich«, durchzuckte es sie und sie bebte in freudiger Erwartung.

»... *„Jesus aber ergrimmte abermals in ihm selbst und kam zum Grabe. Es war aber eine Kluft und ein Stein darauf gelegt. Jesus sprach: Hebet den Stein ab. Spricht zu ihm Martha, die Schwester des Verstorbenen: Herr, er stinket schon; denn er ist vier Tage gelegen"*...«

Sie betonte energisch das Wort *„vier"*.

»... *„Jesus spricht zu ihr: Habe ich dir nicht gesagt, so du glauben würdest, du solltest die Herrlichkeit Gottes sehen? Da hoben sie den Stein ab, da der Verstorbene lag. Jesus aber hob seine Augen empor und sprach: Vater, ich danke dir, daß du mich erhört hast; doch ich weiß, daß du mich allezeit erhörest; sondern um des Volkes willen, das umherstehet, sage ich es, daß sie glauben, du habest mich gesandt. Da er das gesagt hatte, rief er mit lauter Stimme: Lazare, komme heraus! Und der Verstorbene kam heraus"* ...« (Laut und verzückt las sie es, zitternd und fröstelnd, als sähe sie es mit eigenen Augen)

»... „gebunden mit Grabtüchern an Füßen und Händen und sein Angesicht verhüllet mit einem Schweißtuch. Jesus spricht zu ihnen: Löset ihn auf und laßt ihn gehen.

Da begannen viele der Juden, die zu Maria gekommen waren und sahen, was Jesus tat, an ihn zu glauben"...«

Weiter las sie nicht und konnte sie auch nicht lesen, sie schloß das Buch und stand schnell auf vom Stuhl.

»Das ist alles über die Auferstehung des Lazarus«, flüsterte sie abgerissen und streng und blieb unbeweglich, zur Seite gekehrt stehen, ohne zu wagen, und als schäme sie sich, die Augen zu ihm zu erheben. Ihr fieberhaftes Frösteln dauerte noch an. Der Lichtstumpf im schiefen Leuchter begann auszugehen und beleuchtete trübe in diesem armseligen Zimmer den Mörder und die Dirne, die sich über dem Lesen des ewigen Buches so sonderbar zusammengefunden hatten. Es vergingen vielleicht fünf Minuten oder noch mehr.

»Ich bin gekommen, um über eine Angelegenheit mit dir zu sprechen«, sagte Raskolnikoff plötzlich laut und mit düsterem Gesicht, stand auf und trat an Ssonja heran. Sie erhob schweigend die Augen zu ihm. Sein Blick war besonders streng und drückte eine wilde Entschlossenheit aus.

»Ich habe heute meine Angehörigen verlassen«, sagte er, »meine Mutter und Schwester. Ich werde jetzt nicht mehr zu ihnen gehen. Ich habe dort mit allem gebrochen.«

»Warum?« fragte Ssonja bestürzt. Ihre Begegnung mit seiner Mutter und Schwester hatte in ihr einen ungewöhnlichen, wenn auch ihr selbst nicht klaren Eindruck hinterlassen. Die Mitteilung von seinem Bruch mit ihnen vernahm sie fast mit Entsetzen.

»Ich habe jetzt nur dich allein«, fuhr er fort. »Gehen wir zusammen ... Ich bin zu dir gekommen. Wir sind beide verflucht, und so wollen wir auch beide zusammengehen!«

Seine Augen leuchteten. (»Wie ein Wahnsinniger!« dachte Ssonja jetzt ihrerseits.)

»Wohin gehen?« fragte sie voll Angst und trat unwillkürlich einen Schritt zurück.

»Woher soll ich es wissen? Ich weiß nur eins, daß wir ein und denselben Weg haben, das weiß ich sicher – und weiter nichts. Ein und dasselbe Ziel!«

Sie blickte ihn an und verstand nichts. Sie begriff nur eins, daß er furchtbar, grenzenlos unglücklich war.

»Niemand von ihnen würde etwas verstehen, wenn du zu ihnen sprechen wolltest«, fuhr er fort, »ich aber habe dich verstanden. Ich brauche dich, darum bin ich auch zu dir gekommen.«

»Ich verstehe nicht ...«, flüsterte Ssonja.

»Du wirst später verstehen. Hast du denn nicht dasselbe getan? Auch du bist hinübergeschritten ... du hast es vermocht. Du hast Hand an dich gelegt, du hast ein Leben vernichtet ... *dein* Leben (das ist einerlei!). Du hättest im Geist und in der Vernunft leben können und wirst auf dem Heumarkt enden ... Aber auch du kannst es nicht aushalten; wenn du *allein* bleibst, wirst du den Verstand verlieren, wie ich auch. Du bist ja schon jetzt wie irrsinnig; also müssen wir zusammengehen, ein und denselben Weg! So laß uns denn gehen!«

»Warum? Warum sagen Sie das?« sagte Ssonja eigentümlich berührt und tief erregt durch seine Worte.

»Warum? Weil es so nicht bleiben darf – das ist der Grund. Man muß doch endlich ernst und offen darüber nachdenken und nicht wie ein Kind bloß weinen und ausrufen, daß Gott es nicht zulassen werde! Nun, was wird geschehen, wenn man dich morgen tatsächlich ins Krankenhaus schafft? Jene dort ist nicht bei vollem Verstand und hat die Schwindsucht, wird bald sterben, und was soll aus den Kindern werden? Wird denn Poletschka nicht auch zugrunde gehen? Hast du denn nicht hier Kinder an allen Ecken stehen sehen, die von ihren Müttern betteln geschickt werden? Ich habe mich erkundigt, wo diese Mütter leben und in welcher Umgebung. Dort können die Kinder nicht Kinder bleiben. Dort ist schon ein Siebenjähriger lasterhaft und ein Dieb. Und die Kinder sind doch Ebenbilder Christi. „Ihrer ist das Himmelreich.“ Er hat geboten, sie zu achten und zu lieben, sie sind das künftige Menschengeschlecht ...«

»Was soll, was soll ich denn tun?« wiederholte Ssonja nervös aufschluchzend und preßte die Hände zusammen.

»Was tun? Brechen mit allem, womit gebrochen werden muß, ein für allemal, und dann: das Leid auf sich nehmen! Wie, du verstehst das nicht? Du wirst es nachher verstehen... Freiheit und Macht, hauptsächlich Macht! Über alle zitternde Kreatur und über den ganzen Ameisenhaufen! Das ist das Ziel! Denk daran! Das ist mein Geleitwort dir auf den Weg! Vielleicht spreche ich mit dir zum letzten Mal. Wenn ich morgen nicht zu dir komme, wirst du selbst von allem hören, und dann erinnere dich meiner jetzigen Worte. Und irgendwann, nachher, nach Jahren, wirst du mit der Zeit vielleicht verstehen, was sie bedeuteten. Wenn ich aber morgen zu dir komme, werde ich dir sagen, wer Lisaweta ermordet hat. Leb wohl!«

Ssonja fuhr zusammen vor Schreck.

»Ja, wissen Sie denn, wer sie ermordet hat?« fragte sie erstarrend vor kaltem Entsetzen und blickte ihn wild an.

»Ich weiß es und werde es sagen... Dir, nur dir allein! Ich habe dich erwählt. Nicht um dich um Verzeihung zu bitten, werde ich zu dir kommen, ich werde es bloß sagen. Ich habe dich seit langem erwählt, um es dir zu sagen, damals schon, als dein Vater von dir erzählte und als Lisaweta noch lebte, da dachte ich schon daran. Leb wohl. Gib mir nicht die Hand. Morgen!«

Er ging hinaus. Ssonja sah ihm wie einem Geistesgestörten nach; aber auch sie selbst war wie verrückt und fühlte es. Der Kopf schwindelte ihr.

»Mein Gott, wie weiß er es, wer Lisaweta erschlagen hat? Was bedeuten diese Worte? Schrecklich ist das!«

Aber *ein* Gedanke kam ihr dabei nicht in den Sinn. Nicht im geringsten! Auch nicht von ferne!...

»Oh, er muß furchtbar unglücklich sein! ... Er hat Mutter und Schwester verlassen. Warum? Was ist vorgefallen? Und was für Absichten hat er? Was hat er zu mir gesagt? Er hat meinen Fuß geküßt und gesagt ... gesagt ... ja, er hat es deutlich gesagt, daß er ohne mich nicht mehr leben kann ... O Gott!«

Fiebernd und von Traumbildern geschreckt verbrachte Ssonja in Unruhe die ganze Nacht. Zuweilen sprang sie auf, weinte, rang die Hände, und bald verfiel sie wieder in Fieberträume, und sie träumte von Poletschka, Katerina Iwanowna, Lisaweta, vom Vorlesen aus dem Evangelium und von ihm ... ihm mit dem bleichen Gesicht, mit den brennenden Augen ... Er küßt ihr die Füße, weint ... O Gott!

Hinter der Tür rechts, hinter derselben verschlossenen Tür in der rechten Wand, die das Zimmer Ssonjas von der Wohnung Gertruda Karlowna Rösslichs abteilte, war ein Durchgangszimmer, seit langem unbewohnt, das zu der Wohnung der Frau Rösslich gehörte und das zu vermieten war, worauf die Zettel am Torweg und weiße Papierstreifen an den Scheiben der Fenster, die auf den Kanal hinausgingen, hinwiesen. Ssonja war seit langem gewöhnt, dieses Zimmer als unbewohnt zu betrachten. Indessen aber hatte diesmal in dem leeren Zimmer die ganze Zeit Herr Sswidrigailoff an der Tür gestanden und heimlich gelauscht. Als Raskolnikoff fortgegangen war, blieb er immer noch dort stehen, dachte nach, ging dann auf den Fußspitzen in sein Zimmer, das an das leere grenzte, holte von dort einen Stuhl und stellte ihn leise an die Tür, die zu Ssonjas Zimmer führte. Das Gespräch erschien ihm fesselnd und bedeutungsvoll und hatte ihm sehr, sogar sehr gefallen – hatte ihm so gefallen, daß er einen Stuhl hinbrachte, um künftig, zum Beispiel morgen schon, nicht wieder der Unannehmlichkeit ausgesetzt zu sein, eine ganze Stunde stehen zu müssen, sondern sich's bequemer zu machen und sich in jeder Beziehung einen vollkommenen Genuß zu verschaffen.[13]

V

Als Raskolnikoff am anderen Morgen, Punkt elf Uhr, in das Haus des –schen Polizeireviers, in die Abteilung des Untersuchungsbeamten dieses Stadtteils eingetreten war und gebeten hatte, ihn Porphýrij Petrówitsch zu melden, wunderte er sich, wie lange man ihn warten ließ. Es vergingen mindestens zehn Minuten, ehe man ihn rief. Er aber hatte es sich so vorgestellt, daß man sich vermutlich sofort auf ihn stürzen werde. Einstweilen stand er im Wartezimmer, es gingen Menschen an ihm vorüber, die sich offenbar gar nicht für ihn interessierten. In dem anderen Zimmer, das einer Kanzlei glich, saßen und schrieben einige Schreiber, und es war ersichtlich, daß kein einziger von ihnen auch nur eine Ahnung hatte, wer oder was Raskolnikoff war. Mit unruhigem und mißtrauischem Blick beobachtete er alles ringsum, um sich zu vergewissern, ob nicht neben ihm irgendeine Wache stehe und ob er keinen geheimnisvollen Wink sähe, damit man auf ihn achtgäbe, daß er nicht entrinne? Aber nichts von alledem: er sah bloß sorgenvolle Kanzlistengesichter und einige andere Leute, und niemand kümmerte sich um sein Kommen und Gehen. Immer mehr befestigte sich in ihm der Gedanke, daß, wenn dieser geheimnisvolle Mensch von gestern, dieses Gespenst, das aus der Erde aufgetaucht zu sein schien, tatsächlich alles wußte und alles gesehen hatte, man ihm, Raskolnikoff, nicht erlauben würde, jetzt so dazustehen und ruhig zuzuwarten! Und würde man denn bis elf Uhr auf ihn gewartet haben, bis es ihm selbst einfiele, hier zu erscheinen? Es zeigte sich also, daß dieser Mensch entweder noch nichts mitgeteilt hatte oder ... oder daß er einfach nichts wußte und mit seinen eigenen Augen nichts gesehen hatte (ja, und wie hätte er es auch gesehen haben können?); also war das alles, was gestern ihm, Raskolnikoff, begegnet war, nichts als eine Wahnerscheinung, die seine gereizte und kranke

Einbildung übertrieben hatte. Diese Vermutung hatte sich ja gestern schon in ihm zu befestigen angefangen, noch während der stärksten Aufregung und Verzweiflung. Nachdem er sich dies alles jetzt noch einmal überlegt hatte und sich zu einem neuen Kampf anschickte, fühlte er plötzlich, daß er zitterte – und ein Ärger brauste in ihm auf bei dem Gedanken, daß er aus Furcht vor dem verhaßten Porphyrij Petrowitsch zittere. Am schrecklichsten war es für ihn, wieder mit diesem Menschen zusammenzutreffen: er haßte ihn über alle Maßen, grenzenlos, und fürchtete sich geradezu, sich durch seinen Haß irgendwie zu verraten. Und sein Unmut wurde so stark, daß das Zittern verging; er nahm sich vor, mit einer kalten und dreisten Miene hineinzugehen, und er schwur sich, möglichst viel zu schweigen, zu beobachten und zuzuhören und wenigstens diesmal seine krankhaft gereizte Natur um jeden Preis zu überwinden. Da rief man ihn zu Porphyrij Petrowitsch hinein.

Es erwies sich, daß Porphyrij Petrowitsch in diesem Augenblick allein war in seinem Arbeitszimmer. Dieses Zimmer war weder klein noch groß; es standen darin ein großer Schreibtisch vor einem Sofa, das mit Wachstuch bezogen war, ein Schreibpult, ein Schrank in einer Ecke und einige Stühle – nur die übliche vom Staat gestellte Einrichtung aus gelbem poliertem Holz. In der gegenüberliegenden Wand, oder richtiger Scheidewand, befand sich eine geschlossene Tür, also mußten sich hinter dieser Wand noch andere Räumlichkeiten befinden. Nach Raskolnikoffs Eintritt schloß Porphyrij Petrowitsch sofort die Tür, durch die er eingetreten war, und sie blieben allein im Zimmer. Er begrüßte seinen Besuch mit anscheinend fröhlichstem und freundlichstem Ausdruck, und erst nach einigen Minuten merkte ihm Raskolnikoff aus einigen Anzeichen eine gewisse Verwirrung an, als wäre er aus dem Konzept gebracht oder als hätte man ihn auf etwas Privatem und Verheimlichtem ertappt.

»Ah, Verehrtester! Da sind Sie ja ... in unserer Gegend ...«, begann Porphyrij Petrowitsch, ihm beide Hände entgegenstreckend. »Nun, nehmen Sie Platz, Väterchen! Oder vielleicht haben Sie es nicht gern, daß man Sie Verehrtester und ... Väterchen nennt, sozusagen „tout court“? Halten Sie es bitte nicht für familiär ... Hierher, bitte, auf das Sofa.«

Raskolnikoff setzte sich, ohne die Augen von ihm abzuwenden.

»In unserer Gegend«, Entschuldigung wegen Familiarität, das französische „tout court“ und dergleichen mehr, dies alles waren charakteristische Anzeichen. (»Er hat mir beide Hände zwar entgegengestreckt, aber keine Hand gereicht, hat sie rechtzeitig zurückgezogen«, dachte er mißtrauisch.) Beide beobachteten einander, kaum aber begegneten sich ihre Blicke, da wandten sie sie im Nu, mit Blitzesschnelle, wieder voneinander ab.

»Ich habe Ihnen diese Eingabe ... wegen der Uhr ... gebracht; hier ist sie. Ist sie so richtig geschrieben, oder soll ich sie umschreiben?«

»Was? Die Eingabe? Ja, so ... machen Sie sich keine Sorge, sie ist schon richtig«, sagte Porphyrij Petrowitsch, als hätte er Eile, und erst nachdem er das gesagt hatte, nahm er das Schriftstück und sah es durch. »Ja, sie ist richtig. Mehr ist auch nicht nötig«, bestätigte er noch einmal schnell und legte das Papier auf den Tisch.

Nach einer Minute, als er schon von etwas anderem sprach, nahm er das Blatt wieder in die Hand und legte es auf sein Schreibpult.

»Sie sagten gestern, glaube ich, Sie wünschten, mich ... in aller Form ... über meine Bekanntschaft mit dieser ... Ermordeten zu verhören?« begann Raskolnikoff von neuem. (»Warum habe ich ‚glaube ich‘ gesagt?« durchfuhr es ihn. »Aber warum beunruhigt mich das denn so, daß ich dieses ‚glaube ich‘ eingeflochten habe?« überwischte sofort ein zweiter Gedanke den ersten.)

Und plötzlich fühlte er, daß sein Mißtrauen schon bei der

bloßen Berührung mit Porphyrij, schon nach zwei Worten, zwei Blicken, bereits im Bruchteil einer Sekunde ins Ungeheure anschwoll ... und daß dies äußerst gefährlich war: es überreizte die Nerven, steigerte die Erregung. (»Ein Unglück! Ein Unglück! ... Ich werde mich wieder versprechen.«)

»Jajaja! Aber haben Sie keine Sorge! Es hat Zeit, hat Zeit!« murmelte Porphyrij Petrowitsch, vor dem Tisch hin- und hergehend, aber gleichsam ziellos: bald eilte er zum Fenster, bald zum Schreibtisch, bald zum Pult; bald mied er den mißtrauischen Blick Raskolnikoffs, bald blieb er plötzlich stehen und sah ihm unverwandt geradeaus ins Gesicht. Sehr sonderbar wirkte dabei auch seine kleine, dicke und runde Gestalt, die wie ein Gummiball überall hinrollte und sofort von allen Wänden und Ecken wieder zurückschnellte.

»Wir haben Zeit, haben Zeit! ... Rauchen Sie? Haben Sie selbst? Bitte, hier, ein Zigarettchen«, fuhr er fort und reichte dem Besucher Zigaretten ... »Wissen Sie, ich empfange Sie hier, meine Wohnung aber beginnt erst dort hinter der Zwischenwand ... freie Dienstwohnung; ich wohne zwar vorläufig noch in meiner alten, eigenen. Man mußte hier einige kleine Reparaturen vornehmen. Jetzt ist alles beinahe schon in Ordnung ... eine freie Dienstwohnung ist doch, wissen Sie, eine schöne Sache – wie? Meinen Sie nicht auch?«

»Ja, eine schöne Sache«, antwortete Raskolnikoff und blickte ihn fast spöttisch an.

»Eine schöne Sache, eine schöne Sache ...«, wiederholte Porphyrij Petrowitsch, als ob er an etwas ganz anderes denke, »ja! eine schöne Sache!« rief er zum Schluß laut, erhob plötzlich die Augen zu Raskolnikoff und blieb zwei Schritte vor ihm stehen. Diese mehrfache dumme Wiederholung, daß eine Dienstwohnung eine schöne Sache sei, widersprach sehr dem ernsten, nachdenklichen und rätselhaften Blick, mit dem er jetzt seinen Besuch ansah.

Dies aber reizte noch mehr die Wut Raskolnikoffs, so daß er eine spöttische und ziemlich unvorsichtige Herausforderung schon nicht mehr unterlassen konnte.

»Sie wissen doch«, sagte er unerwartet, indem er ihn fast dreist anblickte und als empfände er einen Genuß von seiner Dreistigkeit, »daß es eine juristische Regel, ein juristischer Kniff aller nur möglichen Untersuchungsbeamten ist, von weitem her mit Kleinigkeiten oder auch mit etwas Ernstem, aber ganz Fernliegendem zu beginnen, um den zu Verhörenden sozusagen zu ermutigen, oder besser gesagt, abzulenken, seine Vorsicht einzuschläfern, und dann ihn plötzlich und unversehens, wie mit einem Keulenschlag mitten auf den Kopf, mit der verhängnisvollsten und gefährlichsten Frage zu betäuben, ist es nicht so? Das wird doch in allen Lehrbüchern, glaube ich, und Vorschriften für dieses Fach bis heute als unfehlbarer Kunstgriff und heilige Regel empfohlen.«

»Ganz recht, ganz recht ... und Sie meinen, daß auch ich es mit der freien Dienstwohnung bei Ihnen so versucht habe ... wie?«

Und Porphyrij Petrowitsch kniff die Augen zusammen und blinzelte ihm zu; etwas Lustiges und Schlaues huschte über sein Gesicht, die Falten auf seiner Stirn glätteten sich, die Augen wurden schmäler, die Gesichtszüge zogen sich in die Breite, und plötzlich brach er in ein nervöses und langandauerndes Lachen aus, das seinen ganzen Körper erschütterte, und dabei sah er Raskolnikoff unentwegt in die Augen. Raskolnikoff zwang sich ein wenig, in das Lachen einzustimmen; doch als Porphyrij Petrowitsch daraufhin in ein solches Gelächter ausbrach, daß ihm das Blut zu Kopf stieg, überwog Raskolnikoffs Widerwillen seine Vorsicht: er hörte auf zu lachen, sein Gesicht verfinsterte sich, und er sah lange und voll Haß Porphyrij Petrowitsch an, ohne ihn aus dem Auge zu lassen während der ganzen Zeit dieses anhaltenden und wie absichtlich nicht aufhörenden Lachens. Übrigens war die Unvorsichtigkeit beiderseits unverhohlen: es war nun so, als lache Porphyrij Petrowitsch über seinen Besuch diesem selbst offen ins Gesicht und als kümmere er sich dabei nicht im geringsten um dessen unverhohlenen Unmut. Das aber war für Raskolnikoff sehr aufschlußreich: er begriff, daß Porphyrij Petrowitsch sich auch vorhin gar nicht verlegen gefühlt hatte, daß im Gegenteil er, Raskolnikoff, wahrscheinlich in eine Falle geraten sei; daß es hier offenbar etwas gab, was er nicht ahnte, ein gewisses Ziel; daß vielleicht alles schon vorbereitet war und sich sogleich im nächsten Augenblick enthüllen und auf ihn herabstürzen werde.

Er ging sofort schnurstracks zur Tat über, stand von seinem Platz auf und nahm seine Mütze.

»Porphyrij Petrowitsch«, begann er entschlossen, aber mit ziemlich starker Gereiztheit, »Sie äußerten gestern den Wunsch, daß ich zu einem Verhör herkäme.« (Er betonte besonders das Wort *Verhör.*) »Ich bin gekommen, und wenn Sie etwas zu wissen wünschen, so fragen Sie mich, sonst aber gestatten Sie mir, wegzugehen. Ich habe keine Zeit, ich habe etwas vor... Ich muß zur Beerdigung jenes Beamten, der überfahren worden ist und von dem Sie... auch schon wissen...« fügte er hinzu, ärgerte sich aber sofort, daß er das hinzugefügt hatte und wurde noch gereizter. »Ich bin des Ganzen überdrüssig, hören Sie, und seit langem schon... ich bin zum Teil auch deshalb krank gewesen... mit einem Wort«, schrie er fast, da er fühlte, daß die Phrase über seine Krankheit sehr überflüssig war, »mit einem Wort: entweder fragen Sie mich jetzt gefälligst, oder Sie entlassen mich, und zwar sofort... und wenn Sie mich verhören wollen, dann nicht anders als in der gesetzlichen Form! Anders werde ich es nicht erlauben; und darum sage ich Ihnen einstweilen: Leben Sie wohl, da wir jetzt beide hier nichts miteinander zu tun haben.«

»Mein Gott! Ja, was ist mit Ihnen los? Ja, worüber soll ich Sie denn verhören!« gackerte auf einmal Porphyrij Petrowitsch aufgeregt, indem er sofort den Ton und seine

Miene änderte und im Nu aufhörte zu lachen. »Bitte, regen Sie sich doch nicht auf«, bemühte er sich um Raskolnikoff; bald nötigte er ihn, seinen Platz wieder einzunehmen, bald lief er wieder im Zimmer umher. »Es hat Zeit, es hat Zeit und das sind doch bloß Kleinigkeiten! Ich bin, im Gegenteil, so froh, daß Sie endlich mal zu uns gekommen sind ... Ich empfange Sie als meinen Gast. Und dieses verfluchte Lachen bitte ich Sie zu entschuldigen, Väterchen ... Rodion Romanowitsch ... Romanowitsch, so ist doch Ihr Patronymikum, nicht wahr? ... Ich bin ein nervöser Mensch, und Sie haben mich durch Ihre witzige Bemerkung so stark zum Lachen gereizt; zuweilen schüttelt es mich so, als wäre ich geradezu aus Gummielastikum, und das dauert manchmal eine halbe Stunde an ... Ich bin ein lachlustiger Mensch! Bei meiner Statur fürchte ich, dadurch einmal noch einen Schlaganfall zu bekommen. Ja, setzen Sie sich doch, warum stehen Sie? ... Bitte, setzen Sie sich, Väterchen, sonst muß ich denken, daß Sie mir böse sind ...«

Raskolnikoff schwieg, hörte zu und beobachtete ihn, noch immer zornig und mit düsterem Gesicht. Er setzte sich schließlich, legte aber die Mütze nicht aus der Hand.

»Ich will Ihnen, Väterchen Rodion Romanowitsch, über mich selbst etwas sagen, um Ihnen meinen Charakter sozusagen zu erklären«, fuhr Porphyrij Petrowitsch fort, schon wieder im Zimmer hin und her laufend, und dabei wieder den Blick seines Gastes gleichsam meidend. »Wissen Sie, ich bin ein Junggeselle, kein Weltmann und sonst unbekannt, und außerdem ein Mensch, der sein Wachstum schon abgeschlossen hat, erstarrt oder sozusagen schon in Samen geschossen ist und ... und ... Und haben Sie nicht auch schon beobachtet, Rodion Romanowitsch, daß es bei uns, das heißt, bei uns in Rußland, und namentlich in unseren Petersburger Kreisen immer so ist, wenn zwei kluge Menschen zusammenkommen, die einander noch nicht gut kennen, aber sich sozusagen gegenseitig achten, wie wir jetzt zusammengekommen sind, daß sie kaum vor Ablauf einer halben Stunde ein Gesprächsthema finden können – sie werden steif vor einander, sitzen da und genieren sich. Alle haben einen Gesprächsstoff. Damen zum Beispiel ... Leute aus der großen Welt zum Beispiel haben immer ein Thema zur Unterhaltung bereit, c'est de rigueur, Menschen aber aus der Zwischenschicht, das heißt, denkende Menschen, wie wir, sind alle leicht verlegen und nicht gesprächig. Woher kommt das, Väterchen? Haben wir keine gemeinsamen Interessen oder sind wir zu ehrlich und wollen einander nicht betrügen, ich weiß es nicht. Wie? Was meinen Sie? Legen Sie doch, bitte, die Mütze aus der Hand, es sieht sonst so aus, als wollten Sie gleich fortgehen, und das ist doch, weiß Gott, unbehaglich ... Es freut mich, im Gegenteil, sehr ...«

Raskolnikoff legte die Mütze aus der Hand, verhielt sich aber schweigend und hörte ernst und achtsam mit finsterem Gesicht Porphyrijs leerem und verworrenem Geschwätz zu.

(»Will er etwa tatsächlich mit seinem dummen Geschwätz meine Aufmerksamkeit ablenken?« dachte er.)

»Ich kann Ihnen hier leider keinen Kaffee anbieten, das geht hier nicht; doch warum soll man sich nicht fünf Minuten mit einem guten Bekannten zerstreuen«, redete Porphyrij unermüdlich weiter. »Und wissen Sie, alle diese dienstlichen Pflichten ... aber nehmen Sie es bitte nicht übel, Väterchen, daß ich in einemfort auf und ab gehe; entschuldigen Sie, Väterchen, ich fürchte sehr, Sie zu kränken; Bewegung aber tut mir einfach not. Ich sitze die ganze Zeit und bin sehr froh, so fünf Minuten herumgehen zu können ... Hämorrhoiden ... ich nehme mir auch immer vor, mich mit Gymnastik zu kurieren; da erzählt man nun, daß Staatsräte, wirkliche Staatsräte, und sogar Geheimräte zu diesem Zweck jeden Morgen gern über eine Schnur springen; ja, ja, die Wissenschaft in unserem Jahrhundert ... das ist schon was ... Aber diese dienstlichen Pflichten, Verhöre und diese ganzen Formalitäten ... Sie erwähnten, Väterchen, soeben etwas von Verhören ... ja, wissen Sie,

Väterchen Rodion Romanowitsch, diese Verhöre verwirren zuweilen den Verhörenden selbst mehr als den Verhörten ... Das haben Sie, Väterchen, sehr richtig und witzig soeben bemerkt.« (Raskolnikoff hatte gar keine derartige Bemerkung gemacht.) »Man wird konfus! Wirklich, man wird konfus, und immer ein und dasselbe, immer ein und dasselbe, wie Trommelschlag! Jetzt ist zwar die Justizreform im Anzug, wir werden wenigstens einen anderen Titel erhalten, hehehe! Und was unser Verfahren, über das Sie vorhin so gelungen sprachen, anbetrifft, so bin ich ganz Ihrer Meinung. Aber wer, sagen Sie doch, welcher Angeklagte, und wäre es der dümmste Bauer, wüßte nicht, daß man zuerst anfängt, ihn durch nebensächliche Fragen einzuschläfern (wie Sie treffend bemerkten), um ihn dann plötzlich, wie mit einem Keulenschlag mitten auf den Kopf, zu betäuben, hehehe! zu betäuben – nach Ihrem gelungenen Ausdruck! Hehe! So haben Sie tatsächlich gedacht, daß ich es bei Ihnen mit der Dienstwohnung ebenso versuchen wollte ... hehe! Sie sind doch ein ironischer Mensch! Also gut, dann nicht! Ach ja, beiläufig, das eine Wort zieht ja das andere nach sich, und ein Gedanke ruft den andern hervor – da haben Sie vorhin auch die vorgeschriebene Regel, das Musterbeispiel erwähnt, wissen Sie, in bezug auf das Verhör und seine übliche Form ... Aber was tut denn das zur Sache? Die Form ist, wissen Sie, in vielen Fällen ein Unsinn. Manchmal ist es viel vorteilhafter, in aller Freundschaft miteinander zu reden. Die Form läuft einem ja nie davon, diesbezüglich erlauben Sie mir, Sie zu beruhigen; ja, und was ist eigentlich die Form, frage ich Sie? Die Form darf den Untersuchenden doch nicht bei jedem Schritt hemmen. Die Arbeit des Untersuchenden ist doch sozusagen freie Kunst, hehe, in ihrer Art, oder so ungefähr... hehehe!«

Porphyrij Petrowitsch machte für einen kurzen Augenblick eine Pause. Er redete in einem fort, ohne zu ermüden, bald sinnlos leeres Zeug, bald machte er plötzlich rätselhafte Anspielungen und verlor sich von neuem in leerem

Geschwätz. Jetzt lief er fast schon im Zimmer herum, bewegte immer schneller und schneller seine dicken, kurzen Beinchen, blickte dabei die ganze Zeit zu Boden, hatte die rechte Hand auf dem Rücken und fuchtelte mit der linken herum oder machte mit ihr allerhand Gesten, die aber jedesmal erstaunlich wenig mit seinen Worten übereinstimmten. Raskolnikoff bemerkte plötzlich, daß er bei seinem Hin und Her zweimal bei der Tür fast stehenblieb und zu lauschen schien . . .

(»Wartet er etwa auf jemanden?« dachte er.)

»Und Sie haben vollkommen recht«, begann Porphyrij von neuem und blickte heiter und mit ungewöhnlicher Treuherzigkeit Raskolnikoff an (wovon jener nur so zusammenfuhr und sich blitzschnell auf Gefahr einstellte). »Sie haben tatsächlich recht, wenn Sie sich über den juristischen Formenkram so geistreich lustig zu machen belieben, hehe! Diese uns anempfohlenen, tiefsinnig sein sollenden psychologischen Kunstgriffe (das heißt, einige natürlich nur) sind äußerst lächerlich, ja und meinethalben auch nutzlos, wenn sie durch die gesetzliche Form zu sehr beschränkt sind. Ja . . . ich komme wieder auf die gesetzliche Form zurück: also, wenn ich den einen oder den anderen oder einen dritten sozusagen für den Verbrecher hielte, oder besser gesagt, ihn im Verdacht hätte, in irgendeiner mir übertragenen Angelegenheit . . . Sie bereiten sich doch vor, Jurist zu werden, Rodion Romanowitsch?«

»Ja, ich bereitete mich vor . . .«

»Nun, da könnte ich Ihnen ja gleich sozusagen mit einem kleinen Beispiel für die Zukunft dienen –, das heißt, denken Sie bloß nicht, daß ich es wagte, Sie belehren zu wollen! – ausgerechnet Sie, der Sie doch selber ganze Artikel über Verbrechen drucken lassen! Nein, ich will Ihnen nur als Tatsache ein Beispielchen vorführen. Also, wie gesagt, falls ich den einen oder den anderen für den Verbrecher hielte, so fragt es sich doch, wozu soll ich ihn dann schon vor der Zeit beunruhigen, wenn ich auch Beweise gegen ihn habe?

Den einen muß ich zum Beispiel schneller verhaften, ein anderer aber hat einen ganz anderen Charakter; in der Tat, warum soll man ihm dann nicht gestatten, in der Stadt herumzuspazieren, hehehe! Nein, ich sehe, daß Sie es nicht ganz verstehen, also will ich es Ihnen deutlicher erklären: wenn ich ihn zum Beispiel zu früh einsperre, so gebe ich ihm dadurch gewissermaßen eine moralische Stütze, sozusagen, hehe! Sie lachen?« (Raskolnikoff dachte gar nicht daran, zu lachen: er saß mit zusammengepreßten Lippen da, ohne seinen glühenden Blick von den Augen Porphyrij Petrowitschs abzuwenden.) »Aber das ist nun einmal so, und bei dem einen Subjekt kann das genau das Richtige sein, denn die Menschen sind sehr verschieden, und da muß vor allem die Praxis entscheiden. Sie werden jetzt einwenden: zuerst die Beweise! Ja, nehmen wir an, es sind Beweise da, aber Beweise haben doch meistenteils, Väterchen, zwei Seiten, und ich bin doch als Untersuchungsbeamter auch nur ein schwacher Mensch, und ich gestehe, daß ich die Untersuchung gern sozusagen mathematisch klarstellen oder einen Beweis erbringen möchte, daß alles so klar würde, wie zweimal zwei vier ist! Daß es einer klaren, unbestreitbaren Tatsache gliche! Wenn ich ihn aber vor der Zeit einsperre – und mag ich auch noch so überzeugt sein, daß *er* es ist –, so kann ich mich selbst vielleicht der Mittel berauben, ihn weiter zu überführen, und warum? Weil ich ihn sozusagen in eine bestimmte Lage versetze, ihn sozusagen psychologisch bestimme und festlege, und da wird er sich vor mir in seine Schale verkriechen: er wird schließlich begreifen, daß er Gefangener ist. Da erzählt man sich, daß kluge Leute in Sebastopol sofort nach der Schlacht bei Alma schreckliche Angst hatten, der Feind werde gleich darauf zu einem Angriff auf Sebastopol übergehen und die Stadt mit stürmender Hand nehmen; als sie aber sahen, daß der Feind eine regelrechte Belagerung vorzog und die ersten Laufgräben anlegte, da haben sich die klugen Leute, sagt man, riesig gefreut und sich beruhigt: nun ziehe die Sache sich mindestens noch zwei Monate hin, denn es dauere immer noch eine hübsche Weile, bis eine Stadt durch eine regelrechte Belagerung eingenommen werden könne! Sie lachen wieder, Sie glauben wieder nicht? Nun ja, freilich, Sie haben ja auch recht. Haben recht, haben recht! Das sind lauter Einzelfälle, ich bin mit Ihnen einverstanden; der angeführte Fall steht tatsächlich vereinzelt da! Aber sehen Sie, bester Rodion Romanowitsch, man muß dabei folgendes nicht außer acht lassen: Es gibt doch überhaupt keinen allgemeinen Fall, einen solchen, nach dem alle diese juristischen Formen und Regeln zugeschnitten, nach dem sie berechnet und in Bücher eingetragen sind, und zwar aus dem einfachen Grunde nicht, weil jede Tat oder beispielsweise jedes, sagen wir, Verbrechen sofort, kaum daß es in Wirklichkeit geschehen ist, sich in einen vollkommenen Einzelfall verwandelt; und zuweilen noch in was für einen! Mitunter in einen solchen Sonderfall, der keinem einzigen früheren auch nur von fern ähnlich ist! In dieser Hinsicht passieren manchmal ganz unglaublich komische Sachen. Wenn ich nun manch einen Herrn ganz allein lasse, ihn nicht festsetze und nicht beunruhige, wobei er aber jede Stunde und jeden Augenblick wissen oder wenigstens vermuten mag, daß ich alles wisse, sein ganzes Geheimnis, Tag und Nacht ihn beobachten lasse, rastlos auf ihn aufpasse, so daß er sich bewußt unter ewigem Verdacht und in ewiger Angst fühlen muß, ja, bei Gott, da wird ihm denn doch schwindlig werden, er wird nicht aus und ein wissen, er wird tatsächlich selbst kommen und wird vielleicht noch etwas tun, was schon haargenau dem Zweimalzwei entspricht, was die Sache sozusagen wie ein mathematisches Exempel aufgehen läßt – und das ist doch sehr angenehm. Das kann auch mit einem plumpen Bauern geschehen, aber um so mehr mit unsereinem, einem modern gebildeten und nach einer bestimmten Richtung entwickelten Menschen! Denn, mein Täubchen, es ist sehr wichtig zu wissen, in welcher Richtung ein Mensch entwickelt ist.

Und die Nerven, die Nerven, die haben Sie ja ganz und gar vergessen! Das ist doch heutzutage alles krank, und defekt und gereizt! ... Und die Galle, wieviel Galle sie alle haben! Aber die ist doch, will ich Ihnen nur sagen, in manchen Fällen eine Quelle eigener Art! Und warum soll ich beunruhigt sein, wenn er ungefesselt in der Stadt umhergeht? Mag er, mag er doch vorläufig spazierengehen; ich weiß auch ohnedem, daß er mir verfallen, mein Opferchen ist und nirgendwohin vor mir fortlaufen wird! Ja, und wohin sollte er auch fortlaufen, hehe! Ins Ausland etwa? Ins Ausland kann wohl ein Pole fliehen, aber nicht *er*, um so weniger, als ich ihn ja beobachte und Maßregeln ergriffen habe. Oder sollte er etwa ins Innere des Vaterlandes fliehen? Dort leben aber Bauern, echte, hanfleinene russische Bauern; da wird ja ein modern entwickelter Mensch eher das Zuchthaus vorziehen, als mit solchen Ausländern, wie es unsere Bäuerlein sind, leben wollen, hehehe! Aber das ist ja alles Unsinn, sind reine Äußerlichkeiten! Was heißt das: er könnte fliehen! Das ist Fachsimpelei; die Hauptsache aber ist etwas anderes; er wird mir nicht nur deshalb nicht entfliehen, weil er nirgends hinfliehen könnte, nein: er wird mir *psychologisch* nicht entfliehen, hehe! Wie finden Sie dies Wörtlein? Er wird mir dem Naturgesetz nach nicht entfliehen, selbst wenn er irgendwohin fliehen könnte. Haben Sie einen Falter vor einem Licht gesehen? Nun, genau so wird auch er die ganze Zeit mich umkreisen, wie ein Falter das Licht; die Freiheit wird ihm unlieb werden, er wird nachdenklich werden, sich verwirren, sich selbst wie in ein Netz verwickeln und sich zu Tode zappeln! ... Und nicht nur das allein: er wird mir auch noch selbst irgend so eine mathematische Auflösung des Exempels besorgen, so ein Zweimalzwei – ich brauche ihm bloß eine etwas längere Zeit für den Zwischenakt zu lassen ... Und er wird mich die ganze Zeit, die ganze Zeit umkreisen und immer kleinere und kleinere Kreise ziehen und – plumps! – wird mir direkt in den Mund fliegen, und dann werde ich ihn verschlucken, das aber ist doch sehr angenehm, hehehe! Sie glauben nicht?«

Raskolnikoff anwortete nicht, er saß bleich und unbeweglich auf seinem Platz und schaute die ganze Zeit mit der gleichen Spannung Porphyrij ins Gesicht.

(»Die Lehre ist gut!« dachte er, am ganzen Körper erkaltend. »Das ist nicht einmal mehr ein Spiel der Katze mit der Maus, wie gestern. Und er zeigt mir doch wohl nicht umsonst seine Macht und ... souffliert mir; dazu ist er viel zu klug ... Er verfolgt einen anderen Zweck, aber was für einen? Ach, Unsinn, Bruder, du willst mir nur Furcht einjagen und spielst den Schlauen! Du hast keine Beweise, und der Mann von gestern existiert gar nicht! Du willst mich bloß verwirren, vorzeitig reizen und in diesem Zustand dann zuschlagen, aber nein, du schlägst vorbei, schlägst vorbei! Aber warum, warum souffliert er mir in dieser Weise? ... Rechnet er etwa mit meinen kranken Nerven? ... Nein, Bruder, das wird dir nicht gelingen, obwohl du etwas vorbereitet hast ... Nun, wollen wir mal sehen, was du da vorbereitet hast.«)

Und er nahm alle Kraft zusammen, um sich auf eine furchtbare und unbekannte Katastrophe gefaßt zu machen. Zuweilen drängte es ihn geradezu, sich jetzt, sofort auf Porphyrij zu stürzen und ihn auf der Stelle zu erwürgen. Schon beim Betreten dieses Zimmers hatte er sich vor diesen Wutanwandlungen gefürchtet. Er fühlte, daß seine Lippen trocken waren, sein Herz in Stößen schlug, der Schaum in den Mundwinkeln klebte. Er beschloß aber trotzdem, vorläufig noch zu schweigen. Er begriff, daß das die beste Taktik war in seiner Situation, weil er dann nicht bloß keine Gelegenheit hatte, sich zu versprechen, sondern umgekehrt durch sein Schweigen den Gegner reizen konnte, so daß jener vielleicht noch sich selbst verriet. Wenigstens hoffte er darauf.

»Nein, ich sehe, Sie glauben mir nicht, Sie meinen, daß ich Ihnen nur so zur Unterhaltung unschuldige Späßchen erzähle«, sagte Porphyrij, der immer lustiger wurde, vor Vergnügen ununterbrochen kicherte und wieder im Zimmer umherkullerte. »Aber Sie haben ja auch recht; Gott selbst hat mir schon so eine Gestalt verliehen, daß sie in anderen nur komische Gedanken erweckt; wie 'n Possenreißer; aber ich will Ihnen nur eines sagen, und wiederhole noch einmal, daß Sie, Väterchen, Rodion Romanowitsch – entschuldigen Sie schon mich alten Mann – noch ein junger Mann sind, sozusagen in der ersten Jugendblüte stehen, und darum schätzen Sie auch am allerhöchsten den menschlichen Verstand, wie die Jugend das immer tut. Spielerischer Scharfsinn des Verstandes und abstrakte Vernunftschlüsse, das ist es, was Sie verführt. Das ist genau so, wie mit dem früheren österreichischen Hofkriegsrat, soweit ich über Kriegsereignisse urteilen kann: auf dem Papier hatten sie Napoleon geschlagen und gefangengenommen, hatten sie in ihrem Arbeitszimmer alles in der scharfsinnigsten Weise überlegt und berechnet, in Wirklichkeit aber – ergibt sich General Mack mit seiner ganzen Armee, hehehe! Ich sehe, ich sehe, Väterchen Rodion Romanowitsch, Sie lachen über mich, daß ich, so ein Zivilist, mit Vorliebe Beispielchen aus der Kriegsgeschichte anführe. Aber was soll ich tun, ich habe nun einmal diese Schwäche, liebe alles Militärische und lese leidenschaftlich gern alle diese Kriegsgeschichten ... ich habe entschieden in der Wahl meines Berufes danebengegriffen. Ich hätte die militärische Laufbahn wählen sollen. Zu einem Napoleon wäre ich zwar nicht geworden, wohl aber zu einem Major, hehehe! Nun, ich will Ihnen jetzt die volle Wahrheit in bezug auf *den Einzelfall* sagen, mein Lieber: die Wirklichkeit und die Natur, mein Verehrtester, sind ein wichtiges Ding, und wie machen sie zuweilen doch selbst die raffinierteste Berechnung zuschanden! Hören Sie auf mich alten Mann, ich spreche im Ernst, Rodion Romanowitsch« (indem er dies sagte, schien der wohl kaum fünfunddreißigjährige Porphyrij Petrowitsch tatsächlich plötzlich gealtert zu sein; sogar seine Stimme hatte sich verändert und er ging gebeugt wie ein Greis), »und außerdem bin ich ein aufrichtiger Mensch ... Bin ich ein aufrichtiger Mensch oder bin ich's nicht? Was meinen Sie? Mir scheint, ich bin es durchaus: teile Ihnen solche Dinge umsonst mit und verlange dafür gar keine Belohnung, hehehe! Nun, also, ich fahre fort: auch der Scharfsinn ist meiner Meinung nach ein prächtiges Ding; er ist sozusagen eine Zierde der Natur und ein Trost des Lebens und kann solche Kunststücke produzieren, daß zuweilen so ein armer Inquirent, dem die Untersuchung obliegt, sie beim besten Willen nicht zu erraten vermag, zumal wenn er von seiner eigenen Phantasie besessen ist, wie es ja oft genug vorkommt, denn er ist doch auch nur ein Mensch! Aber da ist es die Natur, die dem armen Inquirenten zu Hilfe kommt, das ist das Unglück! Daran aber denkt die von ihrem Scharfsinn hingerissene Jugend nicht, ‚die über alle Hindernisse hinwegschreitet' (wie Sie sich gestern in scharfsinnigster und schlauester Weise auszudrücken beliebten). Er wird sich also verstellen, das heißt, jener Mensch, *der Einzelfall,* der Inkognito, und wird sich ausgezeichnet und in der schlauesten Weise verstellen. Nun müßte er, sollte man meinen, triumphieren und die Früchte seines Scharfsinns genießen, aber gerade da — plumps! — bei der interessantesten, skandalösesten Stelle fällt er in Ohnmacht. Angenommen, so etwas kann infolge von Krankheit und zuweilen auch von der dumpfen Luft in einem Zimmer geschehen, aber trotzdem! Trotzdem hat er damit einen Gedanken angeboten! Er hat sich zwar unvergleichlich verstellt, das heißt, gelogen, hat aber nicht verstanden, mit der Natur zu rechnen. Hier, sehen Sie, eben hierin liegt die Tücke! Ein anderes Mal läßt er sich vom Spieltrieb seines Scharfsinns hinreißen, beginnt einen Menschen, der ihn im Verdacht hat, zum Narren zu halten, erbleicht wie absichtlich, wie im Scherz, erbleicht aber *schon gar zu natürlich,* so daß es schon allzu sehr wirklichem Erbleichen gleicht, und wieder ist ein Gedanke angeboten! Wenn ihm auch der Betrug im ersten Augenblick gelingt, aber über Nacht überlegt jener es sich anders, wenn er nicht zu denen gehört, die leicht anzuführen sind. Und so geschieht es auf Schritt und Tritt! Aber das ist noch nichts: bald beginnt er selbst vorzugreifen, vorauszulaufen, beginnt auszusagen, wonach man ihn nicht fragt, spricht in einemfort über Dinge, über die er im Gegenteil schweigen müßte, läßt allerhand Allegorien vom Stapel, hehe! ... kommt selbst und fragt, warum man ihn so lange nicht festnimmt, hehehe! Und das kann auch mit dem scharfsinnigsten Menschen passieren, auch mit einem Psychologen und Literaten! Die Natur ist ein Spiegel, jawohl, ein Spiegel, der klarste, den es gibt! Schau hinein und weide deine Augen, das ist alles! Ja, warum sind Sie denn auf einmal so blaß geworden, Rodion Romanowitsch? Ist es für Sie hier zu dumpf, soll ich nicht das Fenster aufmachen?«

»Oh, bitte, bemühen Sie sich nicht«, rief Raskolnikoff aus und begann plötzlich zu lachen, »bitte, bemühen Sie sich nicht!«

Porphyrij blieb vor ihm stehen, wartete eine Weile und stimmte dann in das Lachen ein. Raskolnikoff brach plötzlich schroff seinen Lachanfall ab und erhob sich vom Sofa.

»Porphyrij Petrowitsch!« sagte er laut und deutlich, obwohl er kaum auf den zitternden Beinen stehen konnte, »ich sehe endlich mit aller Klarheit, daß Sie mich positiv im Verdacht haben, diese Alte und ihre Schwester Lisaweta ermordet zu haben. Ich erkläre Ihnen nun meinerseits, daß ich all dessen längst überdrüssig bin. Wenn Sie finden, daß Sie ein Recht haben, mich gesetzlich zu verfolgen, so verfolgen Sie mich, zu arretieren, so arretieren Sie mich. Aber mich ins Gesicht zu verspotten und zu quälen, das erlaube ich nicht.«

Seine Lippen zitterten plötzlich, die Augen loderten auf vor Wut, und die bis jetzt gemäßigte Stimme schwoll an. »Das erlaube ich nicht!« rief er plötzlich und schlug aus aller Kraft mit der Faust auf den Tisch. »Hören Sie, Porphyrij Petrowitsch? Das erlaube ich nicht!«

»Ach, mein Gott, was ist denn nun wieder mit Ihnen los!« rief Porphyrij Petrowitsch, anscheinend vollkommen erschrocken. »Väterchen Rodion Romanowitsch! Liebster! Teuerster! Was ist denn mit Ihnen?«

»Das erlaube ich nicht!« schrie Raskolnikoff noch einmal.

»Leise, Väterchen! Man könnte es hören und herkommen! Was sollen wir ihnen dann sagen, bedenken Sie!« flüsterte Porphyrij Petrowitsch entsetzt, indem er sein Gesicht dem Gesicht Raskolnikoffs ganz nahe brachte.

»Das erlaube ich nicht, das erlaube ich nicht!« wiederholte Raskolnikoff mechanisch, aber plötzlich gleichfalls fast flüsternd.

Porphyrij Petrowitsch wandte sich schnell ab und lief zum Fenster, um es zu öffnen.

»Frische Luft hereinlassen! Und etwas Wasser müssen Sie trinken, Täubchen, das ist ja ein Anfall!« Und er wollte schon zur Tür stürzen, um nach Wasser zu schicken, erblickte jedoch noch rechtzeitig im Zimmer unweit der Tür eine volle Karaffe.

»Da, Väterchen, trinken Sie«, flüsterte er, mit der Karaffe und dem Glas zu ihm eilend, »vielleicht hilft es ...«

Der Schreck und selbst die Teilnahme Porphyrij Petrowitschs waren dermaßen natürlich, daß Raskolnikoff verstummte und ihn mit alles andere verdrängender Wißbegier zu mustern begann. Das Wasser übrigens nahm er nicht an.

»Rodion Romanowitsch! Liebster! Aber in dieser Weise werden Sie sich noch um den Verstand bringen, ich versichere Sie! Ach! Trinken Sie! Trinken Sie wenigstens etwas!«

Er zwang ihn doch, das Glas Wasser in die Hand zu nehmen. Raskolnikoff führte es mechanisch an die Lippen, besann sich aber und stellte es mit Ekel auf den Tisch.

»Jawohl, Sie haben einen kleinen Anfall gehabt! In dieser Weise werden Sie sich, mein Täubchen, nur Ihre frühere Krankheit wieder auf den Hals holen«, gackerte Porphyrij Petrowitsch mit freundschaftlicher Teilnahme, im übrigen immer noch mit einem Ausdruck, als sei er aus dem Konzept gebracht. »Mein Gott! Ja, wie kann man sich denn so wenig schonen! Und auch Dmitrij Prokofjitsch kam gestern zu mir – ich gebe zu, gebe zu, daß ich einen boshaften, scheußlichen Charakter habe, aber was er alles für Schlüsse daraus zieht! Herrgott! ... Er kam gestern zu mir, nachdem Sie fortgegangen waren, wir saßen gerade beim Essen, er aber redete und redete, ich staunte bloß so ... Herrgott noch mal, dachte ich! ... Kam er etwa in Ihrem Auftrag? Ja, so setzen Sie sich doch, Väterchen, nehmen Sie doch Platz, um Christi willen!«

»Nein, er kam nicht in meinem Auftrag! Aber ich wußte, daß er zu Ihnen gehen und warum er zu Ihnen gehen wollte«, antwortete Raskolnikoff scharf.

»Sie wußten es?«

»Ich wußte es. Und was folgt nun daraus?«

»Ja, nur dies, Väterchen, Rodion Romanowitsch, daß ich noch ganz andere Dinge von Ihnen weiß; ich bin über alles unterrichtet! Ich weiß auch, wie Sie *eine Wohnung mieten* gingen, fast in der Nacht, als es schon dunkelte, und an der Glocke klingelten, und nach dem Blut fragten, und wie Sie die Arbeiter und die Hausmeister irremachten. Ich verstehe auch Ihre damalige Gemütsverfassung ... aber Sie werden sich ja in dieser Weise noch um den Verstand bringen, bei Gott! Werden schwindelig werden! Die Entrüstung in Ihnen kocht schon gar zu stark, eine edle Entrüstung über die erlittenen Kränkungen, zuerst von seiten des Schicksals, dann von den Polizeibeamten. Darum werfen Sie sich auch hierhin und dorthin, um sozusagen schneller alle zum Sprechen zu bringen, und um allem mit einem Schlag ein Ende zu machen, denn diese Dummheiten und dieser ganze Verdacht sind Ihnen doch schon zum Überdruß. Ist es nicht so? Habe ich die Stimmung erraten? ... Nur werden Sie in dieser Weise nicht bloß sich allein zugrunde richten, sondern auch meinen Rasumichin in den Schwindel hineinziehen, er aber ist doch dafür ein *zu guter* Mensch, Sie wissen es ja selbst. Bei Ihnen ist es eine Krankheit, bei ihm aber eine Tugend

... und so könnte denn diese Krankheit auch ihn anstecken ... Ich will Ihnen, Väterchen, wenn Sie sich beruhigt haben, etwas erzählen ... aber setzen Sie sich doch um Christi willen, Väterchen! Bitte, erholen Sie sich, Sie sehen ja ganz verändert aus; aber so setzen Sie sich doch!«

Raskolnikoff setzte sich, das Zittern verging, und sein ganzer Körper begann zu glühen. Mit tiefem Erstaunen und gespanntester Aufmerksamkeit hörte er dem erschrockenen und freundschaftlich um ihn bemühten Porphyrij Petrowitsch zu. Aber er glaubte keinem einzigen seiner Worte, obwohl er eine seltsame Neigung empfand zu glauben. Die unerwarteten Worte Porphyrij Petrowitschs über die Wohnung hatten ihn wie ein Schlag erschüttert. (»Wie, er weiß also von der Wohnung?« dachte er plötzlich, »und er erzählt es mir selbst!«)

»Ja, in unserer Gerichtspraxis gab es einmal einen fast ganz ähnlichen Fall, auch so einen psychologischen, das heißt eigentlich krankhaften Fall«, fuhr Porphyrij schnell sprechend fort. »Da hat auch einer einen Mord sich angedichtet: eine ganze Halluzination war's, er führte Tatsachen an, erzählte ausführlich einzelne Umstände, verwirrte alle und machte jeden konfus, und aus welchem Grunde? Er selbst war völlig ohne Absicht und ohne sein Wissen mit die Ursache an dem Mord, und als er erfuhr, daß er den Mördern Veranlassung zu ihrer Tat gegeben hatte, wurde er schwermütig und tiefsinnig, hatte Erscheinungen, verlor ganz den Verstand und bildete sich ein, daß er selbst der Mörder sei! Aber der Senat klärte schließlich die Sache auf, und der Unglückliche wurde freigesprochen und in Pflege gegeben. Dank sei dem Senat! Aber, herrjemine, wie soll das nun mit Ihnen enden, wie soll das nun mit Ihnen weitergehen, Väterchen? In dieser Weise kann man leicht an Nervenfieber erkranken, wenn man schon solche Anwandlungen hat, seine Nerven zu reizen, nachts die Klingel zu ziehen und nach Blutlachen zu fragen! Ich habe doch diese ganze Psychologie in der Praxis studiert. In dieser Weise packt es einen Menschen zuweilen, aus dem Fenster oder von einem Turm zu springen, und es ist eine verführerische Empfindung. Ebenso ist es auch mit der Klingelei ... Das ist Krankheit, Rodion Romanowitsch, Krankheit! Sie geben neuerdings viel zu wenig acht auf Ihre Krankheit. Sie sollten zu einem erfahrenen Arzt gehen; der Dicke kann Ihnen doch nicht viel nützen ... Sie delirieren! Sie tun das alles einfach nur im Fieberdelirium!«

Auf einen Augenblick drehte sich alles vor Raskolnikoffs Augen.

(»Wäre es möglich«, fuhr es ihm durch den Kopf, »wäre es möglich, daß er auch jetzt lügt? Undenkbar, undenkbar!« Er stieß diesen Gedanken von sich, da er vorausfühlte, in welchen Grad von Zorn und Raserei er ihn bringen und daß er vor Wut den Verstand verlieren könnte.)

»Das war nicht im Fieberdelirium, das war in wachem Zustand!« rief er aus und spannte alle Kräfte seines Verstandes an, um das Spiel Porphyrijs zu durchschauen. »In wachem Zustand, in wachem Zustand! Hören Sie es?«

»Ja, ich verstehe und höre es! Sie sagten auch gestern, daß es nicht im Fieber geschehen sei, Sie betonten sogar noch besonders, daß es nicht im Fieberwahn getan war! Alles, was Sie sagen können, verstehe ich nur zu gut! Ach! ... Hören Sie doch, Rodion Romanowitsch, Sie mein Wohltäter, so ziehen Sie doch meinethalben nur diesen einen Umstand in Erwägung: wenn Sie tatsächlich in dieser verfluchten Sache schuldig oder irgendwie darein verwickelt wären, würden Sie dann – ich bitte Sie – selbst betonen, daß Sie dies alles nicht im Fieberwahn, sondern im Gegenteil bei klarem Verstand getan haben? – und es obendrein noch betonen, mit einer besonderen Hartnäckigkeit betonen – wäre das denn möglich, wäre das denkbar, ich bitte Sie? Meiner Meinung nach würden Sie dann das Gegenteil behaupten. Wenn Sie kein reines Gewissen hätten, so müßten Sie vielmehr betonen, daß Sie es unbedingt im Fieberwahn getan haben! Ist es nicht so? So müßte es doch sein?«

Etwas Heimtückisches klang mit in dieser Frage. Raskolnikoff wich vor dem sich zu ihm beugenden Porphyrij bis an die Sofalehne zurück und blickte ihm schweigend und voller Zweifel geradeaus mitten in die Augen hinein.

»Oder nehmen wir den Fall mit Rasumichin, das heißt, ob er gestern aus freien Stücken kam, um mit mir zu sprechen, oder ob Sie ihn dazu bewogen hatten? Ja, Sie hätten unbedingt sagen müssen, daß er aus eigenem Antrieb gekommen sei, und verheimlichen, daß er es auf Ihre Anstiftung hin getan habe! Sie aber verheimlichen es nicht! Sie betonen gerade, daß er in Ihrem Auftrage kam!«

Raskolnikoff hatte das niemals gesagt oder gar betont. Ein Schauer überlief seinen Rücken.

»Sie lügen alles«, sagte er langsam und matt, und seine Lippen verzogen sich zu einem schmerzlichen Lächeln, »Sie wollen mir zeigen, daß Sie mein ganzes Spiel kennen und alle meine Antworten im voraus wissen«, sagte er und fühlte beinahe selbst, daß er seine Worte schon nicht mehr erwog, wie er es hätte tun sollen. »Sie wollen mir Furcht einjagen ... und mich einfach zum besten haben ...«

Er fuhr fort, ihn unverwandt anzusehen, als er dies sagte, und plötzlich blitzte wieder eine grenzenlose Wut in seinen Augen auf.

»Sie lügen alles!« rief er aus. »Sie wissen selbst ausgezeichnet, daß es die beste Ausflucht für einen Verbrecher ist, nach Möglichkeit die Wahrheit zu sagen ... nach Möglichkeit nichts zu verheimlichen, was man nicht verheimlichen kann. Ich glaube Ihnen nicht!«

»Was Sie doch für ein Brummkreisel sind!« kicherte Porphyrij. »Man wird mit Ihnen, Väterchen, wirklich nicht fertig; eine Art Monomanie hat sich in Ihnen eingenistet. Also Sie glauben mir nicht? Ich sage Ihnen aber, daß Sie mir schon glauben, daß Sie mir schon zu einem Viertel glauben, und ich will mein Möglichstes tun, damit Sie mir noch ganz und gar glauben, denn ich liebe Sie wirklich und wünsche Ihnen aufrichtig das Gute.«

Raskolnikoffs Lippen bebten.

»Ja, ich wünsche Ihnen das Gute, sage ich Ihnen noch einmal«, fuhr er fort und faßte Raskolnikoff leicht und freundschaftlich am Arm, ein wenig über dem Ellbogen. »Ich will es Ihnen auch noch einmal sagen: achten Sie auf Ihre Krankheit! Außerdem sind auch Ihre Angehörigen jetzt hergekommen: denken Sie auch an die! Sie sollten sie beruhigen und beschützen, Sie aber erschrecken sie bloß ...«

»Was geht das Sie an? Woher wissen Sie das? Warum interessieren Sie sich in dieser Weise für mich? Also lassen Sie mich beobachten und wollen mir das zu verstehen geben?«

»Väterchen! Ich habe doch von Ihnen, von Ihnen selbst alles erfahren! Sie merken nicht mal, daß Sie in Ihrer Erregung selbst alles im voraus erzählen, sowohl mir wie auch anderen. Auch von Herrn Rasumichin, Dmítrij Prokófjitsch, habe ich gestern viele interessante Details erfahren. Nein, Sie haben mich unterbrochen, ich sage aber, daß Sie durch Ihren Argwohn trotz Ihres ganzen Scharfsinns den gesunden Blick für die Dinge zu verlieren belieben. Nun, nehmen wir, zum Beispiel, um auf dasselbe Thema zurückzukommen, jenes Läuten an der Wohnungstür: eine solche Kostbarkeit, einen solchen Beweis (denn das ist doch ein Beweis, jawohl!) liefere ich Ihnen ohne weiteres aus, ich, der Inquirent, der Untersuchungsführer! Und Sie sehen darin gar nichts? Nun, sagen Sie selbst, wenn ich auch nur einen kleinen Verdacht auf Sie hätte, würde ich dann so handeln können? Ich müßte im Gegenteil Ihren Argwohn zuerst einschläfern und nicht einmal zeigen, daß ich diese Tatsache schon kenne. Ich müßte Sie in entgegengesetzter Richtung ablenken, um Sie plötzlich, wie mit einem Keulenschlag auf den Kopf, mit der Frage zu betäuben: ‚Aber was suchten Sie denn, mein Herr‘, müßte ich fragen, ‚um zehn Uhr abends, oder es kann auch elf Uhr gewesen sein, in der Wohnung der Ermordeten? Warum haben Sie an der Klingel gezogen? Und warum fragten Sie nach dem Blut?

Warum machten Sie die Hausmeister konfus und forderten sie auf, aufs Polizeibüro mitzugehen?‘ Sehen Sie, in dieser Weise müßte ich handeln, wenn ich auch nur den winzigsten Verdacht auf Sie hätte. Ich müßte Sie in aller Form verhören, eine Haussuchung bei Ihnen vornehmen und Sie möglicherweise auch festsetzen ... Also kann ich doch keinen Verdacht gegen Sie hegen, wenn ich anders gehandelt habe! Sie aber haben einfach den gesunden Blick verloren und sehen gar nichts, wiederhole ich!«

Raskolnikoff zuckte am ganzen Körper zusammen, so daß Porphyrij Petrowitsch es nur zu deutlich bemerkte.

»Sie lügen alles!« rief er aus. »Ich kenne Ihre Absichten nicht, aber Sie lügen ... Vorhin haben Sie nicht in diesem Sinne gesprochen, und ich kann mich nicht irren ... Sie lügen!«

»Ich lüge?« griff Porphyrij sofort das Wort auf, sich scheinbar ereifernd, behielt jedoch das lustigste und spöttischste Aussehen bei, als kümmerte es ihn nicht im geringsten, welch einer Meinung Herr Raskolnikoff über ihn sei. »Ich lüge also? ... Und wie habe ich vorhin Ihnen gegenüber gehandelt (ich, der Untersuchungsführer)? Ich habe Ihnen selbst alle Mittel zur Verteidigung genannt und ausgeliefert, habe Ihnen die ganze Psychologie selbst erklärt, habe Ihnen ‚Krankheit, Fieberwahn, bin gekränkt worden‘ souffliert; dazu ‚Melancholie und Polizeibeamte‘ und dergleichen mehr! Oder nicht? Hehehe! Obwohl – nebenbei gesagt – alle diese psychologischen Mittel zur Verteidigung, Ausflüchte und Ausreden durchaus nicht stichhaltig sind und immer ihre zwei Seiten haben. ‚Ich war krank, hatte Fieberträume, war im Wahn, erinnere mich nicht‘ – alle diese Ausreden sind ja richtig, aber es fragt sich, Väterchen, warum in der Krankheit und im Fiebertraum immer gerade solche Vorstellungen auftauchen und nicht andere? Es könnten einem doch auch andere Vorstellungen erscheinen? Ist es nicht so? Hehehehe!«

Raskolnikoff blickte ihn stolz und voll Verachtung an.

»Mit einem Wort«, sagte er laut und nachdrücklich, indem er aufstand und dabei Porphyrij leicht zurückstieß, »mit einem Wort, ich will wissen: finden Sie mich endgültig frei von jedem Verdacht oder *nicht*? Sagen Sie es, Porphyrij Petrowitsch, sagen Sie es mir eindeutig und endgültig und schneller, sofort!«

»Ach, du lieber Himmel! Ist das ein Kreuz mit Ihnen!« rief Porphyrij mit vollkommen lustiger, schlauer und gar nicht aufgebrachter Miene aus. »Ja, wozu wollen Sie es denn wissen, wozu wollen Sie so vieles wissen, wenn man doch noch nicht einmal begonnen hat, Sie in irgendeiner Weise zu belästigen! Sie sind wie ein Kind, das unbedingt Feuer haben will, dem man das Feuer in die Hand geben soll! Und warum beunruhigen Sie sich denn in dieser Weise? Warum drängen Sie sich uns auf, aus welchen Gründen? Wie? Hehehe!«

»Ich wiederhole Ihnen«, rief Raskolnikoff in blinder Wut, »daß ich es länger nicht ertragen kann ...«

»Was denn? Die Ungewißheit?« unterbrach ihn Porphyrij.

»Verhöhnen Sie mich nicht! Das dulde ich nicht! ... Ich sage Ihnen, ich dulde es nicht! ... Ich kann und will es nicht! ... Hören Sie! Hören Sie!« schrie er und schlug wieder mit der Faust auf den Tisch.

»Still doch, leiser! Man könnte es hören! Ich warne Sie in allem Ernst: nehmen Sie sich in acht! Ich scherze nicht!« sagte Porphyrij flüsternd, aber diesmal lag in seinem Gesicht schon nicht mehr der weibisch gutmütige und erschrockene Ausdruck von vorhin; im Gegenteil, unmißverständlich *befahl* er jetzt, mit zusammengezogenen Augenbrauen, und ließ alle Geheimnistuerei und Zweideutigkeit fallen. Das dauerte jedoch nur einen kurzen Augenblick. Der zunächst bestürzte Raskolnikoff geriet in die höchste Wut, und doch, merkwürdig, wie hypnotisiert gehorchte er wieder dem Befehl, leiser zu sprechen, obschon er innerlich raste.

»Ich lasse mich nicht quälen!« flüsterte er dabei wie vorhin, sofort voll Schmerz und Haß einsehend, daß er dem

Befehl gehorchen mußte, und bei diesem Gedanken geriet er in noch größere Wut. »Verhaften Sie mich, lassen Sie bei mir Haussuchung halten, aber handeln Sie formell und spielen Sie nicht mit mir! Wagen Sie es nicht . . .!«

»So regen Sie sich doch nicht wieder wegen der Form auf!« unterbrach ihn Porphyrij, mit dem früheren verschmitzten Spottlächeln und gleichsam mit Vergnügen Raskolnikoff betrachtend. »Ich habe Sie doch in aller Gemütlichkeit, sozusagen in aller Freundschaft, eingeladen!«

»Ich will Ihre Freundschaft nicht, ich spucke darauf! Hören Sie? Und jetzt nehme ich meine Mütze und gehe fort. So, und was sagst du jetzt, wenn du mich arretieren willst?«

Er nahm seine Mütze und ging zur Tür.

»Wollen Sie nicht noch die kleine Überraschung sehen, die ich für Sie vorbereitet habe?« kicherte Porphyrij, ihn wieder am Arm fassend, und hielt ihn an der Tür zurück. Er wurde sichtlich wieder lustiger und lebhafter, was Raskolnikoff ganz außer sich brachte.

»Was für eine Überraschung? Was ist es?« fragte er, stehenbleibend und sah Porphyrij erschrocken an.

»Die Überraschung sitzt dort hinter der Tür, hehehe!« (Er wies dabei mit dem Finger auf die Tür in der Scheidewand, die in seine Dienstwohnung führte.) »Ich habe sie dort eingeschlossen, damit sie nicht fortläuft.«

»Was ist es? Wo? Was? . . .« Raskolnikoff ging schnell zu jener Tür und wollte sie öffnen, sie war jedoch verschlossen.

»Sie ist verschlossen, hier ist der Schlüssel!« sagte Porphyrij, und er zog tatsächlich aus seiner Tasche einen Schlüssel hervor und zeigte ihn ihm.

»Du lügst!« brüllte Raskolnikoff ihn an, ohne sich noch einen weiteren Zwang aufzuerlegen. »Du lügst, verfluchter Hanswurst!« Er stürzte sich auf Porphyrij, der sich zwar zur Tür zurückzog, aber nicht im geringsten ängstlich wurde.

»Ich merke alle deine Absichten, alle!« keuchte Raskolnikoff dicht vor ihm. »Du lügst und willst mich reizen, damit ich mich verrate ...«

»Noch mehr kann man sich doch gar nicht verraten, als Sie es ohnehin schon tun, Väterchen Rodion Romanowitsch. Sie haben ja einen richtigen Anfall von Tobsucht. Schreien Sie nicht so, ich rufe sonst Leute herbei!«

»Du lügst, nichts davon wird geschehen! Rufe deine Leute! Du weißt, daß ich krank bin, und willst mich wütend machen, damit ich mich verrate, das ist deine Absicht! Nein, zeige mir Beweise! Ich habe alles begriffen! Du hast aber keine Beweise, du hast bloß erbärmliche, nichtige Vermutungen, Samjotoffsche Kombinationen! ... Du kanntest meinen Charakter, wolltest mich in rasende Wut bringen und dann mich plötzlich mit Priestern und Abgesandten überrumpeln ... Du wartest wohl auf sie? Wie? Worauf wartest du denn noch? Wo sind sie? Her mit ihnen!«

»Was für Abgesandte und wozu denn, Väterchen? Was doch dem Menschen nicht alles einfällt! In dieser Weise kann man doch gar nicht legal vorgehen, wie Sie das meinen; Sie kennen den legalen Weg überhaupt nicht, mein Lieber ... Die legale Form läuft nicht davon, Sie werden es noch selbst sehen ...«, murmelte Porphyrij, abgelenkt durch Geräusche im anderen Zimmer.

In diesem Augenblick hörte man schon deutlich Lärm im vorderen Zimmer, sogar schon in der Nähe der Tür.

»Ah, sie kommen!« rief Raskolnikoff aus. »Du hast nach ihnen geschickt! ... Auf die hast du gewartet! Hast auf sie gerechnet ... Nun, komme mit ihnen allen, mit deinen Abgesandten, deinen Zeugen ... komme mit was du willst! Ich bin bereit! Bin bereit!«

Aber da ereignete sich etwas ganz Merkwürdiges, etwas bei normalem Verlauf der Dinge dermaßen Überraschendes, daß weder Raskolnikoff noch Porphyrij Petrowitsch einen solchen Ausgang hätten erwarten können.

VI

In Raskolnikoffs Erinnerung an diesen Augenblick trug sich der Zwischenfall folgendermaßen zu:

Das Geräusch hinter der Tür verstärkte sich schnell, und die Tür wurde ein wenig geöffnet.

»Was soll das?« rief Porphyrij Petrowitsch ärgerlich. »Ich habe doch angeordnet . . .«

Einen kurzen Augenblick erfolgte keine Antwort, jedoch merkte man, daß hinter der Tür einige Leute jemanden zurückzuhalten suchten.

»Was ist denn los?« wiederholte Porphyrij Petrowitsch aufgebracht.

»Man hat einen Arrestanten gebracht, den Nikolai«, ertönte eine Stimme.

»Ist nicht nötig! Fort mit ihm! Soll warten! . . . Weshalb hat man ihn hierhergebracht? Was ist das für eine Unordnung!« rief Porphyrij Petrowitsch, zur Tür stürzend.

»Aber er . . .«, begann dieselbe Stimme und brach plötzlich ab.

Etwa zwei Sekunden, nicht länger, währte ein regelrechter Kampf, jemand wurde mit aller Kraft zurückgestoßen, und darauf trat ein sehr bleicher Mann durch die Tür in das Arbeitszimmer von Porphyrij Petrowitsch herein.

Dieser Mensch sah sehr sonderbar aus. Er blickte vor sich hin, gleichsam ohne überhaupt jemanden zu sehen. In seinen Augen glänzte Entschlossenheit, doch gleichzeitig bedeckte Totenblässe sein Gesicht, als hätte man ihn auf den Richtplatz geführt. Seine vollkommen blutleeren Lippen zuckten leicht.

Er war gekleidet wie ein Mann aus dem Volk, war noch sehr jung, von mittlerem Wuchs, hager, mit rund um den Schädel nach Bauernart geschnittenem Haar und feinen, gleichsam trockenen Gesichtszügen. Der von ihm unerwartet Zurückgestoßene, ein Gefängniswärter, stürzte als erster ihm nach ins Zimmer und packte ihn an der Schulter: Nikolai aber riß seinen Arm zurück und machte sich abermals von ihm los.

In der Tür drängten sich ein paar Neugierige. Manche von ihnen wollten eintreten. Alles das geschah fast nur in einem Augenblick.

»Fort, es ist noch zu früh! Warte, bis du gerufen wirst! ... Warum hat man ihn jetzt schon hergebracht?« fauchte ärgerlich Porphyrij Petrowitsch, ganz wie aus dem Konzept gebracht.

Da warf sich Nikolai auf die Knie nieder.

»Was hast du?« rief Porphyrij verwundert.

»Ich bin schuldig! Es war meine Sünde! Ich bin der Mörder!« sagte plötzlich Nikolai ein wenig atemlos, aber mit ziemlich lauter Stimme.

Ein Schweigen trat ein, als wären alle erstarrt; selbst der eskortierende Soldat wich zurück und trat nicht mehr an Nikolai heran, ging mechanisch zur Tür zurück und blieb dort unbeweglich stehen.

»Was sagst du?« rief Porphyrij Petrowitsch, aus seiner momentanen Erstarrung erwachend.

»Ich ... bin der Mörder ...«, wiederholte Nikolai nach kurzem Schweigen.

»Wie ... du! ... Wie ... Wen hast du ermordet?«

Porphyrij Petrowitsch war sichtlich wie vor den Kopf geschlagen.

Nikolai schwieg wieder ein Weilchen.

»Aljona Iwanowna und ihre Schwester, die Lisaweta Iwanowna ... hab' ich ... erschlagen ... mit dem Beil. Eine Verfinsterung kam über mich ...«, fügte er plötzlich hinzu und verstummte von neuem. Er kniete immer noch.

Porphyrij Petrowitsch aber stand eine Weile wie sich in die Sache hineindenkend da, doch plötzlich fuhr er auf und fuchtelte los gegen die ungebetenen Zeugen, damit sie fortgingen. Die verschwanden sogleich, und die Tür schloß sich. Dann blickte er Raskolnikoff an, der in einer Ecke stand und Nikolai verstört ansah, ging auf ihn zu, blieb jedoch auf halbem Weg wieder stehen, betrachtete ihn nochmals, wandte dann seinen Blick Nikolai zu, sah dann wieder Raskolnikoff an, dann abermals Nikolai, bis er sich plötzlich, wie von einem Gedanken gepackt, auf Nikolai stürzte:

»Was kommst du mir mit deiner Verfinsterung ungefragt?« schrie er ihn fast wütend an. »Ich habe doch noch gar nicht gefragt, ob eine Verfinsterung über dich gekommen ist oder nicht ... sprich jetzt: hast du sie erschlagen?«

»Ich bin der Mörder ... ich gestehe ... vor dem Gericht ...«, brachte Nikolai hervor.

»Ach was! Und womit hast du sie erschlagen?«

»Mit einem Beil. Ich hatte es mir vorher besorgt.«

»Nur langsam, nicht so schnell! Du allein?«

Nikolai verstand die Frage nicht.

»Hast du allein sie erschlagen?«

»Allein. Mitjka aber war gar nicht dabei, der ist ganz ... unbeteiligt.«

»Eile nicht so mit Mitjka! ... Wart einmal! ... Aber wie bist du denn damals die Treppe hinuntergelaufen? Die Hausmeister haben doch euch beide zusammen gesehen, dich und den Dmitrij ... deinen Mitjka?«

»Das habe ich absichtlich ... um abzulenken ... da bin ich Mitjka nachgerannt«, antwortete Nikolai hastig, als hätte er die Antwort schon vorher bereit gehabt.

»So, da haben wir's!« rief Porphyrij wütend aus. »Aufgeschnappte Worte!« brummte er vor sich hin und bemerkte im selben Augenblick Raskolnikoff wieder.

Er war so stark mit Nikolai beschäftigt, daß er für eine kurze Zeit die Anwesenheit Raskolnikoffs offenbar vergessen hatte. Jetzt besann er sich plötzlich und wurde sogar verlegen ...

»Rodion Romanowitsch, Väterchen! Entschuldigen Sie!« Er stürzte auf ihn zu. »Es geht nicht an ... bitte ... Sie haben hier nichts zu tun ... ich bin auch selbst ... Sie sehen, welch eine Überraschung! ... Bitte! ...«

Er nahm ihn am Arm und zeigte auf die Tür.

»Das haben Sie wohl nicht erwartet?« sagte Raskolnikoff, der die Sache natürlich selbst noch nicht begriff, jedoch seine Fassung wiederzufinden Zeit gehabt hatte.

»Auch Sie, Väterchen, haben das wohl nicht erwartet. Da, wie Ihre Hand zittert! Hehe!«

»Auch Sie zittern ja, Porphyrij Petrowitsch.«

»Ja, auch ich zittere; hätte das nie für möglich gehalten!«

Sie standen beide schon an der Tür. Porphyrij wartete mit Ungeduld auf Raskolnikoffs Hinausgehen.

»Und Ihre kleine Überraschung, wollen Sie mir die nicht doch noch zeigen?« fragte Raskolnikoff plötzlich.

»Das fragt er nun, während ihm selbst noch die Zähne im Munde klappern, hehe! Sie sind doch ein ironischer Mensch! Nun, auf Wiedersehen!«

»Meiner Ansicht nach haben wir uns jetzt nur noch Adieu zu sagen!«

»Wie Gott will, wie Gott will!« murmelte Porphyrij mit etwas schief geratendem Lächeln.

Als Raskolnikoff durch die Kanzlei ging, bemerkte er, daß viele ihn aufmerksam anblickten. Im Vorzimmer sah er flüchtig unter der Menge die beiden Hausmeister aus *jenem* Hause, die er damals in der Nacht zur Polizei mitzugehen gerufen hatte. Sie standen dort und schienen auf etwas zu warten. Kaum aber hatte er die Treppe erreicht, als er hinter sich wieder die Stimme Porphyrij Petrowitschs vernahm. Er wandte sich um und bemerkte, daß dieser ihm ganz außer Atem nacheilte.

»Nur ein Wort noch, Rodion Romanowitsch; in Betreff all des übrigen, wie Gott will! Aber der Form wegen werde ich Sie doch noch über einiges fragen müssen ... so sehen wir uns doch noch, nicht wahr?«

Und Porphyrij blieb lächelnd vor ihm stehen.

»Nicht wahr?« fragte er noch einmal.

Man hatte den Eindruck, daß er noch etwas sagen wollte, aber es blieb, wer weiß weshalb, unausgesprochen.

»Ich bitte Sie, Porphyrij Petrowitsch, mich zu entschuldigen wegen des vorhin Vorgefallenen ... ich habe mich hinreißen lassen«, begann Raskolnikoff, schon so vollkommen ermutigt, daß er dem unwiderstehlichen Wunsch nachgab, überlegen zu tun.

»Hat nichts zu sagen, nichts zu sagen«, fiel Porphyrij fast freudig ein. »Auch ich selbst habe ja ... habe einen gehässigen Charakter, gebe es zu, gebe es zu! Also werden wir uns wiedersehen. Wenn Gott will, werden wir uns sehr bald wiedersehen! ...«

»Und dann einander endgültig kennenlernen«, fiel Raskolnikoff ein.

»Und dann einander endgültig kennenlernen«, pflichtete ihm Porphyrij Petrowitsch bei, kniff die Augen zusammen und sah ihn sehr ernst an. »Und jetzt eilen Sie zum Namenstag?«

»Zur Beerdigung!«

»Ja, richtig, zur Beerdigung! Aber schonen Sie Ihre Gesundheit, vor allem Ihre Gesundheit! ...«

»Ich weiß wirklich nicht, was ich Ihnen nun meinerseits wünschen soll!« fiel ihm Raskolnikoff, der schon die Treppe hinabstieg und sich wieder zu Porphyrij umwandte, ins Wort. »Ich würde Ihnen gern ‚guten Erfolg' wünschen, aber Sie sehen ja selbst die Komik Ihres Berufes!«

»Wieso Komik?« Porphyrij Petrowitsch spitzte sofort die Ohren, obwohl er sich auch schon umgewandt hatte, um zurückzugehen.

»Aber ich bitte Sie, diesen armen Nikolai haben Sie doch sicher auch in Ihrer Weise gequält und gemartert — natürlich psychologisch —, bis er nun endlich gestanden hat; haben ihm wahrscheinlich Tag und Nacht bewiesen: ‚Du bist der Mörder, du bist der Mörder ...', und jetzt, wo er es eingestanden hat, werden Sie ihn wieder anders vorkriegen. Jetzt heißt es: ‚Du lügst, du bist nicht der Mörder! Du kannst es nicht sein! Du sprichst ja aufgeschnappte Worte nach!' Nun, wie soll denn ein solcher Beruf nicht komisch sein?«

»Hehehe! Sie haben es also bemerkt, daß ich zu Nikolai sagte, er spreche aufgeschnappte Worte nach?«

»Warum sollte ich es nicht bemerkt haben?«

»Hehe! Sie sind scharfsinnig, sehr scharfsinnig! Sie bemerken alles! Ein äußerst lebhafter Verstand! Und gerade die komischste Saite wird von Ihnen herausgezupft ... hehe! Sagt man nicht, von den Schriftstellern hätte Gogol diese Eigenschaft am ausgeprägtesten gehabt?«

»Ja, Gogol.«

»Ja eben: Gogol ... Also auf angenehmes Wiedersehen!«

»Auf angenehmes Wiedersehen! ...«

Raskolnikoff ging direkt nach Hause. Er war so verwirrt und auseinander, daß er, als er nach Hause kam, sich auf den Diwan setzte und erst eine Viertelstunde ausruhen mußte, ehe er versuchen konnte, seine Gedanken einigermaßen zu sammeln. Über den Fall mit Nikolai wollte er gar nicht anfangen nachzudenken: er fühlte, daß er erschüttert war; daß in dem „Geständnis" Nikolais etwas Unerklärliches, Wunderliches war, was er jetzt um keinen Preis zu verstehen vermochte. Aber das Geständnis Nikolais war eine unbestreitbare Tatsache. Die Folgen dieser Tatsache wurden ihm sofort klar: die Unwahrheit mußte sich schon bald herausstellen, und dann würde man *ihn* wieder vornehmen. Aber bis dahin war er wenigstens frei und mußte nun unbedingt irgend etwas für sich tun, denn die Gefahr war unabwendbar.

Die Gefahr – ja, aber schließlich in welchem Grade? Die Lage begann sich zu klären. Er überdachte *in groben Zügen* und im allgemeinen Zusammenhang diesen ganzen Auftritt bei Porphyrij, und es überlief ihn eiskalt vor Entsetzen. Gewiß kannte er noch nicht alle Absichten Porphyrijs, konnte er nicht alle seine Berechnungen von vorhin enträtseln. Doch ein Teil des Spieles war nun klar; selbstverständlich konnte niemand besser als er selbst verstehen, wie schrecklich für ihn dieser „Schachzug" im Spiele Porphyrijs war. Es hatte nicht viel gefehlt, und er hätte sich schon vollkommen verraten, bereits unwiderruflich! Porphyrij hatte die Empfindlichkeit seines Charakters erkannt und ihn vom ersten Augenblick an richtig eingeschätzt und durchschaut; nun handelte er sehr entschlossen danach und fast mit sicherem Erfolg. Es war nicht zu bestreiten, daß Raskolnikoff sich auch vorhin schon stark kompromittiert hatte, doch bis zu Beweisen war es noch nicht gekommen; dies alles war erst noch relativ. Aber faßte er jetzt auch alles richtig auf? Irrte er sich nicht? Zu welchem Resultat hatte Porphyrij heute kommen wollen? Hatte er heute wirklich etwas vorbereitet? Und was mochte es sein? Hatte er wirklich auf etwas gewartet oder nicht? Wie würden sie sich heute getrennt haben, wenn der unerwartete Zwischenfall mit Nikolai nicht eingetreten wäre?

Porphyrij hatte fast sein ganzes Spiel aufgedeckt; es war selbstverständlich gewagt von ihm, aber er hatte es doch getan, und (so schien es jetzt Raskolnikoff) wenn er wirklich mehr gehabt hätte, würde er auch das aufgedeckt haben. Was war das nur für eine »kleine Überraschung«? Oder war es etwa nur eine Fopperei? Hatte sie eine Bedeutung oder nicht? Konnte sich darunter etwas, das einer Tatsache, einem positiven Beweise glich, verbergen? Vielleicht der Mann von gestern? Wohin ist der verschwunden? Wo war er heute? Denn wenn Porphyrij wirklich etwas Positives hatte, so konnte das selbstverständlich nur mit dem Mann von gestern zusammenhängen ...

Er saß auf dem Diwan, hatte den Kopf tief sinken lassen, stützte sich auf die Knie und bedeckte das Gesicht mit den Händen. Ein nervöses Zittern durchbebte immer noch seinen ganzen Körper. Schließlich stand er auf, nahm seine Mütze, dachte eine Weile nach und ging zur Tür.

Ein Vorgefühl sagte ihm, daß er sich wenigstens heute noch den ganzen Tag in Sicherheit fühlen könne. Plötzlich empfand er fast Freude in seinem Herzen: er wollte jetzt schnell zu Katerina Iwanowna gehen. Zur Beerdigung kam er selbstverständlich zu spät, zum Leichenschmaus aber langte die Zeit noch, und dort, in wenigen Minuten, würde er Ssonja sehen.

Er blieb stehen, sann nach, und ein schmerzliches Lächeln rang sich durch und wurde sichtbar auf seinen Lippen.

»Heute! Heute!« wiederholte er bei sich. »Ja, heute noch! Es muß so ...«

Er wollte gerade die Tür öffnen, als sie sich von außen zu öffnen begann. Er erzitterte und wich zurück. Sie öffnete sich langsam und leise, und die Gestalt – des Mannes von gestern, des aus dem Erdboden aufgetauchten, kam zum Vorschein.

Der Mann blieb auf der Schwelle stehen, sah Raskolnikoff schweigend an und tat einen Schritt ins Zimmer. Er war genau wie gestern gekleidet, er hatte die gleiche gebückte Gestalt, nur in seinem Gesicht und im Blick war eine große Veränderung vorgegangen: er sah bekümmert drein, und nachdem er eine Weile dagestanden hatte, seufzte er tief. Es fehlte bloß noch, daß er den Kopf zur Seite neigte und die Wange mit der Hand stützte, um völlig einem Weibe zu ähneln.

»Was wollen Sie?« fragte Raskolnikoff.

Der Mann schwieg, und auf einmal verneigte er sich tief, ganz tief vor ihm. Jedenfalls berührte er mit einem Finger der rechten Hand den Boden. »Was soll das?« rief der leichenblaß gewordene Raskolnikoff aus.

»Ich habe gefehlt«, sagte der Mann leise.

»Was ... worin?«

»In bösen Gedanken.«

Sie blickten einander an.

»Es kränkte mich. Als Ihr damals kamt, vielleicht berauscht, und die Hausmeister auffordertet, mit Euch auf die Polizei zu gehen, und nach dem Blut fragtet, verdroß es mich, daß man die Sache so unbeachtet ließ und Euch für einen Betrunkenen ansah. Und es kränkte mich so stark, daß es mich um den Schlaf brachte. Und da ich mich Eurer Adresse erinnerte, sind wir gestern hierhergekommen und haben den Hausmeister gefragt ...«

»Wer ist hergekommen?« unterbrach ihn Raskolnikoff, und im Nu begann er sich wieder zu erinnern.

»Ich; deshalb meine ich, ich habe Euch gekränkt.«

»So sind Sie aus jenem Hause?«

»Ja, ich stand damals dortselbst mit den anderen im Torweg, erinnert Ihr Euch nicht? Ich habe dort meine Werkstatt, seit langem schon. Ich bin Kürschner, Kleinbürger, arbeite zu Hause ... Am meisten aber kränkte es mich ...«

Und Raskolnikoff erinnerte sich auf einmal klar der ganzen Szene von vorgestern am Tor; er entsann sich, daß außer den Hausmeistern dort noch einige Menschen, darunter auch Frauen, gestanden hatten. Er erinnerte sich einer Stimme, die vorschlug, ihn auf die Polizei zu bringen. Des Gesichts des Sprechenden konnte er sich nicht entsinnen, und er erkannte ihn auch jetzt nicht, aber er wußte noch, daß er ihm damals sogar geantwortet und sich nach ihm halb umgewandt hatte ...

Also das war die Lösung des ganzen Schreckens von gestern! Am furchtbarsten war ihm der Gedanke, daß er dadurch fast zugrunde gegangen wäre, eines solch *nichtigen* Umstandes wegen sich fast zugrunde gerichtet hätte. Also außer dem Besuch in der Wohnung und dem Gespräch über das Blut konnte dieser Mensch gar nichts berichten. So hatte denn auch Porphyrij gar nichts, gar keine Tatsachen, nichts Positives, nichts außer diesem *Fieberwahn* und außer der *Psychologie,* die ihre *zwei Seiten* hat. Wenn also keine weiteren Beweise mehr auftauchen (und sie dürfen nicht mehr auftauchen, dürfen, dürfen nicht!), was ... was kann man ihm dann anhaben? Wodurch könnte man ihn dann noch endgültig überführen, selbst wenn sie ihn auch arretieren würden? So hat denn Porphyrij erst jetzt, soeben erst von der Wohnung erfahren und vorher nichts davon gewußt.

»Haben Sie das heute Porphyrij gesagt ... daß ich dort war?« rief er aus, von einer neuen Idee überrascht.

»Was für einem Porphyrij?«

»Dem Untersuchungsführer.«

»Ja, ich habe es ihm gesagt. Die Hausmeister gingen damals nicht hin, und da ging ich denn.«

»Heute?«

»Ich war einen Augenblick früher da, als Ihr kamt. Ich habe alles mit angehört, alles, wie er Euch peinigte.«

»Wo? Was? Wann?«

»Ich saß dort bei ihm hinter der Scheidewand die ganze Zeit.«

»Wie? Also Sie waren die Überraschung? Ja, wie ist das möglich? Erlauben Sie! . . .«

»Als ich sah«, begann der Kleinbürger, »daß die Hausmeister trotz meiner Worte nicht hingehen wollten, weil es, wie sie sagten, schon spät war und er vielleicht böse würde, daß sie in so später Stunde noch daherkommen, kränkte es mich, ich verlor den Schlaf und begann mich zu erkundigen. Und nachdem ich mich gestern erkundigt hatte, ging ich heute hin. Als ich zum erstenmal kam, war er noch nicht da, als ich nach einer Stunde wiederkam, empfing er mich nicht, und als ich zum drittenmal da war, ließ man mich zu ihm. Ich erzählte ihm alles, wie es war, er lief im Zimmer herum und schlug sich mit der Faust vor die Brust. ‚Was macht ihr mit mir‘, sagte er, ‚ihr Räuber? Hätte ich das gewußt, ich würde ihn mit einer Eskorte geholt haben!‘ Dann lief er aus dem Zimmer, rief jemand und begann in einer Ecke mit ihm zu sprechen, dann kam er wieder zu mir, frug mich aus und schimpfte auf mich. Und er machte auch viele Vorwürfe; ich aber teilte ihm alles mit, sagte auch, daß Ihr gestern nicht gewagt hättet, mir auf meine Worte zu antworten, und daß Ihr mich nicht erkannt hättet. Da begann er wieder herumzulaufen, sich vor die Brust zu schlagen und sich zu ärgern. Als man aber Euch anmeldete, sagte er: ‚Nun, schlüpfe hinter die Wand, sitze dort, rühr dich nicht, was du auch hören solltest!‘ und brachte mir selbst einen Stuhl dorthin und schloß mich ein. ‚Vielleicht werde ich dich noch ausfragen‘, sagte er. Als man aber Nikolai hereingeführt hatte, ließ er mich hinaus, nachdem Ihr gegangen wart. ‚Ich werde noch nach dir schicken‘, sagte er, ‚und werde dich noch allerhand fragen . . .‘«

»Und hat er Nikolai in deiner Gegenwart verhört?«

»Als er Euch hinausgeleitet und mich hinausgelassen hatte, begann er Nikolai zu verhören.«

Der Kleinbürger hielt inne und verneigte sich plötzlich noch einmal tief und berührte wieder mit einem Finger den Boden.

»Vergebt mir die Beschuldigung und meine Bosheit!«

»Gott wird dir vergeben«, antwortete Raskolnikoff, und kaum hatte er es gesagt, da verneigte sich der Kleinbürger wieder vor ihm, aber diesmal nicht bis zum Boden, sondern nur halb so tief, drehte sich langsam um und verließ das Zimmer.

»Alles hat seine zwei Seiten, jetzt hat alles zwei Seiten«, wiederholte Raskolnikoff bei sich und ging mutiger als je aus dem Zimmer.

»Jetzt werden wir noch kämpfen!« sagte er mit einem boshaften Spottlächeln, als er die Treppe hinabstieg. Die Bosheit richtete sich gegen ihn selbst; mit Verachtung und Beschämung erinnerte er sich jetzt seines »Kleinmuts«.

FÜNFTER TEIL

I

Der Morgen, der auf die für Pjotr Petrówitsch Lúshin so verhängnisvolle Auseinandersetzung mit Dúnetschka und Pulchéria Alexándrowna folgte, verfehlte seine ernüchternde Wirkung auch auf Lushin nicht. Er mußte das Ereignis, das ihm noch gestern als phantastisch, ja, als unmöglich erschienen war, nun zu seinem größten Leidwesen doch als eine trotz allem vollzogene und unwiderrufliche Tatsache ansehen. Die schwarze Schlange der verletzten Eigenliebe hatte die ganze Nacht an seinem Herzen gesogen. Nachdem er das Bett verlassen hatte, besah er sich sofort im Spiegel. Er fürchtete, daß die Galle ihm übergelaufen sei. Aber es war alles vorläufig in bester Ordnung, und als Pjotr Petrowitsch sein edles, weißes und in letzter Zeit etwas feist gewordenes Antlitz erblickte, tröstete er sich für einen Augenblick in der festen Überzeugung, irgendwo anders eine Braut, und vielleicht eine noch bessere, zu finden; aber er besann sich sofort und spie energisch aus, wodurch er ein stilles, aber sarkastisches Lächeln bei seinem jungen Freunde und Stubengenossen Andréi Ssemjónowitsch Lebesjätnikoff hervorrief. Pjotr Petrowitsch bemerkte dieses Lächeln und beschloß sofort, es seinem jungen Freund anzukreiden. In letzter Zeit hatte er ihm schon vielerlei anzukreiden gehabt. Seine Wut vergrößerte sich noch, als ihm zu Bewußtsein kam, daß es ganz unnötig gewesen war, Andrei Ssemjonowitsch sein gestriges Erlebnis mitzuteilen. Das war der zweite Fehler, den er gestern in der Aufgebrachtheit aus überflüssigem Mitteilungsbedürfnis gemacht hatte ... Hierauf war nun diesen ganzen Vormittag, wie absichtlich, eine Unannehmlichkeit der anderen gefolgt. Sogar im Senat hatte er einen Mißerfolg in der

Sache, die er vertrat. Ganz besonders aber hatte ihn der Hauswirt gereizt, von dem er in Anbetracht seiner baldigen Heirat eine Wohnung gemietet hatte, die er auf eigene Rechnung renovieren ließ. Dieser Hausbesitzer, irgendein reich gewordener deutscher Handwerker, weigerte sich, den soeben abgeschlossenen Vertrag rückgängig zu machen, und verlangte die volle Bezahlung der im Vertrag genannten Summe, obgleich ihm Pjotr Petrowitsch eine nahezu völlig renovierte Wohnung zurückgab. Ebenso wollte man in dem Möbelgeschäft auch nicht einen Rubel von der Anzahlungssumme für die gekauften, aber noch nicht in die Wohnung geschafften Möbel zurückzahlen. »Ich kann doch nicht einzig der Möbel wegen heiraten!« knirschte Pjotr Petrowitsch, doch gleich darauf durchfuhr ihn noch einmal eine verzweifelte Hoffnung. »Ja, ist denn wirklich alles unwiderruflich verloren und abgetan? Kann man es denn nicht noch einmal versuchen?« Der Gedanke an Dunetschka traf noch einmal verführerisch sein Herz und blieb wie ein Splitter darin stecken. Es war für ihn ein Augenblick der Qual, und hätte jetzt gleich der bloße Wunsch Raskolnikoff töten können, so hätte Pjotr Petrowitsch unverzüglich diesen Wunsch als Verwünschung ausgesprochen.

»Es war auch ein Fehler, daß ich ihnen überhaupt kein Geld gegeben habe«, dachte er, als er traurig in die Stube von Lebesjätnikoff zurückkehrte. »Und warum, zum Kuckuck, bin ich denn zu so einem Juden geworden? Hier war es nicht angebracht! Ich wollte sie in Not halten und so weit bringen, daß sie mich als ihre Vorsehung betrachten sollten, und statt dessen haben sie nun ... Pfui! ... Nein, wenn ich ihnen während dieser Zeit, sagen wir, anderthalbtausend zur Aussteuer gegeben hätte, dazu allerhand Geschenke, Nähkästchen, Necessaires, Schmuck und Stoffe und diesen ganzen Kram, dann wäre die Sache sauberer gewesen und... sicherer! Man hätte mir nicht so leicht absagen können! Sie gehören zu den Leuten, die es im Falle einer Aufhebung der Verlobung unbedingt für ihre Pflicht halten, die Geschenke und das Geld zurückzugeben; und das würde ihnen schwergefallen sein und hätte ihnen leid getan! Auch das Gewissen würde sie geplagt haben: wie kann man, hätten sie sich gesagt, plötzlich einen Menschen wegjagen, der bis jetzt so freigebig und taktvoll war? Hm! Ich habe einen schweren Fehler begangen!« Und Pjotr Petrowitsch nannte sich, abermals knirschend, einen Dummkopf – aber selbstverständlich nur bei sich.

Zu dieser Einsicht gekommen, kehrte er noch wütender und gereizter nach Hause zurück, als er fortgegangen war. Die Vorbereitungen für das Gastmahl in Katerina Iwanownas Zimmer zur Ehrung des Verstorbenen reizten seine Neugier und lenkten ihn ein wenig ab. Er hatte schon gestern einiges über diesen Leichenschmaus gehört; es war ihm sogar, als hätte man auch ihn eingeladen; allein bei seinen vielen eigenen Sorgen hatte er allem übrigen keine Beachtung geschenkt. Er beeilte sich, sich bei Frau Lippewechsel näher zu erkundigen, die während der Abwesenheit Katerina Iwanownas (die war auf dem Friedhof) für das Arrangement sorgte, und erfuhr, daß das Gedächtnismahl festlich sein werde. Fast alle Hausbewohner, sogar solche, die der Verstorbene gar nicht gekannt hatte, waren eingeladen; auch Andrei Lebesjätnikoff war, ungeachtet seines kürzlichen Streites mit Katerina Iwanowna, eingeladen. Auch er selbst, Pjotr Petrowitsch, sei geladen und werde mit großer Spannung erwartet, da er der vornehmste Gast von allen sei. Auch Amália Iwánowna war, trotz aller vorgefallenen Unannehmlichkeiten, mit großer Ehrerbietung eingeladen worden und mühte sich jetzt ab, alle häuslichen Anordnungen zu treffen; sie fühlte sich sehr wichtig dabei, war festlich geputzt, wennschon in Schwarz, aber sie hatte ein ganz neues seidenes Kleid an und war nicht wenig stolz darauf. Alle diese Tatsachen und Mitteilungen brachten Pjotr Petrowitsch auf einen Gedanken; etwas nachdenklich ging er in sein, oder vielmehr in Andrei Ssemjonowitsch Lebesjätnikoffs Zimmer. Unter anderem hatte er erfahren, daß zu den Eingeladenen auch Raskolnikoff gehöre.

Andrei Ssemjonowitsch Lebesjätnikoff blieb diesen ganzen Vormittag, Gott weiß weshalb, zu Hause. Zwischen diesem Herrn und Pjotr Petrowitsch herrschten sehr eigentümliche, aber teilweise auch natürliche Beziehungen: Pjotr Petrowitsch verachtete und haßte ihn sogar von dem Tage an, da er sich bei ihm einquartiert hatte, und gleichzeitig fürchtete er ihn ein wenig. Er war nach seiner Ankunft in Petersburg nicht bloß aus übertriebener Sparsamkeit bei ihm abgestiegen; obgleich dies wohl der Hauptgrund war, gab es doch noch einen anderen Grund hierfür. Schon in der Provinz hatte er von Andrei Ssemjonowitsch, seinem ehemaligen Mündel, reden hören als von einem der ersten jungen Progressisten, der sogar eine bedeutende Rolle in gewissen interessanten und vielbesprochenen Kreisen spiele. Das überraschte Pjotr Petrowitsch. Diese mächtigen, alles wissenden, alles verachtenden und alle entlarvenden Kreise jagten ihm schon lange einen besonderen, wenn auch ganz unbestimmten Schrecken ein. Er selbst konnte sich, zumal er in der Provinz lebte, in keiner Weise einen annähernd genauen Begriff von ihnen machen. Er hatte, wie viele andere, gehört, daß es besonders in Petersburg Progressisten, Nihilisten, Enthüller und dergleichen mehr gebe, aber gleich vielen anderen überschätzte und verdrehte er den Sinn und die Bedeutung dieser Benennungen bis ins Absurde. Am meisten fürchtete er, schon seit einigen Jahren, *Enthüllungen,* und dies war die hauptsächliche Ursache seiner beständigen übertriebenen Unruhe, besonders seit er daran dachte, seine Tätigkeit nach Petersburg zu verlegen. In dieser Hinsicht war er, wie man zu sagen pflegt, „verschreckt“, wie es kleine Kinder manchmal sind. Vor einigen Jahren hatte er in der Provinz, noch zu Beginn seiner Laufbahn, zwei Fälle dieser Art erlebt: schlimme Enthüllungen über zwei ziemlich bedeutende Persönlichkeiten der Gouvernementsbehörde, zu denen er sich bis dahin gehalten und die ihn protegiert hatten. Der eine Fall endete für den Kompromittierten mit besonderem Eklat; der zweite wäre fast noch schlimmer abgelaufen. Aus diesem

Grunde hatte Pjotr Petrowitsch beschlossen, sich sofort nach der Ankunft in Petersburg zu erkundigen, wie die Sache eigentlich sei, und falls nötig, vorzubeugen und sich bei »unserer jungen Generation« einzuschmeicheln. Dabei rechnete er auf Andrei Ssemjonowitsch, und bis zu seinem Besuch bei Raskolnikoff hatte er schon bestimmte Phrasen aus fremder Quelle nachzusprechen gelernt ...

Gewiß, es gelang ihm bald, Andrei Ssemjonowitsch Lebesjätnikoff als einen äußerst flachen, einfältigen und unbedeutenden Menschen zu erkennen. Nur hatte dies keineswegs den Glauben Pjotr Petrowitschs an dessen Bedeutung erschüttert oder ihn selber sicherer gemacht. Selbst wenn er sich überzeugt hätte, daß auch alle anderen Progressisten ebensolche kleine Dummköpfe seien, auch dann würde sich seine Unruhe nicht gelegt haben. Im Grunde gingen ihn ja alle diese Lehren, Gedanken, Systeme, mit denen Andrei Ssemjonowitsch sich sofort auf ihn gestürzt hatte, ganz und gar nichts an. Er hatte sein eigenes Ziel. Er wollte bloß schnell, ja unverzüglich erfahren, was *hier* vorging und wie. Hatten *diese Leute* einen Einfluß oder nicht? Würden sie ihn kompromittieren, wenn er dies oder jenes unternähme, oder nicht? Und wenn sie einen kompromittierten, was würden sie dabei, fragte er sich, im Auge haben? Worauf hatte man es jetzt eigentlich abgesehen bei diesen Enthüllungen? Ferner: konnte man sich ihnen nicht in irgendeiner Weise anpassen und sie gegebenenfalls nasführen, wenn sie tatsächlich Einfluß hatten? Sollte man es tun oder lieber nicht? Konnte man nicht, zum Beispiel, durch ihre Vermittlung seine Karriere fördern? Mit einem Wort, es gab da Hunderte von Fragen.

Dieser Andrei Ssemjonowitsch Lebesjätnikoff war ein kraftloses und skrofulöses Männlein von kleinem Wuchs, das irgendwo beamtet war; er hatte auffallend blondes Haar und trug einen Kotelettenbart, auf den er sehr stolz war. Seine Augen waren fast immer entzündet. Er hatte ein ziemlich weiches Herz, in seinen Reden jedoch lag etwas sehr Selbstbewußtes, ja, zuweilen etwas außerordentlich Herausforderndes – was im Vergleich zu seiner kleinen Gestalt meist lächerlich wirkte. Amalia Iwanowna rechnete ihn zu ihren angeseheneren Mietern, da er nicht trank und seine Miete pünktlich bezahlte. Alles in allem war Andrei Ssemjonowitsch tatsächlich etwas dumm. Aus Liebhaberei hatte er sich den Progressisten und »unserer jungen Generation« zugesellt. Er war bloß einer aus der bunt zusammengesetzten, unübersehbaren Legion trivialer Menschen, kränklicher Frühgeburten und dünkelhafter Halbgebildeten, die nichts ordentlich gelernt haben, sich aber sofort an die unbedingt allermodernste gangbare Idee anhängen, um sie im Handumdrehen zu verflachen und alles im Nu zur Karikatur zu machen, auch wenn sie selbst manchmal in der aufrichtigsten Weise der Sache dienen wollen.

Übrigens konnte auch Lebesjätnikoff, ungeachtet seiner Gutmütigkeit, seinen Stubengenossen und früheren Vormund Pjotr Petrowitsch neuerdings teilweise nicht mehr leiden. Es kam das wie von ungefähr und beruhte auf Gegenseitigkeit. Trotz seiner Beschränktheit begann Andrei Ssemjonowitsch allmählich zu merken, daß Pjotr Petrowitsch ihn beschwindelte und im geheimen verachtete und daß er nicht »der Rechte« war. Er versuchte, ihm Fourriers System und Darwins Theorie darzulegen, aber Pjotr Petrowitsch begann nur noch sarkastisch zuzuhören und, besonders in der letzten Zeit, sogar zu spotten. Pjotr Petrowitsch dagegen begann instinktiv zu begreifen, daß Lebesjätnikoff nicht bloß ein flacher und ziemlich beschränkter Mensch, sondern auch ein Prahlhans sei und daß er keine bedeutenden Verbindungen in seinem eigenen Kreise hatte, sondern sich nur mit fremden Federn schmückte; mehr noch: daß er nicht einmal seine eigene Aufgabe, *die Propaganda*, ordentlich verstand, weil er zu konfus redete, ein solcher aber konnte doch kein »Enthüller« und Ankläger sein! Nebenbei wollen wir noch bemerken, daß Pjotr Petrowitsch sich in diesen anderthalb Wochen (besonders im Anfang) bereitwilligst die merkwürdigsten Ansichten von Andrei Ssemjonowitsch andichten ließ, das heißt, er wies sie nicht zurück und erwiderte auch nichts, zum Beispiel, wenn Andrei Ssemjonowitsch ihm die Bereitwilligkeit zuschrieb, die künftige und baldige Gründung einer neuen „*Kommune*“ irgendwo in der Kleinbürgerstraße zu fördern, oder zum Beispiel Dunetschka nicht hinderlich zu sein, wenn es ihr bereits einen Monat nach der Hochzeit einfallen sollte, sich einen Geliebten zuzulegen, oder auch seine künftigen Kinder nicht taufen zu lassen und dergleichen mehr. Pjotr Petrowitsch pflegte nicht zu widersprechen, wenn ihm solche Vorzüge zugeschrieben wurden, und ließ es zu, daß man ihn dafür lobte – dermaßen angenehm war ihm jedes Lob.

Pjotr Petrowitsch hatte an diesem Morgen einige fünfprozentige Staatspapiere gewechselt, saß nun am Tisch und zählte das Papiergeld und die Kupons nach. Andrei Ssemjonowitsch, der fast nie Geld hatte, ging im Zimmer auf und ab und redete sich ein, daß er diesen Haufen Geld gleichgültig und geringschätzig betrachte. Pjotr Petrowitsch aber hätte um nichts in der Welt geglaubt, daß so viel Geld Andrei Ssemjonowitsch gleichgültig sei, und jener wiederum dachte voll Bitterkeit, daß Pjotr Petrowitsch wirklich fähig sei, in dieser Weise von ihm zu denken, und sich möglicherweise freue, ihn, seinen jungen Freund, mit den aufgebauten Päckchen von Banknoten zu reizen und zu verhöhnen, indem er ihn dadurch an seine Unbedeutendheit und den zwischen ihnen bestehenden Abstand erinnerte.

Andrei Ssemjonowitsch fand ihn heute ungewöhnlich gereizt und unaufmerksam, obschon er ihm sein Lieblingsthema über die Errichtung einer neuen eigenartigen „Kommune“ auseinanderzusetzen begann. Die kurzen Erwiderungen und Bemerkungen, die Pjotr Petrowitsch zwischen seinen Berechnungen machte, zeugten von einem sehr deutlichen und mit Absicht unhöflichen Spott. Aber der »humane« Andrei Ssemjonowitsch schrieb die Stimmung von Pjotr Petrowitsch dem gestrigen Bruch mit Dunetschka zu und brannte vor Verlangen, schneller dieses Thema zu erörtern; er hatte diesbezüglich etwas Fortschrittliches und Propagandistisches zu sagen, was, wie er überzeugt war, seinen ehrenwerten Freund trösten und zweifellos seiner weiteren Entwicklung von Nutzen sein konnte.

»Was ist das für ein Gedächtnismahl, das diese... die Witwe da arrangiert?« fragte plötzlich Pjotr Petrowitsch, Andrei Ssemjonowitsch bei der interessantesten Stelle unterbrechend.

»Als ob Sie das nicht selbst wüßten; ich habe doch gestern mit Ihnen über dieses Thema gesprochen und Ihnen meine Gedanken über alle diese Gebräuche entwickelt ... Sie hat Sie ja auch eingeladen, ich habe es selbst gehört, als Sie gestern mit ihr sprachen ...«

»Ich hätte nicht gedacht, daß diese bettelarme, dumme Person all das Geld zu einem Gedächtnismahl verplempern werde, das sie von jenem andern Dummkopf erhalten hat... von Raskolnikoff. Ich war erstaunt, als ich beim Vorbeigehen sah, was für Vorbereitungen gemacht sind... sogar Weine sind aufgestellt!... Es sind allerhand Menschen geladen – weiß der Teufel, was das bedeuten soll!« fuhr Pjotr Petrowitsch fort, der wie mit Absicht dieses Gespräch anfing und seine Fragen stellte. »Was sagen Sie, man hätte auch mich eingeladen?« fügte er plötzlich hinzu und erhob den Kopf. »Wann war denn das? Ich erinnere mich nicht. Ich würde übrigens sowieso nicht hingehen. Was soll ich dort? Ich habe mit ihr gestern bloß im Vorbeigehen über die Möglichkeit gesprochen, daß sie, als Witwe eines Beamten, sein Jahresgehalt als eine einmalige Unterstützung erhalten könnte. Sollte sie mich deswegen vielleicht eingeladen haben? Haha!«

»Ich habe auch nicht die Absicht hinzugehen«, sagte Lebesjätnikoff.

»Das fehlte noch, wo Sie sie doch eigenhändig verprügelt haben. Da ist's begreiflich, daß Sie sich schämen, hahaha!«

»Wer hat verprügelt? Wen?« fragte Lebesjätnikoff, plötzlich auffahrend, und er errötete sogar.

»Sie; Sie haben doch Katerina Iwanowna vor einem Monat verprügelt! Ich habe es erst gestern gehört ... Da haben wir die Prinzipien ... Also die Frauenfrage hinkt auch. Hahaha!«

Und Pjotr Petrowitsch setzte gleichsam befriedigt seine Rechnerei fort.

»Das ist alles Unsinn und Verleumdung!« brauste Lebesjätnikoff auf, der ungern an diese Geschichte erinnert wurde. »Das war gar nicht der Fall! Es war ganz anders ... Sie haben es nicht richtig gehört! Das ist nichts als Klatscherei! Ich habe mich damals nur verteidigt. Sie stürzte sich zuerst auf mich ... Sie hat mir fast meinen Backenbart ausgerissen ... Ich hoffe denn doch, daß jedem Menschen erlaubt ist, seine Person zu verteidigen. Außerdem gestatte ich niemand, mir Gewalt anzutun ... Aus Prinzip. Denn das grenzt schon an Despotismus. Was sollte ich denn tun – etwa alles ruhig mir gefallen lassen? Ich habe sie bloß zurückgestoßen ...«

»Hahaha!« fuhr Lushin fort, boshaft vor sich hin zu lachen.

»Sie wollen mich nur sticheln, weil Sie selbst geärgert wurden und nun böse sind ... aber das ist doch leeres Geschwätz und hat gar nichts, ganz und gar nichts mit der Frauenfrage zu tun! Sie haben das nicht richtig aufgefaßt; ich denke sogar, wenn man annimmt, daß die Frau in allem dem Manne gleich sei, selbst in der physischen Kraft (wie man jetzt schon behauptet), so muß hierbei erst recht Gleichheit herrschen. Gewiß, ich habe es mir nachher überlegt, daß es so eine Frage überhaupt nicht geben sollte, weil Prügeleien sowieso nicht stattfinden sollten. In der künftigen Gesellschaft wird dies undenkbar sein ... es wäre auch sonderbar, eine Gleichberechtigung zum Prügeln anzustreben. So dumm bin ich nicht ... obwohl Prügeleien übrigens auch vorkommen können ... ich will sagen, nachher nicht vorkommen werden, jetzt aber noch vorkommen ... pfui! Zum Teufel! Mit Ihnen wird man noch ganz konfus! Ich gehe nicht zu diesem Essen, nicht weil diese Unannehmlichkeit passiert ist, ich gehe vielmehr aus Prinzip nicht hin, um nicht bei einem so schändlichen Brauch, wie es ein sogenannter Leichenschmaus ist, mitzutun; ja, das ist der Grund! Man könnte höchstens hingehen, um sich darüber lustig zu machen ... Nur schade, daß keine Priester da sein werden! Sonst würde ich unbedingt hingehen.«

»Mit anderen Worten: gastliches Salz und Brot essen und gleich darauf es ebenso bespucken wie die, die Sie eingeladen haben. So ist es doch gemeint?«

»Durchaus nicht bespucken, nur protestieren! Ich gehe zu einem nützlichen Zweck hin. Ich kann indirekt die Entwicklung und die Propaganda fördern. Jeder Mensch ist verpflichtet, zur Entwicklung und Propaganda beizutragen, und je krasser er es tut, desto besser ist es vielleicht. Ich kann eine Idee verbreiten, einen Samen ausstreuen ... Aus diesem Samen wird eine Tat entstehen. Was ist daran Verletzendes? Anfangs fühlen sie sich vielleicht verletzt, nachher aber werden sie selbst einsehen, daß es für sie nur von Nutzen war. Bei uns tadelte man eine Zeitlang die Terébjewa (dieselbe, die jetzt in der Kommune ist), weil sie, als sie sich von ihrer Familie lossagte und ... einem hingab, ihrer Mutter und ihrem Vater geschrieben hatte, sie wolle nicht mehr in Vorurteilen leben, und gehe eine illegale Ehe ein; man fand es rücksichtslos, so mit den Eltern umzugehen, und meinte, sie hätte es ihnen schonender und milder beibringen sollen. Meiner Ansicht nach ist dies alles Unsinn, man sollte gar nicht so milde sein, im Gegenteil, ganz im Gegenteil, man sollte so scharf wie nur möglich protestieren! Oder nehmen wir zum Beispiel die Warentz; sie hat sieben Jahre mit ihrem Mann zusammengelebt, hat ihn und ihre zwei Kinder verlassen und ihrem Mann in einem Brief kurz und bündig geschrieben: ‚Ich habe eingesehen, daß ich mit Ihnen nicht glücklich sein kann. Ich werde Ihnen nie verzeihen, daß Sie mich betrogen haben, indem Sie mir verheimlichten, daß es noch eine andere gesellschaftliche Einrichtung, nämlich die Kommune, gibt. Ich habe es vor kurzem durch einen großmütigen Mann erfahren, dem ich mich auch hingegeben habe, und mit ihm zusammen begründe ich eine Kommune. Ich sage Ihnen dies offen, weil ich es für ehrlos halte, Sie zu betrügen. Tun Sie, was Sie für gut befinden! Hoffen Sie aber nicht, mich bewegen zu können, zu Ihnen zurückzukehren, es ist zu spät. Ich wünsche Ihnen alles Gute. Mögen Sie glücklich sein!' Sehen Sie, so muß man solche Briefe schreiben!«

»Nicht wahr, diese Terébjewa ist doch die, von der Sie damals erzählten, daß sie nun schon in der dritten illegalen Ehe lebe?«

»Nein, genau genommen erst in der zweiten! Aber mag sie auch in der vierten oder fünften Ehe leben, was ist denn dabei? Und wenn ich jemals bedauert habe, daß mein Vater und meine Mutter schon gestorben sind, so ist das sicher jetzt der Fall. Ich habe schon ein paarmal gedacht, wie ich sie mit meinem Protest aufrütteln würde, wenn sie noch am Leben wären! Ich hätte absichtlich alles so eingerichtet ... Ich hätte es ihnen gezeigt! Ich hätte sie staunen gemacht! Es ist wirklich schade, daß ich niemanden habe!«

»Um ihn staunen zu machen? Haha! Nun, gut, das ist Ihre Sache«, unterbrach ihn Pjotr Petrowitsch, »aber sagen Sie mir lieber, Sie kennen doch die Tochter des Verstorbenen, dieses blasse Ding! Das ist doch alles buchstäblich wahr, was man von ihr erzählt, hm?«

»Und was ist denn dabei? Meiner Meinung nach, das heißt meiner persönlichen Überzeugung nach, ist gerade das der normalste Stand der Frau. Warum denn nicht? Das heißt, distinguons! In der gegenwärtigen Gesellschaft gilt das natürlich nicht als ganz normal, weil es ein erzwungener Stand ist, in der künftigen Gesellschaft aber wird er vollkommen normal sein, weil er frei sein wird. Ja, auch jetzt hatte sie das Recht dazu: sie litt Not, und das war ihr Fonds, sozusagen ihr Kapital, über das sie volles Verfügungsrecht besaß. Selbstverständlich werden in der künftigen Gesellschaft keine Fonds mehr nötig sein, ihre Rolle wird in einem anderen Sinne bestimmt, wird ordnungsgemäß und rational bedingt sein. Was Ssofja Ssemjonowna persönlich anbetrifft, so betrachte ich ihre Handlungsweise als einen energischen und personifizierten Protest gegen die jetzige gesellschaftliche Einrichtung und achte sie deswegen um so höher; ich freue mich sogar, wenn ich sie sehe!«

»Man hat mir aber doch erzählt, daß gerade Sie sie gezwungen haben, von hier auszuziehen!«

Lebesjätnikoff wurde nun richtig wütend.

»Das ist wieder eine andere Klatscherei!« schrie er. »Die Sache verhält sich ganz und gar nicht so! Das ist absolut nicht so gewesen! Katerina Iwanowna hat damals alles verdreht, weil sie nichts davon verstanden hat! Ich habe mich gar nicht an Ssofja Ssemjonowna herangemacht! Ich habe sie bloß gefördert, vollkommen ohne Hintergedanken, und versucht, in ihr den Protest zu erwecken ... Mir war es bloß um den Protest zu tun, und außerdem konnte Ssofja Ssemjonowna sowieso nicht mehr hierbleiben!«

»Sie schlugen ihr wohl vor in die Kommune einzutreten?«

»Sie wollen sich immer über mich lustig machen, doch ohne Erfolg, erlaube ich mir zu bemerken. Sie verstehen gar nichts davon! Solche Rollen gibt es in der Kommune nicht. Darum gerade wird die Kommune gegründet, damit es solche nicht mehr geben soll. In der Kommune wird diese Rolle ihr ganzes jetziges Wesen völlig verändern, und was hier dumm ist, wird dort vernünftig sein, was hier unter den gegenwärtigen Verhältnissen unnatürlich ist, wird dort vollkommen natürlich sein. Alles hängt davon ab, in welchen Verhältnissen und in welchem Milieu ein Mensch lebt. Alles kommt vom Milieu, der Mensch selbst ist nichts. Mit Ssofja Ssemjonowna stehe ich noch jetzt auf gutem Fuß, was Ihnen als Beweis dienen kann, daß sie mich nie als ihren Feind und Beleidiger angesehen hat. Ja! Ich schlage ihr jetzt vor, in die Kommune einzutreten, aber auf einer ganz, ganz anderen Basis! Was erscheint Ihnen nun wieder lächerlich? Wir wollen eine eigene Kommune, eine besondere Kommune auf viel breiteren Grundsätzen als alle früheren begründen. Wir sind in unseren Überzeugungen weiter gegangen. Wir negieren mehr! Wenn Dobroljúboff[14] aus dem Grabe stiege, würde ich mit ihm diskutieren. Und Belínskij[15] würde ich übel zurichten! Vorläufig aber fahre ich fort, Ssofja Ssemjonowna zu entwickeln! Sie ist eine herrliche, ganz herrliche Natur!«

»Nun, und diese herrliche Natur wird von Ihnen einstweilen auch genossen, wie? Haha!«

»Nein, nein! O nein! Im Gegenteil!«

»Nun auch schon im Gegenteil! Hahaha! Was Sie daherreden!«

»So glauben Sie mir doch! Warum sollte ich es vor Ihnen verheimlichen, ich bitte Sie? Im Gegenteil, mir erscheint es selbst merkwürdig: sie ist mir gegenüber fast übertrieben, ja geradezu ängstlich keusch und schamhaft!«

»Und Sie entwickeln sie selbstverständlich ... haha! Beweisen ihr, daß diese ganze Schamhaftigkeit Unsinn ist? ...«

»Bewahre, bewahre, durchaus nicht! Oh, wie gemein, wie dumm – verzeihen Sie mir – Sie das Wort ‚Entwicklung' verstehen! Nichts, rein gar nichts verstehen Sie! Oh, mein Gott, wie Sie doch noch ... unreif sind! Wir erstreben Freiheit für die Frau, Sie aber haben bloß das eine im Sinn ... Ich lasse die Frage über Keuschheit und weibliche Schamhaftigkeit vollkommen beiseite, als Dinge, die an und für sich nutzlos sind und nur auf Vorurteilen beruhen, aber ich verstehe sie vollkommen und lasse ihre Keuschheit mir gegenüber gelten, weil darin – ihr Wille, ihr ganzes Recht besteht. Freilich, wenn sie selbst zu mir sagen würde: ‚Ich will dich haben', könnte ich mich eines großen Erfolges rühmen, denn das Mädchen gefällt mir sehr; aber jetzt, jetzt wenigstens behandelt gewiß niemand sie höflicher und zuvorkommender und mit größerer Achtung ihrer Würde als ich ... Ich warte und hoffe – und das ist alles!«

»Schenken Sie ihr lieber etwas! Ich wette, daß Sie daran noch nicht gedacht haben.«

»Nichts verstehen Sie, gar nichts, das habe ich Ihnen schon oft gesagt! Gewiß, ihre Lage ist derart, aber hier geht es um eine andere Frage! Eine ganz andere Frage! Sie verachten sie einfach. Wenn Sie eine Tatsache sehen, die Sie irrtümlicherweise für verachtungswürdig halten, verweigern Sie auch schon einem menschlichen Wesen eine humane Beurteilung. Sie wissen noch gar nicht, was sie für eine Natur ist! Mir tut es nur sehr leid, daß sie in der letzten Zeit fast gänzlich aufgehört hat zu lesen und keine Bücher mehr von mir annimmt. Früher dagegen hat sie sich öfter Bücher geholt. Es ist auch schade, daß sie trotz ihrer Energie und Entschlossenheit zu protestieren, die sie schon einmal bewiesen hat, immer noch wenig Selbständigkeit, sozusagen Unabhängigkeit, wenig Verneinung besitzt, um sich endgültig von einigen Vorurteilen und ... Dummheiten loszureißen. Aber abgesehen davon begreift sie manche Fragen ausgezeichnet. Sie hat zum Beispiel glänzend die Frage des Handkusses verstanden, das heißt, daß der Mann das Gesetz der Gleichheit mit der Frau außer acht läßt, wenn er ihr die Hand küßt, sie somit als ungleich degradiert. Über diese Frage wurde bei uns neulich debattiert, und ich habe es ihr sofort mitgeteilt. Auch für Assoziationen der Arbeiter in Frankreich zeigt sie Interesse. Jetzt erörtere ich mit ihr die Frage des ungehinderten Zutritts in alle Wohnungen der künftigen Gesellschaft.«

»Was ist das nun wieder?«

»In letzter Zeit wurde über die Frage debattiert, ob ein Mitglied der Kommune das Recht habe, zu jeder Zeit in das Zimmer eines anderen Mitgliedes, sei es ein Mann oder eine Frau, einzutreten ... und es wurde beschlossen, daß man das Recht dazu habe ...«

»Wenn aber der oder die Betreffende in diesem Augenblick mit einem natürlichen Bedürfnis beschäftigt ist? Haha!«

Andrei Ssemjonowitsch wurde böse.

»Sie reden immer über dasselbe! Immer nur über die verfluchten ‚Bedürfnisse'!« rief er voll Haß aus. »Pfui, wie ärgere ich mich, wie gifte ich mich, daß ich damals, als ich Ihnen das System erklärte, so vorzeitig diese verfluchten Bedürfnisse erwähnte! Zum Teufel! Das ist immer der Stein des Anstoßes für Ihresgleichen, vor allem aber machen sie dann gerade das zur Zielscheibe ihrer Witzeleien, bevor sie überhaupt erfahren haben, um was es sich handelt! Und immer so, als wären sie im Recht! Als könnten sie sich etwas darauf einbilden! Pfui! Ich habe immer darauf hingewiesen, daß man diese ganze Frage Neulingen erst am Schluß darlegen kann, wenn sie schon vom System überzeugt sind, wenn der Mensch schon entwickelt ist und sich auf dem richtigen Wege befindet. Ja, und sagen Sie mir bitte, was finden Sie Häßliches und Verachtungswürdiges zum Beispiel an einer Mistgrube? Ich bin der erste, der bereit ist, alle beliebigen Mistgruben zu reinigen! Da ist noch nicht einmal Selbstverleugnung nötig. Es ist einfach eine Arbeit, eine edle, für die Gesellschaft nützliche Tätigkeit, die jeder anderen gleichwertig ist, aber schon bedeutend höher steht als zum Beispiel die Tätigkeit irgendeines Raffael oder Puschkin, weil sie nützlicher ist.«

»Und vor allem edler, edler ist – hahaha!«

»Was heißt edler? Ich verstehe solche Ausdrücke bei der Klassifizierung menschlicher Tätigkeit überhaupt nicht. ‚Edler', ‚großmütiger' – das ist doch alles Unsinn, Dummheiten, alte, vorurteilsvolle Worte, die ich verneine! Alles, was der Menschheit *von Nutzen* ist, ist auch edel. Ich verstehe nur das eine Wort: *nützlich!* Kichern Sie, soviel Sie wollen, es ist doch so!«

Pjotr Petrowitsch lachte laut. Er hatte seine Berechnungen abgeschlossen und das Geld weggeräumt. Übrigens blieb ein Teil davon zu irgendeinem Zweck noch auf dem Tisch liegen. Die „Mistgrubenfrage" hatte schon ein paarmal, trotz ihrer ganzen Flachheit, zur Folge gehabt, daß es zwischen Pjotr Petrowitsch und seinem jungen Freunde zu Mißverständnissen und Uneinigkeiten gekommen war. Das Dumme war nur, daß Andrei Ssemjonowitsch sich tatsächlich ärgerte. Für Lushin war das sonst nur eine Ablenkung gewesen, heute jedoch wollte er Lebesjätnikoff absichtlich besonders ärgern.

»Sie sind wegen Ihres gestrigen Mißerfolges wütend und suchen Streit«, platzte endlich Lebesjätnikoff heraus, der trotz seiner „Unabhängigkeit“ und aller seiner „Proteste“ nicht wagte, Pjotr Petrowitsch entgegenzutreten, und noch immer einen gewissen, aus früheren Jahren gewohnten Respekt vor ihm beobachtete.

»Sagen Sie mir lieber«, unterbrach ihn Pjotr Petrowitsch hochmütig und ärgerlich, »können Sie ... oder besser gesagt, sind Sie tatsächlich so gut mit der erwähnten jungen Person bekannt, daß Sie sie jetzt gleich auf einen Augenblick hierher, in dieses Zimmer bitten könnten? Ich glaube, sie sind schon alle zurückgekehrt von der Beerdigung ... Ich höre dort gehen ... Ich möchte diese Person einen Augenblick sehen.«

»Wozu denn?« fragte Lebesjätnikoff verwundert.

»Ich möchte sie sprechen. Heute oder morgen verlasse ich diese Wohnung und möchte ihr noch etwas mitteilen ... Ich bitte Sie übrigens, während der Unterredung hier zu bleiben. Es ist besser. Sonst könnten Sie noch Gott weiß was denken.«

»Ich würde mir gar nichts dabei denken ... Ich habe nur so gefragt, und wenn Sie etwas Sachliches vorhaben, so gibt's nichts Leichteres, als sie herauszurufen. Ich will sofort hingehen. Und seien Sie überzeugt, ich werde Sie nicht stören.«

Und wirklich, nach etwa fünf Minuten kehrte Lebesjätnikoff mit Ssonjetschka zurück. Sie trat äußerst verwundert und, wie es ihre Art war, sehr schüchtern ein. In solchen Fällen war sie stets schüchtern und fürchtete neue Gesichter und neue Bekanntschaften; schon als Kind hatte sie sich davor gefürchtet, um wieviel mehr noch jetzt ... Pjotr Petrowitsch begrüßte sie »freundlich und höflich«, übrigens mit einem Anflug von heiterer Vertraulichkeit, die bei einem solch ehrenwerten und soliden Menschen wie ihn diesem jungen und in gewissem Sinne *interessanten* Wesen gegenüber seiner Meinung nach angebracht war. Er beeilte sich, sie »zu ermutigen« und bot ihr einen Platz ihm gegenüber am Tisch an. Ssonja setzte sich, sah sich um, sah Lebesjätnikoff an, das auf dem Tisch liegende Geld, blickte dann plötzlich wieder auf Pjotr Petrowitsch und wandte die Augen nicht mehr von ihm ab.

Lebesjätnikoff ging zur Tür, Pjotr Petrowitsch aber stand auf, gab Ssonja ein Zeichen, sitzen zu bleiben und hielt Lebesjätnikoff zurück.

»Ist dieser Raskolnikoff dort? Ist er gekommen?« fragte er ihn flüsternd.

»Raskolnikoff? Ja, er ist da. Wieso? Ja, er ist soeben gekommen, ich habe ihn gesehen ... Was ist denn?«

»So, dann bitte ich Sie ausdrücklich, hier bei uns zu bleiben und mich nicht allein zu lassen mit diesem ... Fräulein. Es ist eine ganz unbedeutende Sache, aber man könnte weiß Gott was daraus schließen. Ich will nicht, daß Raskolnikoff es *dort* seinen Damen erzählt. Verstehen Sie, was ich meine?«

»Ach so, ja, ich verstehe, ich verstehe!« glaubte Lebesjätnikoff plötzlich zu erraten. »Ja, Sie haben recht ... Nach meiner persönlichen Überzeugung gehen Sie in Ihren Befürchtungen wohl zu weit, aber ... Sie haben dennoch recht. Gut, ich bleibe. Ich werde mich hier ans Fenster stellen und werde Sie nicht stören .. Meiner Ansicht nach haben Sie das Recht. .«

Pjotr Petrowitsch kehrte zum Sofa zurück, setzte sich Ssonja gegenüber, blickte sie aufmerksam an und gab sich ein außergewöhnlich solides und sogar ein wenig strenges Aussehen, als wollte er damit sagen: »Daß du dir nur nicht etwas dabei denkst, Verehrteste!« Ssonja wurde noch verlegener.

»Zuerst bitte ich Sie, Ssofja Ssemjonowna, mich bei Ihrer verehrten Frau Mutter zu entschuldigen ... Es ist doch richtig? Katerina Iwanowna nimmt doch die Stelle einer Mutter bei Ihnen ein?« begann er sehr würdevoll, doch ziemlich freundlich. Man merkte, daß er die freundlichsten Absichten hatte.

»Ja ... ja, sie vertritt mir die Mutter«, antwortete Ssonja hastig und ängstlich.

»Nun, also entschuldigen Sie mich bei ihr, daß ich durch unvorhergesehene Umstände gezwungen bin, abzusagen und zu dem Gedächtnismahl nicht erscheinen kann, trotz der freundlichen Einladung Ihrer Frau Mutter.«

»Ich will es ihr sagen ... ihr sofort sagen«, und Ssonja stand hastig vom Stuhl auf.

»Das ist *noch* nicht alles«, hielt Pjotr Petrowitsch sie zurück und lächelte über ihre Einfalt und Unkenntnis des gesellschaftlichen Benehmens. »Sie kennen mich wenig, liebe Ssofja Ssemjonowna, wenn Sie meinen, daß ich wegen dieser unbedeutenden, mich allein angehenden Ursache jemanden wie Sie persönlich bemüht und gebeten hätte, zu mir zu kommen. Ich habe noch ein anderes Anliegen.«

Ssonja setzte sich gehorsam wieder hin. Die grauen und regenbogenfarbenen Banknoten, die auf dem Tisch lagen, flimmerten wieder vor ihren Augen; sie wandte schnell ihr Gesicht von ihnen ab und erhob die Augen zu Pjotr Petrowitsch; es kam ihr auf einmal höchst unanständig vor, besonders von *ihr*, fremdes Geld überhaupt anzusehen. Sie heftete ihren Blick auf den goldenen Kneifer in der linken Hand Pjotr Petrowitschs und auf den großen, massiven, sehr hübschen Ring mit einem gelben Stein an seinem Mittelfinger – aber schnell wandte sie die Augen auch davon ab, und da sie nicht wußte, wohin sie sehen sollte, blickte sie aufs neue Pjotr Petrowitsch unverwandt ins Gesicht. Nachdem er noch würdevoller als vorhin eine Weile geschwiegen hatte, fuhr er fort:

»Es traf sich, daß ich gestern im Vorübergehen einige Worte mit der unglücklichen Katerina Iwanowna wechseln konnte. Ein paar Worte genügten mir, um zu merken, daß sie sich in einem, wenn man sich so ausdrücken kann, unnatürlichen Zustand befindet ...«

»Ja ... in einem unnatürlichen«, pflichtete Ssonja ihm hastig bei.

»Oder einfacher und verständlicher gesagt – in einem kranken Zustand.«

»Ja, einfacher und verständ ... ja, sie ist krank!«

»Nicht wahr, das stimmt. Daher möchte ich ihr nun aus dem Gefühl der Humanität, und ... und sozusagen des Mitleids meinerseits, zumal ich ihr unvermeidliches und unglückliches Schicksal voraussehe, irgendwie behilflich sein. Es scheint mir, daß die ganze arme Familie jetzt auf Ihnen allein lastet.«

»Erlauben Sie mir zu fragen«, Ssonja stand plötzlich wieder auf, »was haben Sie ihr gestern von der Möglichkeit einer Pension gesagt? Sie sagte mir, daß Sie es übernommen hätten, ihr eine Pension zu verschaffen. Ist das wahr?«

»Keineswegs, und in gewissem Sinne ist das sogar ein Unsinn! Ich habe nur die Möglichkeit einer einmaligen Unterstützung der Witwe eines im Dienste verstorbenen Beamten erwähnt –, wenn sie Protektion hat. Aber wie mir scheint, hat Ihr verstorbener Vater nicht nur die gesetzliche Frist nicht ausgedient, sondern hat in der letzten Zeit überhaupt nicht mehr im staatlichen Dienst gestanden. Kurz, eine gewisse Hoffnung, wenn auch eine ziemlich zweifelhafte, wäre denkbar, aber im Grunde genommen gibt es ja in diesem Falle gar kein Anrecht auf eine Unterstützung, sondern im Gegenteil ... So, sie hat also schon an eine Pension gedacht, hehehe! Eine flinke Dame!«

»Ja, an eine Pension ... Sie ist leichtgläubig und gut, und aus Güte glaubt sie alles und ... und ... sie hat so einen Verstand ... Ja ... entschuldigen Sie«, sagte Ssonja und stand wieder auf, um fortzugehen.

»Erlauben Sie, Sie haben mich nicht zu Ende gehört.«

»Ja, ich habe nicht zu Ende gehört«, murmelte Ssonja.

»Also setzen Sie sich.«

Ssonja wurde furchtbar verlegen und setzte sich wieder, jetzt schon zum dritten Male.

»Da ich die Lage Ihrer Stiefmutter mit den unglücklichen kleinen Kindern sehe, möchte ich – wie ich schon gesagt habe – mit irgend etwas nach Maßgabe meiner Kräfte behilflich sein, das heißt, nur nach dieser Maßgabe, nicht mehr. Man könnte zum Beispiel eine Sammlung veranstalten oder, sagen wir, eine Verlosung ... oder etwas in dieser Art – wie es auch stets in ähnlichen Fällen von den Nächststehenden oder auch Fremden, überhaupt von Menschen, die helfen möchten, arrangiert wird. Darüber hatte ich die Absicht, mit Ihnen zu reden. Das könnte man tun.«

»Ja, es wäre gut ... Gott wird Sie dafür ...«, stammelte Ssonja und blickte Pjotr Petrowitsch unverwandt an.

»Man könnte es, aber ... darüber können wir nachher ... das heißt, man könnte gleich heute den Anfang machen. Wir wollen uns noch einmal am Abend sehen, es besprechen und sozusagen die Grundlagen festsetzen. Kommen Sie so gegen sieben Uhr zu mir. Ich hoffe, daß Andrei Ssemjonowitsch auch dabei sein wird ... Aber ... hier gibt es einen Umstand, der vorher noch genau erörtert werden muß. Deshalb habe ich Sie, Ssofja Ssemjonowna, auch hierher bemüht. Meine Ansicht geht nämlich dahin, daß man Katerina Iwanowna selbst kein Geld in die Hände geben darf, das wäre zu riskant; der Beweis dafür – siehe das heutige Gedächtnismahl. Ohne eine trockene Rinde Brot für morgen und ... ohne Stiefel und andere nötige Dinge zu haben, wird heute Rum und Madeira und ... und Kaffee eingekauft. Ich habe es im Vorbeigehen gesehen. Morgen hängt wieder alles bis auf das letzte Stück Brot an Ihnen; das ist doch unvernünftig. Darum muß die Sammlung nach meiner persönlichen Ansicht so vor sich gehen, daß die unglückliche Witwe von dem Geld nichts erfahren darf, nur Sie allein würden es zu wissen bekommen. Ist das nicht richtiger?«

»Ich weiß nicht ... Sie wollte nur heute so gern ... nur einmal im Leben ... sie wollte so gern sein Gedächtnis feiern, ihm die Ehre erweisen ... Sie ist sonst sehr klug. Aber, wie Sie wollen, und ich werde Ihnen sehr, sehr, sehr ... und sie werden Ihnen alle sehr ... Gott wird Ihnen ... und die Waisen ...«

Ssonja konnte nicht weitersprechen und begann zu weinen.

»So. Nun, also behalten Sie es im Auge; jetzt aber bitte ich Sie, zur Unterstützung Ihrer Verwandten fürs erste eine meinen Kräften angemessene Summe von mir entgegenzunehmen. Ich möchte ausdrücklich den Wunsch äußern, daß mein Name hier nicht genannt werde. Bitte ... da ich sozusagen selbst Sorgen habe, bin ich leider nicht in der Lage, eine größere Summe ...«

Und Pjotr Petrowitsch reichte Ssonja einen Zehnrubelschein entgegen, den er sorgfältig entfaltete. Ssonja nahm den Schein in Empfang, errötete, stand hastig auf, murmelte einen Dank und wollte sich eilig entfernen. Pjotr Petrowitsch begleitete sie feierlich bis zur Tür. Sie schlüpfte aus dem Zimmer, ganz erregt und abgequält und kehrte in größter Verwirrung zu Katerina Iwanowna zurück.

Während dieses Vorgangs stand Andrei Ssemjonowitsch Lebesjätnikoff bald am Fenster, bald ging er im Zimmer herum, ohne das Gespräch unterbrechen zu wollen. Als Ssonja fortgegangen war, trat er auf Pjotr Petrowitsch zu und reichte ihm feierlich die Hand.

»Ich habe alles gehört und alles *gesehen*«, sagte er, das letzte Wort besonders betonend. »Das ist edel, das heißt, ich wollte sagen, human! Sie wollten keinen Dank, ich habe es gesehen! Und obwohl ich, offen gestanden, mit der privaten Wohltätigkeit prinzipiell nicht sympathisieren kann, weil sie das Übel doch nicht mit der Wurzel ausrottet, sondern es nur noch üppiger gedeihen läßt, muß ich gestehn, daß ich Ihre Handlungsweise mit Vergnügen gesehen habe – ja, ja, das gefällt mir!«

»Ach, das ist doch Unsinn!« murmelte Pjotr Petrowitsch ein wenig erregt und blickte Lebesjätnikoff seltsam prüfend an.

»Nein, es ist kein Unsinn! Ein Mann, der wie Sie durch den gestrigen Vorfall beleidigt und verärgert ist und gleichzeitig doch fähig ist, an das Unglück anderer zu denken – ein solcher Mensch ist ... obwohl er durch seine Handlungsweise einen sozialen Fehler begeht, dennoch ... der Achtung würdig! Ich habe das eigentlich von Ihnen, Pjotr Petrowitsch, nicht einmal erwartet, zumal nach Ihren Begriffen ... oh, wie Ihre Begriffe Ihnen noch hinderlich sind! Wie Sie, zum Beispiel, dieser gestrige Mißerfolg aufregt!« rief der gute kleine Andrei Ssemjonowitsch aus und fühlte wieder eine stärkere Sympathie für Pjotr Petrowitsch. »Und wozu, wozu brauchen Sie unbedingt diese Ehe, diese *gesetzliche* Ehe, lieber, edler Pjotr Petrowitsch? Warum brauchen Sie unbedingt diese *Gesetzlichkeit* der Ehe? Nun, wenn Sie wollen, verhauen Sie mich meinethalben, aber ich freue mich, freue mich, daß diese Ehe nun nicht zustande kommt, daß Sie frei sind, daß Sie noch nicht ganz für die Menschheit verloren sind, ich freue mich! ... So, jetzt habe ich mich ausgesprochen!«

»Weil ich in Ihrer illegalen Ehe keine Hörner tragen und nicht fremde Kinder aufziehen will, aus diesem Grunde brauche ich die gesetzliche Ehe«, sagte Lushin, nur um etwas zu sagen.

Er war innerlich mit anderem beschäftigt und auffallend nachdenklich.

»Kinder? Sie berühren die Kinderfrage?« fuhr Andrei Ssemjonowitsch auf wie ein Schlachtroß, das das Signal zum Angriff hört, »die Kinderfrage ist eine soziale Frage, und zwar eine von allergrößter Wichtigkeit, das gebe ich zu; aber die Kinderfrage wird anders gelöst werden. Einige verwerfen vollkommen die Kinder, wie alles, was mit Familie zu tun hat. Über die Kinder wollen wir nachher reden, vorerst aber wollen wir uns mit den Hörnern beschäftigen! Ich muß Ihnen gestehen, daß das mein schwacher Punkt ist. Dieser üble Husarenausdruck, den auch Puschkin gebraucht, ist im künftigen Lexikon undenkbar! Ja, und was sind Hörner? Oh, welch eine Verirrung! Was für Hörner? Warum Hörner? Welch ein Unsinn! Im Gegenteil, in der freien Ehe kann es sie ja gar nicht geben! Die Hörner sind nur die natürliche Folge jeder gesetzlichen Ehe, sozusagen ihre Korrektur, ein Protest, so daß sie in diesem Sinne keineswegs erniedrigend sind ... Und wenn ich irgend wann – diesen Unsinn einmal angenommen – gesetzlich verheiratet sein sollte, so würde ich mich sogar über diese verfluchten Hörner freuen; ich würde dann meiner Frau sagen: ‚Mein Freund, ich habe dich bis jetzt bloß geliebt, jetzt aber achte ich dich, weil du verstanden hast zu protestieren!' Sie lachen! Das kommt davon, weil Sie nicht imstande sind, sich von den Vorurteilen loszureißen! Zum Teufel, ich begreife schon, worin gerade die Unannehmlichkeit besteht, wenn man in gesetzlicher Ehe betrogen wird – aber das ist doch bloß eine erbärmliche Folge einer erbärmlichen Einrichtung, bei der beide Teile erniedrigt sind! Wenn aber die Hörner einem offen aufgesetzt werden, wie in der freien Ehe, dann existieren sie nicht mehr, dann sind sie undenkbar und verlieren sogar die Benennung Hörner. Im Gegenteil, Ihre Frau würde Ihnen dadurch bloß beweisen, wie sie Sie hochschätzt, indem sie Sie für unfähig hält, ihrem Glück im Wege zu stehen, und Sie für so reif hält, daß Sie wegen ihres neuen Mannes an ihr keine Rache nehmen werden. Zum Teufel, ich träume zuweilen davon, daß ich, wenn ich verheiratet werden würde, pfui! nein, ich wollte sagen, wenn ich heiraten würde (ob illegal, ob gesetzlich, das ist einerlei), würde ich selbst meiner Frau einen Liebhaber zuführen, wenn sie sich noch keinen angeschafft hätte, und würde ihr sagen: ‚Mein Freund, ich liebe dich, aber außerdem wünsche ich, daß du mich auch achtest!' – bitte, wäre das nicht das Richtige? Habe ich nicht recht?«

Pjotr Petrowitsch hörte zu und grinste, aber ohne besonders bei der Sache zu sein. Ja, er hatte fast nicht zugehört. Er überlegte sich allerdings etwas ganz anderes und selbst Lebesjätnikoff merkte das schließlich. Pjotr Petrowitsch war aufgeregt, rieb sich die Hände und dachte nach. Das alles kam Andrei Ssemjonowitsch erst später zu Bewußtsein, als er sich zu erinnern und zu kombinieren versuchte.

II

Es würde schwer fallen, genau die Gründe anzuführen, aus welchen die Idee dieses sinnlosen Gedächtnismahles in Katerina Iwanownas verstörtem Gehirn entstanden war. Es waren beinahe zehn Rubel von dem Gelde draufgegangen, das Raskolnikoff ihr eigentlich zur Beerdigung Marmeládoffs gegeben hatte. Vielleicht hielt sich Katerina Iwanowna dem Verstorbenen gegenüber für verpflichtet, sein Andenken »wie es sich gehört« zu ehren, damit alle Mitbewohner und besonders Amalia Iwanowna wissen sollten, daß er »nicht nur nicht schlechter ist, sondern vielleicht sogar etwas weit Besseres war«, und daß niemand von ihnen das Recht hatte, vor ihm »hochnäsig zu tun«. Vielleicht hatte hierzu jener besondere *Stolz der Armen* am meisten beigetragen, aus dem viele bei gewissen gesellschaftlichen Gebräuchen, die, wie es nun mal ist, für alle und jeden verbindlich sind, ihre letzten Kräfte anspannen und die letzten Spargroschen ausgeben, um bloß »nicht schlechter als andere« zu sein, und damit diese anderen sich nicht über sie »aufhalten« können. Es war auch sehr möglich, daß Katerina Iwanowna das Verlangen hatte, gerade in diesem Falle, namentlich in dem Augenblick, wo sie scheinbar von aller Welt verlassen war, allen diesen »unbedeutenden und garstigen Mietern« zu zeigen, daß sie nicht nur Lebensart hatte und sich auf Empfänge verstand, sondern daß sie gar nicht zu solch einem Los bestimmt war, daß sie »aus einem feinen, ja, man kann sogar sagen, aus dem aristokratischen Hause eines Obersten« stammte, und daß sie durchaus nicht dazu erzogen war, die Diele selbst zu scheuern und nachts zerrissene Kinderwäsche zu waschen. Diese krankhaften Steigerungen von Stolz und Eitelkeit suchen zuweilen die ärmsten und verschüchtertsten Menschen heim und verwandeln sich bei ihnen zuweilen in ein sehr empfindliches und unüberwindliches Bedürfnis. Katerina Iwanowna aber gehörte überdies nicht zu den »Verschüchterten«: man hätte sie durch Umstände töten können, aber sie moralisch *unterjochen*, das heißt, sie einschüchtern und ihren Willen unterwerfen, konnte man nicht. Außerdem hatte Ssonjetschka sehr richtig von einer beginnenden Verwirrung ihres Verstandes gesprochen. Man konnte es freilich noch nicht positiv und endgültig sagen, doch in letzter Zeit, im ganzen letzten Jahr, hatte ihr armer Kopf sich zu müdgequält, als daß er nicht zum Teil gelitten hätte. Und eine stark fortgeschrittene Schwindsucht soll ja auch, wie die Ärzte sagen, zu einer Geistesstörung beitragen.

Weine in der Mehrzahl oder verschiedene Sorten Wein gab es freilich nicht, ebenso fehlte auch *Madeira*, das war übertrieben, aber immerhin gab es Wein. Es gab Branntwein, Rum und Lissaboner, alles von der schlechtesten Sorte zwar, aber in genügender Menge. An Speisen waren außer dem obligaten Reisauflauf Kutjá drei oder vier Gerichte vorhanden (unter anderem auch Pfannkuchen), alles aus der Küche von Amalia Iwanowna, dazu wurden zwei Ssamoware aufgestellt für Tee und Punsch, die nach dem Essen gereicht werden sollten. Katerina Iwanowna hatte alles selbst eingekauft, nur mit Hilfe eines Mieters, eines armseligen Polen, der weiß Gott warum bei Frau Lippewechsel wohnte. Er hatte sich sofort Katerina Iwanowna zur Verfügung gestellt, lief den ganzen gestrigen Tag und den ganzen heutigen Vormittag unermüdlich und sozusagen mit heraushängender Zunge herum und tat sein Möglichstes, damit man dies auch bemerke. Wegen jeder Kleinigkeit kam er zu Katerina Iwanowna, um sie zu fragen, war ihr sogar in die Kaufläden nachgelaufen, nannte sie, als Tochter eines Obersten, fortwährend »Pani Chorunshina« und wurde ihr zuletzt bis zum Überdruß langweilig, obwohl sie zuerst behauptet hatte, daß sie ohne diesen »hilfsbereiten und großmütigen Menschen« vollkommen verloren wäre. Es gehörte zu Katerina Iwanownas Charakter, den ersten besten, der ihr in den Weg lief, mit den hellsten und schönsten Farben zu schmükken, ihn so zu loben, daß mancher sich schämte, sogar allerhand Umstände, die überhaupt nicht existierten, zu seinem Lob zu erfinden, selber daran vollkommen aufrichtig und ehrlich zu glauben und dann plötzlich, mit einem Mal, sich enttäuscht zu fühlen, alles abzubrechen, den Menschen womöglich zu beschimpfen und hinauszujagen, den sie noch vor einigen Stunden buchstäblich verhimmelt hatte. Dabei hatte sie von Natur einen heiteren, fröhlichen und friedfertigen Charakter; allein infolge des ununterbrochenen Unglücks und

Mißerfolgs begann sie dermaßen *leidenschaftlich* zu wünschen und zu verlangen, daß alle Menschen in Frieden und Freude leben sollten und anders nicht leben *durften*, daß der geringste Mißklang im Leben, die allerkleinsten Mißerfolge sie sofort in Wut versetzten, und sie dann, unmittelbar nach den rosigsten Hoffnungen und Phantasien, ihr Schicksal zu verfluchen, alles, was ihr unter die Hände geriet, zu zerreißen und fortzuwerfen und mit dem Kopf an die Wand zu schlagen begann. Auch Amalia Iwanowna hatte plötzlich in Katerina Iwanownas Augen eine ungewöhnliche Bedeutung und außergewöhnliche Achtung errungen, vielleicht einzig aus dem Grund, weil dieses Gedächtnismahl vorbereitet wurde und weil Amalia Iwanowna von ganzem Herzen bereit war, sich an allen Herrichtungen zu beteiligen. Sie hatte es übernommen, den Tisch zu decken, die Tischdecken und Servietten, das Geschirr und alles übrige zu beschaffen und in ihrer Küche das Essen zuzubereiten. Und als Katerina Iwanowna auf den Friedhof mußte, ließ sie Amalia Iwanowna mit aller Vollmacht sozusagen als ihre Stellvertreterin zurück. Und wirklich war alles aufs beste hergerichtet, der Tisch war sogar recht hübsch gedeckt: obschon das Geschirr, Gabeln, Messer, Gläser, Weingläser, Tassen, alles von sehr verschiedener Art und Größe, nicht zusammenpaßte – es war von den verschiedenen Mietern zusammengeborgt –, aber alles stand zur bestimmten Stunde auf seinem Platz, und Amalia Iwanowna begrüßte die Zurückkehrenden im Vollgefühl ihrer gut besorgten Aufgabe (dazu selber schön hergerichtet in einer Haube mit neuen Trauerbändern und in einem schwarzen Kleid) nicht ohne einen gewissen Stolz. Dieser Stolz mißfiel aber, obwohl er berechtigt war, aus irgendeinem Grunde Katerina Iwanowna, »als hätte man in der Tat ohne Amalia Iwanowna nicht verstanden, den Tisch zu decken«! Auch die Haube mit den neuen Bändern erregte ihr Mißfallen: »Möglicherweise ist diese dumme Deutsche noch stolz darauf, daß sie als Wirtin sich aus Gnade bereit erklärt hat, den armen Mietern zu helfen? Aus Gnade? Bitte sehr! Bei meinem Papa, der Oberst und beinahe Gouverneur war, wurde zuweilen der Tisch für vierzig Personen gedeckt, so daß irgendeine Amalia Iwanowna oder richtiger gesagt Ludwigowna, dort nicht mal in die Küche zugelassen worden wäre ...« Katerina Iwanowna beschloß aber, ihre Gefühle nicht vor der Zeit zu äußern, obgleich sie sich im Herzen fest vornahm, Amalia Iwanowna heute noch unbedingt abzutrumpfen und sie an ihren richtigen Platz zu erinnern, damit diese sich nicht Gott weiß was einbilde; vorläufig jedoch behandelte sie sie bloß kalt. Eine andere Unannehmlichkeit kam noch hinzu und trug auch noch dazu bei, Katerina Iwanownas Gereiztheit zu steigern: zur Beerdigung war von den Geladenen fast niemand erschienen, außer dem Polen, der allein noch Zeit gefunden hatte, auf den Friedhof zu laufen; zu dem Gedächtnismahl aber waren von den Geladenen nur die Unangesehensten und Armen gekommen, viele sogar nicht ganz nüchtern, sozusagen „das Gesindel". Die älteren und angeseheneren Mieter waren, wie mit Absicht, ferngeblieben, als hätten sie sich alle verabredet. Pjotr Petrowitsch Lushin zum Beispiel, der, man kann wohl sagen, solideste von allen Mietern, war nicht erschienen, während Katerina Iwanowna noch gestern abend aller Welt, das heißt, Amalia Iwanowna, Poletschka, Ssonjetschka und dem Polen, erzählt hatte, daß dieser edelste und großmütigste Mann mit besten Verbindungen und von Vermögen, ein früherer Freund ihres ersten Mannes, der im Hause ihres Vaters verkehrt habe, ihr versprochen hätte, alle Mittel in Bewegung zu setzen, um ihr eine bedeutende Pension zu erwirken. Wir wollen hierzu bemerken, daß, wenn Katerina Iwanowna mit den Verbindungen und dem Vermögen anderer Leute prahlte, sie dies vollkommen uneigennützig, sozusagen nur aus übervollem Herzen tat, aus Freude, den Gelobten preisen und ihm einen größeren Wert verleihen zu können. Nächst Lushin – und wahrscheinlich »seinem Beispiel folgend« – war auch »dieser garstige, abscheuliche Lebesjätnikoff« nicht erschienen. Was bildete sich dieser denn ein? Man hatte ihn bloß aus Gnade und weil er in einem Zimmer mit Pjotr Petrowitsch lebte und sein Bekannter war, eingeladen, weil es doch peinlich für ihn gewesen wäre, nicht eingeladen zu werden. Auch eine feine Dame und deren Tochter, »eine überreife alte Jungfer«, die erst seit zwei Wochen bei Amalia Iwanowna lebten, waren nicht erschienen; sie hatten sich trotz ihres kurzen Aufenthaltes hier schon einige Male über den Lärm und das Geschrei in Marmeladoffs Zimmer, besonders wenn der Verstorbene betrunken nach Hause gekommen war, beklagt. Das hatte Katerina Iwanowna durch Amalia Iwanowna erfahren, wenn diese sich mit Katerina Iwanowna zankte, ihr drohte, sie und die ganze Familie hinauszuwerfen, und dabei aus vollem Halse schrie, sie beunruhige »anständige Mieter, deren Schuhsohle Sie nicht mal wert sind«! Katerina Iwanowna hatte absichtlich beschlossen, diese Dame und ihre Tochter, deren Schuhsohle sie angeblich nicht wert sei, einzuladen, gerade weil jene bei zufälligen Begegnungen sich hochmütig abgewandt hatte – damit sie also wisse, daß man hier »edler denkt und fühlt und sie einlädt, ohne sich des Bösen zu erinnern«, und damit sie sehe, daß Katerina Iwanowna von Hause aus nicht gewohnt sei, in solchen Verhältnissen zu leben. Das sollte ihnen allen bei Tisch unbedingt erklärt werden, und zugleich war beiläufig zu erwähnen, daß ihr verstorbener Vater beinahe Gouverneur gewesen sei, und gleichzeitig indirekt zu verstehen zu geben, daß man keine Ursache hatte, sich bei Begegnungen abzuwenden, ganz abgesehen davon, daß so etwas überhaupt äußerst dumm wäre. Ebenso war der dicke Oberstleutnant (eigentlich war er ja nur Stabskapitän a. D.) nicht erschienen, aber es stellte sich heraus, daß er seit dem gestrigen Morgen vor Trunkenheit »ohne Hinterbeine« war. Mit einem Wort, es waren bloß erschienen: der Pole, dann ein häßlicher, schweigsamer Kanzlist in einem stark glänzenden Frack, mit Finnen im Gesicht und einem widerlichen Geruch, und noch ein tauber und fast erblindeter alter Mann, der früher Postbeamter gewesen war und den jemand vor undenklichen Zeiten und aus unbekannten Gründen bei Amalia Iwanowna untergebracht hatte und für ihn zahlte. Es erschien auch noch ein betrunkener verabschiedeter Leutnant, eigentlich ein Proviantmeister mit einem höchst unanständigen lauten Lachen und: »stellen Sie sich vor, ohne Weste!« Ein anderer von den Gästen setzte sich einfach gleich an den Tisch, sogar ohne Katerina Iwanowna zu begrüßen, und zu guter Letzt tauchte eine Gestalt im Schlafrock auf, da sie keine Kleider besaß, aber das war denn doch so unanständig, daß es Amalia Iwanowna und dem Polen gelang, sie wieder hinauszuexpedieren. Der Pole hatte übrigens noch zwei andere Polen mitgebracht, die niemals bei Amalia Iwanowna gewohnt hatten und die niemand vorher in ihrem Hause gesehen hatte. Dies alles reizte Katerina Iwanowna in höchstem Grade. »Für wen waren denn schließlich alle Vorbereitungen getroffen?« Man hatte sogar die Kinder, um an Platz zu gewinnen, nicht am Tisch untergebracht, der ohnehin das ganze Zimmer einnahm, sondern für sie in der hinteren Ecke auf einem Koffer gedeckt, vor dem die beiden kleineren auf einem Bänkchen saßen, während Poletschka, als die Größere, auf sie aufpassen, sie füttern und ihnen »wie Kindern aus feinem Hause« das Näschen putzen mußte. Mit einem Wort, Katerina Iwanowna glaubte, alle mit doppelter Würde und sogar mit Hochmut begrüßen zu müssen. Manche blickte sie besonders streng an und bat sie von oben herab, sich an den Tisch zu setzen. Da sie aber aus irgendeinem Grunde meinte, Amalia Iwanowna für alle Nichterschienenen verantwortlich machen zu müssen, begann sie plötzlich, sie äußerst nachlässig zu behandeln, was jene sofort bemerkte und wodurch sie sich sehr verletzt fühlte. Ein solcher Anfang deutete auf kein gutes Ende. Endlich hatten alle Platz genommen. Raskolnikoff war fast in demselben Augenblick eingetreten, als sie vom Friedhof zurückkehrten. Katerina Iwanowna war überaus erfreut, ihn zu sehen, erstens, weil er der einzige »gebildete« von allen Gästen war und »wie man weiß, in zwei Jahren an der hiesigen Universität einen Lehrstuhl einnehmen werde«, und zweitens, weil er sich sofort und ehrerbietig entschuldigte, daß er zu der Beerdigung trotz seines Wunsches nicht hatte kommen können. Sie stürzte sich buchstäblich auf ihn, setzte ihn bei Tisch neben sich zur linken Hand (zur rechten saß Amalia Iwanowna) und wandte sich ununterbrochen an Raskolnikoff, trotz ihrer beständigen Unruhe und Sorge, ob das Essen auch richtig herumgereicht wurde und alle auch bedient wurden, trotz des qualvollen Hustens, der sie alle Augenblicke unterbrach und ihr Schmerzen verursachte, und der sich in diesen letzten zwei Tagen besonders verstärkt zu haben schien. Sie beeilte sich, ihm halb flüsternd alle angesammelten Gefühle und ihre ganze gerechte Entrüstung über das mißlungene Gedächtnismahl mitzuteilen, wobei die Entrüstung oft unabsichtlich und ohne jede Berechnung von einem ausgelassenen Lachen über die versammelten Gäste, besonders aber über die Wirtin, verdrängt wurde.

»An allem ist dieser Kuckuck schuld. Sie wissen, wen ich meine: diese hier, hier!« und Katerina Iwanowna deutete unauffällig mit dem Kopf auf die Wirtin. »Sehen Sie sie an, wie sie die Augen aufreißt, sie fühlt, daß wir über sie reden, kann aber nichts verstehen. Pfui, so eine Eule! Hahaha! ... Kch–kch–kch!« hustete sie. »Und was will sie mit ihrer Haube? Kch–kch–kch! Haben Sie gemerkt, sie möchte gern, daß alle Gäste meinen sollen, sie beschütze mich und erweise mir mit ihrem Hiersein eine Ehre. Ich habe sie gebeten, wie man eine anständige Person bittet, bessere Leute, und zwar die Bekannten des Verstorbenen, einzuladen, und sehen Sie nur, wen sie hergebracht hat! – Allerhand Narren! Schmutzfinke! Sehen Sie nur diesen da mit dem unreinen Teint, das ist doch ein Ekel auf zwei Beinen! Und diese Polacken ... hahaha! Kch–kch–kch! Niemand, niemand hat sie vorher hier gesehen, auch ich nicht. Wozu sind die gekommen, frage ich Sie? Wie brav sie dasitzen, alle nebeneinander. – Pan, heda!« rief sie plötzlich einem von ihnen zu, »haben Sie schon von den Pfannkuchen gehabt? Nehmen Sie doch noch! Trinken Sie Bier? Oder wollen Sie lieber Schnaps? ... Sehen Sie:

er ist aufgesprungen und verbeugt sich, sehen Sie, sehen Sie: wahrscheinlich sind sie sehr hungrig, die Armen! Nun, tut nichts, mögen sie essen! Sie lärmen wenigstens nicht, nur ... nur fürchte ich ... für die silbernen Löffel der Wirtin! ... Amalia Iwanowna!« wandte sie sich plötzlich an die Wirtin fast laut, »ich sage Ihnen im voraus, falls Ihre Löffel gestohlen werden, übernehme ich keine Verantwortung! Ha–ha–ha!« lachte sie, wandte sich wieder an Raskolnikoff, deutete wieder auf die Wirtin und freute sich über ihren Ausfall. »Sie hat es nicht verstanden, sie hat wieder nichts verstanden! Sehen Sie, wie sie mit aufgesperrtem Munde dasitzt – wie eine Eule, eine echte Eule mit neuen Bändern, hahaha!«

Das Lachen verwandelte sich abermals in einen unerträglichen Husten, der minutenlang anhielt. Auf ihrem Taschentuch zeigte sich Blut, und Schweißtropfen traten auf ihrer Stirn hervor. Sie zeigte Raskolnikoff schweigend das Blut, und kaum hatte sie sich erholt, begann sie wieder, jetzt mit roten Flecken auf den Wangen, ihm lebhaft zuzuflüstern:

»Wissen Sie, ich hatte ihr den sehr subtilen Auftrag erteilt, jene Dame und ihre Tochter einzuladen. Sie wissen doch, von wem ich spreche? Hier mußte man in der zartesten Weise, in der geschicktesten Art vorgehen, sie aber war so ungeschickt, daß diese zugereiste dumme Person, dieses aufgeblasene Geschöpf, diese unbedeutende Provinzlerin, diese Witwe irgendeines Majors, die sich hier um eine Pension bemüht und bei den Behörden deswegen herumläuft ... und die sich mit ihren fünfundfünfzig Jahren noch die Augenbrauen schwärzt, sich schminkt und pudert (was allgemein bekannt ist) ... daß dieses Geschöpf sich nicht nur für zu gut hielt, hier zu erscheinen, sondern sich nicht einmal entschuldigen ließ, wie es in solchen Fällen doch schon die allergewöhnlichste Höflichkeit verlangt! Ich kann nicht begreifen, warum auch Pjotr Petrowitsch nicht gekommen ist? Aber wo ist denn Ssonja? Wo ist sie nur hingegangen? Ah, da ist sie ja! Ssonja, wo warst du? Merkwürdig, daß du sogar am

Beerdigungstag deines Vaters so unpünktlich bist. Rodión Románowitsch, sie soll sich neben Sie setzen. Hier ist dein Platz, Ssonjetschka ... nimm, was du magst. Nimm von dem Fisch, er ist gut. Gleich wird man noch Pfannkuchen bringen. Hat man den Kindern auch etwas gegeben? Poletschka, habt ihr alles? Kch–kch–kch! Nun, gut. Sei ein artiges Kind, Lenja, und du, Kolja, baumele nicht mit den Beinen, sitze, wie ein anständiges Kind sitzen muß. Was sagtest du, Ssonjetschka?«

Ssonja beeilte sich sofort, die Entschuldigung von Pjotr Petrowitsch auszurichten und sie versuchte so laut zu sprechen, daß es alle hören konnten, gebrauchte gewählte und ehrerbietige Ausdrücke, die sie absichtlich Pjotr Petrowitsch andichtete. Sie fügte hinzu, daß Pjotr Petrowitsch sie besonders gebeten habe, Katerina Iwanowna mitzuteilen, daß er unverzüglich, sobald es ihm nur möglich sei, herkommen werde, um in der *geschäftlichen* Angelegenheit mit Katerina Iwanowna allein zu sprechen und zu beratschlagen, was man weiterhin unternehmen könnte und dergleichen mehr.

Ssonja wußte, daß dies Katerina Iwanowna friedlicher stimmen und beruhigen würde, sie würde sich dadurch geschmeichelt fühlen, und vor allem würde ihr Stolz befriedigt sein. Sie setzte sich neben Raskolnikoff, den sie in der Eile nur flüchtig begrüßte und kaum mit einem kurzen, doch forschenden Blick zu streifen wagte. Übrigens suchte sie während der ganzen folgenden Zeit immer zu vermeiden, ihn anzusehen und mit ihm zu sprechen. Sie war anscheinend sogar zerstreut, obwohl sie die ganze Zeit Katerina Iwanowna im Auge behielt, um ihre Wünsche zu erraten. Weder sie noch Katerina Iwanowna waren in Trauer, da sie keine schwarzen Kleider besaßen; Ssonja hatte ein dunkelbraunes Kleid an und Katerina Iwanowna ihr einziges, ein gestreiftes dunkles Kattunkleid. Die Mitteilung über Pjotr Petrowitsch tat Katerina Iwanowna sichtlich wohl. Als sie mit Würde Ssonja angehört hatte, erkundigte sie sich ebenso würdevoll, wie es Pjtor Petrowitsch gehe? Darauf flüsterte sie Raskolnikoff hörbar zu, daß es für einen angesehenen und soliden Menschen wie Pjotr Petrowitsch doch unmöglich wäre, in solch einer ungewöhnlichen Gesellschaft zu erscheinen, sogar trotz der großen Anhänglichkeit an ihre Familie und der alten Freundschaft mit ihrem Papa.

»Sehen Sie, darum bin ich Ihnen, Rodion Romanowitsch, auch so sehr dankbar, daß Sie trotz solcher Umgebung mein Salz und Brot nicht verschmäht haben«, fügte sie fast laut hinzu, »übrigens bin ich überzeugt, daß nur die besondere Freundschaft zu meinem armen Verstorbenen Sie veranlaßt hat, Ihr Wort zu halten.«

Sie blickte noch einmal voll Stolz und Würde ihre Gäste an und erkundigte sich plötzlich mit besonderer Fürsorge laut über den Tisch hinüber bei dem tauben alten Manne, »ob er nicht mehr vom Braten nehmen möchte und ob er Lissaboner bekommen habe?« Der Alte wußte nichts zu antworten und konnte lange nicht begreifen, wonach man ihn fragte, obwohl seine Nachbarn aus Scherz ihn anzustoßen begannen. Er blickte nur mit offenem Mund um sich, wodurch er die allgemeine Heiterkeit noch steigerte.

»Ist das ein Holzklotz! Sehen Sie, sehen Sie doch nur! Wozu hat man den hierher gebracht? Was Pjotr Petrowitsch anbetrifft, so war ich stets seiner sicher«, fuhr Katerina Iwanowna fort, Raskolnikoff zu erzählen, »und selbstverständlich gleicht er nicht ...«, wandte sie sich laut und scharf und mit äußerst strenger Stimme zu Amalia Iwanowna, so daß dieser schier bange wurde, »gleicht er nicht diesen aufgedonnerten Schleppendamen, die bei meinem Papa nicht mal als Köchinnen in die Küche gedurft hätten, und denen mein verstorbener Mann nur deshalb die Ehre erwiesen hat, sie zu empfangen, weil seine Güte unerschöpflich war.«

»Ja, er liebte eins zu trinken; ja, das liebte er, und so trank er denn!« rief plötzlich der verabschiedete Proviantmeister und leerte das zwölfte Glas Schnaps.

»Mein verstorbener Mann hatte in der Tat diese Schwäche, das wissen alle«, wandte sich Katerina Iwanowna sofort kampfbereit ihm zu, »aber er war ein guter und edler Mensch, der seine Familie liebte und achtete! Nur das eine war schlimm, daß er in seiner Güte allerhand verdorbenen Leuten zu sehr traute und weiß Gott mit wem trank, sogar mit solchen, die seine Stiefelsohle nicht wert waren! Stellen Sie sich vor, Rodion Romanowitsch, man fand in seiner Tasche einen Pfefferkuchenhahn – er ging total betrunken heim und dachte dabei doch an seine Kinder!«

»Einen Ha–hn? Sie sagen: ein–en Hahn?« rief der Proviantmeister über den Tisch.

Katerina Iwanowna würdigte ihn keiner Antwort. Sie dachte über etwas nach und seufzte.

»Auch Sie sind sicher der Meinung, wie alle, daß ich zu streng zu ihm war«, fuhr sie fort, sich an Raskolnikoff wendend. »Das ist nicht richtig! Er hat mich geachtet, er hat mich sehr, sehr geachtet. Er war eine gute Seele. Und zuweilen tat er mir so leid! Er saß manchmal in der Ecke und sah mich von dort aus an, da tat er mir so leid, ich wollte dann wohl freundlich zu ihm sein, dachte mir aber, wenn ich jetzt freundlich zu ihm bin, betrinkt er sich wieder. Nur mit Strenge konnte man ihn einigermaßen davon abhalten.«

»Ja, es ist vorgekommen, daß er an den Haaren gezerrt wurde, es ist vorgekommen, öfters«, brüllte wieder der Proviantmeister und leerte noch ein Glas.

»Es wäre angebracht, manche Dummköpfe nicht nur an den Haaren zu zerren, sondern mit einem Besenstiel zu verprügeln! Ich rede jetzt nicht vom Verstorbenen!« trumpfte Katerina Iwanowna den Proviantmeister ab.

Die roten Flecken auf ihren Wangen traten immer stärker hervor. Ihre Brust wogte. Nur wenig fehlte, und sie wäre imstande gewesen, es auf einen Skandal ankommen zu lassen. Viele kicherten; das wäre ihnen offenbar sehr angenehm gewesen. Man begann den Proviantmeister zu schubsen und ihm etwas zuzuflüstern. Man wollte anscheinend beide aufeinanderhetzen.

»Erlau–ben Sie mir zu fragen, wen Sie damit meinten«,

begann der Proviantmeister, »wessen Ehre ... haben Sie soeben ... Übrigens, ist nicht nötig! Unsinn! Eine Witwe! Eine arme Witwe! Ich verzeihe ... Ich passe!« und er führte sich wieder einen Schnaps zu Gemüte.

Raskolnikoff saß da und hörte schweigend, voll Widerwillen zu. Er nahm nur aus Höflichkeit teil an diesem Gastmahl, rührte jedoch kaum die Stücke an, die Katerina Iwanowna ihm alle Augenblicke auf den Teller legte, und aß bloß, um sie nicht zu kränken. Er betrachtete Ssonja aufmerksam. Ssonja aber wurde immer unruhiger und besorgter; sie ahnte, daß das Gedächtnismahl kein friedliches Ende nehmen werde und beobachtete voll Angst Katerina Iwanownas zunehmende Gereiztheit. Sie wußte, nebenbei bemerkt, daß der Hauptgrund, warum die beiden zugereisten Damen sich so verachtungsvoll zu der Einladung Katerina Iwanownas verhalten hatten, sie war. Sie hatte von Amalia Iwanowna gehört, daß die Mutter allein schon durch die Einladung beleidigt gewesen war und die Frage gestellt hatte, wie sie es verantworten könnte, *ihre* Tochter »neben *diese Person* zu setzen?« Ssonja ahnte, daß Katerina Iwanowna dies irgendwie erfahren habe, und eine Kränkung Ssonjas bedeutete für Katerina Iwanowna mehr als eine persönliche, mehr als eine Kränkung ihrer Kinder, ihres Papas, mit einem Wort, es war für sie eine tödliche Beleidigung. Ssonja wußte, daß Katerina Iwanowna sich nicht eher beruhigen werde, bis sie »diesen geputzten Krähen bewiesen« hätte, daß sie beide ... und so weiter, und so weiter. Und gerade in diesem Augenblick schickte jemand vom anderen Ende des Tisches Ssonja einen Teller, auf dem zwei Herzen, durchbohrt von einem Pfeil, aus Brot geknetet waren. Katerina Iwanowna flammte auf und bemerkte sofort laut über den ganzen Tisch weg, daß der Absender sicher »ein betrunkener Esel« sei. Amalia Iwanowna, die auch Schlimmes ahnte und sich gleichzeitig durch Katerina Iwanownas Hochmut im tiefsten Innern gekränkt fühlte, begann hierauf ohne jede Veranlassung, nur um die unangenehme Stimmung der Gesellschaft abzulenken und zugleich wohl auch, um ihr eigenes Ansehen in den Augen der anderen zu heben, in fehlerhaftem Russisch zu erzählen, wie ein Bekannter von ihr, »Karl aus der Apotheke«, eines Nachts in einer Droschke nach Hause fuhr und der Kutscher ihn ermorden wollte, daß Karl ihn sehr, sehr gebeten habe, ihn nicht zu ermorden, »die Hände gefaltet und geweint« hätte und so erschrocken gewesen sei, daß die Angst »sein Herz ebenso durchbohrt« hätte. Katerina Iwanowna bemerkte aber lächelnd, daß Amalia Iwanowna besser täte, keine Anekdoten in ihrem Russisch zu erzählen. Jene fühlte sich dadurch noch mehr gekränkt und erwiderte, daß ihr »Vater aus Berlin«, ein sehr, sehr angesehener Mann gewesen sei und daß er »immer die Hände in die Taschen steckte«. Die lachlustige Katerina Iwanowna konnte ein lautes Auflachen nicht unterdrücken, so daß Amalia Iwanowna die Geduld verlor und sich kaum noch beherrschen konnte.

»Das ist mal eine Eule!« flüsterte Katerina Iwanowna sogleich Raskolnikoff zu und wurde fast heiter gestimmt, »sie wollte wohl sagen, daß er die Hände in den Taschen hatte, sie brachte es aber so heraus, als ob er ein Langfinger gewesen wäre, kch–kch! Haben Sie nicht auch schon bemerkt, Rodion Romanowitsch, daß alle diese Petersburger Ausländer, das heißt hauptsächlich diese Deutschen, die irgendwoher zu uns kommen, dümmer sind als wir? Sie müssen doch zugeben, daß man nicht erzählen kann, daß Karls Herz von Angst ‚durchbohrt' gewesen sei, und daß er – so eine Memme! – anstatt den Kutscher zu knebeln, die ‚Hände gefaltet, geweint und sehr gebeten' habe. Ach, so eine Närrin! Und sie glaubt noch, daß dies sehr rührend sei und ahnt nicht, wie dumm sie ist! Meiner Ansicht nach ist dieser betrunkene Proviantmeister noch bei weitem klüger als sie; wenigstens sieht man sofort, daß er ein Bruder Liederlich ist und das bißchen Verstand vertrunken hat, diese anderen aber tun alle so würdevoll, sitzen so ernst da ... Sehen Sie nur, wie sie die Augen aufreißt. Sie ist böse! Ärgert sich! Hahaha! Kch–kch–kch!«

Als Katerina Iwanowna so lustig geworden war, kam sie auf allerhand fernliegende Dinge zu sprechen und erzählte plötzlich, wie sie mit Hilfe der in Aussicht gestellten Pension unbedingt in ihrer Heimatstadt T. ein Pensionat für adelige junge Mädchen eröffnen werde. Katerina Iwanowna hatte dies Raskolnikoff noch nicht selbst mitgeteilt, und sie erging sich in sehr ausführlichen und verlockenden Einzelheiten. Auf rätselhafte Weise tauchte plötzlich in ihren Händen dasselbe »Ehrendiplom« auf, von dem der verstorbene Marmeladoff schon in der Schenke Raskolnikoff erzählt und dabei erwähnt hatte, daß Katerina Iwanowna, seine Gattin, bei der Entlassung aus dem Institut mit einem Shawl »vor dem Gouverneur und den übrigen hohen Personen« getanzt habe. Dieses Ehrendiplom mußte offenbar Katerina Iwanowna jetzt als Zeugnis dienen, daß sie auch ein Recht dazu habe, eine Erziehungsanstalt zu gründen; es war hauptsächlich mit der Absicht hervorgeholt und in der Nähe aufbewahrt worden, um endgültig »den beiden aufgedonnerten Krähen«, wenn sie zu dem Gedächtnismahl gekommen wären, den Hochmut zu nehmen, und um ihnen schwarz auf weiß zu beweisen, daß Katerina Iwanowna aus einem sehr feinen Hause stamme, »man kann sogar sagen, aus einem aristokratischen Hause«, und als Tochter eines Obersten sicherlich vornehmer sei als manche dieser Abenteuerinnen, die hier in letzter Zeit so überhand nahmen. Das Ehrendiplom ging sofort von Hand zu Hand unter den betrunkenen Gästen, was Katerina Iwanowna nicht zu verhindern suchte, offenbar, weil darin tatsächlich en toutes lettres bemerkt war, daß sie die Tochter eines Hofrats und Adligen pp. sei, folglich in der Tat so gut wie die Tochter eines Obersten. Katerina Iwanowna begann, einmal entflammt, sich unverzüglich über alle Einzelheiten des künftigen schönen und ruhigen Lebens in T. zu verbreiten, über die Gymnasiallehrer, die sie auffordern würde, in ihrer Anstalt Unterricht zu erteilen, über einen ehrenwerten, alten Herrn, einen Franzosen Mangot, der Katerina Iwanowna noch im Institut in der französischen

Sprache unterrichtet hatte und der jetzt in T. sein Leben beschloß und sicher für einen angemessenen Preis zu ihr kommen werde. Endlich kam sie auch auf Ssonja zu sprechen, die zugleich mit Katerina Iwanowna nach T. reisen und ihr dort »in allem behilflich sein« sollte. Aber hier prustete jemand am anderen Ende des Tisches vor Lachen. Katerina Iwanowna gab sich zwar sofort den Anschein, als beachte sie das Lachen am anderen Ende des Tisches aus Geringschätzung überhaupt nicht, erhob aber absichtlich die Stimme und begann sogleich mit Begeisterung über die unzweifelhaften Vorzüge von Ssofja Ssemjonowna als ihrer Stütze zu reden, über »ihre Sanftmut, Geduld, Selbstaufopferung, edlen Sinn und ihre Bildung«, wobei sie Ssonja die Wange tätschelte, aufstand und sie ein paarmal innig küßte. Ssonja errötete, und Katerina Iwanowna brach plötzlich in Weinen aus, nannte sich selbst »eine nervenschwache dumme Person«, die »sich recht erschöpft« fühle, und daß es Zeit sei, das Gastmahl zu beenden! Alle hätten gegessen und jetzt könne noch der Tee gereicht werden. In eben diesem Augenblick entschloß sich Amalia Iwanowna, die sich nun schon endgültig beleidigt fühlte, da sie an der ganzen Unterhaltung nicht den geringsten Anteil genommen und man sie gar nicht angehört hatte, zum letzten Versuch und erlaubte sich mit unterdrücktem Ärger, Katerina Iwanowna eine äußerst sachliche und tiefsinnige Bemerkung darüber zu machen, daß man nämlich im künftigen Pensionat besonders auf die Wäsche der jungen Mädchen achthaben müsse, und daß unbedingt eine tüchtige Dame da sein müsse, um darauf aufzupassen, und zweitens darauf, daß die jungen Mädchen »keine Romane lesen heimlich in der Nacht«. Katerina Iwanowna, die wirklich angegriffen und sehr müde war und vom ganzen Gedächtnismahl schon übergenug hatte, schnitt Amalia Iwanowna schroff das Wort mit der Bemerkung ab, daß sie »Unsinn quatsche« und nichts davon verstehe; daß die Sorge um die Wäsche Sache der Beschließerin sei, nicht der Vorsteherin einer Anstalt für junge adelige Mädchen, und was das Lesen von Romanen anbetreffe, sei ihre Bemerkung einfach unanständig, und sie bitte sie bloß um eines: endlich zu schweigen! Amalia Iwanowna ward rot und antwortete geärgert, daß sie es »nur gut gemeint« hätte und daß sie für die Wohnung schon lange kein Geld erhalten habe. Katerina Iwanowna wies sie sofort zurück, indem sie ihr sagte, daß sie lüge, wenn sie behaupte, es nur gut gemeint zu haben, weil sie schon gestern, als der Verstorbene noch auf der Bahre lag, sie wegen der Wohnungsmiete gequält habe. Darauf erwiderte Amalia Iwanowna äußerst folgerichtig, daß sie jene Damen zwar eingeladen habe, daß aber die Damen darum nicht gekommen seien, weil sie feine Damen seien und zu unfeinen Damen nicht gehen könnten. Katerina Iwanowna hielt ihr sofort unter die Nase, daß sie, solch ein Schmutzfink, gar nicht beurteilen könne, was in Wahrheit fein sei. Amalia Iwanowna konnte das nicht so hinnehmen und erklärte sofort, daß ihr »Vater aus Berlin« ein sehr, sehr wichtiger Mann gewesen sei, beide Hände in die Taschen gesteckt habe und immer nur »puff! puff!« gemacht habe. Und um eine anschaulichere Vorstellung von ihrem Vater zu geben, sprang Amalia Iwanowna vom Stuhl auf, steckte ihre beiden Hände in die Taschen, blies die Wangen auf und begann mit dem Munde unbestimmte Töne, die eigentlich nur wie »pff! pff!« klangen, hervorzubringen, unter lautem Lachen von allen Untermietern, die Amalia Iwanowna absichtlich durch ihren Beifall reizten, weil sie voraussahen, daß die beiden noch handgemein werden würden. Jenes nun konnte wiederum Katerina Iwanowna nicht vertragen, und sie sagte unverzüglich und laut, daß Amalia Iwanowna vielleicht nie einen Vater gehabt habe, daß Amalia Iwanowna einfach eine betrunkene Petersburger Finnländerin sei und sicher irgendwo früher als Köchin gedient habe, vielleicht aber sei sie auch etwas Schlimmeres gewesen! Amalia Iwanowna wurde krebsrot und kreischte, daß vielleicht Katerina Iwanowna keinen Vater gehabt habe, daß sie aber einen »Vater aus Berlin« gehabt und er einen langen Rock getragen und immer »Pff!

Pff!« gemacht habe! Katerina Iwanowna versetzte sofort mit Verachtung, daß *ihre* Herkunft allen bekannt sei und daß es ja in diesem Ehrendiplom in Druckschrift dastehe, daß ihr Vater Oberst war, daß aber der Vater von Amalia Iwanowna (wenn sie überhaupt einen Vater gehabt habe) sicher ein Petersburger Finne gewesen sein werde und hier Milch verkauft habe; am wahrscheinlichsten aber sei, daß sie gar keinen Vater gehabt habe, weil es ja bis jetzt noch nicht festzustellen sei, wie der Vatername von Amalia Iwanowna laute, ob Iwanowna oder Ludwigowna? Da geriet Amalia Iwanowna ganz außer sich, schlug mit der Faust auf den Tisch, fing an zu kreischen, daß sie Amalia Iwanowna und nicht Ludwigowna heiße, daß der Name ihres Vaters Johann sei und daß er Dorfschulze war und daß der Vater von Katerina Iwanowna niemals Dorfschulze gewesen sei! Katerina Iwanowna erhob sich von ihrem Stuhl und bemerkte streng, scheinbar mit ruhiger Stimme (obwohl sie ganz bleich war und ihre Brust schwer atmete), daß, wenn sie noch einmal wagte, ihren dreckigen Vater »mit meinem Papa in einem Atem zu nennen«, sie ihr die Haube vom Kopf herunterreißen und mit den Füßen zertreten werde. Als Amalia Iwanowna das hörte, begann sie im Zimmer herumzulaufen und aus allen Kräften zu schreien, daß sie die Wirtin sei und daß Katerina Iwanowna sofort das Zimmer räumen solle: dann raffte sie die silbernen Löffel vom Tisch zusammen. Es erhob sich ein Lärm und Getöse; die Kinder weinten. Ssonja eilte zu Katerina Iwanowna, um sie zurückzuhalten; als aber Amalia Iwanowna etwas von »Sittenkontrolle« schrie, stieß Katerina Iwanowna Ssonja von sich, stürzte auf Amalia Iwanowna zu, um ihre Drohung bezüglich der Haube sofort wahr zu machen. In diesem Augenblick öffnete sich die Tür, und auf der Schwelle erschien Pjotr Petrowitsch Lushin. Er blieb stehen und warf einen strengen und aufmerksamen Blick auf die ganze Gesellschaft. Katerina Iwanowna stürzte zu ihm hin.

III

»Pjotr Petrowitsch!« rief sie. »Schützen Sie mich! Sagen Sie dieser dummen Kreatur, daß sie eine gebildete Dame im Unglück nicht in dieser Weise behandeln darf, daß es ein Gericht gibt ... Ich werde zum Generalgouverneur gehen ... Sie wird zur Verantwortung gezogen werden ... Gedenken Sie der Gastfreundschaft, die mein Vater Ihnen erwiesen hat, und beschützen Sie die Waisen!«

»Erlauben Sie, Gnädigste ... Erlauben Sie, erlauben Sie«, wehrte Pjotr Petrowitsch ab. »Ich habe gar nicht die Ehre, Ihren Herrn Vater gekannt zu haben, wie Sie wohl wissen werden ... erlauben Sie, meine Dame!« (Jemand lachte laut.) »Und an Ihren ewigen Zänkereien mit Amalia Iwanowna teilzunehmen, habe ich nicht die Absicht ... Ich bin in eigener Angelegenheit hergekommen ... und möchte sofort mit Ihrer Stieftochter, Ssofja ... Iwanowna ... nicht wahr, so heißt sie doch ... sprechen. Erlauben Sie, daß ich zu ihr gehe ...«

Und Pjotr Petrowitsch machte einen kleinen Bogen um Katerina Iwanowna und schritt in die entgegengesetzte Ecke, wo Ssonja sich befand.

Katerina Iwanowna blieb auf demselben Fleck stehen, wie vom Donner gerührt. Sie konnte nicht begreifen, wie Pjotr Petrowitsch die Gastfreundschaft ihres Papas leugnen konnte. Nachdem sie sich dies einmal in den Kopf gesetzt hatte, glaubte sie auch schon selber daran, heilig und unerschütterlich. Auch der geschäftliche, trockene Ton Pjotr Petrowitschs ... in dem sogar etwas verächtlich Drohendes lag, machte sie betroffen. Und auch die anderen waren seit seinem Erscheinen allmählich still geworden. Abgesehen davon, daß dieser »nüchterne und ernste« Mensch von der ganzen Versammlung scharf abstach, merkte man, daß er aus einem wichtigen Anlaß hergekommen war, daß eine ungewöhnliche Ursache ihn solch eine Gesellschaft aufzusuchen veranlaßt hatte und daß es jetzt wohl etwas geben werde. Raskolnikoff, der neben Ssonja stand, wich zur Seite aus, um Pjotr Petrowitsch vorbeizulassen; Lushin schien ihn gar nicht zu bemerken. Einen Augenblick später erschien auch Lebesjätnikoff auf der Türschwelle; er trat nicht ins Zimmer herein, sondern blieb dort stehen und hörte mit sichtlich besonderem Interesse zu, aber verwundert wie einer, der lange nicht begreifen kann, was er hört und sieht.

»Entschuldigen Sie, daß ich Sie vielleicht unterbreche, aber es ist eine wichtige Angelegenheit«, begann Pjotr Petrowitsch gleichsam im allgemeinen, ohne sich an einen einzelnen zu wenden, »und ich freue mich, ein größeres Publikum zu haben. Amalia Iwanowna, ich bitte Sie, als Wirtin dieser Wohnung, mein folgendes Gespräch mit Ssofja Iwanowna aufmerksam anzuhören. Ssofja Iwanowna«, fuhr er fort, sich nun direkt an die äußerst erstaunte und im voraus erschrokkene Ssonja wendend, »von meinem Tisch im Zimmer meines Freundes Andrei Ssemjonowitsch Lebesjätnikoff ist mit Ihrem Weggehen eine Banknote im Werte von hundert Rubel, die mir gehörte, verschwunden. Wenn Sie es auf irgendeine Weise wissen sollten und uns angeben könnten, wo die Banknote sich jetzt befindet, so versichere ich Ihnen mit meinem Ehrenwort und rufe alle als Zeugen auf, daß die Sache damit erledigt sein wird. Im entgegengesetzten Fall werde ich gezwungen sein, sehr ernste Maßregeln zu ergreifen, und dann ... werden Sie es schon selbst verantworten müssen.«

Vollkommenes Schweigen herrschte im Zimmer. Selbst die weinenden Kinder wurden still. Ssonja stand totenblaß da, sah Lushin an und konnte nichts antworten. Sie schien ihn immer noch nicht zu verstehen. Es vergingen einige Sekunden.

»Nun, wie ist's?« fragte Lushin und blickte sie scharf an.

»Ich weiß nicht ... Ich weiß nichts ...«, sagte Ssonja schließlich mit schwacher Stimme.

»Nicht? Sie wissen nichts?« fragte Lushin sie noch einmal

und schwieg wieder einige Sekunden. »Denken Sie nach, Mademoiselle«, begann er dann streng, aber als rede er ihr immer noch im guten zu, »überlegen Sie es sich, ich bin bereit, Ihnen noch einige Zeit zum Überlegen zu geben. Sehen Sie, wenn ich nicht so fest überzeugt wäre, so hätte ich bei meiner Erfahrenheit selbstverständlich nicht riskiert, Sie in dieser direkten Weise zu beschuldigen; denn für eine solche öffentliche und direkte, aber falsche oder auch nur irrtümliche Beschuldigung kann ich selbst zur Verantwortung gezogen werden. Das weiß ich. Heute morgen wechselte ich zu meinen eigenen Zwecken einige fünfprozentige Staatspapiere in der nominellen Summe von dreitausend Rubel. Die Berechnung ist in meinem Notizbuch eingetragen. Nach Hause zurückgekehrt, begann ich – mein Zeuge ist Andrei Ssemjonowitsch – das Geld zu zählen, und nachdem ich zweitausend und dreihundert Rubel abgezählt hatte, steckte ich sie in meine Brieftasche und die Brieftasche in die Seitentasche meines Rockes. Auf dem Tisch blieben fünfhundert Rubel in Banknoten liegen, davon drei Noten zu je hundert Rubel. In diesem Augenblick kamen Sie (auf meine Bitte hin), und die ganze Zeit waren Sie äußerst verlegen, so daß Sie dreimal mitten im Gespräch aufstanden und sich aus irgendeinem Grunde fortzugehen beeilten, obgleich unsere Unterredung noch nicht beendet war. Andrei Ssemjonowitsch kann dies alles bestätigen. Wahrscheinlich werden Sie selbst, Mademoiselle, nicht ablehnen, zuzugeben, daß ich Sie durch Andrei Ssemjonowitsch einzig zu dem Zweck rufen ließ, um mit Ihnen über die schlimme und hilflose Lage Ihrer Verwandten Katerina Iwanowna (zu der ich zum Gedächtnismahl nicht kommen konnte) zu sprechen und wie man zu ihren Gunsten irgend etwas, wie eine Sammlung, eine Verlosung oder ähnliches, veranstalten könnte. Sie haben mir gedankt und sogar Tränen vergossen (ich erzähle alles, wie es war, um Sie erstens an alles zu erinnern, und zweitens, um Ihnen zu zeigen, daß meinem Gedächtnis nicht das geringste entschwunden ist). Darauf nahm ich vom Tisch einen Zehnrubelschein und überreichte Ihnen diesen, als vorläufige Unterstützung für Ihre Verwandten. Das alles hat Andrei Ssemjonowitsch gleichfalls gesehen. Dann begleitete ich Sie bis zur Tür – Sie waren immer noch, wie schon die ganze Zeit, sehr verwirrt und verlegen. Ich blieb mit Andrei Ssemjonowitsch allein zurück, unterhielt mich mit ihm etwa zehn Minuten, und als Andrei Ssemjonowitsch dann aus dem Zimmer ging, wandte ich mich von neuem dem Tisch und dem Geld zu, um es nachzuzählen und es, wie ich vorher schon beschlossen hatte, gesondert aufzuheben. Zu meiner Verwunderung fehlte nun von der verbliebenen Summe eine Banknote von hundert Rubel. Bitte, überlegen Sie es sich: Andrei Ssemjonowitsch kann ich in keinem Falle verdächtigen; ich würde mich schon dieses Gedankens schämen. Bei der Berechnung konnte ich mich auch nicht irren, denn einen Augenblick vor Ihrem Kommen hatte ich alles nachgezählt, und die Summe stimmte. Sie müssen selbst zugeben, daß, wenn ich Ihre Verlegenheit, Ihre Eile wegzugehen und den Umstand bedenke, daß Sie die Hände eine Weile auf dem Tisch hatten, und wenn ich schließlich Ihre gesellschaftliche Stellung und die dazu gehörenden Gewohnheiten in Betracht ziehe, ich sozusagen zu meinem Entsetzen und gegen meinen Willen *gezwungen* bin, bei diesem Verdacht stehen zu bleiben, der sicher grausam, aber – gerechtfertigt ist! Ich füge hinzu und wiederhole, daß ich trotz meiner ganzen *unwiderlegbaren* Überzeugung vollkommen verstehe, daß in meiner jetzigen Beschuldigung dennoch ein gewisses Risiko für mich liegt. Aber, wie Sie sehen, habe ich trotzdem nicht davon Abstand genommen; ich bin gegen Sie aufgetreten und will Ihnen auch sagen warum: einzig und allein, meine Dame, auf Grund Ihres schwärzesten Undankes! Wie? Ich bitte Sie aus Hilfsbereitschaft für Ihre arme Verwandte zu mir, ich übergebe Ihnen eine meinen Kräften entsprechende Gabe von zehn Rubel, und Sie danken mir gleich darauf, auf der Stelle, für alles mit dieser Handlung! Nein, das ist nicht mehr schön! Hier ist eine Lehre notwendig! Denken Sie nach;

noch mehr, ich bitte Sie, als Ihr aufrichtiger Freund – denn einen besseren Freund können Sie in diesem Augenblick nicht haben –, besinnen Sie sich! Andernfalls werde ich unerbittlich sein! Nun, also?«

»Ich habe nichts von Ihnen genommen«, flüsterte Ssonja entsetzt. »Sie gaben mir zehn Rubel, hier sind sie, bitte, nehmen Sie sie wieder!«

Ssonja zog ihr Taschentuch aus der Tasche hervor, suchte den Knoten, löste ihn, nahm einen Zehnrubelschein heraus und hielt ihn Lushin hin.

»Und die übrigen hundert Rubel wollen Sie nicht eingestehen?« fragte er vorwurfsvoll und eindringlich, ohne den Zehnrubelschein entgegenzunehmen.

Ssonja blickte um sich herum. Alle schauten sie mit so schrecklichen, strengen, spöttischen und haßerfüllten Gesichtern an. Sie blickte Raskolnikoff an ... der stand mit verschränkten Armen an der Wand und sah sie mit brennendem Blick an. »O Gott!« entrang es sich Ssonja.

»Amalia Iwanowna, man wird die Polizei benachrichtigen müssen, und darum bitte ich Sie höflichst, zunächst nach dem Hausmeister zu schicken«, sagte Lushin leise und sogar freundlich.

»Gott der Barmherzige! Ich wußte doch, daß sie stiehlt!« Amalia Iwanowna schlug die Hände zusammen.

»Sie wußten es?« griff Lushin das Wort auf. »Also hatten Sie auch früher wenigstens gewisse Gründe, solches zu glauben? Ich bitte Sie, verehrteste Amalia Iwanowna, sich an Ihre Worte zu erinnern, die übrigens in Gegenwart von Zeugen ausgesprochen sind!«

Von allen Seiten erhob sich plötzlich lautes Reden. Alle rührten sich.

»Wie – wie!« rief plötzlich Katerina Iwanowna, zu sich kommend, und stürzte auf Lushin zu. »Wie! Sie beschuldigen sie des Diebstahls? Ssonja? Ach, ihr Schufte, ihr Schufte!«

Und sie eilte zu Ssonja und umarmte sie krampfhaft mit ihren hageren Armen.

»Ssonja! Wie durftest du von ihm zehn Rubel annehmen! O—oh, du Dumme! Gib sie her! Gib sie sofort her, diese zehn Rubel – da haben Sie sie!«

Katerina Iwanowna entriß Ssonja den Papierschein, zerknüllte ihn und warf ihn Lushin mitten ins Gesicht. Der Papierknäuel traf ihn am Auge und fiel zu Boden. Amalia Iwanowna beeilte sich, das Geld aufzuheben. Pjotr Petrowitsch wurde böse.

»Halten Sie diese Verrückte!« rief er.

In diesem Augenblick erschienen in der Tür neben Lebesjätnikoff noch einige Gesichter, zwischen denen auch die der beiden zugereisten Damen hervorguckten.

»Wie! Verrückt! Ich soll verrückt sein? Sie Blödian!« schrie Katerina Iwanowna. »Du bist selbst verrückt, du Rechtsverdreher, niederträchtiger Mensch! Ssonja, Ssonja soll von ihm Geld genommen haben! Ssonja soll eine Diebin sein! Sie wird ja eher dir noch Geld geben, Dummkopf!« Und Katerina Iwanowna lachte hysterisch. »Habt ihr schon so einen dummen Kerl gesehen?« wandte sie sich nach allen Seiten um und zeigte auf Lushin. »Wie! Auch du« – sie erblickte die Wirtin –, »auch du, Wurstmacherin, bestätigst, daß sie gestohlen habe, du gemeines preußisches Hühnerbein in Krinoline! Ach, ihr! Ach, ihr! Aber sie hat ja das Zimmer noch gar nicht verlassen, und als sie von dir, Schuft, zurückkam, hat sie sich gleich hier neben Rodion Romanowitsch hingesetzt! ... Durchsucht sie doch! Wenn sie sonst nirgendwohin gegangen ist, muß sie das Geld doch noch bei sich haben! So durchsucht sie doch, sucht, sucht doch! Wenn du aber nichts findest, dann, verzeih schon, mein Täubchen, dann wirst du das verantworten müssen! Zu Seiner Majestät, zu Seiner Majestät, zum Zaren selbst laufe ich hin, werfe mich dem Barmherzigen zu Füßen, sofort, heute noch! Ich bin verwaist! Man wird mich zulassen! Du denkst, man wird mich nicht zu ihm lassen? Du lügst, ich komme hin! Ich, ich komme zu ihm hin! Du hast darauf gerechnet, daß sie schüchtern ist? Du hast darauf gehofft? Dafür aber bin ich um so dreister! Du wirst dein Spiel verlieren! So suche doch! Suche, suche, nun, so suche doch!«

Und Katerina Iwanowna zerrte wütend Lushin zu Ssonja hin.

»Ich bin bereit und trage die Verantwortung ... aber nehmen Sie sich zusammen, meine Dame, nehmen Sie sich zusammen! Ich sehe nur zu gut, daß Sie dreist sind! ... Das ... das ... das geht doch nicht so«, stotterte Lushin, »das muß in Gegenwart der Polizei ... obwohl, übrigens, jetzt genügend Zeugen vorhanden sind ... Ich bin bereit ... Aber in jedem Fall ist es für einen Mann etwas peinlich ... des Geschlechtes wegen ... Wenn Amalia Iwanowna helfen würde ... obwohl, übrigens, die Sache nicht so gehandhabt wird ... Das geht nicht an!«

»Wen Sie wünschen! Mag wer da will sie durchsuchen!« schrie Katerina Iwanowna. »Ssonja, wende deine Taschen um! Da, da! Sieh, Scheusal, die Tasche ist leer, hier lag das Taschentuch, die Tasche ist leer, siehst du! Da ist die andere Tasche, da! Siehst du! Siehst du!«

Und Katerina Iwanowna wandte, nein, besser gesagt, riß die beiden Taschen, eine nach der anderen mit dem Futter hervor. Aber aus der zweiten, der rechten Tasche, sprang plötzlich ein Stück Papier hervor, beschrieb in der Luft einen Bogen und fiel zu Füßen Lushins hin. Alle hatten es gesehen; manche schrien auf. Pjotr Petrowitsch bückte sich, hob das Stück Papier mit zwei Fingern vom Boden auf, hielt es so, daß es alle sehen konnten, und faltete es auseinander. Es war ein Hundertrubelschein, dreimal zusammengefaltet. Pjotr Petrowitsch hielt in hocherhobener Hand diesen Schein und zeigte ihn nach allen Seiten.

»Eine Diebin! Hinaus aus der Wohnung! Polizei, Polizei!« heulte Amalia Iwanowna. »Nach Sibirien mit ihr! Hinaus!«

Von allen Seiten ertönten Ausrufe. Raskolnikoff schwieg, ohne die Augen von Ssonja abzuwenden, nur ab und zu blickte er schnell zu Lushin hinüber. Ssonja stand auf derselben Stelle, wie bewußtlos. Plötzlich aber überzog eine

Röte ihr ganzes Gesicht; sie schrie auf und bedeckte das Gesicht mit den Händen.

»Nein, ich war es nicht! Ich habe nichts genommen! Ich weiß von nichts!« rief sie mit herzzerreißendem Schmerz und stürzte zu Katerina Iwanowna.

Jene umfing sie sofort und preßte sie fest an sich, als wolle sie mit ihrer eigenen Brust sie vor allen schützen.

»Ssonja! Ssonja! Ich glaube es nicht! Siehst du, ich glaube es nicht!« rief Katerina Iwanowna (trotz des Augenscheins) und wiegte sie in ihren Armen wie ein Kind, küßte sie unzählige Male, erfaßte ihre Hände und küßte sie inbrünstig. »Du sollst es genommen haben? Ach, wie dumm die Menschen sind! O–oh, Gott, Ihr dummen, dummen Leute!« rief sie, sich an alle wendend. »Aber ihr wißt ja noch gar nicht, ihr wißt ja noch gar nicht, was das für ein Herz, was das für ein Mädchen ist! Sie soll es genommen haben, sie! Sie wird ja eher ihr letztes Kleid ausziehen und verkaufen, wird selbst barfuß gehen und euch das Geld geben, wenn ihr es braucht – so ist sie. Sie hat den gelben Schein bekommen, weil meine, meine Kinder vor Hunger umkamen, sie hat sich unseretwegen verkauft! ... Ach, der Verstorbene, der Verstorbene! Siehst du? Siehst du? Da hast du deine Gedächtnisfeier! O–oh Gott!! Ja, so schützt sie doch, was steht ihr alle da! Rodion Romanowitsch! Warum treten Sie nicht für sie ein? Glauben Sie etwa auch daran? Ihr alle seid ja ihres kleinen Fingers nicht wert, ihr alle, alle, alle! O–oh, Gott! Schütze du sie doch endlich!«

Das Weinen der armen, schwindsüchtigen, verlassenen Katerina Iwanowna schien einen starken Eindruck auf alle Anwesenden zu machen. Es war soviel Jammer, soviel Leid in diesem schmerzverzerrten, abgezehrten, schwindsüchtigen Gesicht, in diesen aufgesprungenen trockenen Lippen mit den eingetrockneten Blutspuren, in dieser heiser schreienden Stimme, in diesem Schluchzen und Weinen, das dem Weinen von Kindern glich, in diesem vertrauensvollen, kindlichen und gleichzeitig verzweifelten Flehen um Schutz, daß alle die Unglückliche zu bedauern schienen. Wenigstens Pjotr Petrowitsch schien sie sofort leid zu tun.

»Aber Gnädigste! Gnädigste!« rief er mit eindringlicher Stimme. »Sie werden doch von dieser Tatsache keineswegs berührt! Niemand wird es wagen, Sie der Absicht oder Teilnahme zu beschuldigen, um so weniger, als Sie es selbst aufgedeckt haben, indem Sie die Tasche umwandten, also haben Sie dies nicht vorausgesehen. Ich bin bereit, es sehr, sehr zu bedauern, sollte die äußerste Armut Ssofja Ssemjonowna dazu bewogen haben; aber warum wollten Sie, Mademoiselle, es nicht eingestehen? Fürchteten Sie die Schande? Den ersten Schritt? Sie verloren vielleicht den Kopf? Das wäre begreiflich, sehr begreiflich... Aber warum läßt man sich auf solche Sachen ein? Meine Herrschaften! Da ich Mitleid habe, bin ich meinethalben bereit, es sogar jetzt noch, trotz der empfangenen persönlichen Beleidigungen, zu verzeihen. Möge Ihnen, Mademoiselle, die jetzige Schande als eine Lehre für die Zukunft dienen«, wandte er sich an Ssonja, »ich aber werde alle weiteren Schritte unterlassen und hiermit die Sache als erledigt betrachten. Genug davon!«

Pjotr Petrowitsch blickte Raskolnikoff von der Seite an. Ihre Blicke trafen sich. Der heiße Blick Raskolnikoffs schien ihn zu Asche verbrennen zu wollen.

Katerina Iwanowna schien nichts mehr gehört zu haben. Sie umarmte und küßte Ssonja wie wahnsinnig. Auch die Kinder hatten Ssonja von allen Seiten mit ihren Ärmchen umfaßt, und Poletschka, die nicht ganz verstand, um was es sich handelte, verging nahezu vor Schluchzen und verbarg ihr hübsches, vom Weinen geschwollenes Gesichtchen an Ssonjas Schulter.

»Welch eine Gemeinheit!« ertönte plötzlich eine laute Stimme von der Tür her.

Pjotr Petrowitsch blickte sich schnell um.

»Welch eine Gemeinheit!« wiederholte Lebesjätnikoff und blickte ihm unverwandt in die Augen. Pjotr Petrowitsch zuckte sogar leicht zusammen. Das wurde von allen bemerkt.

(Nachher erinnerten sie sich dessen.) Lebesjätnikoff trat ins Zimmer. »Und Sie haben es gewagt, mich als Zeugen anzurufen?« sagte er, auf Pjotr Petrowitsch zugehend.

»Was soll das bedeuten, Andrei Ssemjonowitsch? Wovon reden Sie überhaupt?« fragte Lushin halblaut.

»Das soll bedeuten, daß Sie ... ein Verleumder sind, das bedeuten meine Worte!« sagte Lebesjätnikoff heftig und blickte ihn streng mit seinen kurzsichtigen Äuglein an. Er war furchtbar böse. Roskolnikoff hing mit brennendem Blick an seinen Lippen, als wolle er jedes Wort aufsaugen und sein Gewicht abschätzen. Wieder trat ein Schweigen ein. Pjotr Petrowitsch war fast sogar verwirrt, besonders im ersten Augenblick.

»Wenn Sie das mir ...«, begann er stotternd, »ja, was fällt Ihnen ein? Sind Sie bei Verstand?«

»Ich bin bei Verstand, Sie aber sind ... ein Schuft, ein Spitzbube! Ach, wie ist das gemein! Ich hörte die ganze Zeit zu, ich wartete immer noch ... absichtlich, um alles zu verstehen, denn, offen gestanden, mir ist bis jetzt noch nicht alles logisch klar ... Denn wozu Sie dies alles getan haben – das verstehe ich nicht!«

»Ja, was habe ich denn getan? So hören Sie doch auf, in Ihren unsinnigen Rätseln zu sprechen! Oder haben Sie vielleicht zuviel getrunken?«

»Sie, Sie gemeiner Mensch, Sie trinken vielleicht, nicht ich! Ich trinke nicht mal Schnaps, weil es gegen meine Überzeugungen ist. Stellen Sie sich vor, *er selbst* hat diesen Hundertrubelschein Ssofja Ssemjonowna gegeben, eigenhändig – ich habe es gesehen, war Zeuge, ich kann es beschwören! Er, er hat es selbst getan!« wiederholte Lebesjätnikoff, sich an alle und jeden wendend.

»Sind Sie verrückt geworden oder was sonst, Sie Milchbart?« schrie Lushin. »Sie hat doch in Ihrer Gegenwart ... sie hat doch selbst soeben in Gegenwart aller bestätigt, daß sie außer den zehn Rubeln nichts von mir erhalten hat. Wie habe ich ihr dann den Geldschein geben können?«

»Ich habe es gesehen, ich habe es gesehen«, schrie Lebesjätnikoff, »und obwohl es gegen meine Überzeugungen ist, bin ich doch bereit, gleich vor Gericht jeden beliebigen Eid zu leisten, denn ich habe es gesehen, wie er ihn ihr heimlich zusteckte! Nur dachte ich mir dabei, ich Dummkopf, daß Sie ihn ihr aus gutem Herzen zusteckten! Während Sie sich von ihr an der Tür verabschiedeten, als sie sich umwandte und Sie ihr die Hand reichten, steckten Sie mit der anderen, mit der linken Hand ihr heimlich das Papier in die Tasche. Ich habe es gesehen! Ich habe es gesehen!«

Lushin erbleichte.

»Was lügen Sie da zusammen!« schrie er ihn frech an. »Ja, und wie konnten Sie vom Fenster aus das Papier erkennen. Sie haben es geträumt ... noch dazu Sie, mit Ihren halbblinden Augen! Sie phantasieren!«

»Nein, ich habe es nicht geträumt! Und obwohl ich weit stand, habe ich alles, alles gesehen, und obgleich man vom Fenster aus tatsächlich schwer ein Stück Papier unterscheiden kann – hier sagen Sie die Wahrheit –, wußte ich doch bestimmt, daß es ein Hundertrubelschein war. Denn als Sie Ssofja Ssemjonowna den Zehnrubelschein gaben – das habe ich selbst gesehen –, nahmen Sie gleichzeitig vom Tisch einen Hundertrubelschein (das habe ich gesehen, weil ich in diesem Augenblick in der Nähe war, und da mir dabei sofort ein bestimmter Gedanke durch den Sinn fuhr, wußte ich und vergaß ich nicht, daß Sie diesen Schein in der Hand hielten). Sie hatten ihn zusammengefaltet und hielten ihn die ganze Zeit in der Faust. Ich vergaß es später, als Sie aber aufstanden, legten Sie den Schein aus der rechten Hand in die linke Hand und ließen ihn beinahe fallen; da besann ich mich darauf, weil mir wieder derselbe Gedanke durch den Sinn fuhr, nämlich, daß Sie ihr heimlich eine Wohltat erweisen wollten. Sie können sich vorstellen, wie ich nun beobachtete – und da sah ich denn auch, wie es Ihnen glückte, ihn in ihre Tasche zu stecken. Ich habe es gesehen, habe es gesehen und bin bereit zur Eidesleistung!«

Lebesjätnikoff geriet fast außer Atem. Von allen Seiten ertönten verschiedene Ausrufe, die meist Erstaunen ausdrückten; aber in manchen brach auch ein drohender Ton durch. Alle drängten sich, Pjotr Petrowitsch zu umzingeln; Katerina Iwanowna stürzte zu Lebesjätnikoff hin.

»Andrei Ssemjonowitsch! Ich habe mich in Ihnen geirrt! Schützen Sie sie! Sie allein treten für sie ein! Sie ist eine Waise. Gott hat Sie gesandt! Andrei Ssemjonowitsch, mein Täubchen, Väterchen!«

Und Katerina Iwanowna warf sich vor ihm auf die Knie nieder, fast ohne zu wissen, was sie tat.

»Blödes Zeug!« brüllte der bis zur Wut aufgebrachte Lushin. »Sie reden blödes Zeug, mein Herr ... ‚Ich vergaß es, besann mich, vergaß' ... was soll das heißen! Ich soll ihr also den Schein absichtlich zugesteckt haben? Wozu? Zu welchem Zweck? Was habe ich gemein mit dieser ...«

»Wozu? Das ist es ja, was ich selbst nicht begreife, das aber ist sicher, daß ich den wahren Sachverhalt berichte! Ich irre mich nicht, Sie niederträchtiger, verbrecherischer Mensch, denn ich entsinne mich, daß mir schon damals diese Frage in den Sinn kam, und zwar, als ich Ihnen dankte und Ihnen die Hand drückte. Warum haben Sie ihn ihr heimlich in die Tasche gesteckt? Das heißt, warum gerade heimlich? Vielleicht bloß aus dem Grunde, weil Sie es vor mir verbergen wollten, da Sie wissen, daß ich entgegengesetzter Ansicht bin und die private Wohltätigkeit, als nicht radikal heilend, verneine? Nun, und ich kam zu der Überzeugung, daß Sie sich in der Tat vor mir schämten, solch einen Haufen Geld fortzugeben, und außerdem meinte ich, daß Sie ihr vielleicht eine Überraschung bereiten und sie in Staunen setzen wollten, wenn sie in ihrer Tasche plötzlich volle hundert Rubel fände. (Denn manche Wohltäter lieben es sehr, ihre Wohltaten so zu maskieren; das weiß ich.) Ich dachte auch, daß Sie sie auf die Probe stellen wollten, das heißt, ob sie, wenn sie es gefunden hatte, kommen werde, um sich zu bedanken! Ich hatte auch den Gedanken, daß Sie jeden Dank vermeiden möchten, damit, wie man so sagt, damit die rechte Hand nicht wisse ... kurz, so nach dem Sprichwort ... Nun ja, mir kamen so viele Gedanken in den Sinn, daß ich beschloß, mir alles nachher genauer zu überlegen, ich hielt es auch für ... vielleicht nicht taktvoll, Ihnen zu zeigen, daß ich Ihr Geheimnis kenne. Mir kam aber der Gedanke, daß Ssofja Ssemjonowna möglicherweise das Geld verlieren könnte, ehe sie es selbst bemerkt hat. Darum beschloß ich, hierherzukommen, sie herauszurufen und ihr mitzuteilen, daß man ihr einen Hundertrubelschein in ihre Tasche gesteckt hat. Auf dem Weg hierher ging ich zuerst in das Zimmer der Damen Kobyljátnikoff, um ihnen die „Allgemeinen Ergebnisse der positiven Methode" zu überbringen und ihnen besonders den Artikel von Piderit (übrigens auch den von Wagner) zu empfehlen; danach kam ich dann hierher, hier aber war diese ganze Geschichte schon ins Rollen gekommen. Nun sagen Sie doch selbst, wie, wie hätte ich alle diese Gedanken und Erwägungen haben können, wenn ich nicht tatsächlich gesehen hätte, daß Sie ihr hundert Rubel in die Tasche steckten?«

Als Andrei Ssemjonowitsch seine wortreiche Rede mit einem so logischen Folgeschluß bendet hatte, war er furchtbar ermüdet, und von seinem Gesicht rann sogar der Schweiß. Er konnte sich leider nicht einmal russisch ordentlich und mühelos ausdrücken (und von anderen Sprachen konnte er keine einzige), so daß er nach seiner Heldentat wie mit einem Mal völlig erschöpft, ja womöglich wie abgemagert wirkte. Trotzdem hatte seine Rede einen außerordentlichen Eindruck gemacht. Er hatte mit einer solchen Heftigkeit und einer solchen Überzeugung gesprochen, daß ihm alle offensichtlich glaubten. Pjotr Petrowitsch fühlte, daß seine Sache schlecht stand.

»Was kann ich dafür, daß Ihnen allerhand dumme Fragen in den Kopf gekommen sind!« rief er aus. »Das ist kein Beweis! Sie können ja dies alles im Schlaf geträumt haben, das ist die ganze Erklärung! Ich aber sage Ihnen, daß Sie lügen, mein Herr! Sie lügen und verleumden mich aus irgendeiner Wut auf mich, und zwar grollen Sie mir wahrscheinlich deshalb, weil ich nicht bereit war, auf Ihre freigeistigen und gottlosen sozialen Ideen einzugehen, das ist es!«

Aber diese Ausrede nützte Pjotr Petrowitsch nicht. Im Gegenteil, von allen Seiten vernahm man mißbilligendes Gemurmel.

»Ah, damit kommst du!« rief Lebesjätnikoff. »Du lügst! Laß die Polizei holen, ich werde unter Eid aussagen! Nur eines kann ich nicht begreifen: wozu hat er eine so gemeine Handlung überhaupt riskiert! Oh, gemeiner, niederträchtiger Mensch!«

»Ich kann es erklären, wozu er diese Handlung riskiert hat, und wenn es nötig ist, werde auch ich einen Eid ablegen!« sagte endlich Raskolnikoff mit fester Stimme und trat einen Schritt vor.

Er schien entschlossen und ruhig zu sein. Allen wurde es klar bei seinem Anblick, daß er tatsächlich wußte, um was es sich handelte, und daß es nun zu einer Lösung kam.

»Jetzt ist mir alles vollkommen klar«, fuhr Raskolnikoff fort und wandte sich an Lebesjätnikoff. »Schon gleich am Anfang der Geschichte hatte ich den Verdacht, daß irgendeine schändliche Ränkeschmiederei dahinterstecke; dieser Verdacht kam mir infolge gewisser besonderer Umstände, die hier nur mir allein bekannt sind und die ich sogleich vor allen Anwesenden darlegen will: um diese Umstände dreht sich nämlich die ganze Sache! Sie aber, Andrei Ssemjonowitsch, haben mir durch Ihr wertvolles Zeugnis alles endgültig erklärt. Ich bitte alle, alle zuzuhören. Dieser Herr«, er wies auf Lushin, »freite vor kurzem um ein junges Mädchen, und zwar um meine Schwester, Awdótja Románowna Raskólnikowa. Nach seiner Ankunft in Petersburg hat er sich vorgestern bei unserem ersten Zusammentreffen mit mir überworfen, und ich habe ihn hinausgejagt, wofür ich zwei Zeugen habe. Dieser Mensch ist sehr bösartig ... Vorgestern wußte ich noch gar nicht, daß er hier bei Ihnen, Andrei Ssemjonowitsch, lebt und daß er an demselben Tag, wo wir uns überworfen hatten, das heißt vorgestern, Zeuge war, wie ich, als Freund des verstorbenen Herrn Marmeládoff, seiner Gattin Katerina Iwánowna einiges Geld zur Beerdigung übergab. Er schrieb sofort an meine Mutter einen Brief und teilte ihr mit, daß ich das ganze Geld nicht Katerina Iwanowna, sondern Ssófja Ssemjónowna gegeben hätte, wobei er sich in den niederträchtigsten Ausdrücken über ... über den Charakter Ssofja Ssemjonownas äußerte, und auch über die Art meiner Beziehungen zu Ssofja Ssemjonowna. Dies alles tat er, wie Sie verstehen werden, in der Absicht, mich mit meiner Mutter und Schwester zu entzweien, indem er diesen glaubhaft zu machen suchte, daß ich zu unanständigen Zwecken ihr letztes Geld, mit dem sie mich unterstützten, verschleudere. Gestern abend stellte ich, in Gegenwart meiner Mutter und Schwester und in seiner Anwesenheit, die Wahrheit fest; ich wies nach, daß ich das Geld Katerina Iwanowna zur Beerdigung und nicht Ssofja Ssemjonowna gegeben habe und daß ich vorgestern mit Ssofja Ssemjonowna noch gar nicht bekannt war, ja, sie überhaupt noch nicht gesehen hatte. Dabei fügte ich hinzu, daß er, Pjotr Petrowitsch Lushin, mit allen seinen Vorzügen nicht einmal des kleinen Fingers von Ssofja Ssemjonowna, über die er sich so häßlich äußerte, wert sei. Auf seine Frage, ob ich Ssofja Ssemjonowna neben meine Schwester setzen würde, antwortete ich, daß ich es bereits am selben Tage getan hätte. Da er darüber böse wurde, daß meine Mutter und Schwester auf seine Verleumdungen hin sich nicht mit mir überwerfen wollten, begann er ihnen unverzeihliche Beleidigungen zu sagen. Es kam zu einem endgültigen Bruch, und man jagte ihn aus dem Hause. Dies alles ist erst gestern abend vorgefallen. Jetzt aber bitte ich Sie um Ihre besondere Aufmerksamkeit: Stellen wir uns einmal vor, es wäre ihm jetzt gelungen, Ssofja Ssemjonowna des Diebstahls zu überführen, so hätte er doch damit meiner Schwester und Mutter bewiesen, erstens, daß er recht hatte mit seinen Verdächtigungen; zweitens, daß er mit vollkommenem Recht darüber böse wurde, weil ich meine

Schwester und Ssofja Ssemjonowna auf die gleiche Stufe gestellt hatte, und drittens, daß er mit seinem Angriff auf mich die Ehre meiner Schwester und seiner Braut verteidigt und in Schutz genommen hatte. Mit einem Wort, er hätte mich durch dieses alles mit meinen Verwandten entzweien und sicher hoffen können, dadurch wieder bei ihnen zu Gnaden zu kommen. Ich rede schon gar nicht davon, daß er zugleich an mir persönlich Rache nehmen wollte, weil er Gründe hat anzunehmen, daß die Ehre und das Glück Ssofja Ssemjonownas mir teuer sind. Das war seine ganze Berechnung! In dieser Weise fasse ich die Sache auf. Das ist der ganze Grund, und einen anderen kann es nicht geben!«

So etwa schloß Raskolnikoff seine Rede, oft durch Ausrufe der Anwesenden unterbrochen, die sehr aufmerksam zuhörten. Aber trotz der Unterbrechungen sprach er scharf, ruhig, sicher, klar und entschlossen. Seine scharfe Stimme, sein überzeugter Ton und sein strenges Gesicht machten auf alle einen ungewöhnlichen Eindruck.

»Ja, so wird es gewesen sein, ja, so ist es!« pflichtete Lebesjätnikoff entzückt bei. »Es muß richtig sein, denn als Ssofja Ssemjonowna zu uns kam, fragte er mich, ob Sie hier wären. Ob ich unter den Gästen von Katerina Iwanowna nicht Sie gesehen hätte? Er rief mich zu diesem Zweck extra zum Fenster und fragte mich dort leise, damit uns niemand höre. Also war es für ihn von Wichtigkeit, daß Sie zugegen waren! So ist es, genau so ist es!«

Lushin schwieg und lächelte verächtlich. Er war aber sehr blaß geworden. Er schien zu überlegen, wie er sich aus der Affäre ziehen könne. Er hätte jetzt vielleicht gern alles im Stich gelassen und wäre fortgegangen, aber im Augenblick war das fast unmöglich; es wäre gleichbedeutend gewesen mit einer Anerkennung der Wahrheit der angeführten Beschuldigung, daß er Ssofja Ssemjonowna tatsächlich nur verleumdet hatte. Die Anwesenden, ohnehin etwas angetrunken, waren nun schon zu erregt. Der Proviantmeister, der zwar nicht alles verstanden hatte, schrie am meisten und schlug einige für Lushin ziemlich peinliche Maßregeln vor. Es waren aber auch nicht Angetrunkene zugegen; aus allen Zimmern hatten sich Menschen eingefunden. Die drei Polen waren furchtbar aufgebracht und riefen ihm in einem fort »Pan Spitzbub« zu, wobei sie noch einige Drohungen in polnischer Sprache murmelten. Ssonja hörte angestrengt zu, aber auch sie schien noch nicht alles zu begreifen, als erwache sie aus einer Ohnmacht. Sie wandte ihre Augen nicht ab von Raskolnikoff, denn sie fühlte, daß er ihr einziger Schutz war. Katerina Iwanowna atmete schwer und heiser und schien schrecklich erschöpft zu sein. Am allerdümmsten stand Amalia Iwanowna da mit offenem Munde und begriff so gut wie nichts. Sie sah bloß, daß Pjotr Petrowitsch irgendwie hereingefallen war. Raskolnikoff wollte nochmals ums Wort bitten, aber man ließ ihn nicht mehr zu Wort kommen: alle schrien schon durcheinander und drängten sich mit Schimpfworten und Drohungen um Lushin. Dieser aber verlor durchaus nicht den Mut. Als er sah, daß die Sache mit der Beschuldigung Ssonjas vollständig verspielt war, nahm er seine Zuflucht zur Dreistigkeit.

»Erlauben Sie, meine Herrschaften, erlauben Sie, drängen Sie nicht so, lassen Sie mich doch durch!« sagte er, sich durch das Gedränge einen Weg bahnend. »Und tun Sie mir den Gefallen und drohen Sie nicht! Ich versichere Sie, daß nichts daraus wird und daß Sie ja doch nichts tun werden! Ich gehöre nicht zu den Ängstlichen, meine Herrschaften, im Gegenteil, man wird Sie noch zur Verantwortung ziehen dafür, daß Sie mit Gewalt eine Kriminalsache vertuscht haben. Die Diebin ist mehr als überführt, und ich werde sie gerichtlich belangen. Im Gericht ist man nicht so blind und ... nicht betrunken, und wird nicht gleich zwei abgefeimten Gottesleugnern, Aufrührern und Freigeistern glauben, die mich aus *persönlicher Rache* beschuldigen, was sie dazu noch selbst in ihrer Dummheit angeben ... Erlauben Sie!«

»Scheren Sie sich aus meinem Zimmer, ich will Sie nicht mehr sehen! Ziehen Sie sofort aus! Zwischen uns ist alles zu Ende! Wenn ich bedenke, wie ich mich angestrengt und bemüht habe, ihm alles zu erklären . . . volle zwei Wochen! . . .«

»Ich habe Ihnen, Andrei Ssemjonowitsch, doch vorhin schon gesagt, daß ich ausziehe, als Sie mich noch baten zu bleiben. Jetzt kann ich bloß hinzufügen, daß Sie ein Dummkopf sind. Ich wünsche Ihnen, Ihren Verstand und Ihre halbblinden Augen noch kurieren zu können. Erlauben Sie, meine Herrschaften!«

Er drängte sich durch; aber der beschwipste Proviantmeister wollte ihn doch nicht so leichten Kaufes, bloß mit Schimpfworten bedacht, hinauslassen: er ergriff ein Glas vom Tisch, holte aus und schleuderte es gegen Pjotr Petrowitsch; doch das Glas verfehlte sein Ziel und traf Amalia Iwanowna. Sie kreischte auf, der Proviantmeister aber verlor durch die Wucht des Wurfes das Gleichgewicht, fiel schwer hin und blieb dort liegen, wo er lag, halb unter dem Tisch. Pjotr Petrowitsch ging in sein Zimmer, und nach einer halben Stunde hatte er das Haus verlassen. Ssonja wußte es zwar schon längst, schüchtern von Natur, wie sie war, daß man sie leichter als jeden anderen zugrunde richten konnte und daß jeder sie fast straflos beleidigen durfte. Trotzdem aber hatte sie bis zu diesem Augenblick geglaubt, daß man einem Unglück irgendwie, durch Vorsicht, Sanftmut, Nachgiebigkeit allen und jedem gegenüber, entgehen könne. Ihre Enttäuschung war daher um so größer. Sie konnte gewiß mit Geduld und ohne zu murren alles ertragen – auch dies letzte. Aber im ersten Augenblick wurde es ihr doch zu schwer. Trotz ihres Triumphes und ihrer Rechtfertigung begann – als der erste Schreck und die erste Erstarrung vorüber waren, als sie alles deutlich und klar verstanden hatte – das Gefühl der Hilflosigkeit und Kränkung ihr qualvoll das Herz zusammenzuschnüren. Sie bekam einen nervösen Weinkrampf. Schließlich hielt sie es nicht länger aus, stürzte aus dem Zimmer und lief nach Hause. Das geschah fast unmittelbar nach Lushins Entfernung. Amalia Iwanowna aber, die vom Glas getroffen worden war, hatte nun bei dem lauten Lachen der Anwesenden auch genug davon, wieder für andere zu büßen. Mit Gekreisch stürzte sie wie eine Wahnsinnige auf Katerina Iwanowna zu und maß ihr die Schuld an allem bei. Schreiend rief sie immer wieder:

»Hinaus aus der Wohnung! Sofort! Marsch!« Und zugleich mit diesen Worten begann sie, alles, was ihr von den Sachen Katerina Iwanownas unter die Hände kam, auf den Fußboden zu einem Haufen zusammenzuwerfen. Doch Katerina Iwanowna, die ohnehin fast halbtot und einer Ohnmacht nahe auf dem Bett lag, auf das sie in völliger Erschöpfung hingesunken war, sprang schwer atmend und bleich auf und stürzte sich auf Amalia Iwanowna. Der Kampf aber war zu ungleich; die letztere stieß sie mit Leichtigkeit von sich.

»Wie! Nicht genug, daß man mich gottlos verleumdet hat – diese Kreatur vergeht sich auch noch an mir! Wie! Am Tage der Beerdigung meines Mannes jagt man mich, nach einem Gastmahl, mit den Waisen auf die Straße hinaus! Ja, wohin soll ich denn!« klagte die arme Frau unter Schluchzen und beinahe erstickend. »Oh! Gott!« rief sie plötzlich mit blitzenden Augen. »Gibt es denn keine Gerechtigkeit?! Wen sollst Du, Gott, denn schützen, wenn nicht uns verlassene Waisen? Aber wir wollen mal sehen! Es gibt doch noch Recht und Wahrheit in der Welt, es gibt sie noch, und ich werde sie finden! Warte, du gottlose Kreatur! Poletschka, bleibe bei den Kindern, ich komme bald zurück. Wartet auf mich, meinetwegen auf der Straße! Wir wollen sehen, ob es in der Welt noch eine Gerechtigkeit gibt!«

Katerina Iwanowna warf dasselbe große grüne Umlegetuch aus Drap de dame über den Kopf, das der verstorbene Marmeladoff in seiner Erzählung erwähnt hatte, drängte sich durch die unordentliche und betrunkene Menge der Mieter, die noch immer das Zimmer anfüllte, und lief keuchend und unter Tränen auf die Straße hinaus, mit dem unbestimmten Ziel, irgendwo sofort, unverzüglich und um jeden Preis die geforderte Gerechtigkeit zu finden. Poletschka zog sich voller Angst mit den Kindern in eine Ecke zurück; sie umschlang, selbst am ganzen Körper zitternd, die beiden Kleinen und begann, die Rückkehr der Mutter zu erwarten. Amalia Iwanowna lief aufgeregt im Zimmer umher, krakeelte, klagte, schleuderte alles, was ihr in den Weg kam, auf den Fußboden und tobte sich aus. Die Mieter schrien durcheinander, einige besprachen das Geschehene, wie sie es verstanden, andere zankten sich und schimpften, einige wieder stimmten ein Lied an ...

»Jetzt ist es auch für mich Zeit zu gehen!« dachte Raskolnikoff. »Nun, Ssofja Ssemjonowna, nun wollen wir sehen, was Sie jetzt sagen werden!«

Und er machte sich auf den Weg zu Ssonjas Wohnung.

IV

Raskolnikoff war ein tüchtiger und mutiger Fürsprecher Ssonjas gegen Lushin gewesen, obgleich soviel eigener Schrecken und eigenes Leid auf seiner Seele lasteten. Da er aber an diesem Vormittag schon so stark gelitten hatte, war er gewissermaßen froh, seine Eindrücke, die ihm unerträglich wurden, durch andere zu verdrängen, ganz abgesehen davon, wieviel in seinem Bestreben, für Ssonja einzutreten, Persönlichstes mitsprach und inwieweit sein Herz dabei beteiligt war. Außerdem ging ihm die bevorstehende Zusammenkunft mit Ssonja nicht aus dem Sinn und beunruhigte ihn in manchen Augenblicken furchtbar: er *mußte* ihr sagen, wer Lisaweta erschlagen hatte, fühlte die schreckliche Qual im voraus und suchte sich ihrer zu erwehren. Als er die Wohnung Katerina Iwanownas verließ und ausrief: „Nun, Ssofja Ssemjonowna, nun wollen wir sehen, was Sie jetzt sagen werden!“, da befand er sich offenbar noch in einem sozusagen äußerlich erregten Zustand der

Munterkeit und Kampflust, der Freude über den soeben errungenen Sieg über Lushin. Aber das hielt nicht lange stand. Als er die Wohnung von Kapernáumoff erreichte, empfand er eine plötzliche Entkräftung und Furcht. Er blieb in Gedanken vor der Tür stehen und legte sich die sonderbare Frage vor: »Muß ich denn sagen, wer Lisaweta erschlagen hat?« Die Frage war sonderbar, denn er fühlte doch zugleich und wieder ganz plötzlich, daß es gesagt werden mußte, und zwar unbedingt jetzt gleich und ohne den geringsten Aufschub. Er wußte selbst noch nicht, warum ein Aufschub unmöglich war; aber er *fühlte* es, und dieses qualvolle Bewußtsein seiner Schwäche der Notwendigkeit gegenüber erdrückte ihn fast. Um nicht mehr zu überlegen und sich nicht mehr zu quälen, öffnete er schnell die Tür und schaute Ssonja von der Schwelle aus an. Sie saß am Tisch, die Arme aufgestützt, und hatte das Gesicht mit den Händen bedeckt. Als sie Raskolnikoff erblickte, stand sie schnell auf und ging ihm entgegen, als hätte sie nur auf ihn gewartet.

»Was wäre aus mir geworden ohne Sie!« sagte sie hastig, als sie in der Mitte des Zimmers mit ihm zusammentraf. Offenbar wollte sie ihm nur dies so schnell wie möglich sagen. Eben deshalb hatte sie auf ihn gewartet.

Raskolnikoff ging zum Tisch und setzte sich auf den Stuhl, von dem sie soeben aufgestanden war. Sie blieb zwei Schritte vor ihm stehen, genau wie gestern.

»Nicht wahr, Ssonja«, sagte er und fühlte plötzlich, daß seine Stimme zitterte, »die ganze Sache stützte sich doch auf die „gesellschaftliche Stellung und die dazu gehörenden Gewohnheiten“. Haben Sie das vorhin verstanden?«

Ihr Gesicht verriet den Schmerz, den sie hierbei empfand.

»Nur sprechen Sie nicht wieder so mit mir wie gestern!« unterbrach sie ihn. »Bitte, fangen Sie nicht wieder an! Es ist schon genug der Qual ...«

Sie lächelte schnell, aus Angst, daß der Vorwurf ihm vielleicht mißfallen könnte.

»Es war dumm von mir, von dort wegzulaufen. Was mag jetzt dort vorgehen? Ich wollte soeben wieder hingehen, aber ich dachte die ganze Zeit, daß vielleicht ... Sie herkommen werden.«

Er erzählte ihr, daß Amalia Iwanowna sie aus der Wohnung jage und daß Katerina Iwanowna irgendwohin fortgelaufen sei, um »Gerechtigkeit zu suchen«.

»Ach, mein Gott!« Ssonja erschrak heftig. »Gehen wir schnell hin ...«

Und sie griff nach ihrer Mantille.

»Ewig ein und dasselbe!« rief Raskolnikoff gereizt. »Sie denken immer nur an die! Bleiben Sie bei mir!«

»Aber ... Katerina Iwanowna?«

»Katerina Iwanowna wird Ihnen schon nicht davonlaufen, sie wird wohl selbst zu Ihnen kommen, wenn sie schon einmal das Haus verlassen hat«, fügte er unwirsch hinzu. »Wenn sie dann Sie nicht zu Hause antrifft, werden doch wieder Sie schuld daran sein ...«

Ssonja setzte sich in qualvoller Unentschlossenheit auf einen Stuhl. Raskolnikoff schwieg, blickte zu Boden und überlegte.

»Angenommen, Lushin habe es jetzt nicht gewollt«, begann er, ohne Ssonja anzublicken. »Wie aber, wenn er es gewollt hätte oder wenn es irgendwie in seinen Absichten gelegen hätte, so hätte er Sie doch ins Gefängnis gebracht, wenn nicht Lebesjätnikoff und ich zufällig dagewesen wären! Nicht?«

»Ja«, antwortete sie mit schwacher Stimme, »ja!« wiederholte sie zerstreut und voll Unruhe.

»Aber ich hätte ja tatsächlich verhindert sein können! Und Lebesjätnikoff kam schon wirklich ganz zufällig hinzu.«

Ssonja schwieg.

»Nun, und wenn Sie ins Gefängnis gekommen wären, was dann? Erinnern Sie sich, was ich gestern sagte?«

Sie antwortete wieder nicht. Raskolnikoff wartete eine Weile.

»Ich dachte, Sie würden wieder ausrufen: ‚Ach, sprechen Sie nicht so, hören Sie auf!‘« Raskolnikoff lachte, aber gleichsam mit Mühe. »Was, Sie schweigen wieder?« fragte er nach einer Weile. »Man muß doch über etwas reden! Zum Beispiel würde es mich interessieren zu erfahren, wie Sie jetzt eine ‚Frage‘, wie Lebesjätnikoff sagt, lösen würden.« (Es war, als verlöre er den Faden.) »Nein, wirklich, ich spreche in allem Ernst. Stellen Sie sich vor, Ssonja, daß Sie alle Absichten Lushins im voraus gewußt hätten, das heißt, Sie hätten gewußt, daß dadurch Katerina Iwanowna und auch die Kinder völlig zugrunde gehen würden; auch Sie, als Zugabe (da Sie sich ja selber für nichts halten, drum sage ich *als Zugabe*). Poletschka ebenfalls ... denn ihr steht derselbe Weg bevor. Nun, also: wenn man nun plötzlich dies alles Ihnen zur Entscheidung übergeben würde: soll er oder sollen jene am Leben bleiben, das heißt, soll Lushin am Leben bleiben und Gemeinheiten begehen dürfen oder soll Katerina Iwanowna zugrunde gehen? Wie würden Sie dann entscheiden, wer von den beiden sterben sollte? Ich frage Sie!«

Ssonja blickte ihn unruhig an: sie hörte etwas Besonderes aus dieser unsicheren und an irgend etwas von weitem sich heranpirschenden Rede.

»Ich hatte schon so ein Vorgefühl, daß Sie so etwas fragen würden«, sagte sie und sah ihn forschend an.

»Gut; meinetwegen; aber wie soll das nun entschieden werden?«

»Warum stellen Sie eine Frage, die nicht zu beantworten ist?« sagte Ssonja angewidert.

»Also ist's besser, daß Lushin weiterlebt und Gemeinheiten begeht! Auch dieses haben Sie nicht gewagt zu entscheiden?«

»Aber ich kenne doch die Vorsehung Gottes nicht ... Und warum fragen Sie, was man nicht fragen darf? Wozu solche leeren Fragen? Wie wäre es möglich, daß dieses von meiner Entscheidung abhängen sollte? Und wer hat mich hier zum Richter bestellt, wer leben soll und wer nicht leben soll?«

»Wenn schon Gottes Vorsehung sich hineinmischt, dann ist hier freilich nichts mehr zu wollen«, brummte Raskolnikoff unwirsch.

»Sagen Sie besser offen, was Sie wollen!« rief Ssonja gramvoll aus. »Sie haben wieder etwas im Sinn . . . Sind Sie wirklich nur deshalb hergekommen, um zu quälen?«

Sie hielt es nicht aus und fing plötzlich bitterlich zu weinen an. Er betrachtete sie mit düsterer Schwermut. Es verging eine geraume Zeit.

»Du hast ja recht, Ssonja«, sagte er endlich leise.

Er war plötzlich verändert; der gemacht dreiste und kraftlos herausfordernde Ton war verschwunden. Selbst seine Stimme war schwächer geworden. »Ich habe dir gestern gesagt, daß ich nicht um Verzeihung zu bitten kommen werde, habe aber beinahe schon damit begonnen . . . Von Lushin und Gottes Vorsehung habe ich um meinetwillen gesprochen . . . Ich habe damit um Verzeihung bitten wollen, Ssonja . . .«

Er wollte lächeln, aber er brachte es nur zu einem kraftlosen und wehen Versuch. Er ließ den Kopf sinken und bedeckte das Gesicht mit den Händen.

Und plötzlich zog durch sein Herz ein eigentümliches Gefühl, wie das eines brennenden Hasses gegen Ssonja. Selber betroffen und erschrocken über dieses Gefühl, erhob er jäh den Kopf und blickte sie aufmerksam an; aber er begegnete ihrem beunruhigten und bis zur Qual besorgten Blick, mit dem sie ihn ansah; in diesem Blick war Liebe; sein Haß verschwand wie ein Gespenst. Es war also nicht das; er hatte das eine Gefühl für das andere gehalten. Das bedeutete bloß, daß *der* Augenblick gekommen war.

Wieder bedeckte er sein Gesicht mit den Händen und senkte den Kopf. Plötzlich erbleichte er, stand vom Stuhl auf, sah Ssonja an und setzte sich, ohne ein Wort gesagt zu haben, mechanisch auf ihr Bett.

Dieser Augenblick war in seiner Empfindung jenem schrecklich ähnlich, als er hinter der Alten stand, das Beil aus der Schlinge schon befreit hatte und fühlte, daß »kein Augenblick mehr zu verlieren sei.«

»Was ist Ihnen?« fragte Ssonja, der schrecklich bange ward.

Er brachte kein Wort hervor. So hatte er sich das *Geständnis* ganz und gar nicht vorgestellt und begriff selbst nicht, was mit ihm jetzt vorging. Sie ging leise zu ihm hin, setzte sich neben ihn auf das Bett und wartete, ohne die Augen von ihm abzuwenden. Ihr Herzschlag pochte und setzte aus. Es wurde unerträglich: er wandte sein totenblasses Gesicht ihr zu; seine Lippen verzogen sich kraftlos in der Bemühung, etwas auszusprechen. Entsetzen durchfuhr Ssonjas Herz.

»Was ist Ihnen?« wiederholte sie und wich ein wenig von ihm zurück.

»Nichts, Ssonja. Ängstige dich nicht ... Unsinn! Wirklich, wenn man es sich überlegt«, murmelte er mit dem Aussehen eines besinnungslos phantasierenden Fieberkranken. »Warum bin ich gerade dich quälen gekommen?« fügte er plötzlich hinzu, sie anblickend. »In der Tat. Warum? Ich lege mir immer wieder diese Frage vor, Ssonja ...«

Er hatte sich vielleicht diese Frage vor einer Viertelstunde vorgelegt, jetzt aber sagte er es in völliger Kraftlosigkeit, kaum sich selber bewußt, und fühlte ein ständiges Zittern im ganzen Körper.

»O Gott, wie Sie sich quälen!« flüsterte sie schmerzhaft, sich in ihn hineinschauend.

»Ach, Unsinn! ... Höre, Ssonja« (er lächelte plötzlich, aber bleich und schwach, einen kurzen Moment), »erinnerst du dich, was ich dir gestern zu sagen versprach?«

Ssonja wartete voll Unruhe.

»Ich sagte, als ich fortging, daß ich vielleicht für immer von dir Abschied nehme, aber wenn ich heute käme, so würde ich dir sagen ... wer Lisaweta ermordet hat.«

Sie erzitterte plötzlich am ganzen Körper.

»Nun, und so bin ich denn gekommen, um es dir zu sagen.«

»Haben Sie es denn gestern tatsächlich ...«, flüsterte Ssonja mit Mühe. »Woher wissen Sie es denn?« fragte sie schnell, als wäre sie plötzlich zur Besinnung gekommen.

Ssonja begann schwer zu atmen. Ihr Gesicht wurde immer bleicher und bleicher.

»Ich weiß es.«

Sie schwieg einen Augenblick.

»Hat man *ihn* gefunden?« fragte sie zaghaft.

»Nein, man hat ihn nicht gefunden.«

»Woher wissen Sie denn davon?« fragte sie wieder kaum hörbar und nach einem fast minutenlangen Schweigen.

Er wandte sich ihr zu und blickte sie unverwandt, unablässig an.

»Errate es«, sagte er mit dem früheren wehen und kraftlosen Lächeln.

Es war, als durchzöge ein krampfartiges Zucken ihren ganzen Körper.

»Aber Sie ... warum ... ängstigen Sie mich ... so?« fragte sie, wie ein Kind lächelnd.

»Ich muß doch wohl mit *ihm* sehr eng befreundet sein ... wenn ich es weiß«, sprach Raskolnikoff weiter, unablässig fortfahrend, ihr ins Gesicht zu blicken, als wäre er nicht imstande, die Augen abzuwenden. »Er wollte diese Lisaweta ... gar nicht erschlagen ... Er hat sie ... nur zufällig erschlagen ... Er wollte die Alte umbringen ... wenn sie allein war ... und ging hin ... Aber da kam Lisaweta heim ... Und da hat er sie dann ... gleichfalls erschlagen.«

Es verging wieder eine furchtbare Pause. Beide blickten die ganze Zeit einander an.

»Du kannst es also nicht erraten?« fragte er plötzlich mit einem Gefühl, als stürze er sich von einem Turme hinab.

»N–nein«, flüsterte Ssonja kaum hörbar.

»Sieh nur ordentlich her!«

Und kaum hatte er das gesagt, als eine schon einmal gehabte Empfindung seine Seele plötzlich erkalten ließ: er sah sie an, und ihm war plötzlich, als erblicke er in ihrem Gesicht Lisawetas Antlitz. Er erinnerte sich deutlich des Gesichtsausdrucks der Lisaweta in dem Augenblick, als er sich ihr damals mit dem Beil näherte und sie vor ihm mit abwehrend vorgestreckter Hand, eine völlig kindliche Angst im Gesicht, zur Wand zurückwich, genau so, wie wenn kleine Kinder vor irgend etwas erschrecken und unbeweglich und unruhig den sie ängstigenden Gegenstand anblicken, zurückweichen, das Händchen vorgestreckt, und sich anschikken zu weinen. Fast dasselbe geschah jetzt auch mit Ssonja: ebenso kraftlos, mit demselben Schrecken sah sie ihn eine Weile an, und plötzlich streckte sie die linke Hand vor, stemmte sie leicht, kaum spürbar, mit den Fingerspitzen gegen seine Brust und begann langsam vom Bett aufzustehen, mehr und mehr vor ihm zurückweichend, und ihr auf ihn gerichteter Blick wurde immer unbeweglicher. Ihr Entsetzen teilte sich plötzlich auch ihm mit: derselbe Schrecken erschien auch in seinem Gesicht, auch er begann sie ebenso anzusehen und fast sogar mit dem gleichen kindlich hilflosen Lächeln.

»Hast es erraten?« flüsterte er endlich.

»Herrgott!« entrang sich ein furchtbarer Klagelaut ihrer Brust.

Kraftlos fiel sie auf das Bett zurück, mit dem Gesicht auf das Kopfkissen. Aber schon nach einem Augenblick erhob sie sich schnell, rückte schnell zu ihm hin, erfaßte seine beiden Hände, drückte sie krampfhaft mit ihren dünnen Fingern wie im Schraubstock, und begann von neuem, ihm unbeweglich, wie gebannt, ins Gesicht zu blicken. Mit diesem letzten, verzweifelten Blick wollte sie wohl noch eine winzigste, letzte Hoffnung für sich herauslesen und erspähen. Aber es gab keine Hoffnung mehr; keinen, auch nicht den geringsten Zweifel; alles war *so!* Selbst wenn sie nachher an diesen Augenblick zurückdachte, erschien es ihr sowohl seltsam wie unbegreiflich: woraus hatte sie damals so *mit einem Schlag* erkannt, daß es keinen Zweifel mehr gab? Sie hätte doch nicht sagen können, daß sie zum Beispiel ein Vorgefühl von etwas derartigem gehabt hatte? Nun aber schien es ihr, nachdem er es ihr kaum gesagt hatte, als habe sie wirklich gerade *das* geahnt.

»Genug Ssonja, genug! Quäle mich nicht!« bat er sie wie ein Gefolterter.

Er hatte es ihr gar nicht, gar nicht in dieser Weise sagen wollen, aber nun war es so gekommen.

Wie geistesabwesend sprang sie plötzlich auf, rang die Hände und ging bis zur Mitte des Zimmers, aber sie kam schnell zurück, setzte sich wieder neben ihn hin, so daß ihre Schulter seine Schulter fast berührte. Plötzlich fuhr sie wie durchbohrt zusammen und stürzte mit einem Aufschrei, ohne zu wissen wozu, vor ihm auf die Knie nieder.

»Was haben Sie, was haben Sie sich angetan!« jammerte sie verzweifelt, sprang von den Knien auf, warf sich ihm an den Hals, umarmte ihn und preßte ihn mit aller Kraft an sich.

Raskolnikoff wich zurück und blickte sie mit einem traurigen Lächeln an.

»Wie sonderbar du bist, Ssonja – du umarmst und küßt mich, nachdem ich dir *dieses* gesagt habe. Du bist nicht bei Sinnen.«

»Nein, es gibt jetzt niemand auf der ganzen Welt, der unglücklicher ist als du!« rief sie außer sich, ohne seine Bemerkung gehört zu haben, und sie schluchzte laut auf und weinte wie im Krampf.

Ein ihm seit langem unbekanntes Gefühl überflutete seine Seele wie eine Welle und machte sie mit einemmal weich. Er sträubte sich nicht dagegen: zwei Tränen traten aus seinen Augen und blieben an den Wimpern hängen.

»Du wirst mich also nicht verlassen, Ssonja?« sagte er, sie fast mit Hoffnung anblickend.

»Nein, nein; nie und nimmer!« stieß Ssonja heiß hervor.

»Ich werde dir folgen, ich werde dir überallhin folgen! Oh, Gott! ... Ach, ich Unglückliche! ... Und warum, warum habe ich dich nicht früher gekannt! Warum bist du nicht früher gekommen? Oh, Gott!«

»Ich *bin* doch gekommen.«

»Jetzt erst!! Oh, was jetzt tun! ... Zusammen, zusammen!« wiederholte sie wie geistesabwesend, und umarmte ihn von neuem. »Auch ins Zuchthaus werde ich mit dir gehen!« Es durchzuckte ihn plötzlich gleichsam, das frühere haßerfüllte und fast hochmütige Lächeln erschien wieder auf seinen Lippen.

»Ich bin vielleicht noch gar nicht bereit, ins Zuchthaus zu gehen, Ssonja«, sagte er.

Ssonja blickte ihn schnell an.

Nach dem ersten leidenschaftlichen und qualvollen Ausbruch des Mitgefühls für den Unglücklichen erschütterte sie wieder der schreckliche Gedanke an den Mord. In dem veränderten Ton seiner Worte spürte sie plötzlich den Mörder. Sie blickte ihn bestürzt an. Sie wußte noch gar nichts, weder warum noch wie, noch zu welchem Zweck es geschehen war. Jetzt tauchten alle diese Fragen mit einem Mal in ihrem Bewußtsein auf. (Und wieder konnte sie es nicht glauben: »Er, er ein Mörder! Ja, ist es denn möglich?«)

»Wie ist denn das? Wo bin ich denn!« sagte sie in tiefer Verständnislosigkeit, als wäre sie noch nicht zu sich gekommen. »Wie konnten denn, wie konnten Sie, Sie, *solch ein Mensch* ... sich dazu entschließen? Warum denn, wozu?«

»Doch wohl, um zu rauben. Hör auf, Ssonja!« antwortete er gleichsam müde und fast sogar wie verdrossen.

Ssonja stand da wie betäubt, plötzlich aber rief sie aus: »Du warst hungrig! Du ... um der Mutter zu helfen? Ja?«

»Nein, Ssonja, nein«, murmelte er, sich abwendend und den Kopf senkend, »so hungrig war ich nicht ... ich wollte allerdings der Mutter helfen, aber ... auch das ist nicht ganz richtig ... Quäl mich nicht, Ssonja!«

Ssonja schlug die Hände zusammen.

»Und soll das nun wirklich, wirklich wahr sein? Oh, Gott, was ist denn das für eine Wahrheit! Wer kann denn daran glauben? ... Und wie, gaben Sie nicht selbst das Letzte fort und haben gemordet, um zu rauben! Ach! ...« rief sie plötzlich, »das Geld, das Sie Katerina Iwanowna gegeben haben ... dieses Geld ... o Gott, ist auch dieses Geld ...«

»Nein, Ssonja«, unterbrach er sie schnell, »dieses Geld war nicht von dort, beruhige dich! Dieses Geld hatte mir meine Mutter durch einen Kaufmann geschickt, und ich erhielt es, als ich krank war, am selben Tag, als ich es fortgab ... Rasumichin war zugegen ... er hat es auch quittiert für mich ... dieses Geld war mein eigenes, gehörte wirklich mir.«

Ssonja hörte ihm verwundert zu und strengte sich aus allen Kräften an, etwas zu begreifen.

»*Jenes* Geld aber ... ich weiß übrigens nicht mal, ob auch Geld dabei war«, fügte er leise und wie sinnend hinzu, »ich habe ihr damals einen Beutel aus Sämischleder vom Hals genommen ... einen dicken, vollgestopften Beutel ... ich habe aber nicht hineingeschaut; wahrscheinlich hatte ich keine Zeit ... Nun, und die Sachen, allerhand Manschettenknöpfe und Ketten, alle diese Sachen und den Beutel habe ich auf einem fremden Hof, am W.schen Prospekt, unter einem Stein vergraben, schon am andern Morgen ... Dort liegt alles auch jetzt noch ...«

Ssonja hörte angestrengt zu.

»Warum denn ... wenn Sie selbst sagen: um zu rauben, warum haben Sie dann nichts genommen?« fragte sie ihn schnell, nach einem letzten Strohhalm greifend.

»Ich weiß es nicht ... ich habe noch nicht entschieden, ob ich dieses Geld überhaupt nehmen werde oder nicht«, sagte er wieder wie sinnend, und plötzlich, zu sich gekommen, lachte er schnell und kurz auf. »Da sieh, was für eine Dummheit ich soeben verzapft habe, nicht wahr?«

Ssonja durchfuhr ein Gedanke: »Ist er etwa verrückt?«

Aber sie ließ ihn sofort fallen. »Nein, hier ist etwas anderes.« Aber sie begriff nichts, gar nichts.

»Weißt du, Ssonja«, sagte er plötzlich mit einer Art Begeisterung, »weißt du, was ich dir sagen werde: wenn ich bloß darum gemordet hätte, weil ich hungrig war«, fuhr er fort, jedes Wort betonend und sie rätselhaft, aber aufrichtig anschauend, »so würde ich jetzt ... *glücklich* sein! Das sollst du wissen!«

»Und was hättest du davon«, stieß er im nächsten Augenblick nahezu verzweifelt hervor, »was hättest du davon, wenn ich sofort zugeben würde, daß ich schlecht gehandelt habe? Was liegt dir denn an diesem dummen Triumph über mich? Ach, Ssonja, bin ich denn etwa deswegen jetzt zu dir gekommen!«

Ssonja wollte wieder etwas sagen, aber sie sprach es nicht aus.

»Darum rief ich dich auch gestern, mit mir zu gehen, weil nur du allein mir verblieben bist.«

»Wohin zu gehen?« fragte Ssonja schüchtern.

»Nicht um zu stehlen und zu morden, beruhige dich, nicht dazu«, versetzte er mit bissigem Spottlächeln. »Wir sind zu verschieden ... Und weißt du, Ssonja, ich habe doch erst jetzt, erst soeben begriffen, *wohin* ich dich gestern rief mitzugehen! Gestern aber, als ich dich rief, wußte ich selbst nicht, wohin ich dich rief. Nur um eines bat mein Ruf, bat mein Kommen: mich nicht zu verlassen. Wirst du mich nicht verlassen, Ssonja?«

Sie drückte ihm fest die Hand.

»Und warum, warum habe ich es ihr gesagt, warum habe ich es ihr mitgeteilt!« rief er nach einem Augenblick voll Verzweiflung aus und sah sie mit grenzenloser Qual an. »Nun erwartest du Erklärungen von mir, Ssonja, du sitzest da und wartest, ich sehe es doch; aber was soll ich dir sagen? Du wirst doch nichts davon verstehen und bloß vergehen vor Schmerz um mich! Nun weinst du und umarmst mich wieder – und warum umarmst du mich? Weil ich es selbst nicht ertragen habe und gekommen bin, es auf einen andern abzuwälzen: ‚Leide auch du, damit es mir leichter sei!' Und kannst du denn solch einen Schuft lieben?«

»Quälst du dich denn nicht auch?« fuhr Ssonja auf.

Wieder überflutete wie eine Welle das Gefühl von vorhin seine Seele und machte sie auf einen Augenblick weich.

»Ssonja, ich habe ein böses Herz, merk dir das: damit kann man vieles erklären. Ich bin auch darum hergekommen, weil ich böse bin. Es gibt solche, die nicht hergekommen wären. Ich aber bin ein Feigling und ... ein Schuft! Aber ... mag das so sein! Alles dies ist nicht das ... Jetzt gilt es zu reden, ich weiß aber nicht, wo anfangen ...«

Er hielt inne und sann nach.

»Tja ... da ist nichts zu wollen, wir sind zu verschieden ... passen nicht zueinander. Und wozu, wozu bin ich hergekommen! Das werde ich mir nie verzeihen!«

»Nein, nein, es ist gut, daß du gekommen bist!« fiel ihm Ssonja schnell ins Wort. »Es ist besser, daß ich es weiß! Viel besser!«

Er sah sie mit Schmerz an.

»Wer weiß, vielleicht ist es auch wirklich so!« sagte er, als hätte er es sich überlegt. »Also dann höre zu! Siehst du, ich wollte ein Napoleon werden, deshalb habe ich erschlagen ... Nun, begreifst du es jetzt?«

»N–nein«, flüsterte Ssonja naiv und schüchtern, »aber sprich nur ... sprich! Ich werde es schon verstehen, ich werde *für mich* alles verstehen!« redete sie ihm zu.

»Wirst es verstehen? Nun gut, wir wollen sehen!«

Er schwieg und überlegte lange.

»Die Sache ist die: ich habe mir einmal folgende Frage vorgelegt: wie, wenn zum Beispiel an meiner Stelle Napoleon gewesen wäre und wenn er, um seine Karriere zu beginnen, weder Toulon noch Ägypten, noch den Übergang über den Montblanc gehabt hätte, sondern wenn statt all dieser schönen und monumentalen Dinge nur irgendeine lächerliche Alte, die Witwe eines kleinen Beamten, dagewesen wäre, die man zudem noch hätte ermorden müssen, um aus ihrem Koffer Geld zu klauen (der Karriere wegen, verstehst du?), nun also: hätte er sich dann dazu entschlossen, wenn es keinen anderen Ausweg gegeben hätte? Wäre es für ihn nicht unter seiner Würde gewesen, weil es zu wenig monumental war und ... und eine Sünde? Nun, so höre denn, daß ich mich mit dieser ‚Frage‘ schrecklich lange abgequält habe, so daß ich mich furchtbar schämte, als ich endlich auf den Gedanken kam (ganz plötzlich irgendwie), daß es ihn nicht bloß nicht abgestoßen hätte, sondern ihm nicht einmal in den Sinn gekommen wäre, daß dies nicht monumental sei ... ja, er hätte nicht einmal begriffen, was dabei abstoßend sein sollte? Und wenn er bloß keinen anderen Ausweg gehabt hätte, so würde er sie eben erwürgt haben ohne jedes Nachdenken, so einfach, daß sie nicht einmal zum Mucksen gekommen wäre! Nun, und so habe auch ich denn ... das Nachdenken aufgegeben ... und habe umgebracht ... nach dem Beispiel der Autorität ... Und so war es doch wirklich, genau so! Du findest es lächerlich? Ja, Ssonja, das Lächerlichste ist dabei, daß es vielleicht genau so geschehen ist ...«

Ssonja fand es durchaus nicht lächerlich.

»Sagen Sie es mir lieber einfacher ... ohne Beispiele!« bat sie noch schüchterner und noch leiser.

Er wandte sich ihr zu, blickte sie traurig an und ergriff ihre Hände.

„Du hast wieder recht, Ssonja. Das ist doch alles Unsinn, ist fast nur leeres Geschwätz! Siehst du: du weißt doch, daß meine Mutter fast nichts hat. Meine Schwester hat zufällig eine gute Ausbildung erhalten und ist dazu verurteilt, sich ihr Leben lang als Gouvernante durchzuschlagen. Die einzige Hoffnung beider war ich allein. Ich studierte, konnte aber nicht meinen Unterhalt bestreiten und war gezwungen, vorläufig die Universität zu verlassen. Und selbst wenn es sich weiter so hingezogen hätte, konnte ich doch nur hoffen, etwa in zehn oder zwölf Jahren (vorausgesetzt, daß meine Verhältnisse sich verbesserten) Lehrer oder Beamter mit tausend Rubel Jahresgehalt zu werden ...« (Er sprach, wie man etwas auswendig Gelerntes abhaspelt.) »Bis dahin hätte sich meine Mutter vor Sorgen und Kummer verzehrt, und mir wäre es nicht gelungen, ihr ein ruhiges Leben zu schaffen, und meine Schwester ... nun, mit der Schwester hätte noch Schlimmeres geschehen können! ... Ja, und was für ein Vergnügen wäre es denn, das ganze Leben an allem vorbeigehen und von allem sich abwenden zu müssen, die Mutter zu vergessen und die Beleidigung der Schwester zum Beispiel gehorsam zu ertragen? Wozu? Um sich andere anzuschaffen, nachdem man sie beerdigt hat – Frau und Kinder, und auch diese nachher ohne einen Groschen und ohne ein Stück Brot zu hinterlassen? Also ... also, nun ja, da beschloß ich denn, mich des Geldes der Alten zu bemächtigen, es zu meinem Unterhalt an der Universität, ohne der Mutter zur Last zu fallen, und zu meinen ersten Schritten nach Beendigung des Studiums zu benutzen – und dies alles gleich groß und radikal auszuführen, um eine vollkommen neue Laufbahn zu beginnen und einen neuen, unabhängigen Weg einschlagen zu können ... Nun ja, und das ist alles ... Nun, und daß ich die Alte erschlagen habe war – selbstverständlich schlecht von mir ... und nun genug davon!«

Völlig erschöpft schleppte er seinen Bericht bis zu diesem Ende und ließ den Kopf sinken.

»Ach nein, das ist es nicht, nicht das«, rief Ssonja gramvoll aus, »und kann man denn so ... nein, das ist es nicht, das ist es nicht!«

»Du siehst es nun selbst, daß es nicht so war! ... Und ich habe doch aufrichtig berichtet; habe die Wahrheit gesagt!«

»Was ist denn das für eine Wahrheit! O Gott!«

»Ich habe doch nur eine Laus getötet, Ssonja, eine unnütze, scheußliche, schädliche Laus.«

»Wie, ein Mensch soll eine Laus sein?«

»Auch ich weiß es ja, daß er's nicht ist«, antwortete er,

sie eigentümlich betrachtend. »Aber ich lüge ja, Ssonja«, fügte er hinzu, »ich lüge schon die ganze Zeit ... Es war nicht das; du sagst die Wahrheit. Es waren ganz, ganz, ganz andere Gründe! ... Ich habe seit langem mit niemand gesprochen, Ssonja ... Der Kopf tut mir jetzt scheußlich weh.«

Seine Augen brannten in fieberhaftem Glanz. Er begann fast zu phantasieren; ein unruhiges Lächeln irrte um seine Lippen. Die ungeheure geistige Erregung verbarg kaum die äußerste physische Erschöpfung. Ssonja begriff seine Qual. Auch ihr begann der Kopf zu schwindeln. Und wie sonderbar er sprach: als wäre es eigentlich beinah verständlich, aber ... (»aber wie denn! Wie denn! O Gott!«) Und sie rang die Hände vor Verzweiflung.

»Nein, Ssonja, es war nicht das!« begann er wieder und erhob plötzlich den Kopf, als hätte ihn eine überraschende Wendung, ein plötzliches Umschwenken der Gedanken frappiert und von neuem angeregt, »es war nicht das! Weißt du, es ist besser ... du stellst dir vor (ja, so ist es wirklich besser!), also stell dir vor, oder nimm an, daß ich ehrgeizig, neidisch, böse, niederträchtig, rachsüchtig sei ... nun ... und meinetwegen auch noch zum Irrsinn neige. (Mag alles gleich mitgerechnet werden! Von meiner Verrücktheit hat man doch schon gesprochen, ich habe es wohl gemerkt!) Ich habe dir vorhin gesagt, daß ich auf der Universität meinen Unterhalt nicht bestreiten konnte. Aber weißt du, daß ich es vielleicht doch hätte ermöglichen können? Meine Mutter hätte mir das Nötige fürs Studium geschickt, und Stiefel, Kleider und Essen hätte ich selbst verdienen können; sicher! Es fanden sich Unterrichtsstunden für mich; man bot fünfzig Kopeken. Rasumichin verdient doch auch! Aber ich wurde böse und wollte nicht. Ja, eben: *ich wurde böse* (das ist ein guter Ausdruck!). Ich verkroch mich dann, wie eine Spinne, in meinem Winkel. Du warst doch in meinem elenden Nest, hast es gesehen ... Aber weißt du auch, Ssonja, daß niedrige Decken und enge Zimmer die Seele und den Verstand beklemmen? Oh, wie ich dieses elende Loch haßte! Und trotzdem wollte ich es nicht verlassen. Ich wollte es absichtlich nicht! Tagelang ging ich nicht aus und wollte nicht arbeiten, wollte nicht mal essen und lag die ganze Zeit auf dem Schlafdiwan. Wenn mir Nastassja etwas brachte, aß ich, wenn sie nichts brachte, verging auch so der Tag; absichtlich, aus Bosheit, bat ich um nichts! Wenn ich nachts kein Licht hatte, lag ich im Dunkeln, wollte aber nicht Geld verdienen, um ein Licht kaufen zu können. Ich sollte studieren, aber ich verkaufte die Bücher; auf meinem Tisch, auf den Kollegheften und Notizen liegt jetzt fingerdick der Staub. Ich zog es vor, liegen zu bleiben und zu denken. Und ich dachte die ganze Zeit... Und immer hatte ich solche Träume, allerhand seltsame Träume, doch wozu davon sprechen! Dann aber begann mir vorzuschweben, daß ... Nein, so war es nicht! Ich erzähle wieder nicht in der richtigen Weise! Siehst du: ich fragte mich damals immer: warum bin ich so dumm, daß ich, wenn andere dumm sind, und wenn ich es sicher weiß, daß sie dumm sind, nicht selbst klüger sein möchte? Später sah ich ein, Ssonja, daß es zu lange dauern würde, wollte man warten, bis alle klug werden... Ich erkannte auch, daß das niemals der Fall sein wird, daß die Menschen sich nicht ändern, daß niemand sie ändern kann und daß sich die Mühe nicht lohnt! Ja, so ist es! Das ist ihr Gesetz... Ein Gesetz, Ssonja!... So ist es! Und ich weiß jetzt, Ssonja, daß der, der an Verstand und Geist fest und stark ist, auch der Herrscher über sie ist! Wer viel wagt, der ist bei ihnen im Recht. Wer auf die Mehrheit spucken kann, der ist bei ihnen auch Gesetzgeber, und wer von allen am meisten wagt, der hat auch vor allen die meisten Rechte! In dieser Weise ist es bis jetzt immer geschehen, und so wird es immer bleiben! Nur ein Blinder sieht das nicht!«

Während Raskolnikoff dies sagte, sah er Ssonja wohl an, aber er kümmerte sich nicht mehr darum, ob sie ihn verstand oder nicht. Das Fieber hatte ihn völlig gepackt. Er befand sich in einem Zustand düsterer Schwärmerei. (Er hatte in der Tat schon zu lange mit keinem Menschen gesprochen!) Und Ssonja begriff, daß dieser düstere Katechismus zu seinem Glauben und seinem Gesetz geworden war.

»Ich erriet damals, Ssonja«, fuhr er schwärmerisch fort, »daß die Macht nur dem gegeben wird, der es wagt, sich zu bücken und sie aufzugreifen, sie einfach zu nehmen. Hier gilt nur eines, nur eines: daß man sich untersteht, es zu wagen! Mir kam damals ein Gedanke, den vor mir noch niemand jemals gedacht hat! Niemand! Taghell wie im Sonnenlicht stand das plötzlich vor mir: woher es denn kommt, daß bisher noch kein einziger es jemals gewagt hat noch jetzt wagt, wenn er an diesem ganzen Unsinn vorbeigeht, alles einfach am Schwanz zu packen, mit einem Ruck uns davon zu befreien und's zum Teufel zu schleudern! Ich ... ich wollte mich *unterstehen,* und erschlug ... ich wollte mich bloß unterstehen, Ssonja, das war der ganze Grund!«

»Oh, schweigen Sie, schweigen Sie!« fuhr ihn Ssonja an, krampfhaft die Hände faltend. »Sie haben sich von Gott abgewandt, und Gott hat Sie heimgesucht und Sie dem Teufel überantwortet! ...«

»Ja, nicht wahr, Ssonja, als ich damals in der Dunkelheit dalag und alle diese Vorstellungen so an mir vorüberzogen, da war das doch der Teufel, der mich versuchte? Nicht?«

»Schweigen Sie! Spotten Sie nicht, Sie Gotteslästerer, Sie begreifen ja nichts, überhaupt nichts! O Gott! Nichts, nichts wird er begreifen!«

»Sei still, Ssonja, ich spotte durchaus nicht; ich weiß es ja selbst, daß mich der Teufel hinzog. Sei still, Ssonja, sei still!« wiederholte er düster gebieterisch durch die Zähne. »Ich weiß alles. All das habe ich schon von allen Seiten durchdacht und mir flüsternd vorgehalten, während ich damals in der Dunkelheit dalag ... Über all das habe ich mit mir selbst bis in die letzte kleinste Einzelheit gestritten und weiß alles, alles weiß ich! Und so zum Überdruß wurde mir damals dieses ganze Geschwätz, so zum Überdruß! Ich wollte alles vergessen und von neuem anfangen, Ssonja, und aufhören zu schwatzen. Und glaubst du denn wirklich, ich sei wie ein Dummkopf unbesonnen hingegangen, blindlings? Nein, ich bin wie ein Kluger wohlüberlegt hingegangen, und eben das war mein Verderben! Und meinst du etwa, ich hätte zum Beispiel nicht gewußt, daß ich, wenn ich überhaupt damit anfing, mich zu fragen und auszuhorchen, ob ich denn auch ein Anrecht auf Macht habe, schon allein deswegen dieses Anrecht auf Macht *nicht* hatte? Oder daß, wenn ich mir die Frage vorlegte: Ist der Mensch eine Laus?, dann *für mich* der Mensch schon keine Laus war, sondern eine Laus für den, dem eine solche Frage überhaupt nicht in den Sinn kommt und der ohne alle Fragen einfach auf sein Ziel losgeht... Wenn ich mich schon so viele Tage damit abgequält hatte, ob Napoleon es getan hätte, da fühlte ich doch schon deutlich, daß ich kein Napoleon war... Ich habe die ganze Qual, ja Qual, dieses ganzen Geschwätzes ausgehalten, und da wollte ich sie endlich einmal loswerden, Ssonja, sie von den Schultern wälzen, mit einem Ruck: ich wollte, weißt du, ohne Kasuistik töten, einzig um meinetwillen, Ssonja, für mich allein! Hierbei wollte ich nicht einmal mir selbst etwas vorlügen! Nicht um meiner Mutter zu helfen, habe ich getötet – das ist Unsinn! Nicht um Mittel und Macht zu erlangen und dann ein Wohltäter der Menschheit zu werden, habe ich getötet. Unsinn! Ich habe einfach getötet; für mich getötet, für mich allein, und ob ich nachher irgend jemandes Wohltäter geworden wäre oder ob ich mein Leben lang wie eine Spinne alle in mein Netz eingefangen hätte, um aus allen die Lebenssäfte auszusaugen, das hätte mir in jenem Augenblick vollkommen gleichgültig sein müssen!... Und vor allem, Ssonja, war es mir nicht ums Geld zu tun, als ich tötete; nicht Geld brauchte ich, sondern vielmehr das andere... Jetzt weiß ich das alles... Verstehe mich recht: vielleicht wäre es auf demselben Weg doch nie zu einer Ausführung des Mordes in der Wirklichkeit gekommen. Aber ich mußte etwas anderes feststellen, und dies andere stieß mich vor: ich mußte damals feststellen, und zwar so schnell wie möglich feststellen, ob ich eine Laus war, wie alle, oder ein Mensch? Würde ich es fertigbringen zu übertreten, oder würde ich es nicht fertigbringen? Würde ich es wagen, mich zu bücken und die Macht zu packen, oder würde ich es nicht wagen? Bin ich zitternde Kreatur oder *habe* ich das Recht...«

»Zu töten? Das Recht zu töten?« fuhr Ssonja auf.

»A–ach, Ssonja!« rief er gereizt aus, wollte ihr schon etwas entgegnen, schwieg aber dann doch aus Verachtung. »Unterbrich mich nicht, Ssonja! Ich wollte dir nur eines beweisen: daß der Teufel mich damals zwar hingezerrt, aber erst nachher mir erklärt hat, daß ich nicht das Recht hatte hinzugehen, weil ich eben genau so eine Laus bin wie alle! Er hat mich zum besten gehabt, und so bin ich denn jetzt zu dir gekommen! Nimm den Gast auf! Wenn ich nicht eine Laus wäre, würde ich dann zu dir gekommen sein? Höre: als ich damals zur Alten ging, da ging ich ja nicht bloß *zur Probe* hin... Nun weißt du es!«

»Und haben getötet! Getötet!«

»Aber *wie* habe ich getötet? Tötet man denn so? Geht man denn so hin zum Töten, wie ich damals hinging?... Ich werde dir später einmal erzählen, wie ich hinging... Habe ich denn die Alte getötet? Mich habe ich getötet, aber nicht die Alte! Eben dort habe ich mich mit einem Hieb umgebracht, für immer!... Jene Alte hat der Teufel erschlagen, aber nicht ich... Genug, genug, Ssonja, genug! Laß mich«, stöhnte er plötzlich wie in krampfartiger Beklemmung, »laß mich!«

Er stützte die Ellbogen auf die Knie und preßte den Kopf mit den Händen wie mit einer Zange zusammen.

»Solch eine Marter!« entrang sich Ssonja die qualvolle Klage.

»Was soll ich jetzt tun? Sprich!« fragte er, plötzlich den Kopf erhebend, und blickte sie mit einem vor Verzweiflung förmlich entstellten Gesicht an.

»Was tun!« rief sie aufspringend aus, und ihre Augen, die bis jetzt voll Tränen gewesen waren, blitzten plötzlich. »Steh auf!« (Sie packte ihn an der Schulter; er erhob sich, sah sie aber fast verwundert an.) »Geh sofort, unverzüglich, stell dich auf einen Kreuzweg, knie nieder und küsse zuerst die Erde, die du entweiht hast, und dann verneige dich vor der ganzen Welt, in allen vier Richtungen, und sage vor allen Menschen laut: ‚Ich habe getötet!' Dann wird Gott dir wieder Leben geben. Wirst du gehen? Wirst du gehen?« fragte sie ihn, wie in einem Anfall am ganzen Körper bebend, dabei seine Hände umklammernd, und ihr brennender Blick sah ihn unablässig an.

Er wunderte sich und war sogar erstaunt über ihre plötzliche Begeisterung.

»Du meinst die Zwangsarbeit, oder was, Ssonja? Daß ich mich selbst anzeigen soll?« fragte er finster.

»Das Leiden auf sich nehmen und sich dadurch erlösen, das ist es, was man tun muß.«

»Nein! Ich gehe nicht zu ihnen, Ssonja.«

»Wie willst du denn leben, leben? Womit wirst du denn weiterleben?« rief Ssonja. »Ist das denn sonst noch möglich? Wie wirst du denn mit deiner Mutter sprechen? (Oh, was wird mit ihnen, mit ihnen jetzt geschehen!) Ach, was rede ich! Du hast ja deine Mutter und Schwester schon verlassen. Du hast sie doch schon verlassen, verlassen! Gott!« schrie sie auf. »Er weiß das alles schon selbst! Aber wie, wie kann man denn ohne einen Menschen weiterleben! Was wird jetzt aus dir werden!«

»Sei kein Kind, Ssonja!« sagte er leise. »Welche Schuld habe ich vor ihnen? Weshalb soll ich hingehen? Was soll ich ihnen sagen? Das ist doch alles nur ein Phantom ... Sie vertilgen selber Menschen zu Millionen und halten das noch für eine Tugend. Spitzbuben sind sie und Schufte, Ssonja! ... Ich gehe nicht. Und was soll ich sagen: daß ich erschlagen und nicht gewagt habe, das Geld zu nehmen, daß ich es unter einem Stein versteckt habe?« fügte er mit beißendem Hohn hinzu. »Sie werden doch noch über mich lachen, werden sagen: er ist ein Dummkopf, daß er es nicht genommen hat. Ein Feigling und ein Dummkopf! Sie werden nichts, gar nichts verstehen, Ssonja, und sie sind es auch nicht wert, zu verstehen. Weshalb soll ich hingehen? Ich gehe nicht hin. Sei kein Kind, Ssonja! ...«

»Du wirst dich zu Tode quälen, zu Tode quälen«, wiederholte sie und streckte ihm in verzweifeltem Flehen die Hände entgegen.

»Ich habe mich vielleicht noch verleumdet«, bemerkte er finster, wie sinnend. »Vielleicht bin ich *doch noch* ein Mensch und keine Laus, und habe mich übereilt verurteilt ... *Noch* will ich kämpfen.«

Ein hochmütiges Spottlächeln seiner Lippen setzte sich durch.

»Solche Qual zu tragen! Und ein ganzes, ganzes Leben lang!«

»Ich werde mich daran gewöhnen ...«, sagte er düster und nachdenklich. »Höre«, begann er nach einer Weile, »jetzt ist genug gejammert, es ist Zeit, sachlich zu reden: ich bin gekommen, um dir zu sagen, daß man mich jetzt sucht, mir nachstellt ...«

»Ach!« rief Ssonja erschrocken aus.

»Warum schreist du? Du willst doch selbst, daß ich nach Sibirien gehe, jetzt aber erschrickst du? Eins aber will ich dir sagen: ich ergebe mich ihnen nicht. Ich werde noch kämpfen mit ihnen, und sie werden nichts tun können. Sie haben keine wirklichen Beweise. Gestern war ich in großer Gefahr und dachte, ich sei schon verloren; heute aber steht es besser. Alle Beweise, die sie gegen mich haben, sind zweideutig, das will sagen, ich kann ihre Beschuldigungen zu meinen Gunsten umdeuten, verstehst du? Und das werde ich auch tun; denn ich habe das jetzt gelernt ... Ins Gefängnis aber wird man mich sicher einsperren. Wenn nicht ein Zufall dazwischen gekommen wäre, hätte man mich vielleicht schon heute geholt; vielleicht geschieht es auch heute noch... Aber das tut nichts, Ssonja: ich werde eine Zeitlang sitzen, und dann wird man mich freilassen... denn sie haben keinen einzigen wirklichen Beweis und werden ihn auch nicht finden, mein Wort darauf. Mit dem aber, was sie besitzen, kann man einen Menschen nicht verurteilen. Nun, genug... Ich sagte es bloß, damit du es weißt... Mit meiner Mutter und Schwester will ich es so einzurichten versuchen, daß sie nicht daran glauben, damit sie nicht erschrecken... Meine Schwester ist jetzt übrigens, wie es scheint, versorgt... also auch meine Mutter... Nun, das ist alles. Sei übrigens vorsichtig! Wirst du zu mir ins Gefängnis kommen, wenn ich dort sitzen werde?«

»Oh, ich werde, ich werde kommen!«

Sie saßen nebeneinander, traurig und niedergeschlagen, als wären sie nach einem Sturm allein an einen einsamen Strand angespült worden. Er sah Ssonja an und fühlte, wieviel Liebe ihn umgab, und seltsam, es wurde ihm plötzlich schwer und schmerzhaft zumute, weil er so geliebt wurde. Ja, das war ein seltsames und furchtbares Gefühl! Auf dem Wege zu Ssonja hatte er nur empfunden, daß in ihr seine ganze Hoffnung und sein letzter Ausweg waren; wenigstens einen Teil seiner Qualen hatte er geglaubt abwälzen zu können, und nun, wo ihr ganzes Herz sich ihm zugewandt hatte, fühlte und erkannte er plötzlich, daß er um unermeßlich vieles unglücklicher geworden war.

»Ssonja«, sagte er, »komm lieber nicht zu mir, wenn ich im Gefängnis sitzen werde!«

Ssonja antwortete nicht, sie weinte. Es vergingen ein paar Minuten.

»Hast du ein Kreuz?« fragte sie auf einmal unerwartet, als sei es ihr plötzlich eingefallen.

Zuerst verstand er die Frage nicht.

»Nein, du hast keins? Hier, nimm dieses Kreuz aus Zypressenholz! Ich habe noch ein anderes, ein kupfernes von Lisaweta. Ich habe mit Lisaweta getauscht, sie hat mir ihr Kreuz gegeben und ich ihr mein Heiligenbildchen. Ich will jetzt das Kreuz von Lisaweta tragen, dieses aber gebe ich dir. Nimm es ... es gehört doch mir! Es ist doch mein Kreuz!« bat sie ihn. »Wir werden doch zusammen ins Leid gehen, also wollen wir auch zusammen das Kreuz tragen!...«

»Gib es!« sagte Raskolnikoff.

Er wollte sie nicht betrüben. Aber er zog gleich wieder die Hand zurück, die er nach dem Kreuz ausgestreckt hatte.

»Nicht jetzt, Ssonja. Lieber später«, fügte er hinzu, um sie zu beruhigen.

»Ja, ja, so ist es besser, es ist besser so«, pflichtete sie ihm mit Eifer bei. »Wenn du gehst, um das Leiden auf dich zu nehmen, dann legst du es um. Du kommst dann zu mir, ich werde es dir umhängen, wir wollen dann beten und beide gehen.«

In diesem Augenblick klopfte jemand dreimal an die Tür.

»Ssofja Ssemjonowna, darf ich eintreten?« ertönte eine gut bekannte höfliche Stimme.

Ssonja stürzte erschrocken zur Tür. Das blonde Gesicht Herrn Lebesjätnikoffs schaute ins Zimmer.

V

Lebesjätnikoff sah aufgeregt aus.

»Ich komme zu Ihnen, Ssofja Ssemjonowna. Entschuldigen Sie ... Ich dachte mir schon, daß ich auch Sie hier antreffen würde«, wandte er sich schnell an Raskolnikoff. »Das heißt, ich dachte nichts ... in dieser Hinsicht ... aber ich dachte ... Dort bei uns ist Katerina Iwanowna verrückt geworden«, schloß er plötzlich, zu Ssonja gewandt.

Ssonja schrie auf.

»Das heißt, es hat wenigstens den Anschein ... Wir wissen dort alle nicht, was wir tun sollen, das ist es! Sie kam zurück ... man scheint sie irgendwo hinausgejagt, vielleicht auch geschlagen zu haben ... es scheint wenigstens so ... Sie war zu dem Vorgesetzten des verstorbenen Ssemjón

Sachárytsch gelaufen, hatte ihn nicht zu Hause angetroffen; er war bei einem anderen General zum Essen geladen ... Und stellen Sie sich vor, sie ist dann dorthin gelaufen, zu diesem anderen General, stellen Sie sich vor ... und sie bestand auf ihrem Verlangen, den Vorgesetzten von Ssemjon Sacharytsch zu sehen, und sie hat, wie es scheint, ihn von der Tafel rufen lassen. Sie können sich denken, was passiert ist! Man hat sie selbstverständlich hinausgejagt; sie erzählt, daß sie den General beschimpft und ihm sogar etwas ins Gesicht geschleudert habe. Das kann man ihr schon zutrauen ... Daß man sie nicht auf die Polizei gebracht hat, verstehe ich nicht! Jetzt erzählt sie es allen, auch Amalia Iwanowna, nur ist es schwer zu verstehen, was sie meint, denn sie schreit und rennt dabei mit dem Kopf an die Wand ... Ja also: sie sagt und schreit, jetzt wolle sie, da sie doch von allen verlassen sei, mit den Kindern auf die Straße gehen, mit einem Leierkasten, die Kinder müßten singen und tanzen, auch sie würde singen und Geld einsammeln, und Tag für Tag wolle sie so vor den Fenstern des Generals erscheinen ... ‚Mögen alle sehen', sagt sie, ‚wie die edlen Kinder eines angesehenen Beamten als Bettler in den Straßen umherziehen müssen!' Sie schlägt die weinenden Kinder, Lenja lehrt sie ein Gassenlied singen, den Knaben tanzen und Poletschka ebenfalls; sie reißt alle Kleider entzwei, um ihnen Mützen zu machen, wie die Gaukler sie haben; sie selbst will ein Becken schlagen, an Stelle der Musik ... Uns will sie gar nicht anhören ... Stellen Sie sich vor, wie soll das werden? Das geht doch nicht an!«

Lebesjätnikoff hätte noch weiter gesprochen, aber Ssonja, die ihm mit angehaltenem Atem zugehört hatte, griff rasch nach ihrer Mantille und ihrem Hut, lief aus dem Zimmer und kleidete sich im Gehen an, Raskolnikoff ging ihr nach, und Lebesjätnikoff folgte ihm.

»Sie ist ganz gewiß verrückt geworden!« sagte er zu Raskolnikoff, als sie auf die Straße hinaustraten. »Ich wollte nur Ssofja Ssemjonowna nicht erschrecken und sagte deshalb ‚es scheint', aber es kann keinen Zweifel darüber geben. Man sagt, daß bei Schwindsucht sich im Gehirn solche Knötchen bilden; schade, daß ich von Medizin nichts verstehe. Ich versuchte übrigens, ihr das zu erklären, aber sie will ja nichts davon hören.«

»Haben Sie ihr von diesen Knötchen gesprochen?«

»Das heißt, eigentlich nicht gerade von den Knötchen. Sie würde es auch gar nicht verstanden haben. Ich sage ja nur: wenn man einen Menschen logisch überzeugen kann, daß er eigentlich keinen Grund hat zu weinen, so wird er aufhören zu weinen. Das ist doch klar. Oder meinen Sie, daß er nicht aufhören wird?«

»Dann wäre das Leben allzu leicht«, antwortete Raskolnikoff.

»Erlauben Sie, erlauben Sie bitte; gewiß, bei Katerina Iwanowna würde es ziemlich schwerfallen, sie verstünde es nicht. Aber ist Ihnen nicht bekannt, daß in Paris schon ernste Versuche gemacht worden sind in betreff der Möglichkeit, durch Anwendung logischer Überredung Wahnsinnige zu heilen? Ein dortiger Professor, der vor kurzem gestorben ist, ein ernster Gelehrter, hat das ausgeknobelt, daß man sie in dieser Weise müßte heilen können. Sein Grundgedanke ist, daß bei den Wahnsinnigen eine besondere Störung im Organismus nicht vorliege und daß der Wahnsinn sozusagen nur ein logischer Fehler, ein Fehler der Urteilsfähigkeit, eine falsche Ansicht von Dingen sei. So begann er denn damit, die Ansichten des Kranken allmählich zu widerlegen, und denken Sie sich, er soll Erfolge erzielt haben! Da er aber gleichzeitig auch Duschen anwandte, so wurden die Erfolge dieser Behandlung bezweifelt ... Es scheint wenigstens so ...«

Raskolnikoff hörte ihm längst nicht mehr zu. Als er an seinem Hause ankam, nickte er nur wortlos Lebesjätnikoff zu und bog in den Torweg ein. Lebesjätnikoff kam zu sich, blickte sich um und lief weiter.

Raskolnikoff trat in seine Kammer und blieb mitten darin stehen. Wozu war er hierher zurückgekehrt? Er sah diese gelblichen, abgewetzten Tapeten, diesen Staub, seinen Diwan an ... Vom Hofe drang ein hartes ununterbrochenes Hämmern herauf; man schien Nägel einzuschlagen ... Er trat an das Fenster, stellte sich auf die Zehen und blickte lange mit einem Ausdruck außergewöhnlicher Aufmerksamkeit im Hof umher. Der Hof aber war leer, und man sah die Hämmernden nicht. Links, im Seitengebäude, war hier und da ein Fenster geöffnet; auf den Fensterbrettern standen kleine Töpfe mit kümmerlichen Geranien. Vor den Fenstern hing Wäsche ... Das ganze Bild kannte er auswendig. Er wandte sich ab und setzte sich auf den Diwan.

Noch nie, noch nie hatte er sich so entsetzlich einsam gefühlt.

Ja, er fühlte es noch einmal, daß er Ssonja vielleicht hassen könnte, und zwar gerade jetzt, wo er sie noch unglücklicher gemacht hatte. Warum war er zu ihr gegangen, sie um ihre Tränen zu bitten? Warum mußte er so unbedingt ihr Leben endgültig zerstören? Oh, welch eine Schändlichkeit!

»Ich bleibe allein«, sagte er plötzlich entschlossen, »und sie soll nicht ins Gefängnis zu mir kommen!«

Nach etwa fünf Minuten hob er den Kopf und lächelte eigentümlich. Es war ein merkwürdiger Gedanke: »Vielleicht ist es in Sibirien tatsächlich besser«, dachte er plötzlich.

Er erinnerte sich nicht, wie lange er schon so in seinem Zimmer saß mit den auf ihn einstürmenden unklaren Gedanken. Da öffnete sich plötzlich die Tür, und Awdotja Romanowna trat herein. Sie blieb zuerst stehen und blickte ihn von der Schwelle aus an, so wie er gestern Ssonja angeblickt hatte, kam dann herein und setzte sich auf einen Stuhl, auf ihren gestrigen Platz, ihm gegenüber. Er sah sie schweigend und gleichsam ohne zu denken an.

»Sei mir nicht böse, Bruder, ich komme nur auf einen Augenblick«, sagte Dunja. Der Ausdruck ihres Gesichtes war nachdenklich, aber nicht streng. Der Blick war klar und still. Er sah, daß auch sie mit Liebe zu ihm gekommen war.

»Bruder, ich weiß jetzt alles, *alles*. Mir hat Dmitrij Prokófjitsch alles erzählt und erklärt. Man verfolgt und quält dich auf Grund eines dummen und schändlichen Verdachts! ... Dmitrij Prokofjitsch hat mir gesagt, daß für dich keine Gefahr besteht, daß du dich unnötigerweise mit solcher Empörung gegen diesen grauenvollen Verdacht auflehnst. Ich denke nicht so wie er, ich *verstehe vollkommen*, wie alles in dir empört sein muß, und daß diese Empörung Spuren für immer in dir hinterlassen kann. Davor habe ich Angst. Daß du uns verlassen hast, deshalb verurteile ich dich nicht und darf dich auch gar nicht verurteilen, verzeih mir, daß ich dir dies vorgeworfen habe! Ich fühle selbst, daß auch ich von allen fortgehen würde, wenn ich solch einen großen Kummer hätte. Der Mutter werde ich davon nichts sagen, ich will aber immer mit ihr über dich sprechen und will in deinem Namen sagen, daß du sehr bald kommen wirst. Quäle dich nicht ihretwegen; *ich* werde sie beruhigen; aber quäle sie auch nicht gar zu sehr, komm wenigstens noch einmal! Vergiß nicht, daß sie unsere Mutter ist! Ich bin nur gekommen, um zu sagen« (Dunja stand auf), »daß, falls du irgendwie mich oder sonst etwas brauchen solltest, und wenn es mein ganzes Leben wäre oder gleichviel was ... so rufe mich, ich werde kommen! Leb wohl!«

Sie wandte sich schnell ab und ging zur Tür.

»Dunja!« rief Raskolnikoff, stand auf und ging zu ihr. »Dieser Rasumichin, Dmitrij Prokofjitsch, ist ein sehr anständiger Mensch.«

Dunja errötete ein wenig.

»Nun und?« fragte sie nach einer Weile.

»Er ist ein tüchtiger, fleißiger, ehrlicher Mensch und ist starker Liebe fähig ... Leb wohl, Dunja!«

Dunja wurde feuerrot, dann aber erschrak sie.

»Was ist dir, Bruder? Trennen wir uns denn wirklich für immer, daß du mir ... solch ein Vermächtnis machst?«

»Wie dem auch sei ... Leb wohl ...!«

Er wandte sich ab und trat zum Fenster. Sie blieb eine Weile stehen, sah ihn sorgenvoll an und ging mit dem Gefühl der Angst hinaus.

Nein, er war nicht kalt zu ihr. Es hatte einen Augenblick gegeben, in der letzten Minute, wo er die größte Lust verspürte, sie innig zu umarmen, von ihr *Abschied zu nehmen* und ihr sogar alles zu *sagen*, aber er wagte ihr nicht einmal die Hand zu geben. (»Sie könnte später bei dem Gedanken erschauern, daß ich sie umarmt habe, und würde sagen, daß ich ihren Kuß gestohlen hätte!«)

(»Würde sie es ertragen oder nicht?« dachte er nach einigen Minuten weiter. »Nein, sie nicht; *solche* Naturen ertrügen es nie . . .«)

Und er dachte an Ssonja.

Vom Fenster her wehte frische Luft. Draußen war es nicht mehr ganz hell. Er nahm plötzlich seine Mütze und ging hinaus.

Er konnte natürlich nicht auf seinen krankhaften Zustand achten, und er wollte es auch nicht. Aber diese ununterbrochenen Aufregungen und diese seelischen Erschütterungen konnten nicht ohne Folgen bleiben. Und wenn er noch nicht an einem heftigen Fieber darniederlag, so war es vielleicht darum, weil diese ununterbrochenen inneren Aufregungen ihn vorläufig noch aufrecht und bei Bewußtsein hielten, aber gleichsam künstlich, nur noch für eine Weile.

Er irrte ziellos umher. Die Sonne ging unter. Eine eigentümliche Schwermut oder Beklemmung hatte in letzter Zeit angefangen, sich in ihm bemerkbar zu machen. Es war in ihr nichts besonders scharf Schmerzhaftes oder Brennendes; aber es war, als wehe ihn etwas Bevorstehendes an, etwas Dauerndes, Ewiges, wie ein Vorgefühl endlos trostloser Jahre eben solcher Beklemmung, kalter, ertötender Bedrückung, die Vorahnung einer Ewigkeit auf »ellenbreitem Raum«. In den Abendstunden begann diese Empfindung ihn neuerdings noch stärker zu quälen.

»Und bei solchen allerdümmsten, rein physischen Schwächezuständen, die von irgend so einem Sonnenuntergang abhängen können, vermeide einer dann, Dummheiten zu begehen! Nicht bloß zu einer Ssonja, selbst zu einer Dunja treibt es einen dann hin!« murmelte er haßerfüllt.

Man rief seinen Namen. Er blickte sich um; Lebesjätnikoff eilte auf ihn zu.

»Denken Sie, ich war bei Ihnen, ich suchte Sie. Stellen Sie sich vor, sie hat wirklich ihre Absicht ausgeführt und die Kinder mitgenommen! Wir haben sie nur mit Mühe gefunden, Ssofja Ssemjonowna und ich. Sie selbst schlägt auf eine Pfanne, und die Kinder müssen tanzen. Die Kinder weinen natürlich. Sie bleiben an Straßenecken und vor Läden stehen. Das dumme Volk läuft ihnen nach. Wir wollen hingehen!«

»Und Ssonja?« fragte Raskolnikoff erregt und eilte mit Lebesjätnikoff weiter.

»Sie ist ganz außer sich! Das heißt, nicht Ssofja Ssemjonowna, sondern Katerina Iwanowna ist außer sich; aber auch Ssofja Ssemjonowna ist außer sich. Katerina Iwanowna aber ist ganz außer Rand und Band. Ich sage Ihnen, sie ist vollkommen verrückt! Man wird sie noch auf die Polizei bringen. Sie können sich vorstellen, wie das erst auf sie wirken wird ... Jetzt sind sie dort am Kanal bei der N. Brücke, gar nicht weit von Ssofja Ssemjonownas Wohnung.«

Am Kanal, nicht weit von der Brücke und zwei Häuser von der Wohnung Ssonjas entfernt, hatte sich ein Häufchen Menschen angesammelt. Hauptsächlich Buben und Mädchen liefen hin. Von der Brücke aus konnte man schon die heisere, überanstrengte Stimme von Katerina Iwanowna hören. Es war ein merkwüdiges Schauspiel, wohl geeignet, das Straßenpublikum zu fesseln. Katerina Iwanowna hatte ihr altes, abgetragenes Kleid an, den Schal aus Drap de dame um die Schultern geworfen und einen zerrissenen Strohhut auf; sie war tatsächlich ganz unzurechnungsfähig. Dabei war sie völlig erschöpft und rang nach Atem. Ihr abgehärmtes, schwindsüchtiges Gesicht sah noch leidender aus; zudem sieht ja ein Schwindsüchtiger draußen im Sonnenlicht stets kränklicher und entstellter aus als zu Hause. Ihre Aufregung nahm kein Ende, und sie wurde mit jedem Augenblick gereizter. Bald stürzte sie sich auf die Kinder, schrie sie an, redete ihnen zu, lehrte sie auf der Straße in Gegenwart aller, wie sie tanzen und was sie singen sollten, begann ihnen zu erklären, warum dies nötig sei, geriet in Verzweiflung darüber, daß sie es nicht begriffen, und schlug sie ... Dann stürzte sie wieder ins Publikum, wenn sie einen einigermaßen besser gekleideten Menschen entdeckte, der stehen blieb, um sich die Sache anzusehen, und sie beeilte sich sofort, ihm zu erklären, daß es mit Kindern »aus einem feinen, man kann sogar sagen aristokratischen Hause« so weit gekommen sei. Wenn sie unter den Zuschauern Lachen oder ein freches Wort hörte, wandte sie sich sofort an die Dreisten und begann sie zu schelten. Einige lachten darüber, andere wieder schüttelten den Kopf; aber alle fanden es offenbar fesselnd, der Wahnsinnigen und ihren erschrockenen Kindern zuzusehen. Die Pfanne, die Lebesjätnikoff erwähnt hatte, war nicht da; Raskolnikoff wenigstens sah sie nicht. Katerina Iwanowna schlug den Takt nicht auf einer Pfanne, sondern mit ihren mageren Händen, wenn sie Poletschka zum Singen und Lenja und Kolja zum Tanzen antrieb. Sie fing selbst an mitzusingen, wurde jedoch jedesmal beim zweiten Ton von einem quälenden Husten unterbrochen. Dann war sie von neuem verzweifelt, fluchte ihrem Husten und weinte sogar. Am meisten brachte sie das Weinen und die Angst Koljas und Lenjas auf. Sie hatte wirklich den Versuch gemacht, die Kinder aufzuputzen wie Straßentänzer oder Gaukler. Dem Knaben hatte sie einen Turban aus rotem und weißem Stoff aufgesetzt, damit er einem Türken ähnle. Für Lenja hatte der Stoff zu einer Kostümierung nicht gereicht, daher trug sie nur ein rotes gestricktes Käppchen des verstorbenen Ssemjon Sacharytsch auf dem Kopf, und an dieses Käppchen war eine abgebrochene weiße Straußenfeder angesteckt, die noch der

Großmutter von Katerina Iwanowna gehört hatte und die bis jetzt, als ein altes Familienstück, im Koffer aufbewahrt worden war. Poletschka war in ihrem gewöhnlichen Kleidchen. Sie blickte schüchtern und hilflos die Mutter an, wich nicht von ihrer Seite, verbarg die Tränen, schien zu ahnen, daß die Mutter wahnsinnig geworden war, und schaute unruhig um sich. Die Straße und die Menschenmenge beängstigten sie aufs äußerste. Ssonja wich auch keinen Schritt von Katerina Iwanowna, weinte und flehte sie an, nach Hause zurückzukehren. Katerina Iwanowna aber blieb unerbittlich.

»Höre auf, Ssonja, höre auf!« keuchte sie hastig, außer Atem und hustend. »Du weißt selbst nicht, um was du bittest, du bist wie ein Kind! Ich habe dir schon einmal gesagt, daß ich zu dieser betrunkenen Deutschen nicht zurückkehren werde. Mögen alle, mag ganz Petersburg sehen, wie die Kinder eines edlen Vaters, der sein Leben lang treu und redlich gedient hat und, man kann sagen, im Dienst gestorben ist, betteln gehen müssen.« (Katerina Iwanowna hing schon mit blindem Glauben an dieser Erfindung eigener Phantasie.) »Mag es nur dieser schändliche Kerl von einem General sehen! Ja, du bist dumm, Ssonja, was sollen wir denn jetzt essen, sage mir, bitte? Wir haben dich genug ausgenutzt, ich will es nicht mehr. Ach, Rodion Romanowitsch, Sie sind es!« rief sie aus, als sie Raskolnikoff erblickte, und eilte auf ihn zu. »Erklären Sie bitte diesem dummen Persönchen, daß wir nichts Klügeres tun konnten! Sogar Leierkastenmänner verdienen, bei uns aber werden alle merken und erfahren, daß wir eine verarmte wohlgeborene Familie und Waisen sind, die an den Bettelstab gebracht wurden, und dieser Kerl von einem General wird noch seine Stellung verlieren. Sie werden es sehen! Wir werden jeden Tag vor seinem Fenster stehen, und wenn der Kaiser vorbeifahren wird, werde ich mich auf die Knie werfen, und auf die Kinder will ich zeigen und sagen: ‚Schütze sie, Vater!‘ Er ist der Vater aller Waisen, er ist barmherzig, er wird sie schützen, Sie werden es sehen, und diesen Kerl von einem General ... Lenja! Tenez-vous droite! Du, Kolja, wirst du wohl sofort wieder tanzen! Was heulst du? Er heult schon wieder! Nun, warum fürchtest du dich denn, Dummköpfchen! O Gott! was soll ich mit ihnen tun, Rodion Romanowitsch! Wenn Sie wüßten, wie unvernünftig sie sind! Was soll man mit ihnen tun! ...«

Und sie zeigte, fast weinend (was sie jedoch nicht hinderte, ununterbrochen und geschwind weiterzusprechen), auf die schluchzenden Kinder. Raskolnikoff versuchte sie zu überreden, nach Hause zu gehen, und sagte ihr sogar, um auf ihre Eigenliebe zu wirken, daß es für sie unpassend sei, wie Drehorgelleute in den Straßen umherzuziehen, weil sie doch beabsichtige, die Vorsteherin eines Pensionats für junge Mädchen aus besseren Ständen ...

»Eines Pensionats für junge Mädchen! Hahaha! Was weit herkommt, hat gut lügen, sagt das Sprichwort!« rief Katerina Iwanowna aus, aber nach dem Lachen überfiel sie ein starker Husten ... »Nein, Rodion Romanowitsch, dieser Traum ist ausgeträumt! Alle haben uns verlassen! ... Und dieser erbärmliche Kerl von einem General ... Kch – kch – kch! Dieser Kerl von einem General ... Wissen Sie, Rodion Romanowitsch, ich habe ihm ein Tintenfaß an den Kopf geworfen – es stand gerade eins dort, im Vorzimmer, neben dem Buch, wo alle ihre Namen eintragen; auch ich habe mich eingetragen, und dann warf ich ihm das Tintenfaß an den Kopf und lief davon. Oh, gemeine, niederträchtige Menschen! Ich verzichte auf sie alle, ich will selbst die da füttern, will niemanden mehr anbetteln! Wir haben sie genug gequält!« (Und sie wies dabei auf Ssonja). »Poletschka, wieviel haben wir eingesammelt, zeige mir mal! ... Wie? Bloß zwei Kopeken? Oh, diese schändlichen Menschen! Sie geben nichts, laufen uns bloß mit ausgestreckter Zunge nach! Nun, was lacht dieser Holzklotz?« Sie zeigte auf einen in der Menge. »Das kommt alles daher, weil Kolja so einfältig ist, man hat nur Scherei mit ihm! Was willst du, Poletschka? Sprich mit mir französisch, parlez–moi français! Ich habe es dir doch beigebracht, du kannst doch einige Sätze! ... Wie kann man denn sonst erkennen, daß ihr aus feiner Familie, wohlerzogene Kinder seid und keine Leierkastenleute? Wir machen doch kein Kasperltheater auf den Straßen, wir wollen eine vornehme Romanze singen ... Ach ja! Was sollen wir denn singen? Ihr unterbrecht mich in einem fort, wir sind ... sehen Sie, Rodion Romanowitsch, wir sind hier stehengeblieben, um zu überlegen, was wir singen wollen, etwas, was auch Kolja vortanzen kann ... denn wir machen alles, wie Sie sich denken können, ohne Vorbereitung. Lassen Sie uns das nun besprechen, um alles ordentlich vorzubereiten, dann gehen wir auf den Newskij-Prospekt, wo es bedeutend mehr Menschen aus der höchsten Gesellschaft gibt, die uns sofort bemerken werden. Lenja kennt das Lied „Die Troika" ... Aber das kann man doch nicht ewig singen, die ganze Welt singt es ja! Wir müssen etwas viel Besseres singen ... Was meinst du, Poletschka, du könntest doch deiner Mutter helfen! Ich erinnere mich an nichts mehr, ich habe alles vergessen! Ach, wollen wir doch französisch „Cinq sous" singen! Ich habe es euch doch gelehrt! Und da es französisch ist, werden alle sofort sehen, daß ihr adlige Kinder seid, und das ist bedeutend rührender ... Wir könnten sogar „Marlborough s'en va-t-en guerre!" singen, da es ein ausgesprochenes Kinderlied ist und in allen aristokratischen Häusern gesungen wird, wenn die Kinder einschlafen sollen ...«

„Marlborough s'en va-t-en guerre,
Ne sait quand reviendra ..."

begann sie zu singen ... »Nein, lieber doch „Cinq sous!" Nun, Kolja, stemme die Händchen in die Seiten, aber schneller, und du Lenja, drehe dich in entgegengesetzter Richtung, ich werde mit Poletschka singen und in die Hände klatschen!

„Cinq sous, cinq sous
Pour monter notre ménage ..."

Kch – kch – kch!« (Und sie krümmte sich vor Husten.) »Bring dein Kleid in Ordnung, Poletschka, die Schultern sind entblößt«, bemerkte sie, zwischen dem Husten atemholend. »Ihr müßt euch jetzt besonders anständig und manierlich benehmen, damit alle sehen, daß ihr adlige Kinder seid. Ich habe doch damals gleich gesagt, daß man die Taille länger und in doppelter Breite zuschneiden soll. Du kamst aber mit deinen Ratschlägen, Ssonja, es kürzer und kürzer zu machen, jetzt siehst du, wie das Kind völlig verunstaltet ist... Ihr weint schon wieder! Ja, warum weint ihr Dummen denn? Kolja, fang schneller an, schneller – ach, wie dieses Kind doch unausstehlich ist!...

„Cinq sous, cinq sous..."

Wieder ein Schutzmann! Nun, was willst du?«

Tatsächlich drängte sich ein Schutzmann durch die Menge. Gleichzeitig näherte sich ihr ein Herr im Dienstrock und Mantel, ein höherer Beamter, mit einem Orden am Halse (dieser Umstand war Katerina Iwanowna sehr angenehm und machte selbst auf den Schutzmann Eindruck), und überreichte ihr schweigend einen grünen Dreirubelschein. Sein Gesicht drückte aufrichtiges Mitleid aus. Katerina Iwanowna nahm das Geld und verbeugte sich höflich, ja fast feierlich.

»Ich danke Ihnen, mein Herr«, begann sie von oben herab, »die Gründe, die uns veranlaßt haben... nimm das Geld, Poletschka! Du siehst, es gibt noch edle und großmütige Menschen, die sofort bereit sind, einer armen adligen Dame im Unglück zu helfen. Sie sehen adlige Waisen vor sich, mein Herr, man kann sogar sagen, mit aristokratischsten Verbindungen... Jener erbärmliche Kerl aber von einem General saß bei Tisch und aß Rebhuhn... stampfte mit den Füßen, weil ich ihn dabei gestört hatte... ‚Eure Exzellenz', sagte ich, ‚schützen Sie die Waisen, da Sie den verstorbenen Ssemjon Sacharytsch doch gut gekannt haben', sagte ich, ‚und weil der gemeinste aller Schufte seine leibliche Tochter an seinem Begräbnistag verleumdet hat...' Wieder kommt dieser Polizist! Schützen Sie mich!« rief sie dem Beamten zu. »Was will dieser Polizist von mir? Wir sind schon vor einem weggelaufen hierher, aus einer anderen Straße... Nun, was geht es dich an, Dummkopf!«

»Nur weil es auf der Straße verboten ist. Führen Sie sich gefälligst nicht unerlaubt auf!«

»Du bist selbst unerlaubt! Ich gehe genau so herum wie jeder Leierkastenmann; was geht es dich an?«

»Zu einem Leierkasten muß man eine Erlaubnis haben, Sie aber verursachen in dieser Weise Aufsehen und verwirren das Volk. Wo wohnen Sie?«

»Was, Erlaubnis!« schrie Katerina Iwanowna empört. »Ich habe heute meinen Mann beerdigt, was ist da für eine Erlaubnis nötig!«

»Bitte beruhigen Sie sich, Madame«, begann der vornehme Beamte, »gehen wir, ich werde Sie begleiten... Hier unter den Leuten ist es unpassend... Sie sind krank...«

»Mein Herr, mein Herr, Sie wissen ja gar nichts!« schrie Katerina Iwanowna. »Wir wollen auf den Newskij-Prospekt gehen... Ssonja, Ssonja! Wo ist sie denn? Sie weint auch! Was ist denn mit euch allen!... Kolja, Lenja, wohin geht ihr denn?« rief sie plötzlich erschrocken, »oh, die dummen Kinder! Kolja, Lenja, ja, wohin laufen sie denn?...«

Als Kolja und Lenja sahen, daß der Schutzmann sie irgendwohin wegführen wollte, faßten sie in ihrer äußersten Angst vor der Menge und der wahnsinnigen Mutter wie auf Verabredung einander an den Händchen und liefen davon. Mit Geschrei und Weinen stürzte die arme Katerina Iwanowna ihnen nach, um sie einzuholen. Es war widerwärtig und traurig zu sehen, wie sie weinend und keuchend lief. Ssonja und Poletschka eilten ihr nach.

»Bring sie zurück, bring sie zurück, Ssonja! Oh, die dummen, undankbaren Kinder!... Polja! Fange sie ein!... Ich habe es doch für euch...«

Sie stolperte im vollen Lauf und fiel hin.

»Sie hat sich blutig geschlagen! O Gott!« rief Ssonja aus, sich über sie beugend.

Alle liefen hin und drängten sich um sie. Raskolnikoff und Lebesjätnikoff waren als die ersten zur Stelle, der Beamte eilte auch hinzu, und ihm folgte der Schutzmann, der etwas wie »Da haben wir's« brummte und den Kopf schüttelte in der Vorahnung, daß die Sache ihm noch zu schaffen machen werde.

»Geht weiter, geht!« Er jagte die Menschen, die herumstanden, auseinander.

»Sie stirbt!« rief jemand.

»Sie hat den Verstand verloren!« sagte ein anderer.

»Gott schütze sie!« bemerkte eine Frau und schlug ein Kreuz. »Hat man den Jungen und das Mädel eingefangen? Ja, da bringt man sie, die Älteste hat sie eingeholt ... Was ihnen nur einfiel!«

Als man aber Katerina Iwanowna näher betrachtete, sah man, daß sie sich gar nicht an den Steinen blutig geschlagen hatte, wie Ssonja annahm, sondern daß das Blut auf dem Fahrdamm aus ihrem Munde kam.

»Das kenne ich, das habe ich schon gesehen«, sagte der Beamte leise zu Raskolnikoff und Lebesjätnikoff, »das ist Schwindsucht; das Blut stürzt hervor, und man erstickt. Einer Verwandten von mir erging es unlängst ähnlich, ich habe es selbst gesehen, schätzungsweise anderthalb Glas Blut aus dem Mund ... und ganz plötzlich ... Aber was soll man jetzt tun, sie wird gleich sterben.«

»Bringt sie zu mir, hier in der Nähe!« flehte Ssonja. »Ich wohne hier ... in dem Hause, das zweite von hier ... Schnell, schnell! ...«, wandte sie sich aufgeregt an alle. »Holt einen Arzt! ... O Gott!«

Dank dem Eingreifen des Beamten ging die Sache glatt vonstatten, sogar der Schutzmann half Katerina Iwanowna hinübertragen. Man brachte sie fast tot in Ssonjas Zimmer und legte sie auf das Bett. Das Blut hörte noch nicht auf zu fließen, aber Katerina Iwanowna kam langsam zu sich. In das Zimmer traten gleichzeitig, außer Ssonja, Raskolnikoff und Lebesjätnikoff, der Beamte und der Schutzmann, nachdem dieser die Menge auseinandergejagt hatte, von der einige bis zur Tür gefolgt waren. Poletschka kam auch mit Kolja und Lenja, die beide zitterten und weinten; sie hielt sie an der Hand. Auch von Kapernáumoffs kamen einige ins Zimmer: er selbst, lahm und krumm, von seltsamem Aussehen, mit borstigen Haaren und Backenbart; seine Frau, die immer ein erschrockenes Aussehen hatte, und einige ihrer Kinder mit immer erstauntem, hölzernem Gesichtsausdruck. Unter diesem Publikum befand sich auch Sswidrigáiloff. Raskolnikoff blickte ihn verwundert an, ohne zu begreifen, wie er hierhergekommen sei, da er sich seiner unter der Menge auf der Straße nicht entsann. Man sprach davon, einen Arzt und einen Priester holen zu lassen. Obwohl der Beamte Raskolnikoff zuraunte, daß ein Arzt jetzt wahrscheinlich nicht mehr nötig sei, sandte man doch nach ihm. Kapernaumoff eilte selbst davon, einen zu holen.

Unterdessen war Katerina Iwanowna zu sich gekommen, und das Blut hörte für eine Weile auf zu fließen. Sie sah unverwandt mit einem schmerzlichen und durchdringenden Blick auf die bleiche und bebende Ssonja, die ihr mit einem Handtuch die Schweißtropfen auf der Stirn abtrocknete; schließlich bat sie, man möge sie aufrichten. Man setzte sie auf und stützte sie von beiden Seiten.

»Wo sind die Kinder?« fragte sie mit schwacher Stimme. »Hast du sie gebracht, Polja? Oh, ihr dummen ... Warum lieft ihr fort? ... Ach!«

Blut bedeckte noch ihre trockenen Lippen. Sie blickte sich um.

»Also hier lebst du, Ssonja? Ich bin noch nie bei dir gewesen ... Jetzt erst bin ich dazu gekommen ...«

Sie blickte sie unendlich traurig an.

»Wir haben dich ausgesogen, Ssonja ... Polja, Lenja, Kolja, kommt her ... Hier hast du sie alle drei, Ssonja, nimm sie ... aus meiner Hand ... denn ich bin am Ende! ... Das Fest ist aus! Ha ... Legt mich denn nieder und laßt mich wenigstens ruhig sterben! ...«

Man legte sie wieder auf die Kissen zurück.

»Was? Einen Priester? ... Ist nicht nötig. Wo habt ihr denn einen überflüssigen Rubel? ... Ich habe keine Sünden! ... Gott muß mir auch ohnedies vergeben ... Er weiß, wie ich gelitten habe! ... Und wenn er nicht vergibt, dann ist es auch nicht nötig! ...«

Ein unruhiges Phantasieren bemächtigte sich ihrer mehr und mehr. Zuweilen fuhr sie auf, blickte um sich, erkannte alle auf einen Augenblick, dann schwand das Bewußtsein wieder. Sie atmete schwer und röchelnd.

»Ich sagte ihm: ‚Eure Exzellenz!' ...« rief sie plötzlich und holte nach jedem Worte Atem. »Diese Amalia Ludwigowna ... ach, Lenja, Kolja! Die Händchen in die Seiten gestemmt, schneller, schneller, glissez, glissez, pas de basque! Stampf mit den Füßchen! ... Sei ein graziöses Kind! ...

„Du hast Diamanten und Perlen ..."

Wie geht es weiter? Das sollten wir singen ...

„Du hast die schönsten Augen,
Sag, Liebchen, was willst du noch mehr? ..."

Ja, so ist es! Was willst du mehr – wie der Tölpel nur darauf verfallen ist! ... Ach ja, da ist noch ein anderes Lied:

„In mittäglicher Glut ..."

Ach, wie ich das liebte ... Ich habe dieses Lied über alles geliebt, Poletschka! ...

„In mittäglicher Glut ... im Tale Daghestans ..."

Weißt du, dein Vater sang es ... als Bräutigam noch ... Oh, die Tage! ... Das ... das sollten wir singen! Wie ging es weiter ... da habe ich es nun vergessen ... helft mir doch ... wie war es denn nur?« Sie war in furchtbarer Erregung und versuchte, sich aufzurichten. Mit schrecklicher, heiserer und versagender Stimme, bei jedem Wort nach Atem ringend, schreiend und mit einer sich steigernden Angst begann sie zu singen:

„In mittäglicher Glut! ... im Tale! ... Daghestans! ...
Die Kugel in der Brust ..."

»Eure Exzellenz!« schrie sie plötzlich herzzerreißend auf und in Tränen ausbrechend. »Schützen Sie die Waisen! Eingedenk der Gastfreundschaft des verstorbenen Ssemjon Sacharytsch! ... Man kann sogar sagen, aus einem aristokratischen ... Ha–a!« fuhr sie auf, zur Besinnung kommend, und betrachtete alle mit Entsetzen, erkannte aber sofort Ssonja. »Ssonja, Ssonja!« sagte sie sanft und freundlich, als wäre sie erstaunt, sie vor sich zu sehen. »Ssonja, du Liebe, du bist auch hier?«

Man richtete sie wieder auf.

»Genug! ... Es ist Zeit! ... Leb wohl, Armselige! ... Die Schindmähre ist zu Tode gehetzt! ... Zum Ver–r–recken!« schrie sie verzweifelt und haßerfüllt laut auf und fiel mit dem Kopf auf das Kissen zurück.

Sie verlor von neuem das Bewußtsein, aber diese letzte Bewußtlosigkeit dauerte nicht mehr lange. Plötzlich kippte ihr blaßgelbes, abgezehrtes Gesicht nach hinten, der Mund öffnete sich, die Füße streckten sich krampfhaft aus. Noch ein tiefer, tiefer Seufzer, und sie starb.

Ssonja warf sich auf die Leiche, umfaßte sie mit den Armen, drückte den Kopf an die abgezehrte Brust der Verstorbenen und verharrte so. Poletschka fiel zu den Füßen der Mutter nieder und küßte sie, laut schluchzend. Kolja und Lenja, die noch nicht verstanden, was geschehen war, aber etwas Schreckliches ahnten, faßten einander mit beiden Händchen an den Schultern, starrten einander in die Augen, klappten fast gleichzeitig den Mund auf und begannen zu plärren. Beide waren noch kostümiert: der Kleine mit dem Turban, das Mädchen mit dem Käppchen und der abgebrochenen Straußenfeder.

Und wie kam das Ehrendiplom auf das Bett neben Katerina Iwanowna? Es lag plötzlich neben dem Kopfkissen; Raskolnikoff sah es dort liegen.

Er ging zum Fenster. Lebesjätnikoff schlich zu ihm.

»Sie ist gestorben!« sagte Lebesjätnikoff.

»Rodion Romanowitsch, ich habe Ihnen noch mit ein

paar Worten etwas Notwendiges mitzuteilen«, sagte Sswidrigailoff herantretend.

Lebesjätnikoff trat ihm sofort seinen Platz ab und verschwand taktvoll. Sswidrigailoff führte den erstaunten Raskolnikoff noch weiter in die entferntere Ecke des Zimmers.

»Die ganze weitere Schererei hier, die Beerdigung und alles übrige, nehme ich auf mich. Wissen Sie, es kommt doch bloß aufs Geld an, und ich habe Ihnen doch gesagt, daß ich überflüssiges habe. Diese zwei Küken und die Poletschka will ich in einer besseren Anstalt für Waisenkinder unterbringen und will für jedes bis zur Volljährigkeit fünfzehnhundert Rubel in eine Bank einzahlen, so daß Ssofja Ssemjonowna vollkommen beruhigt sein kann. Aber auch Ssofja Ssemjonowna will ich aus dem Sumpf herausziehen, denn sie ist ein gutes Mädchen, nicht wahr? Und so teilen Sie denn bitte Awdotja Romanowna mit, daß ich ihre Zehntausend in dieser Weise verwandt habe.«

»Welche Absichten verfolgen Sie mit diesen übergroßen Guttaten?« fragte Raskolnikoff.

»Ach! Sind Sie aber ein mißtrauischer Mensch!« lachte Sswidrigailoff. »Ich habe doch gesagt, daß dieses Geld für mich überflüssig ist. Einfach aus Menschlichkeit, aber das lassen Sie bei mir wohl nicht gelten? Sie war doch keine ‚Laus'« (er wies auf die Verstorbene), »wie irgendeine alte Wucherin. Entscheiden Sie doch selbst: ‚Soll tatsächlich ein Lushin weiterleben und Schändlichkeiten begehen dürfen oder soll sie umkommen?' Und wenn ich nicht helfe, so wird doch ‚Poletschka den gleichen Weg gehen müssen' ...«

Er sagte das mit dem Ausdruck einer gewissen *zuzwinkernden* heiteren Spitzbüberei, ohne den Blick von Raskolnikoff abzuwenden. Raskolnikoff erbleichte und erstarrte, als er seine eigenen Worte wiederhörte, die er zu Ssonja gesprochen hatte. Er fuhr jäh zurück und blickte Sswidrigailoff fassungslos an.

»Wo—woher ... wissen Sie?« flüsterte er, kaum atmend.

»Aber ich wohne doch hier, hinter dieser Wand, bei

Madame Rösslich. Hier wohnt Kapernaumoff und dort Madame Rösslich, eine alte und sehr ergebene Bekannte von mir. Ich bin hier nächster Nachbar.«

»Sie?«

»Ja, ich«, fuhr Sswidrigailoff fort, lautlos weiterlachend, daß Brust und Schultern bebten, »und ich kann Sie auf Ehre versichern, mein lieber Rodion Romanowitsch, daß Sie es bewundernswert verstanden haben, mein Interesse zu erregen. Ich habe Ihnen doch gleich gesagt, daß wir noch einander näher kommen werden, ich habe es Ihnen ja vorausgesagt – und da sind wir nun auch wirklich einander nähergekommen. Und Sie werden sehen, wie verträglich ich bin. Sie werden sehen, daß es sich mit mir noch leben läßt . . .«

Sechster Teil

1

Für Raskolnikoff brach nun eine merkwürdige Zeit an: es war, als hätte sich plötzlich ein Nebel auf ihn herabgesenkt und hätte ihn in eine undurchdringliche und schwere Einsamkeit eingeschlossen. Wenn er später, lange nachher, an diese Zeit zurückdachte, meinte er, es sich so erklären zu können, daß sein Bewußtsein sich zeitweise verdunkelte und daß dieser Zustand mit wenigen Unterbrechungen bis zur endgültigen Katastrophe angedauert habe. Er war überzeugt, daß er sich damals öfters geirrt haben müsse, zum Beispiel in der Zeit und in der Dauer verschiedener Ereignisse. Wenigstens erfuhr er, als er sich späterhin auf dies oder jenes besinnen wollte und sich das Erinnerte zu erklären versuchte, aus den Mitteilungen der anderen viel Neues über sich selbst. So verwechselte er mehrfach ein Ereignis mit einem anderen; ein anderes hielt er für die Folge eines Vorfalls, der nur in seiner Einbildung existierte. Zuweilen erfaßte ihn eine qualvolle Unruhe, die sich sogar bis zu einem panischen Schrecken steigern konnte. Er entsann sich aber auch, daß es damals Minuten, Stunden, vielleicht sogar ganze Tage gegeben hatte, die er, im Gegensatz zu der vorher ausgestandenen Angst, in völliger Apathie verbrachte, einer Apathie, die dem krankhaft gleichmütigen Zustand Sterbender ähnlich war. Überhaupt trieb es ihn in diesen letzten Tagen, einem klaren und vollen Verständnis seiner Lage aus dem Wege zu gehen, gleichsam davonzulaufen; manche unaufschiebbaren Dinge, die eine unverzügliche Erledigung verlangten, lasteten besonders peinigend auf ihm; aber wie froh wäre er gewesen, sich von manchen Sorgen befreien und wirklich davonlaufen zu können, obgleich sie ihn in seiner jetzigen Lage im Falle ihrer Vernachlässigung mit vollständigem und unvermeidlichem Untergang bedrohten.

Am meisten beunruhigte ihn Sswidrigailoff; ja, man könnte sogar sagen, daß Sswidrigailoff jetzt seine einzige Sorge war. Seit dem Augenblick, da er von Sswidrigailoff in Ssonjas Zimmer – in Katerina Iwanownas Sterbestunde – die nur allzu drohenden und allzu deutlich gesagten Worte gehört, schien der gewohnte Fluß seiner Gedanken gestört zu sein. Und obgleich ihn diese neue Tatsache außergewöhnlich beunruhigte, beeilte sich Raskolnikoff doch nicht, die Sache aufzuklären. Zuweilen, wenn er sich irgendwo in einem abgelegenen und menschenleeren Stadtteil, in einem erbärmlichen Restaurant an einem Tisch allein und in Gedanken versunken vorfand und sich kaum entsann, wie er hierhergekommen war, fiel ihm mit einem Mal Sswidrigailoff ein, und dann kam es ihm plötzlich klar, deutlich und erregend zum Bewußtsein, daß er sich möglichst schnell mit diesem Menschen verständigen und zu einem Ende mit ihm kommen müsse. Einmal, als er vor die Stadt geraten war, bildete er sich sogar ein, daß er hier Sswidrigailoff erwarte, daß sie hier eine Zusammenkunft verabredet hätten. Ein anderes Mal erwachte er vor Tagesanbruch irgendwo auf der Erde im Gebüsch und begriff nicht, wie er hierhergekommen war. In den ersten zwei, drei Tagen, die auf Katerina Iwanownas Tod folgten, hatte er Sswidrigailoff zufällig ein paarmal getroffen, fast immer in der Wohnung Ssonjas, wohin er ziellos, stets aber nur auf einen kurzen Augenblick gegangen war. Sie hatten immer nur ein paar kurze Worte gewechselt und kein einziges Mal den Hauptpunkt berührt, als wäre es zwischen ihnen so verabredet worden, vorläufig darüber zu schweigen. Die Leiche von Katerina Iwanowna lag noch im offenen Sarg. Sswidrigailoff gab die Anordnungen für die Beerdigung und sorgte für alles. Ssonja war auch sehr in Anspruch genommen. Bei der letzten Begegnung hatte Sswidrigailoff ihm mitgeteilt, daß er die Frage der Unterbringung der Kinder Katerina Iwanownas gelöst habe, und zwar sehr glücklich gelöst; daß dank einiger Verbindungen alle drei Waisen sofort in sehr anständigen Anstalten untergebracht werden könnten und daß das für sie deponierte Geld viel dazu beigetragen habe, da wohlhabende Waisen leichter unterzubringen seien als mittellose Waisen. Er sagte auch etwas über Ssonja, versprach, Raskolnikoff in den nächsten Tagen aufzusuchen, um sich mit ihm »zu beraten; denn es gibt gewisse Dinge, über die man miteinander reden müßte ...«

Das Gespräch fand im Korridor an der Treppe statt. Sswidrigailoff sah Raskolnikoff unverwandt in die Augen, und nach einigem Schweigen fragte er ihn plötzlich mit gesenkter Stimme:

»Was ist mit Ihnen, Rodion Romanowitsch, Sie sind so vollkommen verändert? Tatsächlich! Sie hören zu und schauen einen dabei an, scheinen aber nichts zu verstehen. Fassen Sie doch Mut! Lassen Sie uns doch einmal miteinander reden! Schade nur, daß ich jetzt so viel zu tun habe, sowohl für andere als auch für mich selbst ... Ach, Rodion Romanowitsch«, fügte er unmittelbar hinzu, »alle Menschen brauchten jetzt vor allem Luft, Luft, Luft ... Das vor allen anderen Dingen!«

Er trat zur Seite, um den heraufkommenden Priester und den Küster vorbeizulassen. Die kamen, die Totenmesse zu halten. Sswidrigailoff hatte angeordnet, daß pünktlich zweimal am Tage Totenmessen abgehalten werden sollten. Sswidrigailoff ging darauf seines Weges, und Raskolnikoff blieb eine Weile stehen, dachte nach und folgte dann dem Priester in Ssonjas Wohnung.

Er blieb an der Tür stehen. Der Gottesdienst begann leise, ernst, traurig. In dem Wissen, einmal sterben zu müssen, und in der Empfindung der Gegenwart des Todes lag für ihn immer etwas Schweres und mystisch Schreckliches, schon von früher Kindheit an; aber er hatte schon seit langem keiner Totenmesse mehr beigewohnt. Außerdem war hier noch etwas anderes dabei, etwas gar zu Schreckliches und Beunruhigendes. Er sah auf die Kinder: sie knieten alle vor dem Sarg, und Poletschka weinte. Hinter ihnen, still und gleichsam schüchtern weinend, betete Ssonja.

»Sie hat mich in diesen Tagen kein einziges Mal angeschaut und mir noch kein Wort gesagt«, dachte Raskolnikoff. Die Sonne beleuchtete hell das Zimmer; der Weihrauch stieg in feinen Wolken empor; der Priester las: „Gott schenke dir Ruhe . . .!" Raskolnikoff blieb bis zum Ende des ganzen Gottesdienstes. Als der Priester den Segen erteilt und sich verabschiedet hatte, blickte er sich noch eigentümlich um, bevor er ging. Nach Beendigung der Messe trat Raskolnikoff an Ssonja heran. Sie nahm plötzlich seine beiden Hände und lehnte den Kopf an seine Schulter. Diese kurze Freundschaftsgeste überraschte ihn. Wie? War es möglich? Nicht der geringste Widerwille, nicht der geringste Ekel vor ihm, nicht das leiseste Beben in ihrer Hand! Das war schon eine Art unermeßlicher Selbsterniedrigung. So wenigstens faßte er es auf. Ssonja sagte nichts, und Raskolnikoff drückte ihr nur die Hand und ging fort. Ihm wurde schrecklich schwer zumute. Hätte er in diesem Augenblick irgendwohin gehen können, um völlig allein zu bleiben, sei es auch fürs ganze Leben, er würde sich glücklich gepriesen haben. Aber die Sache war die, daß er in der letzten Zeit, obwohl er fast immer allein war, doch nicht imstande war, sein Alleinsein zu empfinden. Er ging öfters außerhalb der Stadt auf Landwegen umher, einmal geriet er sogar in einen Wald, aber je einsamer der Ort war, desto stärker empfand er die beunruhigende Nähe von irgend etwas nicht gerade Furchterweckendem, wohl aber etwas äußerst Lästigem, so daß er jedesmal schneller in die Stadt zurückkehrte, sich unter Menschen mischte, in Restaurants oder Schenken eintrat, den Trödelmarkt oder den Heumarkt aufsuchte. Hier ward ihm gleichsam leichter zumute, und hier fühlte er sich sogar einsamer. Eines Tages saß er in einer Schenke, wo man kurz vor Abend Lieder zu singen begann; er blieb eine ganze Stunde sitzen, hörte zu und erinnerte sich später, daß ihm dies wohlgetan hatte. Zum Schluß aber wurde er wieder unruhig; als hätten ihn Gewissensbisse zu quälen begonnen. »Da sitze ich nun hier und höre zu, wie gesungen wird, als hätte ich nichts anderes zu tun!« dachte er mit einem Mal. Es wurde ihm bald klar, daß nicht dieser Umstand allein ihn beunruhigte; es gab etwas Bestimmtes, das eine unverzügliche Lösung verlangte, was er sich aber weder klar vorstellen noch durch Worte wiedergeben konnte. Alles verwickelte sich zu einem Knäuel. »Nein, da ist ein Kampf doch besser! Dann lieber wieder Porphýrij ... oder Sswidrigailoff ... Käme doch schneller wieder eine Herausforderung, ein Angriff von irgendwoher ... Ja! Ja!« dachte er. Er verließ die Schenke und lief fast nach Hause. Der Gedanke an Dunja und die Mutter jagte ihm plötzlich aus irgendeinem Grund eine panische Angst ein.

Das war in jener Nacht, als er auf der Krestówskij-Insel im Gebüsch fröstelnd und fiebernd erwachte; er machte sich sofort auf den Heimweg und kam im Morgengrauen nach Hause. Nach einigen Stunden Schlaf war das Fieber vergangen. Er erwachte sehr spät; es war zwei Uhr mittags.

Es kam ihm wieder in Erinnerung, daß Katerina Iwanowna heute beerdigt werden sollte, und er war froh, daß er nicht zugegen sein mußte. Nastassja brachte ihm etwas zu essen; er aß und trank mit großem Appetit, fast mit einem Heißhunger. Sein Kopf wurde frischer, er selbst ruhiger als in den letzten drei Tagen. Er wunderte sich sogar flüchtig über die früheren Anfälle seiner panischen Angst. Da öffnete sich die Tür, und Rasumíchin trat herein.

»Ah! Du ißt, also bist du nicht krank!« sagte Rasumichin, nahm einen Stuhl und setzte sich an den Tisch, Raskolnikoff gegenüber. Er war erregt und bemühte sich nicht, es zu verbergen. Er sprach mit sichtbarem Ärger, aber ohne sich zu überhasten und ohne die Stimme besonders zu erheben. Man konnte denken, daß ihn eine ganz bestimmte Absicht herführte. »Höre«, begann er entschlossen, »ich kehre mich den Teufel um euch alle, und zwar, weil ich jetzt sehe, deutlich sehe, daß ich nichts davon verstehen kann. Bitte, glaube nicht, daß ich gekommen sei, dich auszufragen! Ich pfeife darauf! Ich will es gar nicht wissen! Und wenn du mir jetzt selbst alles anvertrauen, alle eure Geheimnisse aufdecken wolltest, ich würde sie vielleicht nicht mal anhören, ich spucke auf alles und gehe fort. Ich bin nur gekommen, um persönlich und endgültig zu erfahren, ob es wahr ist, daß du verrückt bist? Siehst du, es besteht nämlich die Meinung über dich (irgendwo, das ist ja einerlei), daß du möglicherweise verrückt seiest, jedenfalls starke Anlagen dazu hättest. Ich muß dir gestehen, auch ich war sehr geneigt, diese Meinung zu teilen, erstens wegen deiner dummen und zum Teil schmählichen Handlungen (die durch nichts anderes zu erklären sind) und zweitens wegen deines Benehmens in letzter Zeit deiner Mutter und Schwester gegenüber. Nur ein Scheusal und ein Schuft oder ein Wahnsinniger könnte sie in dieser Weise behandeln, wie du sie behandelt hast; folglich bist du wahnsinnig ...«

»Hast du sie lange nicht gesehen?«

»Ich war soeben bei ihnen. Und du hast sie seit damals nicht mehr gesehen? Sage mir bitte, wo treibst du dich herum? Ich bin schon dreimal bei dir gewesen. Deine Mutter ist seit gestern ernstlich erkrankt. Sie wollte unbedingt zu dir gehen; Awdotja Romanowna suchte sie davon abzuhalten; doch sie wollte auf nichts hören. ‚Wenn er krank ist', sagte sie, ‚wenn sein Geist gestört ist, wer soll ihm dann helfen, wenn nicht die eigene Mutter?' So kamen wir alle hierher, denn wir konnten sie doch nicht allein gehen lassen. Bis zu deiner Tür haben wir sie gebeten, sich zu beruhigen. Wir traten in dein Zimmer, du aber warst nicht da. Hier, auf diesem Platz hat sie gesessen. Sie saß über zehn Minuten, wir standen bei ihr, schwiegen; dann stand sie auf und sagte: ‚Wenn er ausgeht, so ist er gesund und hat die Mutter bloß vergessen; es ist unpassend und eine Schande für eine Mutter, weiter noch an der Schwelle zu stehen und um Liebe wie um ein Almosen zu betteln.' Sie kehrte nach Hause zurück, mußte sich zu Bett legen und liegt jetzt im Fieber. ‚Ich sehe', sagte sie, ‚für die *Seine* hat er Zeit.‘ Sie meinte mit der *Seinen* Ssofja Ssemjonowna, deine Braut oder deine Geliebte, was weiß ich. Ich ging sofort zu Ssofja Ssemjonowna, denn ich wollte alles erfahren, Bruder. Ich komme hin und sehe: ein Sarg steht dort, die Kinder weinen, Ssofja Ssemjonowna probiert ihnen Trauerkleider an, du aber bist nicht da. Ich sah das alles an, entschuldigte mich und ging fort und habe Awdotja Romanowna alles erzählt. Alles ist Unsinn, und es gibt gar keine ‚*Seine*‘, also ist es demnach wohl Wahnsinn bei dir. Aber jetzt sitzt du hier und frißt gekochtes Rindfleisch, als hättest du drei Tage nichts gegessen. Allerdings pflegen ja Wahnsinnige auch zu futtern, aber wenn du auch kein Wort mit mir gesprochen hast, so bist du doch ... nicht verrückt. Also hol' euch allesamt der Teufel, es steckt etwas dahinter, es gibt irgendein Geheimnis; doch ich habe keine Lust, mir über eure Geheimnisse den Kopf zu zerbrechen. Ich bin bloß gekommen, um zu schimpfen«, schloß er und stand auf, »mir Luft zu machen, und nun weiß ich, was ich zu tun habe!«

»Was willst du denn jetzt tun?«

»Was geht es dich an, was ich jetzt tun werde?«

»Gib acht, du wirst zu trinken anfangen!«

»Wo ... woher weißt du das?«

»Das ist leicht zu erraten!«

Rasumichin schwieg eine Weile.

»Du warst immer ein sehr vernünftiger Mensch, und nie, niemals warst du verrückt!« bemerkte er plötzlich voll Eifer. »Das stimmt: ich werde zu trinken anfangen! Leb wohl!«

Und er schickte sich an zu gehen.

»Ich habe mit meiner Schwester über dich gesprochen, Rasumichin. Vorgestern, glaube ich.«

»Über mich! Ja ... wo hast du sie denn vorgestern sehen können?« Rasumichin blieb auf der Stelle stehen, wurde sogar ein wenig blaß. Man konnte erraten, daß sein Herz in der Brust langsamer und schwerer zu schlagen begann.

»Sie war hierhergekommen, allein, saß hier und sprach mit mir.«

»Sie!«

»Ja, sie.«

»Was hast du denn gesagt ... ich meine ... über mich?«

»Ich sagte ihr, daß du ein sehr feiner, anständiger und arbeitsamer Mensch seist. Daß du sie liebst, habe ich ihr nicht gesagt, denn das weiß sie selbst.«

»Das weiß sie selbst?«

»Nun, und ob! Und wohin ich auch reisen, was mit mir auch geschehen mag – du würdest, als ihre Vorsehung, immer bei ihnen bleiben. Ich übergab sie beide deiner Obhut, Rasumichin. Ich sage das, weil ich sehr gut weiß, wie du sie liebst, und weil ich von der Reinheit deines Herzens überzeugt bin. Ich weiß auch, daß auch sie dich lieben könnte und vielleicht sogar schon liebt. Jetzt beschließe selbst, was dir besser erscheint, ob du trinken sollst oder nicht!«

»Rodjka ... Siehst du ... Nun ... Ach, zum Teufel! Wohin aber willst du denn verreisen? Siehst du, wenn es ein Geheimnis ist, nun gut! Aber ich ... ich werde das Geheimnis schon erfahren ... Und bin überzeugt, daß es sicher irgend ein Unsinn und eine schreckliche Kinderei ist und daß du allein alles ausgeheckt und inszeniert hast! Im übrigen aber bist du doch ein prächtiger Mensch! Ein prächtiger Mensch! ...«

»Und ich wollte gerade hinzufügen – du hast mich nur unterbrochen –, daß es von dir sehr klug und richtig war, zu beschließen, diese Geheimnisse nicht erfahren zu wollen. Laß es vorläufig gut sein, rege dich nicht auf! Du wirst alles rechtzeitig zu wissen bekommen, gerade dann, wenn es nötig sein wird. Gestern hat ein Mann zu mir gesagt, daß der Mensch Luft brauche, Luft, Luft! Ich will jetzt gleich zu ihm hingehen und erfahren, was er darunter versteht.«

Rasumichin stand nachdenklich und erregt da und schien zu überlegen.

(»Er ist ein politischer Verschwörer! Sicher! Und er steht jetzt vor einem entscheidenden Schritt, das ist auch sicher!« kombinierte er heimlich. »Etwas anderes kann es nicht sein, und ... und Dunja weiß es ...«, dachte er plötzlich bei sich.)

»Also, Awdotja Romanowna kommt zu dir«, sagte er und betonte jede Silbe, »und du willst einen Menschen treffen, der da sagt, daß mehr Luft nötig sei, mehr Luft und ... und, also hängt auch dieser Brief ... irgendwie damit zusammen.«

»Was für ein Brief?«

»Sie hat einen Brief erhalten, heute; der hat sie sehr aufgeregt. Sehr. Fast sogar allzu sehr ... Als ich von dir zu sprechen anfing, bat sie mich zu schweigen. Dann ... dann sagte sie, daß wir uns vielleicht sehr bald trennen müßten, und begann mir für etwas heiß zu danken; darauf ging sie in ihr Zimmer und schloß sich ein.«

»Sie hat einen Brief erhalten?« fragte Raskolnikoff nachdenklich noch einmal.

»Ja, einen Brief, und du wußtest nichts davon? Hm!« Beide schwiegen eine Weile.

»Leb wohl, Rodion! Ich, Bruder ... weißt du ... es gab eine Zeit ... übrigens, leb wohl ... Siehst du, es gab eine Zeit ... Ach, nun, leb wohl! Ich muß auch gehen. Trinken werde ich nicht! Jetzt ist es nicht mehr nötig ... wird nicht gemacht.«

Er hatte Eile, aber als er schon draußen war und die Tür hinter sich fast geschlossen hatte, öffnete er sie plötzlich wieder und sagte, indem er irgendwohin zur Seite blickte:

»Apropos! Erinnerst du dich dieses Mordes, der Sache, die Porphyrij führt – der Ermordung der Alten? Nun, dann wisse, daß der Mörder gefunden ist, er hat alles eingestanden und alle Beweise geliefert. Stell' dir vor, es ist doch einer von den Arbeitern, den Anstreichern, die ich noch – erinnerst du dich? – hier in deinem Zimmer verteidigte. Kannst du es glauben, er hat diese ganze Szene mit der Balgerei und dem Lachanfall auf der Treppe mit seinem Kameraden, als der Hausmeister und die zwei Zeugen hinaufgingen, absichtlich vorgeführt, und zwar, um jeden Verdacht von sich abzulenken. Welch eine Schlauheit, welch eine Geistesgegenwart in so einem jungen Hunde steckt! Es ist schwer zu glauben; er hat aber selbst die Sache aufgeklärt, alles selbst eingestanden!

Und wie ich hereingefallen bin! Nun, meiner Ansicht nach ist er bloß ein Genie der Verstellung und Geschicklichkeit, ein Genie juristischer Irreführung, und folglich ist hier nichts Wunderliches dabei! Kann es denn nicht auch solche Genies geben? Und weil er es nicht bis zu Ende durchgeführt, sondern eingestanden hat, aus dem Grunde glaube ich es ihm noch eher. Es ist überzeugender! ... Aber wie ich damals hereingefallen bin! Ich kletterte ja um ihretwillen die Wände hoch!«

»Sage mir bitte, woher du das erfahren hast, und warum interessiert dich das so sehr?« fragte ihn Raskolnikoff sichtlich erregt.

»Und das fragst du noch! Warum es mich interessiert! Das ist doch! ... Erfahren habe ich es von Porphyrij und anderen. Übrigens, nein, ich habe doch fast alles durch ihn erfahren.«

»Von Porphyrij?«

»Jawohl, von Porphyrij.«

»Und was ... meint er?« fragte Raskolnikoff erschrocken.

»Er hat es mir ausgezeichnet erklärt. Psychologisch erklärt, auf seine Weise.«

»Er hat es dir erklärt? Er hat es dir selbst erklärt?«

»Ja, selbst, er selbst; leb wohl! Ich kann dir später noch einiges mehr erzählen, jetzt aber habe ich anderes vor. Ja ... es gab eine Zeit, weißt du, wo ich glaubte ... Ach, was da lange erklären ... später einmal! ... Wozu aber soll ich mich jetzt noch betrinken? Du hast mich auch ohne Wein trunken gemacht! Ich bin ja betrunken, Rodjka! Ohne Wein bin ich jetzt betrunken! Nun, ja, leb wohl! Ich komme bald wieder zu dir. Sehr bald!«

Er ging hinaus.

»Er ist, er ist bestimmt ein politischer Verschwörer, das ist einmal klar, das steht fest!« sagte sich Rasumichin endgültig, indem er langsam die Treppe hinabstieg. »Und die Schwester hat er auch hineingezogen; das ist sehr, sehr gut möglich bei dem Charakter von Awdotja Romanowna. Sie haben Zusammenkünfte ... Und sie hat es mir ja auch angedeutet. Aus vielen ihrer Worte ... und Andeutungen ... und Anspielungen kann man sich das nur so zusammenreimen! Ja, und wie denn sonst diesen ganzen Wirrwarr erklären? Hm! Und ich dachte ... Herrgott noch mal, was ich schon alles gedacht habe! Ja, das kam wie eine Verfinsterung, wie eine Geistesverwirrung über mich, und ich bin schuldig vor ihm! Damals bei der Lampe im Korridor hat er mich verwirrt und blind gemacht! Pfui! Welch ein häßlicher, roher, gemeiner Gedanke von mir! Nikolai ist ein braver Bursche, daß er es eingestanden hat ... Und wie sich jetzt alles Vorhergegangene leicht erklären läßt! Seine Krankheit damals, alle seine sonderbaren Handlungen, auch früher schon, noch auf der Universität, als er immer so düster und verschlossen war ... Aber was bedeutet jetzt dieser Brief? Hier steckt vielleicht auch noch etwas dahinter. Von wem ist dieser Brief? Ich habe einen Verdacht ... Hm! Nein, ich muß das alles herausbekommen ...«

Da fiel ihm Dúnetschka ein und die Gefahr für sie, und sein Herzschlag setzte fast aus vor Schreck. Er riß sich zusammen und begann zu laufen.

*

Raskolnikoff stand sofort auf, kaum daß Rasumichin fortgegangen war, wandte sich zum Fenster, ging von einer Ecke in die andere, als hätte er die Enge seiner Kammer vergessen, und ... setzte sich wieder auf seinen Diwan hin. Er war wie ausgewechselt, gleichsam erneuert, oder wie neubelebt: wieder gab es Kampf – also hatte sich doch ein Ausweg gefunden!

»Ja, nun hat sich doch ein Ausweg gefunden!« sagte er sich. »Es war ja alles schon viel zu verkapselt und verkorkt« – es hatte ihn schon qualvoll zu bedrücken angefangen, eine förmliche Benommenheit hatte ihn überfallen. Seit dem Auftritt mit Nikolai bei Porphyrij hatte er in der Enge schon zu ersticken gemeint, ohne einen Ausweg. Nach Nikolai war noch am selben Tag die Szene bei Ssonja gefolgt; er hatte sie nicht so, gar nicht so, wie er sie sich vorgestellt, begonnen und durchgeführt... also hatte ihn die Schwäche plötzlich und vollständig übermannt! Mit einem Schlag! Er war ja doch damals mit Ssonja einverstanden, aus vollem Herzen einverstanden, daß er mit solch einer Sache auf der Seele *allein* nicht werde weiterleben können! Und Sswidrigailoff? Sswidrigailoff ist ein Rätsel... Sswidrigailoff beunruhigt ihn, das ist wahr, aber nicht nach dieser Richtung hin. »Mit Sswidrigailoff steht vielleicht auch noch ein Kampf bevor. Sswidrigailoff ist vielleicht noch ein Ausweg; aber Porphyrij ist eine andere Sache.«

So hatte denn Porphyrij selber Rasumichin alles erklärt, *psychologisch* erklärt! Wieder hatte er mit seiner verfluchten Psychologie alles zu erklären angefangen! Was – Porphyrij? Und das sollte möglich sein, daß Porphyrij auch nur einen Augenblick geglaubt habe, Nikolai sei schuldig – nach allem, was zwischen ihnen beiden vorgefallen war, vor Nikolais Erscheinen, nach jenem Auftritt, Auge in Auge, für den es keine andere Erklärung gab außer *einer einzigen?* (In Raskolnikoffs Erinnerung war dieser Auftritt mit Porphyrij in diesen Tagen schon mehrmals flüchtig aufgetaucht, aber immer nur stückweise, in Bröckchen; sich des ganzen Auftritts auf einmal zu erinnern, hätte er nicht ertragen können.) Während dieser Szene hatten sie beide Worte gewechselt, waren Bewegungen und Gesten vorgekommen, hatten sie sich mit solchen Blicken gemessen, war einiges in einem Ton gesagt worden und hatte die ganze Szene einen Charakter angenommen, daß ein Nikolai (den Porphyrij bereits beim ersten Wort und bei der ersten Geste richtig erkannt hatte) schon in gar keinem Fall die Grundlage seiner Überzeugung hätte erschüttern können.

»Und nun dies! Selbst Rasumichin hat angefangen, Verdacht zu schöpfen! Die Szene im Korridor bei der Lampe ist an ihm damals doch nicht spurlos vorübergehuscht. Da ist er dann wohl zu Porphyrij gestürzt... Aber aus welchem Grunde hat jener ihn irreführen wollen? Was hat es für einen Zweck für ihn, Rasumichin auf Nikolai zu bringen? Er hat unbedingt etwas im Sinn; er verfolgt damit bestimmte Zwecke, aber welcher Art könnten die sein? Es ist wahr, seit jenem Vormittag ist viel Zeit vergangen – viel zuviel Zeit, und von Porphyrij war seitdem weder etwas zu hören noch zu sehen. Das ist sicher kein gutes Zeichen ...«

Raskolnikoff nahm seine Mütze und schickte sich an, in Gedanken versunken, das Zimmer zu verlassen. Es war der erste Tag in dieser ganzen Zeit, daß er sich wenigstens bei gesundem Bewußtsein fühlte. »Ich muß dieser Sache mit Sswidrigailoff ein Ende machen«, dachte er, »um jeden Preis und so schnell wie möglich. Er scheint zu erwarten, daß ich zu ihm komme.« Und in diesem Augenblick erhob sich in seinem müden Herzen plötzlich ein so wilder Haß, daß er vielleicht einen von beiden hätte ermorden können: Sswidrigailoff oder Porphyrij. Wenigstens fühlte er, daß er, wenn nicht jetzt, so doch später, imstande sein würde, es zu tun. »Wir wollen sehen, wir wollen sehen«, wiederholte er in sich hinein.

Kaum aber hatte er die Tür zum Treppenflur geöffnet, als er plötzlich mit Porphyrij leibhaftig zusammenstieß. Der kam zu ihm. Raskolnikoff erstarrte im Moment, aber nur auf einen Augenblick. Seltsam, er wunderte sich nicht sehr über Porphyrijs Erscheinen und erschrak fast gar nicht vor ihm. Er zuckte nur zusammen, war aber dann schnell, in einer Sekunde, auf alles gefaßt und vorbereitet. (»Vielleicht ist das die Lösung! Aber wie leise er gekommen ist, wie eine Katze, und ich habe ihn nicht gehört? Wäre es möglich, daß er gelauscht hat?«)

»Sie haben diesen Besuch wohl nicht erwartet, Rodion Romanowitsch!« rief Porphyrij Petrowitsch lachend. »Ich wollte Sie schon lange aufsuchen; nun ging ich gerade vorbei, und da dachte ich mir: warum nicht auf fünf Minuten hinaufgehen und ihn besuchen? Sie wollen ausgehen? Ich möchte Sie nicht aufhalten. Nur so auf ein Zigarettchen, wenn Sie gestatten.«

»Aber bitte, nehmen Sie Platz, Porphyrij Petrowitsch, setzen Sie sich!« bot Raskolnikoff seinem Besuch mit einer anscheinend so zufriedenen und freundschaftlichen Miene einen Platz an, daß er sich gewiß über sich selbst gewundert hätte, wenn er sich selber hätte zuschauen können. Der letzte Rest seiner Kraft, ihr Bodensatz, kratzte sich noch zusammen! So steht mitunter ein Mensch vor einem Raubmörder eine halbe Stunde lang Todesangst aus, aber sowie ihm das Messer endgültig an die Kehle gesetzt wird, kann selbst die Angst vergehen. Er setzte sich gerade vor Porphyrij hin und sah ihn, ohne auch nur einmal zu blinzeln, an. Porphyrij kniff die Augen zusammen und begann die Zigarette anzuzünden.

»So sprich doch, sprich doch!« wollte es gleichsam aus dem Herzen Raskolnikoffs herausspringen. »Warum, warum, warum sprichst du denn nicht?«

II

»Tja, sehen Sie, diese Zigaretten!« begann schließlich Porphyrij Petrowitsch zu reden, nachdem er die Zigarette angesteckt, den ersten Zug getan und den Rauch ausgeatmet hatte. »Sie sind doch nichts als schädlich, aber ich kann das Rauchen nicht lassen! Ich huste, im Hals beginnt es zu kratzen, und ich leide an Atemnot. Ich bin, wissen Sie, eigentlich ängstlich, und vor ein paar Tagen war ich beim Arzt, Dr. B–n. Der untersucht jeden Kranken minimum eine halbe Stunde: er grinste, als er mich sah, dann beklopfte er mich, hat mich abgehorcht, und darauf meinte er, unter anderem, daß ich das Rauchen aufgeben sollte; meine Lungen seien erweitert. Aber wie soll ich denn das Rauchen aufgeben? Womit es ersetzen? Ich trinke ja nicht, das ist das ganze Unglück, hehehe, eben daß ich *nicht* trinke, ist ein Unglück! Es ist doch alles relativ, Rodion Romanowitsch, alles relativ.«

(»Was, will er etwa wieder nach seiner alten Methode vorgehen?« fragte sich Raskolnikoff voll Widerwillen. Ihre ganze letzte Unterredung fiel ihm plötzlich ein, und dasselbe Gefühl wie damals brandete wie eine Welle an sein Herz.)

»Aber ich war ja schon einmal bei Ihnen, vorgestern, gegen Abend; und Sie wissen das gar nicht?« fuhr Porphyrij Petrowitsch fort, das Zimmer betrachtend. »Hier in diesem Zimmer war ich. Ich ging genau wie heute an Ihrem Hause vorbei, und da dachte ich, ach, könntest ihm doch jetzt deinen Gegenbesuch machen. Ich kam hierher, das Zimmer stand weit offen; ich sah mich um, wartete eine Weile, habe mich nicht mal Ihrem Dienstmädchen gemeldet – und ging wieder fort. Sie schließen das Zimmer nicht ab?«

Raskolnikoffs Gesicht verfinsterte sich mehr und mehr. Porphyrij schien seine Gedanken zu erraten.

»Ich bin gekommen, lieber Rodion Romanowitsch, um Ihnen eine Erklärung zu geben. Ich bin Ihnen eine solche schuldig«, fuhr er mit einem kleinen Lächeln fort und schlug ihm sogar mit der Hand leicht auf das Knie, aber fast in der gleichen Sekunde nahm sein Gesicht plötzlich einen ernsten und besorgten Ausdruck an; es schien sogar, zu Raskolnikoffs Erstaunen, wie von Trauer getrübt. Er hatte noch nie einen solchen Ausdruck bei Porphyrij Petrowitsch gesehen und ihn bei ihm auch nicht für möglich gehalten. »Eine merkwürdige Szene hat sich das letztemal zwischen uns abgespielt, Rodion Romanowitsch. Allerdings ist es ja auch bei unserer ersten Zusammenkunft sonderbar hergegangen, aber damals ... Nun ja, jetzt kommt schon eins zum andern! Also hören Sie: ich bin vielleicht sehr schuldig vor Ihnen; ich fühle es selbst. Denn wie trennten wir uns, erinnern Sie sich noch: bei Ihnen vibrierten die Nerven und zitterte es in den Kniekehlen, und auch bei mir vibrierten die Nerven und zitterte es in den Kniekehlen. Und wissen Sie, es ist auch damals zwischen uns nicht ganz anständig zugegangen, nicht gentlemanlike. Wir sind aber doch Gentlemen, das heißt in jedem Falle und vor allen Dingen Gentlemen; das ist im Auge zu behalten. Sie erinnern sich doch, wie weit es kam ... das war doch schon geradezu unanständig.«

(»Was hat er nur, für wen hält er mich?« fragte sich Raskolnikoff verwundert, indem er den Kopf erhob und Porphyrij aus beiden Augen voll anblickte.)

»Ich bin zu der Ansicht gekommen, daß es besser für uns ist, jetzt in aller Offenheit zu verhandeln«, fuhr Porphyrij fort, seinen Kopf ein wenig abwendend und die Augen senkend, als wolle er sein früheres Opfer nicht mehr durch seinen Blick verwirren und als verschmähe er jetzt seine früheren Methoden und Kniffe. »Ja, Verdächtigungen und solche Szenen dürfen nicht lange andauern. Damals hat uns Nikolai erlöst, sonst wüßte ich nicht, was noch alles zwischen uns passiert wäre. Dieser verfluchte Kleinbürger saß doch damals bei mir die ganze Zeit hinter der Scheidewand – können Sie sich das vorstellen? Sie wissen es sicher schon, es ist mir auch bekannt, daß er später bei Ihnen war; das aber, was Sie damals annahmen, war nicht der Fall: ich hatte nach keinem Menschen geschickt und hatte damals auch keine Anordnungen getroffen! Sie werden mich fragen, warum ich keine Anordnungen getroffen hatte? Ja, wie soll ich es sagen – auch mich selbst hat ja damals dies alles gleichsam überfallen. Ich hatte kaum Zeit, die Hausmeister holen zu lassen. (Diese Hausmeister werden Sie wohl bemerkt haben, als Sie durch das Vorzimmer gingen.) Ein Gedanke durchfuhr mich damals auf einmal wie ein Blitz. Ich war, sehen Sie, Rodion Romanowitsch, damals so gut wie überzeugt. Halt, dachte ich bei mir, wenn ich auch jetzt zeitweilig das eine mir entgehen lasse, so packe ich dafür das andere am Schwanz, die Hauptsache aber, die Hauptsache, auf die es *mir* ankommt, gefährde ich dadurch jedenfalls nicht! Sie sind schon gar zu reizempfindlich, Rodion Romanowitsch, von Natur so veranlagt; sind es sogar übermäßig, das heißt resonanzfähig, und das dazu noch bei all den anderen Grundzügen Ihres Charakters und Herzens, die teilweise begriffen zu haben, ich mir schmeichle, hoffen zu dürfen. Nun, und selbstverständlich konnte auch ich mir sagen, sogar damals schon, daß mitunter, wenn auch nicht oft, ein Mensch aufsteht und einem plötzlich sein letztes Geheimnis ins Gesicht haut. Das kann wohl vorkommen, besonders, wenn man einen Menschen dahinbringt, daß ihm die letzte Geduld reißt, aber immerhin kommt das doch nur selten vor. Das konnte auch ich mir sagen. Nein, dachte ich, lieber ist mir doch eine greifbare Winzigkeit! Meinethalben die winzigste Winzigkeit, meinethalben nur eine einzige, aber die man dafür mit der Hand greifen kann, ein Ding also, und nicht immer bloß diese Psychologie! Denn, so dachte ich bei mir, wenn der Mensch schuldig ist, so kann man jedenfalls etwas Wesentliches von ihm erwarten; dann ist es selbst statthaft, auf ein ganz unerwartetes Resultat zu spekulieren. Ich habe damals mit Ihrem Charakter gerechnet, Rodion Romanowitsch, am allermeisten mit Ihrem Charakter! Ich verließ mich damals schon gar zu sehr auf Sie selbst.«

»Aber ... aber warum sprechen Sie denn jetzt in dieser Weise?« stotterte Raskolnikoff schließlich, sogar ohne sich die Frage recht zu überlegen. (»Wovon spricht er eigentlich«, verlor er sich innerlich, »oder sollte er mich gar tatsächlich für unschuldig halten?«)

»Warum ich in dieser Weise spreche? Ich bin gekommen, Ihnen Erklärungen zu geben, halte es sozusagen für meine heilige Pflicht. Ich will Ihnen alles bis auf den Grund darlegen, wie alles so gekommen ist, diese ganze Geschichte Ihrer damaligen Verblendung oder Verwirrung. Ich habe Sie viel leiden lassen, Rodion Romanowitsch. Ich bin aber kein Unmensch. Auch ich begreife doch, was es für einen bedrängten, aber stolzen, herrischen und ungeduldigen, vor allem ungeduldigen Menschen heißt, dies alles ertragen zu müssen! Ich halte Sie jedenfalls für einen hochedlen Menschen, und sogar mit Veranlagung zu Großmut, obschon ich nicht mit allen Ihren Überzeugungen einverstanden bin, und ich halte es für meine Pflicht, Ihnen das im voraus und aufrichtig zu sagen, denn vor allem will ich Sie nicht betrügen. Nachdem ich Sie erkannt hatte, fühlte ich eine Zuneigung zu Ihnen. Sie werden vielleicht über solche Worte meinerseits lachen? Sie haben wohl auch ein Recht dazu. Ich weiß, daß Sie mich schon auf den ersten Blick nicht mochten, denn im Grunde genommen ist ja auch nichts an mir, was liebenswert wäre. Fassen Sie es nun auf, wie Sie wollen, aber ich wünsche jetzt meinerseits diesen Eindruck von mir mit allen Mitteln zu tilgen und Ihnen zu beweisen, daß auch ich ein Mensch bin mit einem Herzen und einem Gewissen. Ich rede vollkommen aufrichtig.«

Porphyrij Petrowitsch hielt mit Würde inne. Raskolnikoff fühlte den Andrang einer Art neuen Schrecks. Der Gedanke, daß Porphyrij Petrowitsch ihn für unschuldig halte, begann ihn plötzlich zu peinigen.

»Es ist wohl nicht nötig, alles der Reihenfolge nach zu erzählen, wie es damals auf einmal begonnen hat«, fuhr Porphyrij Petrowitsch fort; »es erscheint mir sogar überflüssig. Und es ist auch fraglich, ob ich imstande wäre, es zu tun. Denn wie soll man das ausführlich erklären? Zunächst tauchten Gerüchte auf. Darüber, was es für Gerüchte waren und von wem sie stammten und wann ... und aus welchem Anlaß eigentlich Sie hineingezogen wurden – ist auch, denke ich, überflüssig. Bei mir persönlich aber fing es mit einer Zufälligkeit an, mit einer vollkommen zufälligen Zufälligkeit, die ebensogut hätte ausbleiben können, wie sie nicht ausgeblieben ist. Was es aber war? Hm, ich denke, dies ist auch nicht weiter der Rede wert. Dies alles, sowohl die Gerüchte wie die Zufälligkeiten, prallten dann in mir zu einem Gedanken zusammen. Ich gestehe es offen ein, denn, wenn man schon einmal gesteht, soll es auch alles sein: ich war der erste, der damals auf Sie verfiel. Die Vermerke der alten Wucherin auf den versetzten Sachen und dergleichen mehr – das ist alles, ich gebe es zu, belanglos. Man könnte noch hundert ähnliche Dinge aufzählen. Ich hatte damals auch Gelegenheit, die Szene auf dem Polizeibüro mit allen Einzelheiten zu erfahren, gleichfalls zufällig, aber nicht nur sozusagen beiläufig, sondern von einem ganz besonderen, einem unvergleichlichen Erzähler, der, ohne es selbst zu ahnen, diese Szene vortrefflich erfaßt hatte. So reihte sich alles eins ans andere, gesellte sich eins zum andern, lieber Rodion Romanowitsch! Und wie sollte man sich da nicht nach einer bestimmten Richtung wenden? Aus hundert Kaninchen wird nie ein Pferd, aus hundert Verdachtsgründen nie ein Beweis, wie ein englisches Sprichwort sagt, und doch redet so bloß die Vernunft; aber versuchen Sie erst einmal, sich in den Leidenschaften, in den Leidenschaften zurechtzufinden, denn auch ein Untersuchungsführer ist ein Mensch. Da fiel mir denn wieder Ihre Abhandlung ein, die in der kleinen Zeitschrift, über die wir – Sie erinnern sich wohl? – bei Ihrem ersten Besuch eingehender sprachen. Ich habe damals ein wenig darüber gespottet, aber doch nur, um aus Ihnen mehr herauszulocken. Ich wiederhole, Sie sind sehr ungeduldig und sehr krank, Rodion Romanowitsch. Daß Sie kühn, hochmütig, ernst sind und ... viel empfunden, vieles durchdacht haben, das alles wußte ich längst. Alle diese Empfindungen kenne ich, und Ihre kleine Abhandlung habe ich wie etwas Bekanntes gelesen. Diese Ihre Arbeit ist in schlaflosen Nächten und in Ekstasen mit wogendem und klopfendem Herzen, ist mit verhaltenem Enthusiasmus entstanden. Aber dieser verhaltene, stolze Enthusiasmus ist in jungen Jahren gefährlich! Damals habe ich darüber gespottet, jetzt aber will ich Ihnen sagen, daß ich diese jugendlichen, hitzigen ersten Schreibversuche über alles liebe, gewissermaßen als Amateur liebe. Rauch, Nebel, eine Saite erklingt im Nebel. Ihr Artikel ist absurd und phantastisch, aber in ihm vibriert eine solche Aufrichtigkeit, in ihm spricht ein jugendlicher und unbestechlicher Stolz, es ist in ihm die Kühnheit der Verzweiflung; es ist ein unheimlicher Artikel, aber das ist gut. Ja! Als ich Ihren Artikel gelesen hatte, legte ich ihn beiseite, und ... als ich ihn beiseite legte, dachte ich schon damals: ‚Nun, bei diesem Menschen ist es damit nicht abgetan!‘ Ja, wie, sagen Sie jetzt selbst, wie sollte man sich da nach all dem Vorangegangenen von dem Darauffolgenden nicht hinreißen lassen, nicht der Versuchung erliegen! Ach, Herrgott! Sage ich denn jetzt etwas? Behaupte ich denn jetzt etwas? Ich habe es mir damals bloß gemerkt. Was aber liegt denn jetzt vor? frage ich mich. Eigentlich doch nichts, das heißt, so gut wie nichts, und vielleicht im höchsten Grade nichts. Ja, und es ziemt sich doch auch für mich, den Untersuchungsführer, ganz und gar nicht, mich so hinreißen zu lassen; ich habe doch noch den Nikólka auf dem Hals, und den bereits mit Beweisen – egal, wie man darüber denkt, aber es sind halt Beweise! Und der kommt mir wiederum mit seiner Psychologie; ich muß mich auch mit ihm abgeben; denn es geht hier um Tod und Leben. Wozu ich Ihnen jetzt dies alles erkläre? Damit Sie es wissen und mich mit Ihrem Verstand und Herzen nicht anklagen wegen meines damaligen bösen Benehmens. Es war nicht böse gemeint, ich sage es aufrichtig, hehe! Meinen Sie etwa, daß ich keine Haussuchung bei Ihnen vorgenommen hätte? Doch, doch, das ist geschehen, hehehe, die wurde vorgenommen, als Sie hier krank im Bettchen lagen. Es geschah nicht offiziell und nicht von mir persönlich, aber jedenfalls wurde sie vorgenommen. Bis aufs letzte Haar wurde bei Ihnen in der Wohnung alles, sogar nach frischen Spuren, untersucht – aber umsonst. Da dachte ich: jetzt wird dieser Mensch zu dir kommen, von selbst und sehr bald zu dir kommen; wenn er schuldig ist, wird er unbedingt kommen. Ein anderer würde nicht kommen, dieser aber unbedingt. Und erinnern Sie sich, wie Herr Rasumichin sich im Eifer Ihnen gegenüber zu verschnappen begann? Das hatten wir absichtlich so eingefädelt, um Sie aufzuregen, und darum haben wir auch absichtlich das Gerücht verbreitet, damit er sich Ihnen gegenüber verschnappe, denn Herr Rasumichin ist ein Mensch, der Entrüstung nicht stillschweigend ertragen kann. Herrn Samjótoff war zuerst nur Ihr Zorn und Ihre offene Kühnheit aufgefallen; wie kann man denn auch in einem Restaurant so plötzlich herausplatzen: ‚Ich habe erschlagen!' Das ist allzu kühn, allzu dreist, und wenn er schuldig ist, dachte ich, so ist das ein furchtbarer Kämpfer! Das habe ich damals gleich gedacht. So wartete ich denn auf Sie! Wartete mit allen Fibern. Den Samjotoff aber hatten Sie damals einfach erledigt und ... das ist ja das Fatale, daß diese ganze verdammte Psychologie ihre zwei Seiten hat! Nun, ich warte also auf Sie, und siehe da, Gott schickt Sie selbst – Sie kommen! Mein Herzschlag setzte aus! Aaah! Nun, wozu mußten Sie damals kommen? Ihr Lachen, Ihr Lachen damals, als Sie hereinkamen – erinnern Sie sich –, ich erriet sofort alles, als sähe ich durch Glas; hätte ich aber auf Sie nicht in dieser besonderen Art gewartet, dann hätte ich auch an Ihrem Lachen nichts bemerkt. Sehen Sie, was es heißt, vorbereitet zu sein! Und Herr Rasumichin damals – ach, und der Stein, der Stein – erinnern Sie sich –, der Stein, unter dem die Sachen noch versteckt sind? Mir war, als sähe ich ihn greifbar vor mir irgendwo in einem Gemüsegarten – in einem Gemüsegarten, hatten Sie doch schon Samjotoff erzählt, und nun erwähnten Sie ihn bei mir zum zweiten Mal! Als wir aber dann begannen, Ihren Artikel durchzunehmen, als Sie ihn auszulegen begannen – da bekam jedes Ihrer Worte einen doppelten Sinn, als stecke immer ein anderes noch darunter! Nun, sehen Sie, Rodion Romanowitsch, in eben dieser Weise kam ich denn bis zu den letzten Schranken, und erst als ich mit der Stirn dagegen rannte, kam ich zur Besinnung. Nein, sagte ich mir, was fällt dir denn ein! Wenn man will, sagte ich mir, kann man doch dies alles bis zum letzten Punkt auch auf andere Weise erklären, und es wird dann noch natürlicher erscheinen. Es war eine Qual! Nein, dachte ich, wenn ich doch nur ein Zipfelchen von einem Beweis erwischen könnte! ... Und wie ich dann von diesem Klingeln an der Tür hörte, erstarrte ich, sogar ein Zittern durchlief mich. ‚Jetzt ist das Zipfelchen da!‘ dachte ich. ‚Da ist es!‘ Da überlegte ich überhaupt nicht mehr, wollte einfach nicht mehr. Tausend Rubel hätte ich in diesem Augenblick dafür hingegeben, aus eigener Tasche, nur um Sie *mit eigenen Augen* zu sehen: wie Sie da die hundert Schritte neben dem Kleinbürger gingen, nachdem er Ihnen ‚Mörder!‘ ins Gesicht gesagt hatte und Sie ganze hundert Schritte lang keine Frage an ihn zu stellen wagten! ... Und dabei dieses Gefühl von Kälte im Rückenmark? Und dann dieses Klingeln an der Tür, in krankem Zustand, halb bewußtlos im Fieberwahn? Nein, Rodion Romanowitsch, nach alldem müssen Sie sich nicht wundern, daß ich damals mit Ihnen solche Scherze getrieben habe. Und warum kamen Sie selbst gerade in dem Augenblick? Auch Sie wurden doch gleichsam von jemand gestoßen zu kommen, bei Gott, und wenn uns der Nikolka nicht auseinandergebracht hätte, so ... erinnern Sie sich an den Nikolai damals? Erinnern Sie sich gut? Der kam doch wie ein Donnerschlag! Wie ein knatternder Donnerschlag aus der Gewitterwolke! Nun, und wie empfing ich ihn? Ich glaubte ihm nicht das geringste, Sie haben es ja selbst gesehen! Und auch nachher! Als Sie schon fortgegangen waren, und als er begann, sehr, sehr vernünftig manche Punkte zu beantworten, so daß ich selbst verwundert war, auch dann glaubte ich ihm noch nicht das geringste! Sehen Sie, was es heißt, felsenfest überzeugt zu sein! Nein, dachte ich, das ist es nicht! Nikolai ändert daran gar nichts!«

»Mir erzählte soeben Rasumichin, daß Sie auch jetzt noch Nikolai für den Täter hielten und daß Sie selbst Rasumichin davon zu überzeugen ...«

Der Atem ging ihm aus, und er beendete den Satz nicht. Er hörte in unbeschreiblicher Erregung zu, wie dieser Mensch, der ihn vollkommen durchschaut hatte, sich selbst verleugnete. Er fürchtete sich, daran zu glauben, und glaubte nicht. In den noch zweideutigen Worten suchte er gierig und haschte er nach etwas Bestimmterem und Endgültigem.

»Herr Rasumichin!« rief Porphyrij Petrowitsch sofort aus, wie erfreut über die Frage Raskolnikoffs, der die ganze Zeit geschwiegen hatte. »Hehehe! Ja, Herrn Rasumichin mußte man irgendwie ablenken: zu zweit ist's ein Vergnügen, der dritte stört bloß. Herr Rasumichin soll aus dem Spiel bleiben, und ist außerdem ein fremder Mensch; er kam zu mir gelaufen, ganz blaß ... Nun, Gott sei mit ihm, wozu sollen wir ihn in diese Sache verwickeln! ... Und was Nikolai betrifft, so sollen Sie wissen, was das für eine Nummer ist, das heißt, wie ich ihn auffasse, wenn es Ihnen recht ist? Vor allen Dingen ist er noch das reine Kind und nicht etwa eine ängstliche Natur, sondern eher eine Art Künstler. Bitte lachen Sie nicht darüber, daß ich ihn mir so erkläre! Er ist ein unschuldiger, reiner und für alles empfänglicher Mensch. Hat Herz, hat Phantasie. Man sagt, daß er singen und tanzen kann und Märchen so zu erzählen versteht, daß Leute aus anderen Orten herbeikommen, um ihm zuzuhören. Auch zur Schule, zu den Abendkursen geht er, kann sich kranklachen, wenn man ihm nur den Finger zeigt, das heißt, über nichts und wieder nichts; kann sich bis zur Bewußtlosigkeit betrinken, nicht etwa aus Verderbtheit, sondern gelegentlich, wenn man ihm zu trinken gibt, alles noch vollkommen kindlich. Er hat damals gestohlen, weiß es aber selbst nicht, denn nach seiner Ansicht ‚ist es doch kein Diebstahl, wenn man etwas Gefundenes aufhebt'! Und wissen Sie auch, daß er zu den Altgläubigen gehört? Nein, eigentlich ist er kein Altgläubiger, sondern ein Sektierer; aus seiner Familie gehörten einige der Sekte der sogenannten „Landläufer" an, auch er hat vor kurzem noch zwei Jahre auf dem Lande bei einem gottesfürchtigen Greis gelebt, um sich in den Grundsätzen der Religion zu festigen. Das alles habe ich von Nikolai selbst und von Leuten aus seinem Dorf erfahren. Und nicht nur das! Er wollte Einsiedler werden! Er eiferte, betete nächtelang zu Gott, begann in den alten „echten, wahren"[16] Büchern zu lesen und konnte bald nicht mehr aufhören. Petersburg hat auf ihn dann einen starken Eindruck gemacht, besonders das weibliche Geschlecht, nun, und auch der Wein. Er ist auch für diese Dinge empfänglich und hat hier den gottesfürchtigen Greis und alles vergessen. Ich habe erfahren, daß ihn hier ein Künstler liebgewonnen hat, er begann zu ihm zu gehen, da kam aber diese Geschichte dazwischen. Nun, er bekam Angst und wollte sich erhängen! Wollte davonlaufen! Was soll man dazu sagen bei dem Begriff, den das Volk nun einmal von unserer Rechtspflege hat! Manchen erschreckt schon das Wort „vors Gericht kommen". Wen soll man da beschuldigen! Wir müssen abwarten, wie die Gerichtsreform wirken wird.

Ach, gebe Gott, daß es bald geschieht[17]! Nun, ja; im Gefängnis aber erinnerte er sich offenbar wieder des gottesfürchtigen Greises; auch die Bibel erschien wieder. Wissen Sie, Rodion Romanowitsch, was es bei manchen von diesen Leuten bedeutet, „das Leiden auf sich nehmen"? Das bedeutet nicht etwa, für jemand anderen zu leiden, sondern einfach, man muß selber gelitten haben, muß es deshalb „auf sich nehmen". Und besonders gilt das, wenn die Behörden im Spiel sind. Noch zu meiner Zeit saß einmal im Gefängnis ein ganzes Jahr lang ein äußerst stiller, ruhiger Arrestant, er las nächtelang auf dem Ofen liegend die Bibel und geriet vor lauter Lesen dermaßen in ihren Bann, wissen Sie, daß er eines schönen Tages ohne jede Veranlassung, ohne jeden Grund einen Ziegelstein packte und ihn auf den Vorgesetzten schleuderte. Ja, aber *wie* tat er es? Absichtlich schleuderte er den Stein um eine ganze Elle vorbei, um dem Vorgesetzten nur ja keinen Schaden zuzufügen! Nun, es ist ja bekannt, was mit einem Arrestanten geschieht, der bewaffnet seinen Vorgesetzten angreift. Da hatte er also »das Leiden auf sich genommen«! Ich habe nun den Verdacht, daß auch Nikolai um seiner selbst willen dem Leiden nicht ausweichen, sondern es »auf sich nehmen« oder etwas derartiges tun will. Das weiß ich sicher, aus Tatsachen. Er weiß bloß nicht, daß ich es weiß. Wie, geben Sie etwa nicht zu, daß aus solch einem Volk phantastische Menschen hervorgehen können? Ich sage Ihnen: auf Schritt und Tritt! Der gottesfürchtige Greis hat jetzt wieder bei ihm zu wirken begonnen, ist ihm besonders nach dem Selbstmordversuch in Erinnerung gekommen. Aber er wird mir noch selbst alles erzählen, er wird noch zu mir kommen. Sie glauben, er werde es durchhalten können? Warten Sie nur ab, er wird seine Aussage noch zurücknehmen! Ich warte stündlich, daß er kommt, um seine Aussage zu widerrufen. Ich habe diesen Nikolai liebgewonnen und will ihn genau ergründen. Und können Sie sich denken! Hehe! Manche Punkte hat er mir recht vernünftig beantwortet, hat offenbar die nötigen Mitteilungen erhalten und sich geschickt vorbereitet; nun, und bei anderen Punkten blamierte er sich mordsmäßig, wußte rein gar nichts, hatte keine Ahnung, und weiß selbst nicht mal, daß er nichts ahnt! Nein, Väterchen Rodion Romanowitsch, mit dieser Sache hat Nikolai nichts zu tun! Dies hier ist eine phantastische, unheimliche Sache, eine moderne Sache, ein Fall unserer Zeit, wo das menschliche Herz sich getrübt hat; wo die Phrase zitiert wird, daß Blutvergießen „erfrischt"; wo nur ein Leben in Komfort als lebenswert gepredigt wird. Hier handelt es sich um Bücherphantasien; hier spricht ein durch Theorien überreiztes Herz; hier sieht man eine Entschlossenheit zum ersten Schritt, aber eine Entschlossenheit besonderer Art – er hat sich dazu entschlossen, wie man sich entschließt, sich von einem Felsen oder von einem Turm hinabzustürzen, und ist zu dem Verbrechen nicht wie auf eigenen Füßen geschritten. Er hatte vergessen, die Tür hinter sich zu schließen, und hat gemordet, zwei Menschen ermordet, nach der Theorie. Er hat ermordet, aber nicht verstanden, das Geld zu nehmen, was er aber zusammengerafft hat, verbarg er unter einem Stein. Es genügte ihm nicht, daß er einmal die Qual durchgemacht hatte, als er hinter der Tür stand und an der Tür gerüttelt und an der Klingel gerissen wurde – nein, er geht nachher noch einmal in die bereits leere Wohnung, geht in halber Bewußtlosigkeit hin, um sich dieses Läuten in Erinnerung zu bringen, um wieder diese Kälte im Rücken zu spüren... Nun gut, zugegeben, dies ist in krankem Zustand geschehen, aber da ist noch etwas anderes: er hat ermordet, hält sich aber trotzdem für einen ehrenwerten Menschen, verachtet alle Leute, wandelt als bleicher Engel umher – nein, das hat schon gar nichts mit Nikolai zu tun, lieber Rodion Romanowitsch, nein, hiermit hat ein Nikolai gar nichts zu schaffen.«

Diese letzten Worte kamen nach allem vorher Gesagten, das einem Aufgeben des früher Angenommenen so ähnlich war, zu unerwartet. Raskolnikoff begann am ganzen Körper zu zittern, als hätte man ihn durchbohrt.

»Ja ... wer hat denn ... ermordet?« fragte er, es nicht aushaltend, mit atemloser Stimme. Porphyrij Petrowitsch fuhr sogar bis an die Stuhllehne zurück, auch er wie aufs äußerste überrascht und wie erstaunt über diese Frage.

»Wie, *wer* denn gemordet hat ...?« wiederholte er, als traue er seinen Ohren nicht. »Aber *Sie* haben doch ermordet, Rodion Romanowitsch! Nur *Sie* haben ermordet ...«, fügte er, fast flüsternd, vollkommen überzeugt hinzu.

Raskolnikoff sprang vom Diwan auf, blieb einige Sekunden stehen und setzte sich wieder, ohne ein Wort zu sagen. Kleine Zuckungen liefen über sein ganzes Gesicht.

»Ihre Lippe bebt wieder wie damals«, flüsterte Porphyrij, fast sogar wie teilnehmend. »Sie haben mich, Rodion Romanowitsch, nicht richtig verstanden«, fuhr er nach einigem Schweigen fort, »darum sind Sie auch so überrascht. Ich bin gerade deshalb hergekommen, um Ihnen alles zu sagen und die Sache offen mit Ihnen zu behandeln.«

»Nicht ich habe ermordet«, stammelte Raskolnikoff, genau wie ein Kind im Schreck, wenn es auf frischer Tat ertappt wird.

»Nein, Sie haben es getan, Rodion Romanowitsch, Sie und kein anderer«, flüsterte Porphyrij streng und überzeugt.

Sie verstummten beide, und das Schweigen dauerte sogar merkwürdig lange an, wohl an die zehn Minuten. Raskolnikoff hatte sich auf den Tisch gestützt und fuhr sich schweigend mit den Fingern durch die Haare. Porphyrij Petrowitsch saß da und wartete. Plötzlich blickte Raskolnikoff Porphyrij verächtlich an.

»Sie kommen wieder mit der alten Manier, Porphyrij Petrowitsch! Immer wieder Ihre alte Taktik – daß Ihnen das nicht langweilig wird, tatsächlich?«

»Ach, lassen Sie das doch, was sind mir jetzt noch Taktik und Methode! Etwas anderes wäre es, wenn Zeugen zugegen wären; wir aber flüstern hier doch unter vier Augen. Sie sehen ja selbst, ich bin nicht dazu hergekommen, um Sie zu hetzen und zu fangen wie ein flüchtiges Wild! Ob Sie es gestehen oder nicht – in diesem Augenblick ist mir das einerlei. In meinem Innern bin ich auch ohne Ihr Dazutun überzeugt.«

»Wenn dem so ist, warum sind Sie dann hergekommen?« fragte Raskolnikoff gereizt. »Ich stelle Ihnen die frühere Frage: wenn Sie mich für den Schuldigen halten, warum stecken Sie mich dann nicht ins Gefängnis?«

»Das ist nun freilich eine Frage! Ich will sie Ihnen auch Punkt für Punkt beantworten: erstens, Sie so einfach ins Gefängnis zu stecken, wäre für mich ja unvorteilhaft.«

»Wieso unvorteilhaft! Wenn Sie überzeugt sind, so müssen Sie doch ...«

»Ach, was will denn das besagen, daß ich überzeugt bin? Das ist doch vorläufig nur so eine Idee von mir, eine Einbildung. Ja und warum soll ich Sie dort *zur Ruhe* setzen? Sie wissen das ja selbst, wenn Sie so darauf drängen. Brächte ich Ihnen dann zum Beispiel den Kleinbürger hin, um Sie zu überführen, so könnten Sie ihn fragen: ‚Du bist wohl betrunken? Wer hat dich mit mir zusammen gesehen? Ich habe dich einfach für einen Betrunkenen gehalten, und du warst es auch!' – Was könnte ich Ihnen darauf erwidern? Zumal Ihre Aussage stichhaltiger ist als seine, denn in seiner Aussage steckt nichts als Psychologie – und wie paßt denn die zu seiner Visage! –, Sie aber treffen den Kernpunkt, denn der Schuft ist tatsächlich ein Säufer und ist sogar bekannt dafür. Und ich habe Ihnen doch offen und schon mehrmals eingestanden, daß diese Psychologie ihre zwei Seiten hat und daß die zweite Seite die größere Wahrscheinlichkeit für sich hat, und habe hinzugefügt, daß ich außer diesem vorläufig gar nichts gegen Sie in der Hand habe. Und obwohl ich Sie noch einsperren werde und sogar selbst gekommen bin (was doch sicher nicht gang und gäbe ist), Ihnen im voraus alles mitzuteilen, trotzdem sage ich Ihnen offen (was ja wieder nicht gang und gäbe ist), daß dies für mich unvorteilhaft wäre. Nun, und dann, zweitens, bin ich darum zu Ihnen gekommen ...«

»Und dann, zweitens?« (Raskolnikoff verhielt immer noch den Atem.)

»Weil ich es, wie ich Ihnen schon vorhin erklärte, für meine Pflicht halte, Ihnen eine Erklärung abzugeben. Ich will nicht, daß Sie mich für ein Scheusal halten, um so weniger, als ich eine aufrichtige Neigung zu Ihnen gefaßt habe, ob Sie mir das nun glauben oder nicht. Und deshalb bin ich, drittens, gekommen, Ihnen den offenen und direkten Vorschlag zu machen: sich selbst anzuzeigen und ein Geständnis abzulegen. Das wäre für Sie unermeßlich vorteilhafter, und auch für mich wäre es vorteilhafter – dann wäre ich die Sache los. Nun, ist das jetzt meinerseits offen gehandelt oder nicht?«

Raskolnikoff dachte einen Augenblick nach.

»Hören Sie, Porphyrij Petrowitsch, Sie sagen doch selbst: es ist nichts als Psychologie, dabei reden Sie aber, als handelte es sich um Mathematik. Wie nun, wenn Sie sich irren?«

»Nein, Rodion Romanowitsch, ich irre mich nicht. *Ein* Zipfelchen habe ich doch schon in der Hand. Dieses Zipfelchen habe ich damals erwischt; Gott selbst hat es mir geschickt!«

»Was für ein Zipfelchen?«

»Das sage ich nicht, Rodion Romanowitsch. In jedem Fall aber habe ich jetzt nicht mehr das Recht, es hinauszuschieben; ich werde Sie verhaften lassen. Also überlegen Sie es sich: für mich ist es *jetzt* bereits gleichgültig, folglich tue ich es bloß um Ihretwillen. Bei Gott, es wäre besser für Sie, Rodion Romanowitsch!«

Raskolnikoff lachte boshaft auf.

»Das ist doch nicht bloß lächerlich, das ist ja schon geradezu unverschämt. Und selbst wenn ich schuldig wäre (was ich keineswegs sage), warum sollte ich dann zu Ihnen mit einem freiwilligen Geständnis kommen, wenn Sie schon selber sagen, daß ich dort bei Ihnen mich *zur Ruhe* setzen würde?«

»Ach, Rodion Romanowitsch, trauen Sie nicht ganz den

Worten; vielleicht wird es auch nicht ganz *‚zur Ruhe‘* sein! Das ist doch bloß eine Theorie und zudem noch meine eigene; was für eine Autorität aber bin ich denn für Sie? Ja, vielleicht verheimliche ich auch jetzt noch irgend etwas vor Ihnen. Ich kann Ihnen doch nicht alles offenbaren und zeigen, hehe! Außerdem: Sie fragen, welchen Vorteil Sie haben werden. Ja, wissen Sie denn nicht, welch eine Strafermäßigung Sie dafür erhalten werden? *Wann* kommen Sie, in welchem Augenblick? Überlegen Sie sich das bloß! In einem Augenblick, wo schon ein anderer das Verbrechen auf sich genommen und die ganze Angelegenheit verwirrt hat! Und ich werde, das schwöre ich Ihnen bei Gott, ‚dort‘ alles so einrichten und arrangieren, daß Ihr Geständnis wie vollkommen unerwartet erscheinen wird. Diese ganze Psychologie wollen wir einfach vergessen, meinen Verdacht auf Sie werde ich in nichts verwandeln, so daß Ihr Verbrechen als eine Art Umnachtung erscheinen wird, denn genau genommen war es auch eine Umnachtung. Ich bin ein ehrlicher Mensch, Rodion Romanowitsch, und werde mein Wort halten.«

Raskolnikoff schwieg traurig und ließ den Kopf sinken; er dachte lange nach, plötzlich lächelte er wieder, aber sein Lächeln war diesmal schon sanft und traurig.

»Ach, nicht nötig!« sagte er, als ob er sich gar nicht mehr vor Porphyrij verbergen wolle. »Es lohnt nicht! Ich brauche gar nicht Ihre Strafermäßigung!«

»Gerade das fürchtete ich ja!« rief Porphyrij Petrowitsch warm und gleichsam unwillkürlich aus. »Das fürchtete ich ja gerade, daß Sie unsere Ermäßigung nicht brauchen würden«!

Raskolnikoff blickte ihn traurig und eindringlich an.

»Hören Sie, verschmähen Sie das Leben nicht!« fuhr Porphyrij fort. »Sie haben noch viel davon vor sich! Wie soll da eine Strafermäßigung nicht nötig sein, warum nicht? Was sind Sie für ein ungeduldiger Mensch!«

»Was soll denn noch viel vor mir sein?«

»Leben! Noch sehr viel Leben! Was sind Sie denn für

ein Prophet, was können Sie wissen, wieviel? Suchet und ihr werdet finden! Vielleicht hat Gott Sie hiermit nur vorbereitet. Und die Kette wird ja nicht auf ewig angelegt ...«

»Eine Ermäßigung ...« Raskolnikoff begann zu lachen.

»Oder haben Sie etwa Furcht vor der bourgeoisen Schande? Es wäre möglich, daß dieses Sie schreckt, nur wissen Sie es selbst nicht – denn Sie sind ja noch jung! Aber jedenfalls sollten gerade Sie sich nicht fürchten oder gar schämen, sich selbst zu stellen.«

»Ach, das ist mir egal!« murmelte Raskolnikoff verächtlich und mit Widerwillen, als wolle er darüber nicht einmal mehr reden. Er stand wieder auf, als ob er irgendwohin gehen wollte, setzte sich aber von neuem in sichtlicher Verzweiflung.

»Da haben wir's – ‚das ist mir egal'! Sie haben das Vertrauen, den Glauben verloren und meinen nun, daß ich Ihnen plump schmeichle! Haben Sie denn schon so lange gelebt? Was verstehen Sie denn viel davon? Haben sich eine Theorie ausgedacht und schämen sich nun, daß sie durchgefallen ist und daß es schon gar zu unoriginell herauskam! Es ist zwar gemein herausgekommen, das ist wahr, aber Sie sind immerhin kein hoffnungslos gemeiner Mensch! Nein, durchaus kein gemeiner Mensch! Durchaus kein gemeiner Mensch! Sie haben sich wenigstens nicht lange Sand in die Augen gestreut, Sie sind auf den ersten Anhieb gleich bis zur äußersten Grenze gegangen. Für wen halte ich Sie denn? Ich halte Sie für einen von jener Sorte Menschen, denen man meinethalben das ganze Eingeweide herausschneiden kann, die aber ruhig dastehen und mit einem Lächeln auf ihre Peiniger blicken – wenn sie nur einen Glauben oder einen Gott gefunden haben. Nun, sehen Sie zu, daß Sie so was finden, und Sie werden leben. Außerdem tut Ihnen vor allem und schon längst eine Luftveränderung not. Und dann, nun ja, Leiden ist auch eine gute Sache. So leiden Sie denn! Dieser Nikolai hat vielleicht auch recht, daß er leiden will. Ich weiß, daß Sie noch nicht glauben können – grübeln Sie aber nicht zu viel, geben Sie sich einfach dem Leben hin, ohne viel zu überlegen; seien Sie versichert: es wird Sie geradeswegs ans Ufer tragen und auf die Beine stellen. An was für ein Ufer? Woher soll ich das wissen? Ich glaube nur daran, daß Sie noch viel Leben vor sich haben. Ich weiß auch, daß Sie meine Worte jetzt für eine auswendig gelernte Moralpredigt halten; aber vielleicht werden Sie sich ihrer später einmal erinnern, und vielleicht werden sie Ihnen einmal noch von Nutzen sein können; nur deshalb sage ich das. Es ist noch gut, daß Sie nur diese Alte ermordet haben. Wenn Sie sich aber eine andere Theorie ausgedacht hätten, so würden Sie vielleicht eine noch hundertmillionenmal schlimmere Sache vollbracht haben! Vielleicht muß man noch Gott dafür danken; wer weiß, vielleicht will Gott Sie für etwas Bestimmtes aufsparen? Sie aber haben ein großes Herz zu hüten und sollten sich weniger fürchten. Ihnen ist bange vor der Größe dessen, was jetzt zu geschehen hat? Nein, in diesem Fall muß man sich schämen, bange zu sein. Wenn Sie schon einen solchen Schritt getan haben, so haben Sie sich jetzt zusammenzunehmen. Das verlangt die Gerechtigkeit. Also erfüllen Sie, was die Gerechtigkeit nun mal verlangt! Ich weiß, daß Sie nicht glauben; aber, bei Gott, das Leben wird es austragen. Nachher werden Sie es liebgewinnen. Jetzt haben Sie bloß zu wenig Luft, gerade Sie aber brauchen Luft, Luft!«

Raskolnikoff zuckte sogar zusammen.

»Ja, wer sind Sie denn überhaupt?« fuhr er ihn an. »Sind Sie etwa ein Prophet? Von welch einer Höhe erhabener Ruhe herab verkünden Sie mir Ihre allwissenden Prophezeiungen?«

»Wer ich bin? Ich bin ein abgetaner Mensch, nichts weiter. Ein Mensch, der vielleicht manches zu empfinden und mitzufühlen vermag, vielleicht auch manches weiß, aber doch schon vollkommen abgetan ist. Sie aber – mit Ihnen steht es anders: Ihnen hat Gott ein Leben vorbereitet (aber wer weiß, vielleicht wird auch bei Ihnen alles wie ein Rauch vergehen, ohne daß etwas dabei herauskommt). Nun, was ist denn dabei, daß Sie in eine andere Menschenklasse übergehen werden? Sie werden doch nicht den Komfort bedauern, Sie, mit Ihrem Herzen? Was ist denn dabei, daß man Sie vielleicht lange nicht mehr sehen wird? Hier kommt es nicht auf die Zeit an, sondern auf Sie. Werden Sie eine Sonne, und alle werden Sie sehen! Eine Sonne muß zuerst eine Sonne sein. Worüber lächeln Sie wieder – daß ich solch ein Schillerianer bin? Und ich wette, Sie meinen, daß ich mich jetzt an Sie heranschmeicheln möchte! Nun, vielleicht schmeichle ich mich auch tatsächlich heran, hehehe! Sie brauchen mir, Rodion Romanowitsch, meinetwegen kein Wort zu glauben, ja, meinetwegen glauben Sie mir niemals – ich habe schon so eine Art, gebe es zu. Aber eins füge ich hinzu: inwieweit ich ein gemeiner und inwieweit ich ein ehrlicher Mensch bin, das können Sie, glaube ich, selbst beurteilen!«

»Wann gedenken Sie mich zu verhaften?«

»So an die anderthalb oder zwei Tage kann ich Sie noch herumspazieren lassen. Aber denken Sie nach, mein Lieber, beten Sie zu Gott! Und es ist doch vorteilhafter, bei Gott, wirklich vorteilhafter!«

»Was aber dann, wenn ich davonlaufe?« fragte Raskolnikoff mit einem seltsamen Spottlächeln.

»Nein, Sie nicht. Ein Bauer wäre davongelaufen, ein moderner Sektierer gleichfalls – irgend so ein Lakai fremder Gedanken –, denn dem braucht man ja bloß eine Fingerspitze zu zeigen, und er glaubt gleich lebenslänglich an alles, was Sie nur wollen. Sie aber glauben doch nicht mehr an Ihre Theorie – womit könnten Sie denn fliehen? Ja, und was wollen Sie im Exil anfangen? Im Exil ist es häßlich und schwer. Sie aber brauchen vor allen Dingen Leben und eine positive Stellung in ihm, dazu entsprechende Luft, dort aber, ist denn das Ihre Luft? Wenn Sie fliehen, werden Sie von selbst zurückkehren. *Ohne uns können Sie nicht auskommen*. Und wenn ich Sie ins Gefängnis setze – gut, Sie werden dort einen Monat sitzen, meinetwegen auch zwei oder drei, und dann werden Sie plötzlich – denken Sie an meine Worte! – von selbst kommen und gestehen, und möglicherweise wird das für Sie selbst ganz unerwartet geschehen. Sie werden vielleicht noch eine Stunde vorher nicht wissen, daß Sie auf den Gedanken kommen werden, „das Leid auf sich zu nehmen". Sie glauben mir jetzt nicht auf mein bloßes Wort hin, aber Sie werden selbst darauf verfallen. Denn gelitten zu haben, Rodion Romanowitsch, ist eine große Sache; lassen Sie außer acht, daß ich dick geworden bin, das macht nichts, ich weiß es dennoch; lachen Sie nicht darüber, im Leiden liegt eine Idee. Nikolka hat schon recht. Nein, Sie werden nicht davonlaufen, Rodion Romanowitsch.«

Raskolnikoff stand von seinem Platz auf und griff nach seiner Mütze. Porphyrij Petrowitsch erhob sich gleichfalls.

»Sie wollen spazierengehen? Der Abend wird schön werden, wenn nur kein Gewitter kommt. Es wäre zwar besser, wenn es eine Abkühlung gäbe ...«

Er nahm auch seine Dienstmütze.

»Porphyrij Petrowitsch, bitte, setzen Sie sich nicht in den Kopf, daß ich Ihnen heute etwas gestanden hätte«, sagte Raskolnikoff mit rauher Starrköpfigkeit. »Sie sind ein sonderbarer Mensch, und ich habe Ihnen nur aus Neugier zugehört. Gestanden aber habe ich Ihnen nichts ... Vergessen Sie das nicht.«

»Schon gut, ich weiß schon, werde es nicht vergessen – da schau, er zittert ja förmlich. Beruhigen Sie sich, Liebster; Sie sollen Ihren Willen haben. Gehen Sie ein wenig spazieren; nur allzu lange wird das nicht mehr möglich sein. Für alle Fälle aber hätte ich noch eine kleine Bitte an Sie«, fügte er mit gesenkter Stimme hinzu, »eine kitzlige, aber wichtige Bitte: Wenn Sie, das heißt, für den Fall (woran ich übrigens nicht glaube, zumal ich Sie für vollkommen unfähig zu ähnlichem halte), falls – ich sage es ja bloß so für alle Fälle – Sie in diesen vierzig oder fünfzig Stunden Lust verspüren sollten, die Sache irgendwie anders, in einer phantastischen Weise aus der Welt zu schaffen – sagen wir, Hand an sich zu legen ... (es ist eine ganz unsinnige Annahme, entschuldigen Sie schon), dann hinterlassen Sie doch eine kurze, aber genaue Mitteilung. Es brauchen bloß zwei Zeilen, zwei kurze Zeilen zu sein, und erwähnen Sie auch den Stein: das würde nobler sein. Nun, auf Wiedersehen ... Ich wünsche Ihnen gute Gedanken und heilsame Taten!«

Porphyrij ging seltsam gebückt hinaus und vermied es gleichsam, Raskolnikoff anzusehen. Raskolnikoff trat ans Fenster und wartete gereizt und ungeduldig die Zeit ab, bis jener auf die Straße gelangt und weitergegangen sein konnte. Dann verließ auch er schnell das Zimmer.

III

Er eilte zu Sswidrigailoff. Was er von diesem Menschen erwartete, wußte er selbst nicht. Aber dieser Mensch besaß irgendeine geheime Macht über ihn. Nachdem er sich dessen einmal bewußt geworden war, konnte er sich schon nicht mehr beruhigen, und außerdem war jetzt auch die Zeit dazu gekommen.

Unterwegs quälte ihn besonders die eine Frage: war Sswidrigailoff bei Porphyrij gewesen?

Soweit er die Sachlage beurteilen konnte, und er hätte darauf schwören mögen, war er nicht dort gewesen! Er dachte wiederholt nach, rief den ganzen Besuch Porphyrijs in seine Erinnerung zurück, überlegte: Nein, er war bestimmt nicht bei ihm gewesen, natürlich nicht!

Aber wenn er noch nicht dort gewesen war, würde er in Zukunft zu Porphyrij gehen oder würde er es nicht tun?

Vorläufig schien es Raskolnikoff, daß er nicht hingehen werde. Warum nicht? Er hätte das nicht erklären können, aber wenn er es auch gekonnt hätte, so wollte er sich jetzt nicht den Kopf darüber zerbrechen. Dies alles quälte ihn, und zugleich ging es ihn doch nicht viel an. Es war seltsam und vielleicht hätte es ihm niemand geglaubt, aber um sein jetziges allernächstes Schicksal war er nur schwach, gleichsam nur zerstreut besorgt. Ihn quälte etwas anderes, viel Wichtigeres, etwas Außergewöhnliches – das nur ihn selbst und niemand anderen betraf, aber es war etwas anderes, etwas Hauptsächliches. Außerdem empfand er eine grenzenlose moralische Müdigkeit, obgleich sein Verstand an diesem Morgen besser arbeitete als in all diesen letzten Tagen.

Und war es denn jetzt noch der Mühe wert, nach alledem, was vorgefallen war, diese neuen armseligen Schwierigkeiten zu besiegen? War es der Mühe wert, zum Beispiel, zu intrigieren, damit Sswidrigailoff nicht zu Porphyrij gehe, ihn zu ergründen, auszukundschaften und Zeit zu verlieren mit irgend so einem Sswidrigailoff!

Oh, wie er dies alles satt hatte!

Indessen eilte er aber doch zu Sswidrigailoff; erwartete er nicht gar etwas *Neues* von ihm, oder Fingerzeige oder einen Ausweg? Auch nach einem Strohhalm wird ja mitunter gegriffen! War es nicht das Schicksal oder irgendein Instinkt, der sie zusammenführte? Vielleicht war es bloß Müdigkeit, Verzweiflung; vielleicht brauchte er gar nicht Sswidrigailoff, sondern jemand anderen, und Sswidrigailoff war ihm nur so in den Weg gelaufen. Ssonja? Aber wozu sollte er jetzt zu Ssonja gehen? Wieder um ihre Tränen betteln? Und Ssonja war doch für ihn schon etwas Schreckliches. Ssonja war die Verkörperung eines unerbittlichen Urteils, einer unwiderruflichen Entscheidung. Jetzt hieß es: entweder ihr Weg oder sein Weg. Und gerade im gegenwärtigen Augenblick war er außerstande, sie zu sehen. Nein, war es nicht doch besser, Sswidrigailoff auszuforschen, was das für ein Mensch war? Und er konnte nicht umhin, sich innerlich einzugestehen, daß er ja tatsächlich jenen schon längst gleichsam zu irgend etwas brauchte.

Aber was konnte es zwischen ihnen beiden Gemeinsames geben? Selbst ihre Freveltaten konnten nicht von gleicher Art sein. Dieser Mensch war überdies sehr unangenehm, offenbar äußerst verdorben, sicher aber schlau und trügerisch, und vielleicht sehr bösartig. Es wurde ja allerhand von ihm erzählt. Allerdings hatte er sich der Kinder Katerina Iwanownas angenommen; aber wer weiß, zu welchem Zweck und was das noch zu bedeuten hatte? Dieser Mensch hatte ewig irgendwelche Absichten und Pläne.

In all diesen Tagen war in Raskolnikoff immer wieder ein Gedanke flüchtig aufgetaucht und hatte ihn schrecklich beunruhigt, obwohl er ihn stets zu verjagen versucht hatte, so sehr graute ihm vor diesem Gedanken! Er sagte sich zwischendurch: Sswidrigailoff hatte sich doch bereits die ganze Zeit mit ihm beschäftigt und tue es auch jetzt; Sswidrigailoff hatte sein Geheimnis erfahren; Sswidrigailoff hatte böse Absichten gegen Dunja gehabt. Wie nun, wenn er sie auch jetzt noch hatte? Man konnte doch fast mit Bestimmtheit sagen, *daß er sie noch hatte*. Und wie nun, wenn er jetzt, nachdem er sein Geheimnis erfahren, dieses Mitwissen, diese Macht über ihn, den Bruder, als Waffe gegen Dunja benutzen wollte?

Dieser Gedanke hatte ihn schon manchmal, sogar im Traum, gequält, aber noch nie war er ihm so klar und deutlich zu Bewußtsein gekommen wie jetzt auf dem Wege zu Sswidrigailoff. Und schon dieser Gedanke allein erweckte in ihm grimmigen Jähzorn. Erstens änderte das alles, sogar an seiner eigenen Lage. Dann mußte er sofort sein Geheimnis Dunetschka mitteilen. Vielleicht mußte er sich selbst verraten, um Dunetschka von einem unvorsichtigen Schritt abzuhalten. Der Brief? Heute früh hatte Dunetschka einen Brief erhalten! Von wem konnte sie hier in Petersburg Briefe erhalten? (Von Lushin etwa?) Freilich paßt dort Rasumichin auf, aber Rasumichin weiß doch nichts von alledem. Vielleicht mußte man sich auch Rasumichin anvertrauen? Raskolnikoff dachte mit Widerwillen daran.

Jedenfalls mußte man Sswidrigailoff möglichst bald aufsuchen, beschloß er bei sich endgültig. Gott sei Dank, hier kam es nicht so sehr auf die Einzelheiten an, als auf das

Wesentliche der Sache; aber wenn er, wenn er schon fähig war ... wenn Sswidrigailoff irgend etwas gegen Dunja im Schilde führte, so ...

Raskolnikoff war in dieser ganzen Zeit, in diesem letzten Monat, dermaßen müde geworden, daß er ähnliche Fragen jetzt schon gar nicht mehr anders lösen konnte als nur noch durch die eine Entscheidung: »Dann schlage ich ihn tot!« Er dachte es in kalter Verzweiflung. Ein schweres Gefühl bedrückte sein Herz; er blieb mitten auf der Straße stehen und begann sich umzuschauen, welchen Weg er denn eingeschlagen hatte und wohin er geraten war? Er befand sich auf dem -schen Prospekt, dreißig oder vierzig Schritte vom Heumarkt entfernt, den er bereits überquert hatte. In einem Hause linker Hand war der ganze zweite Stock von einem Restaurant eingenommen. Alle Fenster waren weit geöffnet; das Restaurant war, nach den vielen an den Fenstern sich bewegenden Gestalten zu urteilen, stark besetzt. Im Saal trugen Sänger Lieder vor; eine Klarinette, eine Geige und eine türkische Trommel waren zu unterscheiden, dazu die Juchzer einiger Weiberstimmen. Er wollte schon umkehren, da er gar nicht begriff, wie er auf den -schen Prospekt gekommen war, als er plötzlich an einem der letzten Fenster des Restaurants Sswidrigailoff erblickte, der dort an einem Teetisch mit einer Pfeife im Mund saß. Das überraschte ihn bis zum Erschrecken. Sswidrigailoff sah und beobachtete ihn schweigend und wollte – was Raskolnikoff ebenfalls sofort stutzig machte –, wie es schien, aufstehen, um still und unbemerkt fortzugehen. Raskolnikoff gab sich sofort den Anschein, als hätte auch er ihn nicht bemerkt, und blickte wie in Gedanken versunken zur Seite, doch ohne ihn ganz aus dem Auge zu lassen. Sein Herz klopfte erregt. Es war schon so: Sswidrigailoff wollte offenbar nicht gesehen werden. Er nahm die Pfeife aus dem Munde und wollte sich verbergen; als er aber aufstand und den Stuhl zur Seite schob, merkte er wahrscheinlich, daß auch Raskolnikoff ihn gesehen hatte und beobachtete. Zwischen ihnen trug sich wieder etwas zu, was der Szene ihres ersten Zusammentreffens bei Raskolnikoff, während seines Schlafes, glich. Ein schalkhaft spitzbübisches Lächeln zeigte sich auf dem Gesicht Sswidrigailoffs. Beide wußten, daß sie einander sahen und beobachteten. Schließlich lachte Sswidrigailoff laut auf.

»Nun, nun! Kommen Sie doch schon herauf, wenn Sie mögen; ich bin hier!« rief er ihm aus dem Fenster zu.

Raskolnikoff ging in das Restaurant hinauf. Er fand ihn in einem sehr kleinen Nebenzimmer mit nur einem Fenster, das an den großen Saal anstieß, in dem an etwa vierzig kleinen Tischen beim desperaten Gesang eines Sängerchores Kaufleute, Beamte und andere Leute Tee tranken. Irgendwoher vernahm man das Anprallen von Billardkugeln. Auf dem Tisch vor Sswidrigailoff stand eine angebrochene Flasche Champagner und ein zur Hälfte noch volles Glas. In diesem kleinen Zimmer befanden sich außerdem ein Knabe mit einer kleinen Drehorgel, und ein kräftiges rotwangiges Mädchen in einem aufgeschürzten gestreiften Rock und einem Tiroler Hütchen mit Bändern. Es war eine Sängerin, etwa achtzehn Jahre alt, die, trotz des Chorgesanges im großen Zimmer nebenan, zur Begleitung der Drehorgel mit ziemlich heiserem Mezzosopran einen Gassenhauer sang ...

»Schon gut, genug!« unterbrach Sswidrigailoff sie beim Eintritt Raskolnikoffs.

Das Mädchen brach sofort ab und blieb in ehrerbietiger Erwartung stehen. Auch ihren Gassenhauer hatte sie mit einem ehrerbietigen und ernsten Ausdruck im Gesicht gesungen.

»He, Filip, ein Glas!« rief Sswidrigailoff.

»Ich werde keinen Wein trinken«, sagte Raskolnikoff.

»Wie Sie wollen, aber ich habe das Glas nicht für Sie bestellt. Trink, Katja! Heute brauche ich euch nicht mehr, geht!« Er schenkte ihr das Glas voll und legte einen Rubelschein für sie auf den Tisch.

Katja leerte das Glas so, wie Frauen Wein trinken, das heißt, ohne das Glas abzusetzen und in zwanzig Schlückchen, sie nahm dann den Schein, küßte Sswidrigailoff die Hand, was er sehr ernst geschehen ließ, und verließ das Zimmer; ihr folgte der Knabe mit der Drehorgel. Man hatte beide von der Straße heraufgeholt. Sswidrigailoff wohnte noch nicht einmal eine Woche in Petersburg und schon verkehrten alle auf recht patriarchalischem Fuß mit ihm. Auch der Kellner Filip kannte ihn schon und bediente ihn unterwürfigst. Die Tür zum Saal wurde geschlossen, Sswidrigailoff war in diesem Zimmer wie bei sich zu Hause und verbrachte hier vielleicht ganze Tage. Das Restaurant war schmutzig, schlecht und nicht einmal von mittlerer Güte.

»Ich war auf dem Weg zu Ihnen und wollte Sie aufsuchen«, begann Raskolnikoff, »bin aber unversehens vom Heumarkt in den -schen Prospekt eingebogen! Ich gehe nie diesen Weg und komme nie hierher. Ich gehe vom Heumarkt immer den Weg nach rechts. Auch der Weg zu Ihnen führt nicht hier vorbei. Doch kaum war ich eingebogen, da erblickte ich Sie hier! Das ist seltsam!«

»Warum sagen Sie nicht offen: das ist ein Wunder!«

»Weil es vielleicht nur ein Zufall war.«

»Von was für sonderbarer Geistesverfassung doch die Menschen hierzulande sind!« lachte Sswidrigailoff, »man will es nicht eingestehen, wenn man auch innerlich an Wunder glaubt! Sie sagen doch selbst, daß es ‚vielleicht' nur ein Zufall war. Und was sie hier alle für Feiglinge sind in betreff einer eigenen Meinung, das können Sie sich gar nicht vorstellen, Rodion Romanowitsch. Ich meine nicht Sie. Sie haben eine eigene Meinung und fürchten sich nicht, sie zu haben. Darum haben Sie auch mein Interesse gefesselt.«

»Durch nichts weiter?«

»Aber das genügt doch schon.«

Sswidrigailoff war offenbar in angeregtem Zustand, jedoch nur ein klein wenig; vom Wein hatte er nur ein halbes Glas getrunken.

»Mir scheint, Sie kamen schon zu mir, bevor Sie erfahren hatten, daß ich fähig bin, das zu haben, was Sie eine eigene Meinung nennen«, bemerkte Raskolnikoff.

»Nun, damals war es eine andere Sache. Jeder hat seine eigenen Wege. Was aber das Wunder anbetrifft, so muß ich Ihnen sagen, daß Sie anscheinend diese letzten zwei oder drei Tage verschlafen haben. Ich habe Ihnen selbst dieses Restaurant angegeben, und es war gar kein Wunder, daß Sie hierher kamen; ich habe Ihnen selbst den ganzen Weg beschrieben und Ihnen den Ort und die Stunden gesagt, wann man mich hier treffen kann. Erinnern Sie sich jetzt?«

»Ich habe es vergessen«, antwortete Raskolnikoff verwundert.

»Das glaube ich Ihnen. Aber ich habe es Ihnen zweimal gesagt. Die Adresse hat sich Ihrem Gedächtnis mechanisch eingeprägt. Sie schlugen auch mechanisch diesen Weg ein, indessen streng der Angabe folgend, ohne es selbst zu wissen. Als ich es Ihnen damals sagte, glaubte ich nicht, daß Sie mich verstanden hatten. Sie verraten sich schon gar zu sehr, Rodion Romanowitsch. Aber noch eins: ich bin überzeugt, daß es in Petersburg viele Menschen gibt, die im Gehen mit sich selbst sprechen. Es ist eine Stadt von Halbverrückten. Wenn wir hier bei uns diese Wissenschaften mehr pflegten, so könnten Mediziner, Juristen und Philosophen, jeder auf seinem Spezialgebiet, die wertvollsten Untersuchungen über Petersburg anstellen. Selten findet man so viel finstere, tiefeinschneidende und eigentümliche Einflüsse auf die Seele eines Menschen vor, wie in Petersburg. Was sind allein schon die klimatischen Einflüsse wert! Dabei ist es das administrative Zentrum von ganz Rußland, und sein Charakter muß sich doch in allem geltend machen. Aber es handelt sich jetzt nicht darum, sondern, daß ich Sie ein paarmal schon heimlich beobachtet habe. Sie verlassen Ihr Haus – halten den Kopf noch gerade. Nach zwanzig Schritten lassen Sie ihn schon sinken und die Hände legen Sie auf den Rücken. Sie blicken vor sich hin und sehen doch offenbar weder vor sich etwas noch neben sich. Schließlich beginnen Sie die Lippen zu bewegen und mit sich selbst zu sprechen, wobei Sie zuweilen die eine Hand frei machen und deklamieren; endlich bleiben Sie mitten auf dem Wege stehen, und zwar lange stehen. Das ist nicht gut. Vielleicht beobachtet Sie jemand noch außer mir, das ist aber nicht vorteilhaft. Mir ist es ja im Grunde gleichgültig, und ich werde Sie nicht heilen, aber Sie verstehen mich sicher.«

»Wissen Sie es, daß man mich beobachtet?« fragte Raskolnikoff und blickte ihn forschend an.

»Nein, ich weiß nichts davon«, antwortete Sswidrigailoff, wie verwundert.

»Nun, dann lassen wir meine Person aus dem Spiel«, brummte Raskolnikoff mit verdüstertem Gesicht.

»Gut, lassen wir Sie aus dem Spiel.«

»Sagen Sie mir lieber, wenn Sie hier zu trinken pflegen und mir selbst diesen Ort zweimal genannt haben, damit ich hierher zu Ihnen käme, warum versteckten Sie sich dann und wollten weggehen, als ich Sie von der Straße aus am Fenster sah? Ich habe es sehr gut gemerkt.«

»Haha! Warum lagen Sie auf Ihrem Sofa mit geschlossenen Augen und stellten sich schlafend, während Sie doch gar nicht schliefen, als ich damals bei Ihnen auf der Schwelle stand? Ich habe es sehr gut bemerkt.«

»Ich konnte ... Gründe haben ... Sie wissen es selbst.«

»Auch ich konnte meine Gründe haben, obwohl Sie sie nicht erfahren werden.«

Raskolnikoff setzte den rechten Ellenbogen auf den Tisch, stützte mit den Fingern der rechten Hand sein Kinn und schaute unverwandt Sswidrigailoff an. Er betrachtete eine ganze Weile aufmerksam sein Gesicht, das ihn auch früher immer stutzig gemacht hatte. Es war ein seltsam auffallendes Gesicht, das einer Maske zu gleichen schien: weiß, rotwangig, mit roten, purpurroten Lippen, mit einem hellblonden Bart und noch dichtem, hellblondem Haar. Die Augen waren gleichsam gar zu blau und ihr Blick irgendwie gar zu schwer und unbeweglich. Es lag etwas äußerst Unangenehmes in diesem hübschen und für sein Alter viel zu jugendlichen Gesicht. Sswidrigailoffs Kleidung war elegant, leicht, sommerlich; besonders elegant war seine Wäsche. Am Ringfinger trug er einen großen Ring mit einem kostbaren Stein.

»Ja, soll ich mich denn auch noch mit Ihnen abgeben«, sagte Raskolnikoff plötzlich, mit Ungeduld geradeswegs auf sein Ziel losgehend, »obgleich Sie vielleicht der gefährlichste Mensch sind, wenn Sie Lust bekommen sollten, mir zu schaden. Aber ich will mich nicht mehr verstellen und Komödie spielen. Ich will Ihnen gleich zeigen, daß ich keineswegs so großen Wert auf meine Person lege, wie Sie wahrscheinlich annehmen. So hören Sie denn: ich bin gekommen, Ihnen offen zu erklären, daß ich, wenn Sie noch Ihre frühere Absicht gegenüber meiner Schwester hegen, und wenn Sie zu diesem Zwecke irgendetwas von dem, was Ihnen in der letzten Zeit bekannt geworden ist, zu benutzen gedenken – daß ich Sie erschlagen werde, noch bevor Sie mich ins Gefängnis bringen. Mein Wort ist sicher – Sie wissen, daß ich es auszuführen imstande bin. Zweitens, wenn Sie mir irgend etwas zu sagen haben – denn es schien mir die ganze Zeit, als wollten Sie mir etwas mitteilen –, dann tun Sie es schnell, denn die Zeit ist kostbar, und vielleicht wird es sehr bald schon zu spät sein.«

»Was haben Sie denn so Eiliges vor?« fragte Sswidrigailoff, ihn neugierig betrachtend.

»Jeder hat seine eigenen Schritte vor«, sagte Raskolnikoff finster und ungeduldig.

»Sie haben soeben selbst von Offenheit gesprochen, und schon die erste Frage lehnen Sie ab zu beantworten«, bemerkte Sswidrigailoff mit einem Lächeln. »Sie setzen immer voraus, daß ich irgendwelche Zwecke verfolge, und darum betrachten Sie mich argwöhnisch. Nun, das ist in Ihrer Lage vollkommen begreiflich. Aber wie sehr ich auch wünsche, Ihnen näherzukommen, so werde ich mir doch nicht die Mühe machen, Sie vom Gegenteil zu überzeugen. Bei Gott, das Spiel ist die Kerzen nicht wert, wie man zu sagen pflegt, und ich hatte gar nicht die Absicht, mit Ihnen über irgend etwas Besonderes zu sprechen.«

»Wozu brauchten Sie mich dann? Ich hatte den Eindruck, daß Sie förmlich hinter mir her waren, wie um mich für sich zu gewinnen.«

»Oh, weil ich in Ihnen ganz einfach ein interessantes Beobachtungsobjekt sah. Mir gefielen Sie durch das Phantastische Ihrer Lage – das ist der ganze Grund! Außerdem sind Sie der Bruder einer Persönlichkeit, die mich sehr interessierte, und schließlich habe ich seinerzeit von derselben Persönlichkeit sehr viel und oft über Sie gehört, woraus ich schloß, daß Sie einen großen Einfluß auf die Dame haben; genügt denn das nicht? Hahaha! Ich muß übrigens gestehen, Ihre Frage ist für mich sehr kompliziert, und es fällt mir etwas schwer, Ihnen darauf zu antworten. Nun, zum Beispiel jetzt – Sie sind doch nicht bloß wegen der einen Angelegenheit zu mir gekommen, sondern auch wegen etwas ganz Neuem? Es stimmt doch? Nicht wahr?« bestand Sswidrigailoff mit einem schalkhaften Lächeln auf seiner Frage. »Nun, stellen Sie sich vor, daß auch ich auf Sie rechnete, noch auf der Reise hierher in der Eisenbahn, und zwar, daß auch Sie mir etwas *Neues* sagen würden, und daß es mir gelingen würde, etwas von Ihnen zu entlehnen! Sehen Sie, wie reich wir sind!«

»Was zu entlehnen?«

»Ja, was soll ich Ihnen nun sagen? Weiß ich es denn, was es ist? Sie sehen, in was für einem Restaurant ich die ganze Zeit hocke, und das ist mir eine Lust, das heißt, eigentlich nicht, aber ich muß mich doch irgendwo hinsetzen. Nun, und diese arme Katja – haben Sie sie gesehen? ... Wäre ich wenigstens ein Vielesser oder ein Feinschmecker, Sie sehen aber selbst, was ich esse.« (Er wies mit dem Finger in eine Ecke, wo auf einem Tischchen die Reste eines abscheulichen Beefsteaks mit Kartoffeln standen.) »Apropos, haben Sie zu Mittag gegessen? Ich habe etwas zu mir genommen und möchte nichts mehr. Wein, zum Beispiel, trinke ich überhaupt nicht. Außer Champagner gar keinen Wein, und vom Champagner trinke ich den ganzen Abend auch nur ein einziges Glas, und schon davon tut mir der Kopf weh. Ich habe ihn bloß bestellt, um mich aufzumontieren, denn ich will irgendwohin gehen. Sie sehen mich in einer besonderen Stimmung. Ich habe mich darum auch vorhin wie ein Schulbube zu verstecken versucht, weil ich fürchtete, daß Sie mich aufhalten würden; aber ich glaube« (er zog seine Uhr hervor), »ich kann mit Ihnen noch eine Stunde zusammen sein; es ist jetzt halb fünf. Glauben Sie mir, wenn ich wenigstens etwas wäre, sagen wir Gutsbesitzer, Landwirt oder Vater, ein Ulan, Photograph oder Journalist ... aber nichts von alledem, ich habe gar keine Spezialität. Zuweilen wird mir das sogar langweilig. Wirklich, ich glaubte, von Ihnen etwas Neues zu hören.«

»Ja, wer sind Sie denn eigentlich und warum sind Sie hierher gereist?«

»Wer ich bin? Sie wissen doch: Edelmann, zwei Jahre in der Kavallerie gedient, habe mich dann hier in Petersburg herumgetrieben, habe Marfa Petrowna geheiratet und auf dem Lande gelebt. Das ist meine ganze Biographie.«

»Sie sind wohl ein Spieler?«

»Nein, ich bin kein Spieler. Ein Falschspieler ist kein Spieler.«

»Waren Sie denn Falschspieler?«

»Ja, ich war Falschspieler!«

»Hat man Sie auch ertappt und verprügelt?«

»Auch das ist vorgekommen. Wieso?«

»Nun, dann haben Sie doch fordern können... Das wirkt doch anregend.«

»Ich widerspreche Ihnen nicht, und außerdem bin ich kein Meister im Philosophieren. Ich will Ihnen gestehen, daß ich mehr der Weiber wegen hierher gekommen bin.«

»Nachdem Sie Marfa Petrowna kaum beerdigt haben?«

»Nun ja«, lächelte Sswidrigailoff mit entwaffnender Offenheit. »Was ist denn dabei? Mir scheint, Sie finden etwas Schlechtes darin, daß ich über die Weiber so rede.«

»Sie wollen wohl fragen, ob ich etwas Schlechtes in der Ausschweifung finde oder nicht?«

»In der Ausschweifung? Ach, darauf wollen Sie hinaus! Übrigens will ich Ihnen ordnungshalber zuerst im allgemeinen über die Frauen antworten; wissen Sie, ich bin gerade jetzt zum Plaudern aufgelegt. Aber sagen Sie mir zuvor, warum soll ich enthaltsam leben? Warum soll ich die Frauen lassen, wenn ich nun mal ein Liebhaber der Frauen bin? Jedenfalls ist's doch wenigstens eine Beschäftigung.«

»So haben Sie denn für hier nur Ausschweifung vor?«

»Nun ja, aber was ist denn dabei, wenn's auch Ausschweifung ist! Wozu darauf herumreiten. Aber es ist wenigstens eine klar und deutlich ausgesprochene Frage, das liebe ich. In dieser Ausschweifung ist wenigstens etwas Beständiges, sogar auf der Natur und nicht nur auf der Phantasie Beruhendes, etwas gleich einer glühenden Kohle im Blute Verbleibendes, das ewig anfacht, und das man noch lange nicht, vielleicht selbst mit den Jahren gar nicht so schnell wird löschen können. Ist denn das keine Beschäftigung in ihrer Art? – das müssen Sie doch zugeben.«

»Was ist denn daran Erfreuliches? Das ist eine Krankheit, und eine gefährliche noch dazu.«

»Ah, darauf wollen Sie hinaus! Ich gebe zu, daß es eine Krankheit ist, wie schließlich alles das Maß Überschreitende – und hierbei muß man ja unbedingt das Maß überschreiten –, aber das ist doch, erstens, bei dem einen so, bei dem anderen anders, und zweitens hat man selbstverständlich in allem Maß zu halten, eine zwar schäbige Berechnung, aber was soll man denn tun? Wenn es dies nicht gäbe, müßte man sich möglicherweise erschießen. Ich gebe zu, daß ein anständiger Mensch nicht umhin kann, sich zu langweilen, das ist seine Pflicht, aber dennoch ...«

»Und Sie könnten sich erschießen?«

»Da haben wir's!« wehrte Sswidrigailoff mit Widerwillen die Frage ab. »Tun Sie mir den Gefallen und reden Sie nicht davon«, fügte er hastig hinzu und sogar ohne den gewissen Hochmut, der sich in allen seinen früheren Worten geäußert hatte. Selbst sein Gesicht schien sich im Augenblick verändert zu haben. »Ich gestehe diese unverzeihliche Schwäche ein, aber was soll ich tun: ich fürchte den Tod und liebe es nicht, daß man von ihm spricht. Wissen Sie auch, daß ich zum Teil Mystiker bin?«

»Ach so! Marfa Petrownas Wiederkehr als Gespenst! Wie, fahren die Gespenster fort zu erscheinen?«

»Ach, zum –, erinnern Sie mich nicht daran! In Petersburg noch nicht. Ja, und hole sie allesamt der Teufel!« warf er mit gereizter Miene hin. »Nein, lassen Sie uns lieber von diesem ... doch übrigens ... Hm! Ach, ich habe leider wenig Zeit, kann nicht lange bei Ihnen bleiben, schade! Sonst gäbe es einiges mitzuteilen.«

»Was haben Sie denn vor – eine Frau?«

»Ja, eine Frau, nur so ein ganz unerwarteter Zufall ... nein, ich meinte nicht das.«

»Nun, und das Widerliche dieser ganzen Umgebung stößt Sie schon gar nicht mehr ab? Sie haben wohl die Kraft zu widerstehen schon eingebüßt?«

»Und Sie erheben Anspruch auch auf *Kraft*? Hahaha! Sie setzen mich jetzt in Erstaunen, Rodion Romanowitsch, obschon ich im voraus wußte, daß es so kommen werde. Sie reden mit mir über Ausschweifung und über Ästhetik! Sie, der Schillerianer, Sie, der Idealist! Das muß natürlich alles so sein, und man müßte wohl eher staunen, wenn es anders wäre, aber schließlich nimmt es sich in der Wirklichkeit immerhin seltsam aus ... Ach, schade, daß ich so wenig Zeit habe, denn Sie sind doch selber ein äußerst interessantes Subjekt! Ja, apropos, Sie lieben doch Schiller? Ich liebe ihn ungemein.«

»Was sind Sie im Grunde doch für ein Großtuer!« sagte Raskolnikoff mit einigem Ekel.

»Ach, bei Gott, ich bin es nicht!« antwortete Sswidrigailoff, unbefangen auflachend, »doch übrigens, ich will es nicht bestreiten, mag ich ein Großtuer sein; doch warum soll man nicht großtun, wenn es harmlos ist. Ich habe sieben Jahre auf dem Lande bei Marfa Petrowna gelebt, schon darum freue ich mich zu plaudern, nachdem ich jetzt auf einen klugen Menschen wie Sie – auf einen klugen und im höchsten Maße interessanten Menschen – gestoßen bin, und außerdem habe ich dieses halbe Glas getrunken und es ist mir doch schon ein bißchen zu Kopf gestiegen. Die Hauptsache aber ist, daß es einen Umstand gibt, der mich sehr aufgerüttelt hat, den ich aber ... verschweigen werde. Wohin wollen Sie denn?« fragte Sswidrigailoff plötzlich erschrocken.

Raskolnikoff stand schon auf, um wegzugehen. Es wurde ihm sowohl schwer als beklommen zumut und irgendwie peinlich, daß er hierher gekommen war. Von Sswidrigailoff hatte er die feste Meinung gewonnen, daß er der unbedeutendste und wertloseste Frevler der Welt sei.

»Ach! Setzen Sie sich doch, bleiben Sie doch noch«, bat Sswidrigailoff, »und bestellen Sie doch wenigstens Tee. Bleiben Sie sitzen, ich will auch keinen Unsinn mehr schwatzen, das heißt, über mich. Ich will Ihnen lieber etwas erzählen. Wollen Sie, daß ich Ihnen erzähle, wie mich eine Frau, um in Ihrem Stil zu reden, ‚retten wollte'? Das wird sogar eine Antwort auf Ihre erste Frage sein, weil diese Dame – Ihre Schwester ist. Darf ich erzählen? Wir schlagen auch die Zeit damit tot.«

»Erzählen Sie, aber ich hoffe, Sie ...«

»Oh, seien Sie unbesorgt! Außerdem kann eine Awdotja Romanowna selbst in einem so schlechten und nichtigen Menschen, wie ich, nur die höchste Achtung erwecken.«

IV

»Sie wissen vielleicht (übrigens habe ich es Ihnen selbst bereits erzählt)«, begann Sswidrigailoff, »daß ich hier im Schuldgefängnis wegen ungeheurer Schulden saß, ohne die geringste Aussicht, sie jemals tilgen zu können. Es lohnt sich nicht, die Einzelheiten zu erwähnen, wie Marfa Petrowna mich damals loskaufte. Wissen Sie überhaupt, bis zu welcher Stupidität eine Frau sich zuweilen zu verlieben vermag? Sie war eine ehrliche, äußerst kluge, obwohl vollkommen ungebildete Frau. Stellen Sie sich nun vor, daß diese eifersüchtige und ehrliche Frau nach vielen schrecklichen Wutausbrüchen und Vorwürfen sich entschloß, mit mir sozusagen einen Vertrag zu schließen, den sie während unserer ganzen Ehe auch treulich einhielt. Die Sache war die, daß sie bedeutend älter war als ich, und außerdem ständig eine Gewürznelke im Munde hatte. Ich hatte in meiner Seele trotz aller Gemeinheit so viel Ehrlichkeit, ihr offen zu erklären, daß ich ihr vollkommene Treue nicht geloben könne. Dieses Geständnis versetzte sie in Wut, aber ich glaube, meine grobe Offenheit hat ihr in gewisser Weise gefallen. ‚Er will also nicht betrügen', dachte sie wohl, ‚wenn er es im voraus in dieser Weise erklärt', nun, und für eine eifersüchtige Frau ist dies ja das Wichtigste. Nach vielen Tränen kam zwischen uns – mündlich – folgender Vertrag zustande: Erstens, ich werde Marfa Petrowna nie verlassen und stets ihr Mann bleiben; zweitens, ohne ihre Erlaubnis werde ich nirgendwohin verreisen; drittens, eine ständige Geliebte werde ich mir nie anschaffen; viertens, dagegen gestattet mir Marfa Petrowna, mir zuweilen eines von den Stubenmädchen auszusuchen, jedoch nicht anders, als mit ihrem geheimen Wissen; fünftens, Gott solle mich aber davor behüten, daß ich mich in eine Frau aus unserem Stande verliebte; sechstens, falls aber, was Gott verhüte, mich irgendeine große und ernste Leidenschaft heimsuchen sollte, müßte ich mich Marfa Petrowna anvertrauen. In bezug auf diesen letzten Punkt war Marfa Petrowna übrigens die ganze Zeit ziemlich ruhig; sie war eine kluge Frau, und folglich konnte sie mich nicht anders denn als liederlichen und lasterhaften Schürzenjäger betrachten, der gar nicht fähig ist, sich ernstlich zu verlieben. Aber eine kluge Frau und eine eifersüchtige Frau sind zwei verschiedene Dinge, und das ist eben der Jammer. Übrigens, um unparteiisch über gewisse Menschen urteilen zu können, muß man sich zuvor von manchen vorgefaßten Ansichten und von der alltäglichen Gewöhnung an die uns umgebenden Menschen und Gegenstände lossagen. Ich baue auf Ihr Urteil mehr als auf sonst eines, und mit Recht. Vielleicht haben Sie schon sehr viel Lächerliches und Unsinniges über Marfa Petrowna gehört. In der Tat, sie hatte manche lächerliche Angewohnheit, aber ich will Ihnen offen sagen, daß ich die zahllosen Bekümmernisse, die ich ihr verursacht habe, aufrichtig bedauere. Das dürfte als Oraison funèbre für die zärtlichste Frau vom zärtlichsten Gatten genügen. Bei unseren Streitigkeiten schwieg ich meistens und war nicht gereizt, und dieses gentlemanlike Benehmen erreichte fast stets seinen Zweck; es wirkte auf sie und gefiel ihr sogar; es gab auch Fälle, wo sie auf mich sogar stolz war. Aber Ihr Fräulein Schwester hat sie trotzdem nicht ertragen. Und wie war es nur möglich, daß sie überhaupt riskierte, solch eine Schönheit als Gouvernante in ihr Haus zu nehmen! Ich erkläre es mir damit, daß Marfa Petrowna sich als feurige und empfängliche Frau ganz einfach selbst in Ihre Schwester verliebt, ja, buchstäblich verliebt hatte. Nun ja, Awdotja Romanowna war auch danach! Ich begriff nur zu gut und auf den ersten Blick, daß hier das Spiel für mich gefährlich ernst werden konnte, und – was meinen Sie? – ich beschloß bereits, sie überhaupt nicht anzusehen. Aber Awdotja Romanowna tat selbst den ersten Schritt – ob Sie es mir nun glauben oder nicht. Und werden Sie es mir glauben, daß Marfa Petrowna in der ersten Zeit sogar böse wurde auf mich wegen meines konstanten Schweigens über Ihre Schwester, weil ich mich zu ihren ewigen und verliebten Äußerungen über Awdotja Romanowna gleichgültig verhielt? Ich begreife selbst nicht, was sie eigentlich wollte! Und selbstverständlich erzählte Marfa Petrowna alles Awdotja Romanowna, erzählte ihr meine ganze Vergangenheit. Sie hatte die unglückliche Eigenschaft, unsere ganzen Familiengeheimnisse allen zu erzählen und vor allem ständig über mich zu klagen; wie hätte sie da eine so außergewöhnliche, neue und schöne Freundin damit verschonen sollen? Ich nehme an, daß zwischen ihnen überhaupt kein anderes Gespräch geführt wurde, als über mich, und zweifellos bekam Awdotja Romanowna alle diese finsteren geheimnisvollen Märchen zu hören, die über mich im Umlauf sind ... Ich wette, daß auch Sie schon etwas Derartiges gehört haben.«

»Ja, das habe ich. Lushin beschuldigt Sie, Sie hätten sogar den Tod eines Kindes verursacht. Ist das wahr?«

»Tun Sie mir den Gefallen und lassen Sie alle diese Abgeschmacktheiten in Ruhe«, wich Sswidrigailoff widerwillig und verdrossen der Frage aus; »wenn Sie es aber so unbedingt wünschen, über diesen ganzen Unsinn Näheres zu erfahren, will ich Ihnen das ein anderes Mal erzählen, jetzt aber ...«

»Man spricht auch von einem Diener auf Ihrem Gut und daß Sie angeblich die Ursache ...«

»Tun Sie mir den Gefallen, genug davon!« unterbrach ihn Sswidrigailoff von neuem mit sichtbarer Ungeduld.

»Ist das nicht derselbe Diener, der Ihnen nach seinem Tode die Pfeife stopfen wollte ... Sie haben mir noch selbst davon erzählt?« fuhr Raskolnikoff immer gereizter fort.

Sswidrigailoff blickte Raskolnikoff aufmerksam an, und dem schien es, daß in diesem Blick momentan, wie ein Blitz, ein böses Spottlächeln aufzuckte, aber Sswidrigailoff nahm sich zusammen und antwortete sehr höflich:

»Es ist derselbe. Ich sehe, daß dies alles auch Sie außerordentlich interessiert, und werde es für meine Pflicht halten, bei der ersten passenden Gelegenheit Ihre Neugier in allen Punkten zu befriedigen. Zum Teufel! Ich sehe, daß ich tatsächlich manch einem als romantische Persönlichkeit erscheinen kann. Beurteilen Sie nun selbst, wie dankbar ich der verstorbenen Marfa Petrowna sein muß, daß sie Ihrem Fräulein Schwester so viel Geheimnisvolles und Interessantes über mich erzählt hat. Ich nehme mir nicht die Freiheit, über den Eindruck zu urteilen; aber in jedem Falle war es für mich vorteilhaft. Bei allem natürlichen Abscheu Awdotja Romanownas vor mir und trotz meines ständig finsteren und abstoßenden Aussehens – tat ich ihr schließlich leid, tat ihr der verlorene Mensch leid. Wenn aber dem Herzen eines jungen Mädchens etwas *leid tut,* ist dies selbstverständlich für sie am gefährlichsten. Da stellt sich unbedingt die Lust ein, ‚zu retten', zu bekehren und zu überzeugen, zu edleren Zielen zu rufen und zu neuem Leben und neuer Tätigkeit zu erwecken – man weiß ja, was in dieser Art zusammengeträumt werden kann. Ich merkte sofort, daß das Vögelchen von selbst ins Netz fliegt, und bereitete mich meinerseits vor. Mir scheint, Sie schauen ungehalten drein, Rodion Romanowitsch? Keine Ursache, die Sache hat, wie Sie wissen, mit Kleinigkeiten geendet. (Zum Teufel, wieviel Wein ich heute trinke!) Wissen Sie, ich habe immer bedauert, schon von Anfang an, daß es Ihrer Schwester nicht vergönnt war, im zweiten oder dritten Jahrhundert unserer Zeitrechnung irgendwo in Kleinasien als Tochter eines regierenden Fürsten oder Regenten oder eines Prokonsuls zur Welt zu kommen. Sie würde zweifellos eine von jenen gewesen sein, die das Martyrium erduldet haben, sie hätte bestimmt nur gelächelt, wenn man ihr die Brust mit glühenden Zangen gebrannt hätte. Sie hätte dies absichtlich auf sich genommen. Im vierten oder fünften Jahrhundert aber wäre sie in eine ägyptische Wüste gegangen, hätte dort dreißig Jahre gelebt und sich von Wurzeln, Verzückung und Erscheinungen genährt. Sie lechzt ja bloß danach, irgendeine Marter für jemanden auf sich zu nehmen, wenn man ihr aber diese Marter nicht gibt, so springt sie womöglich zum Fenster hinaus. Ich habe etwas von einem Herrn Rasumichin gehört. Man sagt, er sei ein vernünftiger Bursche (worauf auch sein Familienname deutet, wahrscheinlich aus dem geistlichen Stand)[18], nun, mag er denn Ihre Schwester behüten. Jedenfalls habe ich sie wohl verstanden, glaube ich, was ich auch mir zur Ehre anrechne. Damals aber, das heißt, am Anfang der Bekanntschaft ist man ja immer, wie Sie selbst wissen, leichtsinniger und dümmer, sieht vieles in falschem Licht, sieht nicht das Richtige. Zum Teufel, warum ist sie auch so schön? Das ist nicht meine Schuld! Mit einem Wort, es begann bei mir mit dem unbezwingbarsten Anfall wollüstiger Leidenscnaft. Awdotja Romanowna ist unbeschreiblich und unerhört keusch. (Merken Sie sich, ich teile Ihnen dieses über Ihre Schwester als eine Tatsache mit. Sie ist vielleicht bis zur Krankhaftigkeit keusch, trotz ihres ganzen großen Verstandes, und das wird ihr schaden.) Da kam gerade ein neues Stubenmädchen zu uns, Paráscha, die schwarzäugige Parascha, die man soeben von einem anderen Gut zu uns gebracht und die ich vorher nie gesehen hatte – sie war sehr hübsch, aber unglaublich dumm: sie weinte, erhob über den ganzen Hof ein Geheul, und es gab einen Skandal. Eines Tages suchte Awdotja Romanowna nach dem Essen mich absichtlich allein in einer Allee im Garten auf und *verlangte* mit blitzenden Augen von mir, daß ich die arme Parascha in Ruhe lassen solle. Das war beinahe unser erstes Gespräch unter vier Augen. Ich hielt es selbstverständlich für eine Ehre, ihrem Wunsch nachzukommen, versuchte, mich überrascht, beschämt zu stellen, nun, mit einem Wort, ich spielte meine Rolle nicht übel. Es begannen Beziehungen, geheimnisvolle Gespräche, Moralpredigten, Bitten, Flehen, sogar Tränen – werden Sie es glauben, sogar Tränen! Da sehen Sie, wie stark bei manchen jungen Mädchen die Leidenschaft, zu bekehren, sein und wie weit sie gehen kann! Ich schob selbstverständlich alles auf mein Schicksal, stellte mich hin als einen nach Erleuchtung Hungernden und Dürstenden, und schließlich machte ich von dem stärksten und unfehlbarsten Mittel, Frauenherzen zu erobern, Gebrauch, von dem Mittel, das nie und nimmer versagt und das entschieden auf alle, ohne jede Ausnahme, wirkt. Es ist ein bekanntes Mittel: die Schmeichelei. Es gibt nichts Schwereres in der Welt als offenen Freimut und nichts Leichteres als Schmeichelei. Wenn im Freimut bloß ein hundertster Teil des Tones falsch ist, so tritt sofort eine Dissonanz ein, und danach gibt es einen Skandal. Wenn aber in der Schmeichelei alles, selbst der geringste Bruchteil eines Tones, falsch ist, so ist sie auch dann noch angenehm und wird nicht ohne Vergnügen angehört; wenn auch nicht mit grobem Vergnügen, so doch immerhin mit Vergnügen. Und mag die Schmeichelei auch noch so plump sein, es wird doch unbedingt mindestens die Hälfte als Wahrheit geglaubt. Und das gilt für alle Entwicklungsstufen und für alle Schichten der Gesellschaft. Selbst eine Vestalin kann man durch Schmeichelei verführen, von gewöhnlichen Menschen gar nicht zu reden! Ich kann mich nicht ohne Lachen daran erinnern, wie ich einmal eine Dame, die ihrem Mann, ihren Kindern und ihren Tugenden treu ergeben war, verführt habe. Wie amüsant es war und wie wenig Mühe es mich kostete! Die Dame war aber tatsächlich tugendhaft, wenigstens in ihrer Art. Meine ganze Taktik bestand darin, daß ich jeden Augenblick den von ihrer Keuschheit einfach Überwältigten spielte und mich vor ihr in den Staub warf. Ich schmeichelte ihr gottverboten, und kaum daß ich von ihr einen Händedruck, einen Blick erhascht hatte, machte ich mir Vorwürfe, daß ich ihr dies mit Gewalt abgenötigt hätte, daß sie sich dem widersetzt, sich dem so widersetzt habe, daß ich sicher nie etwas von ihr erlangt hätte, wenn ich nicht so verdorben wäre, daß sie in ihrer Unschuld meine Arglist nicht ahnen könne und unabsichtlich, ohne es selbst zu wissen und zu wollen, mir entgegengekommen wäre, und dergleichen mehr. Kurz und gut, ich erreichte alles, meine Dame aber blieb im höchsten Grade überzeugt, daß sie unschuldig und keusch sei und alle Pflichten und Schuldigkeiten erfüllt habe und daß sie nur ganz zufällig gefallen sei. Und wie böse wurde sie auf mich, als ich ihr zu guter Letzt erklärte, daß sie meiner aufrichtigen Überzeugung nach genau so wie ich Genuß gesucht habe. Auch die arme Marfa Petrowna war schrecklich empfänglich für Schmeichelei, und wenn ich nur gewollt hätte, so hätte sie sicher ihr ganzes Vermögen noch zu ihren Lebzeiten auf meinen Namen umgeschrieben. (Weiß Gott, ich trinke heute viel Wein und schwatze viel zuviel!) Ich hoffe, Sie werden nicht böse werden, wenn ich jetzt erwähne, daß sich auch bei Awdotja Romanowna dasselbe Resultat zu zeigen begann. Ich war aber dumm und ungeduldig und habe die ganze Sache verdorben. Ihr, Awdotja Romanowna, hatte schon früher einige Male (das eine Mal aber ganz besonders) der Ausdruck meiner Augen mißfallen – glauben Sie es? Mit einem Wort, in meinen Augen verriet sich immer stärker und unvorsichtiger ein gewisses Feuer, das sie schreckte und ihr schließlich verhaßt wurde. Die Einzelheiten übergehe ich, aber wir kamen auseinander. Da machte ich wieder eine Dummheit. Ich begann in der gröbsten Weise diese ganze Moralpropaganda und alle Bekehrungsversuche zu verhöhnen; Parascha erschien wieder auf der Bildfläche, und nicht allein sie – mit einem Wort, es begann ein Sodom. Ach, Rodion Romanowitsch, wenn Sie nur ein einziges Mal im Leben die Augen Ihrer Schwester so gesehen hätten, wie sie zuweilen zu blitzen vermögen! Es macht nichts, daß ich jetzt betrunken bin und schon ein ganzes Glas geleert habe, ich sage die Wahrheit; ich versichere Sie, daß mir von diesem Blick träumte; ich konnte schließlich schon das Rauschen ihres Kleides nicht mehr ertragen. Ich dachte in der Tat, daß ich noch epileptische Krämpfe bekäme, nie hätte ich es mir träumen lassen, daß ich je in eine solche Raserei geraten könnte. Kurz gesagt, man mußte unbedingt Frieden schließen; aber das war schon unmöglich. Und stellen Sie sich vor, was ich dann tat? Bis zu welch einer geistigen Abstumpfung die Raserei einen Menschen bringen kann! Unternehmen Sie nie etwas in so einer Raserei, Rodion Romanowitsch! Ich sagte mir, daß Awdotja Romanowna eigentlich doch bettelarm ist (ach, entschuldigen Sie, ich wollte das nicht so... aber ist denn die Ausdrucksweise nicht einerlei, wenn es doch nur auf die Feststellung der gleichen Tatsache ankommt?) – also wie gesagt, daß sie eben von ihrer Arbeit lebt, daß sie ferner ihre Mutter zu unterstützen hat und Sie (ach, zum Kuckuck, Sie ziehen schon wieder die Brauen zusammen...) – kurz, ich beschloß, ihr mein ganzes Geld anzubieten (ich hätte damals so an die dreißigtausend Rubel realisieren können), damit sie mit mir fliehe, nun, meinethalben hierher nach Petersburg. Selbstverständlich schwor ich ihr zugleich noch ewige Liebe, sprach von Seligkeit und so weiter, und so weiter. Können Sie mir glauben, daß ich damals von ihr so benommen war, daß ich, wenn sie mir gesagt hätte: ermorde oder vergifte Marfa Petrowna und heirate mich – daß ich das sofort auch getan hätte! Es endete aber mit der Ihnen schon bekannten Katastrophe, und Sie können sich denken, in was für eine Wut ich geriet, als ich erfuhr, daß Marfa Petrowna diesen gemeinsten Agenten, diesen Lushin, herbeizog und beinahe eine Heirat zustande brachte – was im Grunde genommen dasselbe gewesen wäre, was ich ihr anbot. Ist es etwa nicht so? Ist es nicht dasselbe? Es ist doch dasselbe! Ich bemerke, daß Sie mir jetzt merkwürdig aufmerksam zuzuhören anfangen... Sie interessanter junger Mann...«

Sswidrigailoff schlug vor Ungeduld mit der Faust auf den Tisch. Er war rot geworden. Raskolnikoff sah deutlich, daß das eine oder die anderthalb Glas Champagner, die er schluckweise unvermerkt getrunken hatte, aufreizend auf ihn wirkten – und er beschloß, die Gelegenheit wahrzunehmen. Sswidrigailoff erschien ihm sehr verdächtig. »Nach all dem Gehörten bin ich völlig überzeugt, daß Sie nur deshalb hergereist sind, weil Sie meine Schwester im Auge haben«, sagte er Sswidrigailoff offen ins Gesicht und ohne sich zu verbergen, um ihn noch mehr zu reizen und aufzubringen.

»Ach, lassen Sie das«, Sswidrigailoff schien sich plötzlich zusammenzunehmen, »ich habe Ihnen doch schon gesagt ... und außerdem kann Ihre Schwester mich ja nicht ausstehen.«

»Ja, davon bin ich allerdings gleichfalls überzeugt, aber es handelt sich jetzt nicht darum.«

»Sind Sie wirklich überzeugt, daß sie mich nicht ausstehen kann?« (Sswidrigailoff kniff die Augen zusammen und lächelte spöttisch.) »Sie haben recht, sie liebt mich nicht, aber übernehmen Sie nie eine Gewährleistung in Dingen, die zwischen einem Mann und einer Frau oder zwischen einem Liebhaber und der Geliebten möglich sind! Es gibt hier stets einen Winkel, der immer der ganzen Welt verborgen bleibt und der nur den beiden bekannt ist. Sie übernehmen also die Gewährleistung, daß Awdotja Romanowna mich mit Widerwillen betrachtet habe?«

»Aus einigen Ihrer Worte und Andeutungen während Ihrer Erzählungen merke ich, daß Sie auch jetzt noch unbedingt Absichten auf Dunja haben, selbstverständlich Absichten gemeiner Natur.«

»Wie! Mir sollten solche Worte und Absichten entschlüpft sein?« fragte Sswidrigailoff erschreckt und vollkommen naiv, ohne dem Epitheton, das seinen Absichten beigelegt worden war, die geringste Beachtung zu schenken.

»Auch jetzt entschlüpften sie Ihnen. Warum, zum Beispiel, fürchten Sie sich so? Worüber erschraken Sie jetzt plötzlich?«

»Ich soll mich fürchten und erschrocken sein? Etwa vor Ihnen erschrocken sein? Eher haben Sie Grund, mich zu fürchten, cher ami. Ach, was für ein Unsinn ... Und übrigens bin ich berauscht, das sehe ich; beinahe hätte ich mich wieder versprochen. Der Teufel soll den Wein holen! Heda, Wasser!«

Er packte die Flasche und schleuderte sie bedenkenlos zum Fenster hinaus. Filip brachte ihm Wasser.

»Das ist ja Unsinn«, sagte Sswidrigailoff, indem er ein Handtuch anfeuchtete und es an den Kopf hielt, »ich kann

Sie aber mit einem einzigen Wort zurückweisen und Ihren ganzen Verdacht zunichte machen. Wissen Sie zum Beispiel, daß ich heirate?«

»Das haben Sie mir schon erzählt!«

»Habe ich das? Das hatte ich vergessen. Damals aber konnte ich es noch nicht mit Bestimmtheit sagen, denn ich hatte die Braut noch gar nicht gesehen; ich hatte bloß die Absicht. Jetzt aber habe ich schon eine Braut, und die Sache ist beschlossen, und wenn ich jetzt nicht Unaufschiebbares vorhätte, würde ich Sie unbedingt und sofort zu einem Besuch bei den Eltern meiner Braut mitnehmen – denn ich möchte Sie um Rat fragen. Ach, zum Teufel! Ich habe nur noch zehn Minuten Zeit; hier, sehen Sie selbst! Aber ich will es Ihnen doch erzählen, denn meine Heirat ist auch eine interessante Sache, in ihrer Art, versteht sich – wohin wollen Sie? Wollen Sie wieder fortgehen?«

»Nein, jetzt werde ich schon nicht mehr fortgehen.«

»So wollten Sie gar nicht fortgehen? Nun, wir wollen sehen! Ich werde Sie mitnehmen und Ihnen die Braut zeigen, das ist wahr, aber bloß nicht jetzt; es ist bald Zeit für Sie zu gehen. Sie gehen dann nach rechts und ich nach links. Kennen Sie diese Rösslich? Ich meine, dieselbe Rösslich, bei der ich jetzt wohne – wie? Hören Sie zu? Nun, denken Sie sich, ich meine dieselbe, von der man erzählt, daß das kleine Mädchen im Wasser, damals im Winter ... Nun, hören Sie zu? Hören Sie zu? Sie ist es auch, die mir diese Geschichte arrangiert hat. ‚Du langweilst dich so allein', sagte sie, ‚du brauchst einen Zeitvertreib.' Ich bin aber ein finsterer, ein langweiliger Mensch. Sie meinen, ich sei fröhlich? Nein, ich bin finster – ich füge zwar niemandem Schaden zu, sitze in der Ecke, und zuweilen kann man mich drei Tage nicht zum Reden bringen. Diese Rösslich aber ist eine durchtriebene Person, sage ich Ihnen; sie hat dabei folgendes im Sinn: ich werde mich bald langweilen, werde meine Frau verlassen und fortreisen, meine Frau aber wird dann ihr zufallen, und sie wird sie dann in Umsatz bringen – in unseren Kreisen und höher hinauf. Sie sagte mir nun, es gebe dort irgendwo einen gelähmten Vater, einen verabschiedeten Beamten, der im Sessel sitzt und seit drei Jahren die Beine nicht rühren kann; auch eine Mutter sei da, eine sehr vernünftige Dame; der Sohn dient irgendwo in der Provinz, hilft ihr aber nicht; die eine Tochter ist verheiratet, sucht aber die Eltern nicht mehr auf; die Eltern haben noch für zwei kleine Neffen zu sorgen (da sie an ihren eigenen Sorgen nicht genug hatten) und haben ihre jüngste Tochter aus der Schule genommen, noch bevor sie den Kursus absolviert hat; sie werde in einem Monat sechzehn Jahre alt, also könnte man sie in einem Monat verheiraten. Eben mit mir. Wir fuhren hin; wie lächerlich das alles war! Ich stellte mich vor: Gutsbesitzer, Witwer, aus bekannter Familie, mit den und den Verbindungen, vermögend – nun, was ist dabei, daß ich fünfzig Jahre alt bin und jene nicht einmal sechzehn? Wer achtet darauf? Nun, es ist doch verlockend, wie? Nicht wahr – verlockend? Haha! Sie hätten mich sehen sollen, wie ich mich mit dem Papa und der Mama unterhielt! Man müßte etwas dafür bezahlen, um nur zuhören zu dürfen! Schließlich kommt sie, macht einen Knicks. Nun, können Sie sich das vorstellen, sie war noch in kurzem Kleidchen, eine noch unaufgebrochene Knospe, sie errötete, flammte wie die Morgenröte auf (man hat ihr selbstverständlich alles mitgeteilt). Ich weiß nicht, wie Sie sich zu Frauengesichtern stellen, aber meiner Ansicht nach sind diese sechzehn Jahre, diese noch kindlichen Augen, diese Verlegenheit und Tränlein der Scham mehr wert als jede Schönheit, und sie ist außerdem bildschön. Hellblondes Haar, in Locken, volle, rote kleine Lippen, Füßchen – mit einem Wort: reizend!... Nun, ich schloß also dort Bekanntschaft, erklärte, daß ich es infolge häuslicher Angelegenheiten eilig habe, und am anderen Tag, also vorgestern, erhielten wir den Segen. Seit dem Tag nehme ich sie, wenn ich hinkomme, sofort auf den Schoß und lasse sie nicht weg... Nun, sie errötet, aber ich küsse sie alle Augenblicke; die Mama sagt ihr selbstverständlich, daß ich ihr zukünftiger Mann sei und daß es sich so gehöre, kurz, es geht mir dort ausgezeichnet. Und diese jetzige Lage als Bräutigam ist vielleicht sogar reizvoller als die eines verheirateten Mannes. Hier ist das, was man „la nature et la vérité" nennt! Haha! Ich habe mich mit ihr ein paarmal unterhalten – das Mädel ist gar nicht dumm; zuweilen blickt sie mich so verstohlen an – daß es mich einfach durchschauert. Wissen Sie, sie hat ein Gesichtchen wie eine Madonna von Raffael. Die Sixtinische Madonna hat doch ein phantastisches Gesicht, das Gesicht einer leidvoll Entrückten, ist Ihnen das nicht aufgefallen? Nun, sie hat ein Gesicht von dieser Art. Kaum hatte man uns den Segen erteilt, als ich am anderen Tag ihr für anderthalb tausend Rubel Geschenke mitbrachte – ein Schmuckstück mit Brillanten, eines mit Perlen und dazu eine silberne Schatulle für Damen – von dieser Größe, mit allerhand Dingen darin, so daß ihr Gesichtchen, dieses Madonnengesichtchen, wieder errötete. Ich nahm sie gestern wieder auf den Schoß, habe es aber wahrscheinlich zu ungeniert getan – sie errötete ganz und gar, und Tränen kamen zum Vorschein, sie wollte sich aber nicht verraten und brannte wie im Fieber. Alle gingen auf einen Augenblick hinaus, ich blieb mit ihr allein zurück, plötzlich fiel sie mir – zum ersten Mal von selbst – um den Hals, umarmte mich mit ihren Ärmchen, küßte mich und schwur, daß sie mir eine folgsame, treue und gute Frau sein werde, daß sie mich glücklich machen wolle, daß sie ihr ganzes Leben, jeden Augenblick ihres Lebens dafür hingeben und alles, alles opfern werde, dafür wünsche sie bloß *meine Achtung* zu besitzen, ‚und weiter', sagte sie, ‚brauche ich nichts, gar nichts, gar keine Geschenke'! Geben Sie zu, daß ein derartiges Geständnis, unter vier Augen von solch einem sechzehnjährigen Engel mit jungfräulicher Schamröte und enthusiastischen Tränen in den Augen anzuhören, recht verlockend ist? Nicht wahr? Nun ... nun hören Sie ... fahren wir zu meiner Braut ... bloß nicht jetzt! ...«

»Mit einem Wort, gerade dieser ungeheuerliche Unterschied im Alter und in der Entwicklung erregt in Ihnen die Wollust! Und wollen Sie wirklich so heiraten?«

»Warum denn nicht? Unbedingt. Ein jeder sorgt für sich, wie er kann, und am lustigsten lebt, wer es am besten versteht, sich zu beschwindeln. Haha! Was haben Sie sich denn so mit der ganzen Deichsel in die Tugend verrannt? Verschonen Sie mich damit, Väterchen, ich bin ein sündhafter Mensch. Hahaha!«

»Sie haben doch die Kinder von Katerina Iwanowna untergebracht und versorgt. Übrigens ... übrigens hatten Sie wohl auch dazu Ihre Gründe ... ich begreife jetzt alles.«

»Kinder habe ich überhaupt gern, ich liebe Kinder sehr«, lachte Sswidrigailoff. »In dieser Hinsicht kann ich Ihnen sogar ein sehr interessantes Erlebnis erzählen, das auch jetzt noch nicht zu Ende ist. Am ersten Tag nach meiner Ankunft ging ich in all diesen Kloaken herum, nun, nach sieben Jahren stürzte ich mich nur so hinein. Sie haben wahrscheinlich gemerkt, daß ich keine Eile habe, den Verkehr mit den früheren Freunden und Bekannten aufzunehmen. Und ich will noch möglichst lange ohne sie auskommen. Wissen Sie, bei Marfa Petrowna auf dem Lande haben mich die Erinnerungen an alle diese geheimnisvollen Orte und Winkel, in denen einer, der sich auskennt, vieles finden kann, schier zu Tode gequält. Hol's der Teufel! Das Volk säuft, die gebildete Jugend geht vor Nichtstun in unmöglichen Träumen und Phantasien auf, verkrüppelt in lauter Theorien; irgendwoher sind Juden herbeigeströmt und hamstern Geld, alles übrige aber ergibt sich der Unzucht. Von den ersten Stunden an schlug mir in dieser Stadt ein bekannter Geruch entgegen. Ich geriet auf einen sogenannten Tanzabend – in einer entsetzlichen Kloake (ich liebe aber gerade die Kloaken mit etwas Schmutz), und selbstverständlich wurde kankaniert, wie man eigentlich nirgends kankaniert und wie man es zu meiner Zeit noch nicht tat. Ja, darin ist ein Fortschritt festzustellen. Plötzlich sehe ich ein Mädchen von etwa dreizehn Jahren, sehr nett angezogen, wie sie mit einem Virtuosen in diesem Fach tanzt; ein anderer als ihr Vis-à-vis. An der Wand sitzt auf einem Stuhl ihre Mutter. Sie können sich vorstellen, wie kankaniert wurde! Das Mädchen wurde verlegen, schämte sich, errötete, faßte es schließlich als Kränkung auf und begann zu weinen. Der Virtuose umfaßt sie, fängt an, sie herumzuschwenken und vor ihr zu tanzen, ringsum lachen alle und – ich habe das Publikum in solchen Augenblicken gern, mag es auch ein kankanierendes Publikum sein – und schreien: ‚Geschieht mit Recht! Man soll keine Kinder herbringen!' Nun, mir war's egal, und mich ging es auch nichts an, ob sie sich, diese Menschen da, logisch oder unlogisch trösteten! Ich hatte mir meinen Plan sofort zurechtgelegt, setzte mich neben die Mutter hin und begann damit, daß ich auch fremd sei, daß hier alle so unerzogen wären, daß sie nicht verstünden, wahre Vorzüge zu unterscheiden und die gebührende Achtung zu bekunden. Ich gab zu verstehen, daß ich viel Geld hätte, schlug vor, sie in meinem Wagen nach Hause zu bringen. Ich geleitete sie nach Hause und wurde mit ihnen bekannt (sie waren soeben angekommen und wohnten in einem kleinen möblierten Zimmer). Man teilte mir mit, daß sie, Mutter wie Tochter, meine Bekanntschaft nur als eine große Ehre auffassen könnten; ich erfuhr, daß sie weder Haus noch Hof haben und daß sie gekommen sind, um bei irgendeiner Behörde eine Sache durchzuführen; ich bot ihnen meine Dienste und Geld an; ich erfuhr auch, daß sie irrtümlicherweise zu diesem Tanzabend hingefahren waren, in der Annahme, daß man dort tatsächlich tanzen lehre. Ich bot meinerseits an, zu der Erziehung des jungen Mädchens beizutragen, sie französischen Unterricht und Tanzstunden nehmen zu lassen. Man nimmt es mit Begeisterung auf, hält es für eine Ehre, und ich verkehre bei ihnen noch immer ... Wenn Sie wollen, fahren wir zu ihnen hin – aber nicht jetzt.«

»Hören Sie auf, lassen Sie endlich Ihre niederträchtigen, schamlosen Anekdoten, Sie verdorbener, gemeiner Lüstling!«

»Da haben wir wieder den Schillerianer, unseren Schiller,

nichts als Schiller! „Où va-t-elle la vertu se nicher?“ Wissen Sie, ich werde Ihnen absichtlich solche Dinge erzählen, nur um Sie so aufschreien zu hören. Es ist ein Genuß!«

»Und ob! Finde ich mich denn in diesem Augenblick nicht selber lächerlich?« warf Raskolnikoff zornig hin.

Sswidrigailoff lachte aus vollem Halse; schließlich rief er Filip, bezahlte seine Rechnung und begann sich zu erheben.

»Da bin ich nun richtig betrunken, assez causé!« sagte er. »Ein Genuß!«

»Das glaube ich«, rief Raskolnikoff aus, gleichfalls aufstehend, »wie sollte es denn für einen abgebrühten Wüstling kein Genuß sein, von solchen Erlebnissen zu erzählen, zumal wenn er sich schon wieder mit unerhörten Absichten von derselben Art trägt, dazu noch unter diesen Umständen und vor einem Menschen, wie ich es bin ... das muß freilich ein Genuß sein ... Es regt an.«

»Nun, wenn es so ist«, antwortete Sswidrigailoff ein wenig verwundert und betrachtete Raskolnikoff, »wenn dem so ist, dann sind ja auch Sie ein gehöriger Zyniker. Wenigstens das Material dazu enthalten Sie in ungeheurem Quantum in sich. Verstehen können Sie vieles, vieles ... aber auch tun können Sie ja vieles. Jedoch, genug darüber. Ich bedauere aufrichtig, daß ich wenig mit Ihnen bereden konnte, aber Sie werden mir nicht entgehen ... Warten Sie nur ...«

Sswidrigailoff verließ das Restaurant. Raskolnikoff folgte ihm. Sswidrigailoff war doch nicht sehr stark berauscht; der Wein war ihm bloß auf einen Augenblick zu Kopf gestiegen, und der Rausch verging mit jedem Augenblick mehr und mehr. Er hatte etwas äußerst Wichtiges vor, und sein Gesicht verfinsterte sich. Eine Erwartung regte ihn augenscheinlich auf und beunruhigte ihn. In den letzten Minuten ihres Zusammenseins hatte er sich auf einmal sehr verändert und war fast mit jedem Augenblick gröber und spöttischer geworden. Raskolnikoff hatte das alles sehr wohl bemerkt und war auch in Unruhe geraten. Sswidrigailoff erschien ihm nun noch verdächtiger; er beschloß, ihm nachzugehen.

Sie gelangten auf das Trottoir.

»Sie müssen jetzt nach rechts, ich aber nach links, oder vielleicht auch umgekehrt, also – adieu, mon plaisir, bis zum freudigen Wiedersehen!«

Und er ging nach rechts, dem Heumarkt zu.

V

Raskolnikoff folgte ihm.

»Was soll das!« rief Sswidrigailoff, sich nach ihm umwendend. »Ich habe Ihnen doch gesagt ...«

»Das soll bedeuten, daß ich Ihnen jetzt folgen werde.«

»Wa–as?«

Beide blieben stehen und blickten einander eine Minute lang an, als ob sie sich messen wollten.

»Nach allen Ihren halbbetrunkenen Erzählungen«, sagte Raskolnikoff scharf, »kann ich auf eines *mit Bestimmtheit* schließen: daß Sie Ihre niederträchtigen Pläne gegen meine Schwester nicht bloß nicht aufgegeben haben, sondern, daß Sie sich mehr denn je damit befassen. Ich weiß, daß meine Schwester heute früh einen Brief erhalten hat. Sie konnten die ganze Zeit nicht ruhig sitzen ... Sie können allerdings auch irgendeine Frau auf der Straße kennengelernt und sich mit ihr verabredet haben, aber das hat nichts zu sagen. Ich will mich persönlich überzeugen ...« Raskolnikoff hätte schwerlich sagen können, was er jetzt eigentlich wollte und wovon er sich persönlich zu überzeugen wünschte.

»Ach so! Wenn Sie wollen, kann ich ja sofort die Polizei rufen!«

»Rufen Sie die Polizei!«

Wieder standen sie eine Minute lang einander gegenüber. Schließlich veränderte sich das Gesicht Sswidrigailoffs. Nachdem er sich überzeugt hatte, daß Raskolnikoff seine Drohung nicht fürchtete, nahm er plötzlich eine sehr lustige und freundliche Miene an.

»Sie sind mir mal einer! Ich habe absichtlich mit Ihnen kein Wort über Ihre Sache gesprochen, obwohl mich selbstverständlich die Neugier plagt. Es ist eine phantastische Geschichte. Ich hätte es bis auf ein andermal verschoben, aber Sie sind ja, weiß Gott, fähig, selbst einen Toten noch aufzubringen ... Also gehen wir, ich sage Ihnen aber im voraus: ich gehe jetzt nur auf einen Augenblick nach Hause, um Geld zu holen; dann schließe ich die Wohnung ab, nehme eine Droschke und fahre für den ganzen Abend nach den Inseln. Wollen Sie mir etwa dorthin folgen?«[19]

»Ich gehe vorläufig in die Wohnung mit, aber nicht zu Ihnen, sondern zu Ssofja Ssemjonowna, um mich zu entschuldigen, daß ich nicht bei der Beerdigung war.«

»Tun Sie, was Sie wollen, aber Ssofja Ssemjonowna ist jetzt nicht zu Hause. Sie ist mit allen drei Kindern zu einer Dame gegangen, zu einer sehr vornehmen alten Dame, einer alten Bekannten von mir aus früheren Zeiten, die Vorstandsmitglied von einigen Waisenanstalten ist. Ich habe diese Dame bezaubert, indem ich für alle drei Sprößlinge von Katerina Iwanowna Geld deponierte und außerdem den Anstalten eine Schenkung machte; schließlich erzählte ich ihr die Geschichte von Ssofja Ssemjonowna, mit allen Einzelheiten, ohne etwas zu verheimlichen. Das machte einen unbeschreiblichen Eindruck. Darum wurde auch Ssofja Ssemjonowna für heute noch in das –sche Hotel bestellt, wo meine Dame, aus der Sommerfrische kommend, einstweilen abgestiegen ist.«

»Gleichviel, ich werde doch zu ihr gehen.«

»Wie Sie wollen, ich bin Ihnen bloß kein Weggenosse; mir ist's einerlei. Wir sind gleich da. Sagen Sie mir, ich bin überzeugt, daß Sie mich aus dem Grunde so argwöhnisch betrachten, weil ich selbst so taktvoll war und Sie mit Fragen bis jetzt nicht belästigt habe ... Sie verstehen mich doch? Ihnen erschien dies wohl ungewöhnlich; ich könnte wetten, daß es so ist! Nun, da soll man noch taktvoll sein!«

»Und an der Türe horchen!«

»Ah, Sie meinen damals!« lachte Sswidrigailoff. »Ja, ich würde staunen, wenn Sie nach all dem vorher Gesagten dieses nicht erwähnten. Haha! Ich habe wohl einiges davon verstanden, was Sie damals ... dort ... angestiftet und Ssofja Ssemjonowna selbst erzählt haben, aber um was handelt es sich denn eigentlich? Ich bin vielleicht ein vollkommen zurückgebliebener Mensch und kann schon nichts mehr begreifen. Erklären Sie es mir doch um Gottes willen, mein Bester! Erleuchten Sie mich mit den allerneuesten Ideen!«

»Sie können überhaupt nichts gehört haben, Sie haben alles gelogen!«

»Ach, ich rede ja gar nicht davon (obwohl ich übrigens einiges doch gehört habe), nein, ich meine, daß Sie innerlich ächzen und stöhnen! Der Schiller in Ihnen gerät alle Augenblicke in Verwirrung. Jetzt sagen Sie, man soll nicht an fremden Türen lauschen. Wenn das Ihre Meinung ist, dann gehen Sie doch und sagen Sie den Behörden, so und so, mir ist halt solch ein Kasus widerfahren: in der Theorie ist nur ein kleiner Irrtum unterlaufen. Wenn Sie aber überzeugt sind, daß man an fremden Türen nicht lauschen, wohl aber alte Weiber zu seinem Vergnügen umbringen darf, so fahren Sie schleunigst irgendwohin nach Amerika! Fliehen Sie, junger Mann! Vielleicht ist noch Zeit dazu. Ich rede ganz aufrichtig. Aber es fehlt wohl an Geld? Ich gebe es Ihnen zur Reise.«

»Ich denke gar nicht daran«, unterbrach ihn Raskolnikoff widerwillig.

»Ich verstehe (Sie brauchen sich übrigens zu keiner Antwort zu zwingen; wenn Sie nicht mögen, so sagen Sie nichts dazu); ich verstehe, an was für Fragen Sie jetzt denken – an moralische, nicht wahr? Die Fragen des Staatsbürgers und Menschen? Lassen Sie das doch; wozu brauchen Sie die denn gerade jetzt? Hehe! Weil Sie immer noch Staatsbürger und Mensch sind? Aber wenn dem so ist, dann hätten Sie jenes gar nicht erst unternehmen sollen; es tut nicht gut, etwas anzufangen, was einem nicht liegt. Nun, was, erschießen Sie sich; oder haben Sie keine Lust dazu, wie?«

»Sie wollen mich wohl absichtlich reizen, nur um mich jetzt loszuwerden?«

»Sind Sie aber ein komischer Kauz, wir sind ja schon angelangt, bitte nur die Treppe hinaufzusteigen. Sehen Sie, hier geht es zu Ssofja Ssemjonowna; überzeugen Sie sich, sie ist nicht da! Sie glauben es nicht? So fragen Sie doch bei Kapernaumoffs, sie gibt denen immer den Schlüssel. Da ist ja Madame de Kapernaumoff ... wie? Was sagen Sie? (Sie ist schwerhörig.) Sie ist weggegangen? Wohin? ... Nun, jetzt haben Sie es selbst gehört! Sie ist nicht zu Hause und wird vielleicht erst sehr spät abends zurückkehren. So; gehen wir jetzt zu mir. Sie wollten doch auch zu mir? Da sind wir. Madame Rösslich ist nicht zu Hause. Diese Frau hat ewig etwas vor, aber sie ist eine gute Frau, ich versichere Sie ... vielleicht könnte sie auch Ihnen von Nutzen sein, wenn Sie ein wenig vernünftiger sein wollten. Nun, Sie sehen: ich nehme aus dem Schreibtisch dieses fünfprozentige Staatspapier (Sie sehen, wieviel ich hier noch solcher habe!), und dieses wandert heute noch zu einem Bankier. Nun, haben Sie jetzt alles gesehen? Aber jetzt habe ich keine Zeit mehr zu verlieren. Der Schreibtisch wird abgeschlossen ... die Wohnung ebenfalls, und wir sind wieder auf der Treppe. Wollen wir eine Droschke nehmen? Ich fahre doch hinaus auf die Inseln. Wollen Sie sich an der Spazierfahrt nicht beteiligen? Ich nehme diese Droschke zur Jelágin-Insel. Wie? Sie wollen nicht? Können doch nicht durchhalten? Fahren wir ein wenig spazieren, was tut's! Es scheint regnen zu wollen, macht nichts, wir können ja das Verdeck heraufziehen ...«

Sswidrigailoff saß schon im Wagen. Raskolnikoff kam zu der Überzeugung, daß sein Verdacht wenigstens in diesem Augenblick falsch war. Ohne ein Wort zu sagen, drehte er sich um und ging in der Richtung zum Heumarkt zurück. Hätte er sich wenigstens ein einziges Mal umgeschaut, so hätte er gesehen, wie Sswidrigailoff nach etwa hundert Schritten die Droschke halten ließ, bezahlte, ausstieg und sich wieder auf dem Trottoir befand. Aber er konnte das nicht mehr sehen, denn er war schon um die Ecke in die Querstraße eingebogen. Ein tiefer Abscheu trieb ihn fort von Sswidrigailoff. »Und von diesem plumpen Bösewicht, von diesem wollüstigen Wüstling und Schurken habe ich auch nur einen Augenblick irgend etwas erwarten können!« rief er innerlich unwillkürlich aus. Freilich war Raskolnikoffs Urteil übereilt und leichtfertig. Es war doch in Sswidrigailoffs ganzer Art, in seinem Auftreten etwas, was ihm mindestens eine gewisse Originalität, wenn nicht gar etwas Geheimnisvolles verlieh. Was aber seine Schwester betraf, so war Raskolnikoff dennoch fest überzeugt, daß Sswidrigailoff sie nicht in Ruhe lassen werde. Aber es wurde ihm jetzt zu schwer und unerträglich, an dies alles zu denken und es abermals zu überdenken!

Nach seiner Gewohnheit war er, als er allein geblieben war, schon nach den ersten zwanzig Schritten in tiefes Nachdenken versunken. Als er am Kanal die Brücke betrat, blieb er plötzlich am Geländer stehen und begann ins Wasser zu blicken. Auf einmal stand Awdotja Romanowna hinter ihm.

Er war ihr am Eingang der Brücke begegnet, war aber vorübergegangen, ohne sie zu bemerken. Dunetschka hatte ihn noch nie in dieser Weise auf der Straße gesehen und war bis zum Erschrecken bestürzt. Sie blieb stehen und wußte nicht, ob sie ihn anrufen solle oder nicht. Da bemerkte sie Sswidrigailoff, der eilig aus der Richtung des Heumarktes kam.

Aber der schien sich ihr nur heimlich und vorsichtig nähern zu wollen. Er betrat nicht die Brücke, sondern blieb seitwärts auf dem Fußsteig stehen und gab sich alle Mühe, von Raskolnikoff nicht bemerkt zu werden. Dunja hatte er schon von weitem erblickt und begann ihr Zeichen zu geben. Es schien ihr, als bäte er sie mit seinen Zeichen, den Bruder nicht anzurufen und ganz in Ruhe zu lassen, dafür aber zu ihm zu kommen.

Dunja tat auch so. Sie ging wortlos weg vom Bruder und näherte sich Sswidrigailoff.

»Gehen wir schneller«, flüsterte ihr Sswidrigailoff zu. »Ich möchte nicht, daß Rodion Romanowitsch von unserer Zusammenkunft erfährt. Ich sage Ihnen lieber gleich, daß ich mit ihm unweit von hier in einem Restaurant gesessen habe, wo er mich selbst aufgesucht hat, und ich wurde ihn nur mit Mühe los. Er weiß aus irgendeinem Grund von meinem Brief an Sie und argwöhnt etwas. Sie haben ihm doch sicher nichts gesagt? Wenn Sie es aber nicht gesagt haben, wer dann?«

»Jetzt sind wir schon um die Ecke«, unterbrach ihn Dunja, »nun kann mein Bruder uns nicht mehr sehen. Ich erkläre Ihnen, daß ich mit Ihnen nicht weiter gehen werde. Sagen Sie mir gleich hier, was Sie mir zu sagen haben; man kann das alles auch auf der Straße sagen!«

»Erstens kann man dies in keinem Fall auf der Straße sagen; zweitens müssen Sie auch Ssofja Ssemjonowna anhören; drittens will ich Ihnen einige Tatbestände zeigen ... Nun und schließlich, wenn Sie nicht einwilligen, zu mir zu kommen, so weigere ich mich, irgendwelche Mitteilungen zu machen, und gehe sofort weg. Indes bitte ich Sie, nicht zu vergessen, daß das sehr interessante Geheimnis Ihres geliebten Bruders sich vollkommen in meinen Händen befindet.«

Dunja blieb unentschlossen stehen und sah Sswidrigailoff mit einem durchdringenden Blick an.

»Was fürchten Sie!« bemerkte er ruhig. »Eine Stadt ist kein Gutshof. Und dort haben Sie mir mehr Schaden zugefügt als ich Ihnen, hier aber ...«

»Ist Ssofja Ssemjonowna benachrichtigt?«

»Nein, ich habe ihr kein Wort darüber gesagt und bin auch nicht ganz sicher, ob sie jetzt zu Hause ist. Sie ist aber wahrscheinlich zu Hause. Sie hat heute ihre Stiefmutter beerdigt – das ist kein Tag, an dem man Besuche macht. Vorläufig will ich mit niemandem über diese Sache reden, und zum Teil bereue ich sogar, daß ich Ihnen davon Mitteilung gemacht habe. Die geringste Unvorsichtigkeit ist in diesem Falle einer Denunzierung gleich. Ich wohne dort in jenem Hause, wir nähern uns schon meiner Wohnung. Das ist der Hausmeister von unserem Hause; der Hausmeister kennt mich sehr gut; da grüßt er mich schon; er sieht, daß ich mit einer Dame komme und hat sich gewiß schon Ihr Gesicht gemerkt, das aber kann Ihnen von Nutzen sein, falls Sie sich fürchten und mir mißtrauen. Entschuldigen Sie, daß ich so derb rede. Ich habe mir ein paar möblierte Zimmer gemietet. Ssofja Ssemjonowna wohnt Wand an Wand neben mir, auch in einem möblierten Zimmer. Die ganze Etage ist bewohnt. Warum fürchten Sie sich denn wie ein kleines Kind? Oder bin ich so furchterregend?«

Sswidrigailoffs Gesicht verzog sich zu einem nachsichtigen Lächeln, aber es war ihm nicht nach Lächeln zumute. Sein Herz stampfte in der Brust und beengte ihm den Atem. Er sprach absichtlich lauter, um seine steigende Erregung zu verbergen. Dunja aber war diese besondere Erregung noch gar nicht aufgefallen; sie war zu sehr durch seine Bemerkung gereizt, daß sie sich vor ihm fürchte wie ein Kind und daß er ihr so furchterregend erscheine.

»Obwohl ich weiß, daß Sie ein Mensch ... ohne Ehrgefühl sind, fürchte ich mich doch gar nicht vor Ihnen. Gehen Sie voran«, sagte sie scheinbar ruhig, aber mit bleichem Gesicht.

Sswidrigailoff blieb an Ssonjas Wohnung stehen.

»Erlauben Sie mir, mich zu erkundigen, ob sie zu Hause ist ... Sie ist nicht da. Das ist ein Mißgeschick! Aber ich weiß, daß sie sehr bald zurückkehren kann. Wenn sie ausgegangen ist, so ist sie höchstens wegen der Waisen zu einer Dame gegangen. Ihre Mutter ist gestorben. Ich habe mich hier eingemischt und gewisse Anordnungen getroffen. Wenn Ssofja Ssemjonowna nach zehn Minuten nicht zurückkehren sollte, so werde ich sie selbst zu Ihnen schicken, wenn Sie es wünschen; heute noch. Und nun ... das hier ist meine Wohnung. Das sind meine zwei Zimmer. Hinter dieser Tür wohnt meine Wirtin, Frau Rösslich. Jetzt blicken Sie bitte hierher, ich will Ihnen meine Hauptbeweise zeigen: aus meinem Schlafzimmer führt diese Tür in zwei vollkommen leere Zimmer, die zu vermieten sind. Das sind sie ... dieses hier müssen Sie etwas aufmerksamer betrachten ...«

Sswidrigailoff bewohnte zwei ziemlich geräumige möblierte Zimmer. Dunetschka sah mißtrauisch um sich, konnte aber nichts Besonderes bemerken, weder in der Ausstattung noch in der Lage der Zimmer, obgleich doch etwas auffallend war, zum Beispiel, daß Sswidrigailoffs Wohnung zwischen zwei anderen unbewohnten Wohnungen lag. Der Eingang zu ihm war nicht direkt vom Korridor aus, sondern durch zwei fast leere Zimmer der Wirtin. Vom Schlafzimmer aus zeigte Sswidrigailoff Dunetschka, nachdem er eine verschlossene Tür geöffnet hatte, die andere leere Wohnung, die zu vermieten war. Dunetschka blieb auf der Schwelle stehen, ohne zu verstehen, warum man sie aufforderte, das anzusehen, aber Sswidrigailoff beeilte sich, eine Erklärung abzugeben.

»Sehen Sie dieses zweite große Zimmer. Merken Sie sich dort jene Tür, sie ist verschlossen. Neben der Tür steht ein Stuhl, der einzige Stuhl in beiden Zimmern. Ich habe ihn aus meiner Wohnung hierhergebracht, um bequemer zuhören zu können. Gleich hinter dieser Tür steht der Tisch von Ssofja Ssemjonowna; dort saß sie und sprach mit Rodion Romanowitsch. Ich aber lauschte hier, auf dem Stuhl sitzend, zwei Abende nacheinander, und beide Male gegen zwei Stunden – und selbstverständlich konnte ich auf diese Weise allerhand erfahren, was meinen Sie?«

»Sie haben gelauscht?«

»Ja, ich habe gelauscht. Jetzt wollen wir zu mir gehen; hier kann ich Ihnen keinen Platz anbieten.«

Er führte Awdotja Romanowna in das erste Zimmer zurück, das ihm als Salon diente, und bat sie, Platz zu nehmen. Er selbst setzte sich ans andere Ende des Tisches, wenigstens zwei Meter von ihr entfernt, aber in seinen Augen brannte schon dieselbe Flamme, die einst Dunetschka so erschreckt hatte. Sie zuckte zusammen und blickte sich noch einmal mißtrauisch um. Das geschah ganz unwillkürlich: offensichtlich wollte sie ihr Mißtrauen nicht zeigen. Aber die Lage von Sswidrigailoffs Wohnung kam ihr jetzt endlich mit Bestürzung zu Bewußtsein. Sie wollte ihn fragen, ob wenigstens seine Wirtin zu Hause sei, aber sie unterließ die Frage ... aus Stolz. Außerdem war in ihrem Herzen ein anderer unermeßlich größerer Kummer als die Angst um sich. Der quälte sie unerträglich.

»Hier ist Ihr Brief«, begann sie und legte den Brief auf den Tisch. »Ist denn das möglich, was Sie schreiben? Sie deuten ein Verbrechen an, das angeblich mein Bruder begangen haben soll. Sie deuten es zu klar an, Sie dürfen jetzt keine Ausreden gebrauchen. Sie sollen auch wissen, daß ich schon von diesem dummen Märchen gehört habe, schon vor Ihnen, und kein Wort davon glaube. Es ist ein niederträchtiger und lächerlicher Verdacht. Ich kenne die Geschichte und wie und warum sie entstanden ist. Sie können keine Beweise haben. Sie haben versprochen, es mir zu beweisen: also reden Sie jetzt! Aber Sie sollen im voraus wissen, daß ich Ihnen nicht glaube! Nicht glaube!«

Dunetschka sagte dies sehr schnell, und auf einen Augenblick stieg ihr das Blut ins Gesicht.

»Wenn Sie wirklich nicht glauben, wie hat es dann geschehen können, daß Sie riskierten, allein zu mir zu kommen? Warum sind Sie denn gekommen? Aus bloßer Neugier?«

»Quälen Sie mich nicht, sprechen Sie, sprechen Sie!«

»Es ist nicht zu leugnen, daß Sie ein tapferes Mädchen sind. Bei Gott, ich dachte, daß Sie Herrn Rasumichin bitten würden, Sie hierher zu begleiten. Aber er war weder mit Ihnen noch in Ihrer Nähe; ich habe mich umgesehen: das ist kühn; Sie wollten also Rodion Romanowitsch schonen. Übrigens ist an Ihnen alles göttlich ... Was Ihren Bruder anbetrifft, was soll ich Ihnen da sagen? Sie haben ihn soeben selbst gesehen. Wie fanden Sie ihn?«

»Sie wollen es doch nicht damit allein begründen?«

»Nein, nicht damit, sondern mit seinen eigenen Worten. Er ist an zwei Abenden nacheinander hierher zu Ssofja Ssemjonowna gekommen. Ich habe Ihnen gezeigt, wo sie gesessen haben. Er hat ihr eine volle Beichte abgelegt. Er sei ein Mörder. Er habe eine alte Beamtenwitwe, eine Wucherin, ermordet, bei der auch er Sachen versetzt hatte; er habe auch ihre Schwester, eine Händlerin, Lisaweta mit Namen, ermordet, die zufällig während der Ermordung der Alten eingetreten sei. Er habe sie beide mit einem Beil, das er mitgebracht hatte, erschlagen. Er habe sie umgebracht, um sie zu berauben, und habe auch geraubt, er habe Geld und einige Sachen an sich genommen ... Er hat das alles selbst Wort für Wort Ssofja Ssemjonowna mitgeteilt, die allein sein Geheimnis kennt, die aber an dem Mord weder durch Tat noch Wort teilgenommen hat und die im Gegenteil ebenso entsetzt war wie Sie jetzt. Seien Sie ruhig, sie wird ihn nicht verraten.«

»Das ist nicht möglich!« murmelte Dunetschka mit völlig blutleeren, gleichsam abgestorbenen Lippen; sie rang nach Atem, »das kann nicht sein, es gibt keinen, nicht den geringsten Grund, keinen Anlaß ... Das ist Lüge! Lüge!«

»Er hat geraubt, das ist schließlich die ganze Erklärung. Er hat Geld und Wertsachen an sich genommen. Allerdings hat er nach seinem eigenen Geständnis weder vom Geld noch von den Sachen Gebrauch gemacht, sondern sie irgendwo unter einem Stein versteckt, wo sie auch jetzt noch liegen. Aber doch nur deshalb, weil er nicht gewagt hat, davon Gebrauch zu machen.«

»Ja, ist es denn glaubhaft, daß er stehlen, rauben könnte? Daß er auch nur daran denken könnte?« rief Dunja und sprang von ihrem Stuhl auf. »Sie kennen ihn doch, haben ihn doch gesehen? Kann er denn ein Dieb sein?«

Es war, als wolle sie Sswidrigailoff beschwören, seine Worte zu widerrufen.

»Hierbei kann es, Awdotja Romanowna, Tausende und Millionen von Kombinationen und Arten geben. Wenn ein

Dieb stiehlt, weiß er, daß er ein Schuft ist; ich hörte aber zum Beispiel von einem sehr anständigen Herrn, der die Post beraubt hatte; wer weiß, vielleicht glaubte dieser, daß er eine anständige Sache getan habe. Selbstverständlich hätte ich es auch nicht geglaubt, ebensowenig wie Sie, wenn andere es mir gesagt hätten. Meinen eigenen Ohren aber habe ich geglaubt. Er hat Ssofja Ssemjonowna auch alle Beweggründe erklärt; aber auch sie hat zuerst ihren Ohren nicht getraut, jedoch den Augen, ihren eigenen Augen hat sie schließlich glauben müssen. Er hat es ihr doch selbst berichtet.«

»Was waren es denn für ... Beweggründe?«

»Das ist eine lange Geschichte, Awdotja Romanowna. Es spielt hierbei, wie soll ich es Ihnen erklären, eine Art Theorie mit. Es ist dasselbe, wie wenn ich zum Beispiel fände, daß eine einzelne Freveltat erlaubt sein müßte, wenn der Hauptzweck gut ist. Ein einziges böses Werk und dafür hundert gute Werke! Es ist auch sicher für einen jungen Mann mit hervorragenden Gaben und übermäßigem Ehrgeiz kränkend zu wissen, daß seine ganze Karriere, die ganze Zukunft seines Lebenszieles sich anders gestalten würde, wenn er nur, sagen wir beispielsweise, etwa dreitausend Rubel besäße; diese dreitausend Rubel besitzt er aber nicht. Fügen Sie dem noch die Gereiztheit hinzu, die Gereiztheit durch den Hunger, die enge Wohnung, die schäbige Kleidung, die grelle Erkenntnis der ‚Schönheit' seiner sozialen Lage und zugleich auch der Lage seiner Schwester und seiner Mutter. Vor allem aber Ehrgeiz, Stolz und Ehrgeiz, doch im übrigen, Gott weiß, wenn man sich in ihm auskennte, vielleicht auch bei guten Anlagen ... Aber ich klage ihn ja gar nicht an, denken Sie das bitte nicht, und es ist ja auch nicht meine Sache. Ferner war hier noch ein eigenes Theoriechen mit im Spiel – eine gar nicht so üble Theorie –, nach der die Menschen, sehen Sie, eingeteilt werden in sogenanntes Material und in besondere Menschen, das heißt, in solche Menschen, für die infolge ihres hohen Ranges das Gesetz nicht geschrieben ist, die vielmehr selbst Gesetze verfassen für die übrigen Menschen, für jenes Material, für den Kehricht sozusagen. Nicht übel, ein ganz nettes Theoriechen: une théorie comme une autre. Besonders Napoleon hat es ihm angetan, das heißt, eigentlich mehr der Umstand, daß es sehr vielen genialen Menschen auf einzelne Schandtaten nie angekommen ist, sondern daß sie ohne zuvor nachzudenken darüber hinweggeschritten sind. Mir scheint, er hat sich eingebildet, auch so ein genialer Mensch zu sein – oder richtiger, er war davon eine Zeitlang überzeugt. Er hat sehr viel gelitten und leidet jetzt unter dem Gedanken, daß er zwar verstanden hat, eine Theorie aufzustellen, aber nun doch nicht imstande ist, bedenkenlos darüber hinwegzuschreiten, also folglich doch kein genialer Mensch sei. Das aber ist doch für einen jungen Mann von Ehrgeiz schon einfach erniedrigend, besonders noch in unserem Zeitalter ...«

»Aber das Gewissen ... die Gewissensbisse? Sie sprechen ihm also jedes sittliche Empfinden ab? Aber ist er denn so?«

»Ach, Awdotja Romanowna, jetzt hat sich doch ohnehin alles verwirrt und getrübt, das heißt übrigens, in besonderer Ordnung ist es wohl noch nie gewesen. Russische Menschen sind überhaupt breite Naturen, Awdotja Romanowna, breit wie ihr Land, und überaus geneigt zum Phantastischen, zum Ungeordneten, Regellosen; aber es ist ein Unglück, breit angelegt zu sein ohne bestimmte Genialität. Erinnern Sie sich noch, wieviel wir in dieser Art und gerade über dieses Thema zu zweit gesprochen haben, wenn wir abends nach dem Essen auf der Terrasse im Garten saßen? Und gerade dieses Breitangelegtsein haben Sie mir doch noch so vorgeworfen. Wer weiß, vielleicht sprachen wir dort um dieselbe Zeit über diese Dinge, als er hier lag und über das gleiche grübelte. In unserer gebildeten Gesellschaftsschicht gibt es doch so gut wie überhaupt keine besonders geheiligten Überlieferungen, Awdotja Romanowna – es sei denn, daß sich jemand aus Büchern irgend etwas heraussucht ... oder aus den alten Chroniken folgert. Aber das tun doch vorwiegend Gelehrte, und die sind doch, wissen Sie, in ihrer Art lauter Schlafmützen, so daß es für einen Weltmann sogar unpassend wäre, hierbei mitzutun. Übrigens kennen Sie ja meine Ansichten so im allgemeinen; ich klage entschieden niemanden an. Ich, für meine Person, bin Müßiggänger, bekenne mich dazu auch bewußt. Aber wir haben ja schon mehrfach darüber gesprochen. Ich hatte sogar das Glück, Sie für meine Ansichten zu interessieren ... Sie sind sehr blaß, Awdotja Romanowna!«

»Ich kenne diese seine Theorie. Ich habe seinen Artikel in der Zeitschrift gelesen, über die Menschen, denen alles erlaubt ist ... Rasumichin hat ihn mir gebracht ...«

»Herr Rasumichin? Einen Artikel Ihres Bruders? In einer Zeitschrift? Es gibt einen solchen Artikel? Das habe ich nicht gewußt. Der muß ja sehr interessant sein! Aber wohin wollen Sie denn, Awdotja Romanowna?«

»Ich möchte Ssofja Ssemjonowna sehen«, sagte Dunetschka mit schwacher Stimme. »Wie kann ich hier zu ihr gelangen? Sie ist vielleicht schon zurückgekehrt; ich will sie unbedingt sofort sehen. Mag sie ...«

Awdotja Romanowna konnte nicht zu Ende sprechen; es verschlug ihr buchstäblich den Atem.

»Ssofja Ssemjonowna wird vor Anbruch der Nacht nicht zurückkehren. Ich nehme es an. Sie mußte entweder gleich zurückkommen oder, wenn nicht, dann erst sehr spät ...«

»Ah, also hast du gelogen! Ich sehe ... du hast gelogen ... du hast alles gelogen! ... Ich glaube dir nicht! Ich glaube nicht! Ich glaube nicht!« schrie Dunetschka in einem Ausbruch wilder Wut und verlor vollkommen den Kopf.

Sie fiel fast ohnmächtig auf den Stuhl, den Sswidrigailoff sich beeilte ihr unterzuschieben.

»Awdotja Romanowna, was fehlt Ihnen, kommen Sie zu sich! Hier ist Wasser! Trinken Sie einen Schluck! ...«

Er bespritzte sie mit Wasser. Dunetschka fuhr zusammen und kam zu sich.

(»Es hat stark gewirkt!« brummte Sswidrigailoff stirnrunzelnd für sich.)

»Awdotja Romanowna, beruhigen Sie sich! Vergessen Sie

nicht, daß er Freunde hat! Wir werden ihn retten, herausreißen. Wollen Sie, ich bringe ihn ins Ausland? Ich habe Geld; in drei Tagen verschaffe ich einen Auslandspaß. Und was das anbetrifft, daß er getötet hat, so wird er noch so viel Gutes tun können, daß dies alles ausgeglichen wird; beruhigen Sie sich! Er kann noch ein großer Mann werden. Nun, ist Ihnen besser? Wie fühlen Sie sich?«

»Sie böser Mensch! ... Er treibt noch seinen Spott damit! ... Lassen Sie mich ...!«

»Wohin? Wohin wollen Sie?«

»Zu ihm! Wo ist er? Sie wissen es? Warum ist diese Tür verschlossen? Wir sind durch diese Tür hereingekommen, und jetzt ist sie verschlossen. Wann haben Sie sie abschließen können?«

»Man kann doch nicht durch alle Zimmer schreien, was wir hier zu besprechen haben. Ich spotte gar nicht; ich habe es bloß satt, diese Sprache zu führen. Nun, wohin wollen Sie in diesem Zustand gehen? Oder wollen Sie ihn verraten? Sie werden ihn rasend machen, und er wird sich noch selbst anzeigen. Sie sollen wissen, daß man ihn schon verfolgt, daß man ihm auf die Spur gekommen ist. Sie würden ihn bloß verraten. Warten Sie – ich habe ihn gesehen und mit ihm soeben gesprochen; man kann ihn noch retten. Warten Sie, setzen Sie sich, überlegen wir es zusammen. Ich habe Sie auch darum gerufen, um mit Ihnen allein darüber zu sprechen und alles gut zu überlegen. Aber so setzen Sie sich doch!«

»Wie können Sie ihn retten? Kann man ihn denn retten?«

Dunja setzte sich. Sswidrigailoff setzte sich neben sie.

»Das hängt alles von Ihnen ab, von Ihnen, von Ihnen allein«, begann er mit glitzernden Augen, fast flüsternd, verwirrt und manche Worte vor Erregung kaum verständlich aussprechend.

Dunja wich erschrocken vor ihm zurück. Er zitterte am ganzen Körper.

»Sie ... ein einziges Wort von Ihnen, und er ist gerettet! Ich ... ich werde ihn retten. Ich habe Geld und Freunde. Ich werde ihn sofort ins Ausland schaffen, ich verschaffe ihm den Reisepaß, zwei Reisepässe. Den einen für ihn, den anderen für mich. Ich habe Freunde; ich habe Geschäftsleute an der Hand ... Wollen Sie? Ich werde auch für Sie einen Reisepaß nehmen ... für Ihre Mutter ... wozu brauchen Sie Rasumichin? Ich liebe Sie gleichfalls ... Ich liebe Sie grenzenlos. Lassen Sie mich den Saum Ihres Kleides küssen, lassen Sie mich! Lassen Sie mich! Ich kann nicht hören, wie es rauscht. Sagen Sie mir: tue das, und ich werde es tun! Ich werde auch das Unmögliche tun! Woran Sie glauben, will auch ich glauben! Ich werde alles, alles tun! Sehen Sie mich, sehen Sie mich nicht so an! Wissen Sie auch, daß Sie mich umbringen ...«

Er fing an zu phantasieren wie ein Fieberkranker. Es war plötzlich etwas geschehen mit ihm, als wäre ihm etwas zu Kopf gestiegen. Dunja sprang auf und stürzte zur Tür.

»Öffnet!! Öffnet!« schrie sie an der Tür, jemanden zu Hilfe rufend, und sie rüttelte an der Tür.

»Öffnet doch! Ist denn niemand da!«

Sswidrigailoff stand auf und kam zur Besinnung. Ein böses und spöttisches Lächeln erschien langsam auf seinen noch bebenden Lippen. »Es ist dort niemand zu Hause«, sagte er leise und mit Nachdruck, »die Wirtin ist fortgegangen, und es ist vergebliche Mühe, so zu schreien. Sie regen nur sich selbst unnütz auf.«

»Wo ist der Schlüssel? Öffne sofort die Tür, sofort, gemeiner Mensch!«

»Ich habe den Schlüssel verloren und kann ihn nicht finden.«

»Ah! Also mit Gewalt!« rief Dunja aus, wurde totenblaß, drückte sich in die nächste Ecke und schob schnell ein Tischchen vor, das dort in der Nähe stand. Sie schrie nicht; aber ihr Blick sog sich fest an ihrem Peiniger und verfolgte scharf jede seiner Bewegungen. Sswidrigailoff rührte sich nicht vom Fleck und stand ihr gegenüber am anderen Ende des Zimmers. Er hatte sich sogar wieder in der Gewalt, wenigstens äußerlich. Aber sein Gesicht war immer noch bleich. Das spöttische Lächeln wich nicht von seinen Lippen.

»Sie sagten soeben ‚also mit Gewalt', Awdotja Romanowna. Wenn Sie nun schon auf Gewalt gefaßt sind, dann können Sie sich wohl selbst sagen, daß ich schon die nötigen Vorkehrungen getroffen haben werde. Ssofja Ssemjonowna ist nicht zu Hause; bis zu Kapernaumoffs ist es sehr weit, fünf Zimmer liegen dazwischen. Schließlich bin ich mindestens doppelt so stark wie Sie, und außerdem brauche ich nichts zu befürchten, denn Sie können mich ja nachher nicht verklagen: Sie werden doch Ihren Bruder nicht ausliefern wollen? Und es würde Ihnen ja auch niemand glauben. Warum, würde man fragen, ist denn das junge Mädchen allein zu einem alleinstehenden Herrn in dessen Wohnung gegangen? So würde denn, selbst wenn Sie den Bruder opferten, damit noch nichts bewiesen sein: eine Vergewaltigung ist nämlich sehr schwer zu beweisen, Awdotja Romanowna.«

»Schurke!« flüsterte Dunja empört.

»Wie's Ihnen beliebt, nur beachten Sie bitte, daß ich das soeben Vorgebrachte lediglich als Annahme erörtert habe. Meiner persönlichen Überzeugung nach aber haben Sie vollkommen recht: eine Vergewaltigung ist – eine Schändlichkeit. Ich habe das nur zur Sprache gebracht, um damit zu sagen, daß ... Ihr Gewissen so gut wie unbelastet bliebe, selbst wenn ... selbst wenn Sie Ihren Bruder freiwillig retten wollten, wie ich es Ihnen ja vorschlage. Sie hätten sich dann eben den Umständen gefügt, oder, nun gut, meinethalben der Gewalt, wenn es nun einmal ohne dieses Wort nicht geht. Denken Sie darüber nach; das Schicksal Ihres Bruders und Ihrer Mutter ist in Ihrer Hand. Ich aber werde Ihr Sklave sein ... das ganze Leben lang ... Ich werde nun hier auf Ihre Entscheidung warten ...«

Sswidrigailoff setzte sich auf das Sofa, etwa acht Schritte von Dunja entfernt. Für sie gab es nicht den geringsten Zweifel an seiner unerschütterlichen Entschlossenheit. Außerdem kannte sie ihn ...

Plötzlich zog sie aus ihrer Tasche einen Revolver hervor, spannte den Hahn und ließ die Hand mit dem Revolver auf den Tisch sinken. Sswidrigailoff sprang von seinem Platz auf.

»Aha! Also so steht es!« rief er verwundert aus, aber mit bösem Hohnlachen. »Nun, das ändert vollkommen den Verlauf der Sache! Sie selbst erleichtern mir die Sache außerordentlich, Awdotja Romanowna! Aber woher haben Sie sich diesen Revolver verschafft? Etwa von Herrn Rasumichin? Bah! Was sehe ich, das ist ja mein Revolver! Ein alter Bekannter! Und ich habe ihn damals so gesucht! ... Unser Schießunterricht auf dem Lande, den ich die Ehre hatte Ihnen zu erteilen, ist nicht unnütz gewesen.«

»Es ist nicht dein Revolver, sondern Marfa Petrownas, die du ermordet hast, du Verbrecher! Du hattest nichts Eigenes in ihrem Hause. Ich nahm ihn, als ich zu ahnen begann, wozu du fähig bist. Wage bloß einen Schritt zu machen, und ich schwöre dir, ich erschieße dich!«

Dunja war außer sich. Den Revolver hielt sie bereit.

»Nun, und Ihr Bruder? Ich frage aus Neugier!« sagte Sswidrigailoff und stand immer noch auf derselben Stelle.

»Zeige ihn an, wenn du willst! Nicht vom Platz! Rühr dich nicht! Ich werde schießen! Du hast deine Frau vergiftet, ich weiß es, du bist selbst ein Mörder!«

»Sind Sie fest davon überzeugt, daß ich Marfa Petrowna vergiftet habe?«

»Ja, du hast es mir selbst angedeutet; du hast mir von Gift gesprochen ... ich weiß, du hast dir Gift verschafft ... Du hattest alles vorbereitet ... Du hast es unbedingt getan ... Schurke!«

»Selbst wenn das wahr wäre, so hätte ich es doch nur deinetwegen ... immerhin wärst du dann die Ursache gewesen!«

»Du lügst! Ich habe dich immer gehaßt, immer ...«

»Na, na, Awdotja Romanowna! Sie scheinen vergessen zu haben, wie Sie im Eifer der Bekehrungsversuche schon erwachender Zuneigung verfielen und ... weich wurden ...

Ich habe es den Äuglein angemerkt; erinnern Sie sich jenes Abends, damals, bei Mondschein, dazu schlug noch eine Nachtigall?«

»Du lügst!« (In Dunjas Augen funkelte Tollwut.) »Du lügst, Verleumder!«

»Lüge ich? Nun, meinetwegen, vielleicht lüge ich auch. Ich habe also gelogen. Frauen soll man nun einmal an diese Dinge nicht erinnern.« Er lächelte halb. »Ich weiß, daß du schießen wirst, reizendes Tierchen! Nun, so schieße denn!«

Dunja erhob den Revolver und sah ihn groß aus brennenden Augen an, totenblaß, mit kreidebleichen, bebenden Lippen, und wartete entschlossen nur die erste Bewegung von ihm ab. Noch nie hatte er sie so schön gesehen. Das Feuer, das in ihren dunklen Augen in dem Augenblick aufblitzte, als sie den Revolver erhob, schien ihn zu verbrennen, und sein Herz zog sich schmerzhaft zusammen. Er tat einen Schritt, und ein Schuß fiel. Die Kugel streifte sein Haar und schlug in die Wand hinter ihm. Er blieb stehen und lachte leise.

»Die Wespe hat gestochen! Gerade auf den Kopf gezielt ... Was ist das? Blut!« Er zog sein Taschentuch hervor, um das Blut abzuwischen, das in einem feinen Rinnsal an seiner rechten Schläfe herunterrann; wahrscheinlich hatte die Kugel die Schädelhaut geritzt. Dunja ließ den Revolver sinken und sah Sswidrigailoff nicht etwa erschrocken, sondern nur maßlos verwundert an. Es war, als begriffe sie selbst nicht, was sie getan hatte und was vorgefallen war!

»Nun, das ging vorbei! Schießen Sie noch einmal, ich warte«, sagte Sswidrigailoff leise, immer noch lächelnd, aber es war etwas Düster-Finsteres in diesem Lächeln. »So könnte ich Sie ja packen, ehe Sie den Hahn noch einmal aufspannen!«

Dunetschka fuhr zusammen, spannte schnell den Hahn und erhob wieder den Revolver.

»Lassen Sie mich!« sagte sie auf einmal in Verzweiflung. »Ich schwöre Ihnen, ich werde von neuem schießen ... Ich ... werde töten! ...«

»Nun was ... auf drei Schritte ist's ja unmöglich, nicht zu treffen. Nun, und wenn Sie mich nicht erschießen ... dann...« Seine Augen blitzten auf, und er trat noch zwei Schritte näher.

Dunetschka drückte ab – die Waffe versagte!

»Sie haben nicht gut geladen. Tut nichts! Sie haben noch eine Patrone drin. Bringen Sie es in Ordnung, ich werde warten.«

Er stand zwei Schritte vor ihr, wartete und sah sie voll wilder Entschlossenheit mit einem entbrannt-leidenschaftlichen, beklemmenden Blick an. Dunja begriff, daß er eher sterben als von ihr ablassen würde (»Und ... und sicher werde ich ihn jetzt töten ... auf zwei Schritte Entfernung!«)

Plötzlich schleuderte sie den Revolver fort.

»Fortgeworfen?« fragte Sswidrigailoff verwundert ... und holte tief Atem. Etwas hatte wie mit einem Schlag sein Herz von einem Druck befreit, und das war vielleicht nicht bloß der Druck, die Last der Todesangst – ganz abgesehen davon, daß es fraglich ist, ob er die in diesem Augenblick überhaupt empfunden hatte. Es war die Erlösung von einem anderen, weit herzeleidvolleren und grausameren dunklen Gefühl, das in seiner ganzen Wucht zu definieren er selbst nicht vermocht hätte.

Er trat an Dunja heran und legte leise seinen Arm um ihre Taille. Sie widersetzte sich nicht, aber sie blickte ihn, am ganzen Körper wie ein Blatt bebend, mit flehenden Augen an. Er wollte etwas sagen, aber seine Lippen zuckten bloß, und er konnte nichts aussprechen.

»Laß mich!« bat Dunja plötzlich beschwörend.

Sswidrigailoff zuckte zusammen: dieses *Du* war schon in einer anderen Weise, als vorhin, gesagt.

»Du liebst also nicht?« fragte er leise.

Dunja bewegte nur einmal verneinend den Kopf.

»Und ... könntest auch nicht? ... Niemals?« flüsterte er verzweifelt.

»Niemals!« flüsterte Dunja.

Ein schrecklicher stummer Kampf spielte sich in Sswidrigailoffs Seele ab. Mit einem unaussprechlichen Blick sah er sie an. Plötzlich zog er seine Hand zurück, wandte sich ab, ging schnell zum Fenster und stellte sich dort hin.

Es verging noch ein Augenblick.

»Hier ist der Schlüssel!« (Er nahm ihn aus der linken Tasche und legte ihn hinter sich auf den Tisch, ohne Dunja anzublicken und ohne sich umzudrehen.) »Nehmen Sie ihn; gehen Sie schnell fort! ...«

Er sah beharrlich zum Fenster hinaus.

Dunja trat an den Tisch, um den Schlüssel zu nehmen.

»Schneller! Schneller!« wiederholte Sswidrigailoff, ohne sich zu rühren oder umzuwenden. Aber in diesem »Schneller« klang deutlich ein schrecklicher Ton hindurch.

Dunja begriff ihn, erfaßte den Schlüssel, stürzte zur Tür, schloß sie im Nu auf und schlüpfte aus dem Zimmer. Nach einer Minute lief sie schon ganz außer sich, wie wahnsinnig, den Kanal entlang in der Richtung zur –schen Brücke.

Sswidrigailoff blieb noch an die drei Minuten am Fenster stehen, endlich wandte er sich langsam um, warf einen Blick ins Zimmer und fuhr sich still mit der Handfläche über die Stirn. Ein seltsames Lächeln verzog sein Gesicht; es war ein armseliges, trauriges, schwaches Lächeln, ein Lächeln der Verzweiflung. Das Blut, das schon einzutrocknen begann, hatte seine Hand beschmutzt; er blickte das Blut zornig an; dann machte er ein Handtuch naß und wusch sich die Schläfe ab. Der Revolver, den Dunja fortgeworfen hatte und der zur Tür geflogen war, fiel ihm plötzlich in die Augen. Er hob ihn auf und besah ihn. Es war ein kleiner dreiläufiger Taschenrevolver alten Systems; es steckten noch zwei Patronen darin und eine Kapsel. Einmal konnte man noch daraus schießen. Er sann eine Weile nach, steckte den Revolver in die Tasche, nahm seinen Hut und ging hinaus.

VI

Diesen ganzen Abend bis zehn Uhr verbrachte er in allerhand Wirtshäusern und Spelunken, von einem Lokal ins andere hinüberwechselnd. Irgendwo traf er auch Katja, die jetzt einen anderen Gassenhauer sang, von einem

„... Schuft und Tyrann,
Der Katja zu küssen begann."

Sswidrigailoff bestellte Wein sowohl für Katja und den Leiermann wie für die Chorsänger, die Kellner und hieß auch noch zwei Schreiberlein mittrinken. Diese Schreiber forderte er eigentlich bloß deshalb dazu auf, weil sie beide schiefe Nasen hatten: die Nase des einen ging nach rechts, die des andern nach links. Das hatte Sswidrigailoffs Aufmerksamkeit erregt. Zu guter Letzt beredeten sie ihn, in eine Gartenwirtschaft mitzugehen, wo er sie dann freihielt und auch das Eintrittsgeld für sie bezahlte. Dieser Garten bestand aus einer dünnen dreijährigen Tanne und drei Sträuchern. Das »Restaurant« war eigentlich nur ein Ausschank, man konnte aber auch Tee erhalten, und es standen dort einige grüne Tische und Stühle. Ein Chor minderwertiger Sänger und ein betrunkener Deutscher aus München, eine Art Clown, mit roter Nase, der aber aus irgendeinem Grunde sehr wehmütig war, amüsierten das Publikum. Die Schreiberlein gerieten aber mit einigen anderen Schreibern in Streit und schickten sich schon an, handgreiflich zu werden. Sswidrigailoff wurde von ihnen zum Schiedsrichter gewählt. Er waltete über eine Viertelstunde lang seines Amtes, aber sie schrien derartig durcheinander, daß es nicht die geringste Möglichkeit gab, irgend etwas zu verstehen. Am wahrscheinlichsten war die Sache so: einer von ihnen hatte etwas gestohlen und hatte auch schon Zeit gefunden, es sofort an Ort und Stelle an einen Juden zu verkaufen, der sich zufällig eingefunden hatte, aber er wollte das Geld nicht mit seinem Kameraden teilen; es ergab sich schließlich, daß der verkaufte

Gegenstand ein Teelöffel war, der dem Restaurant gehörte. Dort vermißte man auch schon den Löffel, und die Sache begann eine unangenehme Wendung zu nehmen. Sswidrigailoff bezahlte den Löffel, erhob sich und verließ den Garten. Es war gegen zehn Uhr. Er selbst hatte während der ganzen Zeit keinen Tropfen Wein getrunken, und in der Gartenwirtschaft hatte er sich nur Tee bestellt, und auch das nur, um überhaupt etwas zu bestellen. Der Abend war schwül und trübe. Gegen zehn Uhr hatten sich am Himmel unheimliche Wolken von allen Seiten zusammengezogen; es fing an zu donnern, und dann setzte ein Regen ein wie ein Wasserfall. Es regnete nicht in Tropfen, sondern das Wasser peitschte in ganzen Strömen die Erde. Blitz folgte auf Blitz, und manchmal waren es mehrere zugleich, bis zu fünf konnte man sie zählen. Ganz durchnäßt kam Sswidrigailoff nach Hause, schloß sich ein, öffnete seinen Schreibtisch, nahm sein ganzes Geld an sich und zerriß einige Papiere. Er steckte darauf das Geld in die Tasche, wollte seine Kleider wechseln, aber nachdem er zum Fenster hinausgeblickt und dem Gewitter und dem Regen gelauscht hatte, tat er es doch nicht, ergriff seinen Hut und verließ die Wohnung, ohne sie abzuschließen. Er ging direkt zu Ssonja. Sie war zu Hause.

Sie war nicht allein; sie hatte die vier kleinen Kinder von Kapernaumoffs bei sich, denen sie Tee zu trinken gab. Sie begrüßte Sswidrigailoff schweigend und ehrerbietig, betrachtete erstaunt seine durchnäßten Kleider, sagte aber kein Wort. Die Kinder liefen sofort in unbeschreiblicher Furcht davon.

Sswidrigailoff setzte sich an den Tisch und bat Ssonja, gleichfalls am Tisch Platz zu nehmen. Sie schickte sich schüchtern an, ihm zuzuhören.

»Ssofja Ssemjonowna, ich reise vielleicht nach Amerika«, sagte Sswidrigailoff, »und da wir uns wahrscheinlich zum letzten Mal sehen, bin ich gekommen, einige Anordnungen zu treffen. Haben Sie heute mit jener Dame gesprochen? Ich weiß, was sie Ihnen gesagt haben wird, Sie brauchen es mir nicht zu erzählen.« (Ssonja machte eine Bewegung und errötete.) »Diese Leute haben eine bestimmte Manier. Was Ihre Schwestern und Ihren Bruder betrifft, so sind sie nun untergebracht, und das ihnen zukommende Geld habe ich für jeden von ihnen gegen Quittung in sichere Hand deponiert. Nehmen Sie übrigens diese Quittungen für jeden Fall an sich! Nehmen Sie sie! Das ist also erledigt. Ferner sind hier drei fünfprozentige Obligationen, im ganzen dreitausend Rubel. Nehmen Sie das für sich, für sich ganz allein, und mag es unter uns bleiben, damit niemand etwas davon erfährt. Das Geld wird Ihnen von Nutzen sein, denn, Ssofja Ssemjonowna, ein Leben, wie Sie es bisher lebten, ist schlimm, und zudem sind Sie ja jetzt gar nicht mehr dazu gezwungen.«

»Sie haben mich mit so vielen Wohltaten überschüttet, auch die Waisen und die Verstorbene«, stammelte Ssonja, »wenn ich Ihnen bis jetzt so wenig gedankt habe, so ... halten Sie es nicht ...«

»Ach, schon gut, lassen Sie das! ...«

»Aber für dieses Geld danke ich Ihnen auch sehr, Arkádij Iwánowitsch, aber ich brauche es jetzt wirklich nicht. Ich kann für mich allein mein Auskommen finden, halten Sie es nicht für Undank – wenn Sie schon so hilfsbereit sind, könnte dieses Geld ...«

»Ihnen, Ssofja Ssemjonowna, Ihnen soll es gehören, und bitte ohne viele Worte, denn selbst ich habe jetzt keine Zeit. Ihnen aber wird es einmal sehr von Nutzen sein. Rodion Romanowitsch hat zwei Auswege: entweder eine Kugel durch den Kopf oder Sibirien.« (Ssonja blickte ihn entsetzt an und erbebte.) »Seien Sie ruhig, ich weiß alles von ihm selbst und bin kein Schwätzer; werde es niemand sagen. Sie haben gut daran getan, daß Sie ihm sagten, er solle hingehen und sich selbst anzeigen. Das wird bedeutend vorteilhafter für ihn sein. Nun, und wenn der Ausweg Sibirien sein wird, werden Sie ihm doch folgen? Nicht wahr? Nicht wahr? Und dann wird Ihnen dieses Geld von Nutzen sein. Für ihn werden Sie es brauchen, verstehen Sie? Indem ich es Ihnen einhändige, gebe ich es damit doch ebensogut ihm. Außerdem aber sollen Sie, nebenbei bemerkt, versprochen haben, auch die frühere Wirtin, die Amália Iwánowna, zu bezahlen; ich habe es gehört. Warum übernehmen Sie immer, Ssofja Ssemjonowna, so unüberlegt solche Verpflichtungen und Schulden anderer auf Ihre Kappe? Katerina Iwanowna ist es doch dieser Deutschen schuldig geblieben, und nicht Sie; also was geht diese Deutsche Sie an! In dieser Weise kann man auf der Welt nicht weiterkommen. Und dann noch: wenn jemand Sie morgen oder übermorgen nach mir fragen sollte (und man wird es tun), so erwähnen Sie nicht, daß ich jetzt bei Ihnen gewesen bin, und zeigen Sie in keinem Fall das Geld, und sagen Sie niemandem, daß ich es Ihnen gegeben habe! So, und jetzt auf Wiedersehen!« (Er stand auf.) »Grüßen Sie Rodion Romanowitsch! Nebenbei gesagt: übergeben Sie vorläufig das Geld meinetwegen Herrn Rasumichin zur Aufbewahrung. Kennen Sie Herrn Rasumichin? Natürlich kennen Sie ihn. Das muß ein kluger Bursche sein. Bringen Sie ihm das Geld morgen oder ... wenn Sie Zeit haben! Bis dahin aber verstecken Sie es gut!«

Ssonja war ebenfalls vom Stuhl aufgestanden und blickte ihn erschrocken an. Sie wollte unbedingt etwas sagen, etwas fragen, aber sie wagte es nicht gleich und wußte auch nicht, wie sie es anfangen sollte.

»Aber wie denn ... wie ... wollen Sie denn jetzt bei solchem Regen ausgehen?«

»Nun, wer nach Amerika reisen will, darf sich vor einem Regen doch nicht fürchten, hehe! Leben Sie nun wohl, liebe Ssofja Ssemjonowna! Leben Sie und leben Sie lange, Sie werden anderen von Nutzen sein. Ja ... sagen Sie bitte Herrn Rasumichin, daß ich ihn grüßen lasse. Sagen Sie ihm: Arkádij Iwánowitsch Sswidrigáiloff läßt Sie grüßen – mit diesen Worten sagen Sie es ihm. Aber Sie müssen es unbedingt ausrichten.«

Er ging fort und ließ Ssonja verwundert, erschrocken und mit einem unklaren und bedrückenden Verdacht zurück.

Wie man später erfuhr, hatte er noch am selben Abend, in der zwölften Stunde, einen sehr exzentrischen und unerwarteten Besuch gemacht. Der Regen hatte noch immer nicht aufgehört. Ganz durchnäßt erschien er zwanzig Minuten nach elf in der kleinen Wohnung der Eltern seiner Braut auf der Wassíljeff-Insel am Kleinen Prospekt in der Dritten Linie. Mit vieler Mühe hatte er sich Einlaß verschafft und zuerst alle in große Aufregung versetzt; aber Arkadij Iwanowitsch konnte, wenn er wollte, ein Mann von bezauberndem Benehmen sein, so daß die ursprüngliche (übrigens sehr naheliegende) Annahme der Eltern der Braut, daß Arkadij Iwanowitsch sich wahrscheinlich irgendwo stark betrunken habe und nicht bei klarem Verstand sei, von selbst zunichte wurde. Den gelähmten Vater rollte in einem Sessel die mitleidige Mutter der Braut selbst zu Arkadij Iwanowitsch herein und begann nach ihrer Gewohnheit mit weitausholenden Fragen. (Diese Frau stellte nie direkte Fragen, sondern lächelte zuerst nur und rieb sich die Hände, dann aber, wenn sie etwas unbedingt erfahren wollte, wie zum Beispiel, wann Arkadij Iwanowitsch die Hochzeit zu bestimmen gedenke, so begann sie mit den wißbegierigsten Fragen über Paris und das dortige Hofleben, um schließlich langsam bis zu ihrer Wohnung in Petersburg zu gelangen.) Zu anderer Stunde wurde dies alles als durchaus achtbar hingenommen, jetzt aber war Arkadij Iwanowitsch zu ungeduldig und wünschte kategorisch, seine Braut zu sehen, obgleich man ihm schon bei seinem Eintritt erklärt hatte, daß sie bereits schlafe. Die Braut erschien selbstverständlich, und Arkadij Iwanowitsch teilte ihr sofort mit, daß er wegen einer sehr wichtigen Angelegenheit auf einige Zeit Petersburg verlassen müsse und aus diesem Grund ihr fünfzehntausend Rubel in allerhand Papieren mitgebracht habe; er bat sie, dies als ein Geschenk von ihm anzunehmen, da er schon längst die Absicht gehabt habe, ihr diese Kleinigkeit bereits vor der Hochzeit zu überreichen. Ein besonders logischer Zusammenhang zwischen dem Geschenk und der unverzüglichen Abreise und der Notwendigkeit, deswegen in der Nacht bei Regen herzukommen, zeigte sich in keiner Weise bei seinen Erklärungen, jedoch verlief trotzdem alles sehr gut. Sogar die unvermeidlichen Ausrufe von »ach« und »oh«, das Fragen und Staunen wurden rasch gemäßigt und zurückgehalten; dafür aber wurde eine überströmende Dankbarkeit an den Tag gelegt und sogar von den Tränen der vernünftigsten aller Mütter bekräftigt. Arkadij Iwanowitsch stand auf, lachte, küßte die Braut, tätschelte ihre Wange, wiederholte noch einmal, daß er bald zurückkommen werde, und als er in ihren Augen eine zwar kindliche Neugier, aber zugleich eine sehr ernste stumme Frage bemerkte, sann er eine Weile nach, küßte sie zum zweitenmal und ärgerte sich darüber, daß das Geschenk wohl unverzüglich zur Aufbewahrung der vernünftigsten aller Mütter übergeben werden würde. Er ging fort und ließ alle in einem ungewöhnlich angeregten Zustand zurück. Aber die barmherzige Mama löste sofort in schnellem Geflüster einige sehr wichtige Bedenken, und zwar, daß Arkadij Iwanowitsch eben ein Mann von Welt, ein Mann mit Unternehmungen und großen Verbindungen, kurz ein reicher Mann sei; weiß Gott, was in seinem Kopf vorgehe, er habe aber auf einmal den Entschluß gefaßt, abzureisen, sei jedenfalls plötzlich auf diesen Gedanken gekommen, habe das Geld gebracht, und nun solle man sich nicht darüber wundern. Gewiß sei es merkwürdig, daß er ganz durchnäßt war, aber die Engländer zum Beispiel seien noch exzentrischer, und überhaupt achteten Menschen aus der höchsten Gesellschaft nicht darauf, was man von ihnen sagte, und genierten sich nicht. Vielleicht gehe er absichtlich in dieser Weise herum, um zu zeigen, daß er nichts fürchte. Die Hauptsache aber sei nun für sie, keinem Menschen ein Wort davon zu sagen, denn Gott weiß, was noch dabei herauskommen könne, das Geld müsse sofort eingeschlossen werden, und sicher sei es das beste gewesen, daß das Mädchen Fedóssja in der Küche geblieben war und nichts gesehen hatte; noch wichtiger sei es aber, nichts, gar nichts dieser Spitzbübin, dieser Rösslich davon zu sagen, und so weiter, und so weiter. Sie blieben bis zwei Uhr sitzen und flüsterten die ganze Zeit. Nur die Braut ging schon viel früher schlafen, verwundert und ein wenig traurig.

Sswidrigailoff wanderte derweil, Schlag zwölf Uhr, über die -sche Brücke von der Wassiljeff-Insel nach der Petersburger Vorstadt jenseits der Newa. Der Regen hatte aufgehört, aber noch brauste der Wind. Sswidrigailoff begann zu zittern, und eine Weile schaute er mit seltsam besonderem Interesse und sogar mit einer Frage auf das schwarze Wasser dieses Flußarms, der sogenannten Kleinen Newa. Doch bald fand er es sehr kalt, so über dem Wasser zu stehen; er wandte sich ab und ging in der Richtung zum K-skij Prospekt. Lange wanderte er weiter auf diesem endlosen Prospekt, wohl schon eine halbe Stunde, trat in der Dunkelheit auf dem hölzernen Trottoir auch manchmal daneben, hörte aber nicht auf, hier auf der rechten Straßenseite nach etwas Ausschau zu halten. Hier irgendwo, fast am Ende des Prospekts, hatte er kürzlich im Vorbeifahren ein hölzernes, aber großes Gasthaus bemerkt, und sein Name hatte, soweit er sich erinnern konnte, etwas mit »Adrianopel« zu tun. Er hatte sich nicht getäuscht: dieses Gasthaus war in dieser öden Gegend schon von weitem so bemerkbar, daß es selbst in der Dunkelheit nicht übersehen werden konnte. Es war ein langes, hölzernes, schwarz gewordenes Gebäude, in dem trotz der späten Stunde noch Lichter brannten und ein gewisses Leben zu bemerken war. Er trat ein und fragte einen im Korridor stehenden zerlumpten Kerl nach einem Zimmer. Der warf einen Blick auf Sswidrigailoff, nahm sich zusammen und führte ihn in ein dumpfes, enges Zimmer, das am Ende des Korridors an einer Ecke unter der Treppe lag. »Es ist kein anderes da, alle Zimmer sind besetzt.« Der Kerl blickte ihn fragend an.

»Gibt es Tee?« fragte Sswidrigailoff.

»Kann besorgt werden.«

»Was gibt es noch?«

»Kalbfleisch, Schnaps, Aufschnitt.«

»Bring mir Kalbfleisch und Tee!«

»Sonst keine Wünsche?« fragte der Kerl erstaunt.

»Nein, nichts weiter.«

Der Kerl entfernte sich sehr enttäuscht.

»Das muß ja ein nettes Lokal sein«, dachte Sswidrigailoff, »daß ich nicht gleich darauf verfallen bin. Ich habe wahrscheinlich auch das Aussehen eines Menschen, der irgendwoher aus einem Café chantant kommt und unterwegs schon einiges erlebt hat. Es wäre interessant zu erfahren, wer alles hier absteigt und übernachtet.«

Er zündete ein Licht an und besah sich das Zimmer genauer. Es war eine ganz kleine Kammer, so niedrig, daß Sswidrigailoff beinahe an die Decke stieß, mit einem einzigen Fenster; ein sehr schmutziges Bett, ein einfacher, gestrichener Tisch und ein Stuhl nahmen fast den ganzen Raum ein. Die Wände hatten das Aussehen, als wären sie aus Brettern zusammengeschlagen und mit alten, abgerissenen Tapeten beklebt worden, die so staubig und beschmutzt waren, daß man ihre Farbe (ursprünglich gelb) gerade noch erraten, das Muster aber nicht mehr unterscheiden konnte. Der eine Teil der Wand und der Decke war schräg abgeschnitten, wie man es sonst in Mansarden sieht, hier aber war es die Treppe, die sich über dem schrägen Teil befand. Sswidrigailoff stellte das Licht auf den Tisch, setzte sich auf das Bett und versank in Gedanken. Aber ein eigentümliches und ununterbrochenes Gemurmel im Nebenzimmer, das zuweilen fast zu einem Schreien anschwoll, lenkte seine Aufmerksamkeit auf sich. Dieses Murmeln hatte seit seinem Betreten des Zimmers nicht aufgehört. Er begann zu lauschen: jemand schimpfte und machte einem anderen fast weinend Vorwürfe, aber man hörte nur eine Stimme; Sswidrigailoff stand auf, verdeckte mit der einen Hand das Licht, und sofort zeigte sich eine Ritze in der Wand; er trat näher und begann hindurchzusehen. Im Nebenzimmer, das ein wenig größer war als das seine, befanden sich zwei Menschen. Der eine von ihnen, ohne Rock, mit lockigem Kopf und rotem, erregtem Gesicht, stand in Rednerpose; er hatte die Beine auseinandergespreizt, um das Gleichgewicht zu bewahren, schlug sich vor die Brust und warf dem anderen pathetisch vor, daß der ein Bettler sei und nicht einmal einen Rang habe, daß er ihn aus dem Schmutz herausgezogen habe und daß er ihn, wenn er wolle, fortjagen könne, und dies alles sehe »einzig und allein der Finger des Allmächtigen über uns«! Der Freund, dem diese Vorwürfe galten, saß auf einem Stuhl und hatte das Aussehen eines Menschen, der sehr gern niesen möchte, aber es absolut nicht fertigbringt. Er sah zuweilen mit einem trüben Schafsblick den Redenden an, aber augenscheinlich hatte er keinen Begriff davon, worüber jener sprach, und wahrscheinlich hörte er nicht einmal zu. Auf dem Tisch brannte ein Lichtstumpf, standen eine fast leere Karaffe Branntwein mit Gläsern, Brot, Gurken und Teegeschirr. Nachdem Sswidrigailoff dieses Bild aufmerksam betrachtet hatte, verließ er teilnahmslos die Ritze in der Wand und setzte sich wieder auf das Bett.

Der Kerl, der mit Kalbfleisch und Tee gekommen war, konnte sich nicht enthalten, noch einmal zu fragen, ob nichts weiter gewünscht würde, und nachdem er wieder eine verneinende Antwort erhalten hatte, verließ er endgültig das Zimmer. Sswidrigailoff fiel über den Tee her, um sich zu erwärmen, und leerte ein Glas, essen aber konnte er nichts infolge vollkommener Appetitlosigkeit. Er begann merklich zu fiebern. Er legte seinen Mantel und das Jackett ab, hüllte sich in die Decke ein und legte sich auf das Bett. Er ärgerte sich: »Es wäre doch besser, gesund zu sein«, dachte er und lächelte bitter. Es war dumpf im Zimmer, das Licht brannte trübe, draußen heulte der Wind, irgendwo in einer Ecke nagte eine Maus, überhaupt roch es im ganzen Zimmer nach Mäusen und nach Leder. Er lag und träumte gleichsam: ein Gedanke löste den anderen ab. Es war, als wolle er sich mit seiner Phantasie an etwas Bestimmtes anklammern. »Hinter dem Fenster muß ein Garten sein«, dachte er, »Bäume rauschen; wie ich doch nachts das Rauschen der Bäume nicht liebe ... im Sturm und in der Dunkelheit ein scheußliches

Gefühl!« Und er erinnerte sich, wie er vorhin im Vorbeigehen mit Widerwillen an den Petrówskij-Park gedacht hatte. Dann tauchten in seiner Erinnerung auch die -sche Brücke und die Kleine Newa auf, und wieder überrieselte es ihn kalt, wie vorhin, als er sich auf der Brücke über das Wasser gebeugt hatte.

»Ich habe niemals im Leben das Wasser geliebt, nicht einmal auf Landschaftsbildern«, dachte er, und plötzlich mußte er wieder über einen sonderbaren Gedanken lächeln. »Jetzt müßte mir doch diese ganze Ästhetik und der Komfort schon gleichgültig sein, aber nein, gerade jetzt werde ich wählerisch, ganz wie ein Tier, das sich seine Stelle aussucht... im gleichen Fall. Ich hätte vorhin in den Petrowskij-Park einbiegen sollen! Er ist mir aber wohl zu dunkel, zu kalt erschienen, haha! Als suchte ich angenehme Gefühle dabei!... Ja, warum lösche ich das Licht nicht aus?« (Er löschte das Licht.) »Meine Nachbarn haben sich auch schlafen gelegt«, dachte er, als er kein Licht mehr hinter der Ritze sah. »Nun, Marfa Petrowna, jetzt wäre es Zeit für Sie, zu erscheinen – es ist dunkel, der Ort sehr passend und ein origineller Augenblick. Aber gerade jetzt werden Sie sicher nicht kommen...«

Plötzlich erinnerte er sich, wie er vorhin, eine Stunde vor der Ausführung seines Anschlages auf Dunja, Raskolnikoff empfohlen hatte, sie der Obhut Rasumichins anzuvertrauen. »Ich habe es damals wirklich mehr gesagt, um mich selbst zu reizen, was Raskolnikoff auch erraten hat. Aber dieser Raskolnikoff ist doch ein Racker. Hat vieles durchgemacht. Kann mit der Zeit etwas Großes werden, wenn der Unsinn in ihm vergangen sein wird, jetzt aber ist in ihm noch *gar zuviel* Lebensgier! In diesem Punkt sind alle diese Kerle – noch gemein. Ach, zum Teufel mit ihm, mag er tun, was er will, was geht es mich an!«

Er konnte immer noch nicht einschlafen. Allmählich begann vor ihm das Bild von Dunetschka aufzutauchen, wie sie vorhin aussah, und plötzlich durchfuhr ein Zittern seinen Körper. »Nein, das muß man jetzt schon lassen«, dachte er, zu sich kommend, »ich muß an etwas anderes denken. Es ist doch sonderbar und eigentlich komisch: ich habe niemals jemanden stark gehaßt, habe auch niemals besonders gewünscht, mich zu rächen, das aber ist doch ein schlimmes Zeichen, ein schlimmes Zeichen! Habe auch nicht gern gestritten, habe mich nie ereifert – auch ein schlechtes Zeichen! Und was habe ich ihr vorhin alles versprochen – pfui Teufel! Und doch hätte sie aus mir irgendwie etwas ganz anderes machen können!...«

Er verstummte wieder und biß die Zähne zusammen: wieder erschien vor ihm Dunetschkas Bild, wie sie nach dem ersten Schuß erschrocken den Revolver sinken ließ und leichenblaß ihn ansah, so daß er sie zweimal hätte packen können, bevor sie dazu gekommen wäre, die Hand zur Gegenwehr zu erheben, wenn er sie nicht selbst daran erinnert hätte. Er erinnerte sich, wie sie ihm in diesem Augenblick geradezu leid getan und wie sich sein Herz zusammengeschnürt hatte...»Ah! Zum Teufel! Wieder diese Gedanken; das muß man doch alles aufgeben!...«

Er begann sich schon zu vergessen; das fieberhafte Zittern ließ nach; da schien etwas unter der Decke über seine Hand und sein Bein zu laufen. Er zuckte zusammen: »Pfui Teufel, das ist ja womöglich eine Maus!« dachte er. »Ich habe das Fleisch auf dem Tisch stehen lassen...« Er wollte aber ganz und gar nicht die Decke abwerfen, aufstehen und frieren, doch plötzlich krabbelte schon wieder etwas am Fuß; er riß die Decke von sich und zündete das Licht an. Zitternd vor Schüttelfrost, bückte er sich, um im Bett nachzusuchen – es war nichts da; er schüttelte die Decke, und plötzlich sprang eine Maus auf das Bettlaken. Er wollte sie fangen; die Maus aber sprang vom Bett nicht herunter, sondern flitzte im Zickzack nach allen Seiten hin, glitt ihm durch die Finger, lief über seine Hand und verschwand plötzlich unter dem Kopfkissen; er warf das Kissen weg und fühlte gleich, wie sie ihm vorn in das offene Hemd springt, auf seinem Körper herumkrabbelt und schon auf dem Rücken ist, unter dem Hemd. Er erbebte nervös und erwachte. Im Zimmer war es dunkel, er lag wie vorhin auf dem Bett, eingewickelt in die Decke, und hinter dem Fenster heulte der Wind. »So eine Gemeinheit!« dachte er ärgerlich.

Er stand auf und setzte sich auf das Bett mit dem Rücken gegen das Fenster. »Lieber schlafe ich gar nicht«, beschloß er. Vom Fenster her kamen Kälte und Feuchtigkeit; ohne aufzustehen, zog er die Decke über sich und hüllte sich ein. Das Licht steckte er nicht an. Er dachte an nichts und wollte auch an nichts denken; doch ein Phantasiegebilde nach dem andern stand vor ihm auf, abgerissene Gedanken ohne Anfang und Ende und ohne Zusammenhang zogen ihm durch den Sinn. Er verfiel in einen Halbschlummer. War es die Kälte oder die Dunkelheit, war es die Feuchtigkeit oder der Wind, der hinter dem Fenster heulte und die Bäume schaukelte, die in ihm eine hartnäckige Neigung und den Wunsch nach anderem hervorriefen – er begann lauter Blumen vor sich zu sehen. Ihm schwebte eine reizende blühende Landschaft vor; ein heller, warmer, beinahe heißer Tag, ein Festtag, Pfingsten; ein reiches, prachtvolles Landhaus, ein Cottage im englischen Stil, bewachsen mit duftenden Schlingpflanzen in voller Blüte, Blumenrabatten, die das ganze Haus umgaben; eine Freitreppe, umrankt von Kletterrosen und flankiert von Rosenbüschen; eine helle, kühle Halle, ausgelegt mit einem prachtvollen Teppich und ringsum geschmückt mit seltenen Blumen in chinesischen Vasen. Besonders fielen ihm die Büschel weißer, zarter Narzissen auf, die in wassergefüllten Gläsern in den Fenstern standen und, geneigt auf ihren hellgrünen, geraden, langen Stengeln, starken wohlriechenden Duft verbreiteten. Er mochte gar nicht von ihnen weggehen, aber er stieg doch die Treppe hinauf und trat in einen großen, hohen Saal, und wieder standen auch hier überall in den Fenstern, an der geöffneten Tür zum Balkon, auf dem Balkon selbst Blumen über Blumen. Der Fußboden dieses Saales war mit frischgemähtem, duftendem Heu bestreut, die Fenster waren geöffnet, eine frische, leichte, kühle Luft drang ins Zimmer, Vögel zwitscherten vor den Fenstern, mitten im Saal aber stand auf einem mit weißer Atlasdecke bedeckten Tisch ein Sarg. Dieser Sarg war mit weißem Seidenrips ausgeschlagen und mit weißen dichten Rüschen besetzt. Girlanden aus Blumen umgaben ihn auf allen Seiten. Ganz in Blumen gebettet lag in ihm ein kleines Mädchen in weißem Tüllkleid; ihre wie aus Marmor gemeißelten Hände waren gefaltet und ruhten auf der Brust. Ihr aufgelöstes Haar, ein helles Blondhaar, war naß; ein Kranz aus Rosen umgab ihren Kopf. Das strenge und schon erstarrte Profil ihres Gesichts war gleichfalls wie aus Marmor gemeißelt; allein im Lächeln ihrer blassen Lippen lag ein nicht kindliches grenzenloses Weh und eine große Klage. Sswidrigailoff kannte dieses Mädchen; weder ein Gottesbild noch brennende Kerzen standen an diesem Sarg, und man vernahm keine Gebete. Das kleine Mädchen war eine Selbstmörderin – sie hatte sich ertränkt. Sie war erst vierzehn Jahre alt, aber es war schon ein gebrochenes Herz, und es hatte sich umgebracht, durch eine Kränkung verletzt, die dieses junge kindliche Bewußtsein mit Entsetzen und Nichtverstehen erfüllt und ihre engelreine Seele in unverdienter Schande ertränkt hatte, als der erpreßte letzte Schrei der Verzweiflung nicht erhört, sondern frech verhöhnt worden war, in dunkler Nacht, in Finsternis, Kälte, bei feuchtem Vorfrühlingswetter, als der Wind heulte ...

Sswidrigailoff kam zu sich, stand auf und trat ans Fenster. Er fand tastend den Riegel und öffnete es. Der Wind brach mit aller Wucht in seine enge Kammer hinein und bedeckte wie mit eisigem Rauhreif sein Gesicht und die nur mit dem Hemd bedeckte Brust. Hinter dem Fenster war wirklich eine Art Garten, wahrscheinlich auch so ein Vergnügungsetablissement; am Tage traten hier wohl Sänger auf, und es wurde an Tischen Tee serviert. Jetzt flogen Regentropfen von den Bäumen und Sträuchern zum Fenster herein, und es war eine Dunkelheit wie in einem Keller, so daß man kaum einige dunkle Flecken, die Gegenstände vorstellten, unterscheiden konnte. Sswidrigailoff, der sich hinausgebeugt und die Hände auf das Fensterbrett gestützt hatte, blickte nun schon fünf Minuten, ohne sich losreißen zu können, in diese Finsternis. Da ertönte mitten in der Finsternis und Nacht ein Kanonenschuß, ihm folgte ein zweiter.

»Ah, das Signal! Das Wasser steigt!« dachte er. »Gegen Morgen wird das Wasser die Straßen überfluten und die Kellerwohnungen und die Gewölbe überschwemmen, die Kellerratten werden aus ihren Schlupfwinkeln hervorschwimmen, und die Menschen werden in Wind und Regen, durchnäßt und schimpfend, ihren Kram in die oberen Stockwerke schleppen ... Wieviel Uhr mag es sein?« Und kaum hatte er so gedacht, als aus der Nähe, schnurrend und gleichsam sich mächtig beeilend, eine Wanduhr drei Uhr schlug. »Aha, in einer Stunde wird es schon hell werden! Warum soll ich länger warten? Ich will lieber sofort weg von hier und direkt in den Petrowskij-Park gehen; dort will ich mir einen großen Strauch aussuchen, so naß vom Regen, daß, wenn man nur mit einer Schulter drankommt, Millionen von Tropfen den ganzen Kopf mir überströmen werden ...« Er trat vom Fenster zurück, schloß es, zündete das Licht an, zog seine Weste, den Rock und den Mantel an, setzte den Hut auf und ging mit dem Licht auf den Korridor hinaus, um vielleicht in einer Kammer zwischen allerhand Kram und Lichtstümpfen den schlafenden Kerl aufzusuchen, ihm das Zimmer zu bezahlen und dann das Gasthaus zu verlassen. »Es ist der beste Augenblick, man könnte keinen besseren wählen!«

Er ging lange, lange in dem langen und schmalen Korridor, ohne jemanden zu finden, und er wollte schon laut rufen, als er plötzlich in einer dunklen Ecke, zwischen einem alten Schrank und einer Tür, einen sonderbaren Gegenstand, anscheinend etwas Lebendes, erblickte. Er beugte sich mit dem Licht darüber und sah ein Kind, ein kleines Mädchen, nicht älter als fünf Jahre, in einem wie ein Scheuerlappen nassen Kleidchen, zitternd und weinend zusammengekauert. Es schien vor Sswidrigailoff keine Furcht zu haben, blickte ihn mit seinen großen schwarzen Äuglein voll stillen Staunens an und schluchzte nur noch ab und zu auf, wie Kinder, die lange geweint und sich eigentlich schon ausgeweint und sogar beruhigt haben, dann aber unwillkürlich noch ein paarmal kurz nachschluchzen, wie beim Schluckauf. Das Gesichtchen des kleinen Mädchens war blaß und ausgemergelt; es schien vor Kälte fast erstarrt zu sein, aber – »wie ist sie denn überhaupt hierhergekommen? Sie muß sich hier versteckt und die ganze Nacht nicht geschlafen haben«. Er begann sie auszufragen. Da wurde die Kleine plötzlich mitteilsam und plapperte sehr, sehr schnell, aber kaum verständlich in ihrer Kindersprache irgend etwas von einer »Mutti«, und daß »Mutti Uten (Ruten) geben wird«, und von einer Tasse, die sie »tässlagen« (zerschlagen) habe. Die Kleine plapperte ohne Aufhören, aber aus diesem Geplapper konnte man nur zur Not erraten, daß es jedenfalls ein ungeliebtes Kind war, daß die Mutter, vielleicht so eine ewig betrunkene Köchin, die wohl hier im Gasthaus in Stellung war, die Kleine geprügelt und ihr Angst eingejagt hatte; daß die Kleine nun noch Muttis Tasse zerschlagen hatte und vor Schreck und Angst noch am Abend weggelaufen war; vermutlich hatte sie sich lange irgendwo auf dem Hof versteckt, im Regen, schließlich sich ins Haus hineingeschlichen, sich hinter dem Schrank verkrochen und hier in der Ecke, weinend und zitternd vor Nässe, Dunkelheit und Furcht, daß man sie nun für all das schmerzhaft schlagen werde, die ganze Nacht zusammengekauert gehockt. Sswidrigailoff nahm sie auf die Arme, trug sie in sein Zimmer, setzte sie auf das Bett und begann sie auszukleiden. Ihre durchlöcherten Stiefelchen, auf die nackten Füße angezogen, waren so naß, als hätten sie die ganze

Nacht in einer Pfütze gelegen. Nachdem er sie entkleidet hatte, legte er sie ins Bett, deckte sie zu und zog die Decke noch bis über den Kopf hinauf. Sie schlief sofort ein. Nachdem er damit fertig war, versank er wieder in sein düsteres Nachdenken.

»Was ist mir nur eingefallen, mich damit abzugeben!« dachte er plötzlich mit einem schweren und bösen Gefühl. »Was für ein Unsinn!« Voll Ärger nahm er das Licht, um hinauszugehen und um jeden Preis den Kerl zu finden und schneller von hier wegzukommen. »Ach, so ein Kind!« dachte er fluchend und öffnete schon die Tür, kehrte aber noch einmal zurück, um zu sehen, ob die Kleine schlafe und wie sie schlafe. Er hob vorsichtig die Decke auf. Das Mädchen lag in festem und seligem Schlaf. Sie war unter der Decke warm geworden, und das Blut war wieder in ihre blassen Wangen gestiegen. Aber sonderbar – diese Röte war greller und auffallender als sonst bei Kindern. »Das ist eine fieberhafte Röte«, dachte Sswidrigailoff, »das ist – genau wie die Röte nach Weingenuß, als hätte man ihr ein ganzes Glas Wein zu trinken gegeben. Ihre roten Lippen brennen, scheinen zu flammen, aber was ist das?« Ihm kam es plötzlich so vor, als ob ihre langen schwarzen Wimpern zuckten und blinzelten, als ob sie sich erhöben, als ob unter ihnen ein schelmisches, scharfes, nicht in kindlicher Weise zwinkerndes Auge hervorblicke, als ob das Mädchen gar nicht schliefe, sich nur so anstelle ... Ja, es ist wirklich so: ihre Kinderlippen verziehen sich zu einem Lächeln, die Mundwinkel zucken, es ist, als ob sie das Lächeln noch zurückhalten wolle. Nun aber hört sie auf, sich zurückzuhalten, sie lacht schon, sie lacht deutlich; etwas Freches und Herausforderndes spricht aus diesem gar nicht kindlichen Gesicht; das ist das Laster; das ist das Gesicht einer Kokotte, das freche Gesicht einer käuflichen Kokotte, einer von den französischen. Jetzt öffnen sich, schon ohne jedes Verbergenwollen, beide Augen; sie ruhen auf ihm mit einem flammenden und schamlosen Blick, sie locken ihn, sie lachen ...

Etwas unendlich Widerliches und Beleidigendes lag in diesem Lachen, in diesen Augen, in dieser ganzen Schamlosigkeit im Gesicht des Kindes. »Wie! Eine Fünfjährige!« flüsterte Sswidrigailoff entsetzt. »Das ... was ist denn das?« Schon wendet sie sich ihm mit brennendem Gesichtchen ganz zu, streckt die Arme aus ... »Ah, Verfluchte!« rief Sswidrigailoff und holte zum Schlage aus ... Aber im selben Augenblick erwachte er.

Er liegt im Bett, eingehüllt in die Decke; das Licht ist nicht angezündet, und durch das Fenster scheint bereits der helle Tag herein.

»Alpdrücken die ganze Nacht!« Er erhob sich böse und fühlte, daß er ganz zerschlagen war; seine Knochen schmerzten. Draußen war ein dichter Nebel, und man konnte nichts unterscheiden. Die Uhr ging auf fünf; er hatte sich verschlafen! Er stand auf und zog sein Jackett und den Mantel an, die beide noch feucht waren. Er fühlte in der Tasche nach dem Revolver, zog ihn heraus und rückte das Zündhütchen zurecht; dann setzte er sich hin, nahm aus der Tasche ein Notizbuch und schrieb auf der ersten Seite mit großer Schrift ein paar Zeilen. Er las sie nochmals durch, stützte sich auf den Tisch und sann nach. Der Revolver und das Notizbuch lagen neben seinem Ellbogen. Die erwachten Fliegen krochen auf dem unberührten Kalbfleisch herum, das noch auf dem Tisch stand. Er schaute den Fliegen lange zu, und schließlich versuchte er, mit der freien rechten Hand eine zu fangen. Er bemühte sich lange, konnte sie aber nicht erwischen. Als er sich zuletzt bei dieser interessanten Beschäftigung ertappte, kam er zu sich, fuhr zusammen, stand auf und ging entschlossen aus dem Zimmer. Nach einer Minute war er schon auf der Straße.

Milchiger, dichter Nebel lag über der Straße. Sswidrigailoff ging auf dem glitschigen, schmutzigen hölzernen Fußsteig in der Richtung zur Kleinen Newa. Ihm schwebten das über Nacht stark gestiegene Wasser der Kleinen Newa, die Petrowskij-Insel, nasse Wege, feuchtes Gras, nasse Bäume und Sträucher und schließlich *jener* Strauch vor ... Voll Ärger begann er die Häuser zu betrachten, um an etwas anderes zu denken. Weder einen Menschen noch eine Droschke traf er auf dem Wege. Trostlos und schmutzig sahen ihn die grellgelben hölzernen Häuschen mit den geschlossenen Fensterläden an. Kälte und Feuchtigkeit durchzogen seinen ganzen Körper, und ihn begann zu frösteln. Zuweilen fiel sein Blick auf die Schilder der Kaufläden und Gemüsekeller, er las jedes aufmerksam. Der hölzerne Fußsteig war schon zu Ende. Er ging an einem großen steinernen Hause vorbei. Ein schmutziges durchfrorenes Hündchen mit eingezogenem Schwanz lief ihm über den Weg. Irgendein schwerbetrunkener Mann in einem Uniformmantel lag, mit dem Gesicht nach unten, quer auf dem Trottoir. Er schaute hin und ging weiter. Ein hoher Feuerwehrturm kam ihm linker Hand in Sicht. »Halt!« dachte er. »Das ist ja die beste Stelle, wozu die Petrowskij-Insel? Es geschieht dann wenigstens in Gegenwart eines offiziellen Zeugen ...« Er lächelte beinahe zu diesem neuen Gedanken und bog in die -sche Straße ein. An dieser Straße lag das große Gebäude der Feuerwehr mit jenem Turm. Am geschlossenen großen Portal des Hauses stand als Wachtposten, ganz eingemummt in einen grauen Soldatenmantel und mit der Schulter an den Torbogen gelehnt, ein Menschlein mit einem Feuerwehrhelm aus Messing auf dem Kopf, einem sogenannten Achilleshelm. Schlaftrunken, gleichgültig-kalt streifte sein Blick aus dem Augenwinkel den herantretenden Sswidrigailoff. Auf seinem Gesicht war jener ewig griesgrämige Kummer zu sehen, der sich so säuerlich ausnahmslos allen Gesichtern der jüdischen Rasse eingeprägt hat. Beide, Sswidrigailoff sowohl wie der Achill, betrachteten einander schweigend eine ganze Weile lang. Schließlich erschien es dem Achill doch nicht ganz ordnungsgemäß, daß ein Mensch, der nicht betrunken ist, drei Schritte vor ihm stehenbleibt, ihn unverwandt ansieht und nichts sagt.

»Wase wolle Se de heer (denn hier)?« fragte er in einer stark jiddisch gefärbten Mundart, immer noch ohne sich zu rühren und ohne seine Stellung zu ändern.

»Ja, nichts, Bruder, guten Tag!« antwortete Sswidrigailoff.

»Heer is kei Platz ssu bleiben stehn.«

»Ich reise, Bruder, in ein fremdes Land.«

»In fremdes Land?«

»Nach Amerika.«

»Nache Amerika?«

Sswidrigailoff zog den Revolver hervor und spannte den Hahn. Achilles zog die Brauen in die Höhe.

»He! Wase, solche Sserze (Scherze) sein heer nich am Platz!«

»Aber warum denn nicht?«

»Weil se heer nich am Platze sein!«

»Nun, Bruder, das ist doch einerlei. Der Platz ist gut; wenn man dich fragen wird, dann antworte einfach, ich sei, so hätte ich gesagt, nach Amerika gereist.«

Er setzte den Revolver an seine rechte Schläfe.

»He, heer därf man nich, heer is kei Platz!« fuhr Achilles auf, seine Augen immer noch weiter aufreißend.

Sswidrigailoff drückte den Hahn ab.

VII

Am gleichen Tag, doch schon gegen Abend, gegen sieben Uhr, näherte sich Raskolnikoff der Wohnung seiner Mutter und Schwester – jener Wohnung im Hause von Bakaléjeff, wo Rasumíchin sie untergebracht hatte. Der Treppeneingang war von der Straße aus. Je näher Raskolnikoff kam, desto mehr verlangsamte er seine Schritte, wie unschlüssig, ob er hineingehen solle oder nicht. Er wäre jedoch um keinen Preis umgekehrt; sein Entschluß war gefaßt. »Außerdem ist es einerlei, sie wissen ja noch nichts«, dachte er, »und haben sich schon daran gewöhnt, mich für einen Sonderling zu halten ...« Seine Kleidung sah unbeschreiblich aus: ganz beschmutzt, da er die ganze Nacht im Regen verbracht hatte, zerknittert und zerrissen. Sein Gesicht war nahezu entstellt von der Müdigkeit, durch das schlechte Wetter, aus physischer Ermattung und infolge eines beinahe vierundzwanzigstündigen Kampfes mit sich selbst. Diese ganze Nacht hatte er allein verbracht, Gott weiß wo. Aber er hatte sich wenigstens zu einem Entschluß durchgerungen.

Er klopfte an die Tür; die Mutter öffnete ihm. Dunetschka war nicht zu Hause. Auch das Dienstmädchen war um diese Zeit nicht da. Pulchéria Alexándrowna war zuerst ganz sprachlos vor freudigem Erstaunen, dann ergriff sie seine Hand und zog ihn ins Zimmer.

»Da bist du ja!« begann sie und stockte vor Freude. »Sei mir nicht böse, Rodja, daß ich dich so dumm begrüße – mit Tränen; aber ich lache ja und weine gar nicht. Du denkst, ich weine? Nein, ich freue mich, habe aber bloß so eine dumme Angewohnheit, daß mir dann immer die Tränen kommen. Das habe ich seit dem Tode deines Vaters, ich weine bei jeder Gelegenheit. Setz dich doch, mein Lieber, du bist müde, ich sehe es. Ach, wie beschmutzt du bist!«

»Ich war gestern im Regen, Mama ...«, begann Raskolnikoff.

»Aber nein, nein!« unterbrach ihn Pulcheria Alexandrowna eifrig. »Du meinst, ich wolle dich sofort nach Weiberart ausfragen, oder nach meiner früheren Gepflogenheit; rege dich nicht auf! Ich verstehe doch, verstehe alles; jetzt habe ich schon gelernt, nach hiesiger Manier zu denken, und wirklich, ich sehe selbst ein, daß man hier klüger ist. Ich habe mir ein für allemal gesagt: wie sollte ich deine Erwägungen begreifen können und von dir Rechenschaft verlangen? Du hast vielleicht Gott weiß was für Dinge und Pläne im Kopf, oder dir kommen allerhand Gedanken; soll ich dich da immer anstoßen und fragen: worüber denkst du nach? Ich habe ... Ach, mein Gott, ja, was laufe ich denn herum wie eine Kopflose ... Eben las ich deinen Artikel in der Zeitschrift schon zum dritten Mal, Rodja; Dmítrij Prokófjitsch hat ihn mir gebracht. Ich wurde ganz kleinlaut, als ich ihn las; so dumm bin ich, dachte ich, damit gibt er sich also ab, das ist die Lösung der Dinge. Die Gelehrten sind immer so. Er hat vielleicht neue Gedanken im Kopf, er überlegt sie sich, ich aber quäle ihn und störe ihn nur. Ich lese den Artikel, mein Freund, und verstehe selbstverständlich vieles nicht; aber so muß es übrigens auch sein, wie sollte ich so etwas beurteilen können?«

»Zeigen Sie ihn mir, Mama!«

Raskolnikoff nahm die Zeitschrift in die Hand und sah seinen Artikel flüchtig an. Wie sehr es auch seiner Lage und seinem Zustand widersprach, empfand er doch jenes eigentümliche und prickelnd-süße Gefühl, das ein Verfasser, der sich zum ersten Mal gedruckt sieht, empfindet; dabei sprachen auch seine dreiundzwanzig Jahre mit. Das dauerte einen Augenblick. Nachdem er einige Zeilen gelesen hatte, verdüsterte sich sein Gesicht, und ein furchtbarer Gram preßte sein Herz zusammen. Sein ganzer seelischer Kampf in den letzten Monaten kam ihm mit einem Mal in Erinnerung. Mit Widerwillen und Ärger warf er die Zeitschrift auf den Tisch.

»Nur, weißt du, Rodja, wie dumm ich auch sein mag, ich kann doch verstehen, daß du sehr bald einer von den Ersten, wenn nicht der Erste unter unseren Gelehrten sein wirst. Und man wagte von dir zu denken, daß du den Verstand verloren hättest. Hahaha! Du weißt es nicht, aber man dachte es wirklich! Ach, dieses niedrige Gewürm, woher sollen sie auch begreifen, was Verstand ist! Und selbst Dunetschka, Dunetschka hat doch auch fast daran geglaubt – was sagst du dazu! Dein verstorbener Vater hat ein paarmal etliches an Zeitschriften eingeschickt, zuerst Gedichte (ich habe noch ein ganzes Heft mit Gedichten aufgehoben, ich zeige es dir einmal) und nachher eine ganze Novelle (ich hatte ihn gebeten, sie abschreiben zu dürfen), und wie haben wir beide gebetet, daß sie angenommen werde – aber sie wurde doch nicht angenommen! Weißt du, Rodja, als ich vor sechs oder sieben Tagen deine Kleidung sah und wie du wohnst, was du ißt und wie du herumgehst, glaubte ich zu vergehen vor Schmerz. Jetzt sehe ich, daß ich wieder einmal dumm war, denn wenn du Lust hättest, könntest du dir alles auf einmal verschaffen, durch deinen Verstand und dein Talent. Also willst du es bloß vorerst nicht und bist mit bedeutend wichtigeren Dingen beschäftigt ...«

»Ist Dunja nicht zu Hause, Mama?«

»Nein, Rodja. Sie ist jetzt sehr oft nicht zu Hause, läßt mich viel allein. Dmitrij Prokofjitsch kommt öfters zu mir, um zu plaudern, ich bin ihm sehr dankbar dafür, und er spricht immer von dir. Er liebt dich sehr und schätzt dich, mein Freund. Von deiner Schwester aber kann ich nicht gerade sagen, daß sie zu mir unehrerbietig wäre. Ich will mich ja nicht beklagen. Sie hat ihren Charakter, wie ich den meinen; sie hat jetzt allerhand Geheimnisse vor mir; ich aber habe vor euch gar keine Geheimnisse. Gewiß, ich bin fest überzeugt, daß Dunja sehr klug ist und außerdem auch mich und dich liebt ... aber ich weiß wirklich nicht, wohin dies alles führen wird. Du hast mich glücklich gemacht, Rodja, weil du mich jetzt besucht hast, sie aber hat das nun verpaßt; wenn sie zurückkommt, will ich ihr dann auch sagen: dein Bruder war hier, wo aber hast du die Zeit verbracht? Du sollst mich, Rodja, nicht verwöhnen; wenn du kannst, komm zu mir, wenn nicht – dann läßt sich eben nichts tun als warten. Ich werde trotzdem wissen, daß du mich liebst, und das genügt mir. Ich werde deine Schriften lesen, werde von allen über dich hören, und dann wirst du schon wieder einmal zu mir kommen, und was kann ich mir Besseres wünschen? Jetzt bist du doch auch gekommen, um die Mutter zu erfreuen, ich sehe es ...«

Hier begann Pulcheria Alexandrowna plötzlich zu weinen.

»Schon wieder weine ich! Achte nicht auf mich dumme

Person! Ach, mein Gott, was sitze ich hier«, rief sie aus und fuhr von ihrem Platz auf, »ich habe doch Kaffee und biete dir nichts an! Siehst du, wie groß der Egoismus wird, wenn man alt wird. Sofort, sofort!«

»Liebe Mama, lassen Sie das, ich werde gleich wieder gehen. Ich bin nicht deswegen gekommen. Bitte, hören Sie mich an!«

Pulcheria Alexandrowna trat schüchtern zu ihm.

»Liebste Mama, was auch geschehen sollte, was Sie auch über mich hören sollten, was man Ihnen auch über mich sagen sollte, werden Sie mich trotzdem ebenso weiterlieben wie jetzt?« fragte er sie plötzlich unmittelbar aus dem Herzen, als bedenke er seine Worte nicht und wäge sie nicht.

»Rodja, Rodja, was ist mit dir? Wie kannst du so etwas nur fragen? Und wer wird mir denn etwas über dich sagen? Ich werde doch niemandem glauben, mag kommen zu mir, wer da will, ich werde ihn einfach hinausjagen.«

»Ich bin gekommen, um Sie zu versichern, daß ich Sie immer geliebt habe, und ich bin jetzt froh, daß wir allein sind, bin sogar froh, daß Dunetschka nicht zu Hause ist«, fuhr er in derselben Aufwallung fort, »ich bin gekommen, Ihnen offen zu sagen, daß Sie, wenn Sie auch unglücklich sein werden, doch wissen sollen, daß Ihr Sohn Sie mehr liebt als sich selbst und daß alles, was Sie über mich gedacht haben, daß ich grausam sei und Sie nicht mehr liebte, alles nicht richtig ist. Ich werde nie aufhören, Sie zu lieben ... So, nun genug; es schien mir, daß ich das tun und damit beginnen müßte ...«

Pulcheria Alexandrowna umarmte ihn schweigend, preßte ihn an ihre Brust und weinte still.

»Was mit dir geschehen ist, Rodja, weiß ich nicht«, sagte sie schließlich, »ich dachte die ganze Zeit, wir seien dir einfach lästig, langweilten dich nur, jetzt aber ersehe ich aus allem, daß ein großer Kummer dir naht, und deshalb grämst du dich. Ich habe das schon lange vorausgesehen, Rodja. Verzeih mir, daß ich darauf zu sprechen komme; ich denke aber doch immerzu daran und kann in der Nacht nicht schlafen. Diese Nacht hat auch deine Schwester die ganze Zeit wie im Fieber phantasiert und immer wieder dich genannt. Ich habe manches gehört, aber nichts verstanden. Den ganzen Vormittag ging sie umher wie ein Mensch vor der Hinrichtung, sie wartete auf etwas, schien ein Vorgefühl zu haben, und nun ist es eingetroffen! Rodja, Rodja, wohin gehst du denn? Willst du etwa irgendwohin verreisen?«

»Ja, ich verreise.«

»Das dachte ich mir doch! Aber auch ich könnte doch mit dir reisen, wenn du mich brauchst. Auch Dunja; sie liebt dich, sie liebt dich sehr; und Ssofja Ssemjonowna könnte ja schließlich auch mit uns gehen, wenn's nötig ist; sieh, ich würde sie ja gern sogar an Tochter Statt aufnehmen. Dmitrij Prokofjitsch wird uns schon helfen, die gemeinsame Abreise zu bewerkstelligen ... aber ... wohin willst du denn ... verreisen?«

»Leben Sie wohl, liebe Mama.«

»Wie! Heute schon!« rief sie in einem Ton aus, als verlöre sie ihn auf ewig.

»Ich kann nicht anders, es ist Zeit für mich, ich muß unbedingt ...«

»Und ich darf nicht mit dir gehen?«

»Nein, knien Sie aber nieder und beten Sie für mich. Ihr Gebet wird vielleicht erhört werden.«

»Laß mich dich bekreuzen, dich segnen! So! So! Oh, Gott, was tun wir!«

Ja, er war froh, er war sehr froh, daß niemand da war, daß er mit der Mutter allein war. Es war, als wäre seit dieser ganzen schrecklichen Zeit sein Herz mit einem Mal weich geworden. Er sank vor ihr nieder, küßte ihre Knie, und sie weinten beide, sich wieder eng umschlungen haltend. Und sie wunderte sich nicht und fragte ihn jetzt nichts mehr. Sie hatte schon lange begriffen, daß mit ihrem Sohn etwas Furchtbares geschah und daß jetzt ein für ihn schrecklicher Augenblick herannahte.

»Rodja, Liebling, mein Erstgeborener«, sagte sie schluchzend, »sieh, jetzt bist du ganz so, wie du als kleiner Knabe warst, so kamst du auch damals zu mir, so umarmtest und küßtest du mich; als wir noch mit deinem Vater lebten und uns kümmerlich genug durchschlugen, da war es schon ein Trost für uns, daß du bei uns warst, als ich aber deinen Vater beerdigt hatte, wie oft haben wir uns da an seinem Grabe umschlungen gehalten, genau so wie jetzt, und zusammen geweint. Daß ich aber lange schon weine, das kommt daher, weil das Mutterherz im voraus das Unheil kommen spürte. Als ich dich das erstemal damals am Abend wiedersah, erinnerst du dich, als wir hier ankamen, da habe ich alles schon aus deinem Blick allein erraten, und mein Herz zuckte zusammen, und als ich dir heute öffnete, dich sah, da dachte ich gleich: nun ist die Schicksalsstunde offenbar gekommen. Rodja, Rodja, du wirst doch nicht sofort abreisen?«

»Nein.«

»Du wirst noch herkommen?«

»Ja . . . ich werde kommen.«

»Rodja, sei mir nicht böse, ich darf dich ja nicht ausfragen. Ich weiß, daß ich es nicht darf, aber sag mir bloß, nur zwei kleine Worte sage mir: Ist es weit, wohin du reist?«

»Sehr weit.«

»Was ist denn dort, handelt es sich um eine Anstellung oder ist es für deine Karriere wichtig?«

»Was Gott gibt . . . beten Sie nur für mich . . .«

Raskolnikoff ging zur Tür, aber sie hielt sich an ihm fest und sah ihm mit einem verzweifelten Blick in die Augen. Entsetzen entstellte ihr Gesicht.

»Genug, liebe Mama«, sagte Raskolnikoff und bereute tief, daß er dem Gedanken gefolgt war, herzukommen.

»Es ist doch nicht für immer? Doch noch nicht für ewig? Du wirst noch herkommen, wirst morgen kommen?«

»Ich werde kommen, werde kommen, leben Sie wohl!«

Er riß sich endlich los.

Der Abend war frisch, warm und klar; das Wetter war seit dem Morgen schön geworden. Raskolnikoff ging nach Hause; er beeilte sich. Er wollte alles noch vor Sonnenuntergang erledigt haben. Bis dahin wollte er keinen Bekannten sehen. Als er zu seiner Wohnung hinaufstieg, bemerkte er, daß Nastassja sich vom Ssamowar abwandte, ihn aufmerksam betrachtete und ihm mit den Augen folgte. »Sollte etwa jemand bei mir sein?« dachte er. Voll Widerwillen dachte er an Porphyrij Petrowitsch. Als er aber sein Zimmer erreicht und die Tür geöffnet hatte, erblickte er Dunetschka. Sie saß mutterseelenallein in tiefem Nachdenken und schien schon lange auf ihn zu warten. Er blieb auf der Schwelle stehen. Sie erhob sich erschrocken und richtete sich vor ihm auf. Ihr Blick, unverwandt an ihm haftend, drückte Entsetzen und einen unstillbaren Kummer aus. Und an diesem Blick merkte er sofort, daß sie alles wußte.

»Was soll ich nun, zu dir hineinkommen oder fortgehen?« fragte er mißtrauisch.

»Ich habe den ganzen Tag bei Ssofja Ssemjonowna gesessen; wir haben beide auf dich gewartet. Wir dachten, daß du unbedingt dorthin kommen würdest.«

Raskolnikoff trat ins Zimmer und setzte sich ermattet auf einen Stuhl.

»Ich bin etwas schwach, Dunja; bin schon gar zu müde; ich möchte aber wenigstens in diesem Augenblick meiner vollkommen mächtig sein.«

Er warf ihr einen schnellen mißtrauischen Blick zu.

»Wo warst du denn die ganze Nacht?«

»Ich erinnere mich nicht genau; siehst du, Schwester, ich wollte zu einem endgültigen Entschluß kommen und bin mehrmals an der Newa hin- und hergegangen; dessen erinnere ich mich. Ich wollte dort ein Ende machen, aber ... konnte mich nicht entschließen ...« flüsterte er und blickte Dunja wieder mißtrauisch an.

»Gott sei gedankt! Und wie wir gerade das fürchteten – ich und Ssofja Ssemjonowna! Also glaubst du noch ans Leben; Gott sei Dank, Gott sei Dank!«

Raskolnikoff lächelte bitter.

»Ich glaubte nicht daran, soeben aber habe ich die Mutter umarmt und mit ihr zusammen geweint; ich glaube nicht daran, habe sie aber gebeten, für mich zu beten. Gott weiß, wie das alles vereinbar ist und vor sich geht, Dunetschka, ich begreife nichts davon.«

»Du warst bei der Mutter? Du hast es ihr auch gesagt?« rief Dunja entsetzt aus. »Hast du es wirklich gewagt, ihr alles zu sagen?«

»Nein, ich habe ihr nichts gesagt ... nichts mit Worten; aber sie hat vieles begriffen. Sie hat in der Nacht gehört, wie du phantasiert hast. Ich bin überzeugt, daß sie die Hälfte schon weiß. Es war vielleicht nicht richtig, daß ich zu ihr ging. Ich weiß auch nicht einmal, warum ich zu ihr gegangen bin. Ich bin ein gemeiner Mensch, Dunja.«

»Du, ein gemeiner Mensch und bist doch bereit, ins Leid zu gehen! Du gehst doch?«

»Ich gehe. Jetzt gleich. Ja, um dieser Schande zu entgehen, wollte ich mich ertränken, Dunja; aber ich dachte, als ich schon über dem Wasser stand, wenn ich mich bisher für stark gehalten habe, so sollte ich mich jetzt auch nicht vor der Schande fürchten«, sagte er. »Das ist doch wohl Stolz, Dunja?«

»Ja, das ist Stolz, Rodja.«

Es war, als leuchtete ein Feuer in seinen erloschenen Augen auf; es schien ihm lieb zu sein, daß er noch stolz sein konnte.

»Und du meinst nicht, Schwester, daß mir einfach vor dem Wasser bange war?« fragte er, ihr plötzlich mit schändlichstem Hohn ins Gesicht blickend.

»Oh, Rodja, höre auf damit!« rief Dunja bitter aus.

Etwa zwei Minuten dauerte das Schweigen. Er saß mit gesenktem Kopf und sah zu Boden; Dunetschka stand am anderen Ende des Tisches und blickte ihn voll innerer Qual an.

Plötzlich stand er auf.

»Es ist spät, es ist Zeit. Ich gehe jetzt, um mich anzuzeigen. Aber ich weiß selbst nicht, wozu ich mich anzeigen gehe.«

Große Tränen rollten über ihre Wangen.

»Du weinst, Schwester, aber kannst du mir noch die Hand reichen?«

»Und du zweifelst daran?«

Sie umschlang ihn fest.

»Tilgst du denn, indem du das Leid auf dich nimmst, nicht schon zur Hälfte dein Verbrechen?« rief sie aus, ihn unter Küssen stark in ihren Armen an sich drückend.

»Verbrechen? Was für ein Verbrechen?« fuhr er in einem plötzlichen Anfall von Wut auf, »etwa, weil ich eine scheußliche, bösartige Laus, eine alte Wucherin ermordet habe, die niemand braucht, für deren Ermordung einem vierzig Sünden vergeben werden müßten, die den Armen den letzten Blutstropfen aussaugte, und das soll ein Verbrechen sein? Ich denke gar nicht daran, es tilgen zu wollen. Und was kommt man mir von allen Seiten mit diesem Wort ‚Verbrechen, Verbrechen!' Erst jetzt sehe ich klar und deutlich den ganzen Widersinn meines Kleinmuts, jetzt, wo ich mich schon entschlossen habe, diese unnötige Schande auf mich zu nehmen! Es ist einfach so, daß ich mich nur infolge meiner eigenen Erbärmlichkeit und Unfähigkeit dazu entschlossen habe, und womöglich auch noch aus Berechnung, wie mir jener da vorschlug ... Porphyrij! ...«

»Bruder, Bruder, was redest du da! Aber du hast doch Blut vergossen!« rief Dunja verzweifelt aus.

»Das alle vergießen«, fiel er fast wie ein Rasender ein, »das vergossen wird und immer vergossen worden ist, das wie ein Wasserfall nur so stürzt, das sie wie Champagner verschütten, und für das man im Kapitol gekrönt und nachher Wohltäter der Menschheit genannt wird. So schau doch bloß näher zu und sieh, wie's ist! Ich – ich wollte das Gute den Menschen und hätte Hunderte, Tausende guter Werke vollbracht, anstatt dieser einen Dummheit, oder vielmehr nicht einmal Dummheit, sondern bloß Ungeschicklichkeit; denn dieser ganze Gedanke war an sich gar nicht so dumm, wie er jetzt, nach dem Mißlingen, erscheint ... (wenn's mißlingt, erscheint alles dumm!). Mit dieser Dummheit wollte ich mich bloß in eine unabhängige Lage bringen, den ersten Schritt tun, die Mittel beschaffen, und nachher würde alles durch einen vergleichsweise unermeßlich größeren Nutzen ausgeglichen worden sein ... Ich aber, ich habe nicht einmal den ersten Schritt ausgehalten, eben weil ich ein – Lump bin! Das ist ja der ganze Kern der Sache! Und dennoch werde ich es nicht mit euren Augen sehen, es nicht nach eurer Ansicht zu beurteilen anfangen: wäre es mir gelungen, so hätte man mich gekrönt, jetzt aber heißt es – hinein in die Falle!«

»Aber so ist das doch nicht, ganz und gar nicht so! Bruder, was redest du da!«

»Ah! Ich weiß schon, es ist nicht die übliche Form, keine so ästhetisch schöne Form! Nun, ich begreife entschieden nicht, warum mit Kartätschen auf die Menschen zu feuern, bei einer richtigen Belagerung, eine achtbarere Form sein soll? Die Furcht vor dem Unästhetischen ist das erste Anzeichen von Kraftlosigkeit! Nie, niemals habe ich das klarer erkannt als jetzt und weniger denn je vermag ich mein ‚Verbrechen' einzusehen! Niemals, niemals war ich stärker und überzeugter als jetzt ...!«

Sein blasses, ausgemergeltes Gesicht hatte sogar wieder Farbe bekommen. Doch als er diesen letzten Ausruf hervorstieß, begegnete sein Blick zufällig den Augen Dunjas und sah in ihnen soviel, soviel Qual seinetwegen, daß er unwillkürlich zur Besinnung kam. Er fühlte, daß er immerhin diese beiden armen Frauen unglücklich gemacht hatte. Immerhin war er doch die Ursache ...

»Dunja, Liebe! Wenn ich schuldig bin, vergib mir (obschon man mir nicht vergeben darf, wenn ich schuldig bin). Leb wohl! Wir wollen nicht streiten! Es ist Zeit, höchste Zeit. Folge mir nicht, ich bitte dich inständig darum, ich muß zuvor noch zu jemandem gehen ... Aber gehe jetzt sofort zur Mutter und setze dich zu ihr hin. Ich flehe dich an! Das ist meine letzte, meine größte Bitte an dich. Laß sie in dieser ganzen Zeit nie allein; ich habe sie in einer angstvollen Unruhe zurückgelassen, die sie wohl kaum überstehen wird: sie wird entweder sterben oder den Verstand verlieren. Bleibe du bei ihr! Rasumichin wird euch zur Seite stehen; ich habe es ihm gesagt ... Weine nicht um mich: ich werde mir Mühe geben, sowohl mutig wie ehrlich zu sein mein Leben lang, obschon ich ein Mörder bin. Vielleicht wirst du einmal meinen Namen hören. Ich werde euch keine Schande machen, du wirst sehen; ich will noch beweisen ... jetzt aber vorläufig auf Wiedersehen«, beeilte er sich abzuschließen, als er in den Augen Dunjas wieder einen sonderbaren Ausdruck bei seinen letzten Worten und Versprechungen bemerkte. »Warum weinst du denn so? Weine nicht, weine nicht; wir trennen uns doch nicht für immer! ... Ach ja! Warte, ich habe etwas vergessen! ...«

Er trat an den Tisch, griff nach einem dicken verstaubten Buch, schlug es auf und nahm ein kleines, zwischen den Blättern aufbewahrtes Aquarellbild auf Elfenbein heraus. Es war das Bild der Tochter seiner Wirtin, seiner früheren Braut, die an einem hitzigen Fieber gestorben war, jenes merkwürdigen jungen Mädchens, das in ein Kloster hatte gehen wollen. Eine Weile blickte er dieses ausdrucksvolle und krankhafte Gesicht an, küßte das Bild und übergab es Dunetschka.

»Mit ihr habe ich viel *darüber* gesprochen, mit ihr allein«, sagte er sinnend, »ihrem Herzen habe ich vieles davon anvertraut, was sich nachher so widerlich verwirklicht hat. Beruhige dich«, wandte er sich an Dunetschka, »sie war mit mir nicht einverstanden, so wenig wie du, und ich bin froh, daß sie nicht mehr lebt. Die Hauptsache, die Hauptsache ist, daß alles jetzt neu anhebt, daß alles in zwei Teile auseinanderbrechen wird«, rief er plötzlich aus, wieder in seinen Gram zurückfallend, »alles, alles, aber bin ich dazu auch vorbereitet? Will ich es auch selbst? Das sei nötig, sagt man, mir tue eine Prüfung not! Wozu, wozu alle diese sinnlosen Prüfungen? Wozu sind sie nötig? Werde ich dann etwa besser erkennen können als ich es jetzt tue, wenn ich nach zwanzigjähriger Zwangsarbeit von Qualen, von Idiotie, von greisenhafter Entkräftung vollkommen abgestumpft bin, und wozu soll ich dann überhaupt noch leben? Warum gehe ich denn jetzt auf ein solches Leben ein? Oh, ich hab's ja gewußt, daß ich ein Lump bin, als ich heute im Morgengrauen über dem Wasser der Newa stand!«

Sie gingen schließlich beide hinaus. Es war schwer für Dunja, aber sie liebte ihn! Sie ging von ihm, aber als sie an die fünfzig Schritte gegangen war, wandte sie sich noch einmal um, nur um ihn noch einmal zu sehen. Und er war noch zu sehen. Als er an die Ecke kam, wandte auch er sich um; zum letzten Mal trafen sich ihre Blicke; als er aber sah, daß sie ihm nachschaute, winkte er ihr ungeduldig und sogar ärgerlich mit der Hand, daß sie weitergehen solle, und bog selbst jäh um die Ecke.

»Ich bin böse, ich sehe es ein«, dachte er bei sich und schämte sich gleich darauf seiner ärgerlichen Handbewegung zu Dunja hin. »Aber warum lieben sie mich denn so, wenn ich doch ihrer Liebe gar nicht wert bin! Oh, wenn ich doch allein wäre und niemand mich liebte, und wenn ich selbst niemals jemanden geliebt hätte! *Dann wäre dies alles ja gar nicht geschehen!* Aber wie wird das nun sein: ist's möglich, daß meine Seele sich in diesen nun anhebenden fünfzehn, zwanzig Jahren so ergeben wird, daß ich vor den Menschen andächtig ächzen und mich bei jedem Wort einen Räuber nennen werde? Ja, so wird es kommen, gerade so! Nur zu dem Zweck schicken sie mich doch jetzt nach Sibirien, gerade das wollen sie ja ... Da hasten sie nun alle durch die Straßen, und jeder von ihnen ist doch schon seiner Natur gemäß ein Schuft und Spitzbube; schlimmer noch – ein Idiot! Sollte man's aber wagen, mich mit Sibirien zu verschonen, so würden sie ja alle überschäumen vor edler Entrüstung! Oh, wie ich sie alle hasse!«

Er begann tief darüber nachzudenken: durch was für Vorgänge es denn geschehen könnte, daß er zu guter Letzt vor ihnen allen demütig würde, ohne Überlegungen und Erwägungen, sondern einfach aus Einsicht demütig würde? Aber schließlich, warum denn auch nicht? Natürlich, so wird es ja kommen müssen. Werden denn zwanzig Jahre ununterbrochener Unterdrückung ihn nicht endgültig brechen? Wasser vermag den Stein zu schleifen. »Und warum, wozu nach alledem noch leben, wozu gehe ich jetzt hin, wenn ich selbst weiß, daß alles genau so kommen wird, und nicht anders?«

Er legte sich diese Frage vielleicht schon zum hundertsten Mal seit gestern abend vor, und dennoch ging er hin.

VIII

Als er bei Ssonja eintrat, begann es schon zu dämmern. Ssonja hatte den ganzen Tag in schrecklicher Aufregung auf ihn gewartet, zuerst mit Dunja zusammen. Dunja war schon am frühen Morgen zu ihr gekommen, da ihr die Worte Sswidrigailoffs wieder eingefallen waren, daß Ssonja »davon weiß«. Doch wozu die Einzelheiten zwischen den beiden wiedergeben, wie sie gemeinsam weinten und wie weit sie einander näherkamen. Dunja hatte bei dieser Zusammenkunft wenigstens den Trost gefunden, daß ihr Bruder nicht allein sein werde: zu ihr, zu Ssonja war er zuerst mit seiner Beichte gegangen; in ihr hatte er einen Menschen gesucht, als er einen Menschen brauchte; sie aber würde ihm überall hin folgen, gleichviel wohin das Schicksal ihn führen sollte. Sie fragte auch nicht, aber sie wußte, daß es so kommen werde. Sie begegnete Ssonja sogar mit

Ehrfurcht und machte jene dadurch ganz verwirrt. Ssonja war anfangs nahe daran, zu weinen: sie hielt sich für unwürdig, Dunja auch nur anzublicken. Das schöne Bild von Dunja, wie sie sich bei ihrem ersten Zusammentreffen in Raskolnikoffs Wohnung so aufmerksam und achtungsvoll von ihr verabschiedete, hatte sich für immer ihrer Seele eingeprägt, als das Schönste und Unfaßbarste, das sie in ihrem Leben je gesehen hatte.

Dunetschka hatte es schließlich nicht mehr ausgehalten und war von Ssonja in die Wohnung des Bruders gegangen, um dort auf ihn zu warten; ihr war plötzlich so, als ob er zuerst heimgehen werde. Als Ssonja allein geblieben war, begann sie sich mit dem Gedanken zu quälen, daß er sich wirklich ein Leid antun könnte. Dasselbe fürchtete auch Dunja. Aber beide wetteiferten den ganzen Tag in dem Bestreben, sich gegenseitig zu überzeugen, daß so etwas ganz ausgeschlossen sei. Jetzt aber, kaum daß sie sich getrennt hatten, dachte die eine wie die andere nur noch daran. Ssonja erinnerte sich, daß Sswidrigailoff ihr gestern gesagt hatte, Raskolnikoff habe nur noch zwei Wege – entweder Sibirien oder ... Sie kannte zudem seinen Ehrgeiz, seinen Hochmut, seine Eigenliebe und seinen Unglauben.

»Ist es denn möglich, daß nur Kleinmut und Angst vor dem Tode ihn bestimmen könnten, weiterzuleben?« dachte sie schließlich in Verzweiflung. Die Sonne ging schon unter. Traurig stand sie am Fenster und schaute unverwandt hinaus – aber aus diesem Fenster sah man nur die unverputzte Brandmauer des Nachbarhauses. Schließlich, als sie schon vollkommen überzeugt war vom Tode des Unglücklichen – trat er in ihr Zimmer.

Ein froher Aufschrei entrang sich ihrer Brust. Doch als sie aufmerksam sein Gesicht ansah, erbleichte sie im Nu.

»Nun ja!« sagte Raskolnikoff mit bitterem Lächeln, »ich komme, mir dein Kreuz zu holen, Ssonja. Du hast mich doch selbst auf den Kreuzweg geschickt; was bist du denn jetzt, wo es zur Ausführung kommt, so ängstlich geworden!«

Ssonja schaute ihn verwundert an. Sonderbar erschien ihr dieser Ton; ein Frösteln durchlief ihren Körper, doch alsbald erriet sie, daß sowohl der Ton wie auch diese Worte, daß alles nur eine Vortäuschung war. Er verhielt sich auch so merkwürdig zu ihr, schaute irgendwohin in die Ecke, ganz als wollte er es vermeiden, ihr gerade ins Gesicht zu sehen.

»Ich habe, siehst du, Ssonja ... ich habe es mir überlegt, daß es in dieser Weise vielleicht doch vorteilhafter sein wird. Es gibt da einen Umstand ... Aber das ist zu lang zu erzählen, und wozu auch. Mich ärgert nur, weißt du, dies ... Es ärgert mich, daß alle diese dummen tierischen Fratzen mich gleich umringen, ihre Glotzaugen aufreißen und mich gradaus angaffen, mir mit ihren dummen Fragen kommen werden, die man beantworten muß – daß man mit dem Finger auf mich weisen wird ... Pfui! Weißt du, ich werde nicht zu Porphyrij gehen; ich habe ihn satt. Ich werde lieber zu meinem Freund „Pulver" gehen, der wird staunen, da kann ich noch Eindruck schinden ... einen Eindruck eigener Art. Aber man müßte kaltblütiger sein; ich bin in letzter Zeit schon allzu gallig geworden. Wirst du's mir glauben: ich habe soeben meiner Schwester beinahe mit der Faust gedroht, bloß weil sie sich umwandte, um mich noch einmal, zum letzten Mal, zu sehen. Solch ein Zustand ist eine Schweinerei! Tja, ich habe es wahrlich weit gebracht! Nun, wo sind denn die Kreuze?«

Er war wie seiner selbst nicht mächtig. Er konnte auch keinen Augenblick auf einer Stelle stehenbleiben, konnte auch seine Aufmerksamkeit auf keinen Gegenstand konzentrieren; seine Gedanken übersprangen einander, er war ins Reden gekommen und schien nicht aufhören zu können; seine Hände zitterten leicht.

Ssonja nahm schweigend aus einem Kasten die zwei Kreuze, das eine aus Zypressenholz, das andere aus Kupfer; sie bekreuzte sich selbst, bekreuzte ihn und legte das Kreuzlein aus Zypressenholz um seinen Hals.

»Das ist nun wohl sozusagen das Symbol dafür, daß ich das Kreuz auf mich nehme, haha! Ganz als hätte ich bis jetzt wenig gelitten! Aus Zypressenholz, wie das einfache Volk es trägt; das kupferne, das ist das von der Lisaweta, das nimmst du für dich – zeig's mal her! So hatte sie es um ... in jenem Augenblick? Ich kenne auch zwei ähnliche Kreuze, ein silbernes und ein Heiligenbildchen. Ich warf sie damals der Alten auf die Brust. Die wären jetzt recht, in der Tat, die müßte ich mir jetzt umhängen ... Übrigens, was fasele ich da die ganze Zeit, und die Hauptsache vergesse ich; ich bin irgendwie zerstreut! ... Siehst du, Ssonja ... ich bin eigentlich deshalb hergekommen, um es dir vorher zu sagen, daß ich gehe, damit du es weißt ... Nun, und das ist alles ... Ich bin doch nur deswegen gekommen. (Hm, ich dachte übrigens, daß ich dir mehr sagen würde.) Aber du wolltest es doch selbst, daß ich hingehe, nun, und so werde ich denn im Gefängnis sitzen, und dein Wunsch wird in Erfüllung gehen; aber warum weinst du denn? Auch du? Höre auf, genug; huch, wie mir das alles schwer wird!«

Allein das Gefühl stellte sich nichtsdestoweniger in ihm ein; sein Herz schnürte sich zusammen bei ihrem Anblick: »Und diese, diese hier, warum weint denn die?« dachte er bei sich, »was bin ich ihr denn? Warum weint sie, warum nimmt sie Abschied von mir wie meine Mutter oder Dunja? Sie wird meine Wärterin sein!«

»Bekreuze dich, bete wenigstens einmal«, bat Ssonja mit bebender, schüchterner Stimme.

»Oh, bitte, soviel du willst! Und aus reinem Herzen, Ssonja, aus reinem Herzen ...«

Er wollte übrigens etwas ganz anderes sagen.

Er bekreuzte sich einige Male. Ssonja nahm ihr Tuch und warf es sich um. Es war ein Tuch aus grünem Drap de dame, wahrscheinlich dasselbe, das Marmeladoff damals als das »Familientuch« erwähnt hatte. Raskolnikoff erinnerte sich daran, aber er fragte nicht danach. In der Tat, er begann schon selbst zu fühlen, daß er furchtbar zerstreut und irgendwie widerwärtig aufgeregt war. Er erschrak darüber. Es überraschte ihn plötzlich auch das, daß Ssonja mit ihm gehen wollte.

»Was ist? Wohin willst du? Bleibe, bleib zu Hause! Ich gehe allein«, rief er in kleinmütigem Ärger und ging beinahe erzürnt zur Tür. »Und wozu ein ganzes Gefolge!« murmelte er hinaustretend.

Ssonja blieb mitten im Zimmer stehen. Er hatte nicht einmal Abschied von ihr genommen, er hatte sie schon vergessen; ein brennender und empörter Zweifel wallte auf in seiner Seele.

»Aber ist das auch das Richtige, ist das auch alles richtig?" dachte er wiederum, als er die Treppe hinunterging, »kann man denn wirklich nicht noch stehenbleiben und wieder alles korrigieren ... und nicht hingehen?«

Aber er ging dennoch weiter. Er fühlte plötzlich endgültig, daß es keinen Sinn habe, weitere Fragen an sich zu stellen. Als er auf die Straße hinaustrat, fiel es ihm ein, daß er sich von Sonja nicht verabschiedet hatte, daß sie mitten im Zimmer in ihrem grünen Tuch stehengeblieben war, ohne zu wagen, sich zu rühren, als er sie angeschrien hatte – und er blieb eine Sekunde lang stehen. Im selben Augenblick erhellte ihn plötzlich ein Gedanke – als hätte dieser nur darauf gewartet, ihn nun endgültig vernichten zu können.

»Wozu, warum bin ich jetzt zu ihr gegangen? Ich sagte ihr, glaube ich: in einer Angelegenheit; was war es für eine Angelegenheit? Es war absolut nichts! Um ihr mitzuteilen, daß ich *hingehe;* was ist denn dabei? War es notwendig, ihr das zu sagen? Liebe ich sie etwa? Aber nein! Nein? Ich habe sie doch soeben wie einen Hund von mir gestoßen. Oder brauchte ich etwa ihre Kreuze? Oh, wie tief ich gesunken bin! Nein – ich brauche ihre Tränen, ich mußte ihr Erschrecken sehen, ich mußte sehen, wie ihr Herz schmerzt und sich quält! Ich mußte mich an irgend etwas anklammern, es hinausschieben, einen Menschen sehen! Und ich habe es gewagt, so auf mich zu hoffen, so von mir zu träumen, ich Bettler, ich Nichtswürdiger, ich Lump, ja Lump!«

Er ging am Kanal entlang und hatte es nicht mehr weit. Als er aber zur Brücke kam, blieb er stehen, und plötzlich bog er zur Seite ab und ging über die Brücke zum Heumarkt.

Er blickte gierig nach rechts und nach links, betrachtete mit Anstrengung jeden Gegenstand und konnte doch auf nichts die Aufmerksamkeit konzentrieren; alles entglitt ihm.

»In einer Woche, in einem Monat wird man mich in einem dieser Gefängniswagen irgendwohin über diese Brücke fahren, wie werde ich dann diesen Kanal ansehen – ich müßte es mir merken«, durchzuckte es seinen Kopf. »Dieses Aushängeschild dort – wie werde ich dann diese selben Buchstaben lesen? Und hier steht geschrieben: ‚*Genossenschaft*', nun, ich sollte mir dieses ‚o', diesen Buchstaben ‚o' jetzt merken und wenn ich nach einem Monat dieses ‚o' wieder sehe, – wie werde ich es dann ansehen? Was werde ich dann empfinden und denken? ... Mein Gott, wie dies alles doch gemein sein muß, alle diese meine jetzigen ... Sorgen! Gewiß, dies alles mag interessant sein ... in seiner Art ... (hahaha! ... woran ich jetzt denke!) Ich werde zum Kinde, ich prahle vor mir selbst; nun, warum beschäme ich mich? Pfui, wie sie stoßen! Dieser Dicke da – wahrscheinlich ein Deutscher –, der mich soeben gestoßen hat; weiß er denn, wen er gestoßen hat? Ein Weib mit einem Kinde bettelt, es ist amüsant, daß sie mich für glücklicher als sich hält! Was, sollte ich der Kuriosität halber ihr nicht ein Almosen geben? Bah, ich habe ja volle fünf Kopeken in der Tasche, woher bloß? Da, da ... nimm es, Mütterchen!«

»Möge Gott dich erhalten!« ertönte die weinerliche Stimme der Bettlerin.

Er kam auf den Heumarkt. Es war ihm unangenehm, sehr unangenehm sogar, mit dem Volk zusammenzustoßen, aber er ging jetzt gerade dorthin, wo die meisten Menschen waren. Er hätte alles in der Welt hingegeben, um allein zu sein, aber er fühlte selbst, daß er keinen einzigen Augenblick allein bleiben konnte. In einem Gedränge trieb ein Betrunkener sein Wesen: er wollte unbedingt tanzen, kippte aber immer wieder nach der einen Seite um. Man hatte ihn umringt. Raskolnikoff drängte sich durch die Menge, blickte einige Augenblicke den Betrunkenen an und lachte plötzlich kurz und abgerissen auf. Nach einer Minute hatte er ihn schon vergessen, sah ihn überhaupt nicht mehr, obwohl er ihn noch anblickte. Er ging schließlich zurück, ohne zu wissen, wo er sich befand; als er aber bis zur Mitte des Platzes gekommen war, vollzog sich in ihm plötzlich eine Veränderung, eine Empfindung bemächtigte sich seiner mit einem Mal, nahm ihn vollständig gefangen – sowohl den Körper wie den Geist.

Er erinnerte sich plötzlich an Ssonjas Worte: »Geh auf einen Kreuzweg, verneige dich vor der ganzen Welt, küsse die Erde, die du entweiht hast, und sage laut vor allen Menschen: Ich habe getötet!«

Er erzitterte am ganzen Körper, als ihm das einfiel. Und so stark waren schon der aussichtslose Gram und die Unruhe der ganzen Zeit, besonders aber der letzten Stunden auf ihm gelegen, daß er sich nur so hineinstürzte in die Möglichkeit dieser ungeteilten, neuen, vollen Empfindung. Wie ein Anfall war es plötzlich über ihn gekommen: es entzündete sich durch einen Funken in seiner Seele und plötzlich erfaßte es ihn wie ein Feuer ganz und gar. Alles in ihm wurde mit einem Schlag weich, und Tränen stürzten hervor. Wie er stand, so brach er zusammen.

Er kniete mitten auf dem Platz nieder, verneigte sich bis zur Erde und küßte diese schmutzige Erde, küßte sie mit Inbrunst und voll Glück. Er richtete sich auf und verneigte sich zum zweiten Mal ...

»Sieh, wie der sich vollgesoffen hat!« bemerkte ein Bursche in seiner Nähe.

Lachen ertönte.

»Er pilgert nach Jerusalem, Brüder, nimmt Abschied von seinen Kindern, seiner Heimat, verneigt sich vor der ganzen Welt und küßt noch die Residenz Sankt Petersburg und ihren Boden!« schwadronierte ein halbbetrunkener Kleinbürger.

»Ist noch ein junger Bursche!« bemerkte ein dritter.

»Einer von den Adeligen!« sagte jemand mit gesetzter Stimme.

»Heutzutage sind sie nicht mehr zu unterscheiden, wer von Adel ist und wer nicht.«

Alle diese Zurufe und Bemerkungen hielten Raskolnikoff zurück, und die Worte »Ich habe getötet!«, die vielleicht schon auf seiner Zunge bereit waren, erstarben in ihm. Die Zurufe aber nahm er in Ruhe hin und ging, ohne sich umzusehen, geradeaus durch die nächste Gasse zum Polizeibüro. Unterwegs merkte er irgendwie, daß ihm jemand folgte, aber er war darüber nicht erstaunt; er hatte es schon geahnt, daß es so kommen werde und auch müsse. Als er sich auf dem Heumarkt zum zweiten Mal bis zur Erde verneigt hatte, nach links, hatte er fünfzig Schritte entfernt Ssonja erblickt. Sie verbarg sich vor ihm hinter einer der hölzernen Buden, die auf dem Markt standen; also hatte sie ihn auf seinem ganzen Passionsweg begleitet! Raskolnikoff fühlte und begriff in diesem Augenblick ein für allemal, daß Ssonja von jetzt ab ewig bei ihm sein und bis ans Ende der Welt mit ihm gehen werde, wohin auch immer das Schicksal ihn verschlüge. Sein ganzes Herz drehte sich um ... aber da war er schon an der verhängnisvollen Stelle angelangt ...

Ziemlich sicher trat er in den Hof. Er mußte in den dritten Stock. »Bis ich erst hinaufkomme ...«, dachte er. Überhaupt schien es ihm, als wäre es noch weit bis zu dem entscheidenden Augenblick, als hätte er noch viel Zeit und könne über vieles noch nachdenken.

Wieder derselbe Schmutz, dieselben Schalen auf der Wendeltreppe, wieder waren die Türen zu den Wohnungen weit offen, wieder dieselben Küchen, aus denen Dunst und

Küchengeruch herausdrang. Raskolnikoff war seit damals nicht mehr hiergewesen. Seine Beine erstarben und knickten ein, aber sie gingen. Er blieb einen Augenblick stehen, um Atem zu holen, um sich in Ordnung zu bringen, um als *Mensch* einzutreten.

»Wozu aber? Wofür?« dachte er plötzlich, als er seiner Bewegung gewahr wurde. »Wenn man schon diesen Kelch leeren muß, ist dann nicht alles schon gleichgültig? Je häßlicher, um so besser!«

In seiner Vorstellung tauchte in diesem Moment die Gestalt von Iljá Petrówitsch Póroch auf, den die Regimentskameraden den „Leutnant Pulver“ genannt hatten. »Soll ich tatsächlich zu ihm gehen? Kann ich nicht zu einem anderen? Nicht zu Nikodím Fomítsch? Oder sofort umkehren und zum Kommissar selbst in seine Wohnung gehen? Wenigstens würde dann alles einen mehr privaten Anstrich ... Nein, nein! Zu Pulver, zu Pulver! Wenn ich ihn schon leeren soll, dann alles auf einmal ...«

Eiskalt und kaum seiner selbst mächtig, öffnete er die Tür zum Polizeibüro. Diesmal waren sehr wenig Leute da, nur ein Hausmeister und noch ein einfacher Mann. Der Wächter schaute nicht einmal aus seinem Verschlag heraus. Raskolnikoff ging weiter in das andere Zimmer. »Vielleicht läßt es sich doch vermeiden«, fuhr es ihm durch den Kopf. In diesem Zimmer begann gerade irgendein Schreiber in Zivilkleidung etwas auf seinem Pult zu schreiben. In einer Ecke setzte sich noch ein anderer Schreiber hin. Samjótoff war nicht da. Nikodim Fomitsch selbstverständlich auch nicht.

»Ist niemand da?« fragte Raskolnikoff, sich an den Schreiber am Pult wendend.

»„Mit den Ohren nicht zu hören, mit den Augen nicht zu sehen, so der russische Geist“ ... oder wie heißt es da im Märchen ... hab' es vergessen! M–m–meine Reverenz!« rief plötzlich eine bekannte Stimme.

Raskolnikoff erbebte. Vor ihm stand Pulver; er war plötzlich aus dem dritten Zimmer eingetreten.

»Das ist das Schicksal«, dachte Raskolnikoff, »warum ist er hier?«

»Zu uns? In welcher Angelegenheit?« rief Ilja Petrowitsch aus. (Er war allem Anschein nach in ausgezeichneter und sogar ein wenig gehobener Stimmung.) »Wenn Sie in einer geschäftlichen Angelegenheit kommen, so ist es dazu noch nicht zu spät. Ich bin zwar nur zufälligerweise hier ... Übrigens stehe ich zu Ihren Diensten. Ich muß gestehen ... wie ... wie war doch ...? Entschuldigen Sie ...«

»Raskolnikoff.«

»Ach was, Raskolnikoff! Glauben Sie denn, daß ich Ihren Namen vergessen habe? Bitte, halten Sie mich nicht für so einen ... Rodion Ro ... Ro ... Rodionytsch, nicht wahr, so ist es doch richtig?«

»Rodión Románowitsch.«

»Ja, ja, ja! Rodion Romanowitsch, Rodion Romanowitsch! Das war es ja gerade. Habe mich sogar mehrmals nach Ihnen erkundigt. Ich muß Ihnen gestehen, seit der Zeit war ich aufrichtig betrübt, daß wir damals mit Ihnen so ... man hat mir nachher alles erklärt, ich erfuhr, daß Sie ein junger Literat und sogar Gelehrter ... und sozusagen, die ersten Schritte ... Oh, mein Gott! Ja, wer von den Literaten und Gelehrten hat im Anfang nicht originelle Schritte getan! Ich und meine Frau, wir beide schätzen die Literatur sehr, meine Frau sogar leidenschaftlich! ... Literatur und Kunst! Wenn einer nur ehrlich ist, alles übrige ist durch Talent, Wissen, Verstand, Genie zu erwerben! Ein Hut – nun, was bedeutet zum Beispiel ein Hut? Ein Hut ist ein Deckel, ich kann ihn im besten Laden kaufen; was aber unter dem Hute steckt und mit dem Hute bedeckt wird, das kann ich schon nicht mehr kaufen! ... Ich muß gestehen, ich wollte Sie sogar schon aufsuchen, Ihnen eine Erklärung geben, aber ich dachte, daß Sie vielleicht ... Jedoch ich vergesse ganz, Sie zu fragen – brauchen Sie tatsächlich etwas von uns? Man sagte mir, Sie haben Besuch von Ihren Angehörigen?«

»Ja, meine Mutter und Schwester.«

»Ich hatte sogar die Ehre und das Glück, Ihrer Schwester zu begegnen – eine gebildete und entzückende Dame! Ich muß gestehen, ich bedauerte sehr, daß wir damals beide so hitzig wurden. Ein Zufall! Und daß ich Sie damals infolge Ihrer Ohnmacht mit einem gewissen Blick ansah – das hat sich doch sofort in glänzendster Weise aufgeklärt! Man ist halt abergläubisch und manchmal fanatisch! Ich begreife Ihre Entrüstung. Sie werden wohl infolge der Ankunft Ihrer Angehörigen in eine andere Wohnung ziehen und wollen uns das gewiß melden?«

»N–nein, ich bin bloß ... Ich bin gekommen, um zu fragen ... Ich dachte, daß ich Herrn Samjotoff hier antreffen würde.«

»Ach ja! Sie haben ja Freundschaft geschlossen; ich habe davon gehört. Nein, Samjotoff ist nicht mehr hier – den haben Sie verfehlt. Wir haben Herrn Samjotoff übrigens eingebüßt! Seit gestern ist er nicht mehr bei uns; er ist in einen anderen Dienst übergetreten ... und hat zum Abschied noch mit allen Krach gehabt ... er wurde sogar sehr unhöflich ... ein leichtsinniger Bengel, weiter nichts; er berechtigte wohl zu Hoffnungen; ja, aber so geht es mit unserer glänzenden Jugend! Er will ein Examen ablegen, wir kennen das – sind bloß Redensarten, Wichtigtuerei, und das wird das ganze Examen sein! Es ist doch bei ihm nicht, wie bei Ihnen zum Beispiel, oder bei Herrn Rasumichin, Ihrem Freund! Ihre Karriere ist die eines Gelehrten, und Mißerfolge werden Sie nicht umwerfen. Für Sie sind doch alle diese Schönheiten des Lebens – nihil! Sie sind ein Asket, ein Mönch, ein Einsiedler! ... Für Sie gibt es nur das Buch, die Feder hinterm Ohr, gelehrte Untersuchungen; das sind die Regionen, in denen Ihr Geist schwebt! Ich bin teilweise selbst ... Haben Sie übrigens das Buch von Livingstone gelesen?«

»Nein.«

»Ich habe es gelesen. Neuerdings haben sich, nebenbei

bemerkt, die Nihilisten kolossal verbreitet; es ist ja begreiflich; die Zeit ist auch danach, nicht wahr? Übrigens ich rede mit Ihnen so ... Sie sind doch selbstverständlich kein Nihilist! Sagen Sie es mir aufrichtig, ganz offen.«

»N–nein ...«

»Nein, wissen Sie, seien Sie mir gegenüber ganz offen, genieren Sie sich nicht, reden Sie, als wären Sie mit sich allein! Der Dienst ist ein Ding für sich, ein anderes Ding ist ... Sie meinen, ich wollte *Freundschaft* sagen? Nein, Sie haben es nicht erraten! Nicht Freundschaft, sondern das Gefühl eines Staatsbürgers und Menschen, das Gefühl der Humanität und der Liebe zum Allerhöchsten. Ich kann durchaus eine offizielle Persönlichkeit sein und ein Amt bekleiden, aber den Staatsbürger und Menschen in mir bin ich stets zu fühlen verpflichtet, und muß mir darüber Rechenschaft geben ... Sie beliebten Samjotoff zu erwähnen. Samjotoff ist imstande, in einem unanständigen Lokal beim Glas Champagner oder bei moussierendem Wein vom Don sich auf französische Art skandalös zu benehmen – sehen Sie, das ist Ihr Samjotoff! Ich aber bin vielleicht sozusagen in Ergebenheit und hohen Gefühlen ganz aufgegangen, habe außerdem einen Rang, eine Position, bekleide ein Amt! Bin verheiratet und habe Kinder. Ich erfülle meine Pflichten als Staatsbürger und Mensch; wer aber ist er, gestatten Sie mir die Frage? Ich wende mich an Sie, als einen durch Bildung geadelten Menschen. Sehen Sie, und auch diese gelehrten Hebammen haben sich in letzter Zeit unglaublich vermehrt.«

Raskolnikoff zog fragend die Augenbrauen empor. Die Worte von Ilja Petrowitsch, der anscheinend vor kurzem erst von der Mahlzeit aufgestanden war, schwirrten größtenteils als leere Laute an seinen Ohren vorbei! Einen kleinen Teil davon hatte er aufgefangen. Er blickte ihn fragend an und wußte nicht, worauf jener hinaus wollte.

„Ich spreche von diesen kurzgeschorenen Mädeln«, fuhr der redselige Ilja Petrowitsch fort, »ich habe sie ‚gelehrte

Hebammen' benannt und finde, daß diese Benennung sehr treffend ist. Hehe! Sie drängen sich in die medizinische Akademie, lernen Anatomie! Ja, glauben Sie denn, daß ich, wenn ich krank werde, mir etwa eine solche Jungfrau holen ließe, daß sie mich kuriere? Hehehe!«

Ilja Petrowitsch lachte, vollauf zufrieden mit seinen Witzeleien.

»Es ist wohl wahr, der Durst nach Bildung kennt keine Mäßigung; aber nachdem einer sich gebildet hat, sollte er sich damit zufrieden geben. Warum es denn mißbrauchen? Warum denn gleich ehrenhafte Personen beleidigen, wie es dieser Taugenichts Samjotoff tut? Warum hat er mich beleidigt, frage ich Sie? Und wie die Selbstmorde jetzt zunehmen – Sie können es sich gar nicht vorstellen! Alle verprassen ihr letztes Geld und töten sich dann selber. Mädel, Bengel, Greise ... Heute früh noch erhielten wir Mitteilung über einen vor kurzem zugereisten Herrn. Nil Pawlytsch? He, Nil Pawlytsch! Wie hieß doch dieser Gentleman, der sich drüben, jenseits der Newa erschossen hat, über den wir die Mitteilung vorhin erhielten?«

»Sswidrigailoff«, antwortete jemand aus dem anderen Zimmer heiser und teilnahmslos.

Raskolnikoff zuckte zusammen.

»Sswidrigailoff! Sswidrigailoff hat sich erschossen!« rief er aus.

»Wie! Sie haben Sswidrigailoff gekannt?«

»Ja ... ich habe ihn gekannt ... Er ist erst vor kurzem hergereist ...«

»Nun ja, er ist erst vor kurzem zugereist, hat seine Frau verloren, hat ein ausschweifendes Leben geführt, und hat sich plötzlich erschossen, und so skandalös, daß man es sich nicht vorstellen kann ... hat in seinem Notizbuch ein paar Worte hinterlassen, daß er bei vollem Verstand sterbe, und bitte, niemanden seines Todes wegen zu beschuldigen. Er hatte Geld, sagt man. Wie haben Sie ihn denn kennengelernt?«

»Ich ... habe ihn kennengelernt ... meine Schwester war Gouvernante in seinem Hause ...«

»Was Sie sagen! Ja, ja, ja ... aber da können Sie uns ja über ihn informieren! Und Sie haben gar nichts davon vermutet?«

»Ich habe ihn gestern gesehen ... er ... trank Wein ... ich habe nichts vermutet.«

Raskolnikoff hatte ein Gefühl, als sei etwas auf ihn herabgefallen und drücke ihn zu Boden.

»Sie sind wieder, scheint es, blaß geworden. Bei uns hier ist die Luft sehr stickig ...«

»Ja, es ist für mich Zeit zu gehen«, murmelte Raskolnikoff, »entschuldigen Sie, daß ich Sie gestört habe ...«

»Aber ich bitte Sie! Es war mir ein Vergnügen und ich bin froh, Ihnen sagen zu können ...«

Ilja Petrowitsch reichte ihm sogar die Hand.

»Ich wollte nur ... ich wollte zu Samjotoff ...«

»Ich verstehe, verstehe, und haben mir ein Vergnügen bereitet.«

»Ich ... freue mich sehr ... auf Wiedersehen ...«, lächelte Raskolnikoff.

Er ging hinaus; schwankend. Der Kopf schwindelte ihm. Er fühlte seine Füße nicht mehr. Langsam begann er die Treppe hinabzusteigen und stützte sich dabei mit der rechten Hand an der Wand. Es war ihm, als ob ein Hausmeister mit einem Paß in der Hand, der die Treppe hinaufstieg zum Büro, ihn im Vorübergehen gestoßen habe; als ob ein Hündchen irgendwo im unteren Stockwerk ununterbrochen belle und als ob ein Weib ein Holzscheit nach dem Hündchen werfe und es anschreie. Er ging die Treppe hinunter und trat in den Hof. Hier auf dem Hof, unweit vom Ausgang, stand Ssonja, totenbleich, starr, und sah ihn fassungslos an. Er blieb vor ihr stehen. Der Ausdruck ihres Gesichts verriet Schmerz, Abgequältsein, Verzweiflung. Sie schlug die Hände zusammen. Ein mißgestaltetes, verlorenes Lächeln erschien mühsam auf seinen Lippen. Er stand eine

Weile, lachte ohne Laut einmal auf, wandte sich um und ging wieder hinauf in das Polizeibüro.

Ilja Petrowitsch hatte sich gesetzt und suchte in irgendwelchen Papieren. Vor ihm stand derselbe Mann, der vorhin auf der Treppe Raskolnikoff gestoßen hatte.

»Ah! Sie sind es wieder! Haben Sie etwas vergessen? ... Aber was ist mit Ihnen?«

Raskolnikoff näherte sich ihm mit blassen Lippen, mit unbeweglichem Blick, trat langsam an den Tisch heran, stützte sich mit der Hand darauf, wollte etwas sagen, konnte es aber nicht; man hörte nur ein paar unzusammenhängende Laute.

»Ihnen ist schlecht, ein Stuhl! Hier, setzen Sie sich auf den Stuhl, setzen Sie sich! Wasser!«

Raskolnikoff ließ sich auf den Stuhl nieder, wandte aber die Augen nicht ab vom Gesicht des äußerst unangenehm überraschten Ilja Petrowitsch. Beide blickten eine Minute lang einander an und warteten. Das Wasser wurde gebracht.

»Ich war es ...«, begann Raskolnikoff.

»Trinken Sie etwas Wasser!«

Raskolnikoff schob mit der Hand das Wasser weg und sagte leise, mit Pausen, aber deutlich:

»Ich war es, der damals die alte Beamtenwitwe ... und ihre Schwester Lisaweta ... mit dem Beil erschlagen ... und beraubt hat.«

Ilja Petrowitsch öffnete den Mund. Von allen Seiten kam man herbei.

Raskolnikoff wiederholte seine Aussage.

Epilog

I

Sibirien. Am Ufer eines breiten, öden Flusses liegt eine Stadt, eine von den administrativen Zentren Rußlands; in der Stadt befindet sich eine Festung, in der Festung ein Gefängnis. In diesem Gefängnis weilt schon an die neun Monate der Zwangsarbeiter der zweiten Kategorie Rodion Raskolnikoff. Seit dem Tage seines Verbrechens sind fast anderthalb Jahre vergangen.

Das Verfahren gegen ihn verlief ohne besondere Schwierigkeiten. Der Verbrecher hielt seine Aussage bestimmt, genau und klar aufrecht, ohne die Sache zu verwirren, ohne etwas zu eigenen Gunsten zu beschönigen, ohne die Tatsachen zu verzerren, ohne die geringste Einzelheit zu verschweigen. Er hatte bis zum letzten Punkt den ganzen Vorgang der Ermordung erzählt, hatte das Geheimnis des *Versatzobjekts* (des Holzstückes mit der Metallplatte), das man in den Händen der ermordeten Alten gefunden hatte, erklärt; er hatte umständlich erzählt, wie er die Schlüssel von der Getöteten genommen hatte, beschrieb die Schlüssel, die Truhe und womit sie angefüllt war; er hatte sogar einige von den Kleidungsstücken, die darin lagen, aufgezählt; hatte das Rätsel der Ermordung Lisawetas erklärt; hatte erzählt, wie Koch gekommen war, und geläutet hatte, wie nach ihm der Student gekommen war, und hatte alles, was sie miteinander gesprochen, wiedergegeben; hatte auch erzählt, wie er, der Verbrecher, nachher die Treppe hinuntergelaufen war und das Geschrei von Nikolái und Dmítrij gehört hatte; wie er sich in der leerstehenden Wohnung versteckt hatte, nach Hause gekommen war, und zum Schluß gab er den Stein hinter dem Tor auf dem Hof am

Wosnessénskij-Prospekt an, unter dem man auch die Sachen und den Beutel fand. Mit einem Wort, die Sache war klar. Die Untersuchungsführer und der Richter waren unter anderem sehr erstaunt darüber, daß er den Beutel und die Sachen, ohne sie zu verwenden, unter einem Stein versteckt hatte, weit mehr aber noch darüber, daß er sich aller Gegenstände, die er eigentlich geraubt hatte, nicht im einzelnen erinnerte, sondern sich sogar in ihrer Zahl irrte. Schon der Umstand, daß er kein einziges Mal den Beutel geöffnet hatte und nicht einmal wußte, wieviel an Geld sich darin befand, erschien unglaubhaft (im Beutel waren, wie sich herausstellte, dreihundertsiebzehn Rubel und drei Zwanzigkopekenstücke; vom langen Liegen unter dem Stein waren einige größere Scheine, die zu oberst lagen, stark verdorben). Man gab sich lange alle erdenkliche Mühe herauszubekommen, warum der Angeklagte gerade in diesem einen Punkt log, wo er doch in allem übrigen ein freiwilliges und wahrheitsgemäßes Geständnis ablegte? Schließlich ließen jedoch manche Beurteiler (besonders Psychologen) die Annahme als möglich zu, daß er tatsächlich keinen Blick in den Beutel geworfen habe, daher auch wirklich nicht wisse, was der Beutel enthielt, und daß er ihn so unbesehen mit den anderen Sachen unter den Stein getan habe; doch eben daraus schlossen sie sofort, daß das Verbrechen selbst nicht anders begangen sein könne, als bei gewisser zeitweiliger Unzurechnungsfähigkeit, sozusagen unter dem Zwang einer krankhaften Monomanie, zu morden und zu rauben, ohne weitere Zwecke und Berechnungen des Gewinns. Hierzu gesellte sich wie gerufen noch die neueste moderne Theorie von zeitweiliger Geistesgestörtheit, die man neuerdings so oft versucht, bei manchen Verbrechen heranzuziehen. Außerdem wurde der schon seit längerer Zeit hypochondrische Zustand Raskolnikoffs von vielen Zeugen, dem Arzte Sossímoff, von seinen früheren Kommilitonen, von seiner Wirtin, von deren Dienstboten bestätigt. Dies alles beeinflußte stark die Schlußfolgerung, daß Raskolnikoff nicht einem gewöhnlichen Raubmörder und Dieb gleichzusetzen sei, daß hier vielmehr etwas ganz anderes vorliege. Zum größten Verdruß derer, die diese Ansicht vertraten, versuchte der Verbrecher selbst sich fast gar nicht zu verteidigen; auf die endgültigen Fragen, was ihn denn zum Totschlag bewogen und was ihn den Raub zu vollziehen angetrieben habe, antwortete er sehr klar, mit der plumpesten Genauigkeit, daß der ganze Beweggrund seine schlechte Lage, seine Armut und Hilflosigkeit und der Wunsch gewesen sei, die ersten Schritte seiner Laufbahn mit Hilfe von mindestens dreitausend Rubel zu sichern, die er bei der Erschlagenen zu finden gehofft habe. Entschlossen habe er sich zum Mord infolge seines leichtsinnigen und kleinmütigen Charakters, der außerdem durch Entbehrungen und Mißerfolge verbittert gewesen sei. Auf die Frage aber, was ihn denn eigentlich bewogen habe, sich selbst anzuzeigen, antwortete er freimütig, das sei infolge aufrichtiger Reue geschehen. Dies alles wurde von ihm so gesagt, daß es fast schon an Grobheit grenzte ...

Das Urteil fiel aber doch milder aus, als man im Hinblick auf das begangene Verbrechen hätte erwarten können, und zwar vielleicht gerade deshalb, weil der Verbrecher es nicht nur verschmähte, sich zu verteidigen und zu rechtfertigen, sondern gleichsam den Wunsch bekundete, sich selbst noch mehr zu beschuldigen. Alle befremdenden und besonderen Umstände der Angelegenheit wurden in Erwägung gezogen. Der krankhafte und elende Zustand des Verbrechers vor Ausführung der Tat wurde nicht im geringsten bezweifelt. Der Umstand, daß er von dem Geraubten keinen Nutzen gezogen hatte, wurde teilweise der erwachten Reue, teilweise dem nicht ganz gesunden Zustand seiner Geistesfähigkeiten während der Ausführung der Tat zugeschrieben. Die zufällige Ermordung der Lisaweta wurde sogar als Beispiel angeführt, das die letzte Annahme bestätigte: ein Mensch verübt zwei Morde und vergißt gleichzeitig, daß die Tür nicht geschlossen ist! Schließlich die Selbstanzeige gerade in dem Augenblick, wo die Sache ungewöhnlich verwickelt wurde, infolge der falschen Selbstanklage eines Fanatikers, der den Mut verlor (Nikolai), und überdies, wo nicht nur keine klaren Beweise, sondern fast kein Verdacht gegen den tatsächlichen Verbrecher vorlag (Porphyrij Petrowitsch hatte sein Wort vollkommen gehalten), dies alles zusammen bewirkte ein weit milderes Urteil über den Angeklagten.

Außerdem wurden völlig unerwartet auch noch andere Umstände bekannt, die stark zu seinen Gunsten ins Gewicht fielen. Der frühere Student Rasumichin hatte irgendwoher Mitteilungen erhalten und konnte sie durch Beweise belegen, daß der Verbrecher Raskolnikoff, als er noch auf der Universität war, aus seinen letzten Mitteln einem armen und schwindsüchtigen Kameraden geholfen und ihn ein halbes Jahr hindurch fast gänzlich unterhalten hatte. Als der Kamerad gestorben war, hatte er die Sorge um dessen alten und gelähmten Vater übernommen (den der Kamerad durch seiner Hände Arbeit fast seit seinem dreizehnten Lebensjahr ernährt und unterstützt hatte); schließlich hatte Raskolnikoff den alten Vater in einem Krankenhaus untergebracht und, als auch dieser starb, ihn beerdigen lassen. Alle diese Mitteilungen hatten einen gewissen Einfluß auf die Entscheidung über das Schicksal Raskolnikoffs. Selbst seine Wirtin, die Mutter seiner verstorbenen Braut, die Witwe Sarnítzyn, legte für ihn ein Zeugnis ab: daß Raskolnikoff, als sie noch in einem anderen Hause wohnten, in der Nähe der fünf Ecken, während einer Feuersbrunst in der Nacht aus einer bereits brennenden Wohnung zwei kleine Kinder gerettet habe, wobei er selbst Brandwunden davontrug. Diese Aussage wurde sorgfältig untersucht und von mehreren anderen Zeugen der Tat bestätigt. Kurz, es endete damit, daß der Verbrecher zur Zwangsarbeit der zweiten Kategorie für die Dauer von nur acht Jahren verurteilt wurde, unter Berücksichtigung seiner freiwilligen Selbstanzeige und noch einiger mildernder Umstände.

Raskolnikoffs Mutter war noch vor dem Beginn des

Prozesses erkrankt. Dunja und Rasumichin fanden eine Möglichkeit, sie für die ganze Dauer der Gerichtsverhandlung aus Petersburg fortzuschaffen. Rasumichin hatte eine Ortschaft an der Eisenbahn in der Nähe von Petersburg gewählt, um persönlich in Petersburg alle Umstände und Phasen des Prozesses genau verfolgen und gleichzeitig möglichst oft Awdotja Romanowna sehen zu können. Pulchéria Alexándrownas Leiden war eine eigentümliche Gemütserkrankung auf nervöser Basis und in Verbindung mit zwar nicht ausgesprochener, aber zeitweise doch anscheinender Geistesstörung. Als Dunja von ihrer letzten Zusammenkunft mit dem Bruder zurückkehrte, fand sie die Mutter schon richtig krank, fiebernd und phantasierend vor. Noch am selben Abend vereinbarte sie mit Rasumichin, was man der Mutter auf doch wohl zu erwartende Fragen nach dem Sohn antworten könnte. Sie erfanden beide sogar eine ganze Geschichte über eine angebliche Abreise Raskolnikoffs irgendwohin an die fernste Grenze Rußlands, in einem privaten Auftrag, der ihm endlich sowohl Geld wie Berühmtheit eintragen werde. Doch zu ihrer Verwunderung wurden von der Mutter überhaupt keine Fragen gestellt, weder damals noch später. Im Gegenteil, wie sich nachträglich herausstellte, hatte sie gleichfalls eine ganze Geschichte zur Erklärung der plötzlichen Abreise des Sohnes erdichtet. Mit Tränen in den Augen erzählte sie, wie er zu ihr gekommen war, um Abschied zu nehmen; durch Andeutungen gab sie dabei zu verstehen, daß nur sie allein Bescheid wisse um viele äußerst wichtige und geheimnisvolle Umstände, und daß Rodja viele sehr einflußreiche Feinde habe, so daß er sich nach Möglichkeit verborgen halten müsse. Was jedoch seine zukünftige Karriere anbetraf, so schien ihr die nicht zweifelhaft und glänzend zu sein, sobald erst gewisse feindliche Umtriebe überstanden wären; sie versicherte Rasumichin, daß ihr Sohn mit der Zeit sogar ein bedeutender Staatsmann würde, wofür sein Artikel und sein glänzendes literarisches Talent zeugten. Immer wieder las sie seinen Artikel, las ihn sich zuweilen sogar laut vor und legte sich fast mit ihm zu Bett; trotzdem aber fragte sie nie, wo sich denn Rodja jetzt eigentlich befinde, obgleich man ja augenscheinlich vermied, mit ihr darüber zu sprechen – was doch allein schon ihren Argwohn hätte erwecken können. Man begann endlich, sich über dieses merkwürdige Schweigen von Pulcheria Alexandrowna in bezug auf manche Punkte zu ängstigen. Sie klagte zum Beispiel nicht einmal darüber, daß sie von ihm keine Briefe erhielt, wogegen sie früher, als sie noch in ihrem Heimatstädtchen wohnte, bloß von der Hoffnung und in der Erwartung gelebt hatte, bald einen Brief von ihrem geliebten Rodja zu erhalten. Der letzte Umstand war schon gar zu unerklärlich und beunruhigte Dunja sehr: ihr kam der Gedanke, daß die Mutter möglicherweise etwas Schreckliches im Leben ihres Sohnes ahnte und sich fürchtete, zu fragen, um nicht etwas noch Entsetzlicheres zu erfahren. In jedem Fall aber sah Dunja klar, daß Pulcheria Alexandrowna nicht bei voller und gesunder Vernunft war.

Übrigens war es etwa zweimal doch vorgekommen, daß sie selbst das Gespräch so führte, daß es unmöglich war, bei Beantwortung ihrer Fragen nicht zu erwähnen, wo Rodja sich jetzt aufhielt; als aber die Antworten natürlich ungenügend und verdächtig ausfielen, wurde sie plötzlich traurig, düster und schweigsam, und das dauerte eine ziemlich lange Zeit an. Dunja sah schließlich ein, daß es schwer war, ihr etwas vorzulügen und zu erdichten, und kam zu dem endgültigen Entschluß, über bestimmte Punkte vollkommen zu schweigen; aber es wurde immer deutlicher und klarer, daß die arme Mutter etwas Schreckliches ahnte. Dunja entsann sich unter anderem auch der Worte ihres Bruders, daß die Mutter ihre Fieberphantasien in der Nacht vor dem letzten schicksalsschweren Tag, nach der Szene mit Sswidrigailoff, vernommen habe: sollte sie damals etwas gehört und verstanden haben? Oft wurde die Kranke, zuweilen nach Tagen und Wochen eines düsteren, finsteren

Schweigens und wortloser Tränen, von aufgeregter Lebhaftigkeit ergriffen und begann plötzlich laut und unaufhörlich von ihrem Sohn, von ihren Hoffnungen, von der Zukunft zu sprechen ... Ihre Phantasien waren manchmal sehr sonderbar. Man tröstete sie, man stimmte ihr bei (sie merkte vielleicht selbst, daß man ihr nur beistimmte, weil man sie beruhigen wollte), aber trotzdem redete sie ...

Im fünften Monat, nachdem sich der Verbrecher selbst gestellt hatte, erfolgte das Urteil. Rasumichin besuchte ihn so oft im Gefängnis, wie es nur möglich war. Auch Ssonja kam zu ihm. Schließlich kam die Trennung: Dunja schwur dem Bruder, daß diese Trennung nicht ewig währen werde; Rasumichin tat dasselbe. In Rasumichins jungem und feurigem Kopf hatte sich der Plan festgesetzt, in den nächsten drei, vier Jahren nach Möglichkeit den Grundstock zu einem Vermögen zu legen, wenigstens etwas Geld zu ersparen und nach Sibirien überzusiedeln, wo der Boden in jeder Hinsicht reich war, aber an Arbeitern, Menschen und Kapital Mangel herrschte; sich dort anzusiedeln in derselben Stadt, wo Rodja sein werde, und ... für alle zusammen ein neues Leben zu beginnen. Als der Abschied kam, weinten alle. Raskolnikoff war in den letzten Tagen sehr nachdenklich, fragte viel nach der Mutter und war ihretwegen in ständiger Unruhe. Er quälte sich sehr um sie, was wiederum Dunja beunruhigte. Als er die Einzelheiten über den krankhaften Zustand der Mutter erfahren hatte, wurde er sehr finster. Zu Ssonja war er in der ganzen Zeit aus irgendeinem Grunde auffallend wortkarg. Ssonja hatte sich schon längst mit Hilfe des Geldes, das ihr Sswidrigailoff gegeben hatte, zur Reise vorbereitet und machte sich fertig, der Abteilung von Sträflingen, mit denen er verschickt werden sollte, zu folgen. Darüber war zwischen ihr und Raskolnikoff niemals ein Wort gewechselt worden, doch beide wußten, daß es so sein werde. Beim letzten Abschied lächelte er eigen bei den heißen Beteuerungen der Schwester und Rasumichins über ihrer aller glückliche Zukunft, sobald er die Zwangsarbeit abgebüßt habe, und sagte im voraus, daß der krankhafte Zustand der Mutter bald mit einem Unglück enden würde. Er und Ssonja traten den Weg nach Sibirien an.

Zwei Monate nachher heirateten Dunetschka und Rasumichin. Die Hochzeit war traurig und still. Unter den Eingeladenen waren auch Porphyrij und Sossimoff. In der letzten Zeit hatte Rasumichin das Aussehen eines festentschlossenen Menschen gewonnen. Dunja glaubte bestimmt, daß er alle seine Pläne verwirklichen werde, und wie hätte sie auch nicht daran glauben sollen: in diesem Menschen zeigte sich ein eiserner Wille. Unter anderem begann er wieder die Vorlesungen an der Universität zu besuchen, um sein Studium abzuschließen. Beide bauten immer Pläne für die Zukunft; beide rechneten fest darauf, in fünf Jahren nach Sibirien übersiedeln zu können. Bis dahin verließen sie sich für dort auf Ssonja ...

Pulcheria Alexandrowna gab der Tochter mit Freuden ihren Segen zur Heirat mit Rasumichin; nach der Hochzeit aber wurde sie anscheinend noch trauriger und sorgenvoller. Um ihr eine Freude zu machen, teilte ihr Rasumichin unter anderem auch die Geschichte von dem Studenten und seinem greisen Vater mit und auch, daß Rodja sich verbrannt habe und sogar krank war, als er im vorigen Jahr zwei Kinder vor dem Flammentod gerettet hatte. Beide Mitteilungen versetzten die verstörte Pulcheria Alexandrowna fast in einen verzückten Zustand. Sie redete ununterbrochen darüber, knüpfte Gespräche auf der Straße an, obwohl Dunja sie ständig begleitete. Selbst in Omnibussen und in Läden brachte sie, wenn sie nur einen Zuhörer fand, das Gespräch auf ihren Sohn, auf seinen Artikel und darauf, wie er einem Studenten geholfen habe, wie er bei der Rettung der Kinder aus der Feuersbrunst Brandwunden davongetragen habe und so weiter, und so weiter. Dunetschka wußte nicht, wie sie sie davon abhalten sollte. Abgesehen von der Gefährlichkeit solch eines verzückten krankhaften Zustandes, war es ja möglich, daß jemand sich auf den Namen Raskolnikoff aus der Gerichtsverhandlung besann und darüber etwas sagte. Pulcheria Alexandrowna hatte sogar die Adresse der Mutter von den zwei bei der Feuersbrunst geretteten Kindern erfahren und wollte sie unbedingt aufsuchen. Schließlich stieg ihre Unruhe aufs äußerste. Zuweilen begann sie ganz plötzlich zu weinen, wurde oft bettlägerig und phantasierte im Fieber. Eines Morgens erklärte sie, daß nach ihrer Berechnung Rodja bald zurückkehren müsse, daß sie sich erinnere, wie er beim Abschied selbst erwähnt habe, daß man ihn nach neun Monaten erwarten solle. Sie begann alles in der Wohnung in Ordnung zu bringen und Vorbereitungen zu seinem Empfang zu machen, begann das für ihn bestimmte Zimmer (ihr eigenes) zu schmücken, die Möbel zu putzen, Vorhänge zu waschen und aufzuhängen und dergleichen mehr. Dunja war sehr besorgt, schwieg aber und half ihr sogar, das Zimmer für den Bruder herzurichten. Nach einem unruhigen Tag, der in ständigem Phantasieren, in freudigen Träumen und Tränen verging, erkrankte sie in der Nacht und lag am anderen Morgen bei hohem Fieber in Delirien. Eine Nervenkrisis war ausgebrochen. Nach zwei Wochen starb sie. In den Fieberphantasien entrangen sich ihr Worte, aus denen man schließen mußte, daß sie bedeutend mehr von dem schrecklichen Schicksal ihres Sohnes ahnte, als man angenommen hatte.

Raskolnikoff erfuhr lange nicht den Tod seiner Mutter, obwohl er schon seit seiner Ankunft in Sibirien mit Petersburg in Briefwechsel stand. Ssonja vermittelte die Briefe und empfing auch pünktlich jeden Monat eine Antwort aus Petersburg. Ssonjas Briefe erschienen Dunja und Rasumichin zuerst etwas trocken und unbefriedigend; doch bald fanden beide, daß man nicht besser schreiben konnte, denn aus diesen Briefen erhielt man zu guter Letzt doch eine ganz genaue und klare Vorstellung vom Schicksal des Bruders. Ssonjas Briefe waren mit der alltäglichsten Wirklichkeit, mit der einfachsten und klarsten Darstellung der ganzen Umgebung Raskolnikoffs im Zuchthaus angefüllt. Es gab dabei weder eine Mitteilung ihrer eigenen Hoffnungen, noch Zukunftsträume, noch Beschreibungen ihrer Gefühle. Anstatt zu versuchen, seine Stimmung oder überhaupt sein ganzes Innenleben zu erklären, beschränkte sie sich auf Tatsachen, das heißt, auf seine eigenen Worte, auf genaue Mitteilungen über seinen Gesundheitszustand, auf die Wiedergabe seiner Wünsche bei ihren Besuchen, seine Aufträge und ähnliche Dinge. Alle diese Nachrichten wurden mit der äußersten Ausführlichkeit wiedergegeben. Das Bild des unglücklichen Bruders trat schließlich anschaulich hervor, zeichnete sich deutlich und klar ab; hier konnte es keine Irrtümer geben, denn es war da nichts außer einfachen Tatsachen.

Aber Dunja und ihr Mann konnten aus diesen Nachrichten doch nur wenig Erfreuliches herauslesen, besonders im Anfang. Ssonja teilte immer nur mit, daß er ständig düster, wenig gesprächig sei und sich fast gar nicht für die Nachrichten interessiere, die sie ihm jedesmal aus den von ihr empfangenen Briefen überbrachte; daß er zuweilen nach der Mutter frage, und als sie ihm schließlich deren Tod mitteilte, nachdem sie gemerkt habe, daß er die Wahrheit ahne, da schien – zu ihrer Verwunderung – auch die Nachricht vom Tode der Mutter keinen starken Eindruck auf ihn zu machen, wenigstens schien es ihr so nach seinem äußeren Verhalten. Sie teilte auch unter anderem mit, daß er bei aller Selbstversunkenheit und Verschlossenheit sich zu seinem neuen Leben offen und schlicht verhalte; er begreife klar seine Lage, erwarte in der nächsten Zeit nichts Besseres, mache sich keine leichtsinnigen Hoffnungen (was doch so verständlich in seiner Lage wäre), und wundere sich fast über nichts in seiner neuen Umgebung, die so wenig Ähnlichkeit mit seinem früheren Leben habe; seine Gesundheit sei befriedigend. Er gehe zur Arbeit, der er nicht ausweiche und zu der er sich nicht dränge. Dem Essen gegenüber sei er fast gleichgültig, aber das Essen sei, außer an Sonn- und Feiertagen, so schlecht, daß er schließlich gern von ihr, Ssonja, etwas Geld angenommen habe, um sich eigenen Tee leisten zu können; wegen des übrigen habe er sie gebeten, sich nicht zu beunruhigen, und sie versicherte, daß alle diese Sorgen um seine Person ihn bloß verdrossen. Weiterhin teilte Ssonja mit, daß er im Gefängnis in einem Raum mit den anderen untergebracht sei; diese Räume und Kasernen habe sie von innen nicht gesehen, nehme aber an, daß sie eng, häßlich und ungesund seien; er schlafe auf einer Pritsche, habe als Unterlage nur eine Filzdecke und wolle auch nichts anderes haben. Er lebe aber so schlecht und ärmlich nicht aus einem bestimmten Vorsatz oder absichtlich, sondern aus Unachtsamkeit und äußerster Gleichgültigkeit gegen sein Schicksal. Ssonja machte kein Hehl daraus, daß er, besonders im Anfang, sich nicht bloß für ihre Besuche nicht interessierte, sondern über sie fast ungehalten war, wenig mit ihr sprach, ja grob zu ihr war, daß aber schließlich diese Zusammenkünfte ihm zur Gewohnheit und fast zum Bedürfnis geworden waren, so daß er sich sogar grämte, wenn sie einige Tage krank war und ihn nicht besuchen konnte. Sie sehe ihn an Sonntagen am Gefängnistor oder im Wachthaus, wohin man ihn auf einige Minuten zu ihr rufe; an Werktagen sehe sie ihn bei der Arbeit, entweder in den Werkstätten oder in der Ziegelei oder in den Schuppen am Ufer des Irtysch. Über sich selbst teilte Ssonja mit, daß es ihr gelungen sei, in der Stadt einige Bekanntschaften anzuknüpfen und Protektion zu finden, daß sie sich mit Nähen beschäftige, und da es in der Stadt fast keine Schneiderinnen gebe, so sei sie in vielen Häusern ganz unentbehrlich geworden; aber sie erwähnte nicht, daß durch sie auch Raskolnikoff Protektion bei seinen Behörden gefunden habe; daß ihm leichtere Arbeiten zugewiesen wurden und ähnliches mehr. Schließlich kam die Nachricht (Dunja hatte schon in den letzten Briefen eine besondere Aufregung und Unruhe der Schreibenden herausgefühlt), daß er alle meide, daß die

Sträflinge ihn nicht gern hätten, daß er tagelang schweige und sehr blaß werde. Plötzlich schrieb Ssonja in ihrem letzten Brief, daß er sehr ernstlich erkrankt sei und im Hospital in der Arrestanten-Abteilung liege ...

II

Er war schon seit langem krank; aber nicht die Schrecken des Zuchthauslebens, nicht die physische Arbeit, nicht die Nahrung, noch der rasierte Schädel, noch die jämmerliche Kleidung hatten ihn gebrochen. – Oh! Was kümmerten ihn alle diese Qualen und Martern! Im Gegenteil, er war sogar froh über die Arbeit – wenn er sich physisch abgeplagt hatte, erwarb er sich dadurch wenigstens einige Stunden ruhigen Schlafes. Und was bedeutete ihm das Essen – diese fleischlose Kohlsuppe mit Schwaben? Als Student, zur Zeit seines früheren Lebens, hatte er oft auch das nicht mal gehabt. Seine Kleidung war warm und seiner Lebensweise angemessen. Die Ketten fühlte er fast gar nicht mehr. Sollte er sich etwa seines rasierten Kopfes und seiner zweifarbig zusammengesetzten Arrestantenjoppe schämen? Aber vor wem denn? Etwa vor Ssonja? Ssonja fürchtete ihn, und er sollte sich vor ihr schämen?

Was aber war es denn? Ja, er schämte sich vor Ssonja, die er eben dafür mit seiner verächtlichen und groben Behandlung quälte. Aber er schämte sich nicht des rasierten Kopfes und der Ketten: sein Stolz war zu stark verletzt; und er erkrankte an verwundetem Stolz. Oh, wie glücklich wäre er gewesen, wenn er sich selbst hätte anklagen können! Dann hätte er alles, sogar die Schande und die Schmach, ertragen! Er ging aber streng mit sich ins Gericht, und sein vor Ingrimm erbittertes und verstocktes Gewissen konnte in seiner Vergangenheit keine besondere Schuld finden, außer einem einfachen *Fehlschlag*, der jedem passieren kann. Er schämte sich hauptsächlich deswegen, daß er, Raskolnikoff, so blind, hoffnungslos, still und dumm, infolge eines Spruches des blinden Schicksals, zugrunde gegangen war, und daß er sich vor der »Sinnlosigkeit« irgendeines Urteils beugen und ergeben mußte, wenn er einigermaßen zur Ruhe kommen wollte.

Eine gegenstandslose und ziellose Unruhe in der Gegenwart und ein ununterbrochenes Opfer in der Zukunft, durch das man nichts gewann – das war alles, was ihm in der Welt bevorstand. Und was lag daran, daß er nach acht Jahren erst zweiunddreißig Jahre alt sein würde und von neuem zu leben beginnen konnte! Wozu sollte er leben? Was sollte er noch vorhaben? Wonach streben? Leben, um zu existieren? Aber er war ja auch früher schon tausendmal bereit gewesen, sein Leben für eine Idee, für eine Hoffnung, sogar für eine Phantasie hinzugeben. Das Leben allein war ihm stets zu wenig gewesen; er hatte immer Größeres gewollt. Vielleicht hatte er sich auch damals bloß nach der Kraft seiner Wünsche für einen Menschen gehalten, dem mehr als einem anderen erlaubt sei.

Wenn doch das Schicksal ihm Reue gesandt hätte – brennende Reue, die das Herz zerreißt, die den Schlaf verjagt, eine Reue, deren schreckliche Qualen einen an Schlinge und Wasser, wo es am tiefsten ist, denken lassen! Oh, er hätte sich über sie gefreut! Qualen und Tränen – das ist gleichfalls Leben. Aber er bereute sein Verbrechen nicht.

Zum mindesten hätte er sich über seine Dummheit ärgern können, wie er es früher über seine überraschenden und allerdümmsten Ausfälle getan, die ihn nach Sibirien gebracht hatten. Jetzt aber, schon im Gefängnis, also *in Freiheit,* überlegte er von neuem und dachte über alle seine früheren Handlungen nach und fand sie gar nicht so dumm und abscheulich, wie sie ihm früher, in der verhängnisvollen Zeit, vorgekommen waren.

»Wodurch, wodurch«, dachte er, »war meine Idee dümmer als die anderen Ideen und Theorien, die in der Welt, solange diese Welt besteht, herumschwirren und zusammenprallen? Man braucht die Sache bloß von einem völlig unabhängigen, breiten und von den alltäglichen Einflüssen verschonten Standpunkt zu betrachten, und dann wird mein Gedanke sicherlich gar nicht so ... sonderbar erscheinen. Oh, ihr Verneiner und Weisen von Groschenwert, warum bleibt ihr auf halbem Wege stehen!«

»Weswegen erscheint ihnen denn meine Handlung so abscheulich?« fragte er sich. »Weil es eine Freveltat ist? Was bedeutet das Wort? Mein Gewissen ist ruhig. Gewiß, es ist ein Kriminalverbrechen geschehen; gewiß, der Buchstabe des Gesetzes ist übertreten, und Blut ist vergossen, nun, so nehmt doch für den Buchstaben des Gesetzes meinen Kopf ... und damit basta! Gewiß, in diesem Falle hätten viele Wohltäter der Menschheit, die die Macht nicht geerbt, sondern selbst ergriffen haben, bei ihren allerersten Schritten hingerichtet werden müssen. Jene Menschen aber ertrugen ihre Schritte, und darum *sind sie im Recht*; ich aber habe ihn nicht ertragen, also hatte ich nicht das Recht, mir diesen Schritt zu erlauben.«

Nur in diesem Punkt gab er sein Verbrechen zu: nur in dem allein, daß er es nicht ertragen und sich freiwillig gestellt hatte.

Er litt auch unter dem Gedanken, daß er sich damals nicht das Leben genommen hatte. Warum hatte er damals über dem Wasser gestanden und die Selbstanzeige vorgezogen! Steckt denn tatsächlich eine solche Kraft in diesem Wunsch zu leben, und ist sie so schwer zu überwinden? Sswidrigailoff hatte sie doch überwunden und hatte den Tod doch gefürchtet.

Er stellte sich voller Qual diese Frage und konnte nicht verstehen, daß er vielleicht schon damals, als er am Wasser stand, in sich selbst und seinen Überzeugungen eine tiefe Lüge geahnt hatte. Er begriff nicht, daß diese Vorahnung ein Vorbote sein konnte einer künftigen Umwälzung in seinem Dasein, seiner zukünftigen Auferstehung, einer neuen Anschauung vom Leben.

Er ließ hierbei eher nur die stumpfe Schwerkraft des

Instinkts gelten, die er nicht imstande war zu brechen und über die er wiederum nicht imstande war hinwegzuschreiten (aus Schwäche und Unbedeutendheit). Er betrachtete seine Genossen im Gefängnis und wunderte sich, wie auch sie alle das Leben liebten und wie sie daran hingen! Ja, ihm schien sogar, daß man im Gefängnis noch mehr das Leben liebte und schätzte und noch mehr daran hing als in der Freiheit. Welche schreckliche Not und welche Entbehrungen hatten manche von ihnen, wie zum Beispiel die Landstreicher, zu ertragen gehabt! Bedeutete denn für diese Menschen ein Sonnenstrahl wirklich soviel, oder ein dämmeriger Wald, eine kühle Quelle irgendwo in unbekannter Wildnis, die einer vor drei Jahren einmal gefunden und sich gemerkt hat, und nach der er sich nun wie nach einer Geliebten sehnt, von der er träumt, die er im Traum sieht, umgeben von Moospolstern, und dazu hört, wie ein Vogel im Gebüsch singt? Indem Raskolnikoff seine Mitgefangenen eingehender zu betrachten begann, fand er noch weit unerklärlichere Beispiele dafür.

Im Gefängnis, in seiner nächsten Umgebung, bemerkte er selbstverständlich vieles nicht, aber er wollte auch nichts bemerken. Er lebte gleichsam mit gesenktem Blick; es war ihm widerlich und unerträglich, überhaupt etwas zu sehen. Aber schließlich begann ihn doch vieles zu wundern, und er begann fast gegen seinen Willen Dinge zu bemerken, die er früher nicht einmal geahnt hatte. Überhaupt und am meisten begann ihn jener furchtbare, jener unüberbrückbare Abgrund zu wundern, der zwischen ihm und all den anderen Menschen lag. Es war, als gehörten er und sie verschiedenen Nationen an. Er und sie betrachteten einander mißtrauisch und feindselig. Er kannte und verstand die allgemeinen Ursachen solch eines Getrenntseins; aber niemals hätte er es früher für möglich gehalten, daß diese Ursachen in der Tat so tief und stark waren. Im Zuchthaus gab es auch verbannte Polen, politische Verbrecher. Die betrachteten alle jene Menschen als Unwissende und Knechte und verachteten sie; Raskolnikoff aber konnte sie in dieser Weise nicht betrachten

– er sah deutlich, daß jene Unwissenden in vielen Dingen bedeutend klüger waren als die Polen. Es waren auch Russen da, die dieses Volk ebenfalls zu stark verachteten – Raskolnikoff erkannte sehr klar auch ihren Irrtum.

Ihn selbst aber liebten alle nicht, und man ging ihm aus dem Wege. Man begann ihn schließlich sogar zu hassen. Warum? Er wußte es nicht. Man verachtete ihn, lachte über ihn, und über sein Verbrechen machten sich manche lustig, die bedeutend größere Verbrechen begangen hatten als er.

»Du bist ein Herr!« sagte man ihm. »Schickte es sich denn für dich, mit einem Beil loszugehen; das ist doch nichts für Herren!«

In der zweiten Woche der großen Fastenzeit war seine Kaserne an der Reihe, sich zum Abendmahl vorzubereiten. Er ging in die Kirche und betete mit den anderen. Eines Tages kam es zu einem Streit – er wußte nicht einmal, aus welchem Grunde; plötzlich fielen alle wütend über ihn her.

»Du bist ein Gottloser! Du glaubst nicht an Gott!« schrien sie. »Totschlagen sollte man dich!«

Er hatte mit ihnen niemals über Gott und über den Glauben gesprochen, aber sie wollten ihn, als einen Gottlosen, totschlagen; er schwieg und erwiderte ihnen nichts. Ein Sträfling stürzte sich wie in Raserei auf ihn; Raskolnikoff erwartete ihn ruhig und schweigend; nicht einmal seine Augenbrauen zuckten, kein Zug seines Gesichts rührte sich. Der Wachtsoldat konnte sich noch rechtzeitig zwischen ihn und den Angreifer stellen – sonst wäre Blut geflossen.

Unerklärlich war für ihn auch noch die Frage: Warum hatten sie alle Ssonja so liebgewonnen? Sie hatte sich bei ihnen nicht eingeschmeichelt; sie trafen sie selten, bloß zuweilen bei der Arbeit, wenn sie auf einen Augenblick zu ihm kam, um nach ihm zu sehen. Indessen kannten sie Ssonja alle schon, wußten auch, daß sie *ihm* gefolgt war, wußten, wie sie lebte und wo sie wohnte. Geld hatte sie ihnen nicht gegeben, auch keine besonderen Dienste erwiesen. Nur einmal zu Weihnachten hatte sie für das ganze Gefängnis eingesammelte Geschenke gebracht, Pasteten und Brezeln. Aber allmählich hatte sich zwischen ihnen und Ssonja ein näheres Verhältnis entwickelt: sie schrieb für sie Briefe an die Verwandten und sandte sie mit der Post ab. Die Verwandten aber, die zur Stadt kamen, hinterließen auf Geheiß der Gefangenen die für sie mitgebrachten Sachen und sogar Geld bei Ssonja. Ihre Frauen und Geliebten kannten Ssonja und besuchten sie. Und wenn sie zu Raskolnikoffs Arbeitsplatz kam oder einer Partie Sträflinge, die zur Arbeit ging, begegnete, nahmen alle die Mütze ab und grüßten sie: „Mütterchen Ssofja Ssemjonowna, du bist doch unsere liebe Mutter, du Sanfte, Barmherzige!" sagten dann diese rohen gebrandmarkten Sträflinge zu diesem kleinen schmächtigen Geschöpfchen. Sie lächelte ihnen zu und erwiderte den Gruß, und alle liebten ihr Zulächeln. Sie liebten sogar ihren Gang, wandten sich um, nur um ihr nachzusehen, wie sie ging, und lobten sie; so lobten sie sie sogar dafür, daß sie klein war, ja, sie wußten gar nicht mehr, wofür sie sie noch loben sollten. Man ging sogar zu ihr, um sich von ihr kurieren zu lassen.

Raskolnikoff lag die halbe Fastenzeit und die ganze Osterwoche im Krankenhaus. Schon während der Genesung begann er sich seiner Träume zu erinnern, die er im Fieber phantasierend gehabt hatte. Ihm träumte in der Krankheit, daß die ganze Welt dazu verurteilt war, einer schrecklichen, unerhörten und nie dagewesenen Pestilenz, die aus den Tiefen Asiens über Europa kam, zum Opfer zu fallen. Alle sollten zugrunde gehen, außer einigen sehr wenigen Auserwählten. Es waren seltsame neue Trichinen aufgetaucht, mikroskopische Lebewesen, die sich in den Menschenleibern einnisteten. Aber diese Lebewesen waren Geister, begabt mit Verstand und Willen. Die Menschen, die sie in sich aufgenommen hatten, gebärdeten sich sofort wie Besessene und Wahnsinnige. Aber noch nie, noch nie hatten Menschen sich für so klug gehalten und für so unerschütterlich in der Wahrheit, wie es diese Angesteckten taten. Nie hatten sie ihre Urteile, ihre wissenschaftlichen Ergebnisse, ihre sittlichen

Überzeugungen und Glaubenssätze für unumstößlicher gehalten. Ganze Ortschaften, ganze Städte und Völker wurden angesteckt und gebärdeten sich wie Wahnsinnige. Alle waren in Aufregung und verstanden einander nicht, ein jeder meinte, nur er allein sei im Besitz der Wahrheit, und es quälte ihn der Anblick der anderen, er schlug sich an die Brust, weinte und rang die Hände. Man wußte nicht, wen und wie man richten sollte, man konnte nicht übereinkommen, was für böse und was für gut zu halten sei. Man wußte nicht, wen man anklagen, wen man freisprechen sollte. Die Menschen erschlugen einander in einer gleichsam sinnlosen Wut. Ganze Heere sammelten sich gegeneinander, aber die Heere begannen schon auf dem Marsch plötzlich sich selbst zu bekriegen, die Reihen gerieten in Unordnung, die Kämpfer stürzten sich aufeinander, stachen und mordeten, bissen sich gegenseitig und fraßen einander auf. In den Städten wurde den ganzen Tag die Sturmglocke geläutet: alle wurden zusammengerufen, aber wer da rief und wozu man rief, das wußte niemand, jedoch alle waren in Aufregung. Man ließ das einfachste Handwerk im Stich, denn jeder kam mit seinen Gedanken, mit seinen Verbesserungen, die er vorschlug, und man konnte sich nicht einigen; der Ackerbau wurde eingestellt. Hier und da liefen Menschen zu Haufen zusammen, einigten sich über etwas, schwuren, einander nicht zu verlassen – aber gleich danach begannen sie etwas ganz anderes zu tun, als was sie soeben beschlossen hatten, begannen sie einander zu beschuldigen, wurden handgemein, fochten und schlugen sich gegenseitig tot. Feuersbrünste entstanden, Hungersnot trat ein. Alle und alles ging zugrunde. Die Pest schwoll an und verbreitete sich weiter und weiter. Retten konnten sich in der ganzen Welt nur einige Menschen, das waren die Reinen und Auserwählten, denen bestimmt war, ein neues Menschengeschlecht und ein neues Leben zu begründen, die Erde zu erneuern und zu säubern; aber niemand hatte diese Menschen irgendwo gesehen, niemand hatte ihr Wort und ihre Stimme gehört.

Es quälte Raskolnikoff, daß dieser sinnlose Fiebertraum so traurig und so qualvoll in seinem Gedächtnis nachklang, daß der Eindruck dieser Fieberphantasien so lange nicht verging. Die zweite Woche nach Ostern hatte schon begonnen; es waren warme, klare Frühlingstage; in der Arrestanten-Abteilung des Hospitals hatte man die Fenster geöffnet (vergitterte Fenster, unter denen ein Wachtposten auf und ab ging). Ssonja konnte ihn während seiner ganzen Krankheit nur zweimal im Hospital besuchen; man mußte jedesmal eine Erlaubnis einholen, und das war sehr schwierig. Aber sie war oft auf den Hof des Hospitals, besonders gegen Abend, unter sein Fenster gekommen, zuweilen aber auch bloß, um einen Augenblick auf dem Hof stehen zu bleiben und wenigstens von weitem nach den Fenstern seiner Abteilung zu sehen. Eines Tages war Raskolnikoff, fast schon genesen, gegen Abend wieder eingeschlafen; nach dem Erwachen trat er zufällig an das Fenster und erblickte plötzlich fern am Tore Ssonja. Sie stand dort und schien auf etwas zu warten. In diesem Augenblick war es ihm, als werde sein Herz durchbohrt; er zuckte zusammen und ging schnell vom Fenster weg. Am nächsten Tag erschien Ssonja nicht, auch nicht am übernächsten; er merkte, daß er sie voll Unruhe erwartete. Endlich entließ man ihn aus dem Hospital. Als er ins Gefängnis zurückkam, erfuhr er von den Sträflingen, daß Ssofja Ssemjonowna krank sei, zu Hause liege und nicht ausgehe.

Er war sehr beunruhigt und schickte jemanden hin, um sich nach ihr zu erkundigen. Er erfuhr bald, daß ihre Krankheit nicht gefährlich sei. Als Ssonja ihrerseits hörte, daß er sich so um sie grämte und sorgte, schickte sie ihm ein mit Bleistift geschriebenes Zettelchen und teilte ihm mit, daß es ihr schon viel besser gehe, daß sie nur eine leichte Erkältung habe und daß sie bald, sehr bald kommen werde, um ihn zu sehen. Als er diesen Zettel las, schlug sein Herz stark und schmerzhaft.

Es war wieder ein klarer und warmer Tag. Am frühen

Morgen, so gegen sechs Uhr, ging er zur Arbeit an den Fluß, wo am Ufer in einem Schuppen ein Ofen zum Alabasterbrennen eingerichtet war und wo der Alabaster gestoßen wurde. Dorthin gingen immer nur drei Arbeiter. Der eine Sträfling war dann mit dem Wachtposten in die Festung nach einem Werkzeug gegangen; der andere holte Holz und legte es in den Ofen. Raskolnikoff trat aus dem Schuppen, ging an das Ufer, setzte sich auf dort aufgestapelte Balken hin und blickte lange auf den breiten und öden Fluß. Von dem hohen Ufer aus sah man weit in die Umgebung. Vom fernen anderen Ufer klang kaum hörbar ein Lied herüber. Dort in der sonnenhellen unübersehbaren Steppe waren unendlich weit, nur wie kleine dunkle Pünktchen, Jurten der Nomaden zu erkennen. Dort war Freiheit, dort lebten ganz andere Menschen, die den hiesigen gar nicht glichen, dort schien die Zeit stehengeblieben zu sein, als wäre das Zeitalter Abrahams und seiner Herden noch nicht vergangen. Raskolnikoff saß, blickte reglos hinüber, ohne sich losreißen zu können; sein Denken verwandelte sich in Träumerei, in Schauen; er dachte an nichts, aber irgendeine Schwermut lag auf ihm und quälte ihn.

Plötzlich befand sich Ssonja neben ihm. Sie war unhörbar herangekommen und setzte sich zu ihm. Es war noch sehr früh, die leichte Morgenkälte war noch nicht vergangen. Sie hatte ihren alten ärmlichen Mantel an und das grüne Tuch. Ihr Gesicht trug noch die Spuren der Krankheit, war magerer, blasser und schmäler geworden. Sie lächelte ihm freundlich und froh zu, aber wie gewöhnlich reichte sie ihm nur schüchtern die Hand.

Sie streckte ihm die Hand immer so schüchtern entgegen, zuweilen auch gar nicht, als fürchte sie, daß er sie zurückstoßen könnte. Er nahm auch stets wie mit Widerwillen ihre Hand, begrüßte sie stets wie verdrossen; zuweilen schwieg er während ihres Besuches hartnäckig die ganze Zeit. Es kam vor, daß sie zitternd und in tiefem Kummer fortging. Jetzt aber lösten sich ihre Hände nicht; er blickte sie schnell und flüchtig an, sagte nichts und senkte den Blick zu Boden. Sie waren allein, niemand sah sie. Der Wachtposten hatte gerade kehrtgemacht.

Wie es dann kam, wußte er selbst nicht, aber plötzlich war es ihm, als werde er von etwas erfaßt und zu ihren Füßen hingeworfen. Er weinte und umfaßte ihre Knie. Im ersten Augenblick erschrak sie heftig, und ihr Gesicht wurde totenblaß. Sie sprang auf und sah ihn zitternd an. Aber dann begriff sie blitzschnell alles. In ihren Augen leuchtete ein grenzenloses Glück auf; sie hatte verstanden, und es gab für sie keinen Zweifel mehr, daß er sie liebte, unermeßlich liebte, und daß dieser Augenblick endlich doch gekommen war ...

Sie wollten einander wohl etwas sagen, aber sie konnten es beide nicht. Tränen standen in ihren Augen. Beide waren sie bleich und abgemagert; aber in diesen kranken und bleichen Gesichtern leuchtete schon die Morgenröte einer neuen Zukunft, der völligen Auferstehung zu neuem Leben. Die Liebe hatte sie erweckt, das Herz des einen enthielt unerschöpfliche Lebensquellen für das Herz des anderen.

Sie beschlossen zu warten und auszuhalten. Sieben Jahre hatten sie noch zu warten; bis dahin aber gab es noch soviel unerträgliche Qual und soviel unermeßliches Glück! Aber er war auferstanden, und er wußte das, fühlte es ganz und gar mit seinem neuen Wesen, sie aber – sie lebte ja doch nur mit seinem Leben!

Am Abend desselben Tages, als die Kasernen schon geschlossen waren, lag Raskolnikoff auf seiner Pritsche und dachte an sie. An diesem Tage schien es ihm, als ob alle Sträflinge, seine früheren Feinde, ihn mit anderen Augen ansahen. Er fing sogar selbst mit ihnen zu sprechen an, und man antwortete ihm freundlich. Er dachte darüber nach, aber es mußte wohl so sein: *mußte* sich denn jetzt nicht alles ändern?

Er dachte an sie. Er erinnerte sich, wie er sie immer gequält und ihr Herz gepeinigt hatte; erinnerte sich ihres blassen, mageren Gesichtchens, aber sie quälten ihn jetzt fast nicht mehr, diese Erinnerungen: er wußte, mit welcher unendlichen Liebe er jetzt all ihr Leiden sühnen würde.

Und was waren alle diese, ja *alle* Qualen der Vergangenheit! Alles, sogar sein Verbrechen, sogar das Urteil und die Verbannung erschienen ihm jetzt in der ersten Aufwallung als etwas Äußerliches, Fremdes, als etwas, das gar nicht ihm widerfahren war. Übrigens konnte er auch an diesem Abend gar nicht lange und ständig an etwas denken, seine Gedanken auf etwas konzentrieren; er hätte jetzt auch nichts bewußt beurteilen können; er konnte nur *fühlen*. An Stelle der Dialektik begann das Leben, und in seinem Bewußtsein mußte sich jetzt etwas ganz anderes herausarbeiten.

Unter seinem Kopfkissen lag das neue Testament. Er nahm es mechanisch hervor. Dieses Buch gehörte ihr, es war dasselbe, aus dem sie ihm die Erweckung des Lazarus vorgelesen hatte. Zu Anfang seiner Verbannung hatte er befürchtet, daß sie ihn mit der Religion quälen, über das Evangelium sprechen und ihm Bücher aufdrängen würde. Aber zu seiner größten Verwunderung sprach sie nie darüber, bot ihm auch nie das Evangelium an. Erst kurz vor seiner Erkrankung hatte er sie selbst darum gebeten, und sie hatte ihm schweigend das Buch gebracht. Bis jetzt hatte er es noch nicht aufgeschlagen.

Er schlug es auch jetzt nicht auf, aber ein Gedanke kam ihm: »Müssen denn ihre Überzeugungen jetzt nicht auch meine Überzeugungen sein? Ihre Gefühle, ihr Streben wenigstens . . .«

Auch sie war diesen ganzen Tag in großer Erregung, und in der Nacht wurde sie sogar wieder ein wenig krank. Aber sie war so glücklich, daß sie fast erschrak vor ihrem Glück. Sieben Jahre, *bloß* sieben Jahre! Zu Anfang ihres Glückes waren sie beide in manchen Augenblicken bereit, diese sieben Jahre als sieben Tage zu betrachten. Er wußte noch nicht einmal, daß ein neues Leben sich ihm doch nicht umsonst schenken werde, daß er es noch teuer werde erkaufen müssen, es mit einer großen künftigen Tat werde bezahlen müssen ...

Aber hier fängt schon eine neue Geschichte an, die Geschichte der allmählichen Erneuerung eines Menschen, die Geschichte seiner allmählichen Verwandlung, des allmählichen Überganges aus einer Welt in eine andere, der Bekanntschaft mit einer neuen, von ihm bisher völlig ungeahnten Wirklichkeit.

Das könnte das Thema zu einer neuen Erzählung abgeben. Unsere jetzige aber ist hier zu Ende.

ANHANG

NAMENVERZEICHNIS

Rodión Románowitsch Raskólnikoff (Abk.: Ródja, Ródjka; Románytsch)
Pulchéria Alexándrowna Raskólnikowa – seine Mutter
Awdótja Románowna Raskólnikowa – seine Schwester (Abk.: Dúnja, Dúnetschka)

Dmítrij Prokófjitsch Rasumíchin – Student
Sossímoff – Arzt
Porphýrij Petrówitsch ... – Jurist, Untersuchungsführer (Familienname vom Dichter nicht angegeben)

Arkádij Iwánowitsch Sswidrigáiloff – Gutsbesitzer
Márfa Petrówna Sswidrigáilowa – seine Frau
Pjotr Petrówitsch Lúshin – Advokat (sh wie j in Journal)

Ssemjón Sachárowitsch (Sachárytsch) Marmeládoff – Beamter a. D.
Katerína Iwánowna Marmeládowa – seine zweite Frau
Ssófja Ssemjónowna Marmeládowa – seine Tochter aus erster Ehe (Abk.: Ssónja, Ssónetschka)
Pólja (Póletschka), Kólja, Lída (Lídotschka, auch Lénja genannt) – seine Stiefkinder
Amália Fjódorowna (Iwánowna, Ludwígowna) Lippewechsel – Wohnungsinhaberin
Andrei Ssemjónowitsch Lebesjätnikoff - ein Untermieter

Praskówja Páwlowna Sarnítzyna – Hausfrau
Nastássja (Petrówna) – ihr Dienstmädchen
Aljóna Iwánowna ... – Beamtenwitwe, Wucherin
Lisawéta Iwánowna ... – deren Schwester
Nikolái Deméntjeff (Nikólka, Nikoláschka) } zwei
Dmítrij (Mítjka) } Anstreicher
Dúschkin – Schankwirt aus Ssarái, im Rjasánschen Gouvernement
Koch und Pestrjakóff; Pókoreff – Kunden der Wucherin

Nikodím Fomítsch ... – Revierinspektor (Familienname nicht angegeben) Ilja Petrówitsch Póroch (genannt »Pulver«)	Polizeioffiziere

Alexander Grigórjewitsch Samjótoff – Schriftführer im Polizeibüro

Wassílij (Afanássij) Iwánowitsch Wachrúschin Ssemjón Ssemjónowitsch Schelopájeff	Kaufleute

Weitere Namen:
Cheruwímoff, Charlámoff, Kapernaúmoff, Tschebároff, Tolstjakóff, Fedjájeff, Iwán Micháilytsch, Potántschikoff, Dárja Fránzowna, Afrossínja, Louisa Iwánowna, Fürstin Bes'semélnaja, Fürst Schtschegolskói, Terébjewa, Kobyljátnikoff, Kobeljóff, Wássja, Duklída, Nikíforowna

Deltainseln der Newa: Wassíljeff, Petrówskij, Krestówskij, Jelágin
Krjúkoff-Brücke. Mitrofánjeffscher Friedhof
Straßen: Wosnessénskij-Prospekt, Ssadówaja
Station Málaja Wischéra
Hausbesitzer Potschínkoff, Wohnung von Bábuschkin
Jussúpoff-Palais; möblierte Zimmer von Bakaléjeff

ANMERKUNGEN

1 *S. 20:* Studenten und Beamte hatten im zaristischen Rußland ihre Uniform zu tragen; ohne Uniform durften sie weder auf der Universität noch im Dienst erscheinen.
2 *S. 23:* Ein gelber Ausweis, den die berufsmäßigen Prostituierten von der Polizei erhielten.
3 *S. 48:* Das Beschmieren der Haustür mit Teer sollte nach altem Bauernbrauch kundtun, daß in diesem Hause ein entehrtes Mädchen wohnte.
4 *S. 78:* Ein Reisgericht, das zur Seelenmesse in die Kirche mitgenommen, vom Priester geweiht und nachher mit Andacht schweigend verzehrt wird.
5 *S. 156:* Alexander N. Raditschtscheff (1749–1802), bedeutendster Vertreter der Aufklärungsphilosophie, Vorkämpfer der Bauernreform, veröffentlichte 1790 ein Tagebuch »Die Reise von Petersburg nach Moskau«, das die Zustände in Rußland, die Leibeigenschaft und andere Mißstände ungeschminkt schilderte. Das Buch wurde nicht vom Zensor, wohl aber von der seit 1789 reaktionären Zarin Katharina II. als »gemeingefährlich« beanstandet und aus Angst vor seiner Wirkung verbrannt, der Verfasser zum Tode verurteilt, aber schließlich doch nur nach Sibirien verbannt, später von Paul I. begnadigt. Das Buch blieb bis 1910 verboten.
6 *S. 218:* Sperling, Spatz, Spätzlein und Dieb, Dieblein haben im Russischen die gleiche erste Silbe. Samjotoff ist bestechlich.
7 *S. 256:* Es gibt im Russischen zwei Ausdrücke für qualitativ verschiedenes lügen: 1. lgatj – lügen, *bewußt* die Unwahrheit sagen; als Vorwurf sehr ehrenrührig. Dagegen ist 2. wratj – lügen, z. B. aus Mangel an sicherem Wissen gutgläubig phantasieren, etwa »schwätzen«, als Vorwurf nicht ehrenrührig. Hier und im folgenden wird vom Autor nur dieser zweite Ausdruck für »lügen« gebraucht, auch im Satz »sich bis zur Wahrheit durchlügen«, d. h. im Sinne von: in Debatten um Begriffe streiten, dabei x-mal auch Unwahres behaupten, also lügen, und doch nicht mit Absicht lügen.
8 *S. 319:* Der übliche russische Abschiedsgruß für »Adieu« oder »Lebwohl« besagt »Vergib« bzw. »Vergeben Sie«. Dostojewski hatte eine gewisse Scheu vor diesem Wort, da es ein letztes Abschiednehmen bedeuten könnte.
9 *S. 342:* Phalanstère: nach dem System des französischen Sozialisten Charles Fourier (1772–1837) geplante riesige Gemeinschaftsbauten mit Wohnungen und Arbeitsanstalten für je eine Phalange, d. h. 400 Familien. Die Debatten der russischen Studenten über die Ideen der französischen Sozialisten wollten kein Ende nehmen. Marx war damals in Rußland noch nicht bekannt, und Dostojewski hat ihn auch bis zu seinem Tode (1881) nicht kennengelernt.

10 S. 348: Das russische Wort für Verbrechen (prestuplenije) und Verbrecher (plestupnik) bedeutet buchstäblich Übertretung und Übertreter, so daß es naheliegt, vom *Übertreten* eines »alten Geleises« oder einer Grenzlinie – etwa zwischen dem Erlaubten und dem Unerlaubten – zu sprechen.

11 *S. 380:* Die Reformen Alexanders II. von 1861 gewährten auch der Presse größere Freiheit, aber nur bis zum Frühjahr 1863, d. h. bis zum Aufstand in Polen.

12 *S. 406:* Rassudkin und Rasumichin sind von sinnverwandten Wörtern abgeleitete Namen, daher die Verwechslung Lushins (Rasum = Vernunft, Einsicht; Rassudock = Überlegungskraft).

13 *S. 443:* Dieses IV. Kapitel im Fünften Teil des Romans wurde von Professor Nikolai A. Ljubimoff, dem Redakteur der Moskauer Zeitschrift »Der russische Bote«, in der der Roman erschien, abgelehnt. Dostojewski mußte das Gespräch über den Glauben vollkommen umarbeiten und vieles kürzen. Die erste Fassung ist nicht mehr erhalten.

14 und 15 *S. 497:* Wissarion G. Belinskij (1811–48), Schöpfer der russischen literarisch-publizistischen Kritik, Abgott der Jugend in den vierziger Jahren. Ihm folgte der jung verstorbene Nikolai A. Dobroljuboff (1836–61), der in »Der Pfiff« – einer satirischen Beilage des »Zeitgenossen« – nicht nur die Reaktion und deren Mißbräuche geistreich bekämpfte, sondern vor allem die »lauen« Liberalen angriff.

16 *S. 611:* »Echte und wahre« Bücher werden von den sogenannten Altgläubigen und einigen anderen Sektierern nur das Alte und das Neue Testament und die »Lebensbeschreibungen der Heiligen und Märtyrer« genannt, wenn sie nach den alten Originalen vor 1652 gedruckt sind. Um diese Zeit wurden die Texte wegen der vielen, beim Abschreiben entstandenen Fehler revidiert, was Anlaß zur sogenannten Spaltung (Raskol) der Kirche gab, da viele nur den Wortlaut der alten Texte für »echt« hielten. Zur Bedeutung der Namen wäre noch zu bemerken, daß »Raskolniki« die von der Staatskirche »Abgespaltenen« genannt werden.

17 *S. 612:* Die Durchführung der Reform des Justizwesens ließ noch mehrere Jahre auf sich warten.

18 *S. 640:* Zu Sswidrigailoffs Bemerkung über die Klugheit des Nebenbuhlers vergl. Anm. 12. Sswidrigailoffs Annahme, daß Rasumichin von Geistlichen abstamme, ist verständlich, da in den alten Priesterseminaren den Zöglingen, sofern sie noch namenlos waren, von der Behörde Familiennamen verliehen wurden, die oft ein wenig erklügelt wirken.

19 *S. 652:* Auf den Deltainseln der Newa, nur wenige Kilometer vom Stadtzentrum entfernt, gab es in parkartiger Landschaft außer den Villen wohlhabender Petersburger auch bekannte Restaurants und Vergnügungsstätten.

E. K. Rahsin

Zu den Anführungszeichen

Damit der Leser in diesem großenteils in Gesprächsform gestalteten Werk eindeutig unterscheiden und sich klar zurechtfinden kann, wurden die Anführungszeichen durchgehend auf folgende Weise gesetzt:

Alle Gespräche und Aussprüche aus Gesprächen außerhalb dieser wurden mit »und« angeführt und ausgeführt.

Die Wiedergabe von Äußerungen anderer innerhalb von Gesprächen wurden mit ›und‹ gekennzeichnet.

Zitate und Verse, Titel von Büchern, Schauspielen, Dichtungen, Namen von Gasthäusern und Stadtteilen, Redensarten und ähnliches sind innerhalb und außerhalb von Gesprächen mit „und“ angeführt und ausgeführt worden.

NACHWORT

Der westliche Mensch liest
ein Buch, um es kennenzulernen.
Der Russe liest ein Buch,
um sich kennenzulernen.
Walter Schubart

Es sollte eigentlich nur eine Novelle werden. Und dann wurde es eines der größten, gewaltigsten und die Zeitgenossen wie die Nachwelt beunruhigendsten Werke der Weltliteratur.

Dostojewski war, wieder einmal von seinen Gläubigern bedrängt, ins Ausland gegangen. Er lebte unter ziemlich bedrückenden Verhältnissen in einer kleinen Pension in Wiesbaden, besaß nur wenig Geld, das er auch noch im prächtigen Casino der Stadt verspielte. Gewiß, er gewann auch manchmal, und das war es ja, was ihn immer wieder an den grünen Tisch unter dem gedämpften Licht der grünen Seidenschirme hintrieb. Am Schluß verlor er alles. Er pumpte sogar in seiner Not den damals weit berühmteren Kollegen Iwan Turgenjew an, doch statt der erbetenen hundert Rubel schickte ihm jener nur fünfzig, was ein lebenslanges Zerwürfnis zur Folge hatte. Der dicke deutsche Wirt, so schrieb er an seine Geliebte Apollinana Suslowa, die er in Petersburg zurückgelassen hatte, gebe ihm kein Mittagessen mehr, und den Tee bereite man ohne Maschine. Das meint: aus dem Samowar, woran ein echter Russe eben nun einmal gewöhnt war. Bei Tag arbeitet er an dem neuen Buch, das nicht länger als fünf, sechs Bogen werden soll (also zirka achtzig bis hundert Seiten) und welches er in drei Monaten abzuschließen gedenkt, um für den Abdruck in einer Zeitschrift schnell etwas Geld zu kriegen. Aber dann kommt er vom Thema nicht los, das sich unter seinen Händen verwandelt, und aus einer geplanten handfesten Kriminalgeschichte wird ein sozialphilosophisches Werk mit einem stark religiösen Einschlag, eine tiefenpsychologische Studie. Es ist der Blick in die Seele eines Mörders, in Abgründe, die noch nie zuvor von einem Prosaschriftsteller so vielschichtig und differenziert beschrieben worden sind.

*

In einem an Michail Katkow gerichteten Brief, den er im übrigen niemals abgeschickt hat, schildert Dostojewski den Inhalt seines geplanten Buches so:

»... Es ist ein psychologischer Bericht über ein Verbrechen. Zeit: die Gegenwart, dieses Jahr. Ein junger Mann von kleinbürgerlicher Abstammung, der, von der Universität relegiert, in äußerster Not lebt, unterliegt einigen sonderbaren, ›unreifen‹ Ideen, die in der Luft liegen, und beschließt, infolge seines Leichtsinns und der Unbeständigkeit seiner Anschauungen, sich mit einem Schlag aus seiner bisherigen dürftigen Existenz zu befreien. Er nimmt sich vor, eine alte Frau, eine Hofrätin, die Geld gegen Zinsen verleiht, zu töten. Die Alte ist dumm, taub, krank, habgierig, fordert jüdische Zinsen, sie ist böse und zerstört eine menschliche Existenz, indem sie ihre jüngere Schwester ausbeutet, die bei ihr zur Aushilfe arbeitet. ›Sie taugt zu nichts‹, ›wozu lebt sie eigentlich?‹, ›bringt sie überhaupt irgend jemandem Nutzen?‹ – diese Fragen und ähnliche bringen den jungen Mann in Verwirrung; er faßt den festen Entschluß, sie zu ermorden, zu berauben, um seine Mutter, die in der Provinz lebt, glücklich zu machen, seine als Wirtschafterin bei einem Gutsbesitzer wohnende Schwester von dem erniedrigenden Ansinnen des Hauptes dieser Gutsbesitzerfamilie, von schmutzigen Ansprüchen, die ihr ganzes weiteres Leben gefährden, zu befreien, selbst die Universität zu absolvieren und ins Ausland zu gehen, um dann sein Leben lang ein ehrlicher, fester, in der Erfüllung seiner ›humanitären Pflichten der Menschheit gegenüber‹ konsequenter Mensch zu bleiben, wodurch natürlicherweise ›die Schuld gesühnt werden wird‹, insofern man überhaupt diese Tat, einer stumpfsinnigen, dummen, bösen und kranken Alten gegenüber, die selbst nicht weiß, wozu sie auf der Welt ist, und die in einem Monat vielleicht eines natürlichen Todes gestorben wäre, ein Verbrechen nennen kann.

Obwohl solche Verbrechen sehr schwer zu vollbringen sind, Spuren, Beweise sehr leicht an die Oberfläche treten und man dem Zufall ausgeliefert ist, der so leicht den Verbrecher verraten kann, gelingt es ihm trotz alledem, gerade infolge des Zufalls, sein Werk rasch und erfolgreich zu vollbringen. Einen Monat beinahe verlebt er nachher, bis es zum Zusammenbruch kommt. Kein Verdacht ist vorhanden, es kann auch nicht der geringste entstehen. Und hier entfaltet sich der ganze psychologische Prozeß des Verbrechens. Der Mörder stößt auf unlösbare Fragen, unerwartete, überraschende Gefühle peinigen sein Herz. Gottes Wahrheit und irdisches Gesetz siegen, und es endet damit, daß Raskolnikow sich selber denunzieren muß. Er ist dazu gezwungen, um eher im sibirischen Sträflingsbergwerk zu büßen und auf diesem Wege wenigstens sich den Menschen wieder anzuschließen. Das Gefühl der Entfremdung, der Losgerissenheit von der gesamten Menschheit, welches er sofort nach der Vollbringung des Mordes verspürt hatte, quält ihn unsäglich. Naturgesetz, Menschengesetz siegen ...Und so beschließt der Verbrecher, alle Martern zu tragen, um die Schuld zu sühnen [...]

Einige Fälle aus jüngster Vergangenheit überzeugen mich davon, daß der Vorwurf meines Buches durchaus nicht exzentrisch ist. Der Umstand nämlich, daß der Verbrecher ein entwickelter junger Mann, sogar mit guten Anlagen, ist. Man hat mir im Vorjahre in Moskau von einem Studenten erzählt, der, nach der bekannten Moskauer Universitätsaffäre von der Hochschule relegiert, beschlossen hat, den Postboten zu ermorden und die Wertpost zu rauben [...] Kurz, ich bin davon überzeugt, daß die Gegenwart selbst mein Sujet, wenigstens zum Teil, rechtfertigt.

Es versteht sich von selbst, daß ich in obiger Schilderung des Gedankens meiner Novelle das Sujet selbst noch ausgelassen habe. Doch hafte ich dafür, daß es genug spannend sein wird; was aber die künstlerische Ausführung betrifft, so will ich darüber nicht urteilen.«

*

Obwohl Dostojewski immer noch an eine kurze Novelle dachte, hat er doch schon in dieser Schilderung den philosophischen Hintergrund entworfen. Das sprengt bereits die angedeutete

Handlung. Begriffe, die erst später in der psychologischen Diskussion relevant werden, tauchen hier schon auf: Mord aus einer Idee heraus, Entfremdung, Losgerissenheit von der gesamten Menschheit, Selbstbezichtigung, seelische Entblößung, religiöse Läuterung. Äußerlich gesehen ist das eine spannende Kriminalstory, was Dostojewski ja durchaus wollte. Aber es ist natürlich eine allerersten Ranges. Normalerweise braucht ein Krimi-Autor nicht siebenhundertfünfzig Seiten, um einen Mord zu schildern und die Entlarvung des Täters. Dostojewski, der nie genug Zeit hatte, um ein Buch richtig zu planen und sorgfältig zu schreiben, wie er in Dutzenden von Briefen klagt, hat hier mit großer Intuition gearbeitet; nicht nur ist die Seelenbeschreibung, Seelensezierung möchte man sagen, psychologisch meisterhaft, auch die Form ist kühn und neuartig. Schon auf der zweiten Seite des Buches erfahren wir von dem Plan des Studenten Rodion Raskolnikow, die alte Pfandleiherin Aljona Iwanowna zu ermorden. Wir kennen also den Täter von Anfang an. Im folgenden werden wir nun aber auf das ausführlichste über das Motiv aufgeklärt – es mag uns ein wenig kraus vorkommen, aber es gelingt dem Autor, uns davon vollkommen zu überzeugen. Und es kommt noch raffinierter. Durch eine Reihe merkwürdiger, aber durchaus begründeter Zufälle geschieht es nun, daß auf den Täter überhaupt kein Verdacht fällt – obwohl der Arme ja auch noch die Schwester der Wucherin umbringen mußte, die unglücklicherweise während des Tathergangs dazukam. Der Mörder weiß nicht, wieviel die andern wissen, wieviel die Polizei weiß; und um das herauszufinden, begibt er sich direkt in die Höhle des Löwen, in die Polizeistube; und nicht nur einmal, sondern mehrere Male. Das ist wohl der genialste Kunstgriff, der Dostojewski eingefallen ist: In geschickten, scharfsinnigen und erhitzten Dialogen zwischen dem Untersuchungsrichter Porfirij und dem Studenten Rodion Raskolnikow liefert der Schuldige sich am Ende selbst aus. So dramatisch sind diese Dialoge, daß der polnische Filmregisseur Andrzej Wajda eine Bühnenfassung von »Rodion Raskolnikow« herstellen konnte, die ausschließlich auf den Dialogen zwischen Porfirij und Rodion basiert.

Hier entwirft Dostojewski geradezu eine Philosophie der Tat. Gott ist tot – das verkündet er immerhin eine ganze Weile vor Nietzsche –, und wenn das so ist, dann gelten auch seine Moralgesetze nicht mehr. Der Tatmensch macht sich seine eigenen zurecht. Ein Napoleon, natürlich, besiegt die Völker, die Menschen, die Gesetze. Er selbst ist Gesetz. Was ist da schon eine alte Frau, eine Wucherin – nichts weiter als eine Laus im Pelz der Gesellschaft. Die muß beseitigt werden zugunsten einer höheren Idee.

Aber unser Rodion heißt *Raskol*nikow, das bedeutet soviel wie gespalten, und das ist er in der Tat: gespalten zwischen Denken und Tun (Wer denkt, handelt nicht, heißt es später beim Dostojewski-Schüler Albert Camus), und Reflexion, Skrupel, Reue siegen schließlich in diesem Prozeß. Es kommt zum Eingeständnis des Verbrechens, zur Annahme der Strafe. Und zur Sühne in der Liebe zu Sonja, der Prostituierten, die ihm in das Arbeitslager nach Sibirien folgt. *Verbrechen und Strafe,* so lautet auch die wörtliche Übersetzung des russischen Titels des Buches. Die Sühne wollte Dostojewski im zweiten Teil beschreiben, doch er war viel zu sehr Künstler und wußte, daß man allenfalls die Hölle beschreiben kann, nicht aber den Himmel. Er hat trotz mehrfacher Beteuerungen in seinen Briefen, nun endlich daranzugehen, niemals eine Zeile in dieser Richtung angefangen. Der Epilog von nur dreiundzwanzig Seiten war ihm genug.

Dieser Schluß ist gewiß melodramatisch, und das ist von der Literaturkritik (und übrigens von keinem so heftig wie von Vladimir Nabokov) kritisiert worden; aber nun einmal formal gesehen: kann es einen bildhafteren Schluß geben als jenen, da Sonja dem reumütigen Täter aus der Bibel die Geschichte des Lazarus vorliest, der von den Toten auferstanden ist? So wird eines Tages auch Rodion Raskolnikow, der Mörder aus Ideologie, von den Schuldigen auferstehen.

*

Rodion Raskolnikow ist der erste der fünf großen polyphonen Romane Dostojewskis, die Dimitri Mereschkowski »den russischen Pentateuch« genannt hat. Es sind alles Romane, die neben einer starken dramatischen Handlung (so konnte der Theaterregisseur Jurij Ljubimow sagen: Im Grunde war Dostojewski unser größter Dramatiker seit Shakespeare) auch stets einen philosophischen Entwurf mitliefern. Hier ist es der Mord, die Tötung menschlichen Lebens aus ideologischen Gründen. Ein übrigens bis heute aktuelles Thema. Sehen wir uns nur um. Wahrscheinlich sind *Die Brüder Karamasow* Dostojewskis komplexester Roman. *Rodion Raskolnikow* scheint mir jedoch sein vollkommenster. Hier ist genau die Balance zwischen Handlung und Idee, zwischen Erzählung und Philosophie eingehalten; später überwuchert das eine das andere.

Mir kommt der Raskolnikow immer wie ein Jugendwerk von Dostojewski vor, dabei war er doch schon fünfundvierzig Jahre, als er ihn schrieb. Vielleicht hängt das mit dem jugendlichen Helden zusammen, mit dem der Leser rasch, ja, ich denke manchmal, allzu rasch sympathisiert. Dostojewski hat tief in die Seele eines Mörders geblickt. Aber er hat seine Tat nicht entschuldigt. Er spricht von Schuld, und er spricht von Sühne. Das unterscheidet ihn von den modischen literarischen Advokaten des Bösen. Dostojewski war ein großer Moralist.

*

Dem Satz von Thomas Mann, der russische Roman des 19. Jahrhunderts habe unsere Kenntnis der menschlichen Seele beträchtlich erweitert, kann man gerade nach der Lektüre des Raskolnikow bedingungslos zustimmen. Ja, man kann sogar noch weitergehen: er hat auch unsere Seelen verändert. Dostojewski, von dem sogar ein Nietzsche gesagt hat, er sei der einzige Psychologe, von dem er etwas zu lernen gehabt habe, leistete mit seinen Büchern einen wichtigen Beitrag dazu. Wer *Rodion Raskolnikow* gelesen hat, davon bin ich überzeugt, ist danach ein anderer. Es gibt Bücher, die einen verändern. Dieses gehört dazu.

Juni 1984 *Horst Bienek*

AUSWAHLBIBLIOGRAPHIE

[F. M. Dostojewski:] *Raskolnikoffs Tagebuch.* Mit unbekannten Entwürfen, Fragmenten und Briefen zu »Raskolnikoff« und »Idiot«. Hrsg. von René Fülöp-Miller und Friedrich Eckstein. München 1928.

Beebe, M.: »The Three Motives of Raskolnikov. A Re-Interpretation of ›Crime and Punishment‹«. In: College English, 17, 1955, S. 151–158.

Dauner, L.: »Raskolnikov in Search of a Soul«. In: Modern Fiction Studies, 4, 1958, S. 199–210; Dostojewski-Sondernummer.

Doerne, M.: »Richterliche und schöpferische Menschenkenntnis. ›Schuld und Sühne‹ von Dostojewskij«. In: M. D., *Gott und Mensch in Dostojewskijs Werk.* Göttingen 1957, S. 26–38.

Ermilov, V. V.: »Der Roman ›Schuld und Sühne‹«. In: Sowjetwissenschaft, 4, 1956, S. 299–318.

Evnin, F. I.: »Roman ›Prestuplenie i nakazanie‹«. In: F. I. E., *Tvorčestvo Dostoevskij.* Moskau 1959, S. 128–172.

Hahn, F.: »Dostojewskijs Roman ›Schuld und Sühne‹. Versuch einer theologischen Deutung«. In: *Erziehung als Beruf und Wissenschaft.* Festgabe für Friedrich Trost zum 60. Geburtstag. Frankfurt am Main 1961, S. 25–35.

Šklovskij, V. B.: »Za i protiv. Zametki o Dostoevskom«. Moskau 1957, S. 165–220.

Wasiolek, E.: »On the Structure of ›Crime and Punishment‹«. In: PMLA, 74, 1959, S. 131–136.

BIOGRAPHISCHE DATEN

1821 Fjodor Michailowitsch Dostojewski als Sohn des Militärarztes und Sozialmediziners Michail Andrejewitsch Dostojewski (*1789) in Moskau geboren (30. Oktober alten Stils, 11. November neuen Stils); Mutter: Maria Fjodorowna, geb. Netschajewa (*1800); älterer Bruder: Michail Michailowitsch Dostojewski (*1820).

1837 Tod der Mutter, F. M. und M. M. Dostojewski übersiedeln nach St. Petersburg, um sich auf das Bauingenieurstudium vorzubereiten; Jugendfreundschaft mit den Literaten Dmitri Grigorowitsch und Iwan Schidlowski.

1838 Neben seinen technischen Studien an der Ingenieurschule der Militärakademie in St. Petersburg widmet sich Dostojewski während mehrerer Jahre ausgedehnten Lektüren (Homer, Shakespeare, Racine, Corneille, Pascal, Schiller, Hoffmann, Hugo, Balzac, George Sand u. a.).

1839 Ermordung des Vaters durch leibeigene Bauern auf seinem Landgut.

1943 Studienabschluß und Brevetierung als Offizier; Übersetzung von Honoré de Balzacs *Eugénie Grandet.*

1844 Dostojewski nimmt seinen Abschied, um freier Schriftsteller zu werden; Beginn der Arbeit am Roman *Arme Leute;* Übersetzungen und Übersetzungsprojekte (Sand, Sue).

1845 Bekanntschaft mit Iwan Turgenjew, Nikolai Nekrassow und dem Literaturkritiker Wissarion Belinski.

1846 *Arme Leute, Der Doppelgänger.* Bekanntschaft mit Michail Petraschewski und Alexander Herzen, Beginn der Freundschaft mit Apollon Maikow.

1847 *Roman in neun Briefen.* Dostojewski wird Mitglied des revolutionären Petraschewski-Kreises, liest Fourier, Cabet, Helvétius, Saint-Simon, schreibt und veröffentlicht *Die Wirtin.*

1848 Mehrere Erzählungen sowie der Kurzroman *Helle Nächte* im Druck. Enger Kontakt mit Petraschewski und Nikolai Speschnjow.

1849 Dostojewski wegen angeblich staatsfeindlicher Aktivitäten im Petraschewski-Kreis (Vorlesung eines »kriminellen Schreibens« von Belinski) aufgrund einer Denunziation verhaftet, zum Tode verurteilt, schließlich durch den Zaren Nikolaus I. begnadigt zu vier Jahren Verbannung (mit Zwangsarbeit) und anschließender Militärdienstpflicht als »gemeiner Soldat«. Deportation nach Tobolsk (24. Dezember).

1850 Ab 23. Januar (bis Mitte Februar 1854) Festungshaft in Omsk; private Aufzeichnungen im *Sibirischen Heft;* Dostojewskis epileptische Erkrankung erstmals ärztlich diagnostiziert und offiziell registriert.

1856 Dostojewski arbeitet in Semipalatinsk, wohin er Anfang 1854 als Soldat des 7. Grenzbataillons abkommandiert wurde, an den *Aufzeichnungen aus einem Totenhaus;* dank obrigkeitlicher und privater Protektion sowie aufgrund einiger von ihm verfaßter patriotischer Verse wird Dostojewski zum Offizier befördert. Erste Erwähnung der Beschäftigung mit *Rodion Raskolnikow. Schuld und Sühne* (in einem Brief an Maikow vom 18. Januar).

1857 Heirat mit Maria Dmitrijewna Issajewa (6. Februar); schwere epileptische Krisen. Aus gesundheitlichen Gründen beantragt Dostojewski seine Entlassung aus der Armee und eine Aufenthaltsbewilligung für Moskau.

1859 Dostojewski wird als Unteroffizier aus der Armee entlassen; er kehrt über Twer nach St. Petersburg zurück und steht von nun an bis zu seinem Lebensende fast permanent unter geheimpolizeilicher Aufsicht; *Onkelchens Traum, Das Gut Stepantschikowo und seine Bewohner* erscheinen im Druck.

1860 Werkausgabe in zwei Bänden; die *Aufzeichnungen aus einem Totenhaus* beginnen zu erscheinen (1860–62).

1861 Erste Lieferung der von F. M. und M. M. Dostojewski gemeinsam redigierten Zeitschrift »Die Zeit«, hier beginnt der Roman *Die Erniedrigten und Beleidigten* im Druck zu erscheinen; Bekanntschaft mit Alexander Ostrowski, Iwan Gontscharow, Michail Saltykow-Schtschedrin und Apollon Grigorjew. Bekanntschaft mit Apollinaria (Polina) Suslowa, einer Mitarbeiterin der »Zeit« und typischen Vertreterin der Frauenemanzipation der sechziger Jahre.

1862 Erste Auslandsreise: Berlin, Dresden, Köln, Paris, von dort aus Besuch der Weltausstellung in London, Zusammentreffen mit Herzen, zurück nach Paris, dann nach Genf (Treffen mit Nikolai Strachow), von dort nach Italien (Florenz) und über Wien zurück nach Rußland (Juni-September).

1863 In »Die Zeit« erscheinen die *Winteraufzeichnungen über Sommereindrücke*, ein sarkastischer Reisebericht, der allerdings nicht Westeuropa, sondern den westeuropäischen Spießer – den »Kapitalisten« ebenso wie den »Sozialisten« – zum Gegenstand hat. »Die Zeit« wird wegen eines »antipatriotischen« Beitrags von Strachow verboten. Ab August (bis Ende Oktober) zweite Auslandsreise, teilweise in Begleitung Apollinaria Suslowas: Frankreich, Deutschland, Italien; Beginn von Dostojewskis Spielleidenschaft (Baden-Baden, Bad Homburg).

1864 Erstes Heft der von F. M. und M. M. Dostojewski neu gegründeten Zeitschrift »Die Epoche« ausgeliefert (enthält u. a. den 1. Teil der *Aufzeichnungen aus dem Untergrund*, deren 2. Teil in Heft IV erscheint). In Moskau stirbt Dostojewskis erste Frau (14. April); in kurzer Folge verliert Dostojewski auch seinen Bruder Michail (10. Juli) sowie seinen Mitarbeiter und Freund Grigorjew (22. Juli).

1865 Aus finanziellen Gründen muß Dostojewski auf die weitere Herausgabe der »Epoche« verzichten; dreibändige Werkausgabe bei Stellowski (1866 abgeschlossen); erste Entwürfe zu *Rodion Raskolnikow.* Zwei Heiratsanträge Dostojewskis (an Apollinaria Suslowa und die Nihilistin Anna Korwin-Krukowskaja) werden abgewiesen. Dritte Auslandsreise (Juli–Oktober): Wiesbaden (wo sich Dostojewski beim Roulettespiel ruiniert), Rückkehr über

Kopenhagen. Im November Beginn der Niederschrift des *Rodion Raskolnikow.* Die früheren Entwürfe werden aufgegeben.

1866 *Rodion Raskolnikow,* vollendet im Dezember, erscheint in Michail Katkows konservativer Zeitschrift »Der russische Bote« (in den Nummern 1–2, 4, 6, 8, 11–12). Dostojewski diktiert einer jungen Stenographistin, Anna Grigorjewna Snitkina, in sechsundzwanzig Tagen den Kurzroman *Der Spieler* (Oktober).

1867 Heirat mit A. G. Snitkina (Dostojewskaja) am 15. Februar; wegen hoher Verschuldung fluchtartige Abreise ins Ausland (14. April). Dresden, Bad Homburg, Baden-Baden. Besuch bei Turgenjew (endet mit Zerwürfnis). Basel (Ende August), wo Hans Holbeins Gemälde »Der tote Christus« im Kunstmuseum einen großen Eindruck bei ihm hinterläßt. Am 25. August Ankunft in Genf. Anfang Oktober erste Entwürfe zum Roman *Der Idiot.*

1868 Beginn der Drucklegung des Romans *Der Idiot* im »Russischen Boten«. Reger Briefwechsel mit Maikow; Invektiven gegen die westlichen Sozialisten und gegen die ganze »neue, progressive, liberale« Richtung innerhalb der russischen Intelligenz (Saltykow-Schtschedrin, Turgenjew, Nikolai Tschernyschewski). Geburt und Tod der Tochter Sofija (Sonja) in Genf (22. Februar–12. Mai). Anfang April dritter und letzter Ausflug nach Saxon-les-Bains, wo Dostojewski im Spielkasino alles verspielt. Anfang Juni Übersiedlung von Genf nach Vevey. Im September Ausreise nach Italien (Mailand, dann Florenz).

1869 *Der Idiot* abgeschlossen (Januar) und erschienen (Februar). Abreise der Dostojewskis aus Italien (über Prag nach Dresden); in Dresden Geburt der Tochter Ljubow (14. September). Entwurf eines fünfteiligen Romanzyklus (»Das Leben eines großen Sünders«).

1870 *Der ewige Gatte;* Entwürfe zu dem Roman *Die Dämonen* und »Das Leben eines großen Sünders«.

1871 Vor seiner Rückkehr nach Rußland verbrennt Dostojewski aus Furcht vor Zollkalamitäten mehrere seiner Manuskripte, darunter jenes zum Roman *Der Idiot* (Juli). Ankunft der Dostojewskis in St. Petersburg (8. Juli) und Geburt des Sohnes Fjodor (16. Juli). *Die Dämonen* (Teile I–II) als Vorabdruck im »Russischen Boten«.

1872 Kontaktnahme mit konservativen Regierungskreisen. Arbeit an Teil III der *Dämonen* in Staraja Russa. Bekanntschaft mit Nikolai Lesskow.

1873 *Die Dämonen* als Einzelausgabe in drei Bänden; Dostojewski nimmt seine Tätigkeit als Redakteur des konservativen »Staatsbürgers« auf; erste Lieferungen des *Tagebuchs eines Schriftstellers* (als Beiträge zum »Staatsbürger«).

1874 Dostojewski gibt seine Stellung als Redakteur beim »Staatsbürger« auf, um sich wieder vermehrt seinen eigenen literarischen Projekten widmen zu können. Aufenthalt in Staraja Russa (Mai), Reise nach Bad Ems (Juni). Kurzbesuch in Genf (August), um das Grab Sonjas zu sehen.

1875 *Der Jüngling* (Publikationsbeginn). Kuraufenthalt in Bad Ems (Mai–Juli). Staraja Russa. *Der Jüngling* abgeschlossen. Geburt des zweiten Sohnes, Aljoscha (10. August).

1876 Das *Tagebuch eines Schriftstellers* erscheint fortan im Selbstverlag; in der Juni-Ausgabe Nekrolog auf George Sand. Kur in Bad Ems (Juli). *Die Sanfte* (November, als Reaktion auf den Selbstmord von Herzens Tochter Lisa).

1877 Fortsetzung des *Tagebuchs eines Schriftstellers;* zunehmendes politisches Engagement (Panslawismus, Orientfrage, Imperialismusgedanke).

1878 Arbeit am *Tagebuch eines Schriftstellers* vorübergehend eingestellt. Arbeit am Roman *Die Brüder Karamasow* (bis 1880). Bekanntschaft mit dem Philosophen Wladimir Solowjow, mit dem Dostojewski nach dem Tod seines Sohnes Aljoscha (16. Mai) in das Kloster Optina Pustyn fährt.

1879 Fortsetzung der Arbeit an den *Brüdern Karamasow.* Vortragstätigkeit, Lesungen. Kur in Bad Ems (Juli–September). Drucklegung der *Brüder Karamasow* (bis 1880).

1880 *Die Brüder Karamasow* (Einzelausgabe). Lesungen. Rede zur Puschkin-Feier (8. Juni); Sonderheft des *Tagebuchs eines Schriftstellers* (Puschkin-Rede, mit Einleitung, Ergänzungen und gegenkritischen Erwiderungen).

1881 Vorbereitung des *Tagebuchs eines Schriftstellers* für das laufende Jahr. Erkrankung Dostojewskis (25./26. Januar, Blutsturz infolge eines Lungenemphysems); Tod (28. Januar/9. Februar); öffentliche Trauerfeier unter Teilnahme von 50000 bis 60000 Trauergästen (31. Januar); Grabreden von Alexander Palm, Maikow, Solowjow (1. Februar).

Ilma Rakusa

Im Nachwort und in den biographischen Daten wurde bei den russischen Namen die heute übliche Schreibweise verwendet.

INHALT

Erster Teil

Zweiter Teil

Dritter Teil

Vierter Teil

Fünfter Teil

Sechster Teil

Epilog

Anhang

Serie Piper

Fritz René Allemann 26mal die Schweiz. SP 5106
Franz Alt Frieden ist möglich. SP 284
Altes Testament Hrsg. von Hanns-Martin Lutz/Hermann Timm/
Eike Christian Hirsch. SP 347
Jürg Amann Ach, diese Wege sind sehr dunkel. SP 398
Jürg Amann Die Baumschule. SP 342
Jürg Amann Franz Kafka. SP 260
Stefan Andres Positano. SP 315
Stefan Andres Wir sind Utopia. SP 95
Ernest Ansermet Die Grundlagen der Musik. SP 388
Ernest Ansermet/J.-Claude Piguet Gespräche über Musik. SP 74
Hannah Arendt Macht und Gewalt. SP 1
Hannah Arendt Rahel Varnhagen. SP 230
Hannah Arendt Über die Revolution. SP 76
Hannah Arendt Vita activa oder Vom tätigen Leben. SP 217
Hannah Arendt Walter Benjamin – Bertolt Brecht. SP 12
Birgitta Arens Katzengold. SP 276
Atomkraft – ein Weg der Vernunft? Hrsg. v. Philipp Kreuzer/
Peter Koslowski/Reinhard Löw. SP 238
Ingeborg Bachmann Anrufung des Großen Bären. SP 307
Ingeborg Bachmann Frankfurter Vorlesungen:
Probleme zeitgenössischer Dichtung. SP 205
Ingeborg Bachmann Die gestundete Zeit. SP 306
Ingeborg Bachmann Die Hörspiele. SP 139
Ingeborg Bachmann Das Honditschkreuz. SP 295
Ingeborg Bachmann Liebe: Dunkler Erdteil. SP 330
Ingeborg Bachmann Die Wahrheit ist dem Menschen zumutbar.
SP 218
Ernst Barlach Drei Dramen. SP 163
Giorgio Bassani Die Gärten der Finzi-Contini. SP 314
Wolf Graf von Baudissin Nie wieder Sieg.
Hrsg. von Cornelia Bührle/Claus von Rosen. SP 242
Werner Becker Der Streit um den Frieden. SP 354
Max Beckmann Briefe im Kriege. SP 286
Max Beckmann Leben in Berlin. SP 325
Hans Bender Telepathie, Hellsehen und Psychokinese. SP 31
Hans Bender Zukunftsvisionen, Kriegsprophezeiungen,
Sterbeerlebnisse. SP 246
Bruno Bettelheim Gespräche mit Müttern. SP 155
Bruno Bettelheim/Daniel Karlin Liebe als Therapie. SP 257
Klaus von Beyme Interessengruppen in der Demokratie. SP 202
Klaus von Beyme Parteien in westlichen Demokratien. SP 245
Klaus von Beyme Das politische System der Bundesrepublik
Deutschland. SP 186
Der Blaue Reiter Hrsg. von Wassily Kandinsky und Franz Marc. SP 300
Harald Bilger 111mal Südafrika. SP 5102
Norbert Blüm Die Arbeit geht weiter. SP 327
Jurij Bondarew Die Zwei. SP 334
Tadeusz Borowski Bei uns in Auschwitz. SP 258
Karl Dietrich Bracher Zeitgeschichtliche Kontroversen. SP 353
Alfred Brendel Nachdenken über Musik. SP 265

Serie Piper

Serie Piper

Jörg Kaspar Roth Hilfe für Helfer: Balint-Gruppen. SP 389
Erasmus von Rotterdam Die Klage des Friedens. SP 380
Ivan D. Rožanskij Geschichte der antiken Wissenschaft. SP 292
Hans Schaefer Plädoyer für eine neue Medizin. SP 225
Wolfgang Schmidbauer Heilungschancen durch Psychotherapie. SP 127
Wolfgang Schmidbauer Sensitivitätstraining und analytische Gruppendynamik. SP 56
Robert F. Schmidt/Albrecht Struppler Der Schmerz. SP 241
Arthur Schopenhauer Metaphysik der Natur. SP 362
Schwabing Hrsg. von Oda Schaefer. SP 366
Hannes Schwenger Im Jahr des Großen Bruders. SP 326
Gerd Seitz Erklär mir den Fußball. SP 5002
Kurt Sontheimer Grundzüge des politischen Systems der Bundesrepublik Deutschland. SP 351
Robert Spaemann Rousseau – Bürger ohne Vaterland. SP 203
Die Stimme des Menschen Hrsg. von Hans Walter Bähr. SP 234
Hans Peter Thiel Erklär mir die Erde. SP 5003
Hans Peter Thiel Erklär mir die Tiere. SP 5005
Hans Peter Thiel/Ferdinand Anton Erklär mir die Entdecker. SP 5001
Ludwig Thoma Heilige Nacht. SP 262
Ludwig Thoma Moral. SP 297
Ludwig Thoma Münchnerinnen. SP 339
Ludwig Thoma Tante Frieda. SP 379
Ludwig Thoma Der Wilderer. SP 321
Giuseppe Tomasi di Lampedusa Der Leopard. SP 320
Franz Tumler Das Land Südtirol. SP 352
Das Valentin Buch Hrsg. von Michael Schulte. SP 370
Karl Valentin Die Friedenspfeife. SP 311
Vor uns die goldenen neunziger Jahre Hrsg. von Martin Jänicke. SP 377
Cosima Wagner Die Tagebücher. Bd. 1 SP 251, Bd. 2 SP 252, Bd. 3 SP 253, Bd. 4 SP 254
Richard Wagner Mein Denken. Hrsg. von Martin Gregor-Dellin. SP 264
Paul Watzlawick Die erfundene Wirklichkeit. SP 373
Paul Watzlawick Wie wirklich ist die Wirklichkeit? SP 174
Der Weg ins Dritte Reich. SP 261
Wege zum Sinn Hrsg. von Alfried Längle. SP 387
Johannes Wickert Isaac Newton. SP 215
Wolfgang Wickler Die Biologie der Zehn Gebote. SP 236
Wolfgang Wickler/Uta Seibt männlich weiblich. SP 285
Wolfgang Wieser Konrad Lorenz und seine Kritiker. SP 134
Sighard Wilhelm Geschichte der Bundesrepublik Deutschland. SP 256
Wilhelm Worringer Abstraktion und Einfühlung. SP 122
Wörterbuch der Erziehung Hrsg. von Christoph Wulf. SP 345
Heinz Zahrnt Aufklärung durch Religion. SP 210
Dieter E. Zimmer Die Vernunft der Gefühle. SP 227